문학치료의 원리와 체계

문학치료의 원리와 체계

초판 인쇄 2025년 10월 20일
초판 발행 2025년 10월 25일

지은이   신동훈
교정교열   정난진
펴낸이   이찬규
펴낸곳   북코리아
등록번호   제03-01240호
주소   13209 경기도 성남시 중원구 사기막골로 45번길 14
        우림라이온스밸리2차 A동 1007호
전화   02-704-7840
팩스   02-704-7848
이메일   ibookorea@naver.com
홈페이지   www.북코리아.kr
ISBN   979-11-94299-63-9(93800)

값 39,000원

* 이 저서는 2024년도 건국대학교 KU학술연구비 지원에 의한 저서임.

문학치료의 원리와 체계

서사중심의 접근

신동훈 지음

북코리아

머리말

K-pop에 이어 K-드라마까지 한국의 문화 예술이 세계적으로 힘을 내고 있다. 한강 작가가 노벨문학상을 받는 등 K-문학도 한몫을 하고 있다. 범위를 넓히면 음악과 미술, 춤 등 예술 전 영역과 과학기술, 산업경제 등에서도 한국인의 세계적 활약은 상수가 됐다.

문학을 연구하는 인문학자로서, 과연 한국 인문학은 세계에 어떤 기여를 했는지 돌아보면서 한없이 초라해진다. 이거다 하고 내세울 만한 것을 좀처럼 찾기 어렵다. 기초이론에서 실천적 방법론까지, 한국의 인문학은 거의 철저하게 수입 학문으로 존재해왔다. 또는 안에서만 잘난 척하는 우물 안 개구리였다.

한국의 인문학이 세계적 기여를 하게 된다면, 그리하여 'K-인문학'을 말할 수 있게 된다면 그것은 서사이론에 기반한 문학치료학일 것이라는 생각을 해온 지 10여 년이다. 인간이 곧 문학이라는 관점에서 "문학을 바꿈으로써 인간을 바꾼다"는 지극히 도발적인 기획을 내건 것이 정운채가 창안한 바 한국의 문학치료학이다. 서사적 존재로서 인간에 대한 탐구는 더없이 인문학적이며, 작품을 매개로 한 진단과 치료 방법은 근본적이면서도 실전적이다. 문학치료학은 세계적으로 힘을 내야 한다. 인류의 더 행복하고 아름다운 삶을 위하여.

2013년 11월, 건국대 문과대학장으로 거행된 정운채 선생 영결식에서 고별사를 낭독하면서 문학치료학을 세계적 학문으로 키워내겠다고 다짐했다. 이후 그것은 나의 중대한 학문적 과업이 되었다. 논문을 쓰고 책을 쓰면서, 또 학회장을 맡아 일하면서 그 과업을 어떻게든 감당해보고자 했다. 그 결과를 한마디로 말하면, 역부족이었다. 나는 영락없는 우물 안 개구리였다. 세계는커녕 한국의 인문학이나 상담학계에 미친 영향도 미약하기 그지없다. 정운채 선생께 송구할 따름이다.

　　나는 30여 년간 이어온 학문적 여정의 마무리를 앞두고 있다. 돌아보니 문학치료와 관련해서 제출한 논문이 10여 편이다. 분량으로 치면 웬만한 논문 20편에 해당한다. 그냥 이것저것 생각나는 대로 쓴 글들이 아니다. 문학치료학의 이론과 원리, 실행체계 등을 고려하면서 나름의 큰 그림을 가지고 수행한 연구들이다.

　　논문을 묶어서 학술저서로 출간하는 관행은 이미 과거사가 되었다. 나 또한 그런 형태의 책 출간은 하지 않으려 했다. 하지만 문학치료에 대한 논문들만큼은 흩어진 상태로 방치할 수 없었다. 어떻게든 잘 갈무리해서 문학치료학이 미래를 향해 나아가는 데 하나의 디딤돌로 삼는 것이 옳다고 생각했다. 문학치료의 가능성은 학문과 실천의 차원 모두에서 여전히 창창하다.

　　논문을 하나하나 새로 살피면서 교열하고 체재에 맞춰 편집하는 작업은 수월치 않았다. 왜 작업을 시작했나 후회하기도 했다. 하지만 책을 내기로 한 것은 잘한 일이라고 판단되었다. 글 속에 담았던 진심과 정성, 깊은 사려가 되살아나면서 내심 자부심이 차오르기도 했다. 열심히 쓰고 열심히 고친 글들이었다. 이들을 편제에 맞춰서 배치하니 단행본 모양새가 꽤 그럴싸하게 갖추어졌다.

　　정운채가 한국적 학문으로서 문학치료학을 내걸고 한국문학치료학회가 창설돼서 활동하는 동안 또 다른 계열의 문학치료 연구와 활동이 이어져 왔다. 독서치료와 시치료 계열의 문학치료다. 이들과의 구별을 위해 표제에 '서사 중심의 접근'이라는 부제를 달았다. 누가 원조이고 누가 낫다는 식으로 따지고 싶지는 않다. 문학이 제대로 힘을 내서 사람들의 삶을 더 건강하고 행복하며 아름답게 할 수 있다면 무엇이든 다 좋은 일일 것이다.

참고로, 이 책에 실린 글들의 원제목과 출처를 밝혀둔다. 편의상 부제와 학회명은 생략한다.

- **한국 문학치료학의 기본 성격과 원리**: 申東昕, 「韓国の文学治療における 自己敍事透視と調整の原理と体系」, 『朝鮮学報』257, 2021.
- **스토리라는 인지기제와 인간학으로서의 서사학**: 신동흔, 「인지기제로서 의 스토리와 인간연구로서의 설화연구」, 『구비문학연구』42, 2016.
- **문학치료학 서사이론의 보완 방안 연구**: 신동흔, 「문학치료학 서사이론 의 보완·확장방안 연구」, 『문학치료연구』38, 2016.
- **문학치료를 위한 서사분석의 요소와 체계**: 신동흔, 「문학치료를 위한 서 사 분석 요소와 체계 연구」, 『문학치료연구』49, 2018.
- **문학작품을 통한 '나'라는 문학의 발견과 미적 실현**: 신동흔, 「문학을 통 한 '나'라는 문학의 발견과 미적 실현」, 『문학교육학』84, 2024.
- **치유의 서사로 본 무속신화**: 신동흔, 「치유의 서사로서의 무속신화」, 『문 학치료연구』2, 2005.
- **세계 설화의 문학치료적 활용 방안**: 신동흔, 「문학치료에서 외국설화의 활용 가능성 탐색」, 『문학치료연구』27, 2013.
- **의존과 독립 사이, 자녀서사의 길 찾기**: 신동흔, 「한국과 독일 민담 속 자 녀서사의 비교고찰」, 『고전문학과교육』31, 2016.
- **불경 본생담의 치유적 해석**: 신동흔, 「불경 본생담의 치유적 해석」, 『문학 치료연구』63, 2022.
- **본생담 아난다 서사의 문학치료적 독해**: 신동흔, 「불경 본생담 아난다 서 사의 문학치료적 독해」, 『불교상담학연구』18, 2023.
- **문학치료를 위한 자기서사 진단과 해석 연구**: 신동흔, 「문학치료를 위한 자기서사 진단과 해석 연구」, 『문학치료연구』54, 2020.
- **표준화 자기서사 진단도구 MMSS-ON의 원리와 체계**: 신동흔, 「표준 화 자기서사 진단도구 MMSS-ON의 원리와 체계」, 『문학치료연구』67, 2023.

- **문학치료 상담용 서사반응지 MMLT의 체계와 활용:** 신동흔, 「문학치료를 위한 설화의 서사적 분기점과 서사반응 분석」, 『문학치료연구』 61, 2021.

　이제 이와 같이 책을 낸다고 해서 우물 안 개구리 신세를 벗어날 수 없음을 잘 안다. 하지만 누군가 그 우물을 벗어나서 큰 세계로 나아가 힘을 내게 될지 모른다. 나의 몸짓이 그 힘찬 나아감을 위한 응원이 되기를 바랄 따름이다. 디딤돌이나 사다리 구실을 할 수 있다면 더 바랄 것이 없다.

　어느 출판사를 막론하고 단행본 학술저서 출간을 꺼리는 시절이다. 잘 팔리지 않을 책을 내면서 원고를 편집하고 교정하는 작업에 공들이는 출판사를 만나는 건 더더욱 어려운 일이다. 그런 작업을 기꺼이 해주는 곳이 바로 북코리아 출판사다. 출판에 대한 철학과 소명의식을 지닌 이찬규 사장님이 운영하는 곳이다. 책을 내자고 제안해온 곳들이 있었지만, 다른 곳은 생각하지 않고 오직 북코리아에서 이 책을 내고자 했다. 이찬규 사장님께, 그리고 편집부 여러분께 깊은 감사의 말씀을 드린다.

　잘 알듯이 한국인은 생각지 못했던 놀라운 일들을 훌쩍 이뤄내곤 한다. 인문학에도 그런 일이 벌어지지 말란 법이 없다. 바라건대, 후속세대 연구자들이 문학치료학을 통해 K-인문학의 길을 훌쩍 열어내기를! 그를 통해 인류의 삶이 더 행복하고 아름다워지기를!

2025년 가을,
양평 풀무골에서
신동흔

차례

제4부

제 1 부

한국 문학치료학의
기본 성격과 원리

작품서사를 통한 자기서사의 투시와 조정

1 　　　　　　　서론

　　　　　　　　　　이 연구는 한국에서 인문적 상담치료의 새 지평을 열고 있는 문학치료의 원리와 체계를 논변하기 위한 것이다. '인간 이면의 문학'으로서 자기서사의 성격과 위상을 살피고, 문학치료에서 자기 서사를 어떻게 투시하고 조정하여 삶의 변화를 이루어내는지에 대해 논할 것이다.

　　　한국의 문학치료학은 정운채 교수가 창안한 독창적인 학문이다. 그는 문학의 치료적 기능과 맥락을 집중탐구한 결과로 서사 개념을 축으로 한 독자적인 문학치료 이론과 방법적 체계를 수립했다. 정운채의 초기 연구는 문학작품이 인간의 심리적 장애를 치유하는 힘을 지닌다는 점에 주목했다. 그는 이를 '증상의 노출'과 '장애의 치료'라는 두 측면으로 이해하고, 참요(讖謠)와 주사(呪詞) 등을 통해 그 양상을 분석했다. 정운채의 초기 문학치료 연구는 2001년 조선학회 학술대회 기조강연을 거쳐 2002년 4월 『조선학보』 183호에 수록된 논문[1]에 관점과 내용이 집약돼 있다.

　　　다소 소박한 입론에서 시작된 문학치료학은 그 후 많은 변화와 발전을 이루었다. 2003년 11월 정운채 교수 주도로 한국문학치료학회가 설립되어 연간 12회씩 200회 이상의 학술대회가 거행됐으며, 2004년 8월에 창간된 학회지 『문학치료연구』는 2025년 7월까지 76권이 간행되었다. 문학치료 연구로 10명 이상의 박사와 20명 이상의 석사가 배출되었으며, 현재 건국대학교 대학원 문학·예술심리치료학과에 40명 이상의 문학치료 전공자가 재학 중이다. 한국문학치료학회는 2019년 문학심리분석상담사 자격을 공식 등록하고 현장의 상담치료 활동가 양성을 본격화하고 있다. 정운채 교수는 2013년 불의의 질병으로 작고했지만, 그가 뿌린 학문적 씨앗은 숲을 이루어 가고 있다.

1　　　鄭雲采, 「韓国 古典文学と 文学治療」, 『朝鮮学報』 183, 日本朝鮮学會, 2002.

문학치료학은 학문적 원리와 방법, 실행체계 면에서 초기의 관점과 구별되는 질적 변화를 이루어냈다. 작품서사와 자기서사를 기본 요소로 한 서사이론의 정립과 자기서사의 투시와 조정을 통한 치료 방법론의 체계화를 핵심 사항으로 들 수 있다. 최근 문학치료 상담활동과 사례연구가 활성화되면서 자기서사 진단과 치료 방법이 체계화되고 있는바, 이 연구에서 이를 핵심적으로 갈무리하고자 한다.

한국에서 '문학치료'라는 용어를 가장 먼저 쓰고 학문적 고찰을 시작한 연구자는 정운채이며, 그 연구는 한국문학치료학회를 통해 계승되고 있다. 이에 대해 시치료와 독서치료 계열의 또 다른 문학치료 논의와 활동이 한국에서 '통합문학치료' 등의 이름으로 수행되고 있다. 본 연구에서 다룰 대상은 정운채와 한국문학치료학회의 문학치료임을 분명히 해둔다. 문학치료학은 독자적 이론체계를 갖춘 한국의 자생적 학문이거니와, 그것이 여타 심리치료나 독서치료 등과 어떻게 다른지에 대해서도 본문에서 다루게 될 것이다. 문학치료는 여러 문학양식 가운데 설화(說話)를 특히 요긴하게 활용하는 것이 특징이다. 자기서사 진단과 조정의 원리를 살핌에 있어 설화를 중심으로 예시와 논증을 진행할 것임을 밝혀둔다.

2   문학치료학의 인식론적 토대

2.1 문학적·서사적 존재로서의 인간

문학치료에 대한 정운채의 초기 논의는 문학작품의 치유적 성격과 기능에 주목한 것으로, 특별히 새로운 것은 아니었다. 방법론적 근거를 주로 프로이트 심리학에서 찾았다는 점도 일반적인 경향을 따른 것이었다. 『주역』의 논리를 통한 접근을 포함한 점이 특징이지만,

기본 원리로 적용된 것은 아니고 논리의 부분적 원용에 머문 것이었다.

문학치료학은 '서사(敍事)' 개념이 도입되면서 중요한 전환을 이루었다. 정운채는 2004년부터 문학치료 논의에 서사 개념을 적용하기 시작했다. 그 출발은 모든 문학작품의 이면에 이야기가 담겨있다는 인식이었다. 그 이면적 이야기에 정운채가 붙인 명칭이 곧 '서사'였다. 이때의 '서사'는 서정(抒情)이나 극(劇)과 짝을 이루는 장르(genre) 차원의 용어가 아니라 본원적인 이야기적 구조와 맥락을 지칭한다. 정운채는 장르 여부를 떠나 모든 문학은 서사를 바탕으로 성립된다고 보았다.[2] 모든 문학작품의 기저에 이야기가 있으며, 그것이 작품의 성격과 가치를 좌우한다는 것이다.

문학작품 속의 이야기에 대한 인식보다 더 중요한 것은 인간과 이야기의 관계에 대한 새로운 통찰이었다. 정운채는 문학작품 외에 인간의 내면 깊은 곳에 이야기가 존재하며 그것이 인생의 속성과 맥락을 좌우한다는 입론에 도달했다. 인간 이면의 이야기에 대해 정운채는 이를 '자기서사(自己敍事)'라고 지칭했다.[3] 문학작품 이면의 이야기로서의 작품서사(作品敍事)와 대비한 명명이었다.

인간의 삶을 움직이는 이야기로서 자기서사의 발견은 문학치료 이론을 넘어서 철학적 인간론 차원의 인식 전환을 가져왔다. 그 핵심은 인간이 본질적으로 문학적인 존재라는 것이다. 인간의 삶이란 이야기에 의해 움직이며, 이야기적으로 발현되는 것으로서 그 자체 하나의 문학적 속성을 지닌다고 보는 관점이다. 간단히 말하면, 인간이 곧 문학이라는 것이다.

> 문학치료학의 가장 큰 성과는 '인간이 바로 문학이며 문학이 곧 인간'이라는 관점을 확립한 것이다. (…) 문학을 '인간 활동의 결과물'로만 이해하던 종래의 관점을 넘어 '인간 활동' 그 자체가 문학이며, 더 나아가 '인간' 그 자

---

2   정운채, 「고전문학교육과 문학치료」, 『국어교육』 113, 한국국어교육연구학회, 2004, 103-126면.

3   정운채, 「서사의 힘과 문학치료방법론의 밑그림」, 『고전문학과 교육』 8, 한국고전문학교육학회, 2004, 159-176면.

체가 문학이라고 볼 수 있게 된 것이다.[4]

　문학치료학은 인간을 문학으로 보는 관점을 정립함으로써 인간 자체에 대한 문학적 분석의 길을 열었다. 문학작품을 분석하는 방식으로 인간을 분석할 수 있게 된 것이다. "문학을 통해 인간을 치료한다"는 기존의 명제는 "인간이라고 하는 문학을 치료한다"는 새로운 명제로 거듭나게 되었다. 발상의 획기적 전환이다.

　문학치료학이 인간이라는 문학을 치료한다고 할 때 그 구체적 대상은 삶을 좌우하는 이야기로서의 자기서사다. 한 인간의 자기서사를 변화시킴으로써 삶의 근본적 변화를 이루어내는 일이 곧 문학치료의 핵심 요체가 된다. 그리하여 문학치료학은 사람들의 자기서사를 정확하게 투시하고, 나아가 이를 건강하게 변화시킬 방법을 찾는 것을 학문적 과제로 삼게 되었다.

　부연하면, 문학치료학의 서사는 미적 구조 차원의 개념이다. 담론(discours)으로 표현되었는지 여부는 중시하지 않으며, 이면의 기제(mechanism) 내지 체계(system)가 어떤 형태로 작동하는지를 주목한다. 자기서사는 '한 사람의 살아온 내력'이나 '자기에 대한 진술'로서의 'self narrative'와 다르며, 더 근원적인 차원의 이야기적 구조와 맥락을 뜻한다. 정운채는 자기서사의 영어 표기를 'epic of self'로 했는데, 'narrative' 대신 'epic'을 취한 것은 '미적 구조와 깊이를 갖춘 문학적 이야기'라는 의미요소를 강조하기 위한 것이었다. 하지만 'epic'은 서사시를 일컫는 장르명으로 통용돼온 용어여서 개념적 혼란과 오해를 일으켰던 것이 사실이다. 이에 대해 신동흔은 오해와 혼란을 최소화하고 보편적 소통성을 높이고자 서사의 영어 표기를 'story-in-depth'로 하는 대안을 제시했다.[5] 자기서사의 영어 표기는 'story-in-depth of self'가 된다. 그가 정운채의 논의를 종합하여 재정리한 서사 개념은 다음

4　정운채, 「문학치료학의 서사이론」, 『문학치료연구』 9, 한국문학치료학회, 2008, 248-249면.

5　신동흔, 「문학치료학 서사이론의 보완·확장 방안 연구」, 『문학치료연구』 38, 한국문학치료학회, 2016, 26면.

과 같다.

- 문학 및 인간의 이면에서 작품과 인생을 좌우하는 스토리 형태의 심층적
  인지-표현체계[6]

서사 개념 정의에 '인지-표현체계'를 넣은 것은 인지과학의 '인지 도식' 개념을 원용한 것인데, 서사가 도식(schema)은 물론이고 기제(mechanism)보다 구조적이고 역동적이라는 면에서 '체계(system)'를 적용했다.

한 가지 밝혀둘 사항은 문학치료학에서 인간을 문학적 존재로 보는 관점이 선험적 본질론으로 절대화되지는 않는다는 사실이다. 정운채나 신동흔 등은 이를 인간의 태생적 속성으로 보는 쪽이지만, 모든 문학치료 연구자들이 이에 동의하는 것은 아니다. 인간에 대한 문학적 접근을 방법적 도구 차원에서 적용하는 연구자들도 있다. 문학을 인간 이해의 모델로 삼는 관점이다. 중요한 사실은 이 경우에도 학문적 유효성은 격하되지 않는다는 사실이다. 인간에 대한 문학적·서사적 접근은 방법론 자체로도 충분히 새롭고 효과적이다. 인간과 문학이 공히 '살아있는 미적·유기적 총체'로서의 속성을 지닌다는 점이 인간에 대한 문학적 접근의 유효성을 담보한다.

2.2 작품서사와 자기서사의 상호작용적 관계

인간을 문학적 존재로 보는 관점을 확립한 정운채는 인간의 모든 행동이 자기서사의 현상적 발현이라고 보았다. 문학적 글쓰기나 일상 대화 외에 옷을 입는 일이나 머리에 핀을 꽂는 일 같은 사소한 행동에도 은연중에 서사가 작용한다는 것이다.[7] 역으로 말하면 인간의

---

6   위의 논문, 24면.
7   정운채, 「토도로프와 채트먼의 서사이론과 문학치료학의 서사이론」, 『고전문학과 교

모든 행동으로부터 자기서사의 단서를 찾을 수 있다는 뜻이 된다.

하지만 현실세계에 존재하는 인간은 무수히 많으며 그들은 제각각 다르다. 수많은 인간이 펼쳐내는 언어와 행동은 성운처럼 복잡하고 종잡기 힘든 것으로, 그로부터 심층의 자기서사를 짚어낸다는 것은 지난한 일이다. 한 인간의 이면적 구조와 맥락은 손쉽게 드러날 수 있는 것이 아니다. 부분적 정보를 통한 추단은 심각한 오해와 왜곡을 낳을 수 있다. 분석자가 선입견으로부터 자유롭지 못하다는 점도 인간에 대한 객관적 분석을 어렵게 하는 요소가 된다. 심리치료와 상담에서 한 인간을 파악하는 데 긴 시간과 많은 노력을 기울이는 것은 이 때문이다.

이와 관련해서 문학치료학은 인간에 대한 문학적 이해를 위한 특별한 통로 내지 도구를 가지고 있으니, 문학작품이 바로 그것이다. 문학작품을 매개로 삼아 인간에 대한 심층적이고도 구조적인 이해를 더욱 정확하고 효율적으로 성취한다는 것이 문학치료의 관점이다. 이때 핵심은 인간과 문학작품의 서사적 연결성이다. 다음은 그 관계 체계를 도표로 나타낸 것이다.[8]

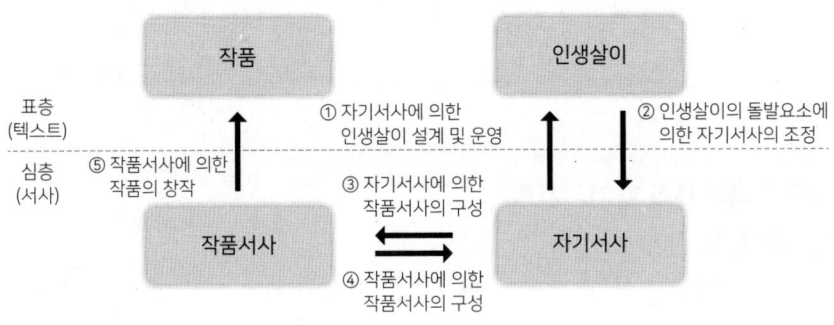

육』 20, 고전문학교육학회, 2010, 314면.

8   이는 정운채, 「문학치료학과 역사적 트라우마」, 『통일인문학논총』 55, 건국대학교 인문학연구원, 2013, 11면에 제시된 그림을 나지영이 재구성한 것이다. 나지영, 「인지역동스키마 이론과의 연계를 통한 문학치료학 서사이론 발전 방향 연구」, 건국대학교 박사학위논문, 2016, 46면.

위의 도표에 나타나 있듯이 문학치료학은 표층으로 외현된 인생살이를 문학작품에 준하는 일종의 텍스트(text)로 본다. 문학작품과 작품서사가 깊은 관련이 있는 것처럼 인생살이와 자기서사도 긴밀한 상호관계를 갖는다. 중요한 사실은 문학치료학에서 문학과 인간의 관계를 다룸에 있어 표층/텍스트 차원의 관계가 아닌 심층/서사 차원의 관계에 집중한다는 사실이다. 도표에서 ③번과 ④번으로 표시한 작품서사와 자기서사의 상호작용적 관계가 그것이다.

문학작품은 인간활동의 결과물인 동시에 인간 삶의 반영체다. 이면적으로 말하면, 작품서사는 인간의 자기서사가 투영되고 작용하면서 구성된 것이다. 도표에서 ③으로 표현한 사항이다. 한편, 작품서사는 인간의 자기서사를 반영한 것이기에 사람들은 거기에 미적으로 공명하게 되며, 그를 통해 내적 조정과 변화를 겪게 된다. 도표에서 ④로 표현한 사항이다. 요컨대, 작품서사와 자기서사는 근원적으로 동질성을 지니며 긴밀히 상호작용하는 관계다.

유의할 사항은 작품서사와 자기서사가 똑같지는 않다는 사실이다. 문학은 현실을 반영하지만 현실 자체는 아니다. 미적 상상의 집약체로서의 문학작품은 일종의 소우주로서 독립적 자족성과 전완성을 지닌다. 그것은 인간과 삶을 전형적이고 가시적인 형태로 응축해 보여준다. 인간의 실제 삶은 복잡다단해서 종잡기 어렵지만, 문학작품 속의 삶은 이와 다르다. 그것은 형태와 내용 양면에서 미적 질서를 지니며, 사람들은 이를 오롯이 감지할 수 있다. 요컨대 문학작품은 '인생의 미적 축도'로서 사람들에게 인간과 삶에 대한 객관적 조망과 총체적 직관을 가능하게 한다. 이러한 관계는 서사 차원에서도 성립한다. 사람들은 문학의 작품서사를 통해 내면의 자기서사를 미적이고 직관적인 형태로 감지할 수 있다.

요컨대 문학의 작품서사는 자기서사를 투시할 수 있는 특별한 거울이자 자기서사를 조정할 수 있는 강력한 도구다. 자기서사 변화를 통해 인간의 치료적 변화를 이루어낸다는 문학치료의 목표는 작품서사가 있음으로써 도달 가능하다. 문학치료 전문가는 작품서사의 속성과 맥락을 꿰뚫어보는 통찰력과 작품서사와 자기서사의 유의미한 연결성을 찾아내는 안목을 발휘함으로써 사람들의 내면세계에 유효한 이해를 성취할 수 있다. 그리하여 문학치료학에서는 작품서사에 대한 분석력이 절대적 중요성을 지닌다. 그간 문학치료학 연구에서 작품서사 분석에 많은 노력을 기울여온 데는 이런 이유가 있다. 문학치료학에서는 특히 구비설화의 분석과 활용에 대한 연구가 집중적으로 이루어졌는데, 이는 설화의 작품서사가 사람들의 자기서사를 진단하고 조정하기 위한 최적의 매개체라는 인식에 따른 것이다. 설화의 성격과 활용에 대해서는 뒤에서 다시 논할 것이다.

3   기존 상담치료에 대한 문학치료의 차별성

3.1 문학 기반의 인문학적 치료

인간을 대상으로 한 심리상담 활동은 세계적으로 다양한 발달을 이루어왔다. 그 기본적인 학문적 기반은 심리학이었다. 인간의 의식과 무의식, 신념과 정서 등에 대한 분석적 이해를 바탕으로 인간의 심리적·행동적 문제를 해결하는 활동으로서 '심리치료'가 현장의 상담활동을 주도해온 상황이다.

현재 세계적으로 통용되고 있는 심리치료는 종류가 무척 많다. 중요한 것들만 해도 최소 열 종류를 상회한다. 리처드 샤프(Richard S. Sharf, 2011)[9]는 심리치료의 유형을 ① 정신분석 심리치료, ② 융 분석 심리치료, ③ 아들러

---

9   Richard S. Sharf, *Theories of Psychotherapy & Counseling: Concepts and Cases*, 5th Edition, Belmont: Brooks/Cole, 2012.

심리치료, ④ 실존 심리치료, ⑤ 인간중심 심리치료, ⑥ 게슈탈트 심리치료, ⑦ 행동 심리치료, ⑧ 인지정서행동 심리치료, ⑨ 인지 심리치료, ⑩ 현실 심리치료, ⑪ 구성주의 심리치료, ⑫ 여성주의 심리치료, ⑬ 가족 심리치료 등 13종으로 나누어 설명하고, 그 밖의 항목으로 동양 심리치료, 신체 심리치료, 관계중심 심리치료, 심리극, 창의예술 심리치료 등을 제시하고 있다. 시치료나 독서치료, 미술치료를 제외한 심리학 기반의 치료활동만 해도 무척 다양하게 분화·발전해왔음을 알 수 있다.

　이들 심리치료에 대해 문학치료는 학문적 바탕과 접근법상 본질적인 차이가 있다. 심리치료가 인간에 대한 심리학적·행동학적 접근을 추구하는데 비해 문학치료는 문학연구에 기본 바탕을 두는 가운데 인간에 대한 문학적 이해를 추구한다. 문학치료의 접근 방법은 문학적인 동시에 인문학적이다. 인간을 있는 그대로의 인간으로 보는 것이, 하나의 미적·생명적 총체로보는 것이 문학치료학의 방식이다. 이때 핵심 통로가 되는 것이 곧 '서사'다. 문학적 존재로서 인간의 속성이 자기서사 속에 응축돼 있다는 관점이다. 인간을 다룸에 있어 심리나 행동을 대상으로 하는 관점과 서사를 대상으로 삼는 관점의 차이는 크다. 심리나 행동이 '요소'라면, 서사는 제반 요소를 집약한 '총체'다. 인간의 심리를 심리학 전문가가 다루는 것처럼 인간의 서사는 서사학 전문가라야 제대로 다룰 수 있다.

　심리치료의 여러 종류 가운데 문학치료와 관련성이 높은 것으로 구성주의 심리치료의 일종으로 분류되는 이야기치료(narrative therapy)를 들 수 있다. 마이클 화이트와 데이비드 엡스턴(Michael White & David Epson, 1990)[10]을 통해 이론적 초석이 놓인 이야기치료에서는 인간의 삶이 이야기들로 이루어져 있다고 보며, 내담자 내면의 이야기들을 인지하고 바꾸어가는 것을 주요 목표로 삼는다. 이야기라는 문학적 요소를 중시하고 '숨은 이야기'를 다룬다는 점에서 문학치료와 통하는 면이 있지만, 이때의 이야기(narrative)는 문학치

10　Michael White & David Epson, *Narrative Means to Therapeutic Ends*, Adelaide: Dulwich Centre, 1990.

료학의 서사와 성격이 다르다. 그것은 '내담자 자신에 대한 이야기'이며 경험적 · 사실적 내러티브의 성격을 지닌다. 그 이야기는 실제적 인간과 삶에 대한 것으로서 현실상황과 연속돼 있다. 그것은 독립적이고 자족적인 미적 구조물로서의 문학적 이야기와는 층위를 달리한다.

문학치료는 이야기치료와 달리 인간을 하나의 미적 대상으로 삼는다. 거기에는 두 가지 측면이 있다. 하나는 인간 자체를 미적 독립성과 자족성을 지닌 서사적 존재로 이해한다는 것이고, 또 하나는 문학작품이라는 미적 창조물을 매개로 하여 인간을 이해한다는 것이다. 문학치료에서 내담자는 자기 경험이나 생각으로부터 스스로를 분리한 채 미적 허구의 세계를 바라보듯이 자기 자신을 조망하게 된다. 쉽게 말하면 자신을 하나의 '작중 인물'처럼 보는 방식이다. 작품서사라는 매개체가 그러한 경험을 자연스럽게 촉발한다. 이러한 미적 거리두기는 내담자의 삶을 더 객관적이면서도 총체적인 형태로 투시하는 효과를 낳는다는 것이 문학치료학의 관점이다. 기존의 심리치료에서 적용된 적이 없는 새로운 방식이다.[11]

문학작품을 매개체로 삼는 상담치료 활동에는 문학치료(literary therapy) 외에 시치료(poetry therapy)와 독서치료(bibliotherapy), 글쓰기치료(journal therapy) 등이 있다. 일각에서는 이들을 통칭해서 문학치료(literature therapy)로 부르기도 한다.[12] 이들은 문학작품과 만나고 작품에 대한 이야기를 나누며 작품 쓰기 활동을 한다는 점에서 한국문학치료학회의 문학치료와 외형적 공통점을 지니지만, 둘 사이에는 질적 차이가 있다. 시치료와 독서치료에서 문학작품은 인간의 심리와 정신, 또는 몸을 돌보는 도구적 매체로 활용되는 것이 상례다. 문학치료에서 자기서사를 기본 대상으로 삼는 가운데 인간에 대한 문학적 이해와 처방을 추구하는 것과 다른 방식이다. 문학치료는 인

---

11 예외적으로 융 분석 심리치료에서 민담을 비롯한 문학작품 활용이 이루어져온 사실을 특기할 수 있다. 문학적 요소와 상징을 중시한다는 점에서 주목할 만하지만, 분석 심리치료는 문학적 상징을 심리적 특성분석을 위한 일종의 수단으로 삼는다는 점에서 문학치료가 추구하는 문학적 인간분석과는 차이가 있다.

12 최소영, 『문학치료학 이론과 실제: 시치료를 중심으로』, 고요아침, 2016, 91-125면.

간에 대해 이면의 문학적 구조와 맥락을 투시하고 그것을 조정하고자 한다는 점에서 훨씬 근본적이고 도전적인 문학적 접근에 해당한다. 문학치료가 중시하는 것은 외적 증상이 아니라 내적 구조와 맥락이다. 문학치료학은 그를 위한 이론적 · 방법적 체계를 갖추고 있다. 시치료나 독서치료에 없는 서사이론과 서사적 상담체계가 그것이다.

문학치료의 서사적 상담체계는 뒤에서 다룰 예정이거니와, 그 기본 구도가 인지치료(및 인지행동치료)의 방법론과 통하는 면이 있음을 특기해둔다. 인지치료는 고착화된 비합리적 신념과 부적응적 사고에 대해 그 틀을 바꿈으로써 병리적 문제의 해결을 추구한다. 문학치료는 병약한 서사나 부적응적 서사라는 틀을 바꿈으로써 치료적 변화를 이끌어낸다는 점에서 인지치료와 방법적 맥락이 통한다. 그 유사성을 나지영은 다음과 같이 요약한 바 있다.[13]

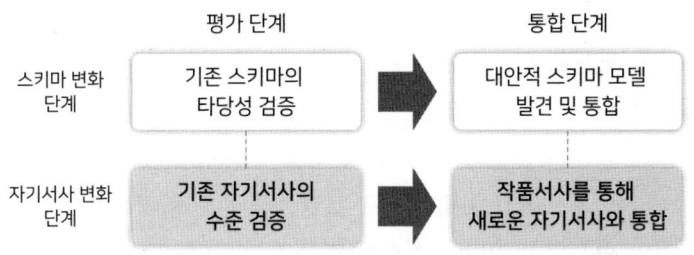

이렇게 놓고 보면 둘은 서로 비슷해 보이지만, 둘 사이에는 근본적 차이도 있다. 인지치료에서 신념과 사고의 틀로서 스키마(schema)를 변화 대상으로 삼는 데 비해 문학치료가 변화 대상으로 삼는 것은 자기서사다. 자기서사는 신념과 사고 외에 기질과 성격, 욕망 등을 포괄한 미적 구조물이다. 요컨대 문학치료는 인간의 요소가 아닌 인간 자체를 다룬다고 할 수 있다. 이와 함께, 서사는 신념이나 사고와 달리 계기적 맥락성과 극적 역동성을 지니는

---

13   나지영, 「인지역동 스키마 이론과의 연계를 통한 문학치료학 서사이론 발전 방향 연구」, 건국대학교 박사학위논문, 2016, 134면.

것이 특징이다. 늘 움직이면서 변화해가는 것이 서사다. 그리하여 자기서사의 진단과 조정에는 공시적 틀 외에 통시적 맥락이 중시된다. 인간에 대한 문학치료학적 접근법은 미적 직관력과 총체적 통찰력을 요청하는 인문학적 과업으로서, 인지이론을 포함한 심리학 기반의 접근법과는 질적으로 다르다.

인간이란 한없이 미묘하고 복잡다단한 존재인데, 인간에 대한 심층적이고도 총체적인 이해를 이루어낸다는 것이 비현실적 공상이 아니냐고 반문할 수 있겠다. 이에 대한 문학치료학의 답변은 명확하다. '문학'에서는 그것이 가능하다는 것이다. 어떤 문학을 어떻게 적용하는가에 따라 상상 이상의 놀라운 효과를 기약할 수 있다. 그 유력한 통로에 해당하는 것이 원형적 서사문학 작품으로서 설화다. 이제 문학치료학의 설화 활용에 대한 논의로 넘어간다.

3.2 설화를 매개로 한
미적 투시와 처방

인간에 대한 상담치료적 접근으로서 문학치료학이 지니는 두드러진 차별성으로 그간 심리치료를 포함한 제반 치료활동에서 거의 활용되지 않았던 설화를 적극 활용한다는 점을 들 수 있다. 물론 그것은 편의적 활용이 아니다. 그 문학적 속성과 가치에 주목한 전문적이고 본격적인 활용이다.

주지하듯이 문학은 영역이 넓고 양식이 다양하다. 양식을 불문하고 모든 문학이 이면에 작품서사를 지닌다는 점에서 이들은 모두 문학치료의 매개체가 될 수 있다. 하지만 일부 문학장르, 예컨대 리얼리티를 중시하는 장편소설은 디테일의 복잡성이 두드러져 작품서사의 분석과 적용에 어려움이 있는 것이 사실이다. 이에 대해 문학치료학은 작품서사가 전형적이고도 전완적인 형태로 깃들어 있는 문학작품 활용을 선호한다. 그렇게 선택된 대표적 양식이 바로 설화다.

설화 속에는 제반 인생사가 간명하면서도 핵심적인 형태로 집약돼 있다. 오랜 기간에 걸친 적충적 구비전승을 거치며 살아남은 전설과 민담 작품에는 수많은 사람의 경험과 사유가 원형적으로 깃들어 있다. 구비전승 과정이 일종의 필터링 역할을 수행하는 가운데, 꼭 필요하고 의미 있는 것들만 살아남은 것이 설화의 문학세계다. 오랜 세월에 걸친 인지적 검증을 거친 설화의 작품서사는 형태적 요소와 의미적 요소가 한데 결합된 최고의 인지기제라 할 수 있다.[14] 설화의 작품서사를 통해 사람들의 자기서사에 대한 기초적이고 핵심적인 이해가 가능하다.

설화는 미적 전완성이 두드러진 특별한 담화다. 풍부한 상징적 연상을 일으키는 역동적인 화소(motif)들이 긴밀히 연결되어 완결성 높은 서사구조를 형성한다. 설화의 화소와 스토리는 상상적 인지의 산물로서 실제 현실과 거리가 있지만, 그러한 미적 거리를 통해 인간과 삶을 객관적이고 총체적인 형태로 투영하곤 한다. 현실적 제약을 벗어난 자유로운 상상력 발현 과정에서 무의식적 인지가 작동하는 가운데 존재와 삶의 정수에 해당하는 요소들을 갈무리한 것이 설화의 서사세계다. 한 편의 원형적 설화는 세부 화소로부터 전체 서사구조에 이르기까지 사람들의 삶과 유의미하게 접속될 만한 요소들을 폭넓게 갖추고 있다.

설화에서 특별히 눈여겨볼 바는 의미적 개방성이다. 설화는 인물과 사건의 세부적 디테일을 구체적으로 특정화하는 대신 낯선 화소들을 툭툭 던지듯이 이어가는 것을 담화적 문법으로 삼는다. 설화의 화소는 그 자체로 다의적이며, 화소와 화소 사이에 수많은 여백이 있다. 그 여백을 사람들 스스로 채우는 것이 설화의 향유방식이자 의미구현 방식이다. 같은 이야기를 놓고도 사람에 따라 서로 다른 반응과 연상이 이루어지게 된다. 그러한 제각각의 반응 속에 서로 다른 자기서사가 투사되는 것이 상례다. 설화에 대한 서사반응에는 보편적이고 유형적인 측면과 특수하고 개별적인 측면이 동시에 작용하거

---

14   신동흔, 「인지기제로서의 스토리와 인간연구로서의 설화연구」, 『구비문학연구』 42, 한국구비문학회, 2016, 82면.

니와, 이는 사람들의 자기서사를 이해하는 데 매우 유리한 요소가 된다.[15]

이와 같은 이유로 한국의 문학치료학에서는 그간 설화를 문학치료를 위한 기본적인 작품적 매개체로 삼아왔다. 한국에서는 1970~1980년대에 걸쳐 전문가들이 참여한 대단위 구비문학 현지조사 사업을 통해 1만 편이 넘는 설화를 녹음하고 전사해서 자료집을 출간한 바 있다.[16] 문학치료학에서는 이 모든 설화를 일일이 점검하는 과정을 거쳐 인간과 삶의 문제를 전형적으로 함축한 작품들을 선별하고 치료적 활용을 위한 작품서사 분석을 수행하는 과정을 장기간에 걸쳐 다양하게 진행해왔다. 최근에는 유럽 민담을 비롯한 세계 설화를 문학치료에 활용하기 위한 연구작업도 본격화되고 있다.

세계설화의 문학적 활용과 관련하여, 최근 신동흔은 약 90종의 설화를 대상으로 삼은 치유적 작품분석을 통해 원형적 설화가 인간의 자기서사를 비춰주고 조정함에 있어 발휘하는 놀라운 힘을 확인한 바 있다.[17] 엑스레이(X-Ray)가 몸의 표면을 관통해서 내부의 뼈나 장기 상태를 투시해서 보여주듯이, 설화는 마음의 표면을 관통해서 그 속 모습을 투시하여 보여준다. 자기서사가 어떻게 존재해왔으며, 현재 어디가 막히고 뒤틀리고 비었는지를 설화의 작품서사를 통해 투시할 수 있다. 이러한 투시력에 대해 신동흔은 설화를 '마음을 찍는 엑스레이'라고 명명하고, 한 걸음 더 나아가 S를 써서 '에스레이(S-Ray)'로 표현했다. S는 도구 측면에서 'Story'이며, 대상 측면에서 'Spirit'이나 'Soul'에 해당한다.[18]

세상에는 원형성을 지니는 수많은 설화가 있다. 인간과 삶의 미적 축도라 할 수 있는 그 설화들에 대해 서사적 맥락과 의미를 깊고 정확하게 이해한 상태에서 이를 적재적소에 활용하면 수많은 사람의 자기서사를 핵심적으로

---

15 신동흔, 「문학치료를 위한 서사분석 요소와 체계 연구」, 『문학치료연구』 49, 한국문학치료학회, 2018, 17-18면.

16 『한국구비문학대계』 전 82권, 한국정신문화연구원, 1980~1988.

17 신동흔, 『옛이야기의 힘』, 나무의철학, 2020.

18 위의 책, 43면.

투시할 수 있다. 그러한 투시적 진단은 자연스럽게 치료적 변화로 이어질 수 있다. 실제로 상담치료 현장에 설화를 적용한 결과는 놀라운 것이었다. 진단과 치료 양 측면에서 내담자 스스로 놀랄 정도의 효과가 나타나고 있다.

4   설화를 활용한 자기서사 진단·조정의 원리와 과정

4.1 설화를 통한 서사적 자기이해의 원리

문학치료학에서 작품서사를 매개로 자기서사를 비춰보고 기술한다고 할 때 그 기본 매개항은 작중 인물이다. '서사의 주체'로서 인간에게 주목하는 것이 문학치료학의 접근법이다. 하나의 작품에는 주요 인물 수만큼의 서사가 존재하며, 그 각각의 서사는 성격과 맥락이 다르다. 예컨대 「백설공주」에서 왕비와 백설공주는 이질적인 서사를 담지하고 있는 주체에 해당한다. 난쟁이와 왕자 등도 또 다른 서사적 주체가 된다. 사람들의 자기서사는 그중 특정 인물의 서사와 연결됨으로써 속성과 맥락이 드러나게 된다. 작품의 주인공과 접속을 이루는 것이 상례지만, 꼭 그렇지만은 않다. 예컨대, 현실 속의 사람들은 서사적 속성 면에서 백설공주보다 왕비/마녀에 가까운 존재일 수 있다. 존재감이 지워진 채로 노동의 삶을 감당해온 사람이라면 난쟁이와의 서사적 연결성이 두드러질 수도 있다.

한 사람의 자기서사가 어떻게 문학적으로 표현되는가 하면, 백설공주의 서사와 왕비의 서사, 난쟁이의 서사, 콩쥐의 서사, 팥쥐의 서사 등으로 설명된다. 한 사람의 자기정체성과 삶의 궤적이 백설공주와 통하면 백설공주의 서사를 자기서사로 지닌다고 말할 수 있다. 물론 자기서사는 설화의 인물로만 표현되는 것은 아니다. 햄릿의 서사나 돈키호테의 서사, 라이언 일병의 서사 등 소설과 희곡, 영화 속 인물도 가능하다. 인물의 캐릭터가 특징적일수록 자기서사와 유의미하게 연결되는 것이 상례다.

콩쥐와 팥쥐의 서사를 예로 들어본다. 주변에서 '콩쥐 같은 사람'을 본 적이 있을 것이다. 부모에게 차별과 압박을 받으면서 힘들게 사는 사람들 말이다. 그들의 자기서사는 콩쥐의 서사와 통할 가능성이 크다. 만약 그가 콩쥐가 겪는 일들에 대해 강렬한 감정적 반응을 나타낸다면 거의 틀림없다고 보면 된다.

자기서사를 짚어내는 데는 겉으로 드러난 유사성보다 이면의 질적 속성이 중요하다. '콩쥐의 서사'의 경우 '엄마에게 차별당하는 딸'보다 '힘을 가진 윗사람의 차별로 인한 상처와 고통'이라는 요소가 더 중요하다. 어머니 외에 아버지나 스승, 직장 상사 등에게 심각한 차별을 겪는 사람도 전형적으로 콩쥐의 서사를 지닐 수 있다. 요컨대, 세상에는 서로 다른 수많은 콩쥐가 있다. 여자 콩쥐와 남자 콩쥐, 집안 콩쥐와 직장 콩쥐, 혼자 사는 콩쥐와 짝을 찾은 콩쥐, 슬픈 콩쥐와 행복한 콩쥐… 어떤 콩쥐인가에 따라 자기서사의 속성과 좌표가 달라지며 미래 삶의 방향이 바뀐다.

조금 시야를 넓혀보면, 「콩쥐팥쥐」와 비슷한 서사를 지닌 설화가 세계 곳곳에서 전승돼왔다. 「신데렐라」(프랑스)와 「아셴푸텔」(독일), 「황금 구두」(러시아), 「말하는 피리」(튀르키예), 「떰 깜」(베트남) 등이 그것이다. 이들은 「콩쥐팥쥐」와 마찬가지로 차별을 당한 약자가 역경을 헤쳐나가는 과정을 전형적으로 담아내고 있다. 그러면서도 각 이야기와 주인공은 자기만의 개성과 차별성을 지니고 있다. 이런 여러 이야기를 거울로 삼음으로써 '차별과 압제 속의 약자'의 자기서사를 다양하고 깊게 투시할 수 있다.

콩쥐와 신데렐라의 서사를 비교해보자면, 두 이야기의 차이는 결말에서 뚜렷이 나타난다. 신데렐라가 결혼과 함께 시련이 끝나고 행복이 펼쳐지는 데 비해 콩쥐는 그렇지 않다. 결혼한 집에까지 엄마와 동생이 찾아와 괴롭히고, 콩쥐를 속여서 물속에 빠뜨린다. 콩쥐가 그 손아귀에서 벗어나기까지의 힘든 과정이 길고 중요하게 펼쳐진다. 신데렐라에 비해 콩쥐에게 있어 '원가족'이라는 관계가 크고 힘든 굴레로 작용하는 것이라고 풀이할 수 있다. 콩쥐가 행복을 이루기 위해서는 극복해야 하는바, 설화는 그 과정을 길게 이야기한다.

나쁜 엄마 밑에서 고생하는 딸은 신데렐라일 수도 있고 콩쥐일 수도 있다. 또는 라푼첼이나 그레텔, 장화와 홍련일 수도 있다. 언뜻 비슷해 보이는 그 딸들의 내면적 구조와 맥락은 설화라는 특별한 거울을 통해 그 참모습을 투시할 수 있다. 현실 속의 인간은 미래를 볼 수 없지만, 이야기 속 인물은 다르다. 이야기 속에는 과거와 현재를 거쳐 미래로 이어지는 맥락이 있어서 결말에 이르기까지 한 인간의 자초지종을 총체적으로 보여준다. 그것은 우리의 삶이 앞으로 어떻게 전개될지, 또는 삶을 어떻게 펼쳐나가야 할지 보여주는 거울인 동시에 길을 비춰주는 등불이 된다. 그런 귀한 이야기가 오랜 세월의 풍파를 거치면서 살아남아 우리 앞에 있다는 것은 큰 축복이다.

덧붙이자면, 특정 작품서사와의 연결성은 자기서사의 전부는 아니며 한 측면일 따름이다. 현실 속의 인간은 작품 속의 인간보다 더 복합적이고 불투명하다. 이야기 속의 콩쥐는 콩쥐일 뿐이지만, 실제 세상 속의 인간은 콩쥐인 동시에 라푼첼일 수 있으며, 가믄장아기나 자청비일 수도 있다. 하나의 특별한 서사가 삶을 전면적으로 좌우하는 예외적인 상황이 아니라면, 한 사람의 자기서사에 대한 분석은 그가 처한 상황적·관계적 맥락에 따라 다면적으로 이루어져야 한다. 한 사람의 몸을 제대로 투시하기 위해 여러 각도에서의 다양한 엑스레이 촬영이 필요한 것과 같다.

그러한 다양한 투시적 진단을 통해 한 사람의 자기서사에 대한 분석이 이루어지면 내적 속성과 더불어 인생의 좌표도 짚어낼 수 있다. 한 사람이 콩쥐의 서사를 살고 있다고 할 때, 그가 지금 어떤 처지와 심정으로 어느 곳에 위치하고 있는지를 가늠할 수 있다는 뜻이다. 이때 중요한 사항이 '서사의 분기점'이다. 주요 분기점에서 길을 잘 선택하는 일은 인생의 성패를 가르는 결정적 요소가 된다. 문학치료는 작품을 매개로 자기서사의 분기점을 확인하고 그 지점에서 바른 길을 찾을 수 있게 돕는 일을 중요한 과업으로 삼는다. 작중 인물이 분기점에서 어떤 길을 택했으며 그 결과가 어떠했는지가 판단의 준거가 된다. 콩쥐의 예를 들면, 그가 결정적인 고비들에서 어떤 선택을 한 결과로 성공을 이루었는지를 분석함으로써 내담자의 인생행로가 '행복한 콩쥐'의 길이 될 수 있도록 유도하는 식이다.

자기서사를 건강하고 행복하게 펼쳐낼 수 있는 힘을 문학치료학에서는 '서사능력'이라고 지칭한다. 자기서사에서 부정적인 요소를 제거하고 긍정적 요소를 강화하면 서사능력이 향상되어 힘차게 살아갈 수 있다. 운동을 통해 군살을 제거하고 근력과 활동성을 키운 사람이 힘차게 살아갈 수 있는 것과 같은 이치다. 서사능력에는 강한 힘과 더불어 길 찾기와 길 내기 능력이 중요하다. 진입이 가능한 서사의 길을 다양하고 풍부하게 갖추고 있으면 인생을 살아가는 데 큰 힘이 된다. 그리하여 문학치료에서는 다양한 작품서사와의 접속을 통해 자기서사의 길을 다양하게 확보하는 일을 중요시한다.

인생이라는 복잡한 여행에서 사람들한테 필요한 한 가지는 바로 지도(map)다. 국내여행이나 해외여행에 지도가 꼭 필요한 것처럼, 인생이라는 여행에도 지도가 필요하다. 좋은 인생지도를 가지고 있으면, 예컨대 삶의 주요 포인트와 갈림길이 착착 표시돼 있는 지도를 가지고 있으면 길을 잃지 않고 원하는 방향으로 오롯이 나아갈 수 있다. 문학치료에서는 그 지도를 '서사지도'라고 지칭한다. 작품서사 속의 수많은 길을 연결해서 지도화한 것이 곧 서사지도다. 서사지도에 대한 논의는 아직 초기 단계지만, 점차 연구가 본격화되고 있다.[19] 앞으로 연구가 축적되어 서사지도가 다양하게 갖추어지게 되면, 인생살이 길 찾기를 위한 소중한 도구가 될 것이다.

---

19 한 예로 김정희는 한국 설화들을 바탕으로 '범남귀녀(평범남과 특별녀)'의 결연 방식에 대한 서사지도를 도출해낸 바 있다. 김정희, 「남녀관계의 위기와 지속에 대한 서사지도 구축과 문학치료 활용 연구」, 건국대학교 박사학위논문, 2018.

4.2 설화를 활용한 진단과 치료의 과정

(1) 상담의 기본 과정

설화를 활용한 문학치료는 자기서사의 진단 분석과 조정을 통해 내담자가 안고 있는 문제를 확인하고 해결해가는 방식으로 진행된다. 거기에는 일련의 프로세스가 있다. 다음은 한 연구자가 실제 상담에 적용한 문학치료 실행 과정을 도표로 정리해서 나타낸 것이다.[20]

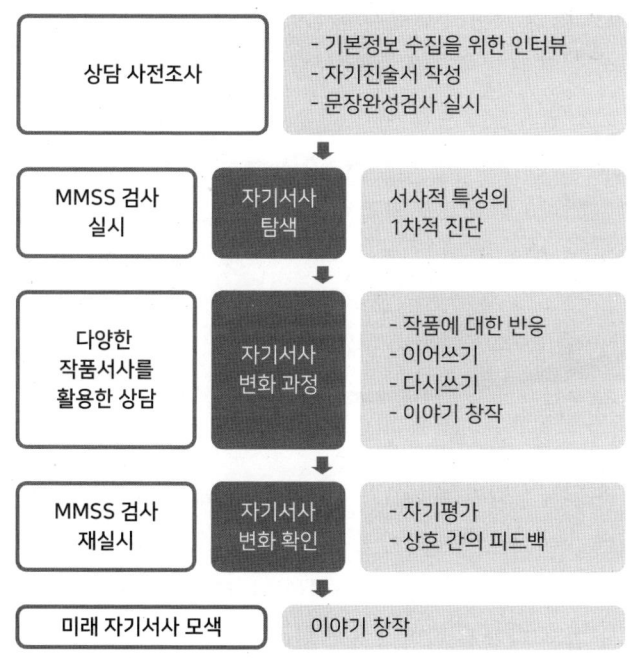

20   이규림, 「존재성의 건강한 발현을 위한 문학치료 사례 연구: 지나친 책임감에 사로잡힌 20대 여성을 중심으로」, 건국대학교 석사학위논문, 2020.

위의 도표에서 '상담 사전조사'는 문학치료 상담을 위한 준비단계에 해당하며, MMSS 검사로부터 미래 자기서사 모색까지 네 단계가 문학치료의 본과정에 해당한다. '자기서사 탐색 → 자기서사 변화 과정 → 자기서사 변화 확인 → 미래 자기서사 모색' 등으로 구조화된 전 과정의 핵심 요소는 단연 '자기서사'다. 자기서사를 확인하고 변화시켜가는 과정이 곧 문학치료임을 잘 보여주는 체계다. 그 일련의 과정은 모두 설화 작품서사를 매개로 해서 이루어진다. 핵심 과정인 '작품서사를 활용한 상담' 외에 MMSS 검사도 설화 작품서사를 통한 자기서사 검사에 해당하며, 미래 자기서사 모색 차원의 이야기 창작도 상담 과정에서 접한 작품서사를 바탕으로 해서 이루어진다.

문학치료 상담 과정의 실질적 중심에 해당하는 3단계 '다양한 작품서사를 활용한 상담'의 프로세스를 좀 더 구체적으로 살펴보면 다음과 같다.[21]

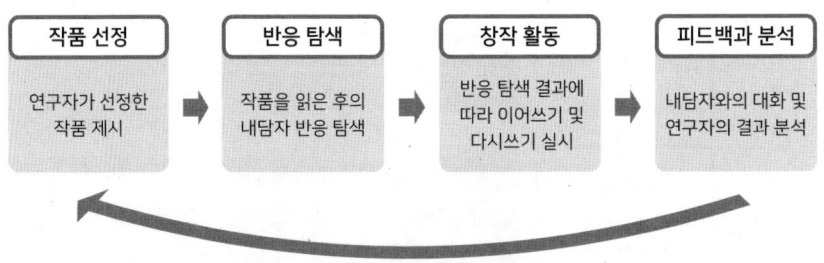

상담 과정은 상담자(연구자)가 선정한 작품에 대한 내담자의 반응 탐색을 거쳐 이야기 이어쓰기와 다시쓰기 같은 창작 활동과 그에 대한 탐색적 대화 및 피드백으로 이어진다. 그 과정이 일단락되면 또 다른 적합한 설화 작품을 두고서 같은 과정을 이어나가게 된다. 모든 활동은 작품서사와 자기서사의 상호작용을 촉발하고 확인할 수 있도록 배치·수행된다. 그 일련의 과정을 통해 상담자는 내담자 내면에 자리한 자기서사의 속성과 맥락, 좌표 등

---

21   위의 논문, 23면.

을 도출해내고 조정의 방향과 방법을 찾아서 실질적 변화를 도모하게 된다. 그 과업을 제대로 감당하기 위해 상담자는 서사분석자로서 능력을 갖춰야 한다. 일정한 수련 과정이 필요하며, 서사분석 전문가인 문학치료 슈퍼바이저의 지도감독을 받아야 한다.

문학치료에서 작품서사를 통한 자기서사 변화 과정은 상담자의 일방적 주도로 진행되지 않으며, 내담자 본인의 역할이 그 이상으로 중요하다. 내담자는 한 명의 삶의 주체이자 서사적 주체로서 작품서사와 자기서사에 다양한 반응을 나타내게 되거니와, 거기에는 자기분석적 통찰과 문제해결적 모색이 포함된다. 미적 대상으로서의 작품서사와의 만남은 내담자가 스스로를 객관화하는 가운데 내면서사를 감지하고 통찰하는 좋은 기회를 제공한다. 평소 자기를 드러내는 데 소극적이던 내담자들도 설화 작품서사 반응에서는 눈에 띄는 적극성과 다변성을 나타내는 것이 상례다. 상담자는 이를 적절히 수용·관찰·분석하는 과정을 통해 내담자의 자기서사에 대한 이해를 진전시키게 된다. 문학치료 과정은 작품서사와 자기서사의 상호작용 과정인 동시에 서사를 매개로 한 상담자와 내담자의 상호작용 과정이기도 하다.

(2) 서사반응 탐색과 진단적 대화

문학치료 상담은 자기서사 진단을 1차적이고도 중요한 과제로 삼는다. 내담자의 자기서사가 어떠한지를 알아내야 유효한 치료 과정을 설계하고 실행할 수 있다. 이때 사람들의 이면적 심층에 자리한 자기서사에 대한 유의미한 진단을 수행하는 것은 쉬운 과업이 아니다. 유효한 진단을 위해 신뢰성 있는 도구를 통한 전문적 검사와 분석 과정을 거쳐야 한다.

문학치료의 진단은 설화 작품서사에 대한 내담자 반응을 탐색하는 방식으로 이루어진다. 그것은 '자기서사 진단도구'를 통해 수행하는 것이 기본 절차다. 문학치료를 위한 자기서사 진단도구로는 정운채가 16종의 한국 설화를 바탕으로 만든 4종의 검사지[22]가 있었는데, 최근에 신동흔이 해외 민담을 포함한 26종의 설화를 바탕으로 체계와 문항을 새롭게 구성한 MMSS 진단지가 개발되어 활용되고 있다. MMSS는 'Magic Mirror for the Story-in-depth of Self'의 줄임말로서, '내 안의 심층서사를 비춰주는 마법의 거울'이라는 뜻을 지닌다. MMSS는 존재적 측면과 관계적 측면에 걸쳐 내담자의 자기서사 특성이 다양하게 드러나도록 구성되어 있다.[23]

하나의 사례를 통해 문학치료에서 작품서사에 대한 반응을 어떻게 이끌어내고 분석하는지를 간단히 살펴본다. 예로 들 것은 MMSS 진단지의 25번째 작품 「브레멘 음악대」이다.

Y. 브레멘 음악대

오랜 세월 동안 곡식을 나르는 일을 해온 당나귀가 있었다. 그런데 주인이 어느 날부턴가 먹을 것을 주지 않으려고 했다. 당나귀가 필요없다고 생각했던 것이다. 그러자 당나귀는 전부터 하고 싶었던 음악을 하겠다면서 집을 나와서 브레멘으로 길을 떠났다. 브레멘에 가면 무엇이든 하고 싶은 일을 할 수 있다고 들었기 때문이다. 당나귀는 길을 가던 중에 사냥을 못 해서 미움을 받고 있던 개를 만났다. 당나귀가 브레멘에 간다는 말을 들은 개는 선뜻 따라나섰다. 이어서 물에 던져질 뻔했던 고양이가 합세했고, 끝으로 기름에 튀겨질 처지에 있던 수탉이 들어와 일행을 이루었다. 그들이 즐겁게 떠들면서 길을 가다 보니 숲에서 날이 저물었는데, 멀리 불빛이 반짝이는 것이 보였다. 다가가서 살펴보

---

22 4종의 검사지는 각각 서사분석형, 연쇄전개형, 자유연결형, 정서반응형 등의 명칭을 지니는데, 형태는 다르지만 사용된 설화는 동일하다. 이 검사지는 내담자가 자녀와 남녀, 부부, 부모로서 가지는 관계적 특성 내지 성향을 짚어내는 방식으로 구성돼 있다. 그 연구의 과정과 결과는 정운채 외, 『설화를 활용한 문학치료프로그램 개발 연구』, 문학과 치료, 2009에 집약돼 있다.

23 MMSS 진단지에 대한 자세한 설명은 다음 논문에 제시돼 있다. 신동흔, 「문학치료를 위한 자기서사 진단과 해석 연구: MMSS 진단지의 성격과 구성, 해석과 활용」, 『문학치료연구』 54, 한국문학치료학회, 2020. 이 책 4부의 453-543면에서도 내용을 확인할 수 있다.

니까 불 켜진 집 안에서 도둑들이 훔쳐 온 음식을 먹으면서 떠들고 있었다. 네 친구는 그들을 몰아내기로 했다. 당나귀 등에 개가 올라가고 그 위로 고양이가 올라가고 맨 위에 수탉이 올라간 다음 목청껏 음악을 연주했다. 그들이 한꺼번에 소리를 내며 들이닥치자 유령이 나타났다고 여긴 도둑들이 놀라서 도망쳤다. 네 친구가 음식을 먹고 잠들었을 때, 도둑들이 상황을 엿보려고 찾아왔다. 슬그머니 집으로 들어가던 도둑은 고양이의 발톱에 긁히고, 개의 이빨에 물리고, 당나귀의 뒷발에 차이고, 수탉의 고함에 놀라서 넋이 달아나버렸다. 집안에 무서운 마녀가 있다고 믿게 된 도둑들은 멀리 떠나서 다시 돌아오지 않았다. 네 명의 음악가는 그곳에 머물러서 내내 잘 살았다.

Y-1. 내가 이야기 속에 있다면 저 일행 안에 들어있을 것이다. ☠☓▽⋯△◯☼

Y-2. 내가 저 일행에 포함된다면, 네 명 중 _____번째 순서로 들어갔을 것이다.

　　※ 보충설명: _____.

Y-3. 내가 좋아하는 동물을 아무 거나 생각나는 대로 세 가지 쓴다면?

　　① _____　② _____　③ _____

Y-4. 이 이야기에서 도둑을 물리칠 수 있었던 가장 큰 힘은 …

　　_____.

Y-5. 저 네 친구한테는 숲속의 집이 '브레멘'이었다고 할 수 있다. ☠☓▽⋯△◯☼

　　※ 내가 생각하는 진정한 브레멘은 …

　　_____.

Y-6. 나는 이 이야기가 마음에 든다. ☠☓▽⋯△◯☼

　　※ 이유: _____.

보듯이 검사지는 7점 척도에 해당하는 선택형 문항과 단답형, 서술형 문항 등으로 다양하게 구성돼 있다. 작품에 대한 반응에 자기서사가 다양하게 투사될 수 있도록 한 구성이다. 각 문항은 서사적 분기점과 쟁점에 초점이 맞춰져 있거니와, 그에 대한 반응은 내담자의 자기서사를 이해하는 단서가 된다. Y-1을 통해 내담자가 타인과의 관계 맺기에 얼마나 적극적인지 감지할 수 있으며, Y-2를 통해 행동의 주도성 내지 신중성 여부를 가늠할 수 있다. Y-3 문항에 표기된 동물들은 내담자 캐릭터와 연관성을 지닌다고 보면 된다. 분석 결과 첫 번째 순서로 쓴 동물이 내담자의 의식적인 캐릭터적 정체성이라면, 세 번째 순서로 쓴 동물은 무의식적인 정체성을 반영한 경우가 많았다.[24] 다음, Y-4와 Y-5에 대한 응답에서는 내담자의 세계관과 가치관적 특성을 간취할 수 있다. 서술형 문항에서는 예기치 않은 의외의 답변이 나오기도 하는데, 이 경우 자기서사의 특징적 지표가 될 수 있다. Y-6은 26개 설화에 대해 공통 적용된 형태의 문항으로서, 작품서사와 자기서사의 연결성을 단적으로 가늠하기 위한 것이다. 강력한 긍정반응이나 강력한 부정반응이 나온 경우 유의미한 연결성을 지닐 것으로 추정하게 된다.

문학치료에서 설화 작품서사에 대한 내담자의 반응은 표준적·기계적으로 평가되지 않는다. 각각의 반응에 대해 내담자와의 대화적 탐색을 통해 그 맥락과 속성을 파악하는 과정을 거치게 된다. 이를 거쳐야만 유효한 분석으로 인정될 수 있다. 그러한 대화 탐색 과정은 내담자가 스스로 내면의 서사를 인지하고 해석하는 과정으로서 의의를 지니기도 한다. 작품서사에 대해 이리저리 대화를 나누는 과정에서 숨어 있던 서사들이 모습을 툭툭 드러내거니와, 설화의 내면 노출 효과는 예상보다 훨씬 크고 놀랍다. 내담자가 꽁꽁 숨겨두었던 아픈 경험을 설화작품을 매개로 하여 솔직하게 털어놓는 경우도 많다. 다층적 함의를 지닌 미적 창조물로서 원형적 문학이 발휘하는

---

24 검사 결과 ① 항목에 고양이나 강아지를 쓰고 ③에는 코끼리나 기린, 사자 등을 쓴 사례들이 있었다. 대화를 통해 확인해보니 겉보기에 양순해 보이는 사람이고 스스로도 그렇게 여기고 있지만 이면 깊은 곳에 크고 강력한, 또는 무거운 존재감이 도사리고 있음을 확인할 수 있었다.

힘이다. 일반 심리상담과 달리 편안하고 우호적인 분위기 속에서 상담 활동이 진행된다는 것도 '문학적 치료'의 특징적 면모다.

작품서사 반응을 통한 진단적 대화는 MMSS에 포함된 26개 설화에 한정되지 않는다. 세상의 모든 이야기가 그 대상이 될 수 있다. 내담자에게 어울린다고 여겨지는 설화를 골라서 내용을 들려주거나 읽게 한 뒤 그에 대한 전반적 느낌을 확인하고 서사적 분기점과 쟁점에 해당하는 사항들에 대해 이리저리 얘기를 나누게 된다. 그 일련의 대화 과정은 문학치료적 '진단 대화'로서 성격을 지니며, 그 자체가 '치료적 대화'로 기능하기도 한다. 대화 과정에서 이루어지는 내담자의 '자기이해'가 자연스럽게 치료적 처방으로 연결되는 것이다. 처방은 상담자가 제시할 수도 있고, 내담자 스스로 행할 수도 있다. 모든 가능성을 열어놓고 대화를 진행해가게 된다.

(3) 이야기 다시쓰기와 치료적 대화

작품서사에 대한 반응 및 탐색적 대화와 함께 문학치료 상담의 중핵을 이루는 또 다른 과정은 창작을 매개로 한 활동이다. 완전히 새로운 창작은 아니며, 작품서사로 제공된 설화를 매개로 한 부가적 창작이다. 그것은 이야기 이어쓰기와 다시쓰기 등으로 이루어진다. 쓰기는 '마음 가는 대로 바꿔 쓰기' 내지 '마음에 들게 고치기'의 성격을 지니며, 작품서사에 준한 '허구적 서사' 형태로 창작하는 것이 정형이다.

'이야기 만들기'를 핵심 활동으로 삼아 문학치료를 수행 중인 조은상은 그 구조와 원리를 다음과 같이 제시한 바 있다.[25]

---

25   조은상, 「문학치료는 어떻게 이루어지는가: 개인문학치료 사례를 중심으로」, 『문학치료연구』 57, 한국문학치료학회, 2020.

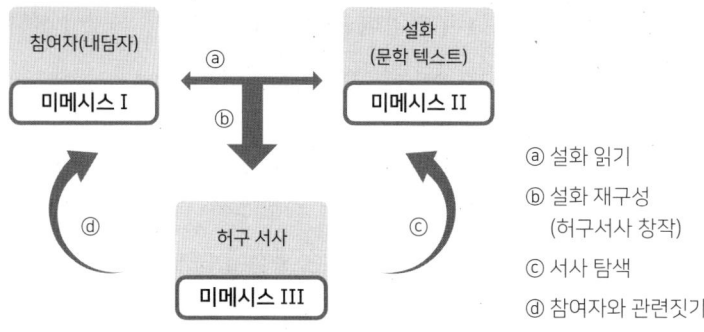

위의 도표에서 '미메시스'는 내담자 내면에서 이루어지는 작용이 외적으로 표출되는 것을 뜻하는 말이다. 그것은 세 단계로 이루어진다. 첫째는 내담자의 자기 자신에 대한 표출(미메시스 I)이고, 둘째는 설화 작품서사에 대한 반응 형태의 표출(미메시스 II)이며, 셋째는 이야기 만들기를 통한 표출(미메시스 III)이다. 자기서사는 각각의 과정에서 다양한 형태로 드러나게 되는데, 특히 설화 재구성을 통한 '이야기 만들기' 과정에서 구조화된 이야기 형태로 표현되는 것이 상례다.

내담자가 설화 작품서사에 대한 탐색적 대화를 거쳐 새롭게 만든 이야기에 대해 그것이 곧 자기서사라고 판단하는 것은 성급하고 위험한 일이다. 거기에는 서사가 아닌 '텍스트' 차원의 요소들이 다양하게 개입될 수 있으며, 인지적 왜곡이 작용할 수 있다. 이러한 변수를 고려하는 가운데 문학적 전문성을 발휘한 분석을 수행할 필요가 있다. 내담자가 만든 이야기와 원래의 이야기를 비교 탐색하는 작업은 자기서사에 대한 문학적 분석의 주요 포인트가 된다. 이를 다시 내담자의 삶의 경험과 연결함으로써 서사적 의미맥락을 구체화할 수 있다. 이러한 분석이 오롯이 수행된다는 전제하에 내담자가 만든 이야기들을 자기서사의 구조와 맥락을 이해하는 거점으로 삼을 수 있다.

내담자가 설화 다시쓰기를 한 사례를 하나 살펴본다. 38세 우울증 여성의 사례로, 근간에 문학치료학회 연구발표에서 보고된 내용이다.[26]

---

26 김서하, 「우울증 환자의 설화 다시쓰기 사례의 특성과 의미: 호랑이 설화에 대한 자기

산골에 혼자 사는 할머니가 밭에 채소를 심고 있었다. 그때 목마르고 배고
픈 호랑이가 할머니를 잡아먹으려고 했다. 그러자 할머니는 밭에서 뛰쳐나
와 호랑이에게서 도망을 갔다. 호랑이는 할머니를 따라가지 않고 밭에 있는
채소를 먹기 시작했다. 한참을 먹던 호랑이는 도망간 할머니를 뒤따라가려
고 했다. 그래서 남은 채소밭의 할머니 소쿠리 냄새를 맡고 할머니 집에 찾
아갔다. 할머니는 집에 숨어 있다가 호랑이에게 무릎을 꿇고 살려달라고 빌
었다. 호랑이는 살려주는 댓가로 마당에 있는 소를 잡아먹게 해달라고 소리
를 내었다. 그래서 할머니는 소를 넘겨주기로 하고 다시 채소밭으로 호랑이
를 데려갔다. 밭에서 소를 넘겨주고 할머니는 소쿠리를 집어 들고 도망을
갔다. 호랑이는 소를 그 밭에서 잡아먹고 집으로 가던 할머니를 또 따라서
갔다. 그리고 뒤에서 할머니를 공격해 할머니도 잡아먹었다.

설화의 제목은 「팥죽 할머니와 호랑이」로 본래의 내용은 호랑이에게
죽음의 위협을 당하던 할머니가 달걀과 자라, 개똥, 절구통, 멍석, 지게 등의
도움으로 호랑이를 물리친다는 것인데, 중증 우울증 상태에 있던 내담자는
이야기를 위와 같이 바꾸었다. 흥미로운 점은 내담자가 이야기를 씀에 있어
호랑이에게 자기 자신을 투사했다는 점이다. 내담자는 탐색적 대화 과정에
서 호랑이가 자기이고 할머니는 자기 엄마라고 말했다고 한다.[27] 자기를 제
대로 챙겨주지 않는 어머니에 대한 분노와 공격성이 다시쓰기에 투사된 상
황이다. 호랑이가 엄마를 잡아먹는 일은 엄마의 그늘에서 벗어나 자기 삶을
마음껏 펼치고 싶은 욕구의 반영으로 풀이된다. 요컨대 내담자 안에는 '상처
받고 분노하는 호랑이의 서사'가 깃들어 있었다고 할 수 있다. 그것이 이야
기 만들기 과정을 통해 단적으로 드러난 것이다. 스스로를 호랑이에 투사한

투사를 중심으로」, 2020.12.26. 한국문학치료학회 제205회 학술대회 발표문, 15면. 이
는 필자(신동흔)의 수련 감독을 거쳐 발표한 것이다. 이하 이 책에서는 내담자가 쓴 글
을 정서법에 맞춰 교정하지 않고 그대로 인용할 것임을 밝혀둔다.

27 위의 발표문, 15-16면.

결과에 대해 상담자는 물론 내담자 자신도 많이 놀랐다고 한다.[28]

　이야기 다시쓰기 과정은 자기서사를 드러내고 확인하는 과정인 동시에 그것을 바꾸고 치료해가는 과정이기도 하다. 위 이야기를 만들고 나서 내담자는 자기 자신이 어머니에 대해 일방적 약자나 피해자가 아니라 한 명의 강경한 가해자일 수 있다는 사실을 인식하게 되었다. 어머니가 자신 때문에 힘들어하는 '불쌍한 할머니'였다는 인식은 내담자의 모녀 관계 인식에 극적 전환을 가져왔다. 그러한 발견을 통해 내담자는 자신과 타자를 서사적으로 객관화함으로써 '분노적 우울'을 완화할 수 있게 되었으니, 유의미한 치료적 변화에 해당한다.

　문학치료 사례연구를 단면적으로 확인할 겸, 하나의 예를 더 살펴본다. 무기력을 호소하던 20대 후반 여성의 사례다.[29]

　어느 한 마을에 여자가 아이를 낳다가 죽게 되었다. 여자의 남편은 얼굴은 잘생겼지만 돈을 벌 능력이 하나도 없는 사람이었다. 돈을 벌지 못하니 먹을 게 없는 상태로 몇 달간 사니, 아이를 임신한 아내가 죽을 수밖에 없는 상황이었다. 딸과 갓난아기 아들까지 아이 둘을 데리고 살아가야만 하는 남자는 막막했다. 며칠을 더 고민하던 중 자신의 무기는 얼굴밖에 없다는 것을 깨달았다. 이 마을에 가장 돈 많은 부자집이 있었는데 그 집 딸이 본인을 내심 좋아하고 있다는 사실을 알고 있던 남자는 곧장 그 여자에게 찾아갔다. 자신의 마음을 거짓으로 고백하고 갓난아기 딸은 빼고 아들의 존재만을 말했다. 첫째가 딸인 것을 부자집 딸 부모가 싫어할 게 뻔했기 때문이다. 아들 이야기를 할 때 머뭇거리던 남자의 모습을 보고 부자집 딸은 자신에게 무언

28　다시 쓴 이야기 속에는 '소쿠리'라는 특징적 화소가 나오는데, 이는 '재산'과 관계되는 것으로 해석된다. 어머니가 보유한 재산을 자기 것으로 삼고자 하는 내담자의 욕구가 서사적으로 투사된 형국이다. 이야기 만들기는 이런 식으로 삶의 특징적인 국면을 첨예하게 드러내곤 한다. '소쿠리'를 재산과 연결할 수 있다는 해석은 본 연구자의 것으로, 학술대회 자유토론 시간에 그 견해를 제시한 상태다.

29　최정문, 「무기력을 호소하는 20대 후반 여성에 대한 문학치료 사례연구: '어른아이' 서사의 변화과정을 중심으로」, 건국대학교 석사학위논문, 2021, 100-101면(밑줄은 인용자).

가 숨기고 있다는 사실을 알아챘다. 남자를 사랑하는 마음이 컸던 딸은 따져 캐묻지 않고 결혼을 결심했다. 풍족한 결혼 생활 중에 남편이 밤마다 어딘가로 식량을 가져가는 것을 딸(아내)이 알게 되었고, 쫓아가 보니 예쁘게 생긴 여자아이가 있었다. 남자가 그 아이에게 정말 미안하다며 어쩔 수 없이 돈 많은 사람과 살고 있다고 하는 말을 듣게 되었고 큰 배신감을 느꼈다. 딸은 다음 날 몰래 여자아이를 찾아가 물가에 버렸다. 여기저기 떠돌던 딸아이는 다른 마을 부자집 식모로 일하게 되었다. 그곳에서 성실하게 몇 년간 일을 했고 그 집 정승어른이 딸아이의 사연을 알게 되었다. 정승은 자신을 아빠처럼 따르는 딸아이를 입양하기로 결심했고, 이웃집 남자와 결혼도 시켰다. 줄곧 딸아이의 억울함을 풀어주기 위해 노력하던 정승은 결국 계모를 찾아내었고, 신고하여 큰 벌을 받을 수 있게 하였다. 딸은 몇십 년 만에 친아빠도 만나게 되었는데, 낳아준 아빠이지만 자신에게는 새로운 아빠가 있다는 사실을 말하였다. 이미 새아빠와 남편까지 가정을 잘 이루고 살던 딸 아이는 같이 살자고 하는 친아빠의 부탁을 거절하였다. 여전히 궁핍하게 살고 있는 아빠에게 매달 먹을 것을 보내주며 살았다.

이는 내담자가 「손 없는 색시」 이야기를 다시 쓴 것이다. 본래의 설화는 부정한 행실을 했다는 누명을 쓴 딸이 아버지한테 손이 잘린 채로 쫓겨난 뒤 한 남자를 만나서 결혼하고 여러 고난을 겪은 끝에 손을 되찾고 잘살게 된다는 내용을 담고 있다. 그런데 내담자가 다시 쓴 이야기에는 많은 내용이 바뀌어 있다. 원전 설화 속의 계모가 '부잣집 딸'로 표현되었고, 주인공의 손이 잘리는 내용이 빠져 있다. 집에서 쫓겨난 뒤 자신을 알아봐주고 보살펴준 '정승'이 새아빠가 되어줌으로써 문제를 해결해간다는 것도 특징적인 내용이다.

이러한 다시쓰기 결과에는 내담자의 자기서사가 투영돼 있다. 내담자는 성장 과정에서 부모로부터 필요한 보호를 못 받고 밀쳐졌다는 생각에 사로잡혀 있었는데, '상처받은 딸/소녀'로서의 자기서사가 이야기 속에서 두 명의 '딸'의 모습으로 표현된다. 이야기 속에서 아버지와 결혼한 여자를 내담자는 '아내'나 '엄마'가 아닌 '딸'로 표현한다. 남자한테 속임을 당한 억울한 딸이다. 자기서사가 은연중 투사된 모습이다. 그러한 투사는 주인공에 해당하는 딸에 더 강하게 이루어진다. 원전 설화에서 쫓겨난 주인공은 아내가 되고 엄마가 되는데, 내담자가 쓴 이야기에서는 새아빠의 도움을 받는 딸로 머물러 있다. 내담자가 심리적으로 '어린 딸'의 상태에 머물러 있음을 암시하는 모습이다. 어떤 딸이냐 하면 상처받은 딸이며, 보호를 받고 싶은 딸이다. 내담자는 자신이 원하는 부모의 모습을 '정승'으로 표현하고 있다. 한편, 내담자가 이야기를 다시 쓰면서 주인공의 손이 잘리는 내용을 제거한 것은 부모에게서 받은 상처와 직면하기를 회피한 결과로 해석된다. '손이 잘린 상태'라는 자신의 상황을 인정하기 싫어하는 모습이다.

다시쓰기에 나타난 위 내담자의 자기서사는 전체적으로 의존성과 회피성이 두드러졌다. '손이 잘린 것을 부정하고 감추고 싶어 하는, 그러면서 크고 힘 있는 사람의 보호와 도움을 받기를 원하는 손 없는 소녀의 서사'라고 할 만한 면모다. 이에 대해 상담자는 내담자의 서사를 겉으로는 성인이지만 심리적으로는 사춘기 소녀 상태에 머물러 있다고 진단하고 이를 '어른아이 서사'로 명명한 뒤 이를 바꾸어가는 것을 문학치료의 목표로 삼아 상담을 진행했다.[30] 내담자는 상담자의 자기서사 분석을 이해하고 수용하면서, 그에 대한 성찰을 시작했다. 그러한 서사적 자기이해와 성찰은 내담자에게 유의미한 변화를 가져왔다. 남이 아닌 스스로 자신의 보호자가 돼야 함을 깨닫고 '독립적이고 성숙한 나'의 길을 찾아가게 된 것이다. 그 결과 현상적으로 나타났던 무기력증이 대폭 완화되고 삶의 여유와 동력을 찾아가는 변화를 이루어내게 되었다. 그렇게 하나의 문학치료가 이루어진 것인데, 그 핵심 동인이 바로 이야기 다시쓰기 과정이었다. 이야기 다시쓰기는 이렇게 진단과 치료 양면에서 중요한 역할을 하게 된다.

30　위의 논문, 120-143면.

(4) 자기서사 확인 및 새로운 인생서사 설계

　　내담자를 대상으로 한 문학치료는 개인치료와 집단치료 형태로 진행되며, 단기와 중기, 장기 등 다양한 기간에 걸쳐 진행될 수 있다. 예정된 회기에 맞추어 서사반응 탐색 및 다시쓰기와 서사적 대화 등 소정의 활동을 일단락하면 마무리 단계로 나아가게 된다. 치료의 마무리는 자기서사 변화를 확인하는 과정을 거쳐 향후의 인생서사를 어떻게 펼쳐갈지를 계획하고 실행법을 찾는 방식으로 이루어지게 된다.

　　문학치료에서 자기서사 변화의 확인은 심리검사 외에 서사검사나 서사적 확인 형태로 수행하는 것이 상례이다. 하나의 유력한 방법은 MMSS 등의 진단도구로 재검사를 수행함으로써 내담자의 서사반응이 어떻게 달라졌는지를 점검하는 일이다. 문학치료 과정이 유효하게 진행됐을 경우 재검사 결과 유의미한 변화가 나타나게 된다. 거꾸로 재검사 결과로 드러난 유의미한 변화를 통해 문학치료 과정의 유효성을 확인할 수도 있다. 내담자 자기서사의 변화는 상담자와 내담자가 대화적 소통을 통해 함께 이를 평가함으로써 객관성과 신뢰성을 높이는 것이 원칙이다.

　　다음은 한 내담자의 MMSS 재검사 결과에 대한 상담자와의 대화를 옮긴 것이다.[31]

　　상담자: 저번에는 바로 잡아먹힐 거라고 했는데, 이제는 낙담하고 울면서
　　　　　 방법을 찾네?
　　내담자: 와~ 진짜 나 그랬네. 슬픈 건 슬픈 거니깐. 그래도 울면서 포기는 안
　　　　　 할 것 같아. 나 저번 꺼는 왜 이렇게 무섭게 썼지?
　　상담자: 이제 이 이야기가 비현실적이지 않다고 생각하는 거야?

31　이규림, 「존재성의 건강한 발현을 위한 문학치료 사례 연구: 지나친 책임감에 사로잡힌
　　20대 여성을 중심으로」, 건국대학교 문학예술치료학과 석사학위논문, 2020, 184면. 상
　　담자와 내담자가 친구 사이라서 서로 반말로 대화하고 있다. 단, 모든 문학치료 과정은
　　상담의 일반 원칙을 지키면서 진행되었다.

내담자: 그냥 있을 수 있을 거 같아 진짜로.

상담자: 아, 실제로? 처음에는 대리만족을 느껴서 좋다고 했는데, 이제 생각
　　　이 바뀌었어?

내담자: 대리만족보다는 그냥 권선징악이어서 좋아. 나쁜 놈이 벌받고.

대화는 MMSS 19번째 이야기인 「팥죽 할머니와 호랑이」의 작품서사 반응에 대한 것이다. 내담자는 상담을 시작할 때 이야기 속 호랑이에 강한 공격성을 드러냈다. 가족과 직장의 호랑이 같은 사람들 때문에 너무 힘들다는 반응이었다. 본인이 할머니였다면 호랑이에게 바로 잡아먹혔을 것이라고 쓰기도 했다. 하지만 일련의 문학치료 과정을 거치면서 내담자는 문제의 원인이 자기가 무리하게 책임을 짊어지고 덮어쓴 데 따른 것임을 인지하게 되었다. 자신에게 큰 원인이 있음에도 스트레스의 원인을 타인에게 돌리면서 분노하고 좌절하는 상황이었다. 문학치료 과정은 자기의 정체성과 처지, 합리적 대인관계 등을 성찰하는 방향으로 진행되었고, 그 결과 내담자는 유의미한 서사적 변화를 이루어냈다. 그 변화는 MMSS 재검사를 통해 단적으로 나타났다. MMSS 재검사에 나타난 호랑이에 대한 내담자의 태도는 이전과 많이 달라졌다. 호랑이에 대한 부정적 인식이 완화되었으며, 호랑이에게 핍박받는 상황이 되면 힘들더라도 벗어날 방법을 찾을 거라고 했다. 이런 변화에 대해 내담자 본인이 보인 반응이 흥미롭다. 내담자는 7개월 전에 본인이 처음 작성한 검사지를 보고 스스로 깜짝 놀랐다. 호랑이한테 바로 잡아먹힐 거라고 쓴 내용에 대해 "나 저번에 왜 이렇게 무섭게 썼지?" 하면서 믿기지 않는다는 반응이었다. 자기도 놀랄 정도의 변화가 그 사이에 일어난 상황이다.

좀 더 분석해보면, 이 외에도 여러 변화가 확인된다. 내담자는 이전에 할머니가 주변 친구들의 도움으로 호랑이를 물리치는 것이 완전히 비현실적이라고 여겼지만, 지금은 그것을 가능한 일로 여기고 있다. 이전에는 할머니가 호랑이를 물리치는 일이 공상적 대리만족일 뿐이었지만, 지금은 그것을 권선징악의 순리로 여기고 있는 것도 질적 변화에 해당한다. 이와 같은

서사적 변화는 MMPI-II 같은 심리검사 결과로 확인되는 수치적 변화 이상으로 유의미하다는 것이 문학치료학의 관점이다. 심층의 구조적 변화에 해당하기 때문이다. 그 변화는 실제 삶의 변화로 이어지는 힘을 발휘한다.[32]

MMSS 진단지를 통한 방법 외에 이전에 했던 이야기 만들기를 새롭게 다시 해보는 것도 자기서사 변화를 확인하면서 문학치료 과정을 마무리하는 유력한 방법이 된다. 문학치료 과정이 유효하게 진행됐을 경우 새로운 다시쓰기 결과에 유의미한 서사적 변화가 드러나게 된다. 앞서 소개한바, '상처받은 딸'의 서사에 머물러 있던 '무기력을 호소하는 20대 후반 여성'이 이런 과정을 거쳤다. 이 내담자는 상담 종료 단계에서 스스로 「손 없는 색시」 이야기를 새롭게 써보는 일을 선택했다. 이 내담자가 이야기를 또다시 쓴 결과는 다음과 같다. 분량이 많아서 일부만 인용한다.[33]

> (…) 주인집 마님은 음식을 훔치고, 거짓말까지 한 정승에게 아이들을 데려오라고 하였다. 아들은 나이가 15살이어서 논일을 시켰고, 어린 딸은 쓸모없다고 생각하여 손을 잘라 냇가에 버렸다. 그렇게 버려진 딸은 냇가를 둥둥 떠다니며 며칠을 지냈는데, 어느 날 나이든 과부가 딸아이를 발견했다. 어린 딸을 불쌍하게 여긴 과부는 집에 데려와 키웠다. 과부라 풍족하게는 아니지만 사랑으로 어린 딸을 돌보았고 딸도 어느덧 성인이 되었다. 딸은 어릴 때부터 한쪽 손이 없이 지내와서 큰 불편함은 없었지만 주변 사람들의 시선이 따가웠다. 딸은 다른 사람들과 속도 차이는 있겠지만 본인이 더 노력한다면 극복할 수 있다고 믿었다. 지금까지 봐준 과부를 떠나서 혼자서도

---

[32] 이 내담자는 문학치료 과정을 거치며 삶의 실질적 변화를 이루어냈다. 혼자 모든 책임을 떠맡는 가운데 스트레스에 짓눌리던 형태의 직장생활을 정리할 것을 결심하고 이를 실행에 옮긴 것이다. 그 후 새로운 직장을 구해서 이전과 다른 관계구조 속에 훨씬 행복한 사회생활을 영위하고 있다. 내담자 스스로 문학치료를 마친 뒤 1년 안에 상담자에게 전한 내용이다.

[33] 최정문, 「무기력을 호소하는 20대 후반 여성에 대한 문학치료 사례연구: '어른아이' 서사의 변화과정을 중심으로」, 건국대학교 석사학위논문, 2021, 113-114면(밑줄은 원 필자).

해보고 싶은 욕심이 생겼고, 집에서 조금 멀리 떨어진 곳에 집을 구하고, 모든 일을 혼자 하며 지냈다. 과부의 취미인 옷 만드는 일을 어깨 넘어 배운 딸은 소일거리로 옷을 만들어 시장에 팔았다. 처음에는 조금 엉성했지만 실력이 점점 늘어 단골손님도 많이 생겼다. (…) 딸은 점차 직원을 늘려 꽤나 큰 공장에 사장이 되었다. 본인이 손이 없어 받았던 차별을 없애고 직원을 채용하고, 많은 기회들을 주었다. 딸은 본인이 손이 없던 채로 태어났는지, 손이 있었는데 잘렸는지 알지 못했다. 수많은 시간 동안 궁금하였는데 이젠 궁금해하지 않기로 다시 다짐하였다. 현재의 모습을 인정하니 마음이 한결 편안해졌다.

같은 내담자가 같은 작품서사를 다시 쓴 것임에도 내담자가 자청해서 새로 쓴 이야기는 이전에 쓴 것과 질적으로 다른 것이었다. 일단 새 이야기에는 딸의 손이 잘리는 내용이 포함돼 있다. 밀쳐짐의 상처와 고통을 인정하고 그것과 직면한 모습이라고 볼 수 있다. 주변에서는 낯선 시선을 보내지만, 이미 상황에 적응한 터라서 불편함이 없었다는 내용도 눈길을 끈다. '과부'로 표현된 보호자에게 의존하지 않고 스스로의 힘으로 새로운 일을 해나간다는 전개도 주목할 만한 변화다. 이전 이야기에서 주인공이 정승의 보호 밑에 머물렀던 것과 질적으로 다른 모습이다. 그렇게 스스로 자기 삶의 길을 찾아나선 주인공은 손이 없음에도 남들 못지않게 훌륭히 일을 해내며, 관계의 확장을 거치면서 성공을 이루어낸다. 이야기는 마지막 부분에서 그녀가 자기 손이 원래 없었던 것인지 잘린 것인지 알 수 없게 됐으며, 더 이상 거기에 연연하지 않는 것으로 마무리된다. 과거에 발목이 잡혀서 어린아이 상태로 머물러 있던 서사에서 '있는 그대로의 나'로서 현재를 살아가면서 미래를 향해 나아가는 서사로의 극적 변화다. 주인공의 서사가 원전 설화 속의 손 없는 색시와 훨씬 가까워진 모습이다. 작품서사와의 접속을 통해 자기발견을 이루고 서사적 통합을 이루어낸 결과라고 볼 수 있다. 유의미한 문학치료가 이루어졌음을 확인시켜주는 결과다.

위의 다시쓰기는 '미래 인생서사 쓰기'의 일환으로 이루어진 것이다. 여러 작품서사를 참고해서 자유롭게 미래서사를 쓸 수 있다고 알려주었음에도 내담자는 위 이야기를 선택해서 자신이 펼쳐갈 미래의 삶을 그려냈다. 미래 인생서사 쓰기는 이처럼 다양한 형태로 진행될 수 있다. 그것은 단순히 '앞날'에 대한 내용으로만 구성되지 않는 것이 상례다. 과거에서 현재로 이어진 서사적 맥락과의 연관 속에서 미래 인생서사를 써봄으로써 더 효과적으로 자신의 삶을 구조화할 수 있다. 그렇게 내담자가 다시 쓴 미래 인생서사에 대해 상담자는 유의미한 지점을 확인해서 격려하고, 부족하거나 무리해 보이는 부분을 짚어서 서사를 조정하고 보충해주게 된다. 미래서사를 실제로 실현해가는 데 필요한 실천 요강을 확인하는 것도 유의미한 마무리 과정이 된다.

이렇게 문학치료는 종료되며, 그 이후는 내담자 본인의 몫이다. 서사와의 접속이 깊고 폭넓게 이루어지고 자기서사 변화가 유의미하게 이루어진 경우 내담자는 그 과업을 오롯이 잘 감당해나갈 것으로 기대할 수 있다. 근본적 치료가 수행되었다고 볼 수 있기 때문이다. 이러한 치료를 성취하는 것은 쉬운 일이 아니지만, 얼마든지 가능한 일이기도 하다. 극적 변화가 가능한 것이 문학적 존재로서의 인간이다. 그 '문학적 가능성'을 찾아내서 실현시킴으로써 사람들의 삶은 건강하게 바뀔 수 있다.

5   **맺는말**
_____

한국에서 자생적인 학문으로 성립하여 인간학의 새 지평을 열고 있는 문학치료학에 대해 그 문학적 치료의 원리와 실행 체계를 살펴보았다. 지면상 여러 사례를 소개하지 못했지만, 설화를 활용한 문학치료 상담은 놀라운 효과가 속속 보고되고 있다. 본 연구자의 지도를 받고 있는 한 연구자는 최근 6명의 노년층 농인(聾人)을 대상으로 한 문학치료를 진행했는데, 예상을 뛰어넘는 놀라운 결과를 얻은 상황이다. 학교조차 다닐 기회를 갖지 못했던 내담자들이 수어(手語)를 통해 설화들과 새롭게 만나면서 70년 넘는 세월 동안 내면에 깃든 채 표출되지 못했던 자기서사와 극적 접속을 이루어냈다고 한다. 그 연구 결과는 2021년 박사학위논문으로 제출되었다.[34]

필자도 그간 약 100명이 넘는 대학생 및 대학원생을 대상으로 상담을 진행한 바 있다. MMSS 작성 결과를 바탕으로 한 진단적 서사상담이었다. 1~2시간에 걸친 검사지 작성과 1~2시간 정도의 대화상담이 결합된 약식 문학치료 과정이었지만, 그 결과는 아주 인상적이었다. 대다수 내담자가 각자의 존재적 정체성이나 삶의 현주소를 서사적으로 확인할 수 있었다. 인생서사의 극적 변화를 이루어내는 계기가 되었다는 반응도 적지 않았다. 모든 서사상담 과정이 설화의 힘을 확인하는 과정인 동시에 문학치료의 효능을 확인하는 과정이었다. 필자는 별도로 심리상담 수련과정을 거치지 않은 문학 분야 전문가임에도 이러한 효과를 거두었으니 이는 전적으로 '문학적 치료'의 힘이었다고 할 만하다.

돌아보면 30여 년에 걸쳐 설화를 만나고 공부해온 과정이 하나의 긴 문학치료 과정이었다. 설화를 통해 스스로를 돌아보고 길을 찾는 과정의 연속이었다. 특히 자기서사 개념을 적용해서 설화작품들을 살펴보니 말 그대로 '마법의 거울'처럼 이면적 서사가 비치는 경험을 할 수 있었다. 거울에 비추어진 내 모습은 지기를 무척 싫어하는 소심한 왕비/마녀였고, 아내가 자유를 잃은 선녀인 줄 모르고 자기만의 행복에 빠져 있는 나무꾼이었다. SNS라는 숲에서 꽃향기에 취해 길을 잃은 중년의 빨간 모자였으며, 여러 개의 돌덩어리를 여의주인 양 입에 물고서 승천을 위해 발버둥치는 이무기였다. 그러한 발견은 내가 나아가야 할 길을 비춰주는 밝은 불빛이 되었다. 지금 이렇게 글을 쓰고 있는 일 자체가 설화와의 만남을 통해 이룬 문학치료의 결과

---

34   김은정, 「설화를 통한 농아인 대상 문학치료 연구: MMSS 서사 탐색과 미술치료 활동을 연계한 상담 사례 분석」, 건국대학교 박사학위논문, 2021.

라고 보면 틀림이 없다.

　"인간이 곧 문학이라는 것. 그러므로 문학을 치료하면 인간을 치료할 수 있다는 것." 한국의 문학치료학이 내건 이러한 도발적인 명제는 이론의 체계화와 분석적 탐구 과정을 거쳐 바야흐로 상담현장에서 놀라운 힘을 발휘하기 시작한 상황이다. 호주의 한 작은 연구소(Dulwich Centre)에서 시작된 이야기치료가 전 세계로 퍼져 사람들의 삶을 더 건강하고 행복하게 하는 데 기여하고 있듯이, 문학치료 또한 한국을 넘어서 세계인의 삶을 더 건강하고 아름답게 하는 데 기여할 수 있다는 것이 필자의 확고한 믿음이다.

　인간이 곧 문학이라는 명제는 세계 모든 사람에게 적용될 수 있다. 인류 공통의 원형적 문학으로서의 설화는 동서고금을 넘어서 모두에게 치유의 힘을 발현할 수 있다. 한국에서 시작한 서사 중심의 문학치료가 전 세계로 널리 퍼져 인류의 삶을 더 건강하고 행복하게, 아름답게 만들어나가는 데 기여하기를 소망한다.

제 2 부

인간과 서사

스토리라는 인지기제와
인간학으로서의 서사학

구비설화를 중심으로

여는 말: 구술과 문학 사이

'말로 된 문학'으로 규정되는 구비문학에서 구술성과 문학성은 기본적 의미자질을 이루는 두 요소이다. 말 자체의 의미로 보자면 구술성과 문학성의 조합으로 이루어진 구비문학(口碑文學)이라는 말에는 그 자체로 모순이 있다. 문학(文學)은 본래 "글을 가다듬어 쓰는 일"을 뜻하는 말로 '문자성'이 핵심 의미요소를 이룬다. 문학을 뜻하는 영어단어 'literature'가 '쓰기'를 의미요소로 지니는 것과 같다. 문자문화의 산물에 해당하는 용어를 가지고 '구술행위'라는 더 근원적인 대상을 개념화한 형국이다. 그 불합리성에 주목한 월터 옹(W. J. Ong)은 구비문학(oral literature) 용어를 폐기할 것을 역설하기도 했다.[1] 실제로 서구 학계에서는 구비설화나 민요 등을 일컫는 용어로 'oral literature' 대신 'folklore'나 'verbal arts'를 더 많이 쓰는 상황이다.

어원적 엄밀성에 입각할 때, 그리고 말과 글의 이질성을 고려할 때 구술행위에 '문학'이라는 말을 붙이는 것은 껄끄러운 일이다. 문자문화 중심의 용어에 의지해서 개념을 설명해야 하는 상황이 못마땅하기도 하다. 하지만 그렇다고 해서 새로운 용어, 예컨대 '언학(言學)'이나 '구예(口藝)' 같은 말을 만들어 쓰는 일이 답은 아닐 것이다. 무엇보다 말과 글이 언어(言語)로서 지니는 깊은 동질성을 가벼이 할 수 없다. 이처럼 떼려야 뗄 수 없는 관계에 있는 것이 말과 글이다. 문학이 '문자예술'이 아닌 '언어예술'이라고 하는 입각점을 뚜렷이 한다면, 그중 말에 의한 것들을 구비문학으로 규정하는 일은 여전히 유효하다. 단어의 뜻이란 시대와 환경에 따라 바뀌는 것이니 어원적 의미에 지나치게 얽매일 일은 아니다.[2] 어원적으로 따지자면 문학(文學)의 '학

---

1   월터 J. 옹, 이기우·임명진 옮김, 『구술문화와 문자문화』, 문예출판사, 1995, 22-23면.

2   'oral literature(oral poetry)' 용어를 옹호한 서구 학자로 R. 피네간을 들 수 있다. Ruth Finnegan, *Oral Poetry*, Cambridge University Press, 1977, p. 17. 피네간의 논의는 구술

(學)'도 어울리지 않으니 '예(藝)'나 '술(術)'로 바꿔야 할 것이다.

구비문학이 문학의 한 영역으로 인정된 상황이지만, 현실 속에서 구비문학이 문학의 본류가 되는 일은 지난함을 실감한다. 한때 구비문학이 기록문학 중심의 문학론에 강력한 대안적 힘을 발휘하고 새로운 작품분석 방법을 선도하는 역할을 하기도 했으나 지난 시절의 영화(榮華)처럼 된 상황이다. 구비문학의 현장적 역동성과 소통성이 여전히 강조되고 있고 전파매체나 디지털매체를 통한 구비문학의 현대적 발현이 새롭게 주목되기도 했지만, 문학의 본원적 중심으로서의 자리는 멀기만 하다. 결국 그것은 '문학성'이라고 하는 기본 화두로 승부해야 할 바라고 생각한다. 문학으로서 본원적 가치를 제대로 찾아내서 실현하는 일이 관건이라는 뜻이다.

이 글에서는 그 작업을 설화를 대상으로 해서 새롭게 수행해보려 한다. 그 중심 화두는 '스토리(story)' 또는 '서사(敍事)'다. 돌아보면 구비문학 연구가 선도적 활력을 잃게 된 일이 연구자들 스스로 스토리의 가치를 무심중에 격하한 것과 무관하지 않다는 생각을 하게 된다. 연구사적 맥락을 보자면 1990년대 무렵을 경계로 하여 '틀에 박힌 스토리 구조 분석' 대신 연행적·현장적 맥락에 대한 관심이 증폭되고, 구체적 담화와 스타일에 대한 분석이 적극 시도되었으며, 사회적·문화적 맥락의 텍스트 분석 작업이 활발히 이루어졌다. 경험적·사실적 담화와 현대적 구술담화, 해외 구비문학과의 비교연구 등으로 대상을 확장하려는 노력도 꾸준히 이루어졌다. 그를 통해 구비문학의 영역이 넓어지고 새로운 활력이 생겨나기도 했지만, 한편으로 정통 설화에 대한 정석적인 연구가 상대적으로 약화된 면이 있다. 구비문학 연구에서 가장 잘할 수 있는, 그리고 가장 빛날 수 있는 부분을 스스로 밀쳐놓은 형국이다.

이 연구에서는 "다시, 스토리를 말한다"고 하는 관점에서 이야기의 본질

성과 기술성을 이분법적으로 보는 결정론적 사유에 대한 반론 성격을 띤 것이었다. 나수호, 「구술성과 기록성의 관계에 대한 영어권 학자들의 초기 탐구에 대한 소고」, 『구비문학연구』 38, 한국구비문학회, 2014, 53-57면 참조.

과 가치를 원론적으로 재조명하고자 한다. 화소와 서사구조 등을 주요 축으로 삼는 논의가 되겠으나, 더 본원적인 지점으로 나아갈 수 있기를 기대하고 있다. 인간의 인지(認知) 차원의 이해가 그것이다. 설화의 스토리와 구조에 대해 그것을 '텍스트의 뼈대'로 보는 대신 인간의 인지와 의미화에 얽힌 본원적 기제로 보는 관점이다. 살펴보면 인지심리학이나 인지과학에서 이야기를 관심 깊게 다루어온 지 오래며 주목할 만한 진전을 이루고 있는 상황이다.

　　이 연구에서 인지과학의 접근법에 특별히 주목하는 것은 그것이 인간의 인식적 바탕을 문제 삼는다는 점 때문이다. 이야기가 인간의 인지와 밑바탕에서 맞닿아 있다는 것은 쉽게 떠올릴 수 있는 가설인데, 막상 설화연구에서 그 관계구조에 대한 본격적 고찰이 거의 이루어지지 않은 상태다. 이제 구비설화의 구성요소와 서사구조 등을 인지이론에서 말하는 스토리 스키마나 문법과 연결해서 고찰하는 가운데 이야기와 인간의 본원적 관련성을 확인하고, 인간연구로서 설화연구의 길을 찾아보려 한다. 일컬어, 인간학으로서의 서사학이다.

2　기억과 스키마,
　그리고 인지기제로서의 스토리

　　　　　말을 표현과 소통의 수단으로 삼는 구술문화에서 정보의 전달과 전승은 '기억'을 통해 이루어진다. 스스로 경험하거나 생각한 모든 것은, 그리고 타인으로부터 환기되거나 전달받은 모든 것은 자신의 머리 안에 담아두어야만, 또는 가슴이나 몸에 새겨두어야만 보존해서 재현할 수 있다.

　　인간의 기억은 매우 미묘하며 고도로 기능적인 작업이다. 심리학자나 언어학자, 인지과학자들은 일찍부터 기억과 재구성의 기제에 관심을 두어왔다. 인지이론의 관점에서 기억은 단순한 보존이 아니라 구성이며 창조로 이해된다. 인간이 보고 듣는 수많은 일은, 그리고 마음속에 떠올리는 수많은 상념은 밤하늘의 별이나 드넓은 황무지의 돌들과 같이 제각각이고 무질서한 것으로서 그 모두를 빠짐없이 기억하기란 불가능하다. 기억되는 것만을, 또는 기억할 만한 것이나 기억하고 싶은 것만을 선별해서 새겨둘 뿐이다. 그 대상이 되지 못한 것들은 아득한 망각 속에 파묻히게 된다. 기억 대상이 되어 살아남은 것들도 본래의 질료(質料) 그대로가 아니라 선택과 재구성 과정을 거치면서 새로운 의미 속성을 지닌 형상(形象)으로 거듭난 것들이라 할 수 있다.

인지심리학에서 특정 대상이 기억으로 남는 현상을 설명하는 개념에 '섬광기억(flashbulb memory)'과 '청크(chunk)'가 있다. 섬광기억은 매우 놀랍고 정서적 각성을 가져오는 사건을 처음 접했을 때의 기억을 말하는 것으로, 이런 사건일수록 오래도록 뚜렷이 기억에 남는다고 한다.[3] 일상적이고 평범한 것은 쉽게 망각되고, 낯설고 특별한 것들이 마음에 각인되어 살아남는 것은 누구나 경험하는 현상이다. 한편, 청크는 "서로 강력하게 연합되어 있는 몇 가지 요소로 구성된 기억 단위"를 뜻한다.[4] 경험이나 상념 등은 청크화됨으로써, 고립된 개체로 흩어져 있는 대신 서로 연결되어 의미 있는 덩어리를 이룸으로써 기억 대상으로 남는다. 덩어리를 이루는 과정 자체가 기억을 위한 선택적 구성의 과정이자 의미화 과정이 된다.

인지이론에서는 인간의 기억과 재현에 다양한 틀이 작용한다는 것을 기본적인 전제로 삼는다. 이때 인지적 틀 내지 기제를 설명하는 말로 폭넓게 사용되는 것이 스키마(schema: 도식)와 스크립트(script: 각본)다. 인간의 지식은 친숙한 상황과 사건 및 여러 알고 있는 것들의 '패키지'에 대한 정보를 포함하거니와, 어떤 상황이나 사건에 대한 일반화된 지식을 스키마라 한다. 예를 들어 사람들은 철물점 인테리어에 대한 스키마를 지니고 있다. 그것은 렌치,

---

3   Margaret W. Martin, 민윤기 옮김, 『인지심리학[제6판]』, 박학사, 2007, 180-181면.
4   위의 책, 119면.

페인트 통, 정원용 호스, 전구 등을 포함하며, 심리학 서적이나 오페라 비디오테이프, 생일 케이크 등은 포함하지 않는다. 스크립트는 일반적인 스키마의 한 유형으로서, "매우 친숙한 활동과 연합되어 있는 단순하면서도 잘 구조화된 사건의 특별한 순서"를 말한다. 사람들은 레스토랑에 들어갈 때, '자리에 앉기, 메뉴 살펴보기, 음식 먹기, 계산하기' 같은 행위를 일반적 순서에 따라 행하게 되는데, 이는 '레스토랑 스크립트'가 된다. 치과 방문, 중역회의 진행, 학기 초 첫 수업 등 수많은 행위가 이러한 스크립트적 스키마를 가지고 있다.[5]

스키마 이론은 사람들이 기억 속에 어떤 상황에 대한 일반적 정보를 부호화한다고 본다. 사람들은 그 틀을 바탕으로 해서 상황을 이해하고 예측한다. 스키마는 '어림법'이나 '전형적으로 적용되는 일반규칙'이라 할 수 있다.[6] 모든 종류의 개념에는 스키마가 있다.[7] 스키마는 경험적으로 습득되기도 하지만, 인간 안에 선험적으로 구성적 인지능력과 지향성이 내재한다고 본다. 문법(文法)이라는 규칙에 의해 다양한 뜻을 지닌 수많은 문장을 자유자재로 산출하여 의사를 표현할 수 있는 '언어능력'이 우리 안에 깃들어 있는 것과 같다.

인지이론에서는 스키마의 존재 및 속성과 관련하여 일찍부터 이야기에 주목해왔다. 그 선구적 사례로 거론되는 것이 바틀렛(F. C. Bartelett)의 연구다.[8] 스키마라는 개념을 처음으로 도입한 연구인데, 다름 아닌 이야기에 대한 실험을 바탕으로 한 것이었다. 그는 서구문화 속에서 자라난 피험자들한테 미국 인디언 설화 「유령들의 전쟁」을 들려준 뒤 장기간에 걸친 관찰과 확인을 통해 이야기가 어떤 방식으로 기억되고 변형되는지를 살폈다. 그 결과

---

5   이상 스키마(도식)와 스크립트에 대한 개념적 설명은 위의 책, 321-323면 참조.

6   위의 책, 321-322면.

7   Murray Singer, 정길정·연준흠 옮김, 『언어심리학』, 한국문화사, 1994, 8면.

8   F. C. Bartelett, *Remembering: A study in experimental and social psycology*, Cambridge University Press, 1932.

는 시간이 흘러감에 따라 원래 이야기의 구조가 피험자들이 가지고 있는 이야기 스키마에 부합하는 형태로 재구성되어간다는 것이었다.[9] 이 연구는 이야기의 기억과 전승, 또는 재구성에 스키마가 주요 기제로 작동함을 확인했다는 데 의의가 있다.[10]

인지심리학 분야에서 이야기 스키마는 1970년대에 뜨거운 화두로 떠올라서 더욱 분석적인 논의가 활발히 진행되었다. 1975년 뤼멜하트(D. E. Rumelhart)가 이야기 재구성에 작용하는 통사적 규칙들을 제시한 데 이어 1977년 손다이크(P. W. Thorndyke), 그리고 맨들러(J. M. Mandler)와 존슨(N. S. Johnson)이 각기 인상적인 이야기 스키마 모형을 제시했으며, 1979년 슈타인(N. L. Stein)과 글렌(C. G. Glenn)이 아동의 이야기 이해와 관련한 규칙들을 추출하여 제시하는 등 일련의 논의가 집중적으로 진행되었다.[11]

이들 여러 논의 가운데 손다이크의 사례를 구체적으로 살펴보기로 한다. 그는 이야기 구성에 대한 통사론적 분석의 결과로서 이야기의 문법 규칙을 총 10가지로 추출하여 제시했다.[12]

① 이야기(STORY) → 배경(SETTING) + 화제(THEME) + 구성(PLOT) +
   해결(RESOLUTION)
② 배경 → 인물(CHARACTERS) + 장소(LOCATION) + 시간(TIME)
③ 화제 → 사건(EVENT) + 목표(GOAL)

---

9   이상 바틀렛의 연구 내용은 최경숙, 『기억 연구: 아동의 구성기억』, 성균관대학교 출판부, 2002, 48-52면 참조.

10 바틀렛과 유사한 형태의 실험을 심우장이 한국 대학생을 대상으로 수행한 바 있다. 학생들에게 「지하국 대적 퇴치 설화」를 시차를 두고 다른 학생에게 들려주게 하고 이야기의 변화 과정을 추적하는 실험이었는데, 학생들은 자신이 지니는 이야기 스키마에 입각해서 내용을 재구성하여 변형하는 경향을 나타냈다고 한다. 심우장, 「이야기 스키마와 구비설화의 전승과 변이」, 『실천민속학 연구』16, 실천민속학회, 2010.

11 이들 연구에 대한 종합적 요약은 Seunghwan Lee, "A Review of Story Grammers," 『어학연구』20(3), 서울대학교 어학연구소, 1984 참조.

12 P. W. Thorndyke, "Cognitive structures in comprehension and memory of narrative discourse," *Cognitive Psychology* 9, 1977, p. 79.

④ 구성 → 에피소드(EPISODE)

⑤ 에피소드 → 하위목표(SUBGOAL) + 시도(ATTEMPT) +
　결과(OUTCOME)

⑥ 시도 → 사건/에피소드

⑦ 결과 → 사건/상태(STATE)

⑧ 해결 → 사건/상태

⑨ 하위목표/목표 → 욕구 상태(DESIRES STATE)

⑩ 인물/장소/시간 → 상태

　항목들을 살펴보면, 인물을 배경에 포함하고 화제와 구성을 구분하며 에피소드로 구성을 설명하는 등 독특한 부분들이 있지만, 이야기의 기본 틀에 대한 시각이 일반적인 스토리 이론과 크게 다르지 않다고 할 수 있다. 이야기의 서사 내용에 해당하는 '구성(plot)'에서 배경과 화제 외에 사건의 결과로서 '해결'을 분리함으로써 이야기의 구성에 대한 더욱 논리적이고 정치한 분석을 추구하고 있는 점이 눈길을 끈다. 화제와 구성, 해결의 분별은 이야기 논리상 충분히 가능한 것이라고 할 수 있다. 에피소드를 구성의 하위 항목으로 설정하고, 에피소드가 다시 목표와 시도 등으로 구성되며, '시도'는 다시 에피소드를 포괄할 수 있다는 다층위적 구도도 인상적이다. 이야기를 이루는 여러 요소를 사건(event)과 상태(state)로 이원적으로 분리한 것도 눈길을 끈다.

　손다이크는 이러한 문법 규칙을 바탕으로 구체적 이야기를 분석한 결과를 소개하고 있다. 다음은 그중 첫 번째 사례인 「서클섬 이야기(Circle Island)」의 분석 결과를 나타낸 것이다.[13]

13　P. W. Thorndyke, "Cognitive structures in comprehension and memory of narrative discourse," *Cognitive Psychology* 9, 1977, p. 81.

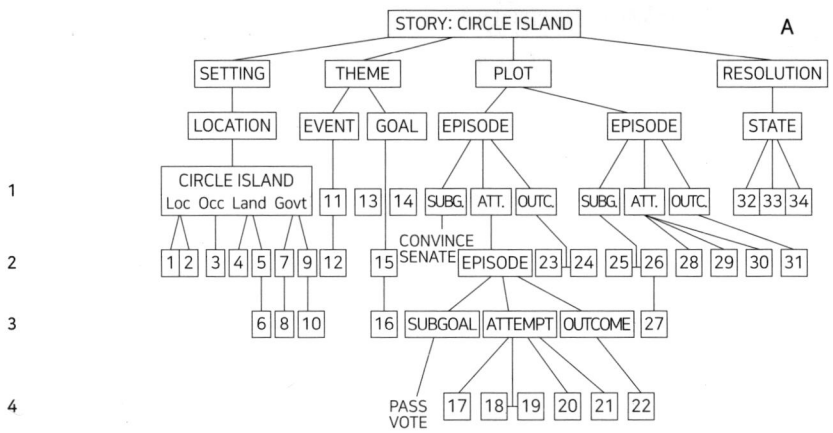

여기서 네모 안에 들어있는 숫자는 이야기 구성요소를 일종의 단락으로 나눈 일련번호다. 일반적인 설화의 서사 단락보다 훨씬 세분된 형태다. 전체 34개 요소로 된 이야기는 크게 배경과 화제, 구성, 해결이라는 네 요소로 분별되었으며, 구성(plot)은 두 개의 에피소드로 분석되었다. 각 에피소드는 앞의 문법 규칙 5번에 설명된 것처럼 하위목표와 시도, 결과로 분석되었다. 이 이야기에서 첫 번째 에피소드 속의 시도(attempt)는 그 안에 에피소드를 지니고 있음을 볼 수 있다. 이야기의 최종적 해결(결말)은 '사건'이 아닌 '상태'로 기술되었다.

인지심리학자가 수행한 이와 같은 이야기 모형과 분석 결과는 무척 흥미롭게 다가온다.[14] 그것이 큰 틀에서 설화학자들의 이야기 구조 분석과 통하는 면이 있다는 점이 관심을 끈다. 이때 우선적으로 떠오르는 것은 31개 기능(function)을 바탕으로 한 프로프(V. Propp)의 러시아민담 구조분석[15]과 단

---

14 참고로, 구체적 체계와 양태는 조금 다르지만, 맨들러와 존슨도 이와 비슷한 방식으로 이야기 구조 틀(스키마)을 제시하고 4종의 이야기 분석을 시행한 바 있다. J. M. Mandler & N. S. Johnson, "Remembrance of things parsed: Story structure and recall," *Cognitive Psychology* 9, 1977, pp. 116-128.

15 Vladimir Propp, *Morphology of the Folklore*, 2nd ed., American Folklore Society, 1968.

락소(motifeme)를 축으로 한 던데스(A. Dundes)의 인디언 설화 구조분석[16]이다. 이들은 설화 속에 스토리의 근간을 형상하는 기본 구성요소들이 있으며, 그 요소들의 순차적이고 논리적인 연결 관계에 대한 분석을 통해 설화의 구조를 드러낼 수 있다고 보았다. 그 구성요소가 곧 '기능'이며 '단락소'이다. 서로 다른 속성과 기능을 지니는 여러 구성요소 가운데 이들이 특히 중요하게 여긴 것들은 결핍과 결핍의 해소, 과제와 성취, 해결의 시도와 그 결과, 금기와 위반, 속이기와 속음 같은 것들이었다. 던데스가 북미 인디언 설화들을 분석한 결과로 추출한 주요 순차구조들에는 다음과 같은 것들이 포함돼 있다.[17]

- 결핍(LACK) - 결핍의 해소(LACK LIQUIDATED)
- 결핍(L) - 과제(TASK) - 과제의 성취(TASK ACCOMPLISHED) - 결핍의 해소(LL)
- 결핍(L) - 속이기(DECEIT) - 속이기 성공(DECEPTION) - 결핍의 해소(LL)

던데스가 설화적 서사 전개의 핵심요소로 여긴 것은 '결핍'에서 '결핍의 해소'로 이어지는 순차적 구조 틀이다. 결핍에서 해소로 이어지는 과정은 쉽고 간단하게 진행되기도 하지만, 대개는 일련의 사건을 거친다. 위에서 말한바 '과제'나 '속이기' 등에 얽힌 내용이 그것이다. '해결의 시도'라고 표현할 수 있는 일련의 사건 내지 구성(plot)을 거쳐 '해결'로 이어지는 구성이다. 앞서 살핀 손다이크와 비교하면, 이야기 구성요소가 더 간명하게 집약돼 있지만, 서로 기본 틀이 겹치는 점이 많다. 손다이크가 에피소드를 '목표, 시도, 결과' 등으로 설정한 구조적 틀과 던데스가 '문제상황에 대한 해결의 시도와

16 Alan Dundes, *The Morphology of North American Indian Folktales*, F. F. Communication No. 195, SuoMalainen Tiedeakatemia Academia Scientiarum Fennica, 1980.

17 *ibid.*, pp. 61-70.

그 결과'로 기술한 구조적 틀은 거의 그대로 겹친다고 보아도 무방하다. 던데스가 말하는 '시도'로서의 과제와 속이기 등을 더 구체적으로 들여다보면 손다이크가 분석한 대로 그 안에서 하위 에피소드를 더 분석해낼 수 있게 될 것이다. 둘의 분석모형이 나타내는 복잡함과 단순함의 차이는 얼마나 세부적으로 보는가 또는 거시적으로 보는가 하는 차이에 따른 것이라는 뜻이다.

둘의 연구에서 분석체계상 특징적인 차이를 한 가지 든다면, 던데스가 전후 맥락의 구조적 대칭성을 중시한 데 대해 손다이크는 이야기 요소의 층위적 분별을 중시했다는 점을 들 수 있다. 앞에 제시한 손다이크의 「서클섬 이야기」 분석 결과를 보면 이야기 구성 단락들을 상위에서 하위까지 4개의 층위로 분별하여 기술하고 있음을 볼 수 있다. 생성문법의 분석모형을 적용한 것으로 여겨지는 이러한 층위적 분석은 무척 논리적이고 체계적인 것으로 다가온다.

여기서 손다이크의 이야기 분석을 길게 서술한 것은 그것을 설화 분석의 대안적 모형 내지 방법으로 내걸고자 하는 의도에서가 아니다. 인지과학자들의 이야기 분석은 형태 면에서 꽤 정교하고 체계적이지만, 이야기의 구조와 의미를 실질적으로 드러냄에 있어 그리 효과적이지는 못하다. 화소(話素)로서 의의를 지니지 못하는 부차적 구성요소들을 질적 분별 없이 두루 다루다 보니 불필요하게 번다하며, 이야기의 핵심적 관심사가 무엇이고 그것을 통해 생산되는 주제적 의미가 어떠한지를 잘 설명하지 못한다. 애초에 '이야기적 의미'가 관심 대상이 아니라는 것이 더 맞는 설명일 수 있겠다. 그것은 기본적으로 형태적이고 기능적이며 기술적(技術的)이다.

그럼에도 인지심리학자들의 이야기 분석에 특별히 주목하는 것은 그들이 '인간연구'의 일환으로서 이야기를 다룬다는 사실 때문이다. 문학연구자들이 텍스트에 관심을 두는 데 대해 이들의 관심은 늘 인간을 향하고 있다. 인간이 대상을 어떻게 인지하고 구성하여 어떻게 기억하고 변형하여 재현하는지를 다루는 작업의 일환으로 스토리에 주목한다. 요컨대 이들은 이야기를 매개로 하여 인간의 인지구조 내지 행동양식을 살펴보고 있다. 위에 제시한 손다이크의 이야기 분석만 하더라도 이야기 자체에 대한 분석보다 고유한 스키마 체계를 갖춘 대상으로서의 이야기를 사람들이 어떤 조건에서 어떤 방식으로 기억하거나 기억하지 못하는가를 살피기 위한 기초 작업에 해당하는 것이었다.

여러 연구자의 실험적 연구 결과는 이야기라는 스키마가 정보의 기억과 재현을 위한 효율적이고 우수한 기제라는 것이었다. 산만한 이야기보다 논리적으로 배열된 이야기가, 그리고 시간 순서적 구성에 의한 이야기보다 인과관계적 구성에 의한 이야기가 내용의 망각이나 왜곡을 줄인 상태로 더 잘 기억되고 재현된다는 것이 일반적인 연구 결과다.[18] 이러한 결과는 인간의 인지구조가 스토리에 최적화돼 있음을 말해주는 것으로 보아도 좋다.

우리의 결론은 스토리가 인간의 인지 특성을 반영하는 의미 있는 인지기제라는 것이다.[19] 사람들은 경험하고 생각한 것, 또는 상상한 것을 스토리 형태로 구성하고자 하는 지향성을 본래적으로 지닌다. 사람들이 생각하고 말하고 행동하는 일련의 과정은 그 기저에 스토리가 작용하며, 현상적으로도 스토리적으로 실현된다. 인간의 삶의 과정은 스토리에 의해 움직이는 가운데 새로운 스토리를 끊임없이 만들어가는 과정이라고 해도 좋다.

이런 관점에서 "스토리가 인간의 중요한 인지기제다"라는 명제는 "인간은 본질적으로 스토리적이다"라는 명제로 치환될 수 있다. 실제로 여러 인지과학자가 이를 기본 화두로 내건 바 있다. 브루너(J. Bruner)는 서사적으로 작동하는 인간의 마음에 주목하면서 인간이 이야기적 사고양식(narrative mode of thought)을 통해 자신의 경험과 기억을 구성한다고 했으며, 터너(Mark Turner)는 *The Literary Mind* 서문에서 "인지과학의 중심 문제는 '문학적 마

---

18 조화연은 손다이크, 맨들러와 존슨 외에 다른 여러 인지심리학자 내지 언어심리학자의 연구를 종합하면서 이와 같은 결과를 설명하고 있다. 유아를 대상으로 한 조화연 자신의 실험 결과도 '시간적 관계'에 의한 이야기보다 '인과적 관계'에 의한 이야기가 더욱 잘 기억된다는 것이었다. 좀 더 구체적으로는 유아들이 기본적인 사건과 결과는 잘 기억하지만, 이야기 배경이나 내적 반응은 잘 기억하지 못했다고 한다. 조화연, 「이야기 구조에 따른 아동의 이야기 기억 연구」, 이화여자대학교 석사학위논문, 1988.

19 여기서 도식(schema) 대신 '기제(mechanism)'라고 한 것은 스토리가 구성과 의미화라고 하는 작용성 내지 운동성을 내포하고 있음을 고려한 것이다.

음'의 문제"라고 하면서 "스토리는 마음의 기본 원리"라고 천명한 바 있다.[20]

문학연구자들이 작품 또는 텍스트에 주목하여 이야기를 보고 있는 동안에 인지과학에서 이야기를 인간의 본질적 측면으로 보는 시각이 대두하여 보편화되고 있다는 사실은 상당한 충격으로 다가온다. 그것은 단지 '관점'의 문제를 넘어서 매우 현실적인 문제이기도 하다. 인지심리학이나 인지과학에 바탕을 둔 여러 실천적 연구 활동에서 이야기가 중요하게 다루어지고 있는 상황이다. 이야기를 통한 학습 연구나 치료 연구, 콘텐츠 연구 등이 인지과학을 바탕으로 다양하게 수행되는 가운데 실제적 교육 활동이나 치료 활동, 콘텐츠 기획 개발 작업 등에 적용되고 있다. 극단적으로 말하면 '이야기'의 주도권이 문학연구 외부로 넘어가고 있다고 보아도 그르지 않은 상황이다.

문학연구가 텍스트 중심성을 나타낸다고 말하는 데 대해, 문학연구의 관심은 언제라도 인간과 삶에서 벗어난 적 없다고 항변할 수 있을 것이다. 필자 자신 또한 그렇게 움직여왔다고 여기고 있다. 문제는 방법이다. 인간과 삶을 탐구하는 학문으로서 인문학적 중심을 뚜렷이 하되 능동적으로 연구와 실천을 선도하는 안목과 방법론이 필요하다. 설화연구에서 그 하나의 토대는 이야기의 원형적 구조와 의미를 인간의 인지적 본질 차원에서 조명하는 데 있다고 생각한다. 이제 그에 대한 더 구체적인 논의로 넘어간다.

---

20 브루너의 논의는 J. Bruner, *Actual Minds, Possible Worlds*, Harvard University Press, 1986과 Jerome Bruner, "The Narrative Construction of Reality," *Critical Inquiry* 18, The University of Chicago, 1991에서 볼 수 있다. 터너의 글의 원문은 "the central issues for cognitive science are in fact the issues of the literary mind."와 "Story is a basic principle of mind."이며, Mark Turner, *The Literary Mind*, Oxford University Press, 1996에 실려 있다. 두 학자의 논의는 나지영, 「인지역동 스키마 이론과의 연계를 통한 문학치료학 서사이론 발전 방향 연구」, 건국대학교 박사학위논문, 2016, 18면에서 인용했다.

3.1 형태와 의미의 전완적 총체로서의 이야기

스토리가 인간 안에 깃들어 있으면서 제반의 인지와 행동에 관여한다고 할 때, 그것이 과연 어떤 형태와 속성을 지닌 스토리인가 하는 점이 관심 대상이 된다. 인간의 인지에 작용하는 스토리는 성격이 단일하지 않다. 사람들이 주고받는 이야기에는 경험적 사실을 반영한 것과 상상적 허구에 해당하는 것이 분별되거니와, 인간의 인지작용에서도 사실의 재구성과 허구적 상상의 기제가 서로 다른 방식으로 작동한다고 볼 수 있다. 사실과 경험을 전하는 이야기에서 '실재(實在)'라고 하는 요소는 이야기의 생생한 바탕을 이루는 한편으로 스토리가 그로부터 벗어나지 않게 제어하는 역할을 한다. 이들 이야기에서 스토리는 그 방향이 일정하게 외재적으로 규정된다. 이와 달리 상상적 허구를 본래적 특징으로 하는 이야기, 곧 설화(說話)에서는 그러한 제약 없이 스토리가 내재적 논리에 의해 자율적으로 움직여가는 가운데 그 자체로 완전한 자족적 세계를 이루게 된다. 프랭스가 말하는바 서사성의 본질로서 전완성(全完性, wholeness)이다.[21]

이 두 종류의 이야기 가운데 인지과학 분야에서 중점적으로 다루어온 것은 '경험과 사실을 다루는 이야기' 쪽이었다고 할 수 있다. 인지심리학이나 인지과학에서 이야기와 기억의 관계를 다룰 때 관심의 초점은 1차적으로 사람들이 경험과 정보를 어떻게 기억하여 보존할 것인가 하는 문제에 놓인다. 이야기는 경험과 정보를 효율적으로 계열화 내지 의미화하는 기제로서 주목된다. 이야기 스키마와 규칙을 논하면서 손다이크가 1차적 분석대상으로 삼았던 「서클섬 이야기」도 실은 설화가 아닌 '현실적이고 경험적인 이야기'에 해당하는 것이었다. 섬 안에 농업용수 활용을 위한 운하를 만드는 일

---

21   제럴드 프랭스, 최상규 옮김, 『서사학이란 무엇인가』, 예림기획, 1999, 231-236면.

을 둘러싸고 벌어지는 우여곡절이 그 구체적 내용이다.[22]

경험적 이야기나 현실적 정보 위주의 이야기에서도 잘 짜인 스토리가 가능하다. 설화 못지않게 잘 짜인 경험담을 종종 볼 수 있다. 하지만 스토리로서 내재적 논리와 구성적 전완성이 두드러지게 발현되는 것은 역시 설화에서라고 할 수 있다. 설화에서는 사실과 허구, 실재와 가상을 두루 포괄하는 가운데 낯설고 특별하면서도 앞뒤가 꼭꼭 들어맞는 스토리들이 산출된다. 그렇지 못한 스토리는 구비전승 과정에서 자연스럽게 도태된다. 왜냐하면 사람들의 '마음의 지향성'에 맞지 않기 때문이다. 의미 있는 스토리로 살아남기 위해서는 내용과 구성 면에서 사람들의 기대에 부합해야 한다. 그런 면에서 설화는, 특히 적층적으로 구비전승돼온 설화는 인간의 인지적 구조와 지향성을 드러내기에 최적의 대상이라 할 수 있다. 거기에 인간의 인지적 원형이 내재한다고 보아도 좋다.

이제 설화적 스토리가 어떤 방식으로 구성되며 의미를 발현하는지, 그리고 그것이 인간의 인지적·존재적 본질을 어떻게 반영하는지 구체적 사례를 통해 살펴보기로 한다. 수많은 사례 가운데 서대석에 의해 구조와 의미에 대해 탁월한 해석이 수행된 「종소리」 설화를 대상으로 삼는다. 「까치의 보은」으로 세간에 널리 알려져 있는 이야기다.

설화 「종소리」의 표준적 서사 단락은 다음과 같이 정리된다.[23]

---

22 참고로, 그 내용을 간단히 소개하면 다음과 같다. 서클섬은 대서양 가운데 로날드섬 북쪽에 있는 섬이다. 사람들은 주로 농사를 지었는데, 땅은 비옥하지만 강이 적어서 물이 부족했다. 섬은 민주적이었고 모든 문제를 다수결로 결정했으며 원로원이 행정을 집행했다. 그러던 중 한 과학자가 소금물을 맑은 물로 바꾸는 기술을 개발했다. 사람들은 물을 활용하기 위해 섬을 가로지르는 운하 건설을 요구했고 투표를 통해 운하 건설이 결정됐다. 원로원은 농부들이 제안한 운하가 생태적으로 부적합하다고 여겨서 운하를 더 작게 만들기로 했다. 운하는 2피트 넓이에 1피트 깊이였다. 운하 건설이 시작됐을 때, 섬사람들은 거기로 물이 흐르지 않는다는 사실을 깨달았다. 농민들은 분노했으며, 내전이 불가피한 상황이 되었다. P. W. Thorndyke, "Cognitive structures in comprehension and memory of narrative discourse," *Cognitive Psychology* 9, 1977, pp. 80-82.

23 서대석, 「설화 〈종소리〉의 구조와 의미」, 『한국문화』 8, 서울대학교 한국문화연구소, 1987, 35면.

A. 한 한량이 과거를 보러 집을 떠났다.

B. 그 사람은 (산길을 가다가 구렁이에게 죽게 된 까치를 발견하고) 구렁이를 활로 쏘아 죽이고 까치를 살려주었다.

C₁. 그 사람은 날이 저물어 인가를 찾아가 유숙하게 되었는데, 잠든 사이에 구렁이가 몸을 감고 남편의 복수를 하겠다고 하며 살려거든 종소리를 3번 들려달라고 하였다.

C₂. 그때 종소리가 울리고 구렁이는 그 사람의 몸을 풀고 사라졌다.

D₁. 날이 밝아 종소리 난 곳을 찾아가보니 어제 구해준 까치가 종 밑에 떨어져 죽어 있었다.

D₂. 그 사람은 과거에 급제하여 훌륭한 사람이 되었다.

이 설화에는 한량, 까치, 구렁이(암/수), 절, 종소리, 길 떠남, 죽임, 복수, 보은, 성공 등과 같은 여러 요소가 있다. 나름의 상징적 의미를 지닌 것들이지만, 독립적으로 놓고 보면 의미화가 아직 이루어지지 않은 질료 상태라 할 수 있다. 이들은 스토리적 구성요소로서의 화소(話素)가 됨으로써, 관심을 환기하는 낯설고 언술 단위로 집약됨으로써 맥락적 의미화의 단계로 나아가게 된다. '까치를 잡아먹으려는 구렁이', '구렁이를 활로 쏘는 사람', '남편 복수를 하려는 구렁이', '몸으로 종을 울린 까치' 등이 그러하다. 이야기 요약에 반영돼 있지 않지만 '구렁이의 승천' 또한 흥미로운 화소가 된다. 이렇게 특이 자질을 갖게 된 화소는 인지과학에서 말하는 청크(chunk)에 준하는 것으로 이해할 수 있다. '까치를 잡아먹으려는 구렁이' 화소의 경우 '땅-나무줄기-공중', '길짐승-날짐승', '강자-약자', '침탈-피침(被侵)' 같은 관계적 구도 속에 '서로 강력하게 연합되어 있는 몇 가지 요소로 구성된 기억 단위'[24]를 이룬다.

화소화된 내용들은 일정한 의미적 방향성을 지니지만, 그 의미는 화소 상태에서는 아직 여러 방향으로 열려 있다. '구렁이를 활로 쏘는 사람' 같은

---

24 Margaret W. Martin, 민윤기 옮김, 『인지심리학[제6판]』, 박학사, 2007, 119면.

화소만 하더라도 전후 맥락이 특정되지 않은 상태에서는 유희, 기술(技術), 도전, 폭력, 방어, 위협 제거, 신성 침범, 괴기(怪奇) 등 수많은 방향의 가능성을 내포하며, 그중 어느 것이 맞거나 틀리다고 판단할 수 없다. 그 화소가 맥락적 의미를 제대로 갖게 되는 것은 다른 화소들과의 관계 맺음을 통해서이다. 「종소리」에서 구렁이에게 활을 쏘는 행위는 '까치를 잡아먹으려는 구렁이'에 대한 대응이므로 유희나 괴기, 폭력, 신성 침범 등이 아닌 '방어'와 '위협 제거'의 의미를 지니며, 나아가 '구원'과 '적덕'이라는 의미를 부여받게 된다.

설화에서 화소들 사이의 관계는 흔히 구조(構造)로 설명된다. 설화의 화소들은 구조 형성에 적합한 자질들을 풍부하게 지니며, 그리하여 화소들 사이에는 여러 형태의 구조적 관계가 성립된다. 설화학에서 그 구조는 순차구조와 대립구조라는 두 측면으로 설명되어왔는데, 둘은 서로 긴밀히 복합되는 방식으로 존재하는 것이 상례다. 「종소리」 설화의 경우에도 대립구조와 순차구조는 서로 긴밀히 맞물려 있다.

서대석은 이 설화의 기본 구성에 대해 이야기 국면을 4개로 나눈 뒤 그들이 정교한 대립적 대칭관계의 구조를 이루고 있음을 드러내 보였다. 앞에 제시한 서사 단락 가운데 A, B(B_1+B_2), C(C_1+C_2), D(D_1+D_2)가 각 국면(S_1~S_4)에 해당한다. 이 중 시작과 끝을 이루는 S_1과 S_4가 서로 대응되며, 사건의 핵심적 두 국면을 이루는 S_2와 S_3이 서로 대칭을 이룬다.[25] S_1과 S_4의 관계를 보면 둘 다 아침을 배경으로 하지만, 전자는 시작을 의미하는 아침이고 후자는 종결을 의미하는 아침이다. 공간상으로 보면, S_1이 마을이라는 세속적 공간이라면 S_4는 대개 산사(山寺)라고 하는 신성 공간으로서 대비를 이룬다.[26] 그러니까 주인공은 S_2와 S_3의 과정을 거치며 세속에서 신성 쪽으로의 이행을 이룬 상황이다. 이에 더하여 두 국면에서 주인공이 '급제 전의 존재'에서 '급제하여 뜻을 이룬 존재'로 바뀐다는 점도 추가로 주목할 만하다. 이 설화의

---

25 서대석, 「설화 〈종소리〉의 구조와 의미」, 『한국문화』 8, 서울대학교 한국문화연구소, 1987, 35–36면.
26 위의 논문, 36면.

순차구조는 전체적으로 존재적 상승이라고 하는 방향성을 기본 의미요소로 내포하는 것으로 해석된다.

이 설화에서 스토리의 핵심적 두 국면을 이루는 S_2와 S_3은 거의 완벽한 대립적 대칭 관계로 배치되어 있다. 서대석은 이를 시공간 배경과 행위자 및 행위항에 따라 분석하고 그 구조에 담긴 의미를 추출했다. 요점을 재정리하자면, 두 국면은 시간적으로 '낮(동적 시간) : 밤(정적 시간)'으로 대립되며, 공간적으로 '산(자연공간) : 방(인공공간)'으로 대립관계를 이룬다. 서로 대립관계에 있는 인간(한량)과 동물(구렁이)의 관계에서 S_2에서는 인간이 우위를 보이고, S_3에서는 동물이 우위를 나타낸다. S_2에서 사람이 활로 동물을 쏜 것이 자연 정복이라는 문화적 활동에 해당한다면, S_3에서 도구를 놓은 인간을 동물이 공격하는 것은 문화에 대한 자연의 반격이라고 볼 수 있다. S_3에서 문제 상황은 종소리를 통해 해결되거니와 종은 인간이 만든 문화적 산물이므로 이는 인간의 문화가 자연의 위협을 극복했음을 뜻하는 것으로 해석된다.[27] 앞의 S_1과 S_4의 관계와 연결해서 보면, 이와 같은 극복의 결과로서 주인공의 존재적 상승이 이루어진 것이라 할 수 있다. 요컨대 이 이야기는 $S_1\{S_2/S_3\}S_4$ 형태로 짜인 틀 속에 대립구조와 순차구조가 긴밀히 맞물리면서 인간과 동물, 또는 문화와 자연의 관계에 대한 인식을 논리적이고 체계적인 형태로 현시한다고 할 수 있다. 설화의 허구적 스토리가 하나의 잘 짜인 스키마로서 세계에 대한 고차원적 인지작용을 행하고 있음을 증명하는 분석 결과다.[28]

---

27 위의 논문, 36-37면.

28 심우장은 이 설화에 대해 서대석과 달리 서사를 크게 세 장면으로 나누어 구조분석을 행한 바 있다. 그가 초점을 맞춘 화두는 인간과 동물이 맺는 관계의 층위와 의미였다. 그에 의하면 세 장면은 '낮 → 밤 → 아침'으로 시간배경이 바뀌는 가운데 '동일시되는 동물 → 말하는 동물 → 죽어가는 동물'로 화제가 바뀌며, 각 장면은 인간의 주체화와 관련하여 라캉이 말하는 '상상계 → 상징계 → 실재계'의 단계를 보여준다는 것이 그의 해석이다. 흥미로운 분석이지만, 연구자의 주관적 사고 틀을 반영한 해석으로 보이는 면도 있다. 어떻든 하나의 설화가 서로 다른 화두와 구조로 분석될 수 있다는 것은 흥미로운 일이라 하겠다. 심우장의 논의는 심우장, 「동물설화와 인간 주체화의 과정: 〈까치의 보은〉 설화를 중심으로」, 『한국고전연구』 18, 한국고전연구학회, 2008 참조.

설화 「종소리」에서 더욱 흥미로운 것은 행위자의 이질적 층위와 관련한 존재/세계의 세 차원에 얽힌 의미구조이다. 이 설화 속에 등장하는 구렁이와 사람, 새라는 세 행위자는 각각 땅을 기는 존재, 직립보행하는 존재, 하늘을 나는 존재로서 성격을 달리한다. 새는 높은 곳에 있으며 구렁이는 낮은 곳에 있다. 특기할 것은 이들이 모두 위쪽으로 오르고자 하는 지향성을 나타낸다는 사실이다. 사람은 과거를 봐서 존재를 상승시키려 하며, 구렁이는 나무에 올라 새를 잡아먹으려 하고 또 용이 되어 하늘로 오르려 한다. 새 또한 동물의 한계를 넘어선 인간적 행위를 통해 존재의 격상을 이루려 한다. 이러한 지향성은 이야기 속에서 서로 맞물리는 가운데 상승과 하강의 오르내림을 낳는다. 다음은 이에 대한 서대석의 분석 결과를 그림으로 나타낸 것이다.[29]

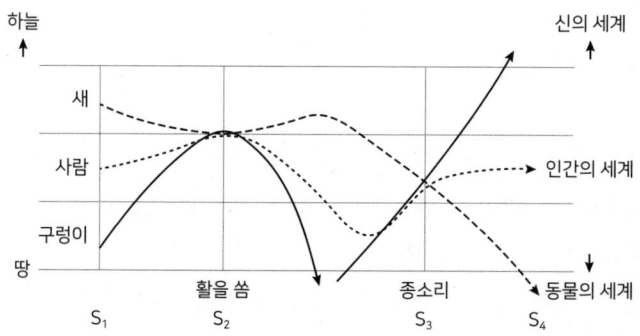

새와 사람, 구렁이에 대해 국면에 따른 오르내림 과정을 신의 세계와 인간의 세계, 동물의 세계로 연결하여 분석한 것이 눈길을 끈다. 세 존재의 오르내림은 관계구도가 간단치 않다. 새를 구렁이가 하강시키려 하고, 구렁이를 사람이 하강시키며, 그 사람을 구렁이가 하강시키려 한다. 새는 사람에 의해 상승하지만, 사람을 위해 자진하여 하강한다. 새를 하강시키려 하다가

---

29   서대석, 「설화 〈종소리〉의 구조와 의미」, 『한국문화』 8, 서울대학교 한국문화연구소, 1987, 41면.

사람에 의해 하강된 구렁이는 새가 울린 종소리에 의해 상승을 이룬다. 구렁이에 의해 하강하던 사람도 종소리에 의해 상승을 이룬다. 전체적으로 '종소리'가 포인트가 되어 전반적인 상승을 이루는 상황이다.

문제는 위의 도표에 나타난 바와 같이 새가 종을 치고 떨어져 죽은 상황이다. 혼자만 상승을 못 이루고 전락한 결과처럼 보이는데, 서대석은 이에 대해 새는 숭고한 자기희생적 행위를 통해 신적 세계로 격상된 것으로 볼 수 있다는 보충 설명을 제시하고 있다.[30] 이렇게 본다면 세 행위자 모두 존재의 상승을 이룬 것이라 할 수 있다.[31] 앞서 기본 순차구조에서 보았던바 존재적 상승에 대한 지향성이라는 의미요소가 구렁이와 사람, 새 등 세 행위자를 통해 중층적으로 구현되는 구조에 해당한다.[32] 이 설화의 핵심 화소라 할 '새가 울린 종소리'는 제반 갈등의 해소와 존재적 격상을 가져오는 '신성의 울림'이었다고 보아도 좋을 것이다. 이 설화가 무척 정교하고 논리적인 관계구도 속에 인간과 세계에 깃든 이면적 역학관계를 담아내면서 존재론 차원의 주제적 의미를 훌륭히 실현해내고 있음을 확인시켜주는 분석 결과다.

앞서 "인간은 본질적으로 스토리적이다"라는 명제를 제기한 바 있다. 이 명제를 이러한 설화를 통해 확인할 수 있다면 그 논리와 근거는 무엇일까? 이에 대한 첫 번째 대답은 이 설화가 인간존재의 심층적 본질을 구조화한 담화라는 것이다. 이 설화 속의 구렁이와 한량, 그리고 까치가 한 인간의 여러 면모를 상징한다고 보는 관점이다. 이에 대해서도 서대석이 그 의미맥

---

30 위의 논문, 42-43면.

31 이에 대해 개인적 견해를 더하면, 여러 자료에서 한량이 구해준 것이 새(까치)의 새끼들이었다는 점에 주목할 필요가 있다고 본다. 새가 종을 울린 일을 모성애에 기반한 숭고한 행위로 보도록 하는 요소이거니와, 더 중요한 것은 날지도 못하고 죽을 뻔했던 새끼들이 한량의 행위를 통해 하늘로 날 수 있게 됐다는 사실이다. 비록 어미는 죽었으나 새끼들이 높이 날아오르게 되었으니 확장적 상승에 해당한다. 활에 맞아 죽은 구렁이 대신 암구렁이가 용이 되어 오르는 것과 서로 짝이 되는 구도다.

32 이러한 해석을 반영해서 그림을 다소 수정한다면, 사람의 경우도 출발점보다 도달점이 상승한 것으로 나타낼 수 있고, 제비가 하강하여 땅과 닿는 지점에서 신의 세계로 비약하는 것으로 나타낼 수 있을 것으로 본다.

락을 핵심적으로 분석한 터다. 그에 의하면, 이 이야기 속의 구렁이는 인간의 본능적 자아를 표상한다. 한량이 밤에 구렁이한테 휘감기는 것은 존재가 동물적 욕구에 휘말리는 과정으로 이해된다. 이에 반해, 까치는 인간의 의지적 자아를 표상한다. 그가 종을 울려서 구렁이를 물리친 것은 의지적 자아가 본능적 자아를 극복한 일로 설명된다. 그리하여 이 설화는 "동물적 본능의 세계인 마성(魔性)을 극복하고 인간적·신적 세계를 지향한 신성(神性)을 보여준 것으로서 인간 정신의 성숙단계를 나타낸다"는 것이 서대석의 최종적 결론이다.[33] 본능과 이성, 충동과 의지 사이에서, 또는 현재와 미래, 현실과 이상 사이에서 자기와 싸우면서 자기극복을 통한 존재의 실현을 추구하는 것은 인간의 원형적 꿈이자 과업이라 할 수 있다. 그것은 인간의 정신적·존재적 본질에 해당하는 것이니, 이 설화는 그 자체로 인간존재의 축도(縮圖)이자 생생한 모형(模型)이라 할 수 있다. 이러한 이야기 분석 작업은 하나의 작품을 넘어서 인간 자체를 다루는 일로서 의의를 지닌다.[34]

모든 설화에 대해 이와 같이 이야기 속의 여러 존재를 인간의 여러 모습으로 볼 수는 없지 않겠는가 반문할 수 있겠다. 많은 원형적 설화에 대해 이런 형태의 분석이 가능하지만, 언제나 그럴 수 없는 것 또한 사실이다. 그럼에도 구비전승 설화에 대해 보편적으로 "인간이 스토리이고 스토리가 인간

---

33 서대석, 「설화〈종소리〉의 구조와 의미」, 『한국문화』 8, 서울대학교 한국문화연구소, 1987, 41-43면.

34 여기서 심우장의 논문을 다시 살펴보면, 그는 새끼를 보호하려는 까치가 모성적 존재인 데 비해 구렁이는 남근적 존재로서 주인공이 구렁이 대신 까치를 지향하다가 파멸의 위기에 직면하는 과정을 외디푸스 콤플렉스로 해석했다. 다소 무리한 면이 없지 않으나, 이 또한 이 설화가 인간의 존재적 다층성을 원형적으로 보여준다고 하는 관점의 해석이라는 점이 눈길을 끈다. 심우장, 「동물설화와 인간 주체화의 과정: 〈까치의 보은〉 설화를 중심으로」, 『한국고전연구』 18, 한국고전연구학회, 2008 참조.
부언하자면, 이 설화 속의 구렁이와 사람, 새의 관계는 정신분석학에서 말하는 이드(id; 원초자아)와 자아(ego), 초자아(super-ego)의 관계로 해석될 가능성도 열려 있다고 생각된다. 구렁이로 상징되는 원초자아의 분출에 대해 초자아가 윤리적 경종을 울려서 자아를 일깨우는 과정으로 보는 해석이다. 이 경우에도 '새의 죽음'이 문제가 될 수 있는데, 이는 윤리적 결단과 희생이 수반하는 아픔으로 설명 가능하며, 또 새끼 까치들이 그 역할을 이어받을 수 있다는 점에서 삼자관계의 균형이 유지된다고 볼 만하다.

이다"라고 말할 수 있는 근거는 그 모든 이야기적 인지활동이 우리 마음 안에서 이루어진다는 데 있다. 「종소리」 설화를 다시 예로 들면, 이 설화 속에 나오는 구렁이와 까치 그리고 한량 등은 물론 현실에도 존재하겠지만, 사람이 듣고 기억해서 되새기고 말하는 이야기 속에 존재한다는 사실을 가벼이 여길 바 아니다. 그들은 모두 인간의 상상 안에서, 인간의 인지과정 내에서 움직이면서 서로 맞물려 위와 같은 관계구조를 이룬다. 그 스토리 구조와 의미가 곧 인간의 일부를 이루고 있다는 뜻이다. 이것만 가지고도 인간이 스토리적이라고 말하기에, 또는 스토리가 인간을 대변한다고 말하기에 그리 부족함이 없을 것이다.

정리하면, 검증된 원형적 스토리로서 구비설화의 서사는 형태적 요소와 의미적 요소가 긴밀히 결합한 스키마 이상의 스키마이자 최고의 인지기제라 할 수 있다. 그것을 통해 인간에 대한 심층적이고 구조적이며 총체적인 이해가 가능하다. 인지과학자들이 그러한 가치와 가능성을 감지하여 이야기에 관심을 나타내고 구비설화까지 다루게 됐지만, 그 심층적 본령에 미치지는 못하고 있는 상황이다. 첨단의 방법론과 도구를 지니고 있지만, 설화의 서사는 그 이상이다. 인문학적·문학적 접근이 필수적으로 요청되며, 이는 문학연구자들이 자임해야 할 작업이다. 작품분석을 넘어선 '인간 분석'의 차원에서 말이다.

3.2 이야기의 다양한 구조와
인간 정신의 개방성

「종소리」를 사례로 삼아 설화적 서사가 지니는 인지적 의의를 가늠해보았다. 형태-의미적 구조에서 원형성을 지니는 이야기는 인간존재의 축도이자 생생한 모형이라는 것이 결론이었다. 이는 「종소리」 외에 다른 많은 구비설화 유형에 널리 적용될 수 있다. 다만 그 형태와 구조, 의미는 이야기마다 서로 다르다. 같은 화두를 유사하게 다루는 것처럼 보이는 이야기들도 이면적으로 분석해보면 서로 다른 의미구조를 지니고 있음을 보게 된다. 인간 정신의 개방적 다양성을 반영한 양상이라고 할 만하다.

다음은 유명한 설화의 스토리를 순차구조에 따라 서사 단락으로 요약한 것이다.

A. 한 사람이 배필 없이 살고 있었다. [결핍]
B. 그는 자기한테 좋은 배필이 될 수 있는 존재를 발견한다. [해소의 계기]
C. 그는 그 존재를 자기 배필로 삼기 위한 행위를 한다. [해결의 시도]
D. 그는 그 존재와 결혼해서 배필을 삼는다. [결핍의 해소(1차)]
E. 그가 배필과 함께하기 위해 지켜야 할 금기가 있었다. [금지]
F. 어느 날 그 금기가 깨어진다. [위반]
G. 배필은 떠나가고 주인공은 다시 혼자가 된다. [위반의 결과 / 결핍(2차)]
H. 그는 배필을 되찾기 위한 길에 나선다. [결과로부터 탈피 시도]
I. 배필과의 재결합을 위해 힘든 시험을 치러야 했다. [과제]
J. 그는 시험에 훌륭히 통과한다. [과제의 성취]
K. 그는 배필과 재결합하여 오래도록 행복하게 산다. [결핍의 해소(2차)]

이 설화는 남녀의 결합을 통한 존재 확장과 행복의 실현을 기본 화두로 삼고 있다. 순차구조를 보면 A~D 단락이 하나의 시퀀스를 이루고, E~K 단락까지가 또 하나의 시퀀스를 이룬다. 두 차례에 걸친 결핍 해소 과정의 상승적 중첩을 통해 행복 성취를 완결하는 구도다. 또는 A~D, E~G, H~K를 별개의 시퀀스로 구별해서 3단계 구조로 이해할 수도 있다. ① 결핍에서 충족으로 상승하는 과정, ② 충족에서 2차적 결핍으로 하강하는 과정, ③ 2차적 결핍에서 재충족으로 상승하는 과정 등으로 이어지는 N형 구조로 분석될 수 있다.[35] 이 경우에도 2차적 해소 과정은 상승폭이 더 크고 결과가 단단

---

35 참고로 백민정은 「지성이와 감천이」 설화 분석을 바탕으로 이와 같은 N형 구조가 M형 구조와 함께 민담의 서사구조적 원형에 해당한다고 주장한 바 있다. 백민정, 「민담의 서사 구조적 원형과 그 의미」, 『구비문학연구』 28, 한국구비문학회, 2009.

해서 전체적으로 상승의 구조로 이해된다. 남녀가 결합하여 짝을 이루고 일정한 시련을 거쳐 영원한 동반의 길로 나아가는 과정을 전형적으로 반영한 서사구조가 된다.

그렇다면 이것은 어떤 설화의 순차구조일까? 요약한 내용을 보는 순간 곧바로 「선녀와 나무꾼」을 떠올린 이들이 많을 것이다. 그리고 「우렁각시」를 떠올린 사람도 꽤 될 것이다. 두 설화 중 어느 쪽이냐 하면 둘 다 맞는 답이다. 두 설화는 총각이 이상적 배필을 얻었다가 잃고서 그를 되찾기까지의 과정이 순차구조상 거의 정확하게 일치한다. 그런데 이 두 설화뿐만이 아니다. 위의 서사구조는 「구렁덩덩신선비」의 것이기도 하다. 장자 딸이 신선 같은 배필을 얻었다가 잃고서 그를 되찾는 과정이 위의 순차구조를 정확히 따르고 있다.[36]

한국에서도 가장 유명한 이야기로 손꼽히는 세 가지 설화가 이처럼 흡사한 서사구조를 지니고 있다는 것은 꽤 놀라운 일일 수 있다. 주인공이 짝을 맺는 상대가 하늘 선녀나 우렁이 처녀, 구렁이 아들처럼 비일상적 존재라는 공통점까지 더하면 놀라움은 더 커진다. 이 정도라면 거의 같은 얘기가 아닌가 하고 반문할 수도 있겠다. 만약 앞서 소개한 손다이크 식의 분석모형을 적용한다면 이들 세 스토리의 싱크로율이 아마 90% 이상일 것이다. 더 널리 살펴보면, 이와 거의 흡사한 순차구조를 갖춘 이야기들을 해외에서도 찾을 수 있을 것이다.

이러한 구조적 유사성은 인지과학에서 말하는 스크립트(script) 개념으로 설명될 수 있다. 다음과 같은 식이다.

---

36   주지하듯, 세 편의 설화 유형은 각 편에 따라 이와 다른 짜임새를 나타내는 변이형들도 있다. 「우렁각시」나 「선녀와 나무꾼」의 경우 주인공이 배필을 다시 만나지 못하거나 또는 재회 후 다시 상실하는 결말을 취한 것들이 꽤 많다. 「구렁덩덩신선비」의 경우도 종종 재결합을 성취하지 못하는 것으로 마무리되는 사례가 있고, 시험을 치르는 과정이 빠진 경우도 있다. 본문의 서사구조는 민담의 일반적 전개 방식을 따른 표준적 스토리를 갖춘 자료를 기준으로 하여 정리한 것임을 밝혀둔다.

혼자 살아서 외롭던 차에 낯설고 신기한 대상을 만나니 관심을 갖게 되고 함께하고 싶은 욕망이 일어난다. 그 욕망이 커서 함께할 길을 찾아내니 큰 충족감을 얻게 된다. 하지만 서로 이질적인 존재이다 보니 맞추지 못하고 이해하지 못하는 부분이 있어 문제가 발생하게 된다. 본래부터 잠복했던 문제이다 보니 관계의 파탄이라는 큰 위기로 연결된다. 둘은 다시 남남으로 멀어지게 된다. 그 상황을 극복하기 위해서는 스스로 나서는 수밖에 없다. 해결을 위해 적극적으로 나서니까 회복의 가능성을 얻게 된다. 하지만 간단히 해소될 문제는 아니다. 다시 그런 문제가 발생하지 않으리라는 믿음이 필요하다. 그것을 확인하는 시험 과정이 필연적으로 수반된다. 힘들게 노력해온 주인공은 그를 바탕으로 시험을 무난히 감당해낸다. 문제는 오롯이 해결되고, 두 사람은 이전보다 단단히 결합하여 영원한 동반의 삶을 이루게 된다.

상황이 꼬리에 꼬리를 물고서 일정하게 정해진 방향으로 어김없이 착착 이어져나간다. 그렇게 진행되지 않으면 이치에 맞지 않을 것 같은 방식이다. 앞서 '레스토랑 스크립트'에서 레스토랑에 들어가면 어떤 순서로 무엇을 해야 하는지, 상대의 반응에 따라 어떻게 행동할 것인지에 대해 미리 입력되어 내면화된 정보처리체계에 따라 착착 프로세스를 밟아가는 것과 통한다. 말하자면 이는 '(출신이 다른) 남녀 간 결혼의 정형적 스크립트'라고 할 만하다.

인지과학에서 스크립트는 기억을 위한 효과적인 계열체인 한편으로 다분히 기계적이며 습관화된, 의미가 크지 않은 행동양식으로 설명되곤 한다. 인지론적 관점으로 보자면 세 설화가 공통적으로 지니고 있는 위와 같은 '스크립트적 서사구조' 또한 상투적인 틀로 받아들여질 여지가 있다. 이 이야기들은 기억해서 재현하기에 적합한 길고도 잘 짜인 계열체를 이루고 있지만, 관심도나 의의는 낮으리라는 예측이다. 하지만 이는 설화의 의미적 구조를 고려하지 않은 상태의 섣부른 예측일 따름이다. 이 이야기들은 실제로 안정되고 탄탄할 뿐 아니라 매우 특별하고 역동적이며, 의미로 충만해 있다. 그리고 이들은 서로 같은 이야기가 아니다. 뚜렷이 다른 구조와 의미를 지니는 별개의 이야기들이다.

이 이야기들의 구조적·의미적 역동성은 '청크'로서 화소의 특별함과 상징적 함의, 그리고 화소적 결합에 얽힌 대립적 요소들의 긴장적 관계구조 등으로 설명될 수 있다. 그것은 1차적으로 이들 이야기 속의 기본적 문제 상황을 통해, 그리고 관계의 중심축을 이루는 남녀 주인공이 나타내 보이는 대립적 자질을 통해 분석될 수 있다.

우리가 먼저 확인할 사항은 이 이야기들에 설정된 기본적 문제 상황의 엄중함이다. 앞서 '레스토랑 스크립트'를 언급했거니와, 이 설화들의 화두를 이루는 문제 상황은 '어느 식당에 들어가서 무엇을 먹을까?' 하는 것과 질적으로 다르다. 남녀가 짝을 찾아 배필을 이루는 것은 삶의 중대사이며 긴장되고 흥분되는 선택의 사건이다. 부부로서 남녀 간 결합은 남남이던 존재가 하나가 되는 과정이며, 생물학적으로 이질적인 존재의 결합이다. 그것은 일대일의 닫힌 관계이고 마음과 몸을 다 맡기는 관계이며, 늘 가까이하는 관계이고 평생에 걸쳐 이어지는 관계이다. 이와 같은 일반적 속성과 함께 이들 설화 속의 주인공들이 배필 구하기에 남다른 절박함을 지니고 있음을 특기할 만하다. 「선녀와 나무꾼」의 나무꾼이나 「우렁각시」의 총각은 배필을 아예 구하지 못할 정도의 고단하고 무력한 상황에 있다. 「구렁덩덩신선비」의 경우 장자 딸은 절박한 처지가 아니지만, 그 상대인 구렁이 아들은 가난하고 비루한 존재로서 정상적인 남녀 결합을 꿈꾸기 어려운 위치에 있다. 이러한 남녀들이 '꿈의 짝'이라 할 만한 이상적인 상대와 얽히게 되는 것이니 상황의 문제적 전형성이 두드러진다. 처음부터 스토리적 호기심과 긴장감을 촉발하는 요소가 된다.

이 설화들 속의 남녀 주인공이 나타내는 격차 내지 이질성은 여러 측면에서 분석해낼 수 있다. 다음은 세 설화의 주인공들이 나타내는 대립적 의미 요소 중 두드러진 것들을 추출해본 것이다.

나무꾼	남	주체	하위	미천	평범	가둠	애착	탐색
선녀	여	객체	상위	고귀	특별	갇힘	원망	도피

노총각	남	주체	상위	미천	평범	손잡음	애착	탐색
우렁각시	여	객체	하위	귀/천	특별	손 내밂	무심	피랍

장자 딸	여	주체	상위	고귀	평범	손 내밂	애착	탐색
신선비	남	객체	하위	천/귀	특별	손잡음	무심	도피

　　이 설화들에서 주인공 남녀는 서로 '나란한' 관계가 아니다. 한 명의 남자와 여자로서 짝을 이룬다는 점을 제외하면 전체적으로 상하와 귀천의 엇갈림이 뚜렷하다. 그 많은 엇갈림을 감당하고 극복해야만 완전한 결합을 이룰 수 있는 상황이니 크고 어려운 과제가 된다. 앞에서 이 설화들의 스토리가 틀에 박힌 듯 착착 진행되는 모양새를 한다고 했지만, 그것이 실질적으로 표상하는 삶의 과정은 암초를 피하고 함정을 건너뛰어야 하는 긴장과 모험의 역정이라 할 수 있다. 이야기 결말의 '행복한 삶'은 결코 저절로 얻어진 바 아니다. 그럼에도 그런 결말이 가능했던 하나의 공통적 기반을 든다면, 이 설화 속의 남녀 주인공들이 모두 선의(善意)를 지니고 있고 양식(良識)에 따라 움직인다고 하는 사실이 그것이다. 적어도 둘 가운데 한 명이 문제해결을 위해 전력을 다한다는 사실도 중요한 조건이 된다.

　　위의 세 도표에 정리한 바를 자세히 들여다보면 이들 세 설화가 중심 인물 간의 대립적 관계구도에서 상당한 차이를 보이고 있음을 알아차릴 수 있다. 「구렁덩덩신선비」의 경우 다른 두 설화와 달리 애초에 먼저 짝을 찾아 나서고 또 뒤에 배필을 찾아 움직이는 주체가 남성이 아닌 여성으로 돼 있다. 탐색자 주인공이 부귀를 갖춘 유복한 존재라고 하는 것, 여성이 아닌 남성 쪽이 더 특별한 존재로 부각된다는 사실도 중요한 차이점이 된다. 객체로서의 남성이 표면적으로 매우 비천하지만 이면적으로 아주 고귀하다는 대립적 이중성을 지닌다는 점도 이 설화의 특징이다. 이러한 차이는 이 설화를 「선녀와 나무꾼」이나 「우렁각시」와는 다른 이야기로 만든다.

「구렁덩덩신선비」가 차이점이 쉽게 드러나는 쪽이라면, 「선녀와 나무꾼」과 「우렁각시」는 남녀 인물 간 관계구도에서도 서로 높은 유사성을 보이는 경우다. 둘 다 남성이 탐색 주체라는 사실 외에 그들이 비루함에 가까운 미천하고 평범한 인물로서 특별하고 고귀한 인물로서의 상대 여성에 강한 애착을 나타낸다는 사실이 공통적이다. 하지만 이 두 설화에도 의미 있는 차이가 있다. 나무꾼이냐 농사꾼이냐 하는 수준의, 두 여인 중 누가 더 예쁜가 하는 수준의 임의적이고 비본질적인 차이가 아닌 구조적이고 본질적인 차이들이다.

먼저 이들 두 쌍 남녀에서 상·하위 관계가 다르다는 점에 주목할 필요가 있다. 선녀가 하늘로부터 내려온 존재인 데 비해 우렁각시는 땅에 들어 있던 존재이다. 선녀가 날개옷을 입고 훨훨 날아다니는 데 비해 우렁각시는 우렁이 껍질 속에 꼭꼭 갇혀 있다. 나무꾼과 노총각 둘 다 하층에 해당하는 인물이지만, 선녀와 달리 우렁각시는 남자보다 더 아래쪽에 위치하는 존재여서 남녀의 상하관계가 바뀌어 있다. 우렁각시는 특별한 자질을 지닌 존재이며 이면적으로 고귀함을 지닌다는 면에서 상위의 존재로 여겨지지만, 그것은 둘의 관계가 성립된 이후의 일이다. 우렁이 껍질에 든 채 땅속에 처박혀있는 우렁각시의 형상은 구렁이 허물을 쓴 채 뒤주에 갇혀 있는 구렁이 아들과 다를 바 없다. 남자와 처음 만났을 때 그녀는 하나의 작고 초라한 우렁이였을 뿐이다.

이와 같은 위치적 차이는 관계 맺기 방식의 차이로 이어진다. 나무꾼은 선녀보다 현저하게 하위에 있는 존재로서 정상적인 방법으로는 선녀와 짝을 맺을 수 없다. 나무꾼이 옷 감추기라는 수단을 통해 억지로 선녀를 붙잡은 것이 둘이 관계를 맺은 방식이었다. 나무꾼으로서는 노루를 구해준 적덕에 따른 결과였으나, 선녀 입장에서는 타의적이고 일방적인 관계였다. 선녀가 마음속에 원망을 품고서 언제라도 남자 곁을 떠나려고 하는 것은 그와 같은 관계구도에 따른 당연한 반응이다. 나무꾼이 그녀를 잡아두는 길은 떠날 방법을 막는 것뿐이었다. '날개옷 내보이지 않기'가 나무꾼에게 주어지는 금기가 되는 이유다.

「우렁각시」에서 노총각과 우렁각시가 관계를 맺는 방식은 이들과 완연히 다르다. 둘 중 먼저 손을 내민 것은 남자가 아닌 여자 쪽이었다. 총각의 무심한 넋두리에 우렁이 나서서 "나랑 살지!" 하고서 거듭 신호를 보냈던 것이다. 총각은 그 손 내밂을 무시하지 않고 우렁을 가져다가 자기 집 물두멍에 넣어둔다. 이는 처음에 총각이 우렁각시의 구원자 내지 보호자로서 관계를 형성한 것으로 분석할 수 있다. 각시가 껍질 속에서 나와 본모습을 드러내면서 총각에게 밥을 차려주는 일은 그에 따른 자연스러운 반응이 된다. 이때 '아직 때가 아니다'라는 금기가 주어지는 것은 그 관계가 대등하고 단단한 것이 되기 위해 기다림과 숙성의 과정이 필요하기 때문일 것이다. 「선녀와 나무꾼」과 비교할 때, 금기가 주어지는 것은 같으나 그 의미맥락은 많이 다르다.

금기가 위반된 후의 전개를 보면, 맥락의 차이가 다시금 뚜렷해진다. 선녀는 금기가 깨어지자 바로 떠나지만, 우렁각시는 떠나지 않고 남자의 아내가 되어서 함께 생활한다. 나중에 우렁각시가 떠나게 되는 것은 자의적 도피가 아닌 타의적 피랍에 의한 것이었다. 떠나는 과정에도 차이가 크다. 선녀가 아무 말도 없이 자식까지 데리고 훌쩍 떠나는 것과 달리 우렁각시는 잡혀가면서 남편에게 자기를 되찾을 방법을 알려준다. 선녀가 '떠나려는 존재'였다면 우렁각시는 '머물려는 존재'였거니와, 이는 두 사람의 최초의 처지 및 그에 따른 관계 맺기 방식과 정합적으로 연결되는 행동특성이 된다.

여인이 떠나간 뒤에 두 남자가 나타내는 행동방식의 차이도 주목할 만하다. 처음부터 스스로 나서서 선녀에게 손을 내밀었고 그를 어떻게든 붙잡아두고자 애썼던 나무꾼이 거의 어김없이 길을 나서서 하늘로 아내를 찾아 올라가는 데 비해, 우연히 우렁각시가 내민 손을 잡았을 뿐이고 그가 차려주는 밥을 받아먹었을 뿐인 노총각은 아내가 잡혀간 상황에서 곧바로 그를 찾아 나서는 식의 적극적인 대응에 나서지 못한다. 그냥 무력하게 좌절해서 쓰러지기도 한다. 그가 아내를 되찾는 것은 예전에 유예됐던 '기다림과 성숙'의 시간을 거친 다음에야 가능한 것이었다(또는, 아내의 말을 어김없이 따르는 신뢰의 확보를 통해 가능한 것이었다). 나무꾼이 제 힘으로 길을 찾아서 하늘로 올라감으로써 문제해결의 실마리를 찾는 것과 대비되는 서사 전개다.

형태적 구조만 놓고 보면 흡사해 보이는 두 설화가 서로 다른 관계구도와 역학관계 속에서 일관되고 논리정연한 서사전개를 현시하고 있다는 사실은 주목하기에 충분하다. 이는 구비설화 스토리가 지니는 인지기제로서의 체계성을 다시금 확인시켜준다. 그것은 형태적·의미적 양 측면에서 전형적이고 전완적이다. 그것은 인간존재의 생생한 모형이며 인생의 완벽한 축도이다. 주목할 것은 이들 설화가 앞의 「구렁덩덩신선비」까지 포함해서 서로 다른 모형이고 축도라는 사실이다. 인간 정신의 개방성 내지 다양성을 확인시켜주는 증거다. 이로써 하나하나의 설화들에 대해 그 구조와 의미를 체계적으로 분석해야 할 이유가 뚜렷해진다. 모든 구비설화에 대한 정치하고도 입체적인 분석은 인지론적 견지에서도 필수 과제가 된다.

각 설화의 하위유형이나 각 편 차원의 변이에 해당하는 논의는 길게 하지 않는다. 다만 이 또한 설화유형 차원에 버금가는 유효한 연구대상이 된다는 사실을 확인해둔다. 그것은 특히 시대적, 사회적, 지역적, 문화적, 계층적, 젠더적, 그리고 개인적 차원에서 인지적 정체성을 가늠하는 작업과 의미 있게 연결된다.

잠깐만 살펴보면, 여성이 탐색 주체가 되는 「구렁덩덩신선비」에서 거의 어김없이 과제 수행과 관계 회복이 성취되는 데 비해 「선녀와 나무꾼」 및 「우렁각시」에서는 주인공 남성이 종국에 아내를 잃고 좌절하는 사례가 무척 많이 나타나는 쪽이다. 여성에 대한 남성의 수동성 내지 무능성을 반영한 요소가 된다. 한 가지 특징적인 사실은 남녀 주인공 사이에 남성의 모친이 자리하는 경우, 관계 파탄의 결말로 이어질 비율이 확연히 높아진다는 점이다. 아마 90% 이상일 것이다. 이는 한국 사회 특유의 문화적·인지적 특성을 반영한 현상으로 해석할 만하다. 아내와 노모 가운데 노모를 선택하는 것은 한국 사회에서 상식이자 의무였고 또 현실이기도 했던바, 그것이 이와 같은 구조적 변이를 발생시켰다고 할 수 있다.

물론 거기에는 사회적 측면 외에 개인적 차원의 변수도 다양하게 작용한다. 예컨대 아내가 없어진 상황에서 그를 찾아 떠날 것인가 그냥 주저앉을 것인가 하는 서사적 분기점에서 주인공의 선택을 어떻게 기억하고 말하는가 하는 것은 전승자의 개인적 성향에 따라 달라질 수 있다. 아내를 찾아 떠나는 게 당연하다고 보는 이들이 있는가 하면, 떠난 여자를 어떻게 찾겠느냐고 하는, 또는 떠난 여자는 소용없다고 하는 태도를 나타내는 이들이 있다. 이 경우에도 그 저변에 놓인 개인의 인지는 각각 서로 다른 방식으로 형태-의미적 구조를 지니고 있을 터이니 이 또한 유의미한 분석대상이 된다. 개개인의 심리적·행동적 차원에 관심을 두는 관점에서는, 그러니까 인지치료나 문학치료 같은 관점에서는 이러한 차이가 무척 중요한 고찰대상이 될 수 있다.

　이래저래 설화를 통한 인간연구는 할 수 있는 일이, 해야 할 일이 무수히 많다. 의미로 충만한 귀중한 과업이다.

4　인간에 대한 본원적·과학적 탐구로서 설화연구

　　　　　　적층적인 구비전승 과정에서 형태적·의미적 원형성을 갖추게 된 설화가 지니는 인지적 체계성과 가치를 단면적으로 살펴보았다. 이를 통해 설화가 인간연구의 중요한 대상이자 통로가 될 수 있음을 확인했다. 이제 설화를 통한 인간연구를 어떤 관점에서 어떻게 펼쳐나갈 것인지에 대해 논의해본다.

　문학연구 분야에서 스토리에 대한 원론적 탐구와 분석이 부진한 사이에 인지심리학과 인지과학 분야에서 인간탐구의 일환으로 이야기에 주목하게 된 사정을 앞서 말했다. 인지과학의 이야기 탐구는 구성적 틀 내지 체계를 분석하고 기억과 전승, 변화의 기제를 드러내는 일을 주축으로 한 것이다. 경험적이고 실제적인 이야기를 주 대상으로 삼았고, 내용이나 의미보다 형태에 대한 기능적 · 기술적 분석에 치중했다. 어떤가 하면, 이야기는 그 이상이다. 그것은 형태와 의미의 양 측면에서 깊고 다면적이며 역동적이다. 심리학적 접근이나 뇌과학적 실험 등으로 그 본령에 깊이 도달하는 것은 기약하기 어렵다. 상상적 허구를 특징으로 하는 설화적 서사의 경우에 더욱 그러하다.

하지만 이렇게 자위하고 도외시하기에는 이야기에 대한 인지론적 접근의 진취성과 과학성이 특별하고 유력해 보인다. 인지과학자들은 이야기의 밑바탕을 들여다보려 하고, 엄밀한 과학적 설명을 도출하려 한다. 이야기가 지니는 고도의 스키마적 체계성은 이러한 분석이 유효한 결과를 산출할 것임을 예견케 한다. 이야기에 대한 인지과학적 접근이 아직 단순하고 편향적이라 하지만, 사정은 한순간에 확 바뀔 수 있다. 인지과학 식의 실험적 접근이 의미내용 쪽으로 확장될 때 어떤 놀라운 결과가 나타날지 이루 헤아리기 어렵다. 최고의 흥미와 함께 깊은 감동을 자아내는 원형적인 이야기들을 컴퓨터 정보처리시스템이 보란 듯 창작해내는 일이 벌어질지도 모른다. 이미 문화콘텐츠 스토리텔링 쪽에서 이를 예감케 하는 시도들이 이루어지고 있음을 가벼이 볼 수 없다.[37]

문학연구와 달리 인지과학적 연구는 형태와 기능 중심의 '차가움'을 특징으로 하는 것이었다. 이에 대해 근래에 인지이론에서 '뜨거운 인지'가 화두로 부상하고 있다는 소식에 귀를 기울이게 된다. 스키마 이론의 변화 발전 과정을 정리한 나지영에 의하면, 최근 들어서 인지 이론이 '차가운 인지'에서 '뜨거운 인지' 쪽으로 전환하면서 분석적이고 합리적인 정보처리체계로부터 정서적이고 직관적인 정보처리체계 쪽으로 스키마 개념이 변환되고

---

37 서사도식과 이야기 스키마를 적용해서 문화공간과 컴퓨터게임 스토리텔링 원리를 분석한 이혜지 등의 연구를 사례로 들 수 있다. 이혜지 · 백승국, 「서사 기호학 기반의 스키마 이론 고찰: SNG 스토리텔링을 중심으로」, 『기호학연구』 40, 한국기호학회, 2014; 이혜지 · 심현주 · 백승국, 「그레마스 서사도식의 스키마 이론 고찰: 웰니스 콘텐츠 이용자의 인지행로 분석을 중심으로」, 『기호학연구』 42, 한국기호학회, 2015.

있다고 한다.[38] 다음은 이를 도표로 나타낸 것이다.[39]

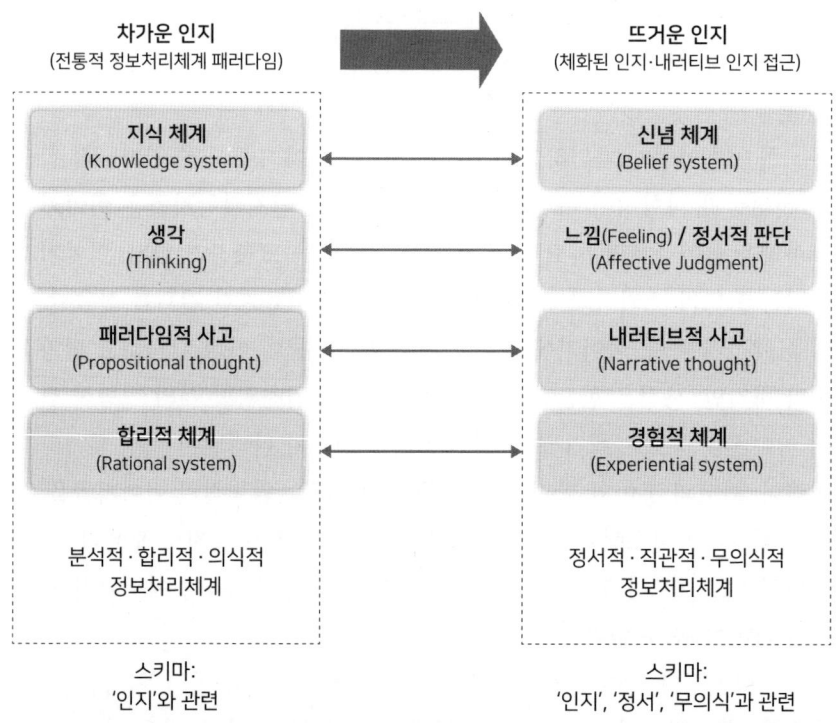

여기서 뜨거운 인지에 해당하는 스키마의 기능을 '이야기'가 행할 수 있음은 명백하다. 실제로 뜨거운 인지 연구에서는 서사성을 주요 개념으로 삼는 가운데 이야기에 큰 관심을 나타내고 있다. 다만 이때의 서사(narrative)는 아직 설화적 스토리보다 경험적이고 실제적인 이야기에 주안점이 놓인 상태이다. 아울러 나지영의 논의에 따르면, 분석의 초점이 플롯(plot)을 향하고

---

38 나지영, 「인지역동 스키마 이론과의 연계를 통한 문학치료학 서사이론 발전 방향 연구」, 건국대학교 박사학위논문, 2016, 15-25면.

39 위의 논문, 22면.

있어 차가운 인지와 근본적인 차이점이 잘 부각되지 않는다고 한다.[40] 하지만 신념과 정서, 이야기 등에 주목하는 개념으로 '뜨거운 인지'가 표방된 이상 그 분석 대상이 문학적 의미요소로 향하는 것은 필연적 흐름이 될 것이다. 일부 인지과학자들이 인간의 행동양상을 다루면서 '개인 정체성'과 '자아 상태' 같은 존재적 속성을 다루기 시작했다는 것[41]에서 이러한 흐름을 예견할 수 있다. 행위 주체의 정체성이나 상태에 관심을 갖기 시작했다는 것은 이야기로 치면 화소의 의미 속성에 관심을 가지게 된 것과 같다. 그러한 관심이 의미적 대립항과 구조적 상관성으로 확장되는 것은 자연스러운 과정이 될 것이다.

인지심리학이나 인지과학에서 이야기와 관련한 연구를 진전시켜올 때 문학연구는 무엇을 했는가 반문하게 된다. 이때 주목할 것이 정운채가 정초하여 발전시켜온 문학치료학 서사이론이다. 정운채는 인간과 이야기의 근원적 연관성에 주목하여 양자를 연계하여 이해하고 분석하는 서사이론 체계를 주창했다. 그는 문학작품의 저변에 이야기가 있는 것처럼 인간의 저변에 이야기가 있다고 보고, 이를 '작품서사'에 대한 '자기서사'라고 명명했다. 작품서사와 자기서사는 그 존재적 바탕이 통하는 것으로서 원천적 동질성을 지닌다. 이러한 동질성을 바탕으로 정운채는 "문학이 곧 인간이고 인간이 곧 문학"임을 천명하는 동시에 "(우리 안의) 문학을 바꿈으로써 인간을 바꿀 수 있다"는 명제를 수립했다.[42] 앞서 언급했던바 터너(M. Turner)의 "스토리는 마

---

40 나지영, 「인지역동 스키마 이론과의 연계를 통한 문학치료학 서사이론 발전 방향 연구」, 건국대학교 박사학위논문, 2016, 23면.

41 위의 글, 26-37면. 나지영이 사례로 들고 있는 연구자들은 앤더슨(S. M. Anderson)과 츠벨크(G. Žvelc), 호로위츠(M. Horowitz) 등이다. 츠벨크의 논의는 안수룡·이영호, 「관계도식 이론과 교류분석」, 『교류분석과 심리사회치료연구』 7(2), 2010에 자세히 소개된 바 있다.

42 서사이론과 관련한 정운채의 논의는 수십 편에 이른다. 그중 가장 기본적인 것으로 다음의 논문들을 들 수 있다. 정운채, 「문학치료학의 서사이론」, 『문학치료연구』 9, 한국문학치료학회, 2008; 정운채, 「문학치료학의 서사 및 서사의 주체와 문학연구의 새 지평」, 『문학치료연구』 21, 한국문학치료학회, 2011. 그의 서사이론의 특징과 체계는 신동흔, 「문학치료학 서사이론의 보완·확장 방안 연구」, 『문학치료연구』 39, 2016 및 나

음의 기본 원리"라는 명제와 비견할 만한 것이라 하겠다. 둘을 비교하면 정운채는 구비설화로 대표되는 허구적이고 전완적인 이야기를 서사성의 본질로 내걸었다는 점에서 문학적 정체성이 더욱 뚜렷하다. 인간을 문학적으로 보는 관점을 궁극화했다고 할 만한 관점이다.

　　정운채를 비롯한 문학치료 연구자들의 연구작업이 인간연구의 지향성을 나타낸 것은 자연스러운 결과였다. 인간연구로서 구비설화의 맥락과 의미를 다룬 수많은 연구가 제출되었으며, 제출되고 있다. 그중 상당수는 심리학이나 인지이론과의 방법적 연계를 추구하고 있기도 하다.[43] 국문학계에서 일종의 학파(學派)로서 이와 같은 연구가 이루어지고 있다는 사실을 가벼이 볼 일이 아니다. 그것이야말로 인간연구로서 문학연구의 새 지평을 여는 흐름일 수 있다.

　　다만 이때 문제가 되는 것은 문학치료학적 설화 분석이 설화연구의 방법적 안목과 체계를 충분히 수렴하지 못하고 있다는 점이다. 정운채는 서사를 "인간관계의 형성과 위기와 회복에 관한 이야기"[44]로 규정했으며, 인간관계의 전개양상에 초점을 맞춘 설화 분석체계를 수립했다. 인간 사이의 문제가 기본 화두였고, 관계의 순차적 진행 과정이 주된 분석대상이 되었다. 행위 주체나 객체로서 인간이 지니는 존재적 속성은 제대로 다루어지지 않은 형국이다. 이에 대해 필자는 서사 개념을 "문학 및 인간의 이면에서 작품과 인생을 좌우하는 스토리 형태의 심층적 인지-표현체계"로 수정 제시하고, 서사의 관계적 측면과 존재적 측면을 이원적으로 연계하는 분석체계를 대안적으로 내건 바 있다.[45] 화소의 다양한 대립적 의미항을 폭넓게 활용함으

　　지영, 「인지역동 스키마 이론과의 연계를 통한 문학치료학 서사이론 발전 방향 연구」, 건국대학교 박사학위논문, 2016에서 그 맥락과 특징을 요약해서 정리한 바 있다.

43　그간 이 방면에서 제출된 연구는 무척 많으며, 자세한 소개는 생략한다. 최근에 39호까지 발간된 『문학치료연구』를 두루 살펴보면 그 동향과 연구 결과를 확인할 수 있을 것이다.

44　정운채, 「문학치료학의 서사이론」, 『문학치료연구』 9, 한국문학치료학회, 2008, 252면.

45　신동흔, 「문학치료학 서사이론의 보완·확장 방안 연구」, 『문학치료연구』 39, 2016,

로써 서사에 대한 분석을 더욱 정합적이고 유기적으로 수행할 수 있다는 사실을 강조했다. 인간학으로서 이야기 연구를 더 체계적이고 설득적인 방향으로 발전시켜나가기 위한 보완적 문제 제기였다. 이에 대해 그 문제 제기를 수용하여 더욱 입체적인 문학치료적 서사분석 모형을 수립한 가운데 인지역동 스키마 이론과의 상생적 결합 방안을 탐구한 연구논문이 제출된 상태다.[46] 문학 연구와 인지과학이 이야기를 통해 상생적으로 만날 수 있는 하나의 중요한 이론적 거점이 마련되었다고 할 만하다.

하지만 아직 작고 거칠며 불완전한 출발에 불과하다. 필자가 제시한 서사분석 체계만 하더라도 시공간적 배경과 대상으로서의 사물(인공물과 자연물), 제3의 행위항으로서 원조자나 방해자 등에 얽힌 의미요소와 관련한 분석틀을 생략한 것이었다. 앞서 살핀바 「종소리」 설화 분석 같은 작품해석을 체계적으로 수행할 수 있는 기반으로서는 아직 많이 부족하다. 나지영이 제시한 서사분석 모델의 경우도 인간관계의 맥락과 의미에 대한 분석에 커다란 진전이 있었지만, 설화의 다양한 대립적 의미항 가운데 작은 부분만이 불완전하게 다루어진 수준이다.

이론적 측면으로부터 실제적 측면에 이르기까지 인간연구로서 설화연구가 앞으로 개척하고 감당할 바가 아주 많다. 문학치료학적 맥락의 서사분석 논의를 단면적으로 소개했지만, 구비문학에 방법적 거점을 둔 연구에서도 의미 있는 사례들을 볼 수 있다. 스키마 개념을 적극 도입하면서 '옛이야기 들려주기 방법'을 이론적·실제적으로 탐구한 박현숙의 연구 작업은 좋은 사례다.[47] 그의 논의는 아이들 스스로 옛이야기를 효과적으로 구연할 수 있도록 하는 방안에 대한 실천적 연구로 이어지고 있다.[48] 구연(口演) 외에 창

---

46 나지영, 「인지역동 스키마 이론과의 연계를 통한 문학치료학 서사이론 발전 방향 연구」, 건국대학교 박사학위논문, 2016.

47 박현숙, 「설화 구연 전통에 기반한 옛이야기 들려주기 방법 연구」, 건국대학교 박사학위논문, 2012.

48 박현숙, 「사라져가는 이야기판의 새로운 길 찾기: 어린이 대상 '옛이야기 들려주기' 활동 사례를 중심으로」, 『비교민속학』 47, 비교민속학회, 2012; 박현숙, 「전통방식의 '옛

작과 관련한 연구 작업도 하나의 중요한 과업이거니와, 이 방면에서는 김정은의 연구를 주목할 만하다. 그는 설화의 전형적 서사문법과 사람들의 자기서사를 긴밀히 연계하는 가운데 참여자들이 자기 삶의 문제를 반영한 온전한 설화적 이야기를 만들어내도록 하는 창작 교육 방안을 제시한 바 있다.[49] 설화의 화소와 구조를 축으로 하여 서사문법을 새롭게 설정한 것도 그렇지만, 인간의 인지-상상 체계를 효율적으로 작품화할 수 있는 구체적이고 실천적인 방법론을 제안하고 있다는 점이 눈길을 끈다.

앞서 언급했듯이 인지이론의 이야기 스키마 개념은 다양한 실행적 연구작업을 매개로 교육현장의 학습활동 등에 적용되고 있다. 인지과학에 기반한 치료이론과 임상활동에도 이야기가 의미 있는 기제로서 활용성을 넓혀가고 있다. 콘텐츠 스토리텔링 등에서 이야기에 대한 인지적 분석모형이 적용되는 흐름도 주목할 만하다. 문학치료학 쪽에서 집중적으로 수행되고 있는 학파 차원의 연구를 제외하면, 이와 관련한 구비문학계의 연구는 빈약하며 체계성도 떨어진다. 이제 인간학으로서 인문학의 본원으로 돌아가서 이에 대한 연구를 적극 수행해야 할 시점이다. 앞서 길게 논했듯이, 구비설화는 그와 같은 연구를 깊이 있게 진행하기 위한 최적의 대상이다. 그리고 우리에게는 설화의 구조와 의미를 정합적이고 체계적인 형태로 분석해온 오랜 전통과 경험이 있다. 그것은 인류의 미래적 자산으로 활용되어야 한다. 그러한 작업이 본격화될 때, 예상을 뛰어넘는 놀라운 상황이 펼쳐지지 말라는 법이 없다. 예를 들면, 설화연구자가 첨단 뇌과학 연구를 지휘하여 이끌어가는 상황이 그것이다. 그것은 결국 우리가 어떻게 하느냐에 달린 일이라고 본다.

이야기 구연 실제' 사례 연구: 초등학생 구연 활동을 중심으로」, 『구비문학연구』 36, 2013.

49 김정은, 「설화의 서사문법을 활용한 자기발견과 치유의 이야기 창작방법 연구」, 건국대학교 박사학위논문, 2016.

5 　맺는말: 다시 문학의 바탕으로

　　　　　　　　설화를 대상으로 삼아서 진행한 본 논의를 통해 이끌어낸 답이 무엇인가 하면, "다시 구비문학의 본령으로 돌아가야 한다"는 것이다. 무엇이 구비문학의 본령인지는 관점에 따라 다르겠거니와, 다른 무엇보다 '문학적 속성과 가치'를 강조하고 싶다. 구비문학은 그 자체 '문학'이다. 본원적 바탕이 되는 문학이며, 고도의 형상적·인식적 가치를 지니는 최고의 문학이다. 그 가치는 계량적으로 헤아릴 수 있는 바가 아니다. 인간존재의 본질을 원형적으로 함축하는 가운데 자기실현의 길을 열어주는 한 편의 설화가 갖는 가치는 웬만한 장편소설 한 박스 이상이라 할 수 있다. 인간학의 관점에서, 백 층짜리 빌딩을 여러 개 가져와도 「종소리」 설화만큼의 가치를 지니지 못한다.

　　특별히 이야기에 대한 인지과학적 접근에 대해 말하고, 인간연구로서 설화연구에 대해 말했다. 이때도 중심은 어디까지나 '문학'이어야 한다. 인지과학의 새로운 분석모형을 가져오는 식으로, 또는 고성능 첨단 실험기기를 적용하는 식으로 새 길을 여는 데는 한계가 있다. 문학성의 원형적이고 심층적인 본질을 살려내는 것이 관건이다. 그 속에 인간이 있고, 과학이 있다.

　　인간이 곧 문학이고 삶이 곧 문학이라고 하는 사실을, 가장 문학적인 연구가 최고의 인간연구라는 사실을 언제라도 잊지 말 일이다.

문학치료학 서사이론의 보완 방안 연구

서사 개념 재규정과 서사의 이원적 체계

1   문제 제기

이 논의는 정운채가 창안하여 발전시켜온 문학치료학 서사이론을 보완하여 이론적 체계성을 강화하고 분석도구로서 유효성을 높이는 것을 목적으로 한다. 문학치료학 서사이론의 독창적이고 혁신적인 관점과 체계를 살리는 가운데, 서사 개념의 보편성을 확보하여 인접 학문과의 소통 가능성을 높이려 하며 서사분석의 체계를 이원화하여 인간에 대한 문학적 이해를 심화하는 데 기여하고자 한다.

정운채는 문학치료학의 가장 큰 성과가 "인간이 곧 문학이며 문학이 곧 인간이라는 관점"을 확립한 데 있다고 말한다.[1] 종래의 관점이 문학을 '인간 활동의 결과물'로 본 데 대해 문학치료학에서는 인간활동 자체가 문학이라고 보며, 나아가 인간 자체를 문학으로 본다.[2] 인간이 곧 문학이므로 문학을 치료함으로써 인간을 치료할 수 있다는 것은 근간의 한국 인문학이 내건 가장 혁신적이고 도전적인 명제라 보아도 좋을 것이다.

인간이 곧 문학이라고 할 때 그 문학은 '서사'를 말한다. 정운채는 문학작품의 기저에 서사가 있듯이 인간의 기저에 서사가 있다고 보고 이를 작품서사에 대한 '자기서사'로 명명했다. 한 인간의 삶은 그 심층에서 작동하는 '자기서사'에 의해 방향과 의미가 구성된다. 자기서사가 건강하면 삶도 건강하며, 자기서사가 건강하지 않으면 삶도 건강하지 않다. 자기서사를 건강하게 바꿈으로써 삶을 바꾸는 과정이 곧 문학치료의 과정이 된다. 자기서사의 진단과 치료는 작품서사를 통해 수행되는바, 이 지점에서 인간과 문학은 다시 한번 긴밀히 만나게 된다.[3]

---

1   정운채, 「문학치료학의 서사이론」, 『문학치료연구』 9, 한국문학치료학회, 2008, 247면.

2   위의 논문, 248면.

3   자기서사와 작품서사의 개념 및 양자의 조응을 통한 '문학-인간' 분석은 제반 문학치료 연구의 기본 바탕을 이룬다. 그 개념 및 체계에 대한 핵심적 설명은 정운채, 「문학치료학의 서사 및 서사의 주체와 문학연구의 새 지평」, 『문학치료연구』 21, 한국문학치료학

인간이 서사를 지닌다거나 서사로써 설명될 수 있다는 것은 완전히 새로운 견해라 할 바는 아니다. 일례로 마틴(W. Martin)은 인간 개개인에게 "존재 및 진로를 형성할 수 있는 우리 자신의 삶의 서사들이 있다"고 말한 바 있으며,[4] 이야기치료(narrative therapy)에서도 개인의 서사를 중요시한다. 하지만 이때의 서사는 개인적 생애의 산물로서 '개인 역사'에 해당하는 것으로 문학치료학에서 말하는 서사와는 다르다. 문학치료학에서는 온전한 '이야기(story; fiction)' 형태의 자기서사를 상정하며, 원형적 이야기로서 '설화'를 주요 매개체로 삼아서 그것을 설명한다. 인간 깊은 곳에 '이야기'가 있으며 그것을 통해 삶이 움직인다고 하는 문학치료학의 관점은 본질적으로 새로운 발상이라 할 수 있다.

서사이론을 체계화하는 것은 문학치료학의 학문적 여정에서 핵심적인 과제가 되어왔다. 거기에는 서사 개념의 정립, 서사의 양상과 체계, 작품서사와 자기서사의 관계, 자기서사의 진단 방법, 서사 접속과 변화의 원리 등 여러 화두가 포함돼 있다. 정운채는 이것들을 아우르는 이론체계를 수립하는 일에 매진했거니와, 그것을 통해 문학치료학은 1차적으로 전반적인 서사이론체계를 완성할 수 있었다. 새로운 개념적 착상으로부터 구체적인 이론체계 수립에 이르는 과정이 짧은 기간에 이처럼 압축적으로 성취된 것은 기적에 가까운 학문적 업적이 된다.

이제 그 이론체계를 바탕으로 힘차게 나아가면 된다고 할 수 있겠으나, 그에 앞서 조정하고 보완할 사항이 없는지 돌아볼 필요가 있음을 느낀다. 그간 거침없이 달려온 만큼 숨을 고르면서 전후좌우를 찬찬히 돌아볼 필요가 있다. 문학치료학 서사이론에 대해 그것이 일반 문학이론이나 치료이론과 소통하기에는 특수성이 짙다는 시각이 퍼져 있는 상황이다. 우려를 털어내고 지속적 발전을 이루기 위해서는 기본 개념 및 체계에서 이론적 보편성을

회, 2011, 233-241면 등에서 찾아볼 수 있다.

4   Wallace Martin, *Recent Theories of Narratives*, Ithaca: Cornell University Press, 1986, pp. 7-8(한일섭 지음, 『서사의 이론』, 한국문화사, 2009, 15-16면에서 재인용).

확보하는 일이 특히 긴요하다.

　그간 문학치료학이 서사에서 특히 주목한 것은 '인간관계'의 문제였다. 문학치료학의 서사인식 체계는 인간관계의 형성과 전개 과정을 축으로 하여 양상과 특징이 정리된 상태다. 문학치료학 서사이론은 곧 '인간관계 이론'이라고 해도 좋을 정도다. 하지만 그것이 논의의 궁극이라 할 수 있을지 의문이다. 이와 관련하여, 정운채가 서사이론을 종합적으로 설명한 글의 마무리 대목에서 언급한 바를 주목하게 된다.

　　문학치료학의 서사이론은 이 정도에 만족해서는 안 될 것이다. 어느 지점에서 서사는 실제적으로 발생하는가? 어느 지점에서 서사가 생산되는가? 어느 지점에서 문학을 하지 않으면 도저히 견딜 수 없는 순간이 다가오는가? 이러한 의문에 대답할 수 있는 지점까지 나아가야 할 것이다. 「처용가(處容歌)」가 불려지고 「처용무(處容舞)」가 추어진 그 지점에서 이러한 의문을 풀 수 있는 실마리 하나를 얻을 수 있다. 처용은 자신의 절박한 심정을 노래로 불러내고 춤으로 추어냈다. 절박한 순간에 노래를 한 예는 「공무도하가(公無渡河歌)」에서도 발견할 수 있다. 수로부인을 잃고 부른 「해가(海歌)」에서도 발견할 수 있다. 아마 좀 더 천착해 들어가면 「구지가」나 「도솔가」나 「혜성가」도 대체로 비슷한 사정이 아니었을까 짐작된다. 그런데 이러한 자료들에서 발견할 수 있는 공통점은 거기에 매우 큰 두려움이 서려있다는 것이다. 어쩌면 앞으로 문학치료학의 서사이론은 이러한 두려움에 좀 더 깊은 관심을 기울여야 할지도 모르겠다.[5]

　서사의 양상에 대한 현상적 설명을 넘어서 서사의 근원을 제대로 드러낼 수 있는 쪽으로 서사이론이 진전되어야 한다는 말이다. 이때 정운채가 떠올린 바가 '두려움'이라는 사실이 눈길을 끈다. 그 두려움은 달리 말하면 존재적 불안이나 외로움, 정체성 혼란 등이 될 것이다. 이는 결국 '관계'에 앞선

5　　정운채, 「문학치료학의 서사이론」, 『문학치료연구』 9, 한국문학치료학회, 2008, 272-273면.

'존재' 차원의 문제가 아니겠는가 하는 것이 본 연구자의 시각이다. 그간 문학치료학 서사이론이 주로 관계에 초점을 맞춰온 데 대해 존재에 주목함으로써 서사에 대한 더욱 본원적이고 중층적인 이해로 나아갈 수 있다. 존재와 관계의 문제를 연관적으로 조명하는 것은 이 연구에서 제안할 서사이론 체계의 핵심 사항이 될 것임을 미리 밝혀둔다.

2 　　　　　　　　　　서사 개념의 재규정

　　　　　　　　　　서사이론을 수립하여 체계화함에 있어 가장 기본이 되는 화두는 서사의 개념적 본질이라 할 수 있다. 개념을 어떻게 설정하는가에 따라 서사의 범주와 체계는 완연히 달라진다. 예컨대 서사를 '언어 텍스트'에 한정된 개념으로 보는가, 더 넓혀서 보는가에 따라 서사론의 대상은 완전히 달라진다. '텍스트'와 '담론' 중 어디에 개념적 주안점을 두는가에 따라서도 서사의 본질과 양상에 대한 이해는 질적으로 달라진다. 서사 개념을 장르적 차원에서 보는가의 여부도 중요한 변수가 된다.

　　문학치료학에서는 서사를 '언어적인 것'에 한정되지 않는 매우 보편적인 무엇으로 본다. 문학치료학의 서사이론은 문학작품 외에 사진과 영화 같은 영상예술을 포괄하며, 더 나아가 '인간의 삶 자체'까지를 대상으로 삼는다. 정운채는 '옷을 입는 것, 머리에 핀을 꽂는 것'에 이르기까지 '모든 인간 활동'에 서사가 있다고 말한다.[6] 그가 서사를 장르적 개념으로 보지 않음은 당연한 일이 된다. 그는 서사가 보편적이고 근원적인 것으로서, 시나 희곡을 포함한 모든 문학의 저변에 자리한다고 본다. 실제로 그는 고려가요 「가시

6　　정운채, 「토도로프와 채트먼의 서사이론과 문학치료학의 서사이론」, 『고전문학과 교육』 20, 고전문학교육학회, 2010, 314면.

리」와 현대시 「진달래꽃」을 대상으로 그 바탕에 설화 「지네 각시」의 서사가 놓여 있음을 논증하는 작업을 행한 바 있다.[7]

문학치료학의 서사는 '텍스트'와도 층위를 달리하는 개념으로 이해된다. 서사는 텍스트보다 더욱 근원적이고 심층적인 요소로 이해된다.

리몬케넌은 스토리를 텍스트보다 선행하는 실질적인 재료로 보는 것이 아니라 텍스트로부터 추상된 구조물로 본다. 그러나 문학치료학에서 서사는 텍스트에 대해 시원(始原)이며, 근간(根幹)이며, 기준(基準)이 된다.

먼저 서사가 텍스트의 시원이라는 것은 발생론적으로 먼저 서사가 마련이 되고, 그 서사가 점점 구체화되면서 텍스트가 만들어진다는 것이다. 구비문학의 현장에서 같은 이야기를 수많은 사람들이 제각기 다르게 구연하고 있는 것을 목격할 수 있다. 구연 양상이 제각기 다름에도 불구하고 사람들은 그것을 같은 이야기라고 인지한다. 그것은 어떤 이야기를 기억하고 전승할 적에, 구연된 텍스트를 기억하고서 그 텍스트를 재생하여 구연하는 것이 아니라, 구연된 텍스트가 기반을 두고 있는 서사를 기억해서 이 서사로부터 그때그때 텍스트를 만들어 구연하는 것이기 때문이다.[8]

서사가 텍스트의 '시원이며, 근간이며, 기준'이라는 데서 문학치료학이 말하는 서사의 속성을 단적으로 알 수 있다. 흥미로운 것은 그가 서사와 텍스트의 관계를 구비설화에서 말하는 '유형(type)-각편(version)'의 관계에 비추어 설명한다는 점이다. 설화에서 유형적 정체성은 '스토리'를 통해 확보되거니와, 위 진술 속의 서사는 스토리에 해당하는 것으로 여겨지는 면이 있다. 실제로 정운채는 스토리와 서사에 유사한 측면이 있음을 말한다. 하지만 거기까지다. 서사와 스토리 사이에도 선이 그어진다.

---

7   정운채, 「작품서사 분석을 통한 「진달래꽃」의 '역겨워'와 「가시리」의 '선하면'에 대한 이해」, 『문학치료연구』 15, 한국문학치료학회, 2010.

8   정운채, 「리몬케넌의 서사이론과 문학치료학의 서사이론」, 『문학치료연구』 18, 한국문학치료학회, 2011, 276-277면.

스토리와 텍스트의 관계는 문학치료학의 서사이론에서 서사와 텍스트의 관계와 유사한 측면이 많다고 할 것이다. 그러나 엄밀한 의미에서 문학치료학의 서사는 리몬케넌이 말하는 스토리와 같지 않다. 스토리는 텍스트에 부착되어 있는 데 반해 서사는 텍스트를 넘어서 있기 때문이다.[9]

여기서 주목할 것은 정운채가 스토리를 '텍스트에 부착된 것'으로 보고 있다는 점이다. 그가 보는 스토리는 텍스트의 '요약'에 가까운 무엇이다. 이는 그가 스토리를 '줄거리'라고 지칭하는 데서 단적으로 확인할 수 있다.

기왕의 서사이론은 작품의 줄거리(story) 차원과 담화(discourse) 차원 가운데 담화 차원을 더 주목한다면, 문학치료학은 담화 차원보다는 오히려 줄거리 차원을 더 주목한다고 할 수 있다. 그러나 문학치료학의 작품서사란 줄거리보다도 더 근원적인 것이다. 줄거리는 대체로 그 전략적으로 바꾸었던 서술 순서를 바로잡거나, 또는 그 표현 전략들을 걷어내고 간추리면 드러나기 마련이다. 그러나 이 문학치료학의 작품서사는 간추리기보다는 오히려 더 앞뒤를 보충해서 구성해야 드러날 때가 있다. 특히 시와 같은 장르의 경우가 그렇다.[10]

스토리를 텍스트에 부착된 것이라거나 텍스트의 요약에 해당하는 것으로 보는 관점이 합당한지 여부는 하나의 논쟁점이 될 만한 요소다. 이에 대해는 뒤에 다시 논의할 예정이거니와, 일단 여기서는 정운채가 서사를 문학에서 가장 근원적이고 본질적인 무엇으로 본다고 하는 사실을 재확인하고 넘어간다.

정운채가 말하는 서사의 특징은 인간이라고 하는 문학에도 그대로 적용된다. 그는 문학작품과 마찬가지로 인생살이 또한 일종의 텍스트라고 보

---

9   위의 논문, 276면.
10   정운채, 「문학치료학의 서사이론」, 『문학치료연구』 9, 한국문학치료학회, 2008, 251면.

며, 인생살이와 자기서사의 관계가 문학작품과 작품서사의 관계와 일치한다고 본다. 그 관계는 다음과 같이 설명된다.[11]

ⓒ 외면, 텍스트   ⓛ 내면, 서사

작품서사와 자기서사를 문학작품 및 인생살이의 이면적 바탕으로 보는 시각이다. 이때 작품서사와 자기서사가 질적으로 통하는 것임은 물론이다. 문학과 인간이 근본적으로 동질적이므로 그 안의 서사가 동질적인 것은 당연한 일이 된다. 역으로, 동질적인 서사가 작용하고 있기에 문학과 인간이 서로 동질적인 것이라고 말할 수도 있다.

서사가 이처럼 중요한 것이라 할 때, 그리고 텍스트나 담화, 스토리 등과 다른 특별한 것이라 할 때 그 실체는 무엇이며 어떻게 정의될 수 있는 것일까? 이에 대해 정운채는 서사의 정의를 다음과 같이 제시한다.

- 인간관계의 형성과 위기, 회복에 관한 서술[12]
- 인간관계의 형성과 위기와 회복에 관한 이야기[13]

---

11 정운채, 「문학치료학과 역사적 트라우마」, 『통일인문학논총』 55, 건국대 인문학연구원, 2013, 11면.

12 정운채, 「인간관계의 발달 과정에 따른 기초서사의 네 영역과 「구운몽」 분석 시론」, 『문학치료연구』 3, 한국문학치료학회, 2005, 9면; 정운채, 「문학치료학의 학문적 특성과 인문학의 새로운 전망」, 『겨레어문학』 39, 겨레어문학회, 2007, 94면.

13 정운채, 「서사의 다기성을 활용한 자기서사 진단 방법」, 『고전문학과교육』 10, 한국고전문학교육학회, 2005, 113면; 정운채, 「문학치료학의 서사이론」, 『문학치료연구』 9, 한국문학치료학회, 2008, 252면; 정운채, 「프랑스의 서사이론과 문학치료학의 서사이론」,

이것이 정운채를 중심으로 한 문학치료 연구에서 볼 수 있는 서사의 기본 정의이다. 두 정의는 종차(種差)가 일치하고 유개념이 '서술'과 '이야기'로 다른데, 어느 한쪽으로 귀일되지 않고 통용되고 있는 형국이다. 유개념을 '이야기' 대신 '자초지종'으로 표현하기도 한다.

위의 정의에서 단연 중요한 요소는 '인간관계'이다. 인간관계가 어떻게 펼쳐지는가에 따라 서사가 정의될 수 있다는 시각이다. 한편으로 그럴듯하게 느껴지기도 하지만, 앞서 살폈던바 서사의 본질에 대한 논의에 비추어 상당한 격차가 느껴지는 것 또한 사실이다. 문학작품 및 인생살이의 핵심 바탕이자 동인으로서의 서사가 왜 인간관계로 설명돼야 하며, 또 어떻게 설명될 수 있는가 하는 의문이다.

이에 대해 정운채는 서사가 실질적으로 인간관계를 통해 실현된다는 점을 강조한다. 작품에서 인물이 겪는 우여곡절들은, 그리고 사람이 인생을 살아가는 일은 결국 인간관계를 어떻게 형성하고 전개하며 갈무리하는가 하는 문제로 귀결된다는 입장이다.

> 기왕의 서사이론에서는 서사를 정의할 적에 대개 인물, 사건, 배경 등을 주목한다. 그런데 문학치료학에서는 인물을 생각할 때에도 인간관계 속에서 생각하고, 사건을 생각할 때에도 인간관계 속에서 생각하고, 배경을 생각할 때에도 인간관계 속에서 생각한다. 서사에서 인물, 사건, 배경이 쓸데없다는 것이 아니라 주안점을 인간관계에 두고 다시 살펴볼 필요가 있다는 것이다.[14]

> 문학치료학은 언어에 초점을 맞추는 대신 인간이 이 세상을 바라보고 이 세상을 살아가는 데 어떠한 관계의 틀을 사용하느냐에 초점을 맞추어 서사이론을 전개한다. 문학치료학의 서사이론은 언어이론 대신 관계이론에 기반

『문학치료연구』 17, 한국문학치료학회, 2010, 195면.

14 정운채, 「문학치료학의 서사이론」, 『문학치료연구』 9, 한국문학치료학회, 2008, 252면.

을 두는 것이다. (…) 자녀, 남녀, 부부, 부모 등의 입장에 따른 순응, 선택, 지속, 양육 등의 문제들은 인생살이에서 원형적으로 풀어가야 할 문제들이면서 동시에 문학작품에서 원형적으로 다루어야 할 문제들이다. 그런데 이러한 문제들은 관계 속에서 일어나는 문제들이면서 또한 관계 속에서 풀어가야 할 문제들이다. 따라서 우리들 인생살이에서나 문학작품에서 시급한 것은 언어의 문제라기보다 관계의 문제이며, 언어이론이라기보다 관계이론이다. (…) 학문의 최종 목표는 지금 우리가 어떤 문제에 봉착해 있고, 이 문제를 어떻게 풀어나갈 것인지 대책을 찾는 것이기 때문이다.[15]

위 인용들에서 우리는 정운채가 왜 인간관계를 서사의 기본 요소로 설정했는지 그 맥락을 단면적으로 볼 수 있다. 그가 중시하는 것은 개념적 체계보다 서사의 주안점이며, 서사를 어떻게 구체적으로 범주화하여 다룰 것인가 하는 실제적인 문제다. 문학치료학은 본래 '삶을 치료하는 학문'으로서 지향성을 지니는바 정운채는 삶의 문제가 핵심적으로 함축된 지점으로서 인간관계의 문제에 주목했다. 이러한 전략적 결단을 내림으로써 그는 추상적인 개념적 논의에 발목이 잡히는 대신 서사에 대한 구체적이고 실제적인 논의를 진전시키는 데 집중할 수 있었으니, 명분보다 실질을 취한 선택이었다고 할 수 있다. "시급한 것은 언어의 문제라기보다 관계의 문제"라는 표현 속에, 학문의 목표가 당면 문제에 대한 '대책'을 세우는 데 있다는 언급 속에 문학치료학 서사이론이 취한 노선이 함축돼 있다.

문제는 이 지점에서 문학치료학이 서사에 대한 학문적 논의 일반과 멀어지게 되었다는 데 있다. 위 정의의 종차에 해당하는 "인간관계의 형성과 위기와 회복"이라는 설명은 다분히 내용지향적이고 기술적(記述的)이다. 어찌 보면 '서사내용'을 다른 말로 풀어 쓴 것 같은 양상이다. 과연 그 기술이 서사의 실질을 충분히 담아낼 수 있는가 하는 문제도 있지만, 근원적이고 심

---

15 정운채, 「토도로프와 채트먼의 서사이론과 문학치료학의 서사이론」, 『고전문학과 교육』 20, 고전문학교육학회, 2010, 316-317면.

층적인 것으로 설명된 서사 개념이 이렇게 기술적이고 방편적인 방식으로 규정돼도 좋은가 하는 의문에 부딪히게 된다. 서사라는 정의 대상에 비해 정의 내용이 너무 특수하여 층위가 안 맞는다는 느낌을 지우기 어렵다.

문학치료학의 서사 개념 정의는 유개념(類槪念)에서도 의문을 낳는다. '서술'이나 '이야기'가 서사의 유개념으로 적절한가의 문제다. 먼저 '서술'을 보자면 이는 텍스트 내지 담론 차원의 용어로서 '텍스트 이전의 근원적인 그 무엇'을 설명하는 말로 많이 어색하다. 특히 자기서사가 상정하는 '인간 내면의 무엇'과 '서술'이라는 말 사이의 어긋남은 결정적이다. 작품서사라면 혹시 몰라도 자기서사의 유개념이 '서술'이 될 수는 없는 터다.

이러한 어색함 내지 어긋남 때문에 뒤에 '서술'보다 '이야기' 쪽을 더 많이 쓰게 된 것으로 생각되거니와, 확실히 이쪽이 더 자연스럽다. 문학이나 인간 안에 이야기가 있다는 것은 수용 가능한 언술이 된다. 하지만 여기에도 문제는 있다. 이야기는 서사의 상위 개념이라기보다는 동위 개념에 가깝다. 대략 서로 같은 말이라고 보아도 지나치지 않다. '이야기' 대신 '자초지종'으로 쓰면 이런 문제가 완화되지만, '자초지종'은 학술적 정의의 유개념으로 어울린다고 보기 어렵다.

잘 알듯이 개념을 규정하는 일은 학문의 기본 출발점이다. 문학치료학이 명실상부한 새로운 학문체계로 우뚝 서기 위해서는 서사에 대한 개념 규정 문제를 피해갈 수 없다. 이미 서사의 기본 속성과 양상에 대해 혁명에 가까운 새롭고 놀라운 통찰이 이루어진 상황에서 개념 규정의 불투명성 때문에 이론적 보편성과 체계성이 의심받는다면 억울한 일이 아닐 수 없다. 다른 방법은 없다. 정면 돌파가 답이다.

이 문제에 대한 답은 실상 정운채의 논의 속에 실마리가 담겨있다는 것이 본 연구자의 생각이다. 그의 논문 여기저기에 서사의 개념적 본질에 관한 고민의 자취가 담겨있거니와, 이를 새롭게 짚어볼 필요가 있다.

중요한 것은 형태가 구성 요소들의 합으로 지각되는 것이 아니라 형태를 구성하는 요소들 간의 관계가 체제화된 이후에 전체로서 지각된다는 것이다.

이때 체제화된 구성 요소들 간의 관계는 '서사(敍事)'를 떠올리게 한다. 문학치료학에서 서사는 인간관계의 형성과 위기와 회복에 대한 과정을 서술한 것이라고 하는데, 이는 다시 말해서 인간관계의 자초지종이 체제화된 것이라도 해도 좋을 것이다. 그러니까 하나의 서사는 하나의 게슈탈트에 맞먹는 것이라고 할 수 있는 것이다.[16]

작품서사는 표면구조인 스토리보다는 좀 더 근원적이고 심층적인 것이지만, 그렇다고 해서 심층구조와 비슷한 것은 아니다. 레비스트로스의 4항 상동관계(a four-term homology)나 그레마스의 기호학적 사각형(semiotic square)과 같이 정적이고 의미론적이고 계열적인 성격을 띠고 있는 심층구조와는 달리 작품서사는 오히려 스토리처럼 시간적이고 인과적이고 결합적인 원리를 간직하고 있기 때문이다. 다시 말해서 심층구조는 더 이상 서사라고 할 수 없는 성격의 것인 데 반해서 작품서사는 여전히 서사인 것이다.[17]

앞의 인용문은 심리학과 관련해서 문학치료학 이론을 설명하는 과정에서 나온 언술이고, 뒤의 인용문은 서구 서사이론과 관련한 논의에서 행한 언급이다. 정운채는 게슈탈트(Gestalt)[18]와 관련하여 서사를 "인간관계의 자초지종이 체제화된 것"으로 달리 표현할 수 있다고 했거니와, '체제화'라는 말에 주목할 만하다. 이러한 언급은 그가 서사의 심리적이고 형태적이며 인지체계적인 속성에 주목했음을 보여준다. 이는 두 번째 인용문에서 서사와 '심층구조'에 대해 설명하는 대목에서도 볼 수 있다. 내용을 들여다보면 서사가 지니는 스토리성과 심층적 면모를 함께 설명할 수 있는 그 무엇을 고민하고 있음을 보게 된다. 이러한 논의는 그의 고민이 서사이론 일반과 곧바로 접속

---

16 정운채, 「심리학의 지각, 기억, 사고와 문학치료학의 자기서사」, 『문학치료연구』 20, 한국문학치료학회, 2011, 11-12면.

17 정운채, 「리몬케넌의 서사이론과 문학치료학의 서사이론」, 『문학치료연구』 18, 한국문학치료학회, 2011, 283면.

18 '게슈탈트(Gestalt)'는 'form' 또는 'entire figure'에 해당하는 용어로, 전체성(체제성)을 갖춘 일정한 구조를 뜻한다.

될 수 있는 지점에까지 근접해 있었음을 말해준다.

정운채가 또 다른 글에서 언급한 다음 내용도 진지하게 돌아볼 만하다.

서사라는 용어를 작품서사나 자기서사를 가리키는 용어로 사용할 때의 큰 이점은 인지(認知) 과정에 대해서 이론적으로 설명해낼 수 있다는 것이다. 우선 단적으로 '작품'과 '작품서사'의 관계는 바로 이 인지의 문제가 개입되어 있는 관계이다. 작품에 대한 인지 곧 이해는 작품서사라는 인지도식이 있기 때문에 가능한 것이면서, 동시에 작품에 대한 이해 결과가 작품서사이기도 한 것이다. '인생'과 '자기서사'의 관계도 마찬가지이다. 인생에 대한 이해는 자기서사라는 인지도식이 있기 때문에 가능한 것이면서, 동시에 인생에 대한 이해결과가 자기서사이기도 한 것이다. 더 나아가 '작품서사'와 '자기서사'의 관계는 인지도식의 형성과 변화를 설명할 수 있는 틀이 되기도 한다.[19]

여기서 서사의 본질과 관련하여 정운채가 주목하는 것은 '인지'의 문제다. 서사가 인지 과정과 깊은 관련이 있다는 인식이다. 작품서사와 자기서사가 일종의 '인지도식'이라는 그의 언술은 특히 주목할 만하다. 인지도식은 곧 '스키마(schema)'로서, 인지이론에 기반한 심리치료에서 중요하게 다루어지는 개념이다. 그러니까 위의 언술은 문학치료와 인지치료의 보편적 소통 가능성을 시사하는 것이라 할 수 있다. 앞서 살폈던 텍스트나 장르 등과 달리 인지도식은 인간의 활동 전반에 걸친 근원적이고 보편적인 요소여서 문학치료학에서 말하는 서사와 속성이 통하는 것이기도 하다. 문학작품이나 인생살이에 서사가 있다는 것은 거기 특유의 인지도식이 있다는 것으로 치환할 때 무척 설득적인 진술이 된다.[20]

---

19 정운채, 「문학치료학의 서사 및 서사의 주체와 문학연구의 새 지평」, 『문학치료연구』 21, 한국문학치료학회, 2011, 240면.

20 인지도식과 스토리의 관련성은 인지이론에서도 주목해온 사항이다. 이를 단적으로 보여주는 개념이 '이야기 스키마(story schema)'라 할 수 있다. 이야기 스키마는 "전형적

하지만 정운채는 의미심장한 연결점을 찾아놓은 상태에서 뒤로 한 걸음 물러선다.

물론 작품서사나 자기서사라는 용어를 인지도식이라는 용어로 바꾸어도 되는 것은 아니다. 단지 작품서사나 자기서사가 인지도식으로서의 구실도 할 수 있다는 것뿐이다. 인지도식이라는 용어로 바꾸어버리면 그 밖의 다른 구실들에 대한 논의의 길이 막혀버린다.[21]

한마디로, 서사는 인지도식 이상이라는 말이다. 실제로 인지심리학에서 말하는 인지도식(스키마)은 기본적으로 의미가 배제된 형태적·기능적 개념으로서 문학작품의 서사와는 큰 차이가 있다. 인지도식으로는 서사에 담긴 충만한 의미요소와 총체적인 현실 반영성을 설명하기 어렵다. 정운채가 서사와 인지도식 사이에 명확히 선을 그은 것은 이런 인식에 따른 판단이었다고 볼 수 있다. 문학치료 이론의 보편적 소통을 향한 그의 행보가 서사의 독자성을 지키는 쪽으로 돌아간 형국이다.

정운채가 거쳐온 일련의 고민을 확인한 이 지점에서 우리는 조금 다른 생각을 해볼 수 있다. 서사가 '심층구조'와 '스토리'의 속성을 지니는 무엇이라면, 그리고 '게슈탈트'나 '인지도식'의 면모를 지니는 무엇이라면 이들을 적절히 아우르고 보강하는 방식으로 서사의 본질을 새롭게 설명할 수 있지 않겠는가 하는 것이다. 그러니까 게슈탈트나 인지도식에 스토리가 지니는 내용성과 의미요소가 어우러질 수 있다면, 그리고 거기 심층구조적 속성이 결합될 수 있다면 서사의 개념을 유의미하게 재설정할 수 있으리라는 발상

인 이야기 형태에 대한 사람들의 지식을 나타내는 심적 구조"로 정의되거니와, 인지심리학 및 교육학에서 이와 관련된 논의가 다양하게 진행되어왔다. 이야기 스키마의 기본 개념과 특성에 대한 논의는 Murray Singer, 정길정·연준흠 옮김, 『언어심리학』, 한국문화사, 1994, 211-113면 참조.

21 정운채, 「문학치료학의 서사 및 서사의 주체와 문학연구의 새 지평」, 『문학치료연구』 21, 한국문학치료학회, 2011, 240면.

이다.

이와 관련해서 하나의 거점으로 주목할 요소가 바로 '스토리(story)'다. 흔히 스토리를 텍스트의 요약으로서 '줄거리'와 동일시하는 경향이 있지만, 스토리는 줄거리 이상이다. 그것은 담화(discourse)와 더불어 서사물을 이루는 기본 요소로서,[22] 서사구조로 지칭되는 형태적 체계성과 주제로 지칭되는 의미적 요소를 함께 갖추고 있다. 정운채는 스토리를 '표면적인 것'이라 말했지만, 그렇게만 볼 바가 아니다. 스토리는 담화나 서술보다 앞선 것으로서 텍스트보다 본원적인 것이라 할 수 있다. 앞서 인용했던바 정운채가 구비설화의 구연 과정을 설명하면서 "텍스트가 기반을 두고 있는 서사를 기억해서 이 서사로부터 그때그때 텍스트를 만들어 구연"[23]한다고 했을 때, 그 서사는 '스토리'로 바꾸어도 아무런 문제가 없다.

정운채는 서구의 여러 서사론 가운데 문학치료학 서사이론과 성격이 가장 가까운 것으로 프랭스의 논의를 꼽았다. 프랭스가 서사성의 주요한 요소로 든 사항들, 곧 서술대상의 중요성과 구체성의 역할, 갈등의 기능, 사건 맥락의 전완성(wholeness)과 정향성(orientation), 요점(point)의 역할[24] 등이 문학치료학에서 말하는 서사와 전반적으로 일치함을 인정하면서, 적극적인 수용의 태도를 나타냈다. 여기서 유의할 바는 프랭스가 언급한바 서사성의 항목들이 스토리의 근본 속성과 두루 통한다는 사실이다. 스토리에서는 서술행위보다 대상이 중요하며, 구체적이고 특수한 것을 선호하고, 갈등이 부각될 때 효과가 커진다. 앞뒤 사건이 일정한 방향성과 함께 완결성을 갖추어야 하며 요점이 잘 살아날수록 좋다. 결과적으로 정운채는 문학치료학의 서사가

---

22 스토리를 담화(담론)와 함께 문학작품의 기본 요소로 보는 관점은 멀리 러시아 형식주의자인 토마체프스키에서 연원하며 채트먼이나 브레몽 등의 논의에서 거듭 확인된다. 현용환, 『서사이론과 그 쟁점들』, 문예출판사, 2002, 27-28면; 박진, 『서사학과 텍스트 이론: 토도로프에서 데리다까지』, 랜덤하우스중앙, 2005, 43-46면 참조.

23 정운채, 「리몬케넌의 서사이론과 문학치료학의 서사이론」, 『문학치료연구』 18, 한국문학치료학회, 2011, 277면.

24 프랭스가 말하는 서사성에 대한 자세한 논의는 제랄드 프랭스, 최상규 옮김, 『서사학이란 무엇인가』, 예림기획, 1999, 227-247면 참조.

스토리와 긴밀히 통하는 무엇임을 확인한 셈이라 할 수 있다.

스토리는 어느 경우든 서사학의 핵심 요소로서 자리를 양보할 수 없거니와, 이는 문학치료학 서사이론에서도 예외가 아니다. 문학치료학이 스토리 중심 서사물로서의 설화를 작품서사 분석 및 자기서사 진단의 기본 자료로 삼고 있는 것이나 방대한 『문학치료 서사사전』[25]이 설화의 스토리들로 구성돼 있는 것은 우연한 일이 아니다. 문학치료학에서 서사 개념을 설정함에 있어 '스토리'를 기본 요소로 가져오는 것은 자연스럽고도 마땅한 일이 된다.

하지만 문학치료학에서 말하는 서사가 곧 스토리라고 하는 식으로 손쉽게 환원할 바는 아니다. 앞서 누누이 설명했던바 문학 및 인간의 이면적 심층에서 작품과 인생을 움직인다고 하는 속성을 제대로 수렴할 방안을 찾아야 한다. 관건은 내면적이고 심층적이며 구조적인 그 무엇을 어떻게 개념화할 것인가의 문제인데, 이 지점에서 앞서 살핀 인지이론의 '인지도식' 개념을 유효하게 적용할 수 있다. 다만 그 용어를 그대로 쓰기는 곤란하다. 그것이 서사의 풍부한 의미내용과 총체적 반영성을 감당하기 어렵기 때문이다. 이에 대해 대안으로 제시하고자 하는 것은 도식(schema)보다 더 복합적이고 구조적인 개념으로서 '기제(mechanism)'나 '체계(system)'다. 곧 '인지 기제'나 '인지 체계'이다. 둘을 비교하면 인지 기제는 기능적 함의가 강한 데 비해 인지 체계는 좀 더 포괄적인 의미내용을 갖는 쪽이다. 서사란 '재료-기능-결과'에 두루 걸친 것이므로 '기제'보다 '체계'가 더 어울린다. 이와 함께, 한 가지 더 고려할 사항은 서사에 있어 '인지'와 더불어 '표현'의 측면이 매우 중요하다는 사실이다. 서사에서 인지와 표현은 서로 긴밀히 결합되어 작동한다. 일컬어서 '인지-표현 체계'다. 어떠한 체계인가 하면 문학과 인간의 심층에 존재하는 체계이며, 스토리의 형태 내지 속성을 지니는 체계다.

이상에서 우리는 문학치료학의 서사 개념을 다음과 같이 정리할 수 있다.

---

25   정운채 외, 『문학치료 서사사전(설화편)』 1~3, 문학과치료, 2009.

문학 및 인간의 이면에서 작품과 인생을 좌우하는 스토리 형태의 심층적 인지-표현 체계

여기서 한 가지 확인해둘 것은 '인지-표현 체계'라는 유개념의 함의이다. 그것은 고정된 형식적 틀을 뜻하지 않으며, 스토리의 특성인 구조적 전완성과 전형적 표상성, 창조적 생산성과 가변적 운동성을 내포한 '형상+인식'의 체계에 해당한다. 인지심리학에서 말하는 인지도식(스키마) 개념에 대해 문학예술적 견지에서 내용적 요소를 보강한 대안적 개념이다. 문학작품이나 인간의 삶이란 본래 살아 움직이는 유기체로서 총체성을 지니는 것이므로 이러한 적용은 지극히 자연스럽고 마땅한 것이라고 본다.

서사를 위와 같이 규정할 때 작품서사와 자기서사는 자연스럽게 다음과 같이 정의될 수 있다.

- 작품서사: 문학의 이면에서 작품의 속성과 질을 좌우하는 서사
- 자기서사: 인간의 이면에서 인생의 속성과 질을 좌우하는 서사

정운채가 거듭 밝힌 대로 작품서사와 자기서사는 기본 속성이 통하며 서로 영향을 주고받는 관계에 있다. 문학치료학의 기본 전제가 되는 사항이다. 작품서사와 자기서사의 관계를 논구한 문학치료학의 제반 연구 결과는 서사 개념의 재설정과 상관없이 여전히 유효하거니와, 이에 대해서는 따로 길게 논의하지 않는다. 다만 한 가지, 문학작품과 인생살이에 있어 서사가 핵심적인 인지-표현의 체계를 이루게 되는 맥락에 대해서는 보충설명이 필요할 것 같다. 왜 문학작품이나 인간은 서사로서 존재하게 되는가의 문제다.

사물이나 경험에 대한 인식은 지각을 통해 이루어진다. 이때 질료 상태의 지각 대상은 산만하고 단편적인 것들의 혼란스러운 집합 상태라 할 수 있다. 그것이 모종의 형태와 의미자질을 갖게 되는 것은 선별과 계열화를 통해서다. 예컨대 시간 간격을 두고 각각 벌어진 두 사건(events)이 원인과 결과로 연결될 때 그것은 하나의 계열체가 되어 질서와 의미를 부여받게 된다. 어떤

계열체로도 편입되지 못한 지각 대상이 무의미하게 흩어져 망각되는 것과 대비되는 양상이다. 이때 계열화와 의미화를 가장 효율적이면서도 강력하게 수행하는 기제가 바로 서사라 할 수 있다. 사람들의 수많은 경험과 상념은 그중 특별한 것들이 선택되어 형상적 질서와 긴장을 갖춘 종적-횡적 계열체[26]를 이루게 된다. 이는 누가 의식적으로 그렇게 한다기보다 인간의 사유 구조 자체에 그러한 인지 틀이 내재해 있다고 보는 것이 합당하다. 그러니까 사람들은 경험하거나 상상한 바를 스토리 형태로 인지하고 표현하려는 지향성을 선천적으로 지닌다는 뜻이다. 그러한 지향성은 인간활동 일반에 나타나는 것이거니와, 문학예술 또한 예외가 아니다. 문학작품과 인생살이로 나누어 비교하자면 더없이 복잡다단하고 불투명한 실제 인생에서보다 문학예술에서 서사가 더 명료하고 전완적인 형태로 구현된다고 할 수 있다. 그렇게 작품서사는 자기서사를 비춰주는 거울 역할을 하게 되는 것이다.

　　문학치료학에서의 서사 개념 재규정 작업과 관련하여 '서사(敍事)'의 영어 표기 문제를 점검할 필요가 있다. 서사에 대한 일반적인 영어 표현은 'narrative'인데, 문학치료학에서는 의도적으로 그 말을 피해온 상태다. narrative는 텍스트를 축으로 삼는 가운데 '담화'와 '서술'을 의미요소로 함유하는 말로서 심층적이고 구조적인 지향성을 지니는 문학치료학의 서사를 나타내기에 부적합하다고 보았기 때문이다. 그리하여 문학치료학에서는 서사를 나타내는 말로 'epic'을 써왔거니와, 문제는 그것이 얼마나 적절한가 하는 데 있다. epic은 전통적으로 서사시, 특히 영웅서사시 장르를 지칭하는 데 사용돼온 용어로서 개념적 특수성이 강해서 문학치료학에서 말하는 서사 개념을 그에 맞추기가 아무래도 어려워 보인다. 일단 그리 써왔으니 계속 쓸 수도 있겠지만, 맞지 않는 옷을 입은 채로 나아가는 형국이 될 것이다.

　　문제는 다른 대안이 있는가 하는 것인데, 만만치가 않다. narrative로

26　이를 쉽게 설명하면, 이 '종적-횡적 계열체'는 설화이론에서 말하는 순차구조-대립구조가 곧 그것이라 할 수 있다. 이때 계기적 계열체의 기본 단위는 시퀀스(sequence)가 된다. 한편, 종적·횡적 계열체를 이루는 특별한 요소들은 설화론에서 말하는 '화소(motif)', 또는 프로프(V. Propp)의 '기능(function)'에 해당한다.

돌아가지 않는다고 할 때, 달리 선택할 만한 용어로는 story와 fable(fabula), plot, structure 등이 있는데 그중 어느 하나도 딱 맞지 않아 보인다. schema 나 mechanism, system 등도 생각해볼 수 있으나 이들 또한 그 자체로 어울리지 않는다. 이 용어들 가운데 어떻게든 하나를 고른다면 개념의 편폭이 넓고 보편성이 강한 story를 채택해서 변용하는 것이 좋다고 본다.[27] 문제는 story라는 말로 문학치료학이 말하는 서사의 심층적이고 근원적인 속성을 담기 어렵다는 것인데, 그 대안으로 다음의 방법이 어떨지 제안해본다. '심층(이면)'이라는 의미요소를 넣어서 'story-in-depth'(SID)와 같이 표현하는 방법이다. 작품서사는 'story-in-depth of text(SIDT)', 자기서사는 'story-in-depth of self(SIDS)'로 표현할 수 있을 것이다. 이를 새로운 용어로 제시하면서, 이에 대한 필요한 검증이 이루어지기를 기대한다.

3   서사의 이원적 체계: 존재의 서사와 관계의 서사

문학치료학의 서사 개념을 재설정한 결과로 주목할 사항은 그간 서사 개념에서 핵심을 이루었던 '인간관계의 형성과 위기와 회복'이라는 요소가 빠졌다는 사실이다. 이를 폐기하자는 것인가 하면 그렇지 않다. 인간관계를 축으로 하여 서사를 이해하고 분석하는 작업은 여전히 유효하며, 그 방법을 더욱 발전시켜나가는 것이 마땅하다. 다만 그 과정에는 체계의 조정과 개념적 재배치를 포함한 일련의 보완 작업이 필요하다는 것이 우리의 입장이다.

---

27 물론 이때 story는 단순한 '줄거리'가 아닌 서사 특유의 화소와 구조를 갖춘 유기체적 구성물로서의 '이야기'를 일컫는다.

그간 문학치료학의 서사이론이 '인간관계'를 중심축으로 해서 진행됐다고 할 때, 그 기본 체계가 어떠했는지 먼저 살펴봐야 할 것이다. 문학치료학에서 인간관계에 접근한 방식을 보면 관계의 내용이나 형태에 앞서 '주체'에 주목한 점이 특징적이다. 인간관계를 맺는 주체가 누구인가의 문제이다. 이에 대해 문학치료학은 인간관계의 가장 기본적인 형태가 가족관계에 있다는 전제하에 서사의 주체에 해당하는 요소를 자녀와 남녀, 부부, 부모 등 네 가지로 설정했다. 이들을 주체로 한 서사를 각기 자녀서사와 남녀서사, 부부서사, 부모서사 등으로 범주화하고 이를 '기초서사'로 명명했다. 유의할 점은 이들이 '자녀관계서사'나 '남녀관계서사' 등과 다른 개념이라는 사실이다.

> 여기서 한 가지 주의해야 할 사항이 있다. 자녀서사, 남녀서사, 부부서사, 부모서사라고 하는 것은 부모자식관계서사, 남녀관계서사, 부부관계서사라고 하는 것과는 다르다는 것이다. 인간관계 자체를 문제로 삼기보다는 인간관계를 운영하는 주체를 문제로 삼으려는 의도에서 선택한 용어가 바로 자녀서사, 남녀서사, 부부서사, 부모서사인 것이다. 다시 말해서 인간관계의 주체가 어떤 입장으로 그 인간관계를 바라보고 또 운영하고 있는가에 따라서 주체가 자녀의 입장일 경우에는 자녀서사, 남녀의 입장일 때에는 남녀서사, 부부의 입장일 때에는 부부서사, 부모의 입장일 때에는 부모서사라고 한 것이다.[28]

사건 또는 서사내용에 집중하여 인물들이 상호 어떤 관계를 맺는가를 살피기보다 관계의 주체가 어떤 입장에서 관계를 운영하는가를 중시하는 관점이다. 그러니까 하나의 작품 속에는 하나의 서사만 존재하는 것이 아니라 인물 수만큼의 서사가 존재하게 된다. 예컨대 판소리 「흥보가」의 경우 흥보와 흥보 마누라, 흥보 자식들, 놀보, 놀보 마누라, 마당쇠 등이 두루 서사

---

28   정운채, 「문학치료학의 서사이론」, 『문학치료연구』 9, 한국문학치료학회, 2008, 255면.

의 주체로 이해될 수 있으며, 그 각각의 서사는 서로 성격을 달리하게 된다.[29] 홍보의 경우 '부모서사'가 작용하는 데 비해 그 자식들에게는 '자녀서사'가 작용하는 식이다. 이처럼 주체를 축으로 하여 서사를 이해하는 것은 '자기서사' 개념에 비추어 자연스러운 선택이라 할 수 있다. 자기서사는 기본적으로 한 개인이 갖고 있는 서사로서 작품 속 특정 인물의 서사에 비견되는 것이기 때문이다.

여러 주체가 인간관계를 맺는 방식과 관련하여 정운채가 주목한 것은 위기와 회복, 또는 배척과 포용의 문제였다. 정운채는 서사 주체가 상대방에게 나타내는 태도를 네 가지로 범주화하여 가르기서사와 밀치기서사, 되찾기서사, 감싸기서사 등을 설정했다. 다음은 이에 대한 설명이다.

> 각 서사영역의 주체가 대상과의 관계를 어떠한 방식으로 맺어나가고 처리해나가느냐에 따라서 다시 가르기서사, 밀치기서사, 되찾기서사, 감싸기서사로 나누어 볼 수 있다. 이 가운데 가르기서사와 감싸기서사가 양극을 형성하고 있는데, 가르기서사는 규범을 내세우는 서사라면 감싸기서사는 규범을 내세우지 않는 서사이다. 그리고 밀치기서사는 문제가 없다고 생각을 했다가 규범에 맞지 않는다고 해서 다시 가르기서사 쪽으로 밀쳐내는 서사이고, 되찾기서사는 규범에 맞지 않는다고 돌아보지 않다가 문제가 되지 않을 수도 있음을 알아차리고 감싸기서사 쪽으로 방향 선회를 하는 서사이다. 밀치기서사와 되찾기서사의 공통점은 서사의 주체가 의혹을 품게 된다는 것이다. 그리고 가르기서사와 감싸기서사의 공통점은 서사의 주체가 확신에 차 있다는 것이다. 또한 가르기서사와 밀치기서사의 공통점은 서사의 주체가 궁극적으로 규범을 추구한다는 것이고, 되찾기서사와 감싸기서사의 공통점은 서사의 주체가 궁극적으로 규범을 초극한다는 것이다.[30]

---

29 정운채, 「문학치료학의 서사 및 서사의 주체와 문학연구의 새 지평」, 『문학치료연구』 21, 한국문학치료학회, 2011, 241-242면

30 정운채, 「문학치료학의 서사이론」, 『문학치료연구』 9, 한국문학치료학회, 2008, 266-267면.

사람들이 타인과 관계를 맺음에 있어 가르기와 감싸기, 밀치기와 되찾기의 태도 내지 행동방식은 관건적 문제에 해당한다. 그리하여 위의 설명은 무척 인상적이고 설득적이다. 나와 세상, 법칙과 소망, 의혹과 확신, 추구와 초극 등의 의미요소를 통해 이들 서사의 속성을 설명하는 방식 또한 아주 매력적이다. 잘 살려서 발전시켜야 할 바에 해당한다.

서사의 주체에 따른 네 가지 기초서사 영역과 관계의 방식에 따른 네 가지 유형의 서사는 서로 연결되어 문학치료학 서사체계의 기본 윤곽을 구성한다. 자녀서사와 가르기가 만날 때 '부모가르기서사'가 되고, 남녀서사와 밀치기서사가 만날 때 '이성밀치기서사'가 되며, 부부서사와 감싸기서사가 만날 때 '배우자감싸기서사'가 되는 식이다. 이렇게 도출된 총 열여섯 가지 유형의 서사가 문학치료를 위한 서사분석과 진단에 널리 적용되고 있다. 문학치료학에 입각한 진단을 통해 내담자들이 이 가운데 무엇을 특징적인 자기서사로 지니고 있는지 가늠할 수 있다.[31]

이상을 통해 우리는 문학치료학 서사이론이 인간관계에 핵심적인 주안점을 두어온 사실을 충분히 인지할 수 있다. 자녀서사와 남녀서사 등의 기초서사는 서사의 주체에 착안하고 있지만, 이때의 주체는 '관계 속의 주체', 또는 '관계를 통해 규정된 주체'로서 성격을 지닌다. '자녀'는 부모에 대한 대타적 존재이고 남녀(남성과 여성)는 이성에 대한 대타적 존재이며, 부부는 배우자에 대한 대타적 존재이고 부모는 자녀에 대한 대타적 존재이다. 이러한 설정은 문학치료학적 인간관의 기본 특징을 잘 보여준다. 인간의 삶이란 관계 속에서, 특히 가족으로 표상되는 관계 속에서 그 양상과 의미가 이해될 수 있다는 관점이 그것이다.[32]

---

31 정운채, 「자기서사진단검사도구의 문항설정을 위한 예비적 검토」, 『겨레어문학』 41, 겨레어문학회, 2008; 정운채, 「자기서사진단검사도구의 개발에 따른 고전문학 연구와 교육의 새 지평」, 『문학치료연구』 16, 한국문학치료학회, 2010 등에서 이러한 서사분석 체계와 만날 수 있다.

32 참고로 정운채가 인간관계를 '가족관계'로 환원시키는 것은 아니다. 그보다는 가족관계를 모델로 하여 제반 인간관계의 속성을 설명하는 쪽에 가깝다. 실제적인 부모와 자

이와 같은 문학치료학의 서사이론에 대해 필연적으로 직면할 바는 근원적인 철학적 질문이다. 인생의 근원 내지 궁극이 인간관계에 있다고 보아야 하는가의 문제다. 과연 우리는 '관계'를 위해 이 세상을 움직이고 있는 것일까? 살펴보면 인간은 자녀이거나 부부, 부모이기 이전에, 또는 자녀이거나 부부, 부모인 동시에, 나아가 자녀이거나 부부, 부모이기를 넘어서서 '나 자신'이라고 하는 독립적 존재다. 인간의 삶을 관계로 환원하게 되면 그러한 존재적 정체성이 소외되거나 몰각될 위험성이 있다. 본 연구자가 보기에 문학치료학 서사이론은 이러한 문제성을 일정하게 안고 있다고 여겨진다.

이 문제를 보완적으로 해결해내기 위한 실마리 또한 문학치료학 서사이론 속에 담겨있다는 것이 본 연구자의 판단이다. 문학치료학에서는 '서사의 주체'를 무척 중시하거니와 관심을 '관계적 주체'에 한정하지 않고 '존재적 주체'로 확장함으로써 새로운 시야를 열 수 있다. 다시 말하면, 서사를 말함에 있어 '존재로서의 존재'에 새롭게 관심을 가질 필요가 있다는 뜻이다. 그것을 통해 작품서사와 자기서사, 또는 문학과 인생에 대한 더욱 합리적이고 설득적인 이해로 나아갈 수 있다.

독자적 존재로서 인물의 중요성은 서사론에서 거듭 강조돼온 바에 해당한다. 좋은 예로 채트먼의 논의를 들 수 있다. 채트먼은 이야기의 구성 요소를 '사건들(events)'과 '존재자들(existents)'로 나누어 이해한다. 그에 의하면 사건들이 시간의 연쇄 안에 있는 데 비해 존재자들은 상대적으로 그로부터 자유롭다. 사건들이 '동사'에 해당한다면 존재자들은 '형용사' 내지 '고유명사'에 가깝다.[33] "인물의 특성들은 상대적으로 안정적이고 지속적인 자질이

식의 관계가 아니라도 부모서사와 자녀서사가 성립될 수 있고, 연인이나 부부 사이가 아니라 하더라도 남녀서사와 부부서사가 성립될 수 있다는 것이 그의 설명이다. 예컨대 그는 스승과 제자의 관계에서 부모서사와 자녀서사가 특징적으로 나타날 수 있다고 말하고 있다. 정운채, 「문학치료학의 서사이론」, 『문학치료연구』 9, 한국문학치료학회, 2008, 264면.

[33] 박진, 『서사학과 텍스트 이론: 토도로프에서 데리다까지』, 랜덤하우스중앙, 2005, 45면, 52면.

기에 시간의 사슬 안에 있는 것이 아니라 그 전체나 일부분과 공존한다"[34]는 것이 그의 설명이다. 요컨대 서사 속의 인물은 사건이나 관계에 의해 규정되기보다 독자적이고 안정적인 요소로서 기능한다는 말이다.

맥락은 조금 다르지만 리몬케넌 또한 관계 내지 사건에 대한 인물(존재)의 독자적 지위를 강조하고 있다. 그는 개인을 개별화된 실체라기보다 여러 세력과 사건이 만나는 장소로 여기는 극단적 구조주의 접근에 의문을 제기하면서 인물이 지닌 중심적 지위를 강조한다. "문학작품의 총체 안에서 인물이라는 중심점이 지닌 고유한 의의는 허구 서사의 특수성을 설명하는 데 있어 빼놓을 수 없는 부분"[35]이라는 입장이다. 그에 의하면 "스토리에서 인물은 인간의 개념을 모델로 하여 구성된 비언어적 구조물이다."[36] 이처럼 사건에 대한 인물의 독자적인 서사적 지위를 강조하는 관점은 페라에게서도 확인된다. 그는 "어떤 방식으로든 소설의 대상과 사건은 인물 때문에 존재하며, 그것들에 의미를 부여하고 이해 가능한 것으로 만드는 일관성과 개연성은 작중 인물과의 관계 안에서만 주어진다"[37]고 말한다.

구체적인 사례를 통해 설명해본다. 부모와 자녀의 관계에 얽힌 서사를 예로 들면, 서사의 주체가 부모인가 자녀인가의 문제도 중요하지만 그가 '어떤 사람인가' 하는 측면이 그 이상으로 중요하다. 예컨대 부모의 권위가 자녀를 억압하려고 든다고 할 때, 그 자녀가 햄릿이냐 돈키호테냐에 따라, 또는 평강공주냐 장화·홍련이냐에 따라 상황은 완연히 달라질 것이다. 햄릿이나 장화·홍련이 권위 아래 짓눌릴 것임에 비해 돈키호테나 평강공주는 거기에 맞서거나 그로부터 벗어나는 선택을 할 것이다. 인물의 존재적 정체성은 관계의 성립과 변화에 크나큰 영향력을 행사하거니와, 서사에 있어 '존재'는 '관계'와 대등한 수준의 역할을 인정받아야 한다는 것이 본 연구의 관점이다.

34　위의 책, 52면.
35　위의 책, 100면.
36　위의 책, 101면.
37　위의 책, 101면.

문학작품에서, 그리고 인생에서 존재와 관계는 서로 불가분의 관계 속에 서로를 규정한다. 존재의 속성에 따라 관계가 성립되고 변화하며, 관계적 경험을 통해 존재가 성립되고 변화한다. 그중 어느 측면이 더 유력한가 하는 것은 일률적으로 말할 수 없다. 고유한 존재적 특성이 강력하게 작동하는 작품/인생이 있는가 하면 관계적 경험이 존재를 지배하는 작품/인생도 있다. 예컨대 「내 복에 산다」 같은 작품에서 존재적 속성이 관계를 형성하고 변화하는 측면이 두드러진다면, 「지네 각시」 같은 작품에서는 관계가 존재를 규정하고 변환하는 측면이 두드러진다. 사례에 따라 다르게 나타나는 이러한 강약의 역학관계는 그 자체 작품/인생의 특성을 이룬다고 할 수 있다.[38]

그렇다면 서사(작품서사/자기서사)의 기본 축으로서 존재와 관계라는 요소를 어떻게 개념화하는 것이 좋을까? 양자는 서사에 있어 긴밀히 결합되어 있지만, 개념적으로는 분리하여 이해할 수 있다. 본 연구자는 이에 대해 '존재의 서사'와 '관계의 서사'라는 개념을 제안하는 바다. '관계의 서사'는 정운채가 설명한 바에 해당하는 "타자와의 관계를 축으로 하는 서사"이고, '존재의 서사'는 "존재의 속성을 축으로 하는 서사"다. 관계에 있어 존재가 전제되고 존재는 관계를 통해 발현된다는 점에서 양자는 실상 하나의 대상을 다르게 본 것에 해당한다. 그러니까 그것은 각기 '관계를 축으로 본 서사'와 '존재

---

38 이 지점에서 존재와 관계를 두 축으로 삼았다고 할 만한 인지이론 쪽의 논의를 하나 소개한다. 안수룡·이영호, 「관계도식 이론과 교류분석」, 『교류분석과 심리사회치료연구』 7(2), 2010이 그것이다. 슬로베니아의 국제적 통합정신치료 훈련감독지도자인 그레고르 츠벨크(Gregor Žvelc)의 2010년 논문을 번역하고 보완 설명한 글이다. 이 논의에서 관계도식(relational schema)과 더불어 핵심 개념을 이루는 요소는 '자아상태'이다. 저자는 자아상태에 따라(구체적으로는 A 자아상태인가 C 또는 P 자아상태인가에 따라) 적응적 관계도식과 방어적 관계도식이 갈라지게 됨을 체계적으로 논증하고 있다. 논문은 인간이 자기 또는 타인과 맺고 있는 관계를 다각적으로 분석하는 가운데 인지와 행동상의 차이를 설명하고 있으며, 자아상태 내부의 대화 과정에 대한 분석으로까지 나아가고 있다. 존재가 관계를 낳는 한편으로 관계가 존재에 영향을 미치는 상황을 긴밀한 복합 속에 설명하고 있다. 이를 본 논의에 맞춰서 풀어내자면, 한 개인의 존재적 정체성에 따라 관계로 표상되는 '인지-행동 체계'가 달라진다고 할 수 있다. 인지이론에 기반한 심리치료 논의에서 존재와 관계의 상호작용에 대한 심도 있는 논의가 이루어지고 있음은 문학치료학 서사이론에서도 눈여겨 살펴야 할 바라고 본다.

를 축으로 본 서사'라고 풀이할 수 있다.

왜 양자를 개념적으로 분리하는가 하면, 그렇게 함으로써 서사의 양상과 의미를 더욱 개방적이고 역동적이며 적실한 형태로 분석할 길이 열리기 때문이다. '관계의 서사' 개념을 설정함으로써 그간 문학치료학 서사이론에서 축적해온 관계 중심의 서사분석 체계를 오롯이 이어받아서 나아갈 수 있다고 하는 것 또한 매우 중요한 사항이 된다. 그 일련의 서사분석 체계를 이론적 자산으로 삼는 가운데 존재 중심의 분석 시각을 함께 적용함으로써 서사이론의 연속적이면서도 확장적인 발전을 기약할 수 있다.

존재의 서사와 관계의 서사라는 두 서사의 양상과 체계에 대한 자세한 논의를 여기에서 한번에 충분히 감당하기는 어렵다. 후속 논의를 통한 구체화와 체계화가 필요한 연구 과제다. 여기서는 그 출발점으로서 두 서사의 기본 성격과 상호 관계 등을 기초적 수준에서 살피기로 한다. 관계의 서사 쪽은 정운채의 논의를 가져올 수 있으므로 주로 존재의 서사 쪽을 중점적으로 조명하고자 한다.

존재의 서사 개념을 다시 한번 설명하자면 그것은 '나'를 비롯한 존재의 본질 및 속성에 얽힌 서사라 할 수 있다. 나를 '비롯한'이라고 표현한 것은 수많은 타자와 세상 만유 또한 그 자체로 존재에 해당하는 것이기 때문이다. 존재에 대한 인식은 이들 모두를 대상으로 하는 것이 원칙일 것이다. 하지만 타자와 세상 만유는 일반적으로 나에 대한 대타적 존재로서 속성을 지닌다고 볼 수 있다. 이들을 '또 다른 나'나 '커다란 나'로 삼는 식의 존재론을 체화한 경우는 예외가 되겠지만 말이다. 따지고 보면 이 경우도 '나'에 대한 인식을 확장한 것이니, 전체적으로 '나'를 존재적 서사의 기본 축으로 삼는 데 큰 문제는 없을 것이다.[39]

---

39 여기서는 이렇게 넘어가지만, 서사에서 '세상 만유'가 지니는 성격과 위상은 앞으로 더 자세히 살펴서 따져야 할 문젯거리가 된다. 그것은 흔히 서사의 3요소로 말하는 인물과 사건, 배경 가운데 '배경'과도 깊은 관련이 있다. 시간과 공간, 또는 시대와 사회 등은 그 자체 존재로서의 속성을 지니는 것이면서 주체(인물)가 대처하고 감당해야 할 대상(조건)으로서 성격도 지닌다. 여기서는 이 중 후자가 더 중요하다고 보아서 이를 관계 대상

리몬케넌은 인물이 그 자체로 '비언어적 구조물'이라 했거니와, 작품 속의 인물은 그 자체에 서사적 요소를 구조화된 형태로 내포한다. 존재 자체가 '인지-표현 체계'와 관련되는 여러 구조요소의 총합으로서 성격을 지닌다는 뜻이다. 이때 구조는 '순차성'보다 '대립성'이 두드러진다. 그것은 다양한 형태의 2항 대립(또는 3항·4항 대립)으로 표현할 수 있다. 그 대립항 가운데 어느 쪽이 실현되는가에 따라 존재적 정체성이 달라지고 서사가 달라지게 된다.

한 예로 '자존/비하'의 대립항을 들어본다. 인물들 가운데는 기본적으로 자기를 존중하는 성향을 지닌 이들도 있고, 낮은 자존감으로 스스로를 비하하는 성향이 내면화된 이들도 있다. 이러한 서로 다른 정체성은 낯선 타인과 관계를 맺거나 뜻밖의 사건에 부딪힐 때 서로 다른 형태의 태도와 행동을 낳게 된다. '자존'의 요소가 체화된 인물은 '수용'의 태도를 통해 적극적 관계 형성으로 나아갈 가능성이 크지만, '비하'의 성향이 체화된 인물은 '배척'을 통해 관계의 단절 내지 갈등으로 나아갈 가능성이 크다.

존재의 서사와 관련되는 구조적 대립요소들로 꽤 많은 항목을 제시할 수 있다. 다음은 그중 주요한 것들을 열거해본 것이다.

자존/비하　유능/무능　충족/결핍　안정/불안　의미/무의미
행복/우울　긍정/부정　강대/약소　적극/소극　건강/병약
통합/분열　저항/종속　존재/관계　독립/의존　욕망/규범
이상/현실　도전/안주　자유/속박　등

항목들만 보자면 꼭 존재와 관련되는 것들이 아니지 않은가 생각할 수 있을 것이다. 예컨대 '적극/소극'이나 '통합/분열' 등은 관계적 함의를 짙게 지니는 것이기도 하다. 여기서 이 항목들을 존재의 서사 요소로 제시한 것은 '존재적 정체성으로 체화된 상황'을 전제한 것이다. 그러니까 '적극적인 태

으로 정리해두고 넘어가는 터다. 기회가 되면 이에 대해서는 뒤에 따로 논의를 진전시켜볼 생각이다.

도와 지향성 대 소극적인 태도와 지향성', '통합 지향의 성향과 태도 대 분열 지향의 성향과 태도' 등을 염두에 둔 것이라는 말이다.

존재와 관련되는 여러 대립적 구조요소들이 사건이나 관계와 만남에 있어 늘 똑같은 방향으로 결과를 낳는다고 하기는 어렵다. 구체적으로 어떤 상황이나 관계에 접속되는가에 따라 그 발현 양상은 많이 달라질 수 있다. 하지만 그러한 차이에도 불구하고 그 기본적 정체성이 지니는 의미는 무화되지 않는다. 그것은 언제라도 관계의 방향성에 의미 있는 차이를 가져올 수 있는 주요 변수에 해당한다. 그 속성에 따라 서사는 색깔을 달리하며, 그것은 주제적 차이로 연결된다. '존재의 서사'를 축으로 한 서사분석은 이러한 존재적 속성이 서사에서 어떻게 구체적으로 작동해가면서 의미를 발현하는지를 살피는 작업으로 설명할 수 있다.

여러 구조요소 가운데 '존재/관계'에 대해 잠깐 부언한다. 여기서 '존재/관계'의 대립항은 인물의 성격 내지 지향성과 관련되는 항목이다. 풀어서 설명하면 '존재 지향성'과 '관계 지향성'이다. 타인과 관계를 맺기보다 자신에게 집중하며 혼자만의 시간을 가지려는 성향과 타인과의 관계에 적극 나서면서 그것을 통해 즐거움과 의미를 찾으려는 성향 간의 차이이다. 그중 어떤 성향이 두드러지는가에 따라 인간관계 내지 인생살이는 방향과 질이 크게 달라지는바, 매우 중요한 대립요소라고 할 수 있다.

인간관계에 한정하지 않고 존재를 또 하나의 축으로 삼아서 서사에 접근할 때 기약할 만한 중요한 장점은 그를 통해 서사의 근원 내지 궁극에 대한 가치론적 이해를 심화할 수 있다는 것이다. 세상에 존재하는 수많은 서사(작품/인생)란 모름지기 "나는 누구인가, 나는 왜 이 세상에 존재하게 됐나, 나의 존재 가치는 무엇인가, 나는 어떻게 해야 행복할 수 있나, 나의 존재를 오롯이 실현할 방법은 무엇인가" 등의 문제를 근원적이고 궁극적인 화두로 삼기 마련이다. 가족을 비롯한 타인들과 맺는 관계도 결국은 이 화두와 맞물려 있다고 할 만하다. '존재의 서사'를 설정함으로써 이러한 본원적 의문을 본격적인 분석 대상으로 포괄할 수 있다. '관계의 서사'와 관련하여 말하자면, 그것은 궁극적으로 '존재의 서사'와 접속됨으로써 존재론 차원의 본원적인 의의를 부여받게 된다고 할 수 있다.

존재론적 문제와 관련하여 어느 쪽이 낫고 어느 쪽이 못하다는 식으로 충하를 나누는 것은 섣불리 행할 바 아니다. 하지만 '건강하고 행복하며 아름다운 삶'이라는 과제와 관련하여 기본적인 방향성은 가늠해볼 만하다. 예컨대 "적절한 자존감을 바탕으로 긍정의 태도로 상황에 적극 대처하여 문제를 해결하고 과제를 성취하는 가운데 지속적 성장을 이루어나가며 그 일련의 과정에서 행복감과 의미를 찾으면서 자기실현의 고양된 미적 경험을 해나가는 것"이 우리가 지향해야 할 존재의 서사라고 할 수 있다. 상징적으로 표현하면, "자기 안의 신성과 접속하여 그것을 오롯이 발현하는 것" 등으로 설명할 수도 있다.[40] 세상 사람들의 자기서사를 이러한 방향으로 바꾸어나가는 것이 '존재의 서사'에 얽힌 문학치료학의 과제가 된다고 할 수 있다.[41]

다음으로 관계의 서사에 대해 살펴본다. 관계의 서사는 '나와 타자의 관계에 얽힌 서사'로 규정될 수 있다. 이때 타자는 기본적으로 세상을 함께 살아가는 인간이다.[42] 관계 속의 '나'는 누군가의 자녀나 친구, 연인, 배우자, 부모로서 정체성을 지니게 되는바, 정운채의 논의에 따라 이를 자녀서사와 남녀서사, 부부서사, 부모서사 등으로 개념화할 수 있다. 관계 맺음의 구체적인 방식 역시 정운채의 논의에 따라 가르기와 밀치기, 되찾기, 감싸기 등을 기본 축으로 설정할 수 있다. 관계의 추이가 좌절과 승리, 상생 가운데 어느

---

40 이는 한국 민간신화의 존재론을 바탕으로 한 서술이다. 신화에서 신성의 발현 문제에 대해서는 신동흔,「무속신화를 통해 본 한국적 신관념의 단면: 신과 인간의 동질성을 중심으로」,『비교민속학』43, 비교민속학회, 2010; 조흥윤,「콤플렉스 치유의 관점에서 본 한국 무속신화 연구」, 건국대학교 박사학위논문, 2015 참조.

41 이러한 서술은 주관적이고 불완전한 것이다. 특히 '존재의 서사'의 방향과 가치에 대해서는 관점에 따라 서로 다른 다양한 방식으로 의미내용을 채울 수 있다. 이 부분은 '정하는' 것보다 '열어놓는' 것이 답이라 생각한다. 어느 한 사람이 아닌 모두가 함께 채우고 바꿔나가야 할 부분이다.

42 자연이나 세계 일반에 대한 대타적 관계가 중심이 되는 서사도 상정할 수 있는데, 이 경우 그 서사는 관계의 측면과 함께 존재론적 성격을 짙게 지니게 된다. 이런 형태의 서사를 어떻게 개념화하고 분석할 것인지에 대한 논의는 여기서는 생략하고 후속 논의를 기약하기로 한다. 앞서 40번 주석에서 말한 바와 같다.

쪽으로 나아가는가 하는 것 또한 매우 중요한 사항이 된다.[43]

　여기서 한 가지, 정운채가 설정한 기초서사와 관련하여 과연 그것을 자녀서사와 남녀서사, 부부서사, 부모서사 등 네 가지로 한정할 수 있는가 하는 문제를 잠깐 살펴본다. 관계에 입각한 서사의 주체를 자녀와 남녀, 부부, 부모 등 네 범주로 설정하고 자기서사의 특징과 성장 과정을 분석하는 일은 일련의 논의를 통해 유효성이 증명돼온 서사분석 체계에 해당한다. 다만 이들이 인간이 맺는 다양한 관계를 유효하게 포괄할 수 있는가에 대해서는 의문이 남는 것 또한 사실이다. 가족관계를 모델로 해서 인간관계를 보는 관점을 따르더라도 그중 '형제'가 빠진 점을 무심히 넘기기 어렵다. 형제관계(형제, 자매, 남매관계)는 부모 자식 간의 수직적 관계와 다르며 남녀나 부부관계 같은 일대일의 닫힌 관계와도 성격을 달리한다. 그것은 상대적으로 느슨한 동반자 관계이며 열린 관계라는 특성을 지닌다. 중요한 것은 그것이 인간이 살면서 맺는 관계의 아주 중요한 영역을 이룬다는 사실이다. 가정을 넘어서 사회생활로 확장하면 중요성은 더 커진다. 친구 관계와 동료 관계, 선후배 관계 등을 '형제'의 맥락에서 이해할 수 있다.[44] 이런 점을 고려할 때 이들을 '형제서사'로 수렴해서 기초서사 영역에 추가하는 방안을 진지하게 모색할 필요가 있다. 이때 그 핵심 척도는 '협력'으로 설정할 수 있을 것이다.[45]

　앞서 '존재의 서사'와 관련하여 존재적 속성에 얽힌 대립항들을 열거했거니와, '관계의 서사'에서도 다양한 대립항을 설정할 수 있다. 정운채가 강조한바 '가르기/밀치기/되찾기/감싸기'의 4원적 요소는 그 특별한 사례가 될 것이다. 이 밖에도 다음과 같은 항목들을 주요하게 들 수 있다.

43　관계의 서사에서 좌절과 승리, 상생이 갖는 성격과 의미에 대해서는 정운채, 「문학치료와 자기서사의 성장」, 『우리말교육현장연구』 4(2), 우리말교육현장학회, 2010 참조.

44　이러한 여러 관계를 '형제' 개념으로 포괄한 것은 주변 연구자들과의 논의 과정에서 김명자가 제시한 의견을 수렴한 것이다.

45　기초서사 영역에 새로운 항목을 추가하는 것은 장기간에 걸쳐 수립해온 문학치료학 서사이론 체계를 전반적으로 흔드는 결과를 가져올 수 있으므로 신중을 기해야 할 것이다. 여기서는 가능성에 대한 기초적인 문제 제기 정도로 그친다. 그 가능성이나 유효성 여부에 대해서는 추후 밀도 있는 논의가 뒤따라야 할 것이다.

대등/차별 쌍방/일방 자발/강압 방임/구속 인정/무시
포용/배격 공격/수비 가해/피해 지배/피지배 보호/피보호
호응/거부 화해/불화 신뢰/불신 협력/경쟁 상생/상쇄
지속/단절 승리/패배 성공/실패 등

　　이러한 대립요소는 구체적으로 언제, 어디서, 누구와의 관계에서 어떤 상황이 펼쳐지는가에 따라 다양한 형태로 실현된다. 어떤 관계상황에서 어떤 이유로 어떤 의미자질들이 발현되는 가운데 상황 변화가 이루어지는가를 살핌으로써 '관계의 서사'를 분석해낼 수 있다. 정운채가 말한바 '관계의 형성과 위기, 회복의 과정'은 그 순차적 전개의 중요한 축이 된다고 할 수 있다.
　　관계의 서사에서 어떠한 전개가 더 건강하고 바람직한 것인지에 대해 일률적으로 말하기는 어렵다. 그것은 인물이라는 변수 외에 여러 상황적 변수를 고려하며 세심하게 해석하고 평가해야 할 대상이 된다. 하지만 일반적인 차원에서 기본 방향을 말해볼 수는 있다. "상대방의 가치를 인정하는 쌍방적이고 대등한 구도 속에서 만족스럽고 지속적인 상생의 관계를 유지해가는 가운데 발전과 성공을 이루고 행복을 찾아나가는 서사"가 건강한 관계의 서사라고 할 만하다. 이에 대해서는 정운채가 서사의 수준과 질에 관해 다양한 논의를 펼친 것을 유효하게 적용할 수 있다.[46] 번다함을 피하기 위해 그에 대한 자세한 논의는 생략한다.

46　서사의 수준과 관련한 논의는 '서사지도' 개념과 관련이 깊다. 미숙한 서사에서 성숙한 서사, 건강하지 못한 서사에서 건강한 서사, 좌절과 승리의 서사에서 상생의 서사로 나아가거나, 낮은 수준의 가르기나 밀치기 서사에서 높은 수준의 되찾기와 감싸기로 나아가는 등 일련의 노선을 지도 형태로 수렴하는 것이 곧 서사지도다. 문학치료학의 서사지도는 아직 그림이 충분히 그려지지 않았지만 기본 설계도는 나와 있는 상태다. '관계의 서사'에 얽힌 질적 평가는 이 서사지도를 통해 근거와 방향을 가늠할 수 있을 것이다. 서사의 수준 및 서사지도에 관한 논의는 정운채, 「자기서사진단도구 개발을 위한 기초서사척도」, 『고전문학과 교육』 14, 고전문학교육학회, 2007; 정운채, 「「여우구슬」과 「지네 각시」 주변의 서사지도」, 『문학치료연구』 13, 한국문학치료학회, 2009; 정운채, 「문학치료와 자기서사의 성장」, 『우리말교육현장연구』 4(2), 우리말교육현장학회, 2010 참조.

이제 새롭게 설정한 '존재의 서사'와 '관계의 서사'라는 두 요소가 어떻게 상호 관련을 맺으면서 서사를 구성하고 의미를 실현하는지를 원론적 수준에서 간단히 짚어보기로 한다.

존재의 서사와 관계의 서사는 초점과 층위가 다르지만, 긴밀한 상호관계를 맺고 있다. 먼저 '나'에 대한 기본적인 인식과 태도 — 특히, 서사적으로 정향화하고 구조화된 — 가 자녀와 남녀, 부부, 부모로서의 서사에 큰 영향을 미친다. 부모의 예를 들면, 자존감이 낮거나 부정적 자기인식을 체화한 상태의 부모는 자녀와의 관계에서 행위의 일관된 규준을 갖지 못한 채 무책임한 태도를 취할 가능성이 크며, 결과적으로 '양육'의 과업을 제대로 감당하지 못할 공산이 크다. 그것이 자녀에게도 심대한 영향을 미침은 물론이며, 자식과의 사이에 다양한 문제점과 갈등이 나타날 가능성이 크다. 역으로, 부모와 자녀, 남자와 여자, 아내와 남편 등의 관계에 얽힌 인식과 행동양태 — 특히, 서사적으로 정형화하고 구조화된 — 는 '나'의 정체성에 큰 영향을 미치는 가운데 존재를 규정하게 된다. 예컨대 권위적이거나 무책임한 부모 밑에서 상처를 받으며 자란 자녀들은 자존감을 제대로 형성하지 못한 채 부정적 인식과 불안, 의존적 성향 등을 개인적 정체성으로 내면화할 가능성이 크다. 그러한 존재적 속성이 다시금 인간관계에 투사됨은 물론이다. 요컨대 존재적 측면과 관계적 측면은 밀접한 상호작용 속에서 자기서사를 이루고 삶을 움직여나가게 된다.

두 서사를 비교하자면, 존재의 서사가 상대적으로 가변성이 적다. 한 인간의 존재적 속성은 관계의 구체적인 형태나 양상이 어떠한가를 떠나 일정한 정체성과 방향성을 지니며 모든 종류의 관계에 폭넓게 작용한다는 것이다. 채트먼이 말하는바 '고유명사' 내지 '형용사'로서의 특성이다. 하지만 그 속성이 모든 관계 속에서 일률적인 형태로 발현된다고 보기는 어렵다. 관계의 성격과 양상에 따라 특수한 변화를 나타낼 수 있다. 그 양상을 놓치지 않고 짚어내는 것은 자기서사 분석에 중요한 과제가 된다. 예컨대 어떤 사람이 다른 모든 인간관계에서 주체적 문제해결을 통한 행복의 성취를 두드러진 특성으로 나타내는 데 비해 배우자와의 관계에서만큼은 유독 갈등과 불화, 좌절이 특징적으로 나타난다면 이는 그 사람의 부부서사에 문제가 있음을 알려주는 지표가 될 수 있다. 반대로 어떤 사람이 관계 일반에 부정적 태도를 나타내면서도 유독 특정 대상과의 관계에 강한 집착성과 만족감을 나타낸다면, 이 또한 자기서사 분석을 위한 중요한 지표가 된다. 요컨대, 존재의 서사와 관계의 서사를 연계한 접근을 통해 한 사람의 서사를 더욱 입체적이고 역동적인 형태로 분석해낼 수 있다.

관계의 서사는 '나'와 타인이라는 복수의 존재가 한데 얽히는 서사이기 때문에 존재의 서사보다 그 구도와 양상이 더 미묘하고 복잡한 쪽이다. 실제 문학작품에서 존재의 서사보다 관계의 서사가 서사의 가시적인 골격이나 중심축을 이루는 사례가 더 많다. 한 인간의 삶에서도 마찬가지다. 그리하여 작품서사나 자기서사 분석은 실질적으로 '관계의 서사'를 중심으로 하여 이루어질 가능성이 더 크다. 하지만 앞서도 말했듯이, '관계의 서사'가 궁극적으로 자기 존재의 실현이라는 화두로 귀결된다는 사실을 언제라도 소홀히 여길 수 없다. 관계의 서사에 대한 분석은 궁극적으로 그것이 존재적 문제에 어떻게 연결되는가 하는 데 대한 통찰로까지 나아감이 마땅하다. 만약 어떤 사람이 다양한 종류의 인간관계를 능숙하게 잘 풀어가고 있다고 하더라도 관계를 벗어나 자기 자신으로 돌아오는 일을 힘들어하고 있다면 그의 존재가 관계 속에서 증발되는 중이라고 해석해볼 만하다. 외견상 좋은 관계 속에 훌륭한 삶을 펼치는 것처럼 보일지라도 실질적으로 그 서사는 무척 불안하고 위험한 상태일 수 있다. 관계의 서사와 존재의 서사를 이원적으로 연계함으로써 새로운 수준의 서사적 진단과 처방으로 나아갈 수 있다.

끝으로 강조할 것은 '존재의 서사' 개념을 통해 인생살이의 종적 측면과 횡적 측면 모두에서 의미 도출이 가능해진다는 점이다. 자녀서사에서 부모서사로 나아가는 인간관계의 변화 확장 과정은 인간의 성숙과 자기실현 과정을 설명하는 중요한 좌표가 되지만, 한편으로 그 체계로부터 비켜난 사람들을 소외시킬 수 있다는 함정을 지니고 있다. 자녀서사로부터 남녀서사로 제대로 나아가지 못했거나 남녀서사에서 부부서사로, 그리고 부모서사로 삶을 진전시키지 못한 사람들을 염두에 두고서 하는 말이다. 관계의 서사만 놓고 본다면 결혼을 하지 않았거나 자식을 낳아 키우지 못한 사람은 어떤 식으로든 부부서사나 부모서사 측면에서 결핍감 내지 이질감을 가지지 않을 수 없는 터다. 예컨대 결혼하지 않은 고령의 남녀가 "결혼을 안 했으면 인생을 모르는 거야. 절반밖에 못 살았다고나 할까?" 하는 식의 말을 들을 때 갖게 될 수 있는 소외감이나 저항감 같은 것이다.[47]

이러한 문제점을 '존재의 서사' 층위에서 대폭 해소할 수 있다. 비록 남녀서사나 부부서사, 부모서사로 나아가지 못했다고 해도, 또는 서사의 각 영역에서 좌절이나 실패를 겪었다고 하더라도 그것을 곧 인생의 실패로 규정하지 않을 수 있게 된다. 모든 인간은 자녀와 남녀, 부부, 부모 등의 정체성을 떠나 존재 자체로서 가치를 발견하고 실현할 수 있다. 인생의 목표가 '좋은 부모가 되는 것'이 아닐 바에야 존재적 자기실현은 삶의 어느 시점이나 국면에서든 두루 가능하다. '존재의 서사'를 한 축으로 삼음으로써 우리는 건강한 서사에 대한, 또는 행복하고 아름다운 삶에 대한 더 개방적이고 중립적인 시야를 확보할 수 있다.

이와 관련하여 한 가지 살필 것은 '부모서사 넘어서기'의 문제다. 자녀서사에서 부모서사에 이르는 기초서사 체계는 은연중 '자식을 훌륭히 키운 부모로서의 성취와 행복'을 서사의 도달점처럼 여기게 하는 면이 있다. 하지만 이는 합리적이라 하기 어렵다. 때가 되면 자녀들이 부모에게서 독립하여 자기 삶을 펼쳐야 하는 것처럼, 부모들 또한 때가 되면 자녀를 떠나보내고 자기 삶을 펼쳐야 한다. 현실을 보자면 이미 성인이 된 자식과 분리를 이루지 못하고 집착함으로써 심각한 갈등을 겪는 수많은 부모를 만나게 된다. 부모의 존재적 독립이 사회적으로 큰 과제가 되고 있는 상황이다.[48]

---

47 비록 부부서사나 부모서사가 딱히 실제적 가족관계에 한정된 것이 아니라 하더라도 상황은 크게 달라지지 않는다. 가족관계는 핵심적이고 중요한 모델로서 그 당사자가 아닌 입장에서 거리감을 느끼게 되는 것은 어쩔 수 없다. 부모 대신 스승이나 후견인의 서사를 산다고 해도 그 의미자질이 실제적인 부모로서의 서사와 똑같을 수는 없을 것이다.

48 이는 물론 부모가 자녀와의 관계를 '끊어야 한다'는 뜻은 아니다. 자녀는 자녀대로 자기 삶을 살고 부모는 부모대로 자기 삶을 사는 가운데 서로 건강하고 행복한 교류와 공생

부모로서 정성껏 양육한 자식을 떠나보내고 나면 그다음 서사는 어떠해야 할까? 이 지점에서 우리가 주목할 것이 '존재의 서사'다. 본연의 존재로 돌아와 자족의 삶을 건강하게 누리는 그런 서사의 길 말이다. 이때 '존재의 서사'는 인생 여정을 구성해온 자녀서사와 남녀서사, 부부서사, 부모서사, 그리고 형제서사 등을 포괄한 동시에 그것을 넘어선 무엇이라 할 수 있다. 그것을 '노후의 서사' 등으로 명명할 수도 있겠으나, 그보다는 '존재의 서사'가 더 어울린다는 생각이다. 결국 인간은 존재로 시작하여 존재로 돌아가는 것이기 때문이다.[49]

4　　　　　　　　　　**작품을 통해 본 서사의 양상과 의미:**
「삼공본풀이」와 『구운몽』의 경우

　　　　　　　　　　　　문학치료학의 서사 개념 재규정에 이어 존재의 서사를 새롭게 설정한 이원적 서사 체계에 대해 논의했다. 이제 우리의 관심사는 실제적 서사분석에서 이러한 체계를 어떠한 방식으로 적용해서 의미요소를 이끌어낼 것인가 하는 문제다. 두 편의 문학작품에 대한 논의를 통해 그 분석의 방식과 의의를 단면적으로 보이고자 한다. 두 작품은 「삼공본풀이」와 『구운몽』이다.

을 이루어나가야 한다는 뜻이다.

49　설화 가운데 삶의 일련의 역정을 거쳐 다시 자기 존재로 돌아온 상황을 전형적으로 잘 보여주는 이야기로 그림형제 민담집의 「브레멘 음악대」를 들 수 있다. 이 이야기에서 퇴물이 되어 스러질 처지에 있던 당나귀와 개, 고양이, 수탉은 마음속에 품었던 음악가의 꿈을 찾아 서로 동무가 되어 '브레멘'으로 길을 떠난다. 그 과정에서 그들은 자기 자신을 새롭게 발현하며 숲속의 집에서 큰 행복을 찾게 된다. '존재의 서사'를 오롯이 실현한 상황이라 할 수 있다. 이러한 「브레멘 음악대」의 서사는 노음악가들의 음악활동을 다룬 영화 「부에나 비스타 소셜 클럽」에도 거의 똑같은 형태로 작용하고 있다.

구전신화「삼공본풀이」는 비슷한 스토리를 지니는 민담「내 복에 산다」
와 함께 자녀서사 측면에서 관심의 대상이 되어온 작품이다. 정운채는「서
동요」 배경설화와 관련한 논의에서「삼공본풀이」가 아버지의 권위에 도전
하여 자기 욕망을 추구한 딸의 역정을 전형적으로 보여주는 이야기라고 했
으며,[50]「내 복에 산다」에 대해서는 자녀가 성공적인 '부모 되찾기'를 이루어
낸 전형적 사례라고 평가한 바 있다.[51] 본 연구자 또한「삼공본풀이」의 가믄
장아기에 대해 부모의 품을 떠나 독립의 길로 나아감으로써 자신의 존재의
미를 실현하고 나아가 부모의 삶을 구원한 인물이라고 본 바 있다.[52]

이제 관계의 서사와 함께 존재의 서사를 설정한 상태에서 이 이야기를
이전과 다른 맥락에서 새롭게 해석할 수 있다. 먼저 주목할 것은「삼공본풀
이」속의 여러 인물에서 '관계 지향성'과 '존재 지향성'을 지닌 인물을 분별
할 수 있다는 사실이다.

> 하루는 비가 촉촉하게 오는데, 강이영성과 홍운소천 부부가 앉아서 너무 심
> 심하니 딸아기들과 문답이나 해보고자 하여,
> "큰딸아기 여기 와라. 은장아기야, 너는 누구 덕에 먹고 입고 잘 사느냐?"
> "하늘님도 덕입니다. 지하님도 덕입니다. 아버님도 덕입니다. 어머님도 덕
> 입니다."
> "큰딸아기 기특하다. 어서 네 방으로 가라."
> "둘째딸아기 이리 와라. 놋장아기 너는 누구 덕에 먹고 입고 행위발신하느
> 냐?"
> "하늘님도 덕입니다. 지하님도 덕입니다. 아버님도 덕입니다. 어머님도 덕
> 입니다."

---

50 정운채, 「「서동요」의 형성과 그 예언적인 힘의 유래: 「삼공본풀이」와의 관련을 중심으
로」, 『인문과학논총』 28, 건국대학교 인문과학연구소, 1996.

51 정운채, 「자기서사진단검사도구의 문항설정을 위한 예비적 검토」, 『겨레어문학』 41, 겨
레어문학회, 2008, 369-370면.

52 신동흔, 「구비문학에 나타난 부녀관계의 원형: 집 나가는 딸 유형의 설화를 중심으로」,
『구비문학연구』 28, 한국구비문학회, 2009.

"둘째딸아기 기특하다. 어서 네 방으로 가라."

"막내딸아기 이리 와라. 가믄장아기야, 너는 누구 덕에 먹고 입고 행위발
신하느냐?"

가믄장아기가 말을 하되,

"하늘님도 덕입니다. 자하님도 덕입니다. 아버님도 덕입니다. 어머님도
덕입니다마는 제 배꼽 밑에 있는 선그뭇 덕으로 먹고 입고 행위발신합니다."

"이런 불효막심한 여자식이 어디 있느냐. 어서 빨리 나가거라."[53]

　　여기서 자식한테 누구 덕에 사느냐고 묻는 부모는 기본적으로 관계 지
향적인 인물이라고 할 수 있다. 자식한테 자기들을 잘 돌본 훌륭한 부모라는
인정을 받는 것을 무척 중요하게 여긴다. 그 소망이 충족될 때 흐뭇해하지
만, 부정되는 순간 화를 내며 반발한다. 그들은 자식이라는 '타인'을 통해 제
삶의 가치를 확인하려는 존재, 또는 '나의 삶'이 아닌 '남의 삶'에 치중하는
존재라고 할 수 있다. 존재적 자기중심이 약한 상태다. 막내딸이 원하지 않
는 답을 하자 감정적 반응을 보이는 데서 그러한 취약성을 단적으로 확인할
수 있다. 막내딸이 나간 뒤 '장님'이 되는 전개는 그들이 자기 존재로 살고 있
지 못했음을 상징적으로 보여준다. 관계의 서사에 치중한 삶에서 존재의 서
사가 길을 잃은 형국이다.

　　부모의 질문에 자신이 먹고 입고 사는 일이 하늘과 땅 덕이며 아버지 어
머니 덕이라고 대답한 은장아기와 놋장아기 또한 관계 지향성이 강한 인물
들로 볼 수 있다. 신화답게 수려하게 표현되어 있지만, 이들의 대답은 자신
들이 "부모의 힘에 의해 살고 있다"는 말이며, '자기 삶의 주인이 부모'라고
하는 말로 이해될 수 있다. 이들 또한 자기중심을 갖지 못한 채 의존적인 형
태로 '남의 삶'을 사는 존재들로 볼 수 있다. 이들의 삶에 있어 존재의 서사는
취약하거나 미미하며, 이는 청지네와 용달버섯으로 변하는 동인이 된다. 이
때 지네와 버섯은 '자기 삶'을 살지 못하는 존재의 표상이 된다. 조금 설명을

53　현용준·현승환 역주, 『제주도 무가』, 고려대 민족문화연구소, 1996, 95-97면.

달리하면, 이들은 존재적으로 체화된 의존성이 관계 확장을 방해함으로써 남녀라는 새로운 관계로 나아가지 못하고 자녀에 머문 채로 좌절한 인물이라고 할 수 있다. 존재적 특성이 관계의 서사를 규정한 상황이다.

　　두 언니와 달리 가믄장아기는 존재적 지향성이 뚜렷한 인물이다. 그는 하늘과 땅, 그리고 부모와의 관계를 부정하지 않지만 자기는 무엇보다 '자기 자신의 덕'에 의해 사는 것이라는 태도를 나타낸다. 독립심과 긍정적 자존감을 바탕으로 존재적 중심을 갖춰 지닌 모습이다. 가믄장아기에게 존재의 서사는 뚜렷하고도 강건하거니와, 그가 맺는 인간관계는, 다시 말해 그가 펼치게 되는 관계의 서사는 이러한 존재의 서사를 축으로 하여 운용된다. 집을 떠난 가믄장아기가 산속 오두막에서 마퉁이 삼형제와 만나고 작은마퉁이와 인연을 이룬 뒤 황금을 발견하여 '행위발신'을 이루는 일과 뒤에 거지잔치를 열어서 부모를 되찾는 일이 모두 이러한 맥락에서 이해될 수 있다. 이야기 속에서 가믄장아기는 처음에 자녀였고 남녀서사를 거쳐 부부서사로 나아가지만, 이러한 변화된 관계적 삶이 그의 핵심적인 서사적 정체성을 이룬다고 보기 어렵다. 그녀는 시종일관 '자기 존재'를 살아냈다고 말하는 것이 더 적합하다. 뒤에 부모를 되찾아 포용한 일도 같은 맥락에서 일관되게 이해할 수 있다. 그것은 '관계의 삶'에 함몰돼 있던 부모에게 '존재의 진실'을 깨우치게 한 상황으로 해석될 수 있다. 부모가 가믄장아기를 만나 '눈을 떴다'는 사실이 이를 잘 보여준다. 요컨대 가믄장아기의 일련의 삶의 과정은 건강하고 흔들림 없는 존재의 서사를 축으로 하여 속성과 가치를 오롯이 짚어낼 수 있다.

　　가믄장아기가 산속 오두막에서 만난 마퉁이 삼형제에 대해서도 존재의 서사 및 관계의 서사와 관련하여 흥미로운 해석을 해볼 수 있다. 다음은 마퉁이 삼형제가 가믄장아기를 처음 봤을 때 나타낸 반응이다.

　　큰마퉁이 들어오더니만,
　　　"요 우리 어머니 아버지는 우리가 애쓰게 마를 파다가 배부르게 먹이다 보니 넘어가는 계집애를 데려다 놀음놀이 하고 있구나."
　　　욕을 한다.

(⋯)

둘째마퉁이 들어오더니마는,

"우리 어머니 아버지는 우리가 애쓰게 마를 파다가 잘 먹이다 보니 길 넘어가는 계집아이를 머물게 했구나. 우리 집 마당엔 전혀 소도 안 매었었 는데 풍운조화가 들었구나."

역시 욕을 해간다.

(⋯)

작은마퉁이는 먼 올래로 들어오면서 서른둘 이빨을 허우덩쌱 웃으면서,

"하, 이거 우리 집에 난데없이 검은 암소랑 사람이랑 모두 들어와 있으 니 어느 하늘에서 돕는 일이나 아닌가."

반가워하며 들어온다.[54]

여기서 보이는바 삼형제의 서로 다른 태도는 뒤에 가믄장아기가 찹쌀 로 밥을 해갈 때도 그대로 반복된다. 큰마퉁이와 둘째마퉁이가 '벌레밥'을 먹지 않겠다며 화를 내는 데 비해 작은마퉁이는 가믄장아기와 통성명한 뒤 밥을 듬뿍듬뿍 떠서 먹는다. 위의 두 형은 그때서야 부러워하며 동생한테 밥 을 한 숟가락만 달라고 하여 얻어먹었다고 한다.

관계의 서사에 초점을 맞출 때 마퉁이 삼형제에 대해 남녀서사 발달 여 부를 기준으로 인물을 평가할 수 있다. 큰마퉁이와 둘째마퉁이는 남녀서사 로 나아갈 태세를 갖추지 못한 인물인 데 비해 작은마퉁이는 준비가 돼있었 던 인물이었고 그리하여 가믄장아기와 접속하여 인연을 이루었다고 하는 해석이다. 이런 해석은 분명히 타당하지만, 그 자체로 충분하다고 보기 어렵 다. 이야기를 잘 보면 마퉁이 삼형제의 태도는 단지 가믄장아기에 대한 것으 로 한정되지 않으며 부모에 대한 태도에도 적용된다. 큰마퉁이와 둘째마퉁 이가 부모한테 마 머리나 꼬리를 잘라준 데 대해 작은마퉁이가 몸통을 챙겨 서 주는 모습이 그것이다. 그들은 이렇게 남녀가 아닌 자녀로서도 서로 이질

---

54   위의 책, 101면.

적인 모습을 보여주고 있는 터다. 큰마퉁이와 둘째마퉁이, 작은마퉁이는 '존재의 서사'를 달리하는 인물이라는 것이 이에 대한 유효한 해석이 된다. 작은마퉁이는 두 형과는 '존재 자체'가 다른 인물이라는 말이다.

세 인물의 존재의 서사를 보면, 두 형은 기본적으로 '부정적 인식'을 존재적 특성으로 지니며, 새로운 것에 대한 경계심이 강하다. 자기중심성이 강한 닫힌 인물로서의 면모다. 얼핏 단단해 보이지만 실상은 존재적으로 취약하고 불안정한 상태다. 이러한 상태로부터 한편으로는 부모 가르기, 한편으로는 이성 가르기와 밀치기가 발현되는 형국이다. 그러니까 이들이 나타내고 있는 문제점은 근본적으로 존재적 정체성 자체에 있다는 말이다. 이들과 달리 작은마퉁이는 기본적으로 긍정적 자기인식과 함께 새로운 대상에 대한 개방적 태도와 공생의 지향성 등을 '존재의 서사'로 지니고 있다. 처음 보는 가믄장아기를 기꺼이 받아들이고 그가 주는 밥을 받아먹는 일이 그러하며, 부모에게 마의 좋은 부분을 잘라서 주는 일이 그러하다. 작은마퉁이가 가믄장아기와 인연을 맺어 관계 확장과 행복을 이루어낸 것은 바로 이와 같은 존재적 특성에 의한 것이라 할 수 있다. 그는 가믄장아기와 유사하게 '주체로서의 자기 삶'을 살았던 인물이었으며 그리하여 둘의 서사가 자연스럽게 서로 접속되어 존재적 의미 실현으로까지 나아갈 수 있었다는 해석이다.

서사 속에는 사건이 경과하는 과정에서 성격이 변하는 인물이 있는가 하면 시종일관 성격이 변하지 않는 인물이 있다. 흔히 말하는바 '입체적 인물'과 '평면적 인물'이다. 이 가운데 설화, 특히 민담에서는 평면적 인물이 두드러지게 부각되는 것이 특징이다.[55] 많은 주인공이 시종일관 자기 방식의 일관되고 직선적인 행동 양상을 나타낸다. 세계 각처의 민담에서 흔히 만날 수 있는 트릭스터(trickster)는 그 좋은 예가 된다. 독일 민담의 용감한 꼬마 재봉사나 프랑스 민담의 장화 신은 고양이, 한국 민담의 꾀보 하인 막동이 등은 뚜렷한 자기확신을 바탕으로 거침없이 세상을 움직이는 가운데 모든 장

---

55 민담에서 인물이 나타내 보이는 직선적이고 평면적인 성격에 대해서는 막스 뤼티가 자세히 설명한 바 있다. 막스 뤼티, 김홍기 옮김, 『유럽의 민담』, 보림출판사, 2005.

애물을 쓰러뜨리고 자기가 원하는 삶을 성취해낸다.[56] 이러한 평면성은 얼핏 단순한 것처럼 보이지만, 좀 다르게 볼 여지가 있다. 그들은 기본적으로 뚜렷한 존재적 정체성을 지닌 인물이며 '자기 존재를 사는' 인물로 볼 수 있다. 존재에 대한 확신이 모든 종류의 관계를 움직여나가는 것이 이들이 나타내 보이는 서사의 기본 성격이다. 단면적인 예일 뿐이지만, '존재의 서사' 개념을 적용함으로써 이렇게 원형적 이야기들 속의 인물과 서사에 대해 새로운 관점의 이해를 이뤄낼 수 있다.

설화와 달리 소설에는 평면적 인물보다 입체적 인물이 부각되는 경우가 많다. 입체적 인물은 달리 말하면 '존재적 변화'를 겪는 인물이라고 할 수 있다. 그러한 변화는 존재적 자각과 결단을 통해 성취될 수도 있으나 타인과의 관계 속에서 일련의 사건을 겪으면서 이뤄지는 경우가 많다. 이제 소설 『구운몽』에 등장하는 성진-양소유에 대해 존재와 관계의 문제가 어떻게 얽히는 가운데 삶의 역정이 전개되는지, 그리고 그를 통해 어떤 의미가 발현되는지 살펴보기로 한다. 정운채가 이 작품을 인간관계 측면에 주목하여 고찰했던 데 대해[57] 존재적 측면을 또 다른 축으로 보완한 형태의 고찰이다.

『구운몽』은 성진이라는 젊은 승려가 남악 형산 연화도량에서 육관대사의 제자로 있으면서 불도(佛道)를 닦는 내용으로부터 시작된다. 성진은 육관대사의 수백 제자 가운데 가장 뛰어난 인물이었다. 용모가 밝고 정신이 맑아 수많은 경문에 통달했으며 총명하고 지혜롭기가 유독 뛰어나 스승의 큰 사랑을 받았다. 이에 대해 정운채는 성진이 제자로서 '자녀서사'를 훌륭히 살고 있던 상황이라고 풀이했거니와, 다른 맥락에서 보자면 그는 한 명의 구도자로서 존재의 본질과 가치를 탐구하면서 자기실현의 길을 찾고 있었다고 할 수 있다. 세속을 떠나 불도를 닦는 일 자체가 자기 존재와 본격적으로 대

---

56 민담 속 트릭스터의 캐릭터 특성에 대한 논의는 신동흔, 「유럽민담 트릭스터에 비춰 본 방학중의 캐릭터 특성 연구」, 『겨레어문학』 51, 겨레어문학회, 2013 참조.

57 정운채, 「인간관계의 발달 과정에 따른 기초서사의 네 영역과 「구운몽」 분석 시론」, 『문학치료연구』 3, 한국문학치료학회, 2005.

면하는 일로서 성격을 지닌다.

　문제는 성진이 영위하던 삶이 겉보기와 달리 불안정하고 취약한 상황이었다는 사실이다. 동정호 용궁을 다녀오는 길에 석교상에서 팔선녀를 만난 다음 그는 큰 혼란과 함께 심각한 갈등에 빠져든다. 정운채에 의하면 이 상황은 성진이 자녀서사 단계에 있다가 남녀서사에 직면하면서 겪게 되는 혼란에 해당한다. 남녀서사에 접속된 상황에서 자녀서사로 돌아가는 것은 힘든 일이었던바, 성진은 양소유라는 남자로 거듭나서 남녀서사를 마음껏 펼치는 방향으로 나아가게 된다는 것이 이어지는 서사전개에 대한 정운채의 해석이었다.[58] 성진에서 양소유로 이어지는 삶의 과정을 통해 한 인간의 서사가 확장과 성숙을 이뤄나가는 과정을 단면적으로 볼 수 있다는 관점이다.『구운몽』을 불교적 요소와 유교적 요소, 또는 초월적 요소와 현실적 요소 사이의 갈등으로 보았던 기존의 시각과 확연히 구별되는 독창적이고 설득력 있는 접근법이다. 그를 통해 한 인간과 그의 관계를 축으로 한 깊이 있는 작품 해석이 가능하게 된 터다.

　하지만 성진이라는 인물과 그가 맺는 관계에 대해 이와 다른 방식의 해석을 해볼 수 있다. 앞서 성진이 불도를 닦는 삶에 대해 '존재를 추구하는 상황'이라고 했거니와, 달리 말하면 이때의 성진은 '관계'로부터 자유로운 상황에 있었다고 할 수 있다. 그것은 '관계 이전의 상황'에 준하는 모습을 하고 있다. 세상살이의 수많은 관계로부터 절연된 채 자기 자신으로 움직이는 중이니, 이때의 성진은 존재 이전의 '원존재'라고 볼 여지가 있다. 관계의 격랑이 시작되기 전, 마치 어머니의 자궁 속같이 모든 것이 고요하고 안온한 상태다. 그러던 성진이 팔선녀와 만나는 장면은 곧 그가 현실 속의 관계와 직면하게 되는 상황을 표상한다. 평화롭고 안온하지만 단순하고 취약했던 존재의 서사가 '관계'라는 큰 시험에 직면한 상황이다. 그 관계란 '욕망'을 담지한 것이었고, 그 욕망 앞에 존재는 큰 파문을 내면서 흔들리게 된다. 어찌 보면 성진으로서는 이 순간에 본격적인 '인생'이 시작된 것이라 할 수 있다. 작

58　위의 논문, 22-24면.

품 속에서 성진이 양소유라는 현실적 인간으로 새롭게 태어난다는 사실을 심상하게 볼 일이 아니다.

성진과 달리 양소유는 완연히 관계 지향적인 인물로서의 성격을 지닌다. 그는 현실의 제반 인간관계에 충실한 가운데 그 속에서 제 삶의 가치를 찾아나간다. 처음에는 부모에 '순응'하면서 훌륭하게 성장하는 자녀로서 제 몫을 다하며, 과거 길을 떠난 뒤에는 진채봉으로부터 시작하여 여러 아름답고 현명한 여인들을 '선택'하고 아름다운 결연을 이룸으로써 화려하고 충만한 남녀서사를 살아낸다. 그러한 관계는 자연스럽게 부부로 이어져서 난양공주와 연양공주라는 두 부인과 여섯 명의 현숙한 첩과 함께 서로를 신뢰하는 동반자로서 삶을 '지속'해간다. 여덟 아내로부터 한 명씩 자식을 얻어서 '양육'해낸 부모로서의 삶 또한 빠지지 않는다. 거기에 덧붙이자면, 나라의 충신 명관이 되어 군왕과 동료의 신뢰를 얻고 백성의 우러름을 받은 것 또한 관계적 자기실현의 중요한 과정이 된다. 이렇게 양소유는 자녀로부터 부모에 이르는 삶의 제 국면에서 최고의 관계를 훌륭히 이루어냈으니 그야말로 이상적인 삶을 성취했다고 할 만하다.

문제는 바로 그 지점에 있었다. 모든 것을 성취한 것으로 보이는 그 지점에서 양소유는 오히려 깊은 회의를 느낀다.

승상이 옥소를 던지고 부인과 낭자를 불러 난간을 의지하고 손을 들어 두루 가리키며 가로되,

"북으로 바라보니 평평한 들과 무너진 언덕에 석양이 시든 풀에 비친 곳은 진시황의 아방궁이요, 서로 바라보니 슬픈 바람이 찬 수풀에 불고 저문 구름이 빈산에 덮은 데는 한 무제의 무릉이요, 동으로 바라보니 분칠한 성이 청산을 둘렀고 붉은 박공이 반공에 숨었는데 명월은 오락가락하되 옥난간을 의지할 사람이 없으니 이는 현종황제 태진비로 더불어 노시던 화청궁이라. 이 세 임금은 천고 영웅이라 사해로 집을 삼고 억조로 신첩을 삼아 호화 부귀 백년을 짧게 여기더니 이제 다 어디 있느뇨?

소유는 본디 하남 땅 베옷 입은 선비라. 성천자 은혜를 입어 벼슬이 장상

에 이르고 여러 낭자가 서로 좇아 은정이 백년이 하루 같으니, 만일 전생 숙연으로 모여 인연이 다하면 각각 돌아감은 천지에 떳떳한 일이라. 우리 백년 후 높은 대 무너지고 굽은 못이 이미 메이고 가무하던 땅이 이미 변하여 거친 산과 시든 풀이 되었는데, 초부와 목동이 오르내리며 탄식하여 가로되, '이것이 양승상이 여러 낭자로 더불어 놀던 곳이라. 승상의 부귀풍류와 여러 낭자의 옥용화태 이제 어디 갔느뇨?' 하리니, 어이 인생이 덧없지 않으리오?"[59]

깊은 고민 끝에 양소유는 모든 것을 버리고 출가할 것을 결심한다. 그리고 그 순간 한바탕의 큰 '꿈'에서 깨어나 연화도량의 제자 성진으로 돌아온다. 하나의 극적인 반전에 해당한다.

정운채는 이러한 전개에 대해 자녀서사에서 남녀서사로 나아갔던 성진이 다시 자녀서사로 되돌아온 과정이라고 그 맥락을 설명한다. 그는 성진의 복귀가 '한 차원 높은 깨달음'을 수반한 돌아옴이었고 말한다. 성진은 남녀서사를 경험하는 과정을 통해 전보다 더 성숙한 제자로 돌아와 훌륭한 자녀서사를 살게 되었다는 것이다.[60] 관계에 주목하는 가운데『구운몽』을 확장과 성숙의 서사로 보는 해석이다. 무척 새롭고 흥미로운 관점이지만, 본 연구자는 이에 대해 다른 의견을 가지고 있다. 그 핵심은 성진이 일련의 '관계의 삶'으로부터 '존재의 삶'으로 돌아왔다고 하는 것이다. 양소유로 거듭난 그는 훌륭한 자녀로 성장하여 온 세상이 부러워할 만큼의 남녀서사를 살고 부부와 부모로서 충족된 삶에 이르지만, 모든 것을 갖춘 것처럼 보이는 그 삶에는 실상 소중한 한 가지가 결여되어 있었다. 그 한 가지가 무엇인가 하면 바로 '존재'다. 열심히 움직여 널리 좋은 관계를 맺고 하고 많은 것을 이루었으되 그 과정에서 '진정한 나'가 사라진 형국이다. 그 사실을 절감하고서 존재적 근원을 향함으로써 양소유는 마침내 '성진(性眞)'으로 표상되는 '본래의

59   김만중 원작, 김병국 교주·옮김,『구운몽』, 서울대학교 출판문화원, 2009, 537-539면.
60   정운채,「인간관계의 발달 과정에 따른 기초서사의 네 영역과「구운몽」분석 시론」,『문학치료연구』3, 한국문학치료학회, 2005, 24-28면.

자기'로 돌아가게 된 것이라 할 수 있다.

'꿈'으로부터 돌아온 성진은 육관대사의 가르침을 받고 자기 참모습을 찾는 길로 나아간다. 다시금 불도(佛道)에 정진하여 깨우침으로 나아가는 것이다. 다시 '존재'를 살게 된 상황이거니와, 이때의 성진은 작품 초반부의 성진과는 완전히 다른 존재다. 이전의 성진이 '관계 이전의 존재'로서 단순하고 취약한 상태였다면, 지금의 성진은 '관계를 넘어선 존재'로서 성숙함과 강건함을 갖추고 있다. 그러한 변화는 일련의 '관계'를 통해 성취된 터이니, 그런 면에서 그가 살아온 '관계의 서사' 또한 그 인생의 소중한 부분을 이룬다고 볼 수 있다. 궁극적으로 '존재의 서사'와 접속됨으로써 그 관계의 삶이 더 큰 의미를 발현하게 된 상황이다.

『구운몽』은 작품 말미에 다시 팔선녀를 등장시킨다. 석교상에서 만났던 팔선녀, 양소유와 남녀-부부관계를 맺었던 팔낭자로부터 본모습으로 돌아온 팔선녀는 연화도량으로 찾아와서 성진의 제자가 된다. 이 장면에 대해 성진이 다시 남녀관계에 직면한다고 하면 전혀 어울리지 않는 해석일 것이다. 성진이 부모에 준하는 스승의 자리에 올라 부모서사를 살게 된 것이라 할 바도 아니다. 어떤가 하면, 성진과 마찬가지로 팔선녀 또한 각기 '본연의 자기'로 돌아온 상황이라 할 수 있다. 지금 저 아홉 사람은 각기 독자적인 '존재'로서 자기 삶을 찾고 있다.

『구운몽』은 다음과 같이 마무리된다.

성진이 연화도량 대중을 거느려 크게 교화를 베푸니, 신선과 용신과 사람과 귀신이 한가지로 존숭함을 육관대사와 같이하고, 여덟 이고(尼姑)가 인하여 성진을 스승으로 섬겨 깊이 보살대도를 얻어 아홉 사람이 한가지로 극락세계로 가니라.[61]

성진과 팔선녀가 '보살대도(菩薩大道)'를 얻어 '아홉 사람이 한가지로' 극

61   김만중 원작, 김병국 교주·옮김, 『구운몽』, 서울대학교 출판문화원, 2009, 555면.

락세계로 갔다는 마무리를 단순한 수사로 볼 일이 아니다. 그들이 일련의 관계와 갈등 과정을 거쳐 본연의 자기로 돌아와 자기 존재를 빛나게 실현했음을 작품은 이렇게 표현하는 것이다. 이렇게 이 작품은 하나의 철학적 존재론 내지 인간론을 완성한다.

이상 관계와 존재라는 두 축을 적용해서 작품을 분석함으로써 작품에 대한 새롭고 깊은 이해에 도달하게 된 것이라고 믿는다. 각종 서사물 속에는 성진-양소유와 같이 존재적 갈등과 변화를 겪는 인물이 많이 등장한다. 설화에도 이러한 인물들이 있으며, 서사시나 소설에서 더욱 폭넓게 찾아볼 수 있다. 드라마와 영화 속의 주인공들 또한 관계적 갈등의 회오리 속을 헤쳐가는 인물이 많다. '관계의 서사'로써 그 삶을 분석할 수 있지만, 그것만으로 충분하지 않다. '존재의 서사'를 함께 봄으로써 더욱 입체적이고 역동적인 형태로 그 삶을 설명하고 진단할 수 있다.

현실을 사는 실제적 인간은 문학작품에서보다 더욱 복잡다단하고 다층적이며 입체적이다. 거의 종잡기 어려울 정도다. 이러한 인간존재를 제대로 진단하고 치료하기 위해 서사에 대한 중층적이고 확장된 이해가 필수라고 생각한다.

5 맺는말

문학치료학이 문학과 인간을 이해하는 관점을 새롭게 한 성과는 대단한 것이었다. "인간이 곧 문학이다"라는 명제는 문학치료학의 서사이론을 통해 기표에 어울리는 기의를 지니게 되었다. 새롭게 열린 이 길을 제대로 닦는 것은 한국 인문학의 크나큰 과제가 된다. 이 연구에서는 그 과제에 복무하는 입장에서 서사의 개념과 체계에 대한 새로운 복안을 제시해보았다.

    문학치료학 서사이론에서는 문학과 인간의 이면적 심층에 자리 잡은 서사가 작품 및 인생의 정체성과 방향을 좌우한다고 본다. 그간 문학치료학에서는 서사의 개념을 "인간관계의 형성과 위기와 회복에 관한 서술(또는, 이야기)"이라고 정의해왔는데, 실질적 유효성을 지니지만 논리적 정합성과 개념적 보편성 면에서 일정한 문제를 지닌 것이었다. 인간관계라는 요소로써 서사를 충분히 대변하기 어려우며, '서술'이나 '이야기'가 서사의 유개념으로 적합하다고 보기 어렵다. 이에 대해 이 연구에서는 문학이론에서 말하는 스토리적 심층구조와 치료이론의 인지도식 개념을 적용하여 서사를 "문학 및 인간의 이면에서 작품과 인생을 좌우하는 스토리 형태의 심층적 인지-표현 체계"로 재정의했다. 아울러 영어 표기로 narrative나 epic 대신 story-in-depth(SID)를 새롭게 제안했다.

    기존에 문학치료학 서사이론에서 서사의 주체가 타인과 맺는 관계에 관심을 집중했던 데 대해 주체의 본연적 정체성으로서 '존재'에 관심을 두어야 함을 강조하면서 '관계의 서사'와 '존재의 서사'라는 이원적 체계를 새로이 제안했다. 각기 관계를 축으로 삼는 서사와 존재를 축으로 삼는 서사에 해당한다. 서사는 관계를 통해 구체화되지만, 거기에 앞서 존재 안에 서사적 자질과 방향성이 구조적 형태로 내재한다는 데 주목했다. 존재적 요소와 관계적 요소를 상호 연계하여 서사를 분석할 때 작품서사 및 자기서사를 더 입체적이고 역동적인 형태로 이해할 수 있다. 관계 이전의 자아, 또는 관계 너머의 자아라고 하는 근원적 화두를 본격적으로 다룰 수 있다는 것 또한 존재의 서사를 설정함으로써 얻게 되는 장점이다. 이 연구에서는 「삼공본풀이」와 『구운몽』 두 작품을 대상으로 삼아 이원적 개념 체계를 적용한 서사분석을 수행함으로써 그것이 지니는 실질적 유효성을 단면적으로 확인해보았다.

    정운채의 열정과 노력을 통해 문학치료학이 학문적으로 자리를 잡게 되었지만, 아직 시작이며 새롭게 힘을 내야 할 시점이다. 학문적 발상과 체계를 보완하여 발전시켜나가는 일은 마땅히 그리 해야 할 일이다. 그런 노력을 통해 문학치료학을 이론적 밀도와 보편성, 그리고 실효성을 제대로 갖춘 세계적인 학문으로 우뚝 세울 필요가 있다. 어느 한 사람의 힘으로 될 일이 아니며, 함께 고민하고 노력해가야 할 과제다. 이 연구에서 제시한 내용은 그를 위한 하나의 거칠고 불완전한 구상에 해당한다. 다른 연구자들의 후속 논문을 통해 적극적인 수정·보완이 이루어질 수 있기를 희망한다. 특히 진단과 치료에 구체적으로 적용할 수 있는 방법론적 논의가 활성화되면 좋겠다. 더 많은 연구자들이 새로운 관점과 화두로써 문학치료학을 갱신하고 발전시키는 일에 나서주기를 기대한다.

문학치료를 위한
서사분석 요소와 체계

1   문학치료와 서사분석

인간이라는 존재와 그들이 펼쳐내는 삶이란 참으로 오묘하고 복잡하다. 내면에 잠재하거나 상상 속에서 역동하는 형상과 사건까지 포함할 때 그 복잡다단함은 말 그대로 무한하여 이해와 예측이 불가능할 정도다. 상상조차 하지 못했던 일이 보란 듯 현실로 펼쳐지곤 하는 것이 인생사다. 예기치 않은 재난과 사고 등은 그렇다 치더라도 믿고 따르던 사람의 무참한 범죄나 급작스런 자살 같은 상황에 직면할 때 인간의 인지는 공황을 피하기 어렵다.

문학치료학은 인문학이자 인간학이다. 인간의 삶을 관찰 대상으로 삼는 데 그치지 않고 그것을 교정하여 치료하는 일을 추구한다. 그것은 무척이나 어렵고 민감한 과업이다. 섣부른 진단과 처방은 큰 부작용을 수반할 수 있으며, 자칫 삶의 혼란과 파탄을 초래할 수 있다. 치료를 지향하는 연구와 임상 활동은 큰 책임감과 함께 전문성을 필요로 한다. 인간과 삶에 대한 전문가로서 신뢰할 만한 진단과 대처를 수행할 수 있어야 한다. 만약 그리할 수 없다면 '치료'라는 이름과 활동을 거두는 것이 합당하다.

문학치료에서 전문성과 신뢰성의 기본 축을 이루는 요소는 '문학'이다. 문학치료에서 문학은 진단과 치료를 위한 수단이나 통로 이상이다. 문학치료학은 인간 활동이 곧 문학이며, 나아가 인간 그 자체가 문학이라고 본다.[1] 인간이 곧 문학이므로 문학을 치료함으로써 인간을 치료한다는 것이 문학치료학의 기본 명제가 된다.[2] 이때 치료대상으로서의 문학은 인간 이면의 문학으로서의 '자기서사'를 가리킨다. 인간존재의 심층에 내재하면서 삶을 좌우하는 자기서사에 대해 그 속성과 좌표, 전후 맥락 등을 짚어냄으로써 삶에 대한 유기적 이해와 조정을 꾀하는 것이 문학치료의 과정이 된다. 문학과 인

---

1   정운채, 「문학치료학의 서사이론」, 『문학치료연구』 9, 한국문학치료학회, 2008, 248면.
2   위의 논문, 248면.

간의 근원적 동질성에 대한 인식을 기반으로 작품분석의 전문성을 인간분석에 적용한 야심찬 기획이 정운채가 길을 열고 한국문학치료학회가 수행중인 문학치료학이다.[3]

문학치료학의 서사론은 문학비평론에서 말하는 장르론과 결이 다르다. 그것은 인간의 근원적 인지에 대한 관점을 반영한다. 정운채가 서사 개념을 설정하면서 강조한 것은 그것이 작품과 인간의 저변적 심층에 자리하는 가운데 제반의 표면적 현상을 좌우한다는 점이었다. 그것은 무의식적 기저에서 작동하는 일종의 스키마(schema) 내지 인지기제라 할 수 있다. 이를 '서사'로 개념화한 것은 그것이 스토리적 속성과 맥락을 지니기 때문이다. 정운채는 구체적 실질성에 주안점을 두어 이를 "인간관계의 형성과 위기와 회복에 관한 이야기"[4]로 정의한 바 있으며, 신동흔은 더욱 포괄적인 인지적 관점에서 이를 "문학 및 인간의 이면에서 작품과 인생을 좌우하는 스토리 형태의 심층적 인지-표현체계"[5]로 재규정한 바 있다.[6] 표현은 다르지만 그 바탕에는

---

3   '문학치료'는 한국문학치료학회만의 고유명사는 아니다. 정운채가 문학치료 개념을 설정하고 문학치료학 이론체계를 설립해갈 무렵에 경북대학교 중심으로 또 다른 문학치료 연구가 진행됐으며, 그 연장선상에서 '통합문학치료학회' 활동이 이어지고 있다. 강원대학교와 한국인문치료학회를 중심으로 추진 중인 인문치료 활동에도 문학치료가 분과 형태로 포함돼 있다. 이 외에도 또 다른 맥락에서 문학치료와 시치료를 내건 활동들이 진행 중이다. 저간의 역사와 연구현황을 볼 때 한국문학치료학회의 문학치료가 대표적 중심이라고 할 수 있으나 그것이 곧 문학치료라고 등치하면 자칫 독단이 될 수 있다. 오해의 불식과 정체성 명시를 위해 '서사 중심 문학치료'와 같이 성격을 특정화하는 것도 고려할 만하다. 이하 이 논문에서 쓰는 '문학치료학'과 '문학치료'라는 말은 별도의 설명이 없는 경우 한국문학치료학회의 개념과 방법을 적용한, 서사를 중심으로 한 문학치료 연구 및 활동을 일컫는 것임을 밝혀둔다.

4   정운채, 「문학치료학의 서사이론」, 『문학치료연구』 9, 한국문학치료학회, 2008, 252면.

5   신동흔, 「문학치료학 서사이론의 보완·확장 방안 연구」, 『문학치료연구』 38, 한국문학치료학회, 2016, 24면.

6   정운채가 '서사'의 영어 표현으로 'epic'을 쓴 데 대해 신동흔은 이를 'story-in-depth'를 쓴 바 있다(신동흔, 「문학치료학 서사이론의 보완·확장 방안 연구」, 『문학치료연구』 38, 한국문학치료학회, 2016, 26면). "심층의 이야기적 스키마 내지 체계"라는 의미를 더 뚜렷이 하는 한편 서사학 일반과의 보편적 소통성을 기하기 위한 제안이었다. 이러한 용어 변경에 대해 서사이론 전문가인 박진이 지지 의견을 낸 바 있다(박진, 「이야기

공히 '서사적 인간론'이 놓여 있다.[7] 인지이론과 서사학을 연계하면서 문학치료학의 이론적 기반을 다지는 작업은 나지영이 이를 본격적으로 체계화하고 있다.[8]

　인간을 서사적으로 이해하는 것이 왜 중요한가 하면, 서사에는 일정한 구조와 방향성이 있어서 삶에 대한 인과적이고 맥락적인 분석이 가능하기 때문이다. 겉으로 나타난 증상이 아니라 그것이 발생하게 된 원인과 내력을 이해함으로써 신뢰할 만한 진단과 처방의 길을 찾을 수 있다. 그 분석이 객관적이면서도 심층적인 형태로 수행될 경우 진단과 처방의 신뢰성은 더 높아져서 실질적 유효성을 기약할 수 있다. 세상 만물에 질서가 있고 예측 가능한 동선이 있는 것처럼 인간에게도 공통의 존재원리와 속성이 있고 유형성 내지 전형성을 지니는 삶의 동선이 있는 터다. 제각각으로 불투명해 보이는 사람들의 삶에서 유효한 '인생 운용의 원리와 맥락'을 찾는 일은 자기서사 분석의 기본 과업을 이룬다.

　문학치료학에서 말하는 자기서사는 한 개인의 생애 진술(self narrative)을 계열화한 것과 다르다. 그것은 좀 더 구조적이고 유기적이며, 문학적이다. 그러나 그것은 단순하게 도식화될 수 있는 대상은 아니다. 갖가지 구성요소가 다양한 층위로 얽히면서 복합적 총체를 이루는 것이 자기서사의 실제 양상이다. 그것을 완전하게 이해하고 기술하는 것은 거의 불가능에 가까운 과제가 된다. 이에 대해 문학치료학에서 자기서사 이해의 출발이자 요체로 삼

　치료와의 연계를 통한 문학치료의 발전 방향」, 『문학치료연구』 46, 한국문학치료학회, 2018, 13면). 용어 변경은 어려운 선택이지만, 문학치료학의 장기적 발전을 위해 거쳐야 할 과정이라고 보아 다시금 이를 환기한다.

7　최근 신동흔은 거대한 천체에서 극미한 세포까지 세상 만유가 스토리적으로 존재하고 움직이며 인간이 그 한 축을 이룬다는 관점에서 '호모 스토리언스(Homo Storiens)'라는 개념을 제시한 바 있다. 문학치료학의 '서사적 인간론'을 좀 더 원론적이고 거시적인 맥락에서 가늠한 논의에 해당한다. 신동흔, 『스토리텔링 원론: 옛이야기로 보는 진짜 스토리의 코드』, 아카넷, 2018, 제1장 참조.

8　나지영, 「인지역동 스키마 이론과의 연계를 통한 문학치료학 서사이론 발전 방향 연구」, 건국대학교 박사학위논문, 2016; 나지영, 「인지 스키마 이론의 관점에서 본 서사의 본질과 위상」, 『구비문학연구』 45, 한국구비문학회, 2017.

는 것은 그 '심층적 핵심'을 정확히 꿰뚫어내는 일이다. 그로써 삶의 변화가 가능하다고 본다. 예컨대 부모와의 관계에 심각한 갈등과 상처를 겪고 있는 사람이 있다면 그 문제가 형성되고 이어져온 근본적인 원인과 핵심적인 맥락을 짚어냄으로써 해결의 길을 찾는 식이다.

장기간에 걸친 침전 과정을 통해 복잡하고 불투명한 총체를 이루고 있는 자기서사에 대해 그 핵심 맥락을 투시하는 것은 쉽지 않은 과업이다. 이에 대해 문학치료학에는 그것을 위한 특별한 통로를 지니고 있으니, 문학작품이 그것이다. 인간 삶의 심층에 자기서사가 있다면 문학작품의 심층에는 작품서사가 있다. 작품서사와 자기서사는 인간과 삶이라는 같은 뿌리에서 형성된 바로서 본원적 동질성을 지닌다.[9] 둘을 비교하면, 작품서사가 자기서사에 비해 더욱 정형적이고 응축적이며 완결적이다. 그리고 그것은 분석 가능한 '객관적 대상'으로서 존재한다. 문학작품의 서사에 대한 깊고 정확한 분석과 인간 삶으로의 적실한 적용을 통해 사람들의 자기서사에 대한 유효한 진단을 이루어낼 수 있다. 말하자면 문학작품은 인간의 삶을 투시해 보여주는 '엑스레이(X-Ray)' 내지 '마법의 거울' 구실을 할 수 있다. 작품서사가 있고 없고는 그야말로 천지 차이다. 우리가 문학치료를 할 수 있는 것은 작품이 있기 때문이다.[10]

문학치료학에서는 작품서사를 통한 자기서사 분석의 체계와 방법을 다양하게 논구해왔다. 정운채는 인간관계의 주체에 따라 자녀서사와 남녀서사, 부부서사, 부모서사 등의 기초서사 영역을 설정하고 인간관계의 방식에 따른 가르기서사와 밀치기서사, 되찾기서사, 감싸기서사 등의 서사를 설정한 뒤 양자를 연계하여 부모가르기서사로부터 자녀감싸기서사까지 총 16가지 서사를 분별해냄으로써 문학치료 서사분석을 위한 기초를 마련했다. 네

---

9   정운채, 「문학치료학의 서사이론」, 『문학치료연구』 9, 한국문학치료학회, 2008, 250-251면.

10   기존의 치료이론에 대한 문학치료의 핵심적인 정체성과 차별적 경쟁력이 작품서사에 있음은 나지영이 잘 설명한 바 있다. 나지영, 「인지역동 스키마 이론과의 연계를 통한 문학치료학 서사이론 발전 방향 연구」, 건국대학교 박사학위논문, 2016, 36-40면 참조.

가지 기초서사 영역의 설정에는 '나:세상', '욕망:규칙'이라는 대립항을 적용하는 한편으로 '순응'과 '선택', '지속', '양육'이라는 서사적 주안점을 설정했으며, 가르기서사~감싸기서사의 설정에는 '확신:의혹' 및 '추구:초극'이라는 대립항을 의미요소로 삼았다.[11] 그의 서사이론 체계는 매우 계시적이면서도 실전적인 것으로서, 문학치료학에서 인간 삶을 이해하고 평가하는 데 기본 좌표 구실을 해왔다. 예컨대 어떤 사람이 부모가르기나 부모밀치기 성향을 강하게 나타내며 그것이 이성가르기로 이어져 남녀서사와 부부서사로 나아가지 못하고 있다고 할 때, 부모가르기와 밀치기에 얽힌 문제를 해결해야 한다는 판단을 내리게 되는 식이다.

하지만 문학치료학이 추구하는바 '자기서사의 전모 파악'[12]을 위해서는, 수많은 세상 사람들의 다양한 자기서사에 대한 더 깊이 있고 유효한 질적 분석과 진단을 위해서는 서사분석의 요소와 체계를 더 다변화하고 구체화하는 작업이 필요하다. 문학작품에서 서사를 구성하고 운용하는 요소는 매우 다양하고 복잡하거니와 이를 자기서사 분석에 유효하게 적용할 수 있는 방법적 체계를 마련해야 한다. 정운채가 수립한 서사이론 체계는 자기서사 이해를 위한 도달점이라기보다 그것을 위한 '출발점'이라고 보는 것이 합당하다. 정운채의 다음과 같은 언급에 주목할 필요가 있다.

어떤 사람이 인간관계의 대상을 가르기의 방식으로 대한다고 해서 꼭 문제가 있는 사람이라고 할 순 없다. 그건 옳고 그름을 분명하게 판단한 것이므로 그 판단이 정확하기만 하다면, 그 판단이 설득력을 갖추고 있다면 강력한 지도력을 발휘할 수도 있을 것이다. 다만 그 판단이 부정확하거나 치우쳐 있거나 설득력을 갖추지 못했다면 문제가 될 것이다. 마찬가지로 감싸기

---

11 그 기본 틀과 논리적 체계는 정운채, 「문학치료학의 서사이론」, 『문학치료연구』 9, 한국문학치료학회, 2008, 254-272면에 정리·제시되어 있다.

12 정운채, 「문학치료학의 서사이론」, 『문학치료연구』 9, 한국문학치료학회, 2008, 251면; 정운채, 「자기서사진단검사도구의 개발에 따른 고전문학 연구와 교육의 새 지평」, 『문학치료연구』 16, 한국문학치료학회, 2010, 203면.

의 방식으로 대한다고 다 도량이 넓은 사람이라고만 할 수는 없다. 적절하지 않은 감싸기는 더 심각한 문제를 키울 수도 있다. 자식을 오냐오냐하면서 키우기만 하면 버릇없고 못된 아이가 될 수도 있는 것이다.[13]

우선 먹기는 곶감이 달다고 내 입에 단 것을 주면 좋아하다가 쓴 것을 주면 혹시 계모가 아닌가 주워온 자식이 아닌가 의심을 하는 수준이면 결코 높은 수준의 밀치기서사라고 할 수 없을 것이다. 여전히 부모에 대한 의존도가 높아서 분리독립을 하지 못하는 결과를 낳고 말 것이기 때문이다. 그러나 부모에 대한 의혹이 자립과 성장으로 이어지는 서사라면 높은 수준의 밀치기서사라고 할 수 있을 것이다.[14]

인간관계의 방식에 따른 서사로서 가르기서사와 감싸기서사에 대해 보충설명한 내용 중 일부다. 한 사람의 자기서사에 대해 (부모, 이성 등에 대한) '가르기서사'나 '감싸기서사' 등을 짚어내는 일은 그것만으로 충분치 않은 것임을 단적으로 말하고 있다. 어떤 맥락의 가르기나 밀치기, 되찾기, 감싸기인가를 함께 보아야 그에 대한 적절한 진단과 평가가 가능하다는 것이다. 정운채는 이에 대해 나름의 설명을 제시했지만, 그 양상과 맥락은 생각보다 매우 복잡하다. 예컨대 '부모감싸기서사'의 경우 그 양태는 행위 주체로서의 자녀와 대상으로서의 부모의 성향에 따라, 그리고 상호관계의 형성·전개 및 위기 발생 과정 등에 따라 다양한 질적 차이를 보이게 된다. 단적인 예로, 어미 없는 자식을 젖동냥해서 키운 심봉사에 대한 심청의 감싸기와 자신을 내다 버린 오구대왕에 대한 바리데기의 감싸기는 겉보기에 유사할지 몰라도 내적으로 큰 차이를 지닌다. 부모의 권위를 인정하지 않고 그 곁을 떠났던 가믄장아기의 부모감싸기서사가 이들과 또 다를 것임은 물론이다. 문학치료를 위한 서사분석은 그러한 차이를 합리적이면서도 심도 있게 분별하고 기술

---

13   정운채, 「문학치료학의 서사이론」, 『문학치료연구』 9, 한국문학치료학회, 2008, 267면.
14   위의 논문, 269면.

할 만한 체계를 갖출 필요가 있다.

　수많은 이질적인 사람들을 대상으로 하여 실질적 유효성을 지니는 자기서사 분석과 평가를 수행하기 위해서는 작품서사 및 자기서사에 걸친 분석 요소의 다변적 체계화가 불가피하다. 그 작업을 유효하게 완수해야 문학치료학의 본격적인 발전을 기약할 수 있다. 이 연구는 이를 위한 기초적이고도 포괄적인 정지 작업으로서 성격을 지닌다. 작품서사 분석의 요소와 원리를 최대한 효율적으로 적용하는 가운데 자기서사에 대한 더욱 정확하고 신뢰할 만한 이해를 기약할 수 있는 통로를 마련하고자 한다.

　이 과업과 관련하여 본 연구자는 서사에서 관계적 측면과 존재적 측면의 이원적 연계를 통한 입체적 서사분석의 필요성을 제기한 바 있다.[15] 이 연구는 그 연장선상에서 구체적으로 무엇을 어떻게 분석할 것인지를 실전적으로 살피는 논의에 해당한다. 서사분석 요소와 체계를 설정함에 있어 학계의 주요 성과를 수렴하는 한편, 90여 명의 학생을 대상으로 진행한 자기서사 진단 결과와 20여 명을 대상으로 한 자기서사 상담 결과를 일정하게 반영할 예정이다. 자기서사 분석에 원용할 작품서사는 전례에 준하여 구비설화를 중심으로 삼되 서사적 원형성이 높은 해외 설화를 포괄하며 서사무가와 소설 등도 연계하여 다룰 것이다. 이 또한 문학치료를 위한 중요한 자산이기 때문이다.

15　신동흔, 「문학치료학 서사이론의 보완·확장 방안 연구」, 『문학치료연구』 38, 한국문학치료학회, 2016.

2.1 작품서사와 자기서사의
접점과 상관성

문학치료학에서 자기서사 분석은 작품서사 분석과 긴밀히 맞물려 있다. 작품서사를 제대로 분석할 수 있어야 자기서사를 분석할 수 있다. 거꾸로, 작품서사 분석은 세상 사람들의 서사에 대한 이해를 바탕으로 이루어지는 바에 해당한다. 작품서사와 자기서사를 어떻게 유효하게 연계하여 분석할 것인가 하는 것은 문학치료에서 관건적 과제가 된다.

문학치료에 활용할 수 있는 작품서사는 편폭이 넓고 성격이 다양하다. 설화를 비롯한 서사문학 작품이 주로 활용돼왔지만 시나 노래, 희곡, 영화 등도 적용이 가능하다. 정운채는 장르를 떠나 모든 문학작품의 저변에 서사가 자리하고 있다고 말한다. 예컨대 「가시리」나 「진달래꽃」 같은 시는 특정의 서정적 상황을 집중적으로 그려내고 있지만, 그 밑바탕에는 「지네 각시」에 준하는 서사가 전제되어 있다고 한다.[16] 만약 어떤 사람이 「가시리」나 「진달래꽃」에 강한 공명을 나타냈다면 그의 자기서사가 「지네 각시」와 연결될 가능성이 있는 셈이다.

실제로 자기서사와 작품서사는 앞뒤 맥락이 갖춰진 이야기 전체가 아닌 특정의 요소나 장면을 통해 상호 접속될 가능성이 상존한다. 예컨대 한 사람이 영화의 한 장면에서 자기 자신의 특별한 경험이나 상황과의 일치점을 발견할 때, 그는 그 영화의 서사 전반에 대해 강한 이끌림과 함께 일체감을 갖게 된다. 이에 대해 우리는 그 사람의 자기서사와 영화의 작품서사는 의미 있는 관련성을 지닌다고 평가할 수 있다. 현실적으로 특정 문학작품의

---

16   정운채, 「작품서사 분석을 통한 「진달래꽃」의 '역겨워'와 「가시리」의 '선하면'에 대한 이
      해」, 『문학치료연구』 15, 한국문학치료학회, 2010.

서사와 한 사람의 자기서사가 시종일관 정교하게 맞아떨어지는 경우는 많지 않으며, 상호 간의 연결고리를 찾음에 있어 '특별한 지점'의 중요성은 매우 크다. 막연한 스토리적 유사성보다 한 지점에서의 강력한 공명이 더 의미 있는 것이라고 할 수 있다.

한 사람과 문학작품 사이의 강한 공명이 한 지점이 아닌 복수의 지점에서 거듭해서 발생할 때, 작품서사와 자기서사의 연결 가능성은 훨씬 커진다. 반복적이고 연속적인 공명은 작품서사와 자기서사의 구조적이고 맥락적인 부합 가능성을 보이는 요소가 된다. 예컨대 한 사람의 삶에서 '부모에게 버림받음'이라는 요소와 '그 부모를 위해 희생함'이라는 두 요소가 주요 맥락을 이룰 때 그 사람은 「바리데기」 작품서사에 연속적인 공명을 일으킬 것이며, 자기서사와 작품서사는 깊은 수준의 연결이 이루어질 것이다. 거기에 '초월적 존재와 소통하기'나 '스스로 자기 세우기' 같은 또 다른 요소가 결부될 경우 그 사람의 자기서사와 바리데기의 서사 사이의 연관성은 더욱 높아진다. '나서서 타인을 돕기'나 '남편을 위해 희생하기' 같은 요소가 연결될 때 또 다른 방식으로 바리데기 서사와의 뜻깊은 맥락적 연결이 성립된다. 만약 어떤 사람의 삶에서 위의 모든 사항이 중요한 요소로 작용하고 있다면 그의 자기서사는 영락없는 '바리데기의 서사'라고 할 수 있을 것이다.

자기서사와의 다양한 접점과 상관성을 찾기에 적합한 작품서사는 스토리적 맥락을 갖춘 서사문학에서 풍부하게 찾을 수 있다. 소설이나 영화, 만화 등에도 좋은 사례들이 많이 있거니와, 자기서사의 특징적 면모와 맥락을 선명하게 비춰줄 수 있는 작품서사는 특히 설화에 매우 풍부하다. 구비전승이라는 인지적 검증을 거치며 살아남은 이야기로서 구비설화의 서사는 형태적 요소와 의미적 요소가 한데 결합된 최고의 인지기제라고 할 수 있다.[17] 설화는 정합적인 스토리 구조 속에 인간과 삶의 핵심적 국면을 전형적으로

---

17   신동흔, 「인지기제로서의 스토리와 인간연구로서의 설화연구」, 『구비문학연구』 42, 한국구비문학회, 2016, 82면.

함축해내곤 한다.[18] 설화 작품서사를 통해 사람들의 자기서사에 대한 기초적이고 핵심적인 이해가 가능하며, 더욱 심층적이고 입체적인 진단으로 나아가기 위한 진입로를 확보할 수 있다.

설화는 특별한 언어적 구조물로서 성격을 지닌다. 풍부한 상징적 연상을 일으키는 역동적인 화소들이 서로 긴밀히 연결되어 완결성 높은 서사구조를 형성한다. 설화의 화소와 스토리는 상상적 인지의 산물로서 실제 현실과 거리가 있지만, 그러한 미적 거리를 통해 인간과 삶을 객관적이고 유기적인 형태로 투영하곤 한다. 현실적 제약을 벗어난 자유로운 상상력 발현 과정에서 인간의 무의식적 인지가 작동하는 가운데 부차적 요소는 소거되고 존재와 삶의 정수에 해당하는 것들이 집약적으로 갈무리되는 터다. 융(C. G. Jung)이 말한바 집단 무의식의 구현이다. 한 편의 원형적 설화는 세부 화소로부터 전체 스토리구조에 이르기까지 수많은 사람의 삶과 의미 있게 접속될 만한 지점을 폭넓게 함유하고 있다. 서사적 초점 내지 화두를 매개로 한 실제 삶과의 주제적 연결성 또한 주목할 사항이 된다.[19]

설화에서 특별히 눈여겨볼 바는 의미적 개방성이다. 설화는 인물과 사건의 세부적 디테일을 구체적으로 특정화하는 대신 스토리를 이루는 기본 요소를 단적으로 제시하면서 쭉쭉 연결시켜가는 것을 담화적 문법으로 삼는다. 설화를 이루는 화소는 그 자체로 다의적이고 역동적이며, 그 화소와 화소 사이의 공간에 수많은 여백이 있다. 그 여백은 사람들 각자가 스스로 채우는 것이 설화의 향유방식이자 의미실현 방식이다. 그리하여 같은 이야기를 놓고도 사람에 따라 서로 다른 연상과 해석이 이루어지게 된다. 그 서로 다른 인지는 스토리를 기억하고 재현하는 과정에 크고 작은 변주를 낳거니와 이는 작품 차원에서 '각편(version)'의 차이로 구체화된다. 각편의 변이는 세부적

---

18   그 단적인 사례들에 대해서는 신동흔, 『스토리텔링 원론: 옛이야기로 보는 진짜 스토리의 코드』, 아카넷, 2018, 2장 및 5~6장 참조.

19   설화에서 서사적 화두를 매개로 하여 화소와 서사구조가 통합되며 의미를 발현하는 양상에 대해서는 신동흔, 「서사적 화두를 축으로 한 화소-구조 통합형 설화 분석방법 연구」, 『구비문학연구』 46, 한국구비문학회, 2017에서 자세히 다룬 바 있다.

디테일 외에 전체적 스토리 맥락에서도 발생하거니와, 그 다양한 서사적 변주는 사람들의 서로 다른 감각과 경험, 곧 서로 다른 자기서사에 의한 결과라 할 수 있다. 하나의 설화를 통해 서사의 원형적이고 유형적인 측면과 특수하고 개별적인 측면을 동시적·다층적으로 만날 수 있는바, 이는 사람들의 자기서사를 짚어내고 기술함에 있어 매우 유리한 요소가 된다.[20]

한 사람의 자기서사가 어떻게 설화적으로 표현될 수 있는가 하면, '콩쥐의 서사'나 '내 복에 사는 딸'의 서사, '백설공주의 서사' 등과 같이 나타낼 수 있다. 자녀를 차별하는 부모 아래서 차별을 당하는 쪽이 되어 심리적으로나 경제적으로 힘겹게 살아온 사람이 있다면 그 사람의 자기서사는 콩쥐의 서사와 통하는 것일 가능성이 크다. 만약 '엄마'에 의한 '자매간 차별' 아래에 있는 사람의 경우 그 연결성은 더 높아질 것이다. 다른 예로, 부모의 의사에 반해 독립적 삶의 길을 택한 사람 — 특히 여성 — 의 서사는 '내 복에 사는 딸'의 서사와 연결될 수 있다. 세상 사람들의 서사와 설화의 서사 사이의 연결은 이런 식으로 다양하게 이루어질 수 있다.

실상 이런 식의 사람과 작품 간의 단적인 연결은 그 자체로 특별히 가치 있는 것이라고 하기 어렵다. 그 연결이 표면적 유사성에 의한 것일 경우 그를 통한 자기서사 이해 또한 추상적이고 표면적인 데 지나지 않는다. 중요한 것은 이면적이고 심층적인 관련성이며, 상호 간의 본원적 동질성과 함께 질적 차이까지를 꿰뚫어보는 안목이다. 그래야 한 사람의 서사적 정체성과 좌표를 오롯이 드러낼 수 있다. 예컨대 '콩쥐의 서사'의 경우 '엄마에게서 차별을 경험하는 딸'이라는 외면적 유사성보다 '힘을 가진 윗사람의 차별이 낳은 깊은 상처와 고통 및 그에 대한 대처와 극복'이라는 질적 측면이 더 중요

---

20 전설과 민담 같은 구비설화 외에 서사무가와 판소리계 소설 등에서도 이러한 개방적이고 적층적이며 가변적인 면모를 볼 수 있다. 이들 또한 자기서사와의 상관성을 다양하고도 유효하게 설정할 수 있는 유력한 작품서사가 된다. 「춘향가」와 「흥보가」, 「바리데기」 등에 대해 대다수 사람들이 그것을 구체적인 디테일이 아닌 '이야기' 형태로 기억한다는 사실도 이들이 원형적 설화에 준하는 서사성을 발현하도록 하는 요소가 된다. 이러한 작품들을 때로 '이야기성'이 짙은 현대소설이나 영화, 드라마 등에서도 볼 수 있다.

하다. 아버지에게서 형제간 차별을 심각하게 겪고 있는 아들이 전형적으로 콩쥐의 서사를 살아가는 사례가 있을 수 있다. 만약 그가 차별을 감내하면서 스스로 제 삶을 책임지는 존재가 되어 넓은 세상 속에서 관계를 확장하고 큰 성취를 이루어내고 있다면 그 삶의 과정은 완연한 콩쥐의 서사라고 할 수 있을 것이다. 이때 외적 측면과 함께 내적 측면이 매우 중요하다. 그 사람의 내면에는 차별에 따른 깊은 트라우마나 복수심이 남아 있을 수도 있고, 그것을 소화하고 풀어내서 부모로부터 자유로운 존재 내지 부모를 감쌀 수 있는 존재가 되어 있을 수도 있다. '상처에 구속돼 있는 콩쥐'와 '상처를 극복한 콩쥐' 사이에는 큰 거리가 있거니와, 자기서사 분석 및 진단은 이러한 질적 측면을 제대로 드러낼 수 있어야 한다.

덧붙이자면, 이와 같은 특정 작품서사와의 상관성은 자기서사의 단지 한 측면일 따름이라는 데 문제의 어려움이 있다. 일반적으로 현실 속의 인간은 문학 속의 인간보다 더 복합적이고 불투명하다. 설화 속의 인간과 비교할 때 더욱 그러하다. 이야기 속의 콩쥐는 콩쥐일 따름이지만, 실제 세상 속의 한 사람은 콩쥐인 동시에 또 다른 누구일 수 있다. 예컨대 내 복에 사는 딸일 수 있고, 심청이나 춘향일 수 있으며, 백설공주나 라푼첼일 수 있다. 어쩌면 그는 그 자신 팥쥐이거나 계모일 수도 있다. 하나의 특별한 서사가 삶을 전면적으로 좌우하고 있는 예외적 상황이 아니라면, 한 사람의 자기서사에 대한 분석은 그가 처한 상황적·관계적 맥락에 따라 다면적으로 이루어져야 한다. 사람들의 자기서사를 제대로 분석해내는 것은 거의 '종합예술' 수준의 크나큰 과제라고 보면 틀림이 없다.

중요한 것은 자기서사 분석이 유효하게 이루어졌을 때 나타나는 놀라운 효과다. 그간 가늠하기 어려웠던 인생의 맥락과 좌표가 자연스럽게 윤곽을 드러내는 가운데 삶의 문제적 지점이 무엇인지가 뚜렷해지며 그 원인과 과정, 대책도 선명히 드러나게 된다. 인생이라는 서사에 대한 유력한 답을 찾을 수 있게 되는 것이다. 다시금 강조하는 바는 그것이 '서사적이고 문학적인 답'의 형태로 도출된다는 것이다. 인간에 대한 문학치료학적 접근이 지니는 본원적 차별성이다.

2.2 서사의 존재적 측면과
관계적 측면

문학치료학에서 작품서사를 매개로 자기서 사를 비춰보고 기술한다고 할 때 그 기본 매개항은 작중 인물의 서사다. 곧 '서사의 주체'에 주목하는 것이 문학치료학의 접근법이다. 하나의 작품에는 주요 인물 수만큼의 서사가 존재하며, 그 각각의 서사는 서로 성격과 맥락이 다르다. 예컨대 판소리 「흥보가」에서 흥보의 서사와 놀보의 서사는 성격이 판이하며, 흥보 마누라, 흥보 자식들, 놀보 마누라, 마당쇠 등의 서사 또한 고유의 특성과 맥락을 갖는다.[21] 한 사람의 자기서사는 그중 특정 인물의 서사와 연결됨으로써 그 속성과 맥락이 드러나게 된다. 앞서 자기서사를 말하면서 작품을 뜻하는 「바리데기」의 서사'나 「콩쥐팥쥐」의 서사' 대신 인물에 초점을 맞춘 '바리데기의 서사'나 '콩쥐의 서사'라고 표현한 것은 이 때문이다.

정운채가 '서사의 주체'와 같은 의미로 쓴 다른 말은 '인간관계의 주체'였다.[22] 그가 서사를 개념화하고 분석함에 있어 기본 축은 단연 '인간관계'였으니, 서사를 "인간관계의 형성과 위기, 회복에 관한 이야기"[23]라고 정의한 데서 이를 단적으로 볼 수 있다. 더 구체적으로는 부모-자녀 관계와 부부관계 등의 가족관계를 인간관계를 이해하는 바탕으로 보는 것이 그의 입장이었다.[24] 이러한 관점이 문학치료학의 작품서사 및 자기서사 분석에 거의 전일적으로 적용돼온 것이 그간의 상황이었다. 이에 대해 신동흔은 서사에서 인간관계가 갖는 중요성을 인정하면서도 독립적 존재이자 삶의 주체로서 '자기 자신'에 얽힌 문제를 함께 주목할 필요성을 제기하면서 '관계의 서사'

---

21 정운채, 「문학치료학의 서사 및 서사의 주체와 문학연구의 새 지평」, 『문학치료연구』 21, 한국문학치료학회, 2011, 241-242면.

22 정운채, 「문학치료학의 서사이론」, 『문학치료연구』 9, 한국문학치료학회, 2008, 254-255면.

23 위의 논문, 252면.

24 위의 논문, 254-257면.

에 대한 '존재의 서사' 개념을 제시한 바 있다.[25] 서사의 주체를 논함에 있어 관심을 '관계적 주체'에 한정하지 않고 '존재적 주체'로 이원적으로 확장함으로써 서사에 대한 이해를 다각화 내지 입체화하자는 것이다.

한 사람의 존재적 측면 또는 존재적 특성은 그 삶의 속성과 방향성을 내포하고 좌우한다는 점에서 자기서사를 구성하는 기본 요소가 된다. 그것은 관계적 측면과 긴밀한 상호작용 관계에 있는 것이기도 하다. 한 사람이 어떠한 존재적 특성을 지니는가에 따라 인간관계를 형성하고 전개하는 양상은 질적 차이를 나타내게 된다. 비슷한 환경에서 비슷한 문제를 겪는 사람들이 완연히 다른 대응방식을 취할 수 있거니와, 거기에는 '존재적 주체'로서 한 개인의 특성이 주요 변수를 이룬다. 한편, 한 사람의 존재적 특성은 관계적 측면과 무관한 본래적이고 독립적인 자질이라고 할 바가 아니다. 그것은 제반의 인간관계 경험 속에서 형성되고 변화하는 것으로서 성격을 지닌다. 요컨대 인간의 삶에서 존재적 특성(존재성)과 관계적 특성(관계성)은 불가분의 관계를 이루고 있으니, '한 인간의 두 측면'이라고 말해도 좋다.[26] 두 측면을 함께 보아야 인간의 속성과 행동, 곧 자기서사를 제대로 이해할 수 있다는 말이다.

서사분석에서 인간관계를 다루는 것은 그 자체로 충분히 크고 어려운 과업인데, 굳이 존재적 측면을 함께 살피자는 것은 공연히 문제를 복잡하게 만드는 일처럼 생각할 수도 있을 것이다. 이에 대해서는 인간의 서사가 본래 매우 복잡하고 미묘한 것으로서, 그에 대한 깊고 유효한 이해를 위해서는 제반 의미요소에 대한 폭넓고도 다면적인 분석이 필수라는 사실을 강조하고 싶다. 그것을 통해 그간 문학치료학에서 진행해온 인간관계 중심의 서사분석 체계가 와해된다는 식으로 생각할 바가 아니다. 기존의 서사분석 체계를 자산으로 삼는 가운데 그것을 다층적으로 심화하는 작업일 따름이다. 그것을 통해 문학치료학 서사이론의 연속적이면서도 확장적인 발전을 기약할

---

25   신동흔, 「문학치료학 서사이론의 보완·확장 방안 연구」, 『문학치료연구』 38, 한국문학
      치료학회, 2016, 30-33면.

26   위의 논문, 32면.

수 있다.[27]

그렇다면 존재적 측면 및 관계적 측면과 관련하여 구체적으로 어떤 요소를 어떻게 분석해서 드러내야 하는 것일까? 이 연구의 핵심 논제에 해당하는 사항이다. 관계적 측면의 경우 분석대상과 체계가 일정하게 마련돼 있는 데 비하면 존재적 측면은 미답의 영역에 속한다. 이에 대한 논의로는 신동흔이 존재적 특성을 이루는 의미요소를 대립항 형태로 열거하고 개략적인 설명을 한 바가 있을 뿐이다. 그 항목들을 옮겨보면 다음과 같다.[28]

자존/비하 유능/무능 충족/결핍 안정/불안 의미/무의미
행복/우울 긍정/부정 강대/약소 적극/소극 건강/병약
통합/분열 저항/종속 존재/관계 독립/의존 욕망/규범
이상/현실 도전/안주 자유/속박 등

위 항목들은 인간의 존재적 특성과 관련하여 의미 있는 요소가 된다고 생각되는 것들을 직관적으로 추출하여 열거한 것으로 체계성은 부족한 상태다. 내용을 보면 스스로를 어떻게 인식하는가 하는 자아관 차원의 항목과 가치관에 해당하는 항목, 심리 및 행동특성에 해당하는 항목 등이 이리저리 얽혀 있다. 그중 다수 항목이 여전히 유효성을 지닌다고 보지만, 전체적으로 수정·보완이 필요한 것 또한 사실이다. 부적합한 항목을 삭제하고 필요한 항목을 추가하면서 범주화하는 작업 외에 각각의 요소가 작품 및 삶에서 어

---

27 자기서사 분석에서 '존재적 측면'을 도입하는 것은 기존의 심리상담 영역과의 소통과 교류를 위해서도 필요한 사항이 된다. 심리분석과 상담은 일반적으로 내담자의 자아상태와 심리상태, 성격과 행동특성 등을 대상으로 삼는 쪽이다. 문학치료학에서 인간관계의 양상과 속성에 주목하는 것은 의미 있는 차별성에 해당하지만, 한편으로 기존 접근 방식과의 거리감이 두드러진 것이기도 하다. 서사의 관계적 측면과 함께 존재적 측면에 대한 분석을 수행함으로써 고유의 차별성을 살리면서도 여타 심리상담과 연결될 통로를 마련할 수 있다는 것이 본 연구자의 믿음이다.

28 신동흔, 「문학치료학 서사이론의 보완·확장 방안 연구」, 『문학치료연구』 38, 한국문학치료학회, 2016, 35면.

떻게 구현되는지를 가늠할 필요가 있다. 그 작업이 이루어져야 이를 실제적 서사분석에 유효하게 적용할 수 있다. 이에 대한 자세한 논의는 다음 장에서 수행할 것이다.

　　다음으로 서사의 관계적 측면을 보면, 이에 대해서는 정운채가 설정한 분석 대상 및 체계가 마련돼 있는 상태다. 앞서 말한바 자녀서사와 남녀서사, 부부서사, 부모서사 등 네 가지 기초서사 영역과 가르기서사, 밀치기서사, 되찾기서사, 감싸기서사 등 인간관계 방식에 따른 네 가지 서사를 상호 결합한 열여섯 가지 서사를 기본 축으로 한 체계다.[29] 각 기초서사별 주안점과 관계방식의 분별 기준도 마련되어 있는 상태다. 그 체계를 받아들여서 준용함이 마땅한 일이고 또 손쉬운 일이겠지만, 관계를 이루는 구체적 의미요소가 실제로 그리 단순치 않다는 점을 생각하지 않을 수 없다. 정운채가 인간관계의 서사를 분별한 기준으로 설정한바 '나:세상', '욕망:규범', 그리고 '의혹:확신'과 '추구:초극' 같은 요소 외에도 중요한 변수가 되는 항목을 폭넓게 제시할 수 있다. 이와 관련하여 신동흔은 서사의 관계적 측면에 해당하는 대립항들을 다음과 같이 나타내 보인 바 있다.[30]

　　대등/차별　쌍방/일방　자발/강압　방임/구속　인정/무시
　　포용/배격　공격/수비　가해/피해　지배/피지배　보호/피보호
　　호응/거부　화해/불화　신뢰/불신　협력/경쟁　상생/상쇄
　　지속/단절　승리/패배　성공/실패　등

　　이 항목들 또한 인간의 관계성과 관련하여 의미 있는 변수가 요소를 이룬다고 생각되는 것들을 직관적으로 추출하여 열거한 것이다. 인간관계의 범주와 진행단계 등을 따로 고려하지 않은 상태에서 서사적 대립항을 제시

29　정운채, 「문학치료학의 서사이론」, 『문학치료연구』 9, 한국문학치료학회, 2008, 254-272면.

30　신동흔, 「문학치료학 서사이론의 보완·확장 방안 연구」, 『문학치료연구』 38, 한국문학치료학회, 2016, 39면.

한 것으로서 체계성과 완전성, 구체적 실질성이 부족하여 보완이 필요한 상태다. 기존의 문학치료학 서사이론과 어떻게 조응하면서 원만하고도 효율적인 체계화를 이룩하는 것도 중요한 과제로 주어져 있는 상황이다. 이에 대한 구체적 논의 역시 다음 장에서 진행하게 될 것이다.

서사의 체계를 이원화하는 데 그치지 않고 수많은 의미요소를 폭넓게 적용해서 작품서사 및 자기서사 분석을 수행하는 일은 아주 복잡하고 어려운 작업이다. 존재적 요소와 관계적 요소에 대한 분석은 종국에 서로 긴밀히 연결되어 종합적 분석으로 나아가야 하는 것이기도 하다. 어찌 보면 번다함을 넘어서 불가능할 것처럼 보일 수 있는 과업이지만, 그렇지 않다. 거듭 말하거니와, 문학적 전문성으로 이를 감당할 수 있다. 실제의 작품서사나 자기서사에서 제반의 서사 요소가 두루 의미화되지는 않는다. 특정 요소들이 특별하게 부각되는 가운데 유기적이고 역동적인 구조를 형성하는 것이 작품서사 및 자기서사의 실제다. 그 양상을 핵심적으로 짚어냄으로써 유효한 서사분석을 완수할 수 있다. 그리고 그 분석 과정에 그간 수행해온 문학작품 분석의 경험과 방법을 반영할 수 있다. 인문학으로서 문학연구가 펼쳐내는 인간학의 새 지평, 그것이 문학치료학이다.[31]

3   존재적 특성의 분석 요소와 체계

앞서 서사의 존재적 측면을 이루는 항목들을 나열하면서 수정 보완이 필요한 상태라고 했다. 항목의 조정과 함께 일정한 범주화가 필요하며, 실제적인 서사적 실현 양상에 대한 추가적 논의가 필

---

31   정운채, 「문학치료학의 학문적 특성과 인문학의 새로운 전망」, 『겨레어문학』 39, 겨레어문학회, 2007.

요하다. 그중 서사분석 요소의 범주화와 관련하여 그것을 총 여섯 가지 범주로 설정할 수 있을 것으로 생각된다. ① 자기정체성, ② 세계 인식, ③ 가치관 및 인생관, ④ 기질과 성향, ⑤ 행동 특성, ⑥ 심리 상태 등이다. 서사에서 '주체'의 자체적 변수에 해당하는 주요 범주들이다.

범주별로 서사 요소를 다양한 형태로 설정할 수 있겠거니와, 항목이 너무 크고 추상적이면 실질성이 떨어지고, 너무 세부적이고 번다하면 전형성과 집약성이 떨어질 것이다. 이에 대한 본 연구의 입장은 범주마다 5개 내외의 핵심적이고 실질적인 항목들을 설정하여 서사분석의 거점 내지 허브(hub)로 삼자는 것이다. 미리 말하면, 그렇게 추출한 항목들의 총수는 30여 개가 된다. 그 항목들은 이전 논의에서와 같이 '대립항' 형태로 제시할 것이다. 분석요소를 대립항으로 설정하는 것은 설화를 비롯한 서사문학 작품분석의 원리를 적용한 것이다. 서사의 구성요소와 화두, 의미구조 등을 이해함에 있어 핵심 대립항을 통한 접근은 유력하고도 효과적인 방법이며, 이는 자기서사 분석에도 유효하게 적용될 수 있다.[32] 이제 이에 대한 구체적인 설명으로 넘어간다.[33]

---

32 대립항을 축으로 한 작품분석은 설화에서 광범위하게 적용돼왔으며, 최근 김정은 등이 이를 자기서사 분석에 적용하는 방법을 모색한 바 있다. 김정은, 「설화의 서사문법을 활용한 자기발견과 치유의 이야기 창작방법 연구」, 건국대학교 박사학위논문, 2016; 김정은, 「「나무도령」으로 본 신화적 민담의 서사원리와 이야기창작의 실제」, 『구비문학연구』 46, 한국구비문학회, 2017.

33 참고로, 이하의 논의에서 제시할 서사 요소 항목은 그간의 서사문학 분석 경험 및 인생살이 경험, 자기서사 상담 결과 등을 종합하여 본 연구자가 임의로 행한 것이다. 서사의 복잡 미묘한 다양성과 역동성을 고려하여 논리적 체계성보다 실질적 유효성에 주안점을 두고 항목을 설정했다. 이 항목 체계는 완전한 것이 아니며, 추후 조정 가능성이 열려 있다.

3.1 자기정체성

서사의 존재적 측면과 관련하여 먼저 주목할 사항은 한 사람이 어떤 자기정체성을 지니는가 하는 것이다. 스스로를 어떤 존재로 보는가 하는 것인데, 그가 객관적으로 어떤 특성을 지니는가 하는 문제[34]가 한데 얽혀 있어 간단치 않다. 다음과 같은 항목들을 주요 분석 요소로 삼을 수 있다.

- 특별~평범: 자기를 특별하다고 보는가, 평범하다고 여기는가?
  + 정상~비정상: 자기를 정상적이라고 보는가, 비정상적이라고 여기는가?
- 존귀~비천: 스스로 귀하고 잘났다고 여기는가, 못나고 비루하다고 여기는가?
- 강대~약소: 자기를 크고 강한 존재로 여기는가, 작고 약하다고 보는가?
- 유능~무능: 스스로 능력이 있다고 여기는가, 무능한 존재로 여기는가?
  + 지혜~무지: 자기를 지혜롭고 영민하다고 여기는가, 모자라고 무지하다고 여기는가?
- 순수~타락: 자기를 순수한 존재로 보는가, 세속적이고 타락한 존재로 보는가?
  + 진실~허위: 자기를 진실된 존재로 여기는가, 허위적이고 이중적이라고 여기는가?
- 선량~악독: 스스로 착하고 어진 존재로 여기는가, 사납고 악하다고 자임하는가?

각 항목에 대한 자세한 설명은 생략하거니와, 위에 제시한 간단한 개념 설명만으로도 각 대립항이 의미하는 바를 이해하기에 어려움이 없을 것이다. 대립항을 표현함에 있어 ':'나 '/' 대신 '~'를 채택한 것은 두 항 사이의 역학관계와 스펙트럼을 좀 더 잘 드러내기 위함이다. 양극단 사이에 다양한 중간 지점이 존재할 수 있으며, 양자 간의 유동적 변화가 가능한 터다. 항목 중 '+' 표시를 앞세워 병기한 것들은 주 항목과 연관성을 지니면서도 독자적 자

---

34 누군가에 대해 '그는 객관적으로 어떠어떠하다'라는 평가를 내리는 것은 쉽지 않으며, 엄밀히 말하면 불가능하다고 할 수 있다. 하지만 한 개인의 자기인식과 일반적 인식 사이에 큰 편차가 있을 수 있고, 이는 정체성 분석의 주요 요소가 된다. 여기서 '객관적'이라는 말은 엄밀한 의미가 아닌 '일반적이고 상식적인 판단'을 뜻하는 것임을 밝혀둔다.

질이 있는 요소를 나타낸 것이다.

　유의할 바는 작품서사나 자기서사를 분석함에 있어서 위의 여러 대립 항을 일괄적으로 적용해서 특징을 기술해야 하는 것은 아니라는 사실이다. 하나의 담화가 '이야기'가 될 수 있도록 하는 것은 평범하고 일반적인 자질들이 아닌 낯설고 특별한 요소들이다. 서사분석을 행함에 있어 어떤 요소가 '특별한 자질'로 기능하는 가운데 서사성을 성립시키고 있는지를 가늠하는 일이 중요하다. 그 양상은 작품에 따라, 그리고 사람에 따라 각기 다르게 나타나기 마련이다.

　작품서사의 예를 보면, 「구렁덩덩신선비」의 신선비는 '특별~평범'의 '특별'이라는 요소가 작용하는 경우다. 그는 스스로를 특별하게 여기며, 실제로 특별함이 있다. '신선의 자질'이 내재한다는 것이 단적인 표지가 된다. 속으로 신선이지만 겉으로 구렁이 모습을 하고 있다는 것도 존재적 특별함의 자질이 된다. 좀 더 구체적으로 보면, 신선의 '존귀함'과 구렁이의 '비천함'이라는 양극단을 동시에 지닌다는 특별함이 신선비가 나타내는 자기정체성의 핵심적 면모라 할 수 있다. 일련의 관계적 서사는 이를 기본 축으로 해서 펼쳐지거니와, 어머니나 장자의 큰딸과 둘째 딸이 그를 꺼려서 가르는 일과 장자의 셋째 딸이 적극 손을 내밀어 그를 짝으로 받아들이는 등의 일이 두루 그러하다. '존귀'와 '비천'의 양면성을 축으로 한 존재적 특별함이 '신선비의 서사'를 이해함에 있어 하나의 관건이라는 뜻이다. 아울러 그것은 '존귀'의 자존감과 '비천'의 열등감 사이의 갈등을 삶의 문제로 겪고 있는 사람들의 자기서사와 연결되는 요소가 된다. 그런 사람들은 신선비에게서 자기 자신의 이면적·심리적 진실을 볼 수 있게 될 것이다. 그 외의 다른 요소들, 곧 '유능~무능', '지혜~무지', '순수~타락', '선량~악독' 등은 신선비의 서사에 있어 상대적으로 존재적 규정성이 약한 쪽이라 할 수 있다.

　다른 예로, 주먹이나 엄지둥이 같은 인물의 경우는 '강대~약소'의 대립항이 핵심 의미요소를 이룬다. 그들은 객관적으로 작고 약한 존재이며, 스스로도 그것을 인지하고 있다. '남다른 작음'은 자기정체성의 축을 이루며 그들의 제반 행동 및 인간관계를 규정한다. 흥미로운 것은 그들이 세계에 대한 적극적인 도전 과정을 통해 난관을 거듭 헤쳐내면서 '작은 거인' 같은 강하고 단단한 존재로 거듭난다는 사실이다. 객관적 약소함 속에 강대함이 내재해 있었던바, 그것의 역전적 발현이 주먹이 서사나 엄지동이 서사의 초점이자 특별함이 된다. '작은 거인'의 정체성을 존재적 특성으로 지니는 사람들이 있다면 그 자기서사는 이들의 서사와 의미 있는 접속을 이룰 것이다. 한편, 작품서사 가운데는 그 반대의 경우도 있으니 크고 무서운 존재로서의 거인이 실은 속이 텅 빈 허깨비로 판명 나는 이야기가 그러하다. '강대~약소'의 요소가 주먹이나 엄지동이에서와 다른 방식으로 서사화된 사례가 된다.

'선량~악독'의 대립항이 존재적 서사 요소로 작용하는 사례는 민담 속의 수많은 마녀와 계모들에게서 볼 수 있다. '마녀'는 그 자체로 악독한 존재의 표상이거니와, 스스로 자신의 악독함을 인지하면서 그것을 행하는 경우도 많다. 「헨젤과 그레텔」에서 남매를 잡아먹으려는 마녀 등에서 그 전형적 사례를 볼 수 있다. 현실적으로 보면 사이코패스 범죄자 등에서 이런 자기서사와 만날 수 있다. 한편, '계모'의 경우는 객관적 악독함에도 불구하고 스스로는 그것을 인지하지 못하는 경우가 꽤 많다. 예컨대 콩쥐나 신데렐라의 계모 같은 경우 자신의 악독함을 인지하고 있을 수도 있으나 스스로 극히 정상적이라고 여기고 있을 가능성도 크다. '나쁜 엄마'로서의 계모들 가운데는 외형적으로 악한 존재로 부각되고 있으나 실질적으로는 그렇지 않은 경우도 있어서 양상이 간단치 않다. 이야기에서도 그렇고 실제 현실에서도 그러하다.

문학작품 속 인물서사 가운데는 자기정체성에 해당하는 여러 서사 요소를 복합적으로 가지고 있는 사례도 자주 볼 수 있다. 한 예로 「지네 각시」 설화 속의 지네 각시를 들 수 있다. 그는 지네와 인간의 두 측면을 함께 지니고 있다는 점에서 특별한 존재이다. 특히 지네라는 속성은 그의 '비정상성'을 나타내는 표지가 된다. 그의 존재성은 지네라는 비천함과 그 안에 담긴 용이라는 존귀함 사이에 역동적으로 걸쳐 있다. 또한 그는 겉으로 순수하고 선량한 여성이지만, 내적으로는 악독하며 타락한 지네라고 하는 거짓된 이중성을 존재적 문제로 내포하고 있는 상태다. 지네 각시의 일거수일투족에서는 이러한 여러 가지 존재적 문제가 복합적으로 역동하거니와, 일견 대인 관계의 문제를 중심으로 삼고 있는 것처럼 보이는 「지네 각시」는 실상 매우 존재적인 서사이기도 한 터다. 존재의 양면성 내지 이중성을 삶의 문제로 겪고 있는 사람들한테 '지네 각시의 서사'는 의미심장한 연결성을 지닌다고 할 수 있다.[35]

3.2 세계 인식

삶의 주체로서 자기 자신의 존재성과 더불어 자신이 속해 있는 세계의 존재성에 대한 인식이 서사의 존재적 측면을 이루는 또 하나의 범주가 된다. 세계는 그 자체로 하나의 큰 존재로서 존재론의 한 측면이 되며, 세계의 존재성과 자신의 존재성의 상관관계는 서사 구성의 의미 있는 축이 된다. 세계의 섭리 내지 속성을 상징하는 존재로서 신(神)에 대한 태도 또한 세계 인식을 구성하는 요소로 볼 수 있다. 세계 인식에는 세상은 본래 어떠한 곳인가 하는 근원적 인식, 그리고 자신을 둘러싼 세상이 어떠한가 하는 현실적 인식이 맞물려 있다.[36] 이 범주에 속하는 주요 대립항으로 다음과 같은 것들을 들 수 있다.

- 순리~모순: 세상은 순리가 작용하는 곳인가, 모순이 많은 부조리한 곳인가?
- 불변~가변: 세상은 쉽사리 변하지 않는가, 질적이고 역전적인 변화가 가능한가?
- 기회~억압: 세상은 자기실현과 행복의 길을 열어주는가, 그것을 막고 억누르는가?
- 순응~대적: 세상은 주어진 대로 받아들일 대상인가, 부딪쳐서 싸워야 할 대상인가?

---

35 실제로 성 정체성 문제를 겪고 있는 것으로 보이는 한 내담자가 지네 각시에 대해 강한 공명을 느끼면서 그 서사를 자기서사로 느끼고 있는 사례를 경험한 바 있다.

36 세계 인식의 문제는 나와 세계와의 '관계'로 설명된다는 점에서 서사의 관계적 측면으로 이해할 여지도 있다. 그러나 이때의 관계는 일반적 인간관계와는 성격이 다르다. 나와 세상 사이의 일반적 관계는 '나와 타자의 관계'보다 '나와 나의 관계' 문제에 가까우며 존재론적 성격을 지닌다. 본 연구에서는 '나와 나 사이의 관계'가 문제시되는 경우 이를 기본적으로 존재적 요소로 다루는 입장을 취한다.

자기정체성에 해당하는 요소에 비하면 세계 인식에 해당하는 서사 요소는 상대적으로 단순한 편이다. 서사적 규정성도 좀 약한 편이라 할 수 있다. 어찌 보면 세계 인식은 자기정체성이나 심리 상태의 그림자 같은 방식으로 구성되는 측면이 있다. 어떻든 그것이 개인의 존재적 정체성의 한 축을 이룬다는 사실은 부정되지 않는다.

　　세계 인식의 문제에 주요 초점이 놓이는 작품서사의 한 예로 「아기장수」를 들 수 있다. 이야기 속 '아기장수의 서사'는 홀로 험한 세상에 맞서서 그것을 변혁하려는 인물의 서사로 설명될 수 있는바, 거기에는 세계의 모순성과 가변성에 대한 인식이 맞물려 있다. '순응~대적' 가운데 '대적'이 두드러진 의미요소를 이루기도 한다. 하지만 그 서사는 '미완의 좌절'로 귀결됨으로써 텍스트상에서 의미적 실현으로까지 이어지지는 못한다. 이 이야기에 전제돼 있는 세계의 모순성과 억압성에 대한 대응은 '아기장수에 대한 믿음과 지지' 여부에 따라 완연히 나뉘는 양상을 나타낸다. 장수로 태어난 자식을 꺼려서 말살한 부모의 서사는 세계의 불변성 인식과 '순응'이 강력히 작용한 경우로 볼 수 있다. 이에 대해, 비록 작품 텍스트에 직접 보이지는 않으나, 아기장수를 믿고 지지하며 지키려는 사람들의 서사는 세계의 가변성 인식과 적극적 대응 태도가 두드러진 쪽이다. 이러한 서로 다른 서사가 실제 현실 속에서 사람들의 자기서사로 작용하는 사례를 폭넓게 찾아볼 수 있다.

　　서사무가 「바리데기」는 존재적 자기정체성과 부모 자식 간의 관계 등이 서사의 기본 축을 이루지만, 거기에도 세계 인식이 의미 있는 한 축으로 작용하고 있다. 바리데기의 서사를 보면, 그녀가 부모에게 버림받은 무참한 상황 속에서도 스스로를 지킬 수 있었던 것은 세상의 순리성과 기회적 측면을 내면화한 가운데 한편으로 순응하고 한편으로 대적하는 자세를 취했기 때문이라고 볼 수 있다. 그러한 태도는 죽음을 삶으로 바꾸고 지옥을 허물어뜨리는 기적적 변화를 낳거니와, 바리데기의 서사에는 세계의 변혁 가능성에 대한 믿음이 중요한 요소를 이룬다고 할 만하다. 「바리데기」 신화에는 바리데기가 산신령이나 부처 같은 초월적 존재와의 대면을 통해 세상에 대한 믿음을 확인하고 지켜가는 모습이 인상적으로 부각돼 있는데, 특유의 세계

인식이 서사화된 형국이라고 볼 수 있다. 바리데기 서사의 질적 속성을 논함에 있어 가볍게 여길 수 없는 사항이 된다.

첨언하면, 현대 사실주의 소설 속에는 세계의 모순성과 억압성, 불변성에 대한 인식을 내면화하고 있으면서 그에 맞서는 대신 회피의 형태로 '불화적 순응'의 태도를 취하는 수많은 인물이 등장한다. '회색인'이나 '무기질 청년' 같은 이름으로 표현될 수 있는 인간형이다. 현실 속에도 이러한 사람들은 매우 많거니와 그들의 서사는 아기장수의 서사나 바리데기의 서사, 또는 웅녀의 서사나 주몽의 서사 등과 질적으로 다른 것이라고 볼 수 있다. 세계관적 편차에 따른 자기서사의 차이는 사람들의 삶에서 생각보다 폭넓게 확인되는 요소가 된다.

3.3 가치관 및 인생관

이는 한 인물이 인간과 삶을 구성하는 요소들 가운데 무엇에 특별한 가치와 의의를 부여하는가의 문제다. 의식적인 가치관 외에 실질적으로 어떤 가치 요소에 심리적·행동적으로 견착돼 있는가 하는 점이 중요한 분석 대상이 된다. 이와 관련한 대립항으로 다음과 같은 것들을 들 수 있다.

- 자기~세계: 나 자신과 대상 세계 가운데 어느 쪽에 가치의 중심을 두는가?
  + 존재~관계: 자신의 존재성에 집중하는가, 타인과의 관계에서 가치와 행복을 찾는가?
- 자연~문명: 자연적이고 본래적인 것을 추구하는가, 인위적이고 문명적인 것을 선호하는가?
  + 인간~만유: 가치 중심을 인간에 두는가, 인간 이외의 세상 만유를 중시하는가?
- 욕망~규범: 개인의 욕망과 사회적 규범 중 어느 쪽을 중시하여 따르는가?
- 현실~이상: 있는 대로의 현실을 중시하는가, 현실과 다른 이상적 상태를 지향하는가?
- 과정~목표: 일련의 과정 자체를 중시하는가, 목표나 결과에 집중하는가?

● 과거~현재~미래: 과거와 현재, 미래 중 어디에 중심을 두며, 심리적으로 어디에
　　견착돼 있는가?

　　작품서사 및 자기서사에서 가치관 내지 인생관이 놓이는 자리는 무척
중요하다. 한 사람의 가치관은 삶의 방향을 설정하고 움직여가는 운전대 구
실을 한다. 기존의 문학치료학 서사이론 체계에서는 '나:세상(자기~세계)' 및
'소망:법칙(욕망~규범)'이라는 요소에 주목했는데, 다른 요소들도 그에 견줄
만한 의의를 지닌다. 예컨대 자연과 문명 중 어느 쪽에 가치를 두는가에 따
라 한 사람의 동선은 크게 달라진다. 단적으로, 여행지를 선택함에 있어 시
골과 도시로 선호가 갈릴 수 있다. 그것은 내적 속성 면에서 자연스러운 흐
트러짐을 인정하느냐 정교하게 정돈된 상태를 추구하느냐의 차이를 낳기도
한다. 현실과 이상, 과정과 목표, 과거와 현재와 미래 중 어느 쪽에 사고와 가
치의 주안점을 두는가 하는 것도 자기서사에 질적 차이를 가져오는 요소가
된다. 특별히, '과거~현재~미래'의 대립항은 일련의 자기서사 상담 과정을
거치면서 중요한 의미자질로 삼게 된 사항에 해당한다.[37]
　　문학작품 속에는 완연히 자기중심적 · 존재중심적으로 움직이는 인물
이 있는가 하면, 세상의 환경에 예민하게 반응하거나 다른 사람들과의 관계
맺기에 삶의 주안점을 두는 인물도 있다. 자기중심적인 인물의 대표적 사례
로 트릭스터형 인물을 들 수 있다. 한국 설화의 대표적인 인물 트릭스터로
손꼽히는 정만서나 방학중의 동선을 보면 완연히 자기중심적이고 존재 지
향적이다. 그들은 홀로 세상을 쭉쭉 헤치고 나아가며, 관계의 지속이나 확

37　한 사람의 가치관 내지 인생관은 사회적이고 경험적 산물로서 성격이 짙다. 사회적 인
　　간관계의 결과물이라고 볼 수 있다는 것이다. 그럼에도 이를 관계적 측면이 아닌 존재
　　적 측면으로 보는 것은 그것이 한 인간의 현재적 정체성을 이루는 가운데 제반의 관계
　　맺기 과정에 폭넓게 영향을 미치는 '횡적 요소'로 작용하고 있음을 반영한 것이다. '존
　　재'라는 것이 고정불변의 실체가 아니라 제반 경험과 관계 속에서 변화해가는 역동적
　　총체라는 사실을 한시라도 잊을 수 없다. 타고난 기질적 측면 외에 현실적 환경과 관계
　　속에서 형성된 사회적 가치관 또한 한 개인의 중요한 존재적 정체성으로 보아야 한다
　　는 뜻이다.

장에 별 관심을 보이지 않는다. 규범에 얽매이지 않는 가운데 본연의 자연적 욕망을 한껏 펼쳐내는 것이 그들의 존재적 특성이다. 그 형상은 서사적으로 과장된 면이 있지만, 현실 속에도 이런 방식의 삶을 살고 있거나 지향하는 사람들을 볼 수 있다. 자기중심성과 욕망 지향성을 특징적으로 나타내고 현재를 중시하는 사람들에 대해 그 자기서사를 '정만서의 서사'나 '방학중의 서사'로 볼 가능성이 열려 있다.

완연히 자기중심적이면서도 현실보다 이상 쪽에 가치 중심을 두고 있는 인물의 사례로 「잭과 콩나무」의 잭을 들 수 있다. 눈앞의 젖소를 포기하고 완두콩으로 표상되는 미래의 가능성에 눈을 돌린 모험적 선택은 그 서사의 핵심 요소가 된다. 그의 가치관적 특성에는 '목표 지향'과 '미래 지향'의 요소도 주요하게 포함된다. 이러한 성향은 독립성과 행동성, 낙관성, 도전성, 과감성 등의 기질적·행동적 특성과 맞물려 극적이고 역동적인 서사를 발현하게 된다. 서양 설화 중 고단한 현실 속에서도 미래의 빛나는 꿈을 놓지 않고 움직여간 신데렐라(아셴푸텔)의 서사[38]도 이상 중심 서사이자 미래 지향의 서사라고 볼 수 있다. 라푼첼 같은 경우는 강력한 독립성과 욕망 지향성이 이상 지향 및 미래 지향의 성향과 결합된 경우라고 할 수 있다. 한국 설화 중 목표 지향과 미래 지향의 서사는 '십년공부'가 주요 화소로 들어 있는 이야기에서 인상적 사례를 볼 수 있다. '한석봉 어머니의 서사' 또한 목표 지향적 서사의 단적인 예가 된다. 이러한 작품과 인물의 서사를 면밀히 분석하면 목표 지향 서사의 빛과 그림자를 핵심적으로 짚어낼 수 있게 된다.

또 다른 예로, 백설공주의 서사를 보면 숲속 난쟁이의 집에서 편안함을 느끼며 난쟁이와 더불어 즐거운 생활을 영위하는 모습은 존재적 측면에서 현재 중심성과 과정 중심성이 두드러진 쪽이라 할 수 있다. 규범보다 욕망에 충실한 것 또한 백설공주의 존재적 속성에 해당한다. 난쟁이와의 관계에 이

---

38 신데렐라 이야기는 자료에 따라 서사 전개양상과 주인공 캐릭터가 꽤 다르다. 이 논문에서 언급하는 신데렐라는 구비 설화의 원형성을 잘 지니고 있는 『그림형제 민담집』속의 신데렐라, 곧 '아셴푸텔'을 기준으로 삼고 있음을 밝혀둔다.

어 노파에게 적극 반응하고 왕자와의 인연으로 나아가는 일련의 행보는 백설공주를 '관계 중심적 인물'로 볼 수 있도록 하는 요소가 된다. 이러한 특징을 '자기 정체성' 범주에서 특징적으로 확인되는 '순수함'과 '진실함', '선량함', '특별함' 등과 결합하면 백설공주의 서사가 지니는 존재적 성격이 웬만큼 드러나게 된다. 어떤 사람이 이와 같은 여러 요소들을 두드러진 특성으로 삼고 있다면, 그리고 거기 더하여 잠시 뒤에 다룰 '자유'의 자질을 뚜렷이 현시하고 있다면 그의 자기서사는 존재적 측면에서 '백설공주의 서사'라고 보아 틀림없을 것이다. 백설공주의 서사는 그 맞은편에서 타락과 허위, 악독 등의 속성과 함께 목표 지향성을 강하게 지니는 '왕비(마녀)'와의 대극적 대비를 통해 그 특징을 더 뚜렷이 발현하고 있다. 이야기가 아닌 실제 현실에도 적용되는 사항이다.

3.4 기질과 성향

다음으로 살펴볼 바는 기질과 성향 범주에 해당하는 항목들이다. 한 개인의 성격적 특성을 구성하는 요소들이다. 여기 속하는 대립항들로는 다음과 같은 것들을 들 수 있다.

- 자유~구속: 기질적으로 자유로운가, 무언가에 구속되는 쪽인가?
- 외향~내향: 외향적이고 사교적인가, 내향적이고 비사교적인가?
- 감성~이성: 감성과 이성 중 어느 쪽을 중심으로 하여 인지하고 행동하는가?
- 행동~사유: 일단 움직여서 행동하는 쪽인가, 길고 깊게 사유하는 쪽인가?
- 낙관~비관: 삶에 대한 태도가 긍정적이고 낙천적인가, 부정적이고 비관적인가?
- 지배~순종: 지시하고 이끄는 스타일인가, 받아들이고 따르는 스타일인가?

자유주의적 기질과 함께 외향적 성향이 두드러진 인물은 문학작품 속에서 수많은 사례를 볼 수 있다. 앞에서 백설공주가 자유와 외향의 존재임을 말했거니와, 잭과 빨간 모자, 용감한 꼬마 재봉사 등도 외향성이 뚜렷한 경우에 해당한다. 꼬마 재봉사는 일단 움직이고 보는 인물로서 두드러진 행동성을 현시한다. 상황을 좋은 쪽으로 보는 낙관성 또한 그의 두드러진 특징이 된다. 돈키호테의 서사 또한 외향성과 행동성이 극단적으로 발현된 경우라 할 수 있다. 다만 그는 '정의의 기사(騎士)'라는 정체성에 구속되는 면이 있고, 낙관과 비관 사이를 오가는 인물이라는 점에서 꼬마 재봉사와 속성이 꽤 다른 쪽이다. 한국 설화 속의 외향적이고 행동적인 인물로는 평강공주와 내 복에 사는 딸, 자청비 등을 들 수 있다. 이들은 대개 낙관적이고 지배적인 성향을 나타내지만, 일률적으로 말할 수는 없다. 판소리 「춘향가」의 춘향은 외향적이고 행동적인 한편으로 이성적 성향을 지니는 인물로 분석된다. 이도령 또한 외향적이고 행동적인 인물인데, 춘향과 비교하면 감성적·낙관적 성향이 강하고 지배적 성향이 약한 경우로 볼 수 있다. 「이춘풍전」의 이춘풍과 춘풍 처도 둘 다 외향적이고 행동적이라는 공통점을 지니는 한편으로 여성 쪽이 더 이성적이고 지배적이라는 점에서 춘향-이도령 관계와 성격이 통한다. 다만 이도령과 이춘풍을 비교하면 '유능~무능', '책임~무책임'의 지점에서 존재적 특성이 달라진다.

내향적이고 사유적이며 비관적인 기질을 지니는 인물의 전형으로 햄릿을 들 수 있다. 생각과 고민은 많되 행동으로 나서지 못하는 경우다. 현실에서도 흔히 보게 되는 인물형이다. 고전소설 속의 장화와 홍련도 내향적이고 사유적이며 비관적인 성향이 두드러진 경우에 해당한다. 고전소설 「만복사저포기」의 양생이나 「주생전」의 주생 등도 내향적이고 감성적인 인물인데, 사유적 면모와 행동적 면모를 함께 지니고 있고 낙관과 비관 사이를 오간다는 점에서 햄릿이나 장화 홍련과는 일정한 차이가 있다. 설화 속의 사유 중심적이면서 비관적인 인물은 중국 고사 「기우(杞憂)」의 주인공이 단적인 예가 되며, 그림형제 민담 「영리한 엘제」의 엘제나 「말라깽이 리제」의 리제 등도 인상적인 사례로 들 수 있다. 없는 걱정을 만들어서 하면서 스스로 거기에 갇혀 신음하는 성향의 인물들이다. 그 형상은 이야기 속에서 많이 과장돼 있지만, 이러한 속성을 자기서사로 지니는 사람들은 이 세상에 많고도 많다.

'외향-감성-행동-낙관'과 '내향-이성-사유-비관' 쪽의 인물의 단적인 대비를 보여주는 이야기가 있다. 그림형제 민담 속의 「두 나그네」가 그것이다. 이야기 속 재봉사는 늘 유쾌하고 감성적이고 외향적이며 낙관적인 행동파인 데 비해 구두장이는 시종일관 조심스럽고 이성적이며 잠재적 위험 앞에 민감하게 반응하는 비관적 성향의 인물이다. 그런 한편으로 구두장이는 강한 지배 성향을 나타내기도 한다. 이야기는 이러한 이질적인 두 가지 서사가 서로 얽혀서 부딪치도록 함으로써 서로 다른 존재성이 어떤 인생의 동선(動線)으로 이어지는지를 인상적으로 펼쳐 보인다. 두 인물은 자기정체성과 세계 인식, 가치관과 인생관 면에서도 단적인 차이를 나타내는바, 자기서사의 존재적 특성을 비춰보고 가늠하기에 적합한 사례가 된다. 존재적 측면과 함께 인간관계 중 사회적 관계의 서로 다른 방식을 특징적으로 보여주기도 하는 이 이야기를 실제로 자기서사 진단과 상담에 유용하게 활용할 수 있었다.

'지배~순종'의 대립항과 관련하여, 지배적 성향이 강한 인물로는 이야기 속의 수많은 계모와 마녀들을 들 수 있다. 그들은 거의 어김없이 자기중심의 일방적 지배성을 현시하는 존재들이다. 왕이나 아버지 가운데도 지배적 성향의 인물을 많이 볼 수 있다. 평강공주의 아버지 평원왕이나 앙가라의 아버지 바이칼, 「내 복에 산다」와 「삼공본풀이」의 아버지 등에서 이러한 사례를 볼 수 있다. 그에 비하면 「심청가」의 심봉사는 아버지이면서도 순종의 성향이 강한 인물로 풀이된다. 딸에게 의지하면서 살다가 자식의 극단적 선택을 감수하는 모습에서 이를 볼 수 있다. 한편, 아내나 딸 등 여성 인물 가운데 순종성이 두드러진 사례를 많이 볼 수 있다. 바리데기의 모친 길대부인이나 당금애기, 가믄장아기의 언니인 은장아기와 놋장아기 등에게서 이런 성향을 볼 수 있다. 이들에 비하면 「세경본풀이」의 자청비는 딸이면서도 기질 면에서 지배적 성향이 짙은 것으로 해석된다. 자유지향성과 외향성, 행동성 등도 자청비의 존재적 특성을 이루는 요소들이다. 자청비의 서사는 적극적이고 진취적인 사유와 행동성을 특성으로 삼는 여성들의 자기서사와 높은 연결성을 지닌다고 볼 수 있다. 다만 자청비의 서사를 말함에 있어서는 그녀가 낙관과 비관의 성향을 함께 지니며 그 굴곡이 무척 크다는 사실을 함께 고려할 필요가 있다.

3.5 행동 특성

다음은 행동 특성상의 특징이다. 특정 상황이나 관계에서의 행동방식은 관계적 측면에 해당하는 것이겠으나, 몸에 밴 행동 패턴이나 성향은 한 인물의 존재적 특성으로 볼 수 있는 바가 된다. 여기서 말하는 행동 특성은 그러한 존재적 측면에 대한 것들이다. 다음과 같은 대립항들을 들 수 있다.

- 독립~의존: 행동방식이 개별적이고 독립적인가, 상호적이고 의존적인가?
- 도전~안주: 새로운 변화를 선호하고 추구하는가, 익숙한 것에 편하게 머무르는가?
- 과감~신중: 행동방식이 직선적이고 거침없는가, 차분하고 조심스러운가?
- 강경~온건: 행동이 딱딱하고 고집스러운가, 부드럽고 융통성이 있는가?
- 예의~무례: 상대를 배려하며 예의 바르게 행동하는가, 제멋대로 행동하는가?
  + 겸손~교만: 행동함에 있어 스스로를 낮추는가, 잘난 척 나서는가?
- 책임~무책임: 책무를 스스로 짊어지고 완수하려 하는가, 꺼리며 피하려 하는가?

독립성과 도전성, 과감함 등을 두드러지게 드러내는 인물로는 앞서 약소함 속에 강대함을 지닌 '작은 거인'으로 표현한 바 있는 주먹이와 엄지둥이 등을 먼저 들 수 있다. 거침없는 행동성과 과감한 도전성이 그들의 존재적 속성을 이루고 있다. 작은 존재로서 잃을 것이 없는 가벼움이 과감함으로 연결되고 있는 형국이다. 젖소를 포기하고 완두콩으로 표상되는 이상 또는 미래를 선택한 잭의 경우도 도전성과 과감성이 일관된 행동 특성을 이루는 경우다. 거듭 하늘에 올라 거인의 집에서 귀한 물건을 가져오는 선택은 특유의 과감함과 도전성이 발현된 면모에 해당한다. 어머니 의사에 따르는 대신 스스로의 판단에 따라 독자적 동선을 선택한다는 점에서 독립성 또한 잭의 서사적 자질을 구성한다. 트릭스터에 해당하는 대다수 인물들, 꼬마 재봉사나 장화 신은 고양이, 꾀쟁이 하인, 방학중, 정만서 등에게서 독립성과 과감함은 핵심적인 존재적 속성을 이룬다. 트릭스터들은 위기 상황에서 물러서지 않고 강하게 맞받아친다는 점에서 강경함의 특성을 나타내고 있기도 하다. 그들의 거침없는 자기중심적 행동은 예의규범에 구애받지 않는 것으로 서 무례함 내지 교만함으로 해석될 여지도 있다. 이런 트릭스터 인물들은 특유의 강력한 존재성으로 인해 자기서사의 존재적 측면을 비춰 보이는 유력한 거울이 될 수 있다. 트릭스터 서사와의 전반적인 부합 정도에 따라, 구체적으로 어떤 트릭스터와 어떻게 부합하거나 어긋나는가에 따라 한 개인의 존재적 특성이 의미 있게 가늠될 수 있다는 뜻이다.

트릭스터를 비롯한 '민담형 인물'의 맞은편, 그러니까 '의존-안주-신중-온건-예의' 쪽을 행동 특성으로 삼는 인물도 문학작품이나 현실 속에 무척 많다. 단적인 사례로 다시 장화와 홍련을 가져올 수 있다. 그들은 명백히 의존적이고 구속적이며 안주적이다. 신중함과 온건함, 예의 바름 등도 눈에 띄는 특성에 해당한다. 하지만 이들은 표면적 면모로서, 그들의 존재적 실체라고 쉽사리 판정할 바는 아니다. 그들의 내면에 도사리고 있다가 모습을 드러내는 귀(鬼)의 형상을 보면, 이면에 강경한 공격성이 내재함을 확인할 수 있다. 앞서 '선량~악독'의 대립항을 보았거니와, 장화와 홍련의 서사는 표면상으로 현시되는 선량함과 이면에 잠재한 악독함의 이중성이 존재적 속성의 핵심 축을 이룬다고 볼 수 있다. 이런 자기서사를 가진 사람은 실제 현실에 그리 많지 않지만, 분명히 존재한다. 큰 사고를 칠 위험성이 있는 서사가된다.

3.6 심리 상태

다음은 심리 상태에 해당하는 항목들이다. 사람의 심리란 구체적 상황에 따른 차이가 크고, 상대가 누구인가에 따라서도 크게 달라진다. 그렇더라도 작품 속 인물이나 실제 사람들에게서 그의 존재적 속성이라고 할 만한 방식으로 내재하거나 발현되는 심리 상태와 만날 수 있다. 이상심리로 표현되는 심리적 문제는 그 종류가 많고 전문적 분석을 요하거니와, 여기서는 서사 차원에서 특징적으로 짚어낼 수 있는 항목들을 다루는 것으로 한다.

- 안정~불안: 심리적으로 안정돼 있는가, 불안한 상태에 있는가?
- 충족~결핍: 심리적으로 충족감을 누리는가, 중대한 결핍을 느끼고 있는가?
- 여유~조급: 심리적으로 여유가 있는가, 무언가에 쫓기면서 조바심을 내는가?
- 유쾌~우울: 마음이 밝고 즐거운 상태인가, 어둡고 울적한 상태인가?
- 감사~원망: 감사하는 마음이 두드러지는가, 억울함과 원망의 마음이 두드러지는가?
- 행복~불행: 전체적으로 행복하다고 느끼는가, 불행하다고 느끼는가?

불안과 결핍, 우울, 원망, 불행 등을 복합적으로 드러내는 경우로 다시금 장화 홍련을 들 수 있다. 어머니로 표상되는 소중한 것의 결핍이 그들을 만성적인 불안과 우울과 원망, 그리고 불행이라는 심리 상태로 몰고 간 상황이다. 어머니가 없다고 해서 다 그런 상태가 되지는 않는다는 점에서 그것은 상황적 필연이라기보다 그들 특유의 심리적이고 존재적인 특성이라고 할 만한 사항이 된다. 「만복사저포기」의 양생의 경우도 결핍과 우울이 존재적 특성을 이룬 경우로 볼 수 있으며,[39] 햄릿 또한 불안과 우울, 불행 등이 존재를 사로잡은 인물에 해당한다. 제 손으로 자식을 죽인 아기장수의 부모는 불안과 조급함에 사로잡혀 자기파괴적인 무참한 행동을 저지른 경우에 해당한다. 「상사뱀」 설화의 주인공들, 그러니까 이성에 대한 일방적 집착으로 뱀이 된 인물들 또한 결핍과 조급함, 우울과 불행이라는 심리 상태가 존재적 속성으로 화한 사례가 된다.[40] 불안과 우울, 불행의 존재는 근대소설이나 영화 속에서, 그리고 실제 현실 속에서 무수히 많은 사례를 볼 수 있다. 그 자기서사와 작품서사의 의미 있는 연결성을 찾기 위해서는 심리 상태의 특징적인 속성과 맥락을 구체적이고 다각적인 형태로 살피는 과정이 필요하다.

안정과 화평함, 충족감과 여유로움, 행복함 등을 특징적으로 현시하는 인물의 단적인 사례로 '무수옹'을 들 수 있다. 이야기는 그가 복이 많은 존재

---

39 성정희, 「영혼을 갉아먹은 악성 인플루엔자: 「만복사저포기」가 그려낸 우울증」, 신동흔 외, 『프로이트 심청을 만나다』, 웅진지식하우스, 2010, 83-100면 참조.

40 박재인, 「사랑, 독을 품다: 「상사뱀설화」에 담긴 사랑에 대한 집착」, 신동흔 외, 『프로이트 심청을 만나다』, 웅진지식하우스, 2010, 233-248면 참조.

라서 걱정 없이 사는 것처럼 표현하지만, 심리적으로 화평함과 여유로움, 충족감을 잘 유지해가기에 근심 없는 행복함을 누리는 것으로 봄이 합당하다. '걱정 없음'이 사건적 현상이라기보다 인물의 존재적 속성에 해당한다는 뜻이다. 무수옹 외에 화평함과 여유로움의 서사를 잘 현시하는 인물로는 설화 속 황희 정승이나 맹사성 등을 더 들 수 있다. 「새끼 서발」의 주인공이나 「호랑이를 펜 아이」 속의 만사태평한 소년 등도 여유로움과 더불어 유쾌함을 두드러진 존재적 특성으로 삼고 있는 경우다. 방학중이나 정만서 같은 트릭스터 인물에게서도 존재 본연의 충족감과 여유로움, 유쾌함 등을 찾아볼 수 있다. 마법의 거울에 의해 '세상에서 가장 아름다운 사람'으로 지칭된 백설공주 또한 특유의 순수한 자유로움과 함께 자기충족감 및 유쾌함이 존재적 아름다움으로 발현된 사례가 된다. 이런 인물들이 나타내는 특징적인 심리 상태를 현실 속 인간과 연결하는 가운데 자기서사의 존재성을 짚어내고 기술하는 일은 다양하고도 의미 있게 이루어질 수 있다. 실제로 자기서사 상담 과정에서 '백설공주의 서사'를 짙게 가진 학생을 만날 수 있었으며, 무수옹의 서사를 특징적으로 지니고 있는 '무수소녀'와 대면하면서 감명을 받은 바 있다. 구체적인 이야기는 잠시 뒤로 미루어둔다.

4　　　　　　　관계적 특성의 분석 요소와 체계

　　　　　　　　　　문학치료학이 기존의 심리상담적 접근을 넘어서 새롭게 개척한 인간 이해의 지평은 특별히 서사의 관계적 측면에 있다고 할 수 있다. 대다수 상담치료가 한 개인의 심리 성격적 특성 및 생애적 경험을 중점적으로 다룬 데 대해 문학치료학은 작품서사 개념을 도입하는 가운데 거기 나타난 다양한 인간관계 양상을 매개로 하여 사람들의 인간관계 특성과 문제점을 맥락적으로 진단하는 길을 열어왔다. 앞서 언급했던바, 자녀서사와 남녀서사 등의 관계 영역과 가르기서사, 밀치기서사 등의 관계 방식을 상호 연계한 서사이론 체계가 작품서사 및 자기서사 분석을 위한 틀로서 핵심 역할을 담당해온 상황이다.

하지만 현행의 관계분석 체계 및 요소가 인간관계의 주요 국면을 충분 타당하게 포용하고 있는지는 재검토가 필요하다. 앞서 존재적 특성에 해당하는 요소를 다양하게 제시했거니와, 인간관계에 얽힌 서사는 양상이 더 복잡하고 다면적이다. 관계 대상이 다양할 뿐 아니라 상황에 따른 질적 변화가 폭넓게 일어나는 터다. 그 변화가 '극단적 반전'의 형태를 나타내는 것도 흔한 일이다. 이러한 양상을 수렴하면서 사람들의 자기서사 특성을 짚어내기 위해서는 고도화된 질적 분석이 필요하다. 앞에서도 말했지만 서사분석 요소 및 체계를 다각적으로 구체화하는 일은 이를 위한 피할 수 없는 과제가 된다.

이와 관련하여 본 연구는 먼저 기초서사 쪽에서 정운채가 설정한 자녀서사, 남녀서사, 부부서사, 부모서사 영역에 더하여 '형제서사'와 '사회서사'를 추가함으로써 인간관계의 범주를 다각화하고자 한다. 자녀서사나 남녀서사 등과 질적으로 다른 관계로서 형제서사에 대해서는 최근 김수연이 그 특징을 살피면서 기초서사로 추가할 필요성을 제기한 바 있다.[41] 그를 통해 형제서사 설정의 필요성이 충분히 소명된 상태라고 본다. 한편, 사회서사는 손석춘이 도입한 것으로, 한 개인이 가족의 일원이 아닌 사회 구성원으로서 펼쳐내는 서사를 뜻하는 개념이다.[42] '사회적 차원의 인간관계'는 인간 삶의 중요 영역을 이루는 것으로서, 서사분석에서 이를 포함하는 것은 극히 마땅한 일이 된다. '이해관계적 계약'을 축으로 맺어진 사회적 관계는 '공동체적 친애'를 축으로 한 가족관계와 질적으로 다르므로 별개로 다루는 것이 합당하다. 설화를 포함한 문학작품에는 사회적 관계를 축으로 삼는 서사들이 폭넓

---

41 김수연, 「문학치료 기초서사로서 형제서사 설정 문제」, 『문학치료연구』 47, 한국문학치료학회, 2018.

42 손석춘, 「문학치료학의 사회서사 시론」, 『문학치료연구』 41, 한국문학치료학회, 2016.

게 분포하고 있거니와 이를 자기서사 분석에 유효하게 적용할 수 있다.[43]

자녀서사와 남녀서사, 부부서사, 부모서사 등의 기초서사에 대해 정운채는 각기 '순응'과 '선택', '지속', '양육' 등을 서사의 주안점으로 책정한 바 있다.[44] 관계의 핵심적 속성을 짚은 논의지만, 단순한 일반화의 위험이 있는 것 또한 사실이다. 분석요소 및 주안점을 더 융통성 있게 확장할 필요가 있다. 이에 대해 본 연구에서는 서사의 전개과정별로 의미요소 설정을 다각화하는 방향을 취한다. 그 과정은 '인간관계의 형성과 위기, 회복에 대한 자초지종'이라는 정운채의 서사 정의를 준용하여 ① 형성(발단~전개), ② 위기(위기~절정), ③ 귀결(결말)의 세 단계로 설정한다. 셋째 단계를 '회복' 대신 '귀결'로 표현하는 것은 위기와 갈등의 결과가 회복이나 극복일 수도 있으나 문제의 지속 내지 파탄일 수도 있기 때문이다. 괄호 안의 말은 서사의 일반적 구성단계에 해당하는 용어를 나타낸 것이다.[45]

다음으로 본 연구에서는 인간관계의 방식과 특성을 가늠함에 있어 가르기와 밀치기, 되찾기, 감싸기 등을 포괄적으로 적용하는 대신 관계 문제에 작용하는 의미자질들을 더 구체적이고 다양한 형태로 살피는 방향을 취한다. 앞서 2.2절에 제시했던바 여러 의미요소, 곧 대등~차별, 쌍방~일방, 인

---

43 정운채는 사제 관계나 직장 선후배 관계 등 사회적 관계도 가족관계에 비추어 이해할 수 있다는 입장을 나타낸 바 있다. 사회적 관계에 '가족적 맥락'이 투영되는 사례가 꽤 있는 것은 사실이지만, 둘을 등치 내지 통합하는 데는 무리가 있다. 어떤 관계가 '이해관계적 계약'을 기본 속성으로 삼고 있을 경우 거기 가족 관념을 적용하기는 어려우며, '사회서사'가 합당한 개념이 된다. 친구관계 등 가족적 관계(형제적 관계)와 사회적 관계 사이에 걸쳐있는 경우가 문제시될 수 있는데, 공동관계적 친애와 이해관계적 계약 중 어느 쪽이 두드러진가에 따라 형제서사와 사회서사를 분별할 수 있다.

44 정운채, 「문학치료학의 서사이론」, 『문학치료연구』 9, 한국문학치료학회, 2008, 254-265면.

45 세 단계 중 형성과 위기에서는 관계에 대한 서사적 주체의 태도와 행동방식이 핵심 변수가 되며, 귀결 단계는 그것이 가져온 '상태'가 핵심 변수가 된다. 단, 그것이 딱 구분되는 것은 아니다. '형성-위기-귀결'의 세 단계 또한 실제 작품서사나 자기서사에서 명확히 나뉘는 것은 아니다. 더 세부적으로 갈라질 수 있으며, 서로 중첩되는 형태로 발현될 수 있다. 요컨대, 개별 서사의 상황과 맥락은 매우 복잡하거니와 인간관계 과정 세 단계의 설정은 이를 가늠하기 위한 개념적 좌표도로 이해하면 좋겠다.

정~무시, 포용~배격, 신뢰~불신, 협력~경쟁, 화해~불화 등의 대립항이 그것이다. 이들을 인간관계의 각 영역 및 단계에 어울리는 형태로 조정하고 재배치하여 서사분석의 요소로 삼을 것이다. 서사 요소는 인간관계의 변수가 될 수 있는 여러 가지 내적·외적 요인 중 '서사의 주체가 나타내는 관계적 태도와 행동'에 주안점을 두어서 설정할 것이다. 부연하자면, 그간 문학치료학에서 중요하고 유효하게 적용돼왔던 가르기와 밀치기, 되찾기, 감싸기 개념을 포기하는 것은 아니다. 인간관계 양상에 대한 다각적인 분석을 바탕으로 가르기와 밀치기, 되찾기와 감싸기의 양상을 더욱 구체적이고 맥락화된 형태로 짚어내는 방식으로 이를 수렴할 것이다.

4.1 자녀서사

자녀서사 범주에 해당하는 주요 서사적 대립항을 형성과 위기, 귀결의 세 단계별로 나타내 보이면 다음과 같다. 부모와의 관계에 얽힌 주요 변수에 해당하는 요소들이다.

A. 형성

- 교감~단절: 부모와 친밀한 교감을 이루는가, 거리와 단절감을 경험하는가?
- 충족~결핍: 부모에게서 충족감을 얻는가, 결핍과 불만족을 경험하는가?
- 신뢰~불신: 부모를 소중한 존재로 여기고 존중하는가, 불신하고 꺼리는가?
- 순응~거역: 부모의 태도와 방법에 순응하는가, 부정하여 거스르는가?

B. 위기

- 직면~회피: 문제를 직면하여 받아들이는가, 회피하고 부정하는가?
- 쌍방~일방: 문제 상황에서 상호 소통하고 노력하는가, 혼자만 힘을 쓰는가?
- 포용~배격: 상대의 입장을 받아들여 감싸는가, 부정하여 밀쳐내는가?
- 타협~관철: 적당히 물러서거나 타협하는가, 끝까지 부딪쳐 승부를 보는가?

C. 귀결

- 화해~갈등: 문제를 풀고 화해를 이루는가, 갈등 상태가 지속되는가?
- 성장~지체: 위기를 거치며 성장을 이루는가, 지체 또는 퇴행하는가?
- 독립~종속: 부모로부터 독립한 존재가 되는가, 종속 상태로 머무는가?
- 공생~단절: 부모와 원만하고 행복한 공생을 이루는가, 관계가 단절되는가?

    형성과 위기, 귀결의 각 단계마다 네 개씩의 대립항을 분석요소로 추출했다. 존재적 특성에 해당하는 요소들과 마찬가지로 그간의 경험과 직관을 바탕으로 본 연구자가 설정한 것으로서 완전한 것이라고 할 바는 아니다. 대립항에서 대립을 이루는 의미요소가 논리적으로 꼭 맞지 않는 경우도 있는데, 논리성보다 실질적 적용성을 고려했음을 밝혀둔다. 서사는 수학과 달라서 반대쪽이 아닌 다른 방향, 예컨대 옆이나 뒤에 있는 것들과도 유효한 대립이 성립되는 터다.

    존재적 특성이 그러한 것처럼, 관계적 특성의 여러 항목들이 모든 작품서사나 자기서사에서 두루 의미를 갖는 것은 아니다. 작품서사의 초점이 자녀 문제에서 비껴나 있는 경우, 위의 어떤 항목도 서사적으로 문제시되지 않을 수 있다. 자녀 문제가 부각된 작품의 경우에도 특징적으로 부각되는 일부 항목들만이 의미 있는 분석 대상이 된다고 보면 된다. 그럼에도 열 개가 넘는 항목을 설정한 것은 개별 작품서사나 자기서사에서 서로 다른 항목이 의의를 가질 수 있기 때문이다. 실제 사람들의 서사에서 인간관계에 작용하는 변수는 위 항목보다 훨씬 복잡하고 다양하다. 그중 의미 있는 지점을 놓치지 말고 짚어내서 위에 제시한 서사 요소와 연계한 분석을 진행해야 하는 상황이다.

    구체적인 분석요소들 하나하나에 대한 자세한 설명은 생략한다. 구체적 작품사례를 한둘이라도 보는 것이 나을 것이다. 먼저 볼 것은 '내 복에 사는 딸'이다. 「내 복에 산다」 이야기에서 형성단계 자녀서사 문제는 잘 드러나지 않는다. 위기 상황이 단적으로 서사화된 쪽이다. 그 상황은 부모서사로부터 발생한다. 아버지가 소유적으로 자식을 지배하고자 하는 시도가 그것이다. 이런 부모의 행동은 자녀서사에 문제요소가 잠복돼 있었을 것임을 짐작게 하거니와, 그것이 노출돼 위기가 발생한 상황에서 막내딸의 선택은 회피가 아닌 '직면'이고 타협이 아닌 '관철'이었다. 그리고 부모가 이를 인정하지 않고 일방적 권위를 내세우는 상황에서 딸의 선택은 '배격'이었다. 부모가 어떻게 나오든 자신의 의사를 거두지 않는 모습으로서, '소신에 의한 부모 밀치기'에 해당하는 면모다. 그 귀결은 일시적인 갈등과 불화 상태를 거치지만, 성장과 독립의 성취였고 그를 바탕으로 한 포용과 공생의 실현이었다. 부모 가르기의 결단이 부모 되찾기와 감싸기로 이어진 형국이다. 그 일련의 과정에는 그녀 특유의 존재적 특성이 작용하는바, 스스로를 존귀하고 특별하게 여기는 자기정체성과 행동적이고 낙관적인 기질, 도전적이고 과감한 행동 방식, 안정과 충족의 심리상태 등이 그것이다.

자녀서사의 문제를 의미심장하게 함축하고 있는 작품 중 하나로 「바리데기」를 들 수 있다. 자녀로서 바리데기의 서사는 제대로 된 분석을 하려면 많은 지면을 요하거니와, 세부적 분석 과정을 생략하고 기본 스토리를 중심으로 하여 핵심적 특징만을 간단히 제시해본다.

바리데기에 있어 자녀서사적 문제는 사회적 편견과 부모의 무책임에 의해 형성 단계에서 부모(아버지)와 최소한의 교감도 이루지 못한 상태의 심각한 '단절'을 경험하는 것이 두드러진 특징이다. 단절과 그에 따른 결핍에 대처해가는 과정이 곧 바리데기의 자녀서사가 된다. '불신'과 '거역'이 예상되는 상황이지만, 바리데기는 산신령 또는 비리공덕 할미, 할아비라는 대리자 부모와의 관계 형성을 통해 '신뢰'와 '순응'의 실마리를 지켜간다. 「바리데기」에서 자녀서사의 위기 내지 절정은 바리데기가 '약수'라는 한 줄기 희망을 부여안은 부모와 대면하는 장면이라 할 수 있다. 바리데기는 자녀로서 부모가 겪고 있는 상황과의 직면을 피하지 않으며, 마침내 배격 대신 '포용'을 선택한다. 그것은 일견 일방적 희생으로 보이고 어쩔 수 없는 타협처럼 보이지만 상황은 간단치 않다. 바리데기의 서사는 그 이상이다.

이에 대해 「바리데기」가 바리데기와 부모의 '눈물의 상봉'과 '격정적인 원풀이'를 부각하여 그려내고 있음을 유의할 필요가 있다. 바리데기와 길대부인은 숲속에서 만나서 서로를 확인하는 순간 부둥켜안고 뒹굴면서 그간의 한(恨)을 한꺼번에 풀어낸다. 궁궐에서 오구대왕을 만나는 장면에서도 딸에 대한 아버지의 눈물의 후회와 존재적 끌어안음이, 그간의 설움과 고통에 대한 딸의 토로적 풀어냄이 함께 펼쳐진다. 십여 년 세월의 무게를 한순간으로 응축한 그 쌍방적 교감과 풀어냄의 과정이 있었기에 바리데기는 자신을 저버린 부모를 포용하고 그들을 살리는 길로 나아갔던 것이라 할 수 있다. 그 장면에 종국적인 화해와 공생의 결과가 예비돼 있었다는 뜻이다.

한편, 그러한 위기 극복 과정이 바리데기의 질적 성장과 독립으로 이어지고 있다는 점 또한 잊지 말아야 할 사항이다. 바리데기가 끝내 부모에게 종속된 삶을 살았다고 보는 시각도 있으나, 실제 작품에서 그녀는 천금 재물과 나라를 주겠다는 아버지의 제안을 단호하게 물리치고 스스로의 판단과 의지에 따라 '저승의 혼령을 구하는 과업'을 자발적으로 선택하고 있다. 본원적 독립인 동시에, 부모를 넘어 온세상과 공생을 이루는 선택이었다.[46]

바리데기 이야기를 길게 한 것은 작품 속 인물의 관계적 서사를 분석함에 있어 한두 가지 표면적 특징이 아니라 의미 있는 여러 요소를 심층적이고도 맥락적인 형태로 살펴야 함을 강조하기 위해서다. 그리해야만 자기서사의 조명과 진단이 전문적 설득력과 신뢰성을 확보할 수 있다.

4.2 남녀서사

남녀서사 범주에 해당하는 주요 대립항으로는 다음과 같은 것들을 들 수 있다.

A. 형성

● 관심~무심: 이성에 대해 관심과 함께 매력을 나타내는가, 그렇지 않은가?

---

46 앞의 '내 복에 사는 딸'이나 '바리데기'에 대한 이와 같은 해석은 그냥 생각 나는 대로 서술한 것은 아니며, 작품에 대한 그간의 분석 경험과 연구 성과를 종합해서 핵심 사항을 제시한 것이다. 각 작품마다 주석으로 달아야 할 연구사가 많으나, 너무 번다한 모양이 되기에 이를 생략했음을 밝혀둔다.

- 교감~괴리: 상대와 친밀하게 교감하는가, 거리와 단절감을 느끼는가?
- 공통~차이: 상대와의 사이에 공통성이 두드러지는가, 차이가 많은가?
- 선택~외면: 상대를 애정 대상으로 선택하는가, 주저하고 외면하는가?

B. 위기

- 직면~회피: 문제를 직면하여 받아들이는가, 회피하고 부정하는가?
- 쌍방~일방: 문제 상황에서 상호 소통하고 노력하는가, 혼자만 힘을 쓰는가?
- 포용~배격: 상대의 입장을 받아들여 감싸는가, 부정하여 밀쳐내는가?
- 타협~관철: 적당히 물러서거나 타협하는가, 끝까지 부딪쳐 승부를 보는가?

C. 귀결

- 화해~갈등: 문제를 풀고 화해를 이루는가, 갈등 상태가 지속되는가?
- 진전~후퇴: 위기를 거치며 관계가 진전을 이루는가, 후퇴하는가?
- 신뢰~불신: 위기의 결과로 상대를 신뢰하게 되는가, 불신하게 되는가?
- 결합~단절: 이성과 원만한 결합을 이루는가, 관계가 끊어지는가?

정운채는 남녀서사의 주안점으로 '선택'을 제시하고, '나'의 소망을 적극적으로 발현하는 것을 남녀서사 운용의 요체로 본 바 있다. '선택'은 서로 남이었던 남녀가 사랑의 관계로 나아가기 위해 꼭 필요한 요소다. 선택을 포기하거나 외면하면 오롯한 남녀관계는 형성될 수 없다. 더 나아가지 못하고 멈춰버리는 것이다. 이와 함께, 선택에 앞선 과정으로서 이성에 관심을 나타내고 교감을 이루는 일이 남녀관계 성립과 진전에 필요한 요소가 된다. 서로 간 차이를 확인하고 공통성을 확인하는 과정도 필요하다. '관심'과 '교감', '공통'의 과정이다. 그렇게 선택을 거친 이후에도 남녀는 다양한 형태로 관계적 위기를 겪을 수 있는바, 위기 상황의 서사 요소는 자녀서사 등 다른 기초서사 영역과 크게 다르지 않다. 위기를 거친 후 귀결 단계의 의미요소는 다소 차이가 있어서, 남녀서사의 경우 이성간 관계가 더 깊게 진전되면서 신뢰가 쌓여서 행복하고 완전한 결합으로까지 이어지는가의 문제가 핵심 분석 대상이 된다. 자녀서사에서 개인적 성장과 함께 부모로부터의 독립을 이루어내는가의 문제가 관건이 되는 것과 구별되는 면모다.

작품서사의 한 예로 신데렐라(아셴푸텔)의 경우를 보면, 그녀는 열악한 환경 속에서도 이성에 대한 관심을 열어놓고 있는 쪽이다. 예쁜 드레스를 입고 무도회에 찾아가는 일은 이성을 포함한 세상 사람들한테 자기 매력을 드러내 보이는 일에 해당한다. 이를 통해 그녀는 왕자와 만나고 마음으로 그를 선택하게 되지만, 그것은 위기를 내포한 것이었다. 상호 교감의 과정이 미약하고 차이가 도드라진 상태라서 관계상의 신뢰가 부족했다는 점이 문제가 된다. 이에 대한 신데렐라의 표면적 반응은 '회피'로 나타난다. 왕자가 구두를 들고서 주인을 찾아 나섰는데도 그 앞에 나서지 않은 일이 그것이다. 하지만 그것은 '회피'보다 '쌍방적 교감'의 구현 과정으로서 의의를 지닌다는 것이 본 연구자의 해석이다. 신데렐라가 궁궐의 무도회에 가서 왕자를 만났거니와, 왕자가 신데렐라가 있는 곳으로 와서 손을 내밀어야 온전한 관계가 성립된다는 것이다. 왕자는 '가짜'들을 다 젖혀놓고서 신데렐라가 숨어 있는 누추한 구석까지 찾아와 자기 마음을 나타내 보인다. 그러한 남자를 신데렐라가 포용함으로써 위기는 극복되고 둘의 관계는 행복한 결합으로 귀결되게 된다. 위기 극복 과정이 곧 관계의 진전이자 신뢰의 축적 과정이 되는 형국이다. 요약하면, 신데렐라의 남녀서사는 적극적인 관심과 선택, 쌍방적 교감을 통한 위기의 극복, 그를 통한 신뢰 형성과 극적인 결합 등을 큰 틀로 삼는다고 할 수 있다.

다른 예로 자청비의 남녀서사에 대해 간단히 살펴본다. 문도령과의 관계에서 자청비는 먼저 적극적 관심을 나타내며 다가간다. 그를 통해 관계가 성립되는데, 자청비가 자기 본색을 드러내지 않은 상태의 일방적인 관계로서 쌍방적 교감은 부족한 쪽이다. 그 상태에서 좀 급작스럽게 선택과 결연이 이루어져 본격적 남녀관계로 진입하게 된다. 충분한 교감의 결여는 관계의 위기로 이어지거니와, 자청비는 그 상황을 회피하는 대신 적극적 직면을 택한다. 그런 선택의 결과로 남녀의 재회가 이루어지고 일정한 이해와 교감을 거쳐 부부로의 결합이 이루어진다. 그 과정에서 특별히 빛을 발하는 것이

'관철' 또는 '승부'다. 남자에게 약혼자가 있음에도 굴하지 않고 불구덩이의 칼선 다리에 올라섬으로써 마침내 문도령을 차지한 일이 그것이다. 흔히 보기 어려운 특징적인 남녀관계 서사에 해당한다.

다분히 일방적이고 투쟁적인 과정을 통해 이루어진 자청비와 문도령의 결합은 뒤에 부부서사로 접어든 뒤 일정한 문제를 낳기도 한다. 문도령이 상대에 대한 거리감과 의구 속에 회피 행동을 나타내고 자청비가 그에 대해 실망과 반발심을 갖게 되면서 관계 위기가 발생하는 것이다. 그 구체적 과정에 대해서는 자세한 논의를 생략하거니와, 다만 남녀서사와 부부서사가 질적으로 긴밀히 연결된다는 사실만을 확인해둔다. 사실은 두 관계만이 아니다. 자청비가 펼쳐내는 남녀서사와 부부서사의 바탕에는 자녀서사 특성이 놓여 있으며, 그 제반의 요소는 세상에서의 적극적 역할을 추구하는 자청비의 사회서사와 일정한 관련성을 맺고 있다. 아울러서, 존재적 특성에 해당하는 자청비 특유의 자기정체성과 세계 인식, 기질과 성향, 행동 특성 등이 그 모든 관계적 특성과 폭넓고도 긴밀한 상호관계를 맺고 있다는 것 또한 언제라도 잊지 말아야 할 사항이 된다. 이런 여러 서사 요소와 그들의 맥락적 관계에 대한 제반의 분석이 깊이 있고 설득력 있게 이루어질 때 자청비 서사를 매개로 한 현실 속 남녀관계 서사의 분석과 진단이 유효하게 수행될 수 있다. 문학치료에서 작품서사 분석의 깊이와 설득력은 중요성을 아무리 강조해도 지나치지 않다.

4.3 부부서사

부부서사 범주에 해당하는 주요 대립항으로는 다음과 같은 것들을 들 수 있다.

A. 형성

● 자의~타의: 배우자와의 결합이 자의에 의한 것인가, 타의나 상황에 따른 것인가?
● 대등~차등: 결혼이 대등한 형태로 이루어지는가, 격차와 차별이 포함돼 있는가?

- 이해~거리: 서로를 잘 이해하고 있는 상태인가, 모르는 바와 거리감이 있는 상태인가?
- 확신~의구: 훌륭한 선택으로 믿고 좋은 생애를 기대하는가, 의구심을 품고 있는가?

B. 위기

- 직면~회피: 문제를 직면하여 받아들이는가, 회피하고 부정하는가?
- 쌍방~일방: 문제 상황에서 상호 소통하고 노력하는가, 혼자만 힘을 쓰는가?
- 포용~배격: 상대의 입장을 받아들여 감싸는가, 부정하여 밀쳐내는가?
- 타협~관철: 적당히 물러서거나 타협하는가, 끝까지 부딪쳐 승부를 보는가?

C. 귀결

- 화해~갈등: 문제를 풀고 화해를 이루는가, 갈등 상태가 지속되는가?
- 성숙~퇴행: 위기를 통해 부부간 관계가 성숙하는가, 안 좋은 쪽으로 퇴행하는가?
- 확장~제한: 문제를 겪으며 삶의 확장이 이루어지는가, 제한되거나 축소되는가?
- 지속~단절: 부부관계를 원만하고 행복하게 지속하는가, 관계가 단절되는가?

정운채가 부부서사의 주안점으로 삼은 것은 '지속'이었다. 부부는 일반적으로 '평생을 함께할 동반자'로 기대되며, '지속'이 중요한 지향점이 된다. 이때 지속은 외적 측면 이상으로 내적 측면이 중요하다. 그리고 단순한 지속에 그치지 않고 관계적 성숙과 확장을 이룰 때 부부서사는 더 건강한 것이 된다. '성숙~퇴행', '확장~제한' 등은 이를 고려한 대립항들이다. 그에 앞선 형성 단계의 대립항은 대개 남녀서사와 통하지만, 장기적 지속의 관계에서 주요 변수가 되는 상호 간 이해 정도 및 관계에 대한 확신 여부가 유의미한 분석대상이 된다. 위기 단계에 해당하는 대립항은 자녀서사나 남녀서사의 경우와 크게 다르지 않다.

한국 설화 가운데 「엎질러진 물」은 단절로 귀결된 부부서사를 단적으로 보여준다. 이 이야기의 부부서사는 선비(강태공)와 그 아내 등 두 명의 서사가 상호 맞물려 있다. 연관해서 분석하면, 우선 형성 단계에서 심리적 거리감과 의구심이 주요 문제로 작용한 것으로 분석된다. 그것은 특히 아내의 서사에서 두드러진 특징을 이룬다. 그녀는 남편의 성격과 행위 등을 충분히 이해하고 있지 않으며, 그가 자신과 생을 길이 함께할 만한 사람인가에 대한 강한 의구심을 갖고 있다. 그 결과로 그녀는 상대방이 부지불식간에 저지른 실수에 대해 포용하지 못하고 배격하는 선택을 하게 된다. 이때 주목할 것은 그러한 배격이 쌍방적 소통과 상호 간 이해의 과정을 생략한 채 일방적인 방식으로 이루어진다는 사실이다. 아내로서 충분히 그리할 만한 상황이라고 생각할 수 있겠으나, 또는 남편이 최소한의 책임과 신뢰조차 잃어버린 것이라고 볼 수 있겠으나, 그러한 소통의 부재는 상대방 입장에서도 상황을 납득하기 어렵게 하는 결과를 낳는다. 그러한 결정적인 어긋남이 작용함으로써 뒷날 남편과의 관계 회복을 꾀하던 아내는 무참한 실패와 함께 관계의 최종적 단절을 맞이하게 된다. 물론 이에 대해서는 남편의 속 좁음과 배타적 태도를 문제 삼을 수도 있다. 전체적으로 쌍방적 소통을 통한 이해와 신뢰가 부족한 상황에서 서로의 자기중심적 일방성이 관계 파탄을 가져온 경우라고 요약할 수 있다. 현실 속 부부관계에서 자주 볼 수 있는 문제 상황이다.

다음으로 볼 것은 「팥죽 할머니와 호랑이」 이야기 속 할머니의 서사다. 이 설화 속의 할머니와 호랑이를 아내와 남편의 관계로 상정할 경우, 그로부터 매우 인상적인 부부서사를 볼 수 있다.[47] 이야기에서 단적으로 부각되는 것은 호랑이의 일방적 폭력성이거니와, 아내 입장에서 둘의 관계가 극히 차등적이고 타의적이라는 점이 중요한 문제가 된다. 둘은 애초에 건강한 부부로 성립될 수 없는 관계였다고 할 수 있는바 이 경우는 관계의 지속보다 단절이 더 바람직한 결말이 된다고 할 만하다. 관계에 앞선 존재의 절멸이 문제시되는 상황이기 때문이다. 할머니는 '주변에 사정을 알리고 도움받기'라는 우회적이면서도 효과적인 직면을 통해 부조리한 관계로부터 탈피하여

---

47   「팥죽 할머니와 호랑이」 이야기가 차등적 폭력성을 내재한 부부관계 서사로 이해될 수 있는 맥락에 대해서는 이유경, 「설화를 통해 본 자기서사 및 자기의 이야기 표출 가능성: 치매 환자를 중심으로」, 『문학치료연구』 48, 한국문학치료학회, 2018, 116-121면 참조.

존재 절멸의 위기를 극복할 수 있었으니 우리는 이로부터 그릇된 부부서사에 대한, 일방적 폭력성이 개입한 부조리한 관계적 서사에 대한 하나의 유효한 해법을 보게 된다.

부부서사가 관계의 위기를 극복하여 행복한 회복과 지속으로 나아간 사례로 「구렁덩덩신선비」 속 신선비와 막내딸의 경우를 본다. 이 이야기 속의 부부관계는 여러 번의 극적 굴곡을 맞는다. 막내딸과 신선비는 상호 간 적극적 관심과 선택의 결과로 결합한 경우로서 형성 단계에 강한 확신이 작용한 상황이다. 그 관계는 '지속'을 예견케 하는 것이었으나, '구렁이 허물'로 표상되는 처지상의 차등성이 위험요소로 잠재해 있다가 불시에 노출되면서 위기를 맞게 된다. 그 위기는 상대방(신선비)의 문제 회피와 일방적 행동방식 때문에 결정적으로 심화되어 회복 불가능해 보이는 상황에까지 이른다. 그 상황을 해결한 것은 아내(막내딸)의 적극적인 의지와 몸짓이었다. 위기상황에서 막내딸이 보인 태도는 아주 특별한 것이었다. 그녀는 문제를 회피하는 대신에 적극 직면하며, 일방적인 판단과 행동 대신에 상대방과의 접속을 통해 문제를 해결하고자 한다. 그리고 실제로 실행에 나서서 자신의 선택을 관철해간다. 표면상으로 두드러져 보이는 것은 '포용'이지만, 이와 같은 적극적인 소통 의지가 실질적으로 더 중요한 구실을 했다고 볼 수 있다. 그녀가 전에 해본 적 없는 누추하고 험한 일을 행하는 것을 무릅쓰면서 남편을 향해 한 걸음씩 다가가는 과정은 쌍방적 접속을 위한 노력으로 이해할 수 있다.[48] 그러한 능동적 노력에 상대방도 응답하게 됨으로써 결국 둘은 단절의 위기를 극복하고 부부관계의 행복한 지속을 이루게 된다. 성숙과 확장을 수반한 '지속'이라고 할 수 있다.

「구렁덩덩신선비」 속 막내딸의 서사를 이해함에 있어 하나의 핵심 요소는 '확신'이다. 그것은 부부관계에서 자신이 선택한 상대방에 대한, 그리

---

48 김효실이 이런 관점에서 이에 주목하여 이 설화의 서사적 맥락을 분석한 바 있다. 김효실, 「「구렁덩덩신선비」에 나타난 부부간 계층 갈등과 해결과정 연구」, 『겨레어문학』 57, 겨레어문학회, 2017.

고 관계의 지속가능성에 대한 확신으로 구체화되거니와, 더 밑바탕에는 존재적 특성으로서 '스스로에 대한 확신'이 놓여 있다고 볼 수 있다. 강한 자존감으로 설명할 수 있는 그 확신은 앞서 '자기정체성'에 제시한바 '특별하고 존귀하며 유능한 존재'로서의 자기인식이라 할 수 있다. 그러한 자의식에 기반하여 막내딸은 미래를 향한 독립적이고 도전적이며 과감한 행동을 견지할 수 있었다고 풀이된다. 관계적 서사의 전개 양상이 서사 주체의 존재적 정체성과 깊은 관련성이 있음을 새삼 확인시켜주는 사례다.

4.4 부모서사

부모서사 범주에 해당하는 주요 대립항으로는 다음과 같은 것들을 들 수 있다.

A. 형성

- 친애~거리: 자녀에 대해 친밀감을 느끼는가, 불만과 거리감을 갖는가?
- 보호~방치: 자녀를 보호하여 돌보는가, 관심을 안 두고 방치하는가?
- 양육~외면: 자녀가 성장하도록 돕는가, 책임을 피하여 외면하는가?
- 소통~지배: 자녀를 존중하고 소통하는가, 지배하고 억압하는가?

B. 위기

- 직면~회피: 문제를 직면하여 받아들이는가, 회피하고 부정하는가?
- 쌍방~일방: 문제 상황에서 상호 소통하고 노력하는가, 혼자만 힘을 쓰는가?
- 포용~배격: 상대의 입장을 받아들여 감싸는가, 부정하여 밀쳐내는가?
- 타협~관철: 적당히 물러서거나 타협하는가, 끝까지 부딪쳐 승부를 보는가?

C. 귀결

- 화해~갈등: 문제를 풀고 화해를 이루는가, 갈등 상태가 지속되는가?
- 인정~거부: 자녀를 대등한 인격체로 인정하는가, 불신하고 불인정하는가?

- 분립~속박: 자녀의 분리독립을 허용하고 돕는가, 자기 아래 두려고 하는가?
- 공생~단절: 자녀와 원만하고 행복한 공생을 이루는가, 관계가 단절되는가?

　부모서사에서 핵심적 문제가 되는 요소들은 부모에게 기초적으로 요구되는 사랑과 책임감에 의해 자녀를 보호하고 양육하는가의 문제와 자녀를 하나의 인격체로 존중하며 그 자유의지와 독립성을 인정하는가의 문제다. 자녀에 대한 부모의 문제는 부모로서 책임을 다하지 못함으로써, 또는 자식을 예속물로 여겨 자기 뜻대로 휘두름으로써 발생하는 경우가 많다. 위기상황에서 쌍방적 소통 여부와 친애적 포용의 문제 또한 중요한 요소가 된다. 위 대립항들은 이러한 특징을 반영해서 설정한 것이다.

　「구렁덩덩신선비」의 아버지(장자)와 「손 없는 색시」의 아버지는 딸에 대한 서로 다른 부모서사를 대변한다. 「구렁덩덩신선비」의 장자는 딸의 독자적 인격과 판단을 존중하며 소통하는 아버지의 모습을 보여준다. 딸의 뜻을 존중해서 구렁이와의 결혼을 허락한 것이나 그 이후 딸의 선택에 따로 관여하지 않는 모습에서 이를 볼 수 있다. 이야기 속에 구체적으로 형상화되지는 않지만, 부녀 사이에 친애가 전제되어 있고 아버지가 훌륭한 양육자 역할을 해왔음을 짐작할 수 있다. 저 아버지는 귀결 단계에서도 딸과 더불어 '인정'을 통한 '공생'을 이루었을 것이다. 이에 비하면 「손 없는 색시」의 아버지는 자녀에 대한 책임을 다하지 않고 방치했으면서 딸을 지배하려 하는 쪽이며, 위기상황에서 문제의 본질을 회피하며 일방적 배격의 태도를 나타내는 경우다. 이는 건강한 분립과 공생 가능성을 저해하는 요소들이다. 따라서 좋은 결말을 가져오기 어려운 서사가 된다. 종국에 자녀의 노력에 의해 관계가 회복된다 하더라도 저 아버지의 서사는 그 자체로서 퇴영적이고 불건강한 부모서사로 볼 수밖에 없다. 자식을 소유물로 보며 이기적 욕망을 앞세우는 부모서사는 독일 민담 「손 없는 소녀」에서도 비슷한 면모를 볼 수 있는 바다.

　서사무가 「바리데기」에서 오구대왕이 현시하는 부모서사는 「손 없는 색시」와 통하는 면이 많다. 최소한의 친애와 보호 의무조차 저버리고 딸을 외면했으니 「손 없는 색시」 속 아버지보다 더 일방적이고 지배적이며 폭력적이라고 할 수 있다. 하지만 이 이야기는 그러한 부모서사의 질적 변화를 함께 그려내고 있어 주목할 만하다. 죽을병에 걸린 극한적 상황에서의 선택이기는 하지만, 자신이 버린 자식과 재회하는 상황에서 뜨거운 눈물 속의 존재적 교감과 자녀 인정 과정을 거친다는 사실이 그것이다. 자신이 외면했던 자녀를 갸륵한 존재로서 포용하는 몸짓이었으니, 그를 통해 양자 간의 본원적 갈등은 해소의 결정적 계기를 마련할 수 있었다. 그에 대한 딸의 부모 인정과 존재적 포용이 이어지면서 마침내 그 관계는 극적 화해를 통한 확장적 공생이라는 결말로 나아갈 수 있었다. 앞서도 언급했듯이, 그 관계가 종국에 단순한 회복에 그치지 않고 바리데기가 '자기 뜻'에 따라 저승의 혼령을 인도하는 큰 과업을 맡는 행보로 확장되고 있음에 주목할 만하다. 부모-자녀 관계의 본원적 갈등과 궁극적 해소를 동시에 보여준다는 점에서 「바리데기」는 세상 사람들의 자녀서사 및 부모서사를 비춰봄에 있어 요긴하게 활용될 수 있다.

4.5 형제서사

형제서사 범주에 해당하는 주요 대립항으로는 다음과 같은 것들을 들 수 있다.

A. 형성

- 차등~동등: 형제자매 관계에 차별이 작용하는가, 그렇지 않은가?
- 인정~무시: 형제자매를 내 곁의 유력한 실체로 인정하는가, 그렇지 않은가?
- 신뢰~불신: 형제자매의 태도나 능력을 신뢰하는가, 불신하는가?
- 협력~경쟁: 형제자매를 협력 대상으로 보는가, 경쟁 대상으로 보는가?

B. 위기

- 직면~회피: 문제를 직면하여 받아들이는가, 회피하고 부정하는가?
- 쌍방~일방: 문제 상황에서 상호 소통하고 노력하는가, 혼자만 힘을 쓰는가?

- 포용~배격: 상대의 입장을 받아들여 감싸는가, 부정하여 밀쳐내는가?
- 타협~관철: 적당히 물러서거나 타협하는가, 끝까지 부딪쳐 승부를 보는가?

C. 귀결

- 화해~갈등: 문제를 풀고 화해를 이루는가, 갈등 상태가 지속되는가?
- 밀착~소원: 문제를 겪으며 친밀도가 높아지는가, 소원한 관계가 되는가?
- 확장~제한: 삶의 확장이 이루어지는가, 제한되거나 축소되는가?
- 동행~단절: 형제자매와 동반적 협력 관계를 이루는가, 관계가 단절되는가?

형제자매 관계는 부모-자식 간의 수직적 관계와도 다르며 남녀나 부부 관계 같은 1:1의 닫힌 관계와도 기본 성격을 달리한다. 그것은 상대적으로 느슨한 동반자 관계이며 열린 관계라는 특성을 지닌다. 곁에 있는 협력자이자 경쟁자로서의 이중적 특성이 관계의 핵심 축을 이룬다.[49]

「콩쥐팥쥐」나 「신데렐라」 설화는 형제자매에 얽힌 대립과 경쟁의 양상을 잘 보여준다. 그 바탕에는 차등 내지 차별이 가로놓여 있다. 그 차별은 부모로부터 시작된 것이지만, 자매들을 완연히 다른 존재로 갈라놓음으로써 차별 당하는 쪽과 편애를 받는 쪽이 모두 상대방에 대해 민감한 경쟁심을 느끼도록 한다. 상호 신뢰와 협력을 기대하기 어려운, 큰 갈등과 위기요소를 내포한 상황이다. 그러한 '쌍방적 갈등과 견제'는 특히 「콩쥐팥쥐」에서 선명하게 서사화된다. 작품 속 팥쥐의 서사는 상대에 대한 무시가 두드러지며, 콩쥐의 서사는 차별에 따른 상처와 불신이 두드러진다. 팥쥐의 서사는 자기중심의 일방적이고 배타적인 공격으로 이어지며 그것은 관계 단절과 함께 존재적 파탄으로 귀결되고 만다. 콩쥐의 경우 종국적으로 행복한 결말을 맞이하지만, 팥쥐가 남편을 빼앗으려는 상황에 회피적 반응을 나타냄으로써 존재 파탄의 위기에 봉착한다는 점에서 그 또한 충분히 건강한 서사로 보기

---

49 신동흔, 「문학치료학 서사이론의 보완·확장 방안 연구」, 『문학치료연구』 38, 한국문학 치료학회, 2016, 38면.

어려운 면이 있다. 마침내 자매관계의 회복과 행복한 동행을 이루어내지 못한다는 점을 무심히 넘길 일이 아니다.

「신데렐라」속 형제자매 관계 서사는 「콩쥐팥쥐」와 전체적으로 유사해 보이면서도 몇 가지 주목할 만한 차이가 있다. 두 자매가 함께 부각되는 「콩쥐팥쥐」와 달리 신데렐라(아셴푸텔)라는 주인공이 전체 서사를 이끌어간다는 점, 결혼 뒤에 자매의 공격에 의해 존재 파탄의 위기를 맞는 과정이 없다는 점 등이 그러하다. 콩쥐와 비교할 때 전체적으로 언니들에 대한 불신과 적대심이라는 그림자와 상처에 덜 포획된 상태에서 자존감 내지 자기주도성을 지켜간 것이 신데렐라의 서사라고 볼 수 있다. 그리하여 콩쥐에 비해 자매갈등의 요소를 더 일찍 해소하게 된다. 언니들에 대한 복수가 따로 서사화되지 않는 것, 자료에 따라서는 언니들에 대한 용서와 포용의 결말이 보이기도 한다는 것 또한 신데렐라가 자매간 경쟁이라는 심리적 긴박으로부터 상대적으로 자유로웠음을 보여준다.

한국문학에서 형제갈등의 서사를 말할 때 빼놓을 수 없는 작품이 「흥보가」(흥부전)다. 흥보와 놀보는 형제지만 서로 성격과 역할이 완연히 달라서 어긋남과 갈등이 발생한다. 놀보의 서사를 보자면, 동생에 대한 불신과 경쟁심이 강력히 작동한 결과로 극단적 배격을 행하는 쪽이다. 그 밑바탕에는 자기가 동생 때문에 피해를 겪어왔다는 인식도 깔려 있다. 그의 형제서사는 '화해'나 '동행'을 기대하기 어려운 것이었다. 하지만 이들 형제간의 관계 위기는 동생 흥보의 특별한 서사에 의해 극적인 화해와 상승적 동행으로 귀결된다. 놀보와 달리 흥보는 시종일관 형의 존재를 인정하고 신뢰와 기대를 유지하며 어떻게든 소통해서 포용하려고 한다. 최악의 위기상황에서도 그런 태도를 저버리지 않은 결과로 마침내 형제는 전보다 심리적으로 밀착된 좋은 동행자 관계로 거듭난다. 그것은 일반적으로 흥보의 타고난 선량함 때문으로 이해되고 있지만, 세상에 다시없는 동기(同氣)로서 형제의 존재감을 인정하고 인간적 신뢰를 지켜간 것이 그 이상으로 중요한 바탕이었다고 할 만하다. 흥보는 식량을 빌리러 갔다가 모진 구타를 당한 상태에서도 형에 대한 최소한의 신뢰와 유대감을 놓지 않았는바, 그런 태도가 궁극적 관계 회복

제2부

의 동력이 되었던 터다. 서로 갈등관계에 있는 주체 중 한쪽의 강력한 포용적 에너지가 상대방의 부정적 동선을 견인해서 화해적 합치를 이루어냈다는 점에서 특수하면서도 특별한 서사라고 할 수 있다.

서사무가 「바리데기」에서 형제자매 갈등은 서사의 핵심 요소가 아니지만 하나의 인상적 단면을 볼 수 있다. 부모 살릴 약수를 구하러 저승으로 가는 과업을 둘러싼 여섯 언니와 바리데기의 엇갈린 행보가 그것이다. 이야기에서 여섯 언니는 갖가지 이유를 대면서 저승행을 피하며, 결국 그 일은 막내딸 바리데기의 몫이 된다. 자매들이 서로 책임을 미루는 경쟁적 관계와 자매간의 질적 차등성이 부각된 모습이다. 일을 떠맡은 바리데기로서 차별적 상황에 대한 억울함과 함께 언니들에 대한 불신과 적대감이 작용할 만한 상황이다. 흥미로운 것은 그 자매갈등의 귀결이 자료에 따라 서로 다른 방향으로 서사화된다는 사실이다. 약수를 구해온 바리데기를 공격하고자 한 언니들이 천벌을 받게 되는 전개와, 민망함과 죄책감으로 숨어버린 언니들을 바리데기가 챙겨서 함께 신직으로 나아가는 전개가 그것이다. 이기적인 갈등유발자의 배격을 통한 부조리한 관계의 단절이라는 길과 본원적 동반자로서 존재 인정과 대승적 포용을 통한 관계 회복이라는 길이 갈라지는 상황이다. 그 각각의 전개는 서로 다른 방식의 논리성과 설득력을 지니는바, 「바리데기」의 형제서사는 형제자매간 갈등을 경험하고 있는 사람들의 서로 다른 자기서사를 비춰보는 데 있어 유효한 통로가 되어줄 수 있다.

4.6 사회서사

사회서사 범주에 해당하는 주요 대립항으로는 다음과 같은 것들을 들 수 있다.

A. 형성

● 관심~경계: 타인과의 관계에 관심을 보이는가, 꺼리고 경계하는가?
● 주도~소극: 나서서 관계 맺기를 주도하는가, 상대에 맞추어 따라가는가?

- 정리~이익: 인간적 정리(情理)를 추구하는가, 현실적 이익을 중시하는가?
- 우호~적대: 타인을 믿고 우호적으로 대하는가, 불신하며 경계하는가?

B. 위기

- 직면~회피: 문제를 직면하여 받아들이는가, 회피하고 부정하는가?
- 쌍방~일방: 문제 상황에서 상호 소통하고 노력하는가, 혼자만 힘을 쓰는가?
- 포용~배격: 상대의 입장을 받아들여 감싸는가, 부정하여 밀쳐내는가?
- 타협~관철: 적당히 물러서거나 타협하는가, 끝까지 부딪쳐 승부를 보는가?

C. 귀결

- 화해~갈등: 문제를 풀고 화해를 이루는가, 갈등 상태가 지속되는가?
- 확장~제한: 문제를 겪으며 삶의 확장이 이루어지는가, 제한되거나 축소되는가?
- 성공~좌절: 사회에서 뜻한 바를 성취한 상태인가, 실패하여 좌절한 상태인가?
- 공영~단절: 타인과의 원만한 공리 공영(共榮)을 이루는가, 관계가 단절되는가?

사회서사는 본래 서로 관련이 없는 타자(他者)와 관계를 맺어가는 과정에 대한 서사라는 점에서 가족관계서사와 성격을 달리한다. 사회적 관계의 서사가 궁극적으로 가족관계에 준하는 서사가 되는 사례들도 있지만, 예컨대 제2의 형제자매나 제2의 부모-자식 같은 사회적 관계도 볼 수 있지만, 이해관계에 따른 사회적 계약관계로 일관하는 경우가 그 이상으로 많다. 사회계약적 성격이 짙은 인간관계는 사회서사에 해당하는 작품서사를 통해 살펴보는 것이 제격이다.

앞에서 거론했던 이야기들 가운데 인상적인 사회서사를 볼 수 있는 사례로 「백설공주」를 들 수 있다. 이 설화 속에서 백설공주와 일곱 난쟁이가 맺는 관계의 양상은 사회서사로 해석함이 어울린다. 먼저 그것이 바깥세상에서 새롭게 만난 타자들 간의 관계라는 점에 주목할 만하다. 얼핏 그 관계는 부모-자식 사이에 준하는 보호자와 피보호자 관계처럼 보이기도 하지만, 이야기에 그려진 모습은 백설공주가 집안일을 맡고 난쟁이들이 바깥일을 해오는 식의 계약적 동반관계 성격을 지니고 있어 사회관계적 함의가 짙다.[50] 이때 주목할 바는 백설공주가 타자와 관계를 맺는 방식이다. 난쟁이는 '나와 많이 다른 존재이자 꺼림칙한 타인'이라는 요소를 내포하는데, 백설공주는 특유의 순수함과 외향성, 낙관성이라는 존재적 특성을 기반으로 이들 난쟁이를 거리낌없이 포용하는 태도를 취한다. 대립항들로 설명하면, '관심'과 '주도', '정리(情理)', '우호'의 요소가 동시적으로 작용한 상황이다. 이는 상대방에게 우호적인 반응을 나타내게 하는 힘으로 작용하며, 그리하여 백설공주와 난쟁이들 간에는 원만한 공생·공영의 관계가 성립되어 큰 위기 없이 지속된다. 문제는 '할미'와의 관계에서 발생한다. 이야기에서는 계모가 할미로 변장한 것으로 나오지만, 백설공주에게 할미는 한 명의 낯선 타자로서 그와의 관계 맺기는 사회서사의 한 축을 이루게 된다. 백설공주는 예의 순수함과 우호적 태도로 관계에 나서지만, 상대는 자기식 이해관계에 입각한 강한 적의를 지닌 상황이었고 그리하여 그 관계는 심대한 피해와 좌절을 낳고 만다. 단순한 관계 단절을 넘어서 존재 절멸의 위기까지 발생하거니와, 백설공주가 죽어서 관에 눕는 상황이 이를 상징한다. 다른 우호적 사회관계, 곧 난쟁이들과의 관계가 그것을 방어해주는 구실을 하지만 거기에는 한계가 있었다. 이와 같은 이야기 전개는 타인과의 관계 맺기에 얽힌 서사에 얼마나 큰 함정과 위험이 도사리고 있는지를 잘 보여준다. 한 존재를 완전히 흔들어 무너뜨릴 수 있는 문제상황이거니와, 최악의 상황에서도 '본래의 존재적 아름다움'을 유지한 것이 백설공주 서사의 특별한 점이다. 그리하여 그는 '왕자'로 표상되는 또 다른 타자와 관계를 이루게 되고 그 힘으로 되살아나게 된다.[51]

---

50 물론 이는 어느 한쪽으로 단정할 바는 아니다. 「백설공주」의 공주와 난쟁이 관계를 제2의 부모를 통한 자녀서사와 부모서사 관점에서 이해하고 적용할 가능성이 일정하게 열려 있다는 뜻이다.

51 왕자와의 관계는 '남녀서사'에 해당하지만, 그것은 '낯선 타인과의 깊은 관계 맺기'가 '가족'으로 전이되는 것이라는 점에서 사회서사의 한 특수한 국면이라고 볼 여지가 있다. 자녀서사나 부모서사 등과 다른 차원의, 남녀서사와 사회서사의 질적 유사성 문제

앞서 3장에서 '기질과 성격'에 주목해서 다룬 「두 나그네」 이야기 또한 사회서사의 서로 다른 양상을 특징적으로 보여준다. 이 이야기 속의 재봉사와 구두장이는 서로 존재적 정체성과 삶의 방식이 판이하거니와, 두 사람이 상대방과 관계를 맺는 방식에서 사회서사의 상반된 모습을 볼 수 있다. 재봉사의 서사로 말하면, 앞에서 본 백설공주의 서사와 질적으로 통하는 쪽이다. 그는 타인에 대한 관심을 바탕으로 정리와 우호의 관계 맺기에 적극적으로 나선다. 그의 관계 맺기는 개방적이고 포용적이다. 다만, 백설공주와 마찬가지로, 상대방의 서사를 고려하는 데 취약한 편이며, 그리하여 상대의 적대적 태도에 직면하여 존재 절멸의 위기를 겪게 된다. 특유의 낙관과 믿음으로 결국 위기를 극복해내는 재봉사의 서사는 사회서사 차원에서 백설공주 서사의 현실판이라고 할 만한 면모를 보인다. 이에 비하면, 구두장이의 서사는 완전히 상반되는 속성을 지닌다. 그는 상대를 경계하고 관계 맺기에 신중하며, 이익을 축으로 관계를 형성한다. 타인을 경쟁자로 보는 적대적 태도가 그의 사회서사의 기본 바탕을 이룬다. 그리하여 위기상황에 처하면 먼저 나서서 타인을 공격해서 자기안전과 이익을 꾀하는 양상을 나타낸다. 자본주의 경쟁사회에서 흔히 볼 수 있는 서사에 해당한다. 「두 나그네」는 그와 같은 사회서사가 자기 존재를 보전하는 데 긍정적 기여를 하기도 하지만, 우호적이고 포용적인 관계 맺기를 배제한 채 적대적인 태도로 일관한 결과는 결국 갈등상태의 지속과 삶의 제한 및 실패로 귀결된다고 말하고 있다. 구두장이는 제반 사회관계가 '단절'로 귀결됨으로써 모든 우군을 잃고 존재 절멸의 상태로 전락하는 것이다. 그러한 현실인식이 적실한가에 대한 평가를 떠나서 재봉사와 구두장이의 서사가 세상 사람들의 서로 다른 사회서사를 비춰보기에 적합하다고 하는 사실은 변하지 않는다.

끝으로 「브레멘 음악대」의 사례를 살펴본다. 잘 알듯이 이 설화는 당나귀와 개, 고양이, 수탉 등 네 동물이 동반자가 되어 음악가의 꿈을 이루기 위해 브레멘을 찾아가는 내용을 담고 있다. 우리는 이 설화 속 네 동물의 관계

는 하나의 흥미로운 분석 과제가 된다고 할 수 있다.

맺기를 사회서사로 설명할 수 있다. 공동의 이익과 목표를 향해서 동반적 공동체를 이루어가는 과정을 보여주는 서사로서, 그 궁극적 목표는 공리·공영의 행복한 삶이 된다. 이 설화의 사회서사에서 주목할 바는 첫째, 그들이 평생 '남의 삶'을 살다가 세상에서 퇴물로 내몰리는 시점에 '제2의 삶'을 찾아가는 방식으로 형성되는 서사라는 점이며, 둘째 공동으로 펼쳐가는 사회서사에서 네 명의 동물이 서로 다른 서사적 속성을 함유한다는 점이다. '노후의 서사'라고 명명할 수 있는 이 설화의 사회서사는 영화 「부에나 비스타 소셜 클럽」의 서사와 완연한 동질성을 현시한다. 그간의 과정과 완전히 다른 새로운 자기서사의 길을 찾고자 하는 사람들에게 유효하게 적용할 만한 작품서사가 된다. 한편, 네 동물의 속성 차이는 당나귀와 개, 고양이, 수탉이라는 동물의 특성에서 단적으로 드러난다. 당나귀는 먼저 나서서 관계를 주창하는 쪽이고, 개는 선뜻 거기 동조해가는 경우이며, 고양이는 신중한 관망을 거쳐 합류하는 경우다. 수탉은 대세가 정해지자 맨 뒤에 합류했으면서 남보다 더 목소리를 높이는 경우에 해당한다. 이 서로 다른 사회서사가 한데 어울려 행복한 공동체를 성공적으로 이뤄내는 과정을 보이는 것이 곧 「브레멘 음악대」의 서사라 할 수 있다. 자기서사 진단과 상담을 진행함에 있어 내담자의 기질 및 성격과 함께 사회서사의 속성을 짚어내기에 좋은 이야기가 된다. 실제로 자기서사 상담에서 이 설화를 요긴하고 유효하게 적용할 수 있었다.

　　사회서사를 분석하기에 좋은 또 다른 작품서사의 예로 트릭스터(trickster) 설화를 들 수 있다. 트릭스터는 가족관계도 그렇거니와 사회관계 서사에서 아주 특징적인 면모를 나타내는 인물이다. 그는 완연히 자기중심적이고 존재 중심적이거니와, 그가 맺는 사회서사는 이중적 면모를 나타낸다. 스스로제 인생을 책임진다는 점에서 독립적이고 어른스러운 서사인 한편으로, 상호적 관계 맺기에 서투른 제한적이고 비사회적인 서사로 평가할 여지도 있다. 그러한 극단적 양면성은 세상 사람들이 지니는 사회성의 다양한 스펙트럼을 짚어내는 데 유력한 '마법의 거울' 구실을 할 만한 요소가 된다. 세계 설화 속 트릭스터가 유형 및 행동양상이 다양하다는 점에서 그 효용성은 더욱 크다고 할 수 있다.

5 서사의 종합적 분석과 평가

5.1 작품서사의
종합적 분석

　　　　　　지금까지 존재적 특성과 관계적 특성의 두
측면으로 나누어서 문학치료를 위한 서사분석의 요소들을 살피고 구체적으
로 어떤 분석을 진행해야 하는지를 설화를 비롯한 작품 사례들을 통해 논의
했다. 서로 성격을 달리하는 수많은 서사에 적용할 수 있는 분석체계를 포괄
적으로 논하다 보니 논의가 길어지고 복잡해진 상황이다. 번다하여 종잡기
어려울 것처럼 보일지 모르나 실제의 서사분석이 그렇게 복잡하거나 어려
운 것은 아니다. 특정 작품이나 인물의 서사는 하나의 자족적이고 구조적인
실체로서 각기 제 나름의 특징적인 속성과 맥락을 갖추고 있는 터다. 문학작
품이나 인간이 복합적이고 역동적인 유기체이고 서사가 그 심층에 놓인 것
이라는 점에서 어려움이 있지만, 표면적인 복잡다단함에 비해 심층의 핵심
서사는 상대적으로 단순하고 명백한 것일 수 있다. 엑스레이를 통해 이면을
투시할 때 신체 골격과 구조가 명료하게 드러나게 되는 것에 비견할 수 있
다. 이제 몇 가지 사례를 통해 작품서사에 대한 종합적 분석의 모델을 보이
고자 한다. 작품론을 위한 것은 아니며, 자기서사 분석을 위한 통로를 마련
하기 위한 것이다.
　　문학작품 속 인물들의 서사에는 어느 경우든 존재적 측면과 관계적 측
면이 동시적으로 작용하게 되어 있다. 하지만 인물에 따라 그중 한쪽이 두드
러지게 부각될 수 있다. 인물 스스로 존재 지향성과 관계 지향성 중 한쪽에
치우칠 수 있으며, 서사적 상황과 맥락상 존재의 문제와 관계의 문제 중 어

느 한쪽이 중점적으로 문제시될 수 있다. 인물에 따라서는 존재적 측면과 관계적 측면이 함께 강하게 부각되기도 한다. 앞에서 언급했던 인물들을 대상으로 그 양상을 대략적으로 분별해보면 다음과 같다.

- 존재적 측면이 두드러진 인물: 주먹이, 엄지둥이, 잭, 무수옹, 꼬마 재봉사, 정만서, 방학중
- 관계적 측면이 두드러진 인물: 신선비 아내, 상사뱀, 콩쥐, 팥쥐, 팥죽할멈, 심청, 이 도령
- 두 측면이 모두 강한 인물: 지네 각시, 내 복에 사는 딸, 백설공주, 자청비, 신데렐라, 바리데기, 춘향

존재적 서사성이 강한 인물들이 보이는 하나의 두드러진 특징은 가족관계라는 틀에 얽매이지 않고 넓은 세상 속에서 독립적이면서도 자유롭게 움직이는 양상을 보인다는 것이다. 한 예로 주먹이의 서사를 보면, 그 핵심적인 특성을 외형적 약소함 속에 실질적 강대함을 지니고 있는 '작은 거인'의 면모에서 찾을 수 있다. 강한 독립성과 자유 지향성, 행동성을 바탕으로 과감한 도전을 거듭하는 모험적 삶이 주먹이 서사의 기본 맥락을 이룬다. 그러한 존재적 성격이 관계방식의 문제를 좌우하는 형국이다. 그것은 1차적으로 부모에 순응하는 대신 제 뜻에 따라 움직이는 독립적이고 주체적인 자녀서사로 구체화되며, 넓은 세상 속의 크고 위험한 타자들에 대한 관심과 관계 맺기라는 사회서사로 구체화된다. 그중 관계적 측면의 핵심을 이루는 것은 사회서사 쪽이다. 주먹이가 펼쳐내는 사회서사는 '직면'과 '승부'를 두드러진 특징으로 삼으며, 궁극적으로 삶의 확장을 도달점으로 한다. 이때 확장은 '관계의 확장'보다 '존재의 확장' 쪽에 주안점이 놓이는 것으로 풀이된다. 세계를 마치 놀이터인 양 자기를 펼쳐내는 기회의 공간으로 삼는 태도, 결국 문제는 풀리게 되리라고 하는 낙관적 태도 등도 주먹이의 서사적 동선에 중요하게 작용한다. 거침없는 도전과 모험의 지향성과 행동 특성을 지닌 사람들, 특히 아직 어리거나 젊은 사람들의 자기서사와 접속될 가능성이 큰 것이 주먹이의 서사라 할 수 있다.

관계적 서사성이 강한 인물 가운데 '심청'의 경우를 본다. 심청은 태생적으로 부모와의 긴밀한 관계적 결속을 경험하는 인물이다. 갓난아기인 자신을 동냥젖으로 키워낸 아버지와의 관계 외에 결여된 어머니에 대한 심리적 견착이 작용한다. 부모에 대한 '교감과 단절' 그리고 '충족과 결핍'이 이중적으로 강하게 작용하는 것이 심청의 자기서사 특성이다. 그녀가 구체적으로 펼쳐내는 서사에서 핵심을 이루는 것은 부모에 대한 순응과 포용으로 구체화되는 관계에 대한 책임감이다. 개인적인 욕망과 내적 갈등이 없지 않지만, 그것을 누르면서 자녀로서의 책임을 다하고자 하는 것이 서사적 동선의 핵심 특성을 이룬다. 그러한 관계 방식은 심봉사를 넘어서 다른 사람들과의 관계에까지 전이되고 있는 양상을 나타낸다. 자신을 제물로 던지려는 선인들에게까지 순응과 포용의 태도를 나타내고 있는 데서 이를 단적으로 볼 수 있다.

문제는 심청의 서사에서 자녀적 순응과 포용이라는 속성이 압도적인 힘으로 작동하는 상황이 부작용을 내포한다는 점이다. 그것은 관계적 종속과 함께 심리적 억압과 갈등을 유발한다. 심청은 그런 심리적 문제를 아버지와 소통하여 쌍방적으로 풀어낼 기회를 갖지 못한 채 일방적으로 감당한다. 관계의 내적 위기가 제대로 해결되지 못한 채 온존하면서 커가고 있는 상황이다. 그것은 '아버지의 눈 뜨고자 하는 욕망'이라는 위기상황에서 합리적이고 성숙한 대처 대신 자기파괴적 대응을 하는 결과를 낳고 만다. 제 몸을 팔아서 바다에 던져지는 일이 그것이다. 관계적 종속과 맞물린 심리적 지체가 관계의 파탄을 낳고 있는 상황이다. 그것은 물론 관계적 요소만의 결과는 아니며, 그와 맞물려 형성된 존재성의 결과이기도 하다. 순수하고 선량한 존재로서 자기정체성, 세계를 모순과 억압으로 느끼면서 거기 순응하는 태도, 자기보다 세계 욕망보다 규범을 중시하는 가치관, 내향적이고 사유적이며 순종적인 성향, 의존적이고 윤리적이며 책임을 중시하는 행동방식, 결핍과 우울의 심리 상태 등이 그것이다. 심청의 서사에서 이러한 존재적 속성은 그의 관계 맺기 방식과 밀접하게 결합되어 한 몸을 이루고 있다고 볼 만하다.

심청의 희생적 죽음은 관계의 파탄이자 존재의 파멸이라고 할 수 있지만, 이에 대한 또 다른 해석 가능성도 존재한다. 이동희가 논한바 심청 서사의 심층적 측면이다.[52] 우리는 심청의 인당 수행을 실제적 죽음 대신 심리적 죽음을 무릅쓴 관계의 단절로 해석해볼 수 있다. 아버지에 대한 보호자 역할을 내려놓고 제 길을 향해 나서는 여정이라는 것이다. 그것은 심리적으로 죽음만큼 힘들고 무참하여 위험한 일이었으나, 종국적 결과는 그 반대였다. 부모에 대한 거역과 배격으로 볼 수 있는 그 선택을 통해 심청은 부모에 대한 순응적 종속과 심리적 지체라는 문제를 해결하고 독립적 존재 실현으로 나아갈 수 있게 된다. 심청은 거친 바다의 경험을 통해 하늘이 알고 신명이 돕는 귀한 존재로서의 자기발견과 확장을 이루며, 이를 바탕으로 남녀서사와 부부서사 단계로 나아가게 된다. 이는 부모 가르기와 밀치기가 펼쳐낸 극적 전변에 해당한다. 흥미로운 사실은 그러한 밀치기가 심청과 심봉사의 일방적인 관계를 재편하여 뒷날 각자 자기 존재를 세운 딸과 아버지로서 재결합과 화해를 이루어냈다는 사실이다.[53] '되찾기'와 '감싸기'를 통한 행복하고 발전적인 공생이 극적으로 실현된 상황이다. 그 일련의 과정에서 잊지 말아야 할 핵심 지점은 심청이 '자기 존재'로 움직이는 결단을 내리는 순간이다. 인간의 모든 관계란 결국 '주체적 존재성'이 매개가 되어야 건강하게 실현될 수 있음을 보여주는 장면이다.

존재성과 관계성 두 측면이 함께 잘 드러나는 사례로서 먼저 백설공주의 서사를 본다. 백설공주는 외형적으로 볼 때 관계 지향적인 인물로 보이며, 일련의 서사 또한 관계 맺기가 기본 축을 이루는 것으로 여겨진다. 그러나 존재성과 관계성을 연계하여 입체적으로 조명해보면, 그 서사에는 백설공주의 '특별한 존재성'이 중심적인 힘을 발휘하고 있음을 보게 된다. 그 핵심은 '자유로움과 순수함으로 빛나는 주인공적 존재성'이다. 검은 머리에 흰

---

52 이동희, 「'부모화된 아이'를 위한 「심청가」의 문학치료적 의의」, 『구비문학연구』 30, 한국구비문학회, 2010.

53 심청과 심봉사가 각기 스스로를 세운 상태에서 재결합을 성취하는 과정에 대한 분석은 신동흔, 「판소리문학의 결말부에 담긴 현실의식 재론: 「심청전」과 「흥부전」을 중심으로」, 『판소리연구』 19, 판소리학회, 2005 참조.

피부, 붉은 입술을 지닌 백설공주는 '세상에서 가장 아름다운 사람'으로 일컬어지거니와, 그 아름다움은 '잘생긴 외모'보다 '늘 자기 자신으로서 움직이는 순수와 자유'에 있다는 것이 본 연구자의 판단이다.[54] 그러한 존재적 특성이 계모 밑에서 고통을 겪다가 죽음에 직면하는 상황에서도, 그리고 숲속의 난쟁이 집이라는 낯설고 거칠며 위험한 환경에서도 어김없이 빛을 발한다는 데 백설공주의 특별함이 있다. 그녀가 현시하는 순수와 자유는 어린아이의 순진함과 발랄함과 다른 차원의 존재적 깊이를 지닌다. 그것은 주변을 감화시키고 관계를 확장하는 힘을 발휘하거니와, 사냥꾼이 그녀를 살려준 것이나 난쟁이들이 그녀를 좋아하게 되어 돕는 일이 그것이다. 뒷날 왕자가 죽은 듯 누운 백설공주를 끝까지 지키며 사랑한 것 또한 그러한 존재적 유인력에 따른 것이라 할 수 있다. 그 힘에 의해 결국 되살아나 자기실현적 행복을 이뤄내는 것이 백설공주의 서사가 된다.

백설공주가 존재성과 함께 관계성을 강하게 드러내는 인물이라고 보는 것은 백설공주 특유의 존재적 특성이 타인들과의 적극적인 관계 맺기라는 형태로 서사화되고 있기 때문이다. 그는 주먹이나 꼬마 재봉사 등과 달리 독립보다 동반적 관계를 중시하는 인물이다. 그러한 면모는 '낯설고 이질적이며 존재감 없는 타자'로서 난쟁이와의 관계에서 단적으로 현시된다. 난쟁이들은 세상 사람들이 꺼리는 존재에 해당하는 인물들인데, 백설공주는 흔쾌히 마음을 열고 그들과 동반적 관계를 형성한다. 앞서 언급한바, 적극적 관심에 기초한 정리적이고 우호적인 사회서사에 해당하는 특성이다. 쌍방적 소통과 포용성 또한 백설공주 사회서사의 기본 특징을 이룬다. 그러한 관계 맺기는 악의를 품고 다가온 노파에게도 예외 없이 베풀어진다. 그녀가 노파에게 문을 열어주는 것은 일견 '민폐'처럼 보이지만, 실은 그녀 특유의 존재성 및 관계성이 그렇게 발현된 것이라 할 수 있다. 그러한 관계 맺기는 본인으로서는 자연스러운 것이었으나 현실적 위기 요소를 내포한 것이었으니

54　신동흔, 『스토리텔링 원론: 옛이야기로 보는 진짜 스토리의 코드』, 아카넷, 2018, 235-243면.

왕비(마녀)의 공격으로 표상되는 악독하고 파괴적인 공격 앞에 훼손을 겪게 된다. 죽음 같은 상황으로 이어지는 큰 위기였으나, 그 위기는 결국 극복된다. 존재성의 힘이자 난쟁이 및 왕자와의 관계로 구체화되는 관계성의 힘이었다. 특유의 존재성이 관계성을 낳고 관계성이 그 존재성을 뒷받침하여 완성시켜가는 이야기가 「백설공주」다. 이 이야기가 세계적으로 널리 힘을 내는 것은 이와 같은 원형적인 서사적 힘이 깊이 내재하기 때문이다. 그것은 그 자체로 사람들의 자기서사를 환히 비춰주는 '마법의 거울'이라고 보아도 좋다.

존재성과 관계성이 밀접하게 결합된 상태로 강력한 서사적 아우라를 발하는 또 다른 사례로 바리데기의 서사를 들 수 있다. 앞서 존재적 측면 및 관계적 측면에서 바리데기 서사의 특성을 짚어봤거니와, 그러한 특성들이 한데 어우러져 유기적인 서사를 구성하는 상황이다. 강력한 서사적 구심을 바탕으로 하여 다양한 속성과 의미가 원심적 형태로 발현된다고 할 수 있다.

바리데기 서사의 핵심적인 맥락은 '관계의 상처를 극복하여 존재 실현하기'라고 할 수 있다. 그 관계의 상처는 '부모에게서 버림받은 데 따른 상처와 고통'을 말한다. 자기를 있게 한 존재가 자기를 부정한 상황이니 관계의 단절을 넘어서 존재의 부정에 해당하는 상황이었다. 본원적 결핍과 불신, 갈등을 피하기 어려운 상황이다. 실제로 바리데기의 내면에 깊은 상처가 깃들어 있었으니, 산신령이나 비리공덕 부부에게 "나의 부모는 누구인가?" 하고 묻는 장면에서, 그리고 어머니와 아버지를 만나서 눈물을 터뜨리면서 아픈 속마음을 드러내는 장면에서 이를 볼 수 있다.

바리데기가 버림받음의 상처를 극복하는 과정은 관계적이면서도 존재적인 형태로 서사화된다. 자신을 거두어준 산신령이나 할미 할아비와의 소통과 교감을 통해 문제를 직면하고 풀어간다는 점에서 관계적이며, 그 일련의 과정이 기본적으로 자기 스스로와의 본원적 대면과 소통으로서 성격을 지닌다는 점에서 존재적이다. 항변할 부모가 곁에 없는 상황에서, 바리데기는 길고도 힘든 자기 자신과의 싸움을 이어갈 수밖에 없었다. 그에게 세상이란 모순이자 억압이고 거대한 벽이었으나, 그는 세상의 순리와 변화 가능성에 대한 믿음을 놓지 않고 지켜간다. 그를 통해 거친 숲속의 작고 약한 존재에서 스스로를 지키고 세상과 대면하여 맞서는 강대한 존재로, 버림받은 존재로부터 타자와 세상을 끌어안는 포용의 존재로 정체성 변화를 이루어낸다. 그런 자기정체성을 바탕으로 부모와의 단절과 갈등을 극복하고 지옥을 극락으로 바꾸며 죽음을 생명으로 바꾸는 변혁을 성취해가는 과정이 바리데기 서사의 큰 흐름을 이룬다.

다시금 강조하는 바는 그 과정에서 바리데기가 부모와 대면하여 존재적 교감을 통해 내면의 상처와 관계적 모순을 풀어내는 과정을 거치고 있다는 사실이다. 서사적 전변의 중심축이 되는 장면이다.

> 바리공주 대명전에 읍하시니 / 대왕마마 용류를 흘리시며 전교하온 말삼 / 저 자손아 우름을 끝이라 하옵시고 / 너를 미워 바렸으랴 역정게레 바렸고나 / 춘 삼색은 웃찌 살고 / 동 삼석은 웃찌 살고 / 배 고파 웃찌 살었느냐 / 바리공주 하온 말삼 / 추어도 어렵삽고 더워도 어렵삽고 배고파도 어렵삽던이다[55]

> 이 글로 보드니 길대부인 깜짝 놀래 불명한 십오년 전에 내 글씨가 분명하다. / 두디기도 나오고 이리저리 어머니카 딸카 / 치고 붙고 늘이고 울고 방성통곡 우다가 / 베리데기는 어머님 가슴에 안겨서 / 엄마 엄마 울 엄마요 / 옛날에 젖꼭지도 못 물아보고 젖도 한 모금 빨아보지도 못하고 / 젖도 빨아보고 젖도 / 양쪽 유통도 만져보고 엄마 가슴도 안아도 보고 허리도 안아도 보고 처매 폭에 싸여도 보고 / 이리 궁글 저리 궁글 어머님 전에 업해 보고 안계도 보고 / 엄마 엄마 울 엄마요[56]

> 대왕님이 안아 일가주고 안아 눕기던 양반이 / 그 말 듣고 깜짝 놀래 벌떡 땅을 치고 일어나 앉는구나. / 앉드니 베리데기을 부여잡고 으히 서로 목을

---

55 문덕순 구연, 「말미(바리공주)」. 김태곤 편, 『한국무가집』 1, 집문당, 1971, 75면.
56 김석출 구연, 「베리데기굿」. 김태곤 편, 『한국무가집』 4, 집문당, 1980, 139-140면.

부녀간에 목을 / 방송통곡 설히 운다 / 내 딸이야 내 딸이야. / 니가 안 죽고 살았다니 이게 웬 말이냐. / 야야 내 딸이야 나는 나는 니를 갖다 바리라카는 그 죄를 받아서 / 십오년 동안에 / 병이 들려 나는 인제 이 병 이갑지 못하고 야야 영영 죽는다.[57]

이 대목에서 펼쳐지는 존재적 소통과 교감, 그리고 일체화의 과정을 놓치면 바리데기 서사의 핵심 포인트를 놓친 결과가 된다. 많은 사람이 바리데기의 저승행에 대해 타의적 종속 내지 부당한 폭력이라고 하는 반응을 나타내거니와, 서사의 심층적 맥락에 충분히 접속되지 못한 데 따른 반응이라 할 수 있다. 작품서사와 접속도를 높이는 것만으로도 이 이야기를 통한 서사적 공명과 치유의 힘을 대폭 확장할 수 있다.

바리데기가 서천서역 저승으로 가서 생명수를 구해와 부모를 살리는 과정에 대해서는 한두 가지 사항만을 단적으로 짚어둔다. 먼저 저승에서 남자(무장승; 동수자)를 만나서 형성하는 남녀서사 내지 부부서사의 문제다. 바리데기가 약수를 구하기 위해 남자와 결혼하는 상황은 다분히 일방적이고 종속적이며 부조리하게 보이는 면이 있다. 그녀가 아직도 자녀서사에 머물러 있음을 확인시켜주는 증거로 여겨지기도 한다. 하지만 본 연구자는 그 과정 속의 바리데기가 자녀나 아내를 넘어서 '부모'의 자리에 있다는 점에 주목하는 입장이다. 저승으로 길을 떠나는 순간 바리는 이미 부모의 보호자가 되거니와, 밭 가는 노인과 빨래하는 노파를 대신해서 그 일을 감당하는 모습에서 그의 부모적 면모를 볼 수 있다. 지옥에 갇힌 혼령을 구원하는 일도 마찬가지다. 바리데기는 같은 맥락에서 죽음의 세계 속에 있는 한 남자를 구원하는 중이라고 할 수 있다. 그것은 자기 자신을 구원하는 일이기도 했다. 그의 관계 맺기는 대타적 관계를 넘어서 '관계를 넘어선 큰 존재'로서 수행되고 있다. 바리데기는 그것을 자기 자신의 존재가치로 삼게 되었으니, 뒤에 그가 부모 곁을 떠나서 저승으로 가서 '죄 많은 영혼의 구원'을 자임하는 선

---

57   김석출 구연, 「베리데기굿」. 위의 책, 141-142면.

택을 그런 맥락에서 이해할 수 있다. 바리데기가 평생에 걸쳐서 한 일은, 그리고 지금도 신으로서 하고 있는 일은 부모를 위한 희생이 아니라 대승적 구원행이며 전적으로 스스로의 존재적 결단에 의한 것임을 놓치지 말아야 한다. 세상 그 누구보다 완전하게 '부모를 넘어서 존재적 자유와 가치를 실현한 인물'이 바리데기였다고 할 수 있다.[58]

오랜 세월에 걸친 적층적 전승을 거치며 서사적 원형성을 구현해온 문학작품이 지니는 깊이와 힘은 우리가 막연히 상상하는 것 이상이다. 계시적힘을 지니는 작품서사에 깊이 접속하여 그것을 내면화하는 것만으로도 자기서사의 변화와 성장을 기약할 수 있다. 내담자가 작중 상황과 서사적 연결성을 지니고 작중 인물에 깊은 공명을 느낀 경우는 더 말할 것도 없다. 관건은 서사에 대한 깊고 정확한 분석이다. 문학치료를 진행하는 연구자나 상담자에게 특히 중요한 과업이다.

5.2 작품서사에 조응한
자기서사 진단과 처방

문학작품에 내재한 작품서사, 더 구체적으로는 작중 인물의 서사가 인간 삶의 심층을 이루는 자기서사를 비춰주고 조정하는 통로 구실을 한다고 했다. 문학치료를 행함에 있어 핵심이 되는 과제는 작품서사와 자기서사를 유효하게 연결하여 상호 조응하는 일이다. 서사의 연결과 그를 통한 조정을 '치료적인 방향'으로 설계하고 구현하는 것 또한 주요한 과업이 된다.

사람들의 자기서사와 작품서사가 어떤 식으로 연결되는가 하면, 그 길은 매우 다양하다. 사람들이 문학작품을 접하는 가운데 작중 인물이나 상황에 깊이 공명하면서 자기와의 모종의 동질성을 느낀다면 그 작품서사가 자

---

[58] 이에 대한 자세한 논의는 신동흔, 「「바리공주」 신화에서 '낙화'의 상징성과 주제적 의미」, 『구비문학연구』 49, 한국구비문학회, 2018, 297-299면 참조.

기서사와 연결될 가능성이 생긴다.[59] 만약 그것이 표면적이고 일시적인 공명에 그친다면 큰 의의를 갖지 못할 것이다. 이에 대해 그 작품이 마음 깊이 남아서 잊히지 않는다면, 또는 의식·무의식중에 그 작품의 영향을 받는 현상이 나타난다면 그 치료적 의의는 매우 커진다. 이런 과정은 따로 연구자나 치료사의 도움 없이도 스스로 수행할 수 있다.

다음으로, 한 사람의 성격과 행동 특성, 삶의 과정 등을 관심 깊게 지켜본 사람이 그의 서사에서 특정 작품서사와의 공통점을 발견하는 식의 연결도 가능하다. 다만 이 작업이 제대로 이루어질 수 있으려면, 대상이 되는 사람의 삶에 대해 이면적인 속성과 맥락을 잘 알고 있어야 하고, 작품서사에 대한 폭넓은 소양과 이해가 필요하다. 문학작품의 서사를 많이 접하고 분석해온 입장에서 사람들의 자기서사가 작품과 연결되어 의미 있게 다가오는 장면을 폭넓게 경험할 수 있었음을 밝혀둔다.

작품서사와 자기서사를 유효하게 연결하는 가장 정석적이고 체계적인 방법은 자기서사 진단 및 상담 과정을 통한 것이라 할 수 있다. 내담자들한테 서로 성격과 맥락이 다른 여러 종류의 작품서사를 접하게 하고 그에 대한 반응을 분석함으로써 자기서사를 이해할 수 있는 단초들을 찾을 수 있다. 긍정 또는 부정의 강한 반응을 나타내거나 인상적인 특이반응을 나타내는 경우 그 작품서사와의 연결 가능성이 크다고 풀이된다. 실제 문학치료 임상에서 이러한 진단 방법을 쓰고 있거니와, '자기서사 진단도구'의 이름으로 조직화된 검사지도 마련되어 있다. 16가지 유형별 작품서사를 통해 인간관계에 얽힌 자기서사 특성을 짚어내는 검사지가 그것이다. 일찍이 '서사분석형'과 '연쇄전개형', '자유연결형' 등 세 가지 형태의 자기서사 진단도구가 마련되었으며,[60] 진단도구 문항을 16가지로 집약하여 재정리한 간략식 자기서사

59　작품서사를 통해 자기서사를 이해하고 변화시킴에 있어 '공명'의 중요성에 대해서는 정운채가 이를 자세히 논한 바 있다. 정운채, 「자기서사의 변화 과정과 공감 및 감동의 원리로서의 서사의 공명」, 『문학치료연구』 25, 한국문학치료학회, 2012.

60　그 작업은 정운채가 주도하는 가운데 강미정과 하은하 등이 일부 작업을 분담하는 방식으로 이루어졌다. 총 10여 편의 논문이 제출되었으며, 이들을 모은 단행본이 발간된

진단도구도 활용되고 있다.[61] 근래에 본 연구자 또한 이야기와 문항을 대폭 확장하고 새로운 질문방식을 적용한 MMSS 자기서사 검사지를 개발하여 학회 발표를 수행하고,[62] 대학생들을 대상으로 검사를 진행한 바 있다. 자기 서사 검사지가 더욱 개선·발전되면 작품서사와 자기서사의 연관적 조응을 더 효율적으로 행할 수 있을 것이다.

하지만 검사지를 통한 서사반응만으로는 한계가 있으며, 상담 과정을 통해 내담자의 삶과 작품서사의 연결성을 실질적으로 점검하는 과정이 필요하다. 그 과정에는 내담자의 개인적 경험과 생애에 관한 대화도 자연스럽게 포함될 것이다. 그 과정에서 내담자의 자기서사와 작품서사의 구체적인 연결과 함께 서로 간의 질적 차이까지도 짚어냄으로써 자기서사에 대한 작품적 진단을 구체화할 수 있다. 부모 감싸기 특징을 두드러지게 나타내는 한 사람이 있을 때, 그 자기서사가 심청과 바리데기, 가믄장아기 등의 여러 서사 중 어느 쪽에 해당하는지를, 더 나아가 그가 '어떠어떠한 심청'이나 '어떠어떠한 바리데기'의 서사를 살고 있는지를 구체적이고도 설득력 있게 기술할 수 있게 되는 것이다. 그 상담 과정에는 일반적 심리상담이나 이야기치료 등의 전례와 기법을 광범위하게 적용할 수 있거니와, 이에 대해서는 따로 논의하지 않는다. 다만 문학치료 자기서사 상담에서는 개인 생애에 이끌려 들어가는 대신 문학작품을 매개로 한 미적이고 맥락적인 조명과 조정이라고 하는 방법적 차별성을 늘 잊지 말아야 한다는 사실을 강조해둔다. 치료의 기본원리가 같지 않은 만큼 상담 과정 또한 다를 수밖에 없다.

이제 자기서사의 작품서사적 분석과 진단, 그리고 치료적 처방의 몇 가지 사례를 소개하고자 한다. 1시간 남짓의 진단상담을 통해 도출한 결과로서 개략적 모형을 보이는 수준의 논의가 될 것이다. 사례자들은 모두 건국대

바 있다. 정운채 외,『설화를 활용한 문학치료프로그램 개발 연구』, 문학과치료, 2009.

61 황혜진,「자기서사 진단도구의 개발 현황과 개선 방안」,『문학치료연구』38, 한국문학치료학회, 2016.

62 신동흔,「문학치료를 위한 자기서사 종합 진단도구 개발 연구: MMSS 검사지 1차 초안 및 해설」, 한국문학치료학회 제173회 학술대회 발표문, 2018년 3월 31일.

국어국문학과에 재학 중인 학생들이다. 연구적 활용에 대한 동의 과정을 거쳤으나 개인정보 보호를 위해 이름을 가명으로 표기한다. 자기서사의 작품 서사적 기술의 기본 방법과 체계를 보이는 것이 목적인 만큼 진단지 항목들에 대한 세부적 소개와 분석은 생략하고, 분석과 상담의 결과로 드러난 두드러진 자기서사 특성과 그에 따른 방향 설정을 핵심적으로 정리할 것이다. 검사지 서사반응상의 제반 특성과 그에 대한 평가에 대한 자세한 논의는 별도의 과제로 예비되어 있다.

(1) 조비야: 아직 본격 모험을 시작하지 않은 예비 주먹이

성격과 행동 특성 면에서 매우 경쾌하고 발랄하며 상상력과 모험심이 강한 학생이다. '지붕에 소 올리는 일'이 무척 재미있어 보여서 그 이야기가 마음에 든다고 말하는 사람이다. 방학중과 정만서, 잭, 장화 신은 고양이 같은 인물에 강한 이끌림을 나타냈다. 무수옹 이야기와 관련해서 어차피 걱정은 있기 마련이고 그냥 잘 안고 살면 그만이 아니겠느냐는 쿨한 태도를 보이기도 했다. 조비야는 주먹이 이야기를 접하면서 주먹이의 서사가 자기서사라는 것을 스스로 직감했다고 한다. 실제로 서사반응이나 성격 특성, 세계관과 가치관 등에서 그 특성이 주먹이와 닮았음을 볼 수 있었다. 스스로 그것을 특별하게 여기지 않고 자연스럽고 평범한 일로 여기는 것이 오히려 특별해 보였다. 다만 조비야는 아직 본격적으로 주먹이의 서사를 살기 시작한 상태는 아니다. 일반적 청소년기를 거쳐 막 대학생이 되었을 뿐이다. 세상과 부딪치면서 큰 위기를 경험하거나 하지 않은 터라서 조심스러움과 함께 막연한 두려움도 나타냈다. 현실에서 좌절하여 상처를 받을 수도 있기 때문이다.

이에 '이제 모험을 시작할 예비 주먹이'로 조비야의 자기서사 좌표를 가늠하고, 작은 거인의 삶을 훌륭히 성취할 수 있는 길에 대해 대화를 나누었다. 현실적 실패에 대한 걱정은 당연한 것이며, 이야기 속에서도 현실의 커다란 위험요소를 생생히 말하고 있다는 사실을 환기했다. 관건은 위기를 맞이하고 실패와 좌절을 경험하게 될 때 어떻게 그것을 상처 없이 극복할 것인가 하는 문제다. 주먹이가 잃을 것이 없는 작은 존재이기에 상처를 크게 받지 않는 것임을 얘기하고, 스스로 무거운 존재가 되지 않도록 해야겠다는 얘기를 나누었다. 오래 힘차게 나아가려면 능력과 함께 체력과 정신력을 갖춰야 하리라는 얘기도 했다. 그리고 자기와 잘 어울리는 좋은 동반자가 있으면 그 길이 훨씬 수월하고 즐거울지 모른다고 얘기했다. 흰눈이와 빨간 장미 이야기를 들려주고 자매가 서로 어떻게 보완하고 힘이 돼주면서 제 할 일 다 하면서도 상처받고 살 수 있는지에 대해 이야기를 나누었다. 들어보니 서로 좋은 짝이 되는 친구가 있으며, 함께 해외여행을 할 계획이라고 한다. 둘이 함께 밥을 사달라며 연구실을 찾아오기도 했다. 이 예비 주먹이가 넓은 세상을 놀이터처럼 즐겁게 움직이면서 많은 것을 보고 느끼는 가운데 작고도 큰 존재가 될 수 있기를 기대하고 있다.

(2) 박민서: 백설공주 식의 관계 맺기를 꿈꾸는 '무수소녀'

서사반응이 무척 빠르면서도 서사 이해 수준이 높은 학생이다. 짧은 시간에 여러 서사의 핵심을 두루 파악한 감각이 놀라울 정도였다. 어려서부터 이야기를 많이 접해서 독해력이 빠른 편이라고 했다. 박민서가 가장 인상적인 이야기로 반응한 것은 백설공주의 서사였다. 예쁜 외모나 왕자와의 결혼 등이 아닌 특유의 성격과 삶의 방식에 대한 공명이었다. 늘 밝고 즐거운 긍정의 모습으로 타인들과 어울려 살아가는 모습이 너무나 보기 좋다고 했다. 본인의 행동과 말에도 자유로움과 함께 긍정의 기운이 넘쳐났다. 얘기를 들어보니 백설공주와 달리 자기를 사랑하는 좋은 부모님 밑에서 행복하게 지내고 있다고 했다. 살아오면서 특별한 걱정거리가 없었고 지금도 없다는 말이 인상적이었다. 앞으로도 행복하게 잘살게 되리라는 믿음을 나타냈다. 꾸며서 하는 말이 아니라 몸에서 우러나는 말로 다가왔다.

　박민서에게 '무수옹'에 준한 '무수소녀' 별명을 붙여주면서, 어떤 걱정
이라도 스스로 풀어내는 능력을 발전시켜가면 좋겠다고 했다. 백설공주가
그랬듯 부모와 분리될 수 있고 현실의 큰 함정에 빠질 수도 있겠지만, 백설
공주의 서사를 따라 순수하고 밝은 긍정의 빛을 잃지 않으면 좋겠다고 얘기
했다. 본인도 그러고 싶다고 했다. 다만, 타인들의 선의를 너무 믿지는 말라
고 했다. 그것 때문에 백설공주가 죽음에 가까운 곤경을 겪은 일을 환기했
다. 아울러, 좋은 동반자가 있으면 백설공주와 무수옹 서사의 실현이 더 수
월할 거라는 얘기를 나누었다. 흰눈이와 빨간 장미에 대한 얘기를 하면서,
백설공주와 달리 흰눈이가 함정에 빠지지 않은 일에 대해 얘기를 나누었다.
박민서는 앞으로 사회봉사나 복지 분야 일을 하고 싶다고 한다. 난쟁이와 행
복한 공동체를 이룬 백설공주의 서사에 꼭 맞는 소망이었다. 그 일을 아주
잘할 수 있을 거라고 하면서, 서사 능력이 뛰어나니 관계 맺기 과정에 이야
기를 잘 활용하면 어떻겠느냐고 했다. 본인도 아주 좋아했다. 앞으로 어떤
위기와 좌절을 경험하게 될지 모르지만, '걱정 없는 백설공주'의 삶을 잘 실
현하면 좋겠다는 생각이다.

(3) 정효신: 아직 못 떠난 심청, 또는
살을 베어 아비를 봉양하려는 도령

　　　　　　대학생들과 자기서사 검사 결과를 살펴보고
상담을 진행하는 과정에서 '심청'이 참 많다는 점을 깨닫게 되었다. 부모의
기대에 어긋나지 않게 잘해야 한다는 생각을 강하게 하고 있고, 또 그렇게
노력하고 있는 학생들이 다수였다. (다른 한편으로, 부모에게서 벗어나 자기 삶을 살
고자 하는 '내 복에 사는 딸/아들'이 많은 터라서 무척 흥미롭다.) 정효신 학생도 그 내면
에 심청의 서사가 작동하는 경우였다. 부모의 기대와 그에 대한 책임감이 두
드러졌다. 무슨 일이든 훌륭하게 잘해서 부모의 기대를 충족시키고자 하는
생각이 뚜렷했다. 실제로 모든 과제와 발표, 기타 활동에 늘 솔선수범한다.

현재 정효신 학생의 서사는 '부모로부터의 떠남'이 핵심 화두였다. 인생 진로와 관련해서 부모님의 뜻과 달리 국문학을 전공으로 선택한 일이 아주 크고 힘든 결정이었다고 한다. 주변 사람의 큰 도움도 필요했다고 한다. 문제는 그러한 선택이 부모에 대한 책임감 내지 죄의식처럼 작용하는 측면이 있다는 점이다. 서사반응상으로 볼 때 정효신은 매우 신중하고 조심스러운 사유형 인물임이 분명했다. 관찰과 대화의 결과 또한 마찬가지다. 그럼에도 의식적으로 적극적으로 움직이려고 애쓰는 모습이 안쓰럽게 다가왔다. 부모 뜻에 어긋나는 선택을 해서 자기 길로 떠나온 결과가 오히려 부모라는 존재에 스스로 발목을 잡히는 현상을 낳고 있는 것처럼 보였다. 심청의 서사에 대해 이야기를 나누면서 중압감을 느끼는 심청 대신 더 즐겁고 당당한 심청이 되면 좋겠다고 했다. 부모는 부모이고 자식은 자식일 따름이며, 자식이 구김 없이 행복해야 부모도 행복한 것이리라고 했다. 길은 어디선가 서로 만나기 마련이라서 본인이 선택한 국어국문학 전공의 길이 뒤에 부모가 원하는 길과 만날 수도 있으니 멀리 보면서 편하게 가면 좋겠다는 얘기도 했다. 심청의 길과 심봉사의 길도 종국에 서로 만나지 않았는가 말이다.

뒤에 되짚어보니 정효신의 자기서사는 극단적으로 말하면 '살을 베어 아비를 봉양하려는 효자'일 수도 있겠다는 생각이 들었다. 아직 이와 관련한 상담은 하지 않은 상태다. 그가 혹시라도 제 살을 베는 식의 동선을 따르지 않았으면 좋겠다는 마음이다. 더 행복하고 당당하게, 무리하지 않고 있는 대로의 자기 삶을 살 수 있으면 좋겠다. '내 복에 사는 딸'이나 트릭스터형 인물의 서사를 대안으로 제시할 수 있겠으나, 이들 서사와의 접속은 아직은 다소 먼 일처럼 여겨진다. 그 가능성을 차차 찾아볼 예정이다.

(4) 나하늘: 폭력과 싸우는 자청비. 심청의 책임감을 지닌

매사에 적극적이고 똑 부러지는 학생이다. 서사반응에서도 강한 독립성과 자존감, 진취적 태도, 과감함 등이 강하게 배어났다. 책임감도 매우 높은 쪽으로 나타났다. 스스로도 맏딸로서 책임감을 많이 느끼고 있다고 말했다. 아버지는 따로 살고, 어머니와 자녀들이 함께 사는 중이라고 했다. 자녀로서의 강한 책임감은 심청의 서사를 볼 수 있게 하는 것이었다. 단, 앞의 정효신에 비하면 무척 씩씩한 심청이다. 주체성이 곧 자기정체성인 사람이다. 「장미공주」 이야기에서 왕자가 가시덤불을 헤치고서 잠자는 공주를 구해준 상황이 마음에 들지 않는다면서 그녀 스스로 잠에서 깨어 길을 찾아야 한다고 말하는 모습이 꽤나 당찼다.

그런데 서사반응에서 특징적인 지점이 있었다. 책임감 없이 타인에게 상처를 주는 사람에 대한 강한 거부감과 분노가 나타났다. 가정사를 들으면서 아버지 문제에 따른 것인가 추측해보기도 했는데, 알고 보니 실제적 폭력에 따른 고통을 크게 겪고 있는 중이었다. 오래 사귄 남자친구한테 뜻밖의 데이트 폭력을 당했다는데, 그에 대한 억울함과 분노가 매우 컸다. 그와 절교했으나, 그것으로 그칠 수 없었다. 혼자 이리저리 뛰면서 처벌하고 사과받을 길을 찾고 있는 중이라 했다. 이야기 중 「팥죽 할머니와 호랑이」에서 할멈이 주변 친구들의 도움을 얻어 호랑이를 물리친 일에 강한 긍정반응을 보였는데, 알고 보니 그 자신이 뜻하지 않은 호랑이적 폭력에 직면한 처지였다. 물어보니 주변 사람들과 나름 상의하고 있다고는 하는데, 그리 적극적으로 도움을 받고 있는 것 같지는 않았다. 팥죽할멈이 그랬던 것처럼 주변 도움을 더 적극적으로 받는 게 어떻겠느냐고 했다. 학교 양성평등센터에 대해서도 말해주었다.

문제는 그 일이 발생한 지 2~3주가 되었는데 어머니한테 말하지 못하고 있다는 사실이었다. 스스로 말한 것이 아니라 물어서 확인한 사실이었다. 어머니가 힘들게 일하시는데 도저히 말할 수 없노라고 했다. 영락없는 심청이 마음이었다. 팥죽할멈보다 훨씬 젊고 강한 걸 알지만, 호랑이를 혼자 이기려 하지 말라고 했다. 가장 가까이 있는 사람인 어머니와 상의하는 게 어떻겠느냐고 했다. 그것이 부모 자녀 간의 도리이고 정리라는 얘기도 했다. 그건 불가능할 것 같다고 해서, 알았다며 무리하지는 말라고 했다. 필요하면 언제라도 연락해서 도움을 청하라고 했다. 며칠 뒤, 한밤중에 문자가 왔다.

용기를 내서 어머니한테 그 얘기를 했다고 했다. 어머니가 "네가 잘못한 건 딱 한 가지, 그 일을 이제 말한 것뿐이야" 하면서 꼭 안아주셨다고 했다. 너무나 큰 힘이 된다고 했다. 그 후 어머니의 도움 속에 문제를 풀어가고 있는 중이라고 들었다. 잘 해결해갈 수 있을 거라고 기대하고 있다. 진정한 해결은 상처를 극복하고 본래의 씩씩하고 당당한 자기를 세우는 일일 것이다.

뒤에 다시 헤아려보니 나하늘의 서사가 자청비의 서사와 통하는 면이 많다는 생각이 들었다. 남자보다 더 씩씩하게 움직이는 주체성도 그렇고, 여성으로서의 강한 자의식과 주체의식 면에서도 그러하다. 이야기 속에서 자청비는 뜻하지 않게 정수남이의 무모한 폭력에 직면한다. 나하늘이 경험한 것과 비슷한 상황이다. 그에 대한 자청비의 대응은 정수남이를 찔러서 죽인 것이었다. 정당방위에 해당하는 일이나, 그것은 상처와 꺼림을 남기는 일이기도 했다. 부모를 비롯한 가까운 사람들과의 관계에도 장애가 발생한다. 21세기 자청비로서의 나하늘이 그런 선택을 하는 것이 맞는 일이었는지 판단하기 어렵다. 자청비의 이어진 서사를 보더라도 주변과의 소통 및 협력을 통한 해결이 맞는 쪽이었을 것 같으나, 확신하기는 어렵다. 기회가 되면 나하늘 학생하고 자청비 서사에 대한 이야기를 나누려고 한다. 정수남이에 대한 자청비의 태도에 대한 의견도 듣고 싶다. 아울러 자청비가 그런 우여곡절을 다 거치면서 종국에 넓은 세상에서 마음껏 자기 존재를 펼치는 '생명의 여신'이 된 사실에 대해 이야기하려고 한다. 그 서사에 대해 하늘이 강하게 공명하지 않을까 예측하고 있다. 그가 당당하고도 행복한 자청비의 서사를 펼쳐나갈 수 있으면 좋겠다는 마음이다. 하늘과 자청비에 대한 얘기를 나누게 된다면, 자청비와 문 도령 결연의 빛과 그림자에 대해서도 좋은 대화를 할 수 있을 것으로 기대하고 있다.[63]

---

63 참고로, 논문 작성 후 여러 학생이 함께한 저녁 자리에서 나하늘과 함께할 기회가 있었다. 긴 이야기를 나눌 수 있는 상황은 아니었고 잠깐 대화를 나누었다. 자청비 이야기에서 자기서사를 볼 수 있을지 모르니 이야기를 한번 찾아서 살펴보라고 했다. 다음날 밤에 문자가 왔는데, 자청비라는 인물에게서 감명을 느꼈으며 자청비가 그랬듯 어려운 상황을 잘 견뎌온 자기 자신을 칭찬해주었다고 했다. 주변의 응원 속에 행복한 자청비의

(5) 이백설: 슬프고 힘든 백설공주,
바리데기가 되어 살아온

자기서사 상담을 하는 과정에서 가장 많은 눈물을 쏟은 학생이다. 자기서사 검사지 서사반응을 체크하는데, "어쩌니!" 소리가 저절로 튀어나올 정도로 내면에 상처와 슬픔이 가득한 소녀였다. 딱 봐도 순수하고 착하며 감성이 풍부해서 절로 마음을 끄는 사람인데, 특유의 선량함과 공감력이 오히려 슬픔과 고통을 낳고 있는 역설적 상황에 처해 있다. 작품적으로 표현하면, 자유롭고 행복하게 백설공주의 삶을 살아야 할 소녀가 부모형제의 삶의 무게를 혼자 짊어지고서 고통스러운 바리데기의 삶을 살고 있는 상태로 서술할 수 있다. 이백설이 주관식으로 서술한 반 페이지 분량의 서사반응에 가득한 말이 '책임'이었다. 슬픔이 배어 있는 단어들이었다. 자신이 쓴 글을 확인하면서 스스로 슬픈 표정을 지었다.

부모님이 서로 사이가 좋지 않다고 했다. 서로 불만은 많고 대화와 소통은 안 되는 상태라 했다. 문제는 그 불만과 분노가 다 이백설이 떠맡아야 할 짐으로 넘어온다는 점이었다. 특히 어머니가 어린 딸한테 상시적으로 남편에 대한 불만의 말과 함께 울분과 고통을 호소하는 상황이었다. 이야기가 시작되면 끝이 없다고 했다. 지금 부모님과 함께 사는가 물으니, 고향이 지방이라서 대학에 들어오면서 따로 살게 됐다고 했다. "전화를 하시겠구나" 했더니 영상통화로 매일 1시간 이상씩 하소연한다고 했다. "어떡하니!" 했더니 마구 눈물을 쏟았다. 마음뿐 아니라 몸도 너무나 아프다고 했다. 병원을 수시로 드나들며 살아왔다고 한다. 마음의 병이 몸의 병으로 옮겨간 것이 불 보듯 뻔했다. 특유의 강한 공감력 때문에 말하는 어머니보다 몇 배의 고통을 느끼는 터이니 병이 되지 않을 수 없는 상황이다.

심청의 서사로도 보이고 바리데기의 서사로도 보였는데, 바리데기 쪽에 가깝다고 판단되었다. 심청은 아버지한테 받은 큰 사랑과 은혜가 있는데

길을 가기 바란다고 답했다.

이백설이 부모한테 받은 것은 은덕보다 상처와 고통 쪽이라고 여겨졌기 때문이다. 본인도 바리데기의 서사에 깊은 공감을 느낀다고 했다. 바리가 부모를 살린 일이 마음에 든다면서도 "제 뜻으로 떠난 길이라도 바리의 마음에 억울함과 원망이 있을 것이다"라는 문항에 대한 선택은 '전적으로 그렇다'였다. 자기 마음이 그렇게 투사된 것이었다. 보니까 바리데기의 언니들에 대해서도 부정적인 반응이었다. 언니와 사이가 안 좋으냐고 물으니 열 살 차이나는 언니가 있는데 관계가 좋은 편이라 했다. 좀 더 얘기를 나누어보니 언니는 부모님 갈등 문제를 냉정히 외면하고 빠지는 쪽이라고 했다. 그 결과로 짐이 다 자기한테로 오는 상황이니 무의식중에 원망의 마음이 있는 것이었다. 그런 취지의 얘기를 하니까 끄덕이며 공감했다.

이백설이 살고 있는 바리데기 서사는 '속으로 정말 싫고 힘들지만 할 수 없이 지옥을 향해 가고 있는 바리데기'라고 할 만하다. 그건 바리데기의 서사와 질적으로 다르다는 얘기를 했다. 이대로 가면 삶이 속으로부터 통째로 무너질지 모른다고 했다. 바리데기가 어머니와 대면해서, 그리고 아버지와 대면해서 속마음을 나누면서 원망과 설움, 분노를 풀어내는 과정에 대해 이야기했다. 책을 펴서 그 대목을 직접 함께 읽었다. 그 장면을 보면서 이백설은 다시 많이 울었다. 그 과정을 거쳤기에 바리데기가 기꺼이 저승으로 나아가고 생명의 힘을 찾은 것이라 했다. 행복한 바리데기가 되려면 더 늦지 않게 부모와 소통하여 속내를 드러내고 풀어내는 과정을 거쳐야 하리라고 했다. 자기가 어떤 상황, 어떤 마음인지 알려야 한다고 했다. 부모님이 몰라서 그러는 것일 수도 있으며, 무엇보다 본인이 살기 위해 그리하지 않을 수 없다고 했다. 그러고 싶지만, 너무 힘들다고 했다.

언니와 먼저 만나 속마음을 털어놓고 얘기해보면 어떻겠느냐고 했다. 술을 사달라고 해서 한두 잔 마시고 취한 척 속내를 드러내보라고 했다. 언니가 회피한 결과로 자기가 얼마나 힘든지 알리면 이해와 도움을 줄 것이라고 했다. 백설은 그리 해보겠노라고 하고서 2시간가량의 상담을 마치고 돌아갔다. 그날 한밤중에 문자가 왔는데, 뜻밖에도 언니가 아닌 어머니에게 다 털어놨다고 했다. 두 분 문제는 둘이 해결하라고, 나는 할 수 있는 게 없다고,

엄마 얘기 들어도 아무 생각도 안 난다고 말했다고 한다. 어머니가 그런 줄 모르고 자기 생각만 했다며 미안하다고 답했다고 한다. "괜찮아. 나는 잘래" 하면서 전화를 끊었다고 했다. 뒤에 집에 내려가면 본격적으로 제대로 얘기 하겠노라고, 앞으로 용감한 바리데기로 살아가겠노라는 말도 덧붙였다. 백설이 어머니와 통화를 마치고서 얼마나 울었을지 안 봐도 눈에 선했다. 어쩌면 백설의 태도가 어머니에게 서운함과 분노를 낳아 또 다른 갈등으로 이어질지 모른다. 하지만 어떤 식으로든 풀어야 할 일임은 분명하다. 바리데기의 서사에 나오는바, 엄마를 안고 뒹구는 과정을 거쳐야 한다.

> 치고 붙고 늘이고 울고 방성통곡 우다가 / 베리데기는 어머님 가슴에 안겨서 / 엄마 엄마 울 엄마요 / 옛날에 젖꼭지도 못 물아보고 젖도 한 모금 빨아보지도 못하고 / 젖도 빨아보고 젖도 / 양쪽 유통도 만져보고 엄마 가슴도 안아도 보고 허리도 안아도 보고 처매 폭에 싸여도 보고 / 이리 궁글 저리 궁글 어머님 전에 업해 보고 안계도 보고 / 엄마 엄마 울 엄마요[64]

어찌 보면 사랑을 나누는 게 아니라 싸우는 모습처럼 보이기도 한다. 다분히 투쟁적인 풀어냄이다. 오랫동안 깊이 쌓인 설움이니 이렇게 풀어내는 것이다. 이백설이 거쳐야 할 과정이기도 하다. 상담자가 주관적으로 제시하는 답이 아니라 오랜 세월을 거쳐온 문학작품이 심연에서 말해주는 답이다.

서사반응을 통해 볼 때, 그리고 관찰과 상담을 통해 볼 때, 이백설이 살아야 할 서사는 백설공주의 서사로 여겨진다. 씩씩하고 행복한 바리데기의 길도 어울리지만, 성격과 정체성 면에서 백설공주 쪽이 어울려 보인다. 이야기 속에서 백설공주는 마녀로 표상된 부모 곁을 떠남으로써 오히려 더 자유로워지고 행복해진 측면이 있다. 백설이 그간 슬픈 바리데기의 삶을 충분히 힘들게 살아왔으니, 그리고 그 삶이 무척 버겁고 고통스러운 것이었으니 이제 백설공주의 삶을 마음껏 구가해도 좋으리라는 생각이다. 다시 만나게 되

---

64   김석출 구연, 「베리데기굿」, 김태곤 편, 『한국무가집』 4, 집문당, 1980, 139-140면.

면, 본인의 미래 스토리를 설계하면서 백설공주의 서사를 연결해보면 어떻겠느냐고 말해볼 생각이다. 물론 선택은 본인의 몫이다. 씩씩하고 행복한 바리데기의 길을 스스로 선택하겠다면 그 또한 더할 나위 없는 일이다.

6   향후 과제와 전망

인간을 통해 문학을 이해하고 문학을 통해 인간을 이해하는 일은 즐겁고 뜻깊은 작업이다. 특히 서사 차원에서의 심층적 조응과 이해는 더욱 그러하다. 인간의 심중한 실제적 삶의 문제가 문학을 통해 오롯이 이해되고 풀려간다고 할 때, 그것이 주는 성취감과 행복감은 이루 말할 수 없다. 만약 죽음 쪽으로 가는 한 사람의 걸음을 삶 쪽으로 돌릴 수 있다면 더할 나위 없을 것이다.

인간을 깊이 이해하고 치료할 수 있는 길이 문학작품 속에 담겨 있다는 것은 커다란 축복이다. 그간 문학작품 분석을 위해 힘겨운 씨름을 지속해온 연구자들로서는 정말로 고맙고 귀한 일이 아닐 수 없다. 문학치료학이라는 새 길을 열어낸 정운채 교수의 업적을 새삼 기리게 된다. 하지만 그것이 풍성한 결실을 이루기까지는 남은 길이 멀다. 이제 겨우 씨앗에서 싹이 트고 있을 따름이다. 그 싹을 잘 키워서 꽃을 피우고 결실을 이루고 그로부터 씨앗들을 찾아내 곳곳에 뿌려 키움으로써 드넓은 생명의 숲을 이루어야 하는 것이 우리의 책무다. 그러기 위해 할 일이 크고도 많다.

작품서사에 대한 해석을 계속 심화하고 확장함으로써 삶을 이해하고 진단하는 소중한 자산으로 삼아야 한다. 그 작품해석은 인간 삶을 반영한 것이어야 하며, 인간에 대한 해석에 유효하게 적용될 만한 것이어야 한다. 그간 많은 작품해석 성과가 축적되었지만, 새로 해야 할 일이 더 많다. 아직 제대로 된 분석의 손길이 미치지 못한 이야기가 무수하다. 작품서사 해석과 더불어 작품서사를 통한 자기서사 분석의 신뢰할 만한 사례들을 축적해가야 한다. 다양한 임상사례의 축적은 문학치료가 매진해야 할 핵심 과제가 된다. 그간 이와 관련한 작업이 미약했기 때문에 더욱 그러하다.

그간의 문학치료 서사분석은 설화를 주요 작품서사로 삼는 가운데 핵심적 서사 구조와 맥락을 짚어내는 것을 기본 과제로 하여 진행되어왔다. 이 연구의 논의도 그러한 방향성을 지니는 것이었다. 그것은 궁극적 도달점이 아니다. 작품서사와 자기서사 분석을 세부적이고 구체적인 디테일 수준으로 진전시켜 더욱 유기적이고 생생한 분석과 평가를 수행할 수 있어야 한다. 설화 외에 시와 소설, 희곡, 영화와 드라마 등을 폭넓게 포괄하여 문학치료를 위한 작품적 자산으로 삼음으로써 그 작업에 힘을 실을 수 있다. 문학치료학에서 한때 영화를 통해 자기서사를 분석하고 진단하는 작업을 열정적으로 진행했던 전례를 새삼 되돌아볼 만하다. 문학치료가 세상 사람들의 다양한 자기서사에 대해 핵심적인 구조와 맥락에 더하여 세부적인 디테일까지 오롯이 감당해낼 수 있다면, '자기서사의 전모'에 준하는 진단과 분석을 해낼 수 있다면 정말로 대단한 일이 될 것이다.

다시 한번 강조하는 바는 작품서사에 대한 최고·최선의 분석이 핵심이라는 사실이다. 인간이 곧 문학이므로 문학에 대한 정확하고 깊이 있는 분석이 관건이다. 본 연구는 그 과업을 위한 하나의 가교(假橋)다. 폭넓은 검증을 통한 분석요소의 조정 보완과 정교하고 깊이 있는 분석방법을 구축해야 한다. 서사의 제반 영역에서 체계적 분석 작업이 이루어진다면 문학치료는 성큼 발전하게 될 것이다. 이 연구가 유용한 가교가 되어 머지않은 미래에 문학치료라는 '생명의 숲'으로 향하는 크고 튼튼한 다리가 놓일 수 있기를, 그리하여 많은 사람이 그 길로 즐거이 걸어 들어갈 수 있게 되기를 소망한다.

서사적 대화론

문학작품을 통한
'나'라는 문학의 발견과
미적 실현

자기서사를 축으로 한 문학의 탐구와 교육

들머리: 나의 돌덩이 또는 여의주

본 논의는 세상이 급속히 변화하는 상황에 서 문학과 문학교육은 어떤 소용이 있는가를 살피는 것을 목적으로 한다. 이 문제에 대해 문학을 전공하는 인문학자 입장에서 하나의 본질론적 접근을 시도하고자 한다. 그 거점은 문학치료학이다. 문학치료학은 도구적이고 실용적인 학문이라는 오해를 받곤 하지만, 기본 원리 및 지향에 있어서 더없이 인문학적인 학문이다.[1] 그것은 문학과 인간의 본질에 대한 근원적인 성찰을 통해 삶의 질적 변혁과 미적 실현을 추구한다.

문학치료학의 철학적 바탕은 문학적 인간론이다. 인간이 문학적 존재라고 보는 관점이다. 필자는 이 철학에 접속해서 문학치료학에 발을 들여놓은 이후로 문학치료에 대한 많은 글을 써왔다. 하지만 문학교육을 본격적으로 다루지는 않았다. 그에 대한 논의가 남겨진 과업임을 깨닫고 학회의 요청에 응하여 이 논의를 하게 되었다. 문학치료학의 문학교육적 성격을 확인하고, 강의실 안팎에서 수행해온 문학치료적 소통의 경험을 공유할 것이다. 문학과 문학교육이 어떤 소용이 있는가 하는 문제와 관련하여 새롭게 음미해 볼 지점이 있으리라고 믿는다.

논문 부제의 '자기서사'라는 말이 다소 낯설 수 있겠다. 문학치료학의 핵심 개념이다. 개인의 삶의 이야기로서 'self narrative'를 떠올렸다면 잘못 짚은 것이다. 문학치료학의 자기서사는 더 심층적이고 미적인 개념이다. '인간의 이면에서 삶을 움직여가는 이야기'가 곧 자기서사다.[2]

제주도 구전신화 「원천강본풀이」에는 '나'의 문제를 고민하는 여러 인

---

[1] 여기서 말하는 '문학치료학'은 한국문학치료학회를 중심으로 펼쳐지고 있는, 서사이론에 바탕을 두고 있는 문학치료학을 일컫는 것임을 밝혀둔다.

[2] 자기서사의 개념과 성격에 대한 자세한 논의는 정운채, 「서사의 힘과 문학치료방법론의 밑그림」, 『고전문학과 교육』 8, 한국고전문학교육학회, 2004b, 159-176면 참조.

물이 나온다. 홀로 적막한 들을 방황하다가 존재의 뿌리와 가치를 찾아서 먼 여행을 떠나는 오늘이, 감옥과도 같은 별층당 속에서 계속 책만 읽어야 하는 장상이와 매일이, 많은 봉오리를 맺으면서도 꽃을 피우지 못해 눈물짓는 연꽃나무, 야광주(여의주)를 세 개 물고도 용이 되지 못한 채 백사장을 뒹구는 큰 뱀(이무기), 우물가에서 깨진 바가지를 들고 고향 하늘을 바라보며 슬피 우는 선녀들 등이다. 이 인물들의 서사는 다양한 방식으로 사람들의 자기서사와 연결된다. 누구는 오늘이에게, 누구는 장상이나 매일이에게, 누구는 연꽃나무에 공명하고 접속한다. 그중 나의 마음을 흔드는 인물은 이무기다. 이 작품이 말해준 나의 존재적 실체는 '여의주/돌덩이를 아홉 개쯤 물고서 버둥대는 이무기'였다. 내가 문 것은 여의주인 듯 돌덩이가 되곤 한다. 그걸 아홉 개나 물었으니 '승천'이 될 리 없다. 짐짓 오르는 듯하다가 불시에 바닥으로 떨어져 신음하는 존재…. 그것이 나였다. 무척이나 뼈아픈 발견이었다. 어김없는 내적 진실이었으므로.

작품이 말하는바 이무기의 문제에 대한 답은 여의주를 하나만 갖고 나머지를 내려놓는 것이다. 이는 나의 서사적 과업이기도 했다. 한국문학치료학회 회장직에서 벗어나면서 '문학치료 논문 쓰기'라는 돌덩이/여의주를 내려놓고자 했다. 할 만큼 했다고 여겼다. 그럼에도 이 연구를 덥석 물고 말았다. 왜냐하면 이무기이기 때문! 그 선택은 돌덩이가 되어 나를 짓누른다. 밀려오는 후회. 근간에 어느 학생이 했던 말을 상기하며 마음을 다잡는다. 그 이무기가 여의주 여러 개를 모으고 돌보는 시간이 있었기에 결국 승천한 것이 아니었을까 하는 말이었다. 그렇다. 여러 개의 여의주는 짐이 아니라 동력이었을 수 있다. 연결하여 이야기 속의 장면을 새로이 되새겨본다. 이무기는 입에 문 것을 '내버린' 것이 아니라 귀한 이에게 '건네준' 것이었다. 돌덩이가 아닌 여의주로! 그 여의주를 지니고서 오늘이는 선녀가 되며, 세상은 신성으로 빛난다. 그렇다. 내가 할 일은 이 과업을 돌덩이로 팽개치는 일이 아니다. 정성껏 갈무리해서 세상에 바치는 일이다.

언제부터인가 삶의 문제들에 대해 이렇듯 이야기적으로 사유하고 대응하게 되었다. 나도 모르는 사이에 이렇게 인지하고 표현하는 측면이 크다.

나의 삶이 내면의 이야기들에 의해 운용된다는 사실을 깨닫고 난 뒤 시작된 현상이다. 말하자면 문학의 감옥에 갇힌 셈이다. 감옥보다는 연옥이라고 말하고 싶다. 아름다운 연옥! 나를 이렇게 만든 사람이 있다. 돌이켜 헤아리니 곰 같은 사람이다. 그 사람에 대한, 하나의 특별한 '문학'에 대한 얘기로 넘어간다.

2   인간이 곧 문학이라는 명제

멀고 먼 옛날, 곰과 호랑이가 있었다. 어느 날 하늘을 발견한 곰과 호랑이는 하늘과 접속하고자 했다. 그러기 위해서는 사람이 되어야 했다. 그 일은 저절로 될 수 없었다. 깜깜한 굴속에서 쑥과 마늘을 먹으며 백날을 버티는 시련을 거쳐야 했다. 호랑이는 견디지 못하고 포기한다. "그냥 살던 대로 살겠어." 하지만 곰은 시련을, 또는 수련을 이어나간다. 아득한 어둠 속에서 나 홀로 외롭게. '백날'이 어찌 꼭 100일일까. 그것은 '기약 없는 긴 시간'의 은유다. 사람이 된다는 보장은 또 어디에 있나. 깜깜한 동굴 생활과 사람 또는 하늘 사이라니 크나큰 괴리다. 그럼에도 곰은 자기와의 싸움을 멈추지 않고 이어나간다. 어느 날, 거짓말처럼 어둠은 걷히고 하늘이 열린다. 세상에는 새 역사가 시작된다.

그리 멀지 않은 옛날, 한 사람이 살았다. 인간관계에 진심인 사람이었다. 지성껏 스승을 모시고 동료와 후학을 챙기는 사람. 힘든 학업 끝에 국문과 교수가 된 그에게 제자들은 자식이었다. 상상을 뛰어넘는 정성으로 자식들을 챙기던 그는 그들의 미래를 위해 새로운 학문적 모색을 시작한다. 문학의 본래적 가치가 치유적 힘에 있음에 착안하여 거기서 무언가를 찾고자 한다. 그는 그 탐색에 '문학치료'라는 도발적 이름을 내걸었다. 동지는 없었다. 웬 엉뚱한 짓이냐는 반응 일색이었다. 문학에 대한 배반으로, 반인문학적 시도로 치부됐다. 그가 학과로 이끌어준 동료 교수 이무기도 다르지 않았다. '왜 저리하실까? 이건 아닌데….' 하지만 그는 멈추지 않았다. 어둠 속에서 쓰디쓴 쑥과 마늘을 씹고 또 씹었다. 나 홀로 외로이. 아니, 자기를 바라보는 뭇 새끼들을 품어 안고서. 2천 날, 3천 날이라도 그는 멈추지 않았을 것이다. 왜냐하면 곰이므로. 1천 날쯤 지났을 때 불현듯 쑥과 마늘이 약효를 내기 시작했다. 하나의 특별한 깨달음과 함께 쏟아져 들어오는 빛. 신화가 시작되는 순간이었다.

그 곰의 이름은 정운채다.[3] 그의 특별한 깨달음은 인간이 곧 문학이라는 것이었다.

> 문학치료학의 가장 큰 성과는 '인간이 바로 문학이며 문학이 곧 인간'이라는 관점을 확립한 것이다. 지금까지의 문학연구에서는 문학을 '인간 활동의 결과물'로만 생각했다. 그렇기 때문에 문학작품을 볼 때의 관점과 문학작품을 생산하고 향유하고 있는 사람을 볼 때의 관점이 매우 달랐다. 문학적인 관점은 문학작품을 볼 때로 한정되었고, 사람을 볼 때는 의학적으로 보거나 심리학적으로 보거나 철학적으로 보거나 사회학적으로 보거나 할 뿐 문학적으로 보려 하지도 않고 또 문학적으로 볼 수 있다는 생각도 하기가 어려웠다.
>
> (…)
>
> 실존주의 철학이나 정신분석학이나 불교는 사람을 문학적으로 볼 수 있는 시각을 마련하였음에도 불구하고 사람에 대한 문학적 탐구를 본격화하거나 체계화하는 데까지는 나아가지 아니하였다. 사람을 문학적으로 탐구하는 일은 문학치료학이 수립되면서 비로소 본격적인 체계를 갖추게 되었

---

3   정운채 선생의 학문적 여정을 웅녀와 연결한 것은 나의 임의적 판단이 아니다. 그 자신이 웅녀가 행한바 기존의 삶의 방식에 대한 결별을 통한 변신에 특별한 관심을 나타낸 바 있다. 정운채, 「웅녀: '사람'이 된다는 일」, 서대석 엮음, 『우리 고전캐릭터의 모든 것』 2, 휴머니스트, 2008; 정운채, 「「단군신화」의 웅녀를 통해 본 「누드모델」의 마리안느」, 『영화와문학치료』 4, 서사와문학치료연구소, 2010. 나는 웅녀에 대한 정운채의 이끌림이 그의 내면서사의 발현이었다고 보고 있다.

다. 아무튼, 문학치료학의 가장 큰 성과는 문학에 대한 이해를 바꾸어놓은 것이다. 문학을 '인간 활동의 결과물'로만 이해하던 종래의 관점을 넘어 '인간 활동' 그 자체가 문학이며, 더 나아가 '인간' 그 자체가 문학이라고 볼 수 있게 된 것이다.[4]

인간이 곧 문학이라는 것. 그러므로 문학을 치료하면 인간이 치료된다는 것. '역변(逆變)'이라고 표현하기에 부족함이 없는 근본적인 발상의 전환이다. 나는 이것이 한국 인문학이 내건 가장 도전적이고 혁명적인 명제라고 믿고 있다. 사람에 대한 문학적 탐구. 이 얼마나 놀랍고도 아름다운 발상인가.

문학치료학에서 인간이 곧 문학이라고 할 때, 중핵을 이루는 개념이 바로 '자기서사'다. 정운채는 인간의 내면 깊은 곳에 이야기가 존재하며 그것이 인생의 속성과 맥락을 좌우한다고 보고 이를 '자기서사'라고 명명했다. 문학작품의 이면에서 텍스트의 속성과 의미를 좌우하는 내적 구조 내지 맥락으로서 '작품서사'와 대비한 명명이었다. 정운채는 이를 토대로 문학작품과 인간/인생살이의 관계를 다음과 같이 설명한다.[5]

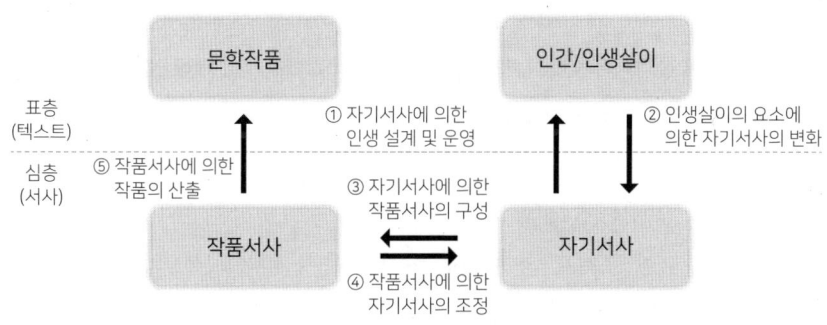

4   정운채, 「문학치료학의 서사이론」, 『문학치료연구』 9, 한국문학치료학회, 2008, 248-249면.

5   이는 정운채, 「문학치료학과 역사적 트라우마」, 『통일인문학논총』 55, 건국대학교 인문학연구원, 2013, 11면에 제시된 그림을 나지영이 재구성한 것이다. 나지영, 「인지역동스키마 이론과의 연계를 통한 문학치료학 서사이론 발전 방향 연구」, 건국대학교 박사

위의 도표에 나타나 있듯이 서사는 보이지 않는 심층에 존재한다. 외적으로 감지할 수 있는 것은 작품이라는, 또는 인간과 인생살이라는 텍스트다. 현상적으로 보면, 인간이 작품을 읽고 느끼는 것이 문학 활동이다. 그런데 정운채는 둘 사이에 연결선을 넣지 않았다. 양자 간 관계는 표면적이고 증발적이어서 유의미하지 않다고 본 것이다. 그가 중시하는 것은 표층의 텍스트와 심층의 서사 사이의 관계이며, 심층에서 작용하는 서사 사이의 관계다. 그중에도 핵심은 ③과 ④로 표현된바 작품서사와 자기서사의 상호작용적 관계다. 삶에 있어서 ①과 ②로 표현된 관계도 중요하지만, 그것만으로는 경험적 현실에 갇힌 형태가 된다. 그 울타리를 넘어서 삶을 이해하고 변화시키고 실현시키는 힘은 서사와 서사 사이의, 문학과 문학 사이의 심층적 상호작용 경험으로부터 나온다. 그 상호작용을 바탕으로 삶을 건강하게 운영해 나가는 길을 여는 과정이 곧 정운채가 말하는 문학치료다. 그 상호작용은 자체로 문학적 속성을 지니거니와, 문학치료는 '**문학**(작품)**에 의한 문학**(인간)**의 문학적 치료**'라고 할 수 있다.

문학과 인간의 이면에 모종의 구조와 맥락이 있다는 것은 아주 새로운 관점은 아니다. 예컨대 구조주의 서사이론은 작품 내의 심층구조에 주목하며, 인지심리학은 인간인지의 내적 틀로서 스키마를 말한다. 하지만 문학치료학 서사이론은 이와 질적 차이가 있다. 작품이 아닌 인간의 내적 심층구조로서의 자기서사는 기존의 문학론에 없던 개념이다. 아울러 그것은 미적 형상성과 감응력을 기본 속성으로 삼는다는 점에서 인지이론의 스키마와 질적인 차이가 있다.[6] 정운채는 '서사'라는 용어를 채택함으로써 그 미적 속성을 강조했다. 영어 표기로 굳이 'epic'이라는 문학 용어를 선택한 것 또한 마찬가지 맥락에서였다. 문학치료학의 길은 심리학이나 인지과학의 길과 다르

학위논문, 2016, 46면.

6   자기서사를 축으로 삼는 문학치료학 서사이론과 구조주의 서사이론 및 인지심리학 이론의 차이에 대한 자세한 논의는 나지영, 「인지역동 스키마 이론과의 연계를 통한 문학치료학 서사이론 발전 방향 연구」, 건국대학교 박사학위논문, 2016, 1-4면 참조.

며, 거기에 복무하지 않는다. 그것은 가장 문학적인 방식으로 삶의 길을 찾는다. 어떤 길인가 하면 건강하고 행복하고 아름다운 문학으로서의 길을.

연구자에 따라서는 "인간이 곧 문학이다"라는 명제를 은유나 수사, 방편으로 받아들이기도 한다. 예컨대 염은열은 이를 문학적 은유로 받아들인다. "문학이 곧 인간이고 인간이 곧 문학이라는 선언은 일종의 은유적·창조적 명명 행위로, '어떤 면'을 새롭게 인식의 대상으로 부각시키는"[7] 진술이라는 게 그의 이해다. 물론 이는 서사이론을 격하하기 위함이 아니다. 그 명명이 인간과 인간관계를 보는 눈을 새롭게 하면서 인간을 문제의 중심으로 가져오는 효과가 있음에 주목하는 쪽이다.[8] 아마도 이것이 정운채의 새로운 명제에 대한 일반적 관점일 것이다. 문학이 '언어표현'의 일환이라 할 때 인간과 삶이 진짜로 문학이라고 생각하기란 어려운 노릇이다.

하지만 나에게 이 명제는 은유가 아닌 실체다. 인간의 본질에 대한 철학적 발견이다. 작품서사가 그렇듯이 자기서사는 그 자체로 언어는 아니다. 미적 구조와 맥락일 따름이다. 하지만 그것은 텍스트와 불가분의 관계에 있다. 문학작품이라는 텍스트가 내적 구조와 동력으로서 작품서사의 현상적 발현인 것처럼, 인생살이라는 텍스트는 자기서사의 현상적 발현이다. 작품서사는 언어적일지 몰라도 자기서사는 그렇지 않다고 생각할지 모르지만, 간단치 않다. 작품서사는 저절로 존재하지 않는다. 그것은 인간으로부터 온다. 그것은 자기서사의 구성적 반영이다. 앞의 도표에 ③으로 표현된 것과 같다. 잘 알듯이 인간의 인지와 사유는 언어를 통해 이루어진다. 서사가 인간의 본원적 인지-표현체계라고 할 때[9] 그 중심에는 언어능력 내지 언어적 작용이

---

7   염은열, 「문학교육의 관점에서 본 문학치료학 이론」, 『문학치료연구』 12, 한국문학치료
     학회, 2009, 41면.

8   위의 논문, 42면.

9   신동흔은 정운채의 서사론을 정밀 검토한 결과 그것을 "문학 및 인간의 이면에서 작품
     과 인생을 좌우하는 스토리 형태의 심층적 인지-표현체계"로 규정할 수 있다고 보았다.
     신동흔, 「문학치료학 서사이론의 보완·확장방안 연구: 서사 개념의 재설정과 서사의
     이원적 체계」, 『문학치료연구』 38, 한국문학치료학회, 2016, 24면.

있다고 보아야 한다. 요컨대, 작품서사가 문학이라면 자기서사 또한 문학이다. 양보하더라도 극히 문학적인 무엇이다. 자기서사에 기반한 인생살이라는 텍스트 또한 마찬가지다. 그것은 본질적으로 문학적이다. 인간이 곧 문학이라는 명제는 단순한 은유 이상이다.

인간의 내부에 이야기 형태의 인지표현 체계가 작동한다고 할 때, 그것은 생래적으로 타고나는 것인가 후천적으로 습득되는 것인가의 문제가 따른다. 나는 그것이 언어능력과 마찬가지로 선험적이라는 믿음을 갖고 있다. 인간이 본래 서사적 지향성 내지 능력을 가지고 태어난다는 입장이다. 다만, 그 관점을 타인에게 강요하지는 않는다. 그것이 삶의 과정에서 학습되는 것이라 하더라도 그 중요성은 퇴색하지 않는다. 언어능력이 후천적인 것이라 하더라도 인간이 언어적 존재라는 사실이 퇴색되지 않는 것과 같다.

서사의 선험성 문제와 관련해서 하나의 연구를 소개한다. 긴 시간 동안 심리상담 치료사로 활동하다가 문학치료 전공 박사과정에 진학해서 설화를 활용한 문학치료 활동을 수행하게 된 김은정의 사례다. 그의 박사논문은 선천성 청각장애 때문에 평생을 문맹으로 살아온 60~80대 남녀를 대상으로 한 문학치료 사례연구였다.[10] 말하지 못하고 듣지 못하는 문맹자와 문학치료의 만남이라니 꽤나 낯선 조합이다. 과연 문학적 소통이 가능할지에 대해 연구자도 반신반의했다고 한다. 문학치료 과정은 「바리데기」와 「내 복에 산다」, 「브레멘 음악대」, 「심청전」 같은 작품에 대한 서사적 대화와 이를 반영한 미술활동 등으로 진행됐는데, 결과는 꽤나 놀라운 것이었다. 수어 소통이라는 난점에도 불구하고 이야기에 대한 참여자들의 반응은 뜨겁고 강렬했다. 서사적 공명과 접속이 속속 일어났다.

참여자들은 심청 이야기를 생전 처음 접할 정도로 이야기와 절연된 삶을 살아온 사람들이었다. 서사적 자기이해 경험이 없다 보니 그들의 내면 서사는 단편적인 조각들의 집합 같은 상태였다. 민담과 만나면서 그들은 자신

10　김은정, 「설화를 통한 농아인 대상 문학치료 연구: MMSS 서사 탐색과 미술치료 활동을 연계한 상담 사례 분석」, 건국대학교 박사학위논문, 2021.

들의 내면에 다양한 기억이 존재하며 그것이 다채로운 채색이 가능함을 인지하게 되었다. 이러한 의식의 분화, 또는 자기발견은 무기력에 젖어있던 삶을 새로운 관점으로 조정할 수 있게 했다. 그들은 이야기와 만나면서 대인관계가 편해졌다는 변화를 느꼈고, 서사를 통합하여 확장하는 경험을 했다.[11] 내면에서 길을 못 찾고 흩어져 있었던 서사적 요소가 설화 작품서사와의 접속을 통해 미적 구조화로 나아가기 시작한 것이었다.

김은정은 종합적 논의의 주요 항목으로 '서사의 선험적 내재성'을 내걸었다. '선험성'이라는 말을 감당할 수 있겠느냐고 묻자 그렇다고 했다. 내담자들이 나타낸 강렬한 서사반응은 태생적인 이야기적 인지체계 없이는 설명하기 어렵다는 것이었다. "인간은 곧 문학이다"라는 명제를 은유가 아닌 철학으로 삼는 동지를 얻는 순간이었다. 동지는 앞으로도 계속 늘어갈 것이다. 왜냐하면 그것이 인간의 존재적 진실이므로.

3   **「구렁이각시」와 세 문학의 대화**

_____

문학치료학에 본격적으로 발을 들이기 전, 나의 연구는 문학을 '대상'으로 삼는 것이었다. 나 자신은 주체이고 작품은 객체였다. 문학작품에 가능한 한 성찰적으로 접근하려 했고 내적 구조와 맥락을 분석하면서 숨은 의미를 드러내고자 했지만, 주객 관계는 명백했다.

극히 당연한 것으로 여겼던 이런 문학활동의 지형은 인간이 곧 문학이라는 천둥 같은 명제에 의해 흔들리고 뒤엎어졌다. 객체였던 문학작품이 주체가 되어 나를 향해 말하기 시작했다. 내 안의 자기서사가 작품서사 앞에 여지없이 노출되었다. 나의 연구대상이었던 설화들은 내 이면의 서사를, 예

_____

11   위의 논문, 298-300면.

컨대 검은 그림자 같은 것을 거침없이 드러냈다. 작품서사의 폭주! 속속 드러나는 서사적 진실 앞에서 나는 도망갈 도리가 없었다. 미적으로 각인되는 진실을 떨쳐버릴 수 있는 능력은 인간에게 없다.

더 정확하게 말하면 상호객체 겸 상호주체의 관계다. 서로가 주체로서 상대를 객체로 삼아 이야기를 주고받는 형태다. 일컬어 서사와 서사의 상호작용이다. 그러한 쌍방적 상호작용은 서로에 대한 이해를 지속적으로 심화시키는 효과를 가져왔다. 작품에 의해 내가 새롭게 보이고, 그런 나에 의해 작품이 새롭게 보이는 과정의 연속이다. 그 상호작용은 나의 문학적 삶의 상수가 됐다.[12]

작품서사가 비춰주는 자기서사는 나에 한정되지 않았다. 작품은 내 주변 사람들의 내적 진실을 말하기 시작했고, 나아가 세상 많은 사람의 숨은 서사를 보여주기 시작했다. 나와 긴밀히 얽혀 있는 사람들의 서사가 드러날 때 나는 함께 긴장했고, 세상 사람들의 자기서사가 놀랍게 드러날 때 작품과 함께 주먹을 움켜쥐거나 눈물을 흘리기도 했다. 10여 년 전, 200편의 그림형제 민담 전편을 새롭게 살펴나갈 때의 전율이 아직도 생생하다. 이야기 텍스트 속에 깃들어 있는 서사들이 너무나 다양하고 오묘해서 헤아려 감당하기에 벅찰 정도였다. 책 속의 문학(작품서사)과 책 밖의 문학(자기서사)의 끝 모를 상호침투! 크고 작은 수많은 구슬/자갈들이 화수분처럼 솟아나서 입안으로 쏟아져 들어오는 시간이었다.

문학에 대해, 이야기에 대해 할 말이 많아졌다. 쓰고 또 써도 쓸 것이 남아돌았다. 쓰고 나서 돌아서면 또 다른 쓸 것이 생겨났다. 논문으로 담아내기에는 너무 많은 내용이었거니와, 나는 그 대다수를 에세이 형태의 글쓰기로 풀어냈다. 『삶을 일깨우는 옛이야기의 힘』(우리교육, 2012)이 그렇게 쓴 책이었다. 신화를 '대상'으로 다루었던 『살아있는 우리신화』(한겨레신문사, 2004)의 개정증보판 『살아있는 한국신화』(한겨레출판, 2014)에도 자기서사에 대한 발견들이 녹아들어갔다. 2013~2014년 『열린어린이』에 24회에 걸쳐 연재

---

12   그 변화의 핵심 변곡점이 작품을 객체로 여기던 나 자신이 작품의 객체가 되는 관계적
      전환에 있었음을 강조해둔다. 굳이 '상호객체'라는 말을 쓰는 이유다.

한 그림형제 민담 해석 글은 매번 정해진 원고량을 넘겼다. 그 글은 『왜 주인공은 모두 길을 떠날까?』(샘터, 2014)에 일부 반영됐고, 뒤에 수정과 보완을 거쳐 『민담형 인간』(한겨레출판, 2020)과 『옛이야기의 힘』(나무의철학, 2020)에 실렸다. 원고를 계속 덜어내면서 분량을 조절해야 했다. 그러한 서사적 탐색 작업은 『신화, 치유, 인간』(아카넷, 2023)을 거쳐 '세계설화를 읽다' 시리즈(휴머니스트, 2024~2025)로 이어지고 있다.

그렇게 쓴 내용의 상당수는 나 자신에 대한 것이었다. 왜냐하면 그것은 기본적으로 '나'와 작품의 상호작용 과정에서 생겨난 쓸거리들이었으므로. 작품들이 말해준 '나'라는 문학의 내적 진실은 참 복잡하고 다양하면서도 미묘했다. 나는 불현듯 날개옷을 태운 나무꾼이었고, 깊은 밤에 잠 못 이루고 몸살 하는 광청이였으며, 숲속에서 꽃을 따느라 정신 줄 놓고 있는 빨간 모자였다. 때로는 가슴 벅찬 바리데기의 시간이나 반고(盤古), 또는 시시포스의 시간도 있었다.

자기서사를 반영한 글쓰기를 하면서, 부끄러운 고백들을 해야 했다. 내면의 진실을 덮을 수 없었기 때문이다. 다시금 부끄러워지는 것을 무릅쓰고, 한 대목을 인용한다. 「구렁이각시」에 대한 글이다. 「지네 각시」로도 알려져 있는, 많은 각편이 보고된 한국 변신담의 화제작이다.

오랫동안 이 설화를 보면서 은연중 스스로를 '남자'에 투영해왔다. 남자가 구렁이 여인을 어떻게 대하는가에 관심을 두면서 이야기 흐름을 따라갔었다. 그때 이 설화는 한 편의 편안하고 즐거운 미담(美談)이었다. 구렁이가 용이 되는 순간 고개 끄덕이며 박수를 쳐주면 되는 일이었다. 하지만 불현듯 저 구렁이가 나일 수 있다는 생각을 하는 순간, 그 충격은 놀라움을 넘어 절망에 가까운 것이 되었다. 왜냐하면 그것은 정확한 진실이었으므로.

(…)

남자가 뒷문으로 몰래 들어가 여인의 정체를 엿보는 대목이다. 이 순간 무방비 상태로 있던 여인은 숨겨왔던 정체를 꼼짝없이 노출당하고 만다. 아무도 안 보는 은밀한 곳에서 펼쳐진 있는 그대로의 모습, 그 모습은 바로 징

그러운 구렁이!

아, 저 사람이 구렁이한테 그랬던 것처럼, 만약 누군가가 나만의 은밀한 시공간에 작은 구멍을 내고서 나의 모습을 들여다본다면….

소스라쳐 돌아본 나의 모습은 영락없는 구렁이각시였다. 겉으로는 미인이되 실제로는 구렁이인 그런 존재. 꽤나 번듯한 모습을 하고 남들 앞에 나서서 나름 인정을 받고 사랑과 기림을 받기도 하지만, 돌아와 어두운 방 안에서 허물을 벗은 나의 모습은 오갈 데 없는 한 마리 구렁이였다. 징그럽고 누추한 욕망과 모순의 존재. 뭇사람들의 환상 따위 단번에 깨버리고 말….

실질과 허상 사이의 아득한 거리감에 나는 절망하고 말았다. 양 무릎을 감싸 안고 앉아서 소리 없이 흐느낄 수밖에 없었다.[13]

앞서 이무기에서 나의 자기서사를 보았다고 했다. 그것은 표층의 텍스트적 연결에 의한 것이 아니다. 위의 글에서도 확인되는바 나의 이면적 존재성이다. 주제를 모르고 용을 꿈꾸는 뱀. 겉으로 보면 하늘과 닿아있는 아름다운 존재처럼 보이지만 허물 속의 실체는 뱀이다. 혹시라도 하늘로 오를 길이 있을까 길을 찾아보지만, 속절없고 기약 없는 일이다. 흉한 본모습을 감추며 굴속으로 잦아질 따름이다. 또는 신음을 토하면서 백사장을 뒹굴 뿐이다.

그런데 이야기 속에서 구렁이는 용이 된다. 구렁이라는 누추한 존재성을 그대로 인정하고 감싸준 한 사람 때문이었다. 간절히 원하지만 감히 기대할 수 없었던, 꿈과 같고 기적 같은 일이었다. 하지만 잘 돌아보면 그건 기적만은 아니었다. 구렁이의 긴 고뇌와 노력의 결과물이기도 했다. 많은 이야기는 그 구렁이가 오랜 세월 동안 도를 닦았다고 말한다. 그가 절망감에 젖은 상태로 산중으로 들어온 사내를 힘써 챙겨 보살핀 것도 도(道)의 일환이었을 것이다. 비록 외형이라지만 각시가 '미녀'인 것은 우연이 아니다. 사내가 구렁이각시와 함께 지내며 발견한 실체는 '귀한 사람'이었다. 그 두 서사가 접속을 이룬 결과물이 구렁이의 승천이었고, 사내의 발복이었다. 사람의 허물

---

13   신동흔, 『삶을 일깨우는 옛이야기의 힘』, 우리교육, 2012, 78-79면.

속에 구렁이, 구렁이 허물 속에 용!

이 설화는 한편으로 나를 울렸고 한편으로 나를 위로했다. 나의 남다른 에로스를 잘 다스리고 승화하면, 그렇게 내면의 신성을 발현하면 용이 될지도 모른다고 말해줬다. 다음은 그에 대한 내용이다.

충남 공주에서 만난 한득상 어르신은 저 여인이 남자로부터 얻어야 할 무엇을 일컬어 '인참'이라 했다. 그 구렁이는 인참을 얻어야 승천할 수 있었던 것이라 했다. 찾아보니 '인참'이란 말은 사전에도 없다. 하지만 그것은 나에게 무척이나 아름다운 말로 남아 있다. 저 밑바닥으로 손을 뻗쳐 존재의 초라함을 끌어안아주는, 그리하여 그 안의 신성을 이끌어내 펼쳐주는 그 무엇, 인참!

인간의 허물 안에 흉한 동물이 있다. 그리고 그 동물의 허물 깊은 곳에 찬연한 신성(神聖)이 있다. 진심으로 손을 내밀어주면, 우리 안의 수성(獸性)은 문득 신성(神性)이 된다. 무모하기 그지없는 나의 꿈은, 어쩌면 현실이 될지 모른다. 누군가 나를 진심으로 믿어준다면. 귀한 인참 건네준다면.

어쩌면, 그렇게 손을 내밀어주는 사람, 나 자신도 그가 될 수 있을지 모른다. 초라한 구렁이가 되어 신음하고 있는 누군가를 용으로 만들어줄 수 있을지 모른다. 나의 작은 인참 건네진다면.[14]

8, 9년 전쯤의 일이다. 어느 수업이었는지 정확히 기억나지 않는다. 강의를 위해 제본한 교재에 위의 글을 포함했다. 어느 날 수업을 마쳤는데 학생 A가 다가왔다. 키 크고 잘생긴, 성실하게 수업에 임해온 남학생이었다. 그는 위의 글 속 각시에 대한 내용이 마음에 와닿았다면서 찾아와 얘기를 나누고 싶다고 했다. 기꺼이 수락했고, 얼마 뒤 연구실에서 이야기를 나누게 됐다.

A는 이 설화 속의 구렁이각시에서 성소수자가 연상된다고 했다. 자신의 숨은 정체성을 드러내지 못하고 고민하는 모습이 서로 통하는 것 같다는 말이었다. 듣고 보니 딱 맞는 연결이었다. 겉으로는 남과 다르지 않아 보이지

---

14   위의 책, 82-83면.

만, 사랑과 기림을 받으면서 지내고 있지만, 안으로는 남다른 성정체성 문제를 끌어안고 눈물을 흘리는 사람. 영락없는 구렁이각시다. 누군가가 있는 그대로의 자기 자신을 그대로 인정하고 품어주기를 간절히 원하는 것까지도.

A와 함께 「구렁이각시」에 대해 또는 「지네 각시」에 대해 많은 이야기를 나누었다. "각시는 구렁이와 지네 가운데 어느 쪽이 더 어울릴까, 사내를 돌보고 또 기다리면서 각시는 어떤 심정이었을까, 그는 얼마 동안 어떻게 도를 닦아온 것일까, 선비는 어떤 마음으로 각시를 감쌌던 것일까, 만약 그 구렁이/지네가 진짜로 사내를 죽이려 들었다면 어떻게 됐을까, 만약 사내가 각시에게 밥(또는 담뱃진)을 뱉었다면 각시는 어떻게 반응했을까, 용이 되어 올라갈 때의 구렁이의 심정은 어떠했을까, 용이 된 다음에 세상에 어떤 일을 했을까" 등등. 변신담의 화제작에 걸맞게 이 작품 속에는 무궁무진한 이야깃거리가 담겨 있다. 해도 해도 끝이 없을 만큼. 우리 자신이 객체가 될 때 더욱 그러하다.

1시간 남짓 이야기를 나누는 과정에서 A가 제기한바 성소수자와 관련한 대화는 거의 없었다. 그는 이렇게 말하지 않았다. "실은 제가 성소수자 구렁이각시예요." 나도 이렇게 말하지 않았다. "이거 네 이야기구나." 말하지 않아도 서로 느꼈다. 굳이 말할 필요는 없었다. 작품에 대해 대화하는 것으로 충분했다. 일컬어 서사적 대화, 또는 치료적 대화다. 문학과 문학 사이에서 펼쳐지는. 문학은 셋이다. 작품 속의 구렁이각시 C와 작품 밖의 구렁이각시 A 그리고 B. 대화 상대는 계속 바뀌었다. A와 C, B와 C, 이어서 A와 B, 이런 식으로. 그리고 어느 순간부터 그것은 A와 B와 C의 공동 대화가 되었다. 셋은 서로 객체인 동시에 주체였다. 셋 사이에 펼쳐진 대화는 그 또한 하나의 문학이었다. 길이 잊을 수 없는, 아름다운 시간이었다.

대화를 마치면서 A는 「구렁이각시」로 졸업논문을 쓰고 싶다고 했다. 실제로 다음 학기에 A는 이 설화로 졸업논문을 작성했다. 구렁이각시 서사로 본 성소수자의 자기서사에 대한 내용이었다. 제출에 앞서 초고 완성본을 보내왔는데, 읽어보고 감탄할 수밖에 없었다. 내가 본 어떤 연구논문보다 생생하고 아름다운 글이었다. 응원과 함께 몇 가지 형식적 부분을 짚어주는 피드백을 보냈다. 얼마 뒤 최종적으로 받아본 졸업논문은 내용이 초고보다 더 깊어져 있었다. 계속 서사적 탐색을 이어나간 것이었다. 내가 그 '용(龍)의 언어'에 준 점수는 100점이었다. 그전에도 그 후에도 준 적 없는 점수다.

문학치료가 지향하는 서사적 삶의 핵심은 '나다움'에 있다. 자신이 어떤 존재인지를 오롯이 깨달을 때, 거기에 맞는 길을 찾아서 나다운 방식으로 나아갈 때 사람은 건강하고 행복하게, 아름답게 살아갈 수 있다. 자기이해는 현실적 경험과 논리, 지식 등을 통해서도 가능한 무엇이다. 하지만 그것은 문학예술 작품을 통해 더 넓고 깊고 오묘하게, 즐겁고 안전하게 이루어질 수 있다. 인간은 문학적 존재이기 때문이다. 지금 이 순간에도 수많은 사람이 노래와 영화, 웹툰, 드라마 등을 통해 제 나름의 문학치료를 이어가는 중이다. "시와 소설, 설화 등을 통해"라고 말하지 못하는 것이 뼈아프다. 책임의 많은 부분이 우리 자신에게 있기에 더욱 그러하다.

4   문학치료와 문학교육 사이

방금 살펴본바 「구렁이각시」에 대한 서사적 대화는 문학치료 사례인 동시에 문학교육 사례다. 문학을 통한 치료적 소통은, 아니 '문학과 문학의 치료적 만남과 소통'은 문학교육의 꽃이라고 해도 지나치지 않다는 것이 나의 생각이다.

문학치료와 문학교육은 처음부터 긴밀한 관계에 있었다. 정운채가 1999년 '문학치료'라는 용어를 공식적으로 처음 내건 것은 문학교육 학술지에 실린 논문에서였다.[15] 이어진 두 논문도 마찬가지다.[16] 한국문학치료학회

---

15   정운채, 「시화에 나타난 문학의 치료적 효과와 문학치료학을 위한 전망」, 『고전문학과 교육』 1, 청관고전문학회, 1999.

16   정운채, 「「만복사저포기」의 문학치료학적 독해」, 『고전문학과교육』 2, 청관고전문학회,

가 창설되고 문학치료학이 기본 체계를 잡아가던 시절에 정운채는 문학치료를 고전문학 교육의 대안으로 천명한 연구[17]를 제출하기도 했다. 이런 역사를 고려할 때, 초기에서부터 최근까지 문학치료학 연구자들이 문학교육과 관련한 논의를 꾸준히 이어온 것은 매우 자연스러운 일이다.[18] 교수자와 학습자 사이에 펼쳐지는 치료적 소통은 그 자체로 교육적이다. 진정한 자기를 발견하고 실현해나가는 일만큼 중요한 교육적 과제가 어디 있겠는가.

문학치료와 문학교육의 관계에 대해 대다수 연구자는 그 친연성을 전제하면서 효율적 연계 방안을 찾는 방향성을 취해왔다. 염은열의 일련의 연구[19]와 박경주,[20] 하은하,[21] 황혜진[22]의 연구 등이 그러하다. 하지만 다 그러했던 것은 아니다. 문학교육과 문학치료의 질적 차이를 강조한 논의도 있어서 점검해볼 필요가 있다. 조은상은 다음과 같이 말한다.

2000; 정운채, 「「시교설」의 문학치료학적 독해」, 『국어교육』 104, 한국어교육연구회, 2001.

17 정운채, 「고전문학 교육과 문학치료」, 『국어교육』 113, 한국어교육연구회, 2004a.

18 초기의 연구사례로 전영숙, 「「바리공주」를 활용한 문학치료의 실제 및 그 교육적 활용 방안 연구」, 건국대학교 박사학위논문, 2004를, 최근의 인상적 연구사례로 성정희, 「교육소외 학생 대상 문학치료 연구」, 건국대학교 박사학위논문, 2024를 들 수 있다. 물론 그사이에도 학위논문을 포함한 수많은 논문이 제출되었다.

19 염은열, 「문학교육의 관점에서 본 문학치료학 이론」, 『문학치료연구』 12, 한국문학치료학회, 2009; 염은열, 「문학 교사 '되기'에 대한 치료적 접근의 필요성과 그 방향 탐색」, 『문학치료연구』 14, 한국문학치료학회, 2010; 염은열, 「문학치료학과 문학교육학 사이(in-between): 따로 또 같이 그리는 미래」, 『문학치료연구』 70, 한국문학치료학회, 2024.

20 박경주, 「문학치료 수업 모델 연구를 위한 사례 분석: 원광대 국문과 '서사와 문학치료' 과목을 대상으로」, 『문학치료연구』 28, 한국문학치료학회, 2013.

21 하은하, 「문학치료를 활용한 교육현장 사례 연구」, 『문학치료연구』 57, 한국문학치료학회, 2020.

22 황혜진, 「문학치료학의 학문적 체계와 문학교육과의 소통」, 『문학치료연구』 68, 한국문학치료학회, 2023.

문학치료는 문학교육이 가지고 있는 두 가지 목표 가운데 문학을 통한 개인의 성장에 집중한다. 그래서 문학교육에서는 텍스트에 대한 잘못된 이해로서 허용되기 어렵거나 학습 부진의 결과로 여겨질 수 있는, 지극히 주관적인 해석도 중요하게 다뤄진다. 텍스트에 대한 온당한 해석이 아닐지라도 그렇게 반응한 독자 자신의 내면의 진실을 드러내고 있기 때문이다. 문학치료는 독자반응 비평이론 가운데 텍스트의 의미를 독자가 생산하며 그 의미에 독자의 욕구, 욕망, 방어, 두려움 등이 담겨 있다고 보았던 관점과 일맥상통한다. 이러한 관점에서 문학치료는 독자가 생산한 의미를 독자의 자기탐색을 위한 매개로 활용하는 것이다.

문학치료는 문학을 가르치지 않는다. 합의된 해석이나 작품의 창작 배경, 갈래적 특성 등에 대한 지식을 전달하지 않는다. 문학치료에서는 참여자가 문학을 자기 생각과 감정에 충실하게 감상하고 표현하도록 독려한다. 그 과정을 통해 도달하고자 하는 것은 텍스트의 이해가 아니라 참여자의 자기이해이다. 문학치료에서는 문학 텍스트보다는 그 텍스트를 읽는 사람에게 초점을 맞춘다. 그래서 문학치료의 과정은 문학 텍스트 이해보다는 문학을 통한 자기이해를 도모하는 방향으로 진행되게 된다.

문학치료에서 문학은 그것을 읽고 반응하는 자기를 보게 함으로써 참여자의 자기에 대한 앎을 증진시키고 확장하게 하는 성장의 매체이다.[23]

문학치료가 인간을 상대로 한다는 점에서 작품보다 수용자에 집중하는 것은 자연스러운 일이다. 작품반응에 대한 열린 수용과 해석의 필요성도 이론의 여지가 없다. 자기이해를 위해 꼭 필요한, 세심하고 깊이 있게 진행해야 할 중점적 과제다. 다만 문학치료의 축으로서 작품의 위상 내지 역할을 축소하는 것처럼 보이는 모습은 위태롭게 여겨지는 면이 있다. 문학작품이 자기이해를 위한 '매체'라는 점이 거듭 강조되는데, 문학교육은 물론이고 자칫 문학치료의 본령에서 멀어지는 일일 수 있다. 문학치료에서 문학작품은

---

23 조은상, 「문학교육과의 대비를 통해 본 문학치료의 특성」, 『고전문학과교육』 39, 한국고전문학교육학회, 2018, 35-36면.

한 개인의 문제를 드러내거나 풀어나가는 도구 이상의 의의를 지닌다. 작품과 사람의 미적 소통과 접속이 문학치료의 핵심 과정임을 잊지 말아야 한다. 양자 간의 문학적인 대화의 중요성을 조금이라도 경시할 수 없다.

　조은상의 논의에 대해 박진이 문학교육 관점에서 반론을 제시한 바 있다.[24] 박진은 문학 텍스트를 참여자의 삶의 경험을 표현하기 위한 촉매제로 치부하는 극단적 반응중심 이론식 접근은 문학 텍스트와의 견실한 상호교통을 통한 문학 경험의 성장이라는 문학교육의 가치와 부합되지 않는다고 말한다.[25] 그러면서 그는 심리학의 치유적 요소를 문학작품에 대한 성찰적 읽기와 토론하기 활동 속에 녹여낸 교육체계를 대안으로 제시하고 있다. 이러한 논의에 대해 문학을 치료의 도구로 삼는 관점에 대한 우려에 동의를 표하는 한편으로, 그것이 문학치료의 본래적 성격과 방식이 아니라는 점을 말하고 싶다. 문학치료에 있어서 작품에 대한 미적 성찰과 삶에 대한 성찰은 둘이 아닌 하나다. 작품에 대한 문학적 성찰의 폭과 깊이는 곧 치료의 질과 통한다. 다시 강조하거니와, 문학치료의 길은 문학교육의 길과 다르지 않다.

　근간에 문학교육의 주요 목표로 '문학능력'의 발현이 내걸어진 바 있다. 제7차 교육과정에 의하면 문학능력은 "학습자가 문학 현상에 능동적으로 참여하여 문학 문화를 형성하는 데 필요한 능력"으로 "문학적 사고력과 문학 지식이 이를 뒷받침하며, 문학 경험과 문학에 대한 가치와 태도 측면이 기저가 되어 통합적으로 발현된다"고 한다.[26] '문학적 사고력'을 포함한 문학능력은 문학치료학에서 말하는 서사능력과도 통하는 것으로서, 문학능력이 교육목표로 강조되는 것은 고무적인 일로 다가온다. '수용'을 넘어서 '표현'이 중요한 문학활동으로 내걸어진다는 점도 그러하다.

　다음은 김창원이 '문학능력'을 중심으로 한 교육의 맥락과 구조를 정리

24　박진, 「문학치료의 문학교육적 적용에 관한 고찰: 교양문학수업의 치유적 가능성을 중심으로」, 『문학교육학』 69, 한국문학교육학회, 2020.

25　위의 논문, 206면.

26　김선희, 「학습자의 문학 체험과 문학능력, 문학교육」, 『문학교육학』 28, 한국문학교육학회, 2009, 124면.

한 것이다.[27]

```
┌─────────────────────────────────────────────────────┐
│                        문학                          │
└─────────────────────────────────────────────────────┘

┌──────────────┐   ┌──────────────┐   ┌──────────────┐
│ 인간과 세계의 │   │ 문학의 가치와 │   │ 공동체의 문화 │
│  총체적 이해  │   │ 아름다움 향유 │   │  발전에 참여  │
└──────────────┘   └──────────────┘   └──────────────┘
                          ▲
┌──────────────┐   ┌──────────────┐   ┌──────────────┐
│ 언어에 대한 통찰력 │ │  창의적 사고력  │ │ 창의적 소통 능력 │
└──────────────┘   └──────────────┘   └──────────────┘
                          ▲
┌─────────────────────────────────────────────────────┐
│              문학 활동(수용과 생산) 능력              │
└─────────────────────────────────────────────────────┘
                          ▲
┌─────────────────────────────────────────────────────┐
│                문학에 대한 지식과 경험                │
└─────────────────────────────────────────────────────┘
```

내용을 보면 문학에 대한 지식 및 경험을 바탕으로 수행하는 문학 활동
(수용과 생산)을 통해 언어능력과 창의적 사고력, 소통능력을 함양하는 형태
로 되어 있다. 나름 잘 짜인 체계라 할 만하다. 문제는 실제 학교현장에서 수
행되는 문학 활동이 창의적 사고력이나 소통능력 등과 얼마나 잘 매개되고
있는가 하는 점이다. 교육현장의 문학 활동은 기본적으로 작품을 '대상'으로
삼는다. 학습자가 주체가 되고 문학은 객체가 되는 관계다. 이에 대해 활동
자체의 개념과 성격을 재고할 필요가 있다. 문학 활동의 질적 변환이 필요하
다는 뜻이다.

그 변환의 길이 문학치료학의 철학과 방법론에 있다는 것이 우리의 입
장이다. 작품이라는 문학과 사람이라는 문학의 상호작용적 대화를 적극 도
입할 필요가 있다. 상호객체적이고 상호주체적이며 미적인 대화 과정이다.
그것이야말로 교육과정에서 말하는바 '문학 현상에 능동적으로 참여'하는
가장 가깝고도 확실한 방식이다. 이런 활동이 이루어질 때 작품은 대상을 넘

---

27 김창원, 「문학 능력과 교육과정, 그리고 매체: 교육과정 목표를 통해 본 문학 능력관과
매체의 수용」, 『문학교육학』 26, 한국문학교육학회, 2008, 76면.

어서 '나'의 일부가 되고, '나'의 문학적 표현이 상시적으로 이루어질 수 있다. 그 활동은 그 자체로 성찰적이고 창의적인 것으로서 언어에 대한 통찰력과 창의적 사고력, 창의적 소통능력을 발현하고 배양하는 과정이 된다. 인간과 세계의 총체적 이해, 문학의 가치와 아름다움의 향유, 공동체 문화 발전 참여 같은 추상적인 목표를 실질적으로 구현할 길이 여기 있다.

작품과 학습자의 서사적 상호작용을 통해 '문학으로서의 나'를 오롯이 발견하고 실현하는 일을 문학교육의 목표로 삼자는 것. 이는 현실과 동떨어진 제안일까? 허튼 공상으로 치부될 수도 있다는 생각을 바꾸게 한 글이 있었다. 문학능력에 대해 진지하게 탐구해온 우한용의 논문이었다.

> 나의 경우, 내 안에서 부글거리며 괴어오르는 속물주의를 눌러두려고 소설을 쓴다. 속물주의의 실상을 밝혀 소설로 형상화하는 과정에서 나는 속물주의에 대한 내심의 반성을 시도한다. 그리고 내가 살고 싶은 나라를 세우기 위해 서사적 상상을 하고, 소설적 사유를 한다. 그러한 상상 끝자락에 자유라는 이념적 기폭이 펄럭이고 있다.
>
> 내게 어떤 언어가 계속 반복되는 것은 나의 세계의 한계를 노정하는 일이다. 내 세계가 확장될 수 있는 길을 막는 일이다. 내 언어의 영토에 늘 서늘한 바람이 불어오게 하기 위한 기도를 대신해서 나는 시를 쓴다. 그리고 내가 읽는 작품이 의미 있고, 그 작가들은 고뇌로 가득 차 있으며, 삶의 놀라움을 발하는 발광체라는 것을 증언하기 위해 글을 쓴다. 이제는 글을 쓰는 일이, 글쓰기의 문학능력이 삶의 가치를 어떻게 증대하는가 하는 증언을 하기 위해, 글쓰기에 대한 글을 쓰고 있다.
>
> (…)
>
> 즐거운 싸움을 통해 나는 통념의 먼지를 털어내고, 상처에 돋아나는 새 살을 보게 된다. 나는 나를 상대로 문학교육을 하고 있는 것이다.[28]

---

28 우한용, 「문학교육의 목표이자 내용으로서 문학능력의 개념, 교육 방향」, 『문학교육학』 28, 한국문학교육학회, 2009, 37면.

끝부분의 "나를 상대로 문학교육을 하고 있는 것"이라는 말이 강렬하게 와 박힌다. 달리 말하면 이렇게 '문학 하기'를 하는 것이 곧 문학능력이고 그 것을 발현하는 일이 문학교육이라는 말이겠다. 그가 문학을 대상으로 사유 하는 대신 '주체적 삶의 과정'으로 삼는다는 점에 감복하게 된다. '문학적 삶' 을 오롯이 살아내는 것은 문학치료의 지향이기도 하다.

작품이라는 문학과 '나'라는 문학의 깊고도 지속적인 미적 상호작용을 통한 자기성장과 실현. 그것이 내가 생각하는 문학치료와 문학교육, 또는 문 학치료적 문학교육의 방향성이다. 대학 강의에서 적용하고자 한, 앞으로도 적용하고자 하는 문학적 소통의 방식이기도 하다.

강의 사례 검토로 넘어가기에 앞서 문학치료의 핵심 가치에 대해 짚고 넘어간다. 그간 문학치료학에서는 '치료'라는 말에 걸맞게 '건강'을 주요 키 워드로 삼았다. 건강한 서사, 건강한 삶 등이다. 이와 함께 사람들의 보편적 소망으로서 '행복'이 곁들여지곤 했다. '건강하고 행복한 삶'. 이를 문학치료 의 기본 지향으로 삼아왔던 터다. 이에 대해 건강과 행복 대신, 이것들을 포 함한 개념으로서 '아름다움'을 강조하고 싶다. 잘 알듯이 문학의 기본 속성 은 아름다움에 있다. 작품이 그러한 것처럼 인간과 삶 또한 마찬가지다. 얼 마나 아름답게 살아내는가가 관건이다.

앞으로 문학치료나 문학교육의 목표를 말함에 있어 '아름다움'을 중심 으로 삼을 것이다. 나의 삶을 아름다운 문학으로 만들어가기! 이 세상에 아 름다운 삶, 아름다운 문학이 넘쳐나게 하기! 미래 문학치료와 문학교육의 주 역들이 이 화두에 대해 마음을 열어주면 좋겠다.

여기서 말하는 아름다움이 '예쁨'을 뜻하지 않음은 길게 말하지 않는 다. 거기에는 숭고와 비장, 우아와 골계가 포함된다. 경이나 기괴, 공포, 부 조리 등도 들어갈 수 있다. 아름다움의 기준과 범위는 고정되지 않으며, 움 직여 변한다. 그리고 사람마다 다르다. 아름다움을 향하여 나아가는 길에 끝은 없다.

문학과 문학의 서사적 만남과 소통: 나의 고전문학 교양 강의

문학치료적 문학교육의 한 사례로서 나의 대학 강의를 소개한다. 건국대 국어국문학과에는 학부에 문학치료 과목들이 있는데 내가 맡지는 않는다. 대학원에서만 문학치료 과목 강의를 한다. 학부의 문학치료적 교육은 국문과 지정교양 수업에 이를 적용하고 있다. 전공기초에 해당하는 수업으로, 국문과 학생들 대다수가 수강한다. 그중에도 나는 1학년 신입생들을 위한 강좌를 맡고 있다. 2021년까지 1학기 개설 과목 '현대인의삶과고전(현고전)'을 맡았고 2022년부터 2학기 '고전읽기의즐거움(고기쁨)' 과목을 맡고 있다.

1학년 대상 지정교양 수업은 대학생활 로드맵 수립을 위한 과정으로서, 학과 전공에 대한 이해와 진로 계발을 주요 과제로 삼는다. 이를 위해서는 자기 자신의 서사적 정체성을 찾는 일이 관건이라는 관점에서 자기서사 발견과 길 찾기를 수업의 주요 목표로 설정하고 있다. 특히 '고전읽기의즐거움'은 이를 중핵으로 삼아서 강의를 수행해왔다. 다음은 2023년 2학기 고전읽기의즐거움 강의계획서다.[29]

▷ **강의 목표**

우리 고전의 가치를 새롭게 발견하고 체득한다. 우리가 잘못 알고 있었던, 또는 잘 모르고 있었던 고전을 새롭게 찾아 읽는 가운데 고전에 깃든 참다운 재미와 감동을 확인한다. 나아가, 고전의 작품서사를 통해 나의 자기서사를 새롭고 깊이 있게 이해하고 미래 인생서사를 설계할 수 있도록 한다.

---

29 과제 설명과 교재 소개 등의 내용을 포함한 강의계획서 원본은 신동흔 홈페이지 '고전읽기의즐거움' 게시판에서 볼 수 있다. 게시판에는 자기서사 스토리텔링 영상을 제외한 학생들의 과제물도 올려져 있다. 신동흔과 함께 여는 구비문학 고전문학 세상 홈페이지: http://gubi.co.kr(최근 검색 2024. 9. 22.)

▷ 강의 진행 일정 및 과제

1단계 [1차 강의] 고전과의 새로운 만남

1주 　도입: 고전과 함께하는 새로운 길 떠남

　　☀ 과제: '나의 특별한 길 떠남'을 주제로 한 글 올리기

2주 　고전과 삶: 오래 흘러온 원형적 이야기들에서 찾는 주인공의 길

3주 　고전에 대한 오해와 진실: 한문학으로 본 지식인의 삶과 철학, 그리고 감성

4주 　고전에 대한 오해와 진실: 살아있는 민중의 생활예술, 구비문학의 힘

5주 　고전에 대한 오해와 진실: 전공자가 되어 새롭게 만나는 고전소설의 참모습

　　☀ 과제: 교재 소재 신동흔 고소설 논문의 작품 읽기 방식에 대한 한 단락 논평

　　　+ (생각의 틀을 바꾼) 나만의 새로운 고전소설 작품 읽기 단상

2단계 [발표토론 1] 우리 고전 깊이 읽기

6주 　고전 속 가족서사 읽기: 바리데기 바리공주의 길. 의문과 성찰

7주 　고전 속 애정서사 읽기: 운영, 영영, 옥소선의 사랑. 나의 선택은?

8주 　고전 속 영웅서사 읽기: 홍계월, 방한림, 자청비의 서사. 나의 다시 쓰기

　　☀ 6~8주 과제: 작품을 검토하고 주별 토론 과제에 대한 의견서/창작물 작성

3단계 [2차 강의] 고전을 통해 만나는 나의 자기서사

9주 　문학치료와의 만남: 고전과 문학치료, 자기서사

　　☀ 과제: MMSS 자기서사 진단지 작성 제출 / 개별 면담 참여(선택&권장)

10주 옛이야기를 통한 자기서사 탐색: 원리와 방법, 실제

11주 자기서사 스토리텔링의 원리와 방법, 그리고 사례

12주 작품서사와 자기서사: 고전이라는 오래된 거울로 비춰보는 나의 자기서사

　　☀ 과제: 교재의 이야기들에서 가장 마음이 가는 인물 선정 + 이유/

논평 쓰기

4단계 [발표토론 2] 자기서사 스토리텔링

13주 영상으로 풀어내는 나의 서사, 과거와 현재 그리고 미래 (1)

14주 영상으로 풀어내는 나의 서사, 과거와 현재 그리고 미래 (2)

15주 영상으로 풀어내는 나의 서사, 과거와 현재 그리고 미래 (3)

   ☀ 13~15주 과제: 자기서사 스토리텔링 자료 작성 및 발표

     – 자기서사의 과거-현재-미래를 5~8분의 압축적 스토리텔링

     영상물로 구성

16주 기말고사

강의는 크게 전·후반기로 나누어서 진행된다. 전반부는 고전을 새로운 눈으로 깊게 들여다보면서 소통하는 과정이며, 후반부는 고전을 매개로 자신의 내면서사를 발견하고 이를 표현적으로 갈무리하는 과정이다. 문학치료적 교육활동에 해당하는 것은 후반부지만, 전반부 수업도 문학과 삶에 대한 서사적 이해를 꾀하는 방식으로 설계돼 있다.

먼저 전반부 수업에 대해 간략히 소개하면 다음과 같다.

1주차 도입 강의에서 교수자는 강의 안내에 이어 '나의 길 떠남'이라는 주제로 자기 자신의 이야기를 풀어낸다. 그간 어떻게 길을 떠나왔는지가 주제인데, 설화의 서사와 매개하여 내용을 풀어냄으로써 한 사람의 이야기 겸 작품 이야기가 되도록 하고 있다. 그 강의를 들은 학생들은 이와 비슷한 방식으로 자신의 길 떠남에 대한 글을 자기소개 삼아서 올리게 된다(1주차 과제).『왜 주인공은 모두 길을 떠날까?』(샘터, 2014) 책을 읽은 뒤 마음이 가는 인물과 연결하면서 자신의 이야기를 풀어내는 형식이다.

수업 2주차에는 국내외 각종 설화를 바탕으로 삼아 '주인공의 삶'을 살펴보는 강의를 진행한다. 원형적 서사문학으로서 설화의 이야기 코드에 익숙해지는 과정이며, 1주차 강의 및 1차 과제와의 연관 속에 작중인의 삶과 자기 자신의 삶을 연계하는 성찰적 사유를 활성화하는 과정이다.

'고전에 대한 오해와 진실'을 주제로 내건 3~5주차의 한국 고전문학 집

중 강의는 기존과 다른 관점에서 작품의 내적 맥락과 의미를 새롭게 짚어보는 과정이다. 작품 속의 인간과 삶이 생생하게 육박해오게끔 하는 데 주안점을 두고 있다. 예컨대, 심학규와 흥부, 주생, 사정옥 등과 같이 학생들이 부정적으로 생각하는 인물들이 '나 이상의 존재'로 강렬한 존재성을 현시하도록 강의내용을 구성하고 있다. 작품이라는 문학과 '나'라는 문학의 주객관계 변환을 경험하는 가운데 서사적 공명과 상호작용적 대화의 틈새를 열어나가는 과정이다. 5주차 과제는 학생들이 교수자의 서사해석 논문을 통해 이런 학습 과정을 복기하고, 작품의 이면적 맥락과 의미에 대한 주관적 탐색 활동을 연습하도록 한 것이다.

'우리 고전 깊이 읽기'를 주제로 한 6~8주의 토론식 수업은 학생들이 주체가 되어 작품을 분석 평가하고 토론적 소통을 진행하는 과정이다. 가족, 사랑, 영웅이라는 세 가지 주제별로 유의미한 서사반응이 기대되는 작품들을 배치해서 발표토론 활동을 구성했다. 6주차의 「바리데기」는 학생들의 반응이 크게 엇갈리는 작품으로서, 가족관계 속의 나와 욕망의 주체로서의 나의 문제를 성찰할 수 있게 한다. 학생들의 토론에 이어 교수자가 서사의 이면으로 들어가는 통로를 열어줌으로써 작품과의 서사적 대화가 얼마나 다양하고 깊게 이루어질 수 있는지 실감토록 하고 있다. 다음, 애정을 주제로 한 7주차 강의의 경우에는 교수자가 개입을 최소화하는 가운데 학생들의 해석적 토론이 활성화되도록 진행하고 있다. 작품 속의 사랑이 단순한 과거적 대상으로 그치지 않고 지금 나의 문제와 연결되도록 하는 데 주의를 기울이고 있다. 이어지는 8주차 강의의 '다시쓰기(마음에 들게 바꿔쓰기)'는 문학치료학의 핵심 활동에 해당하는 것으로, 학생들이 다시 쓴 결과물에 대해 거기 어떤 서사특성이 반영된 것일지에 대한 분석적 코멘트를 제공하고자 하고 있다. 발표토론 과정에서 자율적인 탐색이 이루어지기도 한다. 전혀 예상치 않았던 특징적인 다시쓰기 결과에 놀라게 되는 경우가 많다.

전반부 수업에서 학생들이 작성하는 모든 과제는 교수자 홈페이지에 제출되며, 댓글을 통한 온라인 소통을 독려하고 있다. 나름 활발한 소통이 이루어지며, 종종 뜨거운 논쟁이 펼쳐지기도 한다. 문학치료학이 추구하는

바 '서사적 대화' 수준의 깊은 소통을 이루어내는 일은 쉽지 않았지만, 그런 사례가 없지 않았다.[30]

　이상 8주 동안의 수업 과정이 작품이라는 문학과 '나'라는 문학의 서사적 만남과 소통이라는 문학치료적 과정으로서 얼마만큼 의의를 발휘했을지 가늠하기는 쉽지 않다. 전반부 수업은 강의 목표의 앞부분, 곧 '고전의 재미와 감동을 체득하는 일'에 복무한 과정에 해당한다. 하지만 작품과의 이면적이고 상호주체적인 소통으로 나아가기 위한 사전 과정으로서 일정한 역할을 했으리라고 본다. 수업 최종 과제인 자기서사 스토리텔링 활동에서 수업 전반부에 다루어진 작품들을 서사적 연결대상으로 삼은 학생들이 있었다는 사실이 하나의 방증이 된다. 강의에서 다룬 「유리병 속의 도깨비」나 토론과정에서 다룬 「바리데기」, 「방한림전」의 인물에서 자신의 모습을 찾은 사례들이 있었다.

　다음은 문학치료적 접근을 전면에 내세운 후반부 강의의 개요다.

　후반기 강의는 문학치료에 대한 기초적이고 핵심적인 강의로 시작한다 (9~10주차). 문학치료의 개념과 성격을 설명하고 치료의 원리를 설명하는데, 인간의 삶을 움직여가는 문학으로서 '자기서사'를 오롯이 이해하는 데 주안점을 둔다. 「여우구슬」과 「팥죽 할머니와 호랑이」, 「해와 달이 된 오누이」, 「여우누이」 같은 사례를 통한 직관적이고 실질적인 이해를 꾀한다. 팥죽 할머니를 잡아먹으려 한 호랑이가 '폭력 남편'으로 연결된 인상적 사례를 소개하고 학교 일진이나 조폭, 검찰권력 등과의 또 다른 연결성을 설명하는 식이다. 내면의 우울과 분노가 호랑이가 될 수 있다는 점도 확인한다. 작품서사가 사람들의 자기서사와 다양하고도 의미심장한 연결성을 지닐 수 있음을 인지하는 과정이다. 다음으로는 작품 속의 여러 인물서사와 현실 속 사람들의 서사의 연관성을 다양하게 짚어보는 내용이 이어진다. 10주차의 '옛이야

30　학생들이 수행한 온라인상 소통의 양상은 신동흔 홈페이지의 고전읽기의즐거움 게시판에서 직접 확인할 수 있다. 신동흔과 함께 여는 구비문학 고전문학 세상 홈페이지: http://gubi.co.kr

기를 통한 자기서사 탐색'이 그것이다. 「원천강본풀이」나 「장화홍련전」, 「백설공주」, 「흰눈이와 빨간 장미」 같은 구체적 작품들에 대한 논의로 진행하고 있다. 교수자의 자기서사가 「원천강본풀이」의 이무기나 「백설공주」 속 왕비의 서사와 어떻게 연결되는지에 대한 내용을 포함함으로써 '문학으로서의 나'를 객체화하는 접근법을 경험하게끔 하고 있다.

11주차에는 13~15주차에 진행할 자기서사 스토리텔링 작업의 원리와 방법을 설명하고 작업 사례들을 보여준다. 스토리텔링 작업을 미리 준비할 수 있도록 하기 위함이다. 이에 대한 내용은 다음 장에서 논할 것이다.

12주차의 '작품서사와 자기서사' 강의는 학생들이 수업 교재에 실려있는 문학치료적 작품 해석 글들을 읽고서, 작품 속의 여러 인물 가운데 자기서사와 연결성을 지닌다고 여겨지는 주체를 찾아서 서사적 대화를 진행하는 과정이다. 인물과의 연결성 외에 특정 장면과의 연결성에 착안하는 선택도 허용한다. 화소나 장면 차원의 강렬한 공명이 중요한 서사적 연결고리가 된다고 보기 때문이다. 이 활동의 대상 작품들은 다음과 같다(2023년 수업 기준).

영리한 엘제 / 거지할멈 / 구렁덩덩신선비 / 지성과 행운 / 두 종류의 운 / 불운 / 황금산의 왕 / 굴뚝새와 곰 / 엄지동자 / 주먹이 / 대나무 소녀 새끼 손가락 / 잭과 콩나무 / 몰리후피 / 보리밥 장군 / 황금 거위 / 얼간이 에밀리아 / 외쪽이 / 신행날 영남루 구경한 새댁 / 정만서 / 특재 있는 의형제 / 브레멘 음악대 / 엉뚱한 세 친구 / 7인의 슈바벤 사람 / 차복과 석숭 / 백설 공주 / 빨간 모자 / 트루데 부인 / 청개구리 아들 / 청개구리 아내 / 지붕 위로 올라간 젖소 / 보물상자 / 호랑이가 된 효자 / 호랑이가 된 아내 / 샘가의 거위지기 소녀 / 내 복에 산다 / 오누이 / 황소로 변한 오빠들 / 미녀와 야수 / 노래하며 날아오르는 종달새 / 수정 구슬 / 손이 없는 소녀 / 손 없는 각시 / 고슴도치 한스 / 라푼첼 / 요린데와 요링겔 / 왕이 된 새샙이 / 주운 아이 / 재주 있는 처녀 / 장미 공주 / 재투성이 아셴푸텔 / 콩쥐팥쥐 / 불쌍한 방앗간 젊은이와 고양이 / 게 왕자 / 수수께끼 / 함께 살게 된 고양이와 쥐 / 두 나그네 / 굴뚝새 / 열두 띠 이야기 / 헨젤과 그레텔 / 푸른 수염 / 너덜레의 새 / 늑대와 일곱 마리 새끼염소 / 코르베스 씨 / 창세신화(그리스, 중국, 한국) / 원천강본풀이 / 시시포스 / 바리공주 / 세민황제본풀이 / 일월노리푸넘 / 사만이본풀이

학생들은 국내외 민담 외에 신화와 전설을 포함한 70종 이상의 이야기와 그에 대한 서사적 풀이와 만나게 된다. 꽤 많은 수의 작품이다. 작품 속에 특징적 인물이 두 명 이상인 경우도 많아서 연결 가능한 주요 인물만 100명이 넘는다. 이렇게 많은 작품을 제시한 것은 서사적 연결의 선택지를 넓히기 위함이다. 사람마다 캐릭터와 문제상황이 다르다는 점을 고려해서 제각각 특징적이고 유의미한 서사적 접속이 이루어지기를 기대했다. 실제로 학생들이 자신과 연결성을 지니는 이야기로 고른 대상은 꽤 다양했다. 목록 가운데 밑줄 친 것들은 2022~2023년 학생들이 1회 이상 선택한 작품들을 나타낸 것이다. 「주먹이」, 「고슴도치 한스」, 「차복과 석숭」, 「굴뚝새」, 「황금산의 왕」, 「백설공주」, 「특재 있는 의형제」, 「굴뚝새와 곰」 등은 3명 이상의 학생이 선택했다.

학생들이 해당 작품(작중 인물)과의 서사적 대화에 해당하는 내용을 홈페이지에 올리면 그에 대한 후속적 대화가 이어진다. 다른 학생들이 댓글로 의견을 다는 방식의 온라인 대화 소통이다. 글을 올린 학생들로서는 자기 자신에 대한 서사적 성찰을 점검하고 보완할 기회가 된다. 그 일련의 소통 과정은 그 자체로 문학적이고 치료적인 활동으로서 의의를 지니는 것이기도 하다. 참고로, 2023년의 경우 대부분의 과제에 10건 이상의 댓글이 달렸다.

일련의 강의가 진행되는 동안 별도로 특별한 문학치료적 활동이 병행된다. 자기서사 상담이 그것이다. 상담은 교수자가 개발한 MMSS 자기서사 진단 결과를 바탕으로 진행되며, 자발적으로 상담을 신청한 학생들을 대상으로 한다. 자기서사 상담은 본 연구자가 MMSS 진단지 개발을 본격화한 2018년부터 지속해온 활동으로, 매년 적게는 10명 내외에서 많게는 20명 이상까지 총 100명 이상의 학생이 상담에 참여했다. 상담시간은 1시간을 기

준으로 삼고 있는데, 2시간까지 진행된 사례들도 있다. MMSS 진단지는 26편의 설화에 대한 170여 개의 문항에 대한 응답 결과를 바탕으로 자기서사 특성을 탐색하는 문학적 진단도구다.[31] 자기서사 상담은 특징적으로 여겨지는 서사반응을 중심으로 삼는 가운데 작품과의 서사적 대화를 통해 자기이해를 추구하는 과정이다. 개인사에 대한 내용보다 작품에 대한 내용을 중심으로 대화를 진행한다. 2023년에는 기존의 MMSS 진단지 외에 온라인검사를 통해 진단 결과를 바로 확인할 수 있도록 한 표준화 자기서사 진단도구 MMSS-ON[32] 검사를 통해 서사적 자기점검을 병행할 수 있도록 했다.

일대일 개인상담으로 진행되는 자기서사 상담은 학생들이 자신을 새롭게 이해하는 데 유익한 구실을 하고 있다. 자신이 스스로 인지하고 있던 내용을 확인하면서 새롭게 맥락화하는 경우도 있고, 스스로 생각지 못했던 내면서사와 직면하는 사례들도 꽤 있다. 상담자로부터 생각지 않았던 진단적 해석을 듣고 흥미로워하기도 했고, 스스로 새로운 자기발견을 이루어내면서 놀라워하기도 했다. 자기서사 상담은 교수자로서도 사람에 대한 새로운 발견을 거듭하는 뜻깊은 과정이었다. 극히 평범해 보이던 학생의 내면서사가 더없이 단단하고 아름다운 것을 보면서 감동한 사례들도 많았고, 겉으로 아주 씩씩해 보이던 학생의 내면서사가 취약하거나 불투명한 상태에 있음을 발견하고 함께 고민에 빠지기도 했다. 자기서사 상담 과정은 속 깊은 소통의 시간으로서, 상담을 거친 학생들은 교수자 내면에 그 존재성이 크게 남아있다. 길이 잊지 못할 만큼 강하게 각인된 사례들도 꽤 있다. 학생들 다수도 이를 특별한 경험으로 기억할 것이라고 믿고 있다.

---

31 MMSS 진단지에 대한 자세한 사항은 신동흔, 「문학치료를 위한 자기서사 진단과 해석 연구: MMSS 진단지의 성격과 구성, 해석과 활용」, 『문학치료연구』 54, 한국문학치료학회, 2020 참고.

32 MMSS-ON에 대한 자세한 사항은 신동흔, 「표준화 자기서사 진단도구 MMSS-ON의 원리와 체계」, 『문학치료연구』 67, 한국문학치료학회, 2023 참고. MMSS-ON은 '오로시 성격강점검사'라는 이름으로 온라인에서 무료 서비스가 이루어지고 있다. 주소는 다음과 같다. 오로시 성격강점검사: https://orot-i.com/

MMSS 자기서사 상담을 통해 도출된 일부 학생들에 대한 문학치료적 진단분석 결과가 한 논문에 제시돼 있다. 2018년도 제출 논문으로, 진단지 개발 초기에 상담에 응했던 학생들의 사례를 담은 것이다.[33] 대상자는 5명으로, 내용은 생략하고 제목만 옮겨본다.

- 조비야: 아직 본격 모험을 시작하지 않은 예비 주먹이
- 박민서: 백설공주 식의 관계 맺기를 꿈꾸는 '무수소녀'
- 정효신: 아직 못 떠난 심청, 또는 살을 베어 아비를 봉양하려는 도령
- 나하늘: 폭력과 싸우고 있는 자청비, 심청의 책임감을 지닌
- 이백설: 슬프고 힘든 백설공주. 바리데기가 되어 살아온

제목에서 보듯이, 학생들의 자기서사 특성을 작품 속 인물과 매개하여 분석하고 진술했다. 텍스트나 내러티브 차원의 진술이 아닌 '내적 구조와 맥락' 차원의 분석과 진술이 되도록 했음을 밝혀둔다. '자기서사'라는 명칭을 붙이기 위한 기본 요건이다.

2018년 이후에 진행해온 자기서사 상담 과정에서도 인상적인 서사적 만남과 소통의 사례는 무척 많았다. 대부분의 상담이 유익한 자기발견 과정이었다고 여기고 있다. 그중 두 사례만 간략하게 제시한다. 신원 보호를 위해 몇 년도 어느 수업이었는지는 밝히지 않는다. 2019~2023년 사이의 사례라는 사실만 밝혀둔다. 학생 이름은 가명이다.

▷ 강내실: 독수리의 존재성을 지닌 숨은 해결사 개냥이

상담을 진행하기 전까지 눈에 띄지 않았던 조용한 학생이었다. 상담 진행을 위해 MMSS 진단지 작성 결과를 살펴보고 깜짝 놀랐다. 현실적이면서도 도전적이면서, 주체적이면서도 포용적인 면모가 생생히 나타났다. 모든 사안

---

33   신동흔, 「문학치료를 위한 서사분석 요소와 체계 연구」, 『문학치료연구』 49, 한국문학치료학회, 2018, 73-81면.

에 판단과 해법이 명확했고, 일관되면서도 설득적이었다. 아주 단단하고 안정적이며 아름다운 서사였다. 직접 만나서 얘기를 나눠보니 역시나 그러했다. 조용하면서도 당당한 모습이 상담자를 압도할 정도였다. 서사적으로 설명하면, 독수리의 존재성과 석숭의 자존감을 지니면서도 차복처럼 노력하며 고양이처럼 조용히 역할을 다하는 사람이었다. 사교성이 높다는 점에서 '개냥이'라 할 만한데, 나대는 스타일이 아니고 보이지 않게 중심 역할을 하는 쪽이었다. 어디에서 무슨 일을 해야 할지에 대한 고민이 없지 않았는데, 자기 역할과 공동의 협력이 필요한 분야 어디서든 숨은 해결사 구실을 잘하게 될 것이라고 했다. 혹시라도 현실에 갇히지 말고 세상의 변화를 가늠하면서 자신의 서사적 힘을 잘 발휘할 수 있는 길을 찾아 나가기를 권했다. 서사적 과제는 자기와 다른 서사를 지닌 사람들을 포용할 수 있는 자세와 능력으로 도출됐다. 내실은 상담을 통해 자기 자신과 미래에 대해 더 확신을 가질 수 있게 됐다고 했다. 덕담을 나누며 빠른 시간에 상담을 마쳤다.

▷ 나여월: 낯선 정상성에 부대껴 날개를 접은 나방, 또는 도요새

상담을 진행하기 전부터 다른 학생들과 아주 다른 범상치 않은 감각과 태도가 눈에 들어왔던 학생이다. MMSS 작성 결과에는 전혀 예상치 못한 답변들이 수두룩했다. 「해와 달이 된 오누이」에서 호랑이가 된 어머니를 "키울 것이다"라고 했고, 정만서는 "생각이 너무 많은 사람 같다"고 했다. 「백설공주」에서 거울을 보며 한 질문은 "넌 왜 말을 할 수 있니?"였고, 신데렐라 언니들은 뒤에 "구두를 찾기 위해 구두닦이가 된다"고 했다. 「라푼첼」에서 부모가 행한 큰 잘못은 '아이가 없다고 거짓말하지 않은 것'이라 했고, 자신이 성에 갇힌다면 '머리카락을 완전히 밀어버릴 것'이라 했다. 「굴뚝새」에서 가장 닮은 동물은 '도요새'라 했고, 가장 마음에 안 드는 동물은 '종달새'이며, 이유는 '내가 될 수 없는 모습'이기 때문이라 했다. 「브레멘 음악대」 반응에서 좋아하는 세 동물로는 매미, 나방, 거미를 썼다. 여러 이야기 속에서 자기와 가장 다른 인물인 동시에 가장 부러운 인물로 「백설공주」의 '사냥꾼'을 썼다. 이유는 '대가 없이 사랑을 베푸는 사람'이기 때문이다.

여월은 대상을 인지하고 판단하는 방식이 보통 사람들과 아주 다르다. 일부러 꾸며서 표현한 것이 아니라, 있는 그대로의 반응이다. 그에게 세상의 수많은 정상적인 일들은 낯설며 이해와 수용이 어렵다. 소통해보려 하지만 남는 것은 상처와 좌절감이다. 여월은 스스로를 "밀실로 들어간 나방"이라고 표현했다. 고향인 달에 가고 싶지만 그것은 불가능하며, 세상에는 자기를 태울 불빛이 가득하다고 했다. 그의 존재적 정체성은 「굴뚝새」에서 스스로 고른 '도요새' 쪽이었다. 아웅다웅 시끄러운 세상을 떠나서 홀로 머나먼 늪으로 가서 다시 돌아오지 않은 존재다. 태생적 아웃사이더이자 혁명가의 서사다.

대화 과정에서 상담자는 여월이 세상에 적응하기 어려운 것은 본인이 비정상이라서가 아니라 지금의 세상이 본인과 안 맞기 때문이라고 말했다. 도요새가 그랬던 것처럼, 본인에게 맞는 세계를 찾아서 자유롭게 자신의 우주를 구축하는 것이 맞는 길일 것 같다고 했다. 그는 백일장에서 한 번도 작은 상조차 받아본 적 없는, 작가 지망생이었다. 이에 대해, 사람들의 범상함이 여월의 비범함을 보지 못했던 것이리라고 했다.『월든』을 쓴 데이비드 소로를 예로 들며 여월만의 '월든'을 찾아나가면 좋겠다고 했다. 도요새 여월은 상담자 종달새의 말을 묵묵히 듣기만 했다.

자기서사 상담을 거친 학생들 가운데 상담 과정의 서사적 대화를 최종 과제인 자기서사 스토리텔링에 반영한 사례들이 있었다. 위의 두 학생도 직접적 형태는 아니지만, 스스로 만든 스토리텔링 영상에 상담 결과가 반영된 경우였다. 상담에서 발견한 자기정체성을 스토리텔링 활동에 훨씬 더 구체적으로 반영한 경우도 있다. 대화 과정에서 「큰 바위 얼굴」에 대한 얘기를 듣고서 작품을 찾아 읽은 뒤 주인공 '어니스트'의 서사를 자신의 서사적 길로 제시한 학생의 사례가 떠오른다. 이러한 사례는 자기서사 상담이 서사적 자기발견을 위한 유익한 과정이었음을 보여준다.

자기서사 스토리텔링에 대한 내용이 미리 나왔는데, 자세한 내용은 장을 달리해서 살피기로 한다. 나의 수업에서는 자기서사 스토리텔링을 앞에 설명한 활동들과 연계해서 진행하지만, 그것은 이런 연계 없이도 수행할 수 있는 문학치료적 교육활동에 해당한다. 별도의 장에서 다루는 이유다.

　　자기서사 스토리텔링은 본 연구자가 대학 강의에서 적용하고 있는 문학치료적 문학교육의 결산에 해당하는 활동이다. 앞서 설명한바 작품과 '나'에 대한 일련의 서사적 탐색 과정은 이 활동으로 집약된다. '구비문학의 세계' 같은 전공 수업에서 이를 일부 적용하다가, 2019년부터 국문과 지정교양 과목인 '현대인의삶과고전' 및 '고전읽기의즐거움'에 본격 적용하고 있다. 초기에는 PPT 발표와 영상물 발표를 함께 허용했는데, 2021년부터 영상 제작으로 통일했다. 영상물이 그 자체로 미적인 밀도와 완결성이 높다는 점, '작품' 형태로 갈무리된 영상 자료가 더 오래 의미 있게 남는 자기성찰 자료가 될 수 있다는 점 등을 고려했다. 학생들에게 자기책임하의 영상물 제작편집 과정을 경험하도록 한다는 의도도 있었다.

　　담당하는 교과목이 고전문학 관련이다 보니 자연스레 자기서사 스토리텔링 또한 고전 작품과 관련해서 이루어지는 쪽이다. 하지만 고전문학 작품 외에 현대문학 작품의 적용이 얼마든 가능하며, 영화와 드라마, 웹툰, 애니메이션 등과의 연계를 통한 스토리텔링도 가능하다. 나의 수업에서도 이런 가능성을 열어놓고 있으며, 실제로 현대소설이나 영화, 애니메이션, 대중가요 작품과 연결해서 자기 이야기를 풀어낸 학생이 다수 있었다. 개인적으로 자기서사 스토리텔링 활동은 대학교 외에 중·고등학교나 초등학교 교육에도 적용 가능하다고 여기고 있다. 학교 밖의 대안적 교육활동으로도 하나의 새 모델이 될 수 있을 것이다.

　　본 연구자가 학생들에게 과제로 부여한 자기서사 스토리텔링 활동에 대한 기본 안내는 다음과 같다(2023년 수업 기준).

　　- 스스로 분석한 자기서사의 과거-현재-미래를 5~8분의 압축적 스토리텔링 영상물로 구성
　　- 수업 및 교재에서 다룬 고전 작품(외국설화 포함) 연계 필수. 가능하면 이를

중심으로 구성

- 영상을 사전에 유튜브에 올리고(공개 or 비공개), 이캠퍼스 '열린게시판'에
  링크 제시 + 영상에 대한 간단한 설명 첨부
- 1인당 발표 시간 8~9분 + 교수 논평 3~4분 / 학생들의 질문과 논평 2~3분
  (학생들의 감상과 논평은 이캠퍼스 게시판 댓글 소통 위주로 진행)

안내 가운데 '수업 및 교재에서 다른 작품 연계 필수'라는 조건은 2023
년에 새로 넣은 것이다. 학생들이 수업과 상관없이 (영상작업의 편의 등을 위해)
영화나 애니메이션 등을 많이 활용하는 경향이 있어서 강의와의 연계성을
높이고자 한 의도다. 그 결과를 보니 장단점이 있어서 조금 고민이 되었다.
'필수' 대신 '권장' 정도가 어울리지 않을까 생각된다.

자기서사 스토리텔링 활동의 핵심은 학생들이 스스로 자기서사를 탐색
하고 발견해서 분석하는 데 있다. 이에 대해서는 미리 구체적인 방법을 설
명하는 과정을 거치고 있다. 자기서사와 유의미한 연관을 지니는 작품(또는
인물, 장면)을 잘 찾아내는 것이 관건이거니와, 그에 대한 자세한 안내를 PPT
자료로 진행한다. 그 내용을 간략히 소개하면 다음과 같다.

[1] 수업 진행 과정에서 본인이 했던 선택들 성찰하기

[개요] 강의를 듣고 과제를 하면서 본인의 경험과 선택을 종합적으로 되짚
어본다. 거기서 느꼈던 사항이나 쓴 내용이 자기서사가 반영된 무엇일 수
있다. 점검할 항목들은 다음과 같다.

- 자기소개에 앞서 읽은 책(왜 주인공은 모두 길을 떠날까?)의 인상 깊었던 내용
- 담당 교수가 강의에서 다루었던 여러 내용 가운데 특별히 기억에 남는 것
- '나만의 새로운 고전 읽기' 과제에서 내가 선택한 작품과 쓴 내용
- '고전 속 가족서사/애정서사 읽기' 과제에서 내가 선택한 작품과 쓴 내용
- '고전 속 영웅서사 읽기'에서 내가 고른 작품과 다시 쓴 이야기 내용

[2] 그동안 살아오면서 만났던 여러 작품에서 서사적 연결성 찾기

[개요] ① 그동안 만난 수많은 문학작품(시, 소설, 설화, 희곡 외에 영화, 드라마, 만화, 웹툰 등을 포함해서) 가운데 인상적으로 남아 있는 '작품/인물/장면'을 찾는다. 재미있고 감동적이어서 좋았던 것, 또는 놀랍거나 이상했던 것, 무섭거나 거부감이 들었던 것을 포함한다. 그에 대해 어떤 부분이, 왜, 어떻게 기억에 남아 있는지 되새겨본다. 기억나는 요소가 특히 '인물'일 경우 그 서사와 나의 서사가 연결될 수 있다.

② 그간 문학예술 작품들을 만나면서, '이거 꼭 내 이야기 같다'거나 '저 사람 나랑 참 비슷하다'고 느꼈던 경험을 되짚어본다. 마음에 딱 떠오르는 작품에 이어서 기억의 심연에 가라앉았던 작품들을 건져본다. 그런 다음, 그 작품이나 인물의 어떤 것이 나와 비슷했는지 성찰해본다. 벌어진 사건과 상황, 인물의 캐릭터, 이미지, 처지, 심정 등 다 좋다. 그 요소가 작품과 나의 서사적 연결고리일 수 있다. 아울러, 해당 작중 상황이나 인물이 나의 경우와 어떤 차이가 있는지도 헤아려본다. 서사적 탐색에 있어 동질성 못지않게 차이점도 중요하다.

[3] 현실 속 인간관계 속에서 나의 반응양상 점검하기

[개요] 그동안 직접 만나고 겪은, 또는 미디어를 통해 만난 수많은 사람을 떠올리면서 나에게 특별한 무언가를 전해줬던, 잔상이 강하게 남아 있는 사례들을 골라본다. '저 사람 진짜 멋지다. 나도 저렇게 되고 싶어!', '저 사람 왠지 관심이 가. 친해지고 싶어', '우와, 대단하네. 어떻게 저럴 수 있지?!', '헉, 저 사람 뭐야? 완전 짜증!' 등등 다 좋다. 그 사람의 어떤 점에서 그런 느낌을 받았는지 찬찬히 돌아본다. 그 반응은 자기서사의 유의미한 반영일 수 있다.

[4] MMSS 자기서사 진단 결과에 대한 성찰적 분석

[개요] 진단지를 작성하면서 특별히 마음에 와닿았던 이야기나 인물 또는 장면을 되새겨본다. 마음에 공명을 일으킨 내용은 자기서사와 연결될 가능성이 크다. 그것이 왜 마음에 와닿는지 이유와 맥락을 점검하며 자기를 성

찰해본다. / 자기서사 상담을 진행한 경우, 상담 과정에서 교수에게 들었던 말과 스스로 했던 생각들을 잘 되새겨 정리해본다.

[5] '작품서사를 통한 자기서사 탐색' 과제를 진지하게 성심껏 수행하기

[개요] 교재에 수록된 70여 종의 이야기와 그에 대한 서사적 해석 글을 찬찬히 읽어나가면서, 마음에 와닿는 인물들을 체크한다. 그중 가장 마음이 가는 인물을 선정한 뒤 왜 그렇게 느끼고 판단했는지에 대해 점검하고 이에 대한 성찰적 글쓰기를 행한다(12주차 과제). 댓글을 통한 다른 학생들과의 서사적 대화를 통해 자기성찰을 심화해나간다. 이는 '나의 자기서사 찾기'를 위한 중요한 과정으로, 자기서사 스토리텔링과 연결될 수 있다. 나는 해당 인물과 어떻게 같고 다른지, 내가 조정하거나 보완할 점은 무엇인지 등을 점검하는 과정을 통해 스토리텔링의 주요 내용요소를 확보할 수 있다.

자기서사와 연결성을 지니는 작품서사를 발견할 수 있는 통로는 매우 많거니와, 이를 다양하게 잘 탐색할 필요가 있다. 연결의 단서가 풍부하고 연결성이 깊을수록 서사적 자기이해가 더 잘 이루어질 수 있다. 최종적으로 선정한 작품이 한 개나 두 개로 귀착된다 하더라도 위의 모든 과정이 자기서사에 대한 유의미한 성찰 과정으로서 의의를 지닌다고 보고 있다.

다섯 항목 가운데 [2]와 [3]은 수업과 상관없이 그간의 문학적 · 현실적 경험을 바탕으로 서사적 자기이해의 실마리를 찾는 과정에 해당한다. 다른 모든 문학수업에서 적용 가능한 보편적 활동이다. 이를 축으로 삼는 자기서사 스토리텔링을 광범위하게 진행할 수 있다는 뜻이다. '자기서사'와 '서사적 연결성'에 대한 기초적 이해와 적용이 이루어질 경우, 누구라도 이와 같은 문학치료적 문학교육 활동의 주체가 될 수 있다. 아울러, 본 수업의 [1]과 [4], [5]에 해당하는 내용을 각자 자기 방식으로 설정해서 스토리텔링 활동과 연계하는 것도 가능하다. 교수자와 학습자의 특성을 반영한 구성과 진행이 이루어질 때 교육 효과는 더 높아질 것이다. 나의 수업에서는 MMSS를 연계했지만, MBTI와 연계한 활동이 그 이상의 흥미와 효과를 자아낼 가능

성도 있다.

　5~6년간 본 연구자가 진행한 지정교양 수업에서 학생들이 만들어낸 자기서사 스토리텔링 결과물은 150건 이상이다. PPT를 제외한 영상물만 해도 100건 이상이다. 영상들은 내용과 스타일이 매우 다양했다. 재미 중심으로 가볍게 풀어낸 사례와 매우 진중하게 풀어낸 사례까지 스펙트럼이 다양하다. 영상의 구성요소는 언어에 해당하는 자막과 내레이션 외에 자신의 사진과 영상, 직접 그린 그림, 인터넷에서 찾은 이미지, 영화나 애니메이션, 드라마의 일부 등 가지각색이었다. 이미지 활용 없이 빈 화면에 자막이나 내레이션, 배경음악만으로 구성한 경우도 있다. 사전에 그런 방식도 가능하다고 안내했다.

　자기서사 스토리텔링 영상은 개인적 삶의 정보가 들어있는 것이라서 수업용 홈페이지에 공개하는 대신 학교의 강의 플랫폼인 '이캠퍼스'에 올려서 내부적으로 소통하는 방식을 취하고 있다. 대략 어떤 형태인지 이해할 수 있게끔 영상의 한 장면을 캡처한 이미지들을 제시해본다.

어니스트 얼굴이 큰 바위 얼굴에 나타났듯이

나에게는 '셋째 딸'과 같은 존재가 필요한 것이었다.

남자이든 여자이든,

친구이든 연인이든,

사람이든 아니든.

흰백해질 거야...... 완벽하구 완전해져서 굴뚝새자식 코를 납작하게 눌러줄 거라구!!!!!

'유리병 속의 괴물'에 나오는 소년 같았어요!

나도 덩나귀처럼 멋있게 민담형 인간처럼 살고싶다......

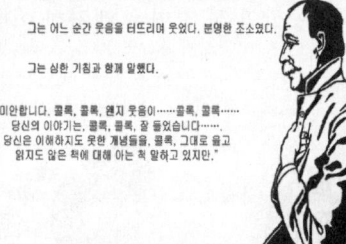

그는 어느 순간 웃음을 터뜨리며 웃었다. 분명한 조소였다.

그는 심한 기침과 함께 말했다.

"미안합니다, 콜록, 콜록, 괜지 웃음이......콜록, 콜록...... 당신의 이야기는, 콜록, 콜록, 잘 들었습니다. 당신은 이해하지도 못한 개념들을, 콜록, 그대로 읽고 읽지도 않은 책에 대해 아는 척 말하고 있지만."

　　이제 자기서사 스토리텔링 작업의 성격과 의미의 이해를 위해 두 학생의 사례를 좀 더 구체적으로 살펴본다. 앞서 언급한 바 있는 강내실과 나여월의 사례다. 강의명과 연도는 밝히지 않는다.[34]

　　먼저 자기서사 상담에서 '독수리의 존재성을 지닌 숨은 해결사 개냥이'의 모습이 나타난 바 있는 강내실의 사례. 강내실이 자기 자신과의 서사적

---

[34]　참고로, 강의 수강생들에게 개인정보 보호를 전제로 스토리텔링 영상을 포함한 수업 결과물의 학문적 활용에 대한 동의를 받는 과정을 거쳤음을 밝힌다.

연계성을 찾은 작품은 MMSS 진단지에 포함된 설화 「무수옹」이었다. 다음은 강내실이 만든 영상의 몇 장면을 캡처한 것이다.

강내실의 스토리텔링 영상 제목은 '무수옹이 되는 날까지'였다. 그는 어린 시절과 성장기에 걱정과 불안이 많은 사람이었다고 했다. 하지만 그 걱정 속에서도 도전적 선택을 했고, 그 결과에 적응해가면서 걱정을 이겨내는 법을 익혔다. 그 핵심은 '함께 고민하기'였다. 자신과 주변 사람들을 믿고 함께 나아가니 걱정에 지지 않게 됐다. 내실은 이야기 속의 무수옹이 임금이 만들어낸 걱정을 극복한 것도 주변의 가족들과 마음을 나누며 함께 움직였기 때문이라고 풀이했다. '관계 지향적인 무수옹'의 서사라 할 만하다. 앞서 자기 서사 상담에서 '개냥이'로 표현한 것과 연결되는 내용이다. 나의 판단에 강내실은 스스로의 노력과 주체성으로 문제를 해결해왔을 가능성이 크다. 그럼에도 내실은 이를 주변 사람들과의 관계 덕으로 사유하고 있다.

영상 말미에 내실은 다음과 같은 자막을 넣었다.

앞으로도 힘든 일이 많을 것이지만 / 좋은 친구들과 함께라면 또 이겨낼 수 있지 않을까요? / 제 여정에 함께하고 싶으시다면 언제나 환영입니다. / 믿음으로 가득 찬 걱정 없는 사람이 되자. / 어쩌면 가장 어렵지만 쉬운 일이 아닐까요? / 걱정만 하기보다는 움직여서 해결하자. / 이것이 제가 더 나은 사람이 되기 위한 방법인 것 같습니다. / 언젠가는 누군가에게 좋은 사람으로 남고 싶습니다.

내가 보기에 내실은 '믿음으로 가득 찬 걱정 없는 사람'의 길 위에 있는 사람이다. 그것이 '가장 어렵지만 쉬운 일'이라는 것은 아무나 할 수 있는 말이 아니다. 그는 '언젠가는 누군가에게' 좋은 사람으로 남고 싶다고 했지만, 사실은 이미 좋은 사람이다. 그럼에도 이렇게 말하고 있으니, 더 좋은 사람으로 나아가는 중이라 할 수 있다. 그 길에 예기치 않은 어려움과 걱정이 닥쳐올 수도 있겠지만, 내실은 이를 잘 감당해내고 훌륭한 사람으로서 아름다운 삶을 펼쳐내게 될 것이라고 믿는다.

다음은 자기서사 상담에서 '낯선 정상성에 부대껴 날개를 접은 나방, 또는 도요새'라는 서사 특성이 나타난 나여월의 사례다. 그의 7분 20초짜리 스토리텔링 영상은 나방에 대한 얘기로 시작된다.

고향인 달을 꿈꾸지만 그것은 불가능하며, 현실은 불빛과 전등에 타거나 찢겨 죽는 것이 나방의 생애라고 했다. 그다음 장면의 자막은 "하지만 이 나방은 그런 삶을 사는 것이 매우 싫었습니다. 평생 아무런 빛도 좇지 않으면 더 행복하게 오래오래 살 수 있다고 생각합니다"였다. 다음은 거기에 이어진 장면이다.

자기서사 상담과정에서도 나타난 바 있는 여월의 자기인식이다. 영상 뒷부분에서 여월은 성장과정에 대한 고백적 진술을 담았다. 자신의 꿈은 '평범하게 대화할 줄 알고 잘할 수 있는 일을 찾는 것'인데 그게 너무 어려웠다고 했다. 심한 따돌림을 당했고 상담 결과 '피해망상이 심각하다'는 말을 들었다. 잘하는 일을 못 찾아서 '작가'가 되고 싶다고 생각했는데, 백일장에 출품할 때마다 장려상도 못 받았다고 했다. 고등학교 때 모든 것이 다 싫어서 자기세계 안에 꽁꽁 숨기도 했다. 상담 과정에서 확인했던바 깜깜한 밀실로 숨어들어간 나방은 나여월의 서사적 정체성 내지 좌표를 표상한다.

어떻든 그는 국문과에 들어왔다. "달이 나방의 고향이듯, 꿈도 나의 고향이기에 나는 어쩔 수 없이 다시 이끌렸다"고 했다. 그곳에서 어느 날 그가 발견한 것은, 어두운 칸 속의 나방이 발견한 것은 한 명의 소녀였다. 이 부분의 장면을 몇 개 본다.

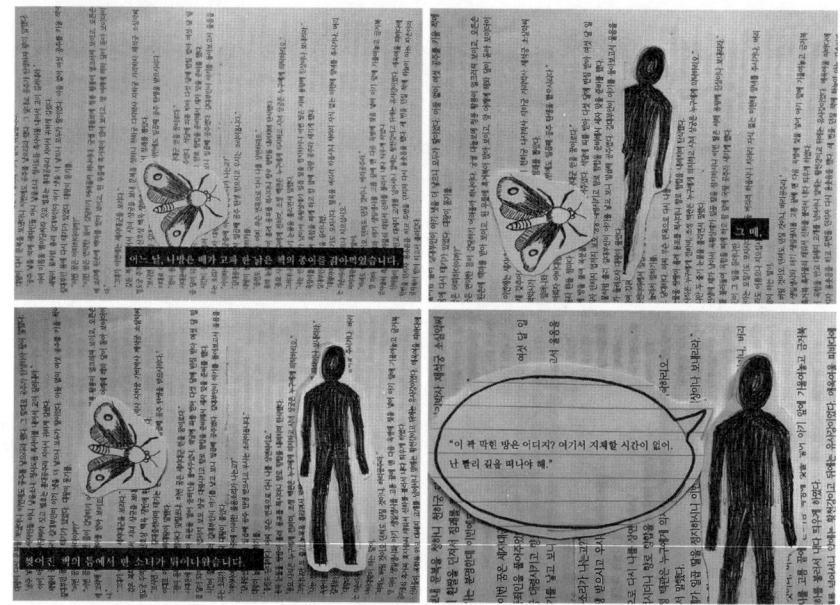

나방이 갉아먹고자 한 낡은 책의 틈에서 웬 그림자가 튀어나온다. 그림자는 소녀였다. 소녀는 놀라면서, 빨리 길을 떠나야 한다고 말한다. 그러자 나방은 화를 내며 말한다. "여기가 가장 안전한 곳"이라고. "멍청하게 모험하다가 죽을 일 따위는 없다"고. "너도 당장 그만두는 게 좋다"고. 하지만 소녀는 말한다. "약수를 구해 부모님을 구하는 꿈을 위해서라면, 죽을 수 있어도 괜찮다"고. 그 말을 들은 나방은 몹시 언짢아하며 불쾌감을 느낀다.

대화는 계속 이어진다. 어떤 대화인가 하면 서사적 대화. 작품이라는 문학과 '나'라는 문학 사이의 대화다. 나방은 짐짓 소녀에게 항변하지만, 사실은 누군가가 대화하고 싶었던 존재였다. 나방은 거듭 질문을 던지고, 소녀는 그 질문에 답한다. 그리고 자기 인생 사연을 들려준다. 자신을 버렸던 부모를 살릴 생명수를 찾아 먼 길을 떠나온 사연이다. 이야기를 듣는 동안에도 나방은 사이사이 질문을 하고, 소녀는 답을 한다. 다음과 같은 식이다.

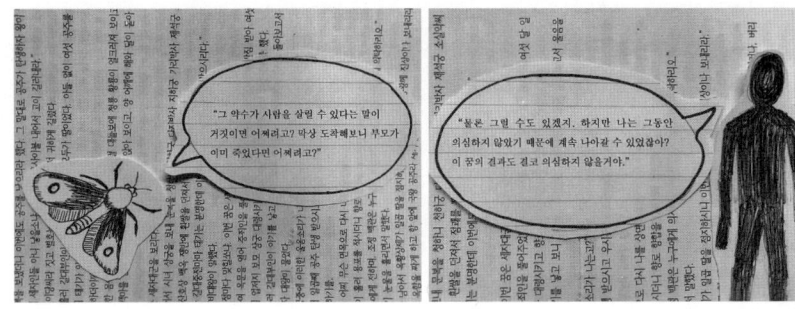

그렇게 이어진 대화가 끝나고 소녀는 "나에게 어떤 결말이 찾아올지 잘 봐!"라는 말을 남긴 채 다시 책 속으로 들어간다. 나방이 너무나 궁금해서 펼쳐본 책의 마지막 문장은 다음과 같은 것이었다.

"그리하여 소녀는 부모를 구할 수 있었고,
귀신들을 극락으로 인도하는 만신의 신이 되어 행복하게 살았다."

문장을 본 나방은 오랫동안 고민한 끝에 자기가 할 일을 떠올린다. 나방은 다시 책을 찢어서 소녀를 잡아먹는다. 그러자 어두운 칸에 틈새가 나타난다. "어두운 칸은 무너지고, 그는 비로소 태어날 수 있었"다. 칸에서 나온 나방은 자신이 갇혀 있던 곳을 되돌아본다. 그 칸은 무엇이었을까?

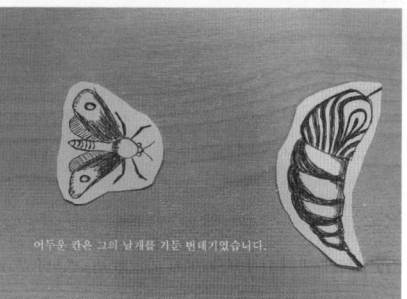

나방이 들어앉아 있는 곳은 바로 번데기였다. 세상으로부터의 도피처 또는 존재를 가두는 감옥이었던 어두운 칸이 새롭고 넓은 세상으로 나아가는 날갯짓을 위한 생명적 배태의 시공간으로 재의미화된 순간이다. 어두운 칸 속의 시간은 빛을 향해 날아오르기 위해 거쳐야 할 필수적 과정으로서 서사적 의미를 얻는다.

다음은 위 내용에 이어진 장면이다.

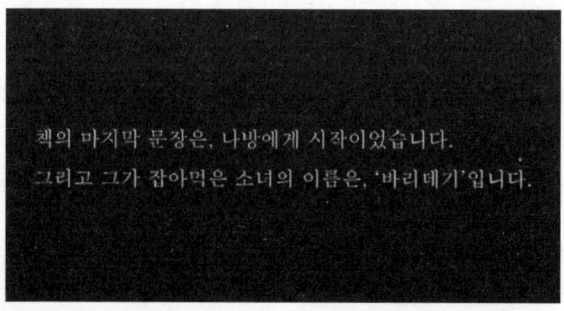

여월의 자기서사 스토리텔링 영상은 나방으로 표현된 '나'라는 문학이 '바리데기'라는 문학과 만나서 서사적으로 대화하는 가운데 접속과 통합을 이루는 과정을 보여준다. 나방이 바리데기를 잡아먹었다는 것은 그 서사를 내적으로 육화한 상황을 나타낸다. 영상 뒷부분의 자기분석에서 여월은 그 소녀가 사실은 자기 내면에 있던 무엇이라고 말하기도 했다. 영상에서 소녀

모습을 검은 그림자처럼 그린 것은 이를 나타낸 것이다. 요컨대 나방과 바리데기의 통합은 '나'와 '그'의 통합인 동시에 '나'와 '나'의 통합으로서 의미를 지닌다. 자기서사의 질적 변화라고 할 만한 면모다. 영상 속의 나방은 자신이 나온 번데기를 남김없이 갉아먹는다. 되돌아가지 않기 위한 몸짓이며, 제대로 날아갈 힘을 얻기 위한 과정이다. 여월의 서사적 선택의 무게감을 보여주는 장면이다.

바리데기를 품은 나방으로서 여월의 서사가 앞으로 어떻게 펼쳐질지 가늠하기 어렵다. 나방과 달 사이의 서사적 거리감이나 나방과 바리데기 사이의 서사적 위화감은 그 길이 그리 쉽지 않을 것임을 예감케 한다. 하지만 바리데기가 자신의 길을 쉼 없이 밟아나가서 하나의 특별한 이야기를 펼쳐낸 것처럼, 여월도 자기만의 남다른 이야기를 아름답게 써나가게 될 것이라고 기대한다. 존재적 무의미성을 끌어안고 흐느낀 긴 시간이 바리데기의 힘이 됐던 것처럼, 오랜 번데기의 시간이 여월에게 서사적 힘이 되어줄 것이다. '달'이 아득히 멀다지만, '서천서역'도 마찬가지다. 어떤가 하면 그것은 기실 먼 곳에 있지 않았다. 죽음의 공간(저승)에서 날마다 밥하고 빨래하던 물이 곧 생명수였다. 그 정성의 몸짓이 생명수였다. 여월이 꿈꾸는 달 또한 가장 가깝고도 먼 곳, '나'라는 문학의 심연에 있을 수 있다. 바리데기처럼 나아가서, 아니 가장 여월답게 나아가서 마침내 그 달을 잡아먹기를![35]

문학치료적 교육활동으로서 자기서사 스토리텔링의 성격을 요약하면, '문학을 통한 문학의 발견과 문학적 표현'이다. 2장에 제시했던바 정운채의 도표로 설명하면 그것은 ①과 ②로 표현된 인생살이와 자기서사의 상호작용 및 ③과 ④로 표현된 작품서사와 자기서사의 상호작용을 통합한 활동이

---

35 부연하면, 나는 여월이 가야 할 서사의 길을 자기서사 상담 부분에서 말했던바 '도요새의 길'로 제시하고자 했다. 하지만 여월 자신의 분석을 존중하기로 했다. 그는 누구보다 치열하게 자신에 대한 서사적 탐구를 진행한 사람이기 때문이다. 아울러, 도요새가 나방보다 힘이 세다는 것은 편견일 수 있다. 도요새 또한 달에는 가지 못한다. 이야기 속의 도요새는 '아무도 모르는 늪'으로 간다. 달에 더 가까운 것은 도요새보다 오히려 나방일 수 있다.

며 나아가 ⑤로 표현된 작품을 만드는 과정이다. 문학은 힘이 세다. 글자 하나하나, 이미지 하나하나를 고민해가면서 '나'라고 하는 문학을 한 편의 영상 작품으로 갈무리해본 문학적 경험은 한때의 일로 스쳐 사라지지 않고 내면에 깃들어 자기서사의 일부를 이룰 것이라고 믿는다. 서사적 자기성찰을 진지하게 수행한 경우라면. 그리고 그것의 작품적 갈무리를 성실하게 수행한 경우라면. 나의 판단으로는 수업에 참여한 대부분의 학생들이 그렇게 했다.

나의 지정교양 강의 시험에는 사전에 내용을 공개하는 문항이 하나 있다. 그 문항은 다음과 같다.

> 이번 학기 수업에서 수행한 자기서사 스토리텔링 활동에 대한 소감을 솔직하게 적어주기 바랍니다(의미 있었던 점, 어려웠던 점, 아쉬웠던 점, 기타 건의사항 등).

이에 대한 학생들의 응답을 일부 발췌해본다.

▷ 이번 학기 수업에서는 다양한 유형의 서사를 공부하며 많은 인물들의 서사를 배울 수 있어서 좋았다. 하지만 그중에서도 '나'에 대한 서사를 가장 깊이 탐구할 수 있어 더욱 뜻깊은 시간이 되었던 것 같다. 설화 속 인물들이나 타 학우들, 즉 다른 사람의 이야기를 들으며 역설적으로 '나'의 이야기를 발견할 수 있어 색다른 경험이었다. 영상 만들기는 어려웠으나 이 수업을 통해 고생한 것 이상의 가치를 얻어가게 된 것 같다.

▷ 무엇보다 가장 의미를 부여했던 점은 동기들의 다양한 자기서사를 접할 수 있다는 것이었습니다. 문학에 의해 그 사람 이면의 이야기를 직간접적으로 꺼낼 수 있다는 것이 흥미로웠기 때문입니다. 평소 여러 인간 군상을 소설이나 드라마, 영화 속 그리고 또 현실에서 관찰하기를 즐겨하는 저에게는 더할 나위 없이 행복한 과제였습니다. 또한 영상을 처음 기획할 때는 갈피를 정확히 잡지 못해 어려움을 겪었을지라도 자유로운 형식과 수많은 서사 선택지가 있었던 것이 자기 자신에 대해 더 사색할

기회를 제공한다고 생각했습니다.

▷ 스토리텔링 영상 발표 무척 즐거웠습니다. 만드는 과정은 고됐지만, 나의 인생사를 어떤 표현 방식으로 나타낼 수 있다는 것이 나를 이해하고 나아가 타인을 이해하는 시발점이 된다는 사실을 깨닫게 된 발표였던 것 같습니다. 특히 고전 이야기와 결합하여 나의 서사를 이해하는 방식이 특별했다고 생각합니다. 우리는 늘 난제에 빠져 있습니다. 주제를 찾는 일에요. 시험공부를 하면서도 지금까지 살아왔던 모든 일들에 제목을 정하고 의미를 탐색해보라고 끊임없이 요구받았던 것 같습니다. 저는 고전 서사와의 통합이 제 삶의 제목을 붙여주는 작업이었음을 믿어 의심치 않습니다.

▷ 나 자신의 삶을 깊게 성찰해보는 시간이었다. 이전까지는 나에 대해서 깊이 들여다보거나 머릿속으로 나라는 사람에 대해 어떻게 설명할지를 정리해놓지 않았고, 정리가 잘 되지도 않았다. 그래서인지 사람들이 나에 대해 물어볼 때 종종 말문이 막힐 때도 있었고, 대답해놓고는 '아, 이렇게 말하는 게 더 좋았으려나' 하는 후회가 들 때도 많았다. 해당 활동을 통해서 앞으로는 나 자신을 좀 더 분명하고 정확하게 설명할 수 있게 된 것 같다.

앞으로의 길을 모색하는 데에도 좋은 길잡이가 될 것 같은 활동이었다. 나라는 사람과 내가 살아온 삶 전반에서 내가 가지고 있는 문제점은 무엇인지, 그 문제에 처한 나에게 지금 필요한 것이 무엇인지, 앞으로는 어떤 길로 어떻게 나아가야 할지 갈피가 어느 정도 잡히는 느낌이었다. 내가 선택한 서사인 「노래하며 날아오르는 종달새」라는 작품에 대해 더욱 심도 있게 고찰해본다면 더 선명하게 보일지도 모른다. 문학이라는 것을 통해 한 사람의 인생을 진단하고 치료할 수 있다는 것이 새삼 놀랍다는 생각을 거듭하게 되었다.

▷ 매 과제를 할 때, 내 가치관까지는 나아가지 않고, 작품 내적인 해석을 중심으로 적었다고 생각했다. 그런데 자기서사 스토리텔링 영상을 만들면서 내가 적었던 글을 다시 읽어보니 정말 하나로 수렴하는 특징을 발견하여 신기했다. 그전까지는 강의를 들으면서도 나라는 사람의 특성이 하나로 정의되지 않고 산만하게 분포된 것처럼 느껴졌다. 하지만 영상을 만들고 마지막 과제를 작성하면서부터는 분명하게 보였다.

자기서사 스토리텔링 영상의 개요를 짜면서도 느낀 점이 하나 있다. 무언가를 설명하려 할 때 나는 다른 것보다 논리적으로 맞는가를 우선순위에 둔다는 점이었다. 자기서사 '스토리텔링'이라는 주제에 맞게끔 자기서사가 무엇인지 정의하고, 자기서사를 어떻게 찾았는지, 그 근거는 무엇인지, 왜 그렇게 생각했는지, 언제부터 이런 자기서사가 성립되었는지, 마지막으로 자기서사를 찾는 이유는 무엇인지에 대해 내 안에 정리되어 있어야만 타인에게 설명이 가능했다. 이것저것 재지 않고 착수한 일에 뛰어드는 민담형 인간과는 거리가 멀지만, 나의 한 면을 찾아내어 기분이 좋았다.

다른 학우들의 스토리텔링 영상을 보면서 나와 다른 점을 비교하게 되었다. 어느 쪽이 옳고 그르다를 나누려고 한 것이 아니다. 다른 학우들이 어떻게 자기서사를 찾아나갔고, 어떻게 풀어나갔는지를 보면서 많이 배웠다. 각자의 개성이 여실히 드러나는 영상들이었기 때문에 보면서 즐거웠다. 대학교 1학년에 이 강의를 들어서 다행이라고 생각한다.

논의를 마무리하기 전에 한 가지 사항을 덧붙인다. 학생들의 자기서사 스토리텔링 활동 결과를 종합적으로 성찰해보니, 그 스토리텔링이 심층의 이야기로서 자기서사보다 텍스트로서 삶의 이야기(self narratve)에 대한 것으로 진행된 측면이 있음을 발견했다. 사적 경험이나 상념을 영상에 직접적으로 담아낸 사례가 많았는데, 원래 취지와는 좀 다른 것이었다. 가장 심층적이고 문학적인 방식으로 자기를 이해하고 표현하도록 한다는 본래의 수업 취지를 좀 더 잘 살릴 수 있으면 좋겠다는 판단을 하게 됐다.

이와 같은 판단에서 2024년의 수업에서는 자기서사 스토리텔링을 진행함에 있어 학생들이 자신의 '부캐'를 설정하고 완결성을 지니는 설화적 이야기 형태로 자기서사를 표현하도록 한다는 방침을 세웠다. 문학치료학의 기본 성격과 원리에 부합하는 더욱 문학적인 결과물들이 산출될 것으로 기대했다. 실제로 수업을 마친 결과는 기대에 어긋나지 않았다. '설화적 스토리텔링'은 그 방향을 잡기가 어려웠음에도 학생들은 자기에 대한 서사적 이해를 좀 더 미적이고 상징적인 스토리텔링으로 풀어냈다. 그 영상을 둘러싼 소통은 좀 더 편안하게 이루어졌으며, 그 과정에서 서사적 자기이해 및 길찾기와 관련한 계시적 대화가 오가기도 했다. 앞으로 또 기회가 있다면 자기서사 스토리텔링의 미적 속성을 더 강화할 수 있도록 할 방침이다. 가장 문학적인 것이 가장 치료적이며 가장 교육적이라는 것. 경험을 통해 확인한 이 명제를 기본 관점으로 견지해갈 것이다.

7   갈무리: 아름다운 '나들'의 세상

나는 학생들에게 문학치료에 대해 설명하면서 이렇게 말하곤 한다. 한 사람의 서사가 바뀌면 삶이 바뀌고, 그가 바뀐 만큼 세상 또한 바뀐다고. 한 사람을 더 행복하게 하기 위해, 그 삶을 더 아름답게 하기 위해 복무하는 것이, 그렇게 세상을 한 걸음씩 바꿔나가는 것이 문학치료다. 나는 이 설명이 문학교육에도 똑같이 적용된다고 믿는다.

세상은 수많은 '나'들의 집합체가 아니다. '우리'는 나와 나를 나란히 세운 것 이상이다. 정운채는 문학치료에 대해 설명하면서 내담자와 상담자의 대화 과정이 그 자체로 하나의 서사라고 했다.

환자와의 대화는 환자와 치료자가 함께 만들어가는 서사다. 서사적 맥락 위에서만 소통과 교류가 일어나게 되기 때문이다. 그러니까 문학교육의 현장에서 배우는 이와 가르치는 이가 나누는 대화는 배우는 이와 가르치는 이가 함께 만들어가는 서사인 것이며, 이 서사를 통해서 교육적 소통과 교류가 일어나는 것이다. 다시 말해서 고전문학을 가르치는 행위는 배우는 이와 공동의 서사를 만드는 일인 것이다.[36]

정운채가 말하는바 '나'와 '나' 사이에 성립되는 서사, 곧 '공동의 서사'는 자기서사와 조금 다른 차원의 문학이라 할 수 있다. '사이의 문학'이며, '함께 만들어가는 문학'이다. 그것은 자기서사라는 문학과 더불어 '문학적 세상'의 또 다른 한 축을 이룬다.

교육은 개인을 넘어선 집단적 삶의 장이다. 개인과 개인 사이, '나'들 사이에 형성되고 펼쳐지는 문학적 관계와 행위에 주목할 필요가 있다. 개개인 삶의 아름다움을 넘어서 함께하는 삶이 아름답게 펼쳐질 때 문학교육은 비로소 제 소임을 다했다고 할 수 있다. 일컬어 아름다운 '나들'의 세상. 여기서 '아름다운'은 '나들'에게 걸릴 수 있고 '세상'에도 걸릴 수 있다. 동시에 걸리는 것으로 읽히면 더 좋겠다.

아름다운 나, 아름다운 우리, 아름다운 세상. 그 길을 아름답게 펼쳐감에 있어 문학치료의 구실이 작지 않다고 믿는다. '나'가 하나의 문학임을 깨닫고 '작품'이라는 문학과 상호객체의 소통을 이루는 일은 진정한 자기발견과 미적 실현을 위한 더없이 소중한 과정이다. 이와 같은 미적 소통이 활성화되면, 그것은 자연스레 '나'와 '또 다른 나' 간의 미적 만남으로 확장된다. 작품을 통해 '나'와 '나'가 문학적으로 연결되면서 '나'들을 넘어선 '나들', 곧 '우리'의 문학을 낳게 된다. 자기서사 스토리텔링 활동에 대한 소감 가운데 다른 친구들의 자기서사와 만나면서 많은 것을 느꼈으며, 그러한 발견과 이어짐의 과정이 그 자체로 소중했다는 내용이 있었음을 환기하고 싶다. 더불어 함께하는 문학치료적 교육활동이 갖는 특별한 의미다.

이무기의 감성이 자꾸 감상적으로 되어간다. 이제 그만 '입 속의 검은

---

36   정운채, 「고전문학 교육과 문학치료」, 『국어교육』 113, 한국어교육연구회, 2004, 113면.

돌'을 내려놓는다. 아니, 고이 건넨다. 바라건대 그것이 누군가에게 여의주 비슷한 것이 되면 좋겠다. 아니, 누군가가 그것을 여의주로 탈바꿈시켜주면 좋겠다. 이 글을 읽으신 분들이 기꺼이 오늘이가 되어주고 백씨 부인이 되어 주시기를 기대한다.

제 3 부

치유의 서사로 본 무속신화[*]

그 문학치료적 힘에 대한 단상

* 그간 문학치료학 관련 논문이나 발표문들을 접하면서 개인적으로 놀랍고 흥미로웠던 부분이 글쓰기 방식이었다. 연구자의 가감 없는 자기고백적 진술은 살아있는 인간 존재와 학문의 방법에 대한 여러 가지 상념을 갖게 했다. 문학치료에 대한 학술적인 글을 처음으로 쓰면서, 어떤 방식의 글쓰기를 택할까를 두고 고민했다. 도달한 결론은 나 자신 무속신화와의 일련의 만남을 통해 어떤 정신적 경험을 했고 그것이 나를 어떻게 바꾸었는가를 진솔하게 기술하자는 것이었다. 2004년 9월 4일의 학회 연구발표회에서 이에 대한 공감을 일정하게 얻어낼 수 있었다. 이 글에서 시도하는 글쓰기 방식이 학문적 객관성과 무난히 접목될 수 있을지 미지수다. 새로운 모색이라는 차원에서 받아들여지기를 희망한다.

1   여는 말

무속신화와 만나 틈틈이 씨름하기를 시작한 지 수십 년이 되었다. 대학원 시절에 한 편의 아름다운 사랑의 신화 「성주풀이」를 가지고 주제발표를 한 적이 있고, 뒤에 그것을 논문으로 제출한 바 있다.[1] 1993년 무렵 아동을 위한 옛이야기 시리즈 기획을 맡으면서 놀랍고 감동적인 이야기로서 무속신화를 첫머리에 내세웠었다. 그 당시 중단됐던 기획 작업을 5~6년 뒤 새로 진행하여 출간한 옛이야기 시리즈의 1차분 다섯 권을 10편의 무속신화로 채웠다.[2]

짧지 않은 만남의 시간에도 불구하고 나는 오랫동안 무속신화들을 나의 경험과 관념의 틀 속에서 바라보고 이해하고 있었다. 무속신화 출판을 위한 기획 구성 작업을 하면서 내 생각의 틀에 맞지 않는 부분들을 구미에 맞게 첨삭하거나 가공하곤 했다. 이야기 위에 서고자 했던 셈이다. 지금 그 작업 과정을 돌아보면 많은 부분에서 부끄러움을 느낀다.

그 이야기들을 좀 더 원형에 충실하게 정리하고 해석하는 작업을 최근 2~3년 사이에 진행해왔다.[3] 그 작업을 수행하면서 새롭게 발견하고 느낀 부분들이 적지 않다. 오랜 세월에 걸쳐 사람들의 삶을 매만져온 치유의 문학으

---

[1] 신동흔, 「경기지역 성주풀이 무가의 신화적 성격」, 『우산이인섭교수화갑기념논문집』, 간행위원회, 1995.

[2] 신동흔·정출헌 기획 구성, 한겨레 옛이야기, 1-5, 한겨레 아이들, 1999. 1권-소별왕대별왕·당금애기, 2권-바리공주·강남국 일곱 쌍둥이, 3권-황우양씨 막막부인·자청비와 문도령, 4권-한락궁이·원천강 오늘이, 5권-강림도령·궤네깃또.

[3] 그 결과를 정리한 책이 2004년에 출간되었다. 신동흔, 『살아있는 우리신화』, 한겨레신문사, 2004. 이 책에는 총 25편의 무속신화를 정리하여 싣고 각각의 신화에 대한 해석을 곁들였다.
참고로, 2014년에 이 책의 개정증보판이 '살아있는 한국신화'라는 제목으로 출간되었다. 신동흔, 『살아있는 한국신화』, 한겨레출판, 2014. 이 책에는 이전에 빠졌던 무속신화 상당수를 추가로 싣고, 자료를 원전에 더 가깝게 정리했으며, 자료에 대한 해석을 더 전문적인 수준으로 보완했다.

로서 무속신화의 깊이와 힘은 내가 그동안 막연히 생각해오던 것 이상이었다. 많은 이야기가 의식·무의식중에 나를 바꾸어놓았으며, 지금도 나의 마음속에 뚜렷이 자리한 채 삶의 지침 구실을 하고 있다. 다른 종류의 문학에서도 이와 비슷한 경험을 할 수 있지만, 무속신화는 좀 특별한 면이 있음을 느낀다. 단순한 대상에 머물지 않고 삶의 표상으로 각인되는 힘이 남다르다. 이들은 나에게 있어 진짜로 신화(神話)가 되어가고 있다. 그러한 힘은 어디에서 나오는 것일까.

아직도 나는 이들 신화에 대해 제대로 안다고 말할 수 없음을 안다. 이제 겨우 어렴풋이 무엇인가를 느껴가고 있을 뿐이다. 앞으로 얼마나 더 새롭게 느끼고 소화해야 할지 헤아리기 어렵다. 그 일은 나 혼자만이 아니라 다른 모든 이들이 함께하는 것이 좋겠다고 생각한다. 특히 문학을 통해 삶을 바꾸는 일을 지향하는 문학치료학 관련자들이라면 더욱 그러하다. 이 글을 쓰고 있는 이유다.

2   무속신화와의 만남, 몇 가지 장면

2.1 광청아기:
내 안의 욕망, 하나

무속신화를 이것저것 살피던 중에 제주도 무가 자료집 한구석에서 만난 이야기가 있다. 일반신도 당신(堂神)도 아닌, 한 집안의 조상신 본풀이에 해당하는 이야기다. 제주도 김녕마을 송씨 집안의 신화「광청아기본풀이」가 그것이다. 사연은 다음과 같다.

제주 동김녕마을 송동지 송선주가 섣달그믐을 맞아 서울로 진상을 바치러 길을 떠났다. 온갖 산물을 진상하고 고향으로 돌아오던 송동지는 광청고을 허정승 댁에 머물게 되었다. 저녁상을 받고 잠자리에 들었는데 삼경이 가까워오도록 잠이 오지 않아 밖에 나와 배회했다. 그때 초당에 희미한 불빛이 보여 다가가보니 어여쁜 아기씨 하나가 머리를 풀어놓고 무엇을 생각하는 듯 창문 밖을 내다보고 있었다. 송동지가 돌아서려 하는데 아기씨가 방문을 열면서 할 이야기가 있으니 들어오라 했다.

송동지가 방안으로 들어가 움츠려 앉자 아기씨가 술상을 내어놓고 술을 권하면서 뜻밖의 말을 했다. 이렇게 만난 것도 인연인데 잠도 안 오고 하니 심심풀이 놀이를 하자고 했다. 앞으로 혼인을 하게 되면 그 행동을 해보고 싶으니 자기 옷은 송동지가 입고 송동지 옷은 자기가 입은 채 밤이 지새도록 색시놀이를 해보자 했다. 술에 취한 송동지가 응낙하여 놀음이 시작됐다. 송동지는 연분홍 저고리에 대홍대단 연분홍 치마 구슬족두리를 머리에 얹고, 아기씨는 넓은 갓에 백도포를 입고 부채를 들었다. 두 사람이 서로 손을 마주 잡자 얼음 같은 손길이 구름 녹듯 녹아났다. 어느새 한 몸이 된 두 사람은 온 세상이 제 것이 되어 시간 가는 줄을 몰랐다. 다음날 송동지가 주인과 이별하고 돌아오는데 간밤의 일이 꿈인지 생시인지 분간할 수가 없었다.

여러 달이 지난 뒤 송동지는 다시 서울로 진상을 가게 되었다. 진상을 마치고 돌아올 때 광청고을 허정승 댁을 찾아들어 해가 지자마자 광청아기 방으로 달려갔다. 뜻밖에도 아기씨는 송동지 아이를 잉태한 사실을 말하며 옷깃을 잡고 밤새도록 눈물을 흘렸다. 그때 시절이 육지 여자는 제주에 못 가고 제주 여자는 육지에 못 갈 때였다. 송동지는 아기씨가 울음 끝에 도포자락을 놓은 틈을 타 문밖으로 내달아 포구로 나와서 배 밑에 들어앉았다. 광청아기가 불룩 나온 배를 이끌고 포구로 나와 송동지 배를 찾는데 무정한 사공이 발판다리를 당겨버렸다. 아기씨는 감태 같은 머리를 풀어헤치며 물로 풍덩 떨어져 구름 녹듯 녹고 말았다.

송동지가 제주 고향으로 돌아와 동김녕 포구에 배를 들여 매는데 아버지를 마중 나왔던 막내딸이 갑자기 허파에 바람 든 듯 머리를 풀어헤치고 부모형제도 몰라보면서 바닷물 속으로 달려들려고 했다. 송동지가 깜짝 놀라 막내딸을 붙잡자 딸이 다른 사람 목소리를 내며 이상한 소리를 늘어놓았다. 송동지는 광청아기 혼령이 막내딸한테 의탁했음을 알고 그 원혼을 풀어주기 위해 심방을 불러 굿을 했다. 용왕국에서 광청아기 삼혼을 건져낸 다음 축문을 올리고 아기씨 맺힌 간장을 낱낱이 풀어주었다. 그런 뒤로 송동지 집은 부자가 되고 셋째 아들이 나라에 벼슬을 하게 되었다. 그 후 송씨 집안에서는 광청아기를 조상신으로 모시게 되었다.[4]

광청아기는 단순한 한 여인이 아니다. 처녀의 몸으로 욕망의 물결에 휩싸여 외간 남자를 품은 그녀는 마음 한구석에 깊은 욕망을 내재하고 있는 이세상 여성의, 이 세상 인간의 상징적 표상이다. 그 욕망이란 인간에 의해 금지된 불온한 것이었지만, 인간 이전에 신이 내린 것이었다. 남자 옷 여자 옷을 바꿔 입고 벌이는 그 변태스러운 사랑놀음마저 말이다. 그 신성(神性)이 유난하기도 하여 마침내 제 마음의 타는 불꽃에 의해 자신을 불사르고 만 광청아기. 그 마음의 불은 차가운 바닷물 속에서도 꺼지지 않고 남아 모진 한(恨)이 되었다. 그 한이 신의 숨결임을 가슴으로 깨달은 송동지. 숨기고만 싶었을 자신의 부끄러운 지난 일을 드러내고 그 신성한 한을 품어서 솜솜이 녹여준 그다. 그에게 신의 가호가 내리는 것은 이상한 일이 아니다.[5]

신성(神聖)이란 무엇인가를 생각한다. 나를 넘어서는 어떤 힘과 하나 되어 자기를 초월하는 것이 신성이다. 그 초월이란 맺힌 것의 품을 통해 이루어진다. 광청아기라는 아프도록 뜨거운 존재 속에 스스로를 투영하는 가운데 이루어지는, 마음 한구석 불온하게 묻어둔 욕망의 질곡으로부터의 풀어짐이 있다. 또는 여인의 욕망을 윤리의 덫에 가두어놓고 감시의 눈을 부릅뜨는 편견과 억압으로부터의 풀어짐이 있다. 욕망대로 살 수야 없겠지만, 그 욕망의 존재를 어찌 감추고 지울 수 있을까. 그 또한 신이 내린 것인데 말이다.

이 신화는 이렇듯 나 자신 속 욕망에 얽힌 번민을 달래주고 다른 이들이 품고 있을 욕망과 관련한 편견을 덜어주었다. 그 정도가 얼마일지 모르지만,

---

4   제주 안사인본 「광청아기본풀이」, 현용준·현승환 역주, 『제주도 무가』, 한국고전문학
    전집 29, 고려대 민족문화연구원, 1996, 408-415면.

5   신동흔, 『살아있는 우리신화』, 한겨레신문사, 2004, 293-294면.

나는 광청아기와 송동지를 통해 긍정과 포용을 통한 욕망의 승화라고 하는 방향으로의 변화를 이루었음을 실감한다.

2.2 당금애기:
내 안의 편견

나는 언젠가부터 한국의 대표적 무속신화인 「제석본풀이」의 주인공 당금애기에 대해 이전과 다른 새로운 태도를 가지기 시작했다. 옛이야기 시리즈를 기획할 때는 물론이고 책을 내기 위해 새로 신화를 정리하는 과정에서도 나는 당금애기와 화주승의 결연에 대해 그것을 상징화 내지 신성화하려는 의도를 강하게 나타내고 있었다. 둘의 결연은 이본에 따라 상당히 다르게 그려져 있는 터다. 화주승이 땅에 떨어진 낟알을 전해주자 당금애기가 받아먹었다고도 하고, 낟알을 줍는 동안 두 사람의 옷이 서로 감겼다고도 한다. 화주승이 도술로 당금애기한테 꿈을 불어넣었다고도 하며, 두 사람이 덮은 이불이 바뀌어 있었다고도 한다. 그리고 육체적 동침을 그린 자료들이 있다. 이 가운데 나는 육체적 결합을 암시하는 화소들을 애써 외면하고 지우려 했다. 순수한 동정의 처녀 당금애기에 어울리지 않고 신성한 서사에 합당하지 않는다는 생각이었다. 그러나 어느 순간 나는 둘의 결연을 육체적 결합으로 묘사한 대목에 신성이 깃들어 있을 수 있다는 생각을 하게 되었다.

> 저 신님이 난데 없이야
> 상사병이가 일어냐 나는데
> 얼굴이는 붉으락 희락 붉으락
> 왈왈 떨기를 시작하는가부요
> 아무리 생각하여도 아니 된다 싶어서
> 부체님 도술로 피우더니만
> 난데없이 왕거미가 되어가지고

병풍으로 굼실굼실 넘어간다
아가씨 머리맡에 쪼그리고 앉더니
한 시간 동안을 아가씨를 폭으로 내려다보고 있더니만
저 신님이가 공중 일어나서
입었던 장삼을 활활 벗어서 네 갈 데로 가거라
염주도 벗어 네 갈 데로 가거라
단주도 벗어 네 갈 데로 가거라
빨가벗은 알중이 나서더니
아가씨 자는데 단침 이불 속으로 굼실굼실 기어들어 가더니
아가씨 가는 허리를 아드답싹 끌안고
죽을지 살지 살지 죽을지
배 위에 걸타고 올라타더니 바꿈 끌안고
입을 쭉쭉 맞추더니
네 사랑이냐 내 사랑이냐[6]

마침내 당금애기는 자기의 운명을 거부하지 못하고 화주승과 한 몸이 된다. 검고 읽고 땟국물 흐르는 떠돌이 화주승과 꽃밭의 화초처럼 티 한 점 없이 자라온 처녀의 성적 결합…. 가장 불편하고 합당치 않아 보이는, 좀체 용납할 수 없을 것 같은 상황이다. 그런데 그것은 실상 하늘이 정한 신성한 결연이었다. 이 세상의 구원자(삼불제석)를 잉태하는 과정이었고, 세상의 어머니 신(삼신)을 점지하는 과정이었다. 가장 추해 보이고 못마땅해 보이는 그 상황 속에 신성이 깃들어 있다는 역설적 진실!

문제는 어디에 있는가 하면 그 진실을 가리고 부정하는 편향적 관점에 있다. 신화는 당금애기의 아버지와 아홉 오라비를 통해 그 모순적 편견을 상징적으로 드러낸다. 제 딸과 누이를 가장 아끼고 사랑한다는 그들이었다. 하지만 당금애기가 외간 남자와 사통하여 아이를 잉태했다는 사실을 탐지하

---

6   강릉 박월례본 「제석본풀이」. 김태곤 편, 『한국무가집』 1, 집문당, 1971, 206-207면.

제3부

는 순간 그들은 배반감에 치를 떨며 당금애기를 지워 없애려 한다. 칼로 쳐서 죽이려다가 여의치 않자 뒷산 토굴 속에 사정없이 팽개친다. 출산을 눈앞에 둔 제 피붙이를.

"우리가 얼마나 너를 사랑했는지 아느냐"고 말하지만, 그들은 실상 당금애기를 사랑했던 것이 아니었다. 그들이 사랑한 것은 자기 자신이었을 따름이다. 그들에게 있어 당금애기는 자기네 삶을 더 즐겁고 화려하게 하는 하나의 소유물 내지 장식물에 지나지 않았다. 그 뜻에 합당치 않을 때 그것은 지워 없애야 할 대상일 뿐. 그들은 당금애기를 치죄하면서 그녀가 자기네를 배반했다고 말하지만, 실제로는 그들이 배반했던 터다. 인간을, 그리고 신의 뜻을. 당금애기를 토굴에 버리고 돌아오던 아홉 오라비가 흙비와 돌비를 맞고 쓰러진 것은 당연한 귀결이다.

이 신화가 전해준 인간사에 대한 깨달음은 상당히 충격적인 것이었다. 그것은 나로 하여금 내 속에 있는 아버지와 아홉 오라비의 모습을 들여다보게 했다. 과연 그동안 나는 미혼모나 접대부, 심지어 이혼녀 같은 이들을 마음으로 낮추어 보지 않았던가 하는 물음에 대해 그렇지 않다고 답할 수 없었다. 내가 내보였을 수 있는 '동정적 옹호'의 태도까지도 십중팔구 차별을 전제로 한 것이었던 터다. 그것이 하늘의 뜻을 거스르는 일이라는 사실을 나는 미처 깨닫지 못하고 있었다.

일련의 각성의 과정을 거친 지금, 나는 당금애기가 화주승과의 결연과 상관없이 변함없는 동정(童貞)의 여인이었다고 받아들이고 있다. 그는 여전히 그일 뿐, 변한 것은 없다. 한편으로 나는 마음을 먹는다. 어느 날 나의 딸이 미혼모가 되어서 아이를 안고 나타나더라도 나의 딸과 손주를 사랑으로 품어주겠노라고.

2.3 칠성풀이:
내 안의 욕망, 둘

두 딸의 아버지인 나를 깨우쳐준 또 다른 신화들이 있다. 철없이 이기적인 부모의 모습이 숨김없이 드러나는 이야기들이다. 「칠성풀이」나 「삼공본풀이」, 「세화본향당본풀이」 등이 그들이다. 그가운데 「칠성풀이」가 먼저 달려나온다.

인물 좋고 지체 좋아 부러울 것 없는 선남선녀 칠성님과 매화부인은 하늘이 맺어준 단란한 짝이었다. 단지 자식이 없는 것이 한 가지 아쉬움이었다. 부부는 명산대천 신령께 빌어 꿈에 그리던 아이를 잉태했다. 그러나 매화부인이 아이를 낳은 순간, 모든 것이 속절없이 허물어지고 만다. 매화부인이 둘도 셋도 아닌 일곱 쌍둥이를 낳은 것을 보고 남편은 기겁하여 뒤돌아서며, 아내는 통한을 이기지 못하여 목숨을 버린다.

한 손에 붓대 들고 우르르르 들어와 보니
아기 소리가 진동하네
억야 세상에 까막까치 날짐승도 새끼 일곱이면 많다 하는데
하물며 사람이 되어 아기 일곱 낳았구나 산모할라 여덟일세
톤단무심하고 나가 노니
칠성님 부인 매화부인님이 첫국밥을 해와도 아니 잡수시고
두번채 해와도 아니 먹고
삼세번 해가도 아니 먹으니
칠성님이 깜짝 놀래어 우르르르 들어와서
여보시오 부인 세상에 부부간에 하는 말이 무슨 본심인들 있겠소
국밥이나 잡수시오
매화부인님이 하는 말이
여보시오 칠성님 공 들이면 한 쌈줄에 아들 일곱 둘 줄 그 뉘 알고
공드릴 제는 무슨 맘이고 공 드려 낳아 노니 못 키우겠단 말이 웬 말이오
나는 이 한 됨이 그만이라 이 세상을 배반하고 염라대왕 갈테오니
칠성님은 천하궁에 용예부인 있다 하니 후실 장가나 가옵소사

매화부인님이 이 세상을 배반하고
세상에 삼일 설북전의 하고
칠성님이 문안하님 불러내어
여봐라 일곱 아이 꽃방석에 주섬주섬 담아가지고
은하수 흐르는 물 고기 밥이나 주러 가자[7]

칠성님이 제 자식을 외면하고 돌아선 것은 다름 아닌 부끄러움 때문이었다. 남 보기에 우세스러운 일이라는 생각 말이다. 어떤가 하면 그가 실제로 원했던 것은 '자식'이 아니었다. 제 삶을 더욱 멋지고 행복하게 장식할 그 무엇을 기대했던 터였다. 그 기대가 뜻하지 않은 방향으로 꼬인 순간, 행복의 조건이었던 자식은 부끄럽고 부담스러운 짐으로 바뀌고 만다.

이는 칠성님만 그러한 것이 아니다. 매화부인도 본질 면에서 남편과 다르다고 하기 어렵다. 제 몸으로 낳은 자식을 간수하는 일보다 남편에 대한 통한에 얽매이는 그녀 또한 자식보다 자기가 앞에 있다(어쩌면 그 자신 일곱 쌍둥이를 낳은 것이 부끄러웠던 것일지도 모른다). 용예부인한테 후실장가나 가라고 하는 철없는 악담을 남긴 채 아이들을 두고 홀로 떠나버리는 그 무책임함. 그가 남편과 더불어 누려온 행복이란, 아이를 기다리며 예비했던 행복이란 한 번의 충격에 산산이 깨어지고 말 유리와 같은 것이었다.[8]

그렇게 아내가 떠나가고 기대했던 삶이 깨지자 칠성님은 가차 없이 제 자식들을 버린다. 그러고는 정말로 용예부인한테 후실장가를 가버린다. 거북스러운 짐을 집어던지고 자신의 행복을 향해 움직이는 적나라한 몸짓이다. 어느 순간 그는 버려둔 자식들을 그리워하게 되고 때마침 제 발로 찾아온 자식들과 함께 행복해하기도 하지만, 그는 또다시 그들을 배반하고 만다. 아이들의 간을 먹어야 용예부인이 살아날 수 있다고 하는 상황 속에서 그는 다시 한번 '용예부인'을, 자신의 욕망과 행복을 선택하려 하는 것이다. 그런

7   부여 이언년본「칠성굿」. 김태곤 편, 『한국무가집』 3, 집문당, 1971, 125면.
8   신동흔, 『살아있는 우리신화』, 한겨레신문사, 2004, 210-212면.

치유의 서사로 본 무속신화

그를 구원한 것은 오히려 그 지점에서 아낌없이 스스로를 저버리려 한 일곱 아들이었다.

무섭도록 생생한 역설이다. 표면으로야 이러한 일이 있을까만, 내면으로 말하자면 무수히 벌어지는 일이다. 돌이켜보면 칠성님의 모습은 다름이 아닌 나 자신의 숨겨진 모습이기도 했다. 자식이든 또 누구든 나의 뜻에 맞을 때는 사랑스레 받아들이고 그렇지 않을 때는 마음으로 저버리는 일을 수 없이 해왔던 터다. 나를 조건 없이 따르는 이들을 곁에 두고서 간단없이 '용예부인'을 꿈꾸었던 터다.

「칠성풀이」와의 만남을 거치면서 스스로의 모순을 극복하는 길로 온전히 접어들게 되었는지 말하기 어렵다. 하지만 그 길을 향해 나아가야 함을 분명히 느끼고 있다. 단순한 도덕적 의무감이 아닌 인간에 대한 깨달음으로써.

2.4 안심국과 황우양씨:
내 곁의 여신

대책 없이 '용예부인'을 꿈꾸었던, 그 품을 찾아 방황했던 또 다른 주인공이 있다. 뒷날 집의 신[家神]이 된 성조씨 안심국이 그다. 경상도 지역 무속신화 「성조푸리」의 사연이다.

성조(成造)의 본은 서천국이었다. 아버지는 천궁대왕 어머니는 옥진부인이고 아내는 계화부인이었다.

천궁대왕이 옥진부인과 짝을 이루어 사는데, 나이가 늦도록 자식이 없어 고민하다가 갖은 공을 들여 얻은 아기가 성조씨 안심국이었다. 세상 재주를 한데 모아놓은 듯 총명함과 재주가 비할 데 없었다. 그는 세상 사람들이 집이 없어 고생하는 것을 보고 집 지을 재목을 이루려 하늘에서 솔씨를 받아 무주공산에 가득 심어놓았다.

성조의 나이 열여덟이 되었을 때 천궁대왕 옥진부인이 신하들과 두루 상의해서 간택한 아름답고 현숙한 여인이 계화부인이었다. 한데 연분이 부족했던지 성조는 첫날밤부터 아내 계화씨를 소박하기 시작했다. 갈수록 박대가 심해지더니, 집을 나가 밖으로 나돌며 술과 여자를 밝히기 시작했다. 보다 못한 천궁대왕이 법전을 살펴보니 현처를 소박하는 자는 산도 없고 사람도 없는 황토 섬에 삼년간 귀양을 보내라 씌어있었다. 대왕이 성조에게 황토섬 귀양을 명하여 성조는 하릴없이 귀양길에 올랐다.

산도 없고 사람도 없는 황량한 황토섬이었다. 성조가 눈물을 친구 삼고 새 짐승을 벗을 삼아 세월을 보내다 보니 어느 결에 삼년이 다가왔다. 하지만 해가 지나도록 나라에서 소식이 없었다. 의복이 부족하여 찬바람과 백설을 견딜 수 없고 양식이 떨어져 배고픔을 견딜 수가 없었다. 소나무 껍질과 해초 나물을 캐어 먹어 목숨은 이었으나 여러 날 여러 달을 날음식만 먹다 보니 온몸에 털이 나서 짐승인지 사람인지 분간할 수 없는 지경이 되고 말았다.

세월이 다시 흘러 춘삼월에 온갖 새가 날아드는데 청조(靑鳥)가 또한 날아와 앉았다. 성조는 해진 옷자락을 뜯어 앞에 놓고 손가락의 피로 편지를 쓰기 시작했다. 아내 계화씨에게 안부를 전하며 외로움을 하소연하는 편지였다. 편지를 받아 문 청조가 바다 건너 서천국으로 날아들어 계화씨 앞에 편지를 떨어뜨리자 남편을 그리던 계화씨가 눈물 서린 편지를 눈물로 읽었다. 계화씨로부터 편지를 받아 읽은 옥진부인과 천궁대왕이 성조를 모셔오라는 명을 내렸다.

마침내 귀양에서 풀린 성조가 새 음식을 먹자 온몸의 털이 빠져 본모습이 돌아왔다. 서천국에 다다라 부모를 알현한 성조는 아내 계화부인을 찾아가 몇 년간 못 보던 정회를 낱낱이 풀어내고 사랑으로 밤을 지냈다. 이후 부부가 화락하게 지내어 열 명의 자식을 낳으니 복락이 비할 바 없었다.

세월이 흘러 백발노인이 된 성조씨 안심국은 열 자식을 거느리고서 예전에 심어놓은 소나무를 베어 세상에 두루 집을 마련했다. 이로부터 인간 세상 수많은 백성들이 집을 얻어서 살기 시작했다.[9]

성조씨가 무엇이 어떻게 성에 차지 않아서 밖으로 겉돌았는지는 알기

---

9   동래 최순도본 「성조푸리」. 손진태, 『조선신가유편』, 동경: 향토문화사, 1930, 79-172면.

어렵다. 아마도 그 이유란 없다면 없고 갖다가 붙이자면 한이 없는 그런 부류의 것일 터이다. 중요한 것은 그가 제 있을 곳을 떠나 자신의 삶을 소진하고 있는 상황 자체다. 이유 여하를 떠나 많은 사람이 겪고 있는 상황이다.

이 신화는 그러한 성조씨의 행위가 커다란 죄가 됨을 뚜렷이 천명한다. 아내를 버리고 주변 사람의 믿음을 배반했으니 죄이며, 그에 앞서 자기 자신을 팽개치고 있으니 죄가 된다. 그리할 수밖에 없어 그런다면 또 모르지만 스스로 돌아올 곳이 있음에도 불구하고, 돌아와 제 삶을 세울 수 있음에도 불구하고 어떠한 노력조차 포기한 채 그리 떠돌고 있으니 어찌 큰 죄가 아닐까.

죄가 있으니 벌을 받아야 한다. 이야기는 천궁대왕이 성조씨를 황토섬으로 귀양보냈다고 전하지만, 나는 서사의 맥락을 다르게 읽는다. 성조씨는 누가 귀양을 보낸 것이 아니라 스스로 귀양을 간 것이라는 풀이다. 자기 자신을 저 황량한 벌판에 외따로 방치한 그였다. 꼭 파도치는 바다 건너 황토섬이라야만 섬이 아니다. 사랑하는 이들을 외면하고 홀로 방황하는 순간, 그가 존재하는 그곳은 이미 무인도 황토섬이며, 그 자신 온몸에 털이 나 울부짖는 하나의 짐승일 따름이다. 황토섬에서 성조가 겪는 외로움과 배고픔이란 기실 황폐화된 그의 정신적 풍경의 상징적 표상이라 할 수 있다.[10]

그 귀양은 어떻게 풀릴 수 있는가. 벌판에 홀로 선 자신을 깨닫고, 어느새 짐승과 같이 된 자신을 깨닫고, 인간을 향해 사랑을 향해 나아올 때 비로소 돌아옴은 시작된다. 성조씨가 청조를 통해 아내에게 그리움과 사랑의 편지를 쓰는 행위는 그 상징이 된다. 도대체 그 일은 왜 그리 힘들었던지. 입을 의복이 있고 먹을 양식이 있는 동안 성조씨는 그 일을 하지 않았던 것이다. 애초에 귀양의 기간을 3년이라 했지만 거기 정한 시한이 있을 리 없다. 스스로 돌아옴의 몸짓을 하지 않을 때 3년이 아니라 10년, 100년이 되어도 돌아올 길은 없다.

마침내 그 방황의 끝으로부터 자기가 있을 자리로 돌아온 성조씨는 가정의 신이 된다. 가족의 소중함을 그 누구보다 절실히 느끼면서 가정을 보살

---

10   신동흔, 『살아있는 우리신화』, 한겨레신문사, 2004, 287-288면.

제3부

펴줄 그다. 아니, 꼭 그가 나서서 보살펴주어야 하는 일이 아니다. 성조씨의 그 기나긴 유형의 역정을 함께하는 가운데 어느새 우리 자신 그의 힘을 빌려서 허튼 방황을 털고 번민을 씻으며 우리 있을 곳으로 돌아오는 것이다. 요컨대 그것은 방황의 밤을 밝히는 등불과도 같은 '계시(啓示)의 서사'다.

저 있을 곳을 애써 외면하면서 신기루와도 같은 그 무엇을, 저기서 나한테 손짓하는 것 같은 '용예부인'을 좇곤 하는 삶이다. 그를 위한 핑계는 또 얼마나 많은지 모른다. 그 결과가 무엇인가 하면 황량한 유배지의 외로운 짐승이다. 이 신화는 나 자신의 내면을 이처럼 환하게 비춰 보이면서 나를 나 있을 곳으로 인도한다. 이 이야기를 가슴에 새기면서 사랑하는 이들과의 관계 속에서의 나 자신을, 특히 한 사람의 남편으로서의 나 자신을 새롭게 돌아보게 된 측면이 적지 않다. 스스로 나 자신을 가두었던 귀양으로부터 풀려나오는 느낌을 받기도 한다. 작은 노력을 조금씩 할 뿐인데도, 요즘의 나는 이전에 비해 아내와 더불어 더욱 편안하고 행복하다.

또 다른 가신의 신화 「성주풀이」에 이러한 대목이 있다. 황우양씨가 하늘나라 차사에게 잡혀 천하궁으로 성주를 이룩하러 떠나기 전날 밤, 아무 준비가 안 돼 고민하던 황우양씨가 잠든 동안에 그 아내(막막부인)가 밤새도록 갖은 연장을 차곡차곡 마련하고, 타고 갈 말 손질을 해놓고, 새 옷을 지어서 고이 챙기는 모습이다.

도포를 내어놓고 수를 놓되
앞에는 청룡황룡이 다 품안으로 다 날아드는 듯 수를 놓고
앞에는 청룡황룡이 머리를 풀러 등천을 하는드끼 수를 놓고
뒤에는 청학백학이 품안으로 날아드는 듯하게 수를 놓고
미라니 서라니 만들어 놓고
용순배 학순배 만들어 놓고[11]

---

11 안성 송기철본 「성주굿」. 서대석 · 박경신, 『안성무가』, 집문당, 1990, 276-277면.

치유의 서사로 본 무속신화   297

지난여름 해외로 출장을 갈 일이 있어 밤에 짐을 챙길 때였다. 옷을 이 것저것 대충 쌓아놓고 주워 담으려는 판인데, 아내가 오더니 가지고 갈 옷과 그렇지 않은 옷을 찬찬히 가려서 다릴 것은 다리고 접을 것은 고이 접어서 차곡차곡 챙겨주었다. 그 순간 문득 나의 아내가 황우양씨의 아내 막막부인 같다는 생각을 했다. 내 곁의 여신!

한번 그렇게 깨닫고 나서 두루 살펴보니 그것은 어김없는 진실이었다. 나는 늘 여신의 가호 속에 살고 있으면서도 그것을 아득히 몰랐던 것이다. 그 깨달음은 나의 삶에 의미 있는 변화를 가져다주고 있다.

3 무속신화와 문학치료

3.1 서사의 성격

우리 무속신화와 함께하는 가운데 문학치료에 해당하는 내적 변화를 이루었다고 생각되는 부분을 몇 가지 이야기해 보았다. 그 변화는 일부러 의도한 것이 아니라 자연스럽게 그리된 것이었다. 무속신화의 서사에 내포된 힘이 그것을 가능하게 한 상황이다. 마음을 열고 무속신화와 깊은 교감을 나눈다면 어느 누구라도 그 서사를 통해 치료적 효과를 얻게 되리라는 것이 나의 믿음이다. 문학치료에 적용할 작품서사를 찾는 이들은 마땅히 무속신화에 관심을 가져야 할 것이다.

나는 무속신화의 어떤 요소들이 문학치료적 힘을 발휘하는가에 대해 객관적이고 체계적인 분석을 하기 어렵다. 서사적 특성과 심리 현상의 상호관계에 대한 나의 생각이란 경험적이고 주관적이며 모호하다. 이에 입각하여 우리 무속신화가 지니는바 치료서사로서의 특성을 몇 가지로 정리해본다.

(1) 내 삶의 표상으로서의 서사

무속신화와의 만남을 이어가다 보면 그 머나먼 시공간 속의 서사가 바로 나 자신의 이야기임을 절감하게 되는 순간이 있다. 그때 우리는 이야기 속에 나 자신을 투영하며 스스로의 삶을 돌아보게 된다. 본래 신화란 '신성적 동일성 체험'을 주요한 기제로 삼는 문학양식이거니와, 그 특성에 딱 들어맞는 것이 우리의 무속신화다.

문제는 그러한 체험이 어떻게 가능한가 하는 것인데 설명하기가 쉽지 않다. 나름대로 헤아려본다면, 먼저 서사 속 주인공들이 겪는 문제 상황이 우리 삶의 본래적이고도 핵심적인 국면을 전형적인 형태로 함축하고 있다는 사실을 들 수 있다. 그 서사가 오랜 세월을 거치며 거듭 온축의 과정을 거친 것과 관련이 있으며, 인간사 희로애락을 제 몸에 수렴하고 대리해온 문제적 개인으로서의 무속 사제의 혜안(慧眼)과도 무관하지 않은 사항이다. 다음으로 우리 무속신화에 있어 서사의 주인공들이 멀리 높은 곳에서 인간을 내려다보는 존재가 아니라 보통의 사람들과 같이 삶의 아픔과 모순을 경험하는 존재로 형상화된다는 사실에 주목한다. 그 자신 험하고 낮은 곳에 있음으로써 신성적 동화 체험을 더욱 효과적으로 발휘하는 상황이다. 그들은 아주 높고 고상한 곳으로부터 한순간에 아득한 절망으로 떨어지는 과정을 겪곤 하는데, 그 전락의 진폭은 인간사의 곡절을 선명하게 표상하는 가운데 사람들의 삶을 폭넓게 수렴할 수 있도록 하는 요소가 된다.

(2) 문제를 숨김없이 노출하는 서사

무속신화는 문제를 가리어 감추거나 은근히 돌려서 포장하는 서사가 아니라 정면에서 숨김없이 드러내는 서사다. 가식이 아닌 속내가, 인위가 아닌 자연이 살아 숨 쉰다. 예컨대 우리 내면에 있는 모순적 욕망 같은 것들이 여지없이 노출된다. 어린 처자가 낯모르는 영감과 더불어 여자 옷 남자 옷 바꿔 입고 색시놀음을 벌이고, 화주승이 은근한 수

작을 통해 규중처자를 범하며, 제 명예를 더럽혔다는 이유로 아비가 딸을 죽이려 한다. 아비가 제 뜻에 안 맞는다고 갓난아기를 팽개치고, 저 때문에 죽은 아내를 뒤로하고 덜컥 새 여자를 취하며, 자신의 욕망을 위해 자식들의 목숨을 거두려 한다.

이상은 앞서 언급했던 이야기에서 추린 것이거니와, 이런 종류의 화소는 무속신화에 부지기수로 포진해 있다. 그러한 요소들은 처음에 사람들을 당황하게 하기도 하지만, 어느 순간 그것이 바로 우리 스스로의 내면에 숨어 있는 욕망이고 모순이며 아픔임을 깨닫게 한다. 요컨대 무속신화는 의식하지 못하는 사이에 자신의 적나라한 내면을 비추어보면서 가슴이 흔들리도록 만드는 서사라 할 수 있다. 치료가 시작되는 시점이다.

(3) 긍정과 포용을 통한 승화적 극복의 서사

치료는 문제를 발견하고 노출하는 데서 시작된다. 그 노출은 직간접적인 여러 방식으로 이루어질 수 있다. 어떤가 하면, 무속신화에서의 노출은 고귀하고 소중한 존재로서의 신화적 주인공을 매개로 삼아 이루어진다. 사람들에게 있어 자신이 안고 있는 모순이나 아픔은 그만의 것이 아니며 저 신령스러운 존재들의 것이기도 하다. 그리하여 그것은 나를 분열하고 부정하여 떨쳐내야 할 그 무엇이 아니다. 그 자체 긍정하고 포용하는 가운데 감당하고 풀어나가야 할 존재의 본질이다. 그 길은 혼자 가는 것이 아니라 신성한 동반자를 매개로 하여 다 함께 나아가는 길이다. 그것은 곧 그 자신 하나의 소중한 존재로서의 의미를 실현하는 과정이 된다. 삶에 얽힌 문제는 이렇게 신(神)을 매개로 하여 신성으로 승화된다.

(4) 원형적 상징에 기초한 지속적 감응의 서사

무속신화는 일회적으로 경험하고 반응하는 종류의 서사가 아니다. 그것은 본래부터 삶의 과정을 관통하면서 거듭 음미하고 체현하는 '평생의 서사'로 존재해왔다. 만남을 거듭할수록 삶의 진실에 더욱 깊이 다가가게 하는 힘이 있다. 앞서 언급했던바 삶의 핵심적 문제를 원형적으로 함축해 지니고 있는 데 따른 특징이 된다. 일단 그 핵심에 다다르고 나면 그 서사적 경험은 쉽게 잊히거나 해소되지 않는다. 강한 힘으로 마음속에 자리 잡아 지속적으로 영향을 미치게 된다. 신화의 힘이다.

3.2 치료적 적용
방법 탐색

위와 같은 여러 특성에 의해 무속신화는 치유적 서사로서의 힘을 훌륭히 발휘해왔다. 그 힘은 앞으로도 다양한 형태로 발휘될 수 있으리라고 생각한다. 이제 무속신화를 문학치료에 적용하는 방법에 대해 간략하게 생각을 말해볼까 한다.

먼저 치료의 대상 문제다.

무속신화는 특정한 심리적 문제를 지니고 있는 환자의 진단과 치료에 유용하게 활용할 수 있다. 무속신화는 삶의 원형적 문제를 전형적이면서도 다양하게 함축하고 있다. 환자의 상황과 연관이 될 만한 무속신화를 다양하게 경험하게 하고 그에 대한 반응을 점검하는 과정을 통해 그가 안고 있는 핵심적 문제를 진단할 수 있을 것이다. 일단 문제가 확인되면 그 문제 상황에 맞는 이야기(대개는 환자가 강렬한 반응을 보인 이야기가 될 것이다)를 선별하여 지속적이고 깊은 교감을 이끌어냄으로써 본치료를 수행할 수 있을 것이다.[12]

무속신화는 특정의 정신적 질환을 겪는 환자 외에 스스로 문제를 의식하지 못하고 있는 일반 보통 사람들로 하여금 그 정신적 문제를 발견하고 치

---

12 이때 한 가지 주의해야 할 사항은 단순화된 기계적 접근을 경계해야 한다는 점이다. 예컨대 「제석본풀이」를 미혼모와 짝짓고 「칠성풀이」를 고아와 짝짓는 식의 접근이 그것이다. 이는 당사자가 아닌 주변 사람의 일방적 시각을 반영한 선택이 되기 쉽다. 그럴 경우 오히려 환자의 상처를 자극하거나 거부반응을 낳는 결과를 가져올 수도 있다. 세심하고 신중한 고려가 필요하다.

유하도록 하는 데도 큰 역할을 할 수 있다. 앞 장에서 소개했듯이 필자 자신 스스로 인식하지 못했던 문제를 무속신화를 통해 발견한 부분이 적지 않다. 드러난 문제보다 드러나지 않은 문제가 더 심각할 수 있다는 점에서 이러한 발견은 매우 중요하다고 생각한다. 예컨대 미혼모나 기아(棄兒)에 얽힌 문제 는 그 당사자보다 주변 사람들의 고정화된 통념적 시각을 교정하는 것이 더 욱 본질적이고 절박한 과제가 될 수 있다. 그러한 진단과 치유에 무속신화를 적용하는 방법을 모색할 필요가 있다.

다음은 치료에 활용할 텍스트의 적용 문제다.

무속신화는 그 자체 완전성을 갖추고 있는 치료적 서사다. 그러므로 원 형 그대로의 무속신화를 텍스트로 삼아 치료에 활용하는 것이 합당하다고 할 수 있다. 하지만 무속신화들의 이본이 다양하고 말이 쉽지 않으며 현 상 황에 그대로 적용하기 어려운 요소들이 있는 것 또한 사실이므로 어떤 식으 로든 가공이 필요한 상황이다. 이때 가공의 수준을 어떻게 할 것인지가 문제 인데, 일률적으로 말하기는 어려울 듯하다. 치료 대상자의 수준을 고려한 선 택이 필요하다. 다만 강조하고 싶은 것은 먼저 신화적 원형성에 대한 온전한 이해에 기초하여 신화적 정체성을 살려야 한다는 것이고, 다음으로 치료자 의 관념에 따른 의도적 변개나 첨삭을 가급적 피해야 한다는 것이다. 어설픈 변개는 무속신화가 지니고 있는 치료적 힘을 약화하는 결과를 가져올 가능 성이 크다.

무속신화 자체를 직접 치료에 활용하는 것 외에 무속신화의 서사를 원 용한 새로운 형태의 치료서사 텍스트를 마련하는 길도 생각해볼 수 있다. 무 속신화가 구현하는바 신화적 완전성이란 쉽사리 도달할 수 있는 것이 아니 라는 점에서 높은 치료효과를 기약할 만한 온전한 서사를 새롭게 창작하는 일은 쉽지 않을 것이다. 이에 대해 그림이나 영상, 음악, 연행 등을 적용한 '재구성' 형태의 작업이 상대적으로 수월하고 효과적인 방법이 되리라 생각 한다. 특히 그 작업을 치료 대상자가 직접 수행하게 하는 방법을 적극 고려 해볼 만하다. 그 자체로 훌륭한 치료 과정이 될 수 있을 것이며, 차후의 치료 활동에 적용할 수 있는 유용한 자료를 축적하는 좋은 방법이 될 것이다.

끝으로 치료의 방법과 과정에 관한 문제다.

무속신화를 적용한 문학치료를 구체적으로 어떻게 진행할 것인가 하는 문제는 치료 전문가가 감당할 사항이라고 보아 긴 논의는 생략한다. 읽기나 듣기, 감상 표현하기, 재구성하기, 자기 이야기 쓰기, 역할극 수행 등과 같은 여러 활동을 다양한 방식으로 조직할 수 있을 것이다.[13] 다만 무속신화의 정체성과 관련하여 두 가지 사항을 적시해둔다.

첫째, 직접적이고 공격적인 형태의 치료법은 그리 적절치 않아 보인다는 것이다. 문제를 숨김없이 노출하여 풀어내는 무속신화의 원리는 정신치료 일반과 통하는 면이 있지만 그와 다른 점도 있다. 무속신화의 치료법은 문제의 원인을 치료 대상자의 특수한 경험 속에서 찾아내 해소하는 직접적 방법이 아니라 신성한 상상적 동반자를 통한 간접적인 노출의 방법이며 긍정과 포용을 통한 승화적 극복의 방법이다. 당장의 효과는 약해 보일지 모르지만, 편안하고 지속성이 있는 방법이고 '문학적인' 방법이라고 할 수 있다. 이러한 특성을 잘 반영하여 치료 과정을 설계할 필요가 있다.

둘째, 치료자가 치료 대상자와 나란히 나아가는 방식의 치료가 합당하다는 것이다. 앞서 언급했듯이, 무속신화의 주인공은 멀리 높은 데 있는 것이 아니라 낮은 데서 보통의 사람들과 함께 호흡한다. 그 만남을 주재하는 무당 또한 삶의 애환을 짙게 지닌 천민 사제로서 자신의 아픔을 동력으로 삼아 사람들의 맺힌 것을 풀어낸다.[14] 그러한 요소가 어울려 신화적 치유가 효과적으로 이루어진다. 무속신화를 적용한 문학치료는 이러한 신화적 소통방식을 원용하는 것이 마땅한 일이라고 본다. 치료자 스스로 무속신화를 통한 자기진단과 치유의 과정을 제대로 경험하는 것이 그를 위한 좋은 통로가 되어줄 것이다.

13　실제로 무속신화를 문학치료에 적용한 사례가 있어 참고할 만하다. 전영숙, 「바리공주를 이용한 문학치료의 실제 및 그 교육적 활용 방안 연구」, 건국대학교 박사학위논문, 2004.

14　천민 사제로서의 무당의 정체성과 신앙적 힘에 대해서는 황루시, 『황루시의 우리 무당 이야기』, 풀빛, 2001 참조.

4 맺는말

　　　　　정리하고 보니 무속신화의 문학적·치료적 힘을 강조하여 내세운 글이 되었다. 부언한다면 이러한 힘은 무속신화만이 가진 것은 아니다. 개인적으로 말하자면, 『춘향전』이나 『최척전』, 『옥루몽』 같은 작품에서 얻은 힘이 그에 못지않다. 그럼에도 불구하고 무속신화는 그러한 힘을 양식 전체에 걸쳐 강하고 고르게 나타내고 있다는 점에서 특별하게 의미를 부여할 만하다.

　　텍스트가 무속신화인가 다른 무엇인가를 떠나 본질적으로 중요한 바는 문학적 이해와 감응의 문제가 아닐까 한다. 하나의 문학작품에 대해 진정한 이해와 감응에 도달하지 못했다고 할 때 그 문학을 가지고 행하는 모든 작업은 의미를 잃는다는 것이 나의 믿음이다. 다른 사람을 치료하는 행위는 더 말할 것도 없다. 치료자 자신이 문학을 통한 자기갱신과 자기실현의 도정을 밟아가고 있어야만 비로소 다른 이들과 더불어 동행할 수 있을 것이며, 저 앞에서 기다리고 있는 큰 보람과 행복을 만날 수 있을 것이다.

세계 설화의 문학치료적 활용 방안

그림형제 민담을 중심으로

1   문학치료학과 설화

　　　　　　　　　문학치료학이 출범한 지 여러 해가 지났다. 그간 다양한 모색을 거치며 이론적 기반을 다지고 치료 방법론을 개척해온 문학치료학은 이제 탐색기를 지나서 본격화 단계로 접어들고 있는 느낌이다. 인간이 곧 문학이며 문학이 바뀌면 인생이 바뀐다고 하는 문학치료학의 기본 철학[1]이 많은 사람의 공감을 이끌어내고 있다.

　　개인적으로 문학치료학의 탁월함은 '서사'를 진단과 치료의 축으로 삼은 데 있다고 본다. 이면에서 인생을 움직이는 문학으로서의 '자기서사' 개념은 문학과 삶의 관련성을 명쾌하면서도 정확하게 확인시켜준다. 문학치료학은 기존의 이야기치료 등과 달리 허구적인 서사로서의 설화(說話)를 축으로 삼아 자기서사를 규정하고 운용해온바, 이는 '신의 한 수'라 할 만한 선택이었다고 생각한다. 세월의 검증을 거치며 생명력을 이어온 설화는 인생의 제반 문제를 전형적이고 상징적이며 심층적인 방식으로 함축한다. 설화의 형태로 수행되는 자기서사 진단은 객관적이고 구조적이며 총체적이다. 진단이 정확히 이루어질 경우 한 개인의 존재적 본질은 단번에 그 핵심을 드러내게 된다. 치료가 시작되는 순간이다.

　　그간의 문학치료학에서 수행된 설화를 통한 자기서사 진단과 치료는 거의 예외 없이 한국 설화를 활용한 것이었다. 『한국구비문학대계』(전 82권)에 수록된 여러 설화의 내용을 유형과 각편별로 요약 정리한 『문학치료 서사사전』(전 3권)[2]은 문학치료학에서 자기서사를 비춰보고 가늠하는 기본 바탕 구실을 하고 있다. 그 설화 자료들은 양적으로 풍부할 뿐 아니라 윤색을 거치지 않은 현장의 이야기라는 점에서 특별한 가치를 지닌다. 주요 설화마

1　정운채, 「문학치료학의 서사이론」, 『문학치료연구』 9, 한국문학치료학회, 2008, 247-248면.

2　정운채 외, 『문학치료 서사사전』 1~3(설화 편), 문학과치료, 2009.

다 각편에 따른 변주를 통해 다양한 '서사 가지'를 보여준다는 것도 큰 장점이라 할 수 있다. 이 이야기들을 바탕으로 구성된 문학치료학의 '자기서사 진단도구'[3]는 상당한 설득력과 유효성을 발휘할 것으로 기대된다.

이제 문학치료학이 안정화를 이룩해가고 있는 상황에서 시야를 더욱 넓혀 방법론적 발전과 함께 자료적 확장을 꾀해야 할 시점이 아닐까 한다. 최근 정운채가 문학치료 서사이론을 서구의 주요 서사이론과 비교하면서 이론적 정체성을 자리매김하고 있는 것[4]은 시의적절한 일로 여겨진다. 이 글에서는 그에 더하여 자기서사 진단과 치료에 활용할 설화의 확장 가능성과 필요성 문제를 새롭게 제기하고자 한다. 한국 설화 외에 외국 설화들에 적극적인 관심을 가지는 가운데 유력한 이야기들을 찾아내고 분석하여 진단과 치료에 활용해야 하지 않겠는가 하는 것이다.

해외의 수많은 설화 가운데 이 글에서 주목하고자 하는 것은 유럽 민담이다. 유럽 민담은 세계적으로 널리 읽히면서 설화의 '중원'을 이루어왔다는 점 외에 자질 면에서도 주목할 만하다. 생기발랄한 환상적 상상력을 발휘하는 가운데 인간과 삶의 본질을 전형적 · 심층적으로 함축하고 있는 이야기들이 무척 많다. 특히 독일의 그림형제가 수집 · 정리한 민담은 유럽 민담 가운데도 1차적으로 관심을 둘 만한 대상이다. 19세기 초에 첫 출판이 이루어진 이래로 그림형제 민담은 세계적으로 폭넓게 읽혀왔으며, 서사적 원형성 면에서 특별한 의의를 인정받고 있다. 그림형제의 민담집은 그야말로 '진짜 이야기'의 보고라고 할 수 있다. 이 글에서는 그림형제 민담을 논의 대상으로 삼아 그 서사적 성격과 의의를 점검한 다음 그 이야기들이 문학치료학에서 말하는 자기서사와 어떻게 연결될 수 있는지를 살펴보고 치료적 활용 가능

---

3   정운채 외, 『설화를 활용한 문학치료 프로그램 개발 연구』, 문학과치료, 2009; 정운채 외, 『자기서사검사와 심리검사의 호환성』, 문학과치료, 2011.

4   정운채, 「프랑스의 서사이론과 문학치료학의 서사이론」, 『문학치료연구』 17, 한국문학치료학회, 2010; 정운채, 「리몬케넌의 서사이론과 문학치료학의 서사이론」, 『문학치료연구』 18, 한국문학치료학회, 2011; 정운채, 「토도로프와 채트먼의 서사이론과 문학치료학의 서사이론」, 『문학치료연구』 20, 한국문학치료학회, 2011.

성을 가늠해보고자 한다.

2   **그림형제 민담에 대한 오해와 진실**

   '그림형제 민담집', '그림형제 동화집', '그림
메르헨' 등으로 일컬어지는 이야기 모음집은 독일의 야콥 그림(Jacob Grimm,
1785~1863)과 빌헬름 그림(Wilhelm Grimm, 1786~1859) 형제가 19세기에 출간한
것으로, 원래의 명칭은 『어린이와 가정을 위한 이야기(*Kinder-und Hausmärchen*)』
이다. 이 책에 실린 이야기들은 그림형제의 창작은 아니며 민간에서 전승
돼온 민담들을 수집하여 정리한 것이다. 1812년과 1814/1815년에 초판본
1권과 2권이 출간된 이래 수정을 거듭한 끝에 1857년에 제7판이 최종판으
로 출간되었다. 수정판을 출간하는 과정에서 이야기 디테일이 지속적으로
가다듬어졌으며, 새로운 이야기들이 계속 추가되는 가운데 일부 이야기는
새것으로 교체되기도 했다. 초판에는 156편의 민담이 실려 있던 것이 최종
판에는 총 200편으로 늘어났다. 이들은 이야기를 대충 이것저것 모은 것이
아니라 정성껏 가려내어 순서를 배열하고 내용을 가다듬은 것들이다. 국내
에는 이 최종판을 저본으로 삼은 번역본들이 출간되어 읽히고 있다.[5]

   그림형제의 민담은 세계적으로 널리 읽혀온 것으로 유명하다. 「백설공
주」와 「재투성이 아셴푸텔(신데렐라)」, 「라푼첼」, 「헨젤과 그레텔」, 「빨간 모
자」, 「장미 공주(잠자는 숲속의 공주)」 등이 모두 그림형제 민담집에 처음 실린

---

5   그림형제 민담 완역본은 김열규 번역의 『그림형제 동화전집』, 현대지성사, 1998과 김
     경연이 번역한 『그림형제 민담집』, 현암사, 2012가 있다. 두 책을 비교하면 김열규 번역
     본은 이야기 맥락이 좀 더 자연스럽게 다가오며, 김경연 번역본은 번역이 좀 더 정확한
     것으로 여겨진다. 이 글에서는 두 책을 함께 참고하되 김경연 번역본을 기본 텍스트로
     삼는다.

이야기들이다. 흔히 그림형제 민담집은 성경에 이어 세계에서 두 번째로 많이 읽힌 책이라고 말하곤 한다. 기독교 신자를 제외하면 세상에서 가장 많이 읽힌 책이 되는 셈이다. 이 책에 실린 여러 이야기가 동화책으로 거듭 출간되면서 어린 시절부터 널리 수용된 점을 생각하면 그 영향력은 그야말로 막대한 것이었다고 할 수 있다.

그림형제의 민담들에 대해 본격적으로 살피기 전에 이 책에 실린 이야기들의 기본 성격에 대해 짚고 넘어갈 사항들이 있다. 다른 어떤 민담집보다 이른 시기에 출간되었고 세계적으로 널리 읽혀왔음에도 이 책에 실린 이야기들이 얼마나 원본에 충실한 것인지에 대해, 그리고 심리적으로나 교육적으로 어떠한 가치를 지니는지에 대해 이런저런 의문이 제기되고 있는바 그에 대해 점검할 필요성을 느낀다.

첫 번째 의문은 이 책에 실린 이야기들이 정리자인 그림형제에 의해 내용이나 표현이 윤색되면서 왜곡이 발생하지 않았나 하는 것이다. 그림형제가 민담의 일반적인 전승자로 보기 힘든 지식인 학자 내지 문인이라는 데 따른 자연스러운 의문이 된다. 윤색과 왜곡의 가능성은 민간의 구비전승 자료가 문자로 정착될 때 폭넓게 발생하는 것이기도 하다.

이 문제에 대한 그림형제의 입장은 분명하다. 민간에서 전승돼온 이야기 그대로의 가치를 인정하면서 가능한 한 원모습을 유지하려 했다는 것이다. 1819년의 초판 1, 2권 합본 서문에서 그림형제는 다음과 같이 말하고 있다.

> 우리의 수집 방법에 관한 한, 우선 충실과 진실을 중요하게 여겼다. 우리가 독자적으로 부가한 것은 아무것도 없고, 전해 받은 이야기의 상황이나 특징을 미화하지 않았으며, 우리가 받았던 내용 그대로를 재현했다.[6]

이야기 원본에 충실하고자 했음을 이처럼 명확하게 밝혔음에도 그림형제에 의한 자의적 윤색 가능성은 꾸준히 제기되고 있다. 이는 무엇보다 이

---

6   그림형제, 김경연 옮김, 『그림형제 민담집』, 현암사, 2012, 18면에서 재인용.

책에 실린 이야기들이 개정 과정에서 일정하게 바뀌어왔다는 사실과 연관이 있다. 그 변화에는 특히 동생 빌헬름 그림의 역할이 컸다고 알려져 있다. 문학적 성향이 컸던 그는 이야기 디테일을 더 풍부하고 다채롭게 확장하고자 하는 경향을 나타냈다고 한다. 이와 관련하여 김경연은 민담집의 첫 번째 이야기인 「개구리 왕자」를 예로 삼아 이야기 디테일이 확장되는 양상을 살피면서 일종의 재창작에 해당하는 변개가 이루어졌음을 지적하기도 했다.[7]

이 문제에 대한 개인적 의견을 말하자면, 부분적 변개와 확장에도 불구하고 그림형제가 전해주는 이야기의 원형성과 가치는 거의 의심할 여지가 없다는 것이다. 그들이 전해 들은 이야기의 내용을 자기들 입맛에 맞게 임의로 조정했다는 증거를 찾기 어렵다. 최종판에 수록된 200편의 이야기는 예외 없이 민담다운 서사를 오롯이 갖추고 있다. 엉뚱하고 앞뒤가 안 맞아 보이는, 합리적 시선으로 보자면 쉽게 수긍하기 어려운 내용도 그대로 살아 있는 쪽이다. 그 좋은 예가 「개구리 왕자」이다. 이 이야기는 공주가 벽에 내던진 개구리가 왕자로 변하고, 왕자가 자기를 죽으라고 팽개친 공주와 짝을 맺으며, 갑자기 하인 하인리히가 나타나 가슴을 묶었던 강철 끈을 끊는 등 이해하기 어려운 사건 전개의 연속으로 되어 있다. 이런 엉뚱한 이야기가 왜 책의 맨 앞자리에 실려 있는지 의아할 정도다. 이에 대해 나는 그림형제가 사람들에게 "이야기란 바로 이런 것이다"라고 선언하는 것이라고 보고 있다. 이야기가 사람들의 알량한 상식이나 합리적 판단 따위를 훌쩍 뛰어넘는 무엇임을 이렇게 드러내 보이고 있다는 말이다.[8]

그림형제는 이야기를 제시하기에 앞서 책의 첫머리에 "민간전승 문학은 인류의 모든 삶을 촉촉하게 적시는 영원한 샘에서 나오는 영원히 타당한 형식이다"[9]라는 선언적 명제를 적어놓았다. 전해진 그대로의 민담이 갖는 가

---

7   위의 책, 19-21면.

8   이에 대한 자세한 논의는 신동흔, 「개구리 왕자에 담긴 비밀」, 『열린어린이』, 2013년 3월호 참조.

9   그림형제, 김경연 옮김, 『그림형제 민담집』, 현암사, 2012, 5면.

치에 대한 그림형제의 믿음이 확고한 것이었음을 보여주는 증좌다.

이야기 디테일의 변개와 확장에 따른 윤색의 문제와 관련해서도 그것을 이야기의 '왜곡'으로 볼 일은 아니라는 생각이다. 디테일의 확장에도 불구하고 서사의 기본 줄기는 그대로 유지되고 있다. 스토리를 함부로 손대지 않았다는 말이다. 사이사이에 이루어진 디테일의 확장 또한 기본적으로 '민담의 문법'에 벗어나지 않았다는 것이 우리의 판단이다. 전체적으로 민담 고유의 개방적 상상력과 전형적 표상성을 오롯이 살려내는 쪽으로 서술이 이루어져 있다. 민담에 있어 화자에 따른 서술의 변개와 확장은 보편적인 현상이거니와, 뛰어난 이야기꾼은 민담 식의 묘사와 서술을 통해 이야기를 더욱 맛깔나게 살려내곤 한다. 어떤가 하면, 그림형제는 최고의 이야기꾼들이다. 어떤 이야기를 어떻게 전해야 하는지를 누구보다 잘 아는 사람들이다. 최고 이야기꾼이 전하는 이야기들은 내용이나 서술상 변화가 일어난다 해도 '진짜 이야기'의 본령을 벗어나지 않는다. 그림형제 민담집에 실린 이야기들이 그러하다. 세상의 수많은 사람이 그들이 전하는 이야기에 흠뻑 빠져드는 것이 우연일 리 없다.

그림형제의 민담에 얽힌 또 하나의 의혹 내지 거리감은 그 이야기들에 기독교적인 색채가 너무 짙은 게 아닌가 하는 것이다. 그림형제를 소개할 때 빠지지 않는 말이 바로 그들이 독실한 크리스천이었다고 하는 점이다. 그림형제 민담집에는 실제로 종교적 색채가 짙은 이야기들이 꽤 실려 있다. 일부 이야기들에는 성모 마리아나 베드로 등 성경 속 인물이 주역으로 등장하기도 한다. 기독교 신앙을 가진 사람들에게는 편안하고 즐거울지 모르나, 그 외의 사람들에게는 좀 낯설고 거북하게 여겨질 수 있는 면모다. 예컨대, 민담집의 세 번째 이야기로 실려 있는 「성모 마리아의 아이」 같은 이야기를 보자면 일견 교회의 포교를 위한 설교담 같은 느낌을 받게 된다. 한 아이의 운명을 한 손에 쥐고 흔드는 마리아의 권능은 종교적 위압감마저 느끼게 한다. 과연 이런 이야기들이 원형적인 민담일 수 있는가 하는 의문을 낳는 상황이다.

이에 대한 개인적 소견은 종교적 색채가 짙은 이러한 이야기들도 민담적 원형성을 온전히 갖추고 있다는 것이다. 「성모 마리아의 아이」만 하더라도 마리아가 아이를 하늘나라에 데려갔다가 가시덤불 안으로 내치고 아이를 거듭 빼앗아가는 등의 내용이 종교적 권능을 현시하는 것처럼 보이지만, 그 서사적 맥락을 살피자면 실제로는 스스로 만든 죄책감의 감옥에 갇혀 신음하는 인간의 모습을 전형적으로 표상하고 있다. 이 이야기는 그 감옥을 깨고 삶의 빛을 찾아내는 길이 자기 자신한테 있음을 설교가 아닌 '서사'의 차원에서 구현하고 있다.[10] 요컨대, 그림형제에게 종교는 이야기에 앞서지 않는다. 마리아나 베드로의 등장은 우리 민담에서 '도승'이 등장하는 것처럼 자연스럽다. 기독교적 색채가 있는 이야기라 하더라도 편견을 버리고 있는 그대로 받아들여 의미맥락을 짚어내면 민담다운 본모습과 만나게 된다.

끝으로 짚고 넘어갈 사항은 이야기에 깃든 잔혹성 내지 폭력성의 문제다. 아마도 가장 민감한 문제일 것이다. 그림형제가 전하는 민담들을 읽어나가다 보면 사이사이에 꽤나 잔인하고 끔찍해 보이는 설정들과 만나게 된다. 널리 알려진 유명한 이야기들 속에도 그러한 요소들이 수두룩하다. 「백설공주」의 왕비는 사냥꾼을 시켜 공주를 죽이고 허파와 간을 꺼내오라고 하며, 뒷날 시뻘겋게 단 쇠 신발을 신고 춤을 추다 죽는다. 「재투성이 아셴푸텔(신데렐라)」에서는 아셴푸텔의 두 언니가 황금구두를 신기 위해 발가락이나 뒤꿈치를 자르는 내용이 나오며, 「헨젤과 그레텔」에서는 남매가 마녀를 펄펄 끓는 가마솥 속으로 밀어 넣는 것이 핵심 장면을 이룬다. 「늑대와 일곱 마리 새끼 염소」에서 엄마 염소가 가위로 늑대의 배를 가르고 새끼 염소들을 꺼낸 뒤 돌멩이를 채우고서 바늘로 기우는 내용이 나온다. 현실적으로 상상하면 매우 끔찍하고 섬뜩한 내용들이다.

관건은 그러한 이야기 내용을 어떻게 받아들일 것인가 하는 점이다. 소설에 준하는 사실적이고 구체적인 상상력을 발휘하여 이런 화소와 장면을 받아들일 경우, 그야말로 잔혹하고 끔찍하며 엽기적인 이야기가 되고 만다. 실제로 그러한 상상력을 발휘하여 이 민담들을 무섭고 엽기적인 이야기로

---

10 이에 대한 자세한 논의는 신동흔, 「절망과 구원, 죽음과 부활의 비의: '성모 마리아의 아이'와 '일곱 마리 새끼 염소'」, 『열린어린이』, 2013년 4월호 참조.

재구성하는 시도가 없지 않았으니, 키류 미사오의 『알고 보면 무시무시한 그림동화』[11]는 그 좋은 사례가 된다. 그림형제 민담 속의 잔인해 보이는 요소를 소설적으로 증폭하고 성적인 해석 등을 가미해서 성인용으로 출간한 책이다. 이 책이 대중적 호기심을 자극하여 베스트셀러가 되면서 그림형제 민담에 대한 의혹과 편견이 널리 퍼지는 데 한몫을 한 상황이다. 지금도 많은 사람이 "그림형제 민담의 진짜 내용은 굉장히 엽기적이고 잔혹하다며?" 하고 말하는 것을 듣게 된다.

사실로 말하자면 민담에 대한 이런 식의 접근은 완전한 오해이자 왜곡이다. 민담이 펼쳐 보이는 것은 자유분방한 상상적 허구의 세계로서, 현실의 직접적 반영이 아니라 표상적이고 원형적인 상징 차원에서 받아들이는 것이 정도(正道)다. 민담 속 상황을 실제 상황처럼 리얼하게 받아들이는 것은 아이들이 놀이에서 인형을 다루는 것을 실제 사람을 대상으로 한 행위로 받아들이는 것과 비슷한 오류다. 인형의 목이나 팔다리가 빠졌다가 다시 덜컥 붙는 것처럼 민담 속에서도 팔다리가 잘렸다가 다시 붙고 죽었던 사람들이 훌쩍 살아나곤 한다. 머나먼 상상 속의 일을 눈앞의 현실인 양 소스라칠 필요는 없다. 베텔하임이 되풀이하여 강조했듯이, 상상적 이야기 속에서의 폭력 체험은 오히려 아이들에게 현실의 위험과 폭력을 객관적으로 대상화하여 심리적으로 감당할 수 있도록 하는 힘을 주는 쪽이다.[12]

중요한 것은 그러한 화소들이 갖는 현실성이 아니라 거기 깃든 상징적 의미맥락이다. 그 맥락을 제대로 짚어낼 때 이야기는 숨은 참모습을 드러내게 된다. 예컨대 「백설공주」에서 왕비가 공주의 간을 빼오라고 하는 것은 질투심이 갖는 심리적 공격성과 폭력성의 문학적 표상일 따름이다. 그녀가 불에 달군 신발을 신고 춤추다가 죽는 것은 그러한 폭력성이 스스로를 망가뜨리는 결과를 가져온다는 사실을 의미한다. 「헨젤과 그레텔」에서 남매가 할미를 끓는 물속에 빠뜨린 것 또한 진짜 '사람'이라 생각할 일이 아니다. 그

---

11   키류 미사오, 이정환 옮김, 『알고 보면 무시무시한 그림동화』 1~2, 서울문화사, 1999.
12   브루노 베텔하임, 김옥순 외 옮김, 『옛이야기의 매력』 1~2, 시공주니어, 1998.

들이 죽인 것은 '마녀'로 표상되는 억압과 폭력이다. 남매는 어른이라는 권위에 심리적으로 억압되는 대신 그것을 물리침으로써 성장을 이루고 있다. 「늑대와 일곱 마리 새끼 염소」에서 엄마 염소가 가위로 늑대 배를 가르는 것도 비슷한 맥락으로 해석할 수 있다. 아기 염소들이 늑대의 배 속에 먹혀 버린 일은 죽음과도 같은 절망의 상황을 나타낸다. 엄마 염소가 늑대의 배를 가르는 일은 절망의 감옥에 구멍을 내어 희망을 찾아내는 몸짓의 서사적 표상이다. 이를 굳이 '가위로 배를 가르는 행위'로 표현하는 것은 그것이 가장 인상적이고도 효과적으로 스토리와 의미를 각인하는 미적 방식이기 때문이다.

그림형제의 민담에 잔인하고 끔찍해 보이는 화소들이 많이 깃들어 있다는 사실은 오히려 그림형제가 이야기를 함부로 재단하거나 윤색하지 않았음을 확인시켜주는 증표다. 사람들이 의혹이나 편견의 반응을 나타낼 수 있음에도 그림형제는 민담 본연의 화소들을 그대로 살림으로써 이야기가 원모습 그대로 생동하도록 했다는 것이다. 결과적으로 그 민담들은 원형적 상징으로 가득한 빛나는 이야기로 살아남을 수 있었다.

그림형제 민담집을 완벽한 이야기책이라고 할 수는 없을 것이다. 서사 맥락이 불투명하거나 표현이 어색한 부분이 있을 수 있다. 그림형제의 개인 취향이 반영된 측면 또한 분명히 있을 것이다. 하지만 전체적으로 볼 때 이 책은 민담의 본모습을 제대로 수렴하여 잘 살려낸 훌륭한 이야기 모음집으로서 부족함이 없다. 그림형제가 살던 시기는 민중의 생활 속에 민담이 생생하게 살아 움직이던 시기였다. 그러한 진짜 민담들의 최고 레퍼토리들이 오롯이 담겨 있으니 고맙고 행복한 일이다.

3 그림형제 민담과 자기서사

             그림형제 민담집을 읽어나가던 중에 나도 모르게 튀어나온 말이 있다. "이야, 그야말로 자기서사의 보물창고네!" 오랜 세월을 거치면서 삶의 원형을 담아낸 이야기. 가식이나 편견으로부터 자유로운 진짜 이야기. 그 이야기들은 삶의 이면적 실체를 다양하고도 정확하게 담아내고 있었다.

    함축적이고 상징적인 이야기로서 설화가 사람들의 자기서사를 표상한다는 것은 그림형제 민담 외에 전 세계 수많은 설화의 보편적 특성에 해당한다. 문학치료학에서 활용하고 있는 한국 설화도 물론 예외가 아니다. 그럼에도 그림형제 민담이 비춰주는 자기서사는 표상성과 각인력 면에서 특별함이 있는 것으로 생각된다. 그 이야기들이 비춰주는 자기서사는 그야말로 전형적이면서도 함축적이고 구조적이어서 인생살이의 이면적 진실을 강렬하게 현시한다. 설화 특유의 화소와 구조, 디테일이 어울려서 빚어내는 효과다.

    그림형제 민담에서 인상적이고 전형적인 자기서사를 읽어낼 수 있는 사례는 두루 열거하기 어려울 정도로 많다. 그중 보자마자 자기서사와의 연결성이 한눈에 딱 들어왔던 이야기를 통해 기본 맥락을 살펴보기로 한다. 그 이야기는 「영리한 엘제(Die kluge Else; Clever Elsie)」다.

> 옛날 어떤 사람한테 '영리한 엘제'라 불리는 딸이 있었다. 멀리서 한스라는 젊은이가 찾아와 청혼을 하면서 엘제가 정말 영리한지 묻자 부모는 당연하다며 자기 딸이 골목에 부는 바람을 볼 수 있고 파리가 기침하는 소리도 들을 줄 안다고 자랑했다. 그때 손님을 대접하기 위해 지하실로 맥주를 가지러 내려간 엘제가 혹시라도 다치지 않도록 조심하면서 맥주를 따르다가 이리저리 살펴보니 머리 위에 곡괭이가 있는 것이 보였다. 그러자 엘제는 '내가 한스와 결혼해서 아이를 낳은 뒤 그 아이가 지하실로 맥주를 가지러 왔을 때 저 곡괭이가 아이 머리 위에 떨어지면 아이가 죽고 말 거야' 하고 생각

하고는 바닥에 주저앉아 울부짖기 시작했다.

엘제가 돌아오지 않자 부모는 지하실로 하녀를 내려보냈다. 하녀는 엘제한테 우는 이유를 전해 듣고는 그 총명함에 탄복하면서 함께 울기 시작했다. 이어서 머슴이 내려왔다가 엘제의 말을 듣고 통곡을 시작했고, 엘제의 어머니와 아버지가 차례로 내려와 딸의 말을 듣고는 그 총명함을 찬탄하면서 주저앉아서 함께 울기 시작했다. 다시 신랑감이 내려와 그 이야기를 듣더니 세상에 이보다 더 영리한 사람은 없을 거라고 감탄하면서 손을 잡고 올라와 결혼식을 올렸다.

어느 날 한스는 일을 하러 나가면서 엘제에게 곡식을 베어오라고 했다. 들에 나간 엘제는 곡식을 먼저 벨지 죽을 먼저 먹을지 고민하다가 죽을 먹었다. 다음에 밀을 베는 게 좋을지 한숨 자는 게 좋을지 고민하다가 잠을 자기로 하고 밭에 누웠다. 집에 돌아온 한스가 아무리 기다려도 아내가 오지 않기에 들로 나가보니 엘제가 곡식은 안 베고 누워서 자고 있었다. 한스는 새를 잡을 때 쓰는 방울 달린 그물을 덮어놓은 뒤 집에 와서 문을 잠가버렸다.

날이 어두워졌을 때 잠에서 깨어난 엘제가 걸음을 걷자니 몸에서 작은 방울이 요란하게 울렸다. 엘제는 그게 자기인지 아닌지 어리둥절했다. 집에 돌아가서 문을 두드리며 안에 엘제가 있느냐고 묻자 안에 있다는 대답이 돌아왔다. 그 말에 엘제는 깜짝 놀라서 "오 하느님, 나는 내가 아니에요!" 하고 소리쳤다. 다른 집에서도 다들 문을 열어주지 않자 엘제는 마을 밖으로 달려갔다. 그 뒤로 아무도 그녀를 보지 못했다.[13]

내용을 보자면 사연이 좀 황당하다. 영리하다고 소문난 엘제가 지하실에서 맥주를 따르다가 떠올리는 생각이라는 게 엉뚱하고 우스꽝스럽기 짝이 없다. 아직 결혼도 하지 않은 처지에 뒷날 자기가 낳을 아이가 지하실에 내려왔다가 때마침 떨어질 곡괭이에 맞아 죽을 일에 대한 걱정이라니 말 그대로 '기우(杞憂)'에 해당한다. 그 모습을 보면서 식구들이 찬탄하면서 함께 울었다고 하고 한스가 그녀를 선뜻 아내로 맞아들였다고 하니 그건 또 얼마

---

13   그림형제, 김경연 옮김, 『그림형제 민담집』, 현암사, 2012, 207-210면.

나 어리석은 일인지!

하지만 희극적인 치우담으로 보이는 이 이야기는 사람들의 삶에 작동하는 자기서사를 단면적으로 현시한다. 일컬어 불안과 망상(妄想)의 서사. 엘제는 지나치게 생각이 많은 탓에 걱정과 불안에 갇혀서 살아가는 사람들을 표상하는 인물이다. 파리의 기침 소리까지 들을 수 있는 사려 깊음은 다른 이들의 찬탄과 공명을 자아내기도 하지만, 그것은 일시적인 일 따름이다. 할 일을 앞에 놔둔 채로 이런저런 헤아림에 지쳐 잠들어서 속절없이 하루를 허송하는 엘제의 모습은 그 '영리한 헤아림'이 얼마나 허망하고 무력한 것인지를 단적으로 보여준다. 자기 자신은 사라지고 허튼 생각만 시끄럽게 울어대는 삶. 사람들에게 찬탄과 공명의 대상이었던 엘제는 어느새 귀찮고 꺼림칙한 기피 대상으로 전락한다. 마침내 들어가 깃들 곳을 찾지 못한 채 자기 자신을 상실하고 가뭇없이 스러지는 것이 생각에 갇힌 삶의 필연적인 귀결이었다.

꽤나 놀랍고 무서운 이야기이다. 돌아보면 세상에 엘제 같은 이들이 얼마나 많은지! 일어나지도 않은 일에 대한 걱정에 빠져서, 또는 이미 벌어져 돌이킬 수 없는 일에 대한 고민에 빠져서 하염없이 불안해하고 신음하는 사람들. 옆에서 함께 걱정하고 힘들어해주던 사람들은 어느 순간 그 존재가 부담스러워져서 마음의 문을 닫게 된다. "말도 안 돼! 내가 왜 이렇게 된 거야!" 아무리 외쳐봤자 메아리 없는 부르짖음일 따름이다. 이 이야기는 허튼 생각이나 부정적 자기암시의 함정에 빠진 삶이 얼마나 허망하고 위험한 것인지를 소름 돋을 정도로 정확하게 보여준다.

그림형제 민담이 자기서사를 드러내 보이는 방식은 대략 이와 같다. '파리의 기침 소리까지 듣는 주의력'이나 '몇 년 뒤에 아이가 곡괭이에 맞아 죽는 사고' 같은 엉뚱하고 과장적인 설정을 통해 사람들의 행동방식과 내면심리를 재미있고도 인상적인 형태로 표상한다. 그리고 '요란한 소리를 내는 작은 방울이 달린 그물'이나 '자기가 누군지 잊어버린 사람' 같은 상징적인 화소를 통해 그러한 삶의 이면적 속성을 정확하게 짚어낸다. 주인공을 칭찬하던 사람들이 한순간 그로부터 돌아서게 된다고 하는 서사적 반전을 통해 자

기서사의 빛과 그림자를 계기적·구조적으로 표상하는 것 또한 두드러진 특징이 된다.[14]

이들 여러 요소 가운데 상징적인 화소를 통한 이면적 속성의 노출은 그림형제 민담에서 특히 두드러지게 나타나는 요소다. 그림형제 민담에는 사람들의 행동방식과 내면심리를 전형적으로 표상하는 독특하고 인상적인 화소들이 많거니와, 그들은 자기서사의 심층을 단적으로 비춰주는 역할을 한다. 「별별털복숭이(Allerleirauh; All-Kinds-of-Fur)」를 통해 그 양상을 살펴보기로 한다.

옛날에 어떤 왕에게 황금 머리카락을 가진 아내가 있었다. 병이 든 왕비는 왕한테 자기처럼 금발을 가진 아름다운 여자와 결혼하라고 말하고 세상을 떠났다. 실의에 젖어 있던 왕은 성숙한 딸이 죽은 아내와 꼭 닮았음을 깨닫고 그와 결혼하고자 했다. 딸은 아버지한테 해와 달과 별을 닮은 금빛 은빛 반짝이는 옷과 나라 안 수천 가지 동물의 털가죽을 한 조각씩 이어서 만든 망토가 있어야 아버지 말을 따르겠다고 했다. 아버지 마음을 돌리려고 한 말이었다. 하지만 왕은 솜씨 좋은 처녀들을 시켜 해와 달과 별처럼 빛나는 옷을 짜고 사냥꾼을 동원해서 수천 가지 짐승을 잡아 털가죽 망토를 만들었다.

절망한 공주는 호두껍질 속에 옷들을 넣고서 몸에 검댕을 칠한 뒤 털가죽 망토를 뒤집어쓰고 한밤중에 궁전을 나와 큰 숲으로 들어갔다. 마침 숲의 주인인 그 나라 왕이 사냥을 나왔다가 나무 구멍 안에서 잠자고 있는 별별털복숭이를 발견했다. 왕은 별별털복숭이를 데려다가 궁궐의 부엌데기로 삼았다. 별별털복숭이는 빛이 안 드는 컴컴한 계단 밑 골방 안에서 살면서 더럽고 궂은일을 도맡아 하면서 오래도록 비참한 삶을 살았다.

---

14 설명을 조금 덧붙이면, 엘제의 과민함을 영리한 것으로 찬탄하며 부추겨온 주변 사람들(특히 부모)의 태도가 그녀의 삶의 방식을 고착화시키는 원인이 되었다고 할 수 있다. 요컨대 이 이야기 속에는 '문제적 삶'에 대해 그 원인과 결과까지 서사적으로 구조화되어 있다고 할 수 있다.

그러던 어느 날, 공주는 무도회 구경을 해보고 싶었다. 그녀가 망토를 벗고서 검댕을 씻은 뒤 호두껍질 속에 들어있던 빛나는 옷을 입고 무도회장에 나타나자 사람들이 다들 깜짝 놀랐다. 그녀와 춤을 춘 왕은 그 아름다운 모습을 잊을 수 없었다. 하지만 그녀는 다시 도망을 나와 몸에 검댕을 칠하고 별별털복숭이가 되어 골방에 숨어들었다. 그렇게 무도회에 나타났다가 숨기를 반복하던 털복숭이는 왕이 먹을 요리에 살짝 금붙이를 넣었다. 음식을 먹던 중 금붙이를 발견하고서 별별털복숭이를 불러들인 왕은 검은 몸에서 하얀 손가락을 발견하고 그녀가 무도회에서 만났던 처녀임을 알아차렸다. 왕은 자기를 뿌리치고 도망가려는 여인의 손을 꽉 움켜잡고는 털가죽 망토를 북북 찢어버렸다. 그러자 공주의 아름다운 자태가 활짝 드러났다. 왕의 청혼으로 결혼한 두 사람은 죽을 때까지 행복하게 잘 살았다.[15]

금발을 가진 아름다운 딸이었다. 세상의 사랑과 찬탄을 받는 눈부신 공주. 하지만 어느 날 그녀는 털가죽을 쓴 채로 검고 흉한 별별털복숭이가 되어서 나무 구멍 속에서, 그리고 캄캄한 골방 속에서 어둠의 삶을 이어간다. 결혼을 통해 자기를 침탈하려는 아버지. 그 어둡고 뒤틀린 욕망은 크나큰 폭력이 되어 어린 소녀에게 씻기 힘든 상처를 안겼다.

이 설화에서 무엇보다 주목할 바는 공주가 뒤집어쓴 털가죽 망토의 강력하고도 함축적인 상징성이다. 그것은 그냥 털가죽이 아니라 '짐승'의 털가죽이다. 그것도 수천 가지 짐승을 죽이고 그 가죽을 잘라서 이은 흉측한 털가죽. 그것은 온통 상처와 죽음으로 가득한 물건이 된다. 그 털가죽을 뒤집어썼다는 것은 곧 '상처 입은 짐승'이 되었다는 말이 된다. 한 아름다운 처녀의 인간다움이 이렇게 통째로 가두어져서 오래도록 헤어날 수 없었으니, 어린 딸에게 아버지가 가한 억압과 폭력은 그토록 큰 상처가 되었던 것이다.

이 이야기는 꽤나 인상적이지만 상황이 좀 극단적이어서 평범한 사람들의 자기서사와 별다른 상관이 없어 보이기도 한다. 신문기사 한구석에서

---

15   그림형제, 김경연 옮김, 『그림형제 민담집』, 현암사, 2012, 389-394면.

나 볼 만한 엽기적인 사건. 하지만 서사적 상징으로 보면 얘기가 달라진다. 저 공주는 세상 모든 사랑스러운 딸들의 모습을 표상한다고 할 수 있다. 눈에 넣어도 아프지 않을 예쁜 딸. 우리는 그 딸을 '공주'라고 부른다. 무슨 수를 써서라도 그 딸과 결혼하려 하는 왕은 완전한 정신병자로 보이지만 그 속에도 세상 수많은 아버지의 모습이 투영돼 있다. 제 딸을 세상 누구보다 예뻐하면서 곁에서 떠나보내지 않으려 하는 아버지들. 사랑스런 제 딸이 누군가의 여자가 된다는 사실을 견디지 못하고 경계의 눈을 번득이는 아버지들. 그러한 마음이 딸에 대한 배타적이고 억압적인 소유욕의 형태로 작동하고 있다면 그의 이면에는 이야기 속 왕의 서사가 자기서사로 작동하고 있는 것이라고 볼 수 있다.

사랑이라는 이름으로 포장된 왜곡된 소유욕의 결과가 무엇인가 하면 바로 '별별털복숭이'다. 딸한테 짐승의 흉한 털가죽을 뒤집어씌우는 일이다. 이성에 대한 욕망을 흉하고 끔찍한 일로 여기며 자기를 꽁꽁 싸매어 가두는 삶. 빛도 없는 작은 방에 홀로 스며들어 신음하는 삶. 어느새 빛은 사라지고 어두운 고통만이 가득하다. 그나마 저 딸은 아버지로부터 도망했으니 망정이거니와, 그 소유적 욕망에 몸을 내맡겼으면 어찌 되었을까. 모름지기 돌이킬 수 없는 구속과 퇴행, 자기파괴의 삶이 되었을 것이다. 문학치료학의 개념을 빌리면 '남녀서사'로 나아가지 못한 채 '자녀서사'에 갇힌 퇴행의 삶이 된다.

별별털복숭이 딸이 아버지한테서 받은 억압에 따른 상처와 퇴행적 방어심리란 어쩌나 심대한 것이었는지, 그녀는 집을 벗어나 숲(곧, 세상 또는 사회)으로 나가서도 긴 세월이 흐르도록 그 털가죽에서 벗어나지 못한다. 하지만 그 딸은 긴 어둠의 터널을 거쳐서 마침내 털가죽을 벗고 아름다운 공주로 귀환한다. 그것은 1차적으로 그가 집을 떠나 세상으로 나갔기에 가능한 일이었으며, 다음으로는 세월의 힘에 의한 것이었다. 시간이 흐르면서 강력한 억압은 조금씩 약화되면서 틈을 내보이게 되었던 것이다. 하지만 이보다 더 중요한 것은 그녀가 '짐승 털가죽' 외에 '해와 달과 별을 닮은 빛나는 옷'을 함께 간직하고 있었다는 사실이다. 호두껍질 속에 간직한 그 빛나는 옷은 딸의 내면에 깃든 '여자 되기'의 욕망을 표상하는 것이라 할 수 있다.

작고 단단한 껍질 속에 꽁꽁 간직되어 있던 그 욕망은 꽤나 힘겹고 조심스럽게 모습을 내비친다. 잠깐 빛나는 옷을 입고 나타났다가 다시 털가죽 속으로 꼭꼭 숨어들기를 반복하는 상황. 정말로 다행한 것은 그 '욕망의 신호'를 알아차리고 그것을 끌어내줄 사람이 있었다는 사실이다. 바로 숲나라의 왕이다. 그는 여인이 음식에 넣어둔 금붙이를 심상히 넘기지 않고 여인을 살핀 끝에 털가죽 안에 깃든 빛나는 참모습을 발견해낸다. 그녀의 손을 꼭 잡고서 흉한 털가죽을 북북 찢어버리는 저 사람. 이 '남자'를 통해 별별털복숭이 딸은 비로소 '여자'가 된다. 억압되고 구속되었던 욕망/성(性)은 '아름다운 우리의 성'으로 활짝 열린다. 자기서사의 변화를 통한 상처의 치료, 또는 자녀서사에서 남녀서사로의 건강한 이행이다.

수천 가지 짐승을 죽여서 만든 털가죽 망토. 그리고 해와 달과 별을 닮은 빛나는 옷. 그림형제 민담은 이와 같이 인상적이고 상징적인 화소를 통해 사람들의 심리적 이면을 단면적으로 표상한다. 특히 상반된 화소의 선명한 대비를 통해 상징적 의미의 각인 효과를 극대화한다. 털가죽을 쓴 흉측한 존재에서 해와 달처럼 빛나는 아름다운 존재로의 서사적 역전이 전해주는 심리적·심미적 해방감은 그야말로 최고라고 해도 좋을 것이다.

그림형제 민담 가운데 자기서사를 인상적으로 비춰 보이는 이야기를 하나만 더 살펴본다. 서로 다른 두 인물의 서사를 대립적으로 보여주는 이야기이며, 발단에서 결말에 이르는 서사적 흐름이 정교하게 짜인 이야기이다. 바로 「백설공주(Schneewittchen; Little Snow-White)」다.

옛날 어떤 왕비가 겨울에 바느질을 하면서 창밖을 보다 손가락을 찔려 눈 위에 붉은 피 세 방울을 흘렸다. 왕비는 그것을 보고서 눈처럼 희고 피처럼 붉으며 흑단처럼 검은 아이가 생기면 좋겠다고 생각했다. 그 후 왕비는 소망대로 그런 딸을 낳아서 백설공주라고 불렀다.

얼마 뒤 왕비가 세상을 떠나자 왕은 다른 여자와 결혼했다. 아름답지만 오만한 여자였다. 여자는 마법의 거울을 보면서 세상에서 누가 제일 예쁜지 묻곤 했다. 그러면 거울은 왕비가 제일 예쁘다고 답했다. 하지만 백설공주가 일곱 살이 되자 마법의 거울은 백설공주가 왕비보다 천 배나 예쁘다고 답하기 시작했다. 질투에 휩싸인 왕비는 한 사냥꾼을 시켜 공주를 숲으로 데려가 죽이고 허파와 간을 꺼내오라고 했다. 백설공주가 울면서 살려달라고 하자 사냥꾼은 공주를 살려주고 대신 멧돼지의 허파와 간을 꺼내서 왕비에게 가져다주었다.

숲속에 혼자 남겨진 공주는 어쩔 줄 모르고 있다가 달리고 또 달리기 시작했다. 뾰족한 돌과 가시덤불을 헤치고 사나운 짐승들 옆을 지나갔으나 아무도 공주를 해치지 않았다. 한없이 달리던 공주는 날이 어두워질 무렵 작은 집을 발견하고 안으로 들어갔다. 깨끗하게 정돈된 집안에는 일곱 개의 작은 침대가 놓여 있고 일곱 벌의 작은 식기들이 갖추어져 있었다. 백설공주는 그릇에 담긴 음식을 골고루 꺼내 먹은 뒤 이 침대 저 침대에 누워보고는 일곱 번째 침대에 누워 잠에 빠져들었다.

그 오두막은 일곱 난쟁이의 집이었다. 집에 돌아온 난쟁이들은 웬 예쁜 소녀가 집안을 흩트리고 음식을 꺼내먹은 뒤 침대에 누워 자고 있는 것을 발견했다. 잠에서 깨어난 백설공주한테서 사연을 전해 들은 난쟁이들은 백설공주가 집안일을 하고 요리를 하면 함께 살아도 좋다고 했다. 백설공주가 그리하겠다고 하자 난쟁이들은 공주에게 계모를 조심해야 하며 아무도 집에 들이지 말라고 당부하고 일을 하러 나갔다.

마법의 거울을 통해 백설공주가 살아있음을 알아차린 왕비는 공주를 죽이기 위해 직접 길을 나섰다. 방물장수 할멈으로 변장한 왕비는 공주를 꼬여낸 뒤 코르셋 끈으로 그녀를 졸라매서 쓰러뜨렸다. 난쟁이들이 공주를 살려내자 왕비는 다시 할멈으로 변장하고 찾아와서는 독 빗으로 머리를 빗겨서 공주를 쓰러뜨렸다. 난쟁이들이 공주를 살려내자 왕비는 다시 변장을 하고 오두막으로 찾아와서 공주를 꼬여낸 뒤 독 사과를 먹여서 공주를 쓰러뜨렸다. 이번에는 난쟁이들도 공주를 살릴 수가 없었다.

난쟁이들은 죽은 백설공주를 유리로 만든 관에 넣어서 산꼭대기에 올려놓은 뒤 교대로 관을 지켰다. 공주는 마치 잠자는 것처럼 관 속에 누워 있었다. 어느 날 한 왕자가 숲에 왔다가 난쟁이의 집에서 묵은 뒤 백설공주가 누위 있는 관을 발견했다. 공주를 사랑하게 된 왕자는 관을 달라고 진심으로 빌었고, 난쟁이들은 관을 넘겨주었다. 관을 옮기던 중에 백설공주의 목에 걸렸던 사과 조각이 튀어나오자, 공주는 눈을 뜨고 살아났다. 왕자는 기뻐하며 백설공주와 성대한 결혼식을 열었다.

결혼식에 초대받은 왕비는 백설공주를 보자 가슴이 철렁하며 발이 얼어붙었다. 그때 누가 왕비 앞에 뜨겁게 달군 쇠 신발을 가져다놓았다. 왕비는 그 신발을 신고는 죽어 넘어질 때까지 춤을 추어야 했다.[16]

다른 말이 필요 없는 세계 최고 인기 동화다. 세상 누구라도 이 이야기를 모르는 사람이 없을 것이다. 하지만 내용을 가만히 살펴보자면 거북하고 의아한 느낌을 받기도 한다. 비록 계모라고는 하지만, 엄마와 딸이 다른 것도 아닌 '미모'를 놓고서 경쟁하는 상황을 선뜻 이해하기 어렵다. 선과 악의 극단적 대비를 통해 권선징악의 주제를 부각하는 서사 전개도 꽤나 상투적으로 보이는 부분이다. 왕자가 훌쩍 나타나서 죽은 공주를 살려낸다고 하는 결말도 그리 기껍지만은 않다. 처음부터 사랑스러운 예쁜 공주로 태어나 마침내 화려한 영광과 영원한 행복을 얻는 특별한 주인공에 관한 이야기. 평범한 사람들 입장에서 보자면 거리감이나 거부감을 느낄 수 있는 이러한 이야기가 어떻게 세상에서 가장 유명한 동화가 된 것인지.

이에 대한 나의 생각은 이 또한 서사의 이면적 맥락을 꿰뚫어볼 필요가 있다는 것이다. 앞에서도 잠깐 말했지만, 세상의 어느 딸치고 예쁜 공주 아닌 사람은 드물 것이다. 그리고 저 공주, 아무 일도 안 하고 가만히 있는데 그냥 편안히 세상의 주인공이 된 것이 아니었다. 그녀는 어려서 어머니를 잃은 아이였으며, 계모에 의해 거듭 살해 위기를 겪는 소녀였다. 중요한 것은 그녀가 그 상황에서 주저앉지 않고 길을 찾아냈으며 본연의 순수함과 자유로움을 잃지 않고 움직였다는 사실이다. 거친 숲을 헤치고 달려나간 그녀는 난쟁이의 오두막에 들어섰을 때 어찌했던가. 깔끔하게 정돈된 그 집에서 공주

---

16 위의 책, 299-310면.

제3부

는 아무 거리낌 없이 행동한다. 그릇에서 선뜻 음식을 꺼내 먹고 포도주를 마신다. 침대마다 누워보다가 자기 몸에 맞는 침대를 찾아서 콜콜 잠을 잔다. 집을 잔뜩 어질러놓고서는 세상모르게 잠들어 있는 저 소녀, 귀엽다. 누군가가 찾아와 자기를 부르자 활짝 웃으며 선뜻 문을 열어주는 저 소녀, 아름답다.

그렇다. 백설공주는 살결이 눈처럼 희고 입술이 피처럼 붉어서 아름다운 것이 아니었다. 행동이 순수하고 솔직하니 아름다운 것이었고, 마음에 아무 거침이 없으니 사랑스러운 것이었다. 그 밝은 빛에 이끌려 까탈스런 난쟁이들이 그녀를 돕게 되는 것이고, 왕자가 찾아와 그녀의 손을 잡게 되는 것이었다. 백설공주는 자유롭고 순수하게 '자기 삶'을 사는 사람이었으니, 그녀가 죽음을 딛고 일어난 것은 그러한 삶에 깃든 생명력에 의한 것이었다고 할 수 있다.[17]

이러한 공주와 꼭 반대되는 삶을 사는 인물이 누구인가 하면 바로 새 왕비다. 한 나라의 왕비인데다 미모까지 갖추었으니 부러울 것이 없을 만한데도 그녀는 가장 소중한 한 가지를 갖지 못한 불행한 존재였다. 무엇이 결여되었는가 하면 바로 '자기 자신의 삶'이 없었다. 계속 거울에 모습을 비춰보면서 자기가 예쁘다는 사실을 확인받아야만 하는 사람. 끊임없이 자기를 다른 사람과 비교하면서 주변에 자기보다 나은 누군가가 있으면 견디지 못하는 사람. 그렇게 '남의 삶'을 사는 사람이 바로 왕비였다. 그 뒤틀린 마음을 표상하는 다른 이름이 무엇인가 하면 바로 '마녀(魔女)'다.

마녀 왕비는 백설공주를 죽여서 누르고 최고가 되려 한다. 왕비는 강하고 교활한 데 비해 공주는 약하고 순진하다. 그 싸움은 보나 마나일 것 같았다. 실제로 공격해서 상대를 쓰러뜨리는 사람은 늘 왕비였다. 난쟁이의 당부에도 불구하고 선뜻 문을 열어주었다가 속절없이 당하는 백설공주의 모습

---

17 백설공주가 펼쳐내는 공주의 삶의 정체성에 대한 논의는 신동흔, 「백설공주, 그는 언제부터 공주였나」, 『열린어린이』, 2013년 1월호 참조. 요약하자면, 백설공주는 공주라서 주인공이었던 것이 아니라 주인공으로서 삶을 살아갔기 때문에 공주였다고 하는 것이다.

은 안타까움을 넘어 속이 상할 정도다. 하지만 그런 사람이 백설공주였다. 왕비는 그러한 공주를 마침내 이길 수 없었다. 거짓이 진실을, 타락이 순수를, 억압이 자유를, 폭력이 평화를 끝까지 이길 수 없는 법이므로. 타자의 삶을 사는 사람이 자기 삶을 사는 사람을 이기는 건 불가능하다. 애초에 그런 경쟁 같은 것을 초월해 있는 사람을 어찌 이길 수 있겠는가 말이다.

백설공주를 죽이려고 칼을 든 저 왕비가 누구를 찔렀는가 하면 실은 자기 자신을 찌른 것이었다. 이야기는 왕비가 시뻘겋게 달궈진 신발을 신고서 춤을 추다가 죽었다고 하거니와, 그 신발은 그때 갑자기 신었던 것이라고 할 바가 아니다. 공주를 죽이려고 이리저리 발버둥친 그녀의 삶이 곧 뜨거운 신발을 신고 춤을 추는 일이었다고 할 수 있다. 요컨대 저 왕비는 일찍부터 스스로를 파괴하는 죽음의 삶에 접어들어 있었다. 자기보다 예쁜 백설공주를 질투하기 시작한 그때부터. 아니 마법의 거울을 보면서 세상에서 누가 제일 예쁘냐고 묻던 그 순간부터.

「백설공주」 이야기는 이처럼 상반된 서사를 대비적으로 보여주면서 우리에게 지금 어떤 서사에 의해 살아가고 있는지를, 그리고 앞으로 어떤 서사를 살아갈 것인지를 묻는다. 숨겨진 자기서사를 환히 비춰주는 거울 같은 이야기. 나는 그 거울에 비춰진 내 안의 왕비를 보면서 전율한다. 과연 내 안의 왕비는 언젠가 백설공주로 바뀌어 있을 수 있을지…. 세상을 다 속여도 이것만은 속일 수 없는 무서운 마법의 거울, 그것이 설화다.

4   진단과 치료의 길 찾기

몇 가지 사례를 들어 세계 민담에서 어떤 자기서사를 어떻게 읽어낼 수 있는지 살펴보았다. 관건은 그러한 이야기들을 어떻게 문학치료에 적용할 것인가 하는 문제다. 그 구체적인 방법론과 실행

계획을 마련하는 것은 문학치료 현장 전문가들이 담당해야 할 몫이라고 생각하거니와, 설화 전공자의 입장에서 몇 가지 생각을 간단히 말해보려 한다. 역시 그림형제 민담을 축으로 삼아 이야기를 풀어나갈 것이다.

세계 여러 나라 설화의 문학치료적 활용을 위해 가장 기본이 되는 사항이 무엇인가 하면 그 이야기에 깃들어 있는 작품서사를 정확히 파악할 수 있어야 한다는 점이다. 작품서사를 정확하고 깊이 있게 읽어내야만 그것을 자기서사의 진단과 치료에 바르게 활용할 수 있다. 이때 중요한 것은 표면적 언술에 이끌리지 않고 이면을 투시하는 가운데 서사의 핵심적 화두와 상징적 의미를 짚어낼 수 있어야 한다는 사실이다. 그를 위해서는 이야기의 문법을 제대로 아는 것이 매우 중요하다. 먼저 이야기의 갈래적 정체성을 제대로 이해해야 한다. 소설을 보는 눈으로 이야기를 보거나 신화나 전설을 보는 눈으로 민담을 보거나 해서는 서사의 맥락과 의미를 제대로 짚어낼 수 없다. 이와 함께 설화를 구성하는 주요 요소에 대한 핵심적인 통찰력이 필요하다. 이야기를 구성하는 여러 화소(話素; motif)의 상징을 정확히 읽어내는 한편으로, 기본 대립구조가 어떻게 구성되며 그것이 순차적 전개 속에서 어떻게 서사적으로 실현되는지를 분석해낼 수 있어야 한다. 이와 함께 이야기의 스타일과 디테일에 대한 올바른 감각도 무시할 수 없는 요소가 된다. 그림형제 민담처럼 자유분방한 환상적 상상력을 특징으로 하는 이야기를 살핌에 있어서는 특히 화소의 상징과 서사적 대립항을 정확히 짚어내는 통찰력이 관건이 된다. 상대적으로 현실성이 짙은 한국 설화에 익숙해 있는 연구자들로서는 이 방면의 서사적 직관력을 키우는 데 힘을 기울일 필요가 있다.

외국 설화를 살핌에 있어서는 각 나라 설화에 배어 있는 역사적·문화적 배경을 어떻게 감당할 것인가가 하나의 문젯거리가 된다. 외적인 배경을 알아야만 의미맥락을 제대로 이해할 수 있는 이야기들이 적지 않으며, 때로는 정리자의 이력이나 개인적 성향을 알아야 하는 경우도 있다. 그림형제의 독일 민담과 아파나세프가 정리한 러시아 민담[18] 그리고 제이콥스의 영국 옛

18　알렉산드르 니콜라예비치 아파나세프 엮음, 서미석 옮김, 『러시아 민화집』, 현대지성

이야기[19]를 비교하면 러시아 민담에는 상대적으로 역사적·문화적 배경이 짙게 투영되는 편이며, 영국 옛이야기에는 정리자 제이콥스의 개인적인 세계관이 많이 반영된 것으로 여겨진다. 이에 비하면 그림형제의 민담은 상대적으로 원형적 보편성이 더 짙은 쪽이다. 그 속에도 독일 고유의 역사와 문화, 향토적 특색이 반영되어 있지만, 이면을 파고들면 십중팔구 인간과 삶의 보편적이고 원형적인 모습과 만나게 된다. 개인적으로 세계 설화를 다룸에 있어 역사적·문화적 배경을 복잡하게 따지기보다는 이면의 보편성에 초점을 맞출 때 활용 가능성이 더 커진다고 생각한다. 우리 자신의 삶이 의미 있게 비추어질 수 있을 때 설화를 통한 진단과 치료가 더 잘 수행될 수 있다는 뜻이다.

세계의 설화 자료들을 이리저리 살피다 보면 한국 설화와 화소나 캐릭터, 서사맥락과 주제 등이 비슷한 것들을 꽤 많이 만나게 된다. 그림형제 민담 또한 마찬가지다. 설화가 가지는 세계적 보편성에 따르는 특징이거니와, 이처럼 서로 설정이 통하는 이야기들을 상호 연계하여 진단과 치료에 활용하는 것이 유력한 방향이 된다. 다만 이때 서사적 유사성이 외적이고 부분적인 것에 그쳐서는 곤란하다. 핵심적인 지점에서의 질적인 연관성이라야 의의를 가질 수 있다. 그런 연관관계가 확인된 설화들을 서로 다른 '서사 가지'로 활용하여 서사의 분기점을 통한 자기서사 진단도구로 활용할 수 있으며,[20] '문제가 되는 서사'와 '지향해야 할 서사'를 짝짓는 형태로 현장의 치료 활동에 적용할 수 있다.

서사의 분기점을 통한 자기서사 진단을 설계하고 수행함에 있어 해외

사, 2000.

19   조지프 제이콥스, 서미석 옮김, 『영국 옛이야기』, 현대지성사, 2005.

20   서사의 분기점과 다기성은 문학치료학에서 자기서사 진단과 교정에 유의미하게 적용되는 개념이다. 이에 대한 자세한 논의는 정운채, 「서사의 다기성(多岐性)을 활용한 자기서사 진단 방법」, 『고전문학과교육』 10, 한국고전문학교육학회, 2005; 정운채, 「서사의 다기성과 문학연구의 새 지평」, 『문학치료연구』 9, 한국문학치료학회, 2008; 강미정, 「서사의 다기성에 대한 이해와 해명」, 『문학치료연구』 13, 한국문학치료학회, 2009 참조.

설화는 이질적인 각편을 다양하게 활용하기 어렵다는 점이 하나의 걸림돌이 될 수 있다. 하지만 이 또한 해결방법을 찾을 만한 문제라고 생각한다. 각이야기들이 하나의 '정본' 형태로 가다듬어져 완결성을 지니지만, 서로 다른 이야기들 사이에 캐릭터와 문제상황이 겹치는 사례를 자주 볼 수 있다. 비슷한 캐릭터의 주인공이 서로 다른 방식으로 문제에 대처하는 사례가 있으며, 비슷한 문제상황에 대한 반응이 캐릭터에 따라 달라지는 사례들도 있다. 이들을 상호 연계하면 서사의 분기점 설정과 그에 따른 의미요소 분석이 가능할 것이다. 거기에 더하여 한국 설화를 포함한 또 다른 나라의 설화들에서 나타나는 이질적인 서사 가지들을 적용하면 얼마든지 조직적인 설계와 진단이 가능할 것으로 믿는다. 예컨대 아셴푸텔(신데렐라)의 경우 독일과 프랑스의 서로 다른 사례를 통해, 또 우리의 「콩쥐팥쥐」나 베트남의 「떰 깜」 등과의 연계를 통해 서사의 분기점을 다양하게 설정할 수 있다. 세계의 수많은 동화책과 애니메이션까지 아우르면 이용 가능한 서사자료는 훨씬 더 많아진다.

이야기를 정확하고 깊이 있게 분석하는 것 외에 진단과 치료에 유의미하게 활용할 만한 좋은 이야기들을 널리 찾아내서 자기 것으로 삼는 일 또한 언제든 필요한 일이다. 세계 각 나라에는 삶의 이면을 핵심적으로 꿰뚫는 놀랍고 재미있는 이야기가 수두룩하다. 그 텍스트 속에는 세상 사람들의 다양한 자기서사를 의미 있게 비춰줄 수 있는 작품서사가 깃들어 있다. 그림형제 민담만 하더라도 부모와 자식, 남녀와 부부에 얽힌 서사를 전형적으로 함유한 이야기들 외에 현실세상을 살아가는 다양한 직업인의 삶을 전형적으로 표상하는 흥미로운 이야기들과 풍부하게 만날 수 있다. 정치인의 서사와 예술가의 서사가 있고, 자본가의 서사와 노동자의 서사도 있으며, 군인의 서사와 프로듀서의 서사도 있다. 그리고 '치료사의 서사'가 있다. 이제 치료사의 서사에 대해 일별하면서 옛이야기가 말하는 치료의 원리를 살펴보기로 한다.

그림형제 민담은 겉으로 치료적 서사를 표방하지 않지만, 상처 내지 갈등의 치유나 심리적 문제 해결을 기본 화두로 삼는 이야기들이 꽤 많다. 여러 이야기에서 '치료사적 인물'과 만날 수 있다. 앞서 살폈던 이야기들만 보더라도 「별별털복숭이」에 등장하는 숲나라의 왕에게서 치료사적 면모를 보게 된다. 털복숭이 공주가 내보인 욕망의 신호를 포착한 것이나 그녀가 달아나 숨지 못하도록 손을 잡고 털가죽 망토를 찢어버린 것은 한편으로 세심하고 한편으로 단호한 치료사적 행위라 할 수 있다. 「백설공주」에서도 공주를 지켜준 난쟁이들과 공주를 살려낸 왕자가 함께 힘을 합쳐 치료사 역할을 한 것이라고 볼 여지가 있다.

여기 치료사의 서사를 단면적으로 보여주는 멋진 이야기가 있다. 부부 간의 오해나 갈등을 어떻게 풀어낼 수 있는지 말해주는 이야기다. 제목은 「농부의 영리한 딸(Die kluge Bauerntochter; The Peasant's Wise Daughter)」이다.

가난한 농부가 딸을 데리고 살고 있었다. 그들은 왕한테서 황토밭 한 뙈기를 얻어서 농사를 시작했는데, 밭을 일구다가 금 절구 하나를 발견했다. 농부가 딸의 반대에도 불구하고 그것을 왕한테 바치자, 왕은 딸의 예상대로 절굿공이도 가져오라며 농부를 감옥에 가두었다. 농부가 딸의 말을 안 들은 것을 후회하자, 그 말을 들은 왕이 농부의 딸을 불러들였다. 농부의 딸이 자기가 낸 어려운 수수께끼를 훌륭히 해결해내자 왕은 그녀를 아내로 삼고 재산을 마음대로 쓰게 했다.

어느 날 왕의 잘못된 판결로 곤경에 처한 농부가 왕비를 찾아와 도움을 호소하자 왕비는 왕한테 말하지 말라며 해결책을 알려주었다. 그 사실을 알게 된 왕은 아내가 자기를 속였으니 함께 살 수 없다며 원래 살던 시골집으로 돌아가라고 말했다. 그러면서 가장 사랑하고 귀하게 여기는 것 한 가지를 가지고 떠나라고 했다. 왕비는 작별의 술잔을 나누자고 청한 뒤 왕의 술에 수면제를 타서 곯아떨어지게 하고는 수레에 태우고 자기 집에 데려와 침대에 눕혔다. 잠에서 깨어난 왕이 어찌 된 일인지 묻자 농부의 딸은 자기가 가장 사랑하고 귀하게 여기는 한 가지를 가져온 것이라 했다. 왕은 감격의 눈물을 흘리면서 농부의 딸을 성으로 데리고 돌아와 다시 결혼식을 올렸다. 그들은 아마 지금까지도 행복하게 살고 있을 것이다.[21]

---

21   그림형제, 김경연 옮김, 『그림형제 민담집』, 현암사, 2012, 510-513면.

서로 처지나 성격, 능력이 다른 부부가 짝을 이루어 살다 보면 오해와 갈등이 생길 수밖에 없다. 특히 자존심이 얽히면 상황이 심각해진다. 이야기 속의 왕은 아내가 자기를 속였다고 말하고 있으니 실은 그녀가 자기보다 더 현명하다는 사실 앞에 자존심이 상한 것이라 할 수 있다. 명분을 내세워 그녀를 내보내려 하는 왕의 행위는 전형적인 가르기와 밀치기 서사에 해당한다. 여자 입장에서 화를 내고 떠날 수도 있는 일이었으나 그녀는 그리하지 않는다. 그렇다고 매달려 사정하지도 않는다. 이 지혜로운 여자가 찾아낸 해법은 '어떤 일이 있어도 나는 당신을 믿고 사랑한다'는 사실을 말이 아닌 '행동'으로 보이는 일이었다. 누가 옳고 그른지를 따지는 대신 활짝 손을 벌려 상대를 품어 안는 감싸기는 오해와 갈등을 무화시키고 상대를 되돌아오게 한다. 감싸기를 통한 되찾기 서사다. 성으로 돌아와서 다시 올렸다는 결혼식은 서로를 온전한 믿음으로 품어 안는 참된 결합을 표상한다. 되찾기에 이은 완전한 감싸기의 서사다. "그들은 지금까지 행복하게 살고 있을 것"이라는 그림형제의 첨언은 저 부부가 영원한 '지속'의 관계를 이루었음을 재확인시켜준다.

　갈등의 해결과 치료는 농부의 딸처럼 사랑과 포용을 통해서만, 감싸기를 통해서만 이루어지지는 않는다. 냉정한 가르기나 밀치기가 치료의 길이 되는 경우도 있다.

　옛날에 고집이 아주 센 아이가 있었다. 엄마가 하라는 일은 절대 안 하는 고집불통이었다. 신은 그 아이를 괘씸하게 여겨 병을 주었다. 어떤 의사도 그 병을 고칠 수 없었기 때문에 아이는 죽고 말았다. 그런데 무덤 속에 아이를 넣고 흙을 덮자 팔 하나가 쑥 뻗쳐올랐다. 팔을 도로 밀어 넣으려 했지만 조그만 팔은 자꾸만 튀어나왔다. 할 수 없이 아이 엄마가 회초리를 가져와 아이의 팔을 때렸다. 그러자 비로소 팔이 움츠러들었고, 아이는 땅속에서 조용히 잠이 들었다.[22]

―――――――――――
22　위의 책, 612면.

「고집쟁이 아이(Das eignsinnige Kind; The Wilful Child)」라는 제목의 짧은 이야기이다. 그 내용을 보자면 좀 섬뜩한 면이 있다. 신이 병을 내려 아이를 죽게 만드는 것도 그렇지만, 무덤에서 아이의 팔이 뻗쳐오르고 그 팔을 회초리로 때린다는 내용이 특히 그러하다. 아들의 팔을 회초리로 때리는 엄마의 모습은 꽤나 엽기적이고 잔인하게 여겨지기도 한다. 표면적으로 보면 이해하기 어려운 이야기다.

무척 괴상하게 보이는 이 이야기는 이면적 상징을 읽어내야 의미맥락을 이해할 수 있다. 이 설화는 자식을 죽이는 이야기가 아니라 고집으로 표상되는 자식의 나쁜 버릇을 다스리는 이야기로 읽어야 한다는 생각이다. 자식의 잘못을 다스리는 일이란 부모로서 무척이나 힘들고 아픈 일이거니와, 그러한 심리가 '자식을 죽이는 상황'으로 표상되었다는 것이다. 몸에 밴 나쁜 습관은 죽여 없애야 한다. 조금이라도 빈틈이 생기면 언제라도 다시 불쑥 살아나게 된다. 흙을 뚫고서 아이의 팔이 뻗쳐오르는 것은 그런 상황의 상징이 된다. 이 순간 마음이 약해지면 곤란하다. 그 손을 잡아주면 나쁜 버릇이 훌쩍 되살아나서 마음껏 횡행하게 된다. 다시는 고치기 어렵게 된다. 그러니 모질게 마음을 먹고 물리쳐야 한다. 땅에서 솟아난 아이의 팔을 회초리로 때리는 행위는 그러한 냉철한 치료 행위를 표상한다고 볼 수 있다. 저 어머니는 냉정한 가르기와 밀치기를 통해 치료를 완수한 상황이다. 고집쟁이로 표상되는 유아적 자아를 죽여서 묻어버린 아들은 마침내 새사람이 되어서 잘 살았을 것이다.

「지빠귀 부리 왕(König Drosselbart; King Thrusbeard)」은 치료의 원리와 과정을 더 체계적이고 본격적인 형태로 나타내 보인다. 내용은 다음과 같다.

어느 왕에게 무척 아름다운 딸이 있었다. 그녀는 너무나 오만해서 찾아오는 구혼자마다 약점을 잡아 비웃으며 퇴짜를 놓았다. 어느 날 왕은 딸과 결혼할 생각이 있는 젊은이들을 한 자리에 불러 모아 큰 잔치를 열었다. 공주는 남자마다 흠을 찾아 비웃기 시작했다. 그는 턱이 조금 휘어져나온 이웃 나라 왕을 보더니 턱이 지빠귀 부리 같다며 깔깔거렸다. 그때부터 그는 지빠귀 부리 왕으로 불리게 되었다.

딸의 행동에 화가 난 부왕은 문 앞에 처음 찾아오는 거지한테 딸을 주겠다고 맹세했다. 며칠 뒤 떠돌이 악사가 창문 아래 나타나 구걸하며 노래를 부르자 왕은 그를 불러들여 딸을 아내로 삼게 했다. 거지의 손에 이끌려 커다란 숲에 이른 아내가 숲의 주인이 누군지 물으니 지빠귀 부리 왕의 것이라 했다. 공주는 진즉 그와 결혼하지 않은 것을 후회했다. 공주가 다시 길을 가면서 만난 들판과 큰 도시도 다 지빠귀 부리 왕의 것이었다. 공주의 후회는 깊어져갔다.

공주를 작은 오두막으로 데리고 간 떠돌이 악사는 그녀에게 험한 집안일을 하게 했다. 그리고 생계를 위해 바구니와 베를 짜게 했다. 공주의 손은 상처투성이가 되었다. 악사가 다시 옹기 장사를 하게 하자 공주는 너무나 창피했지만 먹고살기 위해 할 수 없었다. 그럭저럭 장사를 해서 새 그릇들을 많이 장만했을 때 술 취한 군인이 뛰어드는 바람에 그릇이 다 박살 나고 말았다. 남편은 울면서 떠는 아내를 궁궐의 부엌데기로 보내서 일하게 했다.

공주가 궂은일을 하면서 겨우 음식을 얻어먹고 지내던 어느 날 왕의 맏아들이 결혼식을 한다는 이야기가 들렸다. 사람들의 화려한 차림을 지켜보던 공주는 지난날의 오만을 뼈저리게 후회하면서 옷 속에 요리를 챙겨 넣었다. 그때 갑자기 왕자가 나타나더니 여자의 손을 잡고 춤을 추려고 했다. 살펴보니 자기한테 망신을 당했던 지빠귀 부리 왕이었다. 왕이 여자를 끌고 연회장에 들어갈 때 여자의 몸속에서 음식 찌꺼기가 쏟아져 흩어졌다. 여자가 너무나 창피해서 달아날 적에 계단에서 어떤 남자가 그녀를 붙들고 데려갔다. 다시 지빠귀 부리 왕이었다.

그때 지빠귀 부리 왕이 여자한테 다정하게 말했다. "겁내지 말아요. 떠돌이 악사와 술 취한 군인은 당신을 위해 내가 변장한 것이었소. 당신의 오만한 마음을 꺾고 교만한 행동을 벌주기 위해서였다오." 그러자 여자는 눈물을 흘리며, "전 정말 못된 짓을 했어요. 당신의 아내가 될 자격이 없어요" 하고 말했다. 남자는 여자를 진정시키며 이제 나쁜 세월은 지났으니 결혼을 축하하자고 했다. 신부의 아버지를 비롯한 많은 사람들이 다 함께 축하하며 행복을 빌어주었다. 더할 바 없는 기쁨의 시작이었다. 우리도 거기 같이 있

었으면 얼마나 좋았을까.[23]

이 이야기는 얼핏 남자가 술수를 써서 여자의 콧대를 꺾어서 억누르는 이야기로 보인다. 일컬어, 말괄량이 길들이기. 하지만 나는 이 설화를 한 사람의 문제적 서사를 교정하고 치료하는 과정을 보여주는 이야기로 여기고 있다. 치료 대상은 '오만'이라는 이름의 유아적이고 자기중심적인 독단이다. 앞의 「고집쟁이 아이」에서와 비슷한 문제 상황인데, 이번 이야기의 주 치료 사는 부모가 아닌 '남자'다. 그리고 그의 치료 행위는 조직적이고 체계적이다. 공주의 몸에 밴 오만을 장시간에 걸친 치밀한 계획을 통해 고쳐나간다.

치료 과정의 특징적 면모로서, 먼저 그가 공주(내담자)를 처치함에 있어 마음에 앞서 몸을 바꾸고 있음에 주목할 만하다. 공주로 하여금 산속 오두막에서 험한 집안일을 하도록 하고 창피를 무릅쓰고 힘들여 돈을 벌게 함으로써 그녀가 눈 아래로 낮춰 보던 세상사가 얼마나 힘든 것인지를, 자기가 얼마나 오만하고 무모했는지를 온몸으로 느끼게 한다. 공주의 문제점이 몸에 밴 것이었던 만큼 치료 또한 몸을 바꾸는 긴 과정이 필요했던 것이라 할 수 있다. 그 몸 바꾸기는 자연히 마음의 변화로 이어져 과거 삶에 대한 뼈저린 후회로 이어지고 있다.

다음으로, 지빠귀 부리 왕이 공주로 하여금 자기가 남한테 행한 일이 어떤 것인지를 스스로 경험해보게 한다는 사실이 눈길을 끈다. 공주는 아무 생각 없이 남을 조롱하여 모욕을 준다. 멀쩡한 왕을 '지빠귀 부리'로 만든 것은 그 단적인 표상이 된다. 이에 대한 지빠귀 부리 왕의 처치는 공주로 하여금 그러한 창피나 모욕을 실감하도록 하는 것이었다. 사람들 앞에서 옹기를 팔게 한 것이나 무도회장에서 옷 속에 감췄던 음식을 떨어뜨리게 한 것은 그간 그녀가 저지른 잘못에 대한 가혹한 벌인 동시에 그것을 드러내면서 씻어내는 과정이었다고 할 수 있다. 그런 과정을 통해 그녀는 자신의 문제를 치료하고 새사람으로 거듭날 수 있었다.

---

23 위의 책, 293-298면.

한 가지 중요한 사실은 지빠귀 부리 왕이 이 일련의 계획을 진행함에 있어 언제라도 공주를 사랑하는 마음을 내려놓은 적이 없다는 사실이다. 공주에게 큰 모욕을 당했음에도 그는 복수 대신 사랑을 택한다. 그것은 '아름다움'이라는 말로 표상되는 그녀의 진정한 가치를 인지했기 때문이라 할 수 있다. 그는 공주가 오만함을 고치면 얼마든지 훌륭한 사람이 될 수 있다는 믿음을 가지고 있었으며 마침내 그 믿음이 통한 상황이다. 눈물을 흘리는 아내의 손을 잡고 따뜻한 위로와 사랑의 말을 전하는 지빠귀 부리 왕의 모습에서 내담자를 사랑하는 진정한 치료사의 모습을 보게 된다.

한 가지 특기할 사항은 그 치료 과정에 공주의 아버지가 한몫하고 있다는 사실이다. 만약 왕이 공주의 태도를 지지하거나 방치했다면 치료의 길을 찾지 못했을 것이다. 늦게나마 딸의 잘못을 인지한 뒤 과감하고 냉정하게 그것을 가르고 밀쳤기 때문에, 딸의 남자에게 '처치'의 전권을 넘겼기 때문에 치료가 이루어질 수 있었다. 문제가 있는 내담자를 치료함에 있어 가족을 비롯한 주변 사람들이 치료사를 믿고 도와주는 태도는 필수 요소가 된다.

이처럼 「지빠귀 부리 왕」은 문제가 있는 한 인물을 치료해나가는 과정을 잘 보여준다. 의도적인 냉정한 밀치기가 되찾기와 감싸기로 이어진 조직적인 치료의 과정이자, '문제 서사'에 대한 '대안 서사'를 정확히 찾아내 투여한 문학적인 치료의 과정이었다고 평가할 만하다. 문학치료사들이 마음 깊이 담아 둘 만한 이야기라 하겠다.

5 문학치료학의 새로운 발전을 위하여

이 글에서는 그림형제 민담을 통해 문학치료학에서 기본 통로로 활용 중인 설화 범위를 확장할 가능성을 살펴보았다. 단지 그림형제 민담뿐일 리 없으며 유럽 민담만일 리 없다. 세계는 넓고 설화는 많다. 설화가 없는 나라는 없다고 해도 과언이 아니다. 그 설화들 속에는 아직 우리가 모르는 '진짜 이야기'들이 무수히 포함돼 있을 것이다. 원형적 작품서사를 오롯이 간직한, 자기서사를 환하게 비춰주는 이야기들.

서두에서 설화를 진단과 치료의 도구로 삼는 일의 이점을 말하면서 설화가 인생의 제반 문제를 전형적이고 상징적이며 심층적인 방식으로 함축한다고 했다. 아울러 설화의 형태로 수행되는 자기서사 진단이 객관적이고 구조적이며 총체적이라고 했다. 객관적 시야는 우리의 역사적 삶과 문화에서 한 걸음 비껴나 있는 외국 설화를 통해 더 잘 확보될 수 있으며, 전형성과 상징성은 신기한 화소와 분방한 상상력을 갖춘 설화에서 더 잘 발휘될 수 있다. 우리에게 가장 소중하고 유용한 것이 한국 설화라는 사실은 언제든 변함이 없지만, 시야를 그 안에 한정해야 할 이유는 없다. 함께 활용하는 것이 정답이다.

문학치료학이 언제까지 한국이라는 권역 안에 머물러 있으라는 법이 없다는 점을 강조하고 싶다. 호주에서 시작된 이야기치료가 미국을 포함한 세계로 퍼진 것을 심상히 볼 일이 아니다. 문학치료학은 이론과 방법론 면에서 세상에 널리 퍼질 만한 잠재력을 갖추고 있다. 잘만 가꾸어나가면 그로부터 '인문학의 한류'가 놀랍게 펼쳐질 가능성이 있다. 그리되면 세상이 그만큼 더 건강해지고 행복해질 터이니 즐거운 마음으로 준비하고 노력할 일이다. 그 노력은 이론과 자료의 양 측면에서 함께 이루어져야 한다. 이 논의가 문학치료학의 큰 도약을 위한 작은 디딤돌이 되기를 소망한다.

의존과 독립 사이, 자녀서사의 길 찾기

부모의 그릇된 애증에 대한 대응의 문제

1   서론

민간에서 오랜 세월에 걸쳐 구전돼온 설화
가 지니는 범세계적 보편성은 널리 알려진 바다. 시간적 · 공간적으로 큰 거
리를 지니는 문화권에서 질적으로 유사한 이야기들을 발견하는 것은 언제
라도 흥미로운 일이 된다. 그 원인 및 의미맥락과 관련해서 다양한 관점에서
유효한 비교 고찰을 수행할 수 있다.

그 비교 고찰은 대상 설화가 본래적 원형성을 지닐 때 유효성을 담보할
수 있다. 이와 관련하여 독일의 그림형제 민담에 주목하게 된다. 그림형제에
의해 약 200년 전에 처음 정리 출간된 민담들은 전 세계 독자의 폭넓은 사랑
을 받아왔거니와, 민담 특유의 화소와 스토리가 생생히 살아 있어 학술적으
로 중요한 가치를 지닌다. 그림형제가 원전 자료를 존중하여 의도적 삭제나
윤색을 최소화한 데 따른 결과다.[1] 이 이야기들을 한국의 구전민담 자료들과
비교하여 살피는 것은 시공간적 격차를 떠나 얼마든 가능하고 유효하다. 서
사가 질적으로 통하는 이야기들이 광범위하게 확인되는 터다.

한국과 독일 민담을 비교하는 작업은 나름 활발하게 이루어져왔다.「콩
쥐팥쥐」와 「재투성이 아셴푸텔」(Aschenputtel; KHM 21)[2]을 비교한 여러 논

---

1   그림형제는 1819년에 발간된 『어린이와 가정을 위한 이야기(Kinder-und Hausmärchen)』
(이하, 『그림형제 민담집』이라 칭함) 1, 2권 합본 서문에서 다음과 같이 말한 바 있다.
"우리의 수집 방법에 관한 한, 우선 충실과 진실을 중요하게 여겼다. 우리가 독자적으로
부가한 것은 아무것도 없고, 전해 받은 이야기의 상황이나 특징을 미화하지 않았으며,
우리가 받았던 내용 그대로를 재현했다."(그림형제, 김경연 옮김, 『그림형제 민담집』,
현암사, 2012, 18면에서 재인용) 그들이 책의 개정을 거듭하면서 이야기 내용을 많이
윤색했다는 견해도 있으나, 서사의 기본 골격 및 의미상의 왜곡이나 훼손은 없었다는
것이 본 연구자의 시각이다. 자세한 논의는 신동흔, 「문학치료에서 외국설화의 활용 가
능성 탐색: 그림형제 민담을 중심으로」, 『문학치료연구』 27, 한국문학치료학회, 2013,
11-18면 참조.

2   'KHM'은 Kinder-und Hausmärchen의 약칭이며 숫자는 최종 판본(1857년본)을 기준으
로 한 이야기 번호이다. 이야기의 한글 제목은 김경연의 번역을 따른다. 그림형제, 김경

의를 포함하여 「손 없는 색시」와 「손이 없는 소녀」(Das Mädchen ohne Hände; KHM 31), 「지하대적 퇴치설화」와 「땅속 나라 난쟁이」(Dat Erdmännchen; KHM 91), 「해와 달이 된 오누이」와 「헨젤과 그레텔」(Hänsel und Gretel; KHM 15)을 비교한 연구 등이 있었다.[3] 본 연구자 또한 최근 '원조자'를 화두로 하여 한국과 독일 설화의 서사 문법과 세계관상의 특징을 비교하는 작업을 수행한 바 있다.[4] 여러 설화에 걸친 보편적 서사 요소를 축으로 삼아 세계관적 차이를 읽어내는 작업이었다.

이제 기존의 방식과 구별되는 새 관점의 비교 고찰 작업을 시도해보려한다. 삶의 치유 내지 '치료'를 화두로 하여 심층의 서사(敍事)를 비교하는 작업이다. 최근 관심 대상으로 떠오르고 있는 문학치료학의 서사 개념 및 치료원리를 적용한 연구 작업이다. 정운채가 정초한 문학치료 이론에서는 문학작품 및 인간의 심층에 그 정체성과 방향을 좌우하는 이야기가 내재한다고보며, 이를 각기 '작품서사'와 '자기서사'라고 한다.[5] 작품서사를 통해 자기서사를 핵심적으로 비춰볼 수 있으며, 그렇게 확인된 건강하지 못한 자기서사를 건강한 서사로 바꿈으로써 삶을 변혁할 수 있다는 것이 문학치료학의 관점이다.[6] 그간 문학치료학에서는 한국 설화의 작품서사를 통해 자기서사를 진단하고 분석하는 작업을 수행해왔거니와, 한국과 외국 설화를 연계한 서사분석을 통해 삶을 비춰보고 치료할 수 있는 새롭고 넓은 통로를 열고자 하

　　연 옮김, 『그림형제 민담집』, 현암사, 2012.

3　그 연구의 주요 서지에 대해서는 신동흔, 「한국과 독일 설화 속 원조자의 형상과 의미: '신령'과 '난쟁이'의 거리에 얽힌 세계관적 편차」, 『고전문학연구』 27, 한국고전문학회, 2015, 213-214면 참조. 한독 민담을 대상으로 한 비교 고찰 논문들을 모은 주종연, 『한독민담비교연구』, 집문당, 1999를 두드러진 성과로 특기할 만하다.

4　신동흔, 「한국과 독일 설화 속 원조자의 형상과 의미: '신령'과 '난쟁이'의 거리에 얽힌 세계관적 편차」, 『고전문학연구』 27, 한국고전문학회, 2015.

5　정운채, 「문학치료학의 서사이론」, 『문학치료연구』 9, 한국문학치료학회, 2008, 250면.

6　정운채, 「문학치료학의 학문적 특성과 인문학의 새로운 전망」, 『겨레어문학』 39, 겨레어문학회, 2007, 89-92면.

는 것이 본 연구의 의도이다.[7]

한국과 독일 설화를 연계한 자기서사 분석은 여러 문제에 걸친 다양한 논의가 가능하다. 그중 여기서는 '자녀서사'에 초점을 맞추고자 한다. 자녀가 부모와 어떤 관계를 맺으면서 살아갈 것인가의 문제이다. 특히 관심을 두려는 것은 부모의 그릇된 애증에 따른 문제다. 자녀에 대해 절대적 영향력을 지니는 부모가 그 힘을 그릇되게 행사할 때 부모와 자녀 사이에는 큰 갈등과 상처가 발생하는바, 그것을 어떻게 감당하고 해결할 것인가 하는 것은 자녀 입장에서 인생의 큰 과제가 된다. 이를 핵심적인 서사적 화두로 삼는 설화가 세계적으로 널리 분포한다는 사실이 문제의 중요성을 확인시켜준다.

이 문제를 다루고 있는 한국과 독일 설화들 가운데 이 연구에서는 한국의 「여우 누이」와 「내 복에 산다」, 독일의 「열두 오빠」(Die zwölf Brüder; KHM 9)와 「샘가의 거위지기 소녀」(Die Gänsehirtin am Brunnen; KHM 179)를 고찰하고자 한다. 「여우누이」와 「열두 오빠」는 부모의 편애와 과보호를 문제 삼는 이야기이고, 「내 복에 산다」와 「샘가의 거위지기 소녀」는 부모의 분노에 따른 자녀 분리를 화두로 삼는 이야기로 각각 공통의 문제를 다루고 있다. 흥미로운 점은 문제에 대한 주인공의 대처가 꽤 다르다는 사실이다. 문학치료학의 방식으로 말하면, 그들은 서로 다른 '서사'를 살고 있다고 말할 수 있다. 그러한 서사적 차이가 어떻게 왜 나타나고 있는지, 그리고 건강한 삶을 위해서는 서사를 어떤 방향으로 펼쳐나가야 하는지가 본 연구의 관심사가 된다.[8]

---

7 그간 외국 설화와의 비교연구는 지역적·문화적 차이에 주목한 경우가 많았거니와, 본 연구는 문학치료학의 서사 개념을 적용하여 인간관계를 축으로 한 '심층의 구조적 원형성'에 주목하게 될 것이다. 그림형제 민담을 다룸에 있어 독일이라는 특정 국가의 정체성보다 구비전승을 기반으로 한 이야기의 보편성에 초점을 맞춘다는 뜻이다.

8 해외의 여러 설화 가운데 독일의 「열두 오빠」와 「샘가의 거위지기 소녀」를 비교대상으로 선정한 것은 그림형제 민담이 지니는 원형적 보편성과 함께 이들 이야기가 한국 설화 「여우누이」 및 「내 복에 산다」와 짝지어서 자녀서사를 비교하기에 최적의 자료라고 보았기 때문이다. 화두가 되는 문제상황이 거의 겹치는 가운데 '서사의 분기점'에서의 서로 다른 선택이 인상적으로 부각되는바, 문학치료적 서사비교에 꼭 어울리는 대상이 된다. 두 개의 설화 쌍이 비슷하고도 다른 문제를 서로 다른 방식으로 서사화하고 있다는 점도 주목할 사항이 된다. 물론, 앞으로 또 다른 적합한 이야기들로 비교 논의를 확

한국과 외국 설화의 비교 분석을 바탕으로 더 나은 삶의 길을 탐색하는 작업은 원형적 고전 작품이 지니는 교육적·현실적 가치를 넓은 시야에서 조명하는 작업으로서 의의를 지닐 것으로 기대한다.

2 편애라는 함정과 극복의 길: '여우'가 된 딸과 '천사'의 길로 나아간 딸

한국에서 널리 전승돼온 유명한 이야기에 「여우누이」가 있다. 귀엽고 사랑스러운 아이인 줄 알았지만 실제로는 여우였던 딸이 한 집안을 공포와 파멸로 몰아넣는 내용을 담고 있는 민담이다. 이야기 내용을 간략하게 정리하면 다음과 같다.[9]

먼 옛날 한 마을에 부자가 아들 셋을 낳고 살았는데 딸이 없는 것이 한이었다. 여우라도 좋으니 딸을 하나 얻어서 키우는 것이 큰 소원이었다. 어느 날 그 소원이 이루어져서 그 집에 딸이 태어났다. 부자는 크게 기뻐하며 딸에게 사랑을 쏟았다.

어느 날부터인가 집에 변고가 일어나기 시작했다. 소와 말 등이 차례로

장해갈 가능성은 얼마든지 열려 있다. 본 연구는 세계 설화를 대상으로 한 문학치료적 비교분석의 길을 열기 위한 하나의 시론으로서 성격을 지닌다는 점을 분명히 해둔다.

9   그간 수집 보고된 「여우누이」 설화는 『한국구비문학대계』 수록 30여 편과 『임석재전집 한국구전설화』 수록 10여 편을 포함하여 50편을 상회한다. 자료에 따라 구체적 서사내용에 다양한 변이가 있는데, 여기서는 핵심 서사에 주목하므로 자세한 정리는 생략하고 자료를 전체적으로 종합해서 기본적인 서사맥락을 제시한다. 「여우누이」의 각편에 따른 변이에 대한 자세한 논의는 강진옥, 「여우누이설화에 나타난 남매대결의 의미」, 이어령 선생님 화갑기념논문집 간행위원회 편, 『구조와 분석』 II 소설, 도서출판 창, 1993; 박대복·유형동, 「〈여우누이〉에 나타난 요괴의 성격과 퇴치의 양상」, 『어문학』 106, 한국어문학회, 2009 참조.

간을 앗긴 채 죽어나갔다. 큰아들 둘째 아들이 밤에 기색을 살폈으나 잠이 들어 이유를 알아내지 못했다. 막내아들이 정신을 똑바로 차리고 살펴보니 그게 자기 누이동생이 벌이는 일이었다. 어린 누이가 가축의 몸속으로 손을 집어넣어서 간을 빼먹는 것이었다. 날이 밝자 아버지한테 그 말을 했지만, 아버지는 동생을 모함하지 말라고 화를 내며 아들을 내쫓았다.

집을 떠난 막내아들은 한 여인과 만나 도움을 얻은 뒤 그와 결혼해서 살게 되었다. 늘 집이 궁금했던 그는 어느 날 아내의 만류에도 본가로 향했다. 남편을 위해 아내는 세 가지 색깔의 작은 병을 챙겨주며 위험할 때 쓰라고 했다. 막내아들이 집에 이르러보니 부모와 형들이 다 죽고 집은 흉가가 되어 있었다. 누이가 오빠를 반갑게 맞이하더니 방에 들게 하고는 문을 닫아걸고서 칼을 갈기 시작했다. 오빠가 놀라서 뒷문을 열고 도망치자 여우로 변한 누이가 무서운 속도로 쫓아왔다. 오빠는 붙잡힐 뻔할 때마다 병을 하나씩 던져서 가까스로 위기를 모면했다. 끝까지 오빠를 추격하던 여우누이는 마지막 병에서 퍼져 나온 불에 휩싸여서 타 죽고 말았다.

한국의 여러 설화 가운데도 가장 무서운 것으로 손꼽을 만한 이야기이다. 짐승의 몸속에 손을 쑥 집어넣어서 간을 빼내 피를 뚝뚝 흘리며 씹어 먹는 어린 누이의 모습은 완연한 요괴(妖怪) 형상으로서 소름 끼치는 공포를 일으킨다. 가축의 간을 빼먹는 것으로 모자라 부모와 오빠들을 해친 여우가 막내오빠마저 잡아먹으려고 재주를 넘으면서 바짝 뒤따라와서 목덜미를 낚아채려 하는 장면은 완전한 악몽의 한 장면이라 할 만하다.

이 설화를 해석함에 있어 관건이 되는 사항은 여우의 정체다. 예쁜 딸이고 누이인 줄 알았으나 알고 보니 무서운 여우였던 저 여자아이를 어떤 존재로 봐야 할 것인가의 문제다. 이에 대한 일반적인 해석은 그것을 가정의 질서와 평화를 위협하는 '외부의 파괴적 힘'으로 보는 시각이다. 강진옥은 여우를 인간을 위협하는 자연의 힘을 표상한다고 보았으며,[10] 박대복·유형동

---

10 강진옥, 「여우누이설화에 나타난 남매대결의 의미」, 이어령 선생님 화갑기념논문집 간행위원회 편, 『구조와 분석』 II 소설, 도서출판 창, 1993; 강진옥, 「변신설화에 나타난

은 이를 가정에 침투해 들어온 '요괴'로 규정하고 위협적이면서도 파괴적인 힘을 살핀 바 있다.[11]

여우누이를 외부로부터 침투한 힘으로 보는 것은 설화자료 문면으로부터 자연스럽게 도출되는 해석이라고 할 수 있다. 이 설화의 화자들은 여우누이의 출생과 관련하여 그 맥락을 다음과 같은 방식으로 서술하곤 한다.

공을 디리고 오다니, 여수가 한 마리 이래 질가에 있어. 그래 고마 그 우에 고마 타넘어빴거던.[12]

옛날에 한 집이 살았는데, 자식이 없어가주 여수굴(여우굴) 인데(있는 데) 가 가 공을 디리고, 여수굴인 줄 모리고 공을 디리 노이께. 그래서, 거 태어났는 게 딸이 고마 참 예수라(여우라).[13]

"그저 딸을 하나만 점지해 주십소사. 점지해 주십소사." 그러더래유. 그래서 딸을 점지해 달라고 빌고서는 인저 "딸을 점지해 주지 못할 거 같으면 여우라도 하나 점지해 줍소서, 점지해 줍소사." 이렇게 빌었대유.[14]

앞의 두 인용은 부모가 자식을 잉태할 때의 실수로 인해 여우가 딸로 태어났음을 말한다. 여우를 무심코 타넘었거나 실수로 여우굴에서 기자치성을 드린 일이 그것이다. 그 소홀함을 놓치지 않고 여우가 틈입해 들어온 상황이다. 한편, 셋째 인용 자료에서는 "여우라도 하나 점지해 달라"고 하는 무모

'여우'의 형상과 의미」, 『고전문학연구』 9, 한국고전문학회, 1994에서도 연구자는 여우누이를 외부자로서의 '변신 여우'로 보는 입장을 나타냈다.

11 박대복·유형동, 「〈여우누이〉에 나타난 요괴의 성격과 퇴치의 양상」, 『어문학』 106, 한국어문학회, 2009, 151-157면.

12 『한국구비문학대계』 7-12, 경북 군위군 소보면 설화, "사람으로 태어난 여우의 횡포", 151면.

13 『한국구비문학대계』 7-1, 경북 월성군 현곡면 설화, "누이로 태어난 여우", 336면.

14 『한국구비문학대계』 1-9, 경기 용인군 이동면 설화, "여우누이동생", 213면.

한 기원의 결과로 여우가 태어났다고 말한다. 여러 자료에서 많이 보이는 설정이다. 이야기에서 부모가 실제로 여우의 출생을 바라지는 않았을 터이니, 이 또한 여우가 집안의 빈틈을 교묘하게 파고들어온 형국이다. 이야기 속 부모는 무심코 저지른 소홀한 언행 때문에 큰 앙화를 겪게 되는 비운의 인물이 되는 셈이다.

이와 좀 다른 맥락에서 이도희는 이 설화 속의 여우를 내면의 심리적 상징으로 보는 논의를 제시한 바 있다. 그는 여우가 표상하는 부정적 요소와 관련하여 "지나치게 강조된 남성적인 합리적 의식의 세계에서 오랫동안 무의식에 억압되어서 부정적이고 열등하고 고태적인 색채를 띠게 된 여성성, 다른 말로 하면, 부정적인 아니마의 원형을 표상"[15]한다고 보았다. 이 설화의 밑바닥에 여성에 대한 부정적 의식을 반영하고 있다는 시각이다.[16] 흥미로운 시각이지만, 이 설화에서 여성성이 억압의 대상인지는 의문이다. 종국에 여우가 징치되기는 하지만, 기본적인 서사적 설정에서 이야기 속의 부모가 아들보다 딸에게 더 큰 애착을 나타내고 있음에 주목할 필요가 있다. 이 집안에서 딸은 아들보다 더 귀한 대접을 받는 존재로 되어 있다.

「여우누이」의 서사적 맥락과 의미는 부모(특히, 아버지)가 딸에 대해 나타내는 그 '애착'에 주목할 때 숨은 본질이 드러난다는 것이 우리의 시각이다. 앞서 보았듯이 이 설화 속의 부모는 아들에 만족하지 않고 '여우라도 좋으니 딸을 얻었으면 좋겠다'는 태도를 나타내며 그 결과로 여우 딸을 얻은 것으로 말해진다. 딸에 대한 강한 소망과 애착의 결과로 여우가 태어난 상황이다. 요컨대 여우 딸은 그의 부모에 의해 만들어진 존재라고 할 수 있다. 무슨 말

---

15 이도희, 「한국민담 '여우누이'의 분석심리학적 해석」, 『심성연구』 21-1, 한국분석심리학회, 2006, 19면.

16 이 설화에 여성에 대한 부정적 태도가 반영돼 있다고 하는 것은 강진옥과 박대복·유형동의 논의에서도 볼 수 있는 시각이다. 악행의 주체가 딸이라는 점에서, 또는 아들이 있으면서도 딸을 원함으로 해서 문제가 발생했다는 점에서 이러한 해석이 도출되고 있는 터다. 강진옥, 「여우누이설화에 나타난 남매대결의 의미」, 이어령 선생님 화갑기념논문집 간행위원회 편, 『구조와 분석』 II 소설, 도서출판 창, 1993; 박대복·유형동, 「〈여우누이〉에 나타난 요괴의 성격과 퇴치의 양상」, 『어문학』 106, 한국어문학회, 2009 참조.

인가 하면, 저 딸은 본래부터 여우였던 것이 아니라 저 부모에 의해 여우로 '키워졌다'는 뜻이다. 무엇에 의해서인가 하면 '편애'와 '과보호'에 의해.

이 설화에서 딸에 대한 부모의 편애가 서사의 기본 축을 이룬다. 부모는 처음부터 아들을 도외시한 채 딸을 얻기를 간절히 원하거니와, 기다리던 딸이 태어났을 때 그리로 사랑을 집중했을 것임이 분명하다. 집도 부자였으니 딸이 원하는 것을 다 해줬을 것이다. 뒷날 가축이 죽어나가는 변고가 발생했을 때 부모가 딸을 감싸고도는 모습에서 문제상황을 단적으로 확인할 수 있다. 밤을 새워서 가축우리를 지키는 것은 아들들의 몫이었으며, 그들이 그 일을 제대로 못 해냈을 때 돌아온 것은 짜증과 분노였다. 막내아들이 애써 밤을 새운 끝에 그것이 어린 누이가 벌인 짓이라는 사실을 발견해서 알렸을 때 부모가 보인 반응은 다음과 같은 것이었다.

"[큰 소리로] 요눔우 자식이 뭐라 카노? 응? 조눔아 자식을 쫓아 낸다고! [본래 소리로] 그거 어떤 딸이라꼬!"
그래가주고 마구 끝두둥이 아들 한 개 남았는 걸 마구 쫓아내니더.[17]

그러니께 즤 어머니가
"이눔으 새끼덜이 내가 딸 하나릴 볼라구 승공얼해서 난 동생인데 그걸 미워서 잡을라구 그런다."
구, 내쫓아 뻐렸어. 큰아들얼.
(…)
"저놈으 새끼덜이 맬짱 짜구서 제 동생 저렇게 멍덕을 입인다."
구, 둘째 아덜 또 내쫓아 뻐렸단 말이지.
(…)
"어머니 아버지 다- 잠들으신 댐에 문을 바드읏이 열구 나가더니 아무 개가 소 간을 빼 먹어 죽읍디다."

---

17   『한국구비문학대계』 7-17, 경북 예천군 보문면 설화, "여우가 된 누이를 물리친 올아버니", 394면.

그랬댜, 그러구 하닝께

"이눔의 새끼덜이 맬짱 그런 놈으 새끼덜이라."

구, 다- 내쫓아 버리구 이저 그 여수 하나만 데리구 사넌데, 이눔이 그 숱핸 소 다 잡아먹구, 그 숱핸 말 다- 잡아먹구, 돼지 다- 잡아먹구, 개 다- 잡아먹구, 그 마당이 찼던 닭 다 잡아먹구, 그라구 저이 어머니 아버지까지 다 잡아먹었댜.[18]

딸의 정체를 알린 아들을 부모가 크게 화내어 쫓아내는 것은 「여우누이」 설화 전반에서 확인되는 기본 요소에 해당한다. 그것은 딸의 정체를 유일하게 확인한 막내아들에 대한 일로 얘기되기도 하며, 여러 아들에 걸쳐 거듭 반복된 일로 얘기되기도 한다. 딸에 대한 강고한 애정적 편향을 확인할 수 있는 설정이다. 딸에 대한 부모의 편애는 "그게 어떤 딸인 줄 아느냐"고 하는 식의 언사에서도 뚜렷이 확인된다.

이처럼 부모가 일방적으로 한 자식을 감싸고도는 상황에서 그 자식이 '여우'가 되는 것은 자연스러운 귀결로 볼 수 있다. 어떤 행동을 해도 부모가 용인하고 감싸주는 터이니 원하는 바를 제 것으로 삼는 일이 어렵지 않다. 약간의 '여우짓'만 하면 무엇이든 자기 차지가 되는 상황이다. 저 딸은 아주 어려서부터 그렇게 여우짓을 하면서 컸던 것이고, 그런 과정에서 다른 존재의 '간(肝)'을 빼먹는 존재가 된 것이었다. 처음에는 작은 것으로부터 시작된 간 빼먹기는 급기야 "저이 어머니 아버지까지 다 잡아먹"고 하나 남은 오빠를 노리는 상황에까지 이른다.

이 설화에서 누이가 '여우의 행동'을 하는 것은 두 가지 맥락으로 풀이해볼 수 있다. 하나는 그녀가 부모의 사랑이라는 요소를 영악하게 이용했다는 것이다. 앞[낮]에서는 부모의 사랑을 받을 수 있게끔 행동하면서 뒤[밤]에서는 제 잇속을 살뜰히 챙기는 식이다. 그러다가 어느 시점에 부모까지 배반하여 해치게 된 상황이다. 또 하나의 해석은 딸이 자기가 무슨 일을 하는지

18   『한국구비문학대계』4-2, 충남 대덕군 탄동면 설화, "여우 딸과 삼형제", 425-426면.

잘 모르는 채로 저렇게 움직인다는 것이다. 남의 간을 빼먹으면서도 그게 잘못된 일이라는 사실조차 인지하지 못한다는 말이다. 왜냐하면 어려서부터 늘 그렇게 하는 게 일상사였기 때문이므로. 어쩌면 이쪽이 더 무섭고 소름 끼치는 상황이라 할 수 있다.

여우누이의 일은 단순한 설화적 공상처럼 보이지만 그렇지 않다. 세상에 수많은 '여우누이' 또는 '여우아들'이 있다.[19] 여우의 서사를 '자기서사'로 지닌 채 살아가고 있는 자녀들이다. 사랑이라는 이름의 과보호 속에서, 어떤 잘못도 용인되는 무풍지대 속에서 원하는 바를 다 얻으며 자란 아이들의 내면 깊은 곳에 어느 순간 여우가 성큼 들어앉아 삶을 움직인다. 처음에는 대수롭지 않아 보일지 몰라도 그 마수가 형제자매와 부모의 '간'에까지 미치는 것은 금방이다. 그렇게 완연히 여우가 된 아이는 다시 사람으로 돌아가지 못한다. 가시덤불에 찔리고 물에 막히면서도 끝까지 오라비를 따라붙다가 불에 타죽는 여우누이의 모습에서 우리는 편애와 과보호에 길들여진 삶이 얼마나 위험한 일인지를, 그리고 그로부터 벗어나는 것이 얼마나 어려운 일인지를 실감하게 된다.[20]

「여우누이」 속 여우의 서사가 자기서사로 자리 잡은 채 삶을 조종하는 것은 매우 문제적인 상황이다. 자기 자신과 주변 사람들이 함께 큰 피해를 겪게 되며, 사회적 혼란과 해악으로 이어질 수 있다.[21] 그것은 완연한 '병적

---

19 「여우누이」는 딸을 주인공으로 삼고 있지만, 그 의미맥락은 아들한테도 적용된다. 잘못된 사랑을 받으며 자란 아들 또한 부모형제를 잡아먹는 요악한 괴물이 될 수 있는 것이다. 이를 잘 보여주는 설화로 미얀마의 「비구름 악어」를 들 수 있다. 부모한테 음식을 받아먹으며 살던 악어가 나중에 먹을 것을 늦게 가져왔다는 이유로 아버지를 물어 죽이게 된다는 내용을 담고 있는 이야기이다. 부모에게 받는 것을 당연시한 자식의 본질과 전말을 잘 보여주는 이야기로 의미구조가 「여우누이」와 흡사하다. 「비구름 악어」 이야기는 김영애·최재현 엮음, 『세계민담전집 06 태국·미얀마 편』, 황금가지, 2003, 278-282면 참조.

20 「여우누이」 설화에 대한 이러한 해석을 필자는 논문이 아닌 교양서에서 직관적 형태로 풀어낸 바 있다. 신동흔, 『왜 주인공은 모두 길을 떠날까?』, 샘터, 2014, 69-72면. 이 책에는 「여우누이」에 이어 「비구름 악어」에 대한 논의도 포함돼 있다. 같은 책, 72-75면.

21 이 「여우누이」의 서사가 가족 범위를 넘어서 세상을 향하게 되면 「구미호」의 서사가 되

서사'로서 치료적 변화를 필요로 한다. 관건은 그런 변화가 어떻게 가능한가의 문제다.

원인을 따지자면 애초에 문제가 부모로부터 비롯된 것이지만, 거기에 책임을 돌려서 비난하거나 원망한다고 해서 이미 발생한 문제가 풀릴 수는 없다. 아이는 여전히 여우일 테니 말이다. 만약 그 여우가 나와 상관없는 '타자'라면 큰 문제가 아닐 수도 있다. 피하여 도망함으로써, 또는 싸워서 죽임으로써 상황을 벗어날 수 있을 테니 말이다. 실제로 설화가 제시한 결말 또한 여우를 태워서 죽이는 일이었다. 관건은 그 여우가 바로 '나 자신'일 때, 또는 외면하여 저버릴 수 없는 나의 딸이거나 누이일 때 어떻게 할 것인가의 문제다.

이에 대한 정답은 그가 여우로부터 '사람'으로 돌아오는 일일 것이다. 문제는 그러한 돌이킴이 지극히 어려운 일이라는 데 있다. 이미 여우가 돼있는 상황에서 사람으로 돌아올 길은 거의 없다고 해도 지나치지 않다. 「여우누이」 설화만 하더라도 누이가 사람으로 돌아올 가능성을 배제한 채 처참한 죽음을 말하는 것이 예외 없는 필연적 결말로 되어 있는 바다.

문학치료학은 문제가 되는 병적인 서사에 대해 그것을 새로운 건강한 서사로 바꾸어냄으로써 변화와 치료가 가능하다고 말한다. 「여우누이」 설화 속의 누이는 여우에서 사람으로 돌아오지 못하지만, 또 다른 설화 속의 서사를 통해 그 길을 찾을 가능성이 열려 있다. 그러한 서사가 찾아질 때, 그리고 「여우누이」의 서사로부터 그 대안적 서사로 옮겨갈 길이 나타날 때 문제적인 삶을 치유할 길은 열릴 수 있다. 이때 대안 서사를 정확하게 찾아내는 일이 관건이 된다.

「여우누이」에 대한 대안 서사와 관련하여 주목할 만한 한 편의 원형적 설화가 있다. 한국이 아닌 독일 설화다. 『그림형제 민담집』에 수록돼 있는

고 「여우 구슬」의 서사가 된다고 할 수 있다. 다른 사람의 '정기'를 이리저리 빼내어 먹음으로써 욕심을 채우고 자기성취를 이뤄내려 하는 존재가 곧 그것이다. 설화에서 이런 여우는 완전히 요물로 귀착된 존재로서 사회에 큰 혼란을 야기하는 가운데 징치의 대상이 된다.

「열두 오빠」(Die zwölf Brüder; KHM 9)가 그것이다. 그 내용은 다음과 같다.

옛날에 어떤 왕과 왕비가 열두 아들과 함께 살고 있었다. 아버지는 딸이 태어나기만 하면 왕자들을 다 죽이고 온 왕국을 공주가 갖게 하겠다면서 열두 개의 관을 만들어놓았다. 열세 번째 아이로 딸이 태어나자 왕비는 나무 위에 숨은 아들들에게 위기가 닥쳤음을 알렸다. 열두 왕자는 누이동생에게 복수할 것을 맹세하면서 깊은 숲속에 있는 마법에 걸린 집으로 들어갔다.

새로 태어난 딸은 착하고 예뻤으며 이마에 황금별이 박혀 있었다. 어느 날 공주는 빨랫감 속에서 열두 벌의 남자 속옷을 발견하고 누구 것인지 물었다. 왕비가 열두 개의 관을 보여주며 오빠들에 대해 이야기하자, 딸은 오빠들을 찾겠다며 길을 떠나 숲속으로 들어갔다. 마법에 걸린 집을 제 발로 찾아온 동생을 만난 오빠들은 그를 죽이려던 마음을 버리고 동생을 사랑하게 되었다.

오빠들과 함께 숲속의 집에서 살며 살림을 돌보던 동생은 어느 날 오빠들에게 주려고 정원에 피어 있는 열두 송이 백합꽃을 꺾었다. 그 순간 오빠들은 열두 마리 까마귀로 변해 하늘로 날아가고 집과 정원이 사라져버렸다. 숲속에 홀로 남겨진 동생에게 어느 할머니가 다가와 만약 그녀가 7년 동안 말을 안 하고 웃지 않으면 오빠들을 구할 수 있지만, 그러지 못하면 그들이 죽고 말 거라고 했다.

오빠들을 구하겠다고 결심한 누이는 높은 나무 위에 앉은 채로 말과 웃음을 금하고서 실을 잣기 시작했다. 어느 날, 어떤 왕이 사냥을 왔다가 그녀를 발견하고 사랑에 빠져 궁궐로 데려가 아내로 삼았다. 결혼식을 행하고 함께 살면서도 누이는 한 번도 입을 열지 않았다. 왕의 노모가 거듭 그녀를 모함해서 마침내 화형대에 묶이게 만들었다. 왕비의 몸에 불이 붙으려는 순간 예정된 7년의 기한이 찼고, 하늘에서 열두 마리 까마귀가 날아와 사람으로 변하여 동생을 껴안았다. 누이는 남편과의 오해를 푼 뒤 오빠들과 더불어 죽을 때까지 행복하게 살았다고 한다.[22]

---

22 이 연구에서 그림형제 민담은 독일어 원전을 참고하는 가운데 김경연 번역 자료를 주

이 이야기 속의 누이동생은 앞서 살핀 「여우누이」의 누이동생과는 완전히 다른 존재다. 숲속에 숨은 오빠들을 찾아내서 먼저 손을 내민 것도 그렇거니와, 까마귀가 된 오빠들을 되살리기 위해 7년이라는 긴 고행을 무릅쓴 일은 큰 감동으로 다가온다. '천사'라고 불러도 부족함이 없을 정도다.

두 인물이 태생부터 완전히 다른 존재였는가 하면 이는 간단치 않다. 이야기를 보면 두 인물의 서사에는 중요한 공통분모가 있다. 이 공주 또한 여우누이와 마찬가지로 아버지의 사랑을 독차지한 존재였다. 부왕은 딸이 태어나기 전부터 자기의 모든 사랑을 몰아줄 태세를 갖추고 있었던 상황이다.

> "앞으로 태어날 열세 번째 아이가 딸이라면, 열두 왕자를 죽여 공주의 재산을 크게 해주고 온 왕국을 공주 혼자 갖도록 하겠소."
> 왕은 말로만 그친 것이 아니라 벌써 열두 개의 관을 만들어 거기에다 대팻밥을 가득 채워놓았고, 또 관마다 죽은 사람이 베고 누울 베개도 넣어두었다.[23]

한 명의 극단적인 '예비 딸바보'였다고 할 만한 저 아버지는 오로지 딸을 바라는 마음만 가득했거니와, 이는 「여우누이」의 부모가 "여우라도 좋으니 딸을 낳으면 좋겠다"고 했던 것과 통하는 면모가 된다. 관까지 미리 만들어놓았다는 것은 아들을 즉시 (마음으로) 저버릴 준비가 돼있음을 표상한다. 「여우누이」에서 부모가 딸에 대한 진실을 말하는 아들을 혼내서 내쫓는 것과 심리상태 내지 행동양상이 꼭 겹친다. 딸에게 초점을 맞추면, 「열두 오빠」의 공주는 여우누이가 그랬던 것처럼 일방적인 편애의 세례 속에서 삶을 시작한 상황이다. 이마에 박혔다는 황금별은 '사랑을 한몸에 받는 아이'의 상징으로 볼 만하다.

자료로 삼는다. 그림형제, 김경연 옮김, 『그림형제 민담집』, 현암사, 2012. 「열두 오빠」는 이 책 78-84면에 실려 있다.

23 위의 책, 78면.

이야기는 열세 번째 자식으로 딸이 태어나자 열두 오빠가 숲속으로 숨어들어 종적을 감추었다고 한다. 아버지와 누이동생의 시야 밖으로 숨은 상황인데, 상징적 의미로 보자면 그들의 존재가 무관심 속에 소외되고 무화된 상황으로 풀이할 수 있다. 아버지의 관심 대상에서 벗어난 가운데 그림자 같은 존재로 전락했다는 뜻이다. 그렇게 버려진 마음에 깃드는 것은 분노와 원망이다.

이 말을 들은 형제들은 모두 분노하며 말했다.
"계집아이 때문에 우리가 죽어야 하다니! 맹세코 복수를 하리라. 만약 계집아이가 눈에 띄면 어디서건 붉은 피를 흘리고 말리라."[24]

보는 것처럼 분노는 아버지가 아닌 동생한테로 향한다. 감히 대적할 수 없는 권력자인 아버지 대신 어린 경쟁자한테 화살을 겨누는 형국이다. 편애와 차별의 피해자가 나타내 보이는 전형적인 반응이다. 공주는 자기도 모르는 새 가까운 사람의 증오 대상이 돼있는 상황이다.

이야기는 공주가 열 살이 되도록 자기한테 오빠들이 있음을 알지 못했다고 한다. 심리적 맥락에서 해석하자면 이는 공주에게 오빠들이 '있어도 없는 것과 마찬가지인 상황'이었다고 볼 수 있다. 아버지의 사랑을 독차지한 딸은, 이마에 황금별이 박혀 있는 딸은 오빠들이 그림자처럼 존재하는 것을 당연한 일로 여겼다는 말이다. 왜냐하면 태어났을 때부터 늘 그러했으므로. 십중팔구 갖가지 '귀여운 짓'으로 아버지의 사랑을 한껏 누렸을 저 아이는 시나브로 '여우'의 길로 접어들고 있었던 것이라 할 수 있다. 이미 반 넘어 여우가 되어 있었다고 볼 가능성도 있다.

만약 이 상황에서 별다른 변화 없이 그 길로 나아갔다면 이 딸 또한 완연한 한 마리 여우로 귀착되고 말았을 것이다. 어렸을 적에 귀엽고 예뻤을 여우짓은 점차 흉하고 파괴적인 면으로 변해서 급기야는 남의 간을 빼먹는

---

24 위의 책, 79면.

요약한 일로 변전해갔을 것이다. 그런데 어느 순간 공주의 발걸음이 딱 멈추어진다. 계기는 하나의 뜻밖의 발견이었다. 어느 날 그녀는 속옷이라는 우연한 매개체를 통해 그동안 무심코 지나쳤던 오빠들의 존재를 불현듯 감지한다. 오빠들은 깊은 어둠 속에 숨어서 가슴에 분노를 품은 채로 자기를 노려보는 중이었다. 그런 아들들을 보면서 엄마가 슬피 우는 중이었다.

「여우누이」에서 그러했던 것처럼, 이러한 상황은 그 책임이 딸에게 있다고 할 바가 아니다. 그릇된 사랑으로 자식들을 차별해서 깊은 감정의 골을 만든 아버지가 초래한 일이다. 하지만 중요한 것은 누구의 잘못인가가 아니다. 그것이 그릇된 일이며 극복되어야 하는 일이라는 사실이 중요하다. 이 지점에서 공주는 '존재적 결단'을 내린다. 그동안 자신이 누려온 것들 속에 편안히 머무는 길을 버리고 스스로 모순적 상황을 바꾸고자 하는 험로를 택한다. 이른바 '서사의 분기점'[25]에서 「여우누이」의 딸과 완전히 다른 선택을 한 상황이다. 그것은 상처에 신음하는 오빠들을 구하기 위한 선택인 동시에 저도 모르는 사이에 여우가 되고 있는 자기 자신을 구하기 위한 선택이었다고 할 수 있다. 일컬어 자기치유의 길이다.

새로운 길의 출발은 '부모의 품'을 벗어나서 숲으로 들어가는 일이었다. 공주가 집을 떠나 외지고 어두운 그늘 속으로 가서 소외된 오빠들에게 손을 내밀자 오빠들은 분노를 내려놓고 손을 잡는다. 그렇게 문제가 해결되는 듯 싶었으나 이는 착각이었다. 오빠들과 누이 사이의 간극은 그렇게 수월하게 해결될 수 있는 바가 아니었다. 오빠들이 있는 곳은 조금만 잘못 건드려도 심각한 문제가 발생하는 '마법에 걸린 집'이었다. '트라우마'라는 고약한 마법에 포획된 오빠들은 작은 자극에도 큰 상처를 입는다. 이야기는 누이가 오빠들을 위해 정원의 백합꽃을 꺾자 그들이 까마귀로 변했다고 한다. 여기서

---

25 문학치료학에서는 서사가 다른 방향으로 갈라지는 지점을 '서사의 분기점'이라고 일컫는다. 분기점에서 어떤 선택을 하는가에 따라 서사는 질적으로 달라지거니와, 올바른 선택을 통해 문제 해결과 치료의 길을 찾을 수 있게 된다. 서사의 분기점에 대한 자세한 논의는 정운채, 「서사의 다기성(多岐性)과 문학연구의 새 지평」, 『문학치료연구』 23, 한국문학치료학회, 2012 참조.

백합꽃은 오빠들이 힘들게 지켜온 자존감으로 해석할 수 있다.[26] 어린 동생은 그 자존감을 별다른 생각 없이 툭 꺾은 것이었다. 사랑 속에 자란 동생이 보호자 겸 시혜자가 되어 활짝 웃으며 꽃을 꺾는 순간 오빠들은 홀쩍 되살아난 트라우마에 휩싸여 무력하고 초라한 존재로 전락하고 만다. 그 표상이 곧 '까마귀'다.[27]

바야흐로 공주가 제대로 문제에 직면한 상황이다. 단순한 선의(善意)로 해결될 수 있는 문제가 아니다. 존재의 근원적인 탈각을 필요로 하는, 길고도 힘든 '수행'을 필요로 하는 문제다. 이에 대해 이야기는 한 할머니의 입을 빌려서 오빠들을 사람으로 되돌리려면 "말도 하지 말고 웃지도 않고 7년을 지내야 한다"고 전한다. 자그마치 7년 동안 말뿐만 아니라 웃음까지 금해야 한다니 감당하기 어려운 가혹한 과제다. 이러한 힘든 과업은 '받는 일'이 몸에 밴 사람의 존재적 변혁이 얼마나 어려운지를 잘 보여준다. 그 변혁을 위해서는 그간 당연하게 여겼던 삶의 방식을 다 내려놓아야 하는 터였다. 자기 존재 내세우기[말]를 그치고, 누리면서 즐기기[웃음]를 그만두어야 했다. 그 기나긴 도피에 성공해야만, 스스로가 저 밑바닥까지 내려가야만 비로소 이마에 박힌 황금별이 사라지고 오빠들과 나란한 존재가 되어 손을 맞잡을 수 있는 것이었다.

하지만 방법이 있는 것과 없는 것은 천지 차이다. 할머니의 말은 공주에게 한 줄기 빛과도 같았다.

---

26 열두 개의 백합꽃이 있었다는 데서 그 꽃과 열두 오빠의 깊은 상관성이 확인된다. '하얀 백합'은 아름답지만 훼손되기 쉬운 약한 존재이기도 하다. 그 꽃이 꺾이자 오빠들이 까마귀로 변했다는 데서 그 꽃이 오빠들을 지켜온 힘이었음을 알 수 있다. 백합꽃을 '자존 감'으로 보는 것은 이러한 맥락에서다.

27 이와 같은 서사 전개는 '필연적인 것'이라 할 바는 아니다. 비판적으로 접근하자면 오빠 들의 삶의 방식과 태도에 문제가 있다고 할 수 있다. 동생에 대한 복수심을 마음에 품고 있는 것도 그렇고, 동생의 마음을 제대로 받아들여 포용하지 못하는 것도 그렇다. 중요 한 것은 이런 상황이 얼마든지 벌어질 수 있으며 그것까지 감당해내야 문제의 온전한 해결이 가능하다는 사실이다.

소녀는 마음속으로 굳은 결심을 했다.

　'내 오빠들을 구할 수 있다는 것을 확실히 알았으니 해내고 말 테야.'

　그러고는 높은 나무를 찾아 그 위에 앉아 실을 잣기 시작했다. 말을 하지도 웃지도 않았다.[28]

　말을 한마디도 안 하고 단 한 번도 웃지 않으면서 7년을 지내야 한다는 지난한 과업을 갸륵한 어린 소녀는 마침내 해내고 만다. 그것은 밑바닥으로 추락해서 죽음의 길을 자초하는 일 같았지만 그렇지 않았다. 그것은 부조리와 상처의 깊은 늪으로부터 삶을 건져내는 일이었다. 오빠들의 삶을, 그리고 자기 자신의 삶을. 그것은 죽음을 삶으로 바꾸어내는 완전한 '치료'의 과정이었다고 할 수 있다.

　부모가 잘못해서 생겨난 문제를 자식이 스스로 감당해 풀어내는 것은, 사랑과 혜택을 한몸에 받던 당사자가 험한 시련을 자청하여 어둠을 빛으로 바꾸는 것은 가슴 뭉클할 정도로 아름답다. 그러한 결단을 통해 인간은 바뀌고 '진짜 삶'이 열린다. 일컬어 부활(復活)! 이 갸륵한 딸의 서사에는 세기의 명작 『부활』의 주인공 네홀류도프의 서사가 원형적으로 깃들어 있다고 보아도 좋다.[29]

　세상에 '여우'의 삶을 살고 있는 수많은 자녀가 있다고 했다. 그 삶을 근원적으로 바꾸는 치유의 길은 먼 곳에 있지 않다. 이야기 속에 답이 있다. 「여우누이」와 「열두 오빠」의 서사를 나란히 놓고서 견주어보는 것만으로도 나아가야 할 길을 명확히 찾을 수 있다. '받는 일'을 당연시하고 있는 자기 자신을 냉철히 돌아보고 길을 바꾸어 가진 것을 내려놓고서 소외와 고통을 감수할 때 치료는 시작된다. '좋았던 옛날'로 돌아가고 싶은 충동을 이겨내고 말

28　그림형제, 김경연 옮김, 『그림형제 민담집』, 현암사, 2012, 83-84면.

29　이상 「열두 오빠」에 대한 논의는 본 연구자가 연전에 월간 잡지에 에세이 형태로 실었던 내용을 논문의 형식과 체재에 맞게 전면 보완하여 재서술한 것임을 밝힌다. 신동흔, 「'여우누이'와 '열두 오빠' 사이」, 『열린어린이』 128, 열린어린이, 2013, 30-34면. 참고로, 이 글 앞부분에는 「여우누이」와 편애에 얽힌 문제도 간략히 서술돼 있다.

없이 그 길을 꾸준히 나아갈 때 마침내 새로운 존재로 거듭 태어날 수 있다.

그 일을 제대로 감당하여 해낼 수 있는가의 여부는 기본적으로 자기 자신에게 달려 있다고 할 수 있다. 스스로 길을 바꾸지 않을 때 변화는 기약할 수 없다. 하지만 그 일이 오로지 자기 혼자만의 몫이라 할 바는 아니다. 당사자 외에 주변 사람들의 역할도 중요하다. 「열두 오빠」를 보자면, 먼저 소외된 아들들을 챙겨주고 그들의 존재를 딸에게 인지시켜준 어머니에게 주목할 만하다. 그를 통해 소녀는 여우가 돼가고 있는 자기 자신을 발견할 수 있었다. 오빠들이 까마귀가 됐을 때 그들을 사람으로 되돌리는 방법을 알려준 할머니의 역할도 작지 않다. 문제해결의 방법을 알려준 할머니는 한 명의 훌륭한 상담사라고 말해도 좋을 것이다. 이와 함께 공주를 아내로 삼은 뒤 그를 지켜주려고 애썼던 젊은 왕도 치료 과정에서 한몫을 했다고 볼 수 있다. 아내를 끝까지 믿어주고 보호하지 못했던 것은 아쉬운 일이지만, 옆에서 모든 것을 다 감당할 수는 없는 법이다. 존재를 바꾸는 과업에서 가장 큰 몫은 누가 뭐래도 자기 자신일 것이다.[30]

혹시라도 이 누이의 7년간의 삶이 고통과 슬픔으로 가득했으리라고 생각할 바가 아니다. 그것은 어렵고도 아픈 과정이었던 한편으로 행복하고 보람된 시간이기도 했을 것이다. 하루하루가 지날 때마다 빛이 가까워지는 중이니 기꺼운 일이 아니겠는가 말이다. 어찌 보면 그 힘든 수행 과정은 공주를 진정으로 빛나는 존재로 만들어주었다고 할 수 있다. 내면으로부터 우러나오는 빛이다. 젊은 왕이 그녀에게 반하여 손을 내민 것은 그 빛을 보았기 때문일지도 모른다. 요컨대 이 공주의 자기치료는 결과 못지않게 '과정'이 중요하고 뜻깊은 것이었다고 할 수 있다. 자기를 바꾸어간 하루하루가 그 자체로 '진정한 삶의 시간'이었다는 말이다. 이야기 속 인물에게만 해당하는

---

30 이야기 요약 및 해석에서 생략했지만, 「열두 오빠」에는 주인공을 거듭 모함하며 화형대에 세우려 한 시어머니가 끔찍한 벌을 받고 죽었다는 내용이 포함돼 있다. 여기서 시어머니는 자기와의 싸움을 통해 치유와 구원의 길로 나서려는 사람을 방해하고 괴롭히는 존재를 표상한다고 할 수 있다. 그것은 남을 괴롭히는 일인 동시에 스스로 괴물적 존재로 화하는 일이라 할 수 있는바, 끔찍한 죽음은 그에 따른 마땅한 귀결이라고 볼 수 있다.

일이 아니다. 현실 속의 우리에게도 그대로 적용되는 일이다.

3   부모의 미움에 대처하는 법: 쫓겨난 두 막내딸이 만난 어둠과 빛

부모의 '사랑' 때문에 문제가 발생하는 상황에 대해 살펴보았다. 그릇된 사랑이 독(毒)이 되는 것은 현실에서도 꽤 일어나는 일이다. 하지만 기본적으로 사랑은 좋은 것이라 할 수 있다. 편애나 과보호 같은 쪽으로 나아가지 않는다면, 부모의 사랑은 자녀들이 밝고 자신감 있게 살아갈 수 있도록 하는 바탕이 된다. 이에 대해 더 많은 문제를 낳는 것은 바로 '미움'이다. 다른 이도 아닌 부모의 미움에 직면할 때 자식이 겪는 갈등과 상처는 더없이 클 수밖에 없다. 실제로 현실 속에서 부모와 뜻이 맞지 않아서 갈등하고 방황하며 번민하는 사람들이 부지기수다. 자녀서사에 얽힌 중대한 문젯거리가 된다.

세계의 설화 중에는 부모가 자식을 미워하거나 밀쳐냄으로써 문제가 발생하는 내용을 담은 이야기들이 무척 많다. 처음부터 자식을 미워해서 저버리거나 핍박하는 경우도 있고, 사랑과 기대가 한순간에 미움으로 바뀌는 경우도 있다. 여기서는 후자에 초점을 맞춰서 문제의 원인과 맥락, 그리고 해법을 찾아보고자 한다.

다음은 두 이야기의 시작 부분을 요약한 것이다.

어떤 왕에게 세 딸이 있었다. 다들 아름다웠는데 특히 막내딸은 진주 눈물을 떨어뜨릴 정도로 예뻤다. 어느 날 왕은 세 딸을 불러 모은 다음 자기를 얼마나 사랑하는지 말해보라고 하면서, 그 사랑에 걸맞게 유산을 물려주겠노라고 했다. 그러자 첫째 딸은 아버지를 가장 달콤한 사탕처럼 사랑한다고 했다. 그리고 둘째 딸은 자기의 가장 아름다운 옷만큼 사랑한다고 했다. 막내딸은 아버지와 비교할 대상을 찾지 못하다가 음식에 들어가는 소금처럼 사랑한다고 했다. 막내딸의 대답에 분노한 왕은 위의 두 딸한테는 왕국을 반반씩 나누어주고 막내딸은 소금 한 자루를 지워서 거친 숲속으로 들어가게 했다.

옛날에 어떤 부자가 세 딸을 두고 살고 있었다. 어느 날 부자는 세 딸을 불러서 그들이 누구 덕에 이렇게 편하게 잘 사느냐고 물었다. 첫째 딸과 둘째 딸은 아버지 덕으로 이렇게 잘 사는 것이라 했다. 하지만 부자가 제일 아꼈던 막내딸은 다른 누구 덕이 아닌 자기 복으로 잘 사는 것이라 했다. 그 대답에 크게 화가 난 아버지는 "그렇다면 어디 네 복으로 살아보라"며 주는 것도 없이 막내딸을 집에서 내쫓아버렸다(숯구이 총각 같은 구차한 사람에게 딸을 데려가도록 했다고도 한다.)

앞의 이야기는 『그림형제 민담집』에 실린 「샘가의 거위지기 소녀」(Die Gänsehirtin am Brunnen; KHM 179)이고, 뒤의 이야기는 한국 설화 「내 복에 산다」이다.[31] 둘은 공통적으로 부모한테 사랑받던 어여쁜 딸이 부모의 뜻에 맞지 않는 말을 했다가 미움을 받아서 쫓겨나는 사연을 담고 있다. 부모의 사랑과 기대가 한순간에 실망과 미움으로 바뀐 상황이다. 기대가 컸던 데 비례해서 분노가 크게 분출하여 관계 단절이라는 심각한 지경까지 이른 형국이다.

정리한 내용을 잘 들여다보면, 그것은 본래 없던 문제가 새로이 생겨난 것이라고 할 바가 아니다. 이면에 잠재했던 문제가 표면화한 상황으로 보는 것이 더 합당한 해석이 된다. 두 이야기 속의 부모는 자식이 자기 뜻에 맞게 움직여주기를 바라는 마음을 품고 있었다. 그들은 자식으로부터 그러한 태

---

[31] 「내 복에 산다」는 한국에서 매우 폭넓게 전승돼온 설화로 수십 종의 자료가 보고돼 있다. 이 설화에 대해서는 김영희가 총 60편에 이르는 자료의 목록을 제시하고 그 전승 변이 양상을 자세히 정리한 바 있다. 김영희, 「'아버지의 딸'이기를 거부한 막내딸의 입사기: 구전이야기 「내 복에 산다」를 중심으로」, 『온지논총』 18, 온지학회, 2008.

도를 확인해서 만족감을 느끼고자 하거니와, 거기에는 문제성이 내포돼 있다. 자식은 하나의 독립된 존재로서 부모의 기대와 소망에 꼭 맞춰 움직일 수는 없다. 만약 부모가 그런 상황을 이해하고 수용하지 못할 때 갈등을 피할 수 없다. 요컨대 위 설화들 속의 문제 상황은 단순한 오해나 사고로 돌릴 수 없는 본질적인 문제에 해당한다.[32]

주목할 것은 거기에 이어지는 서사다. 부모에게 미움을 사서 쫓겨난 딸이 어떤 행보를 밟아가는가의 문제다. 두 이야기를 보면, 시작은 흡사했지만 이어지는 장면에서 두 딸이 보이는 행보는 아주 다르다. 달리 표현하면, 두 딸은 서사적 분기점에서 서로 다른 길로 나아간다. '거위소녀'의 모습을 먼저 살펴본다.

그는 계속 끙끙거리며 산을 올라갔다. 주저앉기 일보 직전에 가까스로 할머니의 집에 도착했다. 거위들이 할머니를 보고는 목을 쑥 내밀고 날개를 활짝 펴 달려오며 꽥꽥 소리를 질러댔다. 제일 뒤에는 나이깨나 먹어 보이는 여자가 손에 회초리를 들고 있었다. 키도 크고 튼튼했지만 캄캄한 밤처럼 못생긴 여자였다.

(⋯)

젊은 백작은 울어야 할지 웃어야 할지 알 수가 없었다. 그는 생각했다.

'저런 여자 같으면 삼십 년이나 더 젊다 해도 내 마음을 움직일 수 없을 걸.'[33]

---

32 부모의 뜻을 맞추지 못한 딸이 미움을 받고 집에서 쫓겨나는 상황은 삼국시대를 배경으로 한 「온달」과 「선화공주」를 비롯한 한국 설화에 널리 보이며, 셰익스피어의 『리어왕』에도 인상적으로 형상화된 바 있다. 개인적으로 시베리아 바이칼 호수와 앙가라강에 얽힌 전설에서도 그러한 갈등의 원형적 면모를 확인한 바 있다. 흡사한 화소가 이렇게 세계적으로 널리 보이는 것은 그것이 전형적인 상징성과 보편적 의미요소를 지니고 있음을 말해준다. 설화 속 부녀갈등의 원형성에 대해서는 신동흔, 「구비문학에 나타난 부녀관계의 원형: 집 나가는 딸 유형의 설화를 중심으로」, 『구비문학연구』 28, 한국구비문학회, 2009 참조.

33 그림형제, 김경연 옮김, 『그림형제 민담집』, 현암사, 2012, 818-819면.

거위에 둘러싸여 있는, 나이깨나 먹어 보이며 캄캄한 밤처럼 못생긴 여자가 누구인가 하면 바로 왕에게 쫓겨난 막내딸이다. 진주 눈물을 떨어뜨릴 정도로 아름다웠던 소녀와 완전히 상반되는 모습이다. 집에서 쫓겨난 공주가 찾아 들어간 숲은 어둡고 슬픈 유형지 같은 곳이었는바, 그녀는 거기서 본모습을 잃은 채 상처와 좌절감에 신음하는 중이다. 다음 대목은 그 아름답던 딸이 어떻게 이렇게 누추한 모습을 하게 됐는지를 잘 보여준다.

> 딸은 마침내 어느 샘에 도착했다. 그 옆에는 세 그루의 늙은 떡갈나무들이 서 있었다. 어느새 크고 둥근 달이 산 위로 둥실 떠올라 있었다. 어찌나 달빛이 밝은지 작은 핀이라도 찾을 수 있을 정도였다. 딸은 얼굴에 쓰고 있던 가죽을 벗고 샘에 엎드려 세수를 하기 시작했다.
>
> (…)
>
> 이 아름다운 소녀는 슬퍼 보였다. 자리에 앉아 서럽게 울었다. 눈물이 방울방울 기다란 머리카락을 타고 땅으로 떨어졌다. 옆에 서 있는 나무의 가지 속에서 무슨 바스락 뚝딱! 하는 소리가 나지 않았더라면 오래도록 그렇게 앉아 있었을 것이다. 소리가 들리자 소녀는 사냥꾼의 총소리를 들은 사슴처럼 화들짝 놀라 일어났다. 마침 달이 구름에 가렸고, 소녀는 눈 깜짝할 사이에 다시 낡은 가죽을 뒤집어쓰고 바람에 꺼지는 촛불처럼 사라졌다.[34]

이야기는 공주가 더할 바 없이 슬픈 상황에 있었음을 말한다. 가만히 있어도 눈물이 뚝뚝 떨어져 내릴 정도의 슬픔이다. 그 슬픔이 어디로부터 연유했는지는 명백하다. 아버지가 묻는 말에 대해 만족할 만한 좋은 대답을 하지 못하여 상처를 주고 부모의 미움의 대상으로 전락한 데 따른 슬픔이다. 그녀는 지금 '내가 왜 그렇게 한심한 대답을 했을까?' 하고 자책하면서 고통을 되새기고 있는 상황으로 볼 수 있다.

흥미로운 것은 공주가 쓰고 있는 '낡은 가죽'이다. 아름다운 딸을 캄캄

---

34 위의 책, 822면.

한 밤과 같은 못생긴 모습으로 바꾼 가죽은 '관계의 상처'로 풀이할 만하다. 부모와 관계가 틀어져 분리를 겪고 있는 상황이 트라우마가 되어 존재를 뒤덮고 있는 모습이다. 그 상처가 존재에 짙은 그늘을 드리움으로써 나이깨나 먹어 보이는, 캄캄한 밤 같은 여자가 된 것이다. 그런 그녀한테 남자와의 사랑 같은 것은 아예 기대할 수조차 없는 바였다. 상대방이 거리감을 느끼는 것도 그렇거니와, 그녀 스스로 관계에 대한 최소한의 자신감을 지니고 있지 않다. 주변의 바스락 소리에 화들짝 놀라 황급히 가죽을 뒤집어쓰는 모습에서 이를 단적으로 확인할 수 있다. 자기 자신 안에 깊이 숨어버린 그녀에게 모든 좋은 일은 '남의 일'일 따름이었다. 우울과 회한, 비탄과 자학이라는 가죽이 세상을 온통 잿빛으로 만들어버린 형국이다.[35]

왕의 막내딸이 스스로 뒤집어쓴 가죽은 쉽사리 벗겨낼 수 없는 것이었다. 이야기는 그녀가 마녀로 손가락질당하는 할머니와 깊은 숲속에서 단둘이 지낸 세월이 무척 길었던 것처럼 서술하고 있다. 그것은 외부와 거의 완전히 단절된, 자기 안에 유폐된 삶이었다. 젊은 백작과 만난 것은 그녀로서는 예기치 않았던 뜻밖의 일이었다. 샘가에서 얼굴을 씻다가 본모습을 들킨 일 또한 마찬가지다. 만약 할머니가 나서서 백작을 끌어들이지 않았다면, 그리고 백작이 이런저런 과정을 거쳐 그녀의 본모습을 확인하지 못했다면, 회복에 대한 최소한의 희망이나 기대를 갖지 못한 상태로 가죽 속에서 신음하다가 스러지는 것이 그녀의 정해진 운명이었을지도 모른다.

이야기는 공주가 종국에 얼굴을 덮었던 가죽을 벗고서 젊은 백작과 대면할 수 있었다고 전한다. 또 딸을 쫓아 보낸 뒤 후회하면서 슬퍼하고 있던 부모와 재회해서 과거의 오해와 아픔을 털어버리고 관계를 회복하여 행복을 되찾았다고 한다. 다행스러운 결말이지만, 그러한 전개가 그녀의 아픈 청

---

35 그림형제 민담에는 상처받은 자의식이 '가죽을 뒤집어쓴 모습'으로 형상화되는 사례가 꽤 많다. 전쟁터를 전전하는 과정에서 '곰가죽'을 뒤집어쓴 사나이도 있으며, 자기를 아내로 삼으려는 아버지를 피해 도망가면서 오만가지 짐승의 털가죽을 뒤집어쓴 '별별털복숭이' 딸에 관한 이야기도 있다. 구체적으로 상징하는 바는 다르지만, 그 가죽이 주인공을 포획하고 있는 트라우마라는 점은 공통적인 특징이 된다.

춘을 보상해주는 바는 아닐 것이다. 눈물과 고통으로 보냈을 그 많고도 많은 날을 생각하면 이 공주의 서사는 건강한 것이었다고 보기 힘들다. 스스로의 힘으로 문제를 풀어내지 못했다는 것 또한 그 서사에 깃든 문제요소가 된다.

현실로 눈을 돌리면 이 세상에 저 거위소녀의 서사를 자기서사로 지닌 자녀들이 꽤나 많음을 보게 된다. 부모와 뜻이 맞지 않아 갈등을 겪은 뒤 마음속에 우울과 좌절감, 회한과 원망 등을 지니게 된 이들이 그들이다. 그 상처가 크고 깊어서 험한 가죽처럼 존재를 뒤덮게 되면 삶의 생기와 행복감이 말살되는 터이니 심각한 병리적 상황이 된다. 서사를 건강한 방향으로 변화시켜야만 삶의 활력과 행복을 회복할 수 있다.

거위소녀의 서사에 대한 대안 서사와 관련해서 주목할 이야기가 바로 「내 복에 산다」다. 거위소녀와 마찬가지로 부모에게 미움을 받아서 집에서 쫓겨났던 딸이지만, 이 막내딸이 밟아나가는 서사의 길은 질적으로 다른 것이었다.

> 인제 막내딸을 딱 불러가지고 인자,
> "야 너는 지금 누구 덕에 잘 먹고 호의호식을 하냐?"
> "아이, 다 뭐 제 덕에 먹고 살지요 뭐. 누구 복이랄 게 있어요? 저는 제 덕에 먹고 삽니다."
> 아, 그 소릴 들으니깐 너무 괘씸하거든. 딸 둘은 아버지 어머니 덕에 먹고 산다 해서 그게 얼마나 귀엽고 이쁜데 아 요거는 발칙하게 그냥 제 덕에 먹구 산다고 하니까 아 너무 괘씸해가지고,
> "그래? 그럼 네 덕에 먹고 사나 부모 덕에 먹고 사나, 한번 우리 시험을 해볼까?"
> "아이, 해보세요."
> (…)
> "저는 제 복으루 먹고 사니까 걱정 마시오. 제가 어떻게든지 다 하고 살겠습니다."
> 그래구 자신 있게 말을 했거등. 그래 뭐, 아무것도 없으니깐은 뭐 해먹을 것도 없지 뭐 어떻게 할 것도 없지 하는데다가, 참 뭐 이틀에 피죽 한 그

룻 먹다시피 이릏게 사는데. 뭐 여자가 오니깐 그저 누가 뭣두 갖다주구, 또 뭣두 갖다주구, 뭣두 갖다주구, 또 이 집에서 뭣두 갖다주구, 저 집이서 뭣두 갖다주구, 그러니깐은 그냥 자꾸 쌓이구, 쌓이구, 쌓이는 거여, 오히려.

'참- 이상하다.'

그래 인제 애가 있다가, 여자가 있다 아이, 그릏게 저이 시부모를 보구서,

"그러니까는 저는 제 복으루 먹구 사니까 염려 마세요. 아이, 저 어쨌든지 제 복으루 먹구 살겠습니다. 아 부모한테 쫓겨났으니깐 제 복으루 먹구 살아야 하지 않습니까."

인제 이라구 있는데. 아 웬걸 이게 쪼꼼 쪼꼼 있다 보니깐 재산이, 뭐 가서 땅 좀 사고, 또, 또 가 땅 사고, 그러다보니깐 이 땅을 사가지고 거기를 파니깐 너무 엄청난 금덩어리가 나오는 거야.[36]

인용문은 「내 복에 산다」에서 막내딸이 나타내 보이는 심리와 태도, 그리고 그에 따른 결과를 잘 보여준다. 말대답을 잘못해서 부모에게 쫓겨나는 상황은 거위소녀와 유사하지만, 그 구체적인 맥락과 태도는 완전히 다르다. 그녀는 그것을 오해나 실수로 여기지 않고, 되돌려 모면해야 할 일로 여기지 않고 '그렇다면 그럴 수밖에 없는 일'로 받아들인다. 사람은 자기 복으로 사는 것이라는 그녀의 말은 언제라도 그리 말할 수밖에 없는 '있는 그대로의 답'이었을 따름이다. 아무리 자기를 낳아주고 길러준 부모라 하더라도 그 기대와 욕망에 자기 삶을 꿰어맞출 수는 없다는 태도다. 앞의 거위소녀가 아버지 의중을 헤아리며 어떤 답을 해야 할지 고민했던 것과 질적으로 다른, 자기중심이 뚜렷이 서있는 면모다.

그리하여 이 막내딸에게 있어 집에서 쫓겨난 일은 마음의 상처로 이어지지 않는다. 오히려 권위적인 부모라는 울타리에서 벗어나 자기 삶을 펼쳐낼 기회를 얻은 상황으로 의미화된다. 이 딸은 집을 떠나서 남자와 결혼한

---

36 2006년 8월 24일, 서울 종로구 노인복지센터, 홍봉남 구연 「내 복에 산다」, 신동흔 외, 『도시전승 설화자료 집성』 4, 민속원, 2009, 359-361면.

뒤 자기중심에 입각한 자신감 속에 적극적으로 새로운 생활에 임한다. 그 결과는 자꾸 재산이 쌓이고 쌓이는 일이었으며, '금덩어리'로 표상되는 큰 성공을 거두는 일이었다. 이야기 속에서 구체적으로 명시하지는 않지만, 그러한 성공은 우연히 이루어진 것이 아니라 그녀가 지녔던바 긍정의 마음과 당당한 태도가 불러온 것이었다고 보아 틀림이 없다.

이야기에서 막내딸은 큰 성공을 거둔 뒤 부모에게 자기 생각과 삶의 방식에 대한 '인정'을 받아내는 것으로 말해진다. 그 정당성을 확인하는 서사적 과정이다. 하지만 이면적 맥락에서 볼 때 부모의 인정을 받느냐 그렇지 않느냐는 그리 중요한 바가 아니다. 자기 삶을 자기식으로 훌륭히 살아나가는 것, 그것이 그녀가 추구한 삶의 방식이자 가치였다고 할 수 있다. 요컨대 '내 복에 사는 딸'은 거위소녀와 달리 부모의 미움에 직면한 상황에서 관계의 질곡에 갇혀 신음하는 대신 그것을 초극해서 자기 삶을 건강하게 펼친 존재로 볼 수 있다.[37] 그 차이는 어둠과 빛을 가르는 차원의 본질적인 것이었다. 덧붙이자면, 그것은 인물의 성격 차원으로 돌릴 문제도 아니다. 어떻게 마음을 먹고 어떻게 움직이느냐 하는, 세계관과 삶의 방식 차원의 문제다.[38]

설화 자료들을 살펴보면 「내 복에 산다」 모든 각편에서 주인공이 위에

---

37 「내 복에 산다」 설화에서 부모와 자녀 사이에 개재하는 긴장과 갈등은 자료에 따라 일정한 차이가 있다. 상당수 자료는 자녀(특히, 딸)의 부모(특히, 아버지) 넘어서기를 주요 화두로 삼고 있는 양상을 보이고 있기도 하다. 김영희가 이 설화에서 딸의 아버지 탈피를 넘어서 '부친 살해'라는 의미까지 읽어낸 것은 이에 주목한 해석이 된다(김영희, 「'아버지의 딸'이기를 거부한 막내딸의 입사기: 구전이야기 「내 복에 산다」를 중심으로」, 『온지논총』 18, 온지학회, 2008). 하지만 전체적 맥락에서 볼 때 이 설화의 서사에서 두드러진 것은 아버지에 대한 긴장과 저항보다 자기 삶을 사는 문제라고 하는 것이 본 연구자의 시각이다. 본문에 인용한 홍봉남 구연 「내 복에 산다」는 이러한 특징을 잘 보여주는 자료로서 선택한 것이다.

38 「내 복에 산다」 설화를 문학치료학의 관점에서 분석한 김수연은 주인공의 태도에 전생으로부터 이어진 선업(善業)에 대한 인식과 관계의 선순환에 대한 믿음이 내재해 있으며, 그것이 일시적 갈등을 넘어서 근원적 화해를 가능하게 하는 동인이라는 시각을 나타낸 바 있다. 문제해결자이자 자기치유자로서 막내딸의 세계관적 바탕에 대한 흥미로운 해석이라 할 수 있다. 김수연, 「「내 복에 산다」의 문학치료적 해석」, 『문학치료연구』 35, 한국문학치료학회, 2015 참조.

서와 같은 당당하고 초탈한 모습을 보이는 것은 아니다. 집에서 쫓겨나면서 슬피 울었다고 돼있는 경우도 있으며, 금덩어리를 발견하기까지 몸고생 마음고생을 꽤 한 것처럼 서술되기도 한다. 중요한 것은 어떤 경우에도 그녀가 슬픔에 함몰되거나 과거에 갇히지 않는다는 사실이다. 슬프고 힘들어도 그냥 받아들이고 이겨낼 일로 여기는 면모다. 비록 힘들더라도 진실과 다른 선택을 할 수는 없다는 입장이다. 그렇게 제 소신에 입각하여 앞으로 움직여 나아가는 것이 '내 복에 사는 딸'의 방식이었다.

또 한 가지 주의 깊게 살필 일은 그녀가 거위소녀와 달리 멀리 앞을 보면서 움직인다는 사실이다. 지금 당장은 어떨지 몰라도 결국은 자기 선택이 옳다는 사실이 드러나게 되리라고 하는 믿음이 작용하고 있음을 보게 된다. 그러한 신념이 당장 눈앞에 벌어진 일에 슬퍼하고 좌절하는 대신 자기 길로 꿋꿋이 나아가게 하는 동력으로 작용하고 있다. 거위소녀가 '벌어진 상황'에 얽매였다면 이 막내딸은 멀리 앞날을 내다보고 있기에 얽매임 없이 앞으로 쭉쭉 나아갈 수 있었다는 말이다.

다소 장황하게 설명했지만 요지는 간단하다. 부모가 나 자신을 어떻게 생각하고 대하는가에 긴박될 일이 아니라는 것이다. 스스로 상처에 머물러 앉아서 그것을 증폭시킬 필요가 없다는 것이다. 그냥 훌훌 털어버리고서, 또는 가슴 한구석에 묻어놓고서 자기 길로 나아가면 된다는 것이다. 그렇게 자기 삶을 살다 보면 결국은 모든 문제가 풀리게 된다. 자식이 제 삶을 잘 살아내는 일을 끝까지 부정하는 부모는 없을 것이기 때문이다(정말로 끝까지 그것을 부정한다면 그것은 부모 자신의 문제일 따름이다). 위에 인용한 설화의 구연자가 이야기 말미에 풀어놓은 다음의 말이 큰 무게감으로 다가온다.

[조사자: 그 이야기 어디서 들으셨어요?] 그냥 어떻게 주워들은 거지 뭐. [조사자: 내 복에 산다.] 응, 내 복에 산다. 그러니까 여기 다 여러분덜도 그냥 자신 있게 내 복에 산다, 이래야 돼. 난 내 복에 살어. [청중: 그리여.] 그렇지. 남의 덕에 살 거, 살 필요가 없지. [청중: 맞어.] 내 인생은 내가 살고, 나는 내 복에 살고, 내 명은 내 명대로 살다 가는 거야. [청중: 그럼.] 그런 거

라구, 그게 다.[39]

가죽을 쓰고 우는 막내딸 서사로부터 초연하고 당당하게 자기 길을 가는 막내딸 서사로의 이행으로 설명되는 치료의 과업은 쉽고도 어려운 일이며 어렵고도 쉬운 일이라 할 수 있다. '마음먹기'에 따라 달라지는 일이니 쉽지만, 그러한 마음먹기가 쉽지 않고 또 그것을 지켜간다는 것이 쉽지 않다. 하지만 그것은 앞서 살폈던 「열두 오빠」 속 누이동생의 일에 비할 바는 아닐 것이다. 길고 어려운 고행을 통하지 않고서도 주체적 결단을 통해 이루어낼 수 있는 이런 종류의 '마음 바꿈'조차 제대로 해낼 수 없다면 어떤 다른 변화도 기약하지 못할 것이다. 여기 이 두 설화를 통해 제기되는 화두의 엄중함이 있다.

세상의 수많은 자녀가 자신이 안고 있는 문제를 '남의 탓'으로 돌리곤 한다. 부모 탓이라 하고, 환경 탓이라 하며, 세상 탓이라 한다. 또는 불운 탓이라 한다. 하지만 오랜 세월을 거쳐 전해온 세상의 원형적 옛이야기들은 문제가 결국 자기 자신에게 있으며 그것을 해결하는 일 또한 결국 자기 자신의 몫이라고 말한다. 자기 힘으로 자기 삶의 문제를 치료해간다는 것은 무거운 짐이 아니라 하나의 아름다운 축복이다.

4   **결론**

_____

이 연구에서는 4편의 한국과 독일 민담을 통해 부모의 그릇된 애증에 노출된 자녀의 서사를 살피는 작업을 수행했다. 한국과 독일 민담을 짝짓는 형태로 비교 고찰을 행했거니와, 유사점과 차이

---

39 신동흔 외, 『도시전승 설화자료 집성』 4, 민속원, 2009, 362면.

점을 이리저리 짚어보는 방식을 벗어나 심층의 서사를 치유적 관점에서 연계하는 방식으로 논의를 진행하고자 했다.

한국의 「여우누이」는 어느 날 여우의 본색을 드러내 가축을 잡아먹고 부모형제를 노리는 무서운 딸에 대한 이야기이다. 이 글에서는 그 '여우 딸'을 본래부터 여우였던 존재가 아니라 부모의 편애와 과보호에 의해 여우가 된 존재로 새롭게 해석했다. 편애에 길들여진 삶이 타자의 '간'을 빼앗는 삶으로 이어졌고, 결국 부정과 징치의 대상이 된 상황이다. 세상에는 이러한 여우누이의 서사를 자기서사로 지닌 많은 자녀가 있다. 치료를 필요로 하는 병적 서사다. 문제는 그것을 어떻게 치료할 것인가 하는 점인데, 독일 민담 「열두 오빠」에서 유력한 답을 찾을 수 있다. 이 이야기 속의 딸은 아버지의 편애를 받는 존재였으나 그 혜택을 과감히 버리고서 상처에 신음하는 오빠들에게 손을 내밀며, 7년에 걸친 기나긴 '몸바꿈'의 고행을 감수함으로써 까마귀로 변한 오빠들을 사람으로 되돌린다. 서사의 분기점에서 여우의 길 대신 '천사'의 길을 선택함으로써 존재의 변환에 성공한 상황이다. 이 갸륵한 딸의 서사는 편애와 과보호에 길들여져 있는 자녀들이 지향해야 할 서사의 길을 계시적으로 보여준다. 여우누이의 서사가 이 천사누이의 서사로 바뀔 때 세상은 그만큼 건강하고 아름다워질 것이다.

독일 민담 「샘물가의 거위지기 소녀」와 한국 민담 「내 복에 산다」는 부모의 미움에 직면하여 집을 떠나게 된 두 딸이 펼쳐내는 서사를 인상적으로 보여준다. 직면한 문제 상황이 유사하지만 두 딸의 대처 방식이 확연히 다른 것이 특징이다. 거위소녀가 낡은 가죽을 뒤집어쓴 채 어둠 속에서 슬피 운 것과 달리 내 복에 사는 딸은 벌어진 일에 연연하는 대신 스스로를 믿고서 당당히 움직여 큰 성공을 이루어낸다. 이 두 개의 서사는 '마음먹기'에 따라 삶의 길이 어떻게 달라지는지를 상징적으로 보여준다. 현실 속에 부모의 미움에 포획된 채로 신음하는 수많은 자녀가 있거니와 그러한 거위소녀의 서사가 내 복에 사는 딸의 진취적이고 얽매임 없는 서사로 바뀔 때 문제의 근원적 해결과 치유가 가능하다고 할 수 있다. 문제의 원인이 자신한테 있고 해결의 힘 또한 자기 자신한테 있음을 깨닫는 것이 치료를 위한 기본 바탕이 된다.

　이 연구에서는 네 편의 이야기를 대상으로 삼아서 단면적 논의를 진행했지만, 세계 설화를 상호 연계한 문학치료적 맥락의 비교고찰 작업은 가능성이 폭넓게 열려 있다. 본 연구에서 다룬 부모의 그릇된 애증에 얽힌 서사만 해도 서로 연결하여 다룰 만한 많은 설화를 열거할 수 있다. 「콩쥐팥쥐」와 「신데렐라」, 「숲속의 세 난쟁이」, 「외눈박이, 두눈박이, 세눈박이」 등의 이야기에서 부모의 편애와 차별 및 그에 대한 대응 문제를 살필 수 있으며, 「손 없는 색시」와 「손이 없는 소녀」, 「우목낭상」 같은 이야기에서 자식의 손발을 묶고 앞길을 가로막는 부모에 얽힌 문제를 짚어볼 수 있다. 「연이와 버들도령」이나 「홀레 할머니」 같은 이야기에서는 자식을 착취하는 부모와 그에 대한 대응이라는 문제를 다룰 수 있다. 「바리데기」와 「백설공주」, 「헨젤과 그레텔」, 「궤네깃또」, 「당금애기」 등에서는 부모에게 버림받은 자식의 문제를 다각적으로 살필 수 있다. 이들 이야기는 개별 서사 차원에서 다룰 수도 있겠지만, 이 연구에서와 같이 다수의 이야기를 긴밀히 짝지어 살핌으로써 더욱 흥미롭고 유익한 논의를 펼칠 수 있을 것이다. 설화만이 아니다. 각종 경험담과 실화, 창작동화와 소설, 만화와 영화 등 '서사'가 깃들어 있는 모든 자료를 폭넓게 연계하여 활용할 수 있다.

　작품서사를 통해 자기서사를 진단하고 치유의 길을 찾는 문학치료학적 방법론은 교육적 측면에서도 큰 의의와 함께 다양한 적용 가능성을 지닌다. 자기서사 진단 및 치유에 적용할 만한 작품서사의 탐색과 관련하여 시야를 세계의 원형적 설화들로 넓힐 때 교육적 활용의 방법과 편폭이 크게 확장될 것이다. 앞으로 이와 관련한 다양한 논의가 이어지기를 기대한다.

불경 본생담의 치유적 해석

종교서사의 문학치료적 활용을 위하여

여는 말: 문학치료학과 종교서사

　　　　　　　　　작품서사를 통한 자기서사의 이면적 투시와
조정을 기본 원리로 삼는 문학치료학[1]은 인간에 대한 이해와 삶의 치유라는
인문학적 과제에 새롭고도 중요한 기여를 하고 있다. 그 학문적 바탕에는 문
학작품에 대한 전문적 해석능력이 자리한다. 작품의 이면적 맥락과 의미를
꿰뚫어보는 안목을 '살아 움직이는 문학으로서의 인간'[2]에 적용함으로써 삶
에 대한 깊고도 계시적인 통찰을 꾀할 수 있게 되었다. 문학치료학은 그 통
찰의 경험과 성과를 실제 상담에 적용하는 치료활동을 본격화하고 있다.

　　문학치료학에서는 그간 다양한 문학작품을 대상으로 서사분석을 수행
해왔다. 한국 구비설화를 기본 대상으로 삼는 가운데 유럽을 비롯한 세계의
설화를 적극 다루었으며, 시가문학과 소설문학, 영화, 애니메이션 등도 분석
대상으로 삼았다. 앞으로 그 대상은 웹툰과 웹소설, 메타버스 서사 등 새로
운 양식들로 확장되어갈 것이다.

　　이 연구에서는 오랜 역사를 지니는 치유적 담화인 종교 경전의 이야기
들을 문학치료적 분석대상으로 삼으려 한다. 종교는 먼 옛날부터 사람들의
삶을 돌보고 치유하는 구실을 했으며, 이야기를 그 중요한 통로로 삼았다.
종교서사는 일반인들 사이에서 전승돼온 것과 정전(正典)으로 갈무리된 것
이 공존하는데, 각기 오랜 세월에 걸쳐 치유적 소임을 담당해왔다. 그럼에도
그간 문학치료학에서는 이에 대한 관심과 논의가 활발하지 않았다. 불교적
성격을 지니는 일부 구비설화에 대한 논의가 있었을 뿐[3] 정전으로서의 경전,

1　　문학치료의 기본 개념과 원리는 정운채, 「문학치료학의 서사이론」, 『문학치료연구』 9,
　　한국문학치료학회, 2008 참조.

2　　문학치료학은 인간이 곧 문학이라는 관점을 학문적 바탕으로 삼는다. 인간의 이면에서
　　삶을 움직이는 문학을 문학치료학은 '자기서사'로 부른다. 정운채, 「문학치료학의 서사
　　이론」, 『문학치료연구』 9, 한국문학치료학회, 2008, 247-250면.

3　　그 예로 다음과 같은 논의를 들 수 있다. 김혜미, 「설화 「개로 환생한 어머니 여행시킨

곧 불경과 성경 등을 대상으로 한 논의는 따로 이루어진 바 없다. 무교(巫敎)의 정전이라 할 본풀이 신화에 대한 논의들이 있었지만,[4] 종교서사보다는 일반 설화에 준하는 접근이 주종을 이루었다.

불경이나 성경 등 종교 경전의 이야기들에 대한 논의가 희소했던 데는 심리적 부담감이나 거리감이 작용한 것으로 여겨진다. 경전은 절대적인 신앙의 대상이다 보니 객관적인 학술연구의 대상으로 삼기가 쉽지 않다. 신자가 아닌 일반 연구자의 해석은 자칫 편견과 불경(不敬)으로 치부될 공산이 크며, 신자에 의한 신앙적 풀이는 객관성을 담보하기 어렵다. 어느 쪽이든 경전 특유의 무게감이 접근의 어려움을 낳는 형국이다.

경전의 무게감이 연구에 걸림돌로 작용하는 것은 바람직하지 않으며, 극복이 필요하다. 그 극복은 학문적인 접근을 통해 이루어지는 것이 순리다. 문학치료학은 이를 위한 거점과 방법론을 갖추고 있으니, 문학적 접근이 그것이다. 텍스트가 아닌 '서사' 차원의 문학적 접근이다.[5] 특수한 신앙적 텍스트라는 무게감을 넘어서 원형적 구조와 상징을 짚어냄으로써 해석적 설득력과 가치를 확보할 수 있다. 경전의 담화들은 종교적 믿음에 의해 과장되거나 미화된 면이 있지만, 서사 차원의 분석을 통해 이면의 맥락과 의미를 유

아들」에 나타난 어머니의 문제와 그 해결 과정」, 『고전문학과교육』 20, 한국고전문학교육학회, 2010; 박재인, 「부부갈등 설화 속 전생 화소의 역할과 문학치료적 의미」, 『고전문학과교육』 37, 한국고전문학교육학회, 2017.

4   그 선례로 다음 논문을 들 수 있다. 신동흔, 「치유의 서사로서의 무속신화」, 『문학치료연구』 2, 한국문학치료학회, 2005. 일반론 외에 「바리데기」 등 개별 작품을 대상으로 한 문학치료적 분석과 활용이 다수 이루어졌는데, 구체적인 서지사항은 생략한다.

5   문학치료학에서 분석 대상으로 삼는 '서사'는 텍스트의 이면에서 작품과 삶을 좌우하는 심층적 이야기를 뜻한다. 정운채, 「문학치료학과 역사적 트라우마」, 『통일인문학논총』 55, 건국대학교 인문학연구원, 2013, 11면; 신동흔, 「문학치료학 서사이론의 보완·확장 방안 연구」, 『문학치료연구』 38, 한국문학치료학회, 2016, 24-25면. 문학치료학의 서사 개념에 대한 더 자세한 이론적 논의는 다음 논문을 참고할 수 있다. 나지영, 「인지 스키마 이론에 비춰본 서사의 본질과 위상」, 『구비문학연구』 45, 한국구비문학회, 2017.

효하게 짚어낼 수 있다.[6]

이 연구에서 구체적으로 다룰 대상은 불교 경전 속의 본생담(本生譚)들이다. 본생담은 보통 석가모니 붓다[7]의 전생에 대한 설화를 가리키는데, 이야기들에는 붓다 외에도 다른 여러 인물의 전생담이 담겨 있다. 붓다는 때로는 주인공 당사자로, 때로는 관찰자나 계도자로 등장하면서 갖가지 흥미로운 전생 사연을 펼쳐낸다. 대다수 본생담에서 붓다는 이야기를 전하는 화자이기도 하다. 사람들을 깨우치고 치유하는 계도적 화자다.

불교 본생담은 종류가 매우 다양하다. 본생담들을 모은 경전『본생경(本生經, Jakata)』만 해도 547종의 이야기를 싣고 있다. 이 외에『육도집경(六度集經)』이나『현우경(賢愚經)』,『구색록경(九色鹿經)』 등의 여러 경전에 본생담이 수록돼 있다. 이 연구에서는 불전간행회에서 2권으로 펴낸『본생경』[8]에 실린 설화들을 기본 고찰대상으로 삼는 가운데, 활안(活眼) 한정섭이 편찬한『불교설화문학대사전』[9] 본생설화 편의 300여 편 설화를 함께 다룰 예정이다.[10] 필요에 따라 그 밖의 불교설화집에서도 자료를 인용할 것이다.

---

6   이는 종교서사 특유의 코드를 걷어내거나 무시한다는 뜻은 아니다. 그 특수성과 맥락은 신중한 고려와 존중의 대상이다. 문학적 분석과 종교적 코드는 적절히 매개하고 결합하는 것이 합당하다.

7   석가모니에 대해서는 붓다, 불타, 석존, 세존, 여래, 부처님 등의 명칭이 있는데, 이 글에서는 산스크리트어서 유래해서 세계 보편의 호칭이 된 붓다로 일컫기로 한다. '깨달은 자'라는 뜻으로, 본생담 주인공을 일컫는 말로 적절하다는 점도 고려했다. 참고로 '석가'는 출신 종족을 일컫는 말이어서 붓다를 일컫는 호칭으로는 부적절하다고 한다. 와타나베 쇼코, 법정 옮김,『불타 석가모니』, 문학의숲, 2010, 14면.

8   불전간행회 편, 이미령 옮김,『본생경』1~2, 민족사, 1995.『본생경』1권은 '쟈타카'의 서두를 이루는「인연 이야기」를 완역한 것으로 붓다 전생의 출가수행담과 현생의 출가수행 및 성불담을 담은 전기(傳記)에 해당한다. 일반 본생담 설화들은 2권에 실려 있다. 원전의 500여 편 이야기 중 대표적인 것 37개를 번역 수록했다.

9   활안 편찬,『불교설화문학대사전』, 불교정신문화원, 2012. 이 책의 제2편 본생설화 부분에 실린 이야기들은『본생경』소재 설화가 많지만, 다른 경전에서 가져온 이야기도 다수 포함돼 있다.

10   참고로, 이 책에 수록된 300여 편의 설화는 콘텐츠진흥원 '문화원형백과'로 네이버 지식백과에도 전문이 실려 있다[문화콘텐츠닷컴(문화원형백과 불교설화): 네이버 지식백과(naver.com)]. 단, 이야기 제목은 조금 달라져 있다.

2 　　　　　　　　　本생담 속의 전생·윤회와 자기서사

　　　　　　본생담은 현생에 앞선 전생(前生) 사연을 전하는 설화다. 불교에서는 우주의 뭇 생명이 본인이 지은 업(業; karma)에 따라 윤회전생(輪廻轉生)을 거듭한다고 본다. 지금의 나 또는 우리는 그 윤회전생의 결과물인 동시에 윤회의 과정 속에 있는 존재다. 지금 여기 한 인간의 현존에는 가히 측량키 어려운 길고 복잡한 전사(前史)가 있었다는 시각이다. 겉으로 드러나지 않는, 인지하기 어려운 숨은 역사다.

　　본생담을 논하기 위해서는 그 전제에 해당하는 전생(前生)과 윤회(輪廻)에 대한 개념적 이해가 필요하다. 문제는 그것이 쉽지 않다는 사실이다. 윤회사상은 한 생명이 태어나기 전의 삶과 죽은 이후의 삶을 문제 삼는다. 이는 현실적 인식체계 너머의 문제로서, 종교적 직관이나 믿음의 영역에 속한다. 현생 이외의 삶을 인정하지 않거나 불가해한 대상으로 보는 관점에 설 때 본생담은 유의미한 논구 대상이 되기 어렵다. 불교계 내에서 윤회 관념을 과감히 버려야 한다는 주장도 일부 나오는 데서 볼 수 있듯이[11] 전생과 윤회를 다루는 것은 쉬운 일이 아니다.

　　본생담 속의 전생과 윤회에 접근하는 유력한 방법은 이를 문학적 관점에서 이해하는 것이다. 본생담은 문학적 비유와 상징으로 이루어진 미적·상상적 텍스트로서, 우리는 여타 신화와 전설, 민담 등을 다루는 방식으로 이에 접근할 수 있다. 하나하나의 본생담은 전형적인 스토리 구조와 담화적 문법을 지닌 문학작품으로서, 서사적 맥락과 함의를 짚어내는 작품론적 분석이 가능하다. 이야기 속의 전생을 '이전 생애'로 보는 대신 문학적 비유나 표상으로 보는 시각이다.

　　설화의 전생 화소가 지니는 문학적 함의에 대해서는 박재인이 정곡을 짚어낸 바 있다. 그는 구비설화 속의 전생 화소에 대해 이를 사람이 미처 인

11　정세근, 『윤회와 반윤회: 그대는 힌두교도인가 불교도인가?』, 개신, 2008, 361-362면.

지하지 못하는 (현생의) 숨은 업으로 이해하면서, 전생에 대한 자각이 자신을 직시하고 흐트러진 인연[인간관계]을 바로잡는 바탕이 된다고 보았다.[12] '전생 발견하기'는 스스로 몰각하고 지나쳤던 삶의 이면적 진실에 대한 새로운 통찰적 인식에 해당하며, 인지의 빈구석을 채워서 '이해하기 힘든 상황'을 인과적으로 맥락화하는 과정이 된다. 그를 통해 상황의 이해적 수용과 새로운 해법 찾기가 가능해진다.[13] 이러한 박재인의 관점은 문학치료학에서 말하는 바 심층의 숨은 맥락으로서의 서사 차원에서 전생을 새롭게 의미화한 것에 해당한다. 즉, '현생의 정신작용'[14]으로의 의미화다. 실제로 한 사람의 삶에는 스스로 놓치고 있는 숨은 진실[업]들이 가득하거니와, 그에 따라 유동하는 삶의 과정을 전생(前生)에 의한 윤회전생으로 이해할 수 있다.

전생과 윤회를 이렇게 이해하는 것은 불교철학을 도외시한 자의적인 문학적 풀이가 아니다. 실제의 일 외에 '생각'까지 포함할 때, 인간이 펼쳐내는 업은 그야말로 무궁무진하여 헤아리기 어렵다. 하루에도 마음속에서 천국과 지옥을 수없이 오가는 것이 인간이다. 말하자면 인간의 삶은 하루하루가 간단없는 윤회전생 과정이라 할 수 있다. 이에 대해 청전 스님은 "바로 지금 이 생은 지난 생(전생)의 연속이며, 또한 연속될 미래 생(내생)을 준비하는 생이기도 하다"[15]고 말한다. 현생 자체가 무수한 전생과 내생으로 구성되며 그것이 만나서 역동하는 지점이 '지금 여기'라는 관점이다. 서광 스님 또한 끊임없이 변하는 마음 안에 천국과 지옥이 있다는 관점에서 현생을 육도윤회(六道輪廻)의 장으로 보고 육도(六道)에 해당하는 마음 작용을 구체적으로 설명한 바 있다.[16] 나아가 이런 인식을 바탕으로 송말숙과 함께 육도윤회를

---

12 박재인, 「부부갈등 설화 속 전생 화소의 역할과 문학치료적 의미」, 『고전문학과교육』 37, 한국고전문학교육학회, 2017, 201-205면.

13 위의 논문, 205-209면.

14 위의 논문, 204면.

15 지나 서미나라, 강태헌 옮김, 『윤회: 행복한 삶을 위한 마음철학』, 파피에, 2012, 5면.

16 서광 스님, 『치유하는 불교읽기』, 불광출판사, 2012, 231-283면.

활용한 불교적 상담방법을 입안하기도 했다.[17]

　전생과 윤회에 대한 이러한 인식은 자칫 현대적 관점에서의 편협한 시각이 될 수 있다. 만약 인간을 오로지 현생 내에 한정된 존재로 본다면 필시 그런 결과가 될 것이다. 이에 대해 이 연구의 관점이 현생 너머의 또 다른 생에 대한 부정을 전제하지 않는다는 점을 밝혀둔다. 다만 그것은 '불가지(不可知)의 가능성'으로 열어놓는 것이 이 연구의 시각이다. 합리적 풀이가 가능한 지점에 집중해서 구체적인 문학적 분석을 수행할 따름이다.

　본생담 분석과 관련해서 그 명칭이 전생담(前生譚)이 아닌 본생담(本生譚)이라는 데 주목하게 된다. 글자 그대로 풀면 '이전의 생'이 아닌 '본래의 생', 또는 '근본의 생'에 대한 이야기인 셈이다. 다시 말하면 '숨어 있는 진짜 삶'이라 할 수 있으니, 문학치료학에서 말하는 서사 개념과 꼭 부합한다. 삶의 이면적 실체를 이루는 수많은 업 가운데 특히 유의미한 것들을 짚어내 미적 형상으로 맥락화한 것이 본생담이니 더없이 '서사적'이다. 그것은 사람들의 자기서사를 비춰주는 유력한 매개체가 되거니와, 그 대상에는 오늘날의 사람들도 포함된다. 원형적 문학작품이 지니는 통시대적 보편성에 따른 힘이다. 외적 측면이 아닌 심리적 진실에 주안점을 둘 때 본생담 작품서사와 사람들 자기서사 간의 연결성은 더욱 높아지게 된다.

　불경 본생담의 핵심 인물은 붓다다. 그가 현생에서 깨달음을 얻어 부처가 되기까지의 숨은 전사(前史)들이 다양하게 펼쳐진다. 전생의 붓다는 서로 다른 수많은 존재로 말해지거니와, 그 다양성의 폭에 놀라게 된다. 붓다의 전생은 다양한 신분과 처지의 인간 외에 여러 종류의 동물들이기도 하고, 갖가지 신(神)이기도 하다. 인간으로는 현인, 수행자, 고행자, 사제, 바라문, 선인, 스승, 왕, 왕자, 동자, 대신, 관리, 장자, 박사, 성인, 그리고 상인, 농부, 뱃사공, 목양자, 목수, 석수, 이발사, 천민, 미녀 등으로 말해진다. 동물로는 토끼, 사슴, 사자, 원숭이, 영양, 코끼리, 개, 말, 소, 물소, 거북, 공작, 비둘기, 자

17　송말숙·서광 스님(송영숙), 「불교심리상담에서 '육도윤회'의 활용 방안」, 『한국선학』 59, 한국선학회, 2021.

고새, 앵무새, 해오라기, 까마귀, 메추리, 매, 올응, 닭, 거위, 원앙새, 물고기 외에 승냥이나 돼지, 쥐, 도마뱀 등으로 살아가며, 이두조(二頭鳥) 같은 상상적 동물로 움직이기도 한다. 신적 존재로는 목신, 산신, 수신, 해신, 용왕, 천신, 허공신, 제석천, 대범천 등으로 등장한다. 그야말로 수백 가지 얼굴이거니와, 그 형상과 행위는 문학적 상징과 함의로 가득하다. 설화 일반에서 볼 수 있는 바와 크게 다르지 않은 면모다.[18]

덧붙여서, 본생담이 전하는 것은 단지 붓다의 이야기만이 아니다. 붓다와 직간접으로 연결된 여러 사람의 전생 사연, 곧 그들의 숨은 진실을 드러내는 사연이 함께 얽혀 있다. 그 가운데는 깨달음을 향한 바른길로 가는 이들도 있지만 반대 방향으로 움직이는 이들도 많다. 욕망과 집착, 거짓과 폭력 등으로 스스로 파멸하면서 지옥으로 빠져드는 갖가지 인물은 무명(無明)으로부터 비롯된 윤회의 사슬에 갇혀 신음하는 수많은 속세인의 문학적 표상이다. 그들로부터 현생의 육도윤회 속에서 허우적대는 우리 자신의 모습과 만날 수 있다. 생생한 상징적 서사로 의미화된 계시적인 형상이다. 그 이야기들은 그 자체로 성찰적이며 치유적이다.

그것은 하나의 거대한 거울이다. 우리의 내면 서사를 비춰주는 신령한 거울. 그 안에 현재를 낳은 무한의 과거가 있고, 표면을 움직이는 아득한 심층이 있다. 작은 나[小我] 너머의 큰 나[大我], 또는 무아(無我)가 있다. 그것은 '거대한 뿌리' 차원에서 존재와 삶에 대한 거시적이고 근원적인 성찰의 길을 열어준다. 요컨대 그것은 자기서사의 투시와 조정을 위한, 문학치료를 위한 요긴한 통로다. 그 작품서사를 오롯이 이해하고 내면화하는 것만으로도 유의미한 치료 효과를 기약할 수 있다.

---

18 불경의 본생담은 단순한 전기가 아니라 그전부터 존재하던 갖가지의 설화 — 우화를 비롯한 — 를 수렴하고 재구성해서 이루어진 결과물이다. 그 이야기들이 설화적 면모를 지니는 것은 당연한 일이다. 본생담의 형성과정에 대해서는 김운학, 「본생문학의 가치」, 『동국사상』 13, 동국대학교 불교대학, 1981, 12-16면 참조.

수행과 자기초극의 치료서사

본생담에 형상화된 붓다의 전생 모습 가운데 가장 전형적인 것은 놀라운 능력과 혜안, 대덕(大德)과 성심(誠心)을 지닌 수행자의 면모다. 붓다가 바라문이나 사제, 고행자 등의 신분으로 움직이는 다수의 이야기 외에 왕이나 왕자, 동자, 각종 동물 등으로 말해지는 이야기에서도 핵심 화두가 수행(修行)인 경우가 많다. 석가모니가 깨달음을 얻어 부처가 되기까지의 숨은 인연의 역사를 전하는 것이 본생담의 기본 취지라는 면에서 자연스러운 일이다.

이야기에서 전생 붓다가 현시하는 수행의 방식이나 수준은 고귀함을 넘어서 신령함과 성스러움을 현시하곤 한다. 종교서사다운 면모다. 그 단적인 사례로 보시 공덕에 대한 이야기들을 들 수 있다. 붓다 본생담 가운데 대표적인 것들이기도 하다.

토끼의 공양　　　　부처님이 기원정사에 계실 때 한 장자가 생활용품을 정성껏 공양하자 부처님이 이러한 보시는 옛날 지혜로운 이들의 전통이라며 전생 이야기를 들려주었다.

옛날 바라나시에 브라흐마닷타 왕이 나라를 다스리던 시절, 숲속에 토끼와 원숭이와 들개, 수달이 사이좋게 어울려 살았다. 그중에도 품성이 너그러웠던 토끼는 세 친구에게 진리를 가르치곤 했다. 그들이 계율을 지키고 보시를 행하기로 마음먹고 지내던 중에 숲으로 걸식승이 찾아왔다. 먼저 수달이 누군가가 모래에 파묻었던 물고기들을 찾아내서 보시하고자 했고, 들개가 논지기 오두막에서 발견한 고기와 우유를 드리고자 했으며, 원숭이가 숲에서 얻은 망고 열매를 바치고자 했다. 다른 가진 것이 없었던 토끼는 바라문에게 출가인의 도(道)를 이루기를 축원하면서 제 몸을 통째로 바치려고 활활 타는 장작불에 몸을 던졌다. 하지만 불은 토끼의 털 하나도 태우지 못했다. 걸식승은 토끼를 시험하러 온 제석천이었던 것이다. 제석천은 토끼의 덕을 찬양하면서 달의 표면에 토끼 모습을 새겨넣은 뒤 토끼를 풀에 눕히고 되돌아갔다. 네 동물은 계를 지키고 보살행을 실천하며 살아간 뒤 각자의 업(業)에 따라 환생했다.

부처님이 이렇게 전생 이야기를 들려주며 진리를 설하자 장자는 깨우침을 얻어 예류과에 도달했다. 이어서 부처님이 말했다. "그때의 수달은 지금은 아난다였고 들개는 목건련, 원숭이는 사리불이었다. 몸을 불에 던진 토끼는 바로 나였다." 「쟈타카 316」[19]

몸을 바친 왕자　　　　　　　　석존이 탄생하기 훨씬 전의 일이다. 부강한 마가라탄죠 왕에게 마가후네이와 마가다이바, 마가삿다라는 세 왕자가 있었다. 이 중 막내 왕자 마가삿다는 특히 자비심이 많아서 서민들을 자식처럼 여겼다. 어느 날 왕을 따라 성 밖에 나가 숲에 들어간 세 왕자는 어떤 범이 새끼에게 젖을 주다가 굶주림을 이기지 못해 새끼를 잡아먹으려는 광경을 보았다. 막내 왕자는 이를 불쌍히 여기면서 자기 몸과 목숨을 바치려는 결심을 했다. 그는 형들을 먼저 보낸 뒤 홀로 굶주린 범에게 다가가서 몸을 내밀었다. 범이 반응을 보이지 않자 왕자는 꼬챙이로 제 몸을 찔러서 피를 냈다. 그러자 범은 생피를 핥아먹은 뒤 왕자의 몸까지 먹어버렸다.

동생이 오지 않는 것을 이상히 여긴 형들이 범 있던 곳에 와보니 동생은 참혹한 시체가 되어 있고, 범은 괴로움에 그 곁을 뒹굴고 있었다. 그때 왕비가 잠깐 졸다가 꿈을 꾸었는데, 큰 매가 날아와 제일 작은 비둘기를 잡아먹는 것이었다. 꿈 이야기를 들은 왕이 급히 신하를 시켜 왕자들의 행방을 찾고 보니 막내가 이미 범에 잡아먹힌 뒤였다. 왕과 왕비는 아들의 잔해를 쥐고서 격렬하게 울었다.

굶주린 범에게 제 몸을 희생한 왕자는 도솔천에 태어나 있었다. 울고 있는 부모를 발견한 왕자는 하늘에서 내려와 공중에서 부모를 위로하며 깨우침을 전했다. 모든 삶의 끝에는 죽음이 있고 자신은 선행의 결과로 천상계

19　불전간행회 편, 이미령 옮김, 『본생경』 2, 민족사, 1995, 309-316면.

에 태어났음을 말하면서 슬퍼하지 말고 공덕을 닦으라고 했다. 슬픔을 이기지 못하던 부모는 왕자의 거듭된 설법에 겨우 작은 깨달음을 얻었다. 그들은 칠보 상자에 왕자의 유해를 거두어 정성껏 장례를 치른 뒤 무덤 위에 탑을 세워서 공양했다. 그 모습을 본 왕자는 다시 도솔천으로 돌아갔다.

왕은 지금의 정반왕이고 왕비는 마야부인이며 큰아들은 미륵, 둘째 아들은 파수밋다라이다. 범에게 몸을 바친 셋째 아들은 지금의 석가모니다. 「현우경 제1」[20]

두 이야기는 각각 『본생경』과 『현우경』에 수록된 것으로, 세간에 널리 알려진 것들이다. 두 이야기는 서술방식에 차이가 있다. 「토끼의 공양」은 붓다가 설법 교화의 현장에서 자신의 전생 이야기를 들려주는 형식이고, 「몸을 바친 왕자」는 서술자가 붓다의 전생 사연을 전하는 형식이다. 그중 전자는 『본생경』에 실린 500여 편 이야기의 정형적인 서술방식에 해당한다. 본생담 대다수가 이런 형식을 지닌다는 뜻이다.

두 이야기에 나오는 전생 붓다의 보시(布施)는 일반적 상상을 초월한다. 제 목숨을 바치는 것만으로도 놀라운데 뜨거운 불에 몸을 태우고 산 채로 호랑이에게 먹히는 극단의 고통을 감수한다는 점에서 경이를 자아낸다. 그야말로 초인적 경지의 보살행이라 할 수 있다. 종교적 숭고에 해당하는 서사인데, 내용이 극단적이어서 이질적 거리감을 불러일으키기도 한다. 만약 이를 실제의 사건으로 받아들인다면 공감하기 어려울 것이다. 이는 문학적 은유로 보는 것이 합당하다. 풀이하자면, 「토끼의 공양」에서 토끼가 불에 몸을 던지는 행위는 '자신의 모든 것을 기꺼이 내려놓는 일'을 표상한다. 자기초극의 실천행이자 존재로부터의 자유를 구현하는 행위다. 타오르는 불이 그를 태울 수 없었다는 것은 '나'에서 벗어나 자유로워진 이를 외물이 범할 수 없음을 상징적으로 현시한다. 요컨대 이 이야기가 드러내는 것은 세상사의 심리적 진실이다. '서사적 진실'이라고 표현해도 좋겠다.

---

20 한국불교설화연구회 편저, 『한 권으로 읽는 불교설화』, 아이템북스, 2011, 92-97면.

이러한 해석은 「몸을 바친 왕자」에도 적용할 수 있다. 왕자는 제 모든 것을 기꺼이 바치고 내려놓음으로써 존재적 초극과 격상을 이룬다. '도솔천 환생'은 그 문학적 표상이 된다. 주목할 것은 그 선택과 결과에 갈등과 고통이 개재한다는 사실이다. 스스로 몸에서 피를 내어 범에게 먹힌다는 것은 큰 고통을 자초하는 일이다. 도솔천이라는 영광은 끔찍한 죽음이라는 고통 및 가족들의 애끓는 슬픔과 맞물려 있다. 이야기는 왕자의 부모가 온전한 깨달음을 얻어서 고통으로부터 자유로워졌다고 말하지 않는다. 겨우 조금 깨달아 공양에 나섰다고 할 따름이다. 생사의 질곡을, 또는 인연의 고리를 벗어나는 일이 얼마나 어려운지를 보여주는 내용이다. 그럼에도 그 길을 가야 한다는 종교적 계시는 엄중하기 그지없다. 살신행을 실제의 일이 아닌 '자기 버리기'의 상징으로 이해하고자 해도 엄중함은 쉽게 가시지 않는다.

한 가지 주목할 것은 붓다의 전생서사와 현생의 인생서사 사이의 관련성이다. 둘은 긴밀한 평행적 관계를 이루고 있다. 「몸을 바친 왕자」 속 붓다와 부모의 관계에서 이를 잘 볼 수 있다. 붓다의 부모는 싯닷타 왕자가 세속의 행복을 버리고 출가수행에 나서는 일을 두려워하고 슬퍼하면서 이를 막기 위해 애썼다고 알려져 있다.[21] 그 모습이 전생담에서 스스로 호랑이굴에 들어간 마가삿다 왕자를 앞에 둔 부모의 구슬픈 울음으로 표현되고 있다. 요컨대 이야기 속 마가삿다의 삶은 현생 속 싯닷타 왕자의 실제 생애의 한 국면이라고 볼 수 있다. 앞서 본생담 속의 전생(前生) 화소가 현생적 삶의 문학적 표현일 수 있다고 말한 것을 뒷받침하는 면모다. 좀 더 나아가면, 이야기에서 굶주린 호랑이에게 다가가 몸에 피를 내는 마가삿다의 형상은 왕궁을 벗어나 험지로 들어가 굿은 고행을 자처한 싯닷타 내면 풍경의 문학적 표상일 수 있다. 붓다가 자기 삶의 내적 역정을, 현생 속의 숨은 전생을 은유적인 서사로 풀어내고 있다는 뜻이다.

---

21 붓다의 성장과 출가수행 등에 대한 전기적 내용은 여러 불교 전적에서 확인할 수 있다. 이 연구에서는 다음 두 책을 주로 참고했음을 밝혀둔다. 불전간행회 편, 이미령 옮김, 『본생경』 1, 민족사, 1995; 와타나베 쇼코, 법정 옮김, 『붓다 석가모니』, 문학의숲, 2010.

「토끼의 공양」이나 「몸을 바친 왕자」에서 붓다의 보시 공양은 결연해서 거침이 없다. 범인(凡人)은 범접하기 어려운 초인적인 면모다. 하지만 모든 본생담에서 이렇듯 초월적 거리감이 강조되는 것은 아니다. 전생 붓다가 겪는 인간적인 번민과 갈등, 좌절감 등을 부각한 이야기들이 있다. 『본생경』에서만도 많은 사례를 볼 수 있다.

시비왕의 보시　　　　　부처님이 기원정사에 계실 때 커다란 보시를 베푼 코살라 왕의 일을 두고서 비구들에게 해준 이야기다.

시비국의 왕이 모든 것을 내주는 진실한 보시를 결심하며 살아가고 있었다. 그때 제석천이 병들고 눈먼 바라문 모습으로 나타나서 왕에게 눈을 하나만 달라고 했다. 그러자 시비왕은 두 눈을 다 주기로 마음먹고 주변의 만류에도 불구하고 의사를 시켜 자신의 두 눈을 빼내어 바라문에게 주게 했다. 눈을 빼내는 일은 더없이 고통스러웠다. 두 눈을 잃은 왕은 자신 앞에 나타난 제석천에게 이렇게 말했다. "장님이 된 지금 죽어버리는 것만이 소망입니다. 진리를 볼 수 있는 눈이 나에게는 없습니다. 죽음만이 내가 바랄 수 있는 유일한 희망입니다." 그 말을 들은 제석천은 왕에게 눈을 돌려주었다. 한 점 티끌도 없는 진실한 눈[天眼]이었다. 왕은 시비국 사람들에게 보시의 기쁨과 공덕을 설파했고, 깨우침을 얻은 사람들은 선행을 베풀어 사후에 모두 하늘나라에 태어났다.

부처님은 말하기를 "그때 눈을 도려낸 의사는 아난다이고, 제석천은 아나율이며, 시비왕은 지금의 나였다"고 했다. 「쟈타카 499」[22]

왕과 뱃사공　　　　　부처님이 기원정사에 계실 때 어느 거칠고 난폭한 뱃사공의 일을 두고서 들려준 이야기다.

옛날 히말라야에 덕 높은 수행자가 살았다. 그가 탁발에 나서자 위엄을 알아본 왕이 왕궁으로 모셔서 잘 대접하며 가르침을 청했다. 수행자는 분노

22　불전간행회 편, 이미령 옮김, 『본생경』 2, 민족사, 1995, 64-74면.

를 억누르는 일의 필요성을 설파해서 왕을 깨우친 뒤 다시 길을 나섰다. 그는 배를 타고 갠지스강을 건너게 됐는데, 뱃사공은 자주 뱃삯을 떼먹혀서 성정이 난폭해진 자였다. 수행자는 돈을 버는 방법을 알려주겠다고 약속하고 강을 건넌 뒤 뱃사공에게 돈을 먼저 받고 나서 배를 출발시키라고 말해주었다. 그리고 왕에게 했던 것처럼 분노를 이기는 일의 필요성을 설파했다. 하지만 돈을 못 받은 뱃사공은 화가 폭발해서 수행자의 가슴과 얼굴을 마구 후려쳤다. 사공의 폭력은 자기를 말리는 아내에게로 이어졌다. 사람들의 고발로 왕에게 끌려간 사공은 중한 벌을 받았다. 세간에는 '어리석은 자에게 전한 설법은 도리어 폭력만을 일으킨다'는 내용의 노래가 퍼지게 됐다.

부처님은 이야기를 들려준 뒤 그때의 뱃사공이 지금의 난폭한 뱃사공이며 그 수행자는 자기였다고 했다. 「쟈타카 376」[23]

두 이야기 속의 전생 붓다는 전형적인 수행자 형상을 하고 있다. 가진 것을 기꺼이 보시하는 존재이며, 지혜로 세상을 교화하는 존재다. 깨달음을 얻어 성도(成道)로 나아가는 과정이다. 주목할 것은 그 과정이 순탄치 않다는 사실이다. 「시비왕의 보시」에서 전생 붓다가 두 눈의 공양을 결행한 결과는 크나큰 고통과 절망이었다. 아무런 희망도 없이 죽음만을 바라는 모습은 극단의 절망에 빠진 인간의 모습을 보여준다. 자신의 전생사로 말해진 이 내용은 붓다가 현생에서 출가를 결행한 뒤 겪은 고통과 절망의 서사적 표상으로 해석할 수 있다. 그의 성도는 가없는 고통과 절망 속에서 이루어진 것이라는 뜻이다. 심리적 측면에서 그것은 무상한 영겁의 시간이며 끝없는 윤회전생 과정이었을 것이다. 그 과정은 천안(天眼)을 얻었다는 결과 이상으로 눈길을 끈다. 더없이 인간적이기 때문이다. '인간 붓다'의 형상은 고통과 절망에서 자유로울 수 없는 우리 자신의 모습과 닮아 있어 깊은 서사적 공명을 일으킨다.

「왕과 뱃사공」에서도 이러한 면모를 볼 수 있다. 이야기에서 전생 붓다인 수행자는 뱃사공에게 가혹한 폭력을 당한다. 선의의 가르침이 사악한 보

---

23   위의 책, 161-166면.

답으로 돌아온 상황이다. 이야기에서 이는 단지 '과정'에 그치지 않는다. 수행자의 교화는 끝내 성공하지 못하여 뱃사공은 여전히 포악한 자로 남는다. 그리고 그 악연은 전생으로 표현된 '과거'를 넘어서 현재 상황으로까지 이어진다. 욕망과 분노에 휩싸인 이들의 교화적 거듭남이 얼마나 어려운 일인지를 현시하거니와, 주목할 것은 붓다의 한계다. 설법이 통하지 않는 수준을 넘어서 무자비한 폭력으로 되돌아온 상황은 엄중하면서도 리얼하다. 이는 붓다가 현생을 살면서 겪은 실패 경험의 서사적 표현으로 볼 만하다. 앞의 「시비왕의 보시」와 마찬가지로 짙은 공명을 일으키는 인간적 서사다. 본생담 서사의 초인적 성스러움은 이러한 인간적 면모와 결합됨으로써 더 큰 공감과 치유적 힘을 발휘한다.

이런 종류의 서사는 우화 형식을 띤 이야기들에서도 폭넓게 볼 수 있다. 전생의 붓다는 여러 동물의 모습으로 나타나는데, 코끼리나 사자, 공작, 흰말 같은 크고 우아한 동물 외에 메추라기나 도마뱀, 쥐, 승냥이 같은 약하고 험한 동물의 삶을 살기도 한다. 그들은 이리저리 부딪치고 깨어지면서 고통을 겪는다. 「어린 메추라기의 기도」[24]에서 아직 날지 못하는 상태의 새끼 메추라기는 산불이 나서 숲이 타는 상황에서 혼자 둥지에 남겨진 채 절망 속에서 발버둥치다가 살기 위한 간절한 기도를 한다. 그 형상은 더없이 절박하다. 「애욕비구」[25]에서 붓다의 전생은 승냥이로 표현되는데, 늙은 코끼리 시체를 발견한 뒤 그 항문을 먹다가 배 안으로 들어가서 안주하던 중 닫혀버린 시체에 갇혀서 고통을 겪는다. 이야기는 그가 물불을 가리지 않고 날뛴 끝에 겨우 항문을 빠져나왔는데 온몸의 털이 다 벗겨졌다고 말한다. 탐욕이 낳은 엄중한 결과였다. 이와 같은 붓다의 전생 모습은 현생의 수행 과정에서의 좌절과 고통을 반영한 것이겠거니와, 붓다가 자신의 목소리로 "그때의 그 승냥이는 바로 나였다"[26]고 하는 말이 전하는 울림이 낯설고도 크다. 「배반 비

---

24 불전간행회 편, 이미령 옮김, 『본생경』 2, 민족사, 1995, 64-74면.
25 활안 편찬, 『불교설화문학대사전』, 불교정신문화원, 2012, 680-683면.
26 위의 책, 683면.

구」[27]에서 카멜레온의 사악한 계교에 의해 매운 연기에 고통받다가 사냥꾼에게 붙잡혀 전멸된 도마뱀의 왕으로 그려진 전생 붓다의 모습이 전하는 울림 또한 이와 다르지 않다.

단지 작거나 험한 동물만이 아니다. 황금빛 공작이나 청년 코끼리 같은 크고 멋진 동물의 삶 또한 좌절과 고통에서 자유롭지 못하다. 「황금빛 공작」[28]에서 붓다가 전생에 공작으로 태어난 것은 '죄'를 범했기 때문이며, 그 결과는 사람들의 사냥 대상이 된 것이었다. 「왕게의 집게발」[29]에서 붓다의 전생은 늠름한 청년 코끼리로 말해지는데, 주변의 만류에도 거대한 왕게에 도전했다가 그 집게발에 다리를 물려서 큰 고통을 겪는다. 코끼리가 다리에 피를 흘리면서 아내를 향해 자기를 포기하지 말아 달라고 하소연하는 모습은 처연하기 그지없다.

"툭 불거져 나온 눈알, 딱딱한 껍질에 / 예리한 집게발은 피범벅이 되어 / 물속에 살고 있는 정체를 알 수 없는 왕게에게, / 이 괴물에게 나, 지금 패하여 / 두 발을 움직일 수도 없어 / 그저 애석하게 비참함을 하소연하네. / 아아, 내 지극한 사랑, 내 아내여! / 나를 버리지 말아다오. / 내 마음의 의지처인 내 아내여!"[30]

요컨대 불경의 본생담들은 저 너머 신(神)의 이야기가 아니다. 이미 깨달음을 이루어낸 부처의 이야기도 아니다. 그것은 존재의 한계와 고통을 실감하면서 그것을 헤쳐나가고자 애쓰는 '인간'의 이야기다. 이야기 속에서 전생 붓다가 펼쳐내고 있는 삶의 역정은 하나의 거대한 싸움 과정이다. 세계와의 싸움인 동시에 자기 자신과의 싸움이다. 지금 우리가 겪고 있는, 앞으로

---

27   위의 책, 710-712면.
28   불전간행회 편, 이미령 옮김, 『본생경』 2, 민족사, 1995, 167-182면.
29   위의 책, 24-31면.
30   위의 책, 28-29면.

겪어나가야 할 싸움이기도 하다. 그 싸움의 끝에 깨달음이 있고 해탈의 자유와 평화가 있다는 것은 큰 축복이다. 그렇게 이 이야기들은 우리를 위로하고 치유해준다.

본생담에 그려진 전생 붓다의 싸움과 관련해서 특별히 주목할 존재는 데바닷다(데바닷타; 제바달다)다. 데바닷다는 싯닷타와 마찬가지로 석가족의 왕자로서, 싯닷타의 종제이자 아난다의 형이다. 그는 앙심을 먹고 붓다를 배반하여 따로 종파를 세우려 했다가 스스로 파멸하여 자살한 뒤 지옥에 떨어졌다고 한다. 붓다의 대표적인 안타고니스트인 데바닷다는 많은 본생담에서 그 전생 사연이 서술된다. 이야기 속의 전생 데바닷다는 거의 예외 없이 전생 붓다와 심각하게 갈등하며 부딪친다. 현생 악연의 뿌리이자 문학적 표상에 해당하는 형상이다.

이야기 속에서 전생 데바닷다에 대한 전생 붓다의 싸움은 쉽지 않다. 데바닷다가 스스로 파멸의 길을 가는 경우도 있으나, 붓다가 그에게 이리저리 휘둘리며 큰 고통을 당하는 경우도 많다. 선인이 악인을 쉽사리 감당하지 못하는 현실의 반영이거니와, 이야기는 전생 데바닷다를 전생 붓다의 아버지나 막강한 권력자, 닭을 괴롭히는 고양이 등으로 설정함으로써 힘의 불균형을 표현하기도 한다. 「칼라카의 간계」[31] 같은 이야기에서 나라의 유력한 장군인 전생 데바닷다가 거듭 간계를 써서 공정한 사제였던 전생 붓다를 지속적으로 괴롭히는 모습은 크나큰 공분을 일으킬 정도다. 전생 붓다가 차라리 숲에 들어가 자살하고자 했다는 데서 괴로움의 정도를 단적으로 볼 수 있다.

전생 데바닷다와의 싸움은 자신을 둘러싼 세계에 대한 싸움인 동시에 자기 자신과의 싸움으로 해석할 수 있다. 이야기 속 두 인물의 밀접한 관계는 이러한 풀이의 단서가 된다. 많은 이야기에서 전생의 붓다와 데바닷다는 나날의 일상적 삶을 함께 영위해가는 사이로 그려진다. 이웃 상인이거나 가까운 친구이기도 하며, 같은 무리에 속한 동물이나 새이기도 하다. 「선우태

---

31   위의 책, 122-139면.

자와 악우태자」[32] 같은 설화는 두 사람을 피를 나눈 형제지간으로 그리기도 한다. 이야기는 둘을 대극 관계에 있는 별개의 인물로 서술하지만, 본생담이 인간의 심리적 진실을 전하는 서사라고 하는 관점에서 보면 둘은 한 인간 내면의 서로 다른 자아로 볼 가능성이 상존한다. 붓다의 수행 과정은 둘 사이의 길고 어려운 싸움 과정이었다는 것이다.

이런 해석을 뒷받침하는 본생담으로 「머리 둘 가진 새」를 들 수 있다. 『불본행집경(佛本行集經)』에 실린 이야기로 내용은 다음과 같다.

머리 둘 가진 새　　　　　석존이 영취산에서 설법할 때의 일이다. 히말라야산 기슭에 몸은 하나이고 머리가 둘인 새가 살았다. 한쪽 머리는 카루다, 다른 쪽 머리는 우바카루다라고 불렀다. 이 새는 한쪽 머리가 자는 동안 다른 쪽이 깨어서 생활했다. 어느 날 우바카루다가 자는데 카루다 머리맡에 마즈카 나무의 꽃이 떨어졌다. 카루다는 자기가 그것을 먹으면 자고 있는 우바카루다도 허기를 덜 것이라고 생각하며 꽃을 쪼아 먹었다. 잠에서 깨어난 우바카루다는 그 사실을 알고 화를 내면서 앞으로 맛난 음식을 혼자만 먹겠다고 선언했다. 카루다가 좋은 말로 달랬지만 소용없었다. 그러던 어느 날 독을 가진 나무의 꽃을 발견한 우바카루다는 카루다를 잠들게 한 뒤 그 꽃을 먹었다. 그러면 카루다가 함께 죽을 것이라고 여긴 것이었다. 잠에서 깬 카루다가 이상한 낌새를 차렸지만 이미 늦은 뒤였다. 카루다는 원망과 분노의 무익함을 노래하면서 세상을 깨달은 듯이 죽음을 맞이했다. 이 카루다는 지금의 석가모니이며, 우바카루다는 지금의 데바닷다.「불본행집경 제59」[33]

한 몸에 두 개의 머리를 가진 새는 한 인간의 두 자아, 또는 두 마음의 표상이다. 둘은 대극의 관계를 지니고 있으니 한쪽이 선이라면 한쪽은 악이

32　활안 편찬,『불교설화문학대사전』, 불교정신문화원, 2012, 449-450면.
33　이 설화는『불교설화문학대사전』본생설화 편에는 들어 있지 않고 '문화원형백과 불교설화'에만 실려 있다. 머리 둘 가진 새(naver.com)[문화원형백과 불교설화]

고, 한쪽이 공생을 지향한다면 한쪽은 공멸을 지향한다. 이야기는 두 개의 자아가 부딪치면서 펼쳐지는 갈등과 죽음을 상징적으로 보여준다. 둘은 떼려야 뗄 수 없는 관계에 있으니 선악이 공존하는 인연의 고리 속에서 떠도는 무상한 존재로서 인간의 본질이다. 붓다는 전생으로 표현된 지나온 삶의 과정에서 그것을 아프게 경험하고 실감하면서 자신의 존재를 반추했던 것이라 할 수 있다. 그리고 이를 사람들에게 이야기 형태로 설법하는 중이다. 너무나 인간적인, 그리하여 설득적인 이야기다. 존재 한켠의 분노나 욕망이 존재 전체를 허물어뜨리는 것은 사람들이 실제 삶에서 거듭 경험하는 존재적 진실인 터다.

참고로 『불교설화문학대사전』에는 비슷한 이야기가 「이두조(二頭鳥)」라는 제목으로 실려 있는데,[34] 이야기 전개에 다소 차이가 있다. 우바카루다에 해당하는 우바카가 독꽃을 먹는 것까지는 비슷하지만 뒤는 아주 다르다. 독꽃을 먹은 우바카가 입이 불어터져서 먹지를 못하고 죽자 가루다가 그를 꾸짖으며 한탄한 뒤 죽은 머리를 떨리는 손으로 베고 나서 홀로 하늘 높이 날아갔다고 한다. 이 또한 『불본행집경(佛本行集經)』을 출전으로 한 이야기인데, 「머리 둘 가진 새」와 달리 데바닷다로 표상되는 또 다른 자아와 단절을 이루는 것이 특징이다. 늘 공존하면서 부대끼는 두 자아의 초극적 통합을 이루어 낸 상황을 나타낸 서사로 볼 수 있다. 우바카의 머리를 자른 것이 최선이었는가 하는 의문은 남지만, 끊을 것을 끊어내서 존재의 새 단계로 나아가는 모습이 계시적 의미를 현시한다. 감싸기가 아닌 과감한 밀치기가 깨달음의 길일 수 있다는 구도가 인간적으로 다가오는 면도 있다.

본생담에서 데바닷다와의 싸움으로 표현된 자기와의 싸움은 현생 붓다의 전기적 삶의 반영이기도 하다. 우리는 이를 싯닷타 왕자가 보살로서 깨달음을 얻었을 당시에 펼쳐졌다는 '악마'와의 대결에서 볼 수 있다. 보살을 공격한 악마는 마왕천자라고도 하고[35] 마라 파피야스라고도 한다.[36] 악마는 한

34   활안 편찬, 『불교설화문학대사전』, 불교정신문화원, 2012, 247-248면.
35   불전간행회 편, 이미령 옮김, 『본생경』 1, 민족사, 1995, 182-190면.
36   와타나베 쇼코, 법정 옮김, 『불타 석가모니』, 문학의숲, 2010, 151-161면.

편으로는 위력으로 보살을 공격하고 한편으로는 탕하[탐욕], 아라티[혐오감], 라가[애염] 등 세 딸을 시켜 보살을 유혹하기도 한다.[37] 강력한 공격이었지만 깨달음을 얻은 보살은 흔들리지 않는 지혜와 평정심으로 이를 훌륭히 물리친다. 그런 뒤 비로소 당당히 부처의 길로 나서게 된다.

와타나베 쇼코가 지적했듯이[38] 보살과 마라의 싸움은 영적인 표현에 해당한다. 붓다 내면의 싸움을 이렇게 표현했다는 뜻이다. 요컨대 악마와 그의 딸들은 데바닷다의 심리적·서사적 표상에 해당한다. 오랫동안 힘겨운 싸움을 이어온 내면의 데바닷다를 거뜬히 이겨냄으로써 비로소 보살은 부처가 된 것이라 할 수 있다. 「이두조」에서 가루다가 우바카의 머리를 자른 것과 상통하는 모습이다.

그 일련의 과정은 투쟁적인 동시에 초극적이고 치유적이다. 자기와의 싸움을 어떻게 펼쳐서 존재의 새 경지로 나아가야 할지를 잘 보여준다. 그것이 붓다라는 특별한 존재를 넘어서 우리 모두의 일임은 새삼 언급하지 않아도 될 것이다. 그 나아감의 결과가 성공한 서사라는 것은, 누군가 그렇게 나아간 길이 우리 앞에 있다는 것은 크나큰 위안이며 축복이다.

4   성찰과 투시, 계도의 치료서사

대부분의 본생담에는 붓다의 전생 존재가 등장한다. 하지만 전생 붓다가 늘 주인공이거나 당사자인 것은 아니다. 많은 이야기에서 전생 붓다는 세상 만유의 삶을 곁에서 지켜보는 모양새를 취하고 있다. 관찰자의 위치인데, 단순한 관찰자는 아니고 삶의 이치를 고민하는

---

37   불전간행회 편, 이미령 옮김, 『본생경』 1, 민족사, 1995, 199-201면.

38   와타나베 쇼코, 법정 옮김, 『불타 석가모니』, 문학의숲, 2010, 163면.

성찰적 관찰자다. 관찰자의 자리에 있다가 사건 당사자에게로 다가서서 조언이나 깨우침을 전해주는 경우도 많다.

전생 붓다가 주인공이 되는 이야기가 자신의 이면적 삶의 과정에 대한 서사적 표현이라면, 관찰자나 계시자로 등장하는 이야기는 붓다가 삶의 과정에서 보고 들은 뭇 존재의 세상살이 모습과 그로부터 얻은 인식의 서사적 표현이라고 할 만하다. 두 가지 측면에서 이러한 풀이가 가능하다. 하나는 그 이야기들 대다수가 실제 현실 속의 상황과 평행적으로 연결된 형태와 내용성을 갖추고 있다는 사실이다. 현실 속 욕심 많은 비구의 일에 전생 속 욕심 많은 인물의 사연을 연결하는 방식이다. 그 전생 사연은 붓다가 살아오면서 경험적·사유적으로 체득한 이면적 인생사로 볼 수 있다. 또 하나는 다수의 전생사 주인공이 현생 붓다의 지인들이라는 사실이다. 앞서 「몸을 바친 왕자」에서 이야기 속의 왕과 왕비가 싯닷타 왕자의 부모인 정반왕과 마야부인의 모습을 표상한다고 했거니와, 이런 식으로 본생담 속 인물과 현실 속 인물이 긴밀하게 연결돼 있다. 이야기 속의 수많은 전생 인연이 실질적으로는 현생의 숨은 인연일 수 있다는 것이다. 심리적 진실로 볼 때는 더욱 그러하다.

관찰자로서 전생 붓다는 수행자나 현자 등으로 나오는 경우가 많지만, 동물이나 신으로서 그 역할을 하는 경우도 많다. 특히 신적 존재로 등장하는 경우 관찰자와 계시자 구실을 하는 경우가 많다. 세상 만유를 지켜보는 이로서의 면모다. 그 눈에 비친 세상사의 이면적 형상은 그야말로 요지경이다. 이야기는 서로 다른 자질과 욕망을 지닌 수많은 존재가 펼쳐내는 생사고락의 만화경을 생생한 문학적 형상으로 포착한다. 먼저 우화 형식으로 된 이야기를 몇 개 본다.

애욕에 사로잡힌 물고기　　　　부처님이 기원정사에 계실 때 출가 전에 결혼한 아내가 그리워서 고민 중인 어떤 비구를 불러서 들려준 이야기다.

옛날 바라나시에 중생의 말을 알아듣는 힘을 지닌 사제가 있었다. 어느 날 어부들이 강물에 그물을 던졌는데 어느 큰 물고기가 아내에게 정신이 팔렸다가 그물에 갇혔다. 숯불에 구워 먹히게 된 물고기는 자기의 죽음은 둘째치고 홀로 남게 된 아내의 비탄을 생각하면서 가슴이 찢어지는 고통을 느꼈다. 그때 사제가 와서 어부들에게 청해서 물고기를 얻은 뒤 강에 풀어주면서 다시는 애욕에 눈멀어 자신을 잃지 말라고 말해주었다.

그 이야기를 들은 비구는 번뇌에서 풀려나 예류과를 얻었다. 부처님이 말했다. "그때의 아내 물고기가 지금의 전처이고, 남편 물고기는 그대이며, 사제는 나였다." 「쟈타카 34」[39]

아기 코끼리의 죽음　　　부처님이 기원정사에 계실 때 어떤 노승이 사미를 두었는데, 어느 날 사미가 병들어 죽었다. 노승이 일에서 손을 놓은 채 울면서 지낸다는 얘기를 들은 부처님은 전생 이야기를 시작했다.

옛날 카시국의 어느 도시에 돈 많은 바라문이 산속으로 들어가 행자 생활을 하던 중 홀로 굶고 있는 아기 코끼리를 암자로 데려왔다. 코끼리는 행자를 따르며 응석을 부렸다. 행자는 코끼리에 소마닷타라는 이름을 붙여주고 아이처럼 길렀다. 성장한 코끼리는 행자를 등에 태우고서 함께 다녔다. 그러던 어느 날 코끼리는 과식 때문인지 힘이 빠지더니 행자가 약초를 구하러 간 사이에 죽고 말았다. 행자는 비탄에 빠져 코끼리를 끌어안고 눈물을 흘렸다. 그 모양을 본 제석천이 그 앞에 나타나 그 일이 출가한 행자의 본분에 맞지 않음을 말하면서 죽은 자는 돌아오지 않고 누구도 죽음에서 도망칠 수 없음을 설법했다. 행자가 마음에 타오르던 불을 끄고서 합장하자 제석천은 다시 하늘로 돌아갔다.

부처님이 말했다. "그때의 아기 코끼리가 지금의 사미요, 행자는 슬픔에 빠진 노승이며, 제석천은 바로 나였다." 「쟈타카 410」[40]

39　불전간행회 편, 이미령 옮김, 『본생경』 2, 민족사, 1995, 237-240면.
40　위위 책, 155-160면.

오백 번째 참수
부처님이 기원정사에 계실 때 세간의 사람들이 죽은 친척을 위해 양을 죽여 제사를 바쳤다. 이에 대해 부처님은 그것이 아무 공덕이 없는 일이라며 전생 이야기를 들려주었다.

옛날 바라나시에 바라문교 성전에 통달한 바라문이 살았는데, 어느 날 제사를 위해 제자들에게 양을 한 마리 잡으라고 했다. 제자들이 강물에 가서 양을 씻자 양은 큰소리로 웃더니 다시 눈물을 흘렸다. 그 말을 전해 들은 바라문이 양에게 이유를 묻자 양이 말했다. "내가 전생에 바라문이었는데 양을 죽여서 공양한 죄로 499번 거듭 태어날 때마다 목이 잘렸습니다. 이제 500번째로 목이 잘리면 살생의 죗값을 다하는 터라 크게 웃었습니다. 한편으로 나를 죽인 당신이 앞으로 500생 동안 목이 잘리는 고통을 겪을 것을 생각하고 가여워 울었지요." 그 말을 들은 바라문은 숲으로 양을 데리고 가서 놓아주었다. 풀려난 양이 두어 걸음 걸었을 때 벼락이 쳐서 바윗돌을 굴려 양의 목을 내리쳤다. 이때 근처의 나무에 살던 신이 이 모습을 보고는 이 사람들은 다시 살생하지 않으리라고 생각하면서 살생의 죄업에 대해 설법했다. 바라문과 제자들은 나무신이 전해준 계율을 지키고 선업을 쌓아서 천상세계에 태어났다.

부처님이 말했다. "그때의 나무신은 바로 나였다." 「쟈타카 18」[41]

첫 번째 이야기는 사제로서, 두 번째와 세 번째 이야기는 신적 존재로서 전생 붓다가 세상사를 지켜본 사연을 전한 것이다. 애욕의 함정이나 생사에 대한 집착, 살생의 죄업 등에 대한 불교의 철학을 비유적으로 표현한 계시적인 설화들이다. 현실세상을 살고 있는 여러 사람이 은연중 빠져들고 있는 번뇌의 굴레와 의식·무의식중에 저지르는 악업을 인상적인 스토리 형태로 그려내고 있다.

세 이야기 속의 전생 붓다는 관찰자인 동시에 계시자로서 이야기 속의 인물들에게 설법을 행하여 깨우침을 주는 것이 특징이다. 그 깨우침은 이야

---

41 위의 책, 214-218면.

기 밖의 사람들, 곧 현실 속에서 애욕과 집착, 악업을 짓고 있는 이들을 대상으로 한 것이기도 하다. 교훈적인 색채가 강하지만, 매우 설득적이기도 하다. 애완동물에 대한 애착과 슬픔은 오늘날 수많은 이들이 겪는 것이어서 먼 옛날의 일 같지 않다. 죄 없는 양을 죽이는 악업이 지은 500생의 고통은 생명을 경시하는 사람들에게 날카롭고도 엄중한 일침을 가한다. 그 자체로는 이야기적 과장이겠지만, 하나의 결정적 죄업이 존재의 이면에 깃들어 지속적인 영향을 미친다는 점에서 엄중한 서사적 진실을 보게 된다.[42]

전생 붓다가 관찰자 내지 계시자 구실을 하는 본생담을 두 개만 더 본다. 더 현실적인 맥락의 이야기들이다.

시어머니와 며느리　　　부처님이 기원정사에 있을 때 어머니를 봉양 중인 한 사람에게 전생의 일을 들려주었다.

옛날 바라나시에 마음이 온화한 효자 청년이 살았다. 홀어머니를 정성껏 모시던 중 어머니의 거듭된 권유로 결혼했는데, 처음에는 아내와 뜻이 맞아 어머니를 잘 모셨으나 점점 마음이 아내에게로 기울었다. 자신만만해진 아내는 효자 남편에게 시어머니가 자기를 괴롭힌다는 거짓말을 하기 시작했다. 뜻대로 되지 않자 며느리는 이리저리 시어머니를 괴롭히기 시작했고, 시어머니가 화를 내니까 큰소리로 울음을 터뜨리며 억울함을 토로했다. 며느리가 호된 시집살이를 하는 것처럼 소문을 내고 다니자 어머니는 참다 못해 아들에게 사정을 호소했다. 아내를 더 믿었던 아들은 어머니가 노망이 난 것으로 의심했고 며느리는 교묘하게 이를 부추겼다. 결국 아들은 노모를 집에서 쫓아내고 말았다. 아내는 말리는 척하면서 속으로 쾌재를 불렀다.

그 뒤 며느리가 임신을 해서 아들을 낳았다. 시어머니는 오랜만에 집에 찾아갔으나 손자의 얼굴도 볼 수가 없었다. 노모는 모든 희망을 잃은 채로

42　「오백 번째 참수」 속의 나무신은 명백히 자연(自然)의 표상이거니와, 붓다가 삶의 과정에서 깨우친 우주자연의 섭리를 이와 같은 형태로 서사화했다고 볼 수 있다. 본생담 가운데는 목신이나 산신이 등장하는 이야기들이 꽤 많은데, 대부분 이와 같은 맥락의 풀이가 가능하다.

길을 가다가 묘지에서 뒹구는 시체들을 발견했다. 노모가 그 시체들을 수습한 뒤 공양을 하려고 밥을 지을 때 제석천이 나그네 모습으로 나타나 사연을 물었다. 아들 부부의 일을 전해 들은 제석천이 정체를 드러내며 부부와 아이를 불태워 죽이겠다고 하자 노모는 깜짝 놀라며 그저 온 가족이 사이좋게 지내는 것이 소원이라 했다. 그 말을 들은 제석천이 사라진 뒤 부부가 낳은 아이가 숨이 끊어질 듯 울어대기 시작했다. 사람들로부터 노모가 아기를 잘 다룬다는 말을 들은 부부는 쫓아낸 어머니를 기억해냈다. 아내는 그간의 일을 고백하고 용서를 구한 뒤 남편과 함께 어머니를 찾아가 진심으로 용서를 구했다. 어머니가 자식을 용서하고 돌아와 아이를 안자 아이가 울음을 멈추고 방긋 웃었다. 그 후 가족은 함께 사이좋게 잘 지냈다.

부처님에게 이 이야기를 들은 남자는 그 자리에서 예류과를 얻었다. 부처님이 말했다. "그때 어머니를 잘 돌본 사람이 그대이고, 시어머니를 괴롭혔던 여인은 지금의 아내이며, 제석천은 바로 나였다." 「쟈타카 417」[43]

삼브라의 사랑

부처님이 기원정사에 계실 때 숭만 왕비가 제 의무를 다하며 남편 코살라 왕을 지극하게 모시고 있었다. 부처님은 그 일이 전생으로부터 이어진 것이라며 이야기를 들려줬다.

옛날 바라나시의 브라흐마닷타 왕에게 소티세나 왕자가 있었는데, 삼브라라는 아름다운 비가 있었다. 남편을 진심으로 사랑했던 삼브라는 왕자가 나병에 걸려 흉한 고통을 겪고 있음에도 변함없이 홀로 그를 챙겼다. 절망한 왕자가 숲속으로 들어가 죽으려 하자 삼브라는 그를 따라가서 함께 지내며 정성껏 보살폈다. 힘든 생활이었지만 삼브라는 점점 아름다워졌다. 그러던 어느 날 숲에 들어갔던 삼브라가 몸을 씻으려고 연못에 들어갔는데, 식인귀신이 나타나 추근대다가 여의치 않자 잡아먹으려 했다. 삼브라가 하늘 신들에게 소리쳐 기원하자 그 모습을 본 제석천이 귀신을 혼내고 삼브라를 구해주었다. 시간이 돼도 돌아오지 않는 삼브라를 초조하게 기다리던 왕자는 형

---

43   불전간행회 편, 이미령 옮김, 『본생경』 2, 민족사, 1995, 203-213면.

클어진 차림으로 돌아온 아내를 보고 의심과 질투에 빠져 화를 냈다. 삼브라가 진실을 말했지만 믿지 않고 악담을 했다. 곤경에 빠진 삼브라는 진실이 자기를 지켜주리라면서 기도와 함께 남편의 머리에 길어온 물을 부었다. 그러자 왕자는 몸의 종기가 사라지면서 건강을 되찾아 옛날 모습으로 돌아왔다.

하지만 그것은 또 다른 의심과 분란의 시작이었다. 왕성으로 돌아온 왕자는 삼브라를 왕비로 맞은 뒤 아버지에 이어 왕이 되었으나 자기보다 우월해 보이는 아내를 멀리하기 시작했다. 그 주위를 다른 여인들이 감쌌고, 소외된 삼브라는 점점 야위면서 거칠어져갔다. 어느 날 왕궁에 돌아온 부왕이 삼브라의 모습을 보고는 아들을 불러 어찌 된 일인지 물었다. 사정을 알게 된 부왕은 삼브라가 아름다웠던 것은 사랑 때문이라며, 지금 사랑을 잃어 수척해진 것이라고 했다. 부왕이 아들에게 '눈을 뜨라'고 말하고 떠난 뒤 자신이 삼브라의 마음에 그림자를 드리웠음을 깨달은 소티세나는 부끄러움을 느끼며 삼브라를 찾아가 사죄하며 함께해주기를 청했다. 죽음도 달게 받겠다고 했다. 삼브라는 남편을 받아들인 뒤 다정하게 한평생을 보냈다.

부처님이 말했다. "비구들이여. 그때의 삼브라가 숭만 왕비요 소티세나는 지금의 코살라 왕이며, 그때의 부왕은 바로 나였다." 「쟈타카 519」[44]

말 그대로 리얼리티가 생동하는 이야기들이다. 「시어머니와 며느리」는 오늘날 한국의 이야기라고 해도 좋을 만큼 고부갈등의 현실을 생생하게 담아내고 있으며, 「삼브라의 사랑」은 남녀 간에 얽힌 심리적 진실을 예리하게 그려내고 있다. 소티세나 왕자가 스스로 의심과 질투에 빠져드는 일이나 자격지심과 열등감 때문에 아내를 멀리하는 일은 인간관계의 이면을 잘 보여준다. 전생 사연으로 표현했지만 거기 그려진 것은 현생의 삶이다. 이면의 삶이며, 심리적 내면 풍경이다. 우리의 자기서사를 비춰주는바 계시적인 작품서사들이다. 인간 붓다가 삶의 과정에서 경험하고 성찰한 인생사는 참으로 광대하고도 세밀하다. 더 정확히 말하면 '붓다'의 이름으로 표현된 세상 사람들의 삶의 경험과 인식일 것이다. 사람들은 오랜 전통을 지닌 설화의 문

---

44   위의 책, 85-106면.

학적 힘을 '붓다'라는 상징적 존재를 매개로 하여 간접체험하고 있다.

관찰자와 계시자로서 붓다와 관련하여 그가 일종의 '치료사' 역할을 하고 있음에 주목하게 된다. 붓다의 치료는 1차적으로 전생담 속의 등장인물에게 행해지며, 2차적으로 설법을 듣는 사람들에게 행해진다. 그중 전생담 내에서 이루어지는 치료가 '진리'에 입각한 인지적이고 철학적인 치료 쪽이라면, 2차적 치료는 뚜렷이 문학치료의 속성을 지닌다. 인간과 삶의 이면적 진실을 꿰뚫는 작품서사를 통해 사람들에게 자기서사를 성찰하여 그 숨은 맥락을 이해하고 이를 바탕으로 서사의 길을 바꿔나가도록 인도하기 때문이다. 미적이고 구조적인 성찰이며, 근본적인 바꿈이다. 인물과 상황에 맞춘 정확한 서사 활용을 전방위적으로 행한다는 점에서 본생담 속의 붓다는 최고의 문학치료사라고 하기에 부족함이 없다. 그로부터 문학치료는 무엇으로 어떻게 행해야 하는가에 대한 소중한 답을 얻을 수 있다.

본생담 설화에서 붓다에게 이야기를 듣는 이들 중 대다수는 그의 제자와 비구들이다. 그들은 붓다의 광활한 설법을 들으며 인생사 이치에 대한 깊고 다양한 깨우침을 얻으며 서사적 자기발견과 성장을 이루어나간다. 흥미로운 점은 그들이 타자의 서사를 간접 경험하는 것을 넘어서 서사의 당사자가 된다는 사실이다. 3절에서 인용한 「토끼의 공양」에서 붓다가 "그때의 수달은 지금은 아난다였고, 들개는 목건련, 원숭이는 사리불이었다. 몸을 불태웠던 토끼는 바로 나였다"고 한 것이나 「시비왕의 보시」에서 "그때 눈을 도려낸 의사는 아난다이고, 제석천은 아나율이며, 시비왕은 지금의 나였다"고 한 것을 상기할 만하다. 붓다는 많은 전생 사연을 현장에서 이야기를 듣고 있는 제자들의 숨은 서사로 적시하고 있다.

본생담에서 붓다가 전생 사연을 제자와 결부한 사례는 매우 많다. 가장 많이 거론되는 이들은 10대 제자로 일컬어지는 인물들이며, 특히 사리불과 목건련, 아난다에 대한 내용이 많다. 이때 전생담과 제자의 연결은 임의적인 것이라고 볼 바가 아니다. 각자의 성품과 능력, 내력을 반영한 서사적 연결이라고 봄이 합당하다. 이름 없는 제자들과 비구들로서는 서운할지 모르겠으나, 그렇게 여길 일은 아니다. 직접 거론되는 사리불과 목건련, 아난다, 가섭, 아나율 등이 곧 자기 자신의 표상일 수 있기 때문이다. 각자 자기정체성에 맞추어 서사적 접속을 행하게 된다는 뜻이다.

좀 더 구체적으로 보면, 사리불과 목건련은 전생담에서 강하고 훌륭한 수행자로 등장한다. 그들은 거의 전생 붓다에 비견할 만한 모습으로 그려진다. 동료나 형제로 말해지며, 때로 붓다를 돕거나 깨우치는 역할을 하기도 한다. 술수를 써서 호랑이와 사자를 쫓아낸 결과로 인간에게 숲을 잃은 우둔한 나무신과 호랑이와 사자를 포용한 현명한 나무신에 대한 사연을 전하는 「황폐해진 숲」[45]의 말미에서 붓다는 이렇게 말한다. "그때의 그 어리석은 나무신은 지금의 그 구가리요, 사자는 사리불, 호랑이는 목건련이었으며, 현명한 나무신은 바로 나였다."[46] 이때 사자와 호랑이는 사리불과 목건련의 서사적 정체성을 반영한 화소에 해당한다. 강한 신념과 의지를 지닌 굳건한 불제자의 면모이자 붓다 수제자들의 존재성이다. 그 이야기를 들으면서 사리불과 목건련을 비롯한 여러 제자 비구들은 자연스레 자신의 서사로서 전생을 성찰하는 경험을 했을 것이다.

이와 관련해서 특별히 주목할 인물은 붓다의 열 번째 제자로 말해지는 아난다다. 아난다는 오래도록 붓다를 가까이 모시고 입적을 지켜본 존재이면서도 쉽사리 깨달음을 얻지 못한 인물로 알려져 있다. 그는 붓다가 입적했을 때 홀로 평정심을 못 지키고 눈물을 흘렸다고 한다. 500장로 중 유일하게 아라한이 아니었던 그는 석가가 입적할 즈음에야 비로소 깨달음을 얻어서 결집에 참가할 수 있었다고도 한다.[47] 입적을 앞둔 붓다가 떠나지 않고 머물 수 있다는 암시를 주었음에도 악마에 사로잡힌 아난다가 스승을 붙잡지 않고 침묵하는 바람에 결국 붓다가 마왕 파피만에게 입적을 약속했다는 이야기도 전해진다. 아난다가 뒤늦게 붓다에게 머물기를 청했지만, 실기한 뒤였

---

45   위의 책, 325-330면.

46   위의 책, 329면. 이야기 속의 '구가리'는 붓다로부터 사리불과 목건련을 데려가려고 했다가 실패한 비구의 이름이다.

47   와타나베 쇼코, 법정 옮김, 『불타 석가모니』, 문학의숲, 2010, 287-288면.

다는 것이다.[48] 이런 아난다의 형상에 대해 와나타베 쇼코는 그가 교단의 허물을 한 몸에 진 속죄양이 아니었을까 하는 의견을 피력했거니와,[49] 아난다는 붓다의 제자 가운데도 개성적인 인물이었다고 여겨진다. 다소 아둔하고 모자란 쪽의 개성이다. 이런 면모를 반영해서인지, 본생담 속의 전생 아난다는 뛰어나고 고결한 수행자보다는 흠이 있거나 험한 일을 맡는 존재로 많이 등장한다. 앞서 본 「시비왕의 보시」에서 전생 붓다의 두 눈을 도려낸 의사가 전생 아난다였거니와, 다른 이야기에서도 그는 흔히 궂은 자리에 위치한다.

이러한 아난다의 전생 형상에 대해 우리는 그것이 빼어난 능력을 타고난 사람이 아닌 보통 사람의 면모에 가깝다는 점을 눈여겨볼 필요가 있다. 아난다는 사리불이나 목건련 등과 달리 다른 보통의 비구들이나 일반 우바새와 겹치는 면모가 짙다. 불경의 본생담은 아난다를 통해 여러 작품서사와 대다수 보통 사람들 사이의 서사적 연결통로를 놓고 있다는 것이 우리의 시각이다. 자질이 부족하거나 선업을 타고나지 못했다 하더라도 아난다와 같이 일련의 수행과정을 통해 마침내 도(道)를 이룰 수 있음을 보여준다는 것이다. 무명과 악업의 굴레 속에 있는 이들이야말로 치유와 구원에 대한 갈망이 절실하다는 점에서 아난다 전생담은 치료서사로서 큰 의의를 지닌다고 볼 수 있다.

중요한 사실은 성도(成道)로 표상되는 그 치료적 변화가 저절로 이루어지지 않는다는 점이다. 그것은 더 큰 성심과 분투를 필요로 한다. 아난다는 그런 서사를 살아간 사람이었으니, 다음 내용은 이를 잘 보여준다.

남편을 위하여 어느 넓은 들판에 오백 마리 사슴을 거느린 왕사슴이 있었다. 예전부터 사슴을 노리던 사냥꾼이 목책을 두르고 그물을 쳐놓았는데, 이를 모른 채 무리를 이끌고 강가로 간 왕사슴이 함정에 걸려들고 말았다. 이를 본 사슴들이 다 놀라서 달아

---

48 위의 책, 405-406면.

49 위의 책, 287-288면.

났으나 아내 사슴만은 그 곁을 떠나지 않았다. 왕사슴은 힘을 다해 그물을 끊으려 했지만 더욱 그물에 얽혀들어 고통이 심해졌다. 사냥꾼이 다가오는 것을 본 아내 사슴이 위급하게 소리쳤으나 왕사슴은 무력하게 아픔을 호소할 따름이었다. 그러자 암사슴은 사냥꾼에게 다가가서 먼저 칼로 자기를 죽이라고 애원했다. 그물에 갇힌 사슴이 남편임을 알게 된 사냥꾼은 암사슴의 마음에 감동해서 그물을 끊고 왕사슴을 풀어주었다. 암사슴은 사냥꾼 집안에 행복이 있기를 빌어주고서 기쁘게 그곳을 떠났다. 부부 사슴이 정답게 손잡고 사라지는 뒷모습을 사냥꾼은 놀라움과 감격에 잠겨 지켜보았다. 그 암사슴은 지금의 아난(아난다)이고 왕사슴은 지금의 석존이다. 「비내야파승사(毘奈耶破僧事) 제19」[50]

전생에서 붓다와 아난다가 부부였다는 점이 눈길을 끌거니와, 내용에서 특별히 주목할 것은 전생 아난다의 충심이다. 그는 전생 붓다를 따르던 모든 무리가 흩어졌을 때 목숨을 걸고 끝까지 그를 지킨다. 이것이 붓다가 본 아난다의 서사였다고 할 수 있다. 그러한 성심과 분투를 알기에 붓다는 입적에 이르기까지 늘 아난다를 가장 가까이 두었을 가능성이 크다. 아둔해서 깨우침을 얻지 못하던 아난다가 붓다 입적 시에 마침내 깨달음을 얻었다는 것은 무척이나 극적이다. 중요한 사실은 이와 같은 극적인 초극과 구원이 또 다른 아난다로서의 세상 사람들에게도 적용된다는 점이다. 변치 않은 성심과 분투가 이어진다면 누구라도 극적인 서사 변화를 통해 치유적 자기구원을 이룰 수 있다는 뜻이다. 그 '누구'에는 당연히 오늘날의 우리도 포함된다.

불경 본생담은 얼핏 현생의 삶을 전생의 업보로 이해하는 결정론적 서사처럼 보이지만 이는 오해다. 인간은 윤회전생의 과정 가운데에 있으며 업은 새롭게 바뀌며 쌓여가고 있다. 전생의 악업은 지금의 선택과 노력에 의해 풀릴 수 있다. 꾸준히 선업을 닦아나가면 누구라도 치유적 자기변혁이 가능하다. 이야기 속의 붓다 자신이 그러한 서사를 살아낸 인물이었다. 본생담들

---

50 이 설화는 『불교설화문학대사전』 본생설화 편에는 없고 문화원형백과에 실려 있다. 남편을 위하여(naver.com)[문화원형백과 불교설화]

은 그가 큰 고통과 시련을 경험하면서, 무력한 좌절감에 신음하기도 하면서 오랜 시간에 걸쳐 긴 터널을 지나옴으로써 존재의 초극을 이루었다고 말한다. 그 붓다의 길은 곧 나의 길이 될 수 있다. 먼 후생의 일이 아니다. 삼생이 곧 현생 안에 있다는 관점에서 보면 지금의 내 삶에서 이루어낼 수 있는 일이다. 붓다가 그랬던 것처럼 말이다.

불경 본생담은 문학치료의 길을 열어주는 소중한 치료서사다. 그들과의 서사적 접속을 주저할 이유가 없다. 어떤 종교, 어떤 철학을 가지고 있는지는 문제 되지 않는다. 결국 인간의 일이고 삶의 문제이기 때문이다.

5 문학치료에서 '서사적 실천'과 종교서사

본생담을 포함한 종교서사의 치료적 의의 및 활용과 관련해서 문학치료학의 기본 문제를 한 가지 점검하고자 한다. 서사적 자기이해와 실천의 문제다. 한국의 문학치료학은 정운채 교수가 이를 창시한 이래로 서사의 이해를 중시해왔다. 여기서 서사의 이해는 작품서사와 자기서사를 함께 뜻한다. 작품서사와의 공명과 접속을 통한 자기서사의 이해라고 표현하면 적합하겠다. 그 과정을 통해 자신의 서사적 좌표를 인식하고 나아가야 할 서사적 길을 찾아내는 것이 문학치료의 주요 과제가 된다. 좋은 길을 많이 찾아내서 내면화할수록 치료 효과가 높아지게 된다는 관점이다.[51]

문학치료에서 다양한 작품서사와의 공명과 접속을 통해 서사적 자기이

---

51 이러한 관점은 다음 논문에 잘 반영돼 있다. 정운채, 「서사의 다기성과 문학연구의 새 지평」, 『문학치료연구』, 23, 한국문학치료학회, 2012; 정운채, 「서사접속 및 서사능력과 문학연구의 새 지평」, 『문학치료연구』, 24, 한국문학치료학회, 2012.

해를 이루는 일의 중요성은 새삼 재론할 바 아니다. 한 작품 내의 다양한 길과 접속하는 일이나 자기만의 새로운 서사적 길 찾기를 행하는 일의 중요성도 재론의 여지가 없다. 문제는 과연 그러한 서사적 이해를 통해 문학치료가 충분히 이루어질 수 있는가 하는 점이다. 그것은 자기서사의 건강한 변화를 위한, 서사적 성장과 확장을 위한 필요조건이지만 '충분조건'이라고 하기는 어렵다. 아는 것이 곧 실제적 수행으로 이어지지는 않기 때문이다. 지행일치나 사행일치(思行一致)의 삶을 사는 이들도 있으나 그렇지 못한 이들이 더 많은 것이 현실이다. 아는 것과 행하여 이루는 것 사이에 괴리가 생길 때 그것은 오히려 내적 갈등 내지 위험 요소가 될 수 있다. 그 자체 서사적 혼란 내지 취약성이 될 수 있다는 뜻이다.

그리하여 문학치료에서는 서사적 자기이해와 함께 이의 실천적 수행(遂行)을 주요하게 다룰 필요가 있다. 서사의 이해가 마음의 문제라면 실천은 몸의 문제라고 할 수 있다. 마음과 몸이 함께 움직일 때 실질적인 삶의 변화는 가능하다. 관건은 그 실천을 어떻게 행할 것인가의 문제인데, 이에 대한 유의미한 시사점을 종교서사로부터 찾을 수 있다. 이 연구에서 다룬 본생담들만 하더라도 작품 텍스트의 안과 밖에서 실천의 문제를 중요한 화두로 삼고 있는 것이 특징이다. 일련의 붓다 전생담이 득도를 위한 실천적 수행과정을 다루는 서사이거니와, 많은 이야기가 그 수행이 어떻게 이루어져야 하는지를 구체적으로 말하고 있다. 하나의 사례를 보면 다음과 같다.

행운을 불러오는 명마　　　부처님이 기원정사에 계실 때 수행정진을 단념한 비구를 꾸짖으면서 과거의 지혜롭던 이들은 절망 상태에서도 정진을 계속했다며 전생 이야기를 들려주었다.

옛날 바라나시에 브라흐마닷타 왕이 나라를 다스릴 때 '행운의 말'로 불리는 명마가 있었다. 그 주변은 늘 환히 빛나고 향기가 넘쳤다. 그러던 중 바라나시 왕국을 탐내던 일곱 명의 왕이 성을 포위하고 왕국을 넘기라고 위협했다. 왕이 신하의 의견을 따라 용감한 기사를 부르자 그는 명마와 함께라면 일곱 왕을 물리칠 수 있다고 했다. 왕으로부터 명마를 받은 용사는 성을 박차고 나와 차례로 적진을 무너뜨리며 왕들을 생포했다. 하지만 여섯 번째 왕을 사로잡았을 때 말이 부상을 당하고 말았다. 피가 끝없이 흘러내리고 견딜 수 없는 고통이 엄습했다. 그 모습을 본 용사는 말에서 무장을 풀어서 다른 말에게 입혔다. 그때 명마가 생각해보니 자기가 그렇게 멈추어서 용사가 싸움에 실패하면 모든 일이 헛수고가 되고 국왕도 무릎을 꿇게 되는 것이었다. 명마는 누운 채로 용사를 부른 뒤 자기를 일으켜 세우고 무장을 시켜달라고 했다. 말이 그렇게 상처를 동여매고 전장에 나아가 활약한 덕분에 용사는 일곱 번째 왕을 생포할 수 있었다. 국왕이 명마를 보러 나오자 말은 일곱 왕을 죽이지 말고 용사를 후히 대접할 것을 청한 뒤 무장이 풀림과 동시에 숨을 거두었다. 국왕은 명마의 장례를 성대히 치른 뒤 그의 생전의 소원을 받들어 세상을 다스렸다.

이야기를 마친 뒤 부처님은 전생에 지혜로운 이들이 이처럼 정진했다면서 비구에게 어찌 바른길에 접어들었으면서도 정진을 단념하느냐고 꾸짖었다. 그 가르침에 비구는 그 자리에서 아라한의 경지에 도달했다. 부처님이 말했다. "그때의 국왕은 지금의 아난다이고, 그때의 기사는 사리불이며, 명마는 지금의 나였다." 「쟈타카 23」[52]

아난다가 믿음의 존재로, 사리불이 용맹한 존재로 말해지고 있음이 눈길을 끈다. 앞서 말한바 그들의 서사적 정체성을 반영한 형상이다. 전생 붓다가 그들을 위해 몸을 바쳐 움직이는 존재로 설정된 것이 인상적인데, 본생담에서 흔히 보이는 설정이다. 전생 속의 붓다는 늘 높은 자리에 있는 존재가 아니다. 목수나 석수, 천민 같은 비천한 자리에 있는 경우도 드물지 않다. 앞서 살폈던바 돼지나 승냥이, 쥐, 도마뱀 등으로의 삶 또한 마찬가지다.

이 이야기에서 특별히 주목할 것은 핵심 화두를 이루는 '수행정진'의 문제다. 그 핵심은 '실천궁행(實踐躬行)'으로 표현할 수 있다. 어떤 어려움에도 정진은 끝까지 계속돼야 한다는 것인데, 추상적 교설 이상의 무게감을 지닌

---

52 불전간행회 편, 이미령 옮김, 『본생경』 2, 민족사, 1995, 278-283면.

제3부

다. 말이 부상으로 피 흘리는 고통 속에서도 굳은 결심으로 다시 일어나 움직이는 모습은 강한 감동의 파토스를 일으킨다. 실천행의 걸림돌이 되는 것은 안일함이나 자기합리화의 물러섬이거니와, 명마의 행동은 그 서사적 분기점에서 어떤 선택을 해야 하는지를 웅변으로 보여준다. 궁행(躬行)이 없으면 허사(虛事)라는 깨우침에 반박의 여지가 없다. 작은 상황변화에도 흔들리는 취약함을 반성하면서 다짐을 굳게 세우고 실천을 이어갈 힘을 얻게 된다.

종교서사로서 불경 본생담에 내재한 서사적 실천의 원리와 관련해서 한 가지 주목할 것은 계율(戒律)이다. 많은 종교 경전이 그렇듯이 불경 또한 계율 준수를 중요한 덕목으로 친다. 이때 계율을 지켜나가는 일은 '앎'보다 '행함'에 무게중심이 놓인다. 종교의 계율들은 사람들이 머리로 알고 있지만 몸으로 실천하지 못하는 것들이 주요 항목을 이룬다. 다음 이야기는 그 실천과 관련해서 중요한 시사점을 전해준다.

구루국의 지계(持戒)   부처님이 기원정사에 있을 때 제 재주를 뽐내며 돌멩이를 던졌다가 거위를 맞혀서 죽인 비구를 꾸짖으며 과거의 일을 비구들에게 들려주었다.

옛날 구루라는 나라에 다섯 계율을 지켜야 하는 국법이 있었다. 살생하지 말고, 훔치지 않고, 추잡한 행위를 하지 않고, 거짓말을 하지 않고, 술을 마시지 않는 것이었다. 왕을 비롯한 나라 사람들은 이를 준수하며 살아갔다. 그러던 중 인근 칼링거국에 가뭄이 계속되어 재앙과 소요가 일어났다. 백성들이 기근과 고통에 시달리는 것을 알게 된 왕은 보시를 베풀고 고행을 하면서 비를 기원했으나 비는 내리지 않았다. 신하들은 이웃 구루국에 가뭄이 없는 이유가 왕이 타고 다니는 검은 코끼리 덕이라며 그것을 얻어와야 한다고 했다. 칼링거 국왕은 마지못해 여덟 명의 바라문을 구루국으로 보냈다. 기회를 엿본 끝에 구루국 왕을 만나게 된 바라문들이 검은 코끼리를 황금과 교환하자고 하자 왕은 아무리 많은 황금으로도 코끼리를 대신할 수 없다고 말하고는 아무 대가 없이 코끼리를 넘겨주었다. 덕분에 바라문들은 코끼리를 자기 나라로 데려왔지만 여전히 칼링거에는 비가 내리지 않았다.

신하들이 구루국에 가뭄이 안 드는 진짜 이유는 검은 코끼리 때문이 아니라 왕이 계율을 잘 지킨 덕분인 것 같다고 하자 칼링거 왕은 구루국의 계율을 황금 판자에 새겨서 가지고 오라고 했다. 바라문들이 구루국 왕을 찾아가자 그는 자신이 계율을 잘 지키는지에 대해 의문을 나타냈다. 축제 때 하늘에 쏜 화살이 연못에 떨어졌는데 혹시라도 물고기가 맞아서 죽었을지 모른다는 것이었다. 왕은 가르침을 간청하는 바라문들에게 계율을 적어 준 뒤 그들을 자기보다 계율을 잘 지키는 어머니에게로 보냈다. 어머니는 두 며느리 중 큰며느리에게 더 귀한 물건을 준 일이 계율에 합당하지 않은 것 같아 걱정이라며 바라문들을 며느리인 왕비에게 보냈다. 잠깐 남편의 동생 부왕에게 연심을 느꼈던 왕비는 그 일을 토로하면서 바라문들을 부왕에게 보냈다. 형을 만나느라 사람들을 밖에서 떨게 한 일이 마음에 걸렸던 부왕은 바라문들을 사제에게 보냈다. 왕의 수레를 탐하는 마음을 잠깐 가졌던 사제는 그 일을 말하면서 바라문들을 영토를 지키는 대신에게 보냈다. 구멍에 말뚝을 꽂다가 게가 신음하는 소리를 들은 대신은 그 일이 마음에 걸린다면서 바라문들을 마부에게 보냈다. 폭우 속에서 왕을 급히 모시느라 말의 엉덩이를 채찍으로 때렸던 마부는 그 일을 말하면서 바라문들을 장자에게 보냈다. 무심코 벼를 한 줌 훑었던 장자는 그 일이 마음에 걸린다며 그들을 창고지기 대신에게 보냈고, 불의에 왕과 백성의 볏단을 혼동했던 대신은 그 죄를 말하며 문지기를 추천했다. 한 남매를 연인으로 오해해서 혼냈던 문지기는 그 잘못을 말하며 그들을 유녀에게 보냈다. 유녀는 사랑을 약속한 남자가 3년이 지나도록 아무 소식이 없음에도 끝까지 그를 기다려서 제석천의 기림을 받았으나 자기가 결국 다른 사람 손을 잡으려 했다며 부족한 사람이라고 했다.

그렇게 열한 명의 구루국 사람들을 만나 계율을 얻고서 칼링거국으로 돌아온 바라문들은 왕에게 말했다. "그들은 계율을 어기는 순간 이를 반성하며 마음가짐에 죄악의 그림자가 없는지 돌아봤습니다. 이것이야말로 계율에서 가장 중요한 일이었습니다." 그 말을 들으며 계율을 받아든 칼링거 왕이 이를 잘 지키자 마침내 비가 내리며 들판과 곡식에 생기가 돌고 사람들이 살아났다.

부처님이 이야기를 마치고 진리를 설하자 여러 비구가 예류과와 일래과, 불환과, 아라한과를 얻었다. 부처님이 말했다. "그때의 유녀는 연화색 비구니이고, 문지기는 부루나다. 영토를 지키던 대신은 가전연이고, 창고지기 대신은 목건련이다. 장자는 사리불이고, 마부는 아누루타이며, 사제는 가섭, 부왕은 난타현자, 왕비는 라훌라의 어머니였다. 구루국 왕은 하늘의 거위에게 돌을 던진 저 비구였다. 전생을 기억해야 하리라." 「쟈타카 276」[53]

『본생경』의 여러 설화 가운데 가장 긴 편에 속하는 이야기다. 많은 인물이 등장하며, 대다수는 붓다의 여러 제자의 전생으로 말해진다. 모두가 정성껏 계율을 지켜간 존재들이다. 그 결과로 그들은 현재 깨달음의 길을 굳건히 가고 있는 것으로 연결된다.

이야기는 계율에 앞서 검은 코끼리 이야기를 한다. 고귀하고 영험한 존재의 표상으로, 사람들이 누구나 원하고 기리는 대상이다. 말하자면 큰 권능이나 영예, 성공 같은 것에 해당한다. 구루국의 평화에 대해 외부인들은 그 검은 코끼리에 주목했지만, 그것은 외적인 표상일 따름이었다. 실질적인 힘은 보이지 않는 내부에 있었으니 사람들이 나날의 삶에서 계율을 소중히 여기고 성심껏 실행한 일이 그것이다.

이때 핵심은 계율을 엄격히 준수해서 어기지 않는 데 있지 않다. 아는 것과 행하는 것 사이에 틈새가 있지 않은지를 늘 세심히 성찰하면서 길을 벗어나지 않는 일이 관건이다. 무심코 지나친 작은 실행(失行)이 삶의 길을 허무는 씨앗이 될 수 있다. 드러난 행동만의 문제가 아니다. 마음으로 저지른 죄가 그 이상으로 중요하다. 마음의 흐트러짐이 행동의 흐트러짐을 낳기 때문이다. 마음을 다잡아서 바로 세우는 일은 그 자체로 실천궁행의 요체에 해당한다. 이야기에서 서로 다른 여러 인물을 등장시키면서 비슷한 내용을 반복적으로 말하는 것은 마음으로 쌓는 악업의 씨앗이 사방팔방 모든 곳에서 언제라도 생겨날 수 있음을 강조하기 위함일 것이다.

---

53 위의 책, 38-63면.

이야기 속에 그려진바 계율을 지키는 모습이 너무 엄격하지 않은가 생각할 수 있겠다. 교인이 아닌 입장에서 굳이 그 계율에 마음을 둘 일이 아니라고 할 수도 있다. 중요한 것은 불교라는 종교나 구체적인 계율 조항이 아니다. 여기서 계율은 각자가 지켜야 할 과업의 문학적 표상이라 할 수 있다. 문학치료 관점에서 말하면 각자가 밟아나가야 할 서사의 길이다. 그 길은 저절로 나아가지지 않는다. 한 발자국씩 꾸준히 내디뎌야 한다. 그러한 걸어나감에는 굳은 의지와 함께 체력이 필요하거니와 꾸준한 자기성찰과 실천궁행은 이를 키워나가는 단순하고도 어려운 과업이라고 할 수 있다.

길을 몰라서 못 가는 일은 어쩔 수 없다고 쳐도 나아갈 길이 분명히 보임에도 딴전을 피우거나 멈춰버린다면, 또는 다른 길로 빠져버린다면 더없이 한심한 일이 될 것이다. 이야기에서 붓다가 거위에게 돌을 던진 비구를 꾸짖은 것은 그가 이런 어리석음에 빠졌기 때문이다. 전생 속의 칼링거 왕이 구루국의 계율을 받은 뒤 그것을 오롯이 지켜서 삶의 새 단계로 나아간 것처럼 그 비구 또한 붓다의 설법에 깨우침을 얻어 도(道)를 이루는 길로 나아갔기를 기대한다. 우리 자신에게, 나 자신에게 전하는 기원이기도 하다.

본생담을 위시한 오랜 전통의 종교서사에는 실천의 힘이 내재해 있다. 믿음 속에 실천을 추구해온 오랜 역사가 일종의 전생(前生)이 되어서 충적된 힘이다. 문학치료에서 서사적 자기이해를 넘어서 서사적 실천을 통해 삶을 실질적으로 바꿀 수 있도록 하는 데 있어 종교서사는 큰 효용성을 지닌다. 본생담만의 일이 아니다. 또 다른 불경의 이야기들에도, 그리고 성경이나 베다, 코란의 이야기들에도 그런 힘은 다양한 형태로 깃들어 있다. 이를 잘 찾아내서 활용하는 일은 문학치료학의 미래적 과제임을 강조해둔다.

문학치료에서 종교서사를 어떻게 적용해서 서사적 자기이해와 실천을 이루어낼 것인가 하는 문제와 관련하여 따로 구체적인 방법을 제시하지는 않는다. 다만 하나의 중요한 선례를 언급하는 것으로 대신한다. 이강옥이 구안하여 실행한 문학치료적 상담활동이 그것이다. 그는 '불교문학의 정수'라 할 『구운몽』에 대한 종교서사적 이해를 바탕으로 이를 우울증 치료에 적용하는 프로그램을 구안하고 실행한 바 있다.[54] 주목할 것은 그 프로그램이 작품서사에 대한 통찰과 그를 통한 자기이해 활동과 함께 일련의 실천적 수행(修行) 활동을 병행함으로써 실질적인 삶의 변화를 꾀했다는 점이다. 참선 수행을 응용한 명상법과 꿈 요가, 루시드 드림 훈련 등이 그것이다. 그 수행은 서사적 통찰을 통해 얻은 삶의 길을 육화하는 데 필요한 과정으로서, 실제 프로그램 실행을 통해 유의미한 효과를 낸 것으로 보고되었다.[55] 불교에서 일반화된 수행법이 불교적 종교서사를 적용한 치유 프로그램과 잘 어울린 터라서 효과가 더 컸던 것으로 여겨진다. 오래된 서사를 존중하는 일과 오래된 수행법을 존중하는 일은 이치가 다르지 않다. 본래 함께였던 둘을 연결하는 일 또한 마찬가지다.[56]

덧붙이자면 서사적 실천의 문제는 단지 종교서사만의 문제는 아니다. 종교서사 및 종교적 수행법 외에 다양한 형태의 실천적 방법론을 모색하고 적용할 수 있다. 여러 상담치료 활동에서 실행적으로 검증돼온 방법들이 있기도 하다. 이를 살피고 수용하는 데 인색할 일이 아니다. 바라건대, 그 방법적 체계가 문학치료 특유의 독창적 이론과 어울리는 형태로 수립된다면 더좋을 것이다. 종교서사가 좋은 자원이 된다는 점을 다시금 강조하면서, 구체적인 사항은 과제로 남긴다.

---

54 이강옥,「구운몽과 불교 경전을 활용하는 우울증 치료 프로그램(DTKB Program) 구안」,『문학치료연구』12, 한국문학치료학회, 2009; 이강옥,「구운몽과 불교 경전을 활용하는 우울증 치료 프로그램(DTKB Program) 상담사례 연구」,『문학치료연구』18, 한국문학치료학회, 2011. 그 연구내용은 수정보완을 거쳐 단행본으로도 출간되었다. 이강옥,『구운몽과 꿈 활용 우울증 수행치료』, 소명출판, 2018.

55 이강옥,「구운몽과 불교 경전을 활용하는 우울증 치료 프로그램(DTKB Program) 상담사례 연구」,『문학치료연구』18, 한국문학치료학회, 2011. 보고에 의하면 중증과 경증우울증에 시달리던 여섯 명의 내담자가 일련의 프로그램을 거친 뒤 정상 수준으로 우울증이 치유됐다고 한다.

56 참고로 이강옥은 불교 외에 유교와 무속, 기독교로 시야를 확장하면서 죽음서사를 바탕으로 한 죽음명상 프로그램을 구안하기도 했다. 이강옥,『죽음서사와 죽음명상』, 역락, 2020. 그 논의에는 명상법 외에 사띠수행과 수면수행 같은 실천적 수행법이 포함돼 있다. 이 또한 종교서사의 치유적 활용의 중요한 선례로서 의의를 지닌다.

맺는말: 서사를 통한 연결과 화해

문학치료학의 관점에서 종교서사를 어떻게 이해하고 해석할 것인가를 불경 본생담들을 통해 살펴보았다. 서설 차원의 포괄적이고 성근 논의였다. 이제 논의내용을 요약하는 대신 종교서사에 대한 학문적 접근이 오늘날의 세상에서 어떤 의의를 지니며 그 의의를 구현하기 위해 어떤 방향으로 연구작업이 이루어져야 할지에 대한 내용으로 글을 갈무리하고자 한다.

우리가 살아가고 있는 21세기 현실은 수많은 단절과 대립 속에 있다. 세상 구석구석 작은 곳까지 단절과 갈등이 가득하다고 말해도 지나치지 않다. 국가와 민족, 인종과 지역, 계층과 세대와 성별 모든 곳에 날카로운 단절이 있다. 정치적 입장이나 종교적 신념에 따른 첨예한 대립과 갈등도 빼놓을 수 없다. 그 수많은 단절 가운데 사람들이 쉽게 건드리지 못하는 매우 민감한 문제로 종교를 들 수 있다. 서로 다른 종교를 가지고 있는 사람들 사이에, 또는 종교를 가진 사람과 그렇지 않은 사람들 사이에 깊은 심연이 놓여 있는 상태다. 최근 들어서는 종교 내에서 종파에 따른 단절과 대립도 널리 나타나고 있다. 그것은 단순한 심리적 차원을 넘어서 사회의 평화와 안전을 위협하는 실질적 요소로 작용하고 있다.

그 단절은 사람들의 나날의 일상과 인간관계에도 많은 영향을 미친다. 괜스레 문제를 일으키지 않으려면 종교적 문제는 아예 화제로 올리지 않는 것이 불문율처럼 되어 있는 형국이다. 같은 신념을 지닌 집단 내에서 '그들끼리만의 이야기'로 소통이 오갈 따름이다. 어떤 종교적 입장을 지니고 있는가에 따라 사람들은 같은 하늘 아래에서 서로 다른 공기를 마시고 있다고 해도 될 정도다.

그 단절을 극복해서 연결과 치유, 화해의 길을 찾는 역할을 학문이 맡아야 한다고 본다. 그것은 특히 인문학의 책무다. 종교란 결국 인간과 삶, 사상과 문화의 문제이기 때문이다. 그 연결은 의무에 의해 인위적으로 이루어질 수 있는 바가 아니다. 밑으로부터의 자발적이고 자연스러운 접속과 연결이 필요하다. 그 중요한 연결의 통로로 문학, 특히 '서사'를 말하고 싶다. 종교적 텍스트는 외면상 무척 특별해 보여서 이질감과 거부감을 낳지만, 심층의 서사 차원에서는 그렇지 않다. 서로 다른 신념을 가진 사람들은, 그러니까 신자와 비신자는 서로 다른 방향에서 서사에 접속함으로써 이면에서 서로 만날 수 있다. 그런 만남을 통해 사람들은 벽을 넘어서 더 가까워지고 행복해질 수 있다. 그리고 세상은 더 평화로워질 수 있다.

　이 연구에서 본생담에 대한 서사분석을 진행한 것은 이런 의도에 따른 것이다. 앞으로 많은 서사분석 전문가들이, 그리고 문학치료 전문가들이 그 소임을 수행하는 데 적극 나서주기를 기대한다. 먼 과거로부터, '지금으로부터 4아산키야를 더한 십만 겁 과거'[57]로부터 인연이 지어진 성스러운 과업이다.

---

[57]　불전간행회 편, 이미령 옮김, 『본생경』 1, 민족사, 1995, 15면. '4아산키야'는 괴겁, 괴주겁, 성겁, 성주겁을 합한 대겁(大劫)을 지칭하는 말이다.

본생담 아난다 서사의
문학치료적 독해

1 연구대상과 목적

이 연구는 불경 본생담 중 아난다(아난존자)가 주요 인물로 등장하는 이야기들을 분석대상으로 삼아 치유적 성격을 짚어내고 이를 현재적 삶에 적용하는 길을 찾아보는 것을 목적으로 한다. 불자들 외에 오늘날의 일반대중 모두에게 적용될 수 있는 방향으로 불교설화의 치유적 가치를 탐색할 것이다.

이 연구의 기본 방법론은 한국 문학치료학의 서사분석론이다.[1] 정운채가 수립하고 한국문학치료학회를 통해 계승되고 있는 한국의 문학치료학은 텍스트 이면의 '서사(epic; story-in-depth)'에 주목한다. 문학작품의 텍스트 이면에 작품서사가 있고 인생이라는 텍스트의 이면에 자기서사가 있어 양자가 긴밀히 상호 조응한다고 본다.[2] 문학치료학이 주목하는 것은 양자의 치료적 상관관계다. 작품서사를 통해 자기서사를 투시하고 이를 더 건강하고 행복하게 바꿔가는 것이 문학치료의 과업이 된다. 이 연구는 불경 본생담 텍스트 이면의 작품서사, 그중에서도 '아난다 서사'에 집중하면서 이를 현대인의 자기서사와 치유적으로 연결하는 분석 작업을 수행할 것이다. 석가모니 붓다의 제자 중 아난다에게 주목하는 것은 본생담 속 아난다의 캐릭터와 사연이 일반대중과의 서사적 연결성이 높다고 보기 때문이다.

이 연구의 분석대상은 한국어로 번역 출간된 불경 본생담 자료들이다.

---

[1] 한국에서 문학치료라는 용어를 가장 먼저 쓰고 학문적 고찰을 시작한 연구자는 정운채이며, 그 연구는 한국문학치료학회를 통해 계승되고 있다. 이에 대해 시치료와 독서치료 계열의 또 다른 문학치료 논의와 활동이 한국에서 '통합문학치료' 등의 이름으로 수행되고 있다. 이 연구에서 다룰 대상은 정운채와 한국문학치료학회의 문학치료임을 분명히 해둔다.

[2] 작품서사와 자기서사의 개념과 성격, 상호관계를 다룬 정운채의 논문은 매우 많은데, 그 핵심은 다음 논문에 요약돼 있다. 정운채, 「문학치료학의 서사이론」, 『문학치료연구』 9, 한국문학치료학회, 2008.

활안(活眼) 한정섭이 편찬한 『불교설화문학대사전』[3] 본생설화 편의 320여 편 이야기들과 불전간행회에서 펴낸 『본생경』[4] 2권에 실린 설화 37편 가운데 아난다가 등장하는 이야기 82편을 대상으로 삼는다.[5] 그 가운데 아난다가 보조 인물이 아닌 주요 인물로 등장하는 것들을 중점적으로 다룰 것이다.

문학치료학 분야에서 불교서사를 다룬 선행연구는 그리 많지 않다. 설화를 다룬 것으로는 김혜미와 박재인이 한국의 구전 민담을 대상으로 문학치료적 서사분석을 수행한 연구가 있을 따름이다.[6] 주목할 것은 고소설 『구운몽』을 대상으로 한 이강옥의 연구다. 그는 불교문학의 정수로서 『구운몽』의 치유적 맥락을 분석한 뒤 이를 우울증 치료에 적용하는 문학치료 프로그램을 구안하고 실행한 바 있다.[7] 이 연구는 작품서사에 대한 통찰에 머물지

---

3   활안 편찬, 『불교설화문학대사전』, 불교정신문화원, 2012. 이 책의 제2편 본생설화 부분에 실린 이야기들은 『본생경』 소재 설화가 많지만, 다른 경전에서 가져온 이야기도 다수 포함돼 있다. 참고로, 이 책에 수록된 320여 편의 본생설화는 콘텐츠진흥원 '문화원형백과'로 네이버 지식백과에도 전문이 실려 있다[문화콘텐츠닷컴(문화원형백과 불교설화)]. 단, 이야기 제목은 조금 다르며, 이야기 목록과 내용이 다 일치하지는 않는다. 이 연구는 책에 실린 자료와 인터넷 자료를 함께 살핀다.

4   불전간행회 편, 이미령 옮김, 『본생경』 1~2, 민족사, 1995. 『본생경』 1권은 '쟈타카'의 서두를 이루는 「인연 이야기」를 완역한 것으로 붓다 전생의 출가수행담과 현생의 출가수행 및 성불담을 담은 전기(傳記)에 해당한다. 일반 본생담 설화들은 2권에 실려 있다. 원전의 500여 편 이야기 중 대표적인 것 37개를 번역 수록했다.

5   『불교설화문학대사전』(또는 문화원형백과 불교설화) 320여 편 본생설화 중 아난다가 등장하는 것으로는 78편을 확인했다. 『본생경』 2권에 실린 37편의 이야기 중 아난다가 등장하는 것은 11편이다. 그중 7편은 『불교설화문학대사전』(문화원형백과 불교설화) 자료와 겹치는 것이어서 확인 가능한 아난다 전생담 총수는 82편이다.

6   김혜미, 「설화 「개로 환생한 어머니 여행시킨 아들」에 나타난 어머니의 문제와 그 해결 과정」, 『고전문학과교육』 20, 한국고전문학교육학회, 2010; 박재인, 「부부갈등 설화 속 전생 화소의 역할과 문학치료적 의미」, 『고전문학과교육』 37, 한국고전문학교육학회, 2017.

7   이강옥, 「구운몽과 불교 경전을 활용하는 우울증 치료 프로그램(DTKB Program) 구안」, 『문학치료연구』 12, 한국문학치료학회, 2009; 이강옥, 「구운몽과 불교 경전을 활용하는 우울증 치료 프로그램(DTKB Program) 상담사례 연구」, 『문학치료연구』 18, 한국문학치료학회, 2011. 그 연구내용은 수정보완을 거쳐 단행본으로도 출간되었다. 이강옥, 『구운몽과 꿈 활용 우울증 수행치료』, 소명출판, 2018.

않고 이를 실천적 수행(修行)을 통한 치료적 활동과 연결한 것이 특징이다. 해당 프로그램은 주목할 만한 치료 효과를 낸 것으로 보고되었다.[8]

문학치료적 관점에서 불경 본생담을 다룬 연구는 신동흔의 논문[9]이 유일하다. 이 연구에서는 종교서사의 문학치료적 의의를 논한 뒤 불경 본생담이 갖는 치료서사적 성격과 의의를 종합적으로 살폈다. 연구의 핵심 분석대상은 석가모니 붓다의 전생서사였다. 수행과 성도(成道) 주체로서의 붓다에 초점을 맞추어 수행과 자기초극의 치료서사적 성격을 논하고, 관찰 및 계도 주체로서의 붓다에 착안하여 성찰과 투시, 계도의 치료서사적 성격을 짚어냈다. 이 중 후자에서는 붓다의 제자들과 데바닷다(제바달다)를 포함한 여러 비구와 속인들의 형상과 의미를 함께 다루었다. 이 연구에서는 그 논의의 연장선상에서 붓다의 제자 겸 동반자로서 아난다의 서사를 집중분석할 것이다.

2   문학치료학과 텍스트 그리고 서사

문학치료학의 핵심 개념은 '서사(敍事)'다. 문학치료학의 '서사'는 서정(抒情)이나 극(劇)과 짝을 이루는 장르(genre) 차원의 용어가 아니라 본원적인 이야기적 구조와 맥락을 지칭하는 말이다. 정운채는 장르 여부를 떠나 문학 일반이 서사를 바탕으로 성립된다고 보았다. 모든 문학작품의 기저에 이야기가 있으며 그것이 작품의 성격과 가치를 좌우한

---

8   이강옥, 「구운몽과 불교 경전을 활용하는 우울증 치료 프로그램(DTKB Program) 상담 사례 연구」, 『문학치료연구』 18, 한국문학치료학회, 2011. 보고에 의하면 중증과 경증 우울증에 시달리던 여섯 명의 내담자들이 프로그램을 거친 뒤 정상 수준으로 우울증이 치유됐다고 한다.

9   신동흔, 「불경 본생담의 치유적 해석: 종교서사의 문학치료적 활용을 위하여」, 『문학치료연구』 63, 한국문학치료학회, 2022.

다는 것이다.[10]

작품 이면의 이야기에 대한 인식보다 더 중요한 것은 인간과 이야기의 관계에 대한 새로운 통찰이다. 정운채는 인간의 내면 깊은 곳에 모종의 이야기가 존재하며 그것이 인생의 속성과 맥락을 좌우한다고 보고, 이를 '자기서사(自己敍事)'라고 일컬었다.[11] 문학작품 이면의 이야기로서의 '작품서사(作品敍事)'와 대비한 명명이었다. 인간을 그 자체로 문학으로 보는 관점은 중대한 인식론적 전환에 해당한다.

인간이 곧 문학이라는 관점을 정립함으로써 문학치료학은 인간 자체에 대한 문학적 분석의 길을 열었다. 문학작품을 분석하는 방식으로 인간을 분석할 수 있게 된 것이다. "문학을 통해 인간을 치료한다"는 명제는 "인간이라는 문학을 치료한다"는 명제로 거듭나게 되었다.

정운채는 작품서사와 자기서사를 포괄하는 문학치료의 기본 요소를 다음과 같이 설명한다.[12]

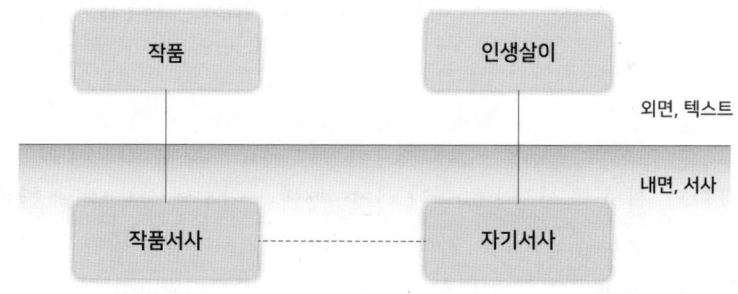

10   정운채, 「고전문학교육과 문학치료」, 『국어교육』 113, 한국국어교육연구학회, 2004, 103-126면.

11   정운채, 「서사의 힘과 문학치료방법론의 밑그림」, 『고전문학과 교육』 8, 한국고전문학교육학회, 2004, 159-176면.

12   정운채, 「문학치료학과 역사적 트라우마」, 『통일인문학논총』 55, 건국대학교 인문학연구원, 2013, 10면. 필자가 그림 모양을 다소 조정했다.

그림에서 보듯이, 서사[작품서사, 자기서사]는 외면이 아닌 내면에 깃들어 있다. 외면으로 보이는 것은 서사가 아닌 '텍스트'이다. 문학작품의 경우 그 것은 언어로 서술된 내용이며, 인생살이의 경우 인간과 삶의 외적 형상이다. 문학치료학은 텍스트의 중요성을 경시하지 않지만, 이면에서 그것을 규정하고 좌우하는 숨은 구조와 맥락을 더욱 중시한다. 외적 증상보다 내적 원인을 중시하는 관점이다. 내적 원인은 하나의 시스템 속에서 발현되거니와, 그 시스템이 곧 '서사'다. 기계적인 체계가 아닌 미적이고 문학적인 체계다.

문학작품은 인간활동의 결과물인 동시에 인간 삶의 반영체다. 이면적으로 말하면, 작품서사는 인간의 자기서사가 투영되고 작용하면서 구성된 것이다. 작품서사가 본래적으로 자기서사를 반영한 것이기에 사람들은 거기에 미적으로 공명하게 되며, 그 과정에서 내적 조정과 변화를 겪게 된다. 작품서사와 자기서사의 상관관계는 긴밀하고도 본질적인 것으로서 높은 각인력과 규정력을 행사한다.

유의할 사항은 작품서사와 자기서사가 서로 같지는 않다는 점이다. 문학은 현실을 반영하지만 현실 자체는 아니다. 미적 상상의 집약체로서 문학작품은 하나의 소우주로서 독립적 자족성과 전완성을 지닌다. 그것은 인간과 삶을 전형적이고 가시적인 형태로 응축한다. 사람들은 그 미적 형상을 통해 삶에 대한 객관적 조망과 총체적 직관을 성취할 수 있다. 이러한 관계는 서사 차원에서도 성립한다. 문학의 작품서사를 통해 사람들은 내면의 자기서사를 미적이고 직관적인 형태로 감지할 수 있다. 삶의 이면적 문제를 핵심적으로 짚어낼 수 있으며, 그것을 어떻게 바꿔나가야 할지에 대한 '문학적 길 찾기'를 이뤄낼 수 있다.

이 연구의 본생담 분석은 이와 같은 문학치료학의 관점에 입각하여 이루어질 것이다. 설화 텍스트를 외적으로 따라가기보다 이면에서 작동하는 서사에 주목할 것이며, 그것이 이야기 수용자의 자기서사와 어떻게 연결될 수 있는지 탐색할 것이다. 당대의 사회적 배경이나 종교적 관습보다 보편적인 문학적 원형성에 착안하는 가운데 오늘날의 삶의 문제와 통하는 심리적·상징적 함의를 주로 살피게 될 것이다.

3 본생담 서사와 수용자의 자기서사

본생담은 현생(現生)에 앞선 전생(前生)의 사연을 전하는 설화다. 잘 알듯이, 불교에서는 우주의 뭇 생명이 스스로 지은 업(業; karma)에 따라 윤회전생을 거듭한다고 본다. 지금 여기 한 인간의 현존에는 측량키 어려운 길고 복잡한 전사(前史)가 있는 터다. 겉으로 드러나지 않는, 인지하기 어려운 숨은 역사다.[13]

전생에 접근하는 이 연구의 기본 관점은 그것을 '현생 이전의 다른 생'이 아닌 현생의 문학적 비유 내지 서사적 표상으로 보는 시각이다. 이때 주목할 것은 박재인의 논의다. 박재인은 구비설화 속의 전생 화소에 대해 이를 사람이 미처 인지하지 못하는 (현생의) 숨은 업으로 이해하면서, 전생에 대한 자각이 자신을 직시하고 흐트러진 인연[인간관계]을 바로잡는 바탕이 된다고 보았다.[14] 이러한 관점은 전생의 의미를 서사 차원에서 새롭게 의미화한 것으로서 높은 설득력을 지닌다. 한 사람의 삶에는 스스로 놓치고 있는 숨은 진실[업]들이 가득하거니와, 그에 따라 유동하는 삶의 과정을 전생에 의한 윤회전생으로 볼 수 있다. 이 연구는 이러한 관점을 따른다.

본생담 속의 전생을 현생의 서사적 표상으로 볼 수 있는 근거는 본생담 자료들 자체에서도 찾을 수 있다. 불경에 수록된 소재 수백 편의 본생담은 석가모니 붓다의 전생 사연을 다양하고 광활하게 전하거니와, 그 내용은 붓다의 현생 이력과 깊은 연관을 지닌다. 예컨대 유명한 본생담 「몸을 바친 왕자」에서 마가삿다 왕자와 주변 인물의 형상은 붓다 현생사의 서사적 표상으로서의 성격을 지닌다. 굶주린 호랑이에게 다가가 몸에 피를 내는 마가삿다

---

13 신동흔, 「불경 본생담의 치유적 해석」, 『문학치료연구』 63, 한국문학치료학회, 2022, 12-13면.

14 박재인, 「부부갈등 설화 속 전생 화소의 역할과 문학치료적 의미」, 『고전문학과교육』 37, 한국고전문학교육학회, 2017, 201-205면.

의 모습은 왕궁을 벗어나 험지로 들어가 궂은 고행을 자처한 싯닷타 왕자의 내면풍경의 문학적 표상일 가능성이 크다. 석가모니 붓다가 자기 삶의 내적 역정을 전생 서사로 은유하고 있다는 해석이다.[15] 편의상 한 예만 들었지만, 다른 이야기들도 성격이 다르지 않다. 이야기 속 전생 붓다의 수많은 사연은 석가모니 붓다가 살아오면서 경험하고 느낀 인생사 풍경의 이면적 표상으로서 성격을 지닌다. 거기에는 붓다가 현생에서 인연을 맺은 수많은 사람의 삶의 풍경이 은유적 형태로 수렴돼 있다. 붓다의 지인과 제자들 가운데 그와 인연이 남달랐던 이들의 전생사가 더 크고 중요하게 말해지는 것은 우연이라 하기 어렵다.

이와 같은 관점에서, 본생담 텍스트는 그 자체 문학치료학이 말하는 '서사'와 깊은 연관성을 지닌다고 할 만하다. 본생담 사연은 붓다라는 성도자의 눈에 투시된 인간사의 '숨은 이야기' 내지 '숨은 역사'에 해당하는 것으로서, '이면적 심층에서 작품 또는 삶을 움직이는 이야기'로서의 서사와 질적 동질성을 지닌다. 본생담 사연은 그 자체로 상징적이고 함축적인 의미구조를 지닌다. 그 이야기적 맥락과 의미를 제대로 독해하는 것만으로도 인간에 대한 서사적 이해를 유효하게 이루어낼 수 있다. 삶의 뿌리 내지 근본으로서의 '본생(本生)'에 대한 이해다.

잘 알듯이, 불경 본생담은 붓다가 전생 사연을 설파하는 방식으로 서술된다. 붓다는 갖가지 사연을 통해 삶에 대한 깨우침을 전하는 화자인 동시에 모든 전생담에 빠지지 않고 등장하는 핵심 인물이다. 본생담 속 전생 붓다의 캐릭터는 가지각색이다. 그는 다양한 신분과 처지의 인간으로 등장하며, 여러 종류의 동물이나 갖가지 신(神)으로 나오기도 한다. 천변만화의 다양한 면모다. 서사적으로 풀이하면, 이는 붓다의 인생 경험 내지 사유의 넓이와 깊이를 대변한다고 볼 수 있다.

본생담 속 전생 붓다는 종종 미약하고 불완전한 존재로 등장하며, 예기

15　「몸을 바친 왕자」에 대한 서사적 해석은 신동흔, 「불경 본생담의 치유적 해석」, 『문학치료연구』 63, 한국문학치료학회, 2022, 19-20면 참조.

치 않은 고통과 실패를 겪기도 한다. 「시비왕의 보시」에서 두 눈을 보시한 뒤 절망적 고통에 빠져드는 일이나 「왕과 뱃사공」에서 뱃사공에게 가르침을 줬다가 폭력을 당한 일, 「왕게의 집게발」에서 피범벅이 된 상태로 아내에게 호소하는 일 등에 대해 이미 살핀 바 있거니와,[16] 「하리타 선인」[17]이나 「울다라가 고행자」[18] 속의 전생 붓다는 수행 중에 여인에게 미혹되어 불의를 저지르기도 한다. 이런 이야기들은 붓다가 이루어낸 성도(成道)가 한 인간으로서의 존재적 번민과 갈등의 역정을 거치면서 도달한 것임을 인상적으로 현시한다. 일컬어 '인간 붓다'의 면모다.

그러나 수백 편의 본생담에서 이와 같은 사례는 예외적으로만 나타난다. 대다수 본생담 속의 전생 붓다는 범인(凡人)과 질적으로 다른 특별하고 고귀한 존재로서 정체성을 지닌다. 최고의 덕성과 성심으로 보살행의 큰 과업을 완수하는 존재, 드높은 신성을 담지한 상태에서 세상을 깨우치고 계도하는 존재, 경이로운 기적으로 세상의 우러름을 받는 존재 등이 전생 붓다의 일반적이고 전형적인 형상이다. 천인이나 미물로 태어난 경우에도 전생 붓다가 펼쳐내는 일련의 행적은 고개를 저절로 숙이게 하는 숭고함을 나타내는 것이 상례다. 우러르며 따라야 할 크고 높은 빛과 같은 존재성이다.

이와 같은 전생 붓다의 형상은 수용자들에게 넓고 큰 감화를 전해주는 것이 사실이다. 특히 그것이 '이미 깨달은 자'가 아니라 '깨달음으로 나아가는 자'의 서사에 해당한다는 점에서 서사적 접속과 공명의 길이 열려 있다. 하지만 '숭고'에 해당하는 고귀한 존재성은 일반 수용자의 자기서사와 상당한 거리감이 있는 것 또한 사실이다. 전생 붓다가 행하는 극단의 보시나 신적인 존재성은 감히 범접하지 못할 무엇으로 다가오는 측면이 크다. 불법을 닦는 수행자들이라면 몰라도 속세의 대중으로서는 더욱 그럴 수밖에 없다.

---

16   위의 논문, 20-24면.

17   활안 편찬, 『불교설화문학대사전』, 불교정신문화원, 2012, 492-494면. [네이버 지식백과] 하리타 선인의 전생이야기(문화원형백과 불교설화, 2004)

18   위의 책, 494-498면. [네이버 지식백과] 울다라가 고행자의 전생이야기(문화원형백과 불교설화, 2004)

본생담 작품서사와 수용자 자기서사의 접속 및 연결과 관련해서 본생담 속에 전생 붓다가 아닌 또 다른 여러 인물의 서사가 담겨 있음에 주목하게 된다. 본생담에는 붓다와 인연이 있는 수많은 지인 및 세인(世人)에 대한 인상적이고 계시적인 이야기들이 가득하다. 그 가운데는 깨달음의 길과 반대 방향으로 움직이는 이들도 많다. 욕망과 집착, 거짓과 폭력 등으로 스스로 파멸하는 인물이나 불안과 회의, 두려움 등으로 갈등하고 번민하는 인물들이 그들이다. 전생 붓다의 맞은편에 놓이는 전생 제바달다(데바닷다)는 그 대표적인 문학적 표상으로서의 성격을 지닌다. 그로부터 우리는 스스로 육도윤회의 감옥 속을 허우적대며 지옥에 빠져드는 무명(無明)의 서사를 만나게 된다. 반면교사로서 우리의 이면을 비춰보게 하는 계시적 서사다.

전생 붓다와 제바달다라는 두 극단 사이에 또 다른 수많은 인물의 서사가 스펙트럼처럼 놓인다. 단순화해서 말하면, 그 스펙트럼은 '세속'과 '신성'을 기본 축으로 삼는다. 물론 전생 붓다의 서사와 통하는 쪽이 신성에 해당한다. 이때 중요한 것은 그가 붓다의 제자이거나 수행자인가의 문제가 아니다. 삶의 이면적 속성의 문제다. 명색은 수행자이지만 번뇌에 빠져 신음하는 경우라면 세속의 서사, 또는 무명의 서사 편에 놓이는 것이 합당하다.

21세기 현대의 일반대중은 더없이 복잡하고 혼란한 속세를 살아가고 있다. 물욕을 비롯한 갖가지 집착과 탐(貪)·진(嗔)·치(癡)의 굴레에서 자유롭지 못한 삶이다. 이는 자기초극의 수행(修行)의 길에 나선 이들도 크게 다르지 않다. 석가모니 붓다 당대와 달리 모든 것을 내려놓고 수행에 전념하기 어려운 것이 오늘날의 환경이다. 세속의 삶과 수행의 길을 어떻게 연결해서 통합할 것인가 하는 것이 종교적 삶의 크고도 어려운 과제가 되고 있는 상황이다. 종교인뿐만 아니라 나다운 삶, 진정한 삶을 추구하는 모든 사람의 과제다.

이와 관련해서 본생담의 인물 가운데 세속과 수행, 또는 무명(無明)과 성도(成道) 양자 사이에 걸쳐 있는 이들을 주목해볼 만하다. 세속의 삶을 살면서 수행의 길을 오롯이 가고 있는 사람, 또는 무명의 삶에서 성도의 삶으로 길을 바꾼 사람의 서사가 우리 삶의 거울 내지 등불이 되어줄 수 있다. 본생담 속에는 그런 서사를 구현한 인물들이 있거니와, 그중 첫손에 꼽을 수 있는 이가 바로 아난다. 현생에서 붓다의 애제자였던 그는 수많은 본생담에서 세속과 수행, 무명과 성도 사이에 걸쳐 있는 인물로 형상화된다. 이야기 속에서 아난다가 밟아가는 일련의 행보에서 오늘날 우리의 서사를 변혁할 수 있는 원리와 힘을 발견할 수 있다. 전생 아난다 서사를 문학치료적으로 살피고자 하는 연유다. 앞선 논의에서 필자는 문학치료의 주요 과제로서 '서사적 실천'의 문제를 제기했거니와,[19] 아난다 서사에 대한 논의는 그를 위한 유의미한 과정이 될 것으로 기대한다.

4   아난다 전생 서사의 위상과 특징

아난다(阿難陀; 阿難尊者)는 불교계의 중요 인물이다. 그는 석가족 출신 인물로서, 석가모니와 사촌간이며 제바달다(데바닷다)의 동생이다. 아난다는 붓다의 시자(侍者)로서 늘 그를 따라다니며 시중을 들었고, 가장 많은 질문을 했기 때문에 최초의 경전을 결집할 때 가장 많은 가르침을 모았다고 한다. 붓다의 설법을 암송하는 데 매진해서 설법 내용을 그대로 불경에 담았다고 전해진다.[20] 붓다의 수제자로는 사리불과 목건련을 들 수 있는데, 그들이 일찍 입적했기에 붓다 사후에 그 가르침을 이어감에 있어 아난다가 가섭, 우바리 등과 함께 핵심적 역할을 담당했다.

---

19 신동흔, 「불경 본생담의 치유적 해석」, 『문학치료연구』 63, 한국문학치료학회, 2022, 38-45면

20 아난다의 나이와 생애, 붓다와의 관계 등에 대해서는 다음 논문들을 참고할 수 있다. 염중섭, 「아난의 나이에 대한 고찰」, 『불교학연구』 19, 불교학연구회, 2008; 염중섭, 「아난의 출가문제 고찰」, 『불교학연구』 23, 불교학연구회, 2009; 정준영, 「아난다(Ananda)의 출생, 참회, 그리고 입멸」, 『종교교육연구』 69, 종교교육학회, 2022.

아난다는 붓다의 가장 가까운 제자이면서도 이런저런 논란을 낳은 인물이기도 하다. 오래도록 붓다를 가까이 모시고 입적을 지켜본 존재이면서도 쉽사리 깨달음을 얻지 못했으며, 붓다가 입적했을 때 홀로 평정심을 못지키고 눈물을 흘렸다고 한다. 500장로 중 유일하게 아라한과에 들지 못했던 그는 붓다의 입적 후에 비로소 깨달음을 얻어서 결집에 참가했던 것으로 말해진다.[21] 입적을 앞둔 붓다가 세상에 더 머물 수 있다는 암시를 주었음에도 아난다가 침묵한 탓에 붓다가 떠났다는 애기도 널리 알려져 있다. 이는 붓다가 지키지 않아도 된다고 말한 사소한 계율[小小戒]에 대해 그 구체적 내역을 묻지 않은 일, 붓다의 옷을 만들다가 옷자락을 밟은 일, 여인들의 출가를 허용하게 한 일 등과 더불어 가섭을 비롯한 교단 장로들의 힐난을 받게 한 원인이 되었다.[22]

그 자세한 경위와 맥락에 대한 논의는 생략하거니와, 아난다는 붓다의 제자 가운데도 특이한 인물이었다고 할 만하다. 붓다의 가장 가까운 사람이자 성실한 제자였음에도 아라한과를 뒤늦게 얻었다는 점이나 교단 장로들의 공격 대상이 됐다는 점은 눈길을 끌기에 충분하다. 이는 아난다가 다른 주요 제자에 비해 다소 둔한 인물이었을 가능성을 시사한다. 세속적 집착이나 욕망의 영향력이 상대적으로 컸던 인물로 볼 여지도 있다.

이에 대해 사실 여부를 가려 따지기는 어렵지만, 본생담 속의 형상으로만 보면 아난다의 캐릭터적 개성 내지 정체성은 분명하다. 아난다는 붓다의 제자 중 본생담에 가장 많이 등장하거니와, 이야기 속 전생 아난다의 이미지는 전생 사리불이나 목건련 등과는 아주 다르다. 전생 사리불과 목건련이 고귀한 덕성과 지혜를 갖춘 수행자나 신으로 부각되는 데 비해 아난다는 흔히

---

21 와타나베 쇼코, 법정 옮김, 『붓타 석가모니』, 문학의숲, 2010, 287-288면.
22 이에 대한 자세한 내용은 다음 논문들을 참고할 수 있다. 신성현, 「초기 불교 교단에서 가섭과 아난의 관계」, 『불교학보』 36, 동국대 불교문화연구원, 1999; 원혜영, 「아난에 대한 힐난과 그 변명」, 『한국교수불자연합학회지』 21(2), 사단법인 한국교수불자연합회, 2015; 원혜영, 「아난다의 참회」, 『한국교수불자연합학회지』 22(3), 사단법인 한국교수불자연합회, 2016.

세속적 인물로 그려진다. 본생담 속 아난다의 가장 흔한 신분은 왕(王)이며,[23] 대개 권력과 욕망의 존재로서 움직임을 시작한다. 다음과 같은 식이다.

사라바 사슴　　　　　　　옛날 범여왕이 나라를 다스리고 있을 때 보살
　　　　　　　　　　　　(붓다)은 사라바 사슴으로 태어나 숲에서 살았
다. 그때 왕은 사냥을 즐기고 힘이 세며 사람을 함부로 대했다. 어느 날 왕은
사냥을 가면서 대신들에게 누구라도 사슴이 곁을 지날 때 놓치는 사람은 태
형(笞刑)에 처하겠다고 했다. 사람들은 상의해서 사슴을 왕 쪽으로 몰기로
했다. 사라바 사슴이 자기 쪽으로 달려오자 왕은 화살을 날렸고 사슴은 몸
을 둥글게 하면서 넘어졌다. 왕은 사슴을 잡았다고 소리쳤지만 착각이었다.
화살을 피한 사슴은 재빨리 몸을 일으켜 달아났다. 사람들 앞에 체면이 깎
인 왕은 그 사슴을 잡겠다고 공언하고 멀리 숲속까지 사슴을 쫓아서 내달렸
다. 숲속에는 물이 고인 깊은 구덩이가 있었는데 사슴은 이를 알아차리고
피했지만, 왕은 그대로 구덩이에 떨어지고 말았다.[24]

이 이야기 속의 범여왕은 곧 아난다의 전생에 해당하는 인물이다. 그는
타인을 얕잡아보고 억누르는 거친 권력자의 면모를 하고 있다. 자만심과 과
시욕에 사로잡힌 존재이기도 하다. 원하는 것을 어떻게든 이뤄내려는 강한
집착과 욕망이 그의 특징이다. 그 결과로 깊은 수렁 속에 빠지는 모습은 세
속 인간의 형상을 전형적으로 보여준다. 일시적인 번뇌 차원을 넘어서 그러
한 삶의 방식이 몸에 밴 상태라는 점에 주목하게 된다. 잘 알듯이, 스스로를
왕처럼 여기면서 자기중심의 탐욕과 공격성에 빠져있는 사람들은 오늘날에
도 무수히 많다. 전생 아난다의 서사는 그들의 자기서사와 자연스레 연결될
수 있다.

23　이 연구가 대상으로 삼는 82편의 본생담 작품 중 아난다의 전생이 왕으로 말해지는 것
　　은 약 40편으로 절반 정도에 해당한다.

24　활안 편찬, 『불교설화문학대사전』, 불교정신문화원, 2012, 228-232면. [네이버 지식백
　　과] 사라바 사슴의 전생이야기(문화원형백과 불교설화, 2004)

왕이 아닌 다른 신분의 인간이나 동물로 등장하는 경우에도 전생 아난다는 세속적 욕망과 집착, 불만의 존재로 그려지곤 한다. 전생 아난다가 붓다와 함께 소로 이야기되는 사례를 하나 살펴본다.

붉은 소   옛날에 보살은 어느 장자의 집에 소로 태어나 이름을 대적(大赤)이라고 했고 동생은 소적(小赤)이라 했다. 그 집은 이 두 소를 이용해 운반업으로 생활했다. 그 집의 딸이 결혼을 하게 되자 부모는 손님을 대접하려고 돼지 무니카에게 젖죽을 먹여 길렀다. 그것을 본 소적은 형에게 "이 집이 먹고사는 것은 우리 형제 덕분입니다. 그런 우리에게는 풀과 짚을 주고 돼지는 젖죽으로 대접하니 무슨 일입니까?" 하고 물었다.[25]

이야기 속의 소적이 곧 전생 아난다. 그는 자기가 처한 상황과 받는 대우를 타자와 비교하며 억울함을 못 이긴 상태로 불만을 호소하고 있다. 앞뒤 맥락을 직시하지 못하고 눈앞에 주어진 상황에 휘둘리는 모습이다. 전형적인 세속인의 면모다. 오늘날에도 이와 같은 마음으로 살아가는 이들이 많음은 따로 언급할 필요가 없을 것이다.

세속적 욕망과 탐진치(貪瞋癡)의 굴레 속에 있던 전생 아난다는 이야기에서 그 상태로 머물지 않고 질적 변환을 이루어낸다. 거기에는 전생 붓다의 인도가 핵심 역할을 한다. 「붉은 소」에서 전생 붓다인 대적은 소적에게 자신이 부러워하는 젖죽이 사실은 '죽음의 음식'임을 깨우쳐준다. 얼마 뒤 사람들이 돼지 무니카를 죽여 요리로 만들자 소적은 형의 깨우침을 마음 깊이 새기면서 내적인 변환을 이루게 된다.

이러한 변환은 「사라바 사슴」에서 더욱 극적인 형태로 형상화된다.

---

25   위의 책, 294-295면. [네이버 지식백과] 소적과 대적(문화원형백과 불교설화, 2004)

사라바 사슴   사라바 사슴이 구덩이로 다가가서 보니 왕이
물속에서 허우적대며 괴로워하고 있었다. 그를
불쌍하게 여긴 사슴은 온 힘을 다해서 왕을 붙잡아 끌어서 구덩이에서 꺼내
주었다. 그러면서 왕에게 5계를 지키도록 맹세시켰다. 감동한 왕은 사슴에
게 나라를 드릴 테니 자기와 함께 가서 왕이 되어달라고 청했다. 사슴은 왕
에게 부하들과 함께 계율을 지키는 것으로 충분하다고 말한 뒤 숲으로 사라
졌다. 눈물이 가득 맺힌 채로 복귀한 왕은 전 국민이 5계를 지킬 것을 포고
했다. 큰 깨우침을 얻은 그는 기쁨에 충만한 상태로 노래를 불렀다.

　　당시 왕에게는 한 현명한 사제가 있었는데 왕에게 묻지 않고도 일어난
일을 다 깨우쳤다. 그때 제석이 왕 앞에 사라바 사슴을 나타나게 한 뒤 사제
의 몸속으로 들어가 왕에게 거듭 사슴을 쏘라고 권했다. 사슴을 죽이면 불
멸의 황제가 되며 쏘지 못하면 처자와 함께 회하(灰河)에 들 것이라고 했다.
하지만 왕은 회하에 들더라도 그리할 수 없다며 사제의 말을 듣지 않았다.
그러자 제석은 사제의 몸에서 나온 뒤 왕의 덕을 찬양하며 그것이 하나의
시험이었음을 밝히고 사라졌다. 그때의 왕은 아난다이고, 사제는 사리불이
며, 사라바 사슴은 나였다.[26]

　　이 이야기는 붓다가 사리불의 남다른 지혜가 이전부터 있었음을 강조
하는 차원에서 들려준 이야기인데, 전생 사리불보다 그 맞은편에 있는 전생
아난다의 형상이 더 인상적이다. 그는 사슴에게 구원을 받은 뒤 곧바로 사슴
에게 나라를 넘기려 하거니와, 한순간에 삶의 길을 바꾸고자 하는 모습이 눈
길을 끈다. 몸에 밴 세속적 욕망을 버리고 오계(五戒)를 준수한 일과 현자의
달콤하고 강력한 유혹에도 불구하고 끝내 은혜를 저버리지 않는 모습도 인
상적이다. 제석은 왕이 바른 법도로 나라를 통치한 뒤 천계(天界)에 태어날
것임을 예언하거니와 극적인 변환이자 비약에 해당한다.

　　이 이야기는 본생담 아난다 캐릭터에 대해 몇 가지 흥미로운 점을 보여

26　위의 책, 232-235면. [네이버 지식백과] 사라바 사슴의 전생이야기(문화원형백과 불교
　　설화, 2004)

준다. 먼저 전생 붓다가 그의 내적 가능성을 알아봤다는 점이다. 사슴이 자기를 쏘아죽이려 한 왕을 힘껏 구원한 것은 그가 삶의 극적 변환을 이루어낼 만한 자임을 인지했기 때문일 것이다. 다음으로, 아난다가 구원을 얻은 뒤에 여전히 왕으로서 속세의 삶을 산다는 점이 눈길을 끈다. 자신의 직분을 바르게 다하면서 천계를 열어내고 있는 형태다. 전생 아난다가 세간에서 붓다의 가르침을 따르며 살아가는 사람들과 높은 서사적 연결성을 지닌다는 데 주목하게 된다. 사제 내지 제석의 자리에 있는 전생 사리불과 구별되는 면모다.

본생담에서 전생 붓다와 아난다는 흔히 왕과 사슴처럼 상반된 자리에서 만난다. 또는 대적과 소적처럼 성격이 매우 다른 캐릭터로 등장한다. 하지만 둘의 관계가 결정적으로 엇갈리는 경우는 없다. 서로 대립하는 자리에 있다가도 가장 가까운 동반자 관계로 나아가는 것이 상례다. 끈끈하고 변함없는 믿음의 동반자 관계다. 다수 이야기는 전생 붓다와 아난다를 처음부터 긴밀한 동반자로 설정하기도 한다. 「붉은 소」에서 둘은 형제 관계에 있거니와, 「네루 황금산」, 「금태동자」, 「유반자애」 등도 둘을 형제로 말한다. 「남편을 위하여」는 둘을 생사를 함께한 부부 사이로 표현하기도 한다. 이 이야기에서 전생 아난다는 전생 붓다를 끝까지 지키는 역할을 하거니와, 아난다가 붓다의 동반자를 넘어서 수호자 구실을 하는 사례가 생각보다 많다. 앞서 언급한 「하리타 선인」에서 애욕에 든 전생 붓다를 깨우쳐 일으킨 존재는 바로 전생 아난다였다.

현실 속의 아난다가 늦도록 아라한과에 들지 못한 존재였음을 말한 바 있다. 아난다가 붓다 입적 시까지 깨달음을 이루지 못한 것이 사실이라면, 주요 제자와 비구를 비롯한 많은 사람에게 의심과 공격 대상의 대상이 되었을 가능성이 크다. 제바달다와 형제간이라는 점도 시빗거리가 되었을 가능성이 있다. 붓다와 사촌 형제간이라는 점도 질시나 곡해를 낳을 수 있는 요소다. 이에 대해 석가모니 붓다가 '전생의 인연'을 들어서 아난다를 강력히 믿으면서 변호하고 있는 형국이다. '가까운 사이'라는 식의 외적 인연이 아니라 본연의 존재적 교감과 연결로서의 내적 인연이다. 문학치료학 식으로 표현하면 '서사적 인연'이다. 그러한 인연을 바탕으로 아난다는 붓다의 깨우침을 세상에 구현하는 데 큰 역할을 행하게 되는바, 아주 특별한 관계라 할 만하다.

중요한 것은 그 아난다의 자리에 수많은 '보통 사람'이 놓일 수 있다는 사실이다. 좁게는 불제자들이고 넓게는 일반대중이다. 세상 사람들 가운데 쉽사리 아라한과를 얻어서 깨달음에 들 수 있는 이들은, 예컨대 사리불이나 목건련 같은 제자의 길을 갈 수 있는 이들은 소수일 따름이다. 대다수 사람은 강한 열망과 노력에도 불구하고 탐진치의 진애(塵埃)를 벗어나지 못하고 방황하는 것이 상례다. 그들 중 상당수는 세속의 서사에 함몰하게 되거니와, 아난다의 경우는 이와 다르다. 세속의 욕망에 흔들리면서도 이를 넘어서 깨달음의 길로 나아가기 위한 노력을 계속한 서사가, 그리하여 마침내 그것을 성취해낸 서사가 아난다의 서사에 해당한다. 붓다는 본생담 속 아난다의 여러 사연을 통해 그와 비슷한 처지에서 더 나은 삶을 위해 노력 중인 수많은 사람을 격려하며 힘을 실어주고 있다고 볼 수 있다.

본생담 속 아난다 서사를 통해 우리는 어떻게 해야 제바달다 류의 서사로 함몰하지 않고 자기초극의 과업을 성취할 수 있는지를 볼 수 있다. 그의 일련의 행보에는 욕망에 침윤된 거친 삶에서 깨달음의 삶으로 넘어가는 과정이, 그를 통해 부처와 동반적 합일을 이루어내는 과정이 핵심적으로 담겨 있다. 이제 우리가 살필 것은 '존재의 질적 변혁'이라 할 만한 그 서사적 변화가 어떻게 가능했는가의 문제다. 이 논의의 핵심 과제다.

5 아난다 서사에서 찾는 존재적 변혁의 요목

본생담 속 아난다 서사는 세속인과 성도자 사이에 걸쳐 있다. 전생 아난다는 때로 사제나 도사 같은 수행자 신분으로 등장하기도 하지만, 전생 사리불이나 목건련 등과 달리 그 경우에도 세속적 번뇌 속에 있는 경우가 많다. 일련의 우여곡절을 거쳐 비로소 깨달음 쪽으로 나아가는 것이 아난다의 전형적인 서사적 과정이다. 단순히 '깨닫는 자'가 되는 수준이 아니라 붓다의 가장 가까운 동반자로의 이행이다.

아난다는 어떻게 이와 같은 존재적 변혁을 이루어냈던 것일까? 이에 대해 80여 편 본생담이 전하는 서사적 답은 다양하다. 그중 핵심 요목이라고 생각되는 여섯 가지 사항을 압축적으로 살펴보고자 한다.

(1) 진리에 대한 열린 사유와 편견 없는 즉각적 수용

견법(堅法)　　　　　옛날 법견왕이 바라나시에서 나라를 다스릴 때 보살(붓다)은 대신으로서 왕을 섬기고 있었다. 왕에게는 아주 빠른 강대한 암코끼리가 있어서 사자(使者) 구실도 하고 전장에서 적을 격파하기도 했다. 왕은 코끼리에게 명예와 존경을 안겼으나 코끼리가 노쇠하자 그를 외면하다가 옹기장이에게 주어 쇠똥을 운반하게 했다. 코끼리의 호소를 들은 보살이 왕에게 힘든 일을 다한 코끼리를 그리 처분하는 게 옳은지 물었다. 그 말을 들은 왕은 다시 암코끼리에게 명예를 주었다. 그리고 보살의 가르침을 따라 선업을 행하여 천상에 날 몸이 되었다.[27]

쿡쿠　　　　　옛날 범여왕이 바라나시에서 나라를 다스릴 때 보살은 보사(輔師)로 있었다. 왕은 부정(不正)의 길에 빠져 불법을 저지르며 백성을 괴롭혀 재산을 끌어모았다. 보살이 왕을 훈계할 비유를 찾던 중 왕이 미완성 상태의 집에 들어갔다가 들보가 떨어지지 않을까 걱정하며 높이가 한 쿡쿠 반이나 되는 들보가 지탱되는 원리를 물었다. 보살은 들보가 고르게 놓인 서른 개 서까래에 의지하고 있기 때문

27　위의 책, 442-445면. [네이버 지식백과] 견법의 전생이야기(문화원형백과 불교설화, 2004)

임을 말하며 좋은 벗에 둘러싸인 현자도 그와 같다고 했다. 왕이 고개를 끄덕이자 보살은 다시 음식의 맛에 대한 비유로 폭력을 경계하고, 물에 더럽혀지지 않는 연꽃의 비유로 청정한 품행의 중요성을 말했다. 왕은 보살의 훈계를 들은 뒤 바른 법으로 나라를 다스리고 선행을 닦아 천상에 날 몸이 되었다.[28]

위의 두 이야기에서 전생 아난다는 왕의 신분으로 말해진다. 전생 붓다는 그의 신하로서 아랫사람에 해당한다. 주목할 것은 신하의 조언에 대한 왕의 태도다. 자신이 행했던 처분을 정면으로 부정하는 일임에도 왕은 아무런 토씨를 달지 않고 신하의 말을 받아들인다. 그것이 옳은 깨우침임을 인정했기 때문이다. 자신의 위신이나 체면보다 진리를 중시하는 면모다. 그것이 단순한 인정(認定)에 그치지 않고 즉각 자기 잘못을 고치는 일로 이어지고 있음을 또한 주목하게 된다.

아난다가 편견을 가지지 않고 진리를 있는 그대로 받아들여 성찰과 개과(改過)로 나아가는 모습은 다른 본생담에서도 널리 확인된다.「비돈」(비돈의 전생 이야기),「여덟 가지 소리를 알아낸 수행자」,「무상을 깨우쳐준 거위」(민첩한 거위의 전생 이야기),「황금빛 공작」(대공작왕),[29]「환희만 이야기」 등을 그 예로 들 수 있다. 이야기에서 무명(無明) 속에 있던 전생 아난다는 삶의 진실과 직면한 뒤 이를 받아들여 인생 행로를 바꾼다. 이와 같은 전생 아난다의 태도는 현실 속 아난다의 석가모니 붓다에 대한, 그리고 불법(佛法)에 대한 태도와 통한다고 볼 수 있다. 진리 앞에 마음을 열고 이를 있는 그대로 받아들임으로써 삶의 길을 바꾸는 것은 '아난다 서사'의 두드러진 의미요소가 된다.

위의 두 이야기 중「쿡쿠」에서 전생 붓다는 자신의 잘못을 고치는 전생

---

28   위의 책, 441-443면. [네이버 지식백과] 쿡쿠의 전생이야기(문화원형백과 불교설화, 2004)

29   불전간행회 편『본생경』에 실린「황금빛 공작」이야기는『불교설화문학대사전』에「대공작왕」으로 실려있는데, 전생 아난다가 언급되지 않는 것이 특징이다.

아난다를 향하여 "그 행이 청정하여 악을 버린 사람을 / 나쁜 행은 더럽히지 못하나니 / 그는 저 연못의 연꽃과 같다"[30]고 말한다. 전생 아난다는 왕으로서 세속의 삶을 이어나가면서도 '천상에 날 몸'의 청정함을 구현하거니와 이를 연꽃의 삶으로 표현하고 있다. 이른바 '연꽃의 서사'는 세간에서 현실을 살아가는 대다수 일반인에게 특별한 의미를 지닌다고 할 수 있다. 속세에서 현실적 삶을 이어가면서도 미망에 갇히지 않고 열린 마음을 견지해서 진리를 기꺼이 수용하고 실천으로 옮긴다면 아난다가 그랬듯이 누구라도 삶의 질적 변혁을 이루어낼 수 있음을 말해주기 때문이다.

(2) 미련 없는 내려놓음과 과감한 길 바꿈

무상을 깨우쳐준 거위　　　옛날 범여왕이 바라나시를 다스릴 때 보살은 민첩한 거위로 태어나 9만 마리의 거위를 거느리고 있었다. 거위 왕을 본 범여왕은 새에게 애정을 느껴 향과 음악을 베풀었다. 거위 왕은 그 뜻을 알아차리고 왕과 친교를 맺었다. 그때 보살(거위 왕)을 따르는 두 젊은 거위가 있었는데, 태양과 달리기 시합을 하고자 했다. 보살이 세 번이나 만류했지만 둘은 고집을 피워 시합에 나섰다. 한 마리는 오전 중에, 한 마리는 한낮에 태양의 열기를 이기지 못하고 보살에게 구원을 청했다. 둘을 구한 보살은 태양을 지나쳐 하늘을 가로지른 뒤 염부제를 날아 넘어서 바라나시에 이르러 왕궁으로 갔다. 범여왕은 보살을 맞이한 뒤 그보다 더 빠른 것이 있는지 물었다. 보살은 중생의 수명이 백배 천배 십만배 빠른 것이라고 답했다. 그 말을 들은 왕은 죽음의 두려움에 휩싸여 떨면서 바닥에 쓰러졌다. 왕이 보살에게 자기 스승이 되어달라고 간청하자 보살은 언젠가 왕이 술에 취해서 "그 거위를 삶아 오라"고 말할 때가 있으리라고 했다. 그러자 왕은 지금부터 취하는 음료를 일체 먹지 않겠다고 다짐했다. 보살은 자기가 떠나도 마음은 늘 함께할 수 있으리라며, 마음을 깨끗하게

30　　활안 편찬, 『불교설화문학대사전』, 불교정신문화원, 2012, 442면.

가질 것을 당부하고 본처로 돌아갔다. 왕은 지금의 아난다이고, 두 젊은 거위는 목건련과 사리불이며, 민첩한 거위는 바로 나였다.[31]

건타라의 전생이야기 옛날에 보살이 건타라국 왕으로 나라를 다스릴 때 중국 비제하왕과 벗이 되어 서로를 믿고 있었다. 어느 날 보살은 밤하늘의 달이 라후에 의해 흐려지는 것을 보고는 왕위를 버리고 출가해 설산에서 선정에 들었다. 건타라왕이 출가했다는 소식을 들은 비제하왕은 혼자 왕위에 남아서 무엇하겠냐며 넓은 땅과 수많은 무희를 버리고 설산으로 들어가 열매를 먹으며 수행했다. 둘은 수행 중에 서로 만나서 출가 내력을 들은 뒤 더욱 친해졌다. 둘은 어느 마을에서 소금과 식초를 얻었는데, 비제하왕은 소금을 일부 남겼다가 뒤에 보살에게 주었다. 보살이 한갓 소금에 욕심을 낸 일에 대해 지적하자 비제하왕은 보살의 말이 거친 것을 타박했다. 보살이 바른 법을 위해서는 나무람을 그치지 않겠다고 하자 비제하왕은 자신의 잘못을 사죄하며 용서를 빌었다. 비제하왕은 보살의 가르침으로 선정을 얻어 함께 범천세계에 났다. 그때의 비제하왕은 아난다이고, 건타라왕은 바로 나였다.[32]

위의 두 이야기에서 우리는 아난다가 삶의 길을 바꾸는 방식을 인상적으로 만나볼 수 있다. 진리의 수용과 성찰에 더하여, 몸에 밴 삶의 방식을 미련 없이 내려놓는 실천적 결단을 주목할 만하다. 「무상을 깨우쳐준 거위」에서 죽음에 대한 전생 붓다의 설법을 듣고 떨면서 바닥에 쓰러지는 일은 그간의 삶의 방식을 버리는 일의 문학적 은유로 볼 수 있다. 혹시 모를 과오를 예방하기 위해 '취하는 음료'를 결연히 끊은 것 또한 실천적 결단에 해당한다. 「건타라의 전생이야기」에서 벗을 따라 왕위를 버리고 설산으로 출가하는 모

---

31 위의 책, 265-269면. [네이버 지식백과] 민첩한 거위의 전생이야기(문화원형백과 불교설화, 2004)

32 위의 책, 465-469면. [네이버 지식백과] 건타라의 전생이야기(문화원형백과 불교설화, 2004)

습은 더욱 인상적이다. 왕위(王位)는 속세에서 이루어낸 모든 것의 표상에 해당하거니와 이를 하루아침에 내던지는 과감함에 놀라게 된다. 우직한 행동파의 면모로서, 아난다 서사의 특징적 의미요소가 된다.

가진 것을 과감히 내려놓고 삶의 방식을 변혁하는 전생 아난다의 모습은 다른 본생담들에서도 널리 나타난다. 앞서 보았던 「사라바 사슴」에서 전생 아난다가 사슴에게 나라를 바치고자 하는 장면이 있었음을 상기할 만하다. 「사디나왕의 전생이야기」에서도 전생 아난다는 전생 붓다에게 왕국을 넘기려 하며, 「수시마왕」에서는 실제로 왕위를 넘기고 자신은 부왕(副王)으로 물러나기도 한다. 이런 과감한 내려놓기는 아난다 식 존재의 변혁에서 핵심 포인트가 된다. 마음은 진리를 향하더라도 몸을 바꾸는 실천행이 수반되지 않으면 서사는 바뀌지 않는다. 아난다의 서사는 현실적 소유나 지위에 연연해서 스스로 깊은 감옥에 빠져들곤 하는 오늘날의 우리에게 서사의 길을 바꾸려면 무엇이 필요한지를 정문일침(頂門一鍼)으로 계시해준다.

두 이야기 중 「무상을 깨우쳐준 거위」에서 전생 사리불과 목건련의 모습을 주목하게 된다. 그들은 자신의 능력을 믿고서 전생 붓다의 만류를 무시하고 태양과의 달리기 시합에 나선다. 자연의 이치를 통달하고 넘어섰다는 자신감의 표현일 수 있겠는데, 실은 자만일 따름이었다. 전생 붓다와 오래도록 함께 생활했음에도 그들과 붓다 사이에는 서사적 간극이 있었던 셈이다.[33] 이에 비해 전생 아난다는 그들과 멀리 떨어져 세간에서 지냈음에도 붓다의 깨우침을 전폭적으로 수용하면서 진정한 동반의 관계를 이루어낸 것이어서 좋은 대비를 이룬다. 앞서 언급했던바 '연꽃의 서사'를 환기하게 하는 면모다. 세속의 일반인에게 유의미한 서사적 공명을 일으킬 수 있는 요소가 된다.

---

[33] 본생담에서 전생 사리불이나 목건련을 다소 부정적으로 서술한 것은 예외적 사례에 해당한다. 대다수 이야기 속의 사리불과 목건련은 뛰어난 지혜와 도력을 갖춘 존재로 표현된다. 한 가지 특징적인 사실은 그들이 대부분의 이야기 속에서 전생 아난다와 달리 세속이 아닌 수행공간 속에서 전생 붓다와 함께 생활하는 것으로 그려진다는 점이다. 세간의 일반인보다 출가해서 불도를 닦는 수행자로서의 정체성이 두드러진다.

(3) 겸허하고 진솔한 우직함과 사심 없는
사행일치의 행동성

건타라의 전생이야기 　　옛날 왕사성의 한 호상(豪商)의 며느리가 아이
　　　　　　　　　　　　를 낳지 못하자 남편이 그녀를 능멸했다. 그녀
는 임신한 것처럼 가장한 뒤 아기를 낳겠다며 친정으로 향했다가 어느 대상
(隊商) 무리에 속한 가엾은 여자가 니구율 나무 아래에서 낳고서 버린 태아
를 데리고 와서 자기가 낳은 것처럼 꾸몄다. 아기는 니구율동자로 불리게
됐다. 마침 그날 그 호상의 처제도 나뭇가지 밑에서 아이를 낳아서 사카동
자라 했고, 이웃의 양복집 아내도 아이를 낳아서 포티카라고 했다. 호상은
같은 날 태어난 세 아이를 함께 길렀다.

　　함께 공부하며 성장한 세 동자가 어느 날 길을 떠나 나무 밑에서 자게 됐
을 때 포티카는 어떤 새가 하는 말을 듣게 되었다. 그 새의 기름살을 먹는 이
는 왕이 되고, 중간 살을 먹는 이는 장군, 뼈에 붙은 살을 먹는 이는 출납관
이 되리라는 것이었다. 포티카는 그 새를 잡은 뒤 기름살을 니구율동자, 중
간 살을 사카동자에게 주고 자기는 뼈에 붙은 살을 먹었다. 새의 예언대로
나라의 왕으로 모셔진 니구율동자가 부모님을 모셔오라고 청하자 사카동
자는 거절하고 포티카가 나섰다. 자기 대신 니구율이 왕이 된 데 불만을 품
고 있던 사카는 먼 길에서 돌아온 포티카를 모욕하며 폭력을 휘둘렀다. 그
일을 알게 된 니구율이 사카를 벌하려 하자 포티카는 살생을 원치 않는다고
했다. 사카동자를 용서한 왕은 포티카를 장군으로 삼으려 했으나 포티카는
그것을 바라지 않았다. 그러자 왕은 그에게 출납관의 직책을 주었다. 포티카
는 그 후 자녀를 훈계하면서 사카와는 친하지 말고 니구율을 가까이 모셔야
한다고 했다.

　　그때의 사카동자는 제바달다이고, 포티카는 아난다이며, 니구율동자는
나였다.[34]

34　활안 편찬,『불교설화문학대사전』, 불교정신문화원, 2012, 430-435면. [네이버 지식백
　　과] 니구율동자의 전생이야기(문화원형백과 불교설화, 2004)

불경 본생담에서 전생 붓다 외에 가장 많이 나오는 두 인물은 전생 제바달다와 아난다인데, 위 이야기에는 이 세 사람이 함께 등장해서 얽히고 있어 눈길을 끈다. 현생에서 제바달다와 아난다는 형제간이고 붓다는 그들과 사촌간이어서 가까운 사이였거니와, 위 이야기 또한 세 인물을 태생적으로 가까운 관계로 설정하고 있다. 이때 중요한 것은 외적 관계가 아닌 내적 속성이다. 이야기에서 세 인물이 같은 날 태어났다고 함으로써 위아래의 문제가 아닌 '인간'의 문제로 서사를 풀어가고 있음을 주목하게 된다.

이야기 속의 전생 붓다(니구율동자)와 제바달다(사카동자), 아난다(포티카)는 형제처럼 함께 성장한다. 이야기에서 니구율과 사카는 사촌간으로 말해지고 포티카는 가까운 이웃으로 설정되는데, 출생의 비밀을 따져보자면 니구율은 실제 부모를 알지 못하는 '근본 모를 자식'에 해당한다. 외적으로 따지자면 가장 불리한 위치에 있는 셈이다. 그럼에도 포티카는 사카가 아닌 니구율을 더 존중하면서 그에게 왕의 길을 열어준다. 이는 외적 관계가 아닌 인품(人品)에 따른 조처라고 봄이 합당하다. 포티카가 보기에 니구율이 더 훌륭했으므로 그에 어울리는 자리를 연결했다는 것이다. 주목할 것은 포티카가 스스로 뼈에 붙은 살을 먹음으로써 맨 아랫자리에 놓이기를 자처했다는 점이다. 분수를 아는 겸허함이자 욕심을 내지 않는 순박함에 해당한다. 제 잇속을 우선시하는 사카동자와 상반되는 면모다. 사카에게 폭력을 당하면서도 니구율동자 곁을 지키는 충직한 모습에 고개를 끄덕이게 된다. "사카의 곁에서 살기보다는 / 니구율 곁에서 따라 죽으리"[35]라고 하는 그의 다짐은 공명정대함을 추구하는 삶의 태도의 결정판이라 할 만하다. 포티카가 사심 없는 공정한 일처리를 필요로 하는 출납관 업무를 맡게 되는 것은 필연적 결과라 할 수 있다.

앞서 전생 아난다의 행동력을 잠깐씩 언급했거니와, 「니구율동자」에서도 그의 거침없고 적극적인 행동력이 두드러진다. 새의 말을 듣고 숨은 비밀을 알게 되자 바로 이를 실행에 옮기는 것도 그렇거니와, 니구율동자의 명

---

35 위의 책, 434면.

을 받아서 그 부모를 모시러 먼 길을 떠나는 모습을 주목하게 된다. 전생 제바달다가 그 일을 회피한 것과 대비되는 모습이다. 필요한 일이나 옳은 일을 기꺼이 나서서 행하는 인물이 전생 아난다임을 생각할 때 이런 선택은 자연스럽다. 끝까지 니구율 곁을 지키리라고 하는 그의 말도 수사(修辭)가 아닌 실천적 다짐으로 다가온다. 생각대로 말하고 생각대로 실행하는 사람이 전생 아난다이기 때문이다. 제바달다처럼 무언가를 가장하고 남을 속이는 일은 아난다에게 전혀 어울리지 않는다.

전생 아난다의 사심 없는 우직함은 다른 이야기들에서도 찾아볼 수 있다. 앞서 본 「건타라의 전생이야기」에서 왕위를 버리는 행동성과 함께 전생 붓다에게 불만스레 타박하는 모습을 눈여겨볼 만하다. 자기 생각과 감정을 가감 없이 나타내는 존재가 전생 아난다다. 그러한 진솔함이 자신의 잘못을 인정하고 고치는 일로 이어진다. 이러한 진솔한 모습은 「캉하디파야나」에서 자신이 행하고 있는 보시가 사실은 즐겁지 않았다고 고백하는 장면이나 「상카의 보시」에서 전생 붓다의 판단에 의문을 나타내며 충성스런 간언(諫言)을 아끼지 않는 장면 등에서도 볼 수 있다.

현생 아난다는 제바달다와 형제간이면서도 그가 아닌 붓다를 선택해서 평생에 걸쳐 지성껏 따르고 모셨던 사람이다. 석가모니 붓다가 아난다를 가까이 둔 것은, 그리고 수많은 이야기를 통해 그를 적극 변호한 것은 사촌간이라는 외적 관계 때문이 아니라 아난다의 진솔함과 충직함을 알아봤기 때문이라고 봄이 옳다. 그들의 관계를 인간 차원의 내적 연결로 보아야 한다는 뜻이다. 붓다와의 이러한 서사적 연결을 오늘날의 우리도 이루어낼 수 있다. 스스로 아난다 같은 사람이 됨으로써, '아난다의 서사'를 내재화하고 실천함으로써 누구라도 석가모니 붓다의 가장 가깝고도 소중한 동반자가 될 수 있다. 그 핵심에 진솔하고 충직한 행동력이 있음을 강조해둔다.

(4) 냉철한 분별력과 실전적 대처를 통한
당면 문제 해결

네루 황금산의 전생이야기　　부처님이 기원정사에 계실 때 계율을 받은 비
　　　　　　　　　　　　　구가 변경 마을로 가서 지내면서 사람들의 존
경을 받았다. 하지만 상견론자(相見論者)가 오자 마을 사람들은 그쪽으로 쏠
렸고, 다시 단견론자(斷見論者)와 나형외도(裸形外道)로 쏠려 넘어갔다. 비구
는 거기서 불행한 날들을 보냈다. 그 일을 들은 부처는 옛날 현자는 축생으
로 태어났으면서도 덕과 부덕이 혼동되는 곳에 거하지 않았다며 이야기를
들려주었다.

　　옛날에 보살이 거위로 태어나 아우와 함께 심봉산에서 살았다. 둘은 어
디를 다녀오는 길에 '네루'라는 황금산을 발견해서 잠깐 지내게 되었다. 거
기에 머물자 그들은 크고 작은 까마귀들과 함께 몸이 금빛이 되었다. 사자
와 호랑이, 승냥이 등 여러 들짐승도 다 황금빛이었다. 보살이 이르길 네루
가 세상의 산 가운데 가장 뛰어나다고 하자 아우는 우자와 현자, 나부(裸夫)
가 분간되지 않는 곳은 이익이 없다며 그곳을 빨리 떠나야 한다고 했다. 둘
은 네루를 떠나 심봉산으로 돌아왔다. 그때의 아우 거위는 아난다이고, 형은
바로 나였다.[36]

금빛 게　　　　　　　　　옛날에 보살이 어떤 농부 바라문 집에 태어나
　　　　　　　　　　　　　농토를 경작하며 살았다. 그는 연못에서 발견
한 금빛 게를 사랑해서 그를 가까이 두고서 일을 하곤 했다. 둘 사이에는 우
정이 두터워졌다. 그때 바라문(보살)의 눈에는 세 가지 아름다운 광채가 있
었는데, 어느 암까마귀가 그 눈을 탐내서 먹고자 했다. 암까마귀는 수까마귀
를 시켜서 검은 뱀을 길들여서 보살을 죽게 만든 뒤 눈을 도려내달라고 했
다. 까마귀는 그 말대로 뱀을 길들였고, 뱀은 게를 안고 걸어가는 보살을 물

---

36 위의 책, 270-272면. [네이버 지식백과] 네루 황금산의 전생이야기(문화원형백과 불교
설화, 2004)

어서 쓰러뜨렸다. 까마귀가 날아와 보살의 눈을 쪼려 할 때 금빛 게가 집게발로 까마귀 목을 꽉 집은 뒤 뱀을 불러오게 했다. 뱀이 다가오자 금빛 게는 뱀도 집게발로 문 뒤 자기 친구를 죽이려 한 일을 공박했다. 뱀이 독을 없앨 테니 자기들을 놓아달라고 하자 게는 잠시 생각한 뒤 까마귀는 그대로 붙잡은 채로 뱀을 잡은 집게발만 살짝 늦춰주었다. 뱀이 독을 제거해서 보살이 살아나자 금빛 게는 그들을 살려주면 뒷날 벗이 위험할 수 있음을 생각하고 둘의 목을 집게발로 끊어서 죽였다. 그러자 암까마귀는 다른 곳으로 날아가 버렸다. 보살은 뱀 시체를 덤불 속에 던졌고, 그 후 게와 더 친하게 지냈다. 그때의 까마귀는 제바달다이고, 검은 뱀은 악마이며, 현명한 게는 아난다이고, 나는 바라문이었다.[37]

아난다의 생애에서 늘 관심 대상이 되는 일은 그가 붓다의 여러 제자 가운데 뒤늦게 아라한과에 도달했다는 사실이다. 특유의 진솔함과 성실한 행동력을 생각할 때 이는 더 큰 의문이다. 이에 대한 하나의 설득적인 풀이는 그가 그리 영민한 사람은 아니었으리라는 것이다. 뭔가를 넓고 깊게 생각해서 깨우침을 이루어내는 일에 둔한 사람이었을 가능성도 있다. 본생담 속의 아난다가 사리불이나 목건련과 달리 영민한 통찰력과 깊은 지혜를 갖춘 인물로 표현되지 않는 것은 그의 실제 모습의 반영일 가능성이 크다.

하지만 아난다가 지혜와 거리가 먼 인물이라는 식의 진술은 어울리지 않는다. 남다른 방식의 지혜를 갖추고 실천한 인물이라는 설명이 합당하다. 어떤 지혜냐 하면 실질적이고 실전적인 지혜다. 추상적이고 원론적인 통찰은 어떨지 몰라도 당면한 문제상황을 제대로 짚어내고 해결하는 데 있어 전생 아난다는 남다른 탁월함이 있다. 전생 붓다 이상이라고 할 만한 정도다. 「네루 황금산의 전생이야기」에서 모든 존재를 금빛으로 바꾸는 네루산을 전생 붓다가 칭송할 때 아난다가 그것이 무명(無明)의 함정임을 직시하면서 그곳을 벗어나도록 하는 모습은 아주 인상적이다. 냉철한 분별력이자 실전

---

37   위의 책, 310-312면. [네이버 지식백과] 금빛 게의 전생이야기(문화원형백과 불교설
      화, 2004)

적 지혜다. 「금빛 게」에서 전생 아난다가 까마귀와 뱀을 다루는 방식도 고개를 끄덕이게 한다. 게가 집게발을 살짝 늦추는 대처로 전생 붓다를 구한 것은 문제를 최선으로 해결해낸 실전적 지혜에 해당한다. 뱀과 까마귀를 죽임으로써 후환을 없앤 것 또한 마찬가지다. 필요한 일을 주저 없이 행하는 단호한 대처는 실전적 지혜의 연장선상에 놓인다. 전생 아난다가 그 모든 일을 자기 이익이라는 사심(私心)과 상관없는 형태로 행한다는 점도 주목할 요소다. 실제 현실은 크고 작은 수많은 당면 문제로 점철된다는 점에서 전생 아난다가 현시하는바 '집게발의 지혜'를 하나의 중요한 서사적 요소로 우리 마음속에 새겨둘 만하다.

지금 우리는 전생 또는 현생의 아난다가 어떻게 붓다의 가장 가깝고 소중한 동반자가 되었는지에 대한 답을 만나고 있다. 이야기는 일반적 지혜와 통찰력을 갖춘 영민한 사람보다 당면 문제를 제대로 해결해낼 우직하고 실전적인 사람이 그 주인공임을 말하고 있다. 삶에 대한 깊은 통찰은 붓다에 의해 수행되어 이치가 알려진 상태다. 그 깨우침의 지적 경지에 도달하는 것도 중요하지만, 구체적 삶 속에서 깨우침을 실질적으로 행하는 것이 더 필요한 과제일 수 있다. 본생담은 아난다 서사를 통해 우리에게 이런 가르침을 전하는 것이라고 볼 수 있다. 현실적이면서도 대중적인 세계관이자 실천론이다.

(5) 위기상황에서 흔들리지 않는 굳은 믿음과 강한 투쟁력

남편을 위하여

어느 넓은 들판에 오백 마리 사슴을 거느린 왕사슴이 있었다. 예전부터 사슴을 노리던 사냥꾼이 목책을 두르고 그물을 쳐놓았는데, 이를 모른 채 무리를 이끌고 강가로 간 왕사슴이 함정에 걸려들고 말았다. 이를 본 사슴들이 다 놀라서 달아났으나 아내 사슴만은 그 곁을 떠나지 않았다. 왕사슴은 힘을 다해 그물을 끊으려 했지만 그럴수록 그물에 얽혀들어 고통이 심해졌다. 사냥꾼이 다가

오는 것을 본 아내 사슴이 위급하게 소리쳤으나 왕사슴은 무력하게 아픔을 호소할 따름이었다. 그러자 암사슴은 사냥꾼에게 다가가서 먼저 칼로 자기를 죽이라고 애원했다. 그물에 갇힌 사슴이 남편임을 알게 된 사냥꾼은 암사슴에게 감동해서 그물을 끊고 왕사슴을 풀어주었다. 암사슴은 사냥꾼 집 안에 행복이 깃들기를 빌어주고 기쁘게 그곳을 떠났다. 부부 사슴이 정답게 손잡고 사라지는 모습을 사냥꾼은 놀라움과 감격에 잠겨 지켜보았다. 그 암사슴은 지금의 아난(아난다)이고, 왕사슴은 지금의 나다.[38]

용사 조오빙　　　　　　　옛날 오백 명의 신하를 거느린 바라나시국 아다왕은 다른 나라에까지 덕이 알려져 존경받았다. 어느 날 남쪽에서 조오빙이라는 대호걸이 찾아오자 아다왕은 대신의 추천을 받아들여 그를 등용했다. 그때 아다왕을 시기하던 이웃 나라 왕이 강한 군대를 거느리고 쳐들어왔다가 아다왕의 분전에 밀려나 격퇴당했다. 이웃 나라 왕은 밀사를 침투시켜 오백 명 신하를 매수하는 데 성공한 뒤 다시 맹렬히 침공해왔다. 아다왕이 맞서 싸우고자 했으나 신하들은 싸움을 회피하면서 적을 방치했다. 오직 한 사람 조오빙만이 왕을 배반하지 않고 힘을 다해 싸웠다. 그가 오백 명 대신을 죽인 뒤 아수라처럼 날뛰며 검을 휘두르자 적군은 겁내서 퇴각했다. 아다왕은 조오빙의 용맹과 충성을 칭찬하며 더욱 중용했다. 그때의 아다왕은 지금의 석존이고, 조오빙은 지금의 아난이다.[39]

본생담 속의 아난다는 과감하고 실전적인 행동파의 면모를 지니고 있다. 그의 행동성은 위기상황에서 진가를 발휘하는 것이 특징이다. 앞서 본 「금빛 게」에서 전생 아난다가 발휘한 실전적 대처가 급박한 위기상황에서 이루어진 것임을 상기할 만하다. 위기상황에서 물러서거나 회피하지 않고

38　이 설화는 『불교설화문학대사전』에는 없고 문화원형백과에 실려 있다. [네이버 지식백과] 남편을 위하여(문화원형백과 불교설화, 2004)

39　이 설화는 『불교설화문학대사전』에는 없고 문화원형백과에 실려 있다. [네이버 지식백과] 용사 조오빙(문화원형백과 불교설화, 2004)

온몸으로 부딪치는 것은 아난다 서사의 두드러진 면모가 된다. 이때 주목할 것은 그 바탕에 흔들리지 않는 굳은 신의가 있다는 사실이다. 위의 두 이야기에서 이를 잘 볼 수 있다.

「남편을 위하여」는 여러 아난다 전생담 가운데도 특히 눈길을 끄는 이야기다. 전생 붓다와 아난다가 부부로 나오는 점도 인상적이거니와, 붓다(왕사슴)의 곁을 아난다(암사슴)가 홀로 끝까지 지키면서 죽음을 불사하는 모습이 경이롭고도 감동적으로 다가온다. 앞서 「니구율동자」에서 전생 아난다가 붓다 곁에서 따라 죽으리라고 했던 말이 극적으로 실현되고 있는 모습이다. 죽음 앞에 스스로 몸을 내던지는 모습은 일견 무모해 보이지만, 결국 전생 붓다를 구원하는 힘이 되고 있다. 붓다를, 또는 붓다로 상징되는 진리나 삶의 방식을 변함없는 믿음으로 끝까지 지키는 것은 '아난다 서사'의 중요한 의미요소가 된다.

그러한 굳은 신의와 충직함은 「용사 조오빙」에서도 확인된다. 이 이야기에서 특별히 주목할 것은 강한 투쟁심과 투쟁력이다. 적진의 한복판에서 '아수라처럼 날뛰며 검을 휘두르는' 전생 아난다의 모습은 붓다의 길을 따름에 있어 위기상황을 어떤 식으로 돌파해야 하는지를 웅변으로 말해준다. 오백 명의 신하가 일신의 안위와 영화를 위해 맞은편으로 돌아서고 조오빙 한 명만이 붓다의 곁에 있었다는 점을 무겁게 받아들이지 않을 수 없다.

본생담 속의 전생 붓다는 사이사이 많은 고난을 겪으며 주변에 사람이 없는 고단한 상황에 빠지기도 한다. 그것은 현생 붓다가 경험한 내면적 진실의 서사적 반영일 가능성이 크다. 이때 붓다가 떠올리는 '단 한 사람의 나의 편'이 아난다였음은 의미심장하다. 본생담 속의 전생 붓다와 아난다는 일방적 의존 관계가 아닌 서로 믿고 의지하는 관계에 있다. 아난다가 붓다에게 배우고 의지하는 것이 상례지만, 아난다가 붓다를 지켜주는 측면도 무시할 수 없다.[40] 그 힘이 어디서 나오는가 하면 진솔한 우직함과 실전적 행동력,

---

40 이와 관련해서 한 가지 주목할 것은 본생담에서 전생 아난다와 붓다가 흔히 왕과 신하의 관계로 그려지는 일의 의미맥락이다. 왕은 신하를 좌우할 만한 힘을 가진 존재거니

변함없는 신의 등이 그것이다. 조금 추상화해서 표현하면, 전생 아난다에서 찾을 수 있는 이러한 요소가 곧 불법(佛法)을 따르고 지키고자 하는 이들이 갖춰야 할 핵심 덕목이라고 할 수 있다. 한 연구자의 관점이 아니다. 오래 흘러온 이야기들이 전하는 서사적 계시다. 과연 나 자신 저 암사슴이나 조오빙의 서사를 살 수 있을지 엄숙하게 돌아볼 필요가 있다.

(6) 차별 없는 존중의 인간미와 실천적 자비행

알라 열매

옛날 천민 전타라족이 사는 마을이 있었는데, 어느 현자가 제철 아닌 과일을 얻는 주문을 알고 있었다. 그가 주문을 외우며 물을 주면 잎이 나고 꽃이 핀 뒤 열매가 익어서 떨어졌다. 그때 어떤 젊은 바라문이 주문을 얻기 위해 전타라 현자를 찾아와 궂은일을 챙기면서 섬겼다. 현자는 그에게 주문을 가르쳐주며, 스승을 숨기면 안 된다고 일렀다. 스승을 떠난 바라문이 주문을 이용해 훌륭한 알라 열매들을 만들어내자 나라의 왕이 보고 감탄하면서 이를 누구에게 배웠는지 물었다. 바라문은 천한 스승을 숨기고 명성 높은 이의 이름을 댔다. 그러자 주문은 더 이상 효력을 내지 않았다. 바라문이 교묘히 핑계를 대면서 빠져나가려 하자 왕이 진실을 말하도록 명했다. 그 주문이 전타라 현자의 것임을 알아낸 왕은 그런 훌륭한 보물을 얻고서 출신의 높낮이를 따진 일을 질타하며 어느 종족이라도 바른 법을 받을 수 있으면 그가 최상의 사람이라고 말했다. 왕은 그 천한 마음을 가진 바라문을 때려서 내쫓았다. 바라문이 다시 전타라 현자를 찾아가 사죄하며 주문을 청했지만, 현자는 그를 꾸짖어 쫓아낸 뒤 더 이상 살 이유가 없다며 숲속에 들어가 가엾게 죽어버렸다. 그때의 은혜를 등진 자는 제바달다이고, 왕은 아난다이며, 천민 전타라족은 바로 나였다.[41]

와, 아난다의 전생이 왕으로 그려지는 것은 아난다가 가진바 수호자로서의 큰 존재성의 반영이라고 해석될 여지가 있다.

41   활안 편찬, 『불교설화문학대사전』, 불교정신문화원, 2012, 413-418면. [네이버 지식백

왕을 깨우친 원숭이　　　　옛날에 8만 마리가 넘는 무리를 거느린 힘세고
　　　　　　　　　　　　　위엄 있는 원숭이 왕이 있었다. 그들은 강가에
하늘 높이 솟아있는 암바(망고)나무의 열매를 먹으며 살았는데, 어느 날 열
매를 발견한 어부가 이를 왕에게 바쳤다. 열매 맛에 반한 왕은 수많은 종자
를 거느리고 나무 있는 곳으로 찾아왔다. 원숭이 무리를 발견한 열매도 차
지하고 원숭이 고기도 먹고자 궁사들을 시켜 나무를 포위했다. 원숭이 무리
가 공포에 빠지자 원숭이 왕은 늘어진 등나무 가지를 제 몸에 묶고서 암바
나무와 강 건너편을 연결한 뒤 무리에게 자기 등을 밟고 강을 가로질러 달
아나게 했다. 원숭이들이 달아날 때 그중 한 마리였던 데바닷타(제바달다)가
일부러 왕의 등에 힘껏 뛰어내려 큰 고통을 주고서 떠났다. 그렇게 무리를
다 피신시킨 뒤 홀로 남은 원숭이 왕의 모습에 나라의 왕은 깊은 감명을 받
았다. 왕은 조심스레 원숭이 왕을 내린 뒤 좋은 음식을 주고 몸에 향유를 발
라서 눕힌 뒤 가르침을 청했다. 원숭이 왕은 종자들이 행복하다면 어떤 일
도 자기를 고통스럽게 하지 못한다며 그것이 왕의 도리라고 했다. 원숭이
왕이 최후를 맞이하자 왕은 국왕과 똑같은 장례식을 정성껏 베풀어준 뒤 탑
을 세웠다. 왕은 원숭이 왕의 가르침에 따라 보시 공덕을 베풀며 공정하게
나라를 다스리다가 하늘에 태어났다. 그때의 왕은 아난다이고, 원숭이 무리
는 나를 따르는 제자들이며, 원숭이 왕은 지금의 나였다.[42]

　본생담을 통해 짚어낼 수 있는 아난다 서사의 또 다른 한 요소는 그의
특별한 인간미다. 아난다의 인간적 면모는 기실 지금까지의 논의를 통해 거
듭 확인해온 바라고 할 수 있다. 앞서 다룬 다섯 항목 모두 인간적 매력이라
할 만한 면모를 지니고 있다. 손 내밀어서 가까이하고 싶은, 나도 그렇게 되
고 싶은 마음을 불러일으키는 인물이 본생담 속의 아난다다.

　　과] 알라 열매의 전생이야기(문화원형백과 불교설화, 2004)

42　불전간행회 편, 이미령 옮김, 『본생경』 2, 민족사, 1995, 317-324면; 활안 편찬, 『불교설
　　화문학대사전』, 불교정신문화원, 2012, 279-281면, 「큰 원숭이 왕」. [네이버 지식백과]
　　큰 원숭이 왕의 전생이야기(문화원형백과 불교설화, 2004)

위의 두 이야기 「알라 열매」와 「왕을 깨우친 원숭이」는 아난다의 인간적 면모에 대해 그 속성과 맥락을 잘 보여준다. 먼저 주목할 것은 전생 아난다가 외적인 요소에 의해 상대를 차별하지 않고 내적인 자질에 따라 사람을 대한다는 점이다. 바른 법(法)을 이룬 존재라면 신분과 상관없이 최상의 존중을 나타내는 것이 아난다의 방식이다. 「알라 열매」에서 전생 아난다가 신분계급에 구애받아 스승을 배반한 제바달다를 강하게 질타하면서 베푼 게송은 다음과 같은 것이었다.

에란다, 푸치만다
또는 파리바다카, 그 어떤 나무라도
꿈을 찾는 사람이 거기서 꿈을 발견했다면
그것은 그에 있어서 최상의 나무이네.

찰제리 · 바라문 · 폐사 · 수타
전타라 · 보갈사 그 어느 종족이라도
그 사람에게서 바른 법을 받을 수만 있다면
그는 그대 있어서 최상의 사람이네.[43]

시대를 수천 년 앞선 선언이라고 해도 좋을 정도의 인간적이고 민주적인 관념이다. 단지 관념에 그치지 않고 그것을 몸으로 실행하고 있다는 데 아난다 서사의 특별함이 있다. 아난다는 인간과 세계에 대해 겉으로 드러난 '텍스트'가 아닌 내적 본질로서의 '서사'에 주목했던 특별한 인물이라 할 수 있다. 이야기 속에 그려진 붓다와 아난다의 동반적 관계 또한 표면적 연결이 아닌 서사적 연결 내지 합치로 보는 것이 극히 당연한 관점이 된다.

이러한 면모를 「왕을 깨우친 원숭이」에서도 잘 볼 수 있다. 이야기에서 원숭이(전생 붓다)는 본래 왕(전생 아난다)이 잡아서 먹이로 삼으려 했던 대상이

---

43 활안 편찬, 『불교설화문학대사전』, 불교정신문화원, 2012, 417면.

었는데, 그 미덕을 확인한 왕은 그를 위해 최고의 존중을 베푼다. 원숭이에게 감동해서 절하고 가르침을 받는 왕의 모습은, 그리고 죽은 원숭이를 위해 최고의 장례를 치러주고 탑을 세워서 기리는 왕의 모습은 더없이 인간적이다. 현실의 위계나 차별 따위는 무색해진다. 오로지 진리가 있을 따름이다. 이야기는 그것이 곧 현생의 아난다와 붓다가 맺은 동반적 관계의 핵심적 진실이었음을 현시한다. 앞서 언급한바 서사적 연결이고 합치다. 텍스트적 연결은 상황에 따라 손쉽게 훼손되고 약화되지만, 서사적 연결은 쉽사리 흔들리거나 깨지지 않는다. 깊은 곳에서의 존재적 연결이기 때문이다. 그 중심에 '인간'이 있다는 사실을 잊지 않을 일이다.

　　본생담에서 전생 아난다가 현시하는 인간적 존중의 태도는 단지 전생 붓다에 대한 것으로 한정되지 않는다. 만약 그랬다면 그 자체로 차별인 셈이니 자기모순이 될 것이다. 이야기는 전생 아난다가 주변의 약자에게 너그러운 자비심을 베푸는 장면을 곳곳에서 인상적으로 그려낸다. 「창녀를 좋아하다 출가한 수행자」에서 전생 아난다는 전생 붓다를 유혹하는 창녀를 크게 꾸짖지만, 뒤에 그녀가 잘못을 뉘우치자 그녀를 용서해준다. 「세나카 현자」에서는 애인을 두고 부정을 저질러서 전생 아난다(늙은 바라문)를 고통에 들게 하는 아내가 나오는데, 전생 붓다가 "아내를 그대로 두겠는가, 이혼하겠는가?" 하고 물을 때 아난다는 그대로 두는 쪽을 선택한다. 인간적 고뇌를 넘어선 자비로운 아량을 확인시켜주는 모습이다. 「캉하디파야나 도사」에서도 전생 아난다는 의무 때문에 자기와 살았을 뿐 즐거움은 없었다고 하는 아내에게 이렇게 말한다. "여보, 일어나시오. 나는 당신을 용서하오. 그러나 지금부터는 그런 매정한 마음을 내어서는 안 되오. 나는 그대를 사랑하지 않지는 않을 것이니까."[44] 이 또한 아난다의 자비심 내지 자비행을 단적으로 보여주는 장면에 해당한다.

　　불교사에서 아난다는 붓다에게 여성의 출가를 건의해서 관철한 사람으로 알려져 있다. 이는 현생 아난다가 실제로 인간적이고 자비로운 사람이었

44　위의 책, 595면.

을 가능성을 시사한다. 붓다 사후 아난다가 가섭을 비롯한 장로 비구들로부터 받은 질책의 항목 가운데는 여성의 출가에 대한 일과 함께 붓다가 입멸했을 때 여인들에게 유신(遺身)을 예배하게 함으로써 불신(佛身)이 여인의 눈물로 더럽혀지게 한 일이 포함돼 있다.[45] 당시 교단은 이를 부정한 일로 보았지만, 오늘날의 입장에서 아난다의 처사는 차별 없는 인간 존중의 발로로 평가할 만하다. 특유의 인간미로 자비심을 실천한 사람이 아난다였다.

이런 관점에서 우리는 아난다의 부족함이나 허물로 말해지고 있는 사항들도 새롭게 조명해볼 수 있다. 부처님이 입적할 때 아난다 홀로 눈물을 금하지 못했다는 것은 그의 특별한 인간미를 나타내주는 증표일 수 있다. 그렇게 슬퍼하는 것이 인간으로서 자연스러운 일이 아닌가 하는 것이다. 아난다가 늦도록 아라한과에 들지 못한 것도 그의 인간적 면모와 관련된 것일 가능성을 상정해볼 수 있다. 그가 인간적인 사람이었기에 희로애락을 쉽게 떨칠 수 없었던 것 아닐까 하는 가정이다. 하나의 추측이거니와, 어떻든 본생담 속의 아난다가 따뜻하고 인간적인 사람이었다는 사실만큼은 분명하다. 아난다가 존재적 변혁을 이루어낼 수 있었던 여러 요인은 그 바탕에 남다른 인간미가 있었다는 점을 강조하고 싶다. 그의 존재적 변혁은 '인간 아난다'와 '인간 붓다'의 서사적 접속을 통해 이루어낸 삶의 진경이라고 보아도 좋을 것이다. 불법(佛法)을 따르고자 하는 오늘날의 사람들이 실현해내야 할 서사가 바로 그러한 것 아닐까?

논의 과정에서 사이사이 언급했지만, '아난다 서사'의 특징적 요소로 추출한 이상의 여섯 항목은 별개가 아니며 서로 긴밀히 어울려 있다. 거기서 궁극적으로 보게 되는 것은 한 인간의 모습이다. 어떤 인간인가 하면 마음만이 아닌 몸으로써, 생각만이 아닌 실천으로써 누구보다 뜨겁고 벅차게 현생을 살았던 한 사람이다. 본생담은 그것을 붓다가 본 아난다의 모습으로 그려

---

45 신성현, 「초기 불교 교단에서 가섭과 아난의 관계」, 『불교학보』 36, 동국대 불교문화연구원, 1999, 263면.

내지만, 그 이야기들이 오랜 세월을 거치며 전승돼온 것임을 생각할 때 이야기 속 아난다의 형상은 불법을 따르는 많은 사람이 길어낸 이상적 불자(佛者)의 문학적 전형이라고 의미화할 수 있다. 사람들은 그것을 하나의 밝은 등불로 삼아서 자기 자신을 투사하고 합치시키는 가운데 흔들리는 몸과 마음을 다잡고 불제자의 길을 걸어온 것이라고 볼 수 있다.

　과연 현실을 살았던 아난다가 진짜로 그런 사람이었는지는 그리 중요하지 않다. 사람들이 그와 같은 삶을 서사적으로 구성하고 거기에 공명하면서 존재적 변혁과 치유를 추구해왔다는 사실이, 그리고 우리에게 여전히 그러한 서사적 접속과 치유적 변화의 길이 열려 있다는 사실이 더 중요하다. 역사가 아닌 문학적 관점에서의 평가다.

6　본생담 서사의 상담 적용 문제: 결론을 대신하여

　　　　　　　　이 연구에서는 문학적 관점에서 불경 본생담에 대한 서사적 분석을 수행했다. 불경이 멀리 높은 곳에 있는 타자의 이야기가 아니라 오늘날 우리의 이야기일 수 있다는 관점에서의 접근이었다. 여기서 '우리'는 단지 불자에 한정되지 않고 이 세상을 살아가는 모든 사람이 그일 수 있다.

　문학치료학의 상담 활동은 서사분석에 입각해서 이루어지는 것이 특징이다. 작품에 대한 서사분석 결과를 반영하는 한편, 그것을 주체적으로 음미하면서 각자에게 맞게 내면화하는 과정이 곧 문학치료적 상담의 주요 프로세스가 된다. 이 연구에서 본생담 아난다 서사를 분석한 결과도 현장의 상담 활동으로 유의미하게 연결될 수 있겠거니와, 이에 대해 간단히 언급하는 것으로 논의를 갈무리하고자 한다.

이 연구에서 분석해낸바 '아난다의 서사'는 그 자체로 하나의 치료적 화두가 될 수 있다. 상담자와 내담자가 이를 화제로 삼아서 다양한 치유적 대화를 나눌 수 있는데, 이야기 내용을 축으로 한 미적이고 서사적 대화다. 아난다 서사를 포괄적으로 다룰 수도 있지만, 여러 본생담에 그려진 아난다의 인상적인 행적들을 화제로 삼음으로써 더욱 다양하고 풍부한 대화를 유의미하게 진행할 수 있다. 이야기 속 아난다의 특징적인 행보들이 그 자체로 특수한 치료적 화두로 기능할 수 있다.

문학치료적 대화상담은 작품서사로서의 아난다 서사와 내담자 자기서사 간의 소통을 기본 축으로 삼게 된다. '아난다의 서사와 나의 자기서사'를 주제로 내걸고 양자가 어떻게 같고 다른지, 그리고 양자 사이의 거리감을 좁히기 위해서는 어찌해야 하는지를 다양하게 탐색할 수 있다. 이때 유의할 것은 '아난다 서사'가 절대적 기준은 아니라는 사실이다. 그것은 오래 흘러온 하나의 계시적인 길일 따름이다. 어떤 부분을 어떻게 따를 것인지에 대해 정해진 답은 없다. 사람마다 기질과 성향이 다르고 처지나 가치관도 다르기 때문이다. 그러한 다름을 전제로 하는 가운데 각자에게 맞는 서사적 접속과 합치의 길을 찾는 것이 합당하다.

문학치료 상담의 핵심 방법으로 작품에 대한 서사적 대화 외에 '이야기 만들기'를 들 수 있다. 작품을 자기식으로 다시 구성해보는 일이 그것이다. 마음에 드는 내용은 그대로 살리고 뭔가 거부감이 들거나 이상해 보이는 부분, 부족해 보이는 부분 등을 바꾸어서 새로운 이야기를 만드는 것이 기본적인 방법이다.[46] 본문에서 본생담 속 아난다 이야기를 여러 편 언급했거니와, 그 가운데 마음이 끌리는 것을 선택해서 이야기 만들기 활동을 수행할 수 있다. 그 과정은 작품서사를 추체험하면서 음미하는 과정인 동시에 주체적으로 자기화하는 과정으로서 의미를 지닌다. 그 과정을 통해 무의식중에 이루

---

46 문학치료 상담에서 '이야기 만들기'의 원리와 적용법은 조은상이 중점적으로 논한 바 있다. 조은상, 「상담에서 옛이야기를 적용한 이야기 만들기의 활용과 효용」, 단국대학교 박사학위논문, 2017; 조은상, 「문학치료는 어떻게 이루어지는가?: 개인문학치료 사례를 중심으로」, 『문학치료연구』 57, 한국문학치료학회, 2020 참고.

어내게 되는 서사적 변화는 곧 문학치료로서 의의를 지니게 된다.[47]

아울러 아난다 서사를 포함한 본생담 서사를 불교상담학에서 개발되고 활용돼온 상담법과 연결하는 것도 가능하리라고 본다. 본생담 작품들이 그 자체로 불교적 세계관과 가치요소를 담고 있기 때문에 자연스럽고도 유의미한 연결이 가능하다. 예컨대 아난다 서사를 불교적 수행명상 치유의 화두로 삼을 수 있다. 본생담 속의 아난다라는 인물을 종합적으로 다루는 방식 외에 특정의 문제적 장면에 초점을 맞추는 수행적 명상이 가능하다. 이와 함께, 송말숙·서광스님이 입안한바 '육도윤회'를 활용한 불교심리상담법[48]에 본생담 서사를 적용하는 것도 충분히 가능한 일로 생각한다. 아난다의 서사는 세속적 욕망과 불교적 성도(成道) 사이의 넓은 스펙트럼에 걸친 의미요소를 지니거니와, 이를 매개로 삼아 자신의 심리적 상황을 관찰하고 자각하면서 진리를 향한 치유의 길을 찾아 나갈 수 있다. 설화를 비롯한 문학작품을 주요 매개로 삼음으로써 자기이해와 치유적 변화를 유효하게 이루어낼 수 있음은 여러 문학치료 상담사례가 증명하고 있는 바다.

본생담 속의 전생 붓다와 전생 아난다는 처음부터 가까운 사이였다고도 하지만, 대다수 자료에서 둘은 서로 다른 곳에서 이질적인 방식으로 살아가다가 어느 순간 운명적 인연을 이루어서 최고의 동반자가 됐다고 말해진다. 같은 뜻을 지니고 있으면서도 서로 다른 곳에서 움직여온 문학치료와 불교상담이 특별한 서사적 인연을 이루어서 건강하고 행복한 광명세계를 열어나가는 과업에 좋은 동반자가 되기를 기대한다.

---

47   문학치료 상담 과정의 이야기 만들기는 기존의 한 이야기를 새로운 이야기로 재구성하는 것 외에 또 다른 방식으로도 가능하다. 여러 이야기를 활용해서 새로운 이야기를 만들 수도 있으며, 이야기 캐릭터나 구조 등을 활용한 새 창작 활동도 가능하다. 그리고 이야기 외에 그림이나 영화 등 다른 장르로의 재창작 활동도 행할 수 있다.

48   송말숙·서광스님(송영숙), 「불교심리상담에서 '육도윤회'의 활용 방안」, 『한국선학』 59, 한국선학회, 2021.

제 4 부

문학치료를 위한
자기서사 진단과 해석 연구

MMSS 진단지의 성격과 구성, 해석과 활용

1   **새 진단지 개발의 배경**

 문학치료학은 인간이 곧 문학이며 문학이
곧 인간이라는 관점을 취한다.[1] 인간이 문학이므로 문학을 치료함으로써 인
간을 치료한다고 하는 혁명적 발상이 문학치료의 바탕을 이룬다. 이때 치료
대상이 되는 문학은 '인간 이면의 문학'으로서의 '자기서사'를 말한다. 정운
채가 "인간관계의 형성과 위기와 회복에 관한 이야기"[2]로 정의했고, 신동흔
이 "인간의 심층에서 인생을 좌우하는 스토리 형태의 인지-표현 체계"[3]로
재규정한 그것이다.
 자기서사 진단은 인간이라는 스토리적 존재의 과거적 궤적과 현재적 좌
표를 가늠함으로써 미래적 여정을 열어내는 치료 과정의 출발에 해당하는
중대한 과업이다. 한 인간의 존재적 정체성과 삶의 방향성을 질적으로 꿰뚫
는 일은 절대 쉽지 않다. 한 사람이 가진 감정이나 생각이 대체로 쉽게 노출
되는 것과 달리 자기서사는 존재의 심연에 잠복해 있어 실체에 접근하기 어
렵다. 그것은 제반 심리 특성을 총합한 것과 다르며, 생애 진술(self narrative)을
계열화한 것과도 다르다. 자기서사는 장기간의 침전 과정을 거치면서 인간
의 기저에 자리 잡은 심원한 문학으로서 오묘한 생명적 유기성을 지닌다. 문
학에 어울리는 질적이고 총체적인 접근을 통해야 그 실체에 다가설 수 있다.
 문학치료학은 그 과업을 위한 특별한 무기를 지니고 있으니, 문학작품
이 그것이다. 문학작품의 이면에는 작품서사가 있으며, 그것은 자기서사와
본원적 상동성을 지닌다.[4] "문학의 이면에서 작품을 좌우하는 심층적 인지-

---

1   정운채, 「문학치료학의 서사이론」, 『문학치료연구』 9, 한국문학치료학회, 2008, 247면.
2   위의 논문, 252면.
3   신동흔, 「문학치료학 서사이론의 보완·확장 방안 연구」, 『문학치료연구』 38, 한국문학
    치료학회, 2016, 24면.
4   정운채, 「문학치료학의 서사이론」, 『문학치료연구』 9, 한국문학치료학회, 2008, 250-
    251면.

표현체계"로서의 작품서사[5]는 자기서사를 이해하고 드러내는 구체적이고도 계시적인 통로가 된다.[6] 특히 원형적 집단무의식의 산물로서 구비설화의 작품서사는 자기서사를 핵심적이면서도 심층적으로 비춰줄 수 있는 매개체가 된다. 구비전승이라는 인지적 검증을 거치며 살아남은 '진짜 이야기'로서 구비설화의 서사는 형태적 요소와 의미적 요소가 결합된 최고의 인지기제[7]로서, 그를 통해 인간과 삶에 대한 전형이고 구조적이면서도 심층적인 이해를 도모할 수 있다.[8]

정운채는 작품서사와 자기서사를 두 축으로 삼는 문학치료학 이론체계를 수립한 후, '자기서사의 전모'[9]를 파악한다는 야심찬 기획 아래 설화를 활용한 자기서사 진단도구 개발을 추진했다. 자기서사 진단의 기본 척도를 설정[10]하고 진단에 활용할 작품서사를 선정 검토하는 과정[11]을 거쳐 자녀서사와 남녀서사, 부부서사, 부모서사 등 기초서사 각 영역의 검사문항을 개발하는 작업을 수행했다.[12] 그 작업 결과로 문학치료학은 '서사분석형'과 '연쇄전

---

5   신동흔, 「문학치료학 서사이론의 보완·확장 방안 연구」, 『문학치료연구』 38, 한국문학치료학회, 2016, 24면.

6   기존의 여러 치료이론에 대한 문학치료의 핵심적인 차별성과 경쟁력이 작품서사에 있음은 나지영이 잘 설명한 바 있다. 나지영, 「인지역동 스키마 이론과의 연계를 통한 문학치료학 서사이론 발전 방향 연구」, 건국대학교 박사학위논문, 2016, 36-40면 참조.

7   신동흔, 「인지기제로서의 스토리와 인간연구로서의 설화연구」, 『구비문학연구』 42, 한국구비문학회, 2016, 82면.

8   신동흔은 최근 이런 관점을 이론적으로 체계화하고 다양한 사례 분석을 제시하여 하나의 단행본으로 출간한 바 있다. 신동흔, 『스토리텔링 원론: 옛이야기로 보는 진짜 스토리의 코드』, 아카넷, 2018 참조.

9   정운채, 「문학치료학의 서사이론」, 『문학치료연구』 9, 한국문학치료학회, 2008, 251면; 정운채, 「자기서사진단검사도구의 개발에 따른 고전문학 연구와 교육의 새 지평」, 『문학치료연구』 16, 한국문학치료학회, 2010, 203면.

10 정운채, 「자기서사진단도구 개발을 위한 기초서사척도」, 『고전문학과 교육』 14, 한국고전문학교육학회, 2007.

11 정운채, 「자기서사진단도구의 문항 설정을 위한 예비적 검토」, 『겨레어문학』 41, 겨레어문학회, 2008.

12 그 작업은 정운채가 주도하는 가운데 강미정과 하은하 등이 일부 작업을 분담하는 방

개형', '자유연결형' 등 세 형태의 자기서사 진단도구를 가지게 되었다. 16가지 서사 표준 작품에 대한 내담자 반응을 통해 자기서사의 기본 특성과 수준을 짚어내는 방식의 검사지였다. 이후 이를 더 간명하고 투사적인 형태로 조정한 정서반응형 자기서사 검사지가 개발되었으며,[13] 서사분석형 진단도구 문항을 16가지로 집약하여 재정리한 간략식 자기서사 진단도구도 활용되고 있다.[14]

오랜 연구 결과로 도출된 검사지들은 문학치료 상담활동의 성격을 반영하는 가운데 자기서사 특성을 기초적으로 진단한다고 하는 소임을 담당해왔다. 그 진단을 바탕으로 유효한 문학치료 활동을 수행한 사례도 다수 보

식으로 이루어졌다. 관련 논의는 다음과 같다. 정운채, 「남녀서사진단도구 개발을 위한 남녀서사의 분기점 탐색」, 『문학치료연구』 8, 한국문학치료학회, 2008; 정운채, 「부부서사진단도구를 위한 구비설화와 부부서사의 진단 요소」, 『고전문학과교육』 15, 한국고전문학교육학회, 2008; 강미정, 「자녀서사진단검사도구의 문항 설정」, 『문학치료연구』 10, 한국문학치료학회, 2009; 정운채, 「남녀서사진단검사도구의 문항 설정」, 『문학치료연구』 10, 한국문학치료학회, 2009; 정운채, 「부부서사진단검사도구의 문항 설정」, 『서사와문학치료』 1, 서사와문학치료연구소, 2009; 하은하, 「부모서사진단검사도구의 문항 설정」, 『문학치료연구』 10, 한국문학치료학회, 2009; 강미정, 「자유연결형 자녀서사진단검사도구의 문항설정과 문항 분석」, 『문학치료연구』 11, 한국문학치료학회, 2009; 정운채, 「자유연결형 남녀서사진단검사도구의 문항 설정과 문항 분석」, 『문학치료연구』 11, 한국문학치료학회, 2009; 정운채, 「자유연결형 부부서사진단검사도구의 문항 설정과 문항 분석」, 『서사와문학치료』 2, 서사와문학치료연구소, 2009; 하은하, 「자유연결형 부모서사진단검사도구의 문항 설정과 문항분석」, 『문학치료연구』 11, 한국문학치료학회, 2009; 정운채, 「자기서사진단검사도구의 문항 설정」, 『고전문학과교육』 17, 한국고전문학교육학회, 2009. 이상의 연구는 단행본으로 묶여 정운채 외, 『설화를 활용한 문학치료프로그램 개발 연구』, 문학과치료, 2009로 출간되기도 했다.

13 정서반응형 진단지를 실제 상담에 처음 사용한 연구자는 박재인이다. 박재인, 「탈북여성B의 구비설화에 대한 이해 방식과 자기서사」, 『고전문학과교육』 26, 한국고전문학교육학회, 2013. 박재인은 이 논문에서 '태도측정형'이라는 명칭을 썼는데, 뒤에 강미정과 김혜미 등의 임상 활동을 거치며 '정서반응형'으로 조정되었다. 강미정, 「문학교육 현장에서의 자기서사진단 검사도구 활용과 그 전망」, 『문학교육학』 44, 2014; 김혜미, 「자퇴를 원하는 한 우등생의 자기서사진단검사 사례 연구」, 『고전문학과교육』 27, 한국고전문학교육학회, 2014. 정서반응형 진단은 작품서사에 대한 내담자의 '기억진술'을 병행 측정하여 질적 진단을 꾀하는 것이 특징이다.

14 황혜진, 「자기서사 진단도구의 개발 현황과 개선 방안」, 『문학치료연구』 38, 한국문학치료학회, 2016. 이 진단도구는 대학 교양교재인 건국대 서사와문학치료연구소, 『행복한 삶과 문학치료』, 쿠북, 2016에도 수록되어 교육현장 등에서 활용되고 있다.

고되었다. 하지만 거기에는 일정한 제한성이 있는 것 또한 사실이다. 인간의 복잡미묘하고 심원한 자기서사의 세계로 유효하게 진입해감에 있어 그것은 아직 많이 성근 그물로서 자기서사의 기초적 윤곽 내지 부분적 특성을 짚어줄 따름이다. 존재적 측면과 관계적 측면이라고 하는 서사의 두 측면[15]을 매개하는 입체적 진단을 감당하기 어렵다는 것도 문제점으로 들 수 있다. 자기서사의 제 측면을 포괄하는 한편, 그 특징을 명실상부한 '서사' 차원으로 깊고 유효하게 들여다볼 수 있는 새 진단도구 개발이 요청되는 상황이다.

이제 문학치료를 위한 새로운 자기서사 진단도구에 대해 그 성격과 특징, 해석원리와 활용법 등을 설명하고자 한다. 문학치료학의 기본 관점과 원리를 바탕으로 삼는 가운데 그간의 이론적 진전 및 서사분석 성과를 수렴하여 더 다각적이고 구체적이며 깊이 있는 진단이 가능하도록 구성한 신개념의 진단지다. 기존 검사지를 부분적으로 조정·보완하는 대신 질적 갱신과 진전을 추구하는 쪽으로 방향을 잡아서 새로운 형태의 진단도구를 마련했다.

새 진단도구의 이름은 'MMSS 진단지'이다. MM은 '마법의 거울(Magic Mirror)'로서, 세계적인 민담 「백설공주」에서 이를 따왔다. 이야기 속의 거울은 늘 진실을 말한다. 눈에 보이지 않는 저 깊은 곳의 진실까지도 마법의 거울은 환히 비추어준다. 오랜 세월 동안 구전돼온 설화가 꼭 이 거울과 같다. 그것은 현실을 살아가는 인간의 내면적 진실을 생생하게 비춰준다. 그 진실에 해당하는 것이 자기서사, 곧 SS(Story-in-depth of Self)이다.[16] MMSS는 'Magic Mirror

---

15 신동흔, 「문학치료학 서사이론의 보완·확장 방안 연구」, 『문학치료연구』 38, 한국문학치료학회, 2016; 신동흔, 「문학치료를 위한 서사 분석 요소와 체계 연구」, 『문학치료연구』 49, 한국문학치료학회, 2018 참조.

16 '서사'의 영어 표기로는 정운채가 'epic'을 제시한 바 있으나, 보편적 소통성을 위해 본 발표자가 수정 제안한 'story-in-depth'를 다시 채택했다. 서사를 epic으로 써온 오랜 관행을 깨면서 story-in-depth라는 용어를 다시금 내세우는 데는 서사이론 전문가인 박진이 이 용어를 지지해준 사실이 큰 힘이 되었다. 이 용어를 제안하면서 고려했던 문학이론과의 보편적 소통성 추구가 나름 인정을 받은 상황이다. 용어의 보편화는 어떻든 한번 거쳐가야 할 과정일 것이다. 박진의 논의는 박진, 「이야기치료와의 연계를 통한 문학치료의 발전 방향」, 『문학치료연구』 46, 한국문학치료학회, 2018, 13면 참조.

for the Story-in-depth of Self'의 약자이며, 우리말로 풀면 '내 안의 심층서사를 비춰주는 마법의 거울'이 된다. 본 진단지가 심리검사나 성격검사와 달리 '서사'를 대상으로 삼는 만큼 거기에 어울리는 문학적인 이름을 붙였다.

2   MMSS 진단의 기본 성격

2.1 기본 개념과 성격

▷ 서사로 서사를 짚어내는 문학적 진단

세상에는 수많은 심리진단 도구가 다양하게 활용되고 있다. 웩슬러 지능검사와 MBTI 성격유형 검사, MMPI 다면적 성격검사 등 널리 알려진 심리검사 외에 분야별·문제별 심리검사도 종류가 매우 다양하다. 고려대 행동과학연구소에서 1999년까지 두 권으로 묶어낸『심리척도 핸드북』[17]은 도합 300종이 넘는 심리검사에 적용된 무수한 심리척도를 제시하고 있다. 근간에 새로 개발되어 활용 중인 심리검사도 많은데, 한국형 대인관계문제검사(KIIP)[18]나 LCSI 한국형 성격검사,[19] TACA형 자아상태와 인생태도검사[20]

---

17   고려대학교 부설 행동과학연구소 편,『심리척도 핸드북』I, II, 학지사, 1998, 1999.

18   김정운 외,「한국판 대인관계 문제척도(K-IIP)의 개발: 요인구조 및 심리측정적 특성」,『한국심리학회지: 상담 및 심리치료』12(1), 2000; 김영환 외,「한국형 대인관계문제검사의 타당화」,『한국심리학회지: 임상』21(2), 2002.

19   임승환·한종철,「LCSI(Lim's Character Style Inventory) 성격검사 개발」,『한국심리학회지: 상담 및 심리치료』15(1), 2003; 임승환·박제일,『한국형 성격검사 LCSI의 이해와 활용』, 림스연구소, 2015.

20   윤영진 외,「TACA형 자아상태 평정척도 개발 및 타당화 연구」,『교류분석상담연구』4(2), 한국교류분석상담학회, 2014; 윤영진 외,「TACA형 인생태도 평정척도 개발 및 타당화 연구」,『교류분석상담연구』4(2), 한국교류분석상담학회, 2014; 윤영진 외,

등을 주요 사례로 들 수 있다. 아동 대상 상담치료가 활성화되면서 BGT 심리진단법[21]과 HTP 검사, KHTP 검사[22] 등 이미지를 활용한 심리진단법이 활용도를 높여가고 있기도 하다. 이들 진단도구를 적절히 선택해서 적용하면 필요한 심리진단을 충분히 행할 수 있을 것으로 여겨지는 상황이다.

하지만 이들 심리검사를 가져와서 적용하는 것은 문학치료의 성격에 부합하지 않는다. 그것은 유용한 참고사항이 되지만, 문학치료 과정의 일부가 되지는 못한다. 문학치료는 자기서사를 대상으로 하는 것인 만큼 진단 또한 이를 대상으로 해서 수행하는 것이 마땅하다. 이와 관련하여 정운채는 자기서사 진단도구가 필요한 이유를 다음과 같이 천명한 바 있다.

첫째, 문학치료는 심리치료가 아니기 때문이다. 심리치료의 경우에는 심리적인 장애를 치료해야 하므로 심리검사도구들을 이용하는 것이지만, 문학치료는 자기서사의 문제를 치료해야 하므로 자기서사진단검사도구가 따로 필요하다.

둘째, 치료는 진단과 맞물려 있기 때문이다. 만일 진단을 심리검사도구로 하고 치료는 문학치료의 방법을 쓴다면 진단과 치료의 틈새가 발생할 뿐만 아니라 진단과 치료의 되먹임 작용이 원활하게 진행될 수 없다. 자기서사진단검사도구가 개발이 되면 자기서사에 대한 치료와 진단이 상호 밀접하게 관련되어 발전해나갈 수 있을 것이다.

셋째, 문학치료 내지 문학치료학이 독자적으로 발전해야 심리치료 내지 심리학에도 도움을 줄 수 있기 때문이다. 만일 진단을 심리치료 내지 심리학에 의존한다면 문학치료 내지 문학치료학은 독자적인 발전을 기약하기가 어렵고, 그 결과 심리치료나 심리학에 도움을 줄 수 있는 것이 매우 제한적이 될 것이다.[23]

『TACA형 자아상태와 인생태도 검사지 개발 및 활용의 실제』, 아카데미아, 2016.

21   정종진, 『BGT 심리진단법』, 학지사, 2003.

22   김동연 외, 『HTP와 KHTP 심리진단법』, 동아문화사, 2002.

23   정운채, 「자기서사진단검사도구의 개발에 따른 고전문학 연구와 교육의 새 지평」, 『문

정운채가 강조하듯이, 문학치료는 심리치료와 다르다. 문학치료가 치료 대상으로 삼는 것은 미적이고 문학적인 유기체로서의 자기서사다. 자기서사를 대상으로 한 진단이 유효하게 이루어져야 치료 과정의 설계와 실행이 가능하다. 기존의 개념 및 체계와 다른 새 진단도구를 마련하는 것은 크고 어려운 과제이지만, 문학치료학의 독자적 발전 외에 '인간치료'의 새 지평을 위해 필요한 일이기도 하다.

MMSS 진단은 문학치료학 창시자인 정운채의 학문적·치료적 비전을 기본 바탕으로 삼으며, '서사로 서사를 짚어내는 검사'를 표방한다. 진단 대상은 자기서사이고 그 매개체는 작품서사이다. 작품서사에 대한 반응과 공명을 확인하고 점검하여 사람들의 이면에 깃들어 있는 자기서사의 특성과 맥락을 짚어내는 방식이다. 그 진단에는 심리나 행동특성 반응이 포함되지만, 그것은 자기서사를 이해하는 요소로 다루어진다. 기존의 자기서사 진단도구에서는 진단 결과로 드러난 서사특성을 '부모 밀치기'나 '부모 감싸기' 같은 형태로 표현했거니와, MMSS 진단에서는 '자기를 키워준 사람에 대한 책임감으로 부모를 감싸는 심청의 서사', '버림받은 상처를 간직한 채 상황적 요청에 따라 부모를 감싸는 바리데기의 서사', '자기와의 싸움을 거쳐 존재적 확장을 이룸으로써 부모를 감싸게 된 바리데기의 서사' 등과 같은 형태로 더 맥락적으로 표현하는 것을 추구한다.[24] 단, 그것은 MMSS 진단만으로 완성되지는 않으며 대면 상담과 연계하여 수행해야 할 과업으로 본다.

▷ 일반인 대다수를 포괄하는 종합적 검사

MMSS 진단은 예외적인 특수 사례를 제외한 일반인 모두를 대상으로 삼는 개방적이고 보편적인 진단을 추구한다. 특수 사례는 설화의 내용을 인

학치료연구』16, 한국문학치료학회, 2010, 202면.

24 작품서사를 매개로 한 자기서사의 구체적인 기술(記述)에 대한 자세한 논의는 신동흔, 「문학치료를 위한 서사 분석 요소와 체계 연구」, 『문학치료연구』 49, 한국문학치료학회, 2018, 14-20면, 73-81면 참조.

지하고 반응할 만한 능력이나 상태가 안 되는 경우를 뜻한다. 언어적 소통능력을 갖추지 못한 영아나 중증 지적 장애를 지닌 사람 등이 이에 해당한다. 이야기를 인지하고 이해하여 그에 대한 느낌이나 생각을 나타낼 수 있는 사람들이라면 누구든 MMSS 시행이 가능하다. 문해력을 갖추지 못해 글을 읽거나 쓰지 못하는 사람들에 대해서는 구두로 작품서사와 문항을 설명하고 반응을 청취하는 방식으로 검사를 진행할 수 있다. MMSS 진단이 남녀노소 일반에 폭넓게 적용될 수 있는 것은 그 기본 매개체인 옛날이야기가 보편적 소통성을 지니기 때문이다. 외국어 버전이 만들어지게 되면 세계인을 대상으로 한 광범위한 적용도 가능할 것으로 본다. 전 세계의 남녀노소 누구나 참여 가능한 형태로 자료와 문항을 구성한 상태다.

MMSS는 자기서사의 종합적 진단을 지향한다. 진단지는 서사의 제 측면에 걸친 특성을 다각적으로 짚어낼 수 있도록 구성되어 있다. 존재적 측면에서 자기정체성과 세계 인식, 가치관 및 인생관, 기질과 성향, 행동 특성, 심리 상태 등을 서사적 관점에서 짚어보게 되며, 관계적 측면에서 자녀서사와 남녀서사, 부부서사, 부모서사, 형제서사, 사회서사에 걸친 특성을 보게 된다. 다만, 한두 시간에 걸쳐 작성하는 진단지로 한 사람의 자기서사 특성을 온전히 짚어내고 기술하는 데는 한계가 있다. MMSS가 종합적 진단을 추구한다고 할 때 그것은 자기서사의 전모에 대한 결론적 기술을 뜻하지 않으며, 자기서사의 단서 내지 표지를 폭넓게 찾아내는 것을 뜻한다.

MMSS는 종합적 진단을 추구하지만, 특정한 서사 영역이나 문제에 초점을 맞춘 진단의 가능성을 열어놓고 있다. 대상과 목적이 특화된 경우 일부 문항 세트를 선별해서 집중 검사를 진행할 수 있다. 우울서사나 폭력서사, 부부서사나 형제서사 문제 등을 예로 들 수 있다. 그러나 한 사람의 서사는 제반 측면이 서로 긴밀히 얽혀있는 것이므로 종합적 진단을 통해 문제의 배경과 맥락을 다각적으로 짚어내는 것을 권장한다.

▷ 미적 투사를 통한 질적 진단

MMSS는 인벤토리 형태의 표준화 검사가 아닌 투사 검사 형태의 질적 진단을 추구한다. 자기서사는 다기적 맥락과 방향성을 지니는 복잡미묘한 것으로서 그 특성을 수치적으로 표준화하는 일은 어울리지 않는다. 겉으로 유사해 보이는 서사반응도 이면적 원인과 맥락은 이질적일 수 있다. MMSS 는 자기서사를 전형적인 이야기 형태로 맥락화하는 것을 추구하지만, 거기 다양한 변이(variation)와 변화(change; development)가 있음을 전제한다.

MMSS 진단지에 담긴 질문들은 기본적으로 투사적 성격을 지닌다. 열린 반응과 평가가 가능한 서사적 상황에 대해 주관적 느낌과 생각을 자유롭게 나타내도록 했다. 수많은 설화 중 투사 효과가 특히 높다고 여겨지는 것들을 진단서사로 선별했으며, 시검자가 자연스레 이야기 상황과 접속하면서 의식·무의식중에 자기를 투사할 수 있게끔 문항을 구성했다. 문학치료학에서 말하는바 작품서사와 자기서사의 공명(共鳴)[25]은 그 자체 투사적 현상이라 할 수 있는바, 그것을 효과적으로 이끌어낼 수 있도록 설계했다.

부연하면 서사적 투사는 심리적 투사와 통하면서도 질적 차이를 지닌다. 핵심은 그것이 문학적이고 미적인 투사라는 것이다. 완결된 스토리 형태의 작품서사는 극적 맥락성과 유기적 전완성을 지닌다. 그것은 간접화된 미적 대상으로 존재하거니와, 그러한 문학적 거리는 안전하고 깊이 있는 반응의 바탕이 된다. 심리적 투사에서 흔히 발생하는바 자기방어적 왜곡을 최소화하는 가운데 맥락적이고 총체적인 투사 효과를 기약할 수 있다. MMSS는 허구적 완결성이 두드러진 민담을 기본 매개체로 삼음으로써 미적 투사가 쉽고 효과적인 형태로 이루어지도록 했다.

▷ 모든 게 정답인 편안하고 재미있는 검사

MMSS는 편안하고 재미있는 진단을 지향한다. 비약과 반전의 흥미가 있는 옛날이야기를 함축적인 스토리 형태로 제시함으로써 시검자들이 자연스럽게 그것을 즐기면서 진단에 임하도록 했다. 문항들도 자기 느낌과 생각

---

25   정운채, 「자기서사의 변화 과정과 공감 및 감동의 원리로서의 서사의 공명」, 『문학치료연구』 25, 한국문학치료학회, 2012.

을 자유로이 나타낼 수 있도록 구성했다. 이야기 지문과 연결돼 있는 질문들은 시검자를 심리적으로 압박하지 않으며, '푸는 재미'를 줄 수 있도록 설계돼 있다. 이야기의 주요 포인트에 상상력을 자극하는 질문들을 배치함으로써 시검자들이 자연스럽게 서사의 맥락과 여백을 되짚어보게끔 한 상태다. 진단지를 작성하는 과정은 흥미로운 옛날이야기들을 새롭게 만나는 문학적 수용과 향유 과정으로서 성격을 지니게 된다.

MMSS 진단이 편안하고 재미있는 검사가 될 수 있는 것은 그것이 자기 자신이 아닌 문학작품에 대한 생각과 태도를 반영한다는 것과 관련이 크다. MMPI나 LCSI 같은 표준화 검사 외에 문장완성검사나 로샤(로르샤하) 검사 같은 투사검사도 기본적으로 시검자가 자기 자신을 드러내게끔 설계돼 있다. '나'에 대해 진술하는 일이나 '나의 반응'이 평가 대상이 되는 일은 어떤 식으로든 심적 부담감으로 작용할 소지가 크다. 이에 대해 MMSS는 미적으로 완결된 문학작품, 그중에도 특히 '만만해 보이는' 이야기들을 놓고서 그것을 '건너다보거나 내려다보는' 형태로 접속하도록 함으로써 심리적 압박감을 덜어냈다. 자료를 자유롭게 재단하는 입장에 섬으로써 자유롭고 적극적인 반응이 가능하도록 한 터다.

MMSS가 표방하는 '편안하고 재미있는 검사'는 검증과정을 통해 효과를 확인할 수 있었다. 250명이 넘는 시검자 가운데 거부감이나 압박감으로 풀이를 중단한 사례는 없었다. 대다수 시검자가 이야기에 흥미를 나타내면서 주어진 모든 문항에 답했다. 진단지 말미의 자유메모에 '재미있었다'는 소감을 쓴 사람들이 무척 많았다. 자신의 반응이 어떻게 해석될지 궁금해하는 시검자도 많았으며, 그것은 자발적이고도 적극적인 진단상담 신청으로 이어졌다. 처음에 문항을 설계하면서 예상했던 것보다 우호적이고 적극적인 반응이었다. 검증 과정을 거치면서 MMSS는 더 다채롭고 재미있는 방향으로 재설계가 이루어진바, 명실상부하게 '재미있는 진단'을 표방할 수 있게 됐다고 믿는다.

▷ 서사의 원리와 특성을 반영한 전문적 진단

MMSS 진단은 편안하고 자유로운 반응을 유도하지만, 그 반응 결과는 임의로 해석되지 않는다. MMSS의 이야기 지문과 질문들은 서사의 원리와 문법을 반영해서 정교하게 설계됐으며, 그 서사반응에 대해 서사학과 문학치료 전문가가 깊고 다양한 분석을 수행할 수 있도록 되어 있다. MMSS는 신뢰성과 타당성을 갖춘 전문적 분석과 평가를 추구한다.

MMSS 검사 결과를 분석하고 상담활동을 통해 자기서사 진단을 심화하는 일련의 과정은 전문가적 능력을 필요로 한다. 서사의 다양한 요소와 맥락을 숙지하고 작품서사와 자기서사를 연계한 서사분석의 원리와 방법을 익힌 사람들이라야 유효한 해석을 진행할 수 있다.

MMSS 진단은 일정한 자격을 갖춘 문학치료사들만 검사지를 입수해서 시행할 수 있도록 운영할 예정이다. 전문적 수련을 거치지 않은 사람도 누구나 옛날이야기에 대해 자기 의견을 가질 수 있고 타인의 서사반응에 대해 자기식의 해석과 평가를 할 수 있다. 자기 판단이 맞다고 하는 섣부른 확신을 가질 가능성도 크다. '개방적인 서사'로서 설화의 특성이거니와, 문제는 그러한 예단이나 확신이 위험할 수 있다는 것이다. 일부 표지에 입각한 섣부른 재단과 조언은 자기서사 이해에 결정적인 오류와 부작용을 가져올 수 있다. MMSS 진단은 필요한 연수과정 및 매뉴얼 적용 등의 시스템을 통해 이런 위험성을 최소화하고 필요한 신뢰성을 확보하는 방향으로 운영될 것이다.

▷ 상담치료 활동의 단서와 입구를 찾는 진단

MMSS 진단은 시검자의 자기서사에 대해 모종의 결론을 도출해서 기술하는 진단이 아니다. 인간의 삶을 움직이는 심층적 기제로서 복잡미묘하며 역동적인 유기체로서 그것을 종합적으로 짚어내는 일은 지난한 과업이다. 신체에 대한 종합진단보다 훨씬 복잡하고 어렵다고 보아도 좋다. 특징적인 작품서사를 매개로 한 다양한 서사반응을 통해 자기서사의 유효한 표지들을 다수 이끌어낼 수 있지만, 그것은 말 그대로 불완전한 '표지(標識)'일 따름이다. 그것은 자기서사 이해를 위한 단서(端緒), 곧 문제를 해결하는 방향으로 이끌어가는 일의 첫 부분으로서의 '실끝'이라 할 수 있다.

그 단서들은 자체로 불완전하지만, 그 의의는 격하될 바가 아니다. 그것을 통해 사람들의 이면적 심층에 자리한 자기서사의 본령으로 찾아 들어가는 입구를 찾아서 열 수 있다. 한 사람의 내면세계로 진입하는 유효한 입구를 찾아내는 것은 용이한 일이 아니다. 사람들은 어떤 식으로든 방어기제를 지니며, 마음의 문은 쉽게 열리지 않는다. 의식·무의식중에 상태를 포장하여 드러냄으로써 착오와 혼란을 일으키는 경우도 많다. 이에 대해 MMSS 서사반응은 원형적 서사로서 설화 특유의 감응적 자극에 의해 숨은 내면과 연결돼 있는 단서를 무의식중에 드러내게 한다는 특징을 지닌다. 그 단서 가운데 의미심장한 것들을 가려냄으로써 자기서사의 실체로 향하는 길을 찾아낼 수 있다. 그 단서는 서사 특유의 맥락성에 의해 본체와 이어져 있다. 「야래자 설화」에서 낯선 방문자의 옷에 연결해놓은 실을 따라가서 그 본체를 발견하듯이 특징적 서사반응이라는 실을 따라가서 서사의 본체와 만날 수 있다.

▷ 상담치료 과정과 긴밀한 연계성을 지니는 진단

MMSS 서사반응을 통해 유효한 상담활동을 위한 단서와 입구를 찾을 수 있다고 했다. 그 단서가 유효한 것인지, 그리고 그 입구가 본체까지 연결돼 있는지를 판단하는 일은 MMSS 결과분석만으로 부족하다. 그것은 진단적 상담활동 과정을 통해 이루어져야 할 몫이다. MMSS는 상담활동과 연계한 진단분석을 기본적인 체계로 삼는다.

자기서사를 다루는 문학치료 상담활동은 진단과 치료가 매개된 통합적 과정으로서 성격을 지닌다. 이때 MMSS는 이를 위한 중요한 실마리이자 방향타가 될 수 있다. 그를 통해 유효한 상담활동 과정에 곧바로 진입해서 적절한 치료과정으로 가는 길을 열 수 있다.

문학치료 상담활동에서 MMSS 진단의 역할은 상담의 단서를 마련하는 데서 그치지 않는다. MMSS에 포함돼 있는 설화들은 그 자체 문학치료

상담의 핵심 도구가 될 만한 것들이다. 특정 설화에 유의미한 서사반응이 집중된 경우 그것이 상담치료 과정에서 최적의 작품서사로 기능할 수 있다. 해당 이야기에 대한 반응들을 실마리로 삼아 유의미한 상담활동을 진행할 수 있으며, '다시쓰기'를 포함한 다양한 추가적 활동으로 나아갈 수 있다. 요컨대 MMSS는 문학치료 과정의 입구인 동시에 치료상담을 본격화하는 통로로까지 구실이 확장될 수 있다.

문학치료 상담활동 과정에서 MMSS의 또 다른 역할은 상담 과정을 되돌아보고 재설계하는 거점을 제공한다는 것이다. MMSS를 출발로 삼은 상담활동은 애초의 계획대로 진행될 수도 있지만, 예상과 다른 상황을 맞이할 가능성이 상존한다. 그 모든 결과는 MMSS 검사 결과를 재해석하는 근거가 된다. 무심코 넘겼거나 이해할 수 없었던 반응에 대해 그 의미맥락을 새롭게 파악할 수 있다. 그리고 이는 후속 상담활동을 재설계하는 중요한 바탕이 될 수 있다. 그런 일련의 과정을 통해 자기서사는 점차적으로 제 모습을 드러내고 자기서사의 조정과 치료도 적정한 방향성과 깊이를 확보할 수 있게 된다.

2.2 서사의 지표 및
진단분석의 대상

MMSS는 작품서사에 대한 반응을 바탕으로 자기서사를 짚어내는 방식의 진단지다. 이때 자기서사 반응을 짚어내는 기본 거점은 화소(話素; motif)다. 이야기는 특징적인 화소들을 포함하고 있거니와 그들은 낯설고 인상적인 내용으로 사람들의 관심과 흥미를 끌면서 정서적 반응을 낳게 된다. 화소에 대한 반응은 그 자체적으로 서사적인 것으로서 '서사반응'이라 할 만하다. 시검자가 특정 화소에 대해 특징적인 반응을 나타낼 때 그것은 자기서사가 작용한 것일 가능성이 크다. 그러한 화소적 접점은 작품서사와 자기서사를 연결하는 의미심장한 단초가 될 수 있다. MMSS 진단지는 그 단초들을 다양하게 찾아낼 수 있는 방식으로 설계돼 있다.

서사에서는 화소와 더불어 스토리적 맥락이 매우 중요하다. 서사의 요소로서 화소나 단락소(motifeme)들이 어떻게 연결되면서 서사구조를 이루고 의미를 구성하는가의 문제다. MMSS는 이와 같은 스토리적 맥락과 구조에 주목하며, 특히 서사의 방향과 의미를 질적으로 좌우할 수 있는 갈림길로서 '서사의 분기점'에 주목한다. 이야기 표면에 드러난 분기점들 외에 행간과 여백에 내재한 의미 있는 분기점들에 대해 시검자들의 반응을 확인하는 문항들을 폭넓게 배치하고 있다. 그 반응들은 내담자 자기서사를 맥락화할 수 있는 요소들이 된다.

자기서사를 이루는 스토리 요소를 찾아내고 그것을 맥락화하는 원리와 방법은 뒤에서 구체적 사례를 통해 살펴볼 예정이거니와, 그에 앞서 자기서사 특성을 가늠하는 지표에 대해 설명하고자 한다. MMSS 진단은 자기서사 특성을 존재적 측면과 관계적 측면이라는 양면에 걸쳐 짚어내는 것을 기본 체계로 삼는다. 이때 어떤 요소들을 자기서사 진단과 분석의 지표 내지 거점으로 삼을 것인지가 어려운 문제가 된다. 작품서사와 자기서사를 막론하고 이 세상의 실제 서사들은 천차만별로 복잡하고 다양하거니와, 그 특징을 가늠함에 있어 허브(hub) 구실을 할 거점을 설정할 필요가 있다.

이는 그 자체로 매우 크고 복잡한 과제인바, 이에 대해서는 이미 별도의 선행연구에서 다룬 바 있다.[26] 그 연구에서 자기서사 분석의 거점으로 삼을 수 있는 의미소들을 대립항 형태로 추출했는데, 대립항의 총수가 100여 개에 이른다. 존재적 측면에서 자기정체성과 세계인식, 가치관 및 인생관, 기질과 성향, 행동 특성, 심리 상태 등 여섯 범주에서 특별~평범, 존귀~비천, 욕망~규범, 외향~내향, 낙관~비관, 독립~의존, 도전~안주 등 35개 항목을 설정했으며, 관계적 측면에서 자녀서사와 남녀서사, 부부서사, 부모서사, 형제서사, 사회서사 등 여섯 범주에 걸쳐 교감~단절, 순응~거역, 관심~무심, 선택~외면, 신뢰~불신, 우호~적대, 직면~회피, 쌍방~일방, 포용~배격, 화

26　신동흔, 「문학치료를 위한 서사 분석 요소와 체계 연구」, 『문학치료연구』 49, 한국문학치료학회, 2018.

해~갈등, 확장~제한, 공생~단절 등 72개 항목을 설정했다.[27] 이 항목들은 곧 자기서사 분석의 허브에 해당하는 것들로서, MMSS에서는 이들을 의미 있는 거점으로 삼아서 진단분석을 행하게 된다. 그 의미항들이 다양하게 녹아들게끔 진단용 이야기를 선정하고 문항들을 설계한 상태다.

　허브에 해당하는 의미항들이 100개가 넘는다고 할 때, 살펴서 가늠해야 할 요소가 너무 많고 복잡해서 유효한 분석이 어려울 것으로 여겨질 수도 있겠으나 그렇지 않다. 그 항목들은 실현 가능한 여러 요소를 일종의 좌표도 형태로 제시한 것에 해당한다. 모든 작품서사나 자기서사에 대해 위의 항목들을 일일이 점검해야 하는 바는 아니다. 작품서사는 위의 요소 가운데 일부가 특징적으로 실현된 형태로 구성되며, 시검자의 서사반응은 그 가운데 일부에 대해 특징적으로 나타나는 것이 상례다. 그러한 특징적인 지점에 주목해서 유효한 의미소들을 가려내고 그것을 매개로 하여 자기서사 특성을 가늠해가는 것이 MMSS 진단분석의 실질적 과정이 된다.

　한 가지 유의할 사항은 작품서사나 자기서사가 서사적 의미소들의 단순한 집합 이상이라는 점이다. 여러 의미자질을 연결한다고 해서 서사가 구성되지는 않는다. 서사는 그 이상의 미적 유기체에 해당하는 무엇이다. 그리하여 자기서사 진단에서는 서사를 이루는 의미자질들을 진단분석하는 것 이상으로 작품에 대한 직관적이고 총체적인 형태의 서사반응을 분석하는 것을 중요하게 여긴다. 작중 인물에 대한 직관적인 반응과 평가나 이야기에 대한 종합적 느낌과 소견 등이 그것이다. MMSS에는 이를 위한 문항이 폭넓게 갖추어져 있다. 이야기별 문항 세트 말미에 이야기에 대한 종합 소견을 묻는 정서반응형 질문이 배치돼 있으며, 자유서술형 문항에서 다시금 인물과 작품에 대한 종합적인 반응을 확인할 수 있도록 되어 있다. 자기서사를 작품서사적으로 짚어내고 기술하는 데 참고적 거점이 될 반응들을 어떻게 해석하고 활용할지에 대해서는 뒤에서 설명하게 될 것이다.

27　위의 논문, 25-62면. 각 항목에 대한 자세한 설명과 예시가 이 논문 속에 들어있으므로 여기서는 다시 반복하지 않고 생략한다.

2.3 기존 자기서사
진단도구와의 관계

문학치료를 위한 자기서사 진단도구로는 정 운채의 주도하에 개발된 세 가지 형태의 검사지, 곧 서사분석형과 연쇄전개 형, 자유연결형 진단도구와 함께 이들을 응용한 정서반응형 검사지와 간략 식 자기서사 검사지가 있으며, 이 가운데 서사분석형과 정서반응형 검사지 와 간략식 진단도구가 주로 사용돼왔다. 이들은 형태와 문항 구성 등이 서로 다르지만 적용된 설화는 같다. 정운채가 서사유형별 표준 작품서사로 설정 한 16개 설화가 그것이다.[28] 그 설화들을 기초서사 영역별로 나타내 보이면 다음과 같다.

- 자녀서사: 「간 뺏길 뻔한 전처 아들」(부모가르기서사), 「해와 달이 된 오누 이」(부모밀치기서사), 「내 복에 산다」(부모되찾기서사), 「효불효 다리」(부모감 싸기서사)
- 남녀서사: 「역적 누명과 회초리」(이성가르기서사), 「여우구슬」(이성밀치기서 사), 「여색 멀리하는 신하 깨우친 임금」(이성되찾기서사), 「여인과 목욕하고 금부처가 된 남자」(이성감싸기서사)
- 부부서사: 「고부곡어황천」(배우자가르기서사), 「호랑이 눈썹」(배우자밀치기서 사), 「지네 각시」(배우자되찾기서사), 「도량 넓은 남편」(배우자감싸기서사)
- 부모서사: 「지붕에 소 올리기」(자녀가르기서사), 「칠십생남비오자」(자녀밀치 기서사), 「복 빌린 나무꾼」(자녀되찾기서사), 「장모가 된 며느리」(자녀감싸기 서사)

16개 작품서사는 모두 한국의 구비설화에서 가져온 것이며, 『문학치료 서사사전』에서 정리한 서사내용을 적용한 것이다. 자녀서사/남녀서사/부부 서사/부모서사 등 네 가지 기초서사 영역과 가르기/밀치기/되찾기/감싸기

---

28 정운채, 「자기서사진단도구의 문항 설정을 위한 예비적 검토」, 『겨레어문학』 41, 겨레 어문학회, 2008.

등 네 가지 관계방식을 조합하여 16가지 서사유형을 설정한 후 그것을 전형적으로 현시하는 이야기를 선정해서 표준 서사로 설정한 형태다. 이들 작품서사에 대한 반응을 다각적으로 확인함으로써 시검자의 자기서사 특성을 짚어내는 것이 이들 진단도구의 특성이다.

기존 진단도구 가운데 대표적인 것에 해당하는 서사분석형 자기서사 진단도구는 16개의 이야기별로 각각 3개씩의 문항을 갖추고 있어 총 문항 수가 48개에 이른다. 관계의 형성과 위기, 회복 등 세 단계에 걸쳐 4지선다형으로 '이어질 서사단락'을 선택하도록 되어 있다. 그 서사반응을 통해 얻어지는 자기서사 지표는 단순치 않으며 유의미하다. 기초서사 영역별로 어떤 관계방식이 두드러진지 가늠할 수 있으며, 본래의 서사진행과의 유사성과 차이성을 기반으로 서사적 의미자질들을 분석해낼 수 있다. 16개 작품서사 가운데 자기서사와 관련도가 높은 것들을 찾아냄으로써 본격적 치료상담을 위한 거점으로 삼을 수 있다.

하지만 이 진단도구는 몇 가지 문제점도 지니고 있다. 시검자들이 쉽사리 맥락을 이해하기 어려운 이야기들이 있으며, 문제구성이 복잡해서 쉽게 풀기가 어렵다는 점도 걸림돌이 된다.[29] 4지선다의 답지 형태로 제시된 서사 단락 중 다수는 인공적으로 만든 것인데 다소 어색한 점이 있다는 것도 마음에 걸리는 부분이다. 서사의 흐름상 일정한 답이 전제돼 있고 시검자가 거기에 영향을 받을 수 있다는 것도 위험요소가 된다. 이 외에 자기서사 특성을 부모-자녀 관계와 남녀 및 부부관계 등 가족 중심의 인간관계 문제에 집중한다는 점도 자기서사의 다면적 진단 점검에 제한성을 갖는 조건이 된다.

간략식 자기서사 진단도구는 서사분석형 검사지를 말 그대로 간략하게 재정리하여 편의성을 높인 것이다. 16개 설화에 대해 각각 한 개씩 4지선다

---

29   연쇄전개형과 자유연결형의 경우, 풀이가 더 쉽지 않다. 연쇄전개형은 여러 이야기를 복합해서 맥락을 재구성한 것인데, 이야기 가닥을 찾아서 따라가기가 수월치 않다. 자유연결형은 시검자가 사이사이 서사내용을 보충하도록 되어 있는데, 일반 시검자로서 감당하기 쉽지 않은 요청에 해당한다. 실제로 이 두 종류 검사지는 실제적 활용이 거의 이루어지지 않고 있는 상태다.

형 문항을 설정했는데, 문항마다 '가르기/밀치기/되찾기/감싸기'에 해당하는 서사단락을 답지로 배치한 것이 특징이다. 그 16개 문항을 통해 기초서사 영역별로 4개씩 총 16가지 관계방식 서사지표를 도출할 수 있다. 그것을 통해 시검자의 일반적 관계 맺기 방식과 함께 기초서사 영역별 차이를 함께 짚어낼 수 있는 효율적 체계를 지니고 있다. 문항 구성도 기존의 서사분석형보다 쉽게 돼 있어 시검자들이 부담 없이 풀 수 있다는 장점을 지닌다. 검사 결과로 나타난 자기서사 특성을 유형별로 요령 있게 설명해준다는 점도 매력적인 부분이다. 그러나 이 역시 전문적 진단도구로서는 한계를 지니고 있다. 16가지 서사반응으로써 한 사람의 자기서사 특성을 유효하게 기술하기에는 표지가 부족하다는 점이 특히 그러하다. 그를 바탕으로 이끌어낸 자기서사 특성, 예컨대 '부모밀치기 성향'이나 '남녀감싸기 성향' 같은 평가는 실제의 자기서사를 다소 무리하게 단순화한 결과가 될 가능성이 상존한다. 이 검사는 자기서사의 경향성을 1차적이고 기초적인 수준에서 가늠해본다는 정도로 역할과 의의를 설정하는 것이 합당하다고 본다.

정서반응형 자기서사 진단도구는 16가지 표준 작품서사에 대해 시검자가 본인의 생각을 ① 감동적이다, ② 흥미롭다, ③ 보통이다, ④ 지루하다, ⑤ 거부감이 든다 등 다섯 가지 선택지 중에서 고르게 하는 방식으로 반응을 단순화한 것이다. 정답과 무관한 자유로운 반응을 보장하는 형태이며, 작품서사와 자기서사의 직관적인 공명에 초점을 둔다는 점에서 여타 검사지와 성격을 달리한다. 상담활동을 통해 시검자 반응의 이유와 맥락을 점검하고 이를 다시쓰기 활동 등으로 자연스레 매개할 수 있다는 점도 이 검사의 장점이 된다. 이런 장점을 고려해서 MMSS에서도 이야기마다 정서반응형 형태의 질문을 말미에 포함한 상태다.

이상 기존의 자기서사 진단도구와 MMSS를 비교하면 공통성과 함께 질적인 차이점을 들 수 있다. 가장 큰 공통점은 설화를 매개로 한 서사반응을 통해 자기서사를 짚어낸다고 하는 기본 취지와 목적에 있다. 이때 매개체로 삼는 설화는 일부가 중복된다. 16가지 설화 중 6종, 곧 「해와 달이 된 오누이」와 「내 복에 산다」, 「역적 누명과 회초리」, 「지네 각시」, 「지붕에 소 올리기」, 「복 빌린 나무꾼」 등을 MMSS에 다시 채택했다. 하지만 서사내용을 새롭게 정리했고 문항 구성이 많이 달라진 터라서 서사반응 결과로 얻게 될 표지에는 차이가 있다. 이 외에 MMSS는 이야기 제시 방식과 문항 구성, 결과분석 방법 등에서 기존 진단도구와 전반적인 차이를 지니고 있다. 새로운 개념의 진단도구라고 보는 것이 합당하다.

MMSS를 제출함으로써 기존의 자기서사 진단도구를 폐기하는 것인가 하면 그렇지 않다. 기존 진단도구와 MMSS는 각기 독립적 적용이 가능하며 상호 보완적 활용도 가능하다. 예컨대, 간략식 자기서사 진단도구를 자기서사의 경향성에 대한 기초적 자기점검 자료로 사용하고 MMSS를 통해 더욱 전문적인 자기서사 진단과 치료활동을 이어가는 식의 병용을 생각할 수 있다.

3   진단지 개발과 검증·보완 작업 경과

MMSS 진단지는 2018년 3월 31일 한국문학치료학회 제173회 학술대회에서 전문을 공개하고 해설한 것이 첫 시작이었다. 이 진단지는 'MMSS 진단지 1차 시안 V.1.0'에 해당한다. 이 검사지의 문항을 그대로 살린 상태로 A 세트와 B 세트로 나누어 검증 과정을 거쳤거니와 해당 검사지는 '1차 시안 V.1.1'이 된다. 그 후 2018년 5월에 이야기와 문항의 숫자를 줄이고 서술형을 보강한 2차 시안 V.1.0을 만들어서 시행했으며, 2018년 9월에는 이야기와 문항을 재조정한 2차 시안 V.2.0을 만들어서 시행했다. 같은 달에 이야기와 문항을 다소 조정한 2차 시안 V.2.1을 만든 뒤 문학치료 상담자 등에게 배포하여 시험적 검증분석을 거쳤다. 2019년 3월에 이야기와 문항 구성을 재조정한 3차 시안 V.1.0을 개발해서 검증을 진행했고, 같은 달에 문항 구성을 조정한 3차 시안 V.1.1을 만들어 시행했다. 1년이 넘는 기간에 걸쳐 총 250명 이상을 대상으로 300건 이상의 검사를 시행했으며, 그중 60명 이상을 내담자로 삼아 진단상담 성격의 대면상담을 진행하면서 결과를 검증 분석하는 과정을 거쳤다. 그렇게 최종 시안을 도출해서 2019년 10월 23일 한국문학치료학회 학술대회에서 발표를 진행했다.

1차 시안에서 최종 시안까지 MMSS 진단지 각 버전의 기본 구성과 특징, 검증 내역을 간략하게 정리하여 소개하면 다음과 같다.

▷ 1차 시안(2018.3~4)

- 2018.3. 1차 시안 V.1.0: 55개 설화 282문항(+ 자유서술형 2문항)
- 2018.4. 1차 시안 V.1.1: 55개 설화 282문항(+ 자유서술형 4문항)

1차 시안 V.1.0과 V.1.1은 이야기와 문항 구성이 같다. 총 55개의 설화에 걸쳐 선택형 282문항에 자유서술형 문항을 더한 구성으로 되어 있다. 두 버전의 차이는 V.1.1에서 검사지를 2개의 세트로 나누었다는 것뿐이다. 다만 두 세트로 나누다 보니 진단지 말미에 자유서술형 문항을 각각 제시하게 되어 결과적으로 자유서술형 4문항을 갖춘 형태가 되었다. 세트를 나눈 이유는 검사 시행의 편의를 위해서였다.

MMSS 진단지 1차 시안에 적용한 설화들은 다음과 같다.

[01] 북두칠성이 된 칠형제 [02] 역적누명과 회초리 [03] 고집쟁이 아이 [04] 여우 구슬 [05] 유리병 속의 괴물 [06] 해와 달이 된 오누이 [07] 고양이와 쥐 [08] 엎질러진 물 [09] 비구름 악어 [10] 잭과 콩나무 [11] 정만서 1 [12] 정만서 2 [13] 정만서 3 [14] 정만서 4 [15] 정만서 5 [16] 방학중 1 [17] 방학중 2 [18] 방학중 3 [19] 원숭이가 된 여자 [20] 복 빌린 나무꾼 [21] 구렁덩덩신선비 [22] 나무도령 [23] 바리공주(바리데기) [24] 열두 오빠 [25] 지붕에 소 올리기 [26] 지네 각시 [27] 신랑감 고른 처녀 [28] 이순신과 상사뱀 [29] 두 나그네 [30] 대감과 도둑 [31] 바이칼과 앙가라 [32] 내 복에 산다(삼공본풀이) [33] 송아지로 환생한 아들 [34] 백

설공주 [35] 농부의 아들 [36] 은혜 갚은 까치 [37] 굴뚝새 [38] 호랑이 눈 썹 [39] 하룻밤에 만리장성 [40] 고슴도치 왕자 [41] 동자삼 [42] 접동새 [43] 신데렐라(아셴푸텔) [44] 장미공주 [45] 도량 넓은 남편 [46] 억센 신 부 길들이기 [47] 게으름뱅이 잭 [48] 장화 신은 고양이 [49] 재주 많은 처 녀 [50] 빈곤신 이야기 [51] 도깨비와 과부 [52] 어부와 물귀신 [53] 팥죽 할머니와 호랑이 [54] 브레멘 음악대 [55] 무수옹

MMSS 진단지 1차 시안에 적용한 설화 수는 총 55편이다. 각각 5편과 3편씩 배치된 정만서와 방학중 이야기를 각각 하나로 묶으면 49편이 된다. 진단지에 따라 설화 제목을 쓰지 않고 번호만 제시했다. 이야기는 한국과 독일의 민담을 위주로 하는 가운데 영국과 프랑스, 러시아, 미얀마, 대만, 일본, 필리핀의 설화를 포함했다. 폭넓은 자료 검증을 위해 가능한 한 많은 이야기와 문항을 설정한 것이 특징이다. 282개 문항은 모두 '완전 부동의, 부동의, 부동의 우세, 판단 불가, 동의 우세, 동의, 완전 동의' 등으로 구성된 7점 척도 선택형으로 제시했다. 시검자가 직접 생각을 쓰는 난은 말미의 자유서술형에만 배치했다.

1차 시안 V.1.0을 작성해서 상담을 진행한 사례는 대학원생 1명이었고, V.1.1로 102명의 대학생이 진단지를 작성했다. 대부분 국문학을 전공하는 한국 학생이었고, 유학생 20명(중국 17명, 일본 2명, 타지키스탄 1명)이 포함되었다. 학생들은 A와 B 각 세트를 대부분 70분 이내에 작성 완료했다. 한 세트를 20분 만에 작성한 사례도 있었다. 한국 학생의 경우 대개 50분 이내에 각 세트 작성을 마쳤다. 선택형 문항을 건너뛴 경우는 거의 없었으며, 자유서술형 문항도 대부분 짧게라도 작성했다. 진단지 작성에 심리적 부담감을 거의 나타내지 않았으며, 재미있고 신기하다는 반응이 대다수였다.

1차 시안 시검자 중 상담을 자원한 27명을 대상으로 자기서사 상담활동을 진행했다. 특징적인 반응이 나타난 이야기와 문항들을 중심으로 1인당 60~80분에 걸쳐 진행한 진단상담이었다. 상담 과정은 진지하고 유익했다. 대다수 내담자가 자신의 자기서사를 새롭게 들여다볼 수 있어서 좋았다는

반응을 나타냈다. 숨어있던 자기서사와 만나면서 많은 눈물을 보인 학생도 있었다. 상담 결과 가운데 일부 사례는 개요를 정리 보고한 바 있다.[30]

자기서사 상담 과정을 포함하여 MMSS 1차 시안을 시행하여 검증한 결과 기본적인 유효성을 확인할 수 있었다. 선택형 문항으로 유용한 서사적 단서를 얻을 수 있을지 의문이었으나, 문제가 없는 것으로 나타났다. 시검자의 선택에서 특징적 서사 표지들을 찾을 수 있었고, 이를 상담에 유용하게 적용할 수 있었다. 설화 특유의 극적 허구성을 고려해서 7점 척도를 적용한 상태였는데, 걱정과 달리 서사반응상 일곱 가지 선택이 다양하게 나타났으며 분화된 반응은 의미 있는 서사적 표지가 되어주었다.

문제점은 먼저 이야기와 문항 수가 과다하다는 것이었다. 50개 내외의 이야기에 300개 가까운 문항은 질적 점검을 수행하기에 너무 복잡하고 다양한 정보를 산출했다. 검사 결과 특별히 유의미한 반응을 보기 어려운 이야기와 문항들도 있었거니와 이들을 삭제해서 문항을 줄이는 편이 낫다고 생각하게 되었다. 한편, 진단상담을 진행해본바 시검자의 답지 선택 이유가 예상을 뛰어넘을 정도로 다양하다는 사실을 발견할 수 있었다. 시검자의 선택에 대해 그 이유와 맥락을 섣불리 추측하여 예단할 경우 큰 오류를 낳을 수 있음을 알게 되었다. 선다형 선택지만으로는 맥락적 정보가 미흡하고 곡해 가능성이 있으므로 자신의 선택에 대해 이유를 쓰는 난을 마련해야겠다는 판단을 하게 되었다. 그 필요성을 직접 언급한 내담자들도 있었다. 이런 사항들을 반영해서 만들어진 것이 MMSS 2차 시안이다.

▷ **2차 시안 V.1(2018.5)**

– 2018.5. 2차 시안 V.1.0: 32개 설화 150문항(+ 자유서술형 6문항)

MMSS 2차 시안은 2018년 5월에 제작했다. 1차 시안에 비해 이야기와

---

30 신동흔, 「문학치료를 위한 서사 분석 요소와 체계 연구」, 『문학치료연구』 49, 한국문학치료학회, 2018, 73-81면.

문항 숫자를 대폭 줄이는 대신 문항마다 선택의 이유를 쓸 수 있는 난을 만든 것이 특징이다. 말미의 자유서술형 문항을 여섯 가지로 다양화한 것도 큰 변화에 해당한다. 자유서술형에는 이야기에 대한 종합적인 느낌을 인물과 작품으로 나누어서 쓰도록 했다. 2차 시안 V.1.0에 적용한 설화들은 다음과 같다.

[01] 북두칠성 된 칠형제 [02] 내 복에 산다(삼공본풀이) [03] 바이칼과 앙가라 [04] 복 빌린 나무꾼 [05] 백설공주 [06] 바리공주(바리데기) [07] 역적누명과 회초리 [08] 이순신과 상사뱀 [09] 신데렐라(아셴푸텔) [10] 도량 넓은 남편 [11] 엎질러진 물 [12] 구렁덩덩신선비 [13] 돌과 나무가 된 형제(쩌우까우) [14] 하룻밤에 만리장성 [15] 유리병 속의 괴물 [16] 잭과 콩나무 [17] 정만서 1 [18] 정만서 2 [19] 정만서 3 [20] 정만서 4 [21] 고양이와 쥐 [22] 원숭이가 된 여자 [23] 두 나그네 [24] 주먹이 [25] 농부의 아들 [26] 굴뚝새 [27] 장화 신은 고양이 [28] 빈곤신 이야기 [29] 도깨비와 과부 [30] 어부와 물귀신 [31] 브레멘 음악대 [32] 무수옹

1차 시안에 적용했던 이야기 중 20여 종을 빼고 새로 밑줄 친 이야기 두 종을 추가했다. 「주먹이」는 시검자 캐릭터 특성을 짚어내기에 좋은 이야기로 추가한 것이고, 「돌과 나무가 된 형제」는 형제서사 특성과 성(性)에 대한 반응을 점검하기 위한 것이었다. 전반적으로 각 이야기 지문을 1차 시안 때보다 좀 더 구체적인 형태로 보완 정리했다. 이야기에 연결된 문항 수는 가능한 한 줄여서 150문항을 맞추었다.

1차 시안과 2차 시안의 차이를 「역적누명과 회초리」 사례로 비교해보면 다음과 같다.

* 1차 시안

[02] 한 젊은 선비가 밤에 글을 읽고 있는데 그를 오래 사모하고 있던 옆집 처녀가 찾아와서 자기를 한번만 안아달라고 사정했다. 선비는 처녀에게 회초리를 가져오라고 하여 종아리를 때리며 잘못됨을 꾸짖었다. 종아리를 맞은 처녀는 비 오듯이 눈물을 흘리며 집으로 돌아갔다. 선비는 그 일을 아무한테도 말하지 않고 잊었고, 처녀는 뒷날 다른 남자한테 시집을 갔다.

#04. 처녀가 선비한테 찾아간 건 잘못된 일이다. ☠✕▽⋯△○☼

#05. 만약 내가 선비였다면 일단 처녀를 안아줬을 것이다. ☠✕▽⋯△○☼

#06. 여자한테 원한이 남아서 선비가 뒤에 보복을 당했을 것이다. ☠✕▽⋯△○☼

* 2차 시안 V.1.0

[07] 한 젊은 도령이 밤에 방에서 글을 읽고 있는데 남몰래 그를 사모하고 있던 옆집 처녀가 찾아와서 사랑을 고백하며 자기를 한번만 안아달라고 사정했다. 도령은 처녀를 안아주는 대신 나뭇가지를 하나 꺾어오라고 한 뒤 잘못을 꾸짖으면서 종아리를 때렸다. 종아리를 맞은 처녀는 비 오듯 눈물을 흘리며 집으로 돌아갔다. 선비는 그 일을 아무한테도 말하지 않고 잊었고, 처녀는 뒷날 다른 남자한테 시집을 갔다. 뒷날 여자가 낳은 아들이 높은 벼슬에 올랐을 때, 전날의 도령이 역적으로 몰려 아들한테 심문을 당하게 되었다. 여자는 아들을 불러서 처녀 적에 종아리를 맞았던 일을 말하면서, 그가 역적질을 할 사람이 아니니 잘 살펴보라고 했다. 아들이 꼼꼼히 살펴보니 그는 죄 없이 누명을 쓴 것이었다. 아들은 누명을 벗기고 그를 풀어주었다.

#37. 처녀가 무작정 도령한테 찾아간 것은 잘못이다. ☠✕▽⋯△○☼

　　※ 이유: ＿＿＿＿＿＿＿＿＿＿＿＿＿＿＿＿＿＿＿＿＿＿＿＿＿＿＿＿.

#38. 도령이 처녀한테 종아리를 때린 것은 지나친 처사다.　🂠✖▽⋯△○⚙

　　※ 이유: _____.

#39. 내가 여자였다면 뒤에 아들한테 저 일을 말하지 않았을 것이다.　🂠✖▽⋯△○⚙

　　※ 이유: _____.

#40. 인간관계의 도리를 잘 보여주는 감동적인 이야기이다.　🂠✖▽⋯△○⚙

　　※ 이유: _____.

보듯이 제시한 이야기 지문에 질적 차이가 있다. 1차 시안에서 최소한의 줄거리를 주고 나머지 부분을 상상에 맡긴 것과 달리 2차 시안은 주요 화소와 맥락을 갖춘 형태로 제시했다. 반응 가능한 실마리를 보완하고 반응을 더욱 서사적으로 맥락화하기 위한 선택이었다. 아울러, 문항의 내용도 전반적으로 조정했다. 일부 질문을 삭제하고 새로운 질문을 추가한 경우도 꽤 된다. #40에서 볼 수 있듯이 2차 시안에서는 작품에 대한 전반적인 반응을 묻는 정서반응형 형태의 질문도 일부 적용했다.

2차 시안의 두드러진 특징은 문항마다 이유를 쓰는 난을 마련한 점이다. 자신의 선택에 대해 자유롭게 설명할 기회를 주기 위함이었다. 다만 모든 문항에 이유를 쓰는 것은 시간적으로나 심리적으로 부담이 될 것 같아서 이 난은 '그냥' 등과 같이 간단히 써도 되고 건너뛰어도 된다고 안내했다. 설명이 필요한 문항을 스스로 선별해서 보충 서술을 할 수 있게 한 것이다.

MMSS 2차 시안 V.2.0은 1차 시안 V.1.1을 작성했던 학생 중 100명을 대상으로 70분에 걸쳐 작성하도록 했다. 2차 시안 작성 결과와 1차 시안 검사 결과를 종합해서 상담을 진행한 시검자는 총 8명이다. 서술형 문항이 대폭 늘어나면서 유효한 분석의 표지가 많아졌다는 장점이 있었으며, 이를 진단상담에 유용하게 활용할 수 있었다. 하지만 서술형의 전면적 도입은 예상치 않은 문제도 낳았다. 시검자들이 작성에 대한 부담감을 많이 느꼈다. 이유를 쓰는 부분을 건너뛰어도 된다고 했으나, 모든 문항에 이유를 써나가다가 시간 부족을 경험하는 경우가 많았다. 그런가 하면 이유를 쓰는 난을 통째로 건너뛴 사례들도 있었다. 모든 문항에 일률적으로 서술 공간을 두어서 심리적 압박감을 줄 필요가 없다는 것이 검사와 상담 결과로 내린 결론이었다. 이와 함께, 문항 형식을 다양화함으로써 시검자의 흥미를 높이는 한편으로 좀 더 다층적인 표지를 얻는 게 좋겠다고 판단했다. 이런 사항들을 반영해서 MMSS 2차 시안 V.2를 만들게 되었다.

▷ 2차 시안 V.2(2018.9)

- 2018.9. 2차 시안 V.2.0: 24개 설화 149문항(+ 자유서술형 6문항)
- 2018.9. 2차 시안 V.2.1: 23개 설화 144문항(+ 자유서술형 6문항)

2차 시안 V.2는 2018년 9월에 제작했다. 대학원 문학치료 전공 '문학치료진단연구및실습' 과목 강의를 맡은 후 MMSS 진단의 다각적 점검분석 및 실습 과정을 계획했고, 이를 위해 이전 버전에서 드러난 장단점을 고려해서 이야기와 지문을 조정하고 문항을 재설계했다. 여기에는 2개의 버전이 있다. V.2.0은 대학원 수강생들이 작성하도록 한 것이고, V.2.1은 이를 부분 수정해서 대학원 실습용 및 학부생 검사용으로 제작한 것이다. 전체적으로 문항의 세부 표현을 바꾼 수준이거니와, 한 가지 차이는 이야기가 하나 줄어들었다는 점이다. V.2.0에 새로 넣었던 「세경본풀이」를 V.2.1에서는 삭제했다. 스토리와 캐릭터를 오롯이 살리면서 진단용으로 활용하기에 난점이 있다고 보아 후속 상담치료용 서사로 넘기기로 한 것이다.

2차 시안 V.2.1에 적용한 23가지 설화는 다음과 같다.

[01] 내 복에 산다(삼공본풀이) [02] 해와 달이 된 오누이 [03] 바이칼과 앙가라 [04] 주먹이 [05] 백설공주 [06] 바리공주(바리데기) [07] 빈곤신 이야기 [08] 정만서 [09] 역적누명과 회초리 [10] 신데렐라(아셴푸텔) [11] 엎질러진 물 [12] 구렁덩덩신선비 [13] 유리병 속의 괴물 [14] 잭과 콩나무 [15] 도깨비와 과부 [16] 팥죽 할머니와 호랑이 [17] 복 빌린 나무꾼 [18] 지

네 각시 [19] 농부의 아들 [20] 굴뚝새 [21] 두 나그네 [22] 브레멘 음악대
[23] 무수옹

앞선 버전에 없던 이야기가 새로 들어간 것은 없다. 전체적으로 이야기
숫자를 줄인 가운데, 2차 시안 V.1.0에서 빠졌던 「팥죽 할머니와 호랑이」 및
「지네 각시」를 되살리고 정만서 이야기를 한 세트로 통합하는 정도의 변화
만 주었다. 그 대신 이야기 지문을 전체적으로 보완 정리하고 문항 구성을
다양화하는 데 주안점을 두었다. 예컨대 「역적누명과 회초리」에 대한 문항
들을 다음과 같이 조정했다.

#61. 처녀가 사랑을 고백하러 도령한테 찾아간 것은 잘못이다.　☠✕▽⋯△◯☼

#62. 내가 처녀였다면 평소 사모해온 도령한테 다음과 같이 했을 것이다.

　　※ 나는 _____.

#63. 처녀한테 회초리를 쳐서 잘못을 깨우치게 한 도령이 멋있다.　☠✕▽⋯△◯☼

#64. 내가 도령이었다면 처녀가 찾아와 고백했을 때 다음과 같이 했을 것이다.

　　※ 나는 _____.

#65. 나는 이 이야기가 마음에 든다.　☠✕▽⋯△◯☼

　　※ 이유: _____.

2차 시안 V.1.0에 비해 문항을 늘리고 형태를 다양화했다. #62와 #64
에서 볼 수 있듯이 일부 문항에서는 7점 척도 선택지를 삭제하고 서술형으
로 대체했다. #62나 #64는 이야기 속에 적극적으로 자기를 투사하도록 한
것으로 앞서 '선택의 이유'를 쓰도록 한 것과는 성격이 다르다. 선택의 이유
를 쓰는 난은 꼭 필요하다고 여겨지는 경우에만 제한적으로 적용함으로써
부담감을 줄였다.

2차 시안 V.2의 문항 가운데는 '단답형'에 해당하는 것들도 포함돼 있다. 7점 척도 선택보다 더 유의미한 표지를 얻을 수 있다고 여겨지는 경우에 이러한 형식을 적용했다. 다음 문항들을 예로 들 수 있다.

#29. 백설공주가 살아나서 도움을 받게 된 일의 ___%는 우연한 행운이다. [05 백설공주]

#127. 나였다면 숲에 들어갈 때 ___일분의 식량을 준비했을 것이다. [21 두 나그네]

※ 이유: _____.

#127에서 보듯, 필요한 경우 단답형 문항에도 이유를 쓰는 난을 제시했다. 선택의 이유보다 보충설명을 쓰는 편이 어울린다고 생각되는 경우는 '이유' 대신 '보충설명'으로 제시했다. 단, 이유나 보충설명 난은 간단히 쓰거나 비워두어도 좋다고 안내했다. 시검자의 심적 부담을 줄이고 선택권을 부여하기 위함이었다.

2차 시안 V.2에 적용한 문항 구성상의 두드러진 특징으로 모든 이야기마다 말미에 해당 작품에 대한 종합적인 느낌을 확인하는 질문을 배치한 점을 들 수 있다. #65에서 볼 수 있는바 "나는 이 이야기가 마음에 든다"에 대한 물음이 그것이다. 이 문항에는 모두 '이유'를 쓰는 난을 함께 두었다. 이야기에 대한 종합적이고 직관적인 반응으로부터 유의미한 서사적 표지를 얻고자 한 것이다. 이런 구성은 이후 버전에 계속 적용되며, 최종 시안과 정식판도 이를 따르고 있다.

2차 시안 V.2는 약 80명을 대상으로 시행과 점검을 수행했다. 먼저 V.2.0으로 대학원생 15명에 대한 검사와 진단상담을 진행했다. 20대 미혼 여성부터 50대 후반 주부에 이르는 이들 내담자에 대한 진단적 서사상담 과정은 밀도 높고 역동적이었다. 격정적이라고 할 만한 반응들도 나왔다. 대다수 내담자가 자기서사 진단 결과에 깊은 관심을 나타냈으며, 그 효과에 놀라워했다. 본 연구자에게도 내담자의 인생경험 차이에 따른 서사반응의 편차와 자기서사의 이질적 굴곡은 매우 인상적인 것이었다. MMSS가 일반인 내담자들, 특히 우여곡절을 경험했거나 겪고 있는 내담자들에게 유효하게 적용될 수 있다는 확신을 얻게 된 과정이었다.

MMSS 2차 시안 V.2.1은 본 연구자가 60여 명의 학부생을 대상으로 검사를 진행했으며, 별도로 대학원 수강생들이 각자 내담자를 선정해서 검사와 진단상담을 진행하고 결과를 보고하는 방식의 실습을 진행했다. 실습 형태의 진단 대상자는 약 15명이었다. 수강생 가운데는 전문 상담사들도 있었던바, 심리적 문제를 겪고 있는 정식 내담자들도 진단 대상에 포함되었다. 시행 결과는 사례에 따라 다양했으나 기본적인 공통점이 있었다. 설화 반응 형태로 진행되는 MMSS 검사가 일반 심리검사와 달리 호기심과 흥미 속에 편안하게 받아들여진다는 것이었다. 내담자 대부분이 별다른 거부감이나 부담감 없이 진단지 작성을 완성했으며, 진단상담 과정에서 설화에 대한 자발적이고 적극적인 의사표현에 나선 터였다. 그 제반의 반응들 속에는 심층의 자기서사로 찾아들어갈 만한 유효한 단서가 다양하게 포함돼 있었다.[31]

MMSS 2차 시안 V.2.1 검증 과정과 관련하여 한 가지 특기할 바는 문학치료 진단 실습을 진행한 수강생 중 일부가 그 진단지로 정식 상담을 진행해서 유의미한 결과를 얻었다는 사실이다. 해당 상담자는 김은정과 이규림이다. 이들은 MMSS 진단을 바탕으로 서로 다른 내담자를 대상으로 한 20회기 이상의 치료상담을 진행했다. 김은정의 경우 특징적 서사반응이 나타난 한 설화(「두 나그네」)에 집중하여 분석심리학 방법을 연계한 24회기 상담치료를 진행했으며,[32] 이규림은 MMSS 반응에 대한 다각적 분석을 거치며 10편 이상의 설화를 적용한 28회기의 문학치료적 상담 과정을 성공적으로 마친 상태다. 이규림의 문학치료 과정은 본 연구자가 8회에 거친 주기적 슈퍼비전

31 　내담자 중 한 명은 검사를 진행한 수강생과 함께 따로 본 연구자를 찾아와 90분간 정식 진단상담을 받기도 했다. 설화를 통한 진단이 일면식이 없는 연구자를 찾아와 상담을 진행하게 하는 동력이 된 터다. 상담은 즐겁고 유익하게 진행됐다.

32 　김은정, 「민담 「두 나그네」를 활용한 문학치료학적 상담사례연구: MMSS검사 분석과 '그림자'원형 이론을 배경으로」, 『문학치료연구』 54, 한국문학치료학회, 2020.

을 수행했으며, 작업 결과는 2020년 2월에 학위논문으로 제출되었다.[33] 두 경우 모두 진단 및 치료상담에서 괄목할 만한 효과가 있었다는 점을 적시해 둔다.

▷ **3차 시안(2019.3)**
- 2019.3. 3차 시안 V.1.0: 28개 설화 178문항(+ 자유서술형 4문항)
- 2019.3. 3차 시안 V.1.1: 26개 설화 158문항(+ 자유서술형 4문항)

MMSS 3차 시안은 2019년에 최종 시안 작성을 앞둔 점검 과정 형태로 작성하여 시행했다. 서사반응의 다변화를 위해 필요하다고 여겨지는 이야기들을 새로 더하거나 되살려서 지문으로 삼았으며, 문항 구성에 새로운 형태를 추가하여 시험했다. 새로운 시험은 특히 3차 시안 V.1.0에 집중적으로 반영되었다. 설명에 앞서, 이 버전에 적용한 28개 설화의 목록은 다음과 같다.

[01] 내 복에 산다(삼공본풀이) [02] 바이칼과 앙가라 [03] 해와 달이 된 오누이 [04] 고슴도치 한스 [05] 지붕에 소 올리기 [06] 주먹이 [07] 백설공주 [08] 바리공주(바리데기) [09] 정만서 [10] 역적누명과 회초리 [11] 신데렐라(아셴푸텔) [12] 라푼첼 [13] 엎질러진 물 [14] 구렁덩덩신선비 [15] 하룻밤에 만리장성 [16] 돌과 나무가 된 형제(쩌우까우) [17] 유리병 속의 괴물 [18] 잭과 콩나무 [19] 팥죽 할머니와 호랑이 [20] 복 빌린 나무꾼 [21] 지네 각시 [22] 농부의 아들 [23] 굴뚝새 [24] 두 나그네 [25] 브레멘 음악대 [26] 무수옹 [27] 심청전 [28] 선녀와 나무꾼

새 이야기로 「고슴도치 한스」와 「라푼첼」을 추가했고, 2차 시안 V.2에서 제외했던 「돌과 나무가 된 형제」 및 「하룻밤에 만리장성」 등을 되살렸다.

---

33 이규림, 「존재성의 건강한 발현을 위한 문학치료 사례 연구: 지나친 책임감에 사로잡힌 20대 여성을 중심으로」, 건국대학교 석사학위논문, 2020.

장애 문제와 성적 자기결정권 문제, 형제갈등 문제 등을 짚어낼 만한 작품서사를 보완하는 차원이었다. 시행을 통한 검증 결과 의미 있는 결정이었던 것으로 나타났다. 「고슴도치 한스」에 대해 장애인 학생이 이를 가장 관심이 가는 이야기로 선택한 것은 인상적인 결과였다.

위 이야기 중 말미의 「심청전」과 「선녀와 나무꾼」은 다른 문항 세트와 달리 '이야기쓰기형'을 적용한 것들이다. 이야기 앞부분만 주고서 뒷부분을 자유롭게 이어 쓰도록 한 형태였다. 문학치료 상담에서 요긴하게 활용하는 이야기 다시쓰기는 서사의 심층적 진단에 큰 효과가 있거니와 이를 MMSS에 적용해본 것이다. 이들 두 문항 뒤에는 진단지를 작성하는 과정에서 떠오른 이야기를 써보도록 하는 개방형 이야기쓰기 문항도 하나 배치했다. 기억진술을 매개로 한 자기서사 탐색을 적용한 문항이었다.

3차 시안 V.1.0은 이 이야기 지문과 연결된 문항 세트의 설문에도 시험적 변화를 주었다. 이야기 내용과 간접적 관련성만 지니는 비서사적 형태의 '문장완성형 심리검사'에 해당하는 질문을 20개가량 배치한 것이다. 예컨대 「역적누명과 회초리」에 해당하는 #71~#73 문항은 다음과 같다.

#71. 처녀가 사랑을 고백하려고 도령한테 찾아간 것은 잘못이다.   ☠ ✕ ▽ ⋯ △ ◯ ☼

#72. 내 생각에 여자란_____.

#73. 내가 처녀였다면 평소 사모해온 도령한테 다음과 같이 했을 것이다.

　　　※ 나는_____.

#71과 #73은 본래 있었던 문항을 유지한 것이며, #72가 새로 적용된 문항이다. 자신의 평소 생각을 일반적 명제 형태로 진술하도록 한 비서사적 문장완성형 문항이다. 작품서사에 대한 직접적 반응에 곁들여서 평소 본인이 지니고 있는 인간관 내지 세계관을 진술로 이끌어내고자 한 구성이었다.

3차 시안 V.1.0은 국문과 신입생 43명을 대상으로 시행되었으며, 자발적 지원자 20명을 대상으로 진단상담이 이루어졌다. 1년 전의 1차 시안과 비교하여 이야기 숫자를 줄이고 문항을 다변화한 효과를 뚜렷이 확인할 수 있었다. 서사반응에 유의미한 표지들이 많이 나타났으며, 어떤 이야기와 어떤 화제로 상담을 진행해야 할지에 대한 방향성을 더 쉽고 뚜렷하게 잡을 수 있었다. 건강 문제로 어려움을 겪는 와중에도 알차고 유익한 진단상담을 진행할 수 있었다.

다만 새롭게 적용한 실험적 문항들, 곧 이야기쓰기형과 비서사적 형태의 문장완성형 문항은 적용하기에 무리라는 판단을 하게 됐다. 선택형 위주의 진단지 말미에서 이야기쓰기를 진행하기에는 앞선 문항들과의 이질감과 함께 시간적·심리적 부담이 큰 쪽이었다. 이어쓰기나 다시쓰기 과정은 MMSS 진단이 아닌 치료상담 과정에서 더 본격적인 형태로 진행하는 것이 합당하다는 결론이었다. 비서사적인 형태의 문장완성형 문항들 역시 생각만큼의 효과가 나타나지 않았다. 작품서사와 직접 연관되는 문항들 사이에 끼어 있다 보니 시검자들이 이질감을 느끼는 쪽이었으며 어떻게 써야 할지 혼란을 겪는 경우도 있었다. 검사시간이 너무 길어진다는 것도 문제였다. 이런 형태의 문항은 포기하고 본래의 취지대로 서사에 집중하는 쪽이 옳다는 판단을 하게 됐다.

MMSS 3차 시안 V.1.1은 이러한 판단을 적용해서 이야기와 문항 숫자를 줄이는 쪽으로 재구성한 진단지다. 이야기쓰기형 3문항을 삭제하고 새롭게 적용한 비서사적 문장완성형 문항들을 삭제한 점 외에 다른 부분은 V.1.0과 큰 차이가 없다. 조정 결과로 남은 것은 1~26번까지 26개 이야기 지문에 158개 문항이다. 이 검사지로는 47명을 대상으로 검사를 시행했다. 20명의 유학생을 포함한 시검자들은 V.1.0보다 더 수월하고 편안하게 진단지 작성을 완료했다. 연구자의 건강과 일정 문제 등으로 진단상담은 2명밖에 진행하지 못했다. 실험적 문항을 제외한 것 외에 3차 시안 V.1.0과 큰 차이가 없으므로 추가적인 검증상의 문제는 없다고 보아도 될 것이다. 한 가지 특기사항을 덧붙이면, 2명의 내담자 중에 유학생이 있었고 유익한 상담이 진행됐다는 사실이다. 해당 내담자는 한국 설화를 매개로 하여 비쳐지고 기술된 본인의 자기서사에 대해 깊은 공감과 이해를 나타냈으며 큰 힘을 얻게 됐다고 했다. 설화를 통한 자기서사 진단이 나라나 민족 경계를 넘어서 유효하게 이루어질 수 있음을 보여주는 사례이다.[34]

▷ **최종 시안: 성인용(2019.10)**

- 2019.10. 최종 시안 성인용 V.1.0: 26개 설화 171문항(+ 자유서술형 7문항)

2019년 10월 문학치료학회에서 발표한 최종 시안은 앞서 설명한 일련의 개발과 검증 과정을 거쳐 완성되었다. 이야기 숫자와 종류는 3차 시안 V.1.1에서와 같다. 진단적 유효성이 확인된 이야기들을 그대로 쓰는 대신 지문과 문항을 수정·보완하는 데 집중했다. 진단용 이야기들에 새로 제목을 명시했으며, 알파벳으로 고유기호를 부여했다. 그 목록은 다음과 같다.

A. 주먹이 B. 내 복에 산다(삼공본풀이) C. 바이칼과 앙가라 D. 해와 달이 된 오누이 E. 고슴도치 한스 F. 지붕에 소 올리기 G. 백설공주 H. 바리공주(바리데기) I. 정만서 J. 역적누명과 회초리 K. 신데렐라(아셴푸텔) L. 라푼첼 M. 엎질러진 물 N. 구렁덩덩신선비 O. 하룻밤에 만리장성 P. 돌과 나무가 된 형제(쩌우까우) Q. 유리병 속의 괴물 R. 잭과 콩나무 S. 팥죽 할머니와 호랑이 T. 지네 각시 U. 복 빌린 나무꾼 V. 농부의 아들 W. 굴뚝새 X. 두 나그네 Y. 브레멘 음악대 Z. 무수옹

A에서 Z까지 기호를 부여한 데는 이들 26개 설화를 MMSS 정식판의 기본 틀로 삼는다는 결정이 포함돼 있다. 정식판에도 적용된 이 고유기호는 특별한 사정이 없는 한 바꾸지 않을 예정이다. 향후 해외판을 만드는 경우도 마찬가지다. 유럽 설화 외에 한국 설화로도 세계인을 대상으로 한 유의미한 자기서사 진단이 충분히 가능하다고 보는 입장이다. 그럴 만한 이야기들을

---

[34] 참고로 MMSS 1차 시안 V.1.1을 작성해서 상담을 진행한 학생 가운데도 유학생(키르기스스탄)이 1명 있었다. 한국어 능력이 충분하지 않았음에도 유의미한 서사반응이 나타났으며 유익한 진단상담을 진행할 수 있었다.

가려 뽑은 상태이기도 하다.

MMSS 최종 시안은 진단지 편집에 큰 변화를 두었다. 작품서사의 독립성을 높이는 차원에서 이야기별 문항 세트를 각각 별도 페이지로 배치하고 공간적 여유를 두었다. 이야기 지문을 간략한 줄거리가 아니라 주요 서사내용을 오롯이 반영한 완결적 서사 형태로 보완·정리했으며, 문항 풀이와 직접 관련되지 않는 내용도 많이 살렸다. 시검자들이 이야기를 더욱 온전한 형태로 경험함으로써 좀 더 맥락화된 서사반응을 나타낼 수 있도록 한 터다. 이야기를 온전한 형태로 제시한 것은 후속 상담활동과의 연계를 고려한 것이기도 하다. MMSS에 담긴 정보를 바탕으로 더 깊고 다양한 상담활동이 가능하도록 한 상황이다. 그 결과 이야기 지문이 길어지는 한편으로 문항 수가 다소 늘어났다. 시간상의 문제 등 여건이 여의치 않을 경우 26종의 이야기 중 일부를 생략한 상태로 검사와 상담을 진행할 수 있음을 일러둔다.

MMSS 최종 시안은 성인용 외에 아동용을 함께 개발했다. 아동용 진단지의 개요를 간략하게 정리하면 다음과 같다.

▷ 최종 시안: 아동용(2019.10)

- 2019.10. 최종 시안 아동용 V.1.0: 15개 설화 93문항(+ 자유서술형 7문항)

아동용 MMSS 진단지를 만드는 것은 처음 새 진단도구를 구상할 때부터 계획에 들어있었다. 최종 시안으로 제출된 아동용 MMSS 진단지는 성인용에 적용된 26가지 이야기 가운데 아동들한테 유효하다고 생각되는 15개 이야기를 발췌해서 이야기 지문과 문항내용 등을 재구성하는 방식으로 제작했다. 이야기 목록은 다음과 같다.

a. 주먹이 b. 내 복에 산다 d. 해와 달이 된 오누이 e. 고슴도치 한스 f. 지붕에 소 올리기 g. 백설공주 k. 신데렐라 q. 유리병 속의 괴물 r. 잭과 콩나무 s. 팥죽 할머니와 호랑이 t. 복 빌린 나무꾼 v. 농부의 아들 w. 굴뚝새 x. 두 나그네 y. 브레멘 음악대

이야기 제목은 성인용을 그대로 가져오되, 괄호 안에 병기한 제목은 삭제했다. 각 이야기 앞의 알파벳 고유번호는 성인용과 짝을 맞추어 소문자로 표현한 것이다.

이야기 종류를 바꾸지 않고 같은 내용의 설화들로써 성인과 아동을 대상으로 한 진단을 함께 수행하는 것이 의아할 수도 있을 것이다. 하지만 설화가 남녀노소 경계를 넘어선 보편적 소통성과 감응력을 지닌다는 면에서 그 가능성과 유효성은 충분하다고 본다. 이들 설화를 매개로 아동들의 자기서사 특성을 존재적 측면 및 관계적 측면에 걸쳐 유의미하게 드러낼 수 있다.

아동용 MMSS의 이야기 지문은 구어체 서술을 적용했으며, 성인용보다 내용을 더 쉽고 자세하게 정리했다. 이야기의 기본 화소와 스토리 맥락이 생생한 이야기 형태로 전달되도록 한 것이 특징이다. 지문을 읽는 것만으로도 이야기를 즐기며 감상하는 효과가 나타날 수 있도록 했다. 물론 그것은 단순한 감상 효과를 위한 것은 아니다. 이야기에 대한 정서적 반응을 높임으로써 유의미한 투사 효과가 나타나도록 한 터다.

이야기별 문항들은 성인용 진단지의 질문들을 다수 살리되 내용과 표현을 아동들한테 맞게끔 재서술했다. 성인용 진단지의 일부 문항을 삭제하고 새로운 문항을 추가한 경우도 꽤 있다. 문항은 가급적 쉬운 말을 써서 평서체로 서술했다. 구두로 검사할 경우는 질문을 입말체로 바꾸어 표현할 수 있을 것이다. 선택형 문항들의 경우 7점 척도 대신 5점 척도를 적용하는 방안도 고려했으나 아동들도 설화내용에 대해 일곱 가지 척도로 분화된 반응을 유의미하게 나타낼 수 있다고 보아 그대로 두었다. 다만 추후 조정할 가능성을 배제하지는 않고 있다.

아동용 MMSS 진단지는 만 4~5세 정도의 유아로부터 11~12세의 아동까지를 적용 대상으로 삼는다. 10세 이상의 아동은 스스로 이야기를 읽어나가면서 진단지를 작성하는 것이 가능할 것이다. 그보다 어린 아동들의 경우는 지문과 문항을 읽어주거나 구어체로 들려준 뒤 답을 구두로 청취해서 기입하는 방식으로 검사할 수 있다. '검사'라는 형식을 드러내지 않고 '옛날이야기에 대한 자유로운 놀이대화' 형태로 진행하는 것이 효과적일 것으로 본다.

아동용 MMSS 문항 세트 가운데 간단한 사례를 하나 들면 다음과 같다.

f. 지붕에 소 올리기

> 옛날 어느 마을에 김 씨와 이 씨가 친구로 지내고 있었어요. 김 씨는 일이 잘 풀려서 부자로 잘사는데, 이 씨는 아무리 해도 일이 안 풀리고 가난했지요. 어느 날 이 씨가 김 씨한테 잘사는 비결이 뭐냐고 하니까, 김 씨는 자기 집에 한번 와보라고 했어요.
>
> 이 씨가 찾아오자 김 씨는 아들딸을 불러서 인사를 시키고서 이렇게 말했습니다. "가서 소를 끌고 와서 지붕에 올려라." 그러자 자식들은 "예!" 하더니만 정말로 소를 끌고 나와서 지붕에 끌어올리려고 했지요. 이 씨가 됐다면서 소를 갖다두라고 하자 자식들은 다시 "예!" 하고서 아버지 말대로 했습니다.
>
> 다음은 가난한 이 씨의 차례였어요. 김 씨하고 함께 자기 집으로 온 이 씨는 친구가 했던 것처럼 아들딸을 불러서 지붕에 소를 올리라고 했지요. 그러자 자식들은 "소를 어떻게 지붕에 올리라고요?" 하면서 무시했습니다. 그 모습을 본 김 씨는 "이러니까 자네 집이 안 되는 거라네" 하고 말했다고 해요.

f-1. 어른들이 자식을 시험하는 모습이 별로다.　　　　　　☠✕▽⋯△○☼

f-2. 소를 지붕에 올리려고 하는 아들딸이 바보 같다.　　　☠✕▽⋯△○☼

f-3. 이 씨네보다 김 씨네가 더 잘사는 것은 그럴 만하다.　☠✕▽⋯△○☼

　　※ 이유: ＿＿＿＿＿＿＿＿＿＿＿＿＿＿＿＿＿＿＿＿＿＿＿.

f-4. 내가 이 씨의 자식이었다면 아버지 말대로 했을 것이다.　☠✕▽⋯△○☼

　　※ 나였다면 ＿＿＿＿＿＿＿＿＿＿＿＿＿＿＿＿＿＿＿＿＿.

f-5. 나는 이 이야기가 마음에 든다.　　　　　　　　　　☠✕▽⋯△○☼

　　※ 이유: ＿＿＿＿＿＿＿＿＿＿＿＿＿＿＿＿＿＿＿＿＿＿＿.

아동용 MMSS는 실제 시행을 통한 유효성 검증 과정을 본격적으로 행하지 못했다는 것이 아쉬운 점이다. 필요한 실행과 검증을 통해 이야기와 문항 형태 등을 조정하고 보완할 필요가 있다.

▷ **MMSS 진단지 정식판(2020~2021)**

MMSS 진단지는 2020년 1월에 최종 시안을 바탕으로 정식판 V.1.0을 마련했다. 진단지는 성인용과 아동용 등 2개로 돼있으며, 문항내용은 달라지지 않고 편집만 일부 조정했다. 2021년 9월에 편집 등을 부분적으로 조정해서 정식판 V.1.1이라는 이름을 부여했다. 2021년 11월에는 성인용 진단지의 26개 이야기 가운데 일부를 삭제하고 문항 수를 줄인 보급판을 마련하기도 했다. 기존의 진단지에는 보급판과의 구별을 위해 '완전판'이라는 이름을 붙였다.

4

MMSS 진단지의 구성과 체계: MMSS 진단지 정식판 V.1.1(성인 및 청소년용) 해설

4.1 진단에 적용한 작품서사 개관

MMSS 진단지 정식판은 최종 시안의 기본 틀과 내용을 유지한 채 세부적 수정 보완을 통해 최종적으로 완성한 것이다. 정식판은 앞에 제시한바 최종 시안과 마찬가지로 26개 설화 171문항에 자유서술형 7문항을 더한 구성을 갖추고 있다. A~Z까지 이야기 순서와 고유번호도 일치한다. 최종 시안에서는 이를 '성인용'이라 명명했는데, 청소년도

적용 대상에 해당하므로 정식판에서는 '성인 및 청소년용'으로 표현했다.[35]

　　MMSS 정식판에 적용된 26종의 설화는 1차 시안에서 최종 시안에 이르는 일련의 검증적 시행 과정을 거쳐 선정한 것이다. 검증 대상에 포함됐던 60종 이상의 설화는 두루 진단적 의의를 지니는 것으로서 그중 일부를 고르는 일은 쉽지 않았다. 숙고 끝에 26개 설화를 선정한 1차적 기준은 그것이 자기서사 진단에 얼마나 유의미한가 하는 것이었다. 서사적 원형성과 문제성이 뚜렷해서 특징적인 서사반응들이 나오는 이야기들을 우선적으로 선별했다. 전체적으로 이들 작품서사가 주요한 서사적 국면과 특성들을 두루 반영할 수 있는지도 함께 고려했다. 특징적인 캐릭터들이 등장하는 이야기를 다양하게 배치함으로써 자기서사와 작품서사 간의 문학적 연결성을 높이고자 한 점도 중요한 고려 사항이었다.

　　최종 선정된 26편의 설화를 나라별로 보면 한국 설화 14편에 독일 설화(그림형제 민담) 8편이며, 러시아와 영국, 베트남, 잉카의 설화 1편씩이다. 한국과 독일 설화를 많이 채택한 것은 거기에 서사적 원형성과 문제성이 두드러진 것들이 많아 진단서사로 삼기에 적합하다고 보았기 때문이다. 갈래별로 보면 26편 가운데 20편 이상이 민담이며, 전설과 신화가 일부 포함되어 있다. 민담을 많이 적용한 것은 극적 재미와 흡인력 외에 미적 거리와 서사적 완결성이 주는 효과를 고려한 것이다.

　　MMSS를 구성하는 26편의 설화에 대해 그 특징과 진단 포인트 등을 설명하면 다음과 같다.

35　여기서 한 가지 특기할 사항은 MMSS 검사를 진행함에 있어 26개 설화에 걸친 171개 문항을 빠짐없이 적용해야 하는 것은 아니라는 사실이다. 장기적 상담 진행을 위한 종합적 자기서사 진단을 위해서는 모든 이야기와 문항을 적용하는 것이 바람직하겠지만, 여건에 따라 일부 이야기를 제외한 상태로 검사를 진행할 수 있다. 예컨대 청소년 대상 진단의 경우 부부서사에 초점을 맞춘 이야기 등 청소년에게 어울리지 않는 이야기들을 빼고서 검사를 진행할 수 있다. 특정한 검사 목적(진로나 학습 상담, 가족 및 부부 상담 등)이 있을 때 거기에 맞추어 적합한 문항 세트만 활용하는 것도 가능한 선택이다. 검사를 시행하는 상담자가 스스로 해석과 진단을 감당하기 어려운 이야기들을 일부 삭제하는 것도 현실적인 선택이 될 수 있다. 이에 대한 자세한 안내는 추후에 문학치료사들에게 배포될 매뉴얼에 포함될 것이다.

A. 주먹이[한국 민담]　　　　　　유럽의 「엄지둥이」와 내용이 통하는 한국의 민담이다. 원전 각편은 많지 않지만, 특징적인 캐릭터와 모험적 서사 전개가 인상적이어서 전래동화로 인기를 누리고 있는 이야기다. 이를 진단서사로 삼은 것은 세상의 존재적 주체로서 자기인식과 대응태도를 짚어내는 데 기본 목적이 있다. 자기 자신과 세상에 대해 얼마나 긍정적~부정적이며 적극적~소극적 태도를 나타내는가의 문제다. 이야기 속 주먹이의 모험적 선택과 행동은 빛과 그림자를 함께 지니고 있다. 멋있고 대단해 보이는 한편으로 많은 위험성을 내포하거니와, 서사 속에 두 측면이 함께 함축된다. MMSS에서는 주먹이가 겪는 곤경과 고난에 대해 시검자가 그것을 어떻게 느끼는지, 그리고 고난 상황에 대한 심리적 · 행동적 준비가 얼마나 돼있는지를 눈여겨보고자 했다. 이 이야기를 진단서사로 최종 선정한 데는 실행적 검증 과정에서 많은 시검자가 주먹이를 마음에 남거나 닮고 싶은 인물로 골랐다는 점이 큰 영향을 미쳤다. 이 이야기를 MMSS 맨 앞자리에 넣은 것은 '세계 앞의 자아'라는 원형적 문제성을 고려한 것이다.

B. 내 복에 산다(삼공본풀이)　　　많은 각편이 보고된 유력한 한국 민담이다.
[한국 민담(+신화)]　　　　　　　이 이야기는 존재적 주체성과 자존감, 그리고 자녀로서 부모에 대해 갖는 인식과 태도를 짚어내기에 적합한 진단서사로서 선정했다. 검증적 실행 결과 당초 예상했던 대로 엇갈린 자녀서사 반응이 유의미하게 나타난 상태다. 이 이야기 지문은 내용을 구성함에 있어 민담 「내 복에 산다」 외에 제주도 신화 「삼공본풀이」의 화소들도 반영함으로써 서사반응을 촉발할 만한 요소를 다양화한 상태다. 자녀서사가 다각적으로 드러나도록 하는 한편으로 부모서사 반응에도 주안점을 두었으며, 형제서사의 일환으로 자매갈등 문제도 짚어볼 수 있도록 했다. 존재적 측면에서 특별~평범, 욕망~규범 등을, 관계적 측면에서 독립~의존, 포용~배격 등의 서사 요소들을 주요 지표로 반영했다.

C. 바이칼과 앙가라[러시아 전설]   시베리아 바이칼 지역의 전설이다. 자녀서사와 남녀서사 사이의 갈등을 강렬하고도 극적인 형태로 현시하는 가운데 비화해적 결말로 나아가고 있는 데 주목해서 최종 선정했다. 부모로부터의 독립과 자기욕망을 추구하는 선택에 따르는 시련과 좌절을 어떻게 받아들이고 대처하는가 하는 등의 문제를 짚어보고자 했다. 시행적 검증 결과 복수의 문항에서 시검자들의 반응이 인상적으로 엇갈리고 있어 진단적 유효성을 확인할 수 있었다. 이 이야기에는 인간의 삶의 풍경과 대자연의 이치가 인상적으로 결합돼 있거니와, 시검자가 이를 '세계인식'의 차원에서 어떻게 반응하는지도 살펴보고자 했다. 그 서사적 지평에 유의미하게 접속하는 시검자들이 있었으며, 그것은 서사진단의 유력한 표지가 되었다. 자녀서사 외에 부모서사 쪽에서도 유의미한 서사반응들이 많이 나올 것으로 기대하고 있다.

**D. 해와 달이 된 오누이
[한국 민담]**   긴 설명이 필요 없는 유명한 설화다. 분석심리학이나 문학치료에서 호랑이와 엄마를 한 존재의 두 모습으로 보는 해석을 적용하고 있는 상황인데, MMSS에서도 이런 관점을 적용해서 자녀서사와 부모서사의 특징을 다각적으로 짚어내고자 했다. 부모에 대한 의존과 독립, 자녀에 대한 양육과 방치 등이 주요 진단 지표가 된다. MMSS에서는 양자 가운데 자녀서사 쪽에 좀 더 주안점을 두어 지문과 문항을 구성했다. 이 이야기의 포인트가 호랑이-부모에 대한 대응에 있다고 보았기 때문이다. 한편으로, 오누이의 관계로부터 형제서사 특성을 짚어보는 것과 호랑이로 표상된 '폭력 상황'에 대한 서사적 반응을 짚어보는 것도 이 이야기에 대한 문항 세트에서 관심을 기울인 부분이다. 주변에 호랑이 같은 사람이 있으면 누구냐고 하는 질문에 답하는 과정에서 시검자 자기서사의 결정적인 국면이 드러난 사례들이 있었다는 점을 특기할 만하다.

E. 고슴도치 한스[독일 민담]　　　그리 널리 알려지지 않았지만, 사회적 약자 내지 소수자에 대한 서사로서 주목할 만한 이야기다. 거칠고 냉정한 세상 속에서 불완전한 존재로서 한 개인이 갖는 정체성 문제와 상황적 한계 극복 문제를 진단의 기본 축으로 삼고자 했다. 고슴도치 한스는 한국 설화의 '반쪽이'와 마찬가지로 '장애'와 관련이 깊은 인물인데, 이야기 속에 인상적인 은유와 상징이 잘 깃들어 있어서 이를 선택했다. 쓸모없는 짐덩어리처럼 취급되던 주인공이 자아를 실현해가는 과정에 작용하는 빛과 그림자의 두 측면은 자아정체성과 세계인식 등 존재적 특성을 짚어내는 좋은 거점이 되어줄 것으로 본다. 존재적 결여와 소외라는 문제 상황이 자녀서사와 남녀서사, 부부서사, 사회서사 등 여러 관계적 측면으로 구체화되어 있다는 점도 진단서사로서 장점이 된다. 장애인 시검자가 이 설화에 깊은 반응을 나타냈다는 점이 이 이야기를 최종 선정하는 데 힘을 실어주었다. 꼭 장애인이 아니더라도 무능한 존재라는 시선과 자의식에서 자유롭지 못한 사람들한테서 인상적인 서사반응이 나올 것으로 보고 있다.

F. 지붕에 소 올리기[한국 민담]　　　자녀서사와 부모서사를 상호 조응적으로 짚어내기에 좋은 이야기로서 선택했다. 순응~거역, 신뢰~불신, 교감~단절, 소통~지배, 쌍방~일방, 포용~배격, 화해~갈등 등 부모-자녀 관계의 주요 서사 요소들을 진단의 지표로 삼았다. 시검자의 자기서사 특성에 따라 자녀서사와 부모서사 양편에서 유의미한 이질적인 반응이 나올 것으로 본다. 실행적 검증 결과 실제로 상반된 반응이라고 할 만한 차이들이 나타났다. 최초의 설계와 달리 정식판에서는 이야기와 설문을 조정함으로써 '가족문화'까지 포함해서 서사의 관계적 측면이 더 의미 있게 드러날 수 있도록 했다. 이 이야기 속의 인간관계 특성이 표면적으로 나타난 바와 이면적 맥락 사이에 질적 차이가 있으며, 이를 후속 상담에 좋은 화제로 삼을 수 있다는 점도 이 이야기를 선정한 이유가 된다.

G. 백설공주[독일 민담]   긴 설명이 필요 없는 세계적인 설화다. 이 설
화는 이야기 지문을 나누어 두 문항 세트에
총 12개 문항을 제시했다. 이 이야기를 통해 짚어낼 수 있는 서사적 지표가
무척 다양하고 유의미하다고 보았기 때문이다. 존재적 측면과 관계적 측면
양편에 걸쳐 다양한 서사적 표지를 짚어낼 수 있도록 문항을 구성했다. 이
설화에 대한 시검자들의 서사반응 결과는 다양하게 엇갈렸으며 특징적인
사례들이 많았다. 그리하여 이 이야기를 진단상담 과정에서 유의미한 통로
로 삼을 수 있었다. 이 설화의 서사적 축은 엄마와 딸 사이의 갈등으로 보이
지만 서사적 주체의 캐릭터성이 그 이상으로 중요하다고 할 수 있는바,
MMSS에서는 이를 잘 살릴 수 있는 방식으로 지문과 문항을 설계했다. 백
설공주와 왕비의 대조적 캐릭터에 비추어 시검자의 자기서사 특성이 드러
날 수 있도록 했다. 시검자가 백설공주에게 느끼는 심리적·서사적 거리는
진단의 주안점이 된다. 아울러 이 이야기에서는 사회서사로서 타자와의 관
계 맺기를 추가적 진단 지표로 삼았으며, 거기에 남녀서사 문제가 자연스레
결부되도록 했다. 덧붙여서 세계인식 측면에서 순리~모순, 불변~가변 등의
의미항을 진단요소로 포함했다.

H. 바리공주(바리데기)   「바리공주」는 본래 서사무가인데, 이야기 내
[한국 신화]   용을 압축하여 설화적 스토리 형태로 제시했
다. 단, 화소와 의미 면에서 본래의 신화적 성
격이 살아날 수 있도록 했다. 서울·경기 지역 「바리공주」에 동해안 「바리데
기」 내용을 일부 연계하여 내용을 정리한 터라서 제목을 병기했다. 「바리공
주」는 극단적 문제 상황이 연속되는 가운데 다양한 극적 변전이 일어나는 이
야기로, 존재적 측면과 관계적 측면에 걸쳐 유의미한 서사 지표를 층층이 지
니고 있다. 버림받음의 상처를 앓으면서 존재적·관계적 분투를 통해 그것을
헤쳐나가는 일련의 과정에 자기서사의 표지와 단서가 될 만한 요소들이 많이
포함돼 있다. 진단서사 외에 치료상담용 서사로서도 소중한 구실을 할 만한
요소가 된다. MMSS에서는 이야기를 두 세트로 나누어 총 12개 문항을 제시

한 가운데 진단과 상담에서 유의미하게 다룰 만한 서사적 표지들이 나타날 수 있도록 했다. 거기에는 존재적 측면과 자녀서사 외에 형제서사와 남녀서사, 부모서사, 나아가 사회서사 요소도 포함된다. 실제로 이 이야기에 대해 유의미한 서사반응들이 폭넓게 나타났으며, 상담활동을 위한 단서들을 풍부하게 얻을 수 있었다.

I. 정만서[한국 전설]

정만서는 실존 인물이자 수많은 흥미로운 일화를 전하는 설화적 인물이다. 그는 전형적인 트릭스터(trickster)형 인물로서의 성격을 지닌다. 트릭스터는 거침없고 도발적인 행동성과 자기중심적이며 반규범적인 태도, 턱없는 자존감과 여유 등으로 무장한 특징적인 캐릭터다. 관계에 얽매이지 않는 존재중심적 인물이기도 하다. 시검자의 존재성 및 캐릭터성을 비춰봄에 있어 유력한 거울 구실을 할 수 있는 터라서 처음부터 비중 있게 포함했다. 예상했던 대로 정만서에 대한 서사반응은 극단적으로 엇갈렸으며, 한 명의 시검자가 이중적인 태도를 나타내는 경우도 꽤 있었다. 진단과 상담을 위한 흥미롭고도 유의미한 서사적 표지가 된다. '나하고 다른 타자'에 대한 서사를 짚어내고 조정함에 있어 좋은 매개체가 되어줄 작품서사라 할 수 있다. 이야기 지문을 수정하는 과정에서 시검자들의 엇갈린 반응과 다면적 반응을 낳을 만한 요소를 확대 보완함으로써 진단 효과를 높이고자 했다.

J. 역적누명과 회초리[한국 민담]

문학치료학에서 남녀관계 서사로 중요하게 다루어온 설화로서 MMSS에도 이를 채택했다. 남녀서사를 남성과 여성 양편에서 다루되 윤리와 욕망, 책임과 무책임 등의 문제를 주요 화두로 삼았으며, 성(性)에 대한 인식과 태도를 함께 짚어내고자 했다. 시행 결과 이야기 속의 남녀관계에 자신을 투사하도록 한 서술형 문항에서 인상적인 표지들이 많이 나왔다. 남녀관계에 대한 태도 외에 캐릭터 성향을 단적으로 볼 수 있는 사례들이 있었다. 1차적으로 남녀서사에 초점을 맞추고 있지만, 이 이야기에 대한 서사반응은 인간관계 일반에서 밀치기와 감싸기 등에 대한 이해의 방향과 수준을 가늠하고 그에 대한 상담활동을 진행하는 데도 유익한 통로가 되어줄 것이다.

K. 신데렐라(아셴푸텔)[독일 민담] 세간에 널리 알려져 있는 유명한 민담이자, 민감한 서사적 쟁점을 많이 내포하고 있는 이야기이다. 막연한 기억을 넘어서 작품서사와 깊게 만나게 되면 새롭고 유의미한 서사반응이 풍부하게 나올 수 있을 것으로 보았다. 페로나 디즈니의 버전 대신 서사적 원형성과 문제성이 높은 그림형제 민담집 버전을 바탕으로 내용을 구성했으며, 이를 밝히는 차원에서 제목에 '아셴푸텔'을 병기했다. 비둘기나 나무 등과 깊은 관계를 맺고 무도회 참여를 관철하는 등의 적극적 행동성을 살려서 내용을 정리하고, 그에 대한 평가적 반응을 물었다. 시검자들의 반응에서 존재와 관계의 주체로서 자기인식과 관련되는 이질적인 서사반응들을 폭넓게 발견할 수 있었다. 관계 맺기 측면에서 자녀서사에서 남녀서사로의 이행에 얽힌 부분에 주목했으며, 형제서사로서 자매갈등 문제도 함께 다루었다.

L. 라푼첼[독일 민담] '라푼젤'이라는 영어식 호칭으로 많이 알려진 이야기다. MMSS에서는 원전이 그림 형제 민담을 반영해서 지문을 정리하고 문항을 설정했다. 이 이야기는 3차 시안에 처음 추가한 데 이어 최종안과 정식판에서도 선정 대상으로 삼았다. 이 설화가 자녀서사에서 남녀서사로의 이행이라는 서사적 국면을 인상적이고도 강렬한 형태로 다루고 있다는 데 주목했다. 세상의 독립적 주체로 성장하는 과정에 겪을 수 있는 갈등과 시련, 고통에 대한 서사적 준비가 돼있는지 여부를 짚어내고자 했다. 성장기 남녀의 성적 자기결정권이라는 민감한 문제에 대한 태도도 진단 대상으로 포함했다. 독립~의존, 과감~신중, 안정~불안 등이 서사적 지표가 된다. 과거~현재~미래에 걸친 서사적 비전과 준비 정도에 대해서도 유의미한 표지를 얻을 수 있을 것으로 본다.

M. 엎질러진 물[한국 민담]   부부서사와 관련한 첨예한 쟁점을 지니는
설화로서 큰 고민 없이 선택했다. 문학치료
학에서 그간 이 이야기를 요긴하게 다루어왔다는 점도 고려했다. 핵심적인
진단 지표는 부부서사에서 이해~거리, 쌍방~일방, 포용~배격, 화해~갈등,
지속~단절 등의 문제다. 두 가지 결정적인 분기점에서의 선택에 초점을 맞
추어서 문항을 설계했다. 다만 이 이야기에 대한 서사반응이 단지 부부서사
에만 한정되는 것은 아니다. 부부서사에 앞서 남녀관계에서의 관심~무심이
나 선택~외면, 존재적 측면에서의 독립~의존과 과감~신중, 강경~온건, 과
거~현재~미래 등의 요소도 자연스럽게 드러나도록 했다. 이 이야기는 상담
활동 과정에서 작품서사에 대한 이해가 갱신될 수 있으며, 이는 자기서사에
도 유의미한 변화를 낳을 가능성이 있다.

N. 구렁덩덩신선비[한국 민담]   한국의 대표적인 민담 가운데 하나로, 처음
부터 중요한 진단서사로 삼았다. 치료상담
서사로서도 큰 역할을 할 만한 이야기다. 인상적인 서사적 분기점을 연속적
으로 갖춘 이야기로서, 존재적 측면과 관계적 측면 양면에 걸쳐 다양하고도
유의미한 서사반응을 이끌어낼 만한 민감한 서사적 쟁점들을 갖추고 있다.
2개 문항 세트에 걸친 12개의 문항을 통해 쟁점에 얽힌 서사반응을 다각적
으로 짚어내고자 했다. 능동적인 선택과 탐색의 주체로서 여주인공을 축으로
한 조명 외에 존귀~비천의 존재적 양면성을 바탕으로 상처와 회피성을 지니
는 남주인공을 축으로 한 서사반응도 함께 짚어내고자 했다. 관계적 측면에
서 남녀서사에서 부부서사에 걸친 제반 서사 요소 외에 자녀서사와 부모서
사, 형제서사, 사회서사의 요소를 함께 배치했으며, 존재적 측면에서 자기정
체성과 세계인식, 가치관과 기질, 행동과 심리특성에 얽힌 여러 요소를 진단
지표로 반영했다. 다양한 진단지표가 역동적으로 얽혀 있는 만큼 후속 상담
활동에서 여러 회기에 걸친 유효한 활동이 가능할 것으로 보고 있다. 이 이야
기에 대한 깊은 접속은 '서사의 성장'을 위한 좋은 통로가 되어줄 것이다.

O. 하룻밤에 만리장성[한국 민담]　　부부서사 및 사회서사에 얽힌 민감한 쟁점을 담고 있는 설화다. '성(性)'이라는 요소와 선악에 대한 가치판단 문제가 교묘한 갈등상황을 이루고 있어 상반된 서사반응이 나올 수 있으며, 그를 통해 자기서사 특성의 인상적 단초를 찾을 수 있다고 보았다. 20세 전후 대학생들한테서는 '성의 이용'에 대한 부정적 반응이 압도적이어서 유의미한 변별성이 잘 나타나지 않았으나, 30대 이상의 시검자들 사이에서는 더 다양하고 이질적인 반응이 나타날 것으로 기대하고 있다. 중년기의 성적 자기결정권과 인간관계에서 규범적 유연성 문제 등은 심각하고 유의미한 쟁점이어서 진단적 점검이 필요하다고 보았다. 유의미한 서사반응을 이끌어낼 만한 방향으로 이야기 지문을 보완·정리하고 문항을 재설계해서 정식판에 포함했다.

P. 돌과 나무가 된 형제 (쩌우까우)[베트남 전설]　　베트남의 유명한 전설로서, 성적 욕망이 낳은 형제관계와 부부관계의 파탄을 인상적으로 그려내고 있다. 본능적 욕망의 어두운 그림자를 본격적이고도 쟁점적인 형태로 서사화하고 있다는 점에서 유의미한 진단서사 역할을 할 수 있다고 보았다. 인간관계에서 욕망과 규범의 문제를 정면으로 다룰 수 있는 한편으로 자기정체성 면에서 약소와 무능, 타락, 악독 등의 부정적 측면에 대한 태도를 동시적으로 짚어낼 수 있다. 죄와 벌, 미움과 용서 등의 민감한 쟁점에 대한 서사반응도 흥미로운 점검대상이 된다. 이 이야기를 MMSS에 선택한 데는 형제서사에 대한 특화된 서사반응을 이끌어내고자 하는 의도가 크게 작용했다. 이 이야기가 C. 「바이칼과 앙가라」에서처럼 인간사 애환을 자연물과 연계해서 원형적으로 서사화하고 있어 밀도 높은 진단과 상담을 진행할 수 있다는 점도 고려했다.

Q. 유리병 속의 괴물[독일 민담]　　이 이야기는 관계적 측면보다 존재적 측면에 초점을 맞추어서 포함한 것이다. 한 개인이 세계와 관계를 맺어가는 방식을 세심하고 깊이 있게 다루고 있다는 점에

주목했다. 세계와의 관계 맺기에서의 적극성과 도전성 여부와 함께 탐구심과 통찰력, 문제해결력 등에 얽힌 서사적 표지를 의미 있게 짚어낼 수 있다고 보았다. 실제로 시검자들의 서사반응에서 도전~안주, 과감~안정, 과정~목표, 충족~결핍, 유쾌~우울 등 여러 서사 요소의 복합으로서 캐릭터적 정체성과 관련한 유의미한 서사특성을 발견할 수 있었다. 그 특성은 적성 및 진로와 관련한 진단과 상담에 유효하게 적용할 수 있었다는 점을 특기할 만하다. 아동과 청소년, 대학생 등을 대상으로 한 진단과 상담에서 특히 유용하게 활용할 만한 이야기라고 보고 있다.

R. 잭과 콩나무[영국 민담]　　　영국의 유명한 민담이다. 잭은 극단적일 정도의 자기중심적인 태도와 도전적인 행동력을 나타내는 인물로서 시검자들의 캐릭터적 정체성을 비춰주는 좋은 거울이 될 만한 인물이다. 그는 일반적 상식과 규범이라는 울타리를 과감히 깨면서 공격적이고 모험적인 삶을 살아가거니와, 그에 대한 시검자들의 서사반응은 문항 설계과정에서 예측한 대로 무척 이질적이었다. 극단적인 거부반응과 이질적 투사, 양면적 반응 등이 다양하게 나타났다. 이 이야기 또한 앞의「유리병 속의 괴물」과 마찬가지로 시검자의 캐릭터 특성을 단적으로 짚어내면서 그 적성과 진로에 대한 진단상담을 진행하는 데 유익하게 활용할 수 있었다. 아동과 청소년 등을 대상으로 한 진단과 상담에, 그리고 모험적이거나 안주적인 성향의 자녀를 둔 부모를 대상으로 한 진단과 상담에 특히 도움이 될 것으로 보고 있다.

S. 팥죽 할머니와 호랑이 [한국 민담]　　　전래동화로 널리 인기를 누리고 있는 민담이다. 유쾌한 해피엔딩의 서사 안쪽에 폭력에 얽힌 고통과 대처의 문제가 담겨 있다는 데 주목해서 진단서사로 채택했다. 호랑이로 상징되는 폭력은 가족관계나 사회관계 모두에 적용될 수 있는 함의를 지니고 있다. D.「해와 달이 된 오누이」의 호랑이와 비교하면 '지속적인 괴롭힘'이 두드러진다는 점이 특징이

다. 그러한 폭력과 경험적 연관이 있는 시검자들에게서 특징적 서사반응이 나타났는데, 이는 자기서사의 핵심적 국면을 이루고 있음을 확인할 수 있었다. 직접적인 서사적 연관성이 없는 경우라 하더라도 주변과의 관계 맺기 방식 및 문제 상황에 대한 대응 등과 관련한 의미 있는 자기서사 표지를 짚어낼 수 있다.

T. 지네 각시[한국 민담]　　　문학치료에서 가장 중요하게 다루어온 설화 중 하나로, 존재와 관계 양 측면에 걸쳐 다양한 서사적 문제를 깊이 있게 함축하고 있다. 여러 개의 결정적인 분기점을 거치며 반전에 반전이 거듭되는 서사가 진단과 상담을 위한 최적의 통로를 열어놓고 있다. 삶과 죽음, 책임과 회피, 자기와 타자, 포용과 배격 등 주요한 문제가 유기적으로 얽혀 있거니와, 시검자들이 남자 외에 지네 각시와 그 아내 등에게 자신을 투사하면서 다각적인 해석과 평가를 할 수 있도록 문항을 구성했다. 선택형 문항 이상으로 서술에 비중을 둔 것이 특성이다. 그 서사반응에서 유의미한 단초가 나타날 경우 작품서사와의 더 깊고 본격적인 접속을 매개로 유의미한 후속 상담활동을 진행할 수 있을 것이다. 검증 과정에서 남자의 아내, 또는 지네 각시에 자기를 투사한 강렬하고 특징적인 서사반응이 나타난 사례가 있음을 특기해둔다.

U. 복 빌린 나무꾼[한국 민담]　　　작품서사와 자기서사의 캐릭터적 연결에 초점을 맞추어 MMSS에 포함한 이야기다. '차복'과 '석숭'이라는 이질적 캐릭터를 2개의 거울로 삼아 시검자의 자기정체성 및 성향이 단적으로 드러날 수 있도록 문항을 구성했다. 자기와 세계에 대한 부정적 인식 속에 힘들게 세상을 살아나가는 서사와 긍정적이고 낙관적인 인식으로 성공과 행복을 펼쳐나가는 서사 사이에서 시검자 자기서사의 좌표가 드러날 수 있도록 했다. 실행 결과 실제로 두 인물을 매개로 시검자 자기서사 특성을 단적으로 짚어낼 수 있는 인상적인 사례들이 여럿 있었다. 캐릭터적 연관성이 잘 드러나지 않는 경우라 하더라도 자기인식과 세계

인식, 심리상태, 사회적 관계 맺기 등과 관련한 유효한 서사적 표지들을 짚어낼 수 있다고 본다.

V. 농부의 아들[잉카 민담]　　　시검자의 캐릭터 특성과 가치관, 삶의 방식 등을 종합적이면서도 단적인 형태로 짚어낼 수 있는 이야기로서 선정했다. 주인공 소년과 동물들 사이의 가치관적 대비가 뚜렷하고도 인상적이어서 자기서사를 비춰주는 좋은 거울 역할을 할 수 있다. 존재적 측면에서 특별~평범, 강대~약소, 불변~가변, 순응~대적, 현실~이상, 낙관~비관, 도전~안주 등의 서사 요소에 대한 이질적 반응을 기약할 만하다. 실제 실행적 검증 결과 이러한 요소들을 축으로 시검자들의 서로 다른 성격적·가치관적 특성이 다양하게 나타남을 확인할 수 있었다. 자기 자신을 소년이나 소, 개미 등에 투사하면서 이를 인상적인 이야기로 손꼽은 경우도 많았다. 존재적 특성 외에 사회서사 측면에서도 유의미한 진단서사 기능을 할 수 있다고 보아 이를 채택했다.

W. 굴뚝새[독일 민담]　　　사람들이 현실사회를 살아가는 다양한 방식을 여러 동물의 형상 속에 우화적으로 함축한 이야기다. 시검자의 자기서사를 캐릭터적으로 짚어내기에 좋은 이야기로 이를 채택했다. 실행적 검증 결과 진단지 작성 및 상담 과정에서 많은 시검자가 이 이야기에 흥미를 나타내면서 자기와 닮거나 다른 캐릭터를 찾아내는 모습을 보였다. 시검자들에 따라 캐릭터에 대한 평가가 완전히 상반될 정도로 다양하게 엇갈린다는 점이 인상적이었다. 진단상담을 진행한 결과 자기 캐릭터를 이해하는 데 도움이 된다는 이야기가 많이 나왔다. 이야기 속 동물들의 캐릭터 특성이 좀 더 다양하고 인상적으로 살아날 수 있는 형태로 지문과 문항을 구성해서 최종적으로 포함했다.

X. 두 나그네[독일 민담]　　　　　이 이야기는 처음부터 자기서사 진단을 위
　　　　　　　　　　　　　한 최적의 작품서사로 손꼽아 MMSS에 지
속적으로 포함하는 가운데 이야기와 문항을 가다듬었다. 이 이야기에 주목
한 것은 재봉사와 구두장이라는 극단적으로 대비되는 캐릭터가 세상 사람
들의 캐릭터 특성과 가치관, 행동방식 등을 짚어주는 좋은 거울이 될 수 있
다고 보았기 때문이다. 이야기 속 상황이 다소 극단적인데, 그에 따른 부작
용을 감축하는 방식으로 내용을 정리해서 2개 세트에 12개에 이르는 다양
한 문항을 설계했다. 실행적 검증 결과 재봉사와 구두장이라는 두 인물에 비
친 자기서사의 양상이 매우 다양하게 나타난 것이 특징이다. 어느 한쪽과 밀
접히 연결된 사례도 있었으나, 대개는 두 인물의 특성이 다양한 형태로 복합
된 양상으로 나타났다. 구두장이나 재봉사가 '그림자'로서 깃든 형태의 자기
서사들과도 만날 수 있었다. 「두 나그네」는 재봉사의 동선을 따라가면서 '서
사의 성장 변화'를 그려내고 있거니와, 그 과정은 고통과 절망을 통한 그림
자와의 통합이라는 의미요소를 지닌다. 이러한 의미요소들이 잘 살아날 수
있는 형태로 지문과 문항을 구성해서 정식판을 만들었다. 진단 외에 후속 상
담활동에도 유력하게 활용할 수 있도록 한 상태다.

Y. 브레멘 음악대[독일 민담]　　　　　성공과 행복에 관한 유쾌하고도 힘 있는 이
　　　　　　　　　　　　　야기로 선택했다. 네 동물을 매개로 시검자
들의 캐릭터 특성을 단적으로 짚어낼 수 있도록 했다. 성격과 가치관, 행동
력 등 여러 측면에서 자기서사의 특징적 국면이 흥미롭게 드러나는 효과를
확인할 수 있었다. 음악대 참여 여부나 참여 순서 등에 대한 반응에서 시검
자 캐릭터의 핵심적 단초를 찾을 수 있다는 것은 기대 이상의 효과였다. 「브
레멘 음악대」 문항 세트에서 한 가지 특별히 주목한 것은 '인생의 성공과 행
복에 대한 통찰'과 '미래를 향한 새 출발'이라는 요소다. 단순한 자기진단에
그치지 않고 미래 자기서사 성찰과 재설계를 위한 매개체로 삼을 수 있도록
했다. 물론 그것은 진단 과정에 이은 후속 상담활동 과정을 전제로 한다.

Z. 무수옹[한국 민담]   '행복한 삶의 끝판왕'이라 할 만한 무수옹에 대한 이야기를 MMSS 마지막 이야기로 배치했다. 사람이라면 누구나 지향하기 마련인 '걱정근심 없는 편안하고 행복한 삶'에 대한 서사적 점검과 통찰을 위한 선택이다. 물론 그 통찰은 진단만의 과제는 아니며 후속 상담을 통해 진전시켜야 할 과제가 된다. 지문과 문항을 정리함에 있어 그 단서를 존재적 측면과 관계적 측면에서 함께 찾을 수 있도록 했다. 생각보다 많은 시검자가 무수옹 서사에 대해 강한 반응을 나타냈다. 동질성에 기반한 반응도 있었고, 이질성에 기반한 거부반응도 간혹 있었으며, 부러움과 함께 그 서사에 대한 지향성을 나타낸 반응들이 많이 나왔다. '건강하고 행복한 서사'라는 지향점과 관련해서 진단서사 및 상담서사로서 요긴한 구실을 할 것으로 보고 있다.

4.2 문항의 형태와
진단적 구성체계

      MMSS 26종 이야기와 연결된 171개 문항은 객관식 선택형을 기본 형태로 삼고 있다. MMSS 선택형 문항은 1차 시안 때부터 줄곧 리커트 7점 척도를 적용했으며, 정식판에서도 이를 취했다. 그 기호와 의미는 다음과 같다.

점수	기호	의미
1	☠	전혀 아니다(완전 부동의)
2	×	아니다(부동의)
3	▽	아닌 쪽이다(부동의 우세)
4	⋯	모르겠다(판단 불가)
5	△	그런 쪽이다(동의 우세)
6	○	그렇다(동의)
7	☼	전적으로 그렇다(완전 동의)

MMSS에서 일반적으로 잘 사용되지 않는 7점 척도를 적용한 것은 전략적인 선택이다. 표준화를 위해서는 선택지가 단순할수록 유리하겠지만, '서사'라고 하는 미묘하고 복잡한 대상과 관련되는 특별한 표지를 짚어내기 위해서는 반응의 수준을 다변화하는 것이 좋다고 보았다. 설화의 스토리가 극적으로 전형화된 상황을 많이 포함하고 있어서 여러 단계의 차별화된 반응이 가능하다는 것도 7점 척도를 적용한 근거가 된다.

실행을 통해 검증해본 결과는 7점 척도가 확실히 유효하다는 것이었다. '동의' 또는 '부동의' 쪽이 각각 3단계로 나뉘어 있는 데 대해 고민이나 혼란을 나타내는 경우는 거의 없었으며, 대부분의 시검자가 자기 자신의 판단에 따라 다양하게 선택했다. 250명이 넘는 시검자가 수많은 선택을 한 결과를 종합적으로 놓고 보면 일곱 가지 선택지가 큰 차이 없이 골고루 분포하는 상황이다. '완전 부동의'나 '완전 동의'를 얼마나 선택할지 의문이었는데, 선택 빈도가 예상보다 높았다. 대다수 문항의 답을 그 두 가지 중에서 고른 시검자도 있었다.

앞서 3장에서 MMSS 문항의 형태가 바뀌어온 과정을 개략적으로 설명했거니와, 특기할 만한 변화는 선택형 문항에 서술형을 조합하게 되었다는 사실이다. 2차 시안 V.1에서 일률적으로 '선택의 이유'를 쓰는 방식을 시험한 데 이어서 V.2로 나아가면서 이유제시형과 보충설명형을 구별하고 추가로 단답형 문항과 투사적 의견제시형 등을 적용함으로써 문항 구성을 다각화했다. 이런 변화는 최종 시안을 거쳐 더욱 강화되었으며, 결과적으로 간단 서술형이 선택형에 버금가는 비중을 지니게 되었다. 선택형에 대한 반응과 서술형에 대한 반응을 적절히 연계함으로써 더욱 다각화되고 맥락화된 진단분석을 행할 수 있다고 말하고 싶다.

이제 몇 가지 문항 세트를 통해 MMSS 문항의 구체적 형태와 구성을 확인하는 한편, 이야기와 문항을 통한 진단분석이 어떻게 이루어지게 되는지를 살펴보기로 한다.

예시 1: A. 주먹이

옛날에 어떤 부부가 아들을 낳았는데 크기가 방울만 했다. 밖에 돌아다닐 나이가 됐는데도 여전히 크기가 주먹만큼밖에 안돼서 '주먹이'라 불렸다. 아이는 눈에 안 띌 만큼 작았지만 공부도 하고 일도 하고 장난도 치면서 할 일을 다 했다. 어느 날 아버지가 낚시를 할 때에 주머니 속에 있던 주먹이는 갑갑하고 심심해서 슬쩍 밖으로 빠져나왔다. 풀밭을 쏘다니던 주먹이를 누렁소가 풀과 함께 꿀꺽 삼켰다. 소의 뱃속에서 나뒹굴던 주먹이가 정신을 차려서 배를 발로 차고 꼬집으면서 난리를 치자 소가 놀라서 똥을 싸질렀다. 똥 속에 파묻혀 나온 주먹이가 한숨을 돌리려 할 때 솔개가 날아와서 훌쩍 낚아챘다. 주먹이가 붙잡혀 날아갈 때 황조롱이가 달려들었고 솔개 발톱에서 벗어난 주먹이는 까마득히 아래로 떨어졌다. 그는 물로 첨벙 떨어졌는데 이번에는 쏘가리가 그를 꿀꺽 삼켰다. 주먹이는 물고기 뱃속에서 숨이 막혀가면서 힘껏 아버지 어머니를 불렀다. 마침 낚시로 쏘가리를 낚았던 아버지가 그 소리를 듣고 배를 가르니까 주먹이가 폴짝 튀어나왔다. 주먹이가 그간 겪었던 일을 생생하게 들려주자 사람들이 다들 깜짝 놀랐다.

A-1. 험한 세상을 멋대로 다니는 주먹이는 무모하고 대책없는 아이다.   ☠ × ▽ … △ ○ ☼

A-2. 온몸이 똥 속에 들어가는 일은 끔찍해서 상상하기도 싫다.   ☠ × ▽ … △ ○ ☼

A-3. 나도 주먹이처럼 넓은 세상을 마음껏 휘저어보고 싶다.   ☠ × ▽ … △ ○ ☼

A-4. 주먹이는 좋은 이야깃거리들을 얻었으니 고생한 보람이 있다.   ☠ × ▽ … △ ○ ☼

A-5. 그 뒤로 주먹이는 …

_____.

A-6. 나는 이 이야기가 마음에 든다.   ☠ × ▽ … △ ○ ☼

※ 이유: _____.

MMSS 첫 번째 문항 세트인 'A. 주먹이'는 위와 같이 구성돼 있다. 7점 척도 선택형 문항을 주조로 삼는 가운데 서술형 문항을 하나(A-5) 곁들인 모양새를 하고 있다. 문항들의 구성을 보면 인물에 대한 단적인 평가(A-1), 특정 장면에 대한 투사적 반응(A-2), 서사적 분기점에서의 선택(A-3), 서사의 귀결에 대한 평가(A-4), 작품의 여백에 대한 상상(A-5), 이야기에 대한 종합적 느낌(A-6) 등을 다양하게 묻고 있다. 작품서사와 자기서사의 연결성 여부를 다각적으로 짚어내는 구성에 해당한다.

「주먹이」를 통한 자기서사 진단은 '세계 앞에 선 자아'를 기본 화두로 삼으면서 삶의 존재적 주체로서 자기인식과 행동양상을 짚어내는 데 기본 목적을 둔다. 겉으로 보면 이야기 내용에 대한 느낌과 생각을 편안하게 나타내는 방식으로 구성돼 있지만, 이야기 지문과 문항들 속에는 자기서사를 이루는 여러 의미요소가 진단 지표로 포함돼 있다. 이야기 속의 주먹이는 강한 독립성과 행동력, 자유지향성 등을 특징으로 삼는 존재지향적 인물이다. 그는 외형적으로 약소하지만 곤경을 감당하면서 헤쳐나가는 강함을 지니고 있다. 그의 모험성은 한편으로 즐거움과 보람을 낳지만, 곤경과 좌절에 직면하게 될 위험성을 지니는 것이기도 하다. MMSS 문항들은 이러한 다면적 특성에 대한 정서적·평가적 반응을 통해 시검자의 자기서사가 주먹이의 서사와 의미 있게 접속되는지를 짚어내며, 나아가 어떤 면이 같고 어떤 면이 다른지를 비춰보게 된다. 주먹이의 서사가 시검자의 자기서사를 비춰보는 '마법의 거울' 구실을 하게 되는 구성이다.

참고로 여러 문항은 서로 변별되는 진단 요소를 함유하고 있다. 한 예로 A-2와 A-3은 진단의 포인트가 서로 미묘하게 엇갈린다. A-3을 먼저 보면, 그것은 주먹이의 강점에 포인트를 두는 가운데 막연하고 포괄적인 형태로 '희망' 내지 '욕망'을 나타내도록 되어 있다. 이와 달리 A-2는 주먹이 서사의 위험성에 초점을 맞추는 가운데 위기에 대한 '대처능력'에 초점을 맞추고 있다. 만약 A-2에 대해 ☼나 ○ 쪽으로 반응을 보였다면 곤경에 대처할 준비나 능력의 부족을 암시하는 표지가 된다. 이에 대해 ☠나 × 쪽의 선택은 곤경과 위험에 대한 대처력을 나타내는 표지가 된다. A-2에서 ☠나 ×를 선택한 시검자는 주먹이처럼 움직이다가 큰 곤경에 빠진 상황에서 어떻게든 그것을 감당하고 헤쳐나올 가능성이 크다고 예측할 수 있다. 만약 그가 A-3을 포함한 다른 문항에서도 주먹이 서사에 강한 긍정과 동질감을 나타냈다면 그의 자기서사는 주먹이 서사와 통하는 면이 많다고 해석할 수 있다. A-6의 종합반응에서, 그리고 진단지 뒤쪽의 자유서술형 문항에서 주먹이에 대한 동질적 반응이 거듭 나타난다면 그 가능성은 더 높아지게 된다.

한 가지 특징적인 사실은 시검자 중에 A-2의 똥 속에 들어가는 일에 대해 상상하기도 싫다는 반응을 강하게 나타내면서 A-3에서 주먹이처럼 맘껏 세상을 누비는 일에 강한 희망을 나타낸 사례가 꽤 있었다는 것이다. 모험적 행동성을 특징으로 하는 주먹이 서사에는 빛과 그림자가 함께 있거니와, 이와 같은 서사반응은 그중 빛만 보고 그림자를 거부하거나 회피하는 경우가 된다. 주먹이 서사반응에서 나타나는 이러한 자기서사 표지가 후속 상담 활동 등을 통해 실제로 확인될 경우 그의 서사는 자유와 모험을 꿈꾸지만 위험에 대한 두려움 때문에 막상 길을 나서지 못하는, '주머니 속에 머물러 있는 주먹이'가 될 가능성이 있다. 또는 모험에 나섰다가 뜻밖의 곤경에 부딪혀 당황하고 후회하는 '나약한 주먹이'가 될 수도 있다. 엄밀히 말하면 그것은 '주먹이의 서사'라고 칭하기 어려운 바가 될 것이다.

참고로, MMSS의 다른 작품서사 문항 세트에도 이와 평행을 이루는 문항들이 포함돼 있다. 「구렁덩덩신선비」와 「두 나그네」에 각각 들어있는 다음 문항들이 그 예가 된다.

N-9. 물에 띄운 복주께에 올라서는 것은 나로선 못할 일이다.　　☒☒▽⋯△○☼

X-4. 두 눈을 잃고 장님이 되느니 그냥 굶어죽는 편이 낫다.　　☒☒▽⋯△○☼

이 두 문항은 A-2와 비슷하게 문제 상황에 대처하는 의지와 능력을 주요 진단 요소로 포함한다. 만약 A-2에 이어서 위의 두 문항에 대해 거듭 ☼ 나 ○ 쪽의 반응을 나타냈다면, 그것은 현실상황에 대한 대처능력 부족의 표지가 될 수 있다. 위기에 해당하는 결정적 분기점에서 포기하거나 회피하게 될 가능성이 크다는 뜻이다. 마음속의 욕망과 현실적 대처능력이라는 두 요소가 큰 낙차를 두고 엇갈리는 이런 형국은 건강한 서사라고 보기 어렵다. 상담활동을 통해 이러한 성향이 두드러진 자기서사 특성으로 확인될 경우 위기의 경험과 극복을 통한 대처능력 강화가 주요한 서사적 과제가 될 것이다. 또는 그런 위기나 곤경을 최소화하는 방향으로 자기서사의 길을 조정하는 것이 현실적 해법이 될 수도 있다. 욕망 쪽을 낮춰가고 대처력을 키워가면서 양자의 접점을 찾아가는 방향의 설계도 가능하다. 물론 그것은 진단을 넘어선 치료적 상담 과정의 몫이다.

다시 「주먹이」로 돌아와서, 이 설화에 대한 여러 문항 반응을 종합함으로써 하나의 이야기에 비친 시검자의 내적 특성을 서사적으로 짚어볼 수 있다. 그 반응은 서술형 답을 포함해서 모든 문항에서 일관되게 주먹이 서사와의 일치를 나타낼 수도 있고,[36] 일관된 불일치를 나타낼 수도 있으며, 일치와 불일치가 엇갈릴 수도 있다. 이때 부분적 일치나 엇갈림의 양태는 사람마다 같지 않으며, 그 모든 요소는 상담활동을 위한 단서가 될 수 있다. 만약 「주먹이」에 대한 서사반응에서 나타나는 일치와 불일치 등이 특별히 의미 있는 것으로 판단될 경우, 이를 후속 진단상담을 위한 단서로 삼을 수 있다.

---

[36] 참고로, 본 연구자와 진단상담을 진행한 대학생 내담자 중에 주먹이 서사와 거의 완전한 합치를 나타낸 인상적인 사례가 있었다. 한 가지 차이가 있다면 이야기 속의 주먹이가 여러 번의 위기를 극복한 데 비해 그 내담자는 아직 위기상황을 직접 경험하기 전이라는 사실이다. 해당 내담자의 자기서사를 '아직 본격 모험을 시작하지 않은 예비 주먹이'로 표현하고, 상담 결과를 간단히 소개한 내용이 선행 논문에 실려 있다. 신동흔, 「문학치료를 위한 서사 분석 요소와 체계 연구」, 『문학치료연구』 49, 한국문학치료학회, 2018, 73~74면.

예시 2: M. 엎질러진 물

옛날에 한 선비와 아내가 아주 가난하게 살고 있었다. 아내가 힘들게 일해서 생계를 책임졌고, 선비는 뒷날을 바라보며 글공부에 매달렸다. 하루는 아내가 마당에 곡식을 널어놓고 일을 하러 가면서 남편한테 비가 오면 곡식을 걷으라고 당부했다. 선비가 알겠다고 대답했으나, 글을 읽는 데 정신이 팔려서 곡식이 빗물에 휩쓸려가는 것을 알지 못했다. 집에 와서 그 광경을 본 아내는 미안해하는 남편을 뒤로하고서 이렇게는 못 살겠다며 집을 나가버렸다. 그 후 선비는 홀로 글공부에 매진해서 과거시험에 급제하고 좋은 관직을 얻게 되었다. 그가 말을 타고서 길을 가는데 집을 나갔던 아내가 찾아와서는 옛정을 생각해서 다시 함께 살자고 했다. 남자는 그릇에 담긴 물을 쏟은 뒤 아내한테 주워 담아보라 하고는 둘 사이는 이미 엎질러진 물이라면서 여자를 뿌리치고 떠나버렸다.

M-1. 저런 결혼생활이라면 시작하지 않는 게 낫다. ☠✕▽…△○☼

M-2. 남편이 일부러 그런 것도 아닌데 아내가 저렇게 나간 것은 잘못이다. ☠✕▽…△○☼

M-3. 내가 여자였다면 집을 나간 뒤 남자의 일에 신경을 껐을 것이다. ☠✕▽…△○☼

　　※ 나였다면 아마도 … _____.

M-4. 내가 남자였다면 아내를 다시 받아줬을 것이다. ☠✕▽…△○☼

　　※ 나였다면 아마도 … _____.

M-5. 가족의 잘못은 들춰서 책망하기보다 감싸주는 게 옳다. ☠✕▽…△○☼

M-6. 나는 이 이야기가 마음에 든다. ☠✕▽…△○☼

　　※ 이유: _____.

「엎질러진 물」은 기존에 문학치료학에서 '배우자가르기서사'로 이해되면서 자기서사 진단에 적용됐던 설화다. 남편과 아내 양자의 입장에서 부부간의 관계 맺기에 얽힌 자기서사 특성을 짚어내기에 적합한 설화거니와, MMSS에서도 이런 특성에 주목해서 문항을 설계했다. M-2와 M-3, M-4, M-5 등 여러 문항이 부부간의 관계에 대한 내담자의 반응을 통해 그 서사적 특성을 짚어낼 수 있도록 구성돼 있다. M-2에 부정 반응, M-2와 M-5에 긍정 반응이 두드러진다면 부부관계에 대한 감싸기 서사 성향의 표지가 되며, 반대의 경우 가르기/밀치기 성향의 표지가 된다. 만약 M-2와 M-4 사이에 엇갈리는 반응을 나타냈다면 부부간 포용과 배척의 문제에 대해 특화된 서사적 관점 내지 성향을 지니고 있음을 예상케 하는 요소가 된다.[37]

MMSS의 「엎질러진 물」 세트는 부부관계에 주안점을 두고 있지만, 서사적 진단요소가 거기에 한정되지 않는다. M-1은 결혼을 앞둔 남녀관계 문제를 진단요소로 삼은 문항에 해당한다. 이성에 대한 '관심~무심'과 '선택~외면'의 요소가 그것이다. 만약 이 문항에 긍정반응이 두드러지다면(☼나 ○), 남녀서사로부터 부부서사로 이행하는 데 걸림돌이 있는 상태라고 볼 여지가 있다. 남녀가 부부가 되어 살아감에 있어 이런저런 문제와 갈등이 있기 마련이거니와, 이를 회피하는 반응으로 볼 수 있기 때문이다. 반대로 이 문항에 부정반응이 두드러질 경우(☾나 ×)는 부부간 관계 맺기를 인정하고 지속할 가능성을 보여주는 서사적 표지가 된다. 남녀서사와 연관되는 M-1 외에 M-5 문항은 가족 간 감싸기 문제를 포괄적으로 물은 것으로, 부부서사 외에 자녀서사와 부모서사, 형제서사 등과 매개될 가능성을 열어놓고 있다.

「엎질러진 물」을 통한 진단에서 하나의 주요한 포인트가 되는 것은 M-3 문항이다. 이 문항이 초점을 맞추고 있는 것은 관계적 측면보다 존재적 측면

---

37 참고로, 원 설화의 서사적 전개는 '아내의 가르기'를 부정하고 '남편의 가르기'를 수긍하는 방식으로 되어 있다. 시검자가 이런 쪽을 선택했다면 작품서사와 접속도가 높다고 볼 수 있고, 그 반대로 반응했다면 서사적 어긋남이 크다고 볼 수 있다. 다만 한쪽은 옳고 한쪽은 그르다고 말할 수는 없으며, 왜 그렇게 선택했는지에 대한 대화적 진단 과정을 통해 자기서사반응을 의미 있게 맥락화하는 일이 과제라고 할 수 있다.

의 특성이다. 그 핵심 요소는 한 인간으로서 '독립~의존' 문제이며, '안정~불안'과 '충족~결핍' 문제도 연결돼 있다. 만약 이 문항에 대해 부정반응이 높다면(🤚나×) 행동 특성에서 의존성이 높고 심리상태 면에서 불안과 결핍의 요소가 있다고 볼 여지가 있다. 시검자가 M-2에 대해 부정반응(🤚나×)이 높다면, 그 결과는 '가르기'와 '의존(+불안)' 성향이 결합된 서사반응이 되는 터다. '가르기'가 존재적 독립성과 연결되는 경우와 달리 이처럼 가르기와 의존성이 결합된 경우 서사적 취약 요소가 될 가능성이 크다. 원 설화에서 아내가 집을 나간 뒤 다른 남자와 만나서 힘들게 살다가 성공한 전남편을 찾아와 매달리다가 좌절한다는 전개가 이를 단적으로 보여준다. 이런 형태의 서사반응이 두드러진 특징으로 나타난다면 시검자의 자기서사가 '선비 아내의 서사'와 통할 가능성이 있는 경우로, 대화적 진단을 통해 맥락을 세심히 살펴볼 필요가 제기된다. 만약 M-6 문항에서 이야기에 대해 강한 거부(🤚)를 선택하거나 아내에 대한 투사적 서술을 하는 등의 반응을 나타낸 경우 그 서사적 일치도는 더욱 높아지게 될 것이다. 해당 내담자에 대해 이 작품서사를 대상으로 한 본격적 후속 상담을 진행할 필요성이 있다고 해석할 수 있다.

예시 3: T. 지네 각시

> 옛날에 가난하게 사는 남자가 있었는데, 처자식을 부양하기가 너무 어려웠다. 남자는 차라리 죽어버리는 게 낫겠다며 산으로 올라갔다. 그때 한 여인이 나타나 만류하면서 남자를 자기 집으로 데리고 갔다. 여자는 산속 기와집에 살고 있었고 먹을 것이 풍족했다. 남자가 거기서 잘 먹으면서 지내다 보니 두고 온 가족이 걱정됐다. 남자는 다시 찾아온다고 약속하고서 집으로 와서 보니까 여자가 보내준 재물로 가족들이 잘 살고 있었다. 가족들은 여자가 도와준 일을 놀라워하고 고마워했다. 얼마 뒤 남자가 다시 산속으로 여자를 찾아가는데, 죽은 아버지의 혼령이 나타나서 이상한 말을 했다. 그 여자는 사람이 아니라 천년 묵은 지네이며 얼굴에 밥을 뱉어야 살 수 있다는 것이었다. 여자의 집에 도착한 남자가 뒷문으로 들어가서 살펴보니 여자는 정말로 커다란 지네였다. 남자가 앞문으로 들어가자 여자는 따뜻한 밥상을 차려왔고, 남자는 밥을 한 숟갈

떠서 입에 넣었다. 여자를 한번 바라본 남자는 그대로 밥을 씹어서 삼켰다. 가족을 살려준 은덕을 저버릴 수 없어서 자기가 죽고자 한 것이었다. 그가 밥을 다 먹자 여자가 남자의 손을 잡으면서 그가 자기를 위해 마음을 써준 덕분에 승천할 수 있게 됐다고 고마워했다. 지네 각시는 남자의 앞날을 축원해준 뒤 용이 되어서 하늘로 올라갔다. 남자는 무사히 가족한테로 돌아올 수 있었다.

T-1. 저 남자가 행한 일들이 마음에 든다.　　　　☠☒▽⋯△○☼

　　※ 보충설명 _____ .

T-2. 내가 저 상황에 처했더라도 남자처럼 했을 것이다.　☠☒▽⋯△○☼

　　※ 나였다면 아마도 … _____ .

T-3. 내가 남자의 아내였어도 여자한테 고마워했을 것이다.　☠☒▽⋯△○☼

T-4. 자기의 흉한 모습을 엿보고 들어온 남자한테 여자가 마음속으로 외쳤을 한마디:

　　" _____ !"

T-5. 가족한테 돌아온 남자는 가장의 몫을 다하며 잘 살았을 것이다. ☠☒▽⋯△○☼

T-6. 나는 이 이야기가 마음에 든다.　　　　　　　☠☒▽⋯△○☼

　　※ 이유: _____ .

　「지네 각시」는 문학치료에서 가장 중요하게 다루어온 설화 중 하나로 특히 부부관계에 초점을 둔 분석과 활용이 이루어져왔다. 정운채는 갈등과 고난 속에 있던 남자와 아내가 일련의 사건을 겪으면서 서로를 이해하고 챙기는 쪽으로 변화하여 관계를 회복한 점에 주목해서 '배우자되찾기서사'로 이 설화의 서사적 특성을 분석해낸 바 있다.[38] 실제로 「지네 각시」는 존재적

38　정운채, 「부부서사진단도구를 위한 구비설화와 부부서사의 진단 요소」, 『고전문학과교

측면보다 관계적 측면이 두드러지게 부각되며, 부부관계가 중요한 축을 이루고 있다. MMSS에서는 이러한 관계적 특성을 적극 반영하면서도 다른 한편으로 '존귀~비천'의 양면성을 지니는 지네 각시의 존재성을 또 다른 중요한 요소로 삼아서 문항을 구성했다. 지네 각시를 대하는 남자의 태도에는 '욕망'이라는 본능에 얽힌 문제와 함께 '사회적 타자와의 관계 맺기'라는 요소도 함유되어 있는바, 이런 요소들에 대한 서사반응도 짚어낼 수 있도록 문항을 설계했다.

　　문항을 구체적으로 보면 T-1과 T-2의 문항에서 남자의 행위를 어느 하나로 특정하지 않고 열어둔 상태로 반응하도록 했다. 이 설화의 복합적 문제성을 고려해서 시검자 스스로 서사의 초점을 찾아가도록 한 구성이다. 서사의 어느 지점에 어떻게 반응하는가를 통해 자기서사의 특징적 면모를 포착하고자 한 것이다. 두 문항에 보충설명을 쓰게 한 것도 그 단서를 찾기 위해서다. 실제로 이와 같은 열린 설계를 통해 특징적 서사반응이 나타난 사례들이 있었다. 남자가 한 일 가운데 밥을 그냥 삼킴으로써 일이 잘 풀리게 된 데 주목하는 일반적인 반응과 달리 남자가 처자식을 놔두고 죽으러 간 일에 집중하면서 강한 반감을 나타낸 경우가 그것이다. 그중 한 내담자는 이어진 T-6에서 남자가 너무 못됐다면서 "지네한테 먹혔어야 한다"고 쓰기도 했다. 이런 특징적인 반응은 자기서사가 무의식중에 투사된 결과일 가능성이 큰 것으로서, 진단의 유의미한 단서가 된다. 후속 상담에서 화제로 삼아 맥락을 추적해갈 만한 요소가 된다.

　　문항 가운데 T-3과 T-4는 남자의 아내 및 지네 각시에게 본인을 투사하도록 구성했다. 최종 시안에 새로 추가한 문항이라서 검증을 거치지 못했으나, 흥미로운 반응들이 나올 것으로 보고 있다. T-3의 경우 극단의 부정적 반응과 긍정반응이 엇갈릴 가능성이 있으며, 그것은 부부서사의 유효한 표지가 될 수 있다. 문항에 따로 이유를 쓰는 난을 두지는 않았는데, 필요한 경우 표시해두었다가 상담 과정에서 그와 관련한 대화를 나눌 수 있을 것이다. 만

육』15, 한국고전문학교육학회, 2008, 34-36면.

약 T-1과 T-2, T-5 등에서 T-3 문항에 대한 반응과 논리적으로 엇갈리는 반응이 나타난 경우에는 진단과 상담의 더욱 유의미한 표지가 될 수 있다.

다음으로 T-4는 지네 각시 입장에 투사해보도록 한 것인데, 예외적인 특수반응을 염두에 두고 제시한 문항에 해당한다. 자신의 숨은 존재성에 대한 트라우마를 가진 시검자의 경우 이 문항에 인상적인 반응을 나타낼 가능성이 있다. 한 내담자가 이 설화 속의 지네 각시한테서 '성소수자'의 처지와 아픔을 실감한다는 말을 했거니와, T-4 문항을 통해 '인정과 포용을 받기 어려운 존재성'과 관련한 자기서사 특성을 유의미하게 짚어낼 수 있을 것으로 기대한다. 이런 특성이 서사반응을 통해 인상적으로 나타날 경우 상담활동을 위한 결정적 단서로 기능할 수 있게 된다.

예시 4: X. 굴뚝새

먼 옛날, 새들이 서로 말이 통할 때의 일이다. 새들은 지도자를 원했고, 왕을 뽑기로 결정했다. 푸른 도요새만은 반대였다. 그는 자유롭게 살다 자유롭게 죽기를 바랐다. 도요새는 "나는 어디로 가지?" 하고 외치다가 아무도 찾지 않는 늪으로 갔다. 남은 새들은 가장 높이 나는 자를 왕으로 삼기로 했고, 많은 새들이 경쟁에 나섰다. 암탉이 "왜들 저러는데?" 하니까 수탉은 "배들이 불러서 그래!" 하고 말했다. 많은 새들이 눈물을 흘리게 될 것을 예감한 개구리가 "글썽, 글썽!" 하고 울자 까마귀가 "신경 꺼, 신경 꺼!" 하고 말했다. 신호가 떨어지자 새들이 날아올랐는데 가장 높이 오른 것은 독수리였다. 그가 "당연히 내가 최고지!" 할 때 그 깃털 속에 숨어있던 굴뚝새가 나와서 아껴둔 힘으로 훌쩍 날아올랐다. 독수리보다 높이 오른 굴뚝새는 "내가 왕이다!" 하고 소리쳤다. 새들은 굴뚝새의 승리를 인정하지 않고 "웃기지 마!" 하면서 떠들어댔다. 결국 왕을 뽑는 일은 뜻대로 되지 않았다. 왕한테 복종할 필요가 없어져서 제일 기뻐한 것은 종달새였다. 종달새는 하늘 높이 날아오르며 "아름답구나. 정말 아름다워!" 하고 외쳤다.

W-1. 나의 생각에는 굴뚝새가 왕이 되는 것이 옳다.　　　☠✕▽⋯△◯☼

W-2. 이 이야기에서 나하고 가장 닮은 동물을 고르면 ＿＿＿＿＿＿＿＿＿이다.

　　※ 이유: ＿＿＿＿＿＿＿＿＿＿＿＿＿＿＿＿＿＿＿＿＿＿.

W-3. 이 이야기에서 가장 마음에 안 드는 동물을 고르면 ＿＿＿＿＿＿＿＿＿이다.

　　※ 이유: ＿＿＿＿＿＿＿＿＿＿＿＿＿＿＿＿＿＿＿＿＿＿.

W-4. 밑줄 친 말들 중 가장 마음에 와 닿는 것은 " ＿＿＿＿＿＿＿＿＿"이다.

W-5. 나는 이 이야기가 마음에 든다.　　　　　　　　☠✕▽⋯△◯☼

　　※ 이유: ＿＿＿＿＿＿＿＿＿＿＿＿＿＿＿＿＿＿＿＿＿＿.

　　MMSS에서 「굴뚝새」는 자기서사를 캐릭터적으로 짚어내기 위한 작품 서사로서 적용했다. 세계인식 및 사회서사와 관련되는 한 문항(W-1) 외에 대부분의 문항을 시검자들이 작중의 여러 캐릭터와 접속하고 반응하도록 하는 형태로 설계했다. 이야기 지문을 정리함에 있어 2차~3차 시안에서보다 특징적 캐릭터를 더 많이 살렸으며, 그들의 특징적 대사를 특화함으로써 감각적 반응이 가능하도록 했다. 시안을 통한 검증 결과 많은 시검자가 이 설화에 대해 흥미를 보이면서 이질적인 반응을 나타냈거니와, 서사적 흥미 요소와 다각적 반응성을 더 잘 살리는 방향으로 문항을 설계한 상태다.

　　문항을 구체적으로 보면, W-2와 W-3, W-4 등에서 작중 캐릭터에 대한 평가적 투사반응을 서로 다른 각도에서 묻고 있다. 문항 중 W-4는 '나하고 닮은 캐릭터/서사' 내지 '내가 욕망하는 캐릭터/서사'를 무의식적인 형태로 드러내도록 한 것으로, W-2와 W-3에서 나타난 반응을 확인 내지 확장한다는 의미를 지닌다. 만약 W-2와 W-4에서 선택한 동물과 말소리가 서로 일치한다면 그 사람의 자기서사는 해당 동물이 표상하는 캐릭터적 성향과 통할 가능성이 커진다고 볼 수 있다.

　　「굴뚝새」 이야기에 등장하는 여러 동물은 현실세계를 살아가는 다양한 캐릭터들을 은유적으로 표상한다. 독수리나 굴뚝새는 현실적 권력과 성공을 지향하는 인물형을 반영하는데, 독수리는 실질적 능력과 주도성이 뚜렷한 경우라면 굴뚝새는 술수와 지략이 우세한 경우에 해당한다. 독수리가 굴뚝새를 제대로 이기지 못함으로써 문제가 발생하는 상황은 사회현실의 환유라 할 수 있다. 시검자 가운데 자기 캐릭터를 독수리나 굴뚝새와 연결한 경우는 드물었거니와, 그런 반응이 나온 경우 자기서사 이해를 위한 유의미한 표지가 될 수 있다. 참고로, 시검자 가운데는 자기와 닮은 동물로 '이름 없는 새 중 하나'를 든 경우도 꽤 있었는데, 굳이 서사화가 안 된 동물을 지목한 반응도 의미 있는 자기서사적 표지라고 볼 수 있을 것이다. 최종안에 새롭게 캐릭터화해서 살린 암탉과 수탉, 개구리, 까마귀 등의 인물을 통해 시검자들의 캐릭터적 서사반응이 더 다각적으로 드러나게 될 것으로 보고 있다.

「굴뚝새」 이야기에서 얻을 수 있는 서사반응 가운데 '도요새'와 '종달새'에 대한 것을 특별히 주목할 만하다. 실제로 많은 시검자가 이에 대해 엇갈리는 투사적 반응을 나타냈다. 얼핏 비슷해 보이는 두 새에 대해 한쪽은 긍정적으로, 다른 한쪽은 부정적으로 보는 반응이 꽤 있었다는 점이 특징이다. 그 반응을 '선택의 이유'와 연계함으로써 유의미한 자기서사 표지를 찾아낼 수 있었다. 부연하여 설명하자면, 규범과 질서, 사회적 관계 등에 거부감을 나타내면서 혼자만의 장소로 떠나는 도요새는 자기중심적 존재성이 강한 캐릭터로서 '아나키스트' 성향을 표상한다고 할 수 있다. '혼자서 아득히 먼 곳까지 움직이는 일'은 도요새 캐릭터를 지닌 사람들의 내적 욕망 내지 속성이 된다. 이에 비하면 '종달새'는 현실적 권력과 질서, 사회적 관계 등을 부정하지 않으면서 그 속에서 개인적 자유를 누리기를 원하는 존재로서 '자유주의자' 성향의 캐릭터를 표상한다. 하늘 높이 날기를 즐기지만 돌아올 곳을 두고 있는 것이 종달새거니와, 도요새 입장에서 보면 '기회주의자'로 여길 만한 캐릭터가 된다. 실제 도요새를 자기와 닮은 동물로 선택하면서 종달새가 마음에 안 든다고 한 내담자 중에 종달새를 기회주의자로 비판한 사례가 있었다. 이 이야기에 큰 관심을 나타내면서 적극적인 서사반응을 나타낸 경우 흥미로운 진단상담이 가능했다는 점에서 「굴뚝새」의 진단서사로서 유효성은 꽤 높다고 할 수 있다.

「굴뚝새」이야기와 관련한 진단 및 상담과 관련해서 한 가지 특기할 바는 캐릭터와 처지 간의 괴리 문제다. 도요새나 종달새, 독수리나 굴뚝새, 아니면 암탉이나 수탉이든 그가 캐릭터와 어울리는 자리에서 움직이고 있을 경우 그것은 서사적으로 별문제가 되지 않는다. 하지만 캐릭터와 실제 상황 사이의 괴리가 두드러진 경우 서사적 문제가 발생할 가능성이 크다. 예컨대 도요새 캐릭터를 가진 사람이 현실적 업무와 책임을 짊어지고 있을 경우 내적 불화가 발생할 수 있다. 실제로 시검자 가운데 '날개가 무겁게 눌려 있는 도요새'로 분석될 만한 사례가 있었다. 만약 그 날개가 그대로 꺾이게 된다면 심각한 문제가 될 것이다. 캐릭터를 쉽게 바꾸기는 어렵다는 점에서, 마음껏 날 수 있는 길을 어떻게든 찾는 것이 필요한 과제가 된다. 종달새 캐릭터의 경우 '즐거운 나의 삶'에 대한 지향성이 큰 쪽이라 할 수 있는데, 그에게 독수리 같은 역할이 주어진다면 그 또한 서사적 불화가 될 수 있다. 서 있는 곳을 바꾸거나 필요한 자유 시간을 확보하는 방향의 서사적 조정이 필요한 경우가 된다. 반대로 독수리나 굴뚝새 캐릭터를 가진 사람의 경우에는 그 존재감이 무시되고 역할이 부정될 때 어려움을 겪게 될 것이다. 어울리는 역할을 찾아서 성취와 인정을 확보해가는 방향의 서사적 설계가 필요하다.

이와 같은 해석은 다소 무리한 확대해석으로 여겨질 수도 있을 것이다. 하지만 작품서사 속에 이런 진단적 해석과 상담을 위한 유의미한 단초가 실제로 깃들어 있다는 사실을 강조하고 싶다. 그 단초를 잘 찾아서 문학치료 활동을 잘 전개해갈 때, 그것은 유례를 찾아보기 어려운 새로운 형태의 진단과 치료 과정으로서 힘을 발휘할 것이라고 믿는다. 이는 MMSS에 포함된 26개 설화 모두에 해당하며, 그 외의 다른 수많은 문학작품에도 적용된다. 하나의 단적인 사례로 「굴뚝새」에 대해 이야기했을 따름이다.

MMSS에서 하나의 작품에 대한 서사반응은 다른 작품에 대한 반응과 상호 연계한 해석이 이루어지게 됨을 앞서 「주먹이」사례에서 언급한 바 있다. 「굴뚝새」를 포함한 다른 작품도 마찬가지다. 참고로, MMSS에는 동물 상징을 통해 자기서사 특성을 짚어내는 형태의 이야기와 문항이 더 있다. 호랑이가 등장하는 이야기와 「고슴도치 한스」, 「브레멘 음악대」 등이 그것이다. 그중 「브레멘 음악대」의 다음과 같은 문항들은 「굴뚝새」의 문항들과 의미적 연관이 설정되어 있다.

Y-1. 내가 이야기 속에 있다면 저 일행 안에 들어있을 것이다.　🐾×▽⋯△○☼

Y-2. 내가 저 일행에 포함된다면, 네 명 중 _____번째 순서로 들어갔을 것이다.

　　※보충설명: ＿＿＿＿＿＿＿＿＿＿＿＿＿＿＿＿＿＿＿＿＿＿＿＿.

Y-3. 내가 좋아하는 동물을 아무거나 생각나는 대로 세 가지 쓴다면?

　　① ＿＿＿＿＿　② ＿＿＿＿＿　③ ＿＿＿＿＿

　세 문항 중 Y-2는 2차 시안 V.2부터 적용했던 것인데, 반응이 흥미로웠다. 1~4번의 순서 가운데 시검자가 선택한 번호에 해당하는 동물이 해당 시검자의 캐릭터와 의미 있는 연결성을 나타내고 있었다. 상담활동을 진행한 결과 2번을 선택한 시검자는 개를, 3번을 선택한 시검자는 고양이를 좋아하는 경우가 많았다. 1번을 선택한 한 내담자는 자기 별명이 '동키'였다며 놀라움을 나타내기도 했다. 네 번째 순서를 택한 내담자들한테 '수탉'에 대해 물으니 대개 긍정적인 반응을 나타냈다. 시검자들이 선택한 순서를 캐릭터와 바로 연결하는 것은 무리한 일이겠지만, 그것이 자기서사 진단상담의 유효한 실마리가 됨은 분명하다. 시검자가 「브레멘 음악대」에 대해 강한 관심과 서사적 연결성을 나타낸 경우 특히 그러하다.

　위 문항들과 「굴뚝새」의 연관성은 수탉과 도요새, 독수리 등이 그 매개항이 된다. Y-2에서 4번을 선택한 시검자가 「굴뚝새」의 W-2와 W-4에서 '수탉'이나 "배들이 불러서 그래" 등을 선택했다고 할 때, 그 시검자의 자기서사와 수탉 캐릭터의 연결 가능성은 단연 커지게 된다.[39] 다음으로, 문항

39　실제로 시검자 가운데 그와 같은 사례가 있었다. 그 학생 내담자한테 본 연구자가 해준 말은 '홍보' 쪽 진로를 적극 모색해보라는 것이었다. 일이 웬만큼 성사된 시점에 마지막

Y-2에서 2번이나 3번을 선택한 시검자들이「굴뚝새」에서 독수리나 수탉, 도요새 등을 선택할 가능성은 크지 않다. '이름 없는 새들'이나 개구리, 종달 새 등과의 서사적 연관이 더 높은 쪽이다. 순서를 1번으로 선택한 시검자의 「굴뚝새」에 대한 선택은 독수리나 굴뚝새가 될 가능성이 크며, 실제로 그렇 게 나타나고 있다. 한편, '도요새'의 경우는 Y-1 문항의 답과 관련성을 맺을 수 있다. '팀'을 이루기보다 혼자 움직이기를 원한다는 이유로 Y-1에 대해 부정적 답변을 하는 시검자가 있었거니와, 그 캐릭터성은 도요새와 의미적 연관이 높은 쪽이다. 실제로 자기와 닮은 동물로 도요새를 선택한 내담자에 게 Y-1과 관련해서 "그냥 혼자서 브레멘을 찾아갈 생각이 있느냐?"고 묻자 반색하면서 그게 딱 자기 스타일이라고 답한 사례가 있었다.

「브레멘 음악대」의 문항 Y-3은 기존 시안에 없었던 것을 최종안에 새 로 추가한 것이다. 가깝게는 Y-2와의 연계 속에 자기서사의 캐릭터성을 짚 기 위한 것이며, 다른 한편으로「굴뚝새」이야기에 대한 서사반응과 연결한 다는 숨은 의도도 담겨 있다. 그들 사이에 의미 있는 서사적 연관반응이 나 타난다면 자기서사 도출의 의미 있는 단서가 될 것이다.

덧붙이자면, 이러한 의미적 연관은 단지 '동물 상징'에만 한정되는 것이 아니다. 다른 여러 작품서사에서 나타난 다양한 반응 속에 캐릭터 연관성을 지니는 의미자질이 곳곳에 숨어 있는 터다. 그런 의미요소들을 찾아서 연계 하는 것은 그 자체 '서사적인' 작업이면서 흥미롭고도 유의미한 과정이 된다 는 것이 그간의 경험을 통해 확인한 사실이다. 앞으로 흥미로운 상담 사례들 이 쌓여가게 되면 서사적 해석의 표지가 더 풍부해지고 분석의 신뢰성도 높 아지게 될 것이다. 여럿이 함께 수행해가야 할 과업이 된다.

▷ 자유서술형 문항과 그 성격

MMSS 최종 시안의 말미에는 7개의 자유서술형 문항이 배치돼 있다.

으로 참여해서 남다른 목청(재능)으로 정점을 찍는 수탉 캐릭터가 홍보라는 역할과 의 미상 통한다고 보았기 때문이다.

기존 시안에서 최대 6개이던 것을 더 늘렸다. 문항을 늘린 대신 문항별 답안 작성란은 조금씩 줄였고, 서술 대상도 복수가 아닌 단수로 표현해서 시검자의 심적·시간적 부담을 줄이고자 했다. 그 7개 문항은 다음과 같다.

Φ 인물에 대한 종합 소감

Φ-1. 앞의 이야기들 속에서 자기하고 참 비슷하다고 느꼈던 인물이 누구였는지, 간단한 이유와 함께 쓰세요.

Φ-2. 앞의 이야기들 속에서 자기하고 아주 다르다고 느꼈던 인물이 누구였는지, 간단한 이유와 함께 쓰세요.

Φ-3. 앞의 이야기들 속에 부럽거나 닮고 싶은 인물이 있었다면 누구였는지, 간단한 이유와 함께 쓰세요.

Φ-4. 앞의 이야기들 속에 어이없거나 혼내주고 싶은 인물이 있었다면 누구였는지, 간단한 이유와 함께 쓰세요.

Σ. 작품에 대한 종합 소감

Σ-1. 앞의 이야기들 가운데 가장 흥미롭거나 감명 깊었던 것이 무엇이었는지, 그 이유와 함께 쓰세요.

Σ-2. 앞의 이야기들 가운데 가장 이해가 안 되거나 거부감이 들었던 것이 무엇이었는지, 그 이유와 함께 쓰세요.

Σ-3. 앞의 이야기들에서 '이건 꼭 고치고 싶다' 하는 내용이 있었다면 어떤 것인지 쓰고, 내용을 어떻게 바꾸고 싶은지 쓰세요.

　　문학치료에서 자기서사와 문학작품을 잇는 기본 매개체는 인물이다. 자유서술항에서는 인물에 대한 종합적 반응평가를 총 네 가지로 세분화함으로써 자기서사와 작품서사의 연결고리를 다양화하고자 했다. 작품에 대한 종합 소감은 긍정과 부정 등 두 가지로만 하되, Σ-3에서 '내용 고치기' 의견을 제시하게 함으로써 이야기에 대한 적극적 평가와 개입 의지를 지닌 시검자들이 의사 표시를 할 수 있도록 했다.
　　자유서술형 문항은 시검자의 자기서사와 관련성이 있는 작품서사를 찾는 좋은 연결고리가 되어줄 수 있다. 긍정적 반응을 나타낸 인물이나 작품 외에 부정적 반응을 나타낸 인물과 작품 또한 자기서사와 연관성을 지닌다고 전제할 수 있다. 20개 이상의 이야기와 그보다 더 많은 인물을 대상으로 한 선택인 만큼 그 자체로 유의미한 표지가 될 가능성이 크다. 하지만 자유서술항에 제시된 내용이 우선적인 중요성을 지니는 것은 아니라는 사실을 말하고 싶다. 각 문항 세트 내의 질문들에 무의식중에 보인 반응 속에 더 중요하고 특징적인 서사적 표지가 깃들어 있을 가능성이 상존한다. MMSS 진단분석은 그 특징적인 표지들을 찾아내는 것을 기본 과업으로 삼으며, 자유서술항 문항에 서술된 내용은 그것을 연관적으로 뒷받침하는 정보로 활용하는 방식을 취한다. 자유서술형 문항에서 찾은 단서를 바탕으로 해서 해당 작품서사를 찾아가 그에 대한 서사반응을 살피는 방향의 분석과정을 진행할 수 있지만, 이 경우에도 시검자가 쓴 내용에 이끌리지 않고 문항 반응에 숨어 있는 서사적 표지를 면밀히 검토하는 것을 과업으로 삼는다. 작품서사와 자기서사의 관계는 심층에서의 무의식적 연결성이 중요하다는 관점을 반영한 원칙이다. 문학치료학이 처음부터 강조해왔듯이 서사는 이면적 심층에서 움직이는 그 무엇이기 때문이다.

5   검사 결과 진단분석 프로세스
_____

앞의 4절에서 MMSS에 적용된 이야기들에 담겨 있는 진단 요소를 설명하고 구체적 문항들에 담긴 서사적 지표를 어떻게 해석하게 되는지를 예시적 형태로 설명했다. 모든 문항 세트에 대한 해설은 여기서 감당할 바가 아니고 매뉴얼의 몫이 될 것이다. 이제 여기서는 한 시검자가 작성을 완료한 진단지를 놓고 무엇을 어떻게 보면서 해석을 진행해가게 되는지를 전체 프로세스 형태로 설명하고자 한다. 지나치게 길고 번

다해지는 문제 때문에 구체적 예시를 많이 제시하지 못하는 점에 대해 이해를 구한다.

5.1 기초적이고 포괄적인 점검

MMSS 문항들에 대한 구체적 반응을 점검하기에 앞서 기초적으로 점검할 만한 몇 가지 사항이 있다. 작품서사에 대한 외적 반응에 해당하는 요소들로서, 시검자의 성향을 1차적으로 판단하는 데 유의미한 단서가 될 수 있는 것들이다. 시검자의 특성에 맞춘 상담활동을 준비하고 진행하는 데도 일정하게 참고할 사항이 된다.

▷ 설화와의 소통에 대한 친밀성과 호감도

MMSS에 담긴 설화들을 읽으면서 문제를 풀어나가는 과정을 얼마나 즐겁게 받아들이며 작성에 집중했는가 하는 문제다. 시검에 임하는 모습을 직접 지켜보면서 확인할 수 있고, 진단지 말미의 '자유 메모'에 쓴 소감을 통해서도 알아볼 수 있다. 답안 작성의 충실도 등을 통해 간접적으로 짐작해볼 수도 있다. 이야기에 대한 수용성과 친밀감 여부는 시검자 서사 발달 정도의 한 표지가 될 수 있다.

▷ 검사 소요시간과 응답의 충실성

시검자가 각 문항에 얼마나 충실히 답했으며, 작성시간은 얼마나 걸렸는지를 상호 연계해서 내담자의 서사적 감각과 성격 등을 짐작해볼 수 있다. 간단서술형과 자유서술형을 포함한 서술형 문항에 얼마나 성실히 답했는가 하는 점이 응답의 충실성을 가늠하는 주요 지표가 될 수 있다.

작성 소요시간과 응답의 충실성을 상호 연계하여 다음과 같은 성격적·서사적 표지를 얻을 수 있다. 첫째, 짧은 시간에 성실한 응답을 한 경우 단호함과 직관성, 높은 서사감각 등을 암시하는 표지가 된다. 둘째, 짧은 시간에 부실한 응답을 한 경우 서사에 대한 관심과 집중력 부족의 표지가 된다. 셋째, 긴 시간에 걸쳐 부실한 응답을 한 경우 높은 신중성 또는 결단력 부족의 표지가 될 수 있다. 넷째, 긴 시간에 걸쳐 충실히 응답한 경우 성실성과 신중성의 표지가 된다. 다만 너무 긴 시간 동안의 작성은 '생각 많음'의 표지가 될 수도 있다. 작성에 6시간 이상이 걸린 한 학생의 사례가 그러했다.

진단지 소요시간과 충실성은 기본적으로 상대적 기준에 따르며, 그 자체로서 단순하고 불완전한 것으로서 말 그대로 참고사항일 뿐이다. 진단이나 상담에 앞서 선입견으로 작용하면 곤란하다.

▷ 선택형 답안 분포도에 따른 성향 분석

7점 척도로 된 선택형 답지, 즉 🦟⊠▽…△◯☼로 제시된 선택지 중에 전반적으로 어떤 선택의 성향을 보였는가 하는 문제다. 첫째, 🦟나 ☼ 등 양극단의 답지를 주로 선택한 경우 성격상의 단호함을 나타내는 표지가 되며, 다른 한편으로 융통성 부족의 표지가 될 수 있다. 실제로 80% 이상의 문항에 대한 답을 이 둘 중에서 선택한 시검자도 있었는데, 상담을 진행한 결과 자기 생각과 안 맞는 사람을 딱 잘라내는 성향이 있음을 스스로 인정하기도 했다. 둘째, ˙7점 척도의 가운데 부분, 곧 …와 ▽, △를 특별히 많이 선택한 경우 성격상의 신중함을 나타내는 표지가 되며, 다른 한편으로 결단성 부족의 표지가 될 수 있다. 90% 이상의 선택을 이 세 답지 중에서 선택한 시검자들도 있었다. 상담을 진행한 결과 이런 선택을 한 시검자 중에 겉으로는 씩씩하고 단호한 것처럼 행동하지만 내적으로 큰 압박감 속에서 많은 고민에 갇혀있는 사례가 있었다. 셋째, 일곱 가지 선택지가 골고루 분포하는 경우 문제와 상황별로 분화된 판단력과 대응력을 암시하는 표지가 될 수 있다.

다만 이 또한 외적 특성에 따른 불완전한 예측으로서 섣부른 추단은 곤란하다. 각 문항 세트의 마지막 문항, 곧 '이 이야기가 마음에 든다'에 대해 거의 모든 답을 '…'(모르겠다)로 해서 본 연구자를 당황하게 한 시검자가 있었는데 상담을 진행한 결과 이야기마다 마음에 드는 점과 그렇지 않은 점을 함께 보이는 터라서 그렇게 답할 수밖에 없었다고 말하는 것이었다. '…'를 선택한 것이 결단성 부족보다 관점의 다면성을 나타내는 표지였던 것이다.

5.2 특징적 서사반응 점검:
문항과 작품 차원

진단지 작성 결과에 대한 본격적인 분석은 각 문항에 대한 선택과 서술을 점검하면서 시작된다. 말미의 자유서술형 문항에 나타난 정보를 먼저 살피면서 작중 인물과 작품에 대한 전반적 소감을 확인하는 것이 효율적일 수 있으나, 진단 결과 분석에 선입견으로 작용할 수 있으므로 이야기 지문과 연결된 문항에 대한 답변부터 검토하는 것을 권장한다. 시검자가 작성한 순서에 맞추어 각 문항 세트의 문항들을 1번부터 순차적으로 짚어나가는 것이 정석적인 방법이 된다.

MMSS 문항 반응을 점검함에 있어 모든 문항에 같은 비중을 두고 매뉴얼에 설명된 진단요소를 하나하나 살피는 것은 비효율적이며 그리 유익하지도 않다. 투사적 검사에 해당하는 MMSS는 일반적이거나 평균적인 반응보다 예외적이고 특징적인 반응에 중점을 둔다. 그런 반응들에 자기서사의 단서가 유의미하게 담겨 있을 가능성이 크다. 이때 특징적 반응의 점검과 체크는 1차적으로 문항 차원에서, 2차적으로 작품 차원에서 이루어진다. 단, 그것은 순서에 따른 차이라기보다 층위의 차이에 가깝다. 문항 차원의 특징들을 확인하면서 자연스럽게 작품반응 차원의 특징을 짚어갈 수 있게 된다. 문항과 작품반응 순서로 특징적 서사반응 점검의 포인트를 정리하면 다음과 같다.

▷ 특징적 반응이 나타난 선택형 문항 체크하기

7점 척도로 구성된 선택형 문항에서의 특징적 반응의 점검은 1차적으로 완전 동의(☼)나 완전 부동의(☠) 반응이 나타난 문항을 유의해서 체크할 만하다. 강한 긍정이나 부정의 반응은 유의미한 서사반응 표지가 될 가능성이 크다. 만약 시검자 반응에서 완전 동의나 부동의가 없는 경우 동의(◎)와 부동의(✕) 반응이 나타난 문항을 대신 체크하면 된다. 혹시 대다수 문항에 대한 반응이 ☼와 ✖ 및 ○와 ✕로 편향돼 있다면 거꾸로 소수 반응에 해당하는 …나 △, ▽를 선택한 문항이 체크 대상이 될 수도 있다.

이보다 실질적으로 더 중요한 점검 대상은 일반적 예측이나 경향을 벗어난 선택이 이루어진 경우라 할 수 있다. 일반적으로 '동의' 반응이 기대되며 실제로 대다수 시검자가 '동의' 쪽으로 선택하고 있는 문항에 시검자가 유독 '부동의' 반응을 나타냈다면 그 문항 반응은 특징적으로 표시해둘 만하다. 예컨대 앞서 인용한 바 있는 A-2의 '똥 속에 빠지기'나 N-9의 '복주께 올라타기' 같은 상황은 대다수 사람이 선뜻 접수하지 못하는 상황인데, 시검자가 이에 대해 '괜찮다' 내지 '할 수 있다' 쪽의 반응을 뚜렷이 나타냈다면 유의미한 자기서사 표지가 될 만한 특징적인 반응이라고 볼 수 있다. 이런 형태의 '남다른 반응'은 놓치지 말고 중점적으로 체크해둘 필요가 있다.

선택형 문항 가운데 '이유'나 '보충설명'을 쓰도록 한 부분에서 특징적인 반응이 나타난 문항도 그 내용과 함께 유의해서 체크할 필요가 있다. 한 예로 「지붕에 소 올리기」에 대해 '자식들이 지붕에 소를 올리려 하는 일'이 아주 마음에 든다는 반응을 나타낸 시검자가 있었는데, 이유를 물어보니 '소를 지붕에 올리는 것이 너무 신기하고 재미있는 일로 생각돼서'라면서 방법을 연구해보고 싶다는 것이었다. 이런 남다른 답변은 자기서사의 특징적 표지가 될 수 있다. 「해와 달이 된 오누이」에서 '호랑이가 된 엄마를 떠나지 못했을 것'이라고 선택한 시검자가 그 이유를 '엄마가 불쌍해서'라고 쓴 것도 기억에 남는 특징적 사례에 해당한다. 이런 반응 역시 그 한 가지만으로도 자기서사 특성을 단적으로 드러내주는 요소가 될 수 있다.

▷ 특징적 반응이 나타난 서술형 문항 체크하기

MMSS 문항들 가운데는 객관식 선택형 대신 단답형이나 단문형 서술을 요청한 것들이 있다. 이들 문항에 대한 시검자의 답변에 특징적인 요소가 반영될 가능성이 크다. 그러한 반응이 나타난 문항은 유의미한 점검 분석 대상으로 체크해둘 필요가 있다.

예를 하나 들어보면, 「두 나그네」의 X-2는 이틀 또는 이레가 걸리는 숲에 들어갈 때 며칠분 식량을 준비할지 묻는 문항이 있는데 일반적인 답변은 7일분이나 8~9일분(약간의 여분 포함) 쪽으로 나타났다. 이 문항에 2일분이나 3~4일분 쪽을 선택했다면 특징적인 반응이 된다. 그렇게 선택한 이유까지도 유의해서 살필 필요가 있다. 한편 이 질문에 10일 이상의 수치로 답한 경우도 있는데, 이 또한 특징적인 반응이 된다. 역시 그 이유를 유의해서 점검할 필요가 있다. 과다한 걱정과 준비성의 표지일 수도 있고, 주변 사람에 대한 깊은 배려의 표지일 수도 있다. 실제로 10일분 이상의 식량을 챙기는 이유를 함께 가는 동행자나 또 다른 사람에게 나눠주기 위해서라고 답한 시검자가 있었다. 자기서사 특성을 단적으로 보여주는 반응이 된다. 「두 나그네」에 해당하는 또 다른 사례로서 X-5의 '나였다면 옆에서 굶는 재봉사에게 어떻게 했겠느냐'의 취지의 질문에 '보란 듯이 놀리면서 혼자만 먹겠다'고 답한 사례도 있었다고 한다. 역시 자기서사 특성과 단적으로 연결된 반응이 된다.

예를 하나만 더 들어본다. 「백설공주」의 G-5는 '마법의 거울이 있다면 한 달에 몇 번이나 거울을 볼 것인지'를 임의로 기입하는 난이 있는데, 아주 작거나 큰 숫자를 쓴 경우 특징적 반응으로 체크해둘 만하다. 한 달에 3번 이하, 또는 100번 이상으로 쓴 사례들이 있었다. 가장 많게는 1만 번이라는 반응도 나타났다. 이는 일반적 경향에서 벗어난 특징적 반응이 된다. 이 문항에 대한 가장 인상적인 답변은 '0번'이었는데, 그 이유가 '거울이 뭐라고 말할지 무서워서'였다. 자기서사 특성을 단적으로 보여주는 반응이 된다. G-5 문항에는 거울을 보면서 할 질문을 서술하는 난도 마련돼 있는바, 이 부분에도 특징적 서술이 이루어질 가능성이 크다. 성격적 특성이나 관심사, 숨은 고민 등이 단적으로 드러날 수 있다. 유의해서 체크할 사항이 된다.

▷ **특징적 작품반응이 나타난 정서반응형 답안 체크하기**

다음은 특징적인 작품반응의 문제다. 작품 차원의 특징적 반응은 자기서사와 작품서사의 연결고리가 될 수 있어서 눈여겨 살필 필요가 있다.

이때 1차적인 점검 대상이 되는 것은 26개의 이야기마다 맨 마지막 문항으로 제시한 종합 정서반응형 형태 문항에 대한 반응이다. '나는 이 이야기가 마음에 든다'에 대해 7점 척도로 반응한 뒤 이유를 쓰도록 한 문항이다. 이 문항에 대해 강한 긍정반응이나 부정반응을 보인 경우 그 유의미한 표지로서 체크 대상이 된다. 특히 다른 이야기들과 달리 일부 작품에서만 그런 반응이 나타난 경우 더욱 주목할 대상이 된다.

이 문항은 '이유'에 대한 서술도 유의해서 살필 필요가 있다. 이 문항 형식은 모든 이야기에 공통된 것인데다 내용이 포괄적이어서 이유 서술을 생략하거나 간단히 쓰고 넘어갈 수도 있는데, 일부 이야기에 대해서만 선호나 비선호 반응의 이유를 자세히 기술했다면 유의미한 표지가 된다. 이유가 구체적으로 어떤 것인지도 당연히 주목할 사항이 된다. 간혹 그 이유에 '잊지 못할 경험'이나 '간절한 소망' 같은 것이 담기는 경우도 있거니와, 그것은 자기서사를 구성하는 중요한 의미요소가 될 수 있다. 이런 반응이 나타난 작품을 관심 깊게 체크해두는 것은 극히 당연한 일이다.

▷ 특징적인 문항반응이 중첩된 작품 체크하기

작품 차원의 반응은 시검자가 직접 작품에 대해 강한 긍정이나 부정을 한 경우보다 구체적 문항들에서 특징적인 응답이 나타난 경우가 더 유의미한 특징이 될 수 있다. 특히 한 작품에 대한 여러 질문에서 거듭해서 특징적인 반응이 나타난 경우 그 작품은 자기서사와 관련될 가능성이 크다고 예측할 수 있다. 앞서 문항 차원의 특징적 반응에 대해 설명했거니와 그런 반응이 한 작품에 해당하는 여러 문항에서 거듭 나타날 경우 작품 차원에서도 유심히 체크해둘 필요가 있다. 한 작품에 해당하는 거의 모든 문항에 특징적인 반응이 나타난 경우는 두말할 것도 없다.

한 가지 추가로 확인하고 체크할 바는 한 작품에 해당하는 문항들 사이의 반응에 논리적 모순이 될 만한 엇갈림이 나타나는 경우다. 앞서 「주먹이」에 대해 설명하면서 '모험에 대한 욕망'과 '곤경에 대한 거부반응' 사이의 엇갈림을 언급했거니와 이런 식의 낙차가 두드러지게 나타난 경우 그 현상 및 작품을 유의미하게 체크해둘 필요가 있다. 이에 대한 다른 사례로서 주먹이와 통하는 모험적인 인물인 잭과 트릭스터 캐릭터에 해당하는 정만서에 대한 반응을 들 수 있다. 잭에 대해 젖소를 콩과 바꾼 뒤 콩나무를 심어 하늘로 올라가는 모험을 적극 긍정하면서 괴물 거인과 맞서는 일에 대해서는 부정적이거나 회피적인 반응을 나타낸 사례들이 있었는데 유의해서 체크해둘바가 된다. 정만서의 경우 그가 한 명의 인물임에도 상반될 정도의 양면적서사반응을 나타내는 경우가 꽤 나타나고 있거니와, 이 또한 잘 체크해두었다가 진단상담의 대상으로 삼을 사항이 된다. 그 작품서사를 매개로 자기서사의 이면적 심층이 드러나게 될 가능성이 상존한다.

한 작품에 대한 서사반응에서 논리적 엇갈림이나 낙차는 매우 다양한형태로 나타날 수 있거니와, 서사반응 결과를 놓고 그것을 포착하기 위해서는 서사적 감각과 분석력이 필요하다. 매뉴얼로써 두루 커버하기 힘든 요소이며 슈퍼바이저가 대신하기도 어려운 과업이 된다. 문학치료사가 각자 서사분석의 전문성을 높여가는 한편으로 다양한 상담경험을 축적해가는 것외에 다른 도리가 없다.

▷ 자유서술형에서 시검자가 선택한 작품 체크하기

작품 차원의 특징적 반응에 대한 점검은 말미의 자유서술형 문항들에시검자가 기입한 내용들을 통해 한 번 더 수행할 수 있다. 30개 가까운 이야기 중에서 시검자가 특별히 마음이 가거나 거부감이 드는 것으로 고른 이야기는 어떤 식으로든 유의해서 살필 가치가 있다. 만약 인물에 대한 종합 소감(Φ)과 작품에 대한 종합소감(Σ) 부분에서 특정 작품이 거듭해서 언급된 경우 그 작품서사는 자기서사적 연관성이 높은 것으로 가정해볼 만하다. 그 이유를 눈여겨 살피는 한편으로 해당 작품에 대한 서사반응을 되짚어 점검할필요가 있다. 만약 해당 작품이 문항 차원의 반응들에서도 특징적인 양상이나타난 상태라면 그 작품은 진단상담은 물론 후속 상담활동에서 유력한 후보가 될 가능성이 커지게 된다. 어떤 질문과 대화를 통해 해당 작품서사와시검자 자기서사의 연관성을 점검해갈지에 대해 진지하고 신중하게 준비할대상이 된다.

5.3 서사반응의 종합적
연계 분석: 자기서사 차원

문항 차원의 반응과 작품 차원의 반응에 대한 점검에 이은 MMSS 검사 결과 진단분석의 최종 단계는 여러 작품과 문항을 상호 연계하면서 두드러진 자기서사 특성이라고 할 만한 사항들을 파악하는 일이다. MMSS 진단의 목적은 거기 포함된 26개 이야기 안에서 유의미한 자기서사 연관성을 찾아내는 데 있지 않다. 그 이야기와 문항들은 세상에 존재하는 수많은 작품서사와 시검자의 자기서사를 연결하는 징검다리 내지 허브(hub)로서 성격을 지닌다. 각 내담자와 치료적 상담활동을 진행하기 위한 최적의 작품서사는 MMSS 작품 이외의 것에서 폭넓게 찾을 수 있다. MMSS가 자기서사 종합 진단도구로서 유효한 통로 역할을 하기 위해서는 서사반응을 종합 분석하는 가운데 시검자 자기서사의 유력한 특징과 맥락을 짚어냄으로써 세상의 수많은 작품서사를 매개하는 기능까지 할 수 있어야 한다. 그 실질적 확인점검은 대면 상담의 몫이겠지만, 진단 결과 분석을 통해 그것을 위한 밑그림을 그릴 수 있을 때 일련의 상담치료 과정을 효과적으로 설계하고 진행할 수 있다. 이것저것 찔러보는 식의 진단이나 미흡한 단서로 무리하게 넘겨짚는 식의 진단은 오히려 유효한 치료상담의 적이 될 수 있음을 강조하고 싶다.

▷ 서사반응의 전반적이고 두드러진 특징 점검

26개 이야기 30개 문항 세트에 걸친 171개 문항에 대한 선택형, 서술형 답변과 말미의 자유서술형 답안까지 MMSS 검사 결과에 반영된 정보는 무척 다양하다. 선택형에 2점이나 5점이 아닌 7점 척도를 적용했기 때문에 더 많은 변수와 표지가 담겨 있다고 할 수 있다. 그 서사반응들을 종합적으로 고려해서 시검자 자기서사의 전반적 성향과 특징에 대한 예측적 판단을 일정하게 할 수 있으며, 이를 후속 상담의 참고자료로 삼을 수 있다. 전반적 성향 점검에서 유의해서 살필 사항은 다음과 같다.

첫째, 서사반응에서 존재적 성향과 관계적 성향 중 어느 쪽이 두드러진가의 문제다. MMSS에 적용된 설화 속 인물들 가운데는 존재적 지향이 강한 인물과 관계적 지향이 강한 인물이 골고루 들어있거니와,[40] 시검자가 그 중 어느 쪽에 더 밀착된 반응을 보이는가를 유심히 체크해볼 만하다. 참고로 주먹이와 백설공주, 정만서, 잭, 석숭, 도요새, 무수옹 등이 존재적 지향성이 강한 쪽이라면 바이칼, 왕비, 신선비 아내, 팥죽 할머니, 남자(「지네 각시」), 구두장이(「두 나그네」) 등은 관계적 지향성이 강한 쪽으로 분류할 수 있다. 이들 인물에 대한 캐릭터적 연결성 외에 갖가지 쟁점적 상황에서의 서사반응에서도 존재성과 관계성의 표지가 다양하게 나타날 수 있다. 물론 시검자에 따라 두 측면이 다 강하게 작용하는 것으로 나타나는 경우도 얼마든지 있을 수 있다. 이 또한 시검자의 전반적 특성으로 체크해둘 수 있다.

시검자가 인간관계 측면에서 여러 기초서사 영역 중 어느 쪽에 높은 관심과 연결성을 보이는지도 중요한 점검 대상이 된다. 자녀서사·남녀서사·부부서사·부모서사·형제서사·사회서사 영역의 문제다. 각 영역에 골고루 관심을 나타낼 수도 있으나 그중 한두 영역에 관심을 집중하는 가운데 특징적 반응을 많이 나타낼 수 있다. 이 경우 해당 서사 영역이 시검자의 자기서사에서 중요한 축을 이루는 것으로 예측해볼 수 있다. 시검자가 특정 서사 영역에 깊은 연결성을 나타낸다고 할 때 시검자가 특별히 견착돼 있는 지점이 있는지도 눈여겨볼 사항이 된다.

다음으로 문학치료에서 지속적으로 관심을 가져온바 인간관계 방식에서의 가르기와 밀치기, 되찾기, 감싸기 중 어느 쪽이 두드러지게 나타나는지를 점검할 필요가 있다. 관계 전반에 나타나는 경향과 함께 특정 기초서사 영역에서 일부 관계 방식이 두드러지게 나타나는지 여부를 눈여겨 살펴보아야 한다. 예컨대 부모에 대한 감싸기 반응이나 이성에 대한 가르기 반응, 타인에 대한 밀치기 반응 같은 것이 특별히 두드러지게 나타날 경우 자기서

---

40 존재적 지향성이 강한 인물과 관계적 지향성이 강한 인물의 차이와 구체적 사례에 대한 논의는 신동흔, 「문학치료를 위한 서사 분석 요소와 체계 연구」, 『문학치료연구』 49, 한국문학치료학회, 2018, 63-70면 참조.

사의 중요한 표지가 될 수 있다. 엄마나 시아버지, 오빠, 남동생, 직장 선배 등 구체적인 특정 인물이 밀치기나 감싸기 등의 특징적 대상으로 말해지는 경우 중요한 사항으로 체크해두었다가 상담을 통해 확인 점검할 바가 된다.

끝으로 한 가지 더 짚고 넘어갈 것은 작품 속의 인물에 대한 캐릭터적 연결 반응이다. 시검자가 특정 캐릭터에 강한 연결성을 보인다고 할 때 그것은 두드러진 서사적 특성으로서 의의를 지닐 수 있다. MMSS 이야기 지문과 문항은 다양한 형태로 캐릭터적 연결고리를 배치해두고 있거니와, 이에 대한 반응을 종합해서 시검자의 캐릭터적 성향에 대한 단서를 찾고 이를 후속 상담활동의 유효한 축으로 삼을 필요가 있다.

▷ 반응의 종합적 연계를 통한 핵심적 서사 요소와 맥락 점검

앞서 문항반응과 작품반응에서 특징적인 사항들을 체크해나갈 필요가 있다고 했거니와, 체크가 일단락된 뒤에 문항 전체를 조망해보면 여러 이야기에 해당하는 다수 문항에 걸쳐 반복적으로 나타나는 특징적 서사반응 내지 서사 요소가 부각될 수 있다. 예를 들면, 위험과 곤경에 대한 강한 불안감, 현실사회에 대한 부정적 반응과 도피 성향, 주변 사람들이나 맡은 일에 대한 강한 책임감, 어떤 문제든 해결 가능하다고 하는 낙관적 태도와 자기효능감, 비규범적 행동이나 부정의에 대한 강한 비판과 거부, 타인의 평가에 대한 민감한 반응, 성(性)에 대한 민감한 반응, 물질적 풍요와 성공에 대한 강한 지향, 특정 대상에 대한 복수심과 공격성 등이다. 그 특징은 시검자에 따라 제각각 다르게 나타날 수 있다. 그것은 시검자 자기서사의 핵심적인 요소와 맥락을 이룰 가능성이 큰 것으로 특별히 유의해서 점검할 필요가 있다. 또한 후속 상담을 설계하고 진행함에 있어 하나의 단서를 넘어서 중요한 축을 이룰 수 있다.

시검자의 서사반응에서 두드러진 서사 요소나 맥락을 짚어냄에 있어 하나의 중요한 단서가 되는 것이 각종 서술형 답안에 나타난 키워드들이다. 시검자들이 답안을 서술함에 있어 의식·무의식중에 자기서사의 포인트가 되는 요소들을 표현할 가능성이 크거니와, 서술 내용을 종합적으로 살펴보면서 인상적인 키워드들을 찾아볼 필요가 있다. 살인, 천국, 환생, 파멸, 진저리 등과 같이 일반적 예상 범위를 벗어나는 뜻밖의 단어들이 보이는 경우 이를 유의해서 체크할 필요가 있으며, 특정 단어나 표현이 반복적으로 나올 경우 이를 중요하게 체크해둘 수 있다. 키워드는 '나', '엄마', '아빠', '남편', '책임', '자유', '독립', '돈', '죽음', '슬픔', '행복', '고통' 등 명사 형태일 수도 있고 '힘들다', '좋다', '모르겠다', '밉다', '화나다', '떠나다', '싸우다', '버리다', '하고 싶다', '해야 한다' 등의 서술어 형태일 수도 있다. 한 예로 시검자 중에 '책임'이라는 명사와 '해야 한다'는 서술어를 반복적으로 쓰고 있으면서 그걸 스스로 인지하지 못하고 있는 사례가 있었는데, 상담을 진행해본 결과 예상한 바와 같이 '과도한 책임감'이 자기서사의 핵심적 특징을 이루고 있었다. 흩어져 있는 여러 정보를 연결해서 종합함으로써 핵심적 키워드와 맥락을 찾아나가는 것은 자기서사 진단분석의 중요한 포인트이자 고도의 기술이 된다.

▷ 자기서사와 작품서사의 다양한 연결 가능성 도출

MMSS 검사 결과를 통해 드러난 자기서사 특성 진단분석의 최종 단계는 개별적이고 종합적인 점검을 통해 드러난 특징적인 요소들에서 작품서사와의 서사적 연결성을 도출하는 일이다. 자기서사는 수많은 작품서사와 다양한 방식의 연결성을 지니고 있거니와 연결의 강도와 밀도가 높은 작품서사를 잘 찾아내는 일은 유효한 문학치료 상담활동을 위한 관건적 과제가 된다. MMSS 검사 결과 진단분석을 통해 이를 위한 여러 '가능성'을 찾아낼 수 있으며, 그 가능성이 진단상담을 통해 실제적인 것으로 확인되면 곧바로 유효한 치료상담 과정으로 나아가는 통로로 삼을 수 있게 된다.

앞서 작품 차원의 특징적인 반응 점검 과정을 설명했거니와 그 과정을 통해 MMSS에 포함된 작품서사 가운데 자기서사와 유의미한 연결성을 지닌다고 판단되는 것들을 도출하는 작업을 유효하게 행할 수 있다. 문제는 문학치료 상담활동을 위한 작품서사가 MMSS에 적용한 26개 설화로 한정되지 않는다는 사실이다. 시검자 자기서사와 더 깊고 유의미한 연결성을 지니는 작품서사가 MMSS 밖의 문학작품들에 있을 가능성이 활짝 열려 있다. 문학치료에서 주목하는 설화만 하더라도 수많은 사람의 자기서사와 다양하게 연결될 수 있는 특징적인 것들이 무수히 많으며, 장르 범위를 넓히면 국내외의 동화와 소설, 만화, 영화, 드라마 등에서도 핵심적 연결 가능성을 지니는 것들을 폭넓게 찾을 수 있다. MMSS는 시검자의 자기서사를 그중 특별히 유효한 작품서사와 연결시켜주는 연결고리 역할을 수행할 수 있어야 한다. 이때 그 연결은 종합적 진단분석을 통해 나타난 두드러진 서사 특성들을 매개로 해서 이루어진다고 할 수 있다.

이러한 진단분석은 문학작품과 작품서사에 대한 폭넓고 깊은 이해와 정확한 분석능력을 요하는 것으로서, 어렵고 복잡한 과제가 된다. 여기서는 몇 가지 비근한 예를 들어서 그 방식과 체계를 개략적으로 설명하는 것으로 이를 대신하고자 한다. 만약 시검자의 MMSS 작성 결과에서 '부모에 대한 강한 책임감'이 두드러진 특성으로 나타났다면 그 자기서사는 '심청의 서사' 와 연결될 가능성이 매우 크다고 할 수 있다. 특히 시검자가 가장 구실을 하고 있다면 더 말할 것도 없다. 심청 외에도 국내외의 수많은 효자효녀 이야기들이 그의 자기서사와 음으로 양으로 연결될 가능성을 상정할 수 있다. 만약 시검자가 남녀차별의 질곡에 저항하면서 사회적 주역으로 자기를 우뚝 세우고자 하는 지향성을 두드러지게 드러내고 있다면 그 자기서사는 「세경본풀이」 자청비의 서사와 연결될 가능성이 크다. 또는 홍계월이나 박씨 부인 등 여성 영웅소설 주인공의 서사와의 연결도 상정할 수 있다. 특징의 구체적 연결성을 따져보아야 할 바가 된다. 끝으로 한 가지 예만 더 든다. 만약 어떤 시검자가 배우자한테 묶여서 제 삶을 못 살고 있다는 태도를 특징적으로 드러낸다면 그 자기서사는 「선녀와 나무꾼」 속 선녀의 서사와 연결성을 가질 가능성이 크다고 할 수 있다. 역으로 어떤 시검자가 자꾸만 곁을 떠나려 하는 배우자에 대한 고민을 특징적으로 나타낼 경우 그의 자기서사는 나무꾼의 서사와 부합할 가능성이 크다. 만약에 한 부부가 이런 특성을 동시적으로 나타낸다면 「선녀와 나무꾼」이 부부상담을 위한 유력한 작품적 매개체가 되어줄 수 있을 것이다.

이 장을 마감하기에 앞서 다시 한번 밝히는 바는 이상과 같은 진단분석이 어디까지나 '가능성'을 전제로 한 예측 차원의 점검으로서 명백한 제한성을 지닌다는 사실이다. 혹시라도 그것이 성급한 예단이 되면 후속 상담에 심각한 왜곡과 역효과를 낳을 수 있다. '기초적 예측'으로 의의를 한정한 상태에서 열린 형태의 상담활동을 통해 착실히 특성을 짚어나가는 과정을 밟아야 함을 강조한다. 삶을 움직이는 문학으로서 자기서사는 섣부른 예측과 손쉬운 판단을 뛰어넘는 한없이 깊은 무엇임을 언제라도 잊지 말아야 한다.

6   문학치료 상담에서 MMSS 활용

6.1 MMSS 검사와
진단상담

문학치료 상담에 있어 MMSS의 역할은 상담활동에 앞서 자기서사에 대한 기초적이고 종합적인 진단을 행함으로써 유효한 상담활동의 실마리를 찾는 데 있다. 내담자와의 첫 만남에서 기초 면담과 대화를 통해 라포를 형성하고 필요한 기본 정보들을 수집한 데 이어 2회기에 MMSS 검사를 진행하는 것이 적절한 절차가 될 것이다. 검사에 앞서 MMSS의 성격과 활용에 대한 내담자의 이해와 동의를 얻어야 함은 물론이다. 검사 단계에서 MMSS 외에 다른 심리검사나 성격검사를 병행할 것인지의 문제는 상담자와 내담자가 결정할 바가 된다. 필요한 경우 심리검사를 2회기에 수행하고 MMSS를 3회기에 진행하는 구성도 가능하다.

MMSS 진단지 작성은 대략 90분 내외가 소요될 수 있고, 내담자에 따라 2시간 이상이 걸릴 수도 있다. 깊게 고민하기보다 느낌대로 착착 풀어나가도록 안내하기를 권한다. 시간 절감 효과 외에 직관적인 반응이 더 정확한 것이 될 수 있음을 말하고 싶다. 만약 시간이나 기타 여건이 여의치 않을 경우 모든 문항 세트를 작성하도록 하는 대신 일부를 제외한 형태로 진행할 수도 있다. 이때 어떤 문항 세트를 넣고 뺄 것인지는 상담자가 내담자 특성 등을 종합적으로 고려해서 결정할 사항이 된다. 단, 시간이 좀 넘치더라도 내담자의 동의와 이해를 거쳐 MMSS의 모든 문항을 작성하도록 하는 것이 최선이라는 사실을 밝혀둔다.

내담자가 작성을 완료한 MMSS 진단지를 제출하면 문학치료 상담사는 앞서 설명한 원리와 프로세스에 따라 검사 결과에 대한 다각적인 분석을 수행한 뒤 특징적인 사항들을 체크해서 '진단상담'을 설계하게 된다. 진단상담은 MMSS 결과를 반영한 기초적이고 종합적인 진단 중심의 상담을 뜻한다. 필요한 사항에 대한 확인점검식 대화로 진행하게 되며 한 회기에 일단락할 수 있다. 다만 장기적 치료상담을 계획하고 있는 경우 진단상담을 2회기에 걸쳐 좀 더 다각적으로 진행하는 구성도 가능하다.

MMSS 검사 결과에 입각한 진단상담은 대략 다음과 같은 다섯 가지 과정으로 행하게 된다.

① 내담자의 작성 소감 및 자기평가 듣기: 내담자가 MMSS를 통해 이야기들을 만나면서 검사를 진행한 데 대한 소감을 자유롭게 말하는 과정이다. 이야기와 만나면서 스스로에 대해 새롭게 발견한 사실이 있는지 묻고 대답을 듣는 것도 좋다. 어떤 작품과 인물이 인상적이었는지를 '기억진술' 형태로 말하도록 하는 것도 유익한 대화 과정이 된다.

② 상담자(분석자)의 기본 소감 공유: MMSS 작성 결과를 보면서 문학치료 상담사가 서사전문가로서 느낀 인상적인 특징에 대한 소감을 간단히 전달하고 내담자의 반응을 확인하는 과정이다. 내담자한테서 나타난 흥미로운 서사반응과 특징적인 장점 등을 화제로 삼을 수 있다. 부정적 논평은 진단상담 단계에 어울리지 않는다.

③ 상담자가 갖게 된 주요 의문사항들에 대한 질문: 내담자가 작성한 답변 가운데 왜 그리 답했는지 의문이 남았던 것들에 대해 질문하고 답

을 듣는 과정이다. 미리 질문의 우선순위를 정해둔 상태에서 상황에 따라 자연스럽게 대화를 이어가는 형태가 어울린다. 궁금했던 사항들을 점검하는 것 외에 특별한 서사반응의 맥락을 질의응답 형태로 확인하는 절차로 활용할 수도 있다.

④ 자기서사와 연결 가능성이 있는 작품들의 확인 점검: MMSS에 포함된 작품들 가운데 자기서사 연결성이 있다고 생각되는 것들을 대상으로 기초적인 대화 토론을 진행하는 과정이다. 이 과정은 예비한 순서에 따라 시간을 적절히 배분해서 진행하게 된다. 자유토론식 열린 대화를 기본으로 하면서, 특징적 반응을 자연스럽게 화제로 포함하여 점검해갈 수 있다. 작품반응에 작용한 내담자의 생애 경험을 적절한 수준에서 이끌어내면서 라포를 확장해가는 것도 유익한 활동이 될 수 있다.

⑤ 후속 상담활동 과정과 대상 작품의 결정: 진단적 점검 과정이 일단락되면 후속 치료상담 과정에 대한 안내와 협의를 진행한다. 포인트는 어떤 이야기들을 상담활동의 통로로 삼을 것인가의 문제다. 사전 진단분석과 진단상담 결과를 종합해서 상담에 적용할 작품서사들을 제시하고 내담자의 동의를 얻는다. 내담자와 협의를 통해 본격 상담활동의 첫 대상으로 삼을 작품서사를 잘 선택하는 일이 중요하다. 그 이후에 적용할 작품서사는 상담활동을 진행하면서 조정해갈 수 있다.

6.2 본격 치료상담
진행과 MMSS

진단상담에 이은 본격적인 치료적 상담활동의 과정은 본 연구의 주제인 진단을 넘어서는 차원의 과제가 된다. 이 과정은 상담치료 일반 및 문학치료 상담활동의 일반 원칙과 체계에 따라 진행해가면 될 것이다. 다만 그 진행과정에서 MMSS가 일정하게 거점 내지 방향타 구실을 할 수 있다는 점을 말하고 싶다. 여기서는 이와 관련한 사항만을 간략하게 짚어보고자 한다.

먼저 본 상담활동에서 MMSS에 포함된 작품서사들을 치료상담용 서사로 활용할 수 있다는 것이다. MMSS 작성 과정에서 1차적 점검과 교감이 이루어진 상태이므로 그에 기초한 자연스럽고 효과적인 상담활동의 진행이 가능하다. MMSS에 포함된 작품들은 본 상담활동에 유효하게 적용할 만한 것들을 선정한 것으로서, 그중에서 본격 상담활동의 첫 대상으로 삼을 작품을 고를 수 있으며 이어진 상담에도 다른 이야기들을 대상으로 삼을 수 있다. 이때 작품에 대한 대화토론 및 이어쓰기나 다시쓰기 등의 활동은 MMSS에 제시된 간략한 줄거리 외에 상세한 내용을 갖춘 작품서사나 작품의 원문 등을 매개로 해서 더 심화된 형태로 진행할 수 있다.

그다음 과정은 상담활동에서 나타난 특징들을 반영하면서 최적의 작품서사들을 선정해서 문학치료 과정을 심화해가는 일이다. 이때 활용할 작품은 MMSS 범위를 넘어서 또 다른 설화 중에서, 그리고 동화와 소설, 서사무가와 판소리, 만화와 웹툰, 영화, 드라마, 실존인물의 생애담 등에서 적절한 것을 고르게 된다. 이때 그 대상을 선별하여 결정해감에 있어 MMSS가 기초적인 참고자료 구실을 할 수 있다. 상담활동 과정을 통해 확인 점검한 특징을 바탕으로 MMSS 검사 결과를 재해석해서 유의미한 정보를 새롭게 찾아낼 수 있고, 이를 상담활동에 적용해서 대상 작품 및 주제적 포인트를 적절한 방향으로 조정해갈 수 있다. MMSS와 상담활동 과정의 상호 피드백이 문학치료 과정의 유익한 통로가 될 수 있다는 뜻이다.[41]

이와 같은 일련의 상담활동 과정을 거치면서 내담자의 자기서사에 대한 심층적이고 맥락적인 진단과 함께 필요한 자기서사의 조정과 강화, 새 길 내기 등의 작업이 이루어짐으로써 한 내담자에 대한 문학치료 과정은 일단락된다. 그 과정과 원리에 대한 설명은 생략하거니와, 상담활동의 마무리

---

41 실제로 본 연구자가 슈퍼바이저 역할을 한 이규림의 문학치료 상담활동이 이런 과정으로 진행되었다. MMSS와 상담활동 과정의 상호 피드백은 치료상담 과정의 조정 및 진전에 도움을 주는 것 외에 자기서사를 더 깊이 있고 신뢰성 있게 이해해가는 과업에도 중요한 기여를 했다.

단계에서 MMSS를 한 번 더 유효하게 활용할 수 있음을 말해둔다. MMSS 진단지의 재작성이 그것이다. 한두 달의 격차만으로도 시검자들은 본인이 MMSS 문항들에 답한 결과를 대개 잊어버리게 되거니와, 일련의 문학치료 과정을 거쳐 다시 작성한 MMSS 진단 결과는 최초의 작성 결과와 다른 것이 될 수 있다. 문학치료 과정이 유효하게 진행됐다면 검사 결과에 유의미한 변화가 있으리라고 가정할 수 있다. 그 달라진 반응들을 놓고서 상담자와 내담자가 유의미한 대화를 진행할 수 있을 것이다. 이런 과정은 문학치료 상담을 '서사적으로 마무리하는' 효과를 낼 수 있다는 점에서 의의가 있다.[42]

7   향후 과제와 전망

본 연구를 통해 제출하는 MMSS 최종 시안과 해설은 향후 문학치료적 자기서사 진단분석 과정의 본격적 실용화를 위한 시작 단계에 해당한다. 진단지를 추가로 점검하여 확정하는 작업 외에 여러 가지 필요한 후속 작업을 과제로 남겨두고 있다. 이에 대해 간략하게 설명하는 것으로 결론을 대신하고자 한다.

먼저 MMSS 활용 매뉴얼 제작 문제다.

MMSS는 문학치료의 바탕을 서사이론에 입각해서 만들어진 전문적인 진단도구이다. 시검자는 옛날이야기들을 만나면서 편하게 답할 수 있지만,

---

42   이규림의 문학치료 상담활동이 이런 프로세스를 적용했으며, MMSS 재작성 결과 내담자 스스로가 믿기지 않는다고 할 만한 정도의 변화를 확인할 수 있었다. 그 문학치료 과정은 내담자가 이어서 '미래 자기서사'를 설화적 스토리 형태로 작성하는 것으로 마감함으로써 서사적인 마무리 형태를 강화했다. 이규림, 「존재성의 건강한 발현을 위한 문학치료 사례 연구: 지나친 책임감에 사로잡힌 20대 여성을 중심으로」, 건국대학교 석사학위논문, 2020 참조.

그와 달리 검사 결과를 해석하는 것은 결코 쉽거나 간단치 않다. 서사의 원리와 특성에 대한 기본적 이해 외에 진단지에 적용된 작품서사에 대한 깊고 정확한 이해를 필요로 한다. 시검자의 반응을 타당하게 해석하기 위해 상담 사례에 대한 폭넓은 이해도 요청된다.

이러한 과업을 개별 문학치료 상담사한테 떠넘기는 것은 적합하지 않으며, 그를 위한 매뉴얼이 필요하다. 매뉴얼에는 MMSS의 기본 원리와 해석 방법 외에 각 작품서사에 대한 종합적 해설 및 문항별 해설 등이 포함돼 있어야 한다. 각 이야기나 문항별 일반적 반응에 대한 정보와 특징적 반응사례 등도 들어 있어야 제구실을 할 수 있다. 이와 같은 매뉴얼을 충실히 만드는 일은 MMSS의 실용화를 위한 우선적 과제가 된다.[43]

다음은 MMSS와 여타 심리·성격검사의 연계성 모색 문제다.

잘 알듯이 세간에는 열거하기 어려울 정도의 수많은 심리검사 도구들이 나와 있으며 실제 상담에서 다양하게 활용되고 있다. 이에 대해 MMSS는 심리나 성격이 아닌 '서사'를 대상으로 한다는 점에서 기본적인 차별성을 지니며, 그 차별성을 기반으로 기존의 심리성격검사 등과 상호보완적 연계를 이룰 길을 찾을 가능성이 다양하게 열려 있다.

그중 하나의 사례만 들어본다. 본 연구자가 인터프리터 과정과 트레이너 과정 연수를 마친 바 있는 림스연구소 LCSI와의 연계 문제다. 한국형 성격검사를 표방하고 있는 LCSI는 도전성과 사교성, 신중성, 수용성, 안정성 등의 다섯 지표를 바탕으로 한 표준화 검사를 통해 사람들의 캐릭터 특성을 찾아내는 것을 기본 과제로 삼는다. 캐릭터는 주도형과 표출형, 우호형, 분석형 등 네 가지이다. 좀 더 세부적으로 보면, 다섯 가지 지표의 발현 형태를 조합해서 60가지 패턴의 프로파일로 시검자의 특성을 유형화하며 그에 따

---

[43] 참고로 본 연구자는 2022년 3인의 문학치료 전공자들과 함께 MMSS 매뉴얼을 제작해서 약식으로 출판한 상태다. 본 매뉴얼북에는 MMSS 진단의 체계와 해석, 활용법에 대한 해설, 작품별 서사 해석 안내자료 외에 약 250명의 검사 사례를 바탕으로 문항별 반응 분포를 정리하고 특징적 반응에 대한 해석을 담았다. 신동흔·박주은·이규림·최정문, 『MMSS 자기서사 진단지 활용 매뉴얼』, 현출판, 2022.

른 심리성격적 특성을 진단하고 기술한다.[44] 수많은 임상사례를 통한 검증을 거쳐 신뢰성을 확보한 분석체계로서, 실질적 타당성과 유효성을 인정받아 널리 활용되고 있다. 이에 대해 MMSS의 자기서사 진단은 투사적 검사 성격을 지닌다는 것 외에 한 인간의 삶을 특징적 요소와 구조, 극적 맥락 등을 갖춘 서사 형태로 진단한다는 차별적 특성을 지닌다. 서사적 요소와 구조, 맥락 등은 LCSI에서 짚어내고 기술하기 어려운 부분이다. 서사라는 요소를 적용함으로써 LCSI가 말하는 주도형과 표출형, 우호형, 분석형 등의 캐릭터 특성을 더욱 특징적이고 맥락적인 형태로 분석하고 표현할 수 있다. 서로 다른 캐릭터가 함께 드러나는 경우에 '복합'이라고 단순 기술하는 데서 나아가 그 원인과 맥락, 향후 전망 등을 맥락적으로 설명할 수 있다. 서사 특유의 맥락성에 의해 진단과 처방의 계열적 맥락화가 가능한 것이다. 더 나아가 서사적 진단은 LCSI가 말하는 다양한 패턴의 프로파일에 대해서도 작품서사적 연결을 통해 강점과 단점, 조정 방향 등을 짚어낼 가능성을 지닌다. LCSI가 검증된 표준화 검사로서 갖는 신뢰성과 MMSS가 서사적 요점과 맥락을 갖춘 질적 검사로서 갖는 장점이 상생적으로 만날 수 있다면 인간에 대한 입체적 진단분석의 새 장이 열릴 가능성이 있다.

LCSI 외에도 MMPI 같은 다른 표준화 검사, HTP와 KHTP 등 그림을 매개로 한 검사 등과의 연계 가능성도 다양하게 열려 있다. 예컨대 그림과 서사는 유기적 형상이자 미적 대상으로서 질적 공통성을 지닌다. 그림을 통해 포착한 특징적 문제 요소에 서사 특유의 계열적이고 맥락적인 진단분석이 상생적으로 결합될 수 있다면 효율적이고도 밀도 높은 투사검사 결과를 얻어낼 수 있다. 이는 추후의 과제에 해당하는 것이므로 가능성만을 제시하고 자세한 논의는 생략한다.

끝으로 문학치료의 세계화를 통한 인류의 행복 증진 문제다.

인간을 문학으로 이해하는 바탕 위에서 문학치료를 통해 인간 치료를

---

44 LCSI 검사와 분석에 대한 자세한 내용은 임승환·박제일, 『한국형 성격검사 LCSI의 이해와 활용』, 림스연구소, 2015 참조.

추구하는 문학치료학은 인문학의 새 지평을 연 혁명적 인간론이자 실천론으로서 성격을 지닌다. 그 이론과 철학이 구체적 실행으로 오롯이 옮겨져 사람들의 삶을 더 건강하고 아름다우며 행복한 방향으로 인도하는 과업에 실질적 역할을 할 때 그 학문적 · 실천적 의의는 이루 측량할 수 없을 것이다. 기존의 심리치료와 질적으로 다른 문학치료의 접근법은 국내뿐만 아니라 해외에서도 큰 관심과 호응을 얻을 가능성이 활짝 열려 있다. 오스트레일리아의 한 연구소(Dulwich Center)에서 시작한 이야기치료(Narrative Therapy)가 세계적으로 퍼진 것 이상의 힘을 낼 수 있으리라 본다. 이론과 방법이 혁신적이고 심오하면서도 구체적이고 실전적이기 때문이다.

MMSS 진단지는 처음부터 문학치료학의 국제화를 통한 세계적인 활용을 염두에 두고 기획 · 개발했다. 동서고금의 남녀노소에게 의미 있게 통할 수 있는 방향으로 작품을 선정하고 문항을 설계했다. 그것은 정운채 교수 영전에서 약속한바 "문학치료학을 세계적인 학문으로 만들겠다"는 다짐을 지키기 위해 진행한 과업이기도 하다. 그것을 실현하기까지의 길은 아직 멀고도 험하다. 관심 있는 연구자들의 폭넓은 관심과 동참을 기대한다.

표준화 자기서사 진단도구 MMSS-ON의 원리와 체계

MMSS(Magic Mirror for Story-in-depth of Self) 진단지는 문학치료를 위한 자기서사 종합 진단도구로 개발되었다. MMSS 는 한국과 세계의 다양한 설화들을 거울로 삼아 사람들의 이면적 자기서사 특성을 다각적으로 비춰봄으로써 새로운 자기이해를 도모하고, 본격적인 문학치료 상담을 위한 통로를 찾아내는 것을 목적으로 삼는다.[1] 진단 결과에 대한 분석을 통해 드러난 참여자의 자기서사 특성의 유의미한 표지들을 매개로 삼아 더욱 본격적이고 심층적인 자기서사 탐색과 조정의 단계로 진입할 수 있다.

MMSS 진단의 유효성은 여러 사례를 통해 확인되고 있다. 개발자인 신동훈은 MMSS 진단을 바탕으로 120명 이상의 검사 참여자에 대한 자기서사 진단상담을 진행했는데, 대다수 참여자가 자기 자신을 서사적으로 이해하는 데 큰 도움을 얻었다는 반응을 나타냈다. 진단분석 결과의 새로움과 설득력에 놀라움을 나타낸 참여자들도 많았다. 이 진단 결과를 매개로 유효한 자기서사 진단상담을 수행하기 어려웠던 사례는 거의 없었다. 신동훈 외에 김은정과 이규림, 최정문, 장경희 등이 MMSS 진단을 문학치료 상담 과정에 적용해서 자기서사 이해와 상담 수행의 유의미한 거점으로 삼은 사례를 보고한 바 있다.[2] 신동훈의 문학치료 전공 대학원 수업 수강생 30여 명이

---

1   MMSS 진단지의 성격과 진단 원리, 활용방안에 대한 자세한 논의는 신동훈, 「문학치료를 위한 자기서사 진단과 해석 연구: MMSS 진단지의 성격과 구성, 해석과 활용」, 『문학치료연구』 54, 한국문학치료학회, 2020 참고.

2   김은정, 「민담 「두 나그네」를 활용한 문학치료학적 상담사례연구: MMSS검사 분석과 '그림자' 원형 이론을 배경으로」, 『문학치료연구』 54, 한국문학치료학회, 2020; 김은정, 「설화를 통한 농아인 대상 문학치료 연구: MMSS 서사 탐색과 미술치료 활동을 연계한 문학치료 사례를 중심으로」, 건국대학교 박사학위논문, 2021; 최정문, 「무기력을 호소하는 20대 후반 여성에 대한 문학치료 사례연구: '어른아이' 서사의 변화과정을 중심으로」, 건국대학교 석사학위논문, 2021; 장경희, 「설화를 활용한 문학치료적 웰다잉 교육

MMSS를 활용해서 약식 문학치료 상담을 진행한 결과도 무척 인상적이고 시사적이었다.[3]

MMSS 진단지는 2년여에 걸친 점검과 수 차례의 수정·보완 과정을 거쳐 개발되었다. 최신 버전인 MMSS 정식판 V.1.1(2021.11)은 일반인용 완전판 기준으로 총 26개 설화에 걸친 178문항(종합서술형 7문항 포함)으로 구성돼 있다. 이 진단지는 질적이고 투사적이며 비표준적인 진단도구 성격을 지닌다. 7점 척도를 적용한 객관식 선택형 문항이 다수이지만, 각 문항은 질문과 답변이 표준적 지표 없이 열려 있다. 그리고 다수 문항이 주관식 서술로 답하게 되어 있다. 객관식 선택에 대한 이유나 보충설명을 쓰는 것 외에 단답형이나 문장완성형 서술을 기본 형식으로 취한 문항들도 많다. 진단지 말미의 7개 종합서술형 문항은 완전한 주관적 서술 문항 형태를 취하고 있다. 개개인의 서로 다른 특성을 반영한 자기서사 표지를 다각적으로 얻고자 하는 의도를 반영한 구성 형태다.

MMSS 진단은 검사 수행에 시간과 품이 많이 든다. 완전판 기준으로 답안을 작성하는 데 평균 2시간 이상 소요되는 것으로 나타났으며, 3시간 이상 소요된 사례도 많았다. MMSS의 서술형 답안은 유의미한 서사적 표지들을 다양하게 담고 있지만, 참여자들이 답안 작성에 상당한 부담을 느끼는 것이 사실이다. 이야기와 문항 수를 줄인 보급형을 만들었지만, 다소간의 정도 차이가 있을 뿐이다.

MMSS 진단의 진정한 어려움은 작성보다 해석에 있다. MMSS 진단지 반응에는 많은 변수가 복합적으로 작용하는바, 그 결과를 해석하는 데는 전문적인 서사분석 능력과 함께 반응의 요인과 맥락에 대한 세심한 고려와 주의가 필요하다. 수많은 반응 속에서 유의미한 서사적 표지를 찾아내어 내담

프로그램 실행연구」, 건국대학교 박사학위논문, 2021.

3 MMSS 진단을 실습으로 수행한 과목은 2020년 2학기 '문학치료의원리와실제'(22명 수강)와 2021년 2학기 '문학치료진단연구및실습'(17명 수강)이다. 2021년 수업 수강생들은 MMSS 진단지 매뉴얼 초고를 참고해서 좀 더 본격적인 진단분석을 수행했다.

자에 대한 서사적 이해로 나아가는 일이 수월치 않다. 특정 반응에 대한 해석도 그렇거니와 여러 반응을 연계해서 맥락화하는 것은 더욱 고난도의 해석 작업이 된다.

MMSS 진단분석의 효율적 진행을 위해 신동흔은 2022년 연구보조원들과 함께 『MMSS 자기서사 진단지 활용 매뉴얼』을 제작해서 발행한 바 있다.[4] 이 매뉴얼에는 MMSS 진단의 성격과 원리에 대한 안내에 이어 진단에 적용한 26개 설화에 대한 해설이 담겨 있으며, 각 문항에 반영된 진단 지표와 해석상의 유의점, 문학치료 상담 적용의 방법 등을 서술하고 있다. 특히 136개의 객관식 선택형 문항들에 대해 최소 100명에서 최대 326명의 선택 결과를 데이터에 담음으로써 문항별 반응 평가의 보편성과 특수성을 가늠할 수 있도록 했다.[5] 이 매뉴얼을 참고하면 각 참여자의 검사 결과에서 특징적인 면모를 파악하는 데 도움을 받을 수 있다. 그럼에도 일반 상담사나 분석자가 MMSS 검사 결과에 대해 타당성과 신뢰성을 갖춘 심도 있는 해석을 수행하는 것은 여전히 어려운 과업으로 남아 있다. MMSS 진단에 대한 수련을 받은 문학치료사들도 진단 결과를 해석함에 있어 개발자의 슈퍼비전에 많이 의지하는 상황이다.

MMSS-ON은 설화에 대한 서사반응을 더 객관적이고 표준화된 형태로 이끌어냄으로써 연구자나 문학치료사의 해석 과정을 거치지 않고도 유의미한 진단 결과를 도출할 수 있는 형태로 새로 개발한 자기서사 진단지이다. MMSS-ON은 작품서사에 대한 질적 투사반응을 통한 문학적 검사라는 MMSS의 기본 정체성을 유지하면서도 검사 참여자의 서사반응을 객관적 수치로 치환함으로써 표준화된 검사 결과를 산출할 수 있는 체계를 갖추고 있다. 표준화 검사는 신뢰성 검증을 위한 다수의 반응데이터 확보가 필요한

---

4   신동흔 · 박주은 · 이규림 · 최정문, 『MMSS 자기서사 진단지 활용 매뉴얼』, 현출판, 2022.

5   이 데이터 정리 작업은 박주은 · 이규림 · 최정문 등 세 명의 문학치료 전공 대학원생들이 수행한 것이다.

데, 일반인의 폭넓은 온라인 참여를 통해 필요한 데이터를 수집할 수 있도록 한 것이 MMSS-ON의 특징이다. 문학치료학의 대중적 활용을 추구하는 사회적 기업 '에필로그 협동조합'과의 협업을 통해 온라인(PC 및 모바일)을 통한 검사 수행과 결과 도출이 가능한 체계를 갖추었다.

문학작품에 대한 반응은 다방면으로 열려 있는 것으로서 거기에 담긴 의미요소를 신뢰성 있게 표준화하는 것은 매우 어려운 과업이다. 그 반응은 미적이고, 입체적이며, 심층적이다. 하지만 그렇기 때문에 도전할 만한 가치를 지닌다. 그 바탕 내지 중심에는 문학치료학과 서사이론이 있다.[6] 그간의 자기서사 진단 연구 및 시행 경험에 기반해서 진단용 작품서사를 효율적으로 구성하고 서사적 쟁점 내지 분기점을 명료하게 설정해서 서사반응을 통제하면 유의미한 객관적 진단 결과를 도출할 가능성이 상존한다. 다수 참여자를 통한 충분한 데이터 수집과 타당성 검증이 이루어지게 되면 MMPI나 MBTI를 비롯한 심리학 기반 검사 이상의 신뢰성과 유효성을 지니는 대안적 검사도구로 정착할 가능성도 열려 있다. 이제 인간에 대한 과학적·체계적 이해를 위한 문학치료학의 새로운 도전으로서 MMSS-ON의 성격과 원리, 진단체계를 논하고자 한다.

---

6 문학치료학 학문체계를 수립한 정운채는 일찍부터 문학치료학 기반의 자기서사 진단 도구 개발에 많은 노력을 기울인 바 있다. 그 바탕에는 네 가지 기초서사 영역과 네 가지 관계방식을 연계 조합한 특유의 서사이론이 있거니와, 이는 정운채, 「문학치료학의 서사이론」, 『문학치료연구』 9, 한국문학치료학회, 2008에 압축적으로 집약돼 있다. 정운채, 「자기서사진단도구 개발을 위한 기초서사척도」, 『고전문학과 교육』 14, 한국고전문학교육학회, 2007에서 시작된 진단연구의 여정은 16개 설화를 활용한 서사분석형, 연쇄전개형, 자유연결형, 정서반응형 등 4종의 자기서사 진단도구 개발로 이어졌다. 한편, 황혜진은 이들을 응용해서 표준적 성격을 반영한 간략식 자기서사 진단도구를 개발한 바 있다. 그에 대한 논의는 황혜진, 「자기서사 진단도구의 개발 현황과 개선 방안」, 『문학치료연구』 38, 한국문학치료학회, 2016에 담겨 있다. MMSS 진단지는 이러한 자기서사 진단도구 연구작업의 연장선상에서 개발된 것이다. 이 연구의 보고 대상인 MMSS-ON 또한 마찬가지다.

　　　　　　　　MMSS-ON의 기본 성격과 원리는 큰 틀에서 기존의 문학치료 진단상담용 MMSS와 통한다.[7] 그것은 심리나 성격이 아닌 '자기서사'를 진단 대상으로 삼으며, 문학작품에 대한 반응을 진단의 통로로 삼는다.[8] 또한 기존 검사에 비해 더 구조적이고 맥락적이며 형상적인 자기이해를 꾀한다. 한마디로, '문학적인 자기이해'를 추구하는 것이 특징이다. 진단의 매개체로 활용하는 작품들은 잘 짜인 스토리를 갖춘 설화들이다. 특히 시작과 결말까지 완전한 짜임새를 갖춘 민담들을 중심으로 삼는다. 이는 설화를 내면을 비추는 거울로 삼는 진단 방식이다.

　　MMSS-ON은 일반대중을 대상으로 삼은 표준화 자기서사 진단을 추구하며, 검사에서 진단 결과 해설에 이르는 제반 과정을 온라인을 통해 진행한다. 기존의 오프라인 기반 진단지 MMSS-PRO에 대해 설화 숫자를 줄이고 문항 형태를 단순화했다. MMSS-PRO가 완전판 기준으로 26개 설화를 적용한 것과 달리, MMSS-ON은 그 절반인 13개 설화만을 활용한다. 주관식 서술형 없이 모든 문항을 객관식 선택형으로 단순화한 것이 특징이다. 이는 시검의 편의성 외에 진단의 효율성과 데이터적 유효성을 고려한 것이다. 서사반응 결과를 표준화된 지표에 의해 계량화된 수치 형태로 산출할 수 있도록 한 상황이다.

　　MMSS-ON에 적용된 13개 설화는 MMSS-PRO 완전판에 적용했던

7　기존의 MMSS 진단지는 전문 상담사만 검사와 해석을 진행할 수 있는 것으로, 앞으로는 이를 'MMSS-PRO(상담사용 MMSS)'로 칭할 것이다. MMSS-PRO는 상담사용 MMSS 진단지의 향후 공식 명칭이다.

8　신동흔, 「문학치료를 위한 자기서사 진단과 해석 연구: MMSS 진단지의 성격과 구성, 해석과 활용」, 『문학치료연구』 54, 한국문학치료학회, 2020, 14-20면. 이와 같은 MMSS 진단의 기본 성격은 정운채가 「자기서사진단검사도구의 개발에 따른 고전문학 연구와 교육의 새 지평」, 『문학치료연구』 16, 한국문학치료학회, 2010에서 천명한 바 '문학적 진단'의 정체성과 원리를 반영한 것이다.

26개의 이야기 가운데 작품서사와 자기서사의 캐릭터적 연결성을 유효하게 짚어낼 수 있다고 판단되는 것들을 선별했다. 해당 설화들은 다음과 같다.

1. 주먹이 / 2. 내 복에 산다 / 3. 고슴도치 한스 / 4. 백설공주 / 5. 바리공주 / 6. 라푼첼 / 7. 정만서 / 8. 유리병 속의 괴물 / 9. 잭과 콩나무 / 10. 차복과 석숭 / 11. 농부의 아들 / 12. 두 나그네 / 13. 무수옹

MMSS-ON의 서사적 진단의 기본 축은 작품 속 인물과 참여자 간의 동질성과 이질성이다. 이야기 속 인물에 대한 서사적 공명과 연결성 여부를 주요 진단지표로 삼는다. 설화에 등장하는 다수 인물 중 1~2명의 핵심 인물에 초점을 맞추어 그에 대한 서사반응을 확인하는 문항들을 집중 배치한 것이 특징이다. 13개 설화에서 서사 진단의 거점으로 설정한 인물은 총 20명이다. 그 내역은 다음과 같다.

1. 주먹이: 주먹이
2. 내 복에 산다: 가믄장아기, 언니들(두 언니는 동질적 캐릭터로 설정)
3. 고슴도치 한스: 한스, 부모
4. 백설공주: 백설공주, 왕비
5. 바리공주: 바리
6. 라푼첼: 라푼첼, 대모
7. 정만서: 정만서
8. 유리병 속의 괴물: 에밀
9. 잭과 콩나무: 잭
10. 차복과 석숭: 차복, 석숭
11. 농부의 아들: 소년, 소와 개미(소와 개미는 동질적 캐릭터로 설정)
12. 두 나그네: 재봉사, 구두장이
13. 무수옹: 무수옹

참여자는 개별 설화에 대한 검사 결과로 해당 인물과의 서사적 동질성과 이질성 여부를 가늠하게 되며, 13개 설화를 대상으로 한 종합검사 결과로는 자신이 어느 인물들과 얼마나 닮았고 어느 인물들과 이질적인지를 종합적으로 볼 수 있게 된다. 그를 통해 자신의 캐릭터적 정체성 내지 좌표를 가늠할 수 있다. 작중 인물과의 동질성과 이질성은 그 정도가 정량화된 수치로 나오게 되며, 해당 인물과의 캐릭터적 차이에 대한 부가적 정보도 얻을 수 있다.

MMSS-ON은 설화마다 10~14개의 서사적 질문 문항을 갖추고 있다. 13개 설화에 걸친 문항의 총수는 150개이다. 모든 문항은 객관식 선택형이며, 7점 척도를 적용했던 상담사용 MMSS와 달리 5점 척도를 적용했다. 더욱 쉽고 효율적인 선택과 응집된 진단 결과 도출을 위한 변경이다. 기존 MMSS에 비해 설화별 문항 수를 늘린 것이 특징인데, 이는 검사 참여자와 작중 인물 간 캐릭터적 연결의 신뢰도를 높이기 위한 것이다. 하나의 이야기를 통해 유효한 서사적 표지를 많이 짚어냄으로써 검사의 효율성을 높이려한 의도도 있다. 기존의 MMSS-PRO와 달리 이야기 숫자가 적고 모든 문항이 단순 선택형이기 때문에 검사를 위한 심리적 · 시간적 부담이 훨씬 경감될 것으로 보고 있다. 참여자들이 작성 안내문에 따라 풀이를 진행한다면 총 1시간 안팎에 모든 문항에 대한 응답이 가능할 것으로 보고 있다.[9]

참고로 1번 문항 세트인 'MMSS-ON_주먹이'의 작품 지문과 문항은 다음과 같다.

---

9   실제 시험적으로 검사를 진행한 결과는 이야기에 대한 친숙도나 문해력 수준에 따른 소요시간상의 편차가 나타났다. 국문과 대학생의 경우 30~40분 정도에 작성을 완료하는 데 비해 일반인은 1시간 이상 소요되는 경우도 꽤 있었다. 물론 소요시간에는 신중성과 과감성 등 개인 성향에 따른 차이도 작용한다.

1. 주먹이

옛날에 어떤 부부가 주먹만 한 아이를 낳아서 이름을 주먹이라고 불렀어요. 주먹이는 나이가 들어도 크기가 그대로였지만 공부도 하고 일도 하고 장난도 치면서 잘 지냈습니다. 어느 날 주먹이는 낚시하는 아버지를 따라갔다가 갑갑하고 심심해서 주머니 밖으로 슬쩍 빠져나왔어요. 혼자 풀밭을 이리저리 쏘다니는데 황소가 풀을 먹다가 주먹이를 꿀꺽 삼켰습니다. 뱃속에서 나뒹굴던 주먹이는 겨우 정신을 차리고서 배를 발로 차고 꼬집으면서 한바탕 난리를 쳤어요. 그러자 소가 놀라서 똥을 한 무더기 싸질렀습니다. 주먹이는 똥 속에 파묻혀서 뱃속을 빠져나왔지요. 주먹이가 한숨을 돌리려는데 솔개가 날아와서 주먹이를 휙 낚아챘습니다. 주먹이가 잡혀서 날아가는데 다른 새가 덤벼들었어요. 주먹이는 발톱에서 벗어나서 아래로 뚝 떨어졌지요. 주먹이는 시냇물로 첨벙 떨어졌습니다. 그때 커다란 물고기가 주먹이를 꿀꺽 삼켰어요. 주먹이는 뱃속에서 숨이 막혀가면서 "아버지! 어머니!" 하고 힘껏 소리를 쳤습니다. 마침 고기를 낚던 아버지가 소리를 듣고 배를 가르니까 아이가 폴짝 튀어나왔지요. 주먹이가 그간 겪은 일들을 들려주자 다들 깜짝 놀랐답니다.

#1-1 주먹이는 무모하고 대책 없는 아이다. ×▽⋯△○

#1-2 황소나 물고기 뱃속보다는 아버지 주머니 속이 낫다. ×▽⋯△○

#1-3 나도 주먹이처럼 넓은 세상을 마음껏 휘저어보고 싶다. ×▽⋯△○

#1-4 주먹이는 하늘을 날다 떨어질 때 짜릿했을 것이다. ×▽⋯△○

#1-5 온몸이 똥에 파묻히는 일은 끔찍해서 상상하기도 싫다. ×▽⋯△○

#1-6 주먹이가 죽지 않고 살아난 것은 우연한 행운이다. ×▽⋯△○

#1-7 내가 부모였으면 주먹이를 꾸짖었을 것이다. ×▽⋯△○

#1-8 주먹이는 좋은 이야깃거리를 얻었으니 고생한 보람이 있다. ×▽⋯△○

#1-9 나였다면 그 후 함부로 나다니지 않았을 것이다. ×▽⋯△○

#1-10 주먹이는 뒤에 유명인사가 되어 이름을 날렸을 것이다. ×▽⋯△○

설화작품의 지문을 최대한 간명하게 간추려 제시하되, 쉬운 구어체로 진술한 것이 특징이다. 일반인의 접근성을 높이기 위한 것이며, 음성을 통한 검사로의 확대 발전을 염두에 둔 것이기도 하다. 줄거리를 간략화한 것은 작품 읽기의 부담을 줄이고 시검 시간을 절약하고자 하는 의도 외에, 불필요한 정보를 최소화하고 서사반응에 꼭 필요한 요소만 살린다고 하는 원칙을 반영한 것이다.

각 문항은 5점 척도 선택형을 적용한 것 외에 선택 기준이 될 요소를 단순하고 명확하게 한 것이 특징이다. 일부 문항은 기존의 MMSS 문항을 가져왔지만 필요한 조정 과정을 거쳤으며, 새롭게 추가한 문항들도 많다. 작중 인물과 참여자의 캐릭터적 연결성 여부를 가늠할 수 있는 문항들을 추가했으며, 특징적인 성격적 요소와 심리적 요소를 짚어낼 수 있는 문항들을 배치했다. 참고로, 「주먹이」는 기존의 MMSS-PRO와 비교할 때 문항 구성이 그리 많이 바뀌지는 않은 경우에 해당한다. 다른 설화들의 경우 문항이 새로 추가되거나 많이 변형된 비율이 더 높다.

MMSS-ON에 반영한 설화작품 지문은 기존 MMSS에 비해 특기할 만한 변화를 준 사례들이 꽤 있다. 작중의 거점 인물(들)과 참여자의 서사적 연결고리를 높이기 위한 변경이다. 한 예로, 「농부의 아들」 같은 경우 소와 개미의 캐릭터 표지를 살리기 위해 MMSS-PRO에서보다 소와 개미의 형상에 대한 서술을 보완했다. 또 다른 예로, MMSS-ON 「유리병 속의 괴물」에서는 그냥 '소년'으로 표현된 원작의 주인공에 '에밀'이라는 구체적 이름을 부여했다. 캐릭터에 대한 인지성을 높이고 다른 작품 속 인물(「농부의 아들」의 소년)과 혼동되지 않도록 하기 위함이다.

한 가지 특기 사항은 기존 MMSS에서 두 개 문항 세트로 분리했던 설화들을 MMSS-ON에서는 모두 한 세트로 통합했다는 점이다. 「백설공주」, 「바리공주」, 「두 나그네」가 그것이다. 이 설화작품들의 지문은 이전보다 많이 간추려서 일목요연하게 내용을 볼 수 있도록 했다. 「백설공주」 사례를 보면 다음과 같다. 이해의 편의를 위해 문항까지 함께 제시한다.

4. 백설공주

옛날에 한 왕비가 눈처럼 하얀 딸 백설공주를 낳고 세상을 떠났습니다. 그 뒤 새엄마가 들어왔는데, 아름답지만 오만했지요. 왕비는 마법의 거울을 보면서 세상에서 누가 제일 예쁘냐고 묻곤 했어요. 거울은 늘 왕비님이라고 답했지요. 하지만 백설공주가 크니까 공주가 더 예쁘다고 말했습니다. 질투에 빠진 왕비는 사냥꾼을 시켜서 공주를 숲으로 데려가 죽이게 했어요. 백설공주는 사냥꾼에게 울면서 사정해서 목숨을 건진 뒤 숲속을 힘껏 달려서 오두막을 찾아냈습니다. 오두막 안에는 일곱 개의 작은 침대가 있고, 식기마다 음식이 담겨 있었지요. 배가 고팠던 공주는 음식을 골고루 맛본 뒤 몸에 맞는 침대에 들어가 잠이 들었습니다. 집으로 돌아온 난쟁이들은 어여쁜 소녀가 평화롭게 잠든 모습을 보고 사랑에 빠졌지요. 그 후 백설공주는 집안일을 돌보면서 난쟁이들과 살게 됐어요. 난쟁이는 낯선 사람에게 문을 열어주지 말라고 당부했지요. 하지만 순진했던 공주는 장사꾼 할머니로 꾸미고 찾아온 왕비의 달콤한 말을 이길 수 없었어요. 문을 세 번 열어줬다가 세 번 쓰러졌지요. 첫 번째와 두 번째는 난쟁이들이 공주를 구했는데, 세 번째로 독 사과에 쓰러진 공주는 난쟁이들도 살릴 수 없었습니다. 난쟁이들은 죽은 공주를 유리관에 눕혀서 높은 곳에 올려놓았어요. 그러던 어느 날 백설공주의 슬프고 억울한 사연을 알게 된 한 왕자가 그곳을 찾아왔습니다. 왕자는 자기가 공주를 지키겠다면서 관을 달라고 청했어요. 그가 관을 옮길 때 공주의 목에 걸렸던 독 사과 조각이 튀어나왔습니다. 그러자 백설공주가 눈을 뜨며 살아났지요. 되살아난 공주는 전보다 더 아름다웠습니다. 왕자는 기뻐하면서 그녀에게 청혼했어요. 공주는 자기를 살린 왕자의 사랑을 받아들였지요. 둘의 결혼식에는 왕비도 초대됐어요. 백설공주를 본 왕비는 가슴이 덜컥 내려앉으면서 발이 얼어붙었지요. 그때 불에 달군 쇠 신발이 왕비 눈에 띄었습니다. 왕비는 그 신발을 신고서 죽어 쓰러질 때까지 춤을 췄다고 해요.

#4-1   이야기 속 백설공주가 마음에 든다.   ⊠▽⋯△○

#4-2   나보다 잘난 사람이 곁에 있으면 질투가 나기 마련이다.   ⊠▽⋯△○

#4-3   나에게 마법 거울이 있다면 매일 무언가를 물을 것이다.   ⊠▽⋯△○

#4-4   백설공주가 숲속에서 살아난 것은 우연한 행운이다.   ⊠▽⋯△○

#4-5   나였어도 오두막에 들어가 음식을 먹었을 것이다.   ⊠▽⋯△○

#4-6   나였어도 침대에 누워서 잠을 잤을 것이다.   ⊠▽⋯△○

#4-7   백설공주가 난쟁이들과 어울려 사는 모습이 보기 좋다.   ⊠▽⋯△○

#4-8   나였어도 물건을 팔러 온 할머니에게 문을 열어줬을 것이다.   ⊠▽⋯△○

#4-9   백설공주 같은 사람과 살면 스트레스를 받을 것 같다.   ⊠▽⋯△○

#4-10 나는 힘 없는 공주보다 힘을 가진 왕비가 되고 싶다.   ⊠▽⋯△○

#4-11 백설공주는 왕자의 사랑을 받을 만한 자격이 있다.   ⊠▽⋯△○

#4-12 내가 공주였어도 왕자의 청혼을 받아들였을 것이다.   ⊠▽⋯△○

#4-13 내가 왕비였어도 백설공주 결혼식에 참석했을 것이다.   ⊠▽⋯△○

#4-14 내가 백설공주였으면 직접 나서서 왕비를 벌했을 것이다.   ⊠▽⋯△○

　'MMSS-ON_백설공주'는 백설공주와 왕비 등 두 인물을 작품서사와 자기서사를 연결하는 거점으로 삼기 때문에 「주먹이」에 비해 작품 지문이 길고 문항 수가 많다. 백설공주에 초점을 맞춘 문항 외에 왕비에 초점을 맞춘 것들을 함께 배치한 상황이다. 이때, 작중 인물과 참여자의 서사적 연결을 가늠하는 체계는 그 방식이 간단치 않다. 인물과의 캐릭터적 연결성과 무관한 문항도 있으며, 한 문항에 두 인물이 동시에 연결되기도 한다. 백설공주에 대한 질문에서 왕비와의 연결성이 설정될 수 있으며, 그 역도 가능하다. 그 연결은 전문적인 서사적 분석을 바탕으로 수행된 것으로서, 검사 참여자들은 세부내용을 알 수 없다.

13개 설화에 얽힌 150문항에는 작중 인물과의 서사적 연결성 외에도 참여자 자기서사 이해의 지표가 될 요소들이 다양하게 포함돼 있다. 그 원리와 체계는 새롭게 개발된 MMSS-ON의 핵심 포인트에 해당한다. 이에 대해서는 절을 달리해서 논의하기로 한다.

3   'MMSS-ON'의 서사적 진단분석 지표

MMSS-ON의 진단분석 지표는 크게 세 범주에 걸쳐 있으며, 성격과 목적에 일정한 차이가 있다. 요약하면 다음과 같다.

[1] [인물] 설화 인물로 보는 나의 캐릭터

- 각 작품 차원에서 작중 인물과 참여자의 캐릭터적 동질성/이질성 여부 및 그 정도 진단
- 작중 인물과 동질성이 우세한 경우, 특징적인 차이를 짚어내서 관형어 형태로 기술
- 작중 인물의 서사적 문제상황 및 캐릭터 특성에 기반해 참여자 자기서사 특성 해설
- 설화 인물 20명과의 서사적 연결성 정도를 상호 비교 가능한 형태로 수치화

[2] [성향] 서사로 보는 나의 성격유형

- 문항 반응을 통해 나타난 서사적 성향을 소정의 표준적 기준에 의해 수치화
- 전 작품 문항 반응을 토대로 ±독립성, ±행동성, ±현실성, ±포용성 등의 특성 도출
- 네 항목에 걸친 결과를 종합해서 참여자별 자기서사 특성 프로파일 도출

- 산출된 성격유형별로 진로 적성을 안내하고 문학예술 작품 속의 유사 캐릭터 예시

[3] [심리] 서사로 보는 나의 심리 특성

- 이상심리 요소를 반영한 문항에 대한 반응에 나타난 점수의 수치화
- 우울과 무기력, 분노와 공격성, 불안과 회피, 인정욕구와 과시성 등 네 항목 진단
- 일반적 평균치보다 현저하게 높은 수치가 나온 경우 심리적·서사적 문제 요소로 진단
- 가능성과 예방 차원에서 시행하되, 데이터 축적과 신뢰성 검증 후 임상적 활용 가능

3.1 [인물] 설화 인물로 보는 나의 캐릭터

150개 MMSS-ON 문항 대다수에는 검사 참여자와 작중 인물 간의 연결성이 설정돼 있다. 미적이고 투사적인, '서사적인' 연결이다. 외적이고 의식적인 연결 외에 내적이고 무의식적인 연결의 요소를 많이 살리고자 했다.

문항별 반응에서 참여자의 작중 인물과의 연결성은 5점 척도 반응에 의거하여 -2에서 +2까지 다섯 단계로 수치화된다. -는 이질성, +는 동질성을 나타내며, 높은 숫자는 높은 연결성을 뜻한다. 'MMSS-ON_주먹이'의 문항 사례를 보면 다음과 같다.

#1-2   황소나 물고기의 뱃속보다는 아버지 주머니 속이 낫다.   ☒▽⋯△◯
　　　 [인물 ∥ 주먹이] ✕: +2, ▽: +1, ⋯: 0, △: -1, ◯: -2

#1-3   나도 주먹이처럼 넓은 세상을 마음껏 휘저어보고 싶다.   ☒▽⋯△◯
　　　 [인물 ∥ 주먹이] ✕: +2, ▽: +1, ⋯: 0, △: -1, ◯: -2

위에서 [인물 ‖ 주먹이]는 '참여자와 주먹이 사이의 연결성 도출 결과'를 뜻한다. #1-2에서 부동의 쪽(×, ▽)을 선택한 경우 주먹이와의 동질성 표지로 인정되어 + 점수가 부여된다. 약한 부동의(▽)보다 강한 부동의(×)에 더 큰 점수가 배정된다. 동의 반응(○, △)의 경우도 마찬가지다. 한편, #1-3에서는 그 반대 방향으로 점수가 부여된다. 동의 반응이 인물과의 동질성 표지가 되는 경우다. 이 두 문항에서 각기 역방향과 정방향으로 연결성 점수를 부여하는 것은 인물에 대한 서사적 분석에 기반한 것이다.

일부 문항은 인물과의 캐릭터 연결성 점수에 2배의 가중치가 부여된다. 해당 인물의 캐릭터 정체성을 특징적으로 잘 보여주는 내용에 해당하는 경우다.

#1-5 온몸이 똥 속에 파묻히는 일은 끔찍해서 상상하기도 싫다.　　×▽…△○
　　　[인물 ‖ 주먹이] ×: +4, ▽: +2, …: 0, △: -2, ○: -4

주먹이는 높은 행동성을 핵심적인 캐릭터 특성으로 삼는 인물이다. 험한 곤경을 피하지 않고 감수하며 헤쳐나간다. #1-5는 이를 반영한 문항이다. '똥'으로 상징되는 곤경이나 수모 등을 감당하고 무릅쓸 수 있어야 '주먹이답다'고 할 수 있다. 이 문항의 [인물]에 가중치를 부여한 것은 이 때문이다.

일부 문항에는 인물 캐릭터와의 특징적 차이를 나타내는 '변수'를 적용한다.

#1-4 주먹이는 하늘을 날다가 떨어질 때 짜릿했을 것이다.　　×▽…△○
　　　[인물 ‖ 주먹이] ×: +2, ▽: +1, …: 0, △: -1, ○: -2
　　　[변수 ‖ 주먹이] '무모': △: +, ○: ++ (다소) 무모함이 있는 주먹이

[변수 ‖ 주먹이]는 '주먹이라는 인물에 대한 변수'를 의미한다. 이 변수는 'MMSS-ON_주먹이'에 대한 전체적 진단 결과 [인물]의 종합 점수가 +여서 인물과의 동질성이 나타난 경우에 한해서 적용된다. 만약 점수가 -여서 주먹이와 다른 것으로 나타났다면 굳이 '변수'를 적용할 이유가 없기 때

문이다. 만약 참여자가 작품에 대한 반응 결과 주먹이와 캐릭터적 동질성을 나타냈으면서 #1-4에서 동의(○, △) 쪽을 선택한 경우 주먹이 캐릭터와의 부분적 차이로 평가된다. 그 부분적 이질성은 관형어나 관형구로 표현되는데, 이 문항에서는 '무모함이 있는'이다. ++(○)인 경우 '무모함이 있는'이 되고, +(△)인 경우 '다소 무모함이 있는'이 된다.[10]

'변수'에 해당하는 관형어들은 표준적으로 정형화하지 않는다. 인물과 상황에 따라 거기에 어울리는 의미요소를 반영해서 다양하게 설정한다. 서사 특성을 가장 적절히 반영하기 위해서다. 상수가 아닌 변수에 해당하는 부가적 표지이므로 자유로운 운용이 가능하다.

'MMSS-ON_주먹이'의 총 10개 문항 중 [인물] 척도가 들어있는 것은 #1-7, #1-10을 제외한 총 8문항이다. 그중 두 문항(#1-5, #1-9)에 2배의 가중치가 부여돼 있다. 계산하면 'MMSS-ON_주먹이'에서 참여자는 [인물] 점수를 최저 -20부터 최고 +20까지 받을 수 있다. MMSS-ON은 원점수에 해당하는 이 수치를 %로 환산한다. 예컨대 원점수가 +15라면 [인물 ‖ 주먹이] 지수는 +75%가 된다. 주먹이와의 높은 일치도를 나타내는 지수다. 만약 원점수가 -4라면 [인물 ‖ 주먹이] 지수는 -20%가 된다. 일치보다 불일치에 해당한다.

이렇게 원점수를 표준적 지수로 환산하는 것은 20명 인물에 대한 일치도 여부를 일목요연하게 드러내기 위함이다. 20명 인물에 대해 참여자가 받을 수 있는 원점수는 총량이 달라서 일률적 비교가 어렵다. 하지만 %로 환산된 지수는 일률적 대비가 가능하다.

MMSS-ON에 반영된 각 인물에 대해 [인물] 지수가 +100% 쪽이면 매우 높은 동질성을, -100% 쪽이면 매우 큰 이질성을 뜻한다. 0% 어름이면 '보통'에 해당한다. 점수에 굳이 -를 포함한 것은 '일치하지 않음'을 넘어서

---

10 참고로, 이 문항의 동의 반응은 이야기 속 주먹이와의 이질성으로 평가된다. 낙관적 무모성의 정도가 지나치다고 판단되기 때문이다. 원작 설화의 주먹이가 '목숨이 걸린 위험상황'을 일부러 즐긴다고 보기는 어렵다.

'반대 성향'을 적극 의미화하기 위함이다. 만약 'MMSS-ON_주먹이'에서 [인물] 지수가 -50% 이상일 경우 참여자의 자기서사 특성이 주먹이라는 인물과 '상반된다'고 하는 결과 도출이 가능하다. 이는 '닮지 않았다'는 것과 함의가 다르다. 참여자는 자신의 서사적 좌표를 더 명확히 가늠할 수 있다.

이와 같은 방식으로 총 20명의 인물에 대한 진단 결과가 나오면 각 참여자는 그들 중 누구와 서사적 동질성이 가장 큰지, 그리고 누구와 가장 이질성이 큰지를 일목요연하게 확인할 수 있다. 이는 참여자 자기서사의 작품적 이해를 위한 흥미롭고도 유용한 정보가 된다. 문학작품을 매개로 해서 자기 자신을 서사적으로 이해하는 유의미한 시금석이 되는 것이다. 이 참여자가 문학치료 상담에 참여하게 된다고 할 때, 해당 정보는 내담자의 자기서사에 대한 유익한 참고자료로 활용할 수 있다.

MMSS-ON에서는 진단 결과 해설에서 20명 인물에 대해 각각의 캐릭터 특성과 함께 그들이 어떤 문제상황을 어떻게 겪어낸 것인지를 정리해서 설명하며, 그에 비추어 참여자의 캐릭터 특성과 함께 강점 및 취약점, 조언 등을 제시하게 된다. 한 가지 유의할 것은 어떤 캐릭터와 동질성이 높게 나타났는가 하는 것이 한 개인의 인격이나 수준 평가와는 완전히 무관하다는 점이다. 모든 캐릭터가 나름의 개성과 함께 장단점을 지니는 것이기 때문이다. 사람들이 나타내는 차이를 '틀림'이 아니라 '다름'으로 접근하는 것이 MMSS-ON의 기본 관점이다.

3.2 [성향] 서사로 보는
나의 성격유형

MMSS-ON 자기서사 진단의 두 번째 범주는 [성향]이다. MBTI나 LCSI 검사의 '성격(性格)'에 준하는 요소인데, 성격적 측면 외에 가치관과 행동특성을 주요 표지로 포괄하는 것이 특징이다. 서사 특유의 입체적이고 맥락적인 형상성을 반영해서 진단지표를 설정했다.

사람들의 자기서사 특성을 이루는 요소는 매우 복잡하고 다양하다. 신동흔은 존재적 측면과 관계적 측면에 걸쳐 서사분석 요소들을 설정한 바 있는데, 대립항으로 설정된 요소가 약 100개에 이른다.[11] 개별 작품서사 분석과 자기서사 분석 및 상담에서는 이와 같은 다양한 요소를 세심히 고려하는 접근이 필요하다. 하지만 일정한 기준에 의해 표준화된 결과를 산출하는 방식의 검사에서 이렇게 많은 지표를 반영하기는 어렵다. 간명하면서도 설득적인 기준을 한정적으로 설정해서 두드러진 특징을 명쾌하게 짚어낼 필요가 있다. MMSS-ON의 [성향]은 이와 같은 방식을 취한다.

MMSS-ON의 [성향]에서 진단지표로 삼는 핵심 항목은 다음 네 가지이다.

I. [성향‖독립성]: 관계적(D) ~ 독립적(I) / Dependent ~ Independent
II. [성향‖행동성]: 사유적(T) ~ 행동적(A) / Thinking ~ Acting
III. [성향‖현실성]: 이상적(C) ~ 현실적(P) / Creative ~ Practical
IV. [성향‖포용성]: 저항적(R) ~ 포용적(B) / Resistant ~ Benevolent

MMSS-ON은 항목마다 서로 대비되는 특성을 대립항으로 짝짓는 방식으로 총 8개의 표지를 설정했다. 서사학 분야에서 오래 적용되면서 유효성이 확인된 구조주의적 분석 체계다. 특정 표지(예컨대 '독립성', '행동성') 유무(有無)를 따지는 방식보다 '차이 나는 자질'을 더 적극적으로 의미화할 수 있는 방식에 해당한다.

이와 비슷한 방식을 취한 성격검사로 MBTI가 있다. MBTI는 외향성(E)~내향성(I), 감각형(S)~직관형(N), 사고형(T)~감정형(F), 판단형(J)~인식형(P) 등 네 항목을 조합해서 총 16가지 유형으로 성격을 진단한다. 그 항목들을 보면 심리와 성격 등 지적 요소에 초점을 맞춘 것들 위주로 되어 있으며, 다소 모호하거나 겹쳐 보이는 항목들이 있다. MMSS-ON은 MBTI와

---

11   신동흔, 「문학치료를 위한 서사 분석 요소와 체계 연구」, 『문학치료연구』 49, 한국문학치료학회, 2018.

마찬가지로 4개 항목 여덟 가지 표지를 기본 체계로 삼지만, 위에서 볼 수 있듯이 구체적 항목은 MBTI와 다르며 좀 더 문학적이고 역동적이다.

MMSS-ON [성향]의 여덟 가지 지표는 대충 설정한 것이 아니다. MBTI를 모방하면서 살짝 바꿔본 것도 아니다. 그 지표들은 서사에서 특징적으로 유표화되는 것들을 핵심적으로 담아낸 것이다. 문학작품은 한 인간이 주체로서 세상을 살아감에 있어 무엇이 어떻게 문제가 되는지를 오랜 시간에 걸쳐 집중적으로 다뤄왔으며, 그 결과를 미적 구조로 응축해왔다. 그 중핵을 이루는 것이 스토리이고 '서사'다. 문학작품에 대한 분석을 통해 서사의 주체로서의 인간에게 문제시되는 원형적인 자질을 핵심적으로 짚어낼 수 있다. MMSS-ON의 네 항목 8개 표지는 이에 기반하여 설정한 것이다. 심리학이 아닌 서사학에 기반한 것으로, MBTI 등과는 철학적 기반이 다르다는 점을 분명히 해둔다. 항목과 표지의 체계성과 설득력 면에서, 그리고 진단적 유효성과 의의 면에서 MMSS-ON의 성격유형 체계는 충분한 대안적 의의를 지닌다고 믿는다.

MMSS-ON [성향]의 네 항목 8개 표지를 좀 더 자세히 설명하면 다음과 같다.

▷ [성향‖독립성]: 관계(D)~독립(I)

타인과의 관계를 중시하고 지향하는가, 독자적 존재로서 자기 자신의 삶에 주안점을 두는가의 문제다. '관계' 성향(D)은 '사교적', '의존성' 요소를 포함하며, '독립' 성향(I)은 '개인적', 자주성' 요소를 포함한다.

▷ [성향‖행동성]: 사유(T)~행동(A)

상황에 대해 이리저리 깊고 신중하게 생각하는가, 나서서 행동해서 부딪쳐 나가는가의 문제다. 생각과 행동은 맞물리기 마련이지만, 어느 쪽에 더 비중을 두는가에 따라 두 성향을 가를 수 있다. '사유' 성향(T)은 '논리적', '신중성'의 요소를 포함하며, '행동' 성향(A)은 '직관적', '과감성'의 요소를 포함한다.

▷ [성향‖현실성]: 이상(C)~현실(P)

주어진 상황을 넘어선 새로운 가능성을 널리 상상하고 추구하는가, 당면한 현실에 주안점을 두고 거기에 집중하는가의 문제다. '이상' 성향(C)은 '상상적', '창의적', '공상적', '미래적' 등의 요소를 포함하며, '현실' 성향(P)은 '경험적', '정형적', '실제적', '과거적' 등의 요소를 포함한다.

▷ [성향‖포용성]: 저항(R)~포용(B)

자신의 가치관과 욕망 등을 내세워 타인에게 저항적인 태도를 보이는가, 타인을 배려하여 너그러이 수용하고 양보하는 태도를 보이는가의 문제다. '저항' 성향(R)은 '비판적', '공격적', '도전적', '경쟁적' 등의 요소를 포함하며, '포용' 성향(B)은 '수용적', '이타적', '회피적', '순응적' 등의 요소를 포함한다.

네 가지 항목을 구성하는 대립적 표지들은 어느 한쪽이 좋고 한쪽은 나쁜 것이 아니다. '차이'를 짚어내는 요소일 따름이다. 앞서 말했던바 '틀림'이 아닌 '다름'이다.

MMSS-ON의 150개 문항 중 대다수는 [성향]을 진단 요소로 포함한다. 하나의 문항에 둘 이상의 항목이 함께 포함되는 경우도 있다. 'MMSS-ON_주먹이'의 문항들을 예시해본다.

#1-1 주먹이는 무모하고 대책 없는 아이다.   ×▽⋯△○
　　　[성향‖행동성] ×: +2, ▽: +1, ⋯: 0, △: -1, ○: -2
　　　[성향‖현실성] ×: -2, ▽: -1, ⋯: 0, △: +1, ○: +2

#1-5 온몸이 똥 속에 파묻히는 일은 끔찍해서 상상하기도 싫다.   ×▽⋯△○
　　　[성향‖행동성] ×: +4, ▽: +2, ⋯: 0, △: -2, ○: -4

#1-1은 [성향]에서 '행동성'과 '현실성' 등 2개 항목을 진단 요소로 포함하며, #1-5는 '행동성' 1개 항목만 포함한다. 5점 척도 선택 결과에 따라 -2점에서 +2점까지의 점수가 부여되는 것은 [인물]의 경우와 같다. 문항에

따라서는 2배의 가중치가 부여되기도 한다. #1-5가 그러한 사례다.

항목별 반응 결과 점수는 대립항 중 '독립', '행동', '현실', '포용' 등 네 가지를 기준으로 삼아 + 점수를 매긴다. 그 반대쪽일 경우 – 점수를 받게 된다. 여기서 점수가 +인가 –인가는 가치 판단과 무관하다. 성향 표지를 계량화하기 위한 편의적인 과정일 뿐이다. [성향 ‖ 행동성]에서 – 점수를 받게 되면 이는 '사유적' 지수가 높음을 뜻한다.

MMSS-ON의 네 항목 8개 표지에서 받을 수 있는 원점수의 최고치는 각각 다음과 같다.

관계적 / 독립적: 64문항 130점(가중치 문항 1개)
사유적 / 행동적: 55문항 120점(가중치 문항 5개)
이상적 / 현실적: 75문항 158점(가중치 문항 4개)
저항적 / 포용적: 46문항 100점(가중치 문항 4개)

통계에서 볼 수 있듯이 최소 46문항에서 최대 75문항에 [성향] 표지가 반영돼 있으며, 점수의 최고치가 100에서 158에 이른다. 40개 이상의 다수 문항을 통한 서사반응 결과라는 것은 그 표지의 신뢰성과 유효성을 뒷받침하는 요소가 된다.

[성향] 범주는 항목별 최종 결과 10을 최고치로 환산하여 표준화한다. 다만 [성향]의 표준화 지수에는 –가 없다. [성향 ‖ 독립성] 최종 합산 점수가 +이면 '독립적' 점수를 받고, 합산 점수가 –이면 '관계적' 점수를 받게 된다. 만약 한 참여자가 [성향 ‖ 독립성]에서 받은 점수가 +65라면 그는 5.0의 '독립적' 지수를 받게 된다. 점수가 –30이면 2.3의 '관계적' 지수를 받게 된다. 이런 식으로 각 참여자는 네 항목에 걸쳐 표준화된 지수를 점수 형태로 받으며, 이는 그의 서사적 성향을 가늠하는 지표가 된다. 예컨대 한 사람은 다음과 같은 점수를 받을 수 있다.

I. [성향‖독립성] 독립적(I) 5.0
II. [성향‖행동성] 사유적(T) 2.8
III. [성향‖현실성] 현실적(P) 6.8
IV. [성향‖윤리성] 포용적(B) 2.2

이 참여자는 관계적 성향보다 독립적 성향이 많이 높고, 이상적 성향보다 현실적 성향이 훨씬 우세하며, 행동적 성향보다 사유적 성향이, 저항적 성향보다 포용적 성향이 다소 우세한 것으로 볼 수 있다. ITPB 식의 단순 유형화를 넘어서 세부 표지의 의미화가 가능하다는 뜻이다. 데이터가 쌓이게 되면 자신의 항목별 점수를 다른 사람들과 비교할 수 있으며, 그중 현저히 차이가 나는 요소를 자신의 특징적인 서사적 성향으로 이해할 수 있게 된다.

MMSS-ON은 네 항목 8개 표지의 조합을 통해 16가지 [성향] 유형을 도출하며, 이를 '서사로 보는 나의 성격유형'으로 표현한다. MMSS-ON은 각 성격유형에 대해 핵심 특징을 짚어내서 서사적인 명칭을 붙였다. 그 내용은 다음과 같다.

① DTCR(관계/사유/이상/저항): 대안적 미래공동체 탐색자
② DTCB(관계/사유/이상/포용): 사교적인 따뜻한 몽상가
③ DTPR(관계/사유/현실/저항): 비판적인 현실 성찰자
④ DTPB(관계/사유/현실/포용): 호감형 현실 적응자
⑤ DACR(관계/행동/이상/저항): 이상적 사회정의 추구자
⑥ DACB(관계/행동/이상/포용): 창의적 갈등 조정자
⑦ DAPR(관계/행동/현실/저항): 저항적 현실참여 활동가
⑧ DAPB(관계/행동/현실/포용): 이타적인 과제 수행자
⑨ ITCR(독립/사유/이상/저항): 고독한 이상주의 사색자
⑩ ITCB(독립/사유/이상/포용): 따로 또 같이 창의기획자
⑪ ITPR(독립/사유/현실/저항): 고뇌하는 문제적 개인
⑫ ITPB(독립/사유/현실/포용): 따뜻한 합리적 개인주의자

⑬ IACR(독립/행동/이상/저항): 자존적인 몽상가 반항아

⑭ IACB(독립/행동/이상/포용): 쿨한 행동적 이상주의자

⑮ IAPR(독립/행동/현실/저항): 자유지향의 이성적 전사

⑯ IAPB(독립/행동/현실/포용): 현실긍정의 자주적 행동주의자

각 유형의 명칭은 요소의 조합에 따른 특징적 면모를 반영한 것으로, 신동흔 외에 4명의 박사과정 연구자(이승민, 강새미, 박주은, 최정문)의 의견 수렴 과정을 거쳐 설정했다. 가치 판단을 배제하고 각 유형의 특징적 면모를 함축적으로 드러내고자 했으며, 부정적 요소보다 긍정적 요소를 담는 쪽을 선택했다. 16가지 성격유형은 각기 강점과 취약점을 함께 가지는바, 유형별 해설에 그 구체적 내용을 제시하고 각 유형의 서사적 강점을 살려나가는 방안에 대해 안내했다. 이에 대해서는 뒤에 다시 설명할 것이다.

현실을 살아가는 수많은 사람의 서사적 성격유형 프로파일은 문학예술 작품 인물의 성격적 특성과 매개될 수 있다. 설화와 소설, 영화 등 수많은 문학예술 작품에는 전형적이고도 특징적인 캐릭터들이 다양하게 등장한다. 그 인물들에 대해 [성향]의 4개 항목에 의한 캐릭터 분석을 수행할 수 있다. 그렇게 분석된 결과는 전형적인 프로파일 구실을 하게 된다. 임의로 몇 개 사례만 제시해보면 다음과 같다.

춘향: 독립 2.0, 행동 7.0, 이상 3.5, 저항 6.0

→ 행동성과 저항성이 현저히 높은, IACR[자존적인 몽상가 반항아] 유형

심청: 관계 6.0, 행동 3.2, 현실 2.0, 포용 7.0

→ 관계성과 포용성이 현저히 높은, DAPB[이타적인 과제 수행자] 유형

햄릿: 독립 2.0, 사유 8.0, 현실 3.0, 저항 1.5

→ 사유성이 현저히 높은, ITPR[고뇌하는 문제적 개인] 유형[12]

---

12 [성향] 표지의 표준화 지수가 5.0 이상이면 '현저히 높은'이라고 표현할 만한 특징이 된다.

이런 식으로 사람들이 널리 알 만한 주요 인물들의 프로파일링 작업을 행할 수 있으며, 그 결과는 참여자들의 진단 결과를 비춰보는 문학적 거울로 삼을 수 있다. 참여자가 자신과 성향이 통하는 작중 인물을 발견할 때 이는 자신에 대한 서사적 이해를 위한, 그리고 문학치료 상담을 위한 좋은 참고 자료 내지 통로가 된다. '같은 성격유형에 속한다'는 차원을 넘어서 어떤 표지가 높고 낮은가를 유표화함으로써 더욱 구체적이고 특징적인 프로파일링 작업이 가능한 것이 MMSS-ON의 서사적 진단체계다.

3.3 [심리] 서사로 보는
나의 심리 특성

MMSS-ON은 인물과의 연결성 및 전반적인 서사적 성향 외에 또 하나의 자기서사 진단지표를 포함한다. 제3의 범주에 해당하는 [심리]가 그것이다. [심리]는 사람의 민감한 정신적 문제로서의 '이상심리'를 서사적으로 진단하는 것을 추구한다. 작품서사에 대한 특징적인 심리적 반응들을 포착해서 혹시 내재해 있을지 모르는 심리적 문제를 가늠하게 된다.

MMSS-ON에서 진단대상으로 삼는 이상심리 항목은 네 가지다. 서사 반응에서 특징적으로 드러날 수 있는 요소들을 선별해서 항목화했다. 그 내역은 다음과 같다.

▷ **[심리‖우울/무력] 부정적 관념과 우울성, 무기력증 표지**

자기 자신과 타인, 세상에 대한 부정적 태도와 관념. 자존감과 자기효능감 부족에 따른 무기력과 우울

▷ **[심리‖불안/회피] 불안과 회피, 강박성 표지**

위험 및 안 좋은 결과에 대한 과민한 반응과 불안. 두려움과 강박에 따른 소극적인 태도와 회피

▷ [심리∥분노/공격] 분노와 공격성, 폭력성 표지

세상 및 자기 자신과의 불화와 부딪침에 따른 화와 분노. 그리고 그에 따른 공격적이고 폭력적인 태도

▷ [심리∥인정/과시] 인정욕구와 과시성, 연극성 표지

특별한 존재로 인정받고, 주목과 칭찬을 얻으려는 욕구. 과시적이고 연극적인 태도. 퇴행적일 수 있는

[심리] 지표는 MMSS-ON의 150문항 가운데 총 100개 문항에 적용되어 있다. 한 문항에 두 개 지표가 반영된 경우는 없으며, 2배의 가중치가 부여된 경우는 몇 개 있다. 'MMSS-ON_주먹이'에서 [심리] 지표의 사례를 보면 다음과 같다.

#1-2 황소나 물고기의 뱃속보다는 아버지 주머니 속이 낫다. ☒☒⋯△○
  [심리∥불안/회피] ×: 0, ▽: 0, ⋯: 0, △: 1, ○: 2

#1-4 주먹이는 하늘을 날다가 떨어질 때 짜릿했을 것이다. ☒☒⋯△○
  [심리∥인정/과시] ×: 0, ▽: 0, ⋯: 0, △: 1, ○: 2

#1-2에서 아버지 주머니 속이 낫다고 하는 동의 반응이 '불안'이나 '회피'와 연결된다고 보았고, #1-4에 대한 동의 반응에는 과장적인 태도나 과시 심리가 일정하게 반영된 것으로 보았다. 해당하는 답변에는 [심리]에 해당하는 점수를 부여하게 된다.

[심리]는 [성향]과 마찬가지로 13개 설화에 대한 종합검사를 통해 진단 결과를 도출하게 된다. 150개 모든 문항에 대한 답변이 이루어지면 [심리]에 해당하는 점수들의 항목별 합산이 이루어진다. MMSS-ON에서 네 가지 이상심리 표지가 반영된 문항 수와 받을 수 있는 총점은 다음과 같다.

우울/무력: 27개 문항 58점(가중치 문항 2개)

불안/회피: 22개 문항 46점(가중치 문항 1개)
분노/공격: 29개 문항 60점(가중치 문항 1개)
인정/과시: 22개 문항 44점(가중치 문항 0개)

　　[성향]에 비하면 문항 수가 적은 편이지만, 최소 22개의 문항에 해당 표지가 반영돼 있어 필요한 신뢰성을 확보할 수 있도록 되어 있다. 각 항목의 원점수는 최고점을 10으로 해서 표준화 지수로 환산하게 된다. '우울/무력'의 원점수가 20이라면 표준화 지수는 3.4가 되며, '불안/회피' 항목의 점수가 23점이라면 표준화 지수는 5.0이 된다. 참여자의 [심리] 지수를 가상적으로 예시하면 다음과 같다.

　　우울/무력 3.4　불안/회피 5.0　분노/공격 0.8　인정/과시 1.5

　　위의 결과는 '불안/회피'와 '우울/무력'이 꽤 높고, '분노/공격'과 '인정/과시'는 낮음을 나타낸다. 만약 [심리]의 항목별 점수가 '정상'으로 이해되는 선을 현저하게 넘겼을 때, 이는 심리적 문제가 내재했을 가능성을 시사하는 결과로 해석될 수 있다. 다만 이때 정상에 해당하는 범위와 심리적 문제로 판단하는 기준을 어떻게 설정할 것인지는 충분한 데이터가 축적된 뒤 정밀한 점검분석을 통해 판단하는 것이 합당하다고 보고 있다. 수치가 평균치를 현저히 넘어서는 경우에 한하여, 또는 상대적 비교에서 현저하게 상위에 있을 경우에 한하여 이를 유의미한 정보로 삼는다는 것이 MMSS-ON의 방침이다. 심리적 문제에 대한 섣부른 평가는 참여자에 대한 오해나 편견을 낳을 수 있기 때문이다. MMSS-ON의 기본 목적이 심리 문제의 진단에 있지 않다는 점도 [심리] 범주에 대한 결과 평가를 신중하고 보수적인 관점에서 수행할 이유가 된다.[13]

13　참고로, [심리]의 각 항목에서 받을 수 있는 최하 점수가 '0'이다. 해당 심리 요소가 확인되지 않는 사례다. 이 경우 가장 안정적이고 건강한 것인가 하면 그리 단정할 바는 아닐 것이다. 일정한 수치가 나타나는 것이 일반적이고 정상적인 반응일 수 있다. 이는 이

MMSS-ON이 심리적 문제 진단을 목적으로 삼지 않음에도 [심리] 항목을 진단 요소로 반영한 것은 서사반응을 통해 나타난 심리 특성이 가질 수 있는 차별적 의의 때문이다. 부담 없이 즐기고 소통할 수 있는 미적인 감상 대상으로서 설화 작품서사에 대한 반응은 일반 심리검사에 비해 더 편안한 상태에서 솔직하고 직관적인 형태로 이루어진다. 자기 이야기를 직접적으로 하는 것이 아니기 때문에 무의식적 자기검열이 작용할 가능성이 작다. MMSS-ON이 자기서사 검사를 내걸기 때문에 심리적 문제를 따로 의식하지 않고 응답이 이루어진다는 점 또한 반응의 객관성을 뒷받침하는 요소가 된다.

문학작품을 매개로 심리적 진단을 하는 데 대해, 특히 '이상심리'를 다루는 데 대해 우려와 반발이 있을 수 있음을 안다. 불가능한 일이나 행하면 안 되는 일로 보는 시각도 있을 것이다. 작품에 대한 서사반응이 본래 복잡하고 미묘한 것이기에 일부 반응을 두고서 심리적 문제가 있다는 식으로 섣불리 단정할 경우 무모하고 위험한 일이 될 것이다. 하지만 예방적 진단 차원에서 그 가능성의 일단을 짚어내는 것은 가능하고도 필요한 일이다. 작품서사에 대한 문학적 반응에는 인간의 내면이 유효하게 반영되며, 그 대상에는 이상심리도 포함된다. 심리학 기반에서 쉽게 짚어내지 못하는 부분까지 유의미하게 드러날 가능성도 상존한다.

MMSS-ON [심리] 범주는 조심스럽게 데이터를 축적해나가면서, 지속적인 재점검과 조정 과정을 거치면서 신뢰성을 확보해나갈 것이다. 데이터 축적과 신뢰성 검증이 제대로 이루어지면, MMSS-ON을 통한 이상심리 진단 결과가 타당성과 유용성 면에서 심리학 기반의 검사 결과를 넘어서지 말란 법이 없다. 다만 현재로서는 하나의 희망사항일 따름이다. 일단은 필요한 자료를 충분히 축적하는 작업을 수행한 뒤 평가기준을 합리적으로 설정하고 여타 검사 결과와의 교차 평가를 통한 신뢰성 검증을 거치면서 기존 검

___

론적으로 속단하기 어려운 문제로서, 필요한 데이터가 충분히 축적되었을 때 합리적인 평가 기준을 마련하는 것이 합당하다.

사에 대한 보완적 활용의 길을 찾아나갈 것임을 밝혀둔다.

4   작품별 진단분석 지표 종합 예시

MMSS-ON의 각 작품과 문항에는 앞에서 설명한 바와 같이 [인물]과 [성향], [심리] 등 세 범주에 걸친 다양한 서사적 진단의 표지들이 포함돼 있다. 이해의 편의를 위해 한 작품을 예로 삼아서 이야기 지문과 문항, 그리고 문항에 적용된 서사적 진단지표를 종합적으로 제시해본다. 작중의 복수 인물이 거점으로 설정돼 있고 [인물]과 [성향] 등에 서사적 지표가 반영된 작품에 해당하는 'MMSS-ON_내 복에 산다'를 사례로 제시한다.

2. 내 복에 산다

옛날에 딸 세 명을 둔 부자가 있었어요. 부자는 막내딸 가믄장아기를 특히 사랑했지요. 어느 비 오는 날, 부자는 딸들을 불러서 "너희가 누구 덕에 이렇게 잘 먹고 살지?" 하고 물었습니다. "당연히 부모님 덕이지요!" 언니들은 이렇게 대답해서 칭찬을 들었습니다. 하지만 가믄장아기는 달랐어요. "부모님 덕도 덕이지만, 누가 뭐래도 저는 제 복으로 삽니다." "뭐라고? 그래 어디 한번 네 복으로 살아봐라." 아버지는 이렇게 말하면서 막내딸을 집에서 내쫓았습니다. 딸은 군말 없이 짐을 챙겨서 밖으로 나섰지요. 막상 딸이 나가니까 부부는 서운한 마음이 들었어요. 언니들에게 동생을 불러오라고 시켰지요. 언니들은 부모님이 쫓아온다고 거짓말을 해서 동생을 바삐 떠나게 했습니다. 부부는 직접 막내딸을 보려고 급히 문을 나서다가 잘못 넘어져서 장님이 되고 말았지요. 얼마 뒤 재산도 사라져서 거지가 됐어요. 막내딸은 어찌 됐을까요? 혼자 산속을 가다가 오두막에 묵게 됐는데, 거기 사는 총각이 괜찮아 보여서 그를 남편으로 삼았어요. 그리고 남편 일하는 곳에 갔다가 금을 발견해서 큰 부자가 됐답니다. 부자가 된 가믄장아기는 부모를 찾으려고 크게 거지 잔치를 열었어요. 눈 먼 부모가 찾아오자 상을 잘 차려 대접하고서 말했지요. "아버지 어머니, 저 좀 보세요. 가믄장아기예요." 그 말에 부모가 깜짝 놀라서 번쩍 눈을 떴답니다. 막내딸은 부모를 모시고 오래오래 잘 살았대요.

#2-1 사람은 원래 자기 복으로 먹고사는 법이다.   ⊠▽⋯△○
  [인물 ‖ 가믄장]: -2 -1 0 +1 +2
  [인물 ‖ 언니들]: +2 +1 0 -1 -2
  [성향 ‖ 독립성]: -2 -1 0 +1 +2
  [성향 ‖ 현실성]: +2 +1 0 -1 -2

#2-2 아버지가 딸들에게 인정받으려 한 것은 자연스러운 일이다.   ⊠▽⋯△○
  [인물 ‖ 가믄장]: +2 +1 0 -1 -2
  [인물 ‖ 언니들]: -2 -1 0 +1 +2
  [성향 ‖ 독립성]: +2 +1 0 -1 -2
  [심리 ‖ 인정/과시]: 0 0 0 1 2

#2-3 나였다면 언니들처럼 대답했을 것이다.   ⊠▽⋯△○
  [인물 ‖ 가믄장]: +2 +1 0 -1 -2
  [인물 ‖ 언니들]: -4 -2 0 +2 +4
  [성향 ‖ 독립성]: +2 +1 0 -1 -2
  [성향 ‖ 포용성]: -2 -1 0 +1 +2

#2-4 나는 막내딸처럼 내 할 말을 다 하는 편이다.   ⊠▽⋯△○
  [인물 ‖ 가믄장]: -4 -2 0 +2 +4
  [인물 ‖ 언니들]: +2 +1 0 -1 -2
  [성향 ‖ 독립성]: -2 -1 0 +1 +2
  [성향 ‖ 행동성]: -2 -1 0 +1 +2
  [성향 ‖ 포용성]: +2 +1 0 -1 -2

#2-5 막내딸이 집을 나간 것은 잘한 선택이다. ⊠▽⋯△○

　　　[인물 ‖ 가믄장]: −2 −1 0 +1 +2

　　　[인물 ‖ 언니들]: +2 +1 0 −1 −2

　　　[성향 ‖ 독립성]: −2 −1 0 +1 +2

　　　[성향 ‖ 행동성]: −2 −1 0 +1 +2

　　　[성향 ‖ 현실성]: +2 +1 0 −1 −2

#2-6 나였으면 화난 아버지를 좋은 말로 달랬을 것이다. ⊠▽⋯△○

　　　[인물 ‖ 가믄장]: +2 +1 0 −1 −2

　　　[변수 ‖ 가믄장] '원만': 0 0 0 + ++ (다소) 원만한 성향의 가믄장아기

　　　[인물 ‖ 언니들]: −2 −1 0 +1 +2

　　　[성향 ‖ 현실성]: −2 −1 0 +1 +2

　　　[성향 ‖ 포용성]: −2 −1 0 +1 +2

#2-7 혼자 길을 나선 가믄장아기는 울적했을 것이다. ⊠▽⋯△○

　　　[인물 ‖ 가믄장]: +2 +1 0 −1 −2

　　　[변수 ‖ 가믄장] '우울': 0 0 0 + ++ (다소) 우울한 성향의 가믄장아기

　　　[성향 ‖ 현실성]: −2 −1 0 +1 +2

　　　[심리 ‖ 우울/무력]: 0 0 0 1 2

#2-8 나였어도 괜찮은 남자가 있으면 결혼했을 것이다. ⊠▽⋯△○

　　　[인물 ‖ 가믄장]: −4 −2 0 +2 +4

　　　[변수 ‖ 가믄장] '경계심': ++ + 0 0 0 (다소) 경계심이 있는 가믄장아기

　　　[성향 ‖ 독립성]: +2 +1 0 −1 −2

　　　[성향 ‖ 행동성]: −4 −2 0 +2 +4

　　　[심리 ‖ 불안/회피]: 2 1 0 0 0

#2-9 가믄장아기가 금을 발견한 것은 우연한 행운이다. ⊠▽⋯△○

　　　[인물 ‖ 가믄장]: +2 +1 0 −1 −2

　　　[성향 ‖ 현실성]: −2 −1 0 +1 +2

　　　[심리 ‖ 우울/무력]: 0 0 0 1 2

#2-10 실제 현실이라면 언니들이 더 잘 살았을 것이다. ⊠▽⋯△○

　　　[인물 ‖ 가믄장]: +2 +1 0 −1 −2

　　　[인물 ‖ 언니들]: −2 −1 0 +1 +2

[성향 ‖ 독립성]: +2 +1 0 -1 -2
[성향 ‖ 현실성]: -2 -1 0 +1 +2

#2-11 내가 가믄장아기였어도 부모를 찾아서 잘 모셨을 것이다.   ☒ ▽ ⋯ △ ○
　　　[인물 ‖ 가믄장]: -2 -1 0 +1 +2
　　　[변수 ‖ 가믄장] '부모와의 거리감': ++ + 0 0 0 (다소) 부모와 거리감이 있는 가믄장아기
　　　[인물 ‖ 언니들]: +2 +1 0 -1 -2
　　　[변수 ‖ 언니들] '착함': 0 0 0 + ++ (다소) 착한 심성을 지닌 언니들
　　　[성향 ‖ 포용성]: -4 -2 0 +2 +4
　　　[심리 ‖ 분노/공격]: 2 1 0 0 0

#2-12 나였다면 두 언니도 찾아내서 함께 살았을 것이다.   ☒ ▽ ⋯ △ ○
　　　[인물 ‖ 가믄장]: +2 +1 0 -1 -2
　　　[변수 ‖ 가믄장] '이타성': 0 0 0 + ++ (다소) 이타적 성향의 가믄장아기
　　　[성향 ‖ 독립성]: +2 +1 0 -1 -2
　　　[성향 ‖ 포용성]: -2 -1 0 +1 +2

　　캐릭터적 연결성을 설정한 작중 인물이 '가믄장'(가믄장아기)과 '언니들'
등 둘이다 보니 분석 지표가 많아졌다. 부모와 자녀 또는 형제자매 간의 미
묘한 인간관계 문제를 반영한 이야기이다 보니 [인물]에 '변수'도 특히 많이
적용된 상황이다. 각 문항에 반영된 모든 진단 요소는 서사학 및 문학치료
전공으로 박사과정을 수료한 4명의 전문 연구자의 점검을 통해 수정 보완을
거친 것이다.[14] 그 실제적 유효성 여부는 MMSS-ON 검사에 참여한 참여자
들의 평가반응 등을 통해 착실히 검증되어갈 것이나. 온라인을 통해 축적되
는 제반 반응 데이터들이 진단의 신뢰성과 유효성을 뒷받침하는 구체적 자
료 구실을 할 것이다.

14　해당 연구자 4명은 건국대 대학원의 이승민, 강새미, 박주은, 최정문이다. MMSS-ON
　　13개 이야기 150개 문항에 적용한 [인물], [성향], [심리]의 모든 서사적 표지에 대해
　　신동흔의 초안을 바탕으로 공동 검토를 통한 조정 과정을 통해 최종 확정했다. 이야기
　　지문 및 문항에 대해서도 필요한 검토 과정을 거쳤음을 밝혀둔다.

MMSS-ON은 일련의 프로그램 설계와 개발 과정을 거쳐 온라인 시행이 가능한 사이트 구축 작업을 완료한 상태다. 검사용 인터넷 사이트 구축은 사회적기업인 '에필로그 협동조합'이 수행했으며, 약 6개월에 걸친 시험적 점검과 보완 과정을 거쳤다. 2023년 5월부터 '오로시 성격강점검사'라는 이름으로 온라인 검사 서비스를 행하고 있다. MMSS-ON 검사 사이트 주소는 http://orot-i.com이다.

위 사이트에 접속해서 검사 안내문을 확인한 뒤 13개 설화 150개 문항에 대한 선택을 완료하면 세 가지 자기서사 진단 범주에 대한 결괏값이 프로그램에 의해 즉시 산출되며, 검사 참여자들이 그 결과를 온라인상으로 바로 확인할 수 있다. 2023년 3월 기준으로, 참여자들에게 제공되는 결과 해설에는 다음과 같은 정보들이 포함된다.

① MMSS-ON 검사에 대한 간단한 설명
② 해당 참여자의 진단 결과 종합 요약
  - 20명 설화 캐릭터와의 일치도
  - 참여자와 가장 비슷한 서사를 가진 인물 2명과 상반되는 인물 1명 적시
  - 16가지 서사적 성격유형 중 참여자가 해당하는 유형 적시
③ '설화 인물로 보는 나의 캐릭터' 해설
  - '나와 비슷한 서사를 가진 인물' 2명에 비추어본 자기서사 특성 상세 해설
  - '나와 상반되는 서사를 가진 인물' 1명에 비추어본 자기서사 특성 상세 해설
④ '서사로 보는 나의 성격유형' 해설
  - 참여자가 해당하는 성격유형의 특성과 장단점, 진로 적성에 대한 상세 해설

　　네 항목 중 가장 중요한 두 가지 정보는 ③과 ④로 각각 [인물]과 [성향]에 해당하는 자기서사 특성에 대한 설명이다. [심리]에 해당하는 요소는 진단 결과 설명에서 빠진 상태인데, 아직 필요한 데이터 축적이 이루어지지 않은 상태임을 고려한 것이다. 충분한 데이터가 축적되고 그에 대한 분석이 이루어지면 [심리]에 해당하는 진단 결과를 '서사로 보는 나의 심리 특성' 항목으로 해설과 함께 제시할 예정이다.

　　③에 해당하는 '설화 인물로 보는 나의 캐릭터'는 20개 인물별로 서로 다른 해설이 제공된다. '나와 비슷한 서사를 가진 인물'과 관련한 해설과 '나와 상반되는 서사를 가진 인물'에 대한 해설도 별도의 내용으로 제공된다. '나와 비슷한 서사를 가진 인물'의 경우 기본 해설과 함께 '변수'와 관련한 해설을 함께 제공하게 된다. 각 참여자는 '나와 비슷한 서사를 가진 인물' 2명과 관련한 해설 및 '나와 상반되는 서사를 가진 인물' 1명과 관련한 해설을 함께 제공받게 된다.

　　'주먹이'를 사례로 삼아서, '참여자와 서사가 비슷한 인물'과 관련한 해설의 구체적인 내용을 제시하면 다음과 같다.

■ **주먹이**　#용감한 #당찬 #경쾌한 #행동파 #도전 #모험 #작은 거인

당신과 비슷한 서사를 가진 인물은 「주먹이」 이야기 속의 '주먹이'입니다. 자기긍정과 경쾌한 행동력으로 세상을 당차게 헤쳐나가는 주인공이지요. 멋집니다!

▷ **'주먹이' 캐릭터와 서사**
주먹이의 인생행로는 새롭고 놀라운 모험으로 가득 차 있어요. 주먹만 한 작은 몸으로 아버지 주머니라는 좁은 울타리를 벗어나서 넓은 세상을 이리저리 누비죠. 그뿐인가요? 모험에 따르는 위험과 곤란에도 굴하지 않아요.

솔개에게 물려가다 떨어져도 정신을 잃지 않고, 황소나 호랑이 뱃속에 들어가도 포기하지 않고 움직여서 벗어날 길을 찾아내지요. 악취 나는 똥 속에 빠져도 개의치 않고서 훌훌 털고 일어납니다.

도전성과 행동력이 남다르고 문제해결력이 뛰어난 사람. 그게 자기서사 진단을 통해 드러난 당신의 모습입니다. 익숙한 작은 세상에 머물지 않고 낯설고 넓은 세상을 마음껏 누비며 살아가는 것이 당신에게 어울리는 삶의 모습으로 생각됩니다. 당신의 통통 튀는 에너지와 특별한 모험을 응원할게요.

많은 사람들은 주먹이를 멋있게 생각합니다. 주먹이 같은 삶을 꿈꾸곤 하지요. 당신 또한 주변 사람들에게 '인생 참 재밌게 산다, 대단하다' 등의 찬사를 받았을지 모릅니다. 그러나 모험적 선택과 행동이 항상 좋은 결과를 낳는 것은 아닙니다. 멋있고 대단해 보이지만 자칫하면 무모할 수 있어요. 모험에는 많은 위험이 따릅니다. 이야기 속의 주먹이도 여러 번의 큰 위험을 겪지요. 거침없이 세상을 휘젓는 것은 좋지만 위험을 자초한다면 현명한 일은 아닐 겁니다. 위험 요소를 미리 방비할 필요가 있어요. 소홀함과 무모함, 과시욕 등으로 위험한 선을 넘는 일을 절제하는 것, 그것이 당신에게 주어진 숙제입니다.

무모함을 절제하고 위험을 방비한다고 해도 한 명의 주먹이로 넓은 세상을 도전적으로 누비다 보면 뜻하지 않은 큰 위기와 시험에 직면할 수 있습니다. 주먹이의 진가는 이때 드러나게 되지요. 당황해서 주저앉거나 물러나서 숨어버린다면 참된 주먹이라 하기 어렵습니다. 사태를 잘 살피고 좋은 방법을 찾아내서 문제를 해결해서 앞으로 나아가는 것이 '성공하는 주먹이'로 세상을 살아가기 위한 과제가 됩니다.

주먹이의 서사에서 한 가지 주목할 것은 그가 '작고 가벼운 존재'라는 점입니다. 크고 무거운 존재는 세상을 경쾌하게 움직이기 어렵지요. 이리저리 얽힌 관계가 많거나 짊어진 짐이 많으면 주먹이답게 살아가기 어렵습니다. 운동 부족으로 몸이 무거워도 마음껏 움직일 수 없겠지요. 이런저런 책임을 가능한 한 덜어내고 건강 관리를 잘해서 몸과 마음을 가볍게 유지하기를 권합니다. '착한 아이'가 돼야 한다는 부담감도 슬쩍 내려놓으세요. '작은 거인의 서사'를 멋지게 펼쳐내기 위한 비법입니다.^^

* 변수: 무모

당신은 '주먹이의 서사'를 가지고 있는데, 작품 속의 주먹이와 조금 다른 면도 있습니다. 진단 결과에 의하면 당신은 '(다소) 무모함이 있는 주먹이'입니다.

주먹이로서의 당신은 안전선을 넘을 가능성이 있어서 주의가 필요합니다. '하늘에서 떨어지는 일이 짜릿하다'는 건 조금 오버일 수 있어요. 용감하고 대담한 건 좋지만 그것이 무모한 과시욕이 되면 곤란합니다. '난 괜찮을 거야!' 하면서 3층 건물에서 몸을 던진다면 그건 만용이겠지요. '사소한 일에 목숨 걸지 말라'는 말이 있잖아요? 행복한 주먹이로 오래도록 걱정 없이 잘 살아가려면 조금 지나칠 수도 있는 당신의 모험성과 에너지를 잘 다스리기를 권합니다. 일부러 호랑이 굴에 들어가거나 똥구덩이에 빠질 필요는 없잖아요? ^^

* 변수: 행동성 부족

당신은 '주먹이의 서사'를 가지고 있는데, 작품 속의 주먹이와 조금 다른 면도 있습니다. 진단 결과에 의하면 당신은 '(다소) 행동성이 낮은 주먹이'입니다.

당신은 마음으로는 분명히 주먹이 캐릭터와 서사를 가지고 있는데, 그걸 행동으로 옮기는 데는 어려움을 겪는 것 같아요. 혹시 몸은 침대에 있으면서 머리로는 슈퍼 히어로가 되어 우주를 휘젓고 있지 않나요? 자유로운 상상은 전혀 문제가 아니죠. 하지만 이상과 현실 사이의 갭이 크다면 문제될 수 있어요. 내가 꿈꾸는 나의 모습과 실제 모습 사이의 간극을 줄여나가는 연습이 필요합니다. 그 출발은 '작은 행동'부터 실천하는 일입니다.

이번 주말에 한번 작은 모험을 해보는 건 어떨까요? 가보지 않았던 곳으로 훌쩍 여행을 떠나보는 겁니다. 거기서 큰 즐거움과 성취감을 느낀다면 당신은 '주먹이'가 맞습니다. 만약 그 일이 괴롭고 피곤하다면 당신은 '진짜 주먹이'가 아닐 수 있어요. 행동으로 옮겨서 자기점검을 해보세요. 그런 과정을 통해 '내 안의 주먹이'를 실제 삶으로 착착 펼쳐낸다면 머지않아 당신은 넓은 세상을 즐겁고 힘차게 움직이는 남다른 모험가가 되어 있을 겁니

제4부

다. 내면의 꿈을 멋지게 이루어내기를 기대합니다![15]

내용을 보면 알 수 있듯이 작중 인물 캐릭터에 비추어 참여자의 자기서사 특성을 설명하는 방식으로 해설이 구성돼 있다. 약점이나 위험요소에 대한 내용도 포함돼 있지만, 강점 및 기회요소에 더 주안점을 두는 가운데 참여자에게 맞는 서사의 길을 안내하는 방식을 취하고 있다. 참고로, 해설내용 가운데 '변수'는 검사 결과 해당 특성이 활성화된 경우에만 제공된다.

다음은 '나와 상반되는 서사를 가진 인물'과 관련한 해설이다. 역시 '주먹이'의 경우를 사례로 본다.

■ 주먹이 #용감한 #당찬 #경쾌한 #행동파 #도전 #모험 #작은 거인

당신이 가진 자기서사의 맞은편에 있는 인물은 「주먹이」 이야기 속의 '주먹이'입니다. 자기긍정과 경쾌한 행동력으로 세상을 당차게 헤쳐나가는 인물이지요.

주먹이의 인생행로는 모험으로 가득 차 있습니다. 주먹만 한 작은 몸으로 아버지 주머니라는 좁은 울타리를 벗어나서 넓은 세상을 이리저리 누비죠. 주먹이는 모험에 따르는 위험과 곤란에도 굴하지 않습니다. 솔개에게 물려가다 떨어져도 정신을 잃지 않고, 황소나 호랑이 뱃속에 들어도 포기하지 않고 벗어날 길을 찾아내지요. 악취 나는 똥 속에 빠져도 개의치 않고서 훌훌 털고 일어납니다.

도전성과 행동력이 남다르고 문제해결력이 뛰어난 사람, 그게 주먹이의 서사 특성입니다. 익숙한 작은 세상에 머물지 않고 낯설고 넓은 세상을 마음껏 누비며 살아가는 스타일이지요. 많은 사람들은 이런 주먹이를 멋있게

---

15 참고로 20명 인물과 관련한 진단 결과 해설은 건국대 대학원 박사과정의 이승민, 강새미 연구원이 초안을 작성한 것을 신동흔이 전체적으로 수정·보완하여 재서술한 것임을 밝혀둔다.

생각합니다. 주먹이 같은 삶을 꿈꾸는 사람들도 많습니다. 적극적인 도전성은 세상이 높이 평가하는 가치이기도 하지요.

하지만 적극적 행동과 모험적 선택이 항상 좋은 결과를 낳지는 않습니다. 멋지고 대단해 보이지만 자칫 무모할 수 있지요. 모험에는 위험이 따릅니다. 이야기 속의 주먹이도 여러 번의 큰 위험을 겪습니다. 거침없이 세상을 휘젓는다는 명분으로 위험을 자초한다면 현명한 일은 아니겠지요. 이야기에서 주먹이가 겪은 일들이 과연 그렇게 할 만한 가치가 있는지 의문을 가져볼 수 있습니다.

아마도 당신은 주먹이의 모험적 행보에 의문을 갖는 쪽으로 생각됩니다. 굳이 위험을 자초해서 고생할 필요가 없고, 그냥 안전하게 머무르는 게 낫다는 주의. 맞지 않나요? 어쩌면 '도전'이라는 명목으로 남다르게 움직이는 사람을 보면 괜히 잘난 척하는 것처럼 보일지도 모르겠어요.

하나의 자연스러운 반응입니다. 익숙한 자리에 머무르면서 주어진 일을 꾸준히 행하는 것도 가능한 삶의 방식이지요. 가진 에너지가 크지 않고 '집콕'이 편한 스타일이라면 더 그렇습니다. 실제로 그런 사람들이 무척 많아요. 세상의 추세나 평판 때문에 내키지 않는 상태로 무리한 도전을 한다면 현명한 선택은 아닙니다. 사람은 자기 캐릭터에 맞게 움직일 때 편안하고 행복한 법이거든요. 만약 당신이 현 상태로 충분히 편안하고 심적 갈등이 없다면 그것으로 좋습니다.

하지만 그것이 당신의 진짜 캐릭터 특성인지 점검해볼 필요는 있습니다. 어쩌면 당신은 내심 주먹이와 같은 삶을 동경하고 있으면서 그렇게 움직이지 못하는 스스로를 합리화하고 있을지도 모르거든요. 만약 마음속 어딘가에 주먹이가 숨어있는데 그것을 의식 · 무의식중에 억누르고 있다면 갈등 요소가 될 수 있습니다. 억눌린 서사는 밖으로 이끌어내서 길을 내주는 게 맞는 일이지요.

과연 당신은 정말로 도전과 모험을 싫어하는 사람인지, 아니면 그렇게 하고 싶은데 여의치 않아서 이를 부정하는 것인지, 한번 찬찬히 성찰해보기를 권합니다. 주먹이 이야기를 다시 한번 차근히 음미해보는 것이 좋은 방법이에요!

'주먹이'라는 인물에 대한 기본적인 설명은 '비슷한 서사를 가진 인물'의 경우와 유사하지만, 참여자의 자기서사 특성에 대한 설명은 방향과 내용에 차이가 있다. 작중 인물과 서사가 다르게 나타나는 것은 자연스러운 현상이라는 전제하에 그 다름을 참여자의 자기서사 특성을 짚어내는 매개로 삼는 형태로 돼있다. 그 상반된 인물의 서사가 참여자 안에 숨겨져 있을 가능성을 함께 언급하는 것이 특성이다. 인물에 대한 거부감이 해당 인물과의 숨은 연결성의 표지일 수 있다는 관점을 반영한 것이다.

다음은 [성향]에 해당하는 '서사로 보는 나의 성격유형'에 대한 해설이다. 16가지 유형 중 참여자가 속하는 유형에 대한 설명이 핵심 정보로 제공된다. 한 예로 참여자의 성격유형이 IACB(독립/행동/이상/포용) 유형에 해당하는 것으로 나타난 경우 다음과 같은 해설을 받게 된다.

※ ○○ 님은 서사로 보는 성격유형 검사 결과 MMSS-ON 16가지 성격유형 가운데 IACB(독립/행동/이상/포용)형에 속하는 것으로 나타났습니다.

○○ 님의 네 가지 요소별 지수는 다음과 같습니다. 참고로, 수치가 3~5 사이이면 '꽤 높음'에 해당하며, 5보다 크면 '매우 높음'에 해당합니다(요소별 최고 수치: 10).

• 독립(I): 2.4   • 행동(A): 4.1   • 이상(C): 5.9   • 포용(B): 4.4

다음은 ○○ 님이 해당하는 성격유형에 대한 해설입니다. 성격 특성에 대한 종합 해설과 유형별 강점 및 약점, 조언 등으로 구성돼 있습니다. 절대적인 것은 아니지만, 자기 자신을 돌아보는 데 좋은 지침이 되어줄 것입니다.

[참고로, MMSS-ON 서사적 성격유형 진단은 관계(D: Dependent)~독립(I: Independent), 사유(T: Thinking)~행동(A: Acting), 이상(C: Creative)~현실(P: Practical), 저항(R: Resistant)~포용(B: Benevolent) 등 여덟 가지 요소를 축으로 하여 구성됩니다. 각 대립항에서 더 우세한 네 가지 요소를 조합하는 형태입니다. / 성격유형 진단 결과 해설은 해당 요소별 지수가 5.0 정도의 높은 수준임을 전제하여 작성한 것이어서 당신의 실제 성격과 딱 맞지 않을

수 있습니다. 당신이 받은 결과 중 수치가 높음(3.0 이상)으로 나타난 요소에 특히 유의해서 살피기를 권합니다.]

■ IACB(독립/행동/이상/포용) 유형 쿨한 행동적 이상주의자

▷ 종합 해설

IACB형에 속하는 당신은 자주성이 높으면서도 타인을 포용하는 사람이고 (IB), 창의적 생각과 이상을 실제 행동으로 옮길 수 있는 사람입니다. 많은 일을 해낼 수 있는 적극적 능력자 캐릭터입니다.

당신은 주어진 현실과 나날의 일상에 얽매이기보다 뭔가 새롭고 특별한 삶을 꿈꾸는 사람입니다(C). 익숙한 곳을 반복적으로 찾기보다 새로운 곳을 탐색하는 스타일이에요. 여행을 좋아하고 또 실제로 자주 다닐 것입니다. 아마도 전에 갔던 곳보다 새로운 곳을 찾아갈 가능성이 큽니다. 여행뿐만 아니라 다른 일에도 이런 방식으로 임할 것입니다(AC).

당신은 자주성이 높은 독립 지향적인 사람이면서도 타인을 배척하기보다 포용하는 스타일입니다(IB). '따뜻한 개인주의자'라고 할 만한 쿨한 면모입니다. 일을 진행함에 있어 '따로 또 같이' 형태를 선호할 것이며, 자신에게 주어진 일에 대해 집중력과 책임감을 가질 것입니다(IA). 주변 사람들은 이런 당신에게 신뢰를 보낼 거예요. 하지만 당신은 그들을 늘 마음에 두고 있지는 않으며, 자기 자리로 돌아오면 쿨하게 잊어버릴 가능성이 큽니다(I).

당신은 자신이 원하지 않는 일을 할 수 없이 해야 할 때 스트레스를 받을 수 있으며(I), 미묘한 인간관계 문제를 감당하거나 번거로운 행정절차를 신경 써야 할 때 피곤함을 느낄 수 있습니다(IC). 그럼에도 당신은 수용적인 사람이고 행동적인 사람이라서(AB) 그 일을 해낼 가능성이 큽니다. 그렇게 여러 일을 맡아서 하다 보면 정작 당신이 하고자 하는 일이 뒤로 밀리는 현상이 생겨날 수 있습니다.

당신은 창조적인 일에 열정과 에너지를 쏟을 때 진정한 행복감을 느끼는 사람입니다(C). 여러 마리 토끼를 쫓는 것은 좋지 않습니다. 끊을 것은 끊고, 아닌 것은 아니라고 말해서 불필요한 과업을 덜어낼 필요가 있습니다. 그렇게 아끼고 충전한 에너지를 당신이 진정으로 원하는 일에 집중시킬 때 더 크고 좋은 성취를 이룰 것입니다.

☞ IACB형에 맞는 진로 적성은 작가, 예술가, 여행가, 연구자, 발명가, 크리에이터, 큐레이터 쪽입니다. 아이디어를 제공하는 자문역도 적임입니다. 취향에 맞는 분야의 자영업도 어울립니다.

☞ IACB형에 해당하는 문학예술 작품 속 인물로는 「피터 팬」의 피터 팬과 「원피스」의 루피, 「슈렉」의 동키, 「캐리비안 해적」의 잭 스패로우 등을 들 수 있습니다. 행동파 이상주의자들이고 쿨한 인물이지요.

▷ 강점

- 뚜렷한 자기 세계를 지니고 있으며 그것을 잘 지켜나감(IC).
- 틀을 깨는 미래지향적 상상력과 이를 활용으로 옮기는 실천적 행동력(AC)
- 독립적이고 자주적인 사람이면서도 타인과의 관계 형성에 문제가 없음(IB).
- 분업화·전문화되는 현대사회에 어울릴 수 있는 창조적인 '따로 또 같이' 스타일(ICB)

▷ 약점

- 현실감각이 높지 않아서 생각과 행동에 실속이 적을 가능성(C)
- 독립성과 개성을 중시해서 깊고 지속적인 인간관계 유지가 어려울 수 있음 (IC).
- 실행에 필요한 성찰과 준비를 꼼꼼히 갖추지 못해 예상치 않은 문제가 발생할 가능성(AC)
- 마음에 없는 일들을 사양하지 못하고 행하느라 스트레스를 받고 정작 중요한 일을 제대로 못 해낼 가능성(AB)

▷ 조언

- 본인의 캐릭터적 장점을 잘 살리면서 그 힘을 오롯이 발휘할 수 있는 좋은 진로를 잘 찾기를 권합니다. 당신의 강점이 미래적 비전과 창의적 상상력, 자주적인 행동력에 있음을 참고하세요.

- 당신은 일을 잘 풀어낼 수 있는 능력자지만 과중한 부담은 독이 될 수 있습니다. 이런저런 일을 너무 많이 벌이려 하지 말고 진짜로 원하는 일, 꼭 필요한 일에 집중하세요. 특히 타인들과 깊게 얽힌 일들은 가급적 자제하기를 권합니다. 끊어내지 못하고 일에 치이면 큰 스트레스가 될 수 있어요.
- '그냥 내가 밀지지 뭐' 하는 식의 쿨한 양보가 능사는 아닙니다. 특히 반드시 성사시켜야 할 일이라면 명확하고 강력하게 주장해서 관철시키는 노력이 필요합니다. '피곤한 느낌'에 지지 않도록 하세요. 그러려면 몸과 마음에 활력이 필요합니다. 꾸준한 운동은 당신의 삶에 좋은 활력소가 되어줄 거예요.
- 중요한 일을 수행할 때 충분한 사전 성찰을 통해 준비를 잘 갖추도록 하세요. 필요한 현실적 정보들을 잘 정리해서 갖춰두면 일을 진행할 때 큰 힘이 될 것입니다.
- 당신의 인간관계는 일시적이고 표면적인 것이 될 가능성이 큽니다. 깊은 고민을 함께 나눌 진정한 동반자가 없는 현실과 직면할 수도 있어요. 뜻이 잘 통하고 마음이 맞는 사람과 깊은 관계를 잘 유지해갈 수 있도록 노력하기 바랍니다.
- 당신과 뜻이 잘 맞는 사람들 외에 스타일이 다른 사람들과의 관계도 잘 형성하고 관리하기를 권합니다. 관계적인 사람과 사유적인 사람, 현실적인 사람, 저항적인 사람 등이 그들입니다. 당신과 비슷하게 '따로 또 같이' 스타일(IB)을 지니면서도 현실감각이 높거나(P) 성찰력이 뛰어난(A) 사람이 당신에게 좋은 파트너가 되어줄 것입니다. 저항적인 사람(R)을 잘 이용하는 지혜도 발휘해보세요.[16]

내용을 보면 알 수 있듯이 해당 성격유형에 대한 상세한 설명 외에 어울리는 진로 적성에 대한 정보를 제공하며, 소설과 애니메이션, 영화 등의 문학예술 작품 속의 캐릭터가 통하는 인물을 예시한다. 이어서 각 성격유형의

---

16 참고로 16개 성격유형에 대한 해설은 건국대 대학원 박사과정의 박주은, 최정문 연구원이 초안을 작성한 것을 신동흔이 전체적으로 수정·보완하여 재서술한 것임을 밝혀 둔다.

강점 및 약점을 나누어 설명하고 위험요소를 피하거나 보완하고 기회요소를 살리는 방안에 대한 조언을 제시한다. 모든 정보는 '서사성'을 기본 축으로 삼아서 제시되는 것이 특징이다. 여러 정보 가운데 '문학예술 작품 속의 인물'은 참여자의 캐릭터 특성을 여러 문학작품 속 인물서사와 연결해서 확장되고 심화된 자기이해를 꾀할 수 있는 문학적 통로 구실을 하게 된다. 해당 정보는 신뢰성 검증을 수행하면서 더욱 확대해나갈 것이다.

진단 결과 제공을 유보 중인 [심리] 범주를 제외하고서도 MMSS-ON 검사 참여자들은 설화 속 인물 20명과의 서사적 일치도에 대한 종합 정보, 서사가 비슷하거나 상반된 인물 3명과 관련한 자기서사 특성에 대한 상세 정보, 서사적 차원에서 도출된 성격유형과 관련한 각종 정보를 제공받게 된다. 1시간가량의 투자를 통해 얻는 자기이해 정보로는 충분히 알차고 유익한 것이라고 할 만하다.

실제로 시험적 시행 과정에서 MMSS-ON 검사를 수행하고 결과를 받아본 참여자들은 MMSS-ON 진단 결과에 큰 흥미와 놀라움을 나타냈다. 진단 결과를 존중하면서 진지하게 수용하는 반응을 나타낸 참여자들도 여럿이었다. 주변의 지인들에게 검사 참여를 권하고 싶다는 뜻을 표명한 이들도 있었다. 시험적 시행에 적용했던 온라인 검사 프로그램은 아직 불완전한 부분이 많았고 결과 해설도 충분히 정비되기 이전이었다. 이제 사이트의 검사 프로그램 체계가 정비되고 해설이 대폭 수정·보완된 터라서 상황이 많이 달라졌다. 이제 MMSS-ON의 신뢰성과 유효성은 훨씬 높아질 것으로 기대하고 있다. 그 결과는 1차적으로 검사 참여자의 만족도를 통해 확인될 것이다. 검사 수행을 통한 일련의 결과분석은 추후의 연구과제가 될 것임을 밝혀둔다.

MMSS 진단지는 최초의 발상으로부터 완성에 이르기까지 문학치료학 서사이론 및 상담체계를 전제로 개발과 점검 작업이 이루어진 것이다. 그것은 '서사'를 중심축으로 삼는 문학적 진단지로서 정체성을 확고히 지니는바, 이는 MMSS-ON 또한 마찬가지다. 그러면서도 MMSS-ON은 기존에 개발된 MMSS 진단지(MMSS-PRO)와 달리 표준화된 문항과 지표를 갖추고 있으며 온라인 검사를 통해 즉시 진단 결과를 받을 수 있는 체계를 구비하고 있다. 일반인 누구라도 언제 어디서든지 검사가 가능하며, 그를 통해 본인의 자기서사 특성에 대한 정보를 얻을 수 있다. 서사학 및 문학치료 전문가에 의해 설계되고 정리된, 학술적 기반과 체계를 갖춘 수준 높은 정보다. 그 정보는 참여자들이 자기 자신을 이해하는 데 참고자료가 되는 한편으로, 문학치료 상담을 위한 통로가 될 수 있다. 결론을 대신해서 MMSS-ON의 문학치료적 효용을 간략히 설명하면 다음과 같다.

첫째, MMSS-ON 검사 과정은 그 자체로 문학치료적 행위로서 의의를 지닌다. 문학치료 서사이론에 입각해서 서사적 쟁점과 분기점이 활성화된 작품서사에 대해 긴밀한 서사적 대화를 수행하는 과정이기 때문이다. 진단 결과를 해설 형태로 받아보기에 앞서, 검사 참여자들은 설화 작품서사와 소통하는 과정을 통해 의식·무의식중에 유의미한 서사적 자기이해 작업을 행하게 된다. 이야기와 문항을 만나고 그에 대해 반응해가면서 '내가 이런 성향이었구나' 하는 것을 인지하게 된다. 그런 인지가 직접적으로 발현되지 않는다 하더라도 작품서사와 긴밀히 소통하는 과정 자체가 '문학치료적'이라는 사실은 변하지 않는다.

둘째, 참여자가 MMSS-ON 진단 결과를 확인하고 그를 통해 자기 자신을 돌아보는 과정은 좀 더 본격적인 문학치료적 자기이해 과정으로서 의의를 지닌다. 진단 결과를 통한 성찰 중 [인물] 영역, 곧 '설화 인물로 보는 나의 캐릭터'는 그 자체로 완연히 문학적이고 서사적인 자기이해 과정이 된다. 서사문학 작품 및 작중 인물과의 긴밀한 연결에 해당하기 때문이다. [성향] 영역, 곧 '서사로 보는 나의 성격유형'은 [인물]에 비교할 때 상대적으로 서사성이 약하지만, MBTI 같은 심리학 기반의 성격검사에 비하면 그 또한 충분히 문학적이고 서사적이다. 기본 지표 자체가 서사적 특성을 지니고 있으며, 해설도 서사성을 기본 축으로 삼고 있다. 문학예술 속 인물과의 캐릭터적 연결 같은 사항은 전적으로 서사적인 요소에 해당한다. 요컨대 [인물] 및 [성향] 두 범주 모두 서사적 자기성찰과 새로운 자기이해라는 문학치료적 과정에 해당한다고 볼 수 있다. 추후에 정보를 제공할 [심리] 영역, 곧 '서사로 보는 나의 심리' 또한 마찬가지다. 짚어내는 대상은 '이상심리'이지만, 구체적 내용은 서사반응 특성이기 때문이다.

셋째, MMSS-ON 검사가 문학치료 상담으로 연결될 경우 해당 진단 결과는 내담자의 자기서사 특성을 이해하는 기초 정보로서 긴요한 역할을 할 수 있다. 서사적 성향에 대한 기본적 이해와 함께, 어떤 문학작품과 인물을 축으로 해서 상담을 진행할 것인지에 대한 소중한 사전 정보를 확보할 수 있다. '나와 비슷한 서사를 가진 인물', '나와 상반된 서사를 가진 인물' 정보가 모두 작품을 매개로 한 상담활동의 유의미한 입구가 될 수 있다. '서사로 본 나의 성격유형'에서 도출된 결과들 또한 해당 내담자와의 문학치료 상담을 어디에 초점을 맞추어 어떻게 진행할지를 가늠하는 유익한 정보가 될 수 있다. 내담자의 동의를 거쳐 [심리]에 해당하는 진단 결과 정보를 문학치료사에게 제공할 예정이거니와, 이 또한 내담자를 이해하고 치료 과정을 설계하는 데 요긴한 참고자료가 될 수 있다. 참고로, MMSS-ON은 문학치료학에 기반한 진단도구임을 명시하고 있으며, 참여자들에게 자기서사 검사에 이은 후속 활동으로 문학치료 상담에 참여할 수 있도록 안내하고 유도하는 체계를 갖추고 있다.

넷째, MMSS-ON을 문학치료 상담으로 연결해서 서사적 자기이해와 서사적 자기조정을 이루어나감에 있어 '문학치료를 위한 작품서사 반응지' MMLT(Magic Mirror for Literary Therapy)를 요긴한 매개체로 삼을 수 있다.

「선녀와 나무꾼」을 첫 작품으로 해서 시작된 MMLT[17]는 현재 10개 이상의 반응지가 완성되어 데이터 수집 및 분석을 진행하고 있다. 'MMLT_들장미 공주'는 최정문에 의해 분석 결과가 논문으로 제출된 바 있다.[18] MMLT는 MMSS의 짝으로 개발된 것으로서, MMSS-ON과도 연관성을 지닌다. MMSS-ON 참여자가 자신에게 어울리는 작품에 해당하는 MMLT 반응지를 매개로 문학치료 상담에 진입할 수 있도록 한다는 것이 일반대중과 문학치료를 연결하는 기본 로드맵이다. 참고로 MMSS-ON 사이트 운영자인 '에픽로그 협동조합'은 온라인으로 MMLT 작성에 참여할 수 있는 시스템을 갖추고 있는 상태다.[19]

치료상담 분야의 후발 주자라고 할 수 있는 문학치료는 상담을 진행할 내담자 확보에 어려움을 겪고 있으며, 본격적인 유료 상담을 수행하는 체계가 아직 충분히 정착되지 못한 상황이다. 문학치료 상담을 본궤도에 올려놓기 위해서는 문학치료에 대한 일반대중의 관심을 환기하면서 자연스레 그 체계 속에 편입하도록 하는 노력이 필요하다. 이때 '온라인'은 이를 위한 크고도 중요한 통로가 될 수 있다. 특히 문학치료에 대한 청년 및 청소년층의 흥미와 관심을 확대하고 이들을 문학치료 상담으로 이끎에 있어 온라인 플랫폼은 결정적인 역할을 할 수 있다. 젊은 층은 온라인 심리테스트나 성격검사에 매우 큰 관심을 나타내고 있는 상황이다. MBTI의 대유행은 그 단면이다. 신개념의 대안적 성격검사 플랫폼으로서 MMSS-ON이 많은 이용자 확보에 성공하게 되면 문학치료의 기반은 그만큼 넓어질 것이며 문학치료 상

---

17 MMLT 작품서사반응지에 대한 자세한 설명은 다음 논문에 제시되어 있다. 신동흔, 「문학치료를 위한 설화의 서사적 분기점과 서사반응 분석: 「선녀와 나무꾼」 MMLT를 중심으로」, 『문학치료연구』 61, 한국문학치료학회, 2021. 'MMLT_선녀와나무꾼'은 활용 매뉴얼도 발행된 상태다. 신동흔, 『MMLT_선녀와나무꾼 활용 매뉴얼』, 현출판, 2022.

18 최정문, 「「들장미 공주」 MMLT 서사반응 분석」, 『문학치료연구』 65, 한국문학치료학회, 2022.

19 MMLT 온라인 참여 사이트 주소는 http://mmlt.kr이다. 2023년 3월 현재 11개의 작품에 대한 MMLT 온라인 작성이 가능한 체계를 갖추고 있다.

담의 활성화에 새로운 전기가 마련될 가능성이 있다. 다만 이는 아직 희망사항에 가까운 면이 있는 것이 사실이다. MMSS-ON 진단의 신뢰성과 유효성을 높이는 과정에 함께 참여하는 한편으로, 많은 이용자가 이에 참여해서 새로운 자기이해를 이루고 문학치료의 여정에 참여할 수 있도록 하는 데 여러 연구자가 적극적으로 힘을 합쳐주기를 기대한다.

문학치료 상담용 서사반응지 MMLT의 체계와 활용

'MMLT_선녀와나무꾼'을 중심으로

1 　　　　　　　　　　　문학치료와 설화, 서사분석

　　　　　　　　　　　　　　문학치료는 작품서사와의 상호작용을 통한
자기서사 변화를 통해 삶의 질을 향상시키는 것을 과제로 삼는다.[1] 작품서사
는 장르적 제한이 없지만, 문학치료는 구비설화를 핵심 자료로 활용해왔다.
적층적 구비전승을 거쳐온 설화의 서사는 형태적 요소와 의미적 요소가 결
합된 최고의 인지기제로서, 인간과 삶의 핵심 국면을 전형적으로 함축한다.[2]
그것은 사람들의 내면을 비춰주는 거울이자 나아갈 길을 찾아주는 나침반
구실을 할 수 있다.

　　설화의 치료적 유용성은 현장에서 거듭 확인되고 있다. 내담자들이 설
화의 미적 상상세계에 선뜻 마음을 열고 소통에 참여하는 가운데 자기이해
를 이루어가는 현상이 널리 관찰·보고되었다. 서사 전문가로서 상담자의
분석과 조언이 적절히 곁들여질 때 치료 효과는 더욱 커진다. 상담자의 치료
적 개입은 작품서사를 매개로 이루어진다. 작품에 내재한 치료적 힘이 작동
하도록 돕는 것이 문학치료사의 핵심 역할이 된다. 각 설화에 대해 서사적
속성과 맥락을 오롯이 이해하고 그것이 사람들의 자기서사와 어떻게 연관
되는지 가늠하는 것은 문학치료 수행을 위한 중요한 과업이 된다.

　　문학치료학에서는 설화의 치료적 가능성과 적용방안을 찾기 위한 연구
작업을 폭넓게 진행해왔다. 정운채 교수와 문하생들이 문학치료를 위한 기
초작업으로『한국구비문학대계』에 수록된 7천 편 이상 구비설화 자료를 하
나하나 점검해서 서사내용을 정리해 출간한 일[3]은 초인적 과업이었다고 할

1　　정운채, 「서사의 힘과 문학치료방법론의 밑그림」,『고전문학과교육』8, 한국고전문학
　　　교육학회, 2004, 171면; 정운채, 「문학치료학의 학문적 특성과 인문학의 새로운 전망」,
　　　『겨레어문학』39, 겨레어문학회, 2007, 91-92면.

2　　신동흔, 「인지기제로서의 스토리와 인간연구로서의 설화연구」,『구비문학연구』42, 한
　　　국구비문학회, 2016, 82면.

3　　정운채 외 15인,『문학치료 서사사전』1~3, 문학과치료, 2009. 출간된 책은 정리된 모

만하다. 그 덕분에 필요한 설화자료를 언제라도 손쉽게 조회해서 활용할 수 있게 되었다. 정운채 교수는 설화의 치료적 활용을 유형별로 체계화하는 작업에도 집중적인 노력을 기울였다. 인간관계의 주체에 따른 자녀서사, 남녀서사, 부부서사, 부모서사와 인간관계 방식에 따른 가르기서사, 밀치기서사, 되찾기서사, 감싸기서사를 상호 연계한 16가지 서사유형에 대해 각각에 해당하는 전형적 설화작품을 선별해서 자기서사 진단의 기준으로 삼은 일련의 작업[4]이 그것이다. 진단도구에 최종 적용된 설화는 16종이지만, 검토 분석 대상이 된 설화는 훨씬 광범위하다.[5]

문제는 그 작업을 통해 도출된 설화 활용체계의 추상화 정도가 높아서 상담적 적용에 제한성을 지닌다는 점이다. 16가지 서사유형 체계는 사람들마다 천차만별로 차이를 나타내는 자기서사 특성을 제대로 설명하기에는 단순한 면이 있다. 설화의 작품세계가 가변적이고 다의적이어서 한 작품의 서사적 속성을 유형적으로 특정화하기 어렵다는 것도 문제가 된다. 정운채가 언급했듯이 한 설화에는 주요 인물의 숫자만큼 서사적 주체가 있으며 누

든 설화를 담아낸 것은 아니다. 단수 각편 작품과 복합서사 작품을 포함한 모든 자료가 간행되면 활용성이 더욱 높아질 것이다.

4 이에 대한 연구는 매우 많은데, 주요한 것으로 다음과 같은 논문을 들 수 있다. 정운채, 「자기서사진단도구 개발을 위한 기초서사척도」, 『고전문학과교육』 14, 한국고전문학교육학회, 2007; 정운채, 「자기서사진단도구의 문항 설정을 위한 예비적 검토」, 『겨레어문학』 41, 겨레어문학회, 2008; 정운채, 「자기서사진단검사도구의 문항 설정」, 『고전문학과교육』 17, 한국고전문학교육학회, 2009.

5 정운채가 자기서사 진단도구에 적용한 설화 16종은 「간 뺏길 뻔한 전처 아들」, 「해와 달이 된 오누이」, 「내 복에 산다」, 「효불효 다리」, 「역적 누명과 회초리」, 「여우구슬」, 「여색 멀리하는 신하 깨우친 임금」, 「여인과 목욕하고 금부처가 된 남자」, 「고부곡어황천」, 「호랑이 눈썹」, 「지네 각시」, 「도량 넓은 남편」, 「지붕에 소 올리기」, 「칠십생남비오자」, 「복 빌린 나무꾼」, 「장모가 된 며느리」 등이다. 16종 설화를 확정한 것은 2008년 논문(「자기서사진단도구의 문항 설정을 위한 예비적 검토」)에서인데, 그에 앞선 2007년 논문(「자기서사진단도구 개발을 위한 기초서사척도」)에서는 「콩쥐팥쥐」, 「바리데기」, 「아랑의 설원」, 「신립장군과 원귀」, 「구복여행」, 「비싼 점 치고 나무에 묶인 머슴」, 「엎질러진 물」, 「나무꾼과 선녀」, 「구렁덩덩신선비」, 「낳은 불효자 얻은 효자」, 「명당 훔친 딸」, 「빨래방망이 든 며느리」, 「거짓 장례로 개가시킨 딸」 같은 다른 설화들을 예시한 바 있다.

구에 착안하는가에 따라 서로 다른 서사들이 구성된다.[6] 「해와 달이 된 오누이」를 예로 들면, 이 설화는 오누이 입장에서 부모밀치기서사로 풀이되지만, 호랑이/엄마 입장에서 자녀밀치기서사가 될 수 있으며, 오누이의 상호 관계에서 형제감싸기서사가 구현될 수 있다. 내담자 서사반응의 가변성도 주목할 사항이다. 작품 속 자녀의 선택은 호랑이/엄마를 밀치고 떠나는 것이었지만, 내담자는 이에 거부반응을 보이면서 어머니를 감싸는 태도를 나타내기도 한다. 작품의 부모밀치기서사와 수용자의 부모감싸기서사가 엇갈리는 형국이다.[7]

서사적 개방성은 설화의 본래적인 특성으로서, 사람들이 서사내용에 대해 다양한 해석적 반응을 나타내는 것은 자연스러운 현상이다. 작품의 서사적 흐름과 결을 달리하는 반응도 작품에 내재한 가능성이 발현된 것으로 보는 게 합당하다. 여기에 치료적 활용을 위한 설화 분석의 어려움이 있다. 다양한 서사반응을 유효하게 예측하고 의미화할 수 있는 형태의 접근이 필요하다. 본격적인 작품론 차원의 연구작업을 요청하는 과제다. 수용자를 포괄하는 분석이 되어야 하기에 일반적인 작품론보다 더 어렵고 큰 과업이 된다.

문학치료학에서는 설화에 대한 작품론적 서사분석 작업을 폭넓고 다양하게 수행해왔다. 그것이 연구의 실질적 중심이었다고 보아도 좋다. 당연한 일이지만, 문학치료학의 설화작품론은 작품과 사람을 매개하는 방식으로 이루어졌다. 인간관계 양상에 따른 서사유형 체계를 축으로 삼은 수많은 작품론적 연구 외에도 작품서사에 대한 심리분석적 고찰 성과를 주목할 만하다. 설화작품의 서사적 특징을 우울이나 강박, 분노, 편집증 등과 같은 심리적 문제와 연결해서 분석한 일련의 연구가 그것이다.[8] 설화와 인간을 잇는 통로

---

6 정운채, 「문학치료학의 서사 및 서사의 주체와 문학연구의 새 지평」, 『문학치료연구』 21, 한국문학치료학회, 2011, 241~242면.

7 MMSS 진단지를 통해 「해와 달이 된 오누이」에 대한 반응을 확인한 결과 이런 사례가 꽤 나타났다. 오누이의 상호관계에 대해서도 작품 내의 흐름과 달리 상대에게 강한 밀치기 성향을 나타내는 식의 반응을 확인할 수 있었다.

8 이 방면의 주요 연구성과로는 다음과 같은 것들이 있다. 정운채, 「우울증에 대한 문학치

를 새롭게 여는 신개념의 논의였다고 할 수 있다. 이와 함께, 특정 설화작품
에 대한 내담자의 서사반응을 점검하고 이를 문학치료 실행으로 연결하고
자 한 연구들[9]도 관심을 끈다. 내담자의 실제적 반응을 확인하는 과정을 거
쳤다는 점과 함께 서사반응의 다양성을 고려한 점을 주목할 만하다. 설화작
품에 대한 서사반응적 분석으로는 이야기 다시쓰기 활동을 적용한 일련의
논의도 중요한 성과로 들 수 있다. 이어쓰기를 포함한 설화 다시쓰기는 일찍
부터 문학치료에 적용돼온 기법인데, 조은상은 일련의 실행적 점검[10]을 거쳐

료적 이해와 지네 각시」, 『문학치료연구』 5, 한국문학치료학회, 2006; 강미정, 「「자린고
비」 설화와 강박성 성격장애와의 상관성」, 『문학치료연구』 9, 한국문학치료학회, 2008;
정운채, 「편집성 성격장애에 대한 문학치료학적 접근」, 『고전문학과교육』 18, 한국고
전문학교육학회, 2009; 강미정, 「연극성 성격장애에 대한 문학치료학적 접근과 서사
지도」, 『문학치료연구』 14, 한국문학치료학회, 2010; 하은하, 「정신분열증에 대한 문학
치료학적 접근과 서사지도」, 『문학치료연구』 14, 한국문학치료학회, 2010; 성정희, 「우
울증에 대한 문학치료학적 접근과 서사지도」, 『문학치료연구』 14, 한국문학치료학회,
2010; 박재인, 「강박성향의 분노에 대한 문학치료적 접근: 「아내 시험한 장자와 고분지
통」의 강박적 분노를 중심으로」, 『문학치료연구』 30, 한국문학치료학회, 2014; 나지영,
「편집성 성격장애에 관련된 분노서사에 대한 문학치료학적 접근」, 『문학치료연구』 30,
한국문학치료학회, 2014. 2011년에는 문학치료적 관점에서 이상심리 서사를 집중분석
한 연구단행본도 출간된 바 있다. 정운채 외 18인, 『이상심리와 이상심리서사』, 문학과
치료, 2011.

9   주요 연구를 예시하면 다음과 같다. 김정애, 「「온달」 설화에 대한 반응과 자가 문학치
    료의 실마리: 지귀와 온달의 사랑을 중심으로」, 『문학치료연구』 1, 한국문학치료학회,
    2004; 하은하, 「「김현감호」에 대한 반응 양상과 자기서사의 특성」, 『국어교육』 117, 한
    국어교육학회, 2005; 박재인, 「구비설화 「효불효다리」에 대한 문학치료적 반응과 자녀
    서사 유형」, 『인문과학』 75, 성균관대 인문학연구원, 2019; 이유경, 「설화를 통해 본 자
    기서사 및 자기의 이야기 표출 가능성: 치매 환자를 중심으로」, 『문학치료연구』 48, 한
    국문학치료학회, 2018; 김정애, 「상사뱀 설화에 대한 반응 양상을 통해 본 문학치료적
    공감의 방법과 그 의의」, 『문학치료연구』 52, 한국문학치료학회, 2019; 김혜미, 「구비설
    화 「내 복에 산다」 각편을 활용한 청소년의 자기서사 진단 사례 연구: 설화에 대한 반응
    과 동화창작을 중심으로」, 『문학치료연구』 57, 한국문학치료학회, 2020.

10 조은상, 「「구렁덩덩신선비」의 각편 유형과 자기서사의 관련 양상」, 『겨레어문학』 46, 겨
    레어문학회, 2011; 조은상, 「설화 「도량 넓은 남편」을 활용한 창작활동의 치유적 가능
    성」, 『구비문학연구』 34, 한국구비문학회, 2012; 조은상, 「설화 「해와 달이 된 오누이」
    다시쓰기 양상과 서사적 특성」, 『문학치료연구』 33, 한국문학치료학회, 2014; 조은상,
    「설화를 활용한 이야기 창작 문학치료의 과정과 효과: A의 사례를 중심으로」, 『겨레어
    문학』 54, 겨레어문학회, 2015; 조은상, 「상담에서 옛이야기를 적용한 이야기 만들기의

이를 작품과 내담자를 매개하는 핵심 통로로 삼는 문학치료 수행체계를 입안한 바 있다.[11] 설화 다시쓰기 방법은 최근 문학치료 사례연구에 널리 적용되면서 두드러진 성과를 거두고 있다.[12]

이렇게 보면 문학치료에서 설화에 대한 작품론적 분석과 활용이 순탄하게 이루어져가고 있는 것으로 생각되지만, 속내를 살펴보면 문제가 없지 않다. 작품서사 분석이 예의 가변성과 다의성을 얼마나 잘 반영하면서 정확하고 심도 있게 이루어지고 있는가 하는 의문과 함께, 설화의 분석과 활용이 연구자/상담자의 개인적 관심과 감각에 따라 분산적으로 진행되고 있는 데 따른 문제를 지적하고 싶다. 그 결과의 객관적 유효성 검증에 어려움이 있으며, 효과를 거둔 경우에도 그것이 보편적 활용을 위한 공동 자산으로 갈무리되지 못하고 있음을 보게 된다. 연구 결과들이 연결성과 확장성을 발현하지 못하는 가운데 개별적이고 일회적인 것으로 스쳐 지나가는 형국이다.

한국문학치료학회는 문학치료사(문학심리분석상담사) 양성 작업을 본격화하고 있다. 조만간 다수의 문학치료사가 배출되어 상담현장에서 여러 설화를 활용하게 될 것이다. 설화의 치료적 활용을 위해서는 작품서사에 대한 깊고 정확한 이해가 필수이다. 작품에 대한 이해가 피상적이거나 편향적일 경우 유효한 상담을 기약하기 어려우며, 곡해나 호도를 낳을 수 있다. 이때 설화에 대한 분석적 이해를 문학치료사들이 스스로 감당하기는 어렵다. 그 분석작업은 전문가들이 수행하고 일반 치료사들은 분석 결과를 상담에 적용하

활용과 효용」, 단국대학교 박사학위논문, 2017.

11   조은상, 「문학치료는 어떻게 이루어지는가?: 개인문학치료 사례를 중심으로」, 『문학치료연구』 57, 한국문학치료학회, 2020.

12   문학치료 전공 학위논문으로 제출된 다음과 같은 연구들을 사례로 들 수 있다. 박주은, 「자녀서사와 연계를 통한 남녀서사 문제의 진단과 개선 가능성 탐색」, 건국대학교 석사학위논문, 2019; 이규림, 「존재성의 건강한 발현을 위한 문학치료 사례 연구」, 건국대학교 석사학위논문, 2020; 양윤정, 「이성관계에서 친밀감에 두려움이 있는 초기성인기 여성의 문학치료 사례 연구」, 건국대학교 석사학위논문, 2021; 최정문, 「무기력을 호소하는 20대 후반 여성에 대한 문학치료 사례연구」, 건국대학교 석사학위논문, 2021; 박현주, 「신경성 폭식증을 호소하는 20대 여성의 문학치료 사례연구」, 건국대학교 석사학위논문, 2021.

는 형태의 역할 분담이 필요하다. 이와 관련하여, 문학치료사들에게 연구자의 논문들을 하나하나 찾아 읽으면서 분석 결과를 소화하고 활용법을 찾으라고 할 수는 없는 일이다. 연구와 실행의 효율적 연결을 위한 새로운 모색이 필요하다. 현장의 활동가들이 설화에 대한 치료적 분석과 적용 결과를 일목요연하게 이해하고 이를 상담에 적용할 수 있도록 하는 실행체계를 수립해가야 한다. 문학치료를 위한 설화작품 선정과 텍스트 구성, 서사적 소통의 설계와 서사반응 도출, 반응에 대한 해석과 평가, 피드백을 통한 자기성찰 등에 이르는 일련의 과정에 표준적이고 실질적인 체계를 갖추어가야 한다.

본 연구자는 그간 문학치료 상담 실행체계 수립을 위한 일련의 기초적 논의를 수행한 바 있다. 관계와 존재의 두 측면을 아우르는 방향으로 서사 개념을 정비하고,[13] 이를 바탕으로 문학치료를 위한 서사분석 요소와 체계를 입안했으며,[14] 내담자 자기서사의 기초적이고 종합적인 진단을 추구하는 MMSS 진단지를 개발하여 보고했다.[15] 이들 연구는 말 그대로 기초적인 준비 과정이었다. 실질적이고 본격적인 문학치료 활동은 구체적 설화작품을 통한 상담적 소통과 그에 대한 해석을 주요 내용으로 삼는다. 본 연구는 이를 구체적으로 뒷받침하기 위한 연구의 첫걸음에 해당한다. 그 과업은 두 가지다. 하나는 작품분석과 반응분석을 연계한 치료적 작품분석의 수행이다. 설화의 가변적 다의성과 열린 반응성을 수렴하는 작품분석의 새로운 모델을 도출할 것이다. 그 작업은 서사학과 문학치료학 이론을 연계하는 방식으로 수행할 것이다. 또 하나는 설화작품을 축으로 한 문학치료 실행체계의 도출이다. 설화작품에 대한 분석 결과를 문학치료사들의 상담 수행을 위한 공동 자산으로 데이터화하는 길을 찾을 것이다. 학회 차원에서 공동으로 감당

---

13   신동흔, 「문학치료학 서사이론의 보완·확장 방안 연구」, 『문학치료연구』 38, 한국문학치료학회, 2016.

14   신동흔, 「문학치료를 위한 서사 분석 요소와 체계 연구」, 『문학치료연구』 49, 한국문학치료학회, 2018.

15   신동흔, 「문학치료를 위한 자기서사 진단과 해석 연구: MMSS 진단지의 성격과 구성, 해석과 활용」, 『문학치료연구』 54, 한국문학치료학회, 2020.

해가야 할 과업에 초석을 놓는 과정에 해당한다.

본 연구에서는 하나의 설화작품을 구체적 대상으로 삼아 논의를 진행한다. 그 작품은 「선녀와 나무꾼」이다. 「선녀와 나무꾼」은 한국의 대표적 구비설화 중 하나로 손꼽히는 이야기로서, 인간 삶의 주요 국면을 원형적으로 반영한다. 이에 대해서는 구비문학과 문학치료 분야에서 각기 많은 논의가 이루어진 바 있다.[16] 그간 문학치료학에서는 남녀 또는 부부관계를 기본적인 화제로 삼아서 이 설화를 다루어왔는데,[17] 이 작품의 서사적 의미는 거기에 한정되지 않는다. 남녀서사와 부부서사 외에 자녀서사와 부모서사, 형제서사 차원의 문제도 얽혀 있으며, 존재적 측면에서도 여러 문제성을 내포하고 있다. 본 연구에서는 이 설화가 담지하고 있는 유의미한 서사적 요소들을 널리 포괄하는 방식으로 분석을 수행할 것이다. 설화의 다의성은 문학적 본질이자 실체에 해당하는 것으로서, 문학치료 상담에서 설화를 활용함에 있어 작품서사가 촉발하는 다양한 서사반응을 두루 의미화하는 것은 당연한 선택일 것이다.

---

16 「선녀와 나무꾼」을 기본 대상으로 다룬 연구는 박사논문만도 5편이 제출된 상태다. 배원룡, 「「나무꾼과 선녀」 설화의 연구」, 성균관대학교 박사학위논문, 1992; 서은아, 「「나무꾼과 선녀」의 인물갈등 연구」, 서울여자대학교 박사학위논문, 2004; 김동구, 「「나무꾼과 선녀」 설화의 전승 및 변이 연구」, 충북대학교 박사학위논문, 2020; 권애자, 「「나무꾼과 선녀」 설화의 형성경위와 전승문법 연구」, 영남대학교 박사학위논문, 2018; 김정희, 「남녀관계의 위기와 지속에 대한 서사지도 구축과 문학치료 활용 연구」, 건국대학교 박사학위논문, 2018. 이 중 서은아와 김정희의 논문은 문학치료학의 관점에서 작품을 살핀 연구에 해당한다.

17 일찍이 정운채가 「선녀와 나무꾼」을 부부서사 중 배우자밀치기서사에 해당한다고 적시한 바 있다. 정운채, 「자기서사진단도구 개발을 위한 기초서사척도」, 『고전문학과교육』 14, 한국고전문학교육학회, 2007, 228-229면. 「선녀와 나무꾼」의 다양한 결말을 문학치료적으로 해석한 김정애의 논의(김정애, 「「나무꾼과 선녀」의 결말 양상에 대한 문학치료적 해석의 의의」, 『문학치료연구』 23, 한국문학치료학회, 2012)도 부부관계의 갈등과 지속 문제에 주목한 것이었고, 김정희가 박사논문에서 행한 작품분석도 남녀에서 부부로 이어지는 관계의 갈등과 지속, 또는 상승과 하강에 초점을 맞춘 것이었다. 그에 앞선 서은아의 박사논문은 선녀와 시가의 갈등 및 나무꾼과 처가의 갈등을 주요하게 다룬 점이 특징인데, 나무꾼과 선녀 간 관계 갈등을 확장해서 다룬 것이라는 점에서 이 또한 부부서사 중심의 논의였다고 볼 수 있다.

본 연구를 위해 「선녀와 나무꾼」 작품 텍스트와 서사적 질문들을 담은 서사반응지(MMLT_선녀와나무꾼)를 만들고 이를 주변 연구자와 학생 등에게 배포하여 답변서를 수합했으며, 연구자들의 적극적인 도움에 힘입어 총 93건의 답변 자료로 확보할 수 있었다. 그를 통해 예상을 뛰어넘는 수준의 가지각색 서사반응을 확인할 수 있었다. 질문이 적지 않고 답변마다 이유를 써야 하며 다시쓰기 작업도 해야 하는 등 시간과 노력이 많이 필요한 일임에도 기꺼이 반응지를 작성해서 제출해준 모든 참여자께 감사드린다. 그리고 다양한 참여자로부터 반응지를 수합해서 전달해준 연구자들께 감사드린다.

2 　　　　　　　　작품의 서사적 다기성과 서사반응

　　　　　　　　　　　　　　　　　민담을 위시한 구비설화는 고유한 문학적 코드 체계가 작동하는 문학양식이다. 설화는 안정성과 완결성을 지니는 스토리 구조를 축으로 삼아 허구적인 상상력을 자유롭게 발휘하는 가운데 미적 감응을 일으킨다. 그 감응에는 재미와 인식이 포함된다.

　　설화를 설화답게 하는 핵심적인 두 요소로 화소(話素; motif)와 구조(構造; structure)를 들 수 있다. 풍부한 상징적 연상을 일으키는 낯설고 흥미로운 화소들이 내적으로 긴밀히 연결되어 함축적이고 전완적(全完的)인 서사구조를 형성한다. 대립구조를 논외로 하고 화소와 순차구조의 상관관계만 보더라도 특유의 문학적 역동성을 간취할 수 있다. 설화에서 화소와 순차구조의 대립적 상관성은 다음과 같이 정리할 수 있다.[18]

18　신동흔, 『스토리텔링 원론: 옛이야기로 보는 진짜 스토리의 코드』, 아카넷, 2018, 166면.

화소	부분	독자적	자유	의미	변격	낯섦	모호	열림	확산	원심
순차구조	전체	총합적	규칙	형태	정격	익숙함	명확	닫힘	수렴	구심

화소가 '부분'이라면 순차구조가 '전체'에 해당함은 그 자체로 명확하다. 독자성과 총합성, 자유로움과 규칙성, 변격과 정격, 낯섦과 익숙함, 모호함과 명확함, 열림과 닫힘 같은 대립항도 긴 설명이 필요 없다. '의미:형태'로 말하자면, 화소와 순차구조에 모두 의미와 형태가 함께 작용하지만, 비중에 상대적 차이가 있다. 화소가 의미적 규정성이 강한 데 비해 순차구조는 형태적 규정성이 강하다. 화소는 의미를 축으로 하여 구조로 연결되고, 순차구조는 형태적 틀 속에 의미를 포괄한다. '확산:수렴'과 '원심:구심'의 대립항은 화소와 순차구조의 관계적 역학을 단적으로 보여준다. 독자성과 자유로움, 변격의 낯섦, 개방적 모호성을 특징으로 하는 화소가 설화 내에서 확산을 지향하는 가운데 원심력을 발휘한다면, 총합성과 규칙성, 정격의 익숙함과 명확성을 특징으로 하는 순차구조는 수렴을 지향하면서 구심력을 발휘한다. 그런 서로 다른 운동성의 긴밀한 맞물림이 설화적 서사문법의 중핵을 이룬다고 할 수 있다.[19]

설화는 역동적 상상력이 숨 쉬는 스토리적 구조 속에 인간과 삶의 제 국면을 전형적으로 함축한다. 설화의 상상력은 허구성을 주요 특징으로 삼지만, 그것은 삶과 유리된 공상과 다르다. 실제적 진실과 상상적 진실을 동시에 함유하는 것이 설화의 문학세계다. 설화에 투영된 삶은 허구로 표상되는 미적 거리에 의해 오히려 더 객관적일 수 있다. 전완적인 스토리 형태로 반영된 삶의 양상은 유기적이고 맥락적이다. 그 스토리는 누군가가 임의로 만든 것이 아니며, 적층적 구비전승 속에서 자연스레 '만들어진' 것이다. 인간의 무의식적 인지가 작동하는 가운데 존재와 삶의 정수에 해당하는 것들이

---

19 신동흔, 『스토리텔링 원론: 옛이야기로 보는 진짜 스토리의 코드』, 아카넷, 2018, 166-167면.

살아남아서 갈무리된 것이 설화의 세계다.[20]

　　오랜 세월을 거치며 전승된 설화작품은 세부 화소들로부터 전체적 서사구조에 이르기까지 사람들의 삶과 의미 있게 접속될 만한 지점을 폭넓게 갖추고 있으며, 이는 설화의 전승과 향유 과정에서 다양하게 실현된다. 이때 주목할 것은 설화의 서사적 개방성과 다의성이다. 설화는 인물과 사건의 세부적 디테일을 구체적으로 서술하는 대신 스토리의 기본 요소를 쭉쭉 제시하는 것을 담화 문법으로 삼는다. 설화의 서사에는 많은 여백이 있으며, 그 여백은 사람들이 각자의 감각과 상상으로 채우는 것이 설화의 향유방식이다. 같은 이야기를 놓고도 사람에 따라 서로 완전히 다른 연상과 해석이 이루어질 수 있으며, 이는 각편상의 변이로 발현된다. 다양한 각편을 갖춘 설화작품에는 사람들의 서로 다른 경험과 감각이 다양하게 녹아들어 있다.

　　본 연구의 고찰 대상인 「선녀와 나무꾼」은 사람들의 서로 다른 감각이 다양한 변이를 일으켜서 완전히 다른 서사 전개와 결말들을 낳은 작품이다. 이 설화에 내재한 서사의 다기성[21]은, 또는 삶에 대한 다양한 감각과 사유는 쉽사리 헤아리기 어려울 정도다. 어떤 인물을 서사적 주체로 삼는가에 따라 길이 달라지며, 같은 주체에 대해서도 길이 여러 갈래로 갈라진다.

　　「선녀와 나무꾼」 작품서사를 분석하는 정석적인 방법은 나무꾼을 서사적 주체로 삼는 일이다. 이야기 첫머리에서부터 나무꾼이 주인공으로 등장하고, 그가 선녀와 만나면서 겪은 우여곡절이 서사의 기본 줄기를 이루며, 결말 또한 나무꾼의 귀추에 대한 서술로 마무리되는 것이 보통이다. 나무꾼으로 표상된 한 인간의 욕망의 동선이 기본적인 서사적 축을 이루고 있는 형국이다. 이때 나무꾼이 밟아나가는 서사적 길은 양상이 단순치 않다. 하늘나라에 올라 선녀와 함께 잘사는 쪽으로 나아가기도 하고, 속절없이 수탉이나

20　신동흔, 「문학치료를 위한 서사 분석 요소와 체계 연구」, 『문학치료연구』 49, 한국문학치료학회, 2018, 18면.

21　서사의 다기성 개념과 성격에 대해서는 정운채, 「서사의 다기성과 문학연구의 새 지평」, 『문학치료연구』 23, 한국문학치료학회, 2012 참조.

뻐꾸기가 되어 슬프게 우는 결과로 나아가기도 한다.

좀 더 들어가 보면, 나무꾼의 서사에서 기본 축을 이루는 화소는 '선녀 (仙女)'다. 자기와 상관없는 먼 존재였을 선녀가 자신의 짝이 될 수 있는 사람으로 다가오고 그 가능성이 실현되면서 하나의 특별한 화소가 되어 설화적 서사를 구성한다. 이때 선녀의 상징적 의미는 단순하지 않으며, 다층적이다. 그것은 1차적으로 한 명의 여성으로 읽을 수 있다. 최고로 아름다운 여성이고, 자기보다 상위의 고귀한 여성이다. 그리고 그녀는 한 명의 '배필'로 의미화된다. '꿈의 배우자'라고 칭할 만한 특별한 아내, 최고의 배필이다. 나무꾼과 선녀 사이는 그렇게 남녀관계나 부부관계로 의미화된다. 이에 대해 좀 더 보편적인 차원에서 선녀는 인간의 꿈과 이상(理想)을 표상한다고 볼 수 있다. 밑바닥에서 꿈꾸는 역전적 상승의 꿈이며, 하나의 구극(究極)에 해당하는 이상이다. 나무꾼이 선녀를 얻는 일은 한 인간이 꿈과 이상을 실현해서 행복을 실현하고 존재성을 발현하는 일에 해당한다.

남녀나 부부라고 하는 관계적 측면에서 보든, 또는 꿈과 행복의 실현이라고 하는 존재적 측면에서 보든 나무꾼과 선녀의 결합은 손쉽고 순탄하게 이루어질 수 없다. 그러기에는 둘의 존재적 격차가 너무 크다. 둘이 이어지기 위해서는 특별한 기회나 일반적이지 않은 방법 등이 필요하다. 설화는 그 기회를 '노루의 보은'으로 표현하며, 방법을 '날개옷 감추기'로 표현한다. 이 야기에서 그것은 아무 이유나 맥락 없이 뚝 떨어진 것이 아니었다. 노루로 표상된 약자를 적극 도와주는 선량함과 행동력이 단서가 되어 가능해진 일이었다. 그렇게 나무꾼은 선녀와의 접속에 성공하거니와, 그보다 더 어려운 것은 지속이었다. 둘의 관계는 한쪽의 일방적 추구에 따른 불균형 상태에 있으며, 이는 작은 소홀함에도 흔들려 무너질 수 있다. '자식을 셋 낳을 때까지 옷을 주지 말라'는 금기가 주어지는 것은 이러한 서사적 진실의 반영이다. 그리고 그 금기는 십중팔구 깨진다. 선녀는 떠나고, 부부관계는 파탄에 직면한다. 이루어진 줄 알았던 꿈과 행복은 한순간에 허물어진다.

이어지는 서사 전개에서 나무꾼은 그대로 포기하기도 하고, 이리저리 방법을 찾은 끝에 하늘로 올라가기도 한다. 하늘에서 받아들여지기도 하고 거부되기도 하며, 거부를 이겨내고 정착에 성공하기도 한다. 그리고 어머니를 찾아서 지상으로 내려왔다가 길을 잃고 쓰러져 새가 되기도 한다. 인생사의 상징적이고 함축적인 반영이다. 애써 잡았던 꿈과 행복은 속절없이 사라질 수도 있고, 어떻게든 되찾을 수도 있으며, 다시 잡았다고 생각하는 순간 아득히 잃어버릴 수도 있다. 거기에 작용하는 여러 변수가 서로 다른 서사의 길을 만들어내거니와, 일컬어 서사의 다기성이다.

「선녀와 나무꾼」은 선녀를 서사적 주체로 삼는 독법도 가능하다. 실제로 그런 방식의 수용과 의미실현이 폭넓게 이루어지고 있기도 하다. 「선녀와 나무꾼」 조사채록 자료는 여성 제보자들이 구술한 것이 매우 많거니와, 여성 전승자들이 자기를 투사하는 인물은 나무꾼이 아닌 선녀 쪽이다. 선녀 삶의 역정에는 여성 삶의 우여곡절과 희로애락이 짙게 투영돼 있는바, 여성 전승자들과 선녀 간의 서사적 공명 정도는 남성 전승자들과 나무꾼 간의 공명보다 더 크고 깊다고 보면 틀림없다. 본 연구자가 이 설화를 「나무꾼과 선녀」가 아닌 「선녀와 나무꾼」으로 칭하는 이유이기도 하다.[22]

선녀 입장에서 볼 때 설화의 화소 가운데 '날개옷'이 특별한 자리를 점한다. 이야기에서 선녀의 관심은 함께 살고 있는 나무꾼보다 날개옷에 놓인다고 볼 수 있다. 선녀가 늘 그것을 되찾기를 원했고, 그것을 되찾자마자 하늘로 올라갔다는 데서 이를 알 수 있다. 이때 날개옷의 상징은 물론 '한 벌의 옷'으로 볼 바가 아니다. 선녀에게 있어 그것은 자신의 존재적 정체성을 나타내는 무엇이다. 그것은 원하는 곳으로 갈 수 있는 자유를 표상하며, '나의 삶'을 살 수 있는 가능성과 능력을 표상한다.[23] 선녀가 나무꾼에게 날개옷을 돌려받는 일은 부부관계의 신뢰나 지속 차원을 넘어서 근원적인 존재론적 의미를 지닌다.

---

22 신동흔, 『삶을 일깨우는 옛이야기의 힘』, 우리교육, 2012, 117-119면.
23 일찍이 고혜경이 날개옷을 선녀의 선녀다움을 나타내는 화소로 본 바 있다. 고혜경은 그 의미요소로 "마음껏 날 수 있는 자유로움, 구름 같은 가벼움, 하늘빛 같은 천진함, 천상적인 수려함" 등을 들었다. 고혜경, 『선녀는 왜 나무꾼을 떠났을까』, 한겨레출판, 2006, 139면.

날개옷을 줄 수 없는 나무꾼과 그것을 찾아야만 하는 선녀. 그 운명적인 존재적 엇갈림은 「선녀와 나무꾼」 전반부 서사의 핵심 화제가 된다. 그 엇갈림의 결절점에 무엇이 있느냐면 '날개옷 감추기'라는 화소가 있다. 날개옷을 훔치거나 감추는 일은 '일방성'을 특징으로 한다. 그것은 전적으로 나무꾼의 욕망과 꿈을 반영한 행위다. 나무꾼이 날개옷을 감춰서 선녀와 함께 사는 일은 상대방을 자기 삶의 패러다임 안으로 편입시켜 고착하는 일이다. 날개옷을 주지 않는 일은 그 고착을 안정화 내지 영구화하는 일이 된다. 비밀을 알려준 노루 외에 선녀와 나무꾼도 잘 알고 있는 일이다. 날개옷을 내줄 것인가 말 것인가 하는 분기점에서 나무꾼의 소망은 그 고착이 자발적으로 안정화되는 일이었다. 그동안 살아온 정(情)과 두 명의 자식을 매개로 한 '지속'이다. 하지만 이는 나무꾼의 일방적인 기대일 따름이었다. 그 분기점에서 선녀의 선택은 예외가 없었다. '잃어버린 나의 회복'이 절대적인 과업이었다.[24]

이어지는 서사적 분기점도 이와의 연결선상에서 양상과 의미를 풀이할 수 있다. 하늘로 찾아 올라온 나무꾼을 받아들일 것인가의 문제다. 만약 선녀가 날개옷을 입고 떠난 일이 단순히 부부관계 해소에 대한 것이었다면, 이 지점에서 선녀가 나무꾼을 포용하는 식으로 서사가 전개되지는 않았을 것이다. '떠남'의 선택을 통해 '나의 길'을 찾는 행보가 이루어짐으로써, 관계의 일방성에 따른 존재적 왜곡이 일단락됨으로써 선녀는 자유로운 자의(自意)의 선택을 할 수 있었다. 역설적이지만, 나무꾼이 금기를 깨고 날개옷을 내주었기 때문에 가능해진 일이었다. 작품에서 그 선택은 같지 않다. 나무꾼을 포용하고 적극적으로 돕는 경우도 있지만, 그렇지 않은 사례들도 있다. 이어지는 서사의 맥락이 크게 달라짐은 물론이다.

---

24 김정애는 선녀의 승천이 다소 급작스럽고 극단적인 것이어서 그동안 남편과 지내왔던 시간을 무화시킬 만큼 정당한지 의문이며 긍정하기 어렵다고 했는데(김정애, 「「나무꾼과 선녀」의 결말 양상에 대한 문학치료적 해석의 의의」, 『문학치료연구』 23, 한국문학치료학회, 2012, 238면), 선녀로서는 자신의 존재적 정체성 회복이 나무꾼과 지내온 시간 이상으로 중요한 문제였다고 볼 수 있다. 관계의 일방성 회복을 위해 필요한 과정이었다는 것도 유의할 사항이다. 뒤에서 보겠지만, 사람들은 선녀의 승천에 대해 이를 인정하고 지지하는 반응을 더 크게 나타내고 있다.

「선녀와 나무꾼」의 두 핵심 인물은 나무꾼과 선녀이지만, 또 다른 인물도 서사적 주체가 될 수 있다. 나무꾼의 어머니, 선녀의 형제와 부모, 노루 등이 그들이다. 나무꾼의 어머니를 먼저 보면, 그녀는 하나뿐인 아들이 처자식을 찾아 하늘로 올라갔다가 자기를 찾아온 상황에서 중대한 분기점에 놓인다. 자식을 붙잡을 것인가, 떠나보낼 것인가의 문제다. 현실 속 부모-자녀 관계와도 깊은 관련을 지니는 의미심장한 갈림길이다. 선녀 가족의 경우를 보면, 먼저 언니들 입장에서 자기와 다른 길을 가게 된 동생에게 어떤 태도를 취하는가 하는 것이 형제서사와 관련한 유의미한 분기점이 된다. 그 분기점은 선녀가 날개옷을 잃고 방황할 때, 나무꾼이 하늘로 찾아왔을 때, 그리고 나무꾼이 선녀의 도움으로 화살을 찾아올 때 거듭 활성화된다. 이 중 두 번째 분기점은 선녀의 부모에게도 해당된다. 부모서사 차원의 분기점이다.

이야기 속의 인물 가운데 노루에 대해 특기할 만하다. 이야기에서 노루는 보조적인 존재자에 머물지 않는다. 그는 선녀와 나무꾼의 관계를 형성시키는 데 결정적 역할을 하며, 나무꾼이 다시 하늘로 올라가 관계 회복으로 나아갈 수 있도록 하는 데도 큰 구실을 한다. 적극적이고 지속적인 조력자의 면모다.[25] 노루가 사냥꾼에게 쫓기는 약자인 동시에 하늘과 땅 사이의 숨은 비밀을 꿰뚫어 아는 능력자 면모를 보인다는 점도 관심 대상이 된다. 나무꾼에게는 조력자이지만 선녀에게는 방황과 갈등의 원인 제공자가 된다는 양면적 성격도 노루의 서사적 문제성에 해당한다. 이야기 속에서 노루가 행한 모든 일은 중대한 서사적 분기점을 만들어낸다는 점에서 주목할 만하다. 이때 우리가 놓치지 말아야 할 사항은 노루가 이야기 속에서 '사회적 관계'의 중심에 있다는 사실이다. 나무꾼과 선녀에게 노루는 사회적 타자에 해당하는 존재로서 그들이 맺는 일련의 관계는 현실 속 사회적 삶의 빛과 그림자를 유의미하게 반영한다. 이를 축으로 해서 「선녀와 나무꾼」은 사회서사 차원

---

25 김종대와 이주홍은 「선녀와 나무꾼」에서 조력자로서 사슴과 쥐에 주목해야 한다고 주장했는데, 서사적 위상에 대한 논의를 넘어서 서사적 상징과 의미에 대한 본격적인 고찰로 나아가지는 못했다. 김종대·이주홍, 「나무꾼과 선녀에 나타난 조력자 사슴과 쥐의 역할과 그 기능 고찰」, 『어문론집』 48, 중앙어문학회, 2010 참조.

의 분기점과 선택까지를 함유하게 되거니와, 서사적 다기성의 또 다른 측면이 된다.[26]

이것이 전부가 아니다. 선녀와 나무꾼의 자녀들 또한 중요한 잠재적 주체가 될 수 있다. 늘 긴장관계 속에 있는 부모 아래에서 자녀들은 어떤 식으로든 갈등과 선택의 기로에 있었으리라고 상상할 수 있다. 엄마의 품에 안겨서 하늘로 옮겨질 때도, 아버지가 하늘로 찾아왔을 때도, 하늘 사람들이 아버지를 거부할 때도, 지상으로 떠난 아버지가 수탉이 됐을 때도 자녀들 내부에는 수많은 생각과 감정이 서사적 분기점 형태로 생겨났을 것이다. '어린 자식'에 대해 특별한 관심이나 정서를 가진 사람들이라면 무심히 지나칠 수 없는 사항이다. 일부 각편에서 이 아이들을 유의미한 서사적 주체로 서술하고 있음을 우연이라 하기 어렵다. 「선녀와 나무꾼」의 서사적 분기점과 다기성을 다룸에 있어서 무심히 지나칠 수 없는 요소다.

이상 간략하게 주요 화소와 서사적 맥락을 짚어본 것만으로도 우리는 「선녀와 나무꾼」이 얼마나 다양한 서사적 분기점을 내재하고 있는 이야기인지 알 수 있다. 인물에 따라 맥을 달리하는, 그러면서도 서로 맞닿거나 엇갈리는 수많은 서사의 길이 다기하게 작동하고 있다. 존재적 측면을 차치하고 관계적 측면만 보더라도 남녀서사와 부부서사 외에 부모서사와 자녀서사, 형제서사, 사회서사의 문제가 복합적으로 얽혀 있다. 작품서사 분석이 얼마나 어렵고 복잡한 과제인지를 잘 보여주는 면모다. 문제는 이것이 전부가 아니라는 사실이다. 이 설화에는 또 다른 차원의 중대한 서사적 분기점들이 놓인다. 작품과 수용자 사이에서, 곧 작품서사와 자기서사 사이에서 생겨나는 분기점이 그것이다. 수용자 내부에서, 자기서사 차원에서 발생하고 작동하는 분기점 또한 빼놓을 수 없다. 텍스트 너머에서 형성되는 메타적 분기점들이다.

---

26 이러한 면모는 일부 각편에 등장하는 '쥐'의 경우에도 해당한다. 이야기에서 쥐와 나무꾼이 맺는 상호 부조의 관계는 사회적 성격을 지닌다. 쥐가 나무꾼을 돕는 일은 일상적 수준을 넘어서 목숨을 건 위험한 일로 표현되곤 한다는 점에서 가벼운 삽화 이상의 의미를 지닌다.

작품 내적으로 볼 때 이야기 속의 인물은 그 자신일 뿐이다. 나무꾼은 나무꾼으로 움직이면서 분기점을 만나고 선택한다. 다른 인물들도 마찬가지다. 하지만 작품 밖의 사람들은 그렇지 않다. 그들은 나무꾼일 수도 있고 선녀일 수도 있으며, 나무꾼의 어머니일 수도 있고 선녀의 가족일 수도 있다. 노루나 쥐일 수도 있다. 그중 어느 인물에 자기를 투사하고 공명하면서 서사의 길을 가는가 하는 문제와 관련하여 수용자의 선택은 활짝 열려 있다. 남성 수용자도 선녀나 어머니가 될 수 있으며, 여성 수용자도 나무꾼이나 언니, 노루 등이 될 수 있다. 성격과 심리상태, 경험과 가치관 등에 따라 제각기 다른 선택을 할 수 있다. 그리고 수용자들은 그중 한 명이 되어야 하는 것이 아니다. 그는 선녀였다가 나무꾼이었다가 어머니일 수 있으며, 선녀인 동시에 나무꾼이고 어머니일 수 있다. 또는 그들 모두를 조망하는 관찰자일 수도 있다. 그 모든 열린 선택이 그 자체로 서사적 분기점이 된다. 작품서사에 대한 공명의 방향을 좌우하고 작품적 의미 실현에 큰 영향을 미치는 중대한 분기점이다.

수용자 측면에서 활성화될 수 있는 서사적 분기점의 또 다른 중요한 측면은 서사적 여백에 대한 창조적 상상이다. 앞서 언급한 대로 설화의 서사에는 수용자가 스스로 채우게 되는 수많은 여백이 있다. 이야기 중간중간의 여백 외에 이야기 시작 전의 상황이나 마무리 뒤의 상황도 여백으로 남겨지곤 한다. 수용자로서는 이 부분을 무심히 넘기는 대신 텍스트에 없는 자기만의 상상을 펼쳐나갈 수 있다. 그 상상 안에서 메타적인 수많은 서사적 분기점과 선택이 활성화된다. 이는 예외적이거나 부가적인 현상이 아니며, 설화의 본래적인 문학적 특성에 해당한다. 적극적이고 주체적인 수용자들에게 이 새로운 서사적 상상과 분기점들은, 그리고 그를 통한 새로운 '길 내기'는 원 텍스트 이상의 무게감과 의미를 가질 수 있다. 특히 그것은 수용자 자신의 감각과 경험이 적극적으로 반영된 것이라는 점에서 자기서사와의 관련성이 높다. 문학치료적으로 의미심장한 분석대상이 된다는 뜻이다.

설화를 문학치료 상담에 활용할 때는 작품에 내재한 여러 유의미한 분기점들을 활성화하는 가운데 내담자의 선택과 반응을 촉발하는 과정이 필요하다. 내담자가 다양한 인물과 상황에 자신을 투사하는 가운데 자기서사 표지를 폭넓게 드러낼 경우 이는 자기이해를 위한 소중한 단서가 된다. 아울러, 작품에 대한 반응 차원에 머물지 않고 수용자의 새롭고 독자적인 서사적 상상과 길 내기 과정을 적극 유도할 필요가 있다. 이는 작품서사에 대한 탐색적 대화 외에 이야기 다시쓰기를 통해 효과적으로 추동될 수 있다. 이에 대해서는 절을 달리해서 논하도록 하겠다.

3   문학치료용 서사반응지 MMLT

3.1 MMLT 반응지의 성격

본 연구자가 연구개발한 문학치료 진단도구로 MMSS 자기서사 진단지가 있다. MMSS는 'Magic Mirror for Story-in-depth of Self'를 줄여서 만든 말로, 자기서사를 비춰주는 마법 거울이라는 뜻을 지닌다. 이 진단지는 실행적 검증을 거쳐 선정한 국내외 26개 설화에 대해 핵심 줄거리를 제시한 뒤 주요한 서사적 쟁점에 대한 평가와 투사반응을 이끌어내는 형태로 구성돼 있다. 중핵을 이루는 것은 작품의 주요 서사적 분기점에 대한 선택이다. 판단이 엇갈릴 수 있는 상황에 대해 어떤 선택을 할 것인지를 확인하는 7점 척도의 선택형 문항이 다양하게 배치돼 있다. 일부 문항에는 선택의 이유를 서술하도록 했으며, 선택형 외에 단답형과 문장완성형, 자유서술형 문항도 함께 갖추고 있다. 다양한 이야기와 인물을 펼쳐놓고 특징적인 투사반응이 나타나는 지점들을 확인해서 자기서사의 실마리들을 포착해가는 방식이다.[27]

27   MMSS 진단지의 구성과 성격은 신동흔, 「문학치료를 위한 자기서사 진단과 해석 연구:

MMSS는 각 설화의 핵심적인 서사적 분기점을 담아내고자 했지만, 그로부터 도출될 수 있는 작품반응 정보는 제한성을 지닌다. 제공한 줄거리가 간략하고 변이 내용을 반영하지 않아서 설화 특유의 서사적 가변성과 다기성이 충분히 구현돼 있지 않다. 참여자들의 선택에 대해 그 이유와 맥락을 가늠하는 데도 한계가 있다. 이는 MMSS가 본격 상담에 앞선 기초적이고 종합적인 진단을 위해 개발된 것이기 때문이다. 각 작품에 대한 본격적인 서사적 소통은 상담 과정의 몫으로서, 이를 위한 작품 텍스트와 활동 등은 따로 설정하는 것이 합당하다. MMSS에 대해 치료적 활용 가능성을 열어두었고 이를 실제 상담에 적용한 사례들이 있지만,[28] 치료용 서사반응 도구는 목적에 맞는 형태로 새롭게 개발해서 활용하는 것이 어울린다.

본 연구에서는 본격적인 문학치료 상담 회기에 적용할 수 있도록 구안한 새로운 도구를 제안한다. 개별 설화작품 단위의 서사반응 활동 도구로서, 그 이름은 MMLT 작품서사반응지다. MMLT는 'Magic Mirror for Literary Therapy'를 줄인 말로서, '문학치료를 위한 마법 거울'의 뜻을 지닌다. 이때 거울은 작품서사이고, 거울이 비춰 보이는 대상은 자기서사다. 설화작품을 통해 내면의 서사를 이끌어내는 과업을 본격화하는 한편, 그렇게 도출된 반응들을 매개로 다각적인 치료적 탐색과 상담을 진행할 수 있도록 내용을 구성했다. 내담자의 의식·무의식적 투사반응을 유도하되, 개인사를 직접 탐색하는 방식 대신 설화작품에 대한 감상과 논평을 주조로 삼는 문학적인 접근을 지향한다. 작품서사가 제대로 힘을 낼 때 자기서사가 유의미하게 움직일 수 있다는 관점에 의한 것이다.

MMSS 진단지의 성격과 구성, 해석과 활용」,『문학치료연구』54, 한국문학치료학회, 2020 참조.

28 김은정,「민담「두 나그네」를 활용한 문학치료학적 상담사례연구: MMSS검사 분석과 '그림자'원형 이론을 배경으로」,『문학치료연구』54, 한국문학치료학회, 2020; 김은정, 「설화를 활용한 농아인 대상 문학치료 연구: MMSS 서사 탐색과 미술치료 활동을 연계한 상담사례 분석」, 건국대학교 박사학위논문, 2021; 장경희,「설화를 활용한 문학치료적 웰다잉 교육 프로그램 실행연구: 중년기 남녀의 자기 이해와 변화를 중심으로」, 건국대학교 박사학위논문, 2021.

MMLT는 크게 세 부분으로 구성된다. 첫 부분은 설화의 내용을 정리한 작품 텍스트다. 텍스트는 설화의 서사적 요소와 맥락을 충실히 반영하는 방식으로 구성된다. 유의미한 서사적 분기점들을 두루 반영하는 가운데 내담자의 서사적 선택이 활성화될 수 있도록 했다. MMSS와 비교하면, 서사내용이 더 상세해졌다는 것과 함께 다양한 변이를 담았다는 점에 질적 차이가 있다. MMLT에서 변이형 제시는 설화자료의 충실한 반영 자체에 목적을 두지는 않는다. 유의미한 서사적 선택과 투사반응을 효율적으로 이끌어내는 것이 목적이다. 주요 변이를 생략할 수 있으며, 예외적 변이를 담을 수 있다. 다만 모든 내용은 설화 원전에 있는 것들로 함을 원칙으로 삼는다.

두 번째 부분은 작품 텍스트에 대한 서사적 질의와 응답 항목들이다. 작품의 서사적 쟁점 내지 분기점과 관련되는 다양한 질문이 제시돼 있고, 거기에 답할 수 있는 여백들이 마련돼 있다. 질문과 답변의 형식은 다양하다. MMSS에 적용했던 7점 척도의 선택형 문항을 일부 반영했으며, 단답형과 서술형 질문들도 배치돼 있다. 선택형이나 단답형의 모든 문항에는 답변 이유를 적도록 했다. 내담자에게 자신의 반응을 언어적으로 의미화하도록 하고, 상담자가 내담자의 반응에 대해 맥락을 이해할 수 있도록 하기 위함이다. 서술형 언술에서 의식·무의식중에 특징적인 자기서사 표지가 노출될 수 있다는 점도 고려했다.

각 문항의 질의와 응답에 대해 상담자는 내담자의 답변을 확인하는 데 그치지 않고 추가로 보충 질문과 대화를 진행할 수 있다. 반응지 자체는 정해진 모양새를 갖추고 있으나 상담적 운용은 융통성 있게 할 수 있다는 뜻이다. 반응지를 출력 배부해서 수기(手記)로 답변을 적도록 하는 대신 파일로 제공해서 내담자가 답변을 위한 공간을 자유롭게 조정하도록 하는 것도 좋다. 질의응답을 글로 하는 대신 구술 대화로 진행하는 것도 가능하다. 작품을 매개로 한 유의미한 서사적 소통을 가장 효율적으로 수행할 방법을 자율적으로 선택해서 적용하면 된다.

MMLT의 세 번째 부분은 이야기 다시쓰기 활동에 해당한다. 설화 다시쓰기는 문학치료 상담의 주요한 기법으로서 높은 진단적·치료적 효과를 지닌다. 앞서 언급한 것처럼 조은상이 이야기 만들기를 문학치료의 핵심 활동으로 삼는 수행 체계를 수립[29]했거니와, MMLT에서는 이를 적극 수용한다. MMLT의 설화 다시쓰기는 상상적 허구의 자유로운 발현을 통한 '완결된 설화적 서사 만들기' 형태로 진행된다. 약식 창작에 준하는 과정이다. 미적 객관성과 전완성을 지니는 창작물 속에 자기서사가 구조적으로 반영될 수 있다는 관점에 따른 것이다.

MMLT 설화 다시쓰기의 차별성은 이를 서사적 질의응답 활동과 결합했다는 점이다. 작품에 대한 평가적·분석적 대화와 다시쓰기를 매개로 한 탐색적 대화는 문학치료 상담의 두 축을 이루어온 핵심 활동이거니와, 양자를 긴밀히 결합함으로써 더 체계적이고 깊이 있는 상담을 수행할 수 있다고 보았다. 하나의 설화에 대해 그 내용을 접한 뒤 다시쓰기로 바로 진입하는 것과 그에 앞서 작품에 대한 다양한 투사적·평가적 소통을 거치는 것 사이에는 상당한 차이가 있다. 일련의 서사적 소통 과정은 원작품과의 서사적 연결성이 더 높은 다시쓰기를 이끌어내는 역할을 할 수 있다. 다각적인 서사적 투사가 이루어진 상태에서 이루어진 다시쓰기는 유효한 자기서사 표지를 더 많이 포함할 가능성이 커진다.

작품에 대한 평가적 대화 과정은 미적 객관성 확보라는 차원에서도 의의를 지닌다. 내담자가 쓴 이야기는 개인적 창작에 해당하는 것으로서 그에 대한 탐색적 대화는 개인사적 배경이나 가치관 등에 대한 것이 될 가능성이 크다. 이에 비해 원래의 설화작품에 대한 소통은 더 일반적인 문학적 소통으로서 성격을 지닌다. MMLT는 그 두 가지 형태의 소통을 계기적으로 연계하는 구성을 취한다. 먼저 미적 거리를 둔 작품 중심의 서사적 소통을 진행한 뒤 다시쓰기를 매개로 한 사람 중심의 서사적 소통을 병행하는 방식이다. 양쪽에서 공히 유의미한 서사적 정보가 도출될 수 있는바, 그것을 연결함으

---

29 조은상, 「문학치료는 어떻게 이루어지는가?: 개인문학치료 사례를 중심으로」, 『문학치료연구』 57, 한국문학치료학회, 2020.

로써 자기이해를 입체화할 수 있다.

평가적 대화 활동과 다시쓰기 활동의 병행은 내담자 성향에 따른 선택지를 열어주는 효과도 있다. 작품에 대한 서사적 대화보다 창작적 다시쓰기를 선호하는 내담자가 있는가 하면, 평가적 대화에는 수월하게 임하면서도 다시쓰기에는 부담감을 호소하는 내담자도 있다. 그리고 작품에 따른 차이도 있다. 어떤 설화에 대해서는 적극적으로 다시쓰기를 하지만, 어떤 설화에는 다시 쓸 것이 없다거나 쓰고 싶지 않다고 하는 식이다. 서사적 대화와 다시쓰기 활동을 융통성 있게 적용함으로써 이와 같은 상황적 변수에 효율적으로 대처할 수 있다. 두 가지 활동을 함께 진행하기가 벅차다고 생각할 수 있으나 그렇지 않다. 한 설화를 통한 상담을 한 회기에 마쳐야 할 이유가 없다. 한 작품을 놓고 여러 회기를 이어가면서 서사적 소통을 심화해갈 수 있다면 더 좋은 일이다. 작품서사와의 깊은 접속과 교감이 문학치료를 위한 핵심 과정임을 환기해둔다.

작품에 대한 질문과 응답을 축으로 한 서사적 대화 활동과 관련해서, 그것이 계량적이고 표준적인 데이터화가 수월하다는 점을 특별히 강조하고 싶다. 설화 다시쓰기를 통해 자기서사의 특징적 면모가 다양하게 나타날 수 있지만, 그것을 임상적 데이터로 축적하는 데는 난관이 있다. 이야기 재창작은 어디로 튈지 모르는 주관성과 자의성을 지니기 때문이다. 한 내담자의 특징적인 다시쓰기 창작이 다른 내담자에게서도 비슷하게 반복될 가능성은 크지 않다. 이런저런 활용방안을 생각해볼 수 있지만, 다시쓰기 활동 사례는 해당 내담자에 국한된 특수한 자료로 머물게 될 가능성이 크다. 이와 달리 작품에 대한 서사적 질문들에 대한 답변은 일정한 경향성 내지 특징을 찾아서 이를 데이터화하기가 용이하다. 그리고 그것은 후속 상담을 위한 좋은 가이드라인이 된다. 그것은 작품서사에 대한 독자적 분석능력이나 서사반응에 대한 해석 경험을 충분하게 갖추지 못한 일반 문학치료사들에게 믿고 기댈 수 있는 언덕이 되어줄 수 있다. MMLT에서 표준화된 작품 텍스트를 바탕으로 하여 지정된 질문들에 대한 소통을 진행하는 형태를 취하는 것은 이 때문이다.

끝으로 MMSS와 MMLT의 관계를 잠깐 언급해둔다. 양자는 '여러 설화를 통한 기초적이고 종합적인 진단(MMSS)'과 '특정 작품을 통한 본격적인 치료적 상담(MMLT)'이라는 차이를 지닌다. MMSS를 통해 자기서사의 유의미한 단서들이 포착되면 그와 관련되는 설화의 MMLT 활동을 전개하는 것이 기본 프로세스가 된다. 이때 MMLT 설화는 MMSS에 포함된 것일 수도 있고 아닐 수도 있다. MMSS에 포함된 작품의 경우 MMLT는 MMSS와 보완적 연계를 이룰 수 있는 형태로 텍스트와 질문이 구성될 것이다. 중요한 서사적 분기점에 대해 교차적 확인 점검이 가능한 새로운 질문들을 배치하는 식이다. 결과를 해석함에 있어 MMSS 실행을 통해 축적된 반응데이터를 참고할 수 있다는 점도 특기 사항이 된다.

3.2 MMLT_001_
선녀와나무꾼

문학치료를 위한 신개념 서사반응지이자 활동도구로 제출되는 MMLT는 MMSS와 달리 개별 작품 단위로 구성되고 시행된다. 그 첫 작품은 「선녀와 나무꾼」이다. 이를 'MMLT_001_선녀와나무꾼'으로 부른다.30 번호를 생략하고 'MMLT_선녀와나무꾼'으로 쓸 수도 있다.

표지의 작성 안내문 부분을 제외한 'MMLT_선녀와나무꾼' 본내용은 다음과 같다.

---

30 고유번호를 세 자리 숫자로 한 것은 MMLT에 적용될 작품이 100개 이상 될 수 있음을 고려한 선택이다.

MMLT_001 선녀와나무꾼

[기본형 1] 옛날에 깊은 산골에 한 가난한 나무꾼 총각이 살았다. 결혼은 꿈도 꾸지 못하고 힘들게 나무를 하며 외롭고 힘들게 살고 있었다. 어느 날 그가 열심히 나무를 잘라서 쌓아놓고 잠시 숨을 돌리는데 갑자기 노루가 달려오더니, 사냥꾼한테 쫓기고 있다며 도와달라고 말했다. 나무꾼은 얼른 노루를 나뭇짐 뒤에 숨겨준 뒤, 뒤쫓아온 사냥꾼을 다른 곳으로 따돌렸다.

나무꾼 덕분에 살아난 노루는 고맙다면서 소원을 말해보라고 했다. 나무꾼이 남들처럼 결혼해서 자식을 낳고 살고 싶다고 하자, 노루가 알겠다면서 방법을 알려줬다. 산속 깊은 곳 선녀탕 연못에 보름날 밤에 선녀 셋이 내려와 목욕을 하는데, 날개옷을 하나 감추면 그녀와 함께 살 수 있다는 것이었다. 노루는 자식을 셋 낳기 전에는 절대 아내에게 옷을 내주면 안 된다고 덧붙였다.

나무꾼이 보름날 달밤에 연못을 찾아가서 보니까, 정말로 선녀 셋이 내려와서 날개옷을 벗어놓고 목욕을 하기 시작했다. 나무꾼은 제일 어리고 예쁜 선녀가 벗어놓은 옷을 감춰두고 동정을 살폈다. 목욕을 마친 뒤 언니들은 날개옷을 입고 하늘로 올라갔는데, 옷이 없어진 막내는 올라가지 못하고 방황했다. 그때 나무꾼이 나서서 자기와 함께 살아주면 날개옷을 돌려주겠다고 했다. 나무꾼의 순박하고 간절한 눈동자를 바라보던 선녀는 한참 만에 고개를 끄덕였다.

선녀와 결혼한 나무꾼은 너무나 행복했다. 그는 전보다 더 열심히 일하며, 성심껏 아내를 챙겨주었다. 하지만 날개옷 얘기가 나오면 입을 꾹 닫았다. 그렇게 세월은 흘러갔고, 둘 사이에는 자식이 둘 생겨났다. 어느 날 다시 선녀가 날개옷을 보여달라고 간청하자 나무꾼은 마음이 흔들렸다. 그는 그간 충분히 정이 들었으니 괜찮을 거라고 생각하고 날개옷을 내주었다. 선녀는 옷을 한번 입어본다고 하더니만 양팔에 두 아이를 안고서 하늘로 훌쩍 올라가 버렸다. 나무꾼이 미처 손쓸 겨를도 없었다.

홀로 남겨진 채 절망에 빠져 방황하던 나무꾼은 아내와 자식을 만날 방법을 찾아 나섰다. 그는 처음 노루를 만난 곳으로 가서 하염없이 그를 기다렸다. 그러자 노루가 나타나서 그에게 하늘로 올라가는 방법을 알려주었다. 보름날 밤에 연못으로 두레박 세 개가 내려와 물을 떠올릴 텐데, 셋째 두레박의 물을 쏟고 그 안에 앉으라는 것이었다. 나무꾼은 그 말대로 해서 두레박을 타고 하늘로 올라가게 됐다.

나무꾼이 하늘나라로 들어가자 자식들이 반갑게 맞이하고 아내도 그를 받아 주었다. 하지만 선녀의 아버지였던 옥황상제와 선녀의 두 언니는 나무꾼을 싫어했다. 그들은 나무꾼을 쫓아내려고 시험을 걸었다. 먼저 숨바꼭질 시합을 했는데, 나무꾼은 아내의 도움으로 닭으로 변신한 장인을 찾아냈다. 다시 지상으로 쏜 화살을 찾아오는 과제가 주어졌는데, 나무꾼은 아내가 골라준 비루먹은 말을 타고 지상에 내려와 화살을 찾을 수 있었다. 중간에 솔개로 변한 언니들이 화살을 가로챘지만, 독수리로 변한 아내가 화살을 되찾아주었다. 이렇게 시험을 통과한 나무꾼은 하늘나라에서 처자식과 함께 오래도록 행복하게 살았다.

[변이형 A] 나무꾼은 노루 말대로 자식을 셋 낳을 때까지 날개옷을 전해주지 않았고, 선녀는 하늘로 올라갈 수 없었다. 나무꾼은 지상에서 선녀와 함께 별탈 없이 잘 살았다.

[변이형 B] 날개옷을 받아 입은 선녀가 두 아이를 안고서 하늘로 가버리자, 나무꾼은 절망에 빠졌다. 그는 넋을 놓고 하늘만 바라보다가 수탉으로 변했고, 하늘을 향해 '꼬끼오!' 하고 울게 되었다.

[변이형 C] 선녀가 떠난 뒤 나무꾼은 다시 만난 노루의 가르침대로 두레박을 타고 하늘로 향했다. 하늘에서 그 모습을 발견한 선녀가 칼로 두레박줄을 잘랐다. 나무꾼은 땅에 떨어져 죽고 말았다.

[변이형 D] 나무꾼이 두레박을 타고 하늘로 올라가자, 아내와 자식들이 반갑게 맞이했다. 선녀의 아버지와 언니들도 나무꾼을 받아들여줬고, 나무꾼은 모두와 함께 잘 살았다.

[변이형 E] 나무꾼이 하늘로 올라가자 아내는 남편을 받아들이려 했으나 선녀의 원가족들이 나무꾼을 싫어하며 괴롭혔다. 그러자 선녀는 남편과 자식들을 데리고 하늘을 떠나 지상으로 내려와 살았다.

[변이형 F] 두레박을 타고 하늘로 올라간 나무꾼에게 지상으로 쏜 화살을 찾아오라는 과제가 주어졌다. 나무꾼이 지상에 내려와서 사방을 찾아다닐 때 쥐들이 나타나서 화살을 찾아주었다. 나무꾼이 가난하게 살던 시절에 불쌍한 쥐에게 음식을 먹여서 키웠는데 그 쥐가 쥐나라 왕이 되어서 은혜를 갚은 것이었다. 화살을 찾아서 하늘로 돌아온 나무꾼은 능력을 인정받고 잘 살았다.

[기본형 2] 원래 나무꾼은 결혼 전부터 늙은 어머니와 함께 살고 있었다. 하늘로 올라온 나무꾼은 처자식과 함께 살아가게 됐으나, 지상에 두고 온 어머니가 보고 싶었다. 나무꾼은 선녀에게 거듭해서 어머니를 만나러 갈 수 있게 해달라고 했고, 선녀는 할 수 없이 천마를 내주었다. 선녀는 남편에게 그 말에서 내려 발을 땅에 디디면 돌아올 수 없게 될 거라고 했다.

지상으로 내려온 나무꾼은 말을 탄 채로 어머니와 만났다. 그가 때가 되어서 돌아가려고 하자 어머니가 말고삐를 잡으면서 호박죽을 먹고 가라고 만류했다. 나무꾼이 뿌리치지 못하고 받아서 먹는데, 죽이 너무 뜨거워서 말 등에 흘리고 말았다. 놀란 천마는 몸부림을 쳐서 나무꾼을 땅에 떨어뜨리고 날아갔다. 그렇게 땅으로 떨어진 나무꾼이 다시 하늘로 올라갈 길은 없었다. 그는 넋을 놓고 하늘만 바라보다가 수탉으로 변했고, 하늘을 향해 '꼬끼오!' 하고 울게 되었다.

1. 위 이야기의 여덟 가지 유형 중 가장 마음에 와닿는 것은 [   ]다.

   ※ 이유: _____.

2. 위 이야기의 여덟 가지 유형 중 가장 거부감이 드는 것은 [   ]다.

   ※ 이유: _____.

3. 이야기 속의 나무꾼에 대한 인물평을 한마디로 써보기.

4. 나무꾼과 함께 살게 됐을 때의 선녀의 심정을 상상해서 써보기(1인칭으로).

5. 나무꾼이 노루의 당부를 어기고 선녀에게 옷을 준 것은   ☠ ✕ ▽ … △ ◯ ✿
   잘못이다.

   ※ 이유: _____.

6. 내가 선녀였더라도 바로 아이들을 데리고 떠났을 것이다.   ☠ ✕ ▽ … △ ◯ ✿

   ※ 이유: _____.

7. 나였더라도 하늘로 찾아온 남편을 받아들이고 도와줬을 것이다. ☒✕▽⋯△○☼

   ※ 이유: _____.

8. '기본형 2'에서, 나무꾼은 엄마의 만류를 뿌리치고 ☒✕▽⋯△○☼
   떠났어야 한다.

   ※ 이유: _____.

9. '기본형 2'에서, 아들이 엄마 앞에서 수탉이 돼버린 상황을 한 줄로 논평하면?

10. 위 이야기에서 가장 마음이 끌리는 인물(동물 포함)은 [   ]다.

    ※ 이유: _____.

11. 위 이야기에서 제일 거부감이 드는 인물(동물 포함)은 [   ]다.

    ※ 이유: _____.

12. 위 이야기에 대한 전체적인 감상평을 간단히 써보기.

✎ 다시 쓰는 「선녀와 나무꾼」

※ 앞 쪽에서 본 내용을 참고해서 「선녀와 나무꾼」 설화를 본인의 마음에 들게 다시 써주
세요. 허구적 상상력을 자유롭게 발휘해서 한 편의 완결된 옛날이야기 형태로 작성하면 됩
니다. 원래 있던 내용을 살려도 좋고, 완전히 바꿔도 좋습니다. 작성을 마친 뒤 이야기 내용
에 어울리는 제목도 붙여주세요. (한 페이지 내로 쓰면 됩니다. 혹시 쓸 내용이 많으면 두
페이지도 가능합니다.)

    앞서 설명했듯이, 작품 텍스트와 일련의 서사적 질문, 다시쓰기 활동이
어울려 있는 구성이다. 단순해 보일 수 있는 모양새지만, 그 안에는 서사학
적 · 문학치료학적 작품분석에 기반한 다양한 고려가 반영돼 있다.

(1) 작품 텍스트와 서사적 분기점

「선녀와 나무꾼」은 오랜 세월에 걸쳐 광범
위하게 전승돼온 설화로, 현지조사를 통해 채록 보고된 각편이 총 150편 이
상이다.[31] 그 자료들에 나타난 작품적 변이는 세부적인 디테일까지 살피자
면 끝이 없을 정도다. 그것을 모두 문학치료용 텍스트로 담아내는 것은 불가
능하며, 필요하지도 않다. 유의미한 변이를 선별해서 일목요연하게 담아내
는 것이 서사반응 도출을 위한 더 좋은 방법일 수 있다. 이때 작품의 주요한
서사적 분기점들이 잘 살아나게 해야 함은 물론이다. 아울러, 작품 텍스트는
굳이 구술 원전일 필요는 없다. 주요 화소와 서사구조를 충실히 제시하는 것
으로 충분하다. 참여자가 서사적 여백과 상황적 디테일을 스스로 채울 때 더
자연스러운 투사가 이루어질 수 있다.

이런 관점에서 MMLT 텍스트에는 「선녀와 나무꾼」의 크고 작은 일부
변이를 미반영했다. 나무꾼이 숨겨준 동물로는 노루와 사슴, 멧돼지, 호랑이
등이 말해지는데, 가장 빈도가 높은 노루로 통일했다. 선녀의 옷을 그냥 '날
개옷'으로 표현했으며, 날개옷을 전해준 시점의 자녀 숫자는 '둘'로 썼다. 나
무꾼이 하늘로 올라가는 수단은 두레박으로 통일하고, 나무꾼을 거부하거나
시험하는 주체는 아버지(옥황상제)와 두 언니로 했다. 하늘로 못 올라간 나무
꾼이 변하는 동물은 수탉으로 통일했다. 너무 번다해지는 것을 방지하기 위
함이다.

서사적 전개와 결말의 특징적인 변이 가운데도 일부를 제외했다. 후반
부 내용이 견우직녀 이야기 식으로 흘러가는 변이를 미반영했다. 선녀가 떠

---

31   「선녀와 나무꾼」은 1980년대에 출간된 『한국구비문학대계』에 40편 이상의 자료가 실
려 있고, 증보판 한국구비문학대계 아카이브에도 36편의 자료가 보고돼 있다. 이 외에
임석재 전집에 8편, 배원룡의 박사논문에 50편, 서은아의 박사논문에 10편, 권애자의
박사논문에 38편의 채록자료가 실려 있다. 기타 설화 자료집들에 분산적으로 실린 자
료까지 합치면 자료 수가 약 200편에 이른다. 북한이나 연변, 각 지방의 군지(郡誌) 등
에 실린 정리자료를 제외한 숫자다.

나간 뒤 나무꾼이 딴 여자와 결혼했다고 하는 전개와 나무꾼이 하늘로 올라가 보니 선녀가 다른 남자하고 살고 있어서 그와 겨뤘다는 전개도 제외했다. 아이들이 줄을 잡고 있다가 닭 냄새 때문에 줄을 놓았다는 변이, 숙모가 나무꾼이 하늘로 못 가게끔 박 줄에 끓인 물을 부었다는 변이, 지상에서 죽은 남자를 선녀가 거두어 하늘에서 장례를 치렀다는 변이 등도 고민 끝에 미반영했다. 나무꾼이 뜨거운 물을 끼얹는 바람에 하늘로 날아가려던 선녀가 닭이 돼버렸다는 전개[32]도 희생시켰다. 너나없이 최악의 유형으로 꼽게 될 것 같았다. 반대로 선녀가 두레박 줄을 끊는 변이는 다소 내용이 극단적임에도 텍스트에 반영했다. 서사반응이 엇갈릴 수 있다고 보았기 때문이다.

MMLT_선녀와나무꾼은 선녀가 하늘로 떠난 뒤 나무꾼이 두레박을 타고 하늘로 찾아가는 내용이 포함된 것을 정형으로 삼아서 내용을 정리했다. 나무꾼이 하늘로 올라간 뒤의 전개는 그가 선녀의 도움으로 시험을 통과하고 잘 살았다는 것과 어머니를 만나러 내려왔다가 말에서 떨어져 수탉이 되었다는 것이 팽팽히 맞서는데, 이들을 각각 기본형 1과 기본형 2로 삼았다. 해피엔딩과 새드엔딩 양쪽에 균형을 맞춘 구성이다. 이에 더해 여섯 가지 서로 다른 전개를 변이형으로 반영했다. 기본형과 변이형의 분별은 정리와 이해의 효율성을 위한 것으로서 별도의 가치평가가 개입된 것은 아니다.

MMLT_선녀와나무꾼 텍스트에 반영된 여덟 가지 유형에 대해 그 서사적 특성과 반응분석의 지표를 설명하면 다음과 같다. 기본형 1 텍스트 앞부분은 모든 유형에 공통되는 내용으로서 먼저 이에 대해 설명한 뒤 각 유형으로 넘어가도록 하겠다.

① 앞부분의 공통 내용

MMLT_선녀와나무꾼은 기본형 1 텍스트 앞부분의 여덟 개 모든 유형

---

[32] 증보 한국구비문학대계, 자료번호 GUBI+05_20_FOT_20090722_LJH_CBN_0005, "선녀와 나무꾼의 달이 된 아이". 아이가 달이 된 것처럼 제목을 달고 있는데, 음원을 들어보면 달은 '닭'으로 독해되며 주체는 선녀로 여겨진다.

에 두루 해당하는 공통 내용을 담았다. 그것을 기본 출발로 해서 서로 다른 변이들이 갈라져나가게 배치했다. 그 공통 내용은 널리 알려진 「선녀와 나무꾼」 줄거리를 준용한 것으로 그리 특별한 것은 없다. 다만 세부 내용에 두어 가지 유의할 부분들이 있다. 일반적 배경과 사건 외에 서사반응에 변수가 될 만한 요소들이 배치되어 있다.

먼저, 텍스트에서 나무꾼이 선택한 대상을 '제일 어리고 예쁜 선녀'로 특정했는데, 남자/인간 욕망의 이면을 슬쩍 건드리는 가운데 하나의 숨은 쟁점이 되도록 한 것이다. 물론 원전에 있는 내용이다. 다른 한편으로, 나무꾼의 순수함 내지 선량함을 시사하는 언술들을 넣었다. 선녀 앞에 나타난 나무꾼 모습을 투박하고 선량한 이미지로 표현했으며, 선녀와 결혼한 뒤 열심히 일하며 아내를 챙겼음을 명시했다. 나무꾼과 선녀의 관계가 범죄적 가해자와 피해자 관계 식으로 단순화되지 않고 이질적 처지와 욕망에 따른 존재적 엇갈림으로 살아나게끔 하기 위함이다. 원전 설화의 서사적 역학을 반영한 구성이다. 나무꾼이 위험에 처한 노루를 나서서 구한 일은 그가 약자를 위하는 선량한 사람이며, 동반적 공생을 추구하는 인물임을 나타낸다. 그런 나무꾼이 예기치 않은 상황 전개 속에서 제 욕망을 위해 타인의 삶을 억압하는 위치에 서게 된다고 하는 반전적 역설에 이 설화의 묘미가 있다. 현실 속 인간관계에서 전형적으로 펼쳐지는 역설이기도 하다. MMLT_선녀와나무꾼은 이러한 서사적 역학관계를 작품 텍스트로 담고자 했다. 물론 수용자가 거기에 어떤 반응을 나타내는가 하는 것은 별개의 문제가 된다. 다양한 반응이 가능하며, 이는 자기서사의 표지가 될 수 있다.

부연하면, MMLT는 텍스트 차원의 표면적 반응보다 서사 차원의 반응을 추구한다. 'MMLT_선녀와나무꾼' 작품 텍스트는 존재와 관계에 대한 본원적 성찰이 가능한 형태의 내용성을 갖추고 있다. 내담자가 작품에 담긴 서사적 문제성을 적실히 이해하고 그에 상응하는 반응을 보일 경우 높은 서사 접속도 내지 서사적 성숙도의 표지일 수 있다. 이와 달리 인물과 사태를 단순화해서 즉자적 반응을 나타내는 데 그칠 경우 낮은 서사 접속도 내지 서사적 미성숙의 표지일 수 있다. 상담을 진행하는 과정에서 유심히 관찰하고 관리해야 할 사항이다. 가까이는 작품서사에 대한 내담자의 접속도를 높여가는 것이, 멀리는 내담자의 서사적 성숙도를 높여가는 것이 문학치료 과정의 주요 과제라는 사실을 환기해둔다.

② 기본형 1: 선녀의 도움에 의한 시험 통과와 해피엔딩

나무꾼과 선녀 사이의 관계적 역학과 우여곡절이 계기적이고 정합적인 형태로 이어져 해피엔딩으로 귀결되는 유형이다. '독신-만남-결합-위기 1-대응 1-결과 1-위기 2-대응 2-결과 2'로 이어지는 일련의 전개[33]가 큰 무리 없이 펼쳐진다. 선녀가 떠난 상태에서 나무꾼의 선택이 중요한 분기점인데, 인간의 일반적 욕망과 행동방식에 비춰볼 때 해결책을 찾아 움직이는 것이 자연스럽다. 그 길 찾기 과정에서 노루의 도움이 작용하는 상황을 자기 힘에 의한 문제해결로 볼 수 있는가 하는 쟁점을 낳는다. 이러한 쟁점은 나무꾼이 천상에서 겪게 되는 두 번째 위기에서 다시금 활성화된다. 선녀가 계속 나서서 나무꾼을 돕는 것으로 되어있는데, 이를 온전한 문제해결로 볼 수 있는가의 문제다. 선녀의 적극적인 도움을 긍정적으로 보는 관점과 나무꾼의 의타성을 부정적으로 보는 반응이 엇갈릴 수 있다. 부정적인 견해를 가진 내담자는 해피엔딩의 결말에도 의심을 보낼 가능성이 크다. 기본형 1에 대한 반응에서는 이런 사항들을 눈여겨볼 필요가 있다.

③ 변이형 A: 선녀의 복귀 차단과 지상에서의 관계 지속

변이형 A는 소수 자료에서만 보이는 특이한 유형이다. 결과만 놓고 보면 무난한 관계 지속일 수 있으나, 그 과정이 일방적이라는 데 문제가 있다. 나무꾼은 자기중심의 틀에 상대방을 편입해서 동화시키려 하며, 그 일은 나름 성공한 것처럼 보이기도 한다. 긍정적 견지에서 보면 나무꾼의 선택은, 그리고 그에 대한 공감은 냉철한 현실감각과 문제해결력의 표지일 수 있으

---

33 김정희, 「남녀관계의 위기와 지속에 대한 서사지도 구축과 문학치료 활용 연구」, 건국대학교 박사학위논문, 2018, 52면.

며, 상황에 흔들리지 않는 단호함의 발로일 수 있다. 하지만 선녀가 날개옷을 잃은 상태로 이루어지는 관계 지속은 작지 않은 문제성을 내포한다. 억눌린 욕망과 존재성은 어떤 식으로든 그림자와 반작용을 낳게 되는바, 안쪽에 큰 탈이 잠복할 가능성이 크다. 만약 내담자가 변이형 A의 서사를 적극적으로 따라갈 경우, 문제적 서사반응이라 할 만하다. 나무꾼 입장에서는 자기중심 폭력서사의 표지일 수 있으며, 선녀 입장에서는 자기부정 순응서사의 표지일 수 있다.

변이형 A에서 또 하나의 서사적 쟁점은 '약속'에 대한 것이다. 변이형 A는 나무꾼이 날개옷을 주겠다는 약속을 끝까지 지키지 않은 경우로서, 신뢰위반 서사의 면모를 지닌다. 당사자와의 중요한 약속이 '없던 일'이 될 수는 없다는 점에서 변이형 A가 펼쳐 보이는 관계 지속의 이면에는 단절이나 상처가 내재할 가능성이 있다. 변이형 A에 대한 반응에서 유심히 살펴야 할 사항이다.

④ 변이형 B: 나무꾼의 이른 포기와 좌절

이 유형은 나무꾼이 첫 번째 위기에서 앞으로 나아가지 못하고 무력하게 좌절한 경우다. 여기서 나무꾼의 포기를 '현실의 수긍과 적응'으로 보기는 어렵다. 수탉이 되어 하늘을 보고 운다는 것은 선녀와 아이들에 대한 강한 지향을 표상한다. 그럼에도 그대로 주저앉았으니 이상과 현실 간의, 또는 생각과 행동 간의 괴리에 해당한다. 만약 내담자가 나무꾼 입장에서 변이형 B 서사에 강한 투사를 나타낼 경우, 이는 소극성과 무기력, 부정적 세계인식의 표지가 될 가능성이 크다. 자기서사 분석요소[34]로 표현하면 존재적 측면에서 약소와 무능, 과거, 비관, 결핍, 우울 등의 표지가 되며, 관계적 측면의 부부서사 영역에서 차등, 거리, 회피, 퇴행, 단절 등의 표지가 된다.

유의할 것은 변이형 B에 대한 내담자의 긍정반응이 선녀나 제3자 입장

---

[34] 자기서사 분석 요소들에 대한 자세한 설명은 신동흔, 「문학치료를 위한 서사 분석 요소와 체계 연구」, 『문학치료연구』 49, 한국문학치료학회, 2018 참조.

에서 이루어질 수 있다는 사실이다. 나무꾼이 수탉이 되어 울게 된 결과를 그가 선녀에게 행한 일에 대한 징벌적 응보로 보는 식의 관점이다. 나름 합리적일 수 있는 반응이지만, 상대가 잘못된 결과를 좋게 여기는 반응이라는 점에서 문제의 소지가 있다. 왜곡된 공격성의 표지일 수 있으므로 맥락을 잘 살펴볼 필요가 있다.

⑤ 변이형 C: 선녀의 공격에 의한 나무꾼의 추락

하늘로 올라간 선녀가 나무꾼이 잡고 오는 줄을 끊어서 땅에 떨어져 죽게 한다는 내용이다. MMLT_선녀와나무꾼에 반영된 변이형 중 가장 낯설고 놀라운 유형일 것이다. 본 연구자도 이 내용이 담긴 자료[35]를 접하고 충격을 받았다. 나무꾼으로 표현된 남성/배우자에 대한 밀치기가 극단적 형태로 작동한 경우인데, 내담자들로부터 상반된 반응이 나올 수 있다. 부정적 반응 외에 투사적 긍정반응이 나올 가능성을 배제할 수 없다. 부부 간 갈등과 단절이 빈발하고 있는 오늘날의 삶의 양상을 고려할 때 더욱 그러하다. 이 변이형을 긍정하는 것 외에 이를 무심히 넘기는 것 또한 유의미한 반응이 될 수 있다.

⑥ 변이형 D: 나무꾼의 순탄한 천상 진입과 해피엔딩

변이형 D는 하늘에 오른 나무꾼이 선녀와 함께 잘살게 된다는 점에서 기본형 1과 결말이 통한다. 하지만 두 유형에서 결말에 이르기까지의 서사적 과정에는 차이가 있다. 고비와 위기를 거치는 기본형 1과 달리 변이형 D에서는 별다른 위기 없이 순탄하게 해피엔딩으로 나아간다. 조금 싱거워서 재미없을 정도다. 원만하고 평화로운 전개로 볼 수도 있지만, 현실적으로 발생하기 마련인 갈등과 해결 과정을 회피한 전개로 볼 수도 있다. 내담자가

---

35 이 변이형에 해당하는 자료 원전은 『한국구비문학대계』에서 딱 한 편 볼 수 있다. 『한국구비문학대계』 6-1, 81-88면, 진도군 군내면 설화 13, 나무꾼과 선녀가 그것이다. 원문은 선녀가 남편이 타고 올라오는 두레박의 진둥(기둥)을 탁 잘랐다고 돼있는데, 이해의 편의를 위해 줄을 끊은 것으로 표현했다.

이 변이형에 긍정반응을 보일 경우 선량한 포용성의 표지일 수 있는 한편으로 순종이나 회피 성향의 반영일 가능성도 없지 않다.

⑦ 변이형 E: 선녀와 나무꾼의 동반하강과 관계 지속

「선녀와 나무꾼」 연구에서 '동반하강형'으로 일컬어져온 변이형이다.[36] 날개옷을 찾은 뒤 남자를 두고 하늘로 떠났던 선녀가 자기가 부정했던 지상을 선택한다는 점에서, 그리고 그 이유가 남자와의 관계 지속을 위해서라는 점에서 흥미로운 변이라 할 만하다. 원전은 선녀의 하강 이유가 본인 뜻이었다고도 하고 나무꾼의 소원을 따른 것이라고도 하는데, MMLT는 원전에 더 우세하게 나타나는 자의적 하강 쪽을 반영했다. 이때 갈림길 앞에 선 서사적 주체는 선녀가 된다. 선녀의 지상행은 이전 삶으로의 복귀이자 하강이라는 점에서 부정적으로 받아들여질 수도 있고, 주체적인 선택에 의해 삶의 새 국면을 연 것이라는 관점에서 긍정될 수도 있다. 변이형 E에 대한 강한 투사반응에는 원가족과의 갈등 문제가 얽혀 있을 가능성도 있으므로 이 또한 눈여겨볼 필요가 있다.

⑧ 변이형 F: 나무꾼의 자력에 의한 문제해결과 해피엔딩

변이형 F는 기본형 1과 스토리적 유사성이 높다. 하늘에 올라간 나무꾼이 위기를 극복해서 행복을 성취한다는 전개가 서로 통한다. 하지만 둘 사이에는 중요한 차이가 있다. 기본형 1에서 선녀의 도움이 크게 작용하는 것과 달리 변이형 F에서는 나무꾼이 자신의 능력과 인맥으로 난제를 해결한다.

---

36 이를 「선녀와 나무꾼」의 유형으로 삼은 연구자는 배원룡이다. 그는 선녀승천형, 나무꾼승천형, 나무꾼천상시련극복형, 나무꾼지상회귀형, 나무꾼시신승천형과 함께 '나무꾼과 선녀 동반하강형'을 한 유형으로 설정하고 그 특징을 살폈다. 배원룡, 「「나무꾼과 선녀」 설화의 연구」, 성균관대학교 박사학위논문, 1992, 66-68면. 이 유형에 해당하는 자료는 『한국구비문학대계』에서 두 편을 볼 수 있는데(『한국구비문학대계』 6-3, 341-344면, 고흥군 풍양면 설화 10, 선녀와 머슴; 『한국구비문학대계』 6-6, 354-359면, 신안군 압해면 설화 33, 사슴 도와주고 옥황상제 딸을 색시로 얻은 난수), 배원룡은 본인이 조사한 세 편의 자료를 추가로 제시하고 있다.

아내와의 공동대응이라는 요소 대신 남자의 주체적 문제해결력이 부각된 형태다.

변이형 F에서 나무꾼의 문제해결 과정은 가족의 한 주체이자 세상의 주체로서 인간적 자질과 능력을 재확인시켜준다. 그가 가난 속에서 불쌍한 쥐를 먹여살린 일은 곤경에 처한 노루를 구해준 일과 연결되면서 나무꾼의 숨은 미덕을 부각한다. 나무꾼이 쥐를 먹여살린 일은 일상 속에서 지속적으로 이루어진 일이었다. 그가 선녀를 끝까지 잘 챙겨줄 수 있는 인물임을 암시하는 요소다. 변이형 F 뒤에 비극적 결말이 결부되지 않는 것은 자연스러운 일이다. 이 유형에서 나무꾼의 성공은 평소에 맺어두었던 사회적 네트워크 덕분이었다고 볼 수 있는바, 내담자가 그러한 서사적 맥락에 오롯이 접속해서 적극적인 반응을 나타낼 경우 높은 서사 접속도와 서사적 성숙도로 해석될 가능성이 있다. 만약 내담자가 이 유형에 대해 거부반응을 보인다면 그 자체로 특징적 서사반응이 되므로 맥락을 유심히 점검할 필요가 있다.

⑨ 기본형 2: 나무꾼의 천상 복귀 실패와 비극적 좌절

기본형 2는 하늘에 올라와 살게 된 나무꾼이 다시 지상으로 하강해서 비극적 결말을 맞이한다는 내용이다. 나무꾼으로 표상된 남자/아들에 대한 불신이나 거부감이 작용해서 성립된 유형이라고 볼 수 있다. 'MMLT_선녀와나무꾼'에서 이를 맨 뒤에 배치한 것은 그 내용이 복수의 유형, 곧 기본형 1과 변이형 D, 변이형 F 뒤에 이어질 수 있음을 고려한 것이다.[37]

기본형 2에서 서사적 분기점 앞의 핵심 인물은 나무꾼과 어머니다. 나무꾼은 어머니를 만나러 지상으로 갈 것인가의 분기점과 어머니의 만류를 뿌리치고 떠날 것인가의 분기점에서 딜레마에 빠진다. 어머니의 선택은 하늘에 올라가 살게 된 아들을 붙잡을 것인가 떠나보낼 것인가인데, 이 또한 딜레마적 문제에 해당한다. 이 난제에 대한 작품 속 인물들의 선택은 지난

---

37 실제로는 이 내용이 변이형 F와 연결되는 사례는 찾아보기 어렵고 기본형 1과 변이형 D를 잇는 경우가 많다. 특히 변이형 D와 연결성이 높다.

인연의 고리에 집착하는 쪽이었다. 나무꾼은 지상으로 내려가고, 어머니는 그를 붙잡으며, 나무꾼은 이를 뿌리치지 못한다. 그 결과는 아들이 길을 잃고 어머니 앞에서 좌절하는 최악의 비극이었다. 이런 전개는 현실 속 인간관계의 중대한 국면을 무겁게 반영한다. 어머니와 아내 사이에 위치한 아들/남편의 선택은 과거는 물론 현대의 가족생활에서도 첨예한 쟁점이 된다. 효행이나 도리 이상의 문제다. 한 인간으로서 독립적 주체가 되어 새로운 관계를 형성할 것인가, '어른아이'로서 부모의 그늘에 머물 것인가의 문제다. 더 일반적으로 추상화하면 '과거'와 '미래' 사이의 선택이라고 할 수 있다.[38]

이 서사적 쟁점에 대한 내담자의 반응은 다양하게 나타날 수 있다. 그것을 윤리와 도리 차원으로 의미화할 수도 있고, 왜 한쪽을 택해야 하느냐는 식으로 분기점을 우회할 수도 있다. 쟁점에 접속해서 직면한 경우, 내담자 선택은 작품 속 인물과 같을 수도 다를 수도 있다. 나무꾼 입장에서 머무름 대신 뿌리침, 곧 '분리독립'을 선택할 수 있고, 어머니 입장에서 붙잡음 대신 떠나보냄, 곧 '분리독립'을 선택할 수 있다. 내담자가 어떤 인물에 자기를 투사하면서 어떤 길을 취하는가를 통해 자기서사의 유의미한 단서들을 찾을 수 있다.

(2) 서사적 대화 문항의 성격과 취지

'MMLT_선녀와나무꾼'에는 작품 텍스트에 대한 12개 항목의 질문들이 들어있다. 내담자가 작품 내용을 되새기면서 질문들에 대해 응답하고, 그와 관련한 대화를 상담자와 이어나가는 것이 MMLT를 통한 문학치료 활동의 기본 과정이 된다. 질문들은 「선녀와 나무꾼」의 기본 서사와 여러 변이에 담긴 주요 분기점을 활성화해서 자기서사 반응을 이끌어내는 방식으로 설정돼 있다. 각 문항에 대해 그 취지와 주안점, 추가로 대화할 사항 등을 설명하면 다음과 같다.

---

38 신동흔, 『삶을 일깨우는 옛이야기의 힘』, 우리교육, 2012, 117-119면.

① 문항 1~2: 가장 와닿는 유형과 가장 거부감이 드는 유형

「선녀와 나무꾼」의 다양한 서사적 변이에 대한 전반적 반응을 확인하기 위한 문항들이다. 모든 유형에 대한 의견을 묻는 대신 가장 마음에 와닿는 유형과 거부감이 드는 유형을 고르고 이유를 쓰도록 했다. 작품에 대한 각 내담자의 특징적 접속 양상을 효율적으로 가늠하기 위한 것이다. 작품서사에 대한 자기서사 투사가 공감반응과 거부반응 두 측면에서 공히 이루어진다는 점을 고려해서 둘을 차례로 쓰도록 했다.

각 유형에 대한 반응이 어떤 서사적 의미를 지니는지에 대해서는 앞에서 설명했으므로 반복을 생략한다. 유형별 서사반응에 대한 해석은 다음 장의 반응 결과 분석을 통해 실제적인 설명이 이루어질 것이다.

이 두 문항을 맨 앞에 제시한 데는 내담자들이 작품 텍스트를 되새기게끔 하는 효과도 고려했다. 작품을 대충 훑어내려간 내담자는 이 문항에 답하기 위해 내용을 좀 더 찬찬히 돌아볼 것이며, 텍스트를 성실히 살펴본 내담자도 작품을 재음미하게 하는 과정을 거칠 것이다. 설화가 일반 내담자에게 익숙한 양식이 아닌 만큼 그 이야기 내용은 거듭 곱씹을수록 좋다.

두 문항에서 내담자가 선택한 유형에 대해 이유 설명이 충분치 않을 경우, 보충 질문을 통해 더 깊은 대화를 이어갈 수 있다. 내담자가 선택한 유형 외에 반응이 궁금한 다른 유형에 대한 질문을 추가해도 좋다. 굳이 여덟 가지 모든 유형에 대한 생각을 일일이 물을 필요는 없을 것이다.

② 문항 3: 나무꾼에 대한 인물평

「선녀와 나무꾼」에서 문제의 중심에 있는 인물인 나무꾼에 대한 종합적 평가 반응 문항이다. '평'을 청한 것은 이야기 속의 나무꾼이 정서적 투사보다 논평 대상으로 어울린다고 보았기 때문이다. 평을 한마디로 쓰라고 한 것은 직관적 답변을 통해 특징적 반응을 짚어내기 위한 것이다. 그렇게 요청했음에도 길게 답하는 내담자가 있을 수 있다. 답변의 정보가 불충분할 경우 보충 질문을 통해 상세한 설명을 이끌어내면 된다. 그 과정에서 자연스럽게 나무꾼의 서사와 내담자의 자기서사 사이의 연결점과 변별점이 드러날 것이다.

③ 문항 4: 선녀의 처지에 대한 정서적 반응

3번 문항과 짝을 이루어 선녀에 대한 느낌을 묻는 질문을 배치했다. 작품 속 선녀가 다양한 정서적 투사가 가능한 인물이라는 점을 고려해서 '심정'을 써보라는 형태로 정서반응을 구했다. 선녀가 겪은 여러 상황 가운데도 처음 날개옷을 잃고 나무꾼과 살게 됐을 때의 감정이 특별할 것 같아서 거기에 초점을 맞추었다. 이때의 처지와 감정이 이어지는 서사전개 및 서사반응에 두루 연결될 수 있다는 점도 고려했다. 이 문항에 대해서는 특별히 '1인칭' 서술을 요청해서 투사반응 정도를 높이고자 했다.

선녀의 심정은 처음 나무꾼과 살림을 시작했을 때와 결혼생활을 이어갈 때, 그리고 자식을 낳아서 키워갈 때 양상과 색깔이 달라질 수 있다. 이에 대한 내담자의 반응을 보충질문을 통해 확인함으로써 선녀에 대한 투사를 더욱 서사적으로 맥락화할 수 있다.

④ 문항 5: 나무꾼이 날개옷을 준 일에 대한 평가

나무꾼이 선녀에게 날개옷을 주는 장면은 각자의 욕망과 지향이 엇갈린 상태로 불안한 동거를 이어가던 두 사람이 사태의 변곡점을 맞는 지점이다. '날개옷 감추기'는 둘의 관계 맺음을 가능케 한 요소인 동시에 관계의 구속적 일방성을 표상하는 요소다. 선녀의 존재적 정체성을 훼손한 일이라는 문제성도 지닌다. 그것은 관계의 정상화를 위해 어떻게든 풀어야 할 문제였거니와, 내담자들이 이를 어떻게 사유하는지를 본 문항에서 확인하고자 했다. 나무꾼 입장에서, 그리고 선녀 입장에서 유의미한 여러 반응이 나올 수 있다. 조력자인 노루 입장에서의 평가적 반응도 가능하다.

이 문항에 대한 답변이 충분치 않다고 여겨질 경우, 보충질문을 통해 추가 정보를 이끌어낼 수 있다. 이때 내담자와 상담자의 대화는 즐거운 문학적 논쟁 형태로 진행해도 좋다. 내담자가 주관적 투사와 객관적 평가를 함께하는 가운데 작중 상황을 다면적으로 사유할 수 있도록 유도하기를 권한다. 내담자가 작품서사에 대한 이해를 심화해가는 과정은 그 자체로 치유적 의의를 지닌다.

⑤ 문항 6~7: 선녀의 떠남과 받아들임에 대한 반응

이 두 문항은 '선녀의 연속된 선택'이라는 면에서 서사적으로 맞물려 있다. 선녀가 나무꾼을 두고 떠난 일과 자기를 찾아온 나무꾼을 받아들이는 일은 일견 모순처럼 보이지만, 작품에서 두 사건이 함께 펼쳐지는 것이 정형이다. 내담자가 그런 일반적인 서사의 길을 그대로 따르는지, 아니면 질적인 차이를 보이는지 두 문항을 통해 가늠할 수 있다. 이는 「선녀와 나무꾼」 작품서사에 대한 자기서사의 일치도를 가늠하는 시금석이 된다.

6번 문항에서 '떠났을 것이다'라는 서술어 앞에 '바로'와 '아이들을 데리고'라는 부사어를 넣어 서사적 변수로 삼았다. '아이들'을 거론한 것은 내담자들이 자녀에 대해 사유하도록 한 것이고, '바로'는 서사적 투사 정도를 가늠하고 내담자의 성격적·심리적 단면을 간취하기 위한 것이다. 서사의 관계적 측면 중 '지속~단절'에 대한 태도를 더욱 섬세하게 짚어보고자 했다.

이 문항에 대해 내담자에게 전할 수 있는 유력한 보충질문은 아이들의 입장에 대한 것이다. 그때 아이들은 어떤 심정이었을까에 대해 얘기를 나누는 과정을 통해 내담자의 자녀서사 및 부모서사 특성에 대한 이해로 나아갈 수 있다. 여성 내담자 외에 남성 내담자와 아동 내담자에게도 유효한 과정이 된다.

7번 문항에도 약간의 서사적 변수가 포함돼 있다. 질문에 '남편을 받아들이고 도와줬을 것'이라고 명시함으로써 내담자가 '수용'과 '원조'라는 두 요소를 함께 사유하도록 했다. 기본형 1의 경우 선녀의 원조가 명시되는 데 비해 변이형 D나 F의 경우는 그렇지 않다. 문항 7에 대한 반응이 문항 1~2의 유형별 반응과 매개될 수 있다는 뜻이다.

⑥ 문항 8~9: 나무꾼이 말에서 떨어져 수탉이 된 일에 대한 평가

이 두 문항은 기본형 2에 나오는 엄중한 문제상황에 대한 서사적 반응을 구한 것이다. 부모-자녀 간의 분리독립에 대한 것이며, 과거-현재-미래 사이의 선택에 대한 것이다. 문항 8에서 선택의 주체를 나무꾼으로 삼은 데 비해, 문항 9는 나무꾼과 어머니 양편에서 투사반응을 할 수 있도록 했다.

이 문항들에 대한 내담자의 반응이 겉도는 것으로 판단될 경우, 탐색적

이고 논쟁적인 형태의 추가 대화를 통해 작품서사에 대한 이해를 심화하고 확장하는 것도 좋다. 다른 참여자들이 제시한 인상적인 답변을 소개해서 치료적 대화의 매개체로 삼는 것이 유력한 방법이 될 것이다.

⑦ 문항 10~11: 가장 마음이 끌리는 인물과 거부감이 드는 인물

서사적 대화를 갈무리하고 다시쓰기로 넘어가기에 앞서 이야기 속 인물에 대한 열린 투사를 유도하는 문항들을 배치했다. 문항 1~2와 비슷한 형태지만, 인물에 대한 것이라서 더 초점화된 질문에 해당한다. 인물들에 대한 반응에는 내담자의 캐릭터 특성이나 가치관이 단적으로 반영될 가능성이 크다.

'MMLT_선녀와나무꾼'에는 내담자가 관심을 나타낼 만한 여러 인물이 나온다. 나무꾼과 선녀 외에 노루, 두 언니, 아이들, 옥황상제(선녀 아버지), 쥐, 어머니 등이 주요한 구실을 하며, 사냥꾼과 천마 등도 잠시 모습을 보인다. 주요 인물이 변한 존재들, 곧 독수리나 솔개, 수탉 등에도 따로 눈길을 줄 수 있다. 서로 다른 유형들 속의 나무꾼 및 선녀가 별개 인물로 사유될 수도 있다. 선택지가 꽤 많은 상황이라서 개성적이고 특징적인 반응이 나올 수 있다. 이는 내담자 캐릭터나 자기서사에 대한 유의미한 정보가 된다. 인상적인 이유가 제시될 경우 더욱 그러하다.

두 문항에 대한 보충질문으로는 캐릭터를 변경하고 싶은 인물/동물이나 추가로 등장시키고 싶은 인물/동물에 대해 묻는 것이 좋은 방법이다. 작품 텍스트에서 생략한 존재들, 예컨대 호랑이나 멧돼지, 뻐꾸기 등이 되살아날 수 있고, 산신령이나 친구 같은 또 다른 인물이 추가될 수 있다. 그에 대한 즐거운 상상적 대화를 거치는 가운데 이를 다시쓰기 활동으로 이어가도록 하면 MMLT의 중핵을 이루는 서사적 대화 활동과 설화 다시쓰기 활동의 자연스러운 연계를 이루어낼 수 있다. 다시쓰기의 실마리를 찾지 못해 고민하는 내담자에게 특히 유용한 과정이 될 것이다.

⑧ 문항 12: 작품에 대한 전체적 감상평

서사적 대화 문항의 마지막은 작품에 대한 전체적 감상평을 쓰는 난으

로 마련했다. 텍스트를 살피고 질문들에 답하는 과정에서 갖게 된 느낌과 생각을 자유롭게 쓰는 부분이다. 작품에 대한 느낌을 종합적으로 갈무리할 수 있도록, 그리고 못다 한 말을 자유롭게 할 수 있도록 이 문항을 마련했다. 모든 MMLT에 공통으로 적용될 문항이다. 감상과 논평을 두루 담아낼 수 있도록 '감상평'으로 했다.

내담자는 문항에서 요청한 대로 핵심사항을 '간단히' 쓸 수도 있으나 하고 싶었던 얘기가 많은 경우 내용을 길게 쓸 수도 있다. 어느 경우든 유의미한 반응 정보가 된다. 내용이 너무 소략하거나 불투명하면 보충질문을 통해 맥락을 확인하면 된다. 내담자의 답변들에서 나온 내용들을 실마리 삼아서 대화를 풀어가는 것이 유력한 방법이다. 그 대화는 작품 외에 개인사에 대한 것으로 나아갈 수도 있는데, 이는 자연스러운 현상이다. 양쪽 모두 유의미한 진단적·치료적 대화 과정이 된다.

(3) 다시쓰기 활동의 성격

설화에 대한 내담자의 서사반응을 탐색하고 치료적 소통을 이어나감에 있어 작품 다시쓰기가 갖는 의의는 매우 크다. 다시쓰기는 설화를 가지고 할 수 있는 언어적 활동 가운데서도 가장 주체적이고 적극적이며 창의적인 것으로서 복합적이고 다면적인 효과를 도출할 수 있다. 내담자가 만든 이야기가 곧 자기서사라고 할 수는 없지만, 그것이 자기서사를 유의미하게 외현한 것임에는 이론의 여지가 없다. 다시쓰기 결과가 서사적 맥락과 구조를 갖춘 문학적 언술로서 그 자체 서사성을 갖는다는 면도 중요한 사항이다. 내담자가 이야기를 써나가는 과정은 그 자체 치유적 자기성찰과 자기표현 과정이 될 수 있다. 다시쓰기 활동을 통해 진단과 치료 효과를 함께 거둘 수 있다.

MMLT의 설화 다시쓰기는 그간 문학치료에서 일반적으로 적용돼왔던 것처럼 '허구적 서사 만들기'의 방향을 취한다. '본인의 마음에 들게 쓰기'를 통해 자기서사의 자연스러운 반영을 유도한 것도 기존의 방식과 같다.

MMLT 다시쓰기 안내에는 "원래 있던 내용을 살려도 좋고, 완전히 바꿔도 좋다"는 말이 들어 있다. 이어쓰기나 고쳐쓰기, 새로쓰기 등 여러 형태의 재창작이 가능하도록 자율성을 부여한 상태다. 다만 '완결된 옛날이야기'가 되도록 하고, 쓴 내용에 따라 제목을 붙이게 함으로써 다시 쓴 이야기가 작품적 완성도를 기약할 수 있도록 했다. 내담자의 다시쓰기는 때때로 소설적 스타일을 취하면서 많이 길어지기도 하는데, 설화적 양식을 따르도록 하는 차원에서 한 페이지나 두 페이지 내로 작성하도록 했다. 물론 이런 안내에도 불구하고 더 길게 쓰는 내담자도 있을 것이다. 자기 특성이므로 그대로 받아들이면 된다.

앞에서도 설명했지만, MMLT 다시쓰기 활동은 일련의 질문을 매개로 한 서사적 소통과 연계하여 수행되는 것이 특징이다. 작품서사에 대한 이해도나 밀착도가 높은 형태의 재창작 결과가 도출될 가능성이 크다. 서사적 대화 활동을 통해 도출된 정보와 다시쓰기 활동을 통해 도출된 정보 사이에는 높은 서사적 연결성이 있다고 보는 것이 합리적이다. 그 정보를 상호 매개하고 연계함으로써 자기서사 특성에 대한 더욱 입체적인 해석을 기약할 수 있다.

MMLT의 다시쓰기는 해당 작품에 대한 활동의 종결이 아니라는 점을 밝혀둔다. 조은상은 다시쓰기 결과를 바탕으로 상담자와 내담자가 '서사 탐색' 및 '참여자와 관련짓기' 등의 상호작용을 수행함으로써 자기이해적 치료효과를 발현해갈 수 있도록 하는 체계를 제시했거니와,[39] 이러한 활동은 MMLT에도 적용된다. 다시 쓴 작품을 매개로 설화 작품서사에 대한 성찰적 재탐색과 내담자의 내력과 처지에 대한 서사적 탐색을 함께 진행해갈 수 있다. 그러한 상호작용적 대화를 거쳐 해당 설화의 또 한 번의 재창작으로 나아갈 수도 있고, 다른 설화에 대한 활동으로 넘어갈 수도 있다. 다른 설화에 대한 활동을 진행한 뒤 이전 설화로 돌아와 새로운 다시쓰기를 하는 것도 가능하다. 제반 상황을 고려해서 상담사가 스스로 판단할 사항에 해당한다.

---

39 조은상, 「문학치료는 어떻게 이루어지는가?: 개인문학치료 사례를 중심으로」, 『문학치료연구』 57, 한국문학치료학회, 2020, 51~66면.

「선녀와 나무꾼」 서사반응 분석

4.1 서사반응 개요

본 연구자는 연구용으로 만든 'MMLT_선녀와나무꾼' 파일을 배포해서 답변서를 모은 결과 총 93건의 자료를 확보할 수 있었다. 자료 배포와 수합은 2021년 7월에 이루어졌다. 답변을 제출한 이들은 14~66세 남성 22명과 14~67세 여성 71명이었다. 연구 참여의 일환으로 이루어진 활동이므로 이들을 '참여자'로 칭한다.[40]

수합된 자료들 가운데 서사적 질문에 대한 답변과 다시쓰기 결과까지 모두 갖춘 것은 총 80건이었다(남성 18건, 여성 62건). 대다수 자료는 파일에 직접 답변을 입력하는 방식으로 작성되었으며, 수기로 답을 작성한 뒤 PDF로 만든 자료도 일부 있다. 12개 문항에 대한 답변 중 일부가 누락된 경우는 거의 없었다. 다만 선택형이나 단답형 문항에서 선택의 이유를 비워놓은 경우는 종종 있었다. 반면에 주요 문항에 대해 선택의 이유를 여러 줄로 상세히 쓴 참여자들도 꽤 많았다.

참여자 93명 중에는 국문학과 문학치료 연구자가 20여 명 포함돼 있다. 그중 18명은 본 연구자와 상당 기간에 걸친 교류가 있었던 이들이다. 본 연구자의 수업을 들었던 학부 학생까지 포함해서 연구자와 지인 관계에 있는 참여자는 25명이며, 다른 참여자들은 따로 알지 못하는 사람들이다. 어느 경우든 따로 문제가 있어 상담에 참여한 형태가 아니므로 '일반인'이라고 보면 된다. 서사반응 결과를 일반적 특징으로 데이터화하기에 적합한 구성이다. 또 다른 설화에 대한 연구용 MMLT도 불특정 일반인들로부터 답변자료를 받아서 기초 데이터로 삼을 예정이다.

93명 참여자의 답변서는 연구자와의 만남 없이 작성이 이루어졌으며,

---

[40] 반응지 답변서를 수합함에 있어 자료 작성과 제공은 연구적 활용에 대한 동의를 의미함을 명시했다. 개인정보 보호를 위해 모든 참여자는 익명으로 표시한다.

모두 문서 형태로 제출되었다. 누락된 사항이나 의문 사항 등에 대한 추가적 소통을 통해 정보를 보완할 기회를 얻지 못했다. 이들 답변서에 담긴 정보는 MMLT를 활용한 치료상담 과정에서 산출될 정보에 비해 소략하고 불완전하다. 그럼에도 데이터적 유용성은 의심할 여지가 없다고 믿는다. 선택 결과에서 유의미한 경향성과 특징들이 나타났으며, 문학치료적으로 유효성을 지니는 결과들이 다양하게 드러났다. 대개는 진단적 유효성이지만 일부 답변서는 작성 과정이 하나의 치료 과정이었다고 볼 만한 면모를 나타내기도 했다. 본 연구자와 개인적 교류를 이어온 참여자들의 경우에는 서사반응 결과에 대한 맥락적 이해를 꽤 깊은 수준까지 할 수 있었다는 점도 일러둔다. 연구자가 전혀 모르는 참여자들에 대해서도 유의미한 진단적 프로파일을 도출할 만한 사례들이 꽤 있었다.

본 연구에서는 「선녀와 나무꾼」만 다루지만, 참여자들이 제출한 파일에는 「지네 각시」에 대한 답변자료도 포함돼 있다. 「지네 각시」 자료는 'MMSS_지네 각시'와 'MMLT_지네 각시'를 연계한 형태로 돼있다. 「선녀와 나무꾼」과 「지네 각시」에 대한 연결된 답변 자료를 하나하나 살펴가는 과정은 93명 참여자의 내면과 새롭게 만나는 뜻깊은 시간이었다. 93명 참여자의 서사반응은 제각각이었다. 그리고 모두 유의미했다.

다음 도표는 MMLT_선녀와나무꾼 선택형과 단답형 답변 결과를 총정리한 것이다.[41]

---

41 선택형에 해당하는 문항 5~8에 대한 응답은 기호로 표시돼 있는데, 그 의미는 다음과 같다.

☠	×	▽	…	△	○	☼
전혀 아니다 (완전 부동의)	아니다 (부동의)	아닌 쪽이다 (부동의 우세)	모르겠다 (판단 불가)	그런 쪽이다 (동의 우세)	그렇다 (동의)	전적으로 그렇다 (완전 동의)

참여자 (성별· 나이)	문항 1 마음에 드는 유형	문항 2 거부감 드는 유형	문항 5 옷을 준 것은 잘못?	문항 6 나였어도 떠난다?	문항 7 남편을 받아 들인다?	문항 8 엄마를 떠났어야 한다?	문항 10 가장 마음이 끌리는 인물(동물)	문항 11 제일 거부감이 드는 인물(동물)
01_남·14	C	기본 2	☼	☼	☠	△	사냥꾼	노루
02_남·17	기본 2	A	☠	…	☠	…	어머니	나무꾼
03_남·17	D	C	○	×	☼	…	노루	선녀 원가족
04_남·17	F	A	×	△	…	×	나무꾼	옥황상제
05_남·18	F	기본 2	▽	☼	○	☼	나무꾼	노루
06_남·21	기본 2	A	△	×	○	×	선녀	언니들
07_남·24	F	기본 2	○	○	○	×	어머니	나무꾼
08_남·27	B	A	…	☼	☼	…	선녀	노루
09_남·28	B	D	×	…	×	×	나무꾼	나무꾼
10_남·28	F	C	▽	…	○	▽	막내 선녀	나무꾼
11_남·29	B	A	○	○	○	○	노루	나무꾼
12_남·29	F	A	…	☼	▽	☠	쥐	언니들
13_남·32	C	E	☠	☠	☠	☠	아이들	노루
14_남·38	B	D	▽	☼	☼	○	언니	노루
15_남·40	B	C	×	×	○	☠	노루	나무꾼
16_남·41	D	C	☠	☠	☼	☠	천마	수탉
17_남·48	기본 1	A	×	×	○	▽	수탉	솔개
18_남·49	A	F	☼	☼	×	☼	노루	어머니
19_남·49	E	C	×	☠	☼	▽	수탉	언니들
20_남·50+	D	C	☼	×	○	○	노루	나무꾼
21_남·58	F	C	▽	☠	☼	☠	노루	언니
22_남·66	기본 2	C	☠	☠	☼	☠	어머니	칼질한 선녀
23_여·14	D	C	☼	☼	☠	☼	선녀	나무꾼
24_여·14	B	C	○	☼	☠	×	어머니	나무꾼
25_여·14	A	B	×	×	○	○	아이들	나무꾼

참여자	문항 1	문항 2	문항 5	문항 6	문항 7	문항 8	문항 10	문항 11
18_남·49	A	F	☼	☼	✕	☼	노루	어머니
19_남·49	E	C	✕	☠	☼	▽	수탉	언니들
20_남·50+	D	C	☼	✕	○	○	노루	나무꾼
21_남·58	F	C	▽	☠	☼	☠	노루	언니
22_남·66	기본 2	C	☠	☠	☼	☠	어머니	칼질한 선녀
23_여·14	D	C	☼	☼	☠	☼	선녀	나무꾼
24_여·14	B	C	○	☼	☠	✕	어머니	나무꾼
25_여·14	A	B	✕	✕	○	○	아이들	나무꾼
26_여·14	F	기본 2	☼	✕	△	…	선녀	나무꾼
27_여·16	C	기본 1	△	☼	☠	…	선녀 가족들	나무꾼
28_여·16	B	F	△	☼	…	△	선녀	노루
29_여·16	C	A	☠	…	✕	✕	나무꾼	노루
30_여·16	기본 2	C	…	○	▽	…	선녀	노루
31_여·19	기본 1	C	☠	☠	○	☼	언니들	나무꾼
32_여·20	F	A	✕	○	○	…	쥐	노루
33_여·21	기본 2	A	☠	✕	▽	☠	쥐	나무꾼?
34_여·21	F	C	▽	▽	△	△	선녀	노루
35_여·26	기본 1	B	✕	☼	△	△	독수리로 변한 아내	수탉
36_여·26	B	E	▽	○	△	▽	선녀의 가족	노루
37_여·28	F	C	▽	✕	○	△	노루	노루
38_여·29	기본 1	A	○	▽	△	…	나무꾼	없다
39_여·30	C	A	…	○	✕	✕	선녀	나무꾼
40_여·30	F	C	☠	☠	☼	…	선녀	선녀의 아버지
41_여·31	E	C	○	▽	○	○	없다	노루
42_여·33	A	E	▽	☠	○	☠	선녀	어머니
43_여·34	B	A	☠	☼	☠	✕	선녀	나무꾼
44_여·37	D	A	✕	△	△	○	노루	수탉

참여자	문항 1	문항 2	문항 5	문항 6	문항 7	문항 8	문항 10	문항 11
45_여·38	F	기본 2	☠	☼	☼	☼	선녀	기본 2의 남편
46_여·39	F	기본 2	△	▽	○	☼	노루, 쥐	엄마
47_여·40	D	C	×	···	○	×	선녀	나무꾼
48_여·40	F	A	×	△	○	···	나무꾼	(노루)
49_여·41	C	A	☠	☼	×	○	선녀	나무꾼
50_여·41	C	A	×	☼	×	○	선녀	나무꾼
51_여·43	E	D	×	×	···	☼	선녀	엄마
52_여·44	F	C	☠	○	☼	···	없다	노루
53_여·44	기본 1	B	×	○	☼	☼	선녀	어머니
54_여·44	기본 1	C	△	○	○	☼	선녀	나무꾼
55_여·45	기본 2	C	▽	☼	○	☼	선녀	쥐
56_여·45	F	C	×	○	△	☼	선녀	나무꾼
57_여·46	C	D	☠	☠	☠	☼	옥황상제	노루
58_여·47	F	A	☠	△	△	···	선녀 가족들	노루
59_여·47	기본 1	C	×	×	☼	☼	노루	언니
60_여·47	F	A	☠	×	☼	☼	선녀	엄마
61_여·48	A	C	☠	☠	☠	☠	노루	옥황상제
62_여·48	B	C	○	×	☼	△	선녀	나무꾼
63_여·49	기본 1	C	△	×	☼	△	선녀	어머니
64_여·50	F	E	▽	▽	○	○	나무꾼	노루
65_여·50	D	C	☠	☠	☼	○	선녀	수탉
66_여·50	F	C	×	×	○	×	나무꾼	선녀 가족들
67_여·50	기본 1	C	☼	☼	☼	☼	선녀	나무꾼
68_여·51	F	C	×	☠	☼	×	노루	언니
69_여·51	F	A	△	☼	○	○	노루	시어머니
70_여·51	E	C	☼	☠	☼	☼	노루	수탉
71_여·51	B	A	☠	☼	○	▽	선녀	나무꾼
72_여·52	F	C	△	▽	△	△	선녀	나무꾼

참여자	문항 1	문항 2	문항 5	문항 6	문항 7	문항 8	문항 10	문항 11
73_여·52	F	C	▽	△	○	▽	선녀	없다(노루)
74_여·53	F	C	✕	…	○	…	쥐	노루
75_여·53	F	B	△	○	☼	☼	선녀	어머니
76_여·53	F	C	✕	☠	☼	☼	선녀	어머니
77_여·53	기본 1	C	▽	▽	☼	▽	나무꾼	두 언니
78_여·54	F	C	✕	○	○	☼	선녀	엄마, 선녀 가족들
79_여·54	E	C	✕	✕	○	✕	노루	두 언니
80_여·55	F	A	✕	…	☼	☼	선녀	솔개
81_여·55	F	C	▽	☼	○	☼	선녀	노루
82_여·55	E	B	✕	☠	☼	○	나무꾼	두 언니
83_여·56	F	기본 2	☠	☠	☼	☼	노루	노루
84_여·56	E	C	☠	○	☼	▽	노루	나무꾼
85_여·57	기본 2	C	○	▽	☼	☼	나무꾼	노루
86_여·58	E	C	○	○	○	…	노루	두 언니
87_여·58	(기본 1)	C	▽	△	○	☼	노루	엄마, 언니
88_여·59	F	C	▽	△	☼	…	선녀	언니들
89_여·59	기본 1	A	☠	○	△	☼	노루, 선녀 가족들	수탉
90_여·60	F	C	☼	☼	☼	☼	선녀	엄마
91_여·63	F	C	○	…	☼	▽	노루	수탉
92_여·65	D	C	✕	✕	○	☠	노루	두레박 끊은 선녀
93_여·67	F	E	○	○	○	☼	신령한 노루	어머니

　　도표만으로 특징을 세세히 이해하기는 어렵겠지만, 한눈에도 반응의 다양성을 확인할 수 있을 것이다. 93명 참여자 가운데 여덟 문항에 대한 답변이 완전히 일치하는 경우는 없었으며, 흡사한 경우도 소수였다. 그리고 여덟 문항 모두에서 참여자들의 선택이 한쪽으로 완전히 쏠리지 않고 분산되

었다. 문항 1~2에서, 작품 텍스트에 제시된 8개 유형 모두가 가장 마음이 끌린다는 쪽과 거부감이 든다는 쪽 양편에서 선택되었다. 그리고 문항 5~8 모두에서 완전 동의(☺)부터 완전 부동의(☠)까지 7개 선택지 모두에 대한 선택이 이루어졌다. 동의 반응과 부동의 반응이 거의 반반으로 갈린 경우도 있었다. 문항 6 같은 경우가 그러하다. 7개 선택지 모두가 7회 이상 선택됐다. 문항 8 같은 경우는 동의 반응이 우세했으나, 7개 선택지 모두가 8회 이상 선택되는 분산이 이루어졌다. 선택의 이유까지 살피면 참여자 반응의 다양성은 더욱 뚜렷해진다.

참여자 반응의 다양성은, 또는 거기에 투영됐을 자기서사의 다양성은 문항 10~11에 대한 반응에서 인상적으로 확인할 수 있다. 복수 응답을 한 사례까지 무척이나 다양한 반응이 나왔다. 가장 마음이 끌리는 인물로 선택된 대상과 제일 거부감이 드는 인물로 선택된 대상이 각각 열 가지가 넘는다. 거의 모든 주요 인물이 끌리는 대상과 거부감 드는 대상 양편에 함께 들어가 있다. 두 문항에서 동일 인물을 선택한 참여자도 있었다. 이 두 문항에 꽤 다양한 반응이 나올 것으로 보기는 했으나 실제 결과는 예상을 뛰어넘는 것이었다. 두 문항에서 동일 인물을 선택하거나 11번 문항에서 거부감 드는 인물이 '없다'는 답이 나올 줄은 예상치 못했다.

문항별 반응 결과를 들여다보기 전에 성별과 세대별 반응의 차이 문제를 간단히 짚어본다. 남성 참여자 숫자가 적기는 했지만, 남녀 참여자들이 나타낸 반응에는 유의미한 차이가 있는 것으로 나타났다. 예상했던 대로, 여성 참여자들에게서는 선녀에 투사가 이루어지는 양상이 폭넓게 관찰되었다. 10번 문항에서 선녀를 선택한 참여자가 71명 중 33명이었다. 남성 참여자들 가운데도 선녀에 끌린다는 답변이 있었으나 소수였다(3명). 남성 참여자들의 선택 가운데 인상적인 것은 '어머니'에 대한 것이다. 22명 남성 중 3명이 어머니를 가장 마음이 끌리는 인물로 선택했다. 71명 여성 중 1명(14세)만이 어머니를 선택한 것과 비교가 된다. 반대로, 가장 거부감이 드는 인물로 어머니를 선택한 경우는 여성이 13명인 데 비해 남성은 1명뿐이었다. 이런 결과가 나온 맥락은 다들 짐작할 수 있을 것으로 믿는다.

10대와 20~30대, 40대, 50~60대 등 연령대별 반응에서도 유의미한 차이들을 일정하게 관찰할 수 있었다. 그 차이는 다분히 내밀한 것이고 개인적 변수와 맞물린 것이라서 한눈에 딱 드러나지는 않는 쪽이다. 도표를 통해 확인할 수 있는 인상적인 사항을 한 가지만 말하면, 50대 이상의 참여자들 가운데 나무꾼에 대한 밀치기 반응이 강하게 나타난 사례가 거의 없다는 점을 주목할 만하다. 50세 이상 남녀 참여자 33명(여성 30명 포함) 가운데 마음에 끌리는 유형으로 변이형 C를 선택한 경우는 하나도 없었다. 40대 이하 참여자들에서 변이형 C를 선택한 사례가 8명이나 있는 것과 비교되는 결과다. 아울러 50세 이상 참여자 중 7번 문항의 '나였더라도 하늘로 찾아온 나무꾼을 받아들이고 도와줬을 것이다'라는 언술에 부동의 쪽 선택을 한 사례가 전혀 없었다. 모두가 동의 쪽으로 선택했으며, 부분 동의(△)를 선택한 2명 외에 31명이 완전 동의(☼)나 동의(○) 쪽이었다. 속내를 들여다봐야겠지만, 외견상으로만 보아도 인상적인 결과라 할 만하다. '연륜(年輪)'이라는 말을 떠올리게 하는 결과다. 50대 이상 참여자들의 서사반응을 보면서, 남성 쪽에 예외가 있었지만, '이것이 서사적 내공이구나' 하고 고개를 끄덕인 경우가 많았음을 밝혀둔다.

4.2 문항별 주요 반응과 해석

(1) 문항 1~2: 가장 와닿는 유형과 가장 거부감이 드는 유형

문항 1~2는 다양한 서사적 변이에 대한 반응을 보는 문항들인데, 여러 가지 흥미로운 결과가 나왔다. 93명 참여자가 선택한 유형의 문항별 빈도수를 보면 다음과 같다.[42]

---

42   MMLT_선녀와나무꾼 반응 결과를 집계하는 작업을 건국대학교 대학원의 강새미 선생

구분	기본형 1	변이형 A	변이형 B	변이형 C	변이형 D	변이형 E	변이형 F	기본형 2
문항 1	12	4	11	8	8	8	35	7
문항 2	1	23	5	46	4	5	2	7

문항 1에서 참여자들이 마음에 와닿는 유형으로 가장 많이 선택한 것은 변이형 F였다. 나무꾼이 가난한 가운데도 불쌍한 쥐를 도왔던 것이 숨은 힘이 되어서 하늘의 시험을 감당하고 행복을 성취하는 해피엔딩 유형이다. 서사적 인과성과 균형성이 높고 인물의 주체적 문제해결 과정이 부각된 유형이다. 기본형이 아닌 변이형으로 내용이 간략하게 제시됐음에도 다수 참여자가 이를 선택했다. 사람들이 정합성 높은 서사전개를 잘 따라가게 됨을 보여주는 결과로 여겨진다. 어느 정도 예상하기는 했었으나, 널리 알려진 내용에 해당하는 기본형 1이나 기본형 2보다 훨씬 많은 선택을 얻은 것은 다소 의외였다. 기본형 2를 선택한 참여자가 7명뿐인 것이 눈에 띄는데, 어머니와 아들이 겪는 딜레마적 갈등에 심적 저항감을 느낀 결과일 가능성이 크다. 이를 가장 거부감이 드는 유형으로 선택한 참여자가 동수인 것도 그 때문일 것이다.

문항 1에서 나무꾼이 아예 하늘에 올라보지 못한 상태로 서사가 종결되는 변이형 A~C를 선택한 참여자가 총 23명으로 꽤 많다는 점도 눈에 띈다. 특히, 선녀가 줄을 끊어서 나무꾼이 떨어져 죽는 결말(C)을 선택한 참여자가 8명이나 나온 점이 인상적이다. 강한 밀치기서사의 발현일 가능성이 큰 사례들이다. 변이형 A를 선택한 참여자는 4명으로 가장 적었는데, 예외적 선택인 만큼 이유와 맥락에 대한 점검이 필요하다.

문항 2에서 변이형 C와 A가 많이 선택된 것은 예상한 결과였다. 대다수가 C를 선택할 수도 있다고 보았는데, 생각보다는 쏠림이 적었다. 변이형 A가 경쟁자 구실을 했기 때문일 것이다. 이들 이외의 다른 유형을 선택한 참여자들은 일반적이지 않은 경우여서 선택의 이유와 맥락을 점검할 대상이

이 맡아서 해주었다. 이 자리를 빌려 감사드린다.

된다. 변이형 B와 기본형 2를 제외하면 대략 무난하다고 볼 수 있는 전개들인데, 이를 변이형 C나 A보다 더 마음에 안 든다고 반응한 결과이기 때문이다. 다수가 긍정반응을 보인 변이형 F를 최악으로 꼽은 2건의 사례나 유일하게 기본형 1을 최악으로 고른 사례 등도 특수한 경우이므로 세심한 점검이 필요하다.

참여자 선택을 계량화한 결과를 손쉽게 일반화해서는 곤란하겠으나, 그것이 참여자 반응의 일반성과 특수성을 가늠하는 유용한 준거가 됨은 말할 수 있다. 다른 참여자들과의 비교를 통해 자신의 선택이 얼마만큼 보편적이고 특수한지 가늠해볼 수 있다. 스스로 특별하다고 여긴 선택이 일반적이고, 당연하다고 여긴 판단이 예외적인 것일 수 있다. 그러한 객관화는 자기이해를 위한 유의미한 과정이 될 수 있다. 한편, 이러한 계량적 데이터는 문학치료 상담사들이 판단의 기준을 잡는 데 도움이 될 수 있다. 서사반응 분석에서는 상담사의 주관적 잣대가 개입해서 공정한 이해를 저해할 가능성이 큰데, 실제 반응 결과를 참고함으로써 시야의 객관성을 유지할 수 있다. 설화를 통한 문학치료에 있어 늘 임상데이터 부족이 늘 문제시되었는데, MMLT 자료의 축적을 통해 이를 일정하게 해소해갈 수 있을 것으로 본다.

하지만 양적 점검으로는 충분치 않다. 그것은 대체적 윤곽과 경향성을 나타낼 따름이다. 내담자 자기서사는 질적 이해의 대상으로서, 작품서사반응에 대한 분석 또한 질적으로 수행되어야 한다. MMLT에서 모든 선택에 대해 이유를 쓰도록 하고 서술형 문항을 많이 배치한 것은 이 때문이다. 상담사들은 거기에 나타난 정보들을 매개로 내담자와의 서사적 대화를 밀도 있게 진행해나가야 한다. 다만 이 경우에도 상담사가 상대하는 내담자의 반응 정보만 있는 것과 다른 참여자들의 반응 정보가 다수 갖춰진 것 사이에는 큰 차이가 있다. 선행 참여자들이 나타낸 질적 반응이 상담 진행을 위한 유력한 기반이 될 수 있다는 뜻이다.

MMLT_선녀와나무꾼 문항 1~2에 대한 반응에서 유의미한 정보가 될 만한 것들을 정리해본다. 상담을 통한 확인점검을 거치지 못한 상태의 분석 결과라서 신뢰성에 일정한 제한이 있음을 밝혀둔다.

① 전체적 양상 요약

☞ 선녀와 나무꾼이 하늘에서 함께 행복을 이루는 전개(기본형 1, 변이형 D, F)에 대한 선호도가 높다. 93명 중 55명이 선택했다. 동반적 행복 성취에 대한 지향성이 일반적인 서사적 소망임을 보여주는 결과로 해석된다.

☞ 나무꾼이 하늘에 못 들어가고 좌절하는 전개에 해당하는 변이형 B, C에 대한 선호도가 만만치 않다. 각각 11명과 8명으로, 널리 알려진 전개에 해당하는 기본형 2(7명)보다 많다. 관계상의 '배격'과 '분리'가 두드러지게 활성화된 경우로서 내담자의 남녀서사나 부부서사의 특성을 들여다볼 필요성이 제기된다. 극단적 결말인 변이형 C를 선택한 경우는 더 그렇다.

☞ 문항 2에서 밀치기를 통한 관계파탄형인 변이형 C에 대한 거부반응이 가장 많은 것은 자연스러운 결과로 여겨진다. 동반적 행복이라는 지향과 상반되는 전개이기 때문이다. 남자의 일방적 행복추구형인 변이형 A에 대한 거부감이 높은 것도 충분히 그럴 만한 결과로 이해된다.

☞ 유형별 반응에서 남성 참여자와 여성 참여자들의 반응 사이에 뚜렷한 차이점은 두드러지지 않는다. 성별보다는 개인적 변수가 더 크게 작용한 것으로 볼 만한 결과다.

② 기본형 1과 변이형 D, 변이형 F

☞ 문항 1에서 서로 결말이 통하는 이들 세 유형에 대한 선택들에서 맥락상의 유의미한 차이들이 관찰된다. 변이형 F를 선택한 이유로 남자의 능력과 주체성이 많이 언급됐는데, 사람들이 나무꾼/남자에게 원하는 요소로 여겨진다. 기본형 1을 선택한 경우는 '아내의 도움'에 주목하면서 협조적 동반관계에 호응한 경우가 많았다. 높은 포용성과 되찾기/감싸기의 표지가 된다. '선녀의 주도적 역할'에 주목한 여성 참여자도 있었는데, 높은 주체성과 자기효능감의 표지일 수 있다.

☞ 문항 1에서 변이형 D를 선택한 참여자들은 갈등 과정 없는 원만한 전개를 지향한 쪽이었다. 평화로운 감싸기 지향성의 표지이지만, 문제에

대한 회피나 희생적 수용성의 표지로 보이는 사례도 있었다. 문항 2에서 마음에 안 드는 유형으로 변이형 D를 선택하면서 '조건 없는 포용'의 문제성을 지적한 참여자들이 있었는데 현실감각과 비판정신의 발로로 이해된다.

☞ 문항 2에서 기본형 1을 선택한 유일한 참여자(참여자 27)가 제시한 이유는 '선녀가 시험을 도와준 게 좀 어이가 없다'는 것이었다. 이 참여자는 서사반응 전반에서 남자에 대한 경계심과 밀치기가 두드러졌는데, 그것이 문항 2에서 '도움 주기에 대한 거부감'으로 활성화된 것으로 해석된다. 자기 의사와 상관없이 누군가를 챙겨야 했던 상황에 대한 억울함의 발로일 수도 있다.

☞ 문항 2에서 변이형 F를 선택한 2명 중 참여자 18은 따로 이유를 안 썼고, 참여자 28은 '생각하지 못한 이야기 전개라서'를 이유로 들었다. 좀 엉뚱한 답변인데, 다른 문항들에 대한 답변들에도 모호하거나 의문스러운 부분들이 있었다. 상담적 점검이 필요하다고 생각된 사례들이다. 내담자가 변이형 F를 최악의 유형으로 선택하는 일은 유의미한 자기서사적 표지일 수 있음을 시사한다.

③ 변이형 A

☞ 변이형 A를 최악의 유형으로 선택한 참여자가 23명(여성 16명, 남성 7명)으로 꽤 많았다. 주된 이유는 남자 중심의 일방적이고 억압적인 관계 지속에 대한 거부감이었다. 나무꾼이 옷을 준다는 약속을 어겼다는 점을 지적하면서 신뢰성 문제를 거론한 사례도 있었다. 이 선택에서 일반적 반응의 범위를 벗어나는 사례는 눈에 띄지 않았다.

☞ 변이형 A를 가장 마음에 와닿는 유형으로 선택한, 일반적이지 않은 사례가 4명(남성 1명, 여성 3명) 있었다. 참여자 18은 문항 2에서 변이형 F를 선택한 당사자였다. 선택의 이유는 쓰지 않았는데, 다른 답변을 함께 살핀 결과 독특한 현실감각과 자의식이 엿보여서 상담적 점검이 필요하다고 판단되었다. 다시쓰기에 '어이가 없는 나무꾼'이라고 제목만 달아

놓고 내용을 안 썼는데, 무언가 숨은 서사가 있을 가능성이 있다. 참여자 25와 참여자 42는 전체 서사반응에서 양가성과 혼란이 관찰되는 경우였으며, 참여자 61은 '체념'이 특징적 키워드로 나타난, 모종의 그림자가 감지된 경우였다. 변이형 A를 가장 끌리는 유형으로 고른 참여자들에게서 공히 서사적 불투명성 내지 양가성이 감지되고 있음은 우연이 아닐 것으로 생각된다.

④ 변이형 B, 변이형 C

☞ 이 유형들은 나무꾼이 하늘에 못 오르고 비극적 결말을 맞는 경우다. 변이형 B에서는 스스로 좌절하고, 변이형 C에서는 선녀의 공격으로 좌절한다. 변이형 C를 최악으로 고른 참여자가 46명인데, 자연스럽고 일반적인 반응에 해당한다. 변이형 B를 최악으로 고른 숫자는 5명으로, 많지 않았다. 모두 여성이었는데, 대부분 남자의 수동적 몰주체성이나 무책임성을 이유로 들었다. 그럴 만한 일로 여겨진다.

☞ 변이형 B와 C를 가장 마음이 끌리는 유형으로 본 참여자는 총 19명이었다. 남자에 대한 거부감과 밀치기가 반영된 결과일 텐데, 그 방향과 속성에 일정한 차이가 관찰된다. 변이형 C를 고른 경우 나무꾼/남자/타자에 대한 반감과 공격성이 두드러졌으며 분노나 두려움이 투사된 양상도 보였다. "조금은 잔인하지만 통쾌"(참여자 39), "지난날에 대한 복수. 죽어도 싸다"(참여자 49), "공포 그 자체였을 것"(참여자 27) 등이다. "나무꾼은 외부인이다"(참여자 57)라는 반응도 있었는데, 강한 가르기서사의 표지로 생각되었다. 다음, 변이형 B를 선택한 참여자들은 그 이유로 '권선징악'과 '인과응보', '합당한 벌' 등을 제시했다. "울부짖으며 반성하기 바란다"(참여자 15)는 표현도 있었는데, 어떻든 초점은 나무꾼에 놓였다. 변이형 C 선택에서 선녀/자신의 분노와 공격성이 노출된 것과는 결이 조금 다르다는 뜻이다.

⑤ 변이형 E

☞ 선녀와 나무꾼 동반하강형에 해당하는 변이형 E를 문항 1~2에서 선택한 참여자는 13명으로, 그리 많지는 않았다. 다만 좋다는 반응(8명)과 싫다는 반응(5명)이 갈라진 것이 특징이다. 변이형 E에 담긴 서사적 분기점이 상이한 선택을 유발할 만한 요소를 내포하고 있다고 해석할 만하다.

☞ 이 유형을 가장 마음에 든다고 반응한 참여자는 8명이었는데, 한 명(참여자 41)을 제외하면 모두 40세 이상이라는 점이 눈에 띄었다. 변이형 E가 현실감각 내지 현실적응과 연관될 수 있음을 시사하는 결과다. 선택의 이유로 제시한 내용들에서 관계의 상호주체성에 대한 지향도 확인되었다. '서로 한 번씩의 선택'(참여자 41), '동반적 새출발'(참여자 51), '현실성'(참여자 70), '스스로 결정'(참여자 79), '자기 가족과 마음 편히 사는 게 낫다'(참여자 82), '가족이 헤어지지 않아서 좋다'(참여자 86) 등이 구체적인 이유였다. 참여자 19는 해외 거주 중인 남성인데, 본향 회귀에 대한 그리움으로 이 유형을 선택했다. 한국에 가고 싶은 마음을 드러냈거니와, 자기투사가 짙게 이루어진 사례다. 참여자 84는 '하늘나라에서 나무꾼이 환영을 못 받을 것 같아서'를 이유로 들었는데, 현실에 대한 부정적 인식 내지 회피 성향의 표지로 해석될 소지가 있다.

☞ 변이형 E를 최악으로 뽑은 참여자는 5명으로, 여성이 원가족과 갈등을 겪는 상황에 대한 답답함이나 거부감이 두드러졌다. "사랑 없이 가족을 버리는 행위가 부적절"(참여자 13), "나무꾼을 받아들이지 않는 가족이 마음에 안 든다"(참여자 42), "온갖 어려움을 혼자 겪는 여성 형상이 주는 불편함"(참여자 64), "싫어서 떠난 지상에 부모님 반대로 다시 오는 상황에 대한 거부감"(참여자 93) 등이 모두 그런 요소를 내포하고 있다. 현실의 일반적 반영일 수도 있지만, 자기 처지나 심리가 투사된 결과일 수도 있다. 변이형 E에 거부감을 나타낸 경우 가족관계 갈등에 대한 점검이 필요할 것으로 생각된다.

⑥ 기본형 2

☞ 기본형 2에 대해서는 마음에 드는 유형으로 본 참여자와 최악의 유형으로 본 참여자가 각각 7명으로 동수였다. 나무꾼이 죽어 수탉이 되는 비극적 유형임에도 다수의 긍정반응이 나온 것이 인상적이다. 이 유형이 워낙 만만치 않은 딜레마적 문제를 내포하고 있으므로 긍정과 부정 모든 선택에 대해 맥락을 찬찬히 살필 필요가 있다.

☞ 기본형 2에 대한 부정적 반응은 어머니의 선택이 아들의 죽음을 낳는 상황에 대한 불편감이 작용한 것으로 나타났다. "늙은 어미의 악의 없는 마음이 자식에게 나쁜 결과로 이어지는 인과가 거북하다"(참여자 07), "어머니가 너무 비참해짐"(참여자 26), "자식을 잘못되게 하는 부모로 이야기를 끌고 가면 안 될 것 같아서"(참여자 83) 등이 이유로 제시됐다. 단호하게 맺고 끊지를 못하고 매달려 연연하는 엄마와 아들에 대한 거부감도 표출됐다. "모자가 다 멍청이"(참여자 46)라거나 "저건 나무꾼이 착한 게 아니라 우유부단한 것임"(참여자 45) 같은 의견이 나왔다. 이 유형에 대한 부정반응은 맥락이 이질적일 수 있음을 유의할 필요가 있다.

☞ 기본형 2에 대한 긍정반응은 나무꾼이 겪는 비극적 우여곡절에 대한 서사적 관심이나 심리적 공감에 따른 경우가 많았다. "나무꾼이 뭔가를 해보려다 수탉이 됐다는 것"(참여자 02), "나무꾼에게 행복과 시련이 적당하게 주어지는 것"(참여자 06), "나무꾼이 하늘로 돌아가려는 선녀를 속박했던 자신의 과오를 그대로 되돌려 받는다는 점"(참여자 33), "서사적 상승과 하강이 엇갈리며 맞물리는 구성에 대한 호감"(참여자 55) 등이 그것이다. 빛과 그림자가 얽힌 현실적 서사전개에 대한 관심과 이끌림이라 할 만하다. 높은 서사적 이해도의 반영이라고 볼 여지가 있다. 반면, 이와 결이 완전히 다른 반응도 있었다. "부인도 좋지만 어머니가 최고다"(참여자 22)라는 것으로, 66세 남성이 나타낸 반응이었다. '나이 든 아이'의 면모로 여겨졌다.

ⓒ 문항 1과 문항 2의 상호관련성

문항 1과 2는 서로 짝을 이루는 것으로, 그 반응에 연결성이 있다고 예측할 수 있다. 그런 연결성을 실제로 전체적 경향에서, 그리고 내적 맥락에서 다양하게 찾아볼 수 있었다.

전체적 경향에서 눈에 띄는 면모를 예시하면, 먼저 최고의 유형으로 변이형 D를 선택한 참여자들 대다수가 최악의 유형으로 C를 든 것이 눈에 띈다. D의 평화 지향적 온건함과 C의 폭력적 공격성이 상반되므로 정합적인 결과라 할 수 있다. 1번 문항에서 변이형 D를 선택한 참여자 중 한 명만이 마음에 안 드는 유형으로 A를 선택했는데, 포용과 화해를 지향하지만 일방적이거나 억압적인 형태는 거부하는 태도로 이해되었다. 다음으로, 문제해결적 행복성취형에 해당하는 기본형 1과 변이형 F를 선호한 참여자들은 공격적 파탄형(C) 외에 억압적 지속형(A)이나 의존적 좌절형(변이형 B, 기본형 2)을 최악으로 본 경우도 많았는데, 자연스럽고 정합적인 연결로 이해된다.

문항 1과 2의 연결성을 살핌에 있어 상호 모순적인 엇갈림이 엿보이는 사례가 진단적으로 더 유의미하다고 볼 수 있다. 서로 동질성이 높은 기본형 1과 변이형 F의 조합이나 변이형 C와 B의 조합 같은 경우가 그러하다.

반응 결과에 기본형 1과 변이형 F의 조합은 없었다. 만약 이런 선택을 하는 내담자가 있다면, 무척 특이한 결과가 될 것이다.

변이형 B+C의 조합을 나타낸 사례는 93명 중 3명이 있었다(참여자 15, 24, 62). 참여자 15(여, 14)가 쓴 이유는 "배드엔딩이 좋다"(문항 1)와 "죽더라도 꼭 선녀에게 죽어야 했나"(문항 2)였다. 좀 엉뚱하지만, 가능한 연결로 여겨진다. 참여자 62(여, 48)가 쓴 이유는 "나무꾼이 책임져야 한다"(문항 1)와 "그래도 한때 남편이고 아이들 아빠인데 잔인하다"(문항 2)였다. 이 또한 큰 무리가 없는 연결로 여겨진다. 이에 비해 참여자 15(남, 40)는 좀 복잡했다. 문항 1에서 선녀에 투사하면서 나무꾼을 강하게 꾸짖었는데, 문항 2에서는 한 남자의 입장에서 C의 선녀를 자기의 선녀 이미지를 깬 악마적 존재로 공격했다. 서사의 열린 다면성일 수도 있고 양가성일 수도 있는데, 반응과 표현이 극단적이라는 점이 마음에 걸렸다. 서사적 중심이 뚜렷하지 않고 이중성이 엿보이는, 상담적 점검이 필요한 경우로 다가왔다. 답변들 사이의 연관성에 의문이 드는 경우 안쪽을 세심히 들여다봐야 함을 보여주는 사례가 된다.

(2) 문항 3: 나무꾼에 대한 인물평

　　　　　　　문항 3은 나무꾼에 대한 종합 인물평을 청한, 열린 답변이 가능한 문항이다. 계량적으로 표준화하기에 적합지 않은 경우다. 참여자에 따른 특징적인 반응과 언술에 초점을 맞추는 것이 더 어울린다. 다만 한 가지 주목할 것은 나무꾼에 대한 평가의 방향성이다. 작품 속의 나무꾼은 양가적 평가가 가능한 인물인데, 그에 대한 참여자의 반응을 눈여겨볼 만하다. 나타난 결과로 보면, 양가성을 짚어낸 반응이 꽤 있는 한편으로 긍정적 수용이나 부정적 비판 한쪽에 치우친 반응도 있었다. 손쉽게 일반화할 수는 없지만, 양가성을 적실하게 짚어낸 경우 작품서사 접속도나 서사적 성숙도의 표지일 가능성이 있다.

　이 문항에 대한 참여자들의 가지각색 반응에 대해 일일이 분석적 평가를 제시하는 것은 생략한다. 매우 번다한 작업이며, 꼭 필요한 것도 아니다. 개방성을 특징으로 하는 질적 문항들에 대한 내담자의 반응 결과는 사례마다 개별적인 질적 분석을 수행할 필요가 있다. 다만 다른 참여자들이 나타낸 특별한 반응들을 참고사항으로서 삼는 일은 가능하며, 필요하다. 세 가지 반응 유형별로 인상적인 인물평을 인용하면 다음과 같다. 괄호 속의 숫자는 참여자 번호다.

① 부정적 · 비판적 평가

- 절도 납치범(01)
- 자신의 욕구를 채우려는 순수한 쓰레기(02)
- 흡사 현재 시골의 노총각들을 보는 것 같다. 겉으로는 순박해 보이지만 알고 보면 속내가 음흉한 인물. … (15)
- 이기적이고 소름 끼치는 도둑(27)

- 처가 필요하다는 본인 욕심 하나로 선녀의 인생을 조져놓은(?) 비겁한 인물(39)
- 사랑이라는 핑계로 다른 사람의 자유와 삶을 앗아가는 이기적이고 자기중심적인 사람(43)
- 남의 인생을 훔치고 강탈하여 자신의 행복을 채운 사람(50)
- 무능한 인간상(69)
- 본인만 아는 이기주의자(71)

② 긍정적 · 수용적 평가
- 원하는 것이 있으면 어떻게든 이루어낼 성격(05)
- 가족, 가정에 충실하고 지키기 위해 노력하는 사람(16)
- 법 없이도 살 만큼 착하고 성실한 사람(20)
- 자신이 원하는 삶을 살기 위해 어려움을 극복하고 쟁취한 사람(53)
- 가난하지만 자기 자리에서 최선을 다해 사는 사람(75)
- 가정과 아내를 소중하게 생각하는 사람(77)
- 성실한 가장이다.(82)
- 소박하고 마음이 약하며 정이 많은 인물(84)
- 마음이 착한 사람, 위험에 처한 노루(짐승)에게까지도 연민을 가진 사람, 그래서 복 받은 사람(88)
- 원하는 것을 찾아 포기치 않고 끊임없이 무언가 시도함(93)

③ 중립적 · 양가적 평가
- 착하지만 무능력(06)
- 운이 좋고, 능력에 충실한 인물이나 미련하여 현실성이 없음(18)
- 순박하지만, 자기주도적인 삶이 부족한 사람이다.(21)
- 착하면서 불쌍하고 멍청한 사람(25)
- 선하지도 악하지도 않은 전형적인 인간(26)
- 이기심과 정이 공존하는 인간의 정석(32)
- 악의 없는 나쁜 사람(34)

- 처음에는 자신밖에 몰랐지만 조금씩 타인을 알아가려고 노력하는 사람(35)
- 약한 이를 도와주는 사람이나 얼굴에 약한 남자 놈(52)
- 동물의 말을 그대로 따를 정도로 순박하고 착하지만 뚝심이 부족하고 마음이 약한 사람(54)
- 노루에 대한 공감능력은 있지만, 선녀에 대한 공감능력은 없음(58)
- 현재적 관점으로는 경제적으로 무능해 보이나 동물들을 아끼는 마음은 착한 사람 같아 보임(68)
- 인정이 많고 따뜻한 사람이지만 일방적인 의사소통을 하는 사람이다.(78)

잘 살펴보면 흥미로운 평들을 확인할 수 있을 것이다. '악의 없는 나쁜 사람'이나 '노루에 대한 공감능력은 있지만, 선녀에 대한 공감능력은 없음' 등으로 양가성을 짚어낸 언술은 무척 인상적이었다. '처음에는 자신밖에 몰랐지만 조금씩 타인을 알아가려고 노력하는 사람' 식으로 변화 과정을 짚어낸 반응도 눈길을 끌었다.

참고로, 이와 같은 다양한 언술은 MMLT 활용 매뉴얼에 담긴다. MMLT를 활용해서 문학치료를 진행함에 있어 문학치료사들은 이러한 다양한 반응을 사전 점검하고 소화함으로써 작품에 대한 폭넓은 서사적 이해를 한 상태로 상담에 임할 수 있게 된다. 이는 객관적이고도 풍부한 상담을 위한 좋은 자원이 되어줄 것이다. 내담자와 대화를 진행해감에 있어 다른 참여자의 인상적인 반응들을 매개체로 삼음으로써 즐거운 소통을 이어갈 수 있으며, 작품에 대한 서사적 이해도를 효과적으로 높여갈 수 있다는 점도 중요한 사항이 된다. 내담자의 서사적 길찾기와 길내기에 다른 참여자들의 선행사례를 좋은 이정표나 나침반으로 삼을 수 있다는 뜻이다. MMLT가 추구하는 데이터적 접근이 발휘할 수 있는 장점이다.

(3) 문항 4: 선녀의 처지에 대한 정서적 반응

문항 4 역시 문항 3과 마찬가지로 열린 질적 반응을 도출하는 문항이다. 계량화된 분석은 어울리지 않으며, 내담자 각각의 반응에 대한 개별적이고 질적인 분석이 필요하다. 다만 이 경우에도 다른 참여자들이 나타낸 특징적인 반응들을 치료적 소통의 가이드라인 내지 매개체로 삼을 수 있다. 이에 내담자들이 나타낸 주요 반응을 나열해본다. 가장 마음이 끌리는 인물로 선녀를 선택한 참여자들의 반응 가운데서 일부를 뽑은 것이다.

① 남성 참여자

- 아, 잘못 걸렸다. 빨리 옷을 받아서 하늘로 올라가야겠다.(06)
- 아주 고통스럽고 나쁘지는 않지만 꺼림한 심정이 든다. 지금은 괜찮을지 몰라도 무언가 문제가 생기게 된다면 앞으로 나무꾼 탓을 할 것 같다.(08)
- 날개옷이 없어진 이런 상황이 너무 당황스럽지만, 나무꾼이 내게 잘해주는 것도 나쁘게만 느껴지진 않는다.(10)

② 10~20대 여성 참여자

- 사랑하는 사람을 잃은 듯. 너무 낯설다.(23)
- 집에 가고 싶다.(28)
- 날개옷 때문에 나무꾼과 원치 않은 결혼을 해야 한다는 게 싫고, 슬펐을 것이다.(30)
- 솔직히 처음에는 너무 원망스러웠다. 평소처럼 언니들이랑 목욕하러 온 건데, 갑자기 생이별하게 되고 심지어 생이별하게 만든 장본인이랑 부부로 살아야 한다는 사실이 절망스러웠다. 그런데 또 얼굴은 순박하게 생기고 눈동자가 간절해서 마음이 가는 게 짜증났다.(34)
- 이 남자를 믿을 수 있나요?(40)

③ 30~40대 여성 참여자

- 왜 하필이면 내가 이 남자의 아내가 되었을까? 남자는 내 행복보다는 자기의 행복이 우선이다.(42)
- 착하고 잘해주는 나무꾼이 싫진 않은데 아직 결혼할 준비가 되지 않았을 때 결혼한 것이 싫어. 그리고 나는 아내이고 엄마이기 전에 내 인생도 있어.(45)
- 행복하지만 불행하다. 지금의 생활도 나를 즐겁게 하지만 마음 한켠에 응어리진 한이 있다.(47)
- 너무 무섭고 죽이고 싶었을 것 같다.(49)
- 내가 알 수 없지만 이렇게 된 이유가 있을 거야. 그게 뭘까…. 정말 알고 싶다. 내 날개옷은 어디에 있는 걸까. 하루하루는 행복하지만 이건 나의 진짜 삶이 아니라는 생각이 때때로 들어.(51)
- 처음에는 어쩔 수 없이 살아야 해서 좀 힘들었을 것 같다. 자식 때문에 참지 않았을까.(60)
- 내가 원해서 부부가 되어 사는 것이 아니라 슬프지만 그나마 남편이 착해서 다행이다.(62)
- 나는 정말 당황스러운 상황에서 나무꾼을 만났어. 이렇게 지상에서 누군가를 만나 함께 살 거라고는 한 번도 생각하지 못했거든. 나무꾼의 눈을 봤을 때 그의 따뜻한 마음이 느껴졌어. 그때는 그와 사는 것이 최선이라 생각했어. 그래야만 날개옷을 돌려받을 수 있잖아. 때때로 날개옷을 보여주지 않는 나무꾼이 미울 때도 있었지만, 나는 그와 지내는 동안 그를 이해하는 부분도 생긴 것 같아. 두 아이가 태어났지만, 시간이 흐를수록 하늘나라의 가족이 그리워지지 뭐야! 갈등하는 시간이 늘어났어. 어떻게 해야 하늘에 계신 부모님도 만나고 현재의 가족관계도 유지할 수 있을지 말이야.(63)

④ 50~60대 여성 참여자

- 갑자기 납치되듯이 낯선 사람과 낯선 환경에서 살아야 한다면 적응 못 할 것 같고 우울증에 걸려서 행복하지 않을 것이다.(71)

- 내가 살던 세계를 돌아갈 수 없다니 너무 속이 상하다. 날개옷 한번 간수하지 못한 죄로 평생을 이 인간세계에서도 인정받지 못하는 부족한 남자와 살아야 하다니 한스럽다.(72)
- 이런 일은 상상도 해보지 않았는데, 그래도 나무꾼의 순박하고 간절한 눈동자를 보니 이런 삶도 한번 살아보고 싶다는 생각이 들었지.(76)
- 이 상황에서 내가 어떻게 하는 게 최선일까?(78)
- 처음에는 황당하고 억울했다. 나무꾼의 이기심을 채우기 위해 나는 가족과 생이별을 하게 되었으니 내게 좋은 사람이 아니었다. 그런데 함께 살아보니 부지런하고 선한 사람이란 걸 알게 되어 아이 둘 낳고 그럭저럭 살았다. 가끔 가족이 보고 싶은 건 어쩔 수 없었다. 나무꾼에게 솔직하게 말하면 안 보내줄 테니 어쩔 수 없이 그가 나를 속였던 것처럼 나도 속였다. 하늘에서 가족을 만나 기뻤지만, 시간이 갈수록 나무꾼이 그리워졌다. 아이들 아빠이니 아이들에게도 미안했다. 그런데 그가 기꺼이 내가 사는 곳으로 와주어서 이전의 서운한 마음은 다 녹고 행복해졌다.(80)
- 처음에는 지상의 세계와 나무꾼에 대한 두렵고 떨리는 마음이었겠지만, 성실하고 착한 심성을 가진 나무꾼을 의지하게 될 것 같다.(88)
- 처음에 나무꾼이 옷을 훔쳤을 때 속상했지만 나를 사랑하기 때문에 그랬다는 것을 알고 나무꾼을 사랑하게 되었다.(91)

내용을 잘 살펴보면 개인별 차이 외에 성별·세대별 반응에서 미묘한 차이가 감지될 것으로 본다. 남성들의 투사적 서술은 조금 겉도는 느낌이 없지 않다. 그리고 여성들의 경우, 40대 이하 참여자들에게서 정서적 격동이 드러난 사례가 많은 데 비해 50~60대 참여자들에게서는 상대적으로 관조적이고 성찰적인 느낌을 받게 되는 면이 있다. 다만 이는 연구자의 주관적 느낌일 수 있어서 판단은 각자에게 맡기는 것이 어울릴 것으로 생각된다.

다만 한 가지, 투사가 이루어지는 입각점을 눈여겨 살펴보기를 권한다. 호감 가는 작중 인물에 대한 참여자의 투사는 거점이 같지 않다. 인물 안으로 들어가는 형태의 투사와 밖에서 보고 느끼는 방식의 투사가 나뉜다. 문항에서 '1인칭'으로 서술하라고 했음에도 관찰자적 입장에서 서술이 이루어진 사례가 꽤 많았다. 참여자의 개성이 발현된 결과일 것이다. 아울러 입각점의 '높이'를 주목할 만하다. 참여자가 선녀의 아래편에 있는지, 가운데쯤에 있는지, 윗부분에 있는지의 문제다. 선녀의 내부로 투사돼있는 경우도 상중하가 나뉠 수 있고 선녀의 밖에서 투사하는 경우도 위치가 나뉠 수 있다. 투사자의 입각점이 많이 아래쪽으로 나타나거나 또는 위쪽으로 나타날 경우 특징적인 서사반응이 될 수 있다. 예컨대 선녀의 안쪽 가장 아래에서 슬픔과 무력감, 절망감 등을 강하게 나타내는 경우 우울 성향의 표지로 해석될 여지가 있다.

(4) 문항 5: 나무꾼이 날개옷을 준 선택에 대한 평가

나무꾼이 사슴이 내린 금기를 깨고 선녀에게 날개옷을 주는 일은 「선녀와 나무꾼」 전반부의 유력한 분기점에 해당한다. 이 분기점에서의 선택은 간단치 않다. 두 인물의 서로 다른 처지와 욕망이, 또는 존재적 지향이 위태롭게 맞물려 있기 때문이다. 둘이서 낳은 자식들이라는 변수가 얽혀 있어 더 어려운 문제가 된다.

이 문항에 대해 93명의 참여자가 선택한 결과는 다음과 같다. 부동의 (☠, ×) 쪽이 날개옷을 주는 게 맞다는 반응이고, 동의(☼, ○) 쪽이 옷을 주지 않는 게 옳다는 반응이라는 점에 유의하기 바란다.

☠	×	▽	…	△	○	☼
21	25	15	4	9	11	8

어려운 쟁점임을 확인시켜주듯, 양편으로 반응이 엇갈렸다. 다른 문항과 달리 신중성의 표지에 해당하는 △와 ▽ 반응 빈도가 높았다는 점도 눈에 띈다. 이렇게 반응이 갈렸지만, 날개옷을 주는 것이 옳다는 반응이 반대쪽 반응보다 두 배 이상 우세했다. 그것이 관계 정상화를 위해 거쳐야 할 과정

이라고 보는 관점이 반영된 결과일 것이다. 선녀 입장이 반영된 반응이라고 볼 수 있지만, 일반적인 인간관계 차원의 반응일 수도 있다. 문항 10에서 나무꾼 쪽에 투사반응을 나타낸 참여자들(11명)의 경우에도 옷을 주는 것이 옳다는 반응이 9:2로 우세했음에 주목할 만하다.

이러한 결과는 이 문항 반응에서 날개옷을 주지 않는 것이 맞다고 반응하는 경우가 특수한 것일 수 있음을 보여준다. 이쪽 편 반응을 더 유심히 살펴야 한다는 뜻이다. 이런 입장을 아주 강하게(☼) 나타내는 경우 그 맥락을 점검할 필요가 제기된다. 뒤의 참여자별 분석에서 일부 특징적 사례를 다루게 될 것이다.

(5) 문항 6~7: 선녀의 떠남과 받아들임에 대한 반응

문항 6과 7은 선녀의 입장에서 주요 분기점에서의 선택을 활성화하도록 한 문항들이다. 남자를 떠날 것인가의 문제와 다시 받아들일 것인가의 문제는 서로 계기적으로 연결돼있는 것이어서 한데 묶어서 살펴본다. 문항별 선택 빈도는 다음과 같았다.

구분	☠	✕	▽	…	△	○	☼
문항 6	16	16	9	8	7	16	21
문항 7	10	6	3	3	10	32	29

문항 6에서 날개옷을 받은 상태에서 '바로 아이들을 데리고' 떠났을 것인가에 대한 반응은 거의 반반으로 엇갈렸다. 그렇지 않았을 것이라는 반응이 꽤 많은 것이 눈에 띄는데, 남자 또는 상황에 대한 수용성의 발로인 한편으로 문항에 있는 '바로'라는 부사어가 영향을 준 면도 있었다. 떠나기는 하겠으나 얘기도 없이 바로 가지는 않을 것 같다는 반응들이 꽤 있었다. 이런 변수를 고려하면, 하늘로 올라가리라는 반응이 통계적으로 나타난 것보

다 더 우세했다고 보면 된다. 특징적인 것은 하늘로의 떠남을 '일시적 방문' 형태로 표현한 사례들도 있었다는 점이다. 떠남의 선택이 곧 상대와의 심리적·서사적 단절을 뜻하지는 않는다는 말이다.[43]

이러한 사실은 7번 문항에 대한 반응에서 확인할 수 있다. '도와준다'는 표현까지 포함되었음에도 이 문항에 대한 동의 반응, 그러니까 나무꾼을 포용하겠다는 반응이 3배 이상으로 높게 나타났다. 그 반응 가운데는 문항 6에서 하늘로 떠나겠다는 선택을 한 참여자들의 것도 다수였다. 일단 하늘로 떠나겠지만 나무꾼이 거기까지 찾아오면 받아주겠다는 것이 6~7번 문항에서 가장 많이 나타난 조합이었다. 원 작품의 서사적 길을 따르는 선택이기도 하므로 일반적이고 정석적인 반응이라고 할 만하다. 서사적 역학관계가 잘 살아나는 방향의 반응이기도 하다.

6~7번 문항의 조합에서는 '떠나겠다+안 받아준다'의 조합도 꽤 나타났다. '분리' 또는 '단절' 반응이 거듭 나타난 경우다. 이런 반응은 나무꾼/남자/배우자에 대한 가르기서사 내지 밀치기서사의 표지일 가능성이 크다. 변이형 C나 변이형 B를 마음에 드는 유형으로 선택한 참여자들에게서 이런 반응이 많이 나타났는데, 서사적 일관성에 비추어 자연스러운 현상이다. 이런 반응을 보이는 내담자에 대해서는 가르기서사 내지 밀치기서사의 구체적 양상과 맥락을 점검할 필요성이 있다.

문항 6과 7에 대한 반응에서 양쪽 모두에 부정반응을 보인 경우는 '떠나지 않겠다'와 '받아들이지 않겠다'의 조합으로서, 특이 사례가 된다. 떠나지 않겠다고 한 사람이 막상 찾아온 사람을 안 받아준다는 것은 무슨 이유일까 하는 의문이 제기된다. 93명 참여자 가운데 이런 사례가 3명 있었다. 모

---

43 남자와의 강한 서사적 단절이 인상적으로 부각되는, 오히려 👢을 선택한 참여자에게서 관찰되었다. 참여자 57의 경우다. 이 참여자가 👢을 선택한 맥락은 안 떠난다는 것이 아니라 '아이들을 두고서' 떠나겠다는 것이었다. "아이들도 고생을 해봐야 안다. 아버지랑 살아봐야 엄마의 소중함을 안다"는 것이 이유였다. 아이들을 두고 가겠다는 것은 매우 특징적인 반응으로서, 가족과의 심리적·서사적 단절, 또는 독립과 자유를 통한 '나의 삶'에 대한 지향으로 읽힐 가능성이 있다.

두 완전 부동의(☠)의 상호 조합이었다. 그중 한 명은 '떠나지 않겠다'가 아니라 '아이들을 두고 떠나겠다'는 경우여서 '안 떠남+안 받아들임'의 조합에 해당하는 실제 사례자는 두 명이었다(참여자 13, 61). 이들이 선호하는 유형은 변이형 C(참여자 13)와 변이형 A(참여자 61)였다. 이런 조합은 서사적 혼란 내지 모순의 표지일 수도 있어서 그 맥락에 대한 점검분석이 필요하다. 4.4절의 참여자별 분석에서 참여자 61의 사례를 더 구체적으로 다룰 예정이다.

(6) 문항 8~9: 나무꾼이 어머니를 못 뿌리쳐 좌절한 데 대한 평가

문항 8과 9는 기본형 2에서 문제적 분기점으로 서사화된 나무꾼과 어머니 관계에 대한 평가적 반응을 구한 문항들이다. 문항 8은 선택형(+이유), 문항 9는 서술형으로 형태가 다르지만 의미적으로 긴밀히 맞물려 있다. 문항 8에 대한 반응의 맥락을 문항 9에서 보완적으로 확인할 수 있도록 한 구성이다.

먼저 문항 8의 선택형 질문에 대한 반응의 빈도수를 보면 다음과 같다.

☠	×	▽	…	△	○	☼
10	12	9	15	8	12	27

전체적으로 의견이 양분된 가운데 동의 반응, 곧 어머니의 만류를 뿌리치고 떠났어야 한다는 반응이 우세했다. 특징적인 사실은 다른 모든 선택형 문항에 비해 '잘 모르겠다(…)'는 반응이 훨씬 많았다는 점이다. 어머니와 아내 사이의 선택이, 또는 과거와 미래 사이의 선택이 쉽지 않은 일임을 보여주는 결과일 것이다. 왜 꼭 한쪽을 선택해야 하느냐는 식의 반응이 포함된 결과이기도 하다.

8~9번 문항의 반응에 대해 섣불리 어느 쪽은 그르다는 식으로 판단하는 것은 주관적 잣대가 될 수 있으므로 신중할 필요가 있다. 8~9번 문항에

서술형으로 표현된 의견들을 보더라도 양쪽 모두 고개를 끄덕이게 하는 내용이 많았다. 상담자가 열린 시각으로 내담자의 모든 반응을 존중하는 가운데 이 분기점에 얽힌 삶의 문제에 대한 깊은 대화를 이어나가는 것이 두 문항에 어울리는 상담적 선택일 것이다.

굳이 한 가지 짚고 넘어갈 사항은 작품에서 어머니가 아들을 붙잡고 아들이 뿌리치지 못한 결과를 예외 없이 비극적 좌절로 그리고 있다는 사실이다. 나무꾼이 어머니 곁에 머무른 결과로 좋은 결말을 맺었다는 내용은 찾아볼 수 없다. 이 문제상황에 대해 작품은 '분리독립'을 서사적 답으로 삼고 있다. 내담자와 대화를 이어감에 있어 왜 작품은 그렇게 말하고 있는 것일지에 대해 함께 헤아려보면 좋을 것이다. 이때 MMLT 데이터로 갈무리된 다른 참여자들의 의견이 좋은 참고사항이 되어줄 수 있을 것이다. 인상적인 의견들을 예시하면 다음과 같다.

- 엄마와 아들이라는 가족의 형태에서 벗어나 선녀와 새로운 가정을 꾸렸다면 그 가정을 우선시했어야 했다. (…) / 과거에서 벗어나지 못한다면 오히려 퇴보된다.(34)
- 선녀와 결혼한 것이지 엄마와 결혼한 것이 아니니까.(35)
- 자신의 욕심으로 선녀와 결혼했고 아이들도 있기 때문에 책임을 다하기 위해 돌아가야 한다고 생각한다.(37)
- 때에 따라 단호하게 행동할 필요가 있다는 것을 일깨워주는 상황이다.(38)
- 이제 나무꾼의 가족은 선녀이기 때문에(41)
- 엄마를 보고 싶은 마음이야 이해하지만, 부모의 부탁들 가운데 부부의 삶을 뒤흔들 것은 가려 거부할 줄도 알아야 한다. / 나는 내 아들한테 저러지 말아야지. 아들이 설령 말에서 내려온다고 하더라도 혼쭐이라도 내서 하늘로 올라가게 해야지.(45)
- 나무꾼은 어떤 상황에서도 그 상황에 만족하지 못하고 갖지 못한 다른 것을 그리워하는 못난 놈이다.(49)
- 새 삶을 가로막는 과거의 것들이 있다. 과거와 분리가 확실히, 빠르게 되

지 못하면 이도 저도 못 하게 된다. 나무꾼은 결국 나무꾼으로 살지 못하게 된 것이다.(51)
- 호박죽이 무엇이 중헌디? 엄마의 치맛바람이 자식의 꿈을 망칠 수 있다.(52)
- 돌아서야 할 때는 돌아설 줄도 알아야 한다. 그의 우유부단함이 자신을 나락으로 떨어뜨리고 혹시 있을지도 모르는 다음의 기회마저 잃게 만들었다.(54)
- 자식과 부인이 1순위, 한번 실수로 부인과 자식도 잃을 뻔했는데, 두 번 실수는 실수가 아니다. 무엇이 먼저인지 현명하게 대처하지 못함(56)
- 미련한 집착과 지혜롭지 못한 행동은 아들과 엄마 모두에게 비극이다.(60)
- 엄마의 곁을 떠나 이제 아내와 아이들과 함께 독립하여 살아야만 한다. 그러나 엄마가 안심하고 보내줄 수 있도록 설득할 수 있어야만 한다.(65)
- 아들도 이미 한 가족의 가장인데 엄마라고 자신의 의견을 주장하거나 우겨서는 안 될 뿐 아니라 아들의 의견을 존중해야 한다고 생각한다. 아들 또한 잠시 엄마의 얼굴만 보러 왔다고 정확하게 선을 그었어야 한다고 본다.(72)
- 당연하다. 정말 같이 살고 싶은 사람은 아내였을 테니.(76)
- 남편이든 아내이든 심리적으로 원가족에게서 온전히 분리되어야 제대로 된 가정을 꾸릴 수 있다.(78)
- 진정 아들의 앞길을 막는 것은 아들의 앞날을 지나치게 걱정하는 엄마들이다.(81)
- 수탉이 된 아들을 보면서 엄마의 마음은 너무나 아팠을 것 같다. 이런 비극적인 결말을 원한 건 아니지만 아들에 대한 집착을 사랑이라고 생각한 엄마가 안쓰럽다.(82)
- 새로운 가족을 이뤘으니 아내와 가족에게로 가는 게 마땅(85)
- 마음은 아프지만 엄마는 엄마의 삶이 있고, 아들은 아들의 삶이 있는 것이다.(90)
- 엄마의 만류는 곧 나무꾼의 가정 포기를 종용함이 아닌가. /(나무꾼) 우유부단한 인간의 말로가 어떤가를 암시한다.(93)

문항 8~9에 기술된 의견과 관련해서 한 가지 특기할 사항은 분리독립의 필요성이나 당위성과 관련해서 남성 참여자들의 의견 중 따로 가져올 만한 것을 찾기 어려웠다. 이와 달리 여성 참여자들은 모자간, 또는 부모-자녀 간 분리독립의 필요성을 인정하거나 강조한 사례가 많았다. 비극의 책임은 어머니보다 아들에게 두는 쪽이 우세했다. 선택과 책임은 결국 자기 자신의 몫이라는 말이 된다. 앞으로 나아가야 할 갈림길에서 머뭇거리거나 주저앉으려 하는 내담자들에게 좋은 참고가 되어줄 결과라고 생각한다. 대부분의 어머니는 자식이 소신껏 제 길로 나아가면 이를 인정할 준비가 돼있다는 사실을 세상의 많은 아들들은 알아야 할 것이다.

(7) 문항 10~11: 가장 마음이 끌리는 인물과 거부감이 드는 인물

문항 10~11은 인물 중심으로 해서 공명의 양상을 살펴본 것이다. 작품서사에 대한 자기서사의 투사와 공명이 인물을 축으로 해서 이루어진다는 점을 고려해서 문항을 설정했다. 작중 인물들에 대해 어떤 반응이 나올지 설화 작품론적 차원에서 궁금하기도 했다. 그 결과는 무척 다양하고 인상적인 것이었다. 먼저 93명 참여자의 선택을 수치로 제시한 뒤 주요 인물별로 특징적 면모를 짚어보기로 하겠다.

문항 10: 가장 마음이 끌리는 인물		문항 11: 제일 거부감 드는 인물	
선녀 / 독수리로 변한 아내	36 / 1	나무꾼 / 수탉 / 기본형 2의 남편	26 / 7 / 1
노루 / 신령한 노루	22 / 1		
나무꾼 / 수탉	11 / 2	노루	23
선녀 가족 / 인니(들)	4 / 2	이미니(염미) / 시이미니	13 / 1
쥐	5	언니(들) / 솔개	12 / 2
어머니	4	선녀 가족	3
아이들	2	옥황상제	3

문항 10: 가장 마음이 끌리는 인물		문항 11: 제일 거부감 드는 인물	
옥황상제	1	칼질한 선녀 (두레박 끊은 선녀)	2
사냥꾼	1		
천마	1	쥐	1
없다	2	없다	2

① 선녀, 나무꾼

도표에 제시된 결과는 작품의 수용자들이 선녀에 대해서는 강한 공감 반응을 보이는 데 비해 나무꾼에 대해서는 부정적인 거부반응이 훨씬 우세함을 말해준다. 특히 선녀에 대한 반응이 인상적이다. 37명에 이르는 많은 참여자가 선녀를 가장 마음이 끌리는 인물로 꼽은 데 비해 거부감이 드는 인물로 꼽은 참여자는 2명뿐이었다. 그 2명도 변이형 C라는 예외적 이본 속의 공격적인 선녀를 문제 삼은 경우로서, 일반적인 내용 속의 선녀에 대해서는 뚜렷한 거부반응이 나타나지 않은 형국이다. 이야기 속에서 선녀가 날개옷을 받은 뒤 바로 자식들과 함께 떠나는 것이 공통 내용인 점을 생각하면 조금 놀라울 수 있는 결과다. 사람들이 그러한 떠남을 인정하고 공감한다는 뜻으로 보아도 좋을 것이다. 만약 내담자가 거부감이 드는 인물로 선녀를 선택할 경우 특이반응으로 볼 수 있게 하는 결과다.

선녀의 경우와 달리 나무꾼에 대해 호불호의 반응이 엇갈린 것은 작품 속의 나무꾼이 양가적 면모를 지닌 데 따른 결과일 것이다. 그중 부정적 반응이 우세한 것은 이야기 내용 중 선녀의 날개옷을 감춘 것과 선녀의 당부를 어기고 머뭇대다가 수탉이 된 것 등이 수용자들에게 강한 인상을 남긴 때문으로 여겨진다. 거부감 드는 인물을 '수탉'이나 '기본형 2의 남편'으로 명시한 사례들은 후자와의 관련성을 확인시켜준다. 전체적으로 나무꾼이 선녀에게 도움이 되거나 행복을 주는 존재라기보다는 걸림돌이나 짐이 되는 존재로 보는 시각이 우세한 것으로 보인다. 이는 현실 속 남자/남편에 대한 부정적인 경험이나 시각이 투영된 것일 가능성도 있다.

이런 관점에서, 나무꾼에 대한 반응은 그를 마음이 끌리는 인물로 보는 반응이 더 개성적이고 인상적일 수 있다. 특히 여성으로서 나무꾼에 대한 이 끌림 내지 투사반응을 보이는 경우를 주목할 만하다. 선택의 이유를 살펴본 결과 남성에 대한 수용적 관심보다는 남녀 이전의 '인간' 차원의 반응이 두드러진 것으로 분석되었다. 나무꾼이 한 명의 불완전한 인물로서 겪은 인간 적 우여곡절에 대한 공명 같은 것이다. 성별을 넘어서 발현되는 이러한 공명 은 포용적이고도 성찰적인 서사반응이라는 점에서 주목할 만하다. 자기서사 성숙도의 표지가 될 수 있다.

10번과 11번 문항에서 둘 다 나무꾼을 꼽은 특징적 사례를 짚고 넘어 간다. 참여자 09(남, 28)가 유일하게 이런 선택을 했다. 이 참여자의 서사반응 은 전반적으로 냉철한 합리성과 현실성이 두드러진 쪽이었다. 그가 두 문항 에서 나무꾼을 선택한 이유는 다음과 같았다.

- 문항 10: 나무꾼은 윤리적 규범을 거슬러가며 자신의 욕망을 실현하려 노 력했고, 결국 인간 본원적인 구속을 풀지 못한다. 이는 이상적이지 않으나 현실적이고 보다 자연스러운 인간상으로서 감정이입이 용이하다.
- 문항 11: 나무꾼의 행동에 있어 윤리적 하자는 중대 및 명백하다. 나무꾼 은 그 자신의 실존만이 문제 되는 세계에서는 자연스럽고 인간적일 수 있 지만, 현실세계를 살아감에 있어 실천적 준거로 기능할 수 없다.

내용을 보면 매우 성찰적인 면모를 확인할 수 있다. 그 두 축은 '인간'과 '현실'이다. 욕망의 존재이자 구속의 존재로서 인간에 대한 사유와 개인적 실존과 사회적 규범 사이의 갈등에 대한 인식이 반영돼 있다. 나무꾼에 대한 서사적 투사를 통해 존재적 고민이 표출되고 있는 형국이다. 한번 만나서 대 화를 나눠보고 싶은 생각을 일으키는 참여자였다.[44] 내담자가 특정 인물에

---

[44] 참고로 이 참여자가 행한 다시쓰기가 무척 인상적이었다. 나무꾼은 아내가 날개옷을 가 지면 훌쩍 도망갈 것임을 알고서 망설임 없이 옷가지들을 둘둘 말아 아궁이에 밀어 넣 는다. 날개옷이 타기를 거부하는 듯 달아오르기만 하자 나무꾼은 나무토막들을 우악스

대해 강한 공명반응과 거부반응을 동시에 나타낼 때 상담적으로 유의미한 사례가 될 가능성이 크다.

② 노루, 쥐

문항 10~11에 대한 반응에서 미처 예상하지 못했던 놀라운 결과는 노루에 대한 것이었다. 도표에서 보듯이 가장 끌리는 인물과 거부감 드는 인물로 각각 23명이 노루를 선택했다(양쪽 모두에서 노루를 선택한 1명 포함). 노루가 스토리적으로 주요한 구실을 한다고는 생각했으나, 이 정도의 열띤 반응은 의외였다. 그간 선녀나 나무꾼 위주로 이 작품을 사유했던 연구자 자신을 되돌아보게 될 정도였다.[45] 과연 사람들은 왜 이렇게 노루에 큰 관심을 나타내는 것일까?

럽게 집어넣어서 태운다. 그때 방안에서 비명소리가 들리기에 나무꾼이 허겁지겁 달려가 보니 방구석에서 선녀가 불타고 있었다. 그렇게 나무꾼은 선녀와 신방을 차리기 전에 선녀를 잃었다고 한다. 내용을 보면, 강한 자기중심적 욕망과 그것의 비윤리적 폭력성 인식이라는 이율배반적 면모가 부각되고 있다. 나무꾼을 매개로 깊은 존재적 고민이 투사된 양상이다.

45 「선녀와 나무꾼」에 대한 논의에서 노루에 크게 주목한 사례는 그간 거의 없었다. 앞서 언급했던바, 그 조력자적 위상에 주목한 김종대·이주홍의 다소 소략한 논의가 있었을 따름이다(김종대·이주홍, 「나무꾼과 선녀에 나타난 조력자 사슴과 쥐의 역할과 그 기능 고찰」, 『어문론집』 48, 중앙어문학회, 2010). 문학치료 쪽에서도 사정은 다르지 않다. 정운채는 나무꾼을 서사적 주체로 놓고 선녀를 관계 맺기 대상으로 보는 관점에서 서사를 분석했으며(정운채, 「자기서사진단도구 개발을 위한 기초서사척도」, 『고전문학과교육』 14, 한국고전문학교육학회, 2007, 228-229면), 김정애는 "「나무꾼과 선녀」가 진짜 「나무꾼과 선녀」가 되려면 선녀의 이야기, 나무꾼의 이야기, 그리고 사슴의 이야기도 작품 안에 녹아 있어야 할 것"이라고 하면서도 "사슴의 보은은 선녀와 나무꾼의 관계에 도움을 주는 보조자 역할은 가능해도 서사의 핵심적 위치에 놓이지는 못할 것이며, 오히려 서사적 진행을 견인하는 주요 인물 관계는 나무꾼과 선녀에 있다"고 보았다(김정애, 「「나무꾼과 선녀」의 결말 양상에 대한 문학치료적 해석의 의의」, 『문학치료연구』 23, 한국문학치료학회, 2012, 235-236면). 김정희의 연구에서 사슴의 역할을 분석에 포함했으나 선녀와 나무꾼의 만남을 돕는 조력자로서였다(김정희, 「남녀관계의 위기와 지속에 대한 서사지도 구축과 문학치료 활용 연구」, 건국대학교 박사학위논문, 2018, 52-62면). 이번에 제출되는 93명 참여자의 서사반응 결과는 노루에 대해 그 이상의 관심이 필요함을 시사한다.

참여자들의 반응에서 확인될 수 있는 두드러진 특징을 보면, 먼저 노루에 대한 사람들의 관심이 단순히 보은의 존재에 대한 것에 한정되지 않는다는 점을 특기할 만하다. 노루에 대한 거부반응이 많은 데서 이를 쉽게 확인할 수 있다. 많은 참여자는 나무꾼으로 하여금 선녀의 옷을 감추게 한 노루의 행위가 선녀에게 고난을 가져오고 선량한 나무꾼을 시험에 들게 한 그릇된 일이라고 여겼다. 왜 그런 방식으로 은혜를 갚느냐는 식의 반응들이 꽤 있었다. 제 은혜를 갚겠다고 엉뚱한 피해자를 만들어낸 모순적 면모에 대한 반발이다.

설화적 상징으로 보자면, 노루는 나무꾼이 생명을 아끼고 챙기는 선량함을 드러내는 매개체에 해당한다. 나무꾼은 그러한 선량한 챙김의 힘이 인연이 되어 선녀와 접속되고 새로운 기회를 얻은 것으로 볼 수 있다. 이에 대해 참여자들은 이러한 심리적·인과적 맥락의 해석보다 '제3자의 개입'이라는 지점에 더 주목하고 있었다. 이때 제3자로서 노루의 위치는 완연히 '사회적'이다. 작품 속 나무꾼과 노루의 관계는 현실반영 차원에서 볼 때 사회적 관계의 성격이 짙다. 본래 관계가 없던 타자였다가 서로 이해관계가 얽히게 된 관계. 일컬어 '사회서사'에 해당하는 면모다.[46] 참여자들이 선녀와 나무꾼의 관계에서 노루의 구실에 큰 관심을 나타내는 것은 사회적 관계의 영향력에 대한 인식의 반영으로 볼 여지가 있다. 당사자들 못지않게 타인이나 주변 환경이 영향을 미친다고 보는 태도다. 노루에 집중하는 반응은 서사적 주체의 내부 요인보다 외적 요인에 원인을 돌리는 선택으로서, 상황적 요인을 중시하는 현대인의 인식체계가 반영된 것일 수 있다. 노루에 대한 반응이 두드러진 경우 이에 대한 점검분석이 필요하다.[47]

---

[46] 사회서사의 개념과 성격, 서사적 요소에 대해서는 다음 논문들을 참고할 수 있다. 손석춘, 「문학치료학의 사회서사 시론」, 『문학치료연구』 41, 한국문학치료학회, 2016; 신동흔, 「문학치료를 위한 서사 분석 요소와 체계 연구」, 『문학치료연구』 49, 한국문학치료학회, 2018.

[47] 참고로 대학생을 대상으로 한 수업에서 「선녀와 나무꾼」에 대해 토론하는 과정에서도 노루에 대한 학생들의 큰 관심과 비판적 태도를 경험한 적이 있다. 김나임의 웹툰 「바리

한 가지 눈길을 끄는 것은 노루의 특별한 능력에 관심을 둔 참여자들이 있었다는 점이다. 세상의 숨은 비밀을 다 꿰뚫어 아는 듯한 노루의 모습에 복수의 참여자가 큰 이끌림을 나타냈다. 도표에 보면 원전에도 없는 관형어를 붙여서 '신령한 노루'라고 표현한 사례가 있는데, 노루의 능력과 존재성에 대한 반응에 해당한다. 참여자 18 같은 경우는 노루를 가장 마음이 끌리는 인물로 선택하면서 "이야기의 key를 갖고 있다"는 것을 이유로 쓰기도 했다. 「선녀와 나무꾼」으로 문학치료를 진행함에 있어 하나의 흥미로운 화제로 삼을 수 있는 사항이 된다. 많은 참여자가 이 설화를 사회적 관계성 측면에서 받아들이는 상황에서 이를 논외로 하고 가족관계에만 집중할 일은 아닐 것이다.

이와 관련하여, 5명의 참여자가 쥐를 가장 마음이 끌리는 인물로 꼽았다는 점도 주목할 만하다. 쥐와 나무꾼의 관계도 사회적 관계 성격을 지닌다. 노루와 비교하면 쥐는 존재성이 더 미약한, 눈에 잘 안 띄는 경우에 해당한다. 그런 쥐가 천상의 시험을 해결하는 데 결정적인 역할을 하므로 하나의 반전이 된다. 작은 존재의 큰 존재성이다. 쥐가 오래전 인연을 잊지 않고 나무꾼을 돕는다는 점도 사람들이 쥐를 주목한 이유 중 하나다. 오랜 덕(德)의 관계가 낳은 멋진 결과에 대한 긍정적 반응이다. 높은 서사적 접속도의 표지가 된다.[48]

③ 나무꾼과 선녀의 원가족

참여자들이 선녀와 나무꾼의 원가족에 해당하는 인물에 대해 관심을 나타낸 사례들도 꽤 있었다. 나무꾼의 어머니, 선녀의 언니들과 아버지, 그리고 선녀와 나무꾼이 낳은 아이들 등이 그들이다. 마음이 끌리는 쪽으로만 선택(2명)이 이루어진 '아이들'을 제외하면, 거부반응이 많은 것이 특징이

공주」 같은 현대 창작물에서도 이 설화 중 사슴을 간악한 모해자에 해당하는 최악의 인물로 해석한 사례가 있다.

48 쥐를 가장 거부감 드는 인물로 꼽은 한 사례(참여자 55)에 대해 의아함을 가질 수 있을 텐데, 본인이 원래 쥐라는 동물을 워낙 싫어한다는 이유로 그렇게 쓴 경우였다.

다. 나무꾼의 어머니에 대한 거부반응이 많았고, 선녀의 언니들에 대해서도 꽤 많은 거부반응이 나왔다. 선녀와 언니들의 관계는 형제서사 차원의 문제로서, 「선녀와 나무꾼」을 다룸에 있어 이것이 꽤 중요한 문제가 됨을 시사한다. 나무꾼의 어머니나 선녀의 언니들에 대한 반응이 부정적인 것은 자연스러운 결과라 할 수 있다. 나무꾼이나 선녀가 나아가는 길에 걸림돌이나 방해자 역할을 하기 때문이다. 언니들의 경우는 처음에 방관자처럼 움직인 부분도 문제가 된다.

관심을 끄는 것은 이들 가족에 대해 긍정반응이 나타난 사례들이다. 나무꾼의 어머니에 대한 이끌림은, 그리고 아이들에 대한 이끌림은 어렵지 않게 이해할 수 있다. 생각하면 짠한 면이 있는 인물들이기 때문이다. 그렇더라도 참여자가 콕 짚어서 이들을 선택했다는 것은 부모서사나 자녀서사의 특징적 발로일 수 있다. 작품에서 따로 서사적 역할이 부각되지 않는 아이들에게 관심을 나타낸 경우 특히 그러하다.

언니들을 비롯한 선녀의 가족을 가장 마음이 끌리는 인물로 꼽은 경우는 어떠할까? 이 또한 예측하지 못했던 반응이었는데, 살펴보니 나무꾼에 대한 적대적 태도와 연결된 경우가 많았다. 선녀의 억울함에 공명하면서 '내 편'이 되어서 나무꾼을 밀쳐내주는 인물에게 마음이 끌린 상황이다. 참여자의 현실적 처지나 내면심리가 은연중 영향을 미친 결과일 수 있다. 또는, 남자/남편과의 관계보다 1차적 혈연관계에 대한 이끌림이 더 큰 상태의 반영일 수도 있다. 선녀의 원가족들을 가장 마음이 끌리는 인물로 선택한 참여자들에 대해서는 그 맥락을 세심히 살필 필요가 있다.

④ 그 외의 인물들

참여자들 가운데는 일반적으로 쉽게 생각하기 어려운 대상을 가장 끌리는 인물이나 싫은 인물로 선택한 사례들도 있었다. 이런 예외적인 선택은 특징적인 자기서사 표지가 될 가능성이 커서 속성과 맥락을 유심히 살펴볼 필요가 있다. 인상적인 사례들을 간단히 제시한다.

- 사냥꾼(참여자 01, 문항 10): 서사적 맥락보다 '사냥'이라는 행위 자체에 대한 끌림의 반영으로 나타났다. 참여자에게 사냥이 의미하는 바가 무엇인지 살펴볼 필요가 제기된다.
- 천마(참여자 16, 문항 10): 자유와 독립에 대한 내재된 소망이 하늘을 나는 천마에 마음이 끌리도록 한 경우였다. 자기서사 이해를 위한 인상적 포인트에 해당하는 반응이었다.
- 독수리로 변한 아내(참여자 35, 문항 10): 평소 연구자가 알고 지낸 참여자의 씩씩한 기상과 독수리의 캐릭터적 연결성이 관심을 끌었다. 내면적 심상의 무의식적 반영일 수 있다.
- 옥황상제(참여자 57, 문항 10): 여타 참여자와 달리 '선녀의 아버지'로서가 아니라 "세상천지 내 마음대로 조율할 수 있는 최고의 인물"로서 옥황상제를 선택한 경우였다. 숨은 야망과 주도성, 지배성향 등의 표지로 해석될 가능성이 있다.
- 시어머니(참여자 69, 문항 11): '어머니'를 굳이 '시어머니'라고 쓴 점이 눈에 띄었다. 현실 속 시어머니에 대한 거부감이 무심결에 노출되었을 가능성이 있다.
- 없다(참여자 38, 문항 11): 거부감 드는 인물이 없다는 것인데, 특징적 반응에 해당한다. 서사적 개방성과 높은 서사 접속도의 표지로 볼 수 있다.[49]

(8) 문항 12: 작품에 대한 전체적 감상평

이야기에 대한 종합평을 청한, 자유로운 답변이 가능한 문항이다. 활짝 열린 문항인 만큼 여러 방향의 다양한 답변이 나왔다. 선행한 문항들의 연장선상에서 다시금 의견을 개진한 내용도 있고, 작품에 대한 종합적인 해석적 논평도 있었으며, 작중 상황에 자기를 투사한

---

49 참고로, 참여자 73도 11번 문항에 '없음'으로 답을 쓰고 이유 부분에 "굳이 뽑자면, 노루"라고 썼는데, 전반적으로 서사반응이 건조하고 불투명한 쪽이라서 의미맥락을 가늠하기가 쉽지 않았다. '없음'을 선택하는 일은 서사적 포용성 외에 서사적 무관심의 반영일 수도 있음을 유의할 필요가 있다.

성찰적인 내용도 있었다. 성찰적인 감상평에는 새로운 자기발견이나 자기변화의 요소를 담은 것들도 있었다. 작품과 서사적 소통을 해나가는 과정이 그 자체 문학치료적 의의를 지님을 시사한다.

참여자들의 의견 가운데 투사적이고 성찰적인 요소가 담긴 것들을 일부 제시한다. MMLT 상담을 진행할 때 참고하고 활용할 수 있는 내용들이다. 쟁점에 대한 언술이 아니라 일반적인 감상의견이기에 따로 부가적인 설명이 없어도 의미맥락을 이해하는 데 어려움이 없을 것으로 본다. 참고로, 일부 내용은 참여자 사례 분석에서 다루어질 것이다.

- 세상에 공짜는 없는 것 같다. 선녀를 얻기 위해서는 참 많은 고난이 뒤따르는 것 같다.(06)
- 나무꾼과의 결혼으로 가족을 그리워하며 도망갈 생각으로 사는 선녀의 삶이 힘들었으리라 생각되고, 선녀를 보기 위해 위험하게 하늘로 올라온 남편을 반갑게 맞이해준 선녀의 모습에 사랑이 넘치는 가족의 재회가 그려져 좋았다.(15)
- 선녀는 나무꾼에게 마음을 열었던 적이 있는지 궁금하고, 아무래도 주인공인 나무꾼에게 조금 더 마음이 가고 공감이 가는 것 같다.(29)
- 어떤 어려운 상황에서 지치고 나아갈 수 없더라도 결국엔 나를 위해 그리고 서로를 위한 길을 찾는 것이 중요하다는 생각이 들었다.(35)
- 선녀와 나무꾼은 관계를 맺으면서도 그들만의 세상을 함께, 새롭게 만들어나가는 것이 아니라 상대를 자신의 세계에 묶어두거나 상대의 세상에 자신을 욱여넣는 느낌이었다. 그렇게 선녀는 지상에, 나무꾼은 하늘나라에 편입되어 맞지 않은 옷을 입은 채로 지내야 했을 것이고, 결국 그 관계는 유지될 수 없었다고 생각한다. 그들의 시행착오를 바라보며 안타까운 마음도 들었고, 나도 혹시 이들 같은 인간관계를 맺고 있던 것은 아닌지 돌이보게 되는 이야기였디.(36)
- 모든 인물의 행동에 의문이 들고 이해가 가지 않는다. 노루는 왜? 나무꾼은 왜? 선녀는 왜? 자꾸 질문이 든다.(41)
- 어린 시절에 아무렇지 않게 보았던 선녀와 나무꾼 이야기를 커서 보니, 시

대상과 맞지 않게 가부장적이고 남성중심적인 이야기였음을 알게 되었다. 또 나의 답변이 상대의 자기중심적인 행동과 자유를 뺏기는 깃에 집중된 것을 보니, 내가 이러한 상황을 정말 싫어한다는 것을 다시 한번 자각하게 되었다.(43)

- 어릴 때 읽었을 땐 나무꾼의 입장에서 생각했던 거 같은데, 지금은 어린 선녀에게 감정이입이 돼서 선녀가 너무 불쌍하다.(49)
- 예전에는 못 느꼈는데 이야기를 다시 읽고 진단지를 작성하면서 선녀가 매우 매력적으로 느껴졌다. 자신이 처한 상황에서 자신이 할 수 있는 최선의 선택을 하지만, 자신의 선택에 안주하지 않고 자신의 바람을 실현하기 위해 노력하고 행동하는 멋진 인물로 느껴졌기 때문이다.(54)
- 아이 둘을 키울 때 「선녀와 나무꾼」 이야기 생각이 많이 났다. 남편이 속을 썩이면 진짜 집을 나가고 싶은데 어린아이 둘이 있으니 옴짝달싹 못하겠더라. 그렇게 시간이 흘렀다. 날개옷이 있다면 정말 하늘로 올라가고 싶은 심정이었다. 남편은 내가 독박육아를 했을 때 이 정도로 절박했는지 잘 모를 것이다.(60)
- 가볍게 읽었을 땐 무심했는데, 선녀의 입장, 나무꾼의 입장을 생각하며 읽으니 새롭게 다가온다. 물론 내가 여성이기 때문에 선녀의 입장에서 억울함과 배신감이 밀려오는 듯하다.(67)
- 선녀와 함께 잘 사는 이야기, 수탉이 되는 이야기는 들어본 적이 있는데, 변이형 C는 처음 읽어보았다. 남편이 타고 올라오는 두레박의 줄을 자르는 선녀의 마음은 어떤 마음일까 싶고, 그런 분노를 간직하고 산다면 얼마나 힘들까 하는 생각이 들었다.(76)
- 가난해서 결혼도 못 하고 노총각으로 살았던 나무꾼의 처지가 짠하다. 자본주의가 발달하지 않은 그 옛날에도 가난한 남성이 결혼하기 힘들었던 건, 혹 2세를 잘 키워내려는 여성의 유전적인 전략으로 보아야 하는 건가 싶기도 하고…. 위험에 처한 동물을 구해줄 정도로 심성이 고왔던 나무꾼이 선녀와 함께 아이 셋 낳고 행복하게 살았기를 바라는 마음과, 한편으로는 자신의 의사가 아닌 '납치혼'이나 다름없는 상황에서 함께 사는 내내 남편에 대한 불신과 원망, 친정에 대한 그리움으로 결국 선녀가 날개옷을

입고 하늘로 돌아간 것이 당연하다는 생각이 든다. 그럼에도, 가난하지만 착한 나무꾼이 선녀를 찾아 하늘로 올라가 오래오래 행복하게 살았다는 결말에 안도하게 된다.(85)

- 여성의 관점에서 지상의 선녀탕에 놀러 온 선녀가 원치 않게 선녀옷을 빼앗아간 남성과 부부로 살아가야 하는 인연이 한스러웠을 것 같다. 혼자만이 한스러웠을 선녀의 마음에 대한 이해가 전혀 없이 모든 문제 해결이라고 혼자 생각하고 선녀옷을 내준 나무꾼의 무지가 어이없다. 아이들을 안고 본향으로 돌아간 선녀는 너무도 당연한 것이고 결국 갖은 수를 써서 쫓아간 나무꾼이 기특해서 선녀는 온전체의 가정을 이루기 위해 받아주었을 것이다. 부부 인연은 평등하고 동등한 위치에서 시작해서 시련을 극복할 수 있지 않을까.(93)

4.3 다시쓰기 결과의 해석

MMLT는 서사적 대화 활동에 이은 이야기 다시쓰기 활동을 중요한 과정으로 삼는다. MMLT_선녀와나무꾼 참여자 가운데 다시쓰기까지 수행한 경우는 80명이었다. 몇 줄짜리 짧은 글과 두 쪽에 걸친 긴 이야기까지 형태와 내용이 다양했다. 부분적 고쳐쓰기를 한 사례도 있고, 이야기를 전체적으로 다시 쓴 사례도 있었으며, 원 설화와 거의 상관없는 새 이야기를 만든 사례도 있었다. 설화 다시쓰기를 한 결과가 대개 그렇듯이, 그 모든 글에는 유의미한 정보가 다양하게 담겨있다.

앞서 거듭 언급했듯이 MMLT 다시쓰기에 대한 해석은 서사적 질의응답 결과에 대한 해석과 상호 연계해서 수행하는 것을 특징으로 한다. 본 연구에서는 참여자들이 「선녀와 나무꾼」을 다시 쓴 결과에 대해 이야기들을 따로 떼어서 살피는 일을 생략하고, 일부 결과물을 대상으로 삼아 서사적 질의응답과 연결한 해석을 예시하는 것으로 가름하고자 한다. 참여자별 접근에 해당하는 논의이므로 다음 절의 '참여자 사례분석'에 통합해서 서술하기로 한다.

4.4 참여자 사례분석
예시

　　정운채는 옷을 입는 것, 머리에 핀을 꽂는 것
에 이르기까지 모든 인간 활동에 서사가 작용한다고 했다.[50] 서사 양식에 해
당하는 작품을 매개로 한 활동에 한 사람의 서사가 반영되고 드러나는 것은
당연한 일이다. 본 연구를 위해 수합한 MMLT_선녀와나무꾼 자료 93건은
유의미한 자기서사적 정보들로 가득하다고 보면 틀림이 없다. 실제 상담에
MMLT를 적용함으로써 얻게 될 결과 또한 마찬가지다.

　　문제는 해석의 어려움이다. 심층 이야기(story-in-depth)로서의 서사[51]는
이면적이고 다면적이며 가변적이다. 살아있는 한 인간의 서사는 더 말할 것
도 없다. 그것은 신중한 관찰의 대상이자 탐구의 대상이지 예단적 평가의 대
상이 아니다. 작품서사에 대한 내담자의 반응을 두고, "당신의 자기서사는
이러이러하다"고 특정해서 말하는 것은 매우 위험한 일일 수 있다. 신중하고
다면적인 접근이 필요하다. 특히, 연구자가 수합한 93건의 자료는 상담적
점검 과정을 거치지 않은 것이어서 그로부터 확인할 수 있는 정보에는 한계
가 있다. 하지만 거기 여러 유의미한 정보들이 담겨있음은 부정되지 않는다.
다시쓰기 결과까지 함께 갖추고 있다는 점에서 더욱 그러하다. 기초적 수준
에서 진단적 분석의 단서와 맥락을 짚어보는 일은 일정하게 가능할 것으로
본다. 이제 눈에 띄는 일부 참여자들을 대상으로 MMLT의 치료적 적용을
위한 참고자료 차원의 예시적 분석을 하고자 한다. 제한된 정보에 의한 '가

50　정운채, 「토도로프와 채트먼의 서사이론과 문학치료학의 서사이론」, 『고전문학과 교
　　육』 20, 고전문학교육학회, 2010, 314면.

51　신동흔, 「문학치료학 서사이론의 보완·확장 방안 연구」, 『문학치료연구』 38, 한국문학
　　치료학회, 2016, 26면.

능성' 차원의 분석임을 다시 한번 확인해둔다.

(1) 참여자 01: 나는 사냥을 하겠어!

14세의 어린 참여자로, 남성 가운데 유일한 중학생이었다. 참여자 01이 나타낸 「선녀와 나무꾼」 텍스트에 대한 반응은 즉각적이고 감각적인 쪽이었다. 느낌과 생각을 떠오르는 대로 적은 것처럼 보였다. 문항별 응답 결과는 다음과 같다.

- 문항 1: 변이형 C / 정의 구현인 것 같다.
- 문항 2: 기본형 2 / 딸을 납치했는데 사위로 인정한 게 의문이다.
- 문항 3: 절도납치범
- 문항 4: 아~ 어떻게 죽이지?
- 문항 5: ☼ / 잘살 거면 계속 잘살 것이지 멍청한 것 같다.
- 문항 6: ☼ / 바로 도망칠 것 같다.
- 문항 7: ☠ / 죽여버릴 것 같다.
- 문항 8: △ / 그럼 왜 하늘로 갔는지 모르겠다.
- 문항 9: 멍청하다
- 문항 10: 사냥꾼 / 잘 보면 애가 선녀다.
- 문항 11: 노루(사슴) / 녹용 만들고 싶다.
- 문항 12: 나무꾼이 나쁘다.

답변 결과를 보면 '역시 어린아이이군' 하는 느낌이 들 것이다. 거침없이 툭툭 던진 답변이 엉뚱하면서도 흥미롭다. 그 반응의 주조는 나무꾼에 대한 거부감이다. 참여자는 그를 '절도납치범'으로 보고 있으며, 벗어나거나 물리쳐야 할 대상으로 사유한다. 한편으로 나무꾼은 멍청한 존재이기도 하다. 기껏 선녀를 아내로 삼고는 날개옷을 줘서 놓치는 존재이고, 하늘로 올라갔다가 다시 내려와서 엄마한테 붙잡히는 존재다. 참여자 입장에서 그는 통 이해가 안 되는 인물이다. 그러다 보니 전반적인 서사반응이 작품에 스며 든 형태보다 '대충 건너다보는' 모양새를 하고 있다.

이 참여자의 서사반응에서 특징적인 한 가지는 '사냥꾼'이었다. 사냥꾼 은 이야기에 잠깐 등장하는 부수적 주변 인물인데, 참여자는 문항 10에서 그를 가장 마음이 끌리는 인물로 골랐다. 그러면서 "잘 보면 얘가 선녀다"라 는 요령부득의 말을 달았다. 사냥꾼이 선녀라니 이건 무슨 말인지. 이 수수 께끼를 푸는 실마리는 참여자가 변이형 C를 가장 마음에 드는 유형으로 선 택한 데서 찾을 수 있다. C에서 선녀는 두레박 줄을 끊고, 나무꾼은 떨어져 죽는다. 보기에 따라 일종의 '사냥'인 셈이다. 이런 연결의 타당성 여부를 떠 나서, 이 참여자는 순종적인 선녀나 멍청한 나무꾼보다 힘 있는 사냥꾼 쪽에 마음이 갔던 것이라고 볼 수 있다. 사냥꾼이라면 타인에게 휘둘리는 대신 자 기식으로 움직일 수 있다. 자신을 괴롭히는 상대를 '죽여버릴' 수 있으며(문 항 7), 노루나 사슴을 녹용으로 만들 수도 있다. 요컨대, 참여자 01이 나타낸 일련의 서사반응은 내면의 '사냥꾼 서사'가 무심결에 흘러나온 것일 가능성 이 있다.

연구자가 '사냥꾼 서사'를 참여자의 자기서사 특성으로 생각할 수 있었 던 것은 그의 다시쓰기 결과 때문이었다. 그가 다시 쓴 이야기에는 사냥꾼이 핵심 인물로 등장한다.[52]

사슴 잡는 나무꾼   옛날옛날 심성이 착한 나무꾼이 살고 있었다. 어느 날처럼 나무를 하러 간 그때 누군가의 서 글픈 목소리가 들려온다. 그곳에는 어느 한 여인이 구슬프게 울고 있었다. 사정을 들어보면 여인은 선녀고 목욕하던 중 천계로 올라갈 수 있는 옷을 사슴에게 빼앗겨버렸다고 한다. 우리 심성 좋은 나무꾼은 그 말에 화가 나 사슴을 혼쭐낼 계획을 세운다. 나무꾼은 사냥꾼을 고용해 사슴을 구석에 몰

---

52   자료에는 문장마다 줄이 나누어져 있는데, 편의상 한 단락으로 이어서 인용한다. 일부 정서법을 손보았다. 이하 다른 다시쓰기 결과 인용에서도 정서법과 단락 구성을 조정할 것임을 밝혀둔다.

아붙이고 뿔을 확 뽑아버린다. 사슴이 훔친 옷을 선녀에게 주고 사냥꾼에게 줄 게 없어 이판사판으로 사슴뿔을 뽑은 걸 주었는데, 그게 최초의 녹용이라고….

좀 엉뚱하고 웃음을 자아내기도 하지만, 잘 보면 인상적인 내용이 있다. 그 핵심 키워드는 바로 '사냥'이다. 제목부터가 '사슴 잡는 나무꾼'이다. 나무꾼이 사냥꾼을 고용해서 사슴을 잡고 뿔을 뽑는다. 그리고 그 뿔은 녹용의 시초가 된다. (노루 대신 사슴을 택한 것이 인상적인데, 사슴뿔이 더 녹용에 어울렸기 때문일 것 같다.) 창작에서 참여자는 나무꾼을 따라가다가 중간에 결정적으로 사냥꾼이 되어 움직이거니와, 내면의 사냥꾼이 모습을 드러낸 형국으로 생각해볼 수 있다. 서사적 질의응답에서 '선녀 안의 사냥꾼'을 찾으려 했고, 창작에서 다시 '나무꾼이 고용한 사냥꾼'이 등장한 상황이니 그렇게 풀이될 가능성이 작지 않다. 한 명의 사냥꾼으로서 세상을 움직여가고 있는 것이, 또는 사냥꾼처럼 움직여 나아가게 될 것이 이 참여자의 자기서사 특성일 수 있다는 뜻이다.

이때 '사냥꾼'의 의미자질이 무엇일지가 관건이다. 활이나 총으로 움직이는 무언가를 죽이거나 잡는 것이 사냥이다. 그중 참여자 반응에서 좀 더 두드러진 것은 '잡기' 쪽으로 나타난다. 창작에서 나무꾼/사냥꾼은 사슴을 죽이지는 않고 그냥 뿔을 뽑을 따름이다. 그 또한 죽이기와 마찬가지로 폭력적이라 치부하기 전에 앞뒤 맥락을 잘 짚어볼 필요가 있다. 다시 쓴 이야기에서 사냥꾼의 행위는 이유 없는 일방적 공격이 아니었다. 사슴이 먼저 선녀의 옷을 빼앗은 일을 저지른 데 따른 응보였다. 서사반응에서 나무꾼을 죽이는 일이 '절도납치범'에 대한 정당한 공격으로서 '정의 구현'으로 사유되고 있는 것과 통하는 면모다. 이렇게 보면 참여자의 서사반응에 대한 해석은 '폭력 성향'보다 '적극적 방어와 투쟁' 쪽이 더 합당한 것이 될 수 있다. (한 걸음 더 나아가 이를 진로 적성 쪽으로 연결하면 참여자 01의 서사 특성은 경찰이나 군인, 운동선수 등에 어울리지 않을까 한다. 적어도 착한 선녀로 살거나 나무나 하면서 살 사람은 아닐 것 같다.)

한 가지 추가로 살펴볼 사항은 '녹용'에 대한 것이다. 참여자는 문항 11에서 노루(사슴)를 녹용으로 만들고 싶다고 했고, 이는 창작에 다시금 반영되었다. 녹용은 몸에 좋은 값나가는 물건이다. 최초의 녹용이니 더 귀한 재화에 해당한다. 사슴은 취하지 않고 뿔만 뽑아서 녹용으로 만든다는 데서 핵심 포인트를 공략하는 면모가 보인다. 무언가 새롭고 가치 있는 것을 추구하는, 경제나 경영과 관련되는 도전적이고 전략적인 면모를 보게 된다. 미래의 한 공격적 벤처사업가의 모습을 보게 된다고 하면 너무 지나친 일일까?

참여자 01의 전반적인 서사반응은 「선녀와 나무꾼」의 일반적 화제로부터 많이 비껴나 있다. 남녀서사나 부부서사 차원의 관심 같은 것은 보기 어렵다. 그럼에도 그 반응들에서 우리는 유의미한 자기서사적 표지를 찾을 수 있다. 이것이 서사분석의 묘미이자 문학치료의 놀라운 점이라고 말하고 싶다. 하나의 작품서사를 가지고 치료적 대화와 탐색을 진행함에 있어 수많은 가능성을 열어놓아야 하는 이유이기도 하다.

(2) 참여자 06: 가야 할 사람은 갈 길로. 나는 나의 길로

참여자 06은 현재 대학교 1학년에 재학 중인 21세 청년이다. 본 연구자의 수업을 들은 적이 있으며 일대일 대면상담 형태로 MMSS 자기서사 상담을 받은 바 있다. MMLT_선녀와나무꾼 열두 문항에 대한 그의 답변은 다음과 같았다.

- 문항 1: 기본형 2 / 나무꾼에게 행복과 시련이 적당하게 주어지는 것 같기 때문이다.
- 문항 2: 변이형 A / 이야기 속에 긴장요소가 없기 때문이다.
- 문항 3: 착하지만 무능력한 것 같다.
- 문항 4: 아, 잘못 걸렸다. 빨리 옷을 받아서 하늘로 올라가야겠다.
- 문항 5: △ / 선녀를 얻고자 했으면 끝까지 옷을 주지 말았어야지 줏대가 없는 것 같다.
- 문항 6: ▽ / 그래도 이미 가정을 꾸렸는데 홀라당 떠나기가 쉽지 않았을

것 같다.

- 문항 7: ○ / 남편의 노력을 봐서라도 남편을 받아들였을 것 같다.
- 문항 8: × / 아직 호박죽을 떨어뜨릴 줄 몰랐을 것이기 때문에 엄마의 만류를 뿌리치지 못했을 것 같다.
- 문항 9: 엄마의 마음이 찢어졌을 것 같다.
- 문항 10: **선녀** / 인성이 정말 좋은 것 같다. 원치 않은 결혼생활을 꾹 참고 견뎌냈으며, 대부분의 이야기에서 나무꾼을 도와준다는 점에서 좋은 인물인 것 같다.
- 문항 11: 선녀의 언니들 / 우월주의를 바탕으로 나무꾼을 시험에 빠뜨렸기 때문이다.
- 문항 12: 세상에 공짜는 없는 것 같다. 선녀를 얻기 위해서는 참 많은 고난이 뒤따르는 것 같다.

참여자 06의 답변에서 눈에 띄는 한 가지 사항은 작품에 대한 태도가 관조적이고 성찰적인 면모를 보인다는 사실이다. 작품의 외부에서 인물들을 응시하면서 처지와 행동을 분석적으로 평가하고 있음을 보게 된다. 그 분석은 대체로 합리적이고 현실적이다. '~것 같다'는 서술이 반복되는데, 직관적인 단정 대신 분석적 추리를 하고 있는 모습이다. 그의 선택에 ✿나 ☠가 없는 것은 신중성의 표지로 봄이 어울린다.

답변 내용을 살펴보면, 먼저 문항 1~2에서 작품에 대한 비평적 태도와 함께 인생사에 대한 가치관적 단면을 볼 수 있다. 인생은 행복과 시련이 교차하는 곳이며 긴장을 경험해야 하는 곳이라는 인식이다. 문항 12의 전체적 감상평에서 '성공을 이루려면 고난을 겪어야 한다'는 취지로 쓴 것과 통하는 내용이다. 이와 함께 문항 10~11의 인물평이 흥미롭다. 참여자는 선녀에 대해 그의 처지를 동정하는 대신, 선녀가 힘든 상황을 스스로 이겨내면서 상대방을 돕는 점에 주목하고 있다. 이 참여자가 말하는 '인성'에는 고난을 이겨내는 능력과 과정도 포함된다고 볼 수 있다. 한편, 문항 11 답변에서 선녀의 언니들을 비판하면서 우월주의에 대한 반감을 표명한 점도 눈길을 끈다. 수

평적이고 쌍방적인 관계에 대한 지향이다.

이와 같은 진단적 분석을 위의 답변만으로 도출해서 의미화한다면 무리한 것이라고 말할 수도 있을 것이다. 어떤가 하면 이는 이 참여자와의 MMSS 상담을 통해, 그리고 수업과정을 통해 관찰한 바를 함께 반영해서 이끌어낸 해석이다. 그리고 또 하나의 중요한 자료, 작품 다시쓰기 결과를 반영한 해석이다. 그의 다시쓰기는 다음과 같았다.

가짜 옷을 준 나무꾼 사실 나무꾼이 선녀에게 준 옷은 가짜 옷이었다. 나무꾼은 선녀를 시험해보기 위해서 선녀에게 가짜 옷을 주었던 것이었다. 선녀는 그것도 모르고 옷을 받은 날 밤 아이들을 데리고 하늘로 다시 올라가려다 올라가지 못해 당황한다. 선녀의 진심을 알게 된 나무꾼은 심성이 좋기 때문에 선녀를 그냥 하늘로 올려보내준다. 두 아이들과 남겨진 나무꾼은 막막함이 눈앞을 가리지만 두 자식들을 보고 힘을 내며 지극정성으로 자식들을 키운다. 아버지의 지극정성으로 큰 두 자식들은 성인이 되어 모두 대성하게 된다. 나무꾼은 슬하에 아들 하나 딸 하나를 두었는데 아들은 힘이 매우 세고 용맹하여 국가의 대장군이 되고, 딸은 용모가 매우 뛰어나 왕의 부인이 된다. 결국 나무꾼은 자식들 덕분에 호강하며 행복한 말년을 보내게 된다.

이야기는 나무꾼이 선녀에게 옷을 주는 장면으로 시작된다. 나무꾼이 건네준 옷은 진짜가 아닌 가짜였다. 주목할 바는 그것이 선녀를 속이기 위한 것이 아니라 진심을 알아보기 위한 행위였다는 점이다. 전략적이고 성찰적인 접근이며, 문제 해결적인 선택이다. 하늘로 가고자 하는 것이 아내의 마음임을 확인한 나무꾼은 그 뜻대로 아내를 보내준다. 원작에서 나무꾼이 아내한테 버려지는 위치에 서는 것과 달리 여기서는 스스로 아내를 보내는 위치에 서고 있음을 주목할 만하다. 주체적으로 문제를 판단하고 풀어나가는 면모다. 문항 5의 답변에 제시된 '줏대'라는 말이 이 참여자를 이해하는 서사적 키워드임을 알 수 있게 한다.

나무꾼이 선녀를 보낸 뒤의 서사가 예사롭지 않다. 그는 아이들을 선녀에게 딸려서 보내는 대신 스스로 책임진다. 막막한 상황 속에서도 힘을 내서 지극정성으로 아이들을 키워서 대성시킨다. 아들은 대장군이 되고 딸은 왕의 부인이 되며, 나무꾼은 행복한 말년을 보내게 된다. 여기서 나무꾼의 아들과 딸은 참여자의 내면에 있는 무엇으로 볼 수 있다. '내 안의 미래적 가능성'으로 표현하면 어울리겠다. 보낼 것은 보낸 상태에서 자신의 길에 충실해서 미래적 가능성을 실현해가는 것이 나무꾼의 모습이자 참여자의 모습이다. 이때 '대장군'과 '왕의 부인'은 참여자의 내적 포부와 희망의 크기를 표상한다. 그리고 '행복한 말년'은 사유와 행동의 장기적 비전을 암시한다. 참여자 자기서사의 특징적 면모다.

연구자가 알고 있는 참여자 06은 장기적으로 원대한 경영적 포부를 가지고 있는 젊은이이며, 그러기 위해 차근히 경험과 역량을 닦아가고 있다. 다시쓰기 결과를 통해 그 내면서사를 다시금 확인하면서 고개를 끄덕일 수 있었다. 나아가는 길에 고난이 있겠지만 잘 헤쳐나갈 것으로 본다. 서사반응에 그렇게 할 만한 힘이 나타나 있다. (덧붙이자면, 세상의 선녀는 이런 나무꾼을 만나야 하는 것이 아닐까 한다. 내가 이야기 속의 선녀라면 그 곁을 떠나지 않을 것이며, 진심으로 그를 돕고 의지할 것이다.)

특별히 참여자 06의 사례를 예시한 것은 MMLT 서사반응 분석을 수행함에 있어 참여자에 대한 개인적 관찰소견과 기존 상담 정보 등이 유용한 길잡이가 됨을 보여주려는 의도도 담겨있다. 여러 정보의 상호 연계를 통해 내담자 자기서사에 대한 더 깊고 맥락적인 이해를 이루어갈 수 있다.

(3) 참여자 14: 위 대신 옆을 보려는 나무꾼. 성공할 수 있을까?

참여자 14는 38세 남성이다. 개인적으로 전혀 모르는 사람이며, 나이와 이름 외의 어떤 정보도 갖고 있지 않다. 그가 작성해서 보내준 「선녀와 나무꾼」에 대한, 그리고 「지네 각시」에 대한 서사적

응답 자료만 있을 뿐이다. 그중「선녀와 나무꾼」문항들에 대한 응답은 다음 과 같았다.

- 문항 1: 변이형 B / <u>납치범과 다를 바 없는 나무꾼</u>에게는 당연한 인과응 보다.
- 문항 2: 변이형 D / 옛이야기에서 흔히 볼 수 있는 막연한 해피엔딩일 뿐 이다.
- 문항 3: 착한 심성을 가지고 있기는 하나 납치, 감금 혐의에서 자유로울 수는 없음.
- 문항 4: 나는 가족들과 잘 살고 있다가 목욕하러 왔을 뿐인데 <u>하루아침에 납치당한 입장에서 스톡홀름 증후군에 빠져버린 피해자</u>입니다. 저는 제 자신을 지키기 위해 어쩔 수 없었습니다.
- 문항 5: ▽ / 어쩌면 기본적으로 심성은 착했을 나무꾼에게 최후의 양심이 었으리라 생각한다.
- 문항 6: ☼ / 남편이 아닌 납치범일 뿐이다. 내 가족은 하늘에 있고, 그리고 내가 배 아파서 낳은 아이뿐이다.
- 문항 7: ⚱ / 기회가 되자마자 떠난 것은 <u>하계에서의 삶은 지옥</u>이었기 때문 이다. 절대로 도와주지 않았을 것이다.
- 문항 8: ○ / 이미 두레박 타고 간 이상 자신의 삶에서 자식의 역할보다는 자기 가정을 택한 것이므로 그 결정에 책임져야 했다.
- 문항 9: 자식으로서의 자신, 가장으로서의 자신 둘 다 잡으려 했다가 놓쳐 버린 자기 자신에 대한 원망이 담겨있다.
- 문항 10: 언니 / <u>피해자라고 할 수 있는 동생을 위해 나무꾼을 거부하는 행위를 하였다.</u>
- 문항 11: 노루 / 생명의 은인이라고 하지만 선녀의 입장은 선혀 생각지 않 았다.
- 문항 12: 착하게 산 나무꾼의 행운, 생명을 구원받은 노루의 아름다운 보 은이라고도 생각할 수 있지만, 결국 이 이야기에서 가장 마음이 쓰였던 것 은 졸지에 <u>천계에서 하계로 납치되어 애 낳고 살게 된 선녀</u>였다. 선녀 입

장에서는 날개옷이 없는 상황에서 갑작스럽게 다가온 나무꾼이 그저 두려웠을 것이고 그렇기에 나무꾼의 제안에 한참을 망설였을 것이지만, 아무런 대안이 없는 상황에서 어쩔 수 없이 그와 함께하는 선택을 하였다. 그 선택에 만족하지 못하고 그 생활이 불행하였다는 것은 날개옷을 되찾자마자 아이들을 안고 하늘나라로 올라가 버렸다는 사실에서 충분히 알 수 있다. 다시 자신과 아이들을 찾아 하늘로 올라온 나무꾼을 도와주긴 했으나, 그건 그저 '정 때문에 산다', '애 때문에 산다'는 흔해빠진 클리셰일 뿐 선녀 자신에게 행복이란 없지 않았을까.

보듯이 답변이 길고 충실하다. 주어진 일에 충실히 임하는 성향의 표지일 수 있으며, 「선녀와 나무꾼」이라는 이야기에 대해, 또는 세상살이에 대해 말하고 싶은 바가 많음을 암시하는 것일 수도 있다. 문항 12의 답변은 작품에 대한 분석적 비평이자 인간과 삶에 대한 성찰적 논변으로서 성격을 지니고 있다.

참여자 14는 가장 마음에 끌리는 인물로 '언니'를 들었는데, 동생을 위해 나무꾼을 거부했다는 점이 이유였다. 참여자가 선녀에게 자기를 투사한 데 따른 반응이다. 참여자는 문항 12 답변에서 가장 마음이 쓰였던 것이 선녀였다고 명시하고 있다. '졸지에 천계에서 하계로 납치되어' 원하지 않는 삶을 살게 된, 그리하여 '스톡홀름 증후군'에 빠지게 된 선녀. '지옥'으로 명명되는 최악의 상황이다. '내가 배 아파 낳은 아이'라는 표현은 또 얼마나 아픈지! 참여자가 나무꾼/가해자에 대해 거듭 강한 거부반응을 나타낸 것은 아주 자연스러운 일이다. 선녀의 편이 되어준 언니에 대한 긍정반응과 문제의 시발점이 된 노루에 대한 적대반응도 마찬가지다.

선녀에 대한 참여자 14의 투사는 특수한 한 여성에 대한 것인 한편으로 '억울한 피해자' 일반에 대한 것일 수 있다. 그의 서사반응에는 '피해자 서사'라고 할 만한 면모가 감지되며, 우울 성향의 요소도 일부 감지된다. 막연한 추정이기는 하지만, 혹시 참여자가 본인이 원치 않았던 상황에 빠져든 상태에서 힘들게 그것과 싸우고 있는 것은 아닌가 하는 생각이 들기도 한다. 이야기 속의 언니와 같이 '나의 편'이 돼줄 사람이 절실한 상황에 처해 있을 가능성을 배제할 수 없다.

이 참여자가 행한 다시쓰기는 다음과 같은 것이었다.

옛날에 산속에서 병든 노모를 봉양하며 사는 가난한 나무꾼이 있었다. 어느 날 그가 열심히 나무를 잘라서 쌓아놓고 잠시 숨을 돌리던 차에 사냥꾼에 쫓기던 노루가 달려와 제발 도와달라고 말을 하였다. 나무꾼은 얼른 노루를 나뭇짐 뒤에 숨겨준 뒤, 뒤쫓아온 사냥꾼을 다른 곳으로 따돌렸다. 나무꾼 덕분에 살아난 노루는 고맙다면서 소원을 말해보라고 하였고, 나무꾼은 결혼해서 자식 낳고 살고 싶다고 하였고, 노루는 산속 깊은 곳 선녀탕 연못에 보름날 밤에 선녀 셋이 내려와 목욕을 하는데, 날개옷을 하나 감추면 그녀와 살 수 있다고 하면서 대신 자식을 셋 낳기 전에는 절대 아내에게 옷을 내주면 안 된다고 덧붙였다. 그러는 순간 돌연 하늘이 어두컴컴해지고 천둥번개가 몰아치면서 하늘에서 노한 목소리가 들렸다. "누가 감히 천기를 누설하여 선녀를 탐하는가?!" 노루는 얼굴이 사색이 되어 도망쳤고 나무꾼은 그 즉시 엎드려 하늘을 바라보며 언감생심 바라지도 않는다며 못 들은 걸로 하겠다며 싹싹 빌고 머리를 조아렸다. 그러자 천지가 개벽하듯 다시 하늘은 고요해졌고 나무꾼은 집에 와서 노모에게 이 사실을 알려주었다. 노모는 상대방의 동의도 없이 데려와서 사는 것은 납치와 다름없다며 꾸짖었고 나무꾼은 이 일을 잊어버린 채 여전히 나무를 해다 장터에 파는 삶을 살고 있었다. 여느 때와 다름없이 나무를 하던 중, 일전에 구해주었던 그 노루가 다시 나타나서는 어떻게든 자신의 목숨을 구해주신 은혜를 갚고 싶다며 자신이 어느 깊은 산 계곡에서 산삼이 잔뜩 나 있는 곳을 발견하였다며 같이 가자고 하였다. 나무꾼은 못 이기는 척 따라갔고 첩첩산중을 지나 다다른 계곡에는 산삼이 지천에 깔려있었다. 나무꾼은 일단 한 뿌리는 병든 노모에게 갖다주려고 품속에 고이 갈무리하고 몇 뿌리를 마저 캐다가 집에 가지고 와서 노모에게 달여 먹이니 그동안 노모를 괴롭히던 병이 씻은 듯이 나았다. 나머지 산삼 뿌리를 가져다가 장마당에 있는 의원에 파니 큰돈을 손에 쥐게 되었다. 그 소문을 들은 마을의 관아에서 찾아와 사실 관아에 이방의 딸이 많이 아픈데 산삼을 팔 생각이 없냐고 물어보았고 나무꾼은 흔쾌히 산삼을 내밀며 딸의 병을 고치도록 해주었다. 평소 힘든 노모를 봉양하며 열심히 살던 나무꾼 총각에 대한 좋은 평판이 자자했던지라 이방은 혼사를 추진하게 되고 병에서 나은 **이방의 딸과 결혼한** 나무꾼은 자식 낳고 행복하게 오래오래 잘 살았다.

완전히 새롭게 쓴 이야기에 해당한다. 주목할 것은 참여자가 선녀가 아닌 나무꾼을 주인공으로 삼고 있다는 사실이다. 선녀는 작품에서 노루의 말 속에서만 존재할 뿐 따로 모습을 나타내지 않는다. 이야기는 나무꾼이 우여곡절을 거쳐 고을 이방의 딸과 결혼해서 행복을 이루는 것으로 전개되거니와, 이야기 속의 나무꾼이 참여자 자신의 서사적 표상임은 의심할 여지가 거의 없다. 서사적 질의응답에서 참여자가 선녀의 처지와 심정에 깊은 공명을 나타낸 것은 '여성'이라는 요소보다 '외롭고 고단한 처지'에 대한 것이었음을 추정케 하는 면모다. 참여자가 다시 쓴 작품 속의 나무꾼도 외롭고 고단한 처지에 있음에 주목할 필요가 있다.

원작 속의 나무꾼과 같이 어려운 처지에 있던, 특히 '병든 노모'까지 챙기고 있던 나무꾼은 열심히 그리고 선량하게 살아간다. 참여자 삶의 서사적 표상일 것이다. 그런 그에게 성실한 삶에 대한 보답으로 하나의 기회가 온다. '선녀와의 인연'으로 표상되는. 하지만 주어진 기회는 걸음을 내딛기도 전에 처참히 무너진다. 천둥번개 속에서 나무꾼을 찍어누르는 지엄한 목소리. 나무꾼이 할 수 있는 일은 '못 들은 것으로 하겠다며 싹싹 빌고 머리를 조아리는' 일이었다. 허망한 좌절이다. 그것은 '언감생심' 불가능한 일이었다고 돌리는 것이, 선녀를 데려오는 일은 '납치'일 따름이었다고 여기면서 잊어버리는 것이 그의 몫이었다. 그렇게 그는 과거로 돌아온다. 상실감과 무력감을 떠안은 채로. 이러한 일련의 이야기 전개가 참여자의 실제 삶을 그대로 반영한 것이리라고 생각하지는 않지만, 그 내면서사가 단면적으로 반영된 것일 가능성은 꽤 크다.

다행스러운 일은 그것으로 끝이 아니었다는 점이다. 나무꾼에게는 불현듯 새로운 길이 열린다. 그 기회는 하늘이 아닌 땅에서 열리는 것이 특징이다. 노루의 안내로 산에 들어가 산삼밭을 발견한 일이 그것이다. 그 일로 모든 어려움이 한방에 다 풀린다. 노모의 병도 낫고, 경제적 문제도 해결되며, 이방의 딸과 결혼도 하게 된다. 하늘나라 선녀 대신 이방의 딸이라니 얼마나 현실적인 선택인지! 위가 아닌 '옆'에서 답을 찾아서 행복을 이루는 모습이다. 참여자의 세계관이자 삶의 방식일 것이다. 과연 참여자가 지금 이방의 딸 같은 아내와 함께 자식을 낳고 행복하게 살고 있을지 궁금해진다. 아무쪼록 그러면 좋겠다는 마음이지만, 이야기를 보면 무언가 거리감이 느껴지는 것 또한 사실이다. 어느 날 갑자기, 노루 같은 특별한 조력자의 도움을 얻어서 산삼이 지천에 깔린 밭을 발견하는 일은 과연 가능할까? 산삼이 갑자기 눈앞에 나타난 것이 아니라 '첩첩산중'을 지나서 찾아낸 일이라는 점에서 현실반영적 서사성을 보게 되지만, 그럼에도 일말의 의문이 남는 것은 사실이다. 좀 더 가까운 곳에서 한 걸음씩 차근차근 나아가는 방식으로 서사적 길찾기를 해보면 어떨까 하는 생각을 해보게 된다. 앞서 참여자 06이 그리했던 것처럼 말이다.

다소 무리하게 상상과 추리를 넣어서 해본 해석이었다. 마땅히 실제적인 상담적 점검 과정을 거쳐야 하는 하나의 가정(假定)일 따름이다. 하지만 일련의 서사적 분석을 통해 도출된 결과는 쉽게 격하될 대상은 아닐 것이다. 그것은 유효한 상담을 위한 유의미한 첫걸음이 될 수 있다.

(4) 참여자 22: 어른아이.
순수함과 의존성 사이

참여자 22는 66세 남성으로 남녀 참여자를 통틀어서 두 번째 고령자였다. 넘겨받은 파일에는 「선녀와 나무꾼」을 둘러싼 서사적 문항들에 대한 답변만 들어있었는데, 내용이 간단하면서도 인상적이었다.

- 문항 1: 기본형 2 / <u>부인도 좋지만 어머니가 최고다.</u>
- 문항 2: 변이형 C / 선녀가 너무 잔인하다.
- 문항 3: 로또 맞은 나무꾼이다.
- 문항 4: 어쩔 수 없이 같이 살았다.
- 문항 5: 달라고 하면 줘야지, 잘한 것이다. 달라는데 안 주면 바가지 긁는다.
- 문항 6: ☠ / 가지 못한다. 남편 버리고 가는 게 인간이냐?
- 문항 7: ☼ / 당연하다.
- 문항 8: ☠ / 아니다. 엄마가 끓여준 호박죽을 먹고 처자식에게 가야 한다. 엄마가 정성 들여 끓여준 호박죽을 안 먹고 가는 건 인간이 아니다. 그래야 처자식에게 가서도 잘 산다.
- 문항 9: 그립다. 얼마나 처자식이 보고 싶었으면 쳐다봤겠어?
- 문항 10: **어머니** / <u>자식을 그렇게 붙들고 뭘 먹여서 떠나게 하려는 어머니 마음 때문에.</u>
- 문항 11: 칼질한 선녀 / 옥황상제는 나무꾼을 미워할 수 있다고 생각한다. 그러나 처제들은 제부를 미워하지 말고 도와주어야 한다고 생각한다.
- 문항 12: 어렵다.
- ※ 설화 다시쓰기: 쓰는 건 어렵다.

참여자 22의 서사반응에서 먼저 눈에 띄는 것은 '어머니'에 대한 내용이다. 문항 1과 8, 10에 대한 답변에 거듭 어머니가 나온다. 참여자는 자식을 위하는 '어머니 마음'을 강조하면서, 아내보다 어머니가 최고임을 강조한다. 기본형 2는 어머니의 만류로 하늘에 가지 못한 아들이 수탉이 되는 비극적 내용임에도 참여자가 이를 가장 마음에 드는 유형으로 선택한 점은 어머니에 대한 강한 지향을 잘 보여준다. 다만, 나무꾼이 수탉이 돼서 어머니 곁에 머물게 된 것을 잘된 일로 보는 쪽은 아닌 것 같다. 문항 9에 대한 답변에서 수탉은 처자식에 대한 그리움에 위를 쳐다보고 있는 것으로 돼있나. 어머니 외에 처자식도 중요한 존재라는 뜻일 것이다.

참여자가 나타내는 어머니에 대한 지향은 자녀서사적 면모로 읽힌다. 모종의 의존성 같은 것을 감지하게 되는 면이 있다. 이는 그가 선녀/아내에 대해 나타내 보인 반응을 통해서도 엿볼 수 있다. 문항 1 답변에서 아내를 '부인'이라고 표현한 것이나 문항 5에 대한 답변으로 다분히 유아적인 진술을 하고 있는 데서 이런 면모를 볼 수 있다. 남편을 놔두고 떠나는 아내나 줄을 끊은 선녀에 대한 거부반응도 어른스럽다기보다는 단순하고 즉자적이다. 문항 3에서 선녀와 살게 된 나무꾼을 '로또 맞은 나무꾼'이라고 한 데서도 다분히 유아적이고 공상적인 소망 같은 것을 보게 된다.

이 참여자가 나타낸 반응은 '아이다운 순수함'으로 해석될 수 있다. '부인'에 대한 순응적 태도 같은 데서도 이를 볼 수 있다. 참여자가 문항 4 답변에서 선녀가 어쩔 수 없이 나무꾼과 같이 살았으리라고 말하고 있는 데서 선녀/아내 입장을 헤아리는 면모도 볼 수 있다. 아마도 무척 순한 어르신이 아니실까 하는 생각을 해본다. 어떻든 자녀로서의, 특히 '아들'로서의 의존성은 풀어야 할 서사적 과제로 여겨진다. 그런 의존성은 어머니 외에 아내에 대한, 그리고 자녀에 대한 의존으로 이어질 수 있기 때문이다. 아내에게도 그렇지만 자식에게까지 아이 노릇을 하게 된다면 아무래도 좀 곤란한 일일 것이다. 글쎄, 그것이 하나의 가족문화로 정착된 상황이라면, 별문제 없이 나름 잘 이어지고 있다면 그대로 괜찮은 것일까? 그럴 수도 있겠다. 인생이라는 서사는 답이 딱 정해져 있는 것이 아니니까 말이다. 아무쪼록 가족들에게 짐이 되지 않도록 스스로 건강 잘 챙기시기를!

(5) 참여자 27: 울타리 안이 익숙한 소녀

참여자 27은 16세 여중생이다. 사춘기 소녀의 설화 반응을 살펴보는 것은 본 연구자로서는 새롭고 흥미로운 일이었다. 정성껏 반응지를 작성한 흔적이 역력해서 마음이 갔다. 서사적 질문들에 대한 이 참여자의 응답은 다음과 같았다.

- 문항 1: 변이형 C / 내가 선녀였다면 신혼이 아닌 공포 그 자체였을 거 같다.
- 문항 2: 기본형 1 / 선녀가 나무꾼의 시험을 도와준 게 좀 어이가 없다.

- 문항 3: 이기적이고 소름 끼치는 도둑
- 문항 4: 무섭고 얼른 가족들이 보고 싶을 거 같다.
- 문항 5: △ / -
- 문항 6: ☆ / 내가 선녀였다면 나무꾼은 나에게 협박과 감금(강제결혼?)을 한 사람인데 당연히 도망칠 거 같다.
- 문항 7: ☠ / 협박하고 어찌 보면 감금한 사람인데 왜 도와주는지 이해가 안 간다.
- 문항 8: … / 엄마의 만류를 뿌리치고 갔다면 그게 후회되고 죄책감에 시달렸을 거 같다. 그래서 선택하기 어렵다.
- 문항 9: -
- 문항 10: 선녀의 가족들 / 그나마 이 이야기의 정상적인 인물 같다. 자기 동생, 딸에게 자기랑 같이 살면 옷을 주겠다는 말도 안 되는 소리를 해서 같이 사는 사람(나무꾼)을 좋게 봐주는 게 이상한 거 같다.
- 문항 11: 나무꾼 / 아무리 자기가 외롭고 어찌해도 해도 될 게 있고 안 될 것이 있는데 어떤 동물한테 들은 말을 그대로 실행하는 게 성인으로서 많이 비정상적이다.
- 문항 12: 이 이야기는 어렸을 때는 몰랐는데 사실 잔혹동화인 거 같다. 나무꾼의 범죄는 도둑질, 협박, 감금(옷을 숨기며 못 가게 했으니)으로 총 3개나 된다. (더 있을지도 모르겠다.) 근데 선녀가 나무꾼을 도와준 걸 보면 약간 이 나무꾼의 나쁜 짓을 좋게 포장한 거 같다.

내용을 보면 나무꾼에 대한 부정적인 반응 일색이다. 작품을 현실반영적으로 해석해서 나무꾼을 범죄자로 판단한 데 따른 결과다. '잔혹동화' 식의 설화 읽기가 이루어진 면모다. 성인들에게서도 꽤 나타나지만, 특히 10~20대 수용자들에게서 흔히 나타나는 현상이다. 이렇게 나무꾼을 현실적 범죄자로 단정하게 되면 작품에 대한 서사적 접속의 통로는 확 좁아진다. '말이 안 되는 이야기', 나아가 '누군가의 나쁜 짓을 좋게 포장한' 이야기가 되어버려서 설화 특유의 풍부한 상징적 의미에 눈길이 가지 않게 된다. 그런 맥락에서, 이 참여자가 나무꾼 외에 선녀까지도 이해 못 할 인물로 보는 것은 자연스러운 반응적 평가가 된다. 나무꾼을 돕는 일은 범죄의 용인이자 공모에 해당하기 때문이다. 도망쳐 나오고 칼로 줄을 끊는 것이, 정당방위를 통해 자신을 지키는 것이 선녀의 바른 선택이 된다. 선녀의 언니들이나 아버지처럼 나무꾼을 봐주지 않고 공격하는 것이 정상적인 사람의 일이 된다.

앞서 설명했듯이 MMLT_선녀와나무꾼 작품 텍스트는 잔혹동화 식의 현실반영적 독법을 제어하기 위한 요소들을 갖추고 있다. '옛날'이라는 상징적 배경과 하늘나라 선녀, 말하는 노루 등의 설화적 인물의 등장은 논외로 하고, 나무꾼에 대해서는 그가 본래 선한 사람임을 드러냈다. 노루를 구해주는 선행에 더하여 나무꾼을 착하고 순박한 사람이라고 표현했고, 선녀와 결혼한 뒤에 열심히 일하면서 가족을 챙기는 것으로 서술했다. 그는 선녀의 간청에 마음이 흔들려서 날개옷을 내준, 상대방 마음을 헤아리는 사람으로 돼 있기도 하다. 그럼에도 이 참여자에게는 나무꾼을 극악한 범죄자로 단정하는 시각이 작용해서 이러한 서사적 정보가 무화된 상황이다. 아니, 그런 정보들이 범죄자를 미화하는 서술이 되어버린 형국이다. 질문들에 열심히 답하려고 애쓴 참여자가 문항 5에서 선택의 이유를 쓰지 못하고 문항 9에서 아무 답도 적지 못한 것은 도저히 나무꾼에게 이입할 수 없는 상황 때문이었을 것이다.

이렇게 서사적 코드상의 단절이 일어날 경우 설화작품으로 문학치료를 진행하는 것은 난감하고 어려운 일이 된다. 설화의 문학적 코드를 충분히 설명해서 참여자를 납득시킬 수 있는 게 아니라면 이런 경우에는 작품을 변경해서 본인이 접속 가능한 이야기에 대한 소통을 이루어가는 것이 현명한 방법일 수 있다. 혹시라도 참여자에게 "네가 잘못 본 거야. 왜 이런 면을 못 보니?" 하는 식으로 말한다면 무리한 해석적 강요가 될 공산이 크다. "그래? 그렇다면 이런 점은 어떤 것 같니?" 하고 묻는 정도의 선에서 그치는 것이 옳다. 또는 "그렇다면 한번 네 마음에 들게, 이치에 맞게 이야기를 새로 만들어 보자" 하면서 다시쓰기로 넘어가는 것도 유력한 방법이다.

참여자 27이 다시 쓴 「선녀와 나무꾼」은 어떠했을까? 작품 전문을 옮겨 본다.

선녀 납치 사건(실종 사건)   옛날에 보름날 밤 선녀 셋이 내려와 연못에서 날개옷을 벗어놓고 목욕을 하였다. 목욕이 끝난 후, 막내 선녀가 옷을 입으려 하는데 옷이 사라졌고 다른 선녀들은 먼저 올라갔다.

옷을 훔친 나무꾼이 나타나 자기와 살지 않으면 옷을 주지 않겠다고 협박했다. 선녀는 할 수 없이 나무꾼을 따라가 같이 살 수밖에 없었다. 매일 공포에 떨며 살았고 탈출할 계획을 세웠다. 몇 년이 지나고 나무꾼이 의심을 안 하기 시작하였을 때, 선녀는 한 번만 날개옷을 달라고 하였다. 나무꾼은 아무 의심 없이 옷을 주었다.

선녀는 곧바로 하늘로 올라갔고 나무꾼은 바로 선녀를 찾을 방법을 찾았다. 노루의 말을 듣고 보름날 밤에 두레박을 타고 올라갔다. 선녀는 그 두레박을 끊어버렸고 나무꾼은 떨어져 죽었다. 선녀는 그 후 안전하게 가족의 품에 돌아와 행복하게 살았다.

참여자는 「선녀와 나무꾼」 원작품에서 선녀가 나무꾼과 함께 산 시간을 '공포 그 자체'라고 했다. 그리고 나무꾼을 이기적이고 소름 끼치는 인물로 표현했다. 그런데 그녀가 만든 이야기는 '마음에 들게 다시쓰기'임에도 웬일인지 이와 같은 상황을 그대로 반복한다. 선녀는 나무꾼의 집에서 공포에 떠는 삶을 몇 년간이나 지속한다. 그렇게 눈치를 보며 기회를 노린 끝에 선녀는 '속임'을 통해 날개옷을 얻어내서 하늘로 올라간다. 그 뒤에 이어지는 전개는 변이형 C와 같다. 선녀는 두레박을 끊어서 나무꾼을 떨어뜨려 죽이고서 '안전하게' 가족의 품에 돌아와 '행복하게' 산다.

참여자는 왜 스스로 끔찍하다고 말하는 공포의 상황을 되풀이하는 것일까? 그리하여 선녀로 하여금 나무꾼을 죽이는 상황을 겪게 하는 것일까? 그런 과정을 거쳐 선녀가 돌아온 '가족의 품'은 정말로 안전하고 행복한 것이었을까? 이리저리 의문이 한가득이다.

무리한 추측이 될 수도 있겠지만, 이런 생각을 해보게 된다. 혹시 참여자는 문학적 상상에 있어서, 그리고 현실에 있어서 '익숙한 좁은 울타리' 안에 머물러 있는 것이 아닌가 하는 것이다. 그 바깥의 세상은, 말하자면 사회현실은 낯설고 무서운 존재가 잔뜩 도사린 정글로 사유하고 있는 것은 아닐지….[53] 만약 그런 생각에 갇혀 있다면, 넓은 세상으로의 서사적 길내기를 조금씩 시도해가야 하는 게 아닐까 한다. 늘 열여섯 소녀로 남아서 원가족의 품에 내내 머물 수는 없기 때문이다. 그것이 안전한 선택이 아니라는 것을 너무 늦게 깨닫게 된다면 좀 슬픈 일이 될 것이다. 한 가지, '나쁜 관계의 줄'을 끊을 수 있는 칼을 지닌 채로 움직이는 것은 좋다고 생각한다. 세상에는 실제로 위험이 많고 스스로를 지킬 수 있어야 하기 때문이다. 다만 그러한 과정을 거쳐 나아가는 곳이 '익숙한 과거'가 아닌 '새로운 미래'일 수 있으면 좋겠다는 생각이다. 다양한 작품서사와의 깊고 소통을 통해 서사적 길찾기와 길내기 연습을 해보는 과정이 큰 도움이 될 것이다.

(6) 참여자 38: 행동으로 열어가는 서사능력자의 길

정운채는 서사가 일종의 '시뮬레이션'이라고 하면서 많은 서사의 길을 기억하고 있으면 삶에서의 선택 가능성이 많아져서 문제해결능력이 커진다고 했다.[54] 이때 그 서사의 길은 스스로 찾아내서 육화된 길일 때 실질적인 치료적 의의를 지닌다고 할 수 있다. 상상 속에서 부유하는 길들은 실제적 힘을 내기 어렵다.

작품서사를 통해 다양한 시뮬레이션을 해가면서 서사의 길을 성실히 찾아내고 있는 것으로 보이는, 그리고 그것을 삶으로 육화하면서 움직여나

---

53 참여자 27은 「선녀와 나무꾼」과 성격이 꽤 다른 면이 있다고 볼 수 있는 「지네 각시」에 대해서도 비슷한 반응을 보였다. 참여자는 이 설화가 마음에 전혀 안 든다고 하면서 주인공 남자에 대해 강한 거부반응을 보였다. 자기만 아는 무책임한 사람이라는 것이다. 타인에 대한 서사적 수용성을 넓혀나갈 필요성이 제기되는 반응이었다.

54 서사의 다기성의 개념과 성격에 대해서는 정운채, 「서사의 다기성과 문학연구의 새 지평」, 『문학치료연구』 23, 한국문학치료학회, 2012, 202-204면.

가고 있는 것으로 보이는 사례를 하나 살펴본다. MMLT_선녀와나무꾼 서
사적 질문들에 대한 참여자 38(29세 여성)의 답변은 다음과 같았다.

- 문항 1: 기본형 1 / 나무꾼도 아내를 되찾기 위해 노력하는 모습을 보였
  고, 아내도 나무꾼과 관계를 유지하기 위해 노력했다. 서로를 소중히 여기
  고 노력하는 모습이 보기 좋다.
- 문항 2: 변이형 A / 나무꾼이 별노력 없이 선녀와 살게 되었고, 이야기가
  끝날 때까지 선녀는 나무꾼의 진실을 알지 못한 것 때문에 진실한 관계가
  아닌 거 같다.
- 문항 3: 장단점이 공존하는 평범한 인물이다.
- 문항 4: 이게 어떻게 된 일이지? 우선 남자는 괜찮은 거 같으니까 여기에
  살면서 천천히 고민해보자.
- 문항 5: ○ / 인간이라면 실수를 할 수 있는 것이고, 오히려 그 사건으로
  인해 서로 진실된 모습을 보여줄 수 있어 잘 된 거 같다.
- 문항 6: ▽ / 남편에게 사정이 어떻게 된 것인지 묻고 서로의 입장을 밝힌
  다음 결정했을 것이다.
- 문항 7: △ / 남편의 노력이 기특해서 긍정적인 입장일 거 같다. 하지만 남
  편의 태도와 행동을 보고 도와줄지 말지 선택할 거 같다.
- 문항 8: … / 엄마를 홀로 두고 떠나는 안타까운 심정이 이해가 된다. 엄마
  에게 어쩔 수 없는 사정을 충분히 얘기하고 떠났을 것이다.
- 문항 9: 때에 따라 단호하게 행동할 필요가 있다는 것을 일깨워주는 상황
  이다.
- 문항 10: **나무꾼** / 결핍이 있는 상황을 변화시키고자 하는 소망을 가지고,
  바라는 것을 얻기 위해 고군분투하는 모습이 나의 현재 상황과 비슷한 거
  같다.
- 문항 11: **없다** / 선녀가 곧바로 두 아이를 데리고 하늘로 올라간 행동은
  마음에 들지 않는다. 하지만 가족들이 보고 싶은 마음이 이해가 된다. 그
  래서 딱히 거부감이 드는 인물은 없다.
- 문항 12: 무언가를 얻기 위해선 어느 정도의 아픔과 희생이 필요한 거 같

다. 그리고 관계에 있어 한 명이 일방적으로 상대를 속이거나 희생하게 하는 관계는 오래가지 못한다.

따로 밑줄을 그을 부분을 가리기 어려울 정도로 말 하나하나에 성찰적 무게감이 깃들어 있다. 선택형 문항에서 ☼와 ☠가 없고 △와 ▽가 눈에 띄는데, 답변을 찬찬히 살펴보면 그것이 모호함이나 우유부단함의 표지가 아니라 신중함과 진지함의 표지이자 다면적 성찰의 표지임을 알 수 있을 것이다.

이 참여자가 제출한 여러 답변 중 가장 인상적인 것은 문항 11에 대한 것이었다. 「선녀와 나무꾼」 속의 모든 인물에 대해 그 입장을 이해한다는 뜻이다. 선녀가 남편이나 아이와의 소통 없이 곧바로 하늘로 떠난 일이 마음에 들지 않는다면서도 빨리 하늘로 가서 가족을 만나고 싶었을 심정이 이해된다고 했다. 그래서 따로 거부감이 드는 인물이 없다고 한다. 작품 속 여러 인물의 행위에 대해 앞뒤 맥락과 숨은 사정 등을 고려하면서 서사적 이해를 해나가고 있는 모습은 높은 서사적 접속도와 포용성의 표지가 된다.

이와 함께 참여자가 여러 곤란한 상황에 대해 그것을 회피하는 대신 정면으로 마주해서 문제를 풀어내는 태도를 보이고 있음을 주목할 만하다. 문항 6에서 남편과의 대화를 통해 결정을 내리는 일이나, 문항 8에서 어머니에게 사정을 설명하고 납득시키는 일이 그것이다. 마음에 넣어두고 고민하는 대신 드러내서 풀어내는 식이다. 본 참여자는 이렇게 움직여오는 과정을 통해 타인들에 대한 높은 서사적 접속도와 포용성을 갖게 된 것으로 여겨진다. 참여자는 가장 마음에 끌리는 인물로 나무꾼을 들면서 "결핍이 있는 상황을 변화시키고자 하는 소망을 가지고, 바라는 것을 얻기 위해 고군분투하는 모습이 나의 현재 상황과 비슷한 거 같다"고 했는데, 표면적 투사가 아닌 이면적 투사이며 존재적이고 서사적인 접속이라는 점에 주목하게 된다. '고군분투'라는 표현이 조금 마음에 걸리는데, '덕불고 필유린(德不孤 必有隣)'이라는 말을 해주고 싶다. 아울러, 노력의 과정을 통해 상황은 이미 변해가고 있는 것이라고 말해주고 싶다.

참여자 38의 다시쓰기 결과는 다음과 같았다.

동반성장

옛날에 하늘나라에 살고있는 선녀는 하늘나라 생활이 너무 답답하고 따분했어요. 아버지는 너무 엄했고, 맨날 물을 길어오는 일만 해야 했죠. 그러던 중 인간세상에 내려와 물을 긷다가 착실하고 진실하게 보이는 한 사내를 보았어요. 한참 심심했던 선녀는 그 사내에게 말을 걸어 인간세상의 삶을 물어보았어요. 사내는 나무꾼이었고 홀로 어머니를 봉양하며 성실하게 사는 사람이었어요. 그래서 선녀는 나무꾼이 마음에 들었고 잠깐만이라도 인간세상에서 나무꾼과 함께 시간을 보내며 인간들의 삶을 경험해보고 싶었어요. 그래서 선녀는 몰래 나무꾼과 함께 나무꾼이 사는 집으로 도망쳤어요.

그곳에서 선녀는 때가 되면 밥을 지어 먹고, 나무꾼이 나무를 하는 것을 돕고, 가끔 읍내에 나가 시장도 구경하며 소소한 삶을 경험했어요. 별다를 거 없는 삶이었지만 나무꾼과 함께 마음을 나누는 시간이었기에 즐겁게 느껴졌어요. 그렇게 시간이 흘러 어언 한 계절이 지나고 인간세상으로 내려온 지 100일이 다 되었어요. 선녀는 삶이 즐겁고 좋았지만 이렇게 하늘나라에서 도망친 상태로 살 수는 없다고 생각했어요. 그래서 사내에게 말했어요. "나는 이제 내가 살던 하늘나라로 다시 돌아가야 될 거 같아요. 그런데 나는 당신이랑 헤어지기 싫은데, 당신은 어떻게 했으면 좋겠어요?" 그러자 사내가 선녀와 헤어지기 싫고 부부 인연을 맺어 평생 함께하고 싶다고 얘기했어요. 그래서 선녀는 자신과 함께 하늘나라로 올라가서 가족들에게 우선 인정을 받아야 하고, 그 세월이 얼마나 걸릴지 모른다고 말했어요. 사내는 어머니를 홀로 두고 떠나는 것이 마음 아팠지만, 선녀와의 사랑을 위해 어쩔 수 없었어요. 그래서 며칠 동안 어머니가 홀로 잘 살아갈 수 있게 나무도 많이 해오고, 돈도 넉넉하게 드리고, 이웃 사람들한테 부탁의 말을 전하며 하늘나라로 떠날 채비를 했어요. 그리고 어머니에게 작별인사를 하고 선녀와 나무꾼은 하늘나라로 올라갔어요.

선녀는 아버지에게 지난 100일간의 경험을 잘 설명하고, 이제 나무꾼과 자신이 원하는 삶을 살겠다고 말했어요. 역시나 아버지는 선녀와 나무꾼에게 아주 힘든 시험을 냈어요. 숨바꼭질을 해 닭으로 변한 자신을 찾게 하고, 지상으로 쏜 화살을 찾아오게 하고, 도끼질을 해서 어마어마하게 큰 나무를 쓰러뜨리고, 끝도 없이 긴 천을 베틀로 짜 하늘나라 사람(?)들에게 모두 옷을 만들어 입히는 임무였어요. 그때마다 선녀와 나무꾼은 힘을 합쳐 모든 시험을 통과했고, 함께였기 때문에 힘들고 어려웠지만 재미난 도전이었어요. 그렇게 해서 모든 시험을 통과한 선녀와 나무꾼은 드디어 인간세상에 내려왔어요. 그리고 하늘나라에서 시험을 통과하느라 익혔던 기술을 살려 나무를 하고 천을 짜 돈도 많이 벌고, 아이를 낳고, 노쇠한 어머니를 잘 봉양하며 살았다고 해요.

참여자가 다시 쓴 작품 속에 자기가 투사돼있는 주인공은 선녀인데, 중간에 나무꾼에게도 서사적 투사가 이루어지고 있음을 볼 수 있다. 어느 순간 두 사람이 하나가 되기도 한다. 그들이 문제를 풀어가는 방식은 주체적이고 진취적이다. 그리고 회피나 우회 없이 직선적이고 단단하다. 그들이 맺는 상호관계는, 그리고 타인들과의 관계는 수평적이고 쌍방적이다. 그들의 움직임은 장기적이며, 그 시간은 필요한 경험과 능력을 갖춰나가기 위한 노력으로 채워져 있다. 그렇게 작중의 두 인물은 서사를 착착 확장하면서 본인이 원하는 서사를 완성해간다.

이 내용은 '마음에 다시쓰기' 결과로서 참여자가 미래에 펼쳐가고자 하는 삶의 모습을 '소망'의 형태로 표현한 것에 해당한다. 하지만 작품이 전해주는 느낌은 참여자가 이미 그러한 서사의 길을 착착 걸어가고 있다는 쪽이다. 참여자의 실제 삶의 모습에서 확인되는 사항이기도 하다. 갈림길에서의 선택이 늘 뜻한 대로의 결과를 가져오지는 않겠지만, 다시 최선의 길을 찾아서 움직이면 된다고 말하고 싶다. 그렇게 그는 한 명의 서사능력자로서 훌륭히 삶을 살게 될 것이라고 믿으면서 응원을 보낸다.

(7) 참여자 47: 눈물이 밖으로 배어나오는

여러 참여자가 보내준 MMLT 답변서 가운데는 읽다 보면 절로 기운을 전해주는 것도 있고 슬픈 기운을 자아내는 것들도 있었다. 이번에 살펴볼 것은 40세 여성의 사례인데, 답변을 읽어나가면서 마음이 아파왔던 경우다. 마음을 콕콕 찌른 부분들은 밑줄로 나타냈다.

- 문항 1: 변이형 D / 등장인물 모두가 행복한 결말이기 때문이다.
- 문항 2: 변이형 C / 선녀가 나무꾼과 사는 오랜 기간 동안 사랑보다 증오의 감정으로 살아왔다는 반증이라고 생각한다. 그러한 감정에 따른 가장 비극적인 결말이라고 생각하기 때문이다.
- 문항 3: 나의 사랑이 최우선인 이기적인 사랑꾼
- 문항 4: 행복하지만 불행하다. 지금의 생활도 나를 즐겁게 하지만 **마음 한 켠에 응어리진 한**이 있다.
- 문항 5: × / 노루의 당부는 당부에 지나지 않고, 결국 선녀에게 옷을 준 선택을 한 것은 나무꾼이기 때문이다. 그러한 나무꾼의 선택은 본인 스스로의 선택일 뿐 잘못이라고 할 수는 없다.
- 문항 6: … / 나무꾼과 상의한 후, 일정 부분 협의를 거쳤을 것 같다.
- 문항 7: ○ / 오랜 기간 함께했고 아이의 아빠이기 때문에 하늘로 올라온 남편을 받아들이고 도와줬을 것 같다.
- 문항 8: … / 나무꾼은 엄마의 간곡한 요청을 거절할 수 없었을 것이다.
- 문항 9: 다른 유형의 사랑이 충돌하여 결국 파국을 맞은 상황
- 문항 10: 선녀 / 본인의 의지와 상관없이 인생을 살아야 하는 불행함이 안쓰럽고 가여워서이다.
- 문항 11: 나무꾼 / 개인의 행복을 위해 사랑이라는 감정을 앞세워 선녀의 의지와 상관없이 얽매여두었기 때문이다.
- 문항 12: 서로가 사랑이라는 감정을 앞세워 이기적으로 상대방을 고려치 않아 발생한 비극적인 이야기

밑줄을 치다 보니 이렇게 많아졌다. 참여자가 쓴 어술에서 슬픈 느낌을 받은 것은 그 말들이 작품 속의 선녀나 나무꾼에 대한 것이 아니라 마치 자기 자신의 얘기를 하는 듯한 느낌이 짙었기 때문이다. 단적으로 '마음 한켠에 응어리진 한' 같은 표현은 자기 심정이 투사된 표현으로 생각되었다. 이

부분도 그렇지만, 답변 전반에서 우울과 회한의 기운이 짙게 풍겨나온다. 우울하고 슬픈 상황을 반영한 언술과 그런 상황을 낳은 원인에 대한 서술이 맞물려 있다. 참여자 본인의 이야기가 아니고 작품에 대한 평가적 언술일 가능성도 배제할 수 없지만, 그렇게 보기에는 자기식으로 특화된 표현들이 많아 보인다. 참여자는 문항 12에서 이 작품을 "서로가 사랑이라는 감정을 앞세워 이기적으로 상대방을 고려치 않아 발생한 비극"이라고 평가하고 있는데, 작품 속에서 선녀가 사랑이라는 감정을 앞세운 부분이 어디인지 궁금하다. 은연중에 자기서사가 투사돼서 그런 언술이 흘러나오게 된 것이 아닐까?

상담적 점검이 이루어지지 않은 상태에서 제시하는 이런 해석은 주관적 느낌이고 억측일 수 있다. 이때 우리가 살펴야 할 것이 무엇인가 하면 참여자가 직접 만든 이야기다. 참여자 47이 쓴 작품은 다음과 같았다.

선녀와 나무꾼

옛날 하늘나라에 마음이 곱고 예쁜 **선녀가 살고 있었다.** 선녀는 가족들의 예쁨을 받으며 행복하게 자랐고, 세월이 흘러 혼기가 차게 되었다. 하늘나라에서는 도저히 마음에 차는 임자를 만날 수 없었던 선녀는 지상으로 눈을 돌리게 되었고, 가난하지만 열심히 살고있는 나무꾼을 눈여겨보게 되었다. 그러던 어느 날, 나무꾼이 사냥꾼에게 쫓기는 가여운 사슴을 도와주는 모습을 보게 되었고, 선녀는 나무꾼과 혼인을 해야겠다고 마음을 먹게 되었다. 선녀는 나무꾼 덕분에 목숨을 구하게 된 사슴에게 다가가 모월 모일에 옷을 벗어두고 목욕을 할 예정이니 나무꾼에게 그 옷을 훔쳐야 한다고 이야기하라고 했다. 모월 모일이 되자, 언니들과 함께 목욕을 하러 내려간 선녀는 사슴에게 말한 것처럼 옷을 지정해둔 자리에 벗어두었고, 사슴의 이야기를 들은 나무꾼은 선녀의 옷을 훔치게 되었다. 함께 살자고 이야기하는 나무꾼을 보며 선녀는 수줍게 고개를 끄덕였고, 이윽고 이들은 아이를 낳고 행복한 가정을 이루고 살게 되었다.

그러던 어느 날, **첫눈에 반했던 나무꾼의 모습은 온데간데없고, 좋았던 모습은 사라지고 안 좋은 모습을 보게 된 선녀는** 아이들을 데리고 나무꾼을 떠나야겠다고 마음먹게 되었고, **나무꾼에게 눈물로 호소하여** 옷을 얻게 되었다. 옷을 얻게 된 선녀는 잠시 고민했지만 아이들을 데리고 하늘나라로 떠나게 되었고, 나무꾼은 그런 선녀와 아이들을 그리워하며 지붕 위에 올라가 매일 하늘을 바라보며 울다가 수탉으로 변했고, 하늘을 향해 '꼬끼오!' 하고 울게 되었다.

참여자가 직접 만든 이야기에는 자기서사가 투사되었을 가능성이 크다. 새로운 내용을 담은 경우도 그렇지만, 원래의 내용을 특이하게 바꾸는 형태의 재구성이 이루어졌을 때 더욱 그러하다. 작품을 보면, 참여자가 쓴 이야기는 제목이 「선녀와 나무꾼」으로 원작과 같지만, 내용에는 질적인 차이가 있다. 둘의 인연은 원작과 달리 나무꾼이 아닌 선녀에 의해 시작된다. 그녀가 나무꾼에게 마음을 두고서 적극적으로 다가간 결과로 결합이 성취된다. 참여자의 '소망'이 반영된 것일 수도 있지만, '경험'의 반영일 수도 있는 전개다.

조금 무리한 추측이 될 수 있지만, 여러 정보를 종합할 때 후자 쪽일 가능성이 커 보인다. 일련의 내용이 '과거사'처럼 서술되고 있는 점에 주목하게 된다. 선녀가 스스로 좋게 보고 선택한 사람이 알고 보니 생각과 달라서 안 좋은 모습과 직면하게 됐다는 것은, 그래서 서로 갈라지게 됐다는 것은 원작의 상황과는 결이 다른 것으로, 개인적 경험의 무의식적 반영일 가능성이 크다. 그 장면에는 하나의 슬픈 어구가 나오고 있으니 선녀가 '눈물로 호소'했다는 말이 그것이다. 이제 그만 헤어지자고 하는 호소다. 애초에 스스로 한 선택이었으니 더 힘들고 슬픈 일이었을 것이다. 그렇게 해서 도달하게 된 결과는, 말하자면 "다른 유형의 사랑이 충돌하여 결국 파국을 맞은 상황"(문항 9)은, 또는 "서로가 사랑이라는 감정을 앞세워 이기적으로 상대방을 고려치 않아 발생한 비극"(문항 12)은 부정할 수도 돌이킬 수도 없는 것이라서 무겁고 아프다.

바라건대, 이런 해석이 잘못된 것이었다면 좋겠다. 참여자가 풍부한 감성과 문학적 감각으로 읽는 이의 마음을 흔든 것이기를! 만약 그렇다면 이 참여자는 작가를 해야 할지도 모른다. 확실치도 않은 터에 왜 굳이 이런 해석을 해나가느냐고 묻는다면 그것이 곧 문학치료의 과정이기 때문이라고 답하겠다. 해석의 적정성 여부는 실제 상담 과정에서 검증하면 된다. 그렇게 내담자와 함께 길을 찾아나가는 것이다. 만약 위의 다시쓰기가 참여자의 실제 인생을 반영한 것이라고 하더라도, 스스로 선택한 일이라서 누구도 원망하지 못하고 눈물 흘리고 있는 것이라 하더라도 그로부터 나아갈 서사의 길은 분명히 있기 마련이다. 그 출발은 '공감'일 것이다. 작품 안팎의 사람들과의 서사적 공감을 통해 참여자의 서사가 행복을 향해 움직여갈 수 있기를 기대한다.

(8) 참여자 61: 큰 한숨이 감춰져 있는 듯한

다음은 48세 여성 참여자의 사례다. 처음 자료를 볼 때와 찬찬히 다시 살펴볼 때 무척 다른 느낌을 전해준 경우였다. 해석이 만만치 않은 사례에 해당한다. 서사적 질의응답 문항들에 대한 답변은 다음과 같았다.

- 문항 1: **변이형 A** / 마치 선녀가 아니라 동네 아줌니였던 것처럼 현실에 안주한 듯, 체념한 듯, 무난 평범한 삶이다.
- 문항 2: 변이형 C / 상징적 의미에서 보면 단호한 선녀의 모습을 볼 수 있지만, 현실의 직접적 표현이라고 본다면 잔인하기 때문에 거부감이 드는 것이 당연할 수 있다.
- 문항 3: 심성은 고와 보이지만 우유부단한 면이 있어 노루, 선녀, 어머니 등 타의에 의해 보통 사건이 일어나는 능동적 인물은 아니다.
- 문항 4: **체념**
- 문항 5: ✖ / 선녀 입장에서는 잘된 일
- 문항 6: ✖ / 선녀 입장만 생각하면 부족했겠지만 아이들 입장에서는 필요한 아빠였을 것이다.

- 문항 7: ☠ / 남편을 버리고 도망 왔으면 안 돕는다. 이미 지난 일…
- 문항 8: ☠ / <u>선녀를 만나기 전으로 돌아가서 좋은 점도 있을 것이다.</u>
- 문항 9: **후회?**
- 문항 10: 노루 / 은혜를 아는 의리파다. 의리의리~
- 문항 11: 옥황상제 / 딸이 좋다는데 그냥 잘하거나 싫으면 솔직히 말하지 뭘 그래 시험을 하나 모르겠다.
- 문항 12: 어릴 때 누구나 읽는 여러 가지 버전이 있었다. 지금 보니 결혼생활에 대한 상징적인 많은 의미들이 보인다.

밑줄을 쳐놓은 부분들에서 참여자의 내면이 바로 다가올지도 모르겠다. 연구자가 처음 반응지를 살필 때는 이 부분들이 크게 눈에 들어오지 않았다. 문항 1의 '아줌니'라는 표현에서부터 시작해서 문항 4와 문항 9의 단답식 답변까지 '쿨함'이 느껴졌고, 문항 10이나 11 등에 대한 답변에서 유머 감각이 두드러져서 참 재미있는 분이구나 하는 식으로 생각했다. 그런데 다시 한번 반응지들을 검토하는 과정에서 밑줄 친 부분들이 눈에 들어오면서 새로운 느낌이 생겨났다. '체념'이라는 말이 결정적 단서였다. '체념'과 '후회' 등을 키워드로 해서 반응 결과를 차근히 되짚어본 결과, 선택과 이유 사이의 묘한 거리감을 발견할 수 있다.

이 참여자가 가장 마음이 끌리는 유형으로 꼽은 변이형 A는 나무꾼이 옷을 주지 않아서 선녀가 계속 그와 살게 됐다는 내용으로서, 쉽게 선택되는 유형이 아니다. 선녀가 소망을 이루지 못하고 현실 속에 갇히게 된 결과라서 부정적 반응이 나오는 것이 상례다. 그런데 참여자는 이를 선택했다. 그리고 '아줌니'라는 자기투사적 진술과 '체념, 안주, 무난 평범' 같은 말들이 이어진다. 무심코 지나칠 수도 있는 이 언술들이 참여자 내면서사의 단적인 표상일 수 있다. 무심한 듯 말하지만 실은 깊은 한숨이 배어있을 수 있는 형태다. 앞서 살펴본 참여자 47의 경우와 달리 참여자 61의 언술에는 슬픔, 억울함, 눈물 같은 단어가 하나도 안 나오지만, 그것이 안에 숨어 있을 수 있다. 거듭 반복되는 '체념'이라는 말이 단적인 징표이며, '이미 지난 일…'이라는 표현도 심상치 않다. 거기에는 '회한(悔恨)'이, 또는 '이전으로 돌아가면 좋겠다는 마음'(문항 8)이 담겨있을 가능성이 있다.

참여자의 반응에서 또 주목할 것은 문항 6~7에서의 선택이다. 문항 6에서 참여자는 아이들한테 아빠가 필요했을 것이라며 절대 떠나지 않겠다는 쪽을 선택한다. 그런데 문항 7에서는 이미 지난 일이라며 절대 안 돕는다는 쪽을 선택한다. '떠나지 않지만 일단 떠나면 돌아보지 않겠다'는 것이어서 모순이라 할 수는 없지만, 현실과 욕망 사이의 거리는 무척 커 보인다. 훌쩍 떠나서 되돌아보지 않는 것이 속마음이지만 몸은 그냥 머물러 있는 식이다. 누구 때문인가 하면 '아이들' 때문에. 만약에 이런 해석이 맞는다면, 그것은 어떻게든 풀어내야 할 문제상황일 것이다. 현실과 소망 사이의 괴리는 누구나 겪는 것이지만 그 편차가 커서 접점을 찾기 어려운 형태가 된다면, 그리하여 '체념'으로 굳어진다면 그건 슬픈 일일 것이다. 끝내 하늘로 올라가지 못하고 낯선 지상에 머무르게 된 선녀의 삶…. 그녀가 나름 현실에 적응해서 만족을 찾았다 하더라도 그걸 진정한 행복이라고 하기는 어려운 일 아닐까? 그것은 '자기를 잃는 일'일 수 있다.

이와 관련해서 참여자가 문항 10~11에서 선택한 인물이 '노루'와 '옥황상제'임에 주목할 만하다. 선녀도 나무꾼도 아이들도 아닌 제3자적 인물들이다. 선택의 이유는 "의리의리~"라든가 "뭘 그리 시험을 하나 몰라" 하는 식이었다. 주변화의 소지가 느껴지는, 조금은 냉소적인 반응이다. 참여자에게 있어 자기 자신이라는 서사적 중심이 흐려진 데 따른 반응일 수 있다고 하면 지나친 일이 될까?

이와 관련해서 우리가 볼 것은 다시쓰기 결과다. 이 참여자가 쓴 이야기는 제목이 '노루와 나무꾼'이었다. '괴변이형'이라는 새로운 유형 이름을 붙인, 유머가 넘치는 글이었다. 하지만 심상하게 넘기기 어려운 작품이기도 했다. 좀 길지만 전문을 인용해본다.

노루와 나무꾼(우정 이야기) [괴변이형] 옛날 깊은 산골에 한 가난한 나무꾼 총각이 살았다. 운동이 취미에다 각종 무술을 익힌 고수인데도 일이 잘 안 풀려 결혼은 꿈도 꾸지 못하고 힘들게 나무를 하며 외롭고 힘들게 살고 있었다. 어느 날 그가 탁월한 기술로 열심히 나무를 잘라서 쌓아놓고 잠시 숨을 돌리는데, 갑자기 노루가 달려오더니 사냥꾼한테 쫓기고 있다며 도와달라고 말했다. 나무꾼은 얼른 노루를 나뭇짐 뒤에 숨겨준 뒤, 뒤쫓아온 사냥꾼이 보란 듯이 "이크에크" 하면서 택견을 한다. 날라차기와 뒤돌려차기를 하고 기합을 부르짖으며 도끼로 나무를 내리찍자 나무가 번개를 맞은 듯 두 갈래로 갈라지는 장관을 연출한다. 이 모습을 본 사냥꾼이 다소 힘없는 목소리로 멀리서 말했다.

"저기요~ 노루 봤어요?" "못 봤소" "아~ 못 보셨구나~!!" 하며 뒤돌아 가버렸다.

나무꾼 덕분에 살아난 노루는 고맙다면서 소원을 말해보라고 했다. 나무꾼이 남들처럼 결혼해서 자식을 낳고 살고 싶다고 하자, 노루가 알겠다면서 방법을 알려줬다. 산속 깊은 곳 선녀탕 연못에 보름날 밤에 선녀 셋이 내려와 목욕을 하는데, 날개옷을 하나 감추면 그녀와 함께 살 수 있다는 것이었다. 노루는 자식을 셋 낳기 전에는 절대 아내에게 옷을 내주면 안 된다고 덧붙였다.

나무꾼이 보름날 달밤에 연못을 찾아가서 보니까, 정말로 선녀 셋이 내려와서 날개옷을 벗어놓고 목욕을 하기 시작했다. 나무꾼은 제일 어리고 예쁜 선녀가 벗어놓은 옷을 감춰두려고 했으나 철두철미한 선녀들이 옷을 사수하는 바람에 실패하고 호시탐탐 노리며 몰래 보다가 딱 걸리고 말았다. 천상의 선녀들이라 그런지 역시 사람이랑은 힘과 기술이 남달랐다. 옷자락이 날아와 몸을 꽁꽁 동여매고는 눈에서는 광속으로 빛이 나가고 손바닥에서 장풍이 불어쳤다. 나뭇가지가 부러져 나무꾼을 두들겨 패지를 않나 낙엽들이 차레로 줄을 서서 뺨을 난타하는 것이나. 나행히 선녀들이 금세 풀어주는 덕에 다치지는 않았다. 걸음아 날 살려라며 줄행랑을 칠 수 있었다.

난생처음으로 누군가에게 혼쭐이 난 나무꾼은 노루한테 가서 한풀이를 했다. 노루는 세상에 요행을 바라면 이렇게 된다며 교훈을 얻었으니 좋은 일이라고 했다. 이제 같이 열심히 배달이라도 하자며 썰매를 선물하고 알짜 정보를 알려줬다. 이를 잘 이용한 나무꾼과 노루는 썰매를 타고 전국적으로 배달일을 하다가 천마를 영입하여 하늘나라까지 물을 배달하는 등 여러 사업을 펼친다. 그리하여 큰 위기 없이 단기간에 탄탄대로 좋은 아이템이 대성공을 한다. 본의 아니게 거상이 된 노루와 나무꾼은 돈이 많아지니 결혼이 일사천리로 이루어지고 원하던 모든 것을 갖게 된다. 노루도 결혼을 하고 나무꾼도 가정을 이루어 각자 처자식과 함께 오래도록 우정을 나누며 행복하게 살다가 심심했던 나무꾼이 우린 모든 것을 다 가졌으니 이번엔 지구를 정복하자고 제안을 하자 현명한 노루는 수지타산이 안 맞는다며 만류를 하고 잠시 우정에 금이 갈 뻔했으나 다시 행복하게 잘 살았다고 한다.

개성과 유머가 넘치는 독특한 이야기다. 나무꾼의 형상에도, 그리고 선녀의 형상에도 남다른 에너지가 넘쳐난다. 참여자의 모습이 어느 쪽에 더 투사된 것일지 궁금한데, 답을 찾기는 어렵다. 선녀들은 다수이고 나무꾼은 혼자라는 점에서, 그리고 이야기 후반부가 나무꾼과 노루의 공생으로 말해진다는 점에서 나무꾼 쪽일 가능성이 좀 더 커 보이기는 한다. 이야기는 일종의 해피엔딩처럼 마무리되는데, 현실반영성은 높아 보이지 않는다. '웃자고 한 얘기'(괴변이형) 식의 '허튼 공상'에 가까운 형상처럼 다가오는 면이 있다. 이때 하나의 포인트는 나무꾼과 선녀의 엇갈림이다. 나무꾼은 뭔가를 해낼 수 있을 것처럼 움직였으나 된통 당하고서 줄행랑을 쳤다고 하는데 심상치가 않다. 참여자의 인생 경험이 거기 투사됐을 가능성을 배제할 수 없다. '체념'의 원인이 된 모종의 결정적 사건이었을 수도 있다.

다행스럽게 여겨지는 바는 나무꾼이 '노루'와 함께라는 사실이다. 참여자에 대해 전혀 모르는 입장에서 노루의 실체를 알기는 어렵다. 가족일 수도 있고, 친구일 수도 있으며, 또는 내면의 또 다른 자아일 수도 있다. 제목을 통해 볼 때 '우정의 관계'일 가능성이 크다. 노루는 이야기 속에서 나무꾼에게 유력한 조언자 내지 제어자 구실을 한다. 노루와의 좋은 동행을 통해 숨은 좌절감이나 한숨 같은 것을 잘 풀어내기를 바랄 따름이다. 그것이 최선의 해법일지는 모르겠지만 말이다.

참고로, 참여자 61이 「지네 각시」 설화에 대해 다시쓰기한 결과를 소개한다. 작품은 길지 않았다. 딱 세 문장이었다.

다시 쓰는 「지네 각시」   옛날에 가난하게 사는 남자가 있었는데, 처자
식을 부양하면서 먹고사는 일이 너무 어려웠
다. 온 가족이 다 속절없이 굶어 죽을 지경이었다. 남자는 가족이 죽는 꼴을
보느니 차라리 먼저 죽는 게 낫겠다면서 깊은 산속으로 들어갔다가 속세를
잊고 절에서 스님이 되었다.

(9) 참여자 78과 참여자 92:
'연륜'이라는 이름의 이해와 포용

50세 이상의 여성들이 전해온 답변서에는
연륜이 엿보이는 사례가 많았다. 모두가 훌륭히 극복했다고 하는 뜻은 아니
며, 어떤 식으로든 상황을 소화하면서 감당해가고 있는 것으로 보인다는 뜻
이다. 살아온 내력을 통해 갖게 된 경험치나 내공일 것이다. 소개할 만한 사
례가 많은데, 지면상 각각 50대와 60대에 해당하는 두 참여자의 경우만 간
단히 살펴보기로 한다.

먼저 54세 여성인 참여자 78의 사례다. 서사적 질문들에 대한 답변은
다음과 같았다.

- 문항 1: 변이형 F / 나무꾼도 인정이 있는 사람이고 가족들이 행복하게 잘
  살아서
- 문항 2: 변이형 C / 나무꾼은 아내를 잘 돌봐주었는데 아내가 특별한 이
  유도 없이 남편을 죽게 만들었기 때문이다.
- 문항 3: 인정이 많고 따뜻한 사람이지만 일방적인 의사소통을 하는 사람
  이다.

- 문항 4: 이 상황에서 내가 어떻게 하는 게 최선일까?
- 문항 5: × / 선녀를 진짜로 사랑한다면 선녀 스스로 선택할 수 있도록 해 주는 것이 옳다.
- 문항 6: ○ / 처음 만남이 나무꾼의 일방적인 호감으로 시작되었으며, 나무꾼은 자기와 살아주면 날개옷을 돌려주겠다고 약속했고, 약속대로 선녀는 날개옷을 받았기 때문에 떠나는 것이 당연하다.
- 문항 7: ○ / 아내가 하늘나라로 떠난 것은 결혼 생활 동안 잃어버렸던 자신의 정체성을 찾기 위해서였다고 생각한다. 남편이 하늘로 찾아온 것은 이렇게 아내가 주체적 삶을 살고자 하는 걸 인정했다고 볼 수 있으므로 받아들이고 도와줄 것 같다.
- 문항 8: ☼ / 남편이든 아내이든 심리적으로 원가족에게서 온전히 분리되어야 제대로 된 가정을 꾸릴 수 있다.
- 문항 9: 잘못된 선택으로 자신의 삶을 망쳤다.
- 문항 10: 선녀 / ‒
- 문항 11: 엄마, 옥황상제와 선녀의 두 언니 / ‒
- 문항 12: 기본형 1에서 나무꾼은 착하고 친절한 사람이라서 노루를 도와주고 노루의 도움을 받아 선녀와 결혼하게 된다. 선녀와 결혼생활 동안에도 가정을 위해 더 열심히 일하고 아내를 챙겨주었다. 그런 나무꾼의 마음 씀씀이가 처음에는 일방적으로 시작되었던 선녀와의 인연을 계속 이어갈 수 있도록 만들어준 원동력이라고 생각된다.

이야기 속 인물과 상황에 대한 참여자의 반응은 차분하고 진지하면서도 분석적이다. 그리고 정확하다. 나무꾼의 장점과 문제점을 함께 인식하는 가운데(문항 3), 둘의 관계가 좋은 쪽으로 변화할 수 있었던 과정을 서사적으로 성찰한다(문항 12). 문항 7에서 '잃어버렸던 자신의 정체성'을 축으로 해서 아내의 천상행 및 남편에 대한 포용을 설명한 내용은 문제의 본질을 핵심적으로 꿰뚫고 있다고 할 만한 것이었다. 문항 8과 9에서 나무꾼이 수탉이 돼버린 상황에 대한 비평 또한 냉철하면서도 단호하다. 참여자는 문항 8에서, 그리고 문항 5에서 삶은 스스로 선택하고 엮어가는 것이라는 사실을 담담히 제시하고 있는바, 자기중심이 단단히 서 있는 모습이다.

참여자 78의 여러 언술 가운데도 단적으로 '내공'을 보여주는 것은 문항 4의 답변이 아닐까 한다. 뜻하지 않게 날개옷을 잃고서 낯선 남자 앞에 선 상황이면 당황하거나 억울할 만도 한데 참여자는 그 상황을 풀어낼 최선의 방법을 찾고 있다. 흔들림 없는 문제 해결자의 면모다. 문항 4가 '심정'을 써보라는 식으로 정서반응을 구했음에도 이렇게 당면 문제의 해법을 찾는 반응을 나타냈다는 것은 상당한 내공이라 아니할 수 없다. 만약 참여자가 선녀였다면 날개옷을 잃은 채로 자식까지 낳으면서 살았을 것 같지 않다. 특유의 내공으로 상대방을 설득하며 주도적으로 상황을 이끌어갔을 것이다. 글쎄, 어린 처녀로서도 그리했을지는 모르겠다. 중요한 것은 현재의 자기서사가 그런 내공을 갖추고 있다는 사실이다.

참여자 78이 다시 쓴 이야기의 제목은 '나무꾼의 진심'이었다. 진심을 가지고 삶의 주체로서 움직이는 인물들의 이야기다.

나무꾼의 진심　　　　(나무꾼이 노루를 구해주고 선녀의 날개옷을 감추라는 말을 듣는 데까지는 원전과 같음.)

나무꾼은 노루가 얘기한 대로 보름날이 되자 선녀탕 연못으로 갔다. 그곳에서 선녀를 지켜보던 나무꾼은 날개옷을 숨기려 했지만 그렇게 아내를 얻게 된다면 선녀의 마음을 얻지 못할 것을 염려하여 옷을 숨기지 않았다. 대신 매달 보름이 오기 전날 그곳을 찾아가서 선녀들을 위해 산에서 얻은 열매와 뿌리로 음식을 만들어놓고 자신의 마음을 담은 편지를 써놓고 돌아갔다. 그리고 다음 날 찾아와서 선녀들이 음식을 먹었는지 확인하였다. 처음에는 음식을 거들떠보지도 않았던 선녀들은 몇 달 동안 지속되는 나무꾼의 호의에 조금씩 관심을 보이게 되었다.

그러던 어느 날 호기심이 일었던 막내는 보름이 되기 하루 전 땅으로 내려와 음식을 차리는 사람이 누구인지 지켜보기로 마음먹었다. 선녀가 나무 위에서 지켜보고 있는데 마침 나무꾼이 나타났다. 그는 지게에 한아름 나무를 해서 지고 있었다. 지게를 내려놓은 나무꾼은 지게 위에서 보자기를 꺼내 그 속에 담긴 열매들을 하나씩 정성스럽게 닦고 깨끗이 씻어서 나무 그루터기에 올려놓고 보자기로 덮어두었다. 그리고 옆에 앉아 편지를 적어 내려갔다. 입은 옷은 초라하였지만 그 행동과 표정 하나하나는 믿음이 가는 모습이었다. 그런 모습을 지켜보던 선녀는 나무꾼에게 호감이 가서 나무에서 내려왔다. 열심히 편지를 쓰고 있던 나무꾼은 깜짝 놀랐지만, 그녀가 셋째 선녀라는 것을 알고 너무나 기뻤다. 서로의 마음을 확인한 선녀와 나무꾼은 결혼을 하여 아들딸 낳고 잘 살게 되었다. 선녀는 가끔 가족이 그리웠지만 그래도 나무꾼이 친절하게 잘 보살펴주고 아이들도 착하고 건강하게 잘 자랐기 때문에 아쉬움을 달래면서 살아가고 있었다.

선녀가 내색은 하지 않았지만 나무꾼은 그녀가 고향과 부모님 그리고 자매들을 그리워한다는 것을 알고 보름이 되기를 기다려 선녀탕으로 언니들을 찾아가 언니들을 집으로 초대하였다. 선녀와 언니들은 감격스러운 상봉을 하고 가끔씩 그렇게 서로 왕래하며 행복하게 잘 살았다. 아이들이 어느 정도 자라자 선녀는 날개옷을 만들어 팔기 시작했고 그래서 나무꾼과 선녀는 부자가 되었다.

이야기 속의 선녀와 나무꾼은 각자 중심을 갖추고서 주체로서 움직인다. 그리고 상호적이고 발전적인 소통을 통해 관계의 확장과 지속을 이루어낸다. 그렇게 움직이다 보니 결정적인 위기나 갈등은 발생하지 않는다. 원가족에 대한 그리움이라는 문제가 어쩔 수 없이 발생하지만, 두 사람은 이 또한 합리적으로 풀어낸다. 이야기 속의 선녀는 자식을 키워낸 뒤 '일'을 한다. 자기가 잘할 수 있는 특별한 일을. 이런저런 문제들을 잘 감당해서 풀어낸 뒤 자기 일을 하면서 노후를 보내는 삶, 이거야말로 진정한 해피엔딩이 아닐지. 그것은 단순히 참여자의 실제 삶으로 펼쳐지고 있을 것이라고, 또는 펼쳐지게 될 것이라고 믿어본다.

다음은 65세 여성인 참여자 92의 사례다. 이 참여자의 서사적 응답은 다음과 같았다.

- 문항 1: 변이형 D / 행복해 보인다.
- 문항 2: 변이형 C / 너무하다.
- 문항 3: 너무 착하고 효자다.
- 문항 4: 처음에야 애정이 있어서 산 건 아니지만, 나중에 애까지 낳고 살다 보니 애정이 생겨서 나중에 신랑도 불러올린 것이다.
- 문항 5: × / 마음이 약해서 준 거다. 설마 안 가겠지 하며.
- 문항 6: × / 자식까지 낳고 사는데 못 갈 거 같다.
- 문항 7: ○ / 그럴 거 같다. 하늘로 올라왔는데 어떻게 안 도와주겠는가.
- 문항 8: ☠ / 마음이 약해서 뿌리치진 못한다. 처자식에게 가기는 간다. 그러나 먹고는 가겠다.
- 문항 9: 난감하네.
- 문항 10: 노루 / 도와주니까.
- 문항 11: 두레박 끊은 선녀 / 너무 잔인하다.
- 문항 12: 기본형 이야기의 경우, 어려움이 많았지만 행복한 결말이라서 좋다.
  ※ 다시쓰기: 기본형 1의 내용이 맘에 든다.

전체적으로 답변이 간략한데다 다시쓰기를 '기본형 1'로 대체한 상태라서 서사반응 정보가 적은 편이다. 하지만 짧고 간단한 답변 속에도 연륜과 내공을 느낄 수 있다. 사람이 살다 보면 정이 들게 된다는 것(문항 4)이나 자식까지 낳고 사는데 못 갈 것 같다는 말(문항 6)도 그렇지만, 뿌리치기 어려워도 처자식에게 가기는 갈 것이며 '먹고는 가겠다'는 말에 작은 감탄사를 발하게 된다. 하늘로 찾아온 남자를 어찌 외면하겠느냐고 하는 포용적 태도는 또 어떤지. 잘 보면 참여자는 문항 4의 답변에서 여자가 신랑을 '불러올린 것'이라고 말하고 있다. 객체나 대상이 아닌 '보호자'의 면모다. 이런저런 일을 겪고 풀이내면서 갖추게 된 서사일 것이다. 문항 12에서 "어려움이 많았지만 행복한 결말이라서 좋다"고 썼는데, 이는 곧 참여자 자신의 이야기가 아닐까 생각해본다.

본 연구는 본래 「선녀와 나무꾼」과 「지네 각시」를 함께 다루려다가 「선녀와 나무꾼」에 대해서만 논의한 것이었다. 그럼에도 이렇게 내용이 길어졌다. 서사의 다기성과 개방적 역동성에 따른 결과로 이해될 수 있기를 바란다. 실은 이 또한 자료 인용과 사례 분석을 많이 줄인 것이다. 93명 참여자가 보내준 자료 대다수가 유의미한 분석 대상이 될 만한 것들이었다. 자료들을 살펴나가면서 새롭게 느끼고 배운 것이 무척 많다. 학문치료의 과정이자 문학치료의 과정이었다고 말하고 싶다.

MMLT를 통한 서사반응 데이터 확보와 분석 작업은 이 논의를 통해 한걸음을 내디뎠다. 아니, 반걸음이라고 함이 어울린다. 본 연구에서 다룬 「선녀와 나무꾼」에 대한 서사반응 분석 결과는 데이터적 보완과 재편집 작업을 거쳐 하나의 매뉴얼로 만들어질 것이다. 'MMSS_선녀와나무꾼 매뉴얼'이다. 매뉴얼에는 MMLT의 성격과 활용법에 대한 간단한 설명에 이어서 「선녀와 나무꾼」 작품 해설, 서사반응지 전문, 반응지 구성 및 서사적 질문 문항들에 대한 설명, 실제 서사반응의 양상과 특징에 대한 해설, 참여자 분석 예시 등을 담게 된다. 그 매뉴얼은 일정한 자격을 갖춘 문학치료 연구자와 현장 상담사들에게 배포해서 상담 과정에 활용할 수 있도록 할 것이다. 「선녀와 나무꾼」 한 작품만으로 최소 2회기에서 3~4회기, 어쩌면 10회기 이상의 상담도 진행할 수 있으리라고 본다.[55]

거기까지가 한걸음이다. 이어질 걸음은 또 다른 작품들을 대상으로 서사반응 분석과 데이터화 작업을 확장해가는 일이다. 문학치료에 요긴하게 활용할 수 있는 다양한 작품으로 하나씩 MMLT 서사반응지를 제작한 뒤 필요한 자료를 수합해서 서사반응 결과를 분석하고 매뉴얼을 갖추어갈 것

---

[55] 참고로, 본 연구자는 이 논문을 학술지에 수록한 뒤 2022년 해당 매뉴얼을 약식 출판 형태로 발간했다. 신동흔, 『MMSS_선녀와 나무꾼 활용 매뉴얼』, 현출판, 2022.

이다. MMLT로 반영될 설화로는 MMSS 진단지에 적용된 작품들을 적극 반영할 예정이다. 이 경우 MMSS와 적절히 연계 장이 될 수 있는 형태로 MMLT 제작이 이루어질 것이다. 그리고 결과분석 또한 MMSS 반응 결과와 연계하여 수행될 것이다.

MMLT_선녀와나무꾼에 고유번호를 '001'로 붙이면서, 작품을 계속 늘려나가서 최소 100개 이상의 MMLT 자료를 확보한다는 계획을 세웠다. 100개 작품에 도달하려면 10~20년쯤 걸릴지 모른다. 물론 최종 목표는 100개가 아니며, 그 이상이다. MMLT로 적용할 수 있는 좋은 작품은 얼마든지 있다. 한국 구비설화 외에 해외의 유력한 설화들을 포용할 수 있으며, 우화와 동화, 만화, 소설 등도 활용 가능하다. '서사' 차원에서 유의미하게 다룰 수 있는 경우라면 시(詩)와 노래, 애니메이션, 영화 등도 포함할 수 있다.

그 작업은 본 연구자가 감당할 바가 아니다. 첫발은 혼자서 내디뎠지만, 후속 작업은 여럿이서 힘을 모아 함께해나가야 한다. 그리할 만한 역량을 갖춘 연구자들이 있다. 설화와 문학치료 양쪽에 전문성을 지닌 여러 연구자가 작품을 분담해서 반응지 개발과 자료 수집, 반응 결과 분석과 정리 등의 작업을 할 수 있을 것이다.

「선녀와 나무꾼」의 경우를 포함해서 모든 MMLT는 실제 문학치료 상담에 적용해서 산출한 결과를 데이터로 만들어갈 것이다. 상담사례를 잘 간추려 정리 보고하면 후속 상담을 위한 요긴한 참고자료가 될 것이다. 사례보고 자료들이 다수 축적되면 데이터의 신뢰성이 높아질 것이고 그만큼 활용성이 높아질 것이다. 그것은 문학치료 실행을 위한 기초자료를 넘어서 인간과 삶에 대한 문학적·인문학적 이해를 위해 소중한 자산이 될 수 있을 것으로 기대한다. 그를 통해 'K-인문학'과 'K-상담학'의 새 길이 열릴지도 모른다고 말하면 너무 지나친 기대일까? 문학의 힘을 믿는 입장에서는 노력 여하에 따라 가능한 일이라고 믿고 싶다.

K-인문학이나 K-상담학을 말하고 한국 문학치료학의 세계화를 말하기에 앞서, MMLT를 활용해서 진행되는 문학치료 상담 과정 하나하나가 문학작품 및 인간에 대한 이해를 새롭게 하는 발견 과정이 되고, 서사의 새로

운 길찾기와 길내기를 해나가는 치료적 자기성장의 과정이 되면 좋겠다는 바람이다. 내담자는 물론 상담자에게도 해당하는 일이다. 그렇게 함께 문학을 통해 더 건강해지고 행복해질 수 있다면, 우리 삶이 더 아름다워질 수 있다면 그것만으로도 충분하다고 말하고 싶다. 그것이 여기 우리가 존재하는 이유일 것이다.

참고문헌

자료

『한국구비문학대계』 전 82권. 한국정신문화연구원, 1980~1988.

그림형제. 김경연 옮김. 『그림형제 민담집』. 현암사, 2012.

그림형제. 김열규 옮김. 『그림형제 동화전집』 1~2. 현대지성사, 1998.

김만중 원작, 김병국 교주·옮김. 『구운몽』. 서울대학교 출판문화원, 2009.

김태곤 편. 『한국무가집』 1~4. 집문당, 1971~1980.

불전간행회 편. 이미령 옮김. 『본생경』 1~2. 민족사, 1995.

서대석·박경신. 『안성무가』. 집문당, 1990.

손진태. 『조선신가유편』. 동경: 향토문화사, 1930.

신동흔 외. 『도시전승 설화자료 집성』 1~10. 민속원, 2009.

정운채 외 15인. 『문학치료 서사사전(설화편)』 1~3. 문학과치료, 2009.

진성기. 『제주도무가본풀이사전』. 민속원, 1991.

현용준·현승환 역주. 『제주도 무가』. 고려대 민족문화연구소, 1996.

홍태한·김진영 엮음. 『서사무가 바리공주 전집』 1~2. 민속원, 1997.

활안 편찬. 『불교설화문학대사전』. 불교정신문화원, 2012.

Brüder Grimm (Autor), Heinz Rölleke (Herausgeber), *Kinder-und Hausmärchen: Ausgabe letzter Hand mit den Originalanmerkungen der Brüder Grimm*, 1-3, Stuttgart: Philipp Reclam jun. GmbH & Co., 1980.

논저

강미정. 「「자린고비」 설화와 강박성 성격장애와의 상관성」. 『문학치료연구』 9. 한국문학치료학회, 2008.

_____. 「서사의 다기성에 대한 이해와 해명」. 『문학치료연구』 13. 한국문학치료학회, 2009.

_____.「자녀서사진단검사도구의 문항 설정」.『문학치료연구』10. 한국문학치료학회, 2009.

_____.「자유연결형 자녀서사진단검사도구의 문항설정과 문항 분석」.『문학치료연구』11. 한국문학치료학회, 2009.

_____.「연극성 성격장애에 대한 문학치료학적 접근과 서사지도」.『문학치료연구』14. 한국문학치료학회, 2010.

_____.「문학교육 현장에서의 자기서사진단 검사도구 활용과 그 전망」.『문학교육학』44, 2014.

강진옥.「변신설화에 나타난 '여우'의 형상과 의미」.『고전문학연구』9. 한국고전문학회, 1994.

_____.「여우누이설화에 나타난 남매대결의 의미」. 이어령 선생님 화갑기념논문집 간행위원회 편.『구조와 분석』II 소설. 도서출판 창, 1993.

건국대학교 서사와문학치료연구소.『행복한 삶과 문학치료』. 쿠북, 2016.

고려대학교 부설 행동과학연구소 편.『심리척도 핸드북』I, II. 학지사, 1998, 1999.

고혜경.『선녀는 왜 나무꾼을 떠났을까』. 한겨레출판, 2006.

권애자.「「나무꾼과 선녀」설화의 형성경위와 전승문법 연구」. 영남대학교 박사학위논문, 2018.

김동구.「「나무꾼과 선녀」설화의 전승 및 변이 연구」. 충북대학교 박사학위논문, 2020.

김동연 외.『HTP와 KHTP 심리진단법』. 동아문화사, 2002.

김서하.「우울증 환자의 설화 다시쓰기 사례의 특성과 의미: 호랑이 설화에 대한 자기 투사를 중심으로」. 2020.12.26. 한국문학치료학회 제205회 학술대회 발표문.

김석회.「문학치료학의 전개와 진로」.『문학치료연구』1. 문학치료학회, 2004.

김선희.「학습자의 문학 체험과 문학능력, 문학교육」.『문학교육학』28. 한국문학교육학회, 2009.

김수연.「「내 복에 산다」의 문학치료적 해석」.『문학치료연구』35. 한국문학치료학회, 2015.

_____.「원초적 자기서사의 형성과 마더 텔러: 문학예방치료를 위한 시론」.『문학치료연구』39. 한국문학치료학회, 2016.

_____.「문학치료 기초서사로서 형제서사 설정 문제」.『문학치료연구』47. 한국문학치료학회, 2018.

김영애·최재현 엮음.『세계민담전집 06 태국·미얀마 편』. 황금가지, 2003.

김영환 외.「한국형 대인관계문제검사의 타당화」.『한국심리학회지: 임상』21(2), 2002.

_____.『심리검사의 이론과 실제』. 학지사, 2005.

김영희.「'아버지의 딸'이기를 거부한 막내딸의 입사기: 구전이야기「내 복에 산다」를 중심으로」.『온지논총』18. 온지학회, 2008.

김운학.「본생문학의 가치」.『동국사상』13. 동국대학교 불교대학, 1981.

김은정.「민담「두 나그네」를 활용한 문학치료학적 상담사례연구: MMSS검사 분석과 '그림자'원형이론을 배경으로」.『문학치료연구』54. 한국문학치료학회, 2020.

_____.「설화를 통한 농아인 대상 문학치료 연구: MMSS 서사 탐색과 미술치료 활동을 연계한 상담 사례 분석」. 건국대학교 박사학위논문, 2021.

김정애. 「「온달」 설화에 대한 반응과 자가 문학치료의 실마리: 지귀와 온달의 사랑을 중심으로」. 『문학치료연구』 1. 한국문학치료학회, 2004.

_____. 「문학치료학의 '서사' 개념의 정립 과정과 적용 양상」. 『문학치료연구』 13. 한국문학치료학회, 2009.

_____. 「「나무꾼과 선녀」의 결말 양상에 대한 문학치료적 해석의 의의」. 『문학치료연구』 23. 한국문학치료학회, 2012.

_____. 「문학치료 활동을 통해 본 서사능력과 공감능력의 상관관계」. 『문학치료연구』 48. 한국문학치료학회, 2018.

_____. 「상사뱀 설화에 대한 반응 양상을 통해 본 문학치료적 공감의 방법과 그 의의」. 『문학치료연구』 52. 한국문학치료학회, 2019.

김정운 외. 「한국판 대인관계 문제척도(K-IIP)의 개발: 요인구조 및 심리측정적 특성」. 『한국심리학회지: 상담 및 심리치료』 12(1), 2000.

김정은. 「설화의 서사문법을 활용한 자기발견과 치유의 이야기 창작방법 연구」. 건국대학교 박사학위논문, 2016.

_____. 「「나무도령」으로 본 신화적 민담의 서사원리와 이야기창작의 실제」. 『구비문학연구』 46. 한국구비문학회, 2017.

_____. 「설화의 서사적 질문과 반응을 활용한 자전적 글쓰기의 과정과 의의: MMSS 자기서사진단지를 활용한 대학 교양글쓰기 수업의 사례를 중심으로」. 『문학치료연구』 62. 한국문학치료학회, 2022.

김정철. 「그림형제의 동화 속에 묘사된 마녀상」. 『독일언어문학』 17. 한국독일언어문학회, 2002.

김정희. 「설화에 나타난 형제간 분노의 문제와 그 해결 양상」. 『문학치료연구』 31. 한국문학치료학회, 2014.

_____. 「남녀관계의 위기와 지속에 대한 서사지도 구축과 문학치료 활용 연구」. 건국대학교 박사학위논문, 2018.

_____. 「구비설화 기반 문학치료 서사지도를 활용한 세대갈등 문제와 해결 방식 연구: 직장 내 세대갈등을 경험한 20대 여성 사례를 중심으로」. 『문학치료연구』 63. 한국문학치료학회, 2022.

김종대·이주홍. 「나무꾼과 선녀에 나타난 조력자 사슴과 쥐의 역할과 그 기능 고찰」. 『어문론집』 48. 중앙어문학회, 2010.

김진영. 「본생담의 구조적 특성과 파장」. 『불교문화연구』 5. 한국불교문화학회, 2005.

김창원. 「문학 능력과 교육과정, 그리고 매체: 교육과정 목표를 통해 본 문학 능력관과 매체의 수용」. 『문학교육학』 26. 한국문학교육학회, 2008.

김헌선·최자운. 「신데렐라Cinderella와 콩쥐팥쥐 이야기의 비교연구」. 『시민인문학』 12. 경기대학교 인문과학연구소, 2004.

김혜미. 「설화 「개로 환생한 어머니 여행시킨 아들」에 나타난 어머니의 문제와 그 해결 과정」. 『고전문학과교육』 20. 한국고전문학교육학회, 2010.

_____. 「자퇴를 원하는 한 우등생의 자기서사진단검사 사례 연구」, 『고전문학과교육』 27. 한국고
전문학교육학회, 2014.

_____. 「구비설화를 활용한 자살예방 문학치료 프로그램 사례 연구: 자살 위험군 사례자 A를 대상
으로」, 『문학치료연구』 50. 한국문학치료학회, 2019.

_____. 「구비설화 「내 복에 산다」 각편을 활용한 청소년의 자기서사 진단 사례 연구: 설화에 대한
반응과 동화창작을 중심으로」, 『문학치료연구』 57. 한국문학치료학회, 2020.

_____. 「문학치료 사례 연구 현황을 통해 본 '자기서사 진단' 방법과 발전 과제」, 『연극예술치료연
구』 16. 한국연극예술치료학회, 2022.

김효실. 「「구렁덩덩신선비」에 나타난 부부간 계층 갈등과 해결과정 연구」, 『겨레어문학』 57. 겨레
어문학회, 2017.

김효현. 「부모화된 청소년을 위한 문학치료 사례연구」, 건국대학교 박사학위논문, 2018.

나수호. 「구술성과 기록성의 관계에 대한 영어권 학자들의 초기 탐구에 대한 소고」, 『구비문학연
구』 38. 한국구비문학회, 2014.

나지영. 「문학치료 이론 연구의 현황과 전망」, 『문학치료연구』 10. 한국문학치료학회, 2009.

_____. 「문학치료학의 '자기서사' 개념 검토」, 『문학치료연구』 13. 한국문학치료학회, 2009.

_____. 「편집성 성격장애에 관련된 분노서사에 대한 문학치료학적 접근」, 『문학치료연구』 30. 한
국문학치료학회, 2014.

_____. 「인지역동 스키마 이론과의 연계를 통한 문학치료학 서사이론 발전 방향 연구」, 건국대학
교 박사학위논문, 2016.

_____. 「인지 스키마 이론에 비춰본 서사의 본질과 위상」, 『구비문학연구』 45. 한국구비문학회,
2017.

_____. 「대안적 상담론으로서 문학치료학 서사이론의 세계화 발전 방안 연구: 문학을 통한 미래지
향적 기억 창출 방안」, 『문학치료연구』 70. 한국문학치료학회, 2024.

박경주. 「화전가의 의사소통 방식에 나타난 문학치료적 의미」, 『고전문학과교육』 10. 한국고전문
학교육학회, 2005.

_____. 「문학치료 수업 모델 연구를 위한 사례 분석: 원광대 국문과 '서사와 문학치료' 과목을 대
상으로」, 『문학치료연구』 28. 한국문학치료학회, 2013.

박경준. 「불교 업보윤회설의 의의와 해석」, 『불교학연구』 29. 불교학연구회, 2011.

박기석. 「문학치료학 연구 서설」, 『문학치료연구』 1. 문학치료학회, 2004.

_____. 「작문교육과 자기서사진단검사도구」, 『문학치료연구』 12. 문학치료학회, 2009.

박대복 · 유형동. 「「여우누이」에 나타난 요괴의 성격과 퇴치의 양상」, 『어문학』 106. 한국어문학회,
2009.

박일용. 「「주생전」의 패러디로서 「위생전」의 문학적 의미」, 『문학치료연구』 26. 문학치료학회,
2013.

박재인. 「사랑, 독을 품다: 「상사뱀설화」에 담긴 사랑에 대한 집착」, 신동흔 외. 『프로이트 심청을

만나다』. 웅진지식하우스, 2010.

_____. 「탈북여성B의 구비설화에 대한 이해 방식과 자기서사」. 『고전문학과교육』 26. 한국고전문학교육학회, 2013.

_____. 「강박성향의 분노에 대한 문학치료적 접근: 「아내 시험한 장자와 고분지통」의 강박적 분노를 중심으로」. 『문학치료연구』 30. 한국문학치료학회, 2014.

_____. 「부부갈등 설화 속 전생 화소의 역할과 문학치료적 의미」. 『고전문학과교육』 37. 한국고전문학교육학회, 2017.

_____. 「구비설화 「효불효다리」에 대한 문학치료적 반응과 자녀서사 유형」. 『인문과학』 75. 성균관대학교 인문학연구원, 2019.

_____. 「문학치료학 서사이론의 발전 과정에 대한 고찰」. 『인문연구』 42. 경희대 인문학연구원, 2020.

_____. 「오래된 미래, 정운채 상담 기법을 적용한 사례 연구: 문학적 대화를 통한 '은유적 직면' 기법을 중심으로」. 『문학치료연구』 71. 한국문학치료학회, 2024.

박주은. 「자녀서사와 연계를 통한 남녀서사 문제의 진단과 개선 가능성 탐색」. 건국대학교 석사학위논문, 2019.

_____. 「초보문학치료사의 성장 경험에 대한 자문화기술지」. 『문학치료연구』 65. 한국문학치료학회, 2022.

_____. 「부녀갈등을 경험한 여성의 자기서사 탐색과 치유적 변화 과정 연구」. 건국대학교 박사학위논문, 2023.

박진. 『서사학과 텍스트 이론: 토도로프에서 데리다까지』. 랜덤하우스중앙, 2005.

_____. 「이야기치료와의 연계를 통한 문학치료의 발전 방향」. 『문학치료연구』 46. 한국문학치료학회, 2018.

_____. 「문학치료의 문학교육적 적용에 관한 고찰: 교양문학수업의 치유적 가능성을 중심으로」. 『문학교육학』 69. 한국문학교육학회, 2020.

박현숙. 「전래동화 재화(再話)에서의 서사적 개방성의 문제: 「여우누이」 설화와 전래동화 비교를 중심으로」. 『겨레어문학』 39. 겨레어문학회, 2007.

_____. 「사라져가는 이야기판의 새로운 길 찾기: 어린이 대상 '옛이야기 들려주기' 활동 사례를 중심으로」. 『비교민속학』 47. 비교민속학회, 2012.

_____. 「설화 구연 전통에 기반한 옛이야기 들려주기 방법 연구」. 건국대학교 박사학위논문, 2012.

_____. 「전통방식의 '옛이야기 구연 실제' 사례 연구: 초등학생 구연 활동을 중심으로」. 『구비문학연구』 36, 2013.

박현주. 「신경성 폭식증을 호소하는 20대 여성의 문학치료 사례연구」. 건국대학교 석사학위논문, 2021.

배원룡. 「「나무꾼과 선녀」 설화의 연구」. 성균관대학교 박사학위논문, 1992.

백민정. 「민담의 서사 구조적 원형과 그 의미」. 『구비문학연구』 28. 한국구비문학회, 2009.

백원기. 『불교설화와 마음치유』. 동인, 2017.

서광 스님. 『치유하는 불교읽기』. 불광출판사, 2012.

서대석. 「설화 「종소리」의 구조와 의미」. 『한국문화』 8. 서울대학교 한국문화연구소, 1987.

_____. 『한국신화의 연구』. 집문당, 2001.

서은아. 「「나무꾼과 선녀」의 인물갈등 연구」. 서울여자대학교 박사학위논문, 2004.

성정희. 「영혼을 갉아먹은 악성 인플루엔자: 「만복사저포기」가 그려낸 우울증」. 신동흔 외. 『프로이 트 심청을 만나다』. 웅진지식하우스, 2010.

_____. 「우울증에 대한 문학치료학적 접근과 서사지도」. 『문학치료연구』 14. 한국문학치료학회, 2010.

_____. 「교육소외 학생 대상 문학치료 연구」. 건국대학교 박사학위논문, 2024.

손석춘. 「문학치료학의 사회서사 시론」. 『문학치료연구』 41. 한국문학치료학회, 2016.

_____. 「사회적 절망과 「호랑이눈썹」의 사회서사」. 『문학치료연구』 56. 한국문학치료학회, 2020.

송말숙. 서광스님(송영숙). 「불교심리상담에서 '육도윤회'의 활용 방안」. 『한국선학』 59. 한국선학 회, 2021.

신동흔. 『살아있는 우리 신화』. 한겨레신문사, 2004.

_____. 「치유의 서사로서의 무속신화」. 『문학치료연구』 2. 한국문학치료학회, 2005.

_____. 「판소리문학의 결말부에 담긴 현실의식 재론: 「심청전」과 「흥부전」을 중심으로」. 『판소리 연구』 19. 판소리학회, 2005.

_____. 「구비문학에 나타난 부녀관계의 원형: 집 나가는 딸 유형의 설화를 중심으로」. 『구비문학 연구』 28. 한국구비문학회, 2009.

_____. 「무속신화를 통해 본 한국적 신관념의 단면: 신과 인간의 동질성을 중심으로」. 『비교민속 학』 43. 비교민속학회, 2010.

_____. 『삶을 일깨우는 옛이야기의 힘』. 우리교육, 2012.

_____. 「문학치료에서 외국설화의 활용 가능성 탐색: 그림형제 민담을 중심으로」. 『문학치료연구』 27. 한국문학치료학회, 2013.

_____. 「유럽민담 트릭스터에 비춰 본 방학중의 캐릭터 특성 연구」. 『겨레어문학』 51. 겨레어문학 회, 2013.

_____. 『살아있는 한국 신화』. 한겨레신문사, 2014.

_____. 『왜 주인공은 모두 길을 떠날까?』. 샘터, 2014.

_____. 「한국과 독일 설화 속 원조자의 형상과 의미: '신령'과 '난쟁이'의 거리에 얽힌 세계관적 편 차」. 『고전문학연구』 27. 한국고전문학회, 2015.

_____. 「인지기제로서의 스토리와 인간연구로서의 설화연구」. 『구비문학연구』 42. 한국구비문학 회, 2016.

_____. 「문학치료학 서사이론의 보완·확장방안 연구: 서사 개념의 재설정과 서사의 이원적 체계」. 『문학치료연구』 38. 한국문학치료학회, 2016.

_____. 「한국과 독일 민담 속 자녀서사의 비교고찰: 부모의 그릇된 애정에 대한 대처를 중심으로」. 『고전문학과교육』 31. 한국고전문학교육학회, 2016.

_____. 「서사적 화두를 축으로 한 화소-구조 통합형 설화 분석방법 연구」. 『구비문학연구』 46. 한국구비문학회, 2017.

_____. 「문학치료를 위한 서사 분석 요소와 체계 연구」. 『문학치료연구』 49. 한국문학치료학회, 2018.

_____. 「「바리공주」 신화에서 '낙화'의 상징성과 주제적 의미」. 『구비문학연구』 49. 한국구비문학회, 2018.

_____. 『스토리텔링 원론: 옛이야기로 보는 진짜 스토리의 코드』. 아카넷, 2018.

_____. 『옛이야기의 힘』. 나무의철학, 2020.

_____. 「문학치료를 위한 자기서사 진단과 해석 연구: MMSS 진단지의 성격과 구성, 해석과 활용」. 『문학치료연구』 54. 한국문학치료학회, 2020.

_____. 「문학치료를 위한 설화의 서사적 분기점과 서사반응 분석: 「선녀와 나무꾼」 MMLT를 중심으로」. 『문학치료연구』 61. 한국문학치료학회, 2021.

_____. 「불경 본생담의 치유적 해석: 종교서사의 문학치료적 활용을 위하여」. 『문학치료연구』 63. 한국문학치료학회, 2022.

_____. 『MMLT_선녀와나무꾼 활용 매뉴얼』. 현출판, 2022.

_____. 「표준화 자기서사 진단도구 MMSS-ON의 원리와 체계」. 『문학치료연구』 67. 한국문학치료학회, 2023.

_____. 「불경 본생담 아난다 서사의 문학치료적 독해」. 『불교상담학연구』 18. 한국불교상담학회, 2023.

_____. 「문학을 통한 '나'라는 문학의 발견과 미적 실현: 자기서사를 축으로 한 문학의 탐구와 교육」. 『문학교육학』 84. 한국문학교육학회, 2024.

신동흔·박주은·이규림·최정문. 『MMSS 자기서사 진단지 활용 매뉴얼』. 현출판, 2022.

신성현. 「초기 불교 교단에서 가섭과 아난의 관계」. 『불교학보』 36. 동국대 불교문화연구원, 1999.

심우장. 「동물설화와 인간 주체화의 과정: 「까치의 보은」 설화를 중심으로」. 『한국고전연구』 18. 한국고전연구학회, 2008.

_____. 「이야기 스키마와 구비설화의 전승과 변이」. 『실천민속학 연구』 16. 실천민속학회, 2010.

안수룡·이영호. 「관계도식 이론과 교류분석」. 『교류분석과 심리사회치료연구』 7(2), 2010.

양윤정. 「이성관계에서 친밀감에 두려움이 있는 초기성인기 여성의 문학치료 사례 연구」. 건국대학교 석사학위논문, 2021.

염은열. 「문학교육의 관점에서 본 문학치료학 이론」. 『문학치료연구』 12. 한국문학치료학회, 2009.

_____. 「문학 교사 '되기'에 대한 치료적 접근의 필요성과 그 방향 탐색」. 『문학치료연구』 14. 한국

문학치료학회, 2010.

_____. 「문학치료학과 문학교육학 사이(in-between): 따로 또 같이 그리는 미래」. 『문학치료연구』 70. 한국문학치료학회, 2024.

염중섭. 「아난의 나이에 대한 고찰」. 『불교학연구』 19. 불교학연구회, 2008.

_____. 「아난의 출가문제 고찰」. 『불교학연구』 23. 불교학연구회, 2009.

오탁번·이남호. 『서사문학의 이해』. 고려대학교 출판부, 1999.

우한용. 「문학교육의 목표이자 내용으로서 문학능력의 개념, 교육 방향」. 『문학교육학』 28. 한국문학교육학회, 2009.

원혜영. 「아난에 대한 힐난과 그 변명」. 『한국교수불자연합학회지』 21(2). 사단법인 한국교수불자연합회, 2015.

_____. 「아난다의 참회」. 『한국교수불자연합학회지』 22(3). 사단법인 한국교수불자연합회, 2016.

유동식. 『한국무교의 역사와 구조』. 연세대학교출판부, 1975.

윤영진 외. 「TACA형 인생태도 평정척도 개발 및 타당화 연구」. 『교류분석상담연구』 4(2). 한국교류분석상담학회, 2014.

윤희조. 『불교심리학 연구: 상담가를 위한 새로운 심리학』. 씨아이알, 2019.

이강복. 「그림 민담에서 시련과 자아완성」. 『독일언어문학』 33. 한국독일언어문학회, 2006.

이강옥. 「구운몽과 불교 경전을 활용하는 우울증 치료 프로그램(DTKB Program) 구안」. 『문학치료연구』 12. 한국문학치료학회, 2009.

_____. 「구운몽과 불교 경전을 활용하는 우울증 치료 프로그램(DTKB Program) 상담사례 연구」. 『문학치료연구』 18. 한국문학치료학회, 2011.

_____. 『구운몽과 꿈 활용 우울증 수행치료』. 소명출판, 2018.

_____. 『죽음서사와 죽음명상』. 역락, 2020.

이규림. 「존재성의 건강한 발현을 위한 문학치료 사례 연구: 지나친 책임감에 사로잡힌 20대 여성을 중심으로」. 건국대학교 석사학위논문, 2020.

이도희. 「한국민담 '여우누이'의 분석심리학적 해석」. 『심성연구』 21(1). 한국분석심리학회, 2006.

이동희. 「'부모화된 아이'를 위한 「심청가」의 문학치료적 의의」. 『구비문학연구』 30. 한국구비문학회, 2010.

_____. 「독서치료와 문학치료 통합 프로그램 개발 연구: 한부모 가정 아동을 대상으로 한 실행 연구」. 건국대학교 박사학위논문, 2016.

이선자. 「그림 Grimm 동화에 나타난 여성의 성숙」. 『외국문학연구』 41. 외국문학연구소, 2011.

이유경. 「설화를 통해 본 자기서사 및 자기의 이야기 표출 가능성: 치매 환자를 중심으로」. 『문학치료연구』 48. 한국문학치료학회, 2018.

이충현. 「불교상담에서의 카르마개념 적용」. 『불교학연구』 59. 불교학연구회, 2019.

이혜정. 『그림형제 독일민담』. 뮤진트리, 2010.

이혜지 · 백승국. 「서사 기호학 기반의 스키마 이론 고찰: SNG 스토리텔링을 중심으로」. 『기호학연구』 40. 한국기호학회, 2014.

이혜지 · 심현주 · 백승국. 「그레마스 서사도식의 스키마 이론 고찰: 웰니스 콘텐츠 이용자의 인지행로 분석을 중심으로」. 『기호학연구』 42. 한국기호학회, 2015.

임승환 · 박제일. 『한국형 성격검사 LCSI의 이해와 활용』. 림스연구소, 2015.

임승환 · 한종철. 「LCSI(Lim's Character Style Inventory) 성격검사 개발」. 『한국심리학회지: 상담 및 심리치료』 15(1), 2003.

장경희. 「설화를 활용한 문학치료적 웰다잉 교육 프로그램 실행연구: 중년기 남녀의 자기 이해와 변화를 중심으로」. 건국대학교 박사학위논문, 2021.

장덕순. 「Cinderella와 콩쥐팥쥐」. 『국어국문학』 16. 국어국문학회, 1957.

장주근. 『제주도 무속과 서사무가』. 도서출판 역락, 2001.

전영숙. 「「바리공주」를 활용한 문학치료의 실제 및 그 교육적 활용 방안 연구」. 건국대학교 박사학위논문, 2004.

정운채. 「「서동요」의 형성과 그 예언적인 힘의 유래: 「삼공본풀이」와의 관련을 중심으로」. 『인문과학논총』 28. 건국대학교 인문과학연구소, 1996.

_____. 「시화에 나타난 문학의 치료적 효과와 문학치료학을 위한 전망」. 『고전문학과교육』 1. 청관고전문학회, 1999.

_____. 「「만복사저포기」의 문학치료학적 독해」. 『고전문학과교육』 2. 청관고전문학회, 2000.

_____. 「「시교설」의 문학치료학적 독해」. 『국어교육』 104. 한국어교육연구회, 2001.

_____. 「고전문학교육과 문학치료」. 『국어교육』 113. 한국국어교육연구학회, 2004.

_____. 「서사의 힘과 문학치료방법론의 밑그림」. 『고전문학과교육』 8. 한국고전문학교육학회, 2004.

_____. 「서사의 다기성을 활용한 자기서사 진단 방법」. 『고전문학과교육』 10. 한국고전문학교육학회, 2005.

_____. 「인간관계의 발달 과정에 따른 기초서사의 네 영역과 「구운몽」 분석 시론」. 『문학치료연구』 3. 한국문학치료학회, 2005.

_____. 「우울증에 대한 문학치료적 이해와 지네 각시」. 『문학치료연구』 5. 한국문학치료학회, 2006.

_____. 「문학치료학의 학문적 특성과 인문학의 새로운 전망」. 『겨레어문학』 39. 겨레어문학회, 2007.

_____. 「자기서사진단도구 개발을 위한 기초서사척도」. 『고전문학과 교육』 14. 고전문학교육학회, 2007.

_____. 「문학치료학의 서사이론」. 『문학치료연구』 9. 한국문학치료학회, 2008.

_____. 「웅녀: '사람'이 된다는 일」. 서대석 엮음. 『우리 고전캐릭터의 모든 것』 2. 휴머니스트, 2008.

_____. 「자기서사진단도구의 문항 설정을 위한 예비적 검토」. 『겨레어문학』 41. 겨레어문학회, 2008.

_____. 「「여우구슬」과 「지네 각시」 주변의 서사지도」. 『문학치료연구』 13. 한국문학치료학회, 2009.

_____. 「자기서사진단검사도구의 문항 설정」. 『고전문학과교육』 17. 한국고전문학교육학회, 2009.

_____. 「자유연결형 남녀서사진단검사도구의 문항 설정과 문항 분석」. 『문학치료연구』 11. 한국문학치료학회, 2009.

_____. 「자유연결형 부부서사진단검사도구의 문항 설정과 문항 분석」. 『서사와문학치료』 2. 서사와문학치료연구소, 2009.

_____. 「편집성 성격장애에 대한 문학치료학적 접근」. 『고전문학과교육』 18. 한국고전문학교육학회, 2009.

_____. 「「단군신화」의 웅녀를 통해 본 「누드모델」의 마리안느」. 『영화와문학치료』 4. 서사와문학치료연구소, 2010.

_____. 「문학치료와 자기서사의 성장」. 『우리말교육현장연구』 4(2). 우리말교육현장학회, 2010.

_____. 「자기서사진단검사도구의 개발에 따른 고전문학 연구와 교육의 새 지평」. 『문학치료연구』 16. 한국문학치료학회, 2010.

_____. 「작품서사 분석을 통한 「진달래꽃」의 '역겨워'와 「가시리」의 '선하면'에 대한 이해」. 『문학치료연구』 15. 한국문학치료학회, 2010.

_____. 「토도로프와 채트먼의 서사이론과 문학치료학의 서사이론」. 『고전문학과 교육』 20. 고전문학교육학회, 2010.

_____. 「프랭스의 서사이론과 문학치료학의 서사이론」. 『문학치료연구』 17. 한국문학치료학회, 2010.

_____. 「리몬케넌의 서사이론과 문학치료학의 서사이론」. 『문학치료연구』 18. 한국문학치료학회, 2011.

_____. 「문학치료학의 서사 및 서사의 주체와 문학연구의 새 지평」. 『문학치료연구』 21. 한국문학치료학회, 2011.

_____. 「심리학의 지각, 기억, 사고와 문학치료학의 자기서사」. 『문학치료연구』 20. 한국문학치료학회, 2011.

_____. 「서사의 다기성과 문학연구의 새 지평」. 『문학치료연구』 23. 한국문학치료학회, 2012.

_____. 「서사접속 및 서사능력과 문학연구의 새 지평」. 『문학치료연구』 24. 한국문학치료학회, 2012.

_____. 「자기서사의 변화 과정과 공감 및 감동의 원리로서의 서사의 공명」. 『문학치료연구』 25. 한국문학치료학회, 2012.

_____. 「문학치료학과 역사적 트라우마」. 『통일인문학논총』 55. 건국대학교 인문학연구원, 2013.

_____.『문학치료학의 서사이론』. 문학과치료, 2015.

정운채 외.『설화를 활용한 문학치료 프로그램 개발 연구』. 문학과치료, 2009.

_____.『이상심리와 이상심리서사』. 문학과치료, 2011.

_____.『자기서사검사와 심리검사의 호환성』. 문학과치료, 2011.

정종진.『BGT 심리진단법』. 학지사, 2003.

정준영.「아난다(Ananda)의 출생, 참회, 그리고 입멸」.『종교교육연구』69. 종교교육학회, 2022.

조은상.「「구렁덩덩신선비」의 각편 유형과 자기서사의 관련 양상」.『겨레어문학』46. 겨레어문학
회, 2011.

_____.「설화「도량 넓은 남편」을 활용한 창작활동의 치유적 가능성」.『구비문학연구』34. 한국구
비문학회, 2012.

_____.「설화「해와 달이 된 오누이」다시쓰기 양상과 서사적 특성」.『문학치료연구』33. 한국문학
치료학회, 2014.

_____.「설화를 활용한 이야기 창작 문학치료의 과정과 효과: A의 사례를 중심으로」.『겨레어문
학』54. 겨레어문학회, 2015.

_____.「상담에서 옛이야기를 적용한 이야기 만들기의 활용과 효용」. 단국대학교 박사학위논문,
2017.

_____.「문학교육과의 대비를 통해 본 문학치료의 특성」.『고전문학과교육』39. 한국고전문학교
육학회, 2018.

_____.「문학치료는 어떻게 이루어지는가: 개인문학치료 사례를 중심으로」.『문학치료연구』57.
한국문학치료학회, 2020.

조흥윤.「콤플렉스 치유의 관점에서 본 한국 무속신화 연구」. 건국대학교 박사학위논문, 2015.

조화연.「이야기 구조에 따른 아동의 이야기 기억 연구」. 이화여대 교육학과 석사학위논문, 1988.

주종연.『한독민담비교연구』. 집문당, 1999.

최경숙.『기억 연구: 아동의 구성기억』. 성균관대학교 출판부, 2002.

최소영.『문학치료학 이론과 실제: 시치료를 중심으로』. 고요아침, 2016.

최운식.「쫓겨난 여인 발복설화고」.『한국민속학』6. 민속학회, 1973.

최정문.「무기력을 호소하는 20대 후반 여성에 대한 문학치료 사례연구: '어른아이'서사의 변화과
정을 중심으로」. 건국대학교 석사학위논문, 2021.

_____.「「들장미 공주」MMLT 서사반응 분석」.『문학치료연구』65. 한국문학치료학회, 2022.

하은하.「「김현감호」에 대한 반응 양상과 자기서사의 특성」.『국어교육』117. 한국어교육학회,
2005.

_____.「부모서사진단검사도구의 문항 설정」.『문학치료연구』10. 한국문학치료학회, 2009.

_____.「자유연결형 부모서사진단검사도구의 문항 설정과 문항분석」.『문학치료연구』11. 한국문
학치료학회, 2009.

_____. 「정신분열증에 대한 문학치료학적 접근과 서사지도」. 『문학치료연구』 14. 한국문학치료학회, 2010.

_____. 「설화 「복 빌린 나무꾼」에 나타난 부모 되기의 문제와 그 문학치료학적 해석」. 『문학치료연구』 36. 한국문학치료학회, 2015.

_____. 「문학치료를 활용한 교육현장 사례 연구」. 『문학치료연구』 57. 한국문학치료학회, 2020.

하은하 · 김정희. 「문학치료학의 서사능력과 그 양상:「내 복에 산다」를 중심으로」. 『문학치료연구』 53. 한국문학치료학회, 2019.

한일섭. 『서사의 이론』. 한국문화사, 2009.

현용준. 『제주도 무속연구』. 집문당, 1986.

현용환. 『서사이론과 그 쟁점들』. 문예출판사, 2002.

홍태한. 『서사무가 당금애기 연구』. 민속원, 2000.

황루시. 『황루시의 우리 무당 이야기』. 풀빛, 2001.

황혜진. 「자기서사 진단도구의 개발 현황과 개선 방안」. 『문학치료연구』 38. 한국문학치료학회, 2016.

_____. 「문학치료학의 학문적 체계와 문학교육과의 소통」. 『문학치료연구』 68. 한국문학치료학회, 2023.

_____. 「상징 해석을 위한 문학치료 활동 연구」. 『문학치료연구』 73. 한국문학치료학회, 2024.

황혜진 외. 「문해력 신장을 위한 문학치료 실행연구 시론」. 『문학치료연구』 12. 한국문학치료학회, 2009.

_____. 「완벽주의 개선을 위한 문학치료 프로그램의 설계와 실행」. 『겨레어문학』 61. 겨레어문학회, 2018.

申東昕. 「韓国の文学治療における自己敍事透視と調整の原理と体系」. 『朝鮮学報』 257. 日本朝鮮学會, 2021.

鄭雲采. 「韓国 古典文学と 文学治療」. 『朝鮮学報』 183. 日本朝鮮学會, 2002.

로버트 숄즈, 로버트 켈로그. 임병권 옮김. 『서사의 본질』. 예림기획, 2001.

막스 뤼티. 김홍기 옮김. 『유럽의 민담』. 보림, 2005.

모니카 골드. 정홍섭 옮김. 『상상력과 인지학』. 도서출판 푸른씨앗, 2012.

미케 발. 한용환 · 강덕화 옮김. 『서사란 무엇인가』. 문예출판사, 1999.

브루노 베텔하임. 김옥순 외 옮김. 『옛이야기의 매력』 1~2. 시공주니어, 1998.

알렉산드르 니콜라예비치 아파나세프 엮음, 서미석 옮김, 『러시아 민화집』, 현대지성사, 2000.

와타나베 쇼코. 법정 옮김. 『불타 석가모니』. 문학의숲, 2010.

월터 J. 옹. 이기우 · 임명진 옮김. 『구술문화와 문자문화』. 문예출판사, 1995.

이소노가미 겐이찌로. 박희준 옮김. 『윤회와 전생』. 고려원, 1987.

제랄드 프랭스. 최상규 옮김. 『서사학이란 무엇인가』. 예림기획, 1999.

조지프 제이콥스. 서미석 옮김. 『영국 옛이야기』. 현대지성사, 2005.

지나 서미나라. 강태헌 옮김. 『윤회: 행복한 삶을 위한 마음철학』. 파피에, 2012.

키류 미사오 저. 이정환 옮김. 『알고 보면 무시무시한 그림동화』 1~2. 서울문화사, 1999.

N. 프라이. 임철규 옮김. 『비평의 해부』. 한길사, 1982.

Margaret W. Martin. 민윤기 옮김. 『인지심리학[제6판]』. 박학사, 2007.

Murray Singer. 정길정 · 연준흠 옮김. 『언어심리학』. 한국문화사, 1994.

Bartelett, F. C., *Remembering: A study in experimental and social psycology*, Cambridge University Press, 1932.

Bolte, Johannes und Georg Polívka, *Anmerkungen zu den Kinder-und Hausmärchen der Brüder Grimm*, Leipzig: Dieterich'sche Verlagsbuchhandlung Theodor Weicher, 1913.

Dundes, Alan, *The Morphology of North American Indian Folktales*, F F Communication No. 195, SuoMalainen Tiedeakatemia Academia Scientiarum Fennica, 1980.

Finnegan, Ruth, *Oral Poetry*, Cambridge University Press, 1977.

Lee, Seunghwan, "A Review of Story Grammers", 『어학연구』 20(3), 서울대 어학연구소, 1984.

Mandler, J. M. & N. S. Johnson, "Remembrance of things parsed: Story structure and recall," *Cognitive Psychology* 9, 1977.

Propp, Vladimir, *Morphology of the Folklore*, 2nd ed., American Folklore Society, 1968.

Sharf, Richard S., *Theories of Psychotherapy & Counseling: Concepts and Cases*, 5th Edition, Belmont: Brooks/Cole, 2012.

Thorndyke, P. W., "Cognitive structures in comprehension and memory of narrative discourse," *Cognitive Psychology* 9, 1977.

White, Michael & David Epston, *Narrative Means to Therapeutic Ends*, Adelaide: Dulwich Centre, 1990.

웹사이트

문화원형백과 불교설화(네이버 지식백과): https://terms.naver.com/list.naver?cid=49242&categoryId=49242&so=st4.asc

신동흔과 함께 여는 구비문학 고전문학 세상: http://gubi.co.kr

오로시 성격강점검사: https://orot-i.com/

http://mmlt.kr/

신동흔

구비설화 탐색자 겸 해석자이며 서사학과 문학
치료 연구자이다. 서울대학교 국어국문학과를
졸업하고 동 대학원에서 설화 연구로 문학박사
학위를 받았다. 건국대학교 국어국문학과 교수
로 재직 중이며, 대학원 협동과정 문학예술심
리치료학과 교수를 겸하고 있다. 신화와 전설,
민담 등 원형적 서사문학에 대한 치유석 해석

작업을 문학치료 분야로 연결시켜 다양한 연구와 교육 활동을 수행 중이다. 한
국구비문학회장과 한국문학치료학회장을 역임했으며, 한국문학치료학회 문학
심리분석상담사 슈퍼바이저로 있다. 지은 책으로『살아있는 한국신화』,『옛이야
기의 힘』,『스토리텔링 원론』,『신화, 치유, 인간』등 다수가 있으며, 시집살이 이
야기 집성(전 10권)과 다문화 구비문학대계(전 20권) 같은 자료집을 대표저자로서
간행했다. 2024년부터 설화 스토리텔링북 '세계설화를 읽다' 시리즈(전 10권) 출
간 작업을 진행하고 있다.